Sabrina Qunaj

Elfenmagie

Roman

atb aufbau taschenbuch

FSC
www.fsc.org
MIX
Papier aus verantwortungsvollen Quellen
FSC® C083411

ISBN 978-3-7466-2738-0 | Aufbau Taschenbuch ist eine Marke der Aufbau Verlag GmbH & Co. KG | 3. Auflage 2013 | Lektorat Momo Evers (Haus der Sprache) | Umschlaggestaltung morgen, Kai Dieterich | unter Verwendung eines Motivs von Christophe Dessaigne/trevillion images | Typografie Renate Stefan, Berlin | Druck und Binden CPI – Clausen & Bosse, Leck | Printed in Germany | www.aufbau-verlag.de

Für meinen Sonnenschein Marissa

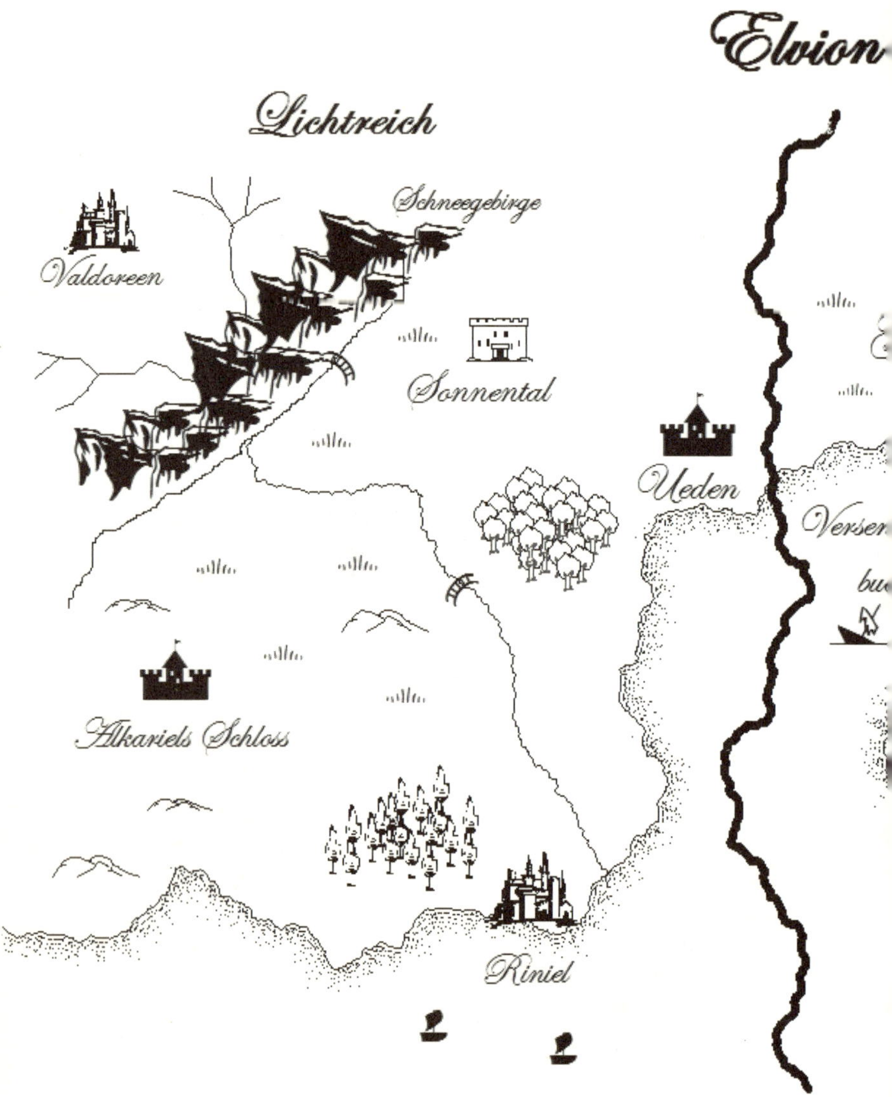
Elvion
Lichtreich
Schneegebirge
Valdoreen
Sonnental
Ueden
Alkariels Schloss
Riniel

Schattenreich
Irrwischmoor
Lurness
Dunkelwald
Ebene von Edora
Dracheninsel
Pass von Farlúr
Silbergebirge
Tantollon

Prolog

Wofür lohnt es sich zu sterben? Die Leben Tausender?

Ein ruhmreicher Tod. Doch was bedeutet es schon, als Held zu sterben, wenn man sich von denen, die man liebt, für immer verabschieden muss?

Die Augen können den Schmerz nicht mehr verbergen. Solch starkes Herz, noch voller Liebesmut. Die Flamme erlischt nicht, nur weil der Orkan sie zu Boden drückt. Wie viel Leid kann man ertragen, bevor man daran zerbricht? Wie groß muss der Schmerz sein, um sich nach dem Tod zu sehnen?

Das strahlende Licht nimmt überhand, die Schatten ziehen sich zurück. So leicht fühlt es sich an, eingehüllt in diese Wärme. Der Verstand so klar, die Sinne scharf. Wie leer und ruhig die Welt doch plötzlich ist.

Wofür lohnt es sich zu sterben? Um ein einziges Leben zu retten?

Ein letzter Blick in diese Augen, verschwommen im gleißenden Licht der Flammen.

Wie erklärt man, dass man sich entschieden hat zu gehen?

Schicksal.

Bestimmung.

Was ist schon ein Leben im Vergleich zu Tausenden?

Sterben.

Sterben, auch wenn das Herz vor Liebe bricht.

Vanora

Jeden Tag bei Sonnenuntergang saß sie am Fenster ihrer Kammer und wartete auf die Finsternis. Denn dann wurden sie sichtbar, die Schatten, die sie begleiteten, seit sie denken konnte. Auf dem Dach der gegenüberliegenden Kate, im Haselstrauch am Rande ihres kleinen Grundstücks, in den Baumkronen des nahen Buchenhains. Auch heute lag das Dorf wie verlassen in der Dunkelheit, aber Vanora sah sie doch – die goldfarbenen Augen, die schon so oft auf ihr geruht hatten. Sie spiegelten das Mondlicht, den Schein der Fackeln, den sanften Schein der Kerze an ihrem Fenster. Doch wenn es hell wurde – so wie jetzt, da ein Blitz sein grelles Licht über das schlafende Dorf warf –, waren die Schatten verschwunden. Sie waren schneller als das Licht und geschickt darin, sich zu verbergen, aber sie waren immer da. Zuverlässig, bei Sturm, bei Regen, bei klirrender Kälte, Nacht für Nacht. Es war nie anders gewesen. Vanora fürchtete sie nicht. Es mussten Schutzgeister sein. Ein beruhigender Gedanke. Sie lächelte. Ob sie jemals herausfinden würde, wer es war, der über sie wachte?

Das Wetterleuchten verging. Vanora schob den dicken Stoff vor dem Fenster noch etwas weiter zurück und starrte versonnen in die Dunkelheit. Die dünnen Äste der Eiche, denen es gelungen war, vom Hof bis zum Haus zu greifen, kratzten über die hölzernen Wände und streckten sich ihr entgegen wie die knochigen Fänge eines Ungeheuers. Leise prasselnd fiel der Regen auf das Strohdach, der Wind heulte durch die Ritzen, das Dorf schlief. Und so bemerkte auch niemand außer ihr die dunkle Gestalt, die sich jetzt vom Stamm der alten Eiche löste und zur Schmiede ihres Vaters hinüberhuschte. Vanora erstarrte. Niemals zuvor hatten sich ihr die Schatten genähert. Spielte ihr die Phantasie einen Streich?

Ein vielfach verzweigter Blitz zuckte von den Wolken zur Erde, ließ die Regentropfen wie glitzernde Kristalle funkeln und –

Vanora schnappte nach Luft und wich zurück. Der Stoff fiel vor das Fenster. War dort unten wirklich eine Gestalt in dunklem Umhang gewesen, deren Schritte in Pfützen und Schlamm auf dem Hof keine Spuren zu hinterlassen schienen? Das konnte nicht sein. Die Hand auf ihr wild schlagendes Herz gepresst, machte sie einen vorsichtigen Schritt nach vorn. Es war sicher nur Einbildung gewesen. Kein Mensch hatte so weiße Haut! Und doch hatte sie die Augen wiedererkannt. Sie hatten im Schein des Blitzes golden aufgeleuchtet. Hatte er sie gesehen? Wusste er, wo sie war? Sie schüttelte den Kopf – natürlich wusste er es. Er hatte es immer gewusst.

Mit zitternder Hand berührte sie den Stoff, nahm all ihren Mut zusammen, und langsam beruhigte sie sich wieder. Sicherlich war es nur Graham von der Mühle, der ihrem Vater einen Besuch abstatten wollte. Manchmal tat er das. Die beiden Männer tranken Wein und sprachen miteinander, und manchmal lachten sie. Das Lachen ihres Vaters zu hören machte Vanora glücklich und ließ sie zufrieden einschlafen. Sie atmete auf. Vielleicht war es nur der Blitz gewesen, der ihr den Müller so fremdartig hatte erscheinen lassen. Aber der Zweifel blieb, und so schloss sich ihre Hand noch etwas fester um den Stoff. Sie würde jetzt nachsehen. Schließlich war sie kein kleines Kind mehr. Es waren bereits zehn Sommer seit ihrer Geburt verstrichen. Sie war schon groß.

Mit einer heftigen Bewegung riss sie den Vorhang zur Seite, doch die Gestalt auf dem Hof war verschwunden. Stattdessen erklang ein leises Klopfen unten an der Haustür. Vanora presste die Hand an den Mund, hielt den Atem an, lauschte. Schritte, das Wegschieben eines Riegels, dann Stille. Nichts als der Regen und der Wind. Langsam ließ sie die Hand sinken und atmete vorsichtig aus. War da nicht eben ein Geräusch gewesen? Eine Stimme, die mit dem Singsang des Windes verschmolz? Aber nein, der Müller hatte eine kräftige Stimme – weich und dunkel wie ein Glockenschlag. Und ihr Vater …

»Ich sage es nicht noch einmal! Ihr seid hier nicht willkommen!«

Vanora riss erschrocken ihre Augen auf. Ihr Vater war zornig! Nur einmal hatte sie ihn dermaßen aufgebracht erlebt. Als er sie auf dem Weg zu den Steilklippen erwischt hatte. Nein, mit dem Müller hätte ihr grundgütiger Vater niemals so gesprochen. Aber wer war es dann, der mitten in der Nacht Einlass begehrte?

Auf Zehenspitzen schlich sie zur Tür ihrer Kammer, die zum Glück nur angelehnt war. Nun war sie sich sicher: Die Melodie, die mit dem Wind zu verschmelzen schien, war wirklich eine Stimme. Leise war sie, und doch schien es ihr, als dränge sie in jeden noch so kleinen Winkel des Hauses. Das schwache Licht der wenigen Kerzen, die in der Stube unten brannten, drang durch den schmalen Spalt. Mit angehaltenem Atem ergriff sie das Türblatt, zog es langsam auf und biss die Zähne zusammen, als ein leises Knarren ertönte.

Vanora hielt inne, lauschte. Die fremde Stimme war immer noch zu hören, auch wenn es ihr schwerfiel, sich auf die Worte zu konzentrieren. Der Fremde sprach mit einem ungewohnten Akzent und seine Worte klangen wie ein Lied. Ein wunderschönes Lied.

Die Stimme des Vaters brach den Zauber: »Ich will nichts mehr von Euch wissen!«

Vanora zuckte zusammen, als hätte er sie persönlich angebrüllt.

»Ich bin nicht Euer Feind«, entgegnete der Fremde ruhig.

»Das könnt Ihr sehen, wie Ihr wollt. Glaubt Ihr etwa, ich bin blind? Glaubt Ihr etwa, ich weiß nicht, dass Ihr ständig alle um sie herumschleicht? Das wird jetzt aufhören! Habt Ihr verstanden? Lasst uns in Frieden!«

Der Fremde blieb noch immer ruhig. »Die Zeit ist gekommen«, sagte er in seiner weichen, melodischen Stimme.

Einen Moment lang war es still, und Vanora hörte nur noch das Rauschen ihres Blutes in den Ohren.

»Die Zeit ist gekommen?«, japste ihr Vater schließlich, atemlos vor Zorn. »Sucht Euch jemand anders. Sie hat uns verlassen. Sie hat mir das Kind vor die Tür gelegt und uns alleinegelassen. Ich will nichts mehr von ihr wissen.«

»Eliria ist tot, Briac Larnegie. Sie starb schon vor langer Zeit.«

Stille. Ein schweres Ausatmen.

»Das ist nicht … Wieso habt Ihr mir nichts davon gesagt?«

»Dies war nicht unsere Aufgabe. Ihr solltet in Frieden leben, ohne unsere Anwesenheit zu bemerken. Sie wollte es so.«

Ihr Vater schnaubte, eine Mischung aus Wut und Schmerz. »Aber ich *habe* Euch bemerkt!« Etwas Schweres krachte zu

Boden, und jetzt war Vanora sich sicher, dass ihr Vater weinte. »Was soll das alles noch? Wenn sie tot ist ... Was wollt Ihr dann noch von uns?«

»Das Kind ist immer noch in Gefahr. Ihr könnt ihre Herkunft nicht verleugnen. Ihre Bestimmung ...«

Doch ihr Vater ließ den Fremden nicht ausreden: »Sprecht nicht von Bestimmung. Unglaubwürdiges Zeug, das Ihr Euch einfallen lasst, um Eure Grausamkeit zu rechtfertigen. Wir haben sehr gut alleine gelebt. Wir haben Eliria nicht gebraucht, und wir brauchen Euch auch nicht.«

Vanora verstand jedes einzelne der Worte, die unten in der Stube gesprochen wurden, doch der Inhalt der Unterhaltung erschloss sich ihr nicht. Eliria. Ein seltsam klingender Name. Niemals zuvor hatte sie ihren Vater diesen aussprechen hören. Waren »sie« wirklich die Schatten, die sie ihr Lebtag lang beobachtet hatten? Hatte sie das richtig verstanden, dass ihr Vater die Schatten auch bemerkt hatte? Ein Kind war in Gefahr – war das etwa sie selbst? Und was hatte es mit dieser Bestimmung auf sich? Vanora ignorierte die warnende Stimme in ihrem Kopf und schlich weiter zu der steilen Treppe, die in die Stube hinabführte. Dort legte sie sich auf den Bauch und spähte hinunter.

Ihr Vater stand mit dem Rücken zu ihr, direkt neben dem Tisch in der Mitte des Raumes – und ihm gegenüber jene dunkle Gestalt, die sie auf dem Hof gesehen hatte, eingehüllt in einen schwarzen Umhang. Vanora hatte ihren Vater stets für den größten Mann der Welt gehalten, aber die schlanke Gestalt des Fremden überragte Briac um ein gutes Stück. Das Gesicht des Besuchers lag im Schatten der Kapuze verborgen, und im weichen Licht der Kerzen erschien er ihr wie ein Traumgespinst, ein Geist aus einer anderen Welt.

Mit einer geschmeidigen Bewegung, als verschmelze er mit den Schatten und dem flackernden Licht der Flammen, bewegte sich der Fremde ein Stück auf ihren Vater zu. »Ihr wisst, dass sie keine andere Wahl hatte«, sagte er ruhig. »Sie wollte ihre Tochter beschützen. Bei uns wäre sie verloren gewesen. Ich habe es Euch an ihrem ersten Geburtstag erklärt. Erinnert Ihr Euch?«

Ihr Vater nahm an dem Tisch Platz und strich sich mit der Hand über Augen und Stirn. »Ihr werdet sie mir nicht wegnehmen.«

»Nein, noch nicht«, sagte der Fremde, und ihr Vater blickte auf: »Noch nicht? Nein, so war das nicht abgemacht. Sie ist noch zu jung.«

»Der Feind kümmert sich nicht darum, wie alt sie ist. Sie muss vorbereitet werden.«

»Verschwindet.« Der Zorn war aus der Stimme ihres Vaters gewichen, doch die Müdigkeit, die nun in ihr lag, war schlimmer. Am liebsten wäre Vanora die Treppen hinuntergestürmt und hätte ihn getröstet. Wer auch immer diese Eliria gewesen war, die Nachricht ihres Todes hatte ihren Vater sichtlich getroffen.

»Es ist Eure Entscheidung, Briac Larnegie. Das Mädchen muss lernen, über ihre Fähigkeiten zu verfügen. Es kann hier ...« Der Fremde hob den Kopf. Einen flüchtigen Moment lang wich der Schatten, und sie sah erneut das blasse, nahezu schneeweiße Gesicht, dessen Züge im Zwielicht scharf und feindselig wirkten. Seine goldenen Augen funkelten im Schein der Kerze, und dann – als hätte er gespürt, wo sie war – sah er zu ihr hoch.

Vanora schnappte nach Luft, brachte all ihre Willensstärke auf und rutschte etwas zurück. Dabei stieß sie mit dem Fuß gegen die offene Tür ihrer Kammer, doch das Geräusch und ihr leises Fluchen gingen in den letzten Worten des Fremden unter: »… oder woanders geschehen.«

Erleichtert atmete sie aus. Offenbar hatte er sie doch nicht bemerkt, auch wenn ihr wild schlagendes Herz das Gegenteil behauptete. Vorsichtig kroch sie wieder ein Stück näher und spähte über die Stufen hinab. Ihr Vater saß immer noch am Tisch, seine Haltung war angespannt. »Woanders, ja?« Er schnaubte verächtlich. »Ihr habt Nerven! Hier einfach aufzutauchen und zu glauben, ich gebe Euch mein Kind.«

»Solange das Mädchen hier in Sicherheit ist …«

Ihr Vater sprang auf, und der alte Holzstuhl, ein Werk des Großvaters, fiel polternd um und schlitterte ein Stück weit über den Lehmboden. »Sie wird hier immer in Sicherheit sein!« Einen Moment lang schien es, als würde sich ihr Vater auf die dunkle Gestalt stürzen, doch er blieb stehen, die Hände zu Fäusten geballt.

Auch Vanora erstarrte. Die Worte des Fremden hallten immer und immer wieder durch ihren Kopf, und die Erkenntnis traf sie wie eine Ohrfeige. Das Kind, über das der Fremde mit ihrem Vater sprach, das war sie selbst, denn ein anderes Kind gab es hier ja nicht! Ihr wurde schwindlig. Plötzlich ergaben die scheinbar zusammenhanglosen Worte einen Sinn. Sie sollte fort!

Zitternd richtete sie sich auf und schwankte, als sie einer Schlafwandlerin gleich Stufe um Stufe die Treppe hinab zur Stube nahm. Der Fremde hatte die Eingangstür nicht hinter sich geschlossen, und der Geruch nach Regen lag in der Luft. Er blickte auf, doch sein durchscheinender Glanz, das Gold seiner Augen und das Geheimnis, das ihn umgab, interessierten sie nicht mehr. Es war der verzweifelte Ausdruck ihres Vaters, der ihr die Tränen in die Augen trieb.

»Vanora! Wieso schläfst du nicht?«

»Sag ihm, dass ich hierbleiben werde.« Es gelang ihr nicht, das Schluchzen zu unterdrücken. »Sag ihm, dass er mich nirgendwohin mitnehmen darf.«

Die Augen ihres Vaters glänzten, und als er nun zu ihr kam und sie hochhob, wirkte sein Lächeln gezwungen. Vanora klammerte sich an ihn, vergrub ihr Gesicht an seiner Schulter. Noch nie hatte sie solch große Angst gehabt. Noch nie hatte sie ihren Vater so verzweifelt gesehen.

»Keine Sorge. Du bleibst bei mir. Keine Sorge.«

Doch den Fremden schienen die Worte ihres Vaters nicht zu beeindrucken: »Ich erwarte das Kind morgen früh.«

Vanora hob den Kopf und starrte durch einen Schleier aus Tränen in die Nacht hinaus. Ein Schauer kroch ihren Rücken hinab, der nichts mit dem Wind zu tun hatte, der noch immer den Regen in die Stube peitschte. Der Fremde war verschwunden, als hätte es ihn nie gegeben.

»Vater?« Sie lehnte sich etwas zurück und sah ihn an. Der Funkenflug in der Schmiede hatte Dutzende heller Narben auf sein Gesicht gezeichnet. Zärtlich strich sie ihm durch das dichte, blonde Haar, das dem ihrigen so sehr glich – ebenso wie seine türkisblauen Augen, in denen nun Tränen glänzten. Sie gab ihm einen tröstenden Kuss auf den Mund. Sein blonder Ziegenbart pikste, doch das hatte sie noch nie gestört. Wenn er nur aufhören wollte zu weinen!

»Vater, wer ist Eliria?«, fragte sie und versuchte ihre Worte belanglos klingen zu lassen, was ihr allerdings nicht besonders gut gelang.

Briac wurde blass, sehr blass. Behutsam stellte er sie wieder auf die Beine. »Du hättest nicht lauschen dürfen, Kleine.« Er drehte sich um, schloss die Türe und verharrte dann einen

Moment lang reglos, ehe er sich ihr mit einem tiefen Seufzen zuwandte und in die Hocke ging. »Du weißt, dass ich dich sehr liebhabe.« Er hob sie auf sein Knie und strich ihr das lange, hellblonde Haar zurück, das in ihrem tränennassen Gesicht klebte. »Der Mann, der eben hier war ... er kannte deine Mutter. Eliria.«

»Die Frau, die gestorben ist?«

Er musterte sie forschend, dann nickte er. »Ja. Deine Mutter lebt nicht mehr.«

Vanora verstand, aber der Tod der Frau berührte sie nicht. Für sie hatte es immer nur ihren Vater gegeben – und ihren Großvater, als dieser noch am Leben gewesen war. Der Name ihrer Mutter war ihr ebenso gleichgültig wie die Nachricht von ihrem Tod. Kurz irritierte sie dieser Mangel an Traurigkeit. Ihre *Mutter* war gestorben. Müsste sie nicht irgendetwas fühlen? Den Verlust beweinen? Aber dann schüttelte sie den Kopf. Bis vor wenigen Augenblicken hatte sie keine Mutter gehabt, und wie die Dinge standen, würde sich daran auch niemals etwas ändern. Eliria war für sie nur ein Name, mehr nicht. Sie wusste nicht, was sie vermissen sollte, und deshalb war es, so fand sie, vermutlich auch nicht weiter schlimm, dass sie nun nicht traurig war. Nachdenklich ließ sie ihren Blick durch das Zimmer und zu der geschlossenen Haustür wandern, durch die der Fremde wie ein Geist verschwunden war. Sofort griff die Kälte wieder mit langen Klauen nach ihrem Herzen. »Wieso war dieser Mann hier, Vater? Wieso will er mich mitnehmen – und wohin?«

Energisch schüttelte er den Kopf, als wolle er damit nicht nur ihre Ängste, sondern auch seine eigenen Geister vertreiben. »Er wird dich nicht mitnehmen, Kleine. Deine Mutter war eine ... sehr hochgestellte Frau. Sie wollte dir eine gute

Ausbildung ermöglichen, und deswegen ist dieser Mann heute zu uns gekommen.«

Vanora verstand kein Wort. Jede Antwort warf neue Fragen auf. Sie hatte ihren Vater früher hin und wieder nach ihrer Herkunft gefragt, aber er war ihr stets ausgewichen, und so hatte sie irgendwann hingenommen, dass er nicht darüber sprechen wollte. Nun aber war dieser Fremde in ihr Leben getreten, hatte den Damm aus Schweigen gebrochen, und Vanora wollte Antworten. Wieso wurde sie in diesem Dorf wie eine Aussätzige behandelt? Wieso wollte niemand etwas mit ihr zu tun haben? Schließlich war sie hier nicht das einzige Kind, das ohne Mutter aufwuchs. Andere Frauen waren im Kindbett gestorben oder am Fieber. Lag es daran, dass ihre Mutter … wie hatte ihr Vater es genannt? … eine sehr hochgestellte Frau gewesen war? Hatte sie einst mit ihnen hier in dieser Kate gelebt und war dann fortgegangen? Vielleicht nach Vinelba, der nächstgelegenen Stadt, in der auch die anderen Grafen und Barone lebten? Aber weshalb war sie dann nie gekommen, um sie und ihren Vater zu besuchen? Bis zur Stadt war es mit einer der edlen Kutschen, die manchmal auf der großen Straße vorbeifuhren, zwar kein Katzensprung, aber auch nicht unendlich weit.

Vanora löste sich von ihrem Vater und setzte sich vor ihm auf den Boden. Mit an die Brust gezogenen Beinen sah sie zu ihm auf. »Diese … Eliria … Wieso ist sie weggegangen?«, fragte sie zum ersten Mal in ihrem Leben und fürchtete sich gleichzeitig vor der Antwort.

Briac atmete tief aus, strich sich wieder mit der Hand über die Augen. »Du musst wissen, Kleine, Eliria war mehr als nur Gräfin oder die Tochter eines Barons. Sie war so eine Art Prinzessin.«

»Eine Prinzessin?«

»Ja, aber in ihrem Heimatland war sie nicht sicher. Dort herrscht ihre Tante.«

»Das verstehe ich nicht.«

»In diesem Reich geschehen Dinge, die uns fremd sind.« Briac sah ihr in die Augen, und doch sah er sie nicht an. Er war irgendwo weit weg. »Kämpfe um Macht und Land«, murmelte er. »So viele Lügen und Intrigen. Nein, Kleine. Wir können das nicht verstehen. Das Einzige, das du wissen musst, ist, dass deine Mutter dich nicht in dieses Land mitgenommen hat, weil sie dich beschützen wollte.«

»Aber wieso ist sie dann nicht einfach hiergeblieben? Wieso ist sie zurückgegangen in dieses andere Land?«

»Sie hatte Angst um uns, um dich. Sie war eine Prinzessin und deswegen sehr wertvoll für diejenigen, die um die Herrschaft kämpfen. Sie wollte nicht, dass irgendjemand weiß, dass du … Sie wollte dich retten.«

Vanora verstand noch immer nicht. Sie war die Tochter des Hufschmieds, keine Prinzessin. Erneut huschte ihr Blick zu der nunmehr geschlossenen Tür. »Und dieser Mann? Wo kommt er her? Was wollte er?«

Briac erhob sich, und wie einem Impuls folgend schob er den Riegel vor. »Sein Name ist Glendorfil. Du musst nicht so schauen. Er heißt wirklich so.«

»Dieses Land muss sehr weit weg sein.«

»Das ist es auch.« Briac lehnte sich gegen den Türrahmen. »Jedenfalls stand Glendorfil auf der Seite deiner Mutter. Und jetzt möchte er nach dir sehen. Er wird dich ab morgen unterrichten.«

»Was?!« Vanora sprang auf. »Ich will nicht, Vater! Dieser Mann ist mir unheimlich.«

Briacs Lächeln wirkte gequält. »Ach, komm schon, Kleine. Seit wann bist du denn so ängstlich? Er wird dir nichts tun. Er war ein Freund deiner Mutter.«

»Wenn er ein Freund ist, wieso hast du ihn dann so angeschrien?«

Briac öffnete den Mund, sagte jedoch nichts. Er schob die Stühle um den Tisch zurecht und deutete dann die Treppe hinauf. »Ab ins Bett jetzt. Morgen liegt ein anstrengender Tag vor dir.«

»Aber ich …«

»Keine Widerrede. Du gehst morgen zu Glendorfil, und du wirst dich benehmen, hast du verstanden?«

Vanora hob den Kopf und sah ihn fassungslos an. Das konnte er doch nicht so meinen! Er hatte den Mann doch selbst nicht gemocht! Wie konnte er da …? Aber ihr Vater tat, als sei die Angelegenheit erledigt und alles gesagt. Schließlich stapfte sie an ihm vorbei, lief laut polternd die Treppe nach oben, knallte die Tür hinter sich zu und warf sich auf das Strohlager.

In dieser Nacht konnte sie kaum schlafen, und wenn sie es doch tat, träumte sie widersinniges Zeug. Sie sah einen dunklen Wald, mit Bäumen so hoch, dass sie bis in den Himmel reichten, und Stämmen so dick, dass sie wohl nicht einmal zehn Männer mit ausgestreckten Armen umfassen könnten. Dichte, graue Nebelschleier wanden sich zwischen den schwarzen Säulen hindurch und nahmen ihr die Sicht. In einem anderen Traum war sie von weißem Licht umgeben. Sie wusste nicht, wo oben oder unten war, schwebte in der Unendlichkeit. In den vielen und langen Wachphasen ging es ihr auch nicht besser. Die wilden und zusammenhanglosen Bilder, die sich in ihren Kopf schlichen, verwirrten sie und waren, so dachte sie, gewiss ein Nachhall der Dinge, die sie am Abend zuvor erfahren hatte.

Als sich am Morgen die ersten Sonnenstrahlen an dem dicken Vorhangstoff vorbei in ihr Zimmer stahlen, wusste sie nicht zu sagen, was überwog: die Erleichterung über das Ende dieser endlos langen Nacht oder die Furcht vor dem, was der Tag bringen würde.

Ihr Vater war an diesem Morgen besonders wortkarg und holte sie früher als sonst aus ihrer Kammer. Wie so oft, wenn er früh in der Schmiede arbeitete, war sie beim Frühstück allein, aber heute schien es Vanora so, als würde Briac vor ihr fliehen. Sie würgte den geschmacklosen Getreidebrei hinunter, schlüpfte in eines ihrer verhassten Kleider, schrubbte ihr Gesicht an der Tränke mit Wasser ab und strich ein paarmal mit den Fingern durch ihre Haare. Dann ging sie zu ihrem Vater in die Schmiede. Er wich ihrem Blick noch immer aus, erklärte ihr, wohin sie gehen musste, und erstickte ihren Protest früher und schärfer, als sie es gewohnt war. Also nickte sie nur knapp, warf die Tür hinter sich ins Schloss und stapfte kurz darauf wütend durch das hohe Gras den Hügel hinauf. Mit einem Ast schlug sie auf die purpur blühenden Disteln ein, die ihr die Beine zerstachen, und jeden Kopf, der fiel, kommentierte sie mit einem Fluch. In ihrer Phantasie waren es Drachen, die sie mit ihrem Schwert bezwang, einen nach dem anderen.

»Du darfst da nicht hinaufgehen! Das ist verboten!«

Vanora hielt mitten im Schwung ihres Schwertstreiches inne und drehte sich übertrieben seufzend zu den anderen Kindern um. Sie mochten sie nicht und hatten selten ein gutes

Wort für sie. »Dann geht schnell zurück, bevor eure Mamis euch ausschimpfen«, blaffte sie und streckte der Bande ihren Ast entgegen. Graem, der Anführer der Raufbolde und zwei Sommer älter, als sie selbst es war, lachte lauthals, und seine Anhänger stimmten artig ein. Dann deutete Graem mit seinem klobigen Holzschwert in Richtung des Hügels: »Wer da hinaufgeht, kommt nicht mehr zurück.«

Vanora musterte ihn aufmerksam. Seine Waffe war nicht beeindruckender als ihr Ast, und in seinen Augen glomm eine Mischung aus Furcht und Trotz. Er würde sie nicht gehen lassen, ihr aber auch nicht sehr lange folgen, wenn es ihr gelänge, ihm zu entwischen. Vanora lächelte. Sie hatte die Bande oft genug dabei beobachtet, wie sie mit ihren selbst gebastelten Schwertern gegen Bäume, Häuser oder aufeinander eingedroschen hatten, und sie wusste, dass sie schneller war.

»Wenn ihr euch fürchtet, müsst ihr ja nicht weitergehen.« Sie drehte sich um, doch wie erwartet packte Graem ihren Arm. Es war ein Reflex, der sie im selben Moment, in dem sie zu ihm herumgerissen wurde, mit dem Arm ausholen ließ. Mit aller Kraft schlug sie den Ast gegen seine Schläfe und verlagerte sofort ihr Gewicht, um ihm gegen das Schienbein zu treten. Graem fluchte, ließ sie aber los, so dass sie ihm noch mit der freien Hand gegen die Schulter boxen konnte. Sie war immer schon schnell gewesen, und so war es ihr ein Leichtes, vor ihm zurückzuweichen, sich umzudrehen und davonzulaufen.

Sie wusste, dass die Bande zu ängstlich sein würde, um ihr zu folgen, und so stürmte sie, ohne zurückzublicken, weiter, bis die Umrisse der alten, verwahrlosten Hütte auftauchten, die die Schäfer schon vor langer Zeit verlassen hatten. Hier sollte sie warten, hatte ihr Vater ihr gesagt. Sie war schon oft hier gewesen, heimlich, um sich zu den Steilklippen zu schleichen und die tosende Brandung zu sehen, die sich an den scharfkantigen Felsen brach. Das Haus war ihr nicht fremd, und doch ging etwas Gespenstisches von ihm aus. Das Holz war modrig und stellenweise mit Moos bewachsen, das Strohdach verschimmelt. Ohne es zu bemerken, wurde sie immer langsamer, doch dann straffte sie sich. Ihr Vater hätte sie wohl kaum hierher geschickt, wenn ihr hier eine Gefahr drohen würde. Und deshalb gab es auch keinen Grund zur Furcht – auch dann nicht, wenn hier der unheimliche Mann mit den Goldaugen auf sie wartete.

Wenige Meter vor dem Häuschen blieb sie stehen und lauschte. Außer den Geräuschen des nahen Waldes war es still. Vielleicht hatte sich ihr Vater geirrt? War da nicht doch etwas? Sie fühlte sich beobachtet und inspizierte aufmerksam die schwarzen Fensterhöhlen, doch dort war nichts als Dunkelheit. Da war niemand. Sie hatte keine Angst. Keiner der Helden aus ihren Geschichten fürchtete sich beim Betreten einer Drachenhöhle. Ihre Finger schlossen sich fester um den Ast in ihrer Hand.

Leise klopfte sie an die Tür. Es war kaum zu hören – wie auch, wo sie das Holz so gut wie nicht berührt hatte. Dennoch antwortete ihr die Stimme des Fremden wie ein Flüstern des Windes in ihrem Ohr: »Komm nur herein, Mädchen.«

Vanora nahm den Türknauf in die Hand und atmete tief durch. Sie hatte keine Angst. Sie hatte niemals Angst. Energisch stieß sie die Tür auf und machte einen entschlossenen Schritt in die Dunkelheit.

Zunächst erkannte sie die Umrisse eines Tisches, an welchem zwei Stühle standen. Erst als sich ihre Augen allmählich an das Zwielicht gewöhnt hatten, bemerkte sie die hochgewachsene, schlanke Gestalt, die fast mit den Schatten zu verschmelzen schien.

»Ich freue mich, dass du gekommen bist.« Glendorfil ging einen Schritt auf sie zu, trat in den von Staubwirbeln durchzogenen Lichtstreifen, der durch die offenstehende Tür drang.

Vanora starrte ihn an, die Antwort blieb ihr im Halse stecken, und den Mund wieder zu schließen, vergaß sie ganz. Es war schwer, selbstbewusst zu wirken, während der schönste Mann der Welt zu einem hinabsah. Er sah unwirklich aus, nicht wie ein Mensch. Seine Haut wirkte wie weißer, geschliffener Marmor, die scharfen Gesichtszüge wie eingemeißelt. Ein Strom pechschwarzer, seidiger Haare floss über seine Schultern bis zur Brust hinab und ließ sein schmales Gesicht nur noch heller strahlen. Unter dem Hut mit der breiten, goldverzierten Krempe glosten seine Goldaugen und hielten sie gefangen.

»Setz dich.«

Der Mann, der, wie sie von ihrem Vater wusste, Glendorfil hieß, deutete mit einem Lächeln in die Richtung, in der sie vorhin den Tisch mit den Stühlen gesehen hatte. »Setz dich nur, Vanora.« Jedes seiner Worte klang, als würde es von einem unsichtbaren Glockenspiel begleitet. Noch immer konnte sie den Blick nicht von ihm wenden. Fasziniert betrachtete sie eine kleine, hauchdünne Einkerbung an seiner linken Wange. Zunächst hatte sie sie für ein Grübchen gehalten, doch bei genauerer Betrachtung erkannte sie, dass es eine Narbe war.

Glendorfil, der ihren Blick wohl bemerkt hatte, zog mit dem Finger den Verlauf der weiß verblassten Linie nach und zwinkerte ihr zu: »Eine alte Kriegsverletzung.«

Vanora kniff die Augen zusammen. Eine alte Kriegsverletzung? Wie alt könnte diese Verletzung denn schon sein? Ihr

Vater hatte noch nicht einmal dreißig Sommer erlebt, und dieser Mann war um etliche Jahre jünger als er. Argwöhnisch musterte sie den Fremden und verharrte auf dem Blick seiner tiefgründigen, weisen Augen, die wirkten, als hätten sie Jahrhunderte vorüberziehen sehen. Womöglich war er doch älter, als er aussah?

Glendorfil deutete erneut in Richtung des Tisches, und dieses Mal erinnerte sie sich an ihre Erziehung, sank in einen Knicks und nahm schließlich Platz. Der Fremde setzte sich ihr gegenüber: »Ich hoffe, ich habe dir gestern keine Angst gemacht. Falls doch, möchte ich mich bei dir entschuldigen.«

Vanora schob das Kinn vor und richtete sich im Stuhl auf. »Ich bin nicht ängstlich.« Sie ballte die Hände zu Fäusten, um das Zittern zu verbergen.

Glendorfil lächelte noch immer und beugte sich etwas weiter vor. Vanora runzelte die Stirn. Es war merkwürdig. Der Geruch des feuchten, modrigen Holzes lag in der Luft, doch gleichzeitig ging von dem Mann ein schwacher, unglaublich frischer Duft aus, so klar wie die Luft nach einem Gewitter, wie frischer Schnee oder das eisige Meer.

Vanora straffte sich und lächelte zurück. »Mein Vater sagt, Ihr wart ein Freund meiner Mutter.«

»So könnte man sagen, ja. Was hat dir dein Vater denn noch alles erzählt?«

Aufmerksam forschte sie in seinen Goldaugen nach einem Hinweis, einer Gefühlsregung, irgendetwas, das ihr geholfen hätte, zu erkennen, wie der Fremde zu ihrer Mutter gestanden hatte. Vermisste er sie? Hatte er sie geliebt? Und wie mochte er zu ihrem Vater stehen? »Papa spricht nicht über sie«, sagte sie schließlich.

Glendorfil nickte. Sein Blick fiel auf ihre Hände, die auf

der rauen, zersplitterten Tischplatte lagen. »Woher hast du diese Narben?«

Blitzschnell ließ Vanora ihre Hände unter dem Tisch verschwinden. »Ist in der Schmiede passiert. Funken.«

Wieder nickte Glendorfil, und Vanora spürte, wie ihr das Blut in die Wangen schoss. Ob er ihre Lüge durchschaut hatte? Die hellen Linien, die sich über ihre Handinnen- und -außenflächen zogen, waren kaum noch zu sehen. Das Feuer hatte sie kaum verletzt. Eigentlich hätten sie im Zwielicht gänzlich unsichtbar sein müssen. Offenbar hatte Glendorfil gute Augen. Genau wie sie.

»In der Schmiede also«, wiederholte Glendorfil schließlich leise.

»Ja, mein Vater ist Hufschmied. Früher war er Waffenschmied. Mein Großvater sagte, dass Vater die besten Schwerter hergestellt hat. Einmal hat er sogar für den Fürsten von Vinelba eines gemacht.«

»Wirklich? Für den Fürsten?«

»Ja.« Vanora vergaß die Beklommenheit, legte automatisch die Hände wieder zurück auf den Tisch und rutschte näher. »Von überall in der Welt wollten die Leute seine Schwerter haben. Er war oft in Vinelba in der Burg. Mein Großvater hat gesagt, dass er dort meine Mutter kennengelernt hat. Ist das wahr? Mein Großvater hat auch gesagt, dass Vater den König getroffen hat. Alle Ritter wollten eines von seinen Schwertern haben. Hat meine Mutter in Vinelba gewohnt? Mein Großvater hat gesagt, dass sie wunderschön war und dass mein Vater früher auch einmal schön gewesen ist und lustig und fröhlich. Seine Schwerter ...«

»Aber jetzt ist dein Vater Hufschmied, nicht wahr?«

Vanora grub die Fingernägel in die Kerben der Tischplatte.

»Er kann immer noch Schwerter machen«, sagte sie leise und doch bestimmt.

»Wieso tut er es dann nicht?«

»Er … Mein Großvater hat gesagt … er … er konnte nicht mehr so viel reisen. Er wollte mit den Noblen nichts mehr zu tun haben. Er hatte … mich.«

»Ja, fürwahr.« Glendorfil erhob sich und ging auf die Truhe zu. Mit dem Rücken zu ihr blieb er stehen und blickte geradeaus zur Wand. »Er war früher anders?«, fragte er nach einer Weile des Schweigens, ohne sich jedoch zu ihr umzudrehen. »Dein Vater, er war nicht immer so …«

»Traurig?«

Glendorfil drehte sich zu ihr um. Sie konnte sein Gesicht nicht sehen, und doch spürte sie auch an ihm eine gewisse Traurigkeit, die sie ungewöhnlich intensiv fühlen konnte. So als wäre sie … ein Teil von ihm. Ein Schauer lief ihr den Rücken hinab, doch dann fing sie sich wieder. Das war Unsinn. Es war nur seine Stimme, die so anders war und automatisch eine melancholische Stimmung hervorrief.

»Und dein Großvater kannte deine Mutter ebenfalls?«

»Ja. Mein Großvater war auch Waffenschmied, obwohl er der Sohn eines Gelehrten von Vinelba war. Er hat meinem Vater alles beigebracht. Graham sagt, ich sehe aus wie er.«

»Tatsächlich? Dann muss dein Großvater sehr hübsch gewesen sein.«

Eine leise Verlegenheit befiel sie, doch kurz darauf spülte das Misstrauen sie fort. »War er nicht. Woher wisst Ihr, dass er tot ist?«

Glendorfil wandte sich wieder ab und nahm etwas aus der Truhe. »Menschen sterben«, sagte er, als er sich wieder zu ihr umdrehte. »Früher oder später.«

Vanora starrte in das von Schatten verhüllte Gesicht. »Er war nicht so alt«, sagte sie. »Er starb im Winter vor zwei Jahren am Fieber.«

»Richtig.« Er legte einen Haufen schwarzer Leintücher auf den Tisch. »Aber genug davon. Lass uns mit dem Unterricht beginnen.«

Sie seufzte. »Aber ich kann schon lesen und schreiben. Großvater hat es mir beigebracht.«

»Dann ist es ja gut, dass du bei mir anderes lernst.« Mit einer blitzschnellen Bewegung schlug er die Tücher auseinander.

Vanora fuhr zurück, schnappte instinktiv nach Luft und wäre fast mit dem Stuhl hintenübergekippt.

»Du tust ja so, als wäre darin eine Schlange.«

Mit großen Augen starrte sie auf Köcher, Pfeile und Bogen. »Was soll ich damit?«

»Üben.« Glendorfil lächelte und legte nun auch noch ein prachtvolles, mit Edelsteinen verziertes Schwert frei. »Und die Beste werden.«

Vanora sah ihn fassungslos an. »Einfache Leute dürfen keine Waffen benutzen – und Frauen dürfen es erst recht nicht.«

»Dort, wo ich herkomme, schon.« Glendorfil nahm ihr gegenüber Platz. »Sag, ist dir jemals aufgefallen, dass in deiner Gegenwart vermehrt Dinge geschehen, die du nicht erklären kannst? Gab es hier bereits besonders starke Stürme? Überschwemmungen? Brände?«

Vanora zuckte zusammen. Sofort erschienen in ihrem Kopf: der brennende Ziegenstall im Hinterhof. Die Blumen, die plötzlich zu Asche verwandelt aus ihrer Hand rieselten. Das Holzschwert, das zersplitterte, als wäre ein alles versengender Blitz hindurchgefahren. Doch dies waren bei weitem nicht die schlimmsten Erinnerungen. Da waren jene Momente, die sie nicht bewusst erlebt hatte. Die vielen Male, als ihr die Sinne geschwunden waren. Als sie nicht mehr wusste, was sie tat, und danach in die entsetzten Gesichter der Leute aus dem Dorf blickte – und in das besorgte Gesicht ihres Vaters. Die Narben an ihrer Hand begannen zu jucken. Vanora strich mit den Fingern darüber, sah auf und hielt Glendorfils bohrendem Blick stand. »Nein«, antwortete sie. Sie musste sich darauf konzentrieren, ruhig zu atmen und das Glühen ihrer Wangen zu ignorieren. Nur ihr Vater wusste von den seltsamen Dingen, die ihr geschahen. Und er hatte ihr streng verboten, irgendjemandem davon zu erzählen. Manche Menschen waren nun einmal so wie sie, sagte er, aber es wäre besser, das geheim zu halten.

»Nun gut.« Glendorfil erhob sich. »Wie du meinst. Dann lass uns keine weitere Zeit verschwenden.« Und mit diesen Worten ging er an ihr vorbei und zur Tür hinaus.

Ohne zu überlegen, griff Vanora nach Bogen und Pfeilen und folgte ihm. »Habt Ihr deshalb mit meinem Vater gestritten? Weil Ihr mir beibringen wollt, wie man damit umgeht? Weil …« Sie verstummte. Mit weit aufgerissenen Augen sah sie an dem Mann vorbei und auf ein Tier, das dort seelenruhig auf der Wiese graste. Nicht einmal die prächtigen Schlachtrösser der Ritter, die sie einst gemeinsam mit ihrem Großvater in Vinelba gesehen hatte, waren mit diesem Tier zu vergleichen. Das Fell war viel zu schwarz und glänzte wie in Öl gebadet, und die dichte, schimmernde Mähne reichte bis weit unter den muskulösen Hals. Noch nie hatte sie etwas so Wunderschönes gesehen. Langsam näherte sie sich, blieb jedoch an Glendorfils Seite. Das Pferd hob den Kopf, streckte ihnen aufmerksam die Ohren entgegen. Was war das nur für ein

Land, aus dem Glendorfil kam, wenn es dort solche Pferde gab?

»Vanora.« Glendorfil streichelte über die Stirn des Pferdes, das ihm zärtlich gegen die Brust stupste. »Ich möchte dir meinen treuen Freund Glitnir vorstellen.«

Sie räusperte sich. »Er ist wundervoll«, und empfand zugleich schmerzlich, dass dieses Wort dem Pferd nicht gerecht wurde.

»Ja, das ist er.« Erneut lächelte Glendorfil auf jene schöne und zugleich beunruhigende Weise, die ihm eigen war, und tätschelte Glitnirs Hals. »Dann freut es dich doch bestimmt, dass du jetzt auf ihm reiten wirst.«

»Was?« Sie wich einen Schritt zurück. »Nein, das geht nicht. Er ist so groß.«

»Er wird gut auf dich aufpassen. Und ich bin ja auch noch da.«

Sie schüttelte den Kopf. Sie wusste weder, was sie von Glendorfil halten, noch, wie sie das Tier einschätzen sollte. Doch ihr selbsternannter Lehrmeister nahm nur die Zügel in die Hand und hielt sie ihr hin. »Wenn du Angst hast, können wir auch zu Fuß gehen.«

»Ich habe keine Angst«, erklärte sie, reckte das Kinn vor und setzte sich mit festen Schritten in Bewegung.

Er zwinkerte ihr zu – eine seltsam menschliche Geste in diesem so wenig menschlichen Gesicht. »Das dachte ich mir.«

Und noch ehe sie richtig begriff, wie ihr geschah, packte Glendorfil sie, hob sie mühelos auf das Pferd und saß im nächsten Moment selbst hinter ihr im Sattel.

Ein kräftiger Windstoß fuhr ihr ins Gesicht, wehte ihr Haar zurück und zerrte an ihrem Kleid. Die Welt um sie herum flog an ihr vorbei und verschwamm zu einem blaugrünen Schemen. So leicht, als würde er schweben, stürmte der Rappe über die Hügel auf den hellblauen Horizont zu. Ihre Hände klammerten sich an den Bogen, und sie spürte Glendorfils Arm, mit dem er sie an seine Brust drückte. So musste sich ein Vogel fühlen, der frei und schwerelos über das Land flog – dem gewaltigen Donnern der Wellen zu, der lauter war als das Gewitter der vergangenen Nacht.

Sie benötigten nur wenige Minuten, um die Steilklippen zu erreichen. Glitnir hielt inne, und Vanora atmete tief die kühle Seeluft ein. Die anderen Dorfbewohner mieden diesen Ort, aber Vanora liebte die gigantischen Felsen, die senkrecht ins Meer fielen, und hatte sich ihnen zeit ihres Lebens verbunden gefühlt. Dass – wie die anderen behaupteten – das Böse in diesen Klippen wohnte, glaubte sie nicht. Wie sollte solch ein traumhafter Ort böse sein?

Glendorfil schwang sich aus dem Sattel, hob sie vom Pferd und sah sich um. Wonach er Ausschau hielt, wusste sie nicht. Hier gab es nichts als die grüne Ewigkeit und den Abgrund am Ende der ewig langen Küstenlinie.

»Siehst du den Felsen, dort, neben dem Apfelbaum?«

Vanora kniff die Augen zusammen, folgte seinem Blick und schüttelte schließlich den Kopf.

»Streng dich an.«

»Aber ich sehe dort keinen Felsen und auch keinen Apfelbaum.«

Glendorfil sah zu ihr hinab, und in seinem Blick lag mit einem Mal eine Kälte, die ihr die Luft aus den Lungen zu pressen schien. Sie schauderte, als der Blick seiner goldenen

Augen den ihrigen gefangen hielt. Und so versuchte sie es noch einmal, konzentrierte sich auf die gewellte Linie, die die grünen Hügel vom blauen Horizont trennte. Das Bild wurde immer schmaler, die Ränder zogen sich nach innen, immer stärker schränkte sich ihr Blickfeld ein. Sie nahm nicht mehr wahr, was seitlich von ihr geschah, und ihr Blick flog wie durch einen Tunnel über die Wiese – und da sah sie ihn. Den langen, spitz zulaufenden Felsen, der unweit eines weißblühenden Apfelbaums aus dem Boden ragte.

Vanora bemerkte kaum, dass Glendorfil ihr den Köcher mit den Pfeilen umlegte und den Bogen gegen die Brust drückte. »Zieh einen Pfeil.«

Ohne lange nachzudenken, hob sie die Hand, griff über die Schulter nach hinten, tastete nach den gefiederten Enden der Pfeile und zog einen davon heraus.

»Dreh dich etwas zur Seite, diesen Fuß ein kleines Stück zurück, genau so. Steh aufrecht, Kopf hoch.«

Vanora löste den Blick vom Felsen, sah zu Glendorfil auf und erstarrte. Es war, als wäre ein Schleier von ihren Augen gefallen und als könnte sie zum ersten Mal klar sehen. Sie erkannte jedes Detail – Dinge, die ihr früher niemals aufgefallen waren. So sah sie auch, dass Glendorfils Haut tatsächlich reinweiß war, ohne die kleinste Unreinheit, ohne Bartstoppeln oder Unebenheiten. Seine Augen funkelten wie Edelsteine, wirkten genauso wie seine Haut – als wären sie aus Stein; leblos, kalt und doch atemberaubend schön.

Sie wusste nicht, ob sie weinen sollte, weil so wenig Leben in dieser Schönheit zu liegen schien; ob sie schreien und fortlaufen sollte vor Furcht oder ob sie vor diesem Fremden, der nun ihr Lehrer war, niederknien sollte, um ihm dafür zu danken, was er ihr gegeben hatte. Sie fühlte sich vollkommen und zugleich entzweit, lebendig und erstarrt – und zutiefst verunsichert. Ein schneller Blick zu dem Apfelbaum in der Ferne zeigte ihr, dass sie diesen noch ebenso klar erkennen konnte wie zuvor. »Was …«, begann sie, aber Glendorfil hob nur seinen Langbogen, der sie nahezu überragte, und zeigte ihr, wie sie ihn richtig halten musste. »Dreh den Ellbogen etwas nach außen. Die Finger nicht so verkrampft, halt ihn ganz locker, Schultern nach unten. Der Arm muss ausgestreckt sein. Zieh die Sehne zurück, ja, richtig. Konzentrier dich auf den Felsen. Die Sehne noch weiter zurück, leg sie am Kinn an.«

Vanora atmete ganz ruhig, sog jedes seiner Worte auf, befolgte die Anweisungen, so genau sie nur konnte. Dies war genau das, was sie immer schon gewollt hatte. Nicht kochen, die Stube fegen oder bei Brietta nähen lernen. Hier zu sein, an seiner Seite, den Bogen in Händen und den Finger an der Sehne – all das fühlte sich *richtig* an.

Ein leises Kribbeln strömte durch ihre Adern, breitete sich aus, erreichte die Hände, die den Bogen hielten. Ihre Sicht wurde noch schärfer, die Konturen des Felsens immer deutlicher.

»Ruhig einatmen. Halt den Atem an … Lass los.«

Der Pfeil zischte von der Sehne, der Bogen machte einen Satz nach vorn und fiel ihr beinahe aus der Hand. Mit weit aufgerissenen Augen verfolgte sie den Flug des Pfeiles. Er würde nicht treffen, das konnte sie bereits sehen. Schon wollte sie enttäuscht den Blick abwenden, als sie den roten Schweif sah, den der Pfeil hinter sich herzog. Kurz darauf ertönte ein lauter Knall, der hübsche Apfelbaum ging in Flammen auf und brannte lichterloh. Vanora schnappte nach Luft. Das war nicht sie gewesen. Nicht schon wieder. Ihre Hände begannen zu zittern. Mit aller Kraft klammerte sie sich an den Bogen und starrte zu dem Feuer.

»Beeindruckend.«

Glendorfils Stimme riss sie aus ihrer Starre, und fieberhaft suchte sie nach einer Erklärung, nach irgendetwas, das sie ihm erzählen könnte – etwas, das er glauben würde. Sie wusste, dass sie jetzt in Gefahr war. Ihr Vater hatte ihr immer wieder eingeschärft, dass sie in großer Gefahr schwebte, wenn jemand Zeuge dessen wurde, was sie vermochte. Doch sosehr sie sich auch bemühte, ihr wollte einfach nichts einfallen. Sie zitterte, klammerte sich an den Bogen und schwieg.

Glendorfil beugte sich zu ihr hinab und legte die Hand auf ihre Schulter. »Ist so etwas schon einmal passiert?«, fragte er. Seine Stimme klang sanft. Täuschte sie sich, oder schwang dort sogar eine Spur Zufriedenheit mit – oder gar Stolz?

Vorsichtig blickte sie zu ihm auf und schüttelte den Kopf, doch als das Lächeln in seinen Zügen jener Kälte wich, die sie bereits zuvor erschreckt und eingeschüchtert hatte, verwandelte sich ihr Kopfschütteln in ein zaghaftes Nicken.

»Gut«, sagte er. »Weißt du auch, wieso du das kannst?«

Wieder schüttelte sie den Kopf, brachte dann aber doch eine Antwort zustande. »Mein Vater sagt, ich habe einen starken Geist. Manche Menschen können … sie können sich die Kräfte der Natur zu eigen machen.«

»Nun, dein Vater scheint sehr klug zu sein. Soll ich dir verraten, was man sich in meinem Land über Menschen mit solchen Kräften erzählt?«

Vanora nickte. Ihr Herz schlug noch immer viel zu laut gegen ihre Rippen. Auch wenn sie sich eher die Zunge abgebissen als es zugegeben hätte: Diese ganze Situation war zu viel für sie.

»Also gut. Es heißt, dass solche Menschen von Elfen abstammen. Irgendwann, auch wenn es bereits sehr weit zurückliegt, gab es wohl einen Elfen unter deinen Vorfahren.«

»Elfen?«, hauchte sie. »Ich stamme von Elfen ab?« Das war so absonderlich und zugleich aber auch aufregend, dass ihr ganzer Körper zu prickeln begann. Es war lange her, dass in dieser Gegend Elfen gesehen worden waren, die Bündnisse mit den Menschen lagen schon lange zurück. Sie waren einfach zu unterschiedlich, hatte ihr Großvater gesagt, Menschen und Elfen, und niemals hatte der gegenseitige Argwohn überwunden werden können. Heute redete kaum noch jemand von diesen alten Zeiten, und besonders die abergläubischen Bewohner ihres Dorfes sprachen das Wort »Elfen« stets nur flüsternd aus, da sie fürchteten, Böses damit heraufzubeschwören. In den Städten mochten sich die Leute wohl noch eher an die hochgewachsenen Gestalten mit den spitzen Ohren erinnern, doch für Vanora waren sie bisher nur Figuren aus Großvaters Geschichten gewesen.

Die Kälte war nun endgültig aus Glendorfils Goldaugen gewichen. »Wer weiß?«, meinte er lächelnd. »So lauten die Geschichten in meinem Land. Es kann natürlich schon sehr weit zurückliegen.« Er machte mit seiner Hand eine weit ausholende Geste. »Die Natur ist von Magie durchdrungen. Menschen, die Elfenblut in sich haben, können diese Magie in sich aufnehmen.«

»So wie richtige Elfen?«

»Nein, Vanora. Elfen stehen der Natur sehr nah. Sie sind selbst magische Wesen, vereinen die Elemente in sich, auch wenn jeder Elf nur einem Element zugehörig ist. Sie müssen keine Kraft aus ihrer Umwelt schöpfen. Aber ein Mensch kann nur magische Kräfte entfalten, wenn er sie der Natur entnimmt.«

»Also habe ich der Natur etwas … weggenommen?«

»Bislang hast du das, ja.« Er nahm ihre Hand in seine. »Dennoch trägst du die Magie bereits in dir, Vanora. Und du verstärkst sie durch die Energie, die überall um dich herum existiert, weil du nicht mit diesen Kräften umgehen kannst. Das ist sehr gefährlich. Es kann zu viel werden.« Glendorfil kniete sich vor sie hin und seine Augen waren nun auf der gleichen Höhe mit den ihrigen. »Ich kann dir helfen, diese Kraft zu kontrollieren. Damit du über sie verfügst und sie nicht länger über dich verfügt.«

Vanora kniff die Augen zusammen und sah ihn forschend an. »Das könnt Ihr?«, flüsterte sie und ließ sich ins Gras sinken.

»Ich kann dir bei vielem helfen.«

Gedankenverloren hob sie die Hand und grub sie unter ihr Haar. »Vielleicht sind meine Ohren deshalb so spitz«, überlegte sie laut, »weil ich Elfenblut in mir habe.«

»Zeig sie mir.« Glendorfil strich ihr dichtes Haar zurück. Sie trug es immer offen, um die leicht spitz zulaufenden oberen Enden der Ohrmuscheln zu verbergen.

»Nein, nein.« Lächelnd schüttelte er den Kopf. »Elfenohren sehen ganz anders aus. Deine sind viel zu rund. Vielleicht hat dich dein Vater zu oft daran gezogen.«

»Wie sehen denn Eure Ohren aus?«, platzte es aus ihr heraus, doch Glendorfil richtete sich blitzschnell auf. »Sei nicht unhöflich, Mädchen. Man fragt einen Noblen nicht nach seinen Ohren.«

Vanora musterte sein perfektes Gesicht, das nichts Menschliches an sich hatte, und die Stelle, an der sein Hut die Ohren verbarg. »Seid … seid Ihr ein Elf?«, flüsterte sie.

Glendorfil lachte und setzte sich ihr gegenüber in das knöchelhohe Gras. »Wie kommst du denn auf so etwas?«

»Weil, also … Ihr seht so aus wie ein Elf.«

»Wie viele Elfen hast du denn bereits gesehen?«

Vanora sah verlegen zu Boden. Ihre Wangen glühten. »Keinen. Aber … Ihr seid so schön. Niemand sieht so aus wie Ihr.«

»Und du hast schon so viele Menschen in deinem jungen Leben getroffen, um beurteilen zu können, dass niemand von ihnen mir ähnlich sieht? Wie weit hast du dich denn schon von deinem Dorf entfernt? Weiter als bis nach Vinelba?«

»Nein«, gab sie zu und wäre am liebsten im Erdboden versunken.

»Wie willst du dann wissen, wie die Menschen in entfernten Ländern aussehen?«

»Ich weiß es nicht.« Sie konnte kaum noch sprechen. Es lag nichts Böses oder Hohn in seiner Stimme, und doch schüchterte er sie immer noch ein.

»In meinem Land begegnet man noch Elfen. Vielleicht hast du ja recht, vielleicht trage auch ich Elfenblut in mir.« Er beugte sich etwas näher zu ihr. »Möchtest du die Sprache der Elfen lernen?«

Vanora blickte auf und vergaß ihre Scheu. »Ihr sprecht ihre Sprache?«

»Natürlich. So wie alle noblen Herren. Auch die Noblen dieses deines Landes sprechen sie.«

»Ja.«

»Ja, das ist auch hier so?«, fragte er belustigt. »Oder ›ja‹, du möchtest die Sprache lernen?«

»Beides!«, rief sie und wäre ihm mit einem Mal am liebsten um den Hals gefallen. Es war alles so unwirklich, als befände sie sich in einem Traum. Ein wundervoller und zugleich unheimlicher Traum. Mal fürchtete sie sich, mal war sie überglücklich, und im Grunde verstand sie, wie sie sich in einem kleinen Winkel ihres Herzens eingestand, noch immer gar nichts von dem, was ihr geschah. Unruhig rutschte sie hin und her. Dieser Fremde war ihr unheimlich, ja, und manchmal machte er ihr Angst. Sie wusste rein gar nichts von ihm und dennoch war er ihr auf sonderbare Art vertraut. Und er bot ihr ein Leben, von dem sie stets geträumt hatte: das Leben einer Kriegerin! Sie würde all die Abenteuer erleben, von denen ihr Großvater erzählt hatte. Sie würde richtig kämpfen und Drachen besiegen. Niemand würde sie besiegen können. Und Glendorfil war der Schlüssel zu diesem Paradies. Sie wusste nicht, wohin der Weg, den er ihr wies, sie führen würde, aber sie spürte, dass sie aufbrechen wollte. Losgehen. Nachsehen, was hinter dem nächsten Hügel lag. Zurückkehren oder innehalten konnte sie ja immer noch.

»Soll ich noch einmal auf den Felsen schießen?«, fragte sie und hob ihre Hand, um einen neuen Pfeil hervorzuziehen, doch Glendorfil hielt sie zurück: »Nicht so ungeduldig. Zuerst widmen wir uns deinem flammenden Problem, bevor wir weitere unschuldige Bäume vernichten.« Er zwinkerte ihr zu, doch Vanora spürte, dass es kein Scherz gewesen war. Die Art, in der er die unschuldigen Bäume betonte, war, als hätte sie tatsächlich jemanden getötet. Noch ehe sie ihn danach fragen konnte, unterbrach er ihre Gedanken: »Komm näher«, sagte er und Vanora rutschte ein Stück auf ihn zu, so dass sie ihm nun genau gegenüber saß. »Konzentrier dich.«

Die Strahlen der Sonne waren mittlerweile kräftiger und wärmten ihr Gesicht, doch die kalte Luft, die vom Meer her wehte, brachte zugleich lindernde Kühle. Das regelmäßige Rauschen und Donnern des Meeres war die Begleitmusik zu Glendorfils wohlklingender Stimme. Das Meer, der Wind, das

Wiegen des langen Grases, das Licht der Sonne, alles verband sich zu einem harmonischen Lied. Sie konnte es hören, es riechen, auf ihrer Haut spüren und selbst auf ihren Lippen schmecken. Sie wurde ruhig, eins mit der Welt um sie herum, und war zugleich hellwach und aufmerksam. Es fühlte sich sonderbar an – fast wie etwas Magisches.

»Ich wünschte, ich wäre eine richtige Elfe.«

Der Holzlöffel ihres Vaters fiel auf den Teller, und Briac sah von seinem Getreidebrei auf. Der grimmige Gesichtsausdruck, den er seit ihrer Rückkehr von den Steilklippen trug, wurde jetzt sogar noch finsterer. Es entstand die vertraute senkrechte Falte zwischen seinen Augenbrauen, die Vanora nur zu gut kannte.

»Wie kommst du denn auf so etwas?«

»Der Herr Glendorfil hat mir heute viel über Elfen erzählt. Wusstest du, dass es zwei verschiedene Elfenvölker gibt? Die Licht- und die Dunkelelfen?«

»Hab schon mal davon gehört«, knurrte Briac und löffelte missmutig weiter.

Doch Vanora ließ sich die Laune nicht verderben. Dies war der schönste Tag ihres Lebens gewesen – fort aus dem Dorf, in dem niemand sie leiden konnte, und fort von den Menschen, die sie stets ansahen, als wäre sie eine Missgeburt. Heute hatte sie so vieles gelernt, hatte wundervollen Geschichten gelauscht und Kräfte in sich selbst, aber auch in der Natur entdeckt, von denen sie niemals gedacht hätte, dass sie existierten.

»Der Herr Glendorfil sagt, dass ich vielleicht von Elfen abstamme und deswegen … Vater, geht es dir gut?«

Briac hustete und würgte. Vanora reichte ihm schnell den Becher mit dem Wasser, das ihr Vater sofort gierig trank. Nur langsam nahm sein Gesicht wieder eine normale Farbe an.

»Es geht mir gut«, krächzte er, obwohl er nicht so aussah. »Was hat er dir noch gleich gesagt, der … Herr Glendorfil?«

Vanora zögerte und musterte ihren Vater, der sie mit angespanntem Kiefer ansah. »Mir ist etwas passiert«, begann sie schließlich leise. »Mit Feuer. Aber keine Sorge, der Herr Glendorfil war nicht böse. Er hat gesagt, dass es eine Gabe ist und dass ich lernen kann, sie zu benutzen. Er hat gesagt, dass dort, wo er herkommt, viele so eine Gabe haben und dass vielleicht ein Elf unter meinen Vorfahren war.«

Briac wurde immer blasser. Wie um Halt zu suchen, griff er erneut nach seinem Löffel, doch seine Hände zitterten. »Das hat er also gesagt?«

»Ja. Und dass überall – also im Boden, im Wasser, in der Luft – Magie ist. Er hat mir gezeigt, dass mir die Energie der Natur helfen kann, ohne dass ich ihr etwas wegnehme. Ein Geben und Nehmen. Man darf der Natur nämlich nichts wegnehmen, ohne ihr wieder etwas zu geben.« Sie grinste. Das mit der Energie war ganz schön kompliziert gewesen, wie sie fand, und sie war stolz auf sich, dass sie alles Erlernte so gut behalten hatte und wiedergeben konnte.

»Es scheint dir nicht mehr so viel auszumachen, dass er dich unterrichtet«, stellte ihr Vater fest.

»Nein, es ist toll!« Vanora strahlte über das ganze Gesicht. Vor Aufregung hatte sie noch keinen Bissen gegessen. »Er erzählt mir Geschichten von Elfen, und er sagt, dass dort, wo er herkommt, ganz viele Elfen leben. Stell dir das mal vor! In Vinelba waren ja schon lange keine mehr. Und er sagt, dass Elfen …«

»Ja? Was sagt er denn über die tollen Elfen? Sagt er dir, dass Elfen wunderschön sind? So schön, dass sie einem den Verstand vernebeln? Sag, Kind, was erzählt er dir? Erzählt er dir, wie schnell sie sind? Wie gut sie sehen können oder dass sie in allem besser sind als Menschen? Wieso wünschst du dir, eine Elfe zu sein? Sag schon – was erzählt der Herr Glendorfil?« Die Fragen kamen wie eine Pfeilsalve, und Vanora duckte sich immer tiefer auf ihrem Schemel. Ihre Hochstimmung war verschwunden. »Nein«, sagte sie und schluckte tapfer gegen das Schluchzen an, das ihr die Kehle hinaufkroch. »Er sprach über Magie und über die Liebe einer Elfenkönigin, die das Elfenreich teilte und damit einen Krieg verursachte.«

»Liebe.« Ihr Vater spuckte das Wort aus, als wäre es ein Fluch. »Er hat wohl vergessen, zu erwähnen, wie dieses Märchen der Liebe ausging.«

»Das kannst du gar nicht wissen.« Ihre Antwort kam patzig, und im Grunde wusste sie, dass sie den Vater verletzte, aber der Zorn war stärker. Warum konnte er sich nicht einfach mit ihr freuen? Der Fremde hatte ihm doch gar nichts getan. Sie, seine Tochter, war noch immer hier. Und sie wollte ihr Glück mit ihm teilen. Da musste er doch nicht ... Aber weiter kam sie nicht, denn Briacs Augen blitzten nun vor Zorn so hell wie die Glut des Schmiedefeuers: »Ach nein? Das weiß ich also nicht? Du würdest dich wundern, was ich alles weiß. Die Elfenkönigin hat ihre Schwester verraten. Sie hat sie aus Liebe zu einem Ritter verlassen und so das ganze Land ins Unglück gestürzt. Es gab nicht immer Licht- und Dunkelelfen, Vanora. Früher waren sie alle eins. Aber diese Königin hat dein wunderbares Elfenreich – dieses Elvion – durch einen Zauber geteilt. Und der Ritter? Der hat sie zum Dank dafür getötet! Dann hat er sich selbst zum König des abgetrennten

Reiches gemacht, zum König der Dunkelelfen. Was wissen Elfen schon von Liebe, Vanora? Vermutlich hat dir dein lieber Herr Glendorfil nicht erzählt, dass Elfen nicht lieben können, nicht wahr? Nach außen hin sind sie atemberaubend schön, aber in ihrem Inneren sind sie leer. Hässliche, dunkle Seelen und eiskalte Herzen. So sind die Elfen, mein Kind. Und glaub mir: Ich weiß das sehr genau.«

»Das ist nicht wahr!« Vanora kämpfte gegen Tränen und Zorn. Wie konnte ihr Vater solche gemeinen Dinge sagen? Gar nichts verstand er, gar nichts. Er kannte ja noch nicht einmal einen Elfen! Und diese Geschichte über die beiden Elfenköniginnen hatte er bestimmt aus seiner Zeit in Vinelba und sie dort beim Adel am Hof gehört. Aber Glendorfil hatte schon viele Elfen getroffen. Er sprach ja sogar deren Sprache!

»Du weißt gar nichts«, flüsterte sie und würgte den ekelhaften Brei hinunter, in den bereits Tränen getropft waren.

Ihr Vater antwortete nicht, und auch sie löffelte schweigend ihren Teller leer. Erst als sie aufstand und auf die Treppe zuging, hielt ihr Vater sie auf. »Du gehst sofort schlafen«, knurrte er und tauchte die Schalen in die Wasserschüssel. »Morgen musst du sehr früh aufstehen.«

Vanora hielt inne und lächelte. »Dann darf ich morgen wieder hingehen?«

Er sah sie noch immer nicht an und starrte stattdessen auf das Geschirr in seinen Händen. »Natürlich gehst du morgen wieder hin. Du gehst jeden Tag zu ihm.«

Vanora verstand nicht, was ihn umtrieb. Weshalb schickte er sie zu Glendorfil und ließ zugleich kein gutes Haar an ihm? »In ein paar Tagen ist er fort, Papa«, sagte sie schließlich. »Bei Vollmond verlässt er uns. Aber nicht lange, dann kommt er wieder.«

»Natürlich«, knurrte Briac, den Kopf weiterhin gesenkt. »Er kommt immer wieder.«

Vanora seufzte. Ihr Vater war schon immer ein Griesgram gewesen. Sie war es gewohnt. Es machte sie traurig um seinetwillen, aber es verletzte sie nicht. Er stand zu seinen Entscheidungen, er liebte sie, und er ließ sie ziehen. Morgen würde sie einmal mehr dem Dorf und seinen Bewohnern den Rücken kehren und die Welt bei den Steilklippen erkunden – auf jene gänzlich neue, magische Art, die Glendorfil ihr eröffnet hatte. Und das allein zählte.

Alkariel

Als Alkariel in das grelle Licht der Fackel blickte, kam die Erinnerung so unerwartet und heftig, dass sie eher einer Vision glich und ihren Körper ins Taumeln brachte. Ihr Geist war jedoch längst weit weg und befand sich wieder auf dem Balkon ihres Gemachs im Palast von Ueden: Ein greller Blitz erhellte die Nacht und blendete sie mehrere Sekunden lang. Mit Faszination und panischem Schrecken zugleich beobachtete sie die weißglühende Wand, welche sich in der Ferne dem Himmel entgegenstreckte. Die Mauern des Palastes zitterten, die Luft vibrierte durch die gewaltige Energie. Elvions Banner – das Sternbild des Einhorns, welches sich vor einem dunkelblauen Firmament abzeichnete – zerriss in zwei Hälften. Magie knisterte in der Luft, griff nach ihrem Geist, ihrer Seele.

Sie hörte eine Stimme. Das leise Flüstern ihrer Schwester Daralee, welches lauter als Donner durch ihren Kopf dröhnte. »Hiermit entsage ich dir!« Alkariel presste sich die Hand an den Kopf und –

»Eure Majestät?«

Mit einem erstickten Aufschrei fuhr sie herum. Ihr Lichtritter sah besorgt aus, und als sie seinem Blick folgte, verstand sie: Blut tropfte von ihren Händen. Sie hatte nicht bemerkt, wie stark sie die Fingernägel in die Handflächen gekrallt hatte. Ihr Herz raste noch immer, und sie rang schwer um Atem.

»Eure Majestät, geht es Euch gut?«

»Alles in Ordnung«, keuchte sie, doch ihre Hände, die unsicher Halt am kalten Stein der Tunnelwände suchten, straften ihre Worte Lügen. Nichts war in Ordnung. Die Erinnerungen verloren nichts von ihren Schrecken, wenn sie die Augen öffnete. Zwar lag Daralees Tod Jahrtausende zurück, doch je näher sie ihrem Ziel kam, desto öfter erinnerten ihre Traumbilder sie an die Zerstörung Elvions.

Der Lichtritter wirkte noch immer beunruhigt, als er sie schließlich durch das dunkle Gewölbe unter dem Schloss führte. Der Schein der Fackel sandte ihnen ihre verzerrten Schatten in zuckendem Tanz voraus, eine Ratte löste sich aus der Dunkelheit und verschwand wieder, und schließlich mischte sich der Geruch des feuchten, modrigen Kellers mit dem von frischem Blut.

Nicht mehr weit, und sie vernahmen auch die entsetzlichen Schreie, die einen Moment lang anschwollen, als das langgezogene Quietschen einer Tür durch den Tunnel hallte. Dann trat auch schon ihre Vertraute Meara aus der Dunkelheit. Ihr weißes Kleid schien im Licht der Fackel zu glühen – das Kleid einer Magierin höchsten Ranges.

»Guten Morgen, Eure Majestät.« Die Elfe sank in einen tiefen Hofknicks, verharrte einige Augenblicke in dieser Position und erhob sich auf Alkariels Anweisung schließlich wieder. »Es ist wohl besser, Ihr geht nicht weiter«, sagte sie lächelnd. »Nicht, bis alles beseitigt wurde.«

Die Schreie verstummten. Alkariels Blick wanderte zu der schweren Holztür und dann zurück zu Meara. Der Elfe war nicht anzusehen, welcher Tätigkeit sie soeben noch beigewohnt hatte. In ihren braunen Augen strahlte noch immer jene Unbeschwertheit, die Alkariel schon lange verloren hatte.

Die vielen dünnen Zöpfe in Mearas dunklem Haar verliehen ihr etwas Kindliches, doch Alkariel wusste nur zu gut, welche Macht sich hinter dem unscheinbaren Äußeren verbarg. Meara Thesalis – Meara aus dem Geschlecht der Mächtigen, deren Familienmitglieder von jeher zu den Beratern der Königin zählten. Auch jetzt noch, da die glanzvolle Zeit der Schwesternköniginnen mit Elvion untergegangen war. So wie jeder Elf, egal ob Licht- oder Dunkelelf, der Magie eines Elements verbunden war, gehörte Meara zu den Elfen der Erde. Sie war jedoch eine der wenigen, wenn nicht die Einzige, die zu einer Magierin der vier Elemente aufgestiegen war. Sie beherrschte Feuer, Wasser, Erde und Luft gleichermaßen, was noch nicht einmal Alkariel von sich behaupten konnte. Sie selbst hatte sich nur drei Elemente aneignen können. Die letzte Magierin der vier Elemente war ihre Schwester Daralee gewesen, doch noch nicht einmal diese Macht hatte sie vor dem Tod bewahren können.

Die Königin zwang sich zu einem Lächeln. »Hat er gesprochen?«, fragte sie schließlich und versuchte, die Müdigkeit in ihrer Stimme zu verbergen.

»Sehr viel. Leider nichts, das uns nützen könnte.«

Der Lichtritter entfernte sich etwas, so dass die beiden Elfen ungestört sprechen konnten. Alkariel unterdrückte ein Seufzen. Das Gewicht der Krone ließ ihren Nacken schmerzen und das, obwohl es sich doch nur um ein filigranes Diadem handelte, das ihr langes Haar zurückhielt. »König Leoran verbirgt sein Geheimnis mit großem Geschick. Wenn selbst dieser Schattenritter nichts von ihr weiß …«

»Wusste.« Meara lächelte. »Die Dunkelelfen sind nicht dumm. Eure Vermutung scheint richtig zu sein. Das Mädchen kann sich nicht im Schattenreich aufhalten, denn Euer Zauber hätte sie ausfindig gemacht. Und wäre sie bei Leoran in der Hauptstadt Lurness, wüssten die Schattenritter davon.«

Alkariel nickte. »Wäre sie noch im Schattenreich, müssten auch Leorans Ritter ihren Aufenthaltsort kennen. Nein, das Mädchen ist in der Menschenwelt. Aber wo?«

»Fürst Nevliin ist bereits eingetroffen.« Meara deutete mit dem Kopf in den Tunnel. »Er wartet auf der Ostterrasse. Vielleicht kann er Näheres berichten.«

Nevliin! Sie hatte den Befehlshaber ihrer Lichtritter schon lange nicht mehr gesehen. Als sie Meara zur Terrasse folgte, glitt das erste Lächeln seit langem über ihr Gesicht.

Am Rundbogen, der hinaus auf den mit weißem Marmor belegten Balkon führte, hielt sie inne und betrachtete ihn. Nevliin schien ganz in das Studium einer Karte versunken zu sein – der Menschenwelt, wie sie vermutete – und schien die Anwesenheit der Königin und ihrer Vertrauten nicht zu bemerken. Seine weiße Rüstung mit dem goldenen Pferd der Lichtelfen auf dem Harnisch schimmerte im Sonnenlicht mit den Edelsteinen am goldenen Knauf seines um die Hüfte gegürteten Schwertes um die Wette. Alkariel lächelte. Es gab wohl kaum einen Elfen, den man nicht als schön bezeichnen würde, doch Nevliin war der Inbegriff eines Lichtelfen. Nicht eines seiner weißblonden Haare hatte sich aus dem Haarband im Nacken gelöst, und sein schmales Gesicht mit den hohen Wangenknochen war von statuenhafter Schönheit. Es war leicht, sich in den tiefschwarzen Seen seiner Augen zu verlieren – oder in ihnen zu ertrinken. Er erinnerte sie an jene Zeit, als Elvions Glanz noch nicht von den magisch verkümmerten Dunkelelfen getrübt gewesen war. Doch auch wenn sein Äußeres nahezu vollkommen war, ärgerte sie seine unterkühlte und distanzierte Art. Selbst ihr, seiner Königin, schenkte der beste Schwertkämpfer des Reiches nie auch nur das kleinste Lächeln.

Plötzlich stutzte Nevliin, sah von seiner Karte auf, kam zu ihnen herüber und ging vor ihr auf ein Knie: »Eure Majestät. Herrin Meara Thesalis.«

Alkariel strahlte: »Fürst Nevliin von Valdoreen.« Sie bedeutete ihm, sich zu erheben. »Ihr bringt wahrlich die Sonne in mein Reich. Ich freue mich, dass Ihr unversehrt von Eurer Mission zurückgekehrt seid.«

Nevliin verzog natürlich keine Miene. »Eure Majestät. Die Suche nach der Halbelfe blieb erneut ohne Erfolg.«

Alkariel wies mit der Hand auf einen Stuhl, doch Nevliin blieb stehen. Also nahm sie selbst auf einem der goldverzierten Stühle Platz, und ihr Lächeln erlosch. »Nun gut, Nevliin. Sprecht.«

Der Fürst trat an ihre Seite und zeigte auf die Karte. »Ich habe mit den Lichtrittern das Gebiet von Marluke bis Cahier durchkämmt. Ohne Erfolg. Es gab nicht den geringsten Hinweis auf ein Mädchen mit magischen Fähigkeiten.«

»Ihr habt also versagt.«

»Herrin, ich befürchte, die Halbelfe wird unauffindbar bleiben.«

»Was bringt Euch zu dieser Annahme?« Alkariel griff nach dem kristallenen Kelch und trank vom frischen Quellwasser. Sie warf Meara, die sich im Hintergrund hielt, einen kurzen Blick zu, ehe sie sich wieder dem Ritter zuwandte.

»Sie könnte jedes Mädchen sein«, fuhr Nevliin fort, und das, wusste Alkariel, war gerade in der Menschenwelt ein nicht unerhebliches Problem. Jene Welt bar jeder Magie wimmelte nur so von Kindern, die Suche nach einem speziellen gestaltete sich dadurch noch einmal als viel schwieriger. Es lag wohl an der kurzen Lebensspanne eines Menschen, dass ein Kind nach dem anderen in die Welt gesetzt wurde. So wollten sie wohl ein Aussterben ihres Volkes verhindern, während im Elfenreich nur selten ein Kind das Licht der Welt erblickte. Alkariel wusste nicht, ob die Menschen so viel fruchtbarer als ihr eigenes Volk waren oder ob es einfach an der ungezügelten Lebensweise der Menschen lag. Ein Elf verlor im Laufe der Jahrhunderte wohl seine Leidenschaft, ja, er wurde kalt, auch wenn Alkariel selbst nach all der Zeit beim Anblick des Fürsten noch das Feuer der Jugend in sich zu verspüren meinte.

»Wir wissen nicht, ob sie über magische Fähigkeiten verfügt«, erklärte Nevliin weiter und ließ sich das Bemerken ihres kurzen Gedankenausflugs nicht anmerken. »Sie ist noch jung. Vielleicht weiß sie noch nicht einmal etwas über ihre Herkunft.«

»Natürlich weiß sie davon«, entgegnete Alkariel kühl. »Wie sonst sollte Leoran sie versteckt halten? Sicherlich versucht er, ihre Kräfte zu stärken. Sie gegen mich aufzubringen. Jetzt ist sie noch ein Kind, aber sie wird mit jedem Tag gefährlicher. Haben die Dunkelelfen erst eine mächtige Magierin an ihrer Seite, schweben wir alle in Gefahr.«

»Sie ist Daralees Nachfahrin«, bestätigte Meara. »Ihre Kräfte werden nicht verborgen bleiben. Sie mögen durch das Menschenblut geschwächt sein, aber sie sind ohne Frage vorhanden.«

Alkariels Augen verengten sich zu schmalen Schlitzen. Ihr lief die Zeit davon. Sie war unaufmerksam gewesen und hatte sich von Daralees Tochter Eliria täuschen lassen – dieser dummen Gans, die töricht genug gewesen war, sich mit einem Menschen einzulassen. Immerhin hatte Eliria noch ganz auf Menschenart ein Kind in die Welt gesetzt, ehe sie sich das Leben genommen hatte. Und mit dem Blut dieses Kindes würde sie, Alkariel, die Barriere zwischen dem Licht- und dem Schattenreich zerstören und Elvion neu vereinen – ganz so, wie es ihr das Orakel vorausgesagt hatte. Sie musste das Mädchen finden. Und noch einmal würde sie nicht versagen.

Nevliin riss sie aus ihren Gedanken: »Die Menschen sind abergläubisch. Sie sehen überall Magie. Ohne einen konkreten Hinweis ist es so gut wie unmöglich, sie zu finden. Zumindest nicht in naher Zukunft.«

»Wir könnten noch einen Schattenritter gefangen nehmen«, schlug Meara vor.

Nevliin wandte sich zu ihr um. »Noch einen?«

»Der letzte ist uns weggestorben.«

»Ihr habt ihn gefoltert?« Er fuhr zu Alkariel herum. »Eure Majestät, die Gefangennahme eines Schattenritters ist eine kriegerische Handlung. Sie könnte den Frieden mit den Dunkelelfen zunichtemachen.«

»Was kümmert mich das?«

Nevliins Blick durchbohrte sie wie der Eisdorn das Herbstblatt, doch seine Stimme war ruhig: »Herrin, Ihr habt einen Pakt mit Andron getroffen. Er unterstützte Euch im Krieg gegen die Drachenelfen. Im Gegenzug gabt Ihr Euer Wort, ihn als König der Dunkelelfen zu akzeptieren.«

Voller Zorn sprang Alkariel auf und riss dabei den Wasserkelch um, dessen Inhalt sich über die Karte ergoss. »Andron war der Mörder meiner Schwester!«, rief sie. »Er war es, der sie dazu brachte, sich von mir abzuwenden und das Land zu zerreißen! Was kümmert mich dieser Pakt? Andron ist ohnedies längst tot. Ich habe seinem Sohn nichts versprochen. Leoran hält das Mädchen von mir fern, um weiterhin König zu sein. Über ein gestohlenes Land! Ein Land, das es nicht verdient, das Reich von Elfen zu sein! Ihr kanntet das strahlende Elvion nicht, Nevliin. Ihr wisst nicht, wie das Schattenreich einst ausgesehen hat. Aber Ihr werdet es sehen, denn ich werde es zurückholen. Ich werde Elvion neu erschaffen und die Dunkelelfen daraus verbannen.«

Nevliin war näher getreten und musterte sie ohne Zorn oder Bestürzung. »Dann wird es Krieg geben«, stellte er fest.

Alkariel hielt seinem Blick stand. »So wird es sein«, entgegnete sie. Dann wandte sie sich ab, ging zum Geländer der Terrasse und blickte in den Garten hinab. Daumengroße Mirin schwirrten schmetterlingsgleich über einem Meer von Blumen, und am Brunnen saßen Elfen ihres Hofes, sangen und spielten auf der Laute. Das Bild von Harmonie und Einklang, das sich ihr bot, vermochte sie nicht zu beruhigen. Nur noch das Lichtreich erinnerte an das alte Elvion. Außerhalb der Grenzen versank das Land in Düsternis. Was hatte ihre Schwester nur getan?

Nevliin trat an ihre Seite, und Alkariel meinte ein flüchtiges Lächeln auf seinen Zügen zu sehen. Sie wusste, dass auch er das Lichtreich und seine Schönheit liebte – und dass er es bis zum letzten Atemzug verteidigen würde. Er würde sie, die Königin, bis zum letzten Atemzug verteidigen. Ihr treu ergebener Weißer Ritter.

»Ein Krieg lässt sich nicht vermeiden«, griff sie das leidige Thema schließlich wieder auf. »Oder glaubt Ihr etwa, Leoran wird uns das Mädchen freiwillig geben? Tatenlos dabei zusehen, wie sie die Barriere zerstört und ich mir das Schattenreich zurückhole? Nein. Er wird um dieses dunkle Land kämpfen.«

»Elvion ist seit Tausenden von Jahren geteilt«, meinte Nevliin. »Es herrscht Friede. Das Risiko eines Krieges …«

»Wie bitte?« Alkariel drehte sich zu ihrem Befehlshaber herum. »Meint Ihr etwa, ich solle den Dunkelelfen das Schattenreich einfach so überlassen?«

»Der Pakt …«

»Der Pakt? Habt Ihr diesen nicht selbst gebrochen, als Ihr Eliria aus Lurness entführtet?«

Die Sehnen an Nevliins schmuckloser Hand, die auf dem Geländer lag, hoben sich deutlich hervor. »Eliria war eine Gefangene der Dunkelelfen«, entgegnete er rau. »Ich habe sie in Eurem Auftrag befreit.«

»Und das war auch richtig so. Ihr seht, die Dunkelelfen brachen den Pakt bereits vor langer Zeit. Sie haben eine der Unsrigen gefangen genommen. Ihr wisst selbst, wie dies geendet hat.«

Nevliin wandte den Blick ab und ließ ihn erneut über den Garten schweifen. Alkariel lächelte. Auch wenn er es vermutlich niemals zugeben würde, hatte sie ihn doch an einer empfindlichen Stelle getroffen. Bis heute machte er sich Vorwürfe wegen Elirias Tod. Sie hatte sich unter seiner Obhut das Leben genommen, kurz nachdem er sie aus Lurness entführt hatte. Natürlich hatte Nevliin die Schuld bei den Dunkelelfen gesucht und geglaubt, dass die Gefangenschaft Eliria wahnsinnig gemacht hatte. Was er bis heute nicht wusste, war, dass Eliria bei den Dunkelelfen Schutz gesucht hatte – denn ihr Blut wäre notwendig gewesen, um die Barriere zwischen den beiden Reichen zu zerstören. Und sie, Alkariel, hatte dieses Blut haben wollen. Nur deshalb hatte Nevliin sie aus dem Schattenreich holen müssen. Doch dann hatte Eliria sich kurz vor Erreichen des Weltentores am Pass von Farlúr in die Tiefe gestürzt. Alkariel vermutete, dass sie das Geheimnis um die Existenz ihres Kindes, das Daralees Blutlinie weiterführte, mit in den Tod hatte nehmen wollen. Doch Alkariel wusste davon. Das Orakel hatte es ihr verraten – und das Kind würde sterben.

»So wird auch Elirias Tochter eine Gefangene der Dunkelelfen sein«, brach Nevliin das Schweigen. »Und ganz genau so wie einst ihre Mutter werde ich heute sie aus Lurness befreien.«

Alkariel seufzte. Nevliin würde niemals mit demselben Ehrgeiz nach dem Mädchen suchen, wenn er wüsste, dass das Kind sterben musste. Er würde nicht verstehen, dass dieses eine Leben im Vergleich zur Wiederherstellung Elvions keinen Wert besaß. Nein, Alkariel zweifelte nicht an Nevliins Treue. Er war der beste Mörder, den sie kannte, und er könnte zweifelsohne zu einer wundervollen Waffe, einem unbezwingbaren Tötungsinstrument werden – aber leider war er nicht frei von Skrupel. Seine Besessenheit von Ehre und Ritterlichkeit wurde ihr zunehmend lästig. Immer wieder musste sie sich Geschichten einfallen lassen, um ihm plausible Gründe für den Tod unwichtiger Individuen zu geben. Ihn zu täuschen wurde immer schwieriger. Aber sie wusste, wie sie mit ihm umgehen musste, und so würde sie ihn auch dieses Mal dazu nutzen, ihre Ziele zu erreichen. Sie legte ihre Hand auf seine Brust und sprach nun nicht mehr zu dem Befehlshaber, sondern zu dem Mann, den sie seit Kindestagen gefördert und geformt hatte. Dem Mann, der ihr liebstes Werkzeug war. »Das Mädchen ist nicht in Lurness«, sagte sie. »Wäre sie im Schattenreich, wüsste ich davon. Sie muss in der Welt der Menschen sein. Fürst Nevliin, setzt Eure Suche in der Menschenwelt fort. Ich weiß, dass Ihr sie finden werdet. Befreit sie aus Leorans Fängen, bevor …« In gespielter Betroffenheit sah sie auf den golddurchwebten Saum ihres weißen Kleides hinab und atmete dann schwer aus.

»Ich werde sie finden.« Nevliin wich einen Schritt vor ihr zurück und ihre Hand glitt von seiner Brust.

Alkariel schluckte ihren Ärger darüber hinunter. Er war noch nie anders gewesen, und vermutlich würde er sich auch niemals ändern – es sei denn, es gelänge ihr endlich, Elvion zu vereinen. Vielleicht würde selbst Nevliins Herz beim Anblick des wahren Elfenreiches Glück empfinden können.

»Meara und ich werden uns etwas einfallen lassen, um Euch bei der Suche zu unterstützen«, entgegnete sie schließlich. »Bis dahin, dessen bin ich mir sicher, werdet Ihr Euer Bestes geben.«

»Eure Majestät.« Nevliin verbeugte sich nach der Art von Valdoreen, seiner Heimat. Er trat einen Schritt zurück und beugte das Knie, während er die rechte Hand in einer ehrerbietigen Geste von seinem Körper fort und zur Seite führte und die linke an den Schwertknauf legte. Den Oberkörper hielt er dabei entgegen der Art ihrer Höflinge aufrecht und senkte lediglich den Kopf. Anschließend nickte er Meara zu und eilte ohne weitere Worte die Stufen der Terrasse hinab.

»Er hat sich nicht verändert«, stellte Meara fest.

Alkariel wandte sich zu ihrer Vertrauten um, die im Schatten des Rundbogens wartete und Nevliin nachsah. »Nein. Das hat er nicht.«

Meara kam langsam auf sie zu. »Wie lange wollt Ihr ihn noch belügen? Er würde Euch nicht verraten.«

»Ich weiß.« Sie ließ sich auf einen Stuhl sinken. »Er ist treu. Aber ich fürchte, er würde es nicht verstehen.«

Meara kniete vor ihr auf dem von der Sonne warmen Marmor nieder und ließ ihre offenen, braunen Augen auf ihrer Königin ruhen: »Auf Euren Schultern lastet das Gewicht eines Königreichs. Ihr müsst weiter denken als an ein paar Opfer.

Wird das Kind erst einmal erwachsen, werden die Dunkelelfen zu mächtig. Ihr müsst die Lichtelfen beschützen, und das wird auch der Fürst einsehen.«

Ihre Vertraute verstand es wie niemand sonst, Vertrauen und Zuversicht in ihrem Herz wachsen zu lassen. Doch dies war nicht das Einzige, worauf sie sich verstand.

Alkariel lächelte. Es gab noch sehr viel zu tun.

Eamon

Die drei Schattenritter hätten wahrlich einen besseren Zeitpunkt für ihre geheimnisvolle Reise wählen können. Einen, der weniger nass, kalt und gänzlich ungeeignet für eine Verfolgung war.

Eamon zog die Kapuze des schwarzen Umhangs noch etwas tiefer ins Gesicht, berührte in einer beruhigenden Geste die Nüstern seines Pferdes und strich sich unwirsch die Regentropfen von seiner eiskalten Wange. Seit Stunden kauerte er bereits hinter dem Stamm eines Baumriesen und beobachtete die drei schwarzen Gestalten auf der Lichtung. Die Sonne war längst aufgegangen, doch das spielte im Schattenreich kaum eine Rolle. Seit der Teilung war dieser Landstrich in immerwährender Düsternis versunken, und selbst wenn es vereinzelten Lichtstrahlen gelang, die dicke Wolkendecke am Himmel zu durchbrechen, verschlang sie der graue Nebel. Es war eine Welt der Grautöne, die Schleier trüb, der Nieselregen allgegenwärtig. Nur der mehr als mannshohe Felsen ragte wie ein einsamer Wächter am Rande der Lichtung aus dem Dunst empor, und zu seinen Füßen hielten die drei Schattenritter ihre Pferde an den Zügeln und standen nahezu bewegungslos, als lauschten sie in den Regen hinaus.

Seufzend ließ sich Eamon zurück auf den schlammigen

Boden fallen und lehnte sich an den Stamm der Kiefer. »Auf was warten sie nur?«, flüsterte er.

Sie wollen durch das Tor, hörte er Antraxens Stimme in seinem Kopf.

Eamon sah seinem schwarzen Hengst in die Augen. »Dann wären sie doch schon längst gegangen«, zischte er.

Du weißt, du musst nicht laut mit mir sprechen. Es reicht, wenn du …

»Ja, schon gut.« Eamon konnte im Moment keine von Antraxens Belehrungen ertragen – und außerdem hatte er sich noch immer nicht daran gewöhnt, eine fremde Stimme in seinem Kopf zu hören. Schließlich begleitete ihn Antrax bereits seit Jahrhunderten, und er hatte stets geschwiegen. Erst seit kurzem hatte das Elfenpferd seinem Königssohn das Privileg der mentalen Verbundenheit zuteilwerden lassen, und Eamon hatte bereits gelernt, dass dies nicht immer nur Vorteile mit sich brachte.

Wohin werden sie gehen?

Erneut sah Eamon zu dem Rappen auf. »Still jetzt. Ich muss nachdenken.« Die Faust gegen die Stirn gepresst, versuchte er die Lage einzuschätzen, die vielen verworrenen Bilder zusammenzufügen. Zu viele Jahre lang war er tatenlos gewesen und hatte die Schattenritter lediglich beobachtet, wie sie sich still und heimlich vom Hof stahlen und danach für Wochen spurlos verschwanden. Es hätte sich bei diesen Ausflügen ebenso gut um eine harmlose Patrouille handeln können und selbst Eamons Vater, König Leoran, hatte stets versucht, unbekümmert zu erscheinen, und immer wieder beteuert, dass die Schattenritter lediglich Grenzposten und Fürstentümer aufsuchten. Ein albernes Märchen, das Eamon schon lange nicht mehr glaubte. Deshalb war er fest entschlossen, an diesem Tag das Rätsel zu lösen. Um Mitternacht hatte er sich im Nebel verborgen postiert, geduldig gewartet, und wusste wohl, dass er vermutlich eine lange Reise antreten würde. Als die drei Schattenritter schließlich den Pfad hinabgekommen waren, hatte es ihn nicht sonderlich überrascht, als sie nur wenige Minuten von der Burg entfernt angehalten hatten. Dieser Ort war die Torlichtung im Dunkelwald, und von hier aus konnten die Ritter jeden Ort erreichen, an den sie wollten. Die Frage war nur: Wohin wollten sie?

Ein leises Wispern drang durch das Prasseln des Regens, und Eamon zog die Kapuze des Umhangs ein Stück zur Seite, um besser sehen zu können. Die Schattenritter wirkten unruhig, diskutierten lebhafter und deuteten zu dem Felsen hinüber.

Sie brechen auf, stellte Antrax fest.

»Ohne Schlüssel?« Eamon spähte mit zusammengekniffenen Augen durch den Nebel. Die Schattenritter waren noch immer da. Hätten sie einen Schlüssel für das Weltentor, wären sie doch schon längst aufgebrochen. Antrax scharrte ungeduldig mit einem Vorderbein über den nassen Waldboden und stieß mit seinen Nüstern an Eamons Schulter, als plötzlich ein gleißend weißes Licht den Wald erhellte. Eamon fluchte vor Schmerz, als das Licht ihm in die Augen stach und riss instinktiv die Hand vor das Gesicht. Als er einige Augenblicke später wieder zur Lichtung blinzelte, war der dunkelgraue Fels verschwunden. An seiner Stelle ragte ein weißer Torbogen in den Himmel, aus dessen Innerem noch immer das blendende Licht strömte.

Hast du gesehen, wie sie es geöffnet haben?, fragte Eamon den Rappen in Gedanken. *Wer von ihnen war es?*

Antrax schnaubte. *Ich denke nicht, dass sie das waren.*

Eamon lehnte sich noch ein Stück weiter vor, kniff die Augen zusammen und erspähte durch den Schleier aus Nebel und Regen drei dunkle Silhouetten, die aus dem Licht in den baumlosen Kreis traten. Die Schattenritter, die an der Lichtung gewartet hatten, stiegen auf ihre Pferde und ritten den Neuankömmlingen entgegen.

Da kommt Glendorfil.

Eamon nickte. Der Befehlshaber der Schattenritter war unter den Rittern leicht zu erkennen, denn Glendorfil trug als einziger einen blutroten Schwertgurt, der deutlich unter dem schwarzen Umhang hervorblitzte. Glendorfil war nicht nur ein Schattenritter, er war auch Eamons Freund. Wieso hatte er niemals mit ihm darüber gesprochen, dass er durch das Weltentor reiste?

Mittlerweile standen die sechs Reiter einander gegenüber, und Glendorfil überreichte den Wartenden ein kleines Kästchen. Verbarg sich darin der Schlüssel zum Weltentor?

»Leg dich hin«, flüsterte Eamon. Sein Hengst gehorchte und ließ sich langsam auf dem nasskalten Waldboden nieder. Eamon wirkte einen Tarnzauber, der ihm als Elfen der Erde trotz mangelnder magischer Fähigkeiten leichtfiel, und presste sich gegen den Baumstamm. Die hoch verwachsenen Wurzeln boten zwar ein gutes Versteck, doch einem Schattenreiter entging nur selten etwas, und Glendorfil war der Beste unter ihnen. Mit angehaltenem Atem verfolgte Eamon, wie Glendorfil und seine zwei Begleiter an ihm vorbei in Richtung Burg preschten. Erst als der Nebel sie endgültig verschlungen hatte, wagte er wieder zu atmen. »Sie haben uns nicht gesehen«, flüsterte er.

Wo sind sie hin?

Eamon fuhr herum und blickte entsetzt zur immer dunkler werdenden Lichtung. Die Ritter, die er seit den Morgenstunden beobachtet hatte, waren fort. Das durfte nicht wahr sein. Nicht schon wieder. Mit aller Kraft schlug er mit der Faust auf den schlammigen Boden. Vom Tor aus konnten die Schattenritter überallhin gegangen sein. Wie hatte er sie nur entwischen lassen können? Sie mussten sich beeilen. Noch war es nicht zu spät.

Eamon sprang auf und winkte seinem Rappen, ihm zu folgen. »Wir werden sie noch einholen«, sagte er, während er sich bereits seinen Weg zwischen den Wurzeln suchte. Blitzschnell flog er über die schlammige Lichtung auf den Felsen zu, riss mit einem kräftigen Ruck sein Amulett vom Hals und tastete mit den Händen über den glatten Stein. Als er die winzig kleine Kerbe im Fels gefunden hatte, legte er das Amulett hinein und sprach die magischen Worte. Die schwarze Wand verschwamm, leuchtete mit jedem Atemzug heller. Anfangs wirkte sie noch wie flüssig gewordenes Gold, wurde jedoch schnell immer heller und durchsichtiger, bis sie nur noch aus grellem weißem Licht bestand. Eamon zögerte keinen Moment und trat neben Antrax durch den leuchtenden Torbogen. Einen Lidschlag später verschwand das blendende Licht, und die weißen Hallen des Weltentores erschienen.

Er konnte sich wahrlich angenehmere Orte vorstellen. In dem allgegenwärtigen weißen Licht hatte er stets das Gefühl zu fallen. Er war lediglich ein schwarzer, störender Fleck in der gleißenden Ewigkeit.

Es war lange her, seit er zum letzten Mal durch ein Weltentor gereist war. Damals hatte er es gemeinsam mit dem gesamten Heer des Schattenreichs durchschritten, um mit seinem

Großvater, König Andron, Alkariel im Krieg gegen die aufständischen Drachenelfen zu unterstützen. Jahrtausende waren seitdem vergangen.

Dort vorne sind sie.

Eamon versuchte sich zu orientieren, Anhaltspunkte zu finden, und schließlich entdeckte er in der Ferne drei weitere schwarze Flecken, die ebenso wie er selbst das weiße Licht durchbrachen – die Schattenritter. Er hatte sie noch nicht verloren.

Eilig ging er vorwärts. Jeder Schritt kostete Überwindung, und jedes Mal war er erleichtert, festen Boden unter den Füßen zu spüren. Als er schließlich den Zugang zu den drei existierenden Welten erreichte, stellte er fest, dass der Weg kürzer gewesen war, als er erwartet hatte. Drei Höhleneingänge taten sich vor ihm auf und wirkten aus der Entfernung lediglich wie drei verschiedenfarbige Kreise in der Unendlichkeit des Lichts, wo es weder Oben noch Unten zu geben schien. Der Höhleneingang, der sich nun zu seiner Linken auftat, war dunkel, und Nebel hing über dem Boden. Durch diesen Gang würde er zu einem Ort im Schattenreich gelangen. Aus dem mittleren Höhleneingang schien blendend hell goldenes Licht, als würde die Sonne selbst dahinterliegen. Dieser führte in das Lichtreich. Der Höhleneingang zur rechten Seite leuchtete in einem sanften weißen Licht. Er war weiß wie die Halle, in der er stand, und hob sich einzig durch die steinerne Ummauerung im Inneren des Ganges vom allgegenwärtigen Gleißen ab. Und genau dorthin waren die Schattenritter verschwunden. Sie waren auf dem Weg in die Welt der Menschen.

Eamon war noch nie in der Menschenwelt gewesen, schob aber den Gedanken brüsk beiseite. »Schnell Antrax, sonst verlieren wir sie!«

Der Durchgang war nur wenige Schritte lang, machte eine Biegung und endete in einer weiteren weißen Halle, die genauso wie die Haupthalle lediglich aus Licht zu bestehen schien. Um ihn herum ragten jedoch Dutzende bunter Tore wie schimmernde Wandgemälde vom Boden in nahezu unendliche Höhen auf. Eamon faszinierte dieser Anblick jedes Mal aufs Neue. Es war, als reflektierte lediglich ein Spiegelbild auf einem klaren Gewässer, und doch gewährten die Tore einen direkten Blick in eine andere Welt. Kaum jemand wusste, wie viele Weltentore es tatsächlich gab oder welche Form sie haben konnten. Dazu musste wohl jedes einzelne Bildnis der weißen Hallen durchreist werden. Eamon kannte lediglich Tore in Form von Felsen, riesige Monolithen, die aus der Erde ragten, doch nur jemand mit hohen magischen Fähigkeiten konnte die verborgene Energie im Gestein spüren. Sicher war jedoch, dass jedes Weltentor an diesen Ort hier führte, in die Weißen Hallen, von wo aus jene mit einem Schlüssel die drei Welten bereisen konnten. In der Ferne verschwanden die Schattenritter durch solch ein Bildnis, und Eamon beeilte sich, ihnen hinterherzukommen. Doch anstatt so wie die Ritter einfach hindurchzugehen, blieb er stehen und betrachtete es misstrauisch: ein vom Wind gepeitschter, weißschäumender Ozean.

Da geh ich nicht durch, teilte Antrax ihm mit. *Ich habe keine Lust, von diesem Tor mitten im Ozean ausgespuckt zu werden.*

Auch wenn Eamon es nicht gerne zugab: Der Hengst hatte recht. Sie wussten nicht, wohin sie das Tor führte, und dass eines der Tore nur Wasser zeigte, hatte er noch nie zuvor gesehen. Doch die Schattenritter waren hindurchgegangen – also musste es sicher sein. »Die Pferde der Schattenritter hatten keine Angst, nass zu werden«, teilte er Antrax schließlich mit.

Antrax schnaubte zornig, doch Eamon zögerte nicht und schritt mit zusammengekniffenen Augen durch das Tor. Das grelle Licht blendete ihn selbst durch die geschlossenen Lider und ließ ihn einen Moment lang in eine rosa Welt eintauchen. Er wartete darauf, dass das Licht wie üblich wieder verschwand, doch es war immer noch zu hell. Ein Windhauch streichelte sein Gesicht, brachte den salzigen Geruch des Meeres. Es war ungewöhnlich warm, die Hitze brannte auf der Haut, und ein ohrenbetäubender Donner drang in seine Ohren. Langsam öffnete Eamon die Augen, wagte einen misstrauischen Blick in die neue Welt – und erstarrte. Warum, so fragte er sich, sah alles hier so anders aus als erwartet? Es gab keinen Nebel – gar keinen! »Die Sonne!«, jubelte er und hielt sich die Hand gegen die Stirn, um nicht geblendet zu werden.

Das kann nicht wahr sein.

Eamon drehte sich zu dem Rappen um, der plötzlich neben ihm stand. »Du hast es also doch noch gewagt.«

Denkst du etwa, die Klepper der Schattenritter sind mutiger als ich? Das würde mir ja ewig nachhängen.

»Da bin ich mir sicher.« Eamon grinste und wandte sich dann wieder seiner Umgebung zu. Das Tor hatte ihn nicht getäuscht. Es war tatsächlich ein Ozean, der sich vor ihm erstreckte. Er selbst allerdings stand auf festem Boden. Staunend betrachtete er die gewaltigen Steilwände, die ihn in dieser winzigen Bucht einsperrten. Bei Flut stand dieses Fleckchen Strand bestimmt unter Wasser. Eamon lachte, auch wenn er selbst nicht genau wusste, wieso. Er war zwar nicht in den Ozean gefallen, doch er war umzingelt. Vor ihm tobte das

Meer und in allen anderen Richtungen warteten die Klippen. Wie waren die Schattenritter aus diesem Kessel entkommen?

Sie sind bestimmt diesen Weg dort hinaufgegangen.

Eamon blickte in die Richtung, die Antrax ihm durch seine Gedanken wies, und sah einen schmalen Weg, der sich die zerklüfteten Felsen hinaufwand. Nun ja. Um ehrlich zu sein, war es eher ein Geröllfeld, aber immerhin war es ein Ausweg aus der Schlucht.

»Also gut. Dann sehen wir zu, dass wir sie noch einholen.« Eamon schwang sich in den Sattel und blickte zu Boden. Es waren keine Hufabdrücke zu sehen, doch das war bei den leichtfüßigen Elfenpferden nichts Ungewöhnliches. Er musste die Schattenritter ohne Spuren finden.

Geschickt kletterte Antrax den steilen Weg nach oben. Für ein Pferd der Menschenwelt war dieser Pfad bestimmt nicht passierbar.

So manches Elfenpferd hätte damit sicher auch seine Schwierigkeiten. Es klang fast ein wenig stolz.

Eamon schwieg. Manchmal wünschte er, Antrax hätte ihm das Privileg der gedanklichen Verbindung nicht zuteilwerden lassen. Das telepathische Kommunizieren war ohne Frage praktisch, aber es störte ihn, seine Gedanken nicht für sich zu haben.

Kurz darauf erreichten sie das Ende der Klippen und sahen auf eine weite, grüne Hügellandschaft, die nach allen Seiten hin in weißem Nebel versank, der durch die Morgensonne golden schimmerte. Der Donner der Wellen, die sich an den Felsen des unendlich weiten Küstenstreifens brachen, erschienen ihm seltsam vertraut. Von den Schattenrittern sah er noch immer keine Spur. »In welche Richtung gehen wir?«, fragte er.

Antrax wandte sich wortlos gen Osten, blieb jedoch nach wenigen Schritten abrupt stehen.

Ich spüre es auch, teilte Eamon seinem Pferd mit und spähte alarmiert in den Nebel, ohne etwas erkennen zu können. Sie waren nicht allein. Jemand näherte sich, und es waren nicht die Schattenritter. Automatisch hob er die Hände, griff hinter seine Schultern und zog die beiden Kurzschwerter, die er auf dem Rücken trug. Der Klang des Metalls übertönte selbst den Donner der Brandung. Konzentriert starrte er in den weißen Dunst, und seine Hände schlossen sich immer fester um das schwarze Heft der Schwerter.

Da war eine Bewegung im Nebel! Immer deutlicher nahm sie Konturen an – ein dunkler Umriss, ein sehr kleiner Umriss.

Eamon riss die Augen auf. Es war ein kleines Mädchen, das der weiße Schleier freigab! Als sie ihn entdeckte, verharrte sie wie vom Blitz getroffen und bewegte sich nicht mehr.

Lass uns gehen, ehe es zu spät ist.

Eamon ließ langsam die Hände sinken, doch Antraxens Worten schenkte er kaum Beachtung. Irgendetwas an diesem Mädchen zog ihn in ihren Bann. Es schien, als wäre sie von Magie umgeben, von Magie durchdrungen – eine Macht, die jene der Dunkelelfen bei weitem übertraf. Er schüttelte den Kopf. Nein, dachte er, das konnte nicht sein.

Langsam, um das Kind nicht zu erschrecken, stieg er aus dem Sattel, legte die Breitseiten der Klingen auf den Schultern ab und ging vorsichtig auf sie zu.

Aufmerksam erwiderte das Mädchen seinen Blick und schien nicht die geringste Angst vor ihm zu haben. Saphirblaue Augen blitzten aus dem milchweißen Gesicht, das strahlende hellblonde Haar windzerzaust, das Kinn trotzig vorgeschoben. Eamon schmunzelte. Woher nahm die Kleine nur diesen Mut? Jedes andere Kind wäre vermutlich selbst dann weggelaufen, wenn er nicht zwei Schwerter in der Hand gehalten hätte. Das Mädchen konnte höchstens elf Jahre alt sein, doch ihr unbeugsamer Blick und die kampfbereite Körperhaltung vermittelten den Eindruck einer erfahrenen Kämpferin. Nein, dachte er schließlich: Dies war kein gewöhnliches Menschenkind. Er wusste zwar nicht viel über dieses fremde Volk, doch er war sich sicher, dass Menschen keinen Funken Magie in sich trugen.

Du weißt, dass das nicht klug ist.

Ja, ja, brummte Eamon, den Blick weiterhin auf das Mädchen gerichtet. Sie strahlte über das ganze Gesicht, in ihren Saphiraugen blitzte die Neugierde, und jede ihrer Bewegungen war überlegt und sicher. Ohne darüber nachzudenken, kniete er vor ihr nieder, stützte sich auf eines der Schwerter und ließ das andere neben sich ins Gras sinken. Aus der Nähe betrachtet wirkten ihre Augen noch viel heller, ihre Haut zarter. Sie war nicht unbedingt das, was er als hübsches Mädchen bezeichnet hätte – vielleicht, weil sie ein Mensch war oder weil die hauchdünnen Äderchen unter ihren Augen sich blutrot von der weißen Haut abzeichneten. Aber diese beinahe schon greifbare magische Aura, die sie umgab, fesselte ihn.

Das Mädchen sagte etwas, doch er verstand ihre Sprache nicht. Sie klang aufgeregt und deutete auf seine Ohren. Eamon lächelte, strich sein schwarzes, noch immer regennasses Haar zurück und verfluchte sich im Stillen, dass er nicht auf seinen Vater gehört und die Sprache der Menschen gelernt hatte. Er seufzte stumm. Es würde auch anders gehen müssen.

Etwas zögernd streckte das Kind die Hand nach ihm aus

und legte das halblange Haar hinter seine Ohren. Vermutlich war er der erste Elf, den das Kind jemals gesehen hatte. Na ja, dachte er, und damit hatte das Mädchen nicht gerade ein besonders schönes Vorzeigeexemplar erwischt. Sein kurzes Haar, das, wenn es nicht gerade nass war, dicht und wild verwuschelt war, hatte ihm bereits viel Spott eingebracht.

Das Mädchen lächelte, zog ihre Hand wieder zurück und strich sich plötzlich das eigene Haar zurück.

Eamon verschlug es den Atem. Fassungslos starrte er auf die leicht zugespitzten Enden ihrer Ohren, die zwar anders als jene der Elfen waren und doch auch keinem Menschen gehoren konnten. »Das ist nicht möglich«, flüsterte er. Und mit einem Mal sah er die Antwort klar vor sich. Dieser kurze Blick genügte, um ihm die Augen zu öffnen und ihn an den Zeitpunkt zu erinnern, an welchem die sonderbaren Aufträge der Schattenritter begonnen hatten. Es konnte nicht anders sein: Der Beweis für Leorans Lüge stand vor ihm. Denn die Schattenritter verschwanden keineswegs, um die Grenzposten aufzusuchen oder im Auftrag des Königs die Fürsten des Reiches zu besuchen. Nein, sie kamen hierher, in die Welt der Menschen, zu diesem magischen Kind.

Das Mädchen legte ihren Kopf etwas schief und musterte ihn fragend. Die dünnen, verzweigten Linien unter ihren Augen verliehen ihr einen erschöpften Ausdruck. Irgendetwas war nicht in Ordnung mit diesem geheimnisvollen Kind, dachte er. Und alles hatte mit Elirias Erscheinen im Schattenreich begonnen. Vor elf Jahren.

Eamon erhob sich und ließ die Schwerter zurück in die Scheiden auf dem Rücken gleiten. Er verbeugte sich knapp vor dem Kind, warf noch einen letzten Blick in dessen Saphiraugen und schwang sich in den Sattel. *Es ist Zeit für Ant-*

worten, sagte er lautlos, woraufhin Antrax sich in Bewegung setzte und mühelos den Weg die Klippen hinunterlief.

Eamon sah nicht zurück. Er würde wiederkommen. Sehr bald.

Die weißen Hallen beeindruckten ihn nicht mehr. Nicht nachdem er gesehen hatte, was wirkliches Strahlen hieß. Auf direktem Weg lief Eamon zu jenem Weltentor, welches ihn zur Lichtung vor Lurness führte – jenem Ort, von dem aus er vor kurzem den drei Schattenrittern gefolgt war. Und doch schien dieser Augenblick Tage zurückzuliegen. Alles hatte sich verändert. Sein bisheriges, mehrere Tausende von Jahren währendes Leben kam ihm plötzlich lächerlich einfältig und nutzlos vor. Was hatte er in dieser Zeit schon geleistet? Ja, er hatte im Krieg gegen die Drachen gekämpft, weil es so von ihm verlangt worden war. Es war nicht sein Krieg gewesen, denn sein Zuhause, sein Reich waren nicht bedroht gewesen. Aber jetzt hatte er etwas, für das er kämpfen würde. Für dieses fremde Mädchen, das spürte er mit jeder Faser, würde er durchs Feuer gehen – und er wusste nicht, wieso. Was hatte ihn nur so sehr verzaubert, dass sie seine Gedanken nun auf diese Art zu beherrschen vermochte?

Nur wenige Elfen tragen Magie von solcher Intensität in sich.

Eamon stutzte und sah Antrax fragend an. »Du hast es auch gespürt, nicht wahr?«

Sie ist ihr unglaublich ähnlich.

»Ich weiß.« Deutlich sah er das Bild jener Lichtelfe vor sich, die vor Jahren mit der Nachricht von Alkariels dunklen Plänen zu seinem Vater gekommen war. Elirias scheinbar grenzenlose Magie hatte sie jedoch nicht vor dem Tod bewahren können. Eamon seufzte und schwang sich auf den Rücken seines Pferdes, und kurz vor Sonnenuntergang erreichten sie die Torlichtung. Die Dunkelheit im Wald war bereits vollkommen, und obschon Eamon in den Baumkronen nach Wache haltenden Baumjägern Ausschau hielt, blieben diese ihm in Nebel und Dunkelheit verborgen. Eamon störte es nicht. Diese ersten Wachen von Lurness würden ihn sofort erkennen und nicht aufhalten. Genauso wenig, wie sie sich eingemischt hatten, als er vorhin den Schattenrittern aufgelauert hatte.

In halsbrecherischem Tempo flog Antrax zwischen den Baumstämmen hindurch bis zur Zugbrücke, die über den Drachenschlund zum Drachenfelsen führte, in den die Festung von Lurness geschlagen war. Hoch erhob er sich über die Baumriesen und drängte sich nah an den Abgrund. Der Anblick der mächtigen Feste ließ Eamon jedes Mal wieder den Atem stocken. Kurz darauf erreichten sie durch das Haupttor den Äußeren Hof, der hauptsächlich zur Verteidigung diente, und Antrax verlangsamte seine Schritte. Vereinzelt nickten ihm Wachen vom Festungswall her zu, doch er würdigte sie keines Blickes und ritt die leicht ansteigende Gasse hinauf und durch ein weiteres Tor in den Inneren Hof. Hier spielte sich das Leben von Lurness ab, und auch die Burg war von dieser Ebene aus zugänglich. Stallmeister Melovin eilte herbei, nahm ihm die Zügel aus der Hand, und Eamon nickte ihm kurz zu, ehe er sich auf direktem Weg zu den Gemächern seines Vaters begab.

Die beiden Wachen vor der zweiflügeligen Tür aus dem dunklen Holz der Baumriesen traten beiseite, als sie ihn erkannten und stießen die schweren Flügel auf. Ein Dutzend neugieriger Augenpaare richteten sich auf ihn, doch Eamon beachtete weder seine Verwandten beim Kartenspiel, welche sich an den Tischen unter den silbern leuchtenden Miranlampen zusammengefunden hatten, noch die Wachen in der finsteren Ecke neben der Tür. Lediglich seinem Vetter Ardemir nickte er flüchtig zu und richtete seine Aufmerksamkeit dann auf seinen Vater, der neben Eamons jüngerer Schwester Prinzessin Liadan auf seinem Thron das Geschehen überblickte. Mit schnellen Schritten durchquerte Eamon den fensterlosen Saal, dessen Wände aus nacktem Felsgestein bestanden, öffnete im Gehen die überkreuzten Gurte an seiner Brust und warf schließlich beide Schwerter vor Leorans Füße. Schwer atmend blieb er an den Stufen zur Thronempore stehen und wischte sich mit dem Unterarm die Regentropfen von der Wange, brachte jedoch kein Wort heraus. Er hatte seinem Vater vertraut, doch dieser hatte ihn belogen wie ein kleines Kind. Aber das war er nicht! Er war ein erfahrener Krieger, war der zukünftige König, und dennoch wurde ihm das womöglich wichtigste Wissen seines Reiches vorenthalten. Eamon schäumte vor stummer Wut.

Leoran kniff die Augen leicht zusammen, und sein Blick wanderte von den beiden Kurzschwertern zu seinem Sohn. »Bist du von Sinnen?«, fragte er und sah sich im plötzlich totenstill gewordenen Saal um.

»Was ist die Aufgabe der Schattenritter, wenn sie fortgehen?«, brachte Eamon aus zusammengebissenen Zähnen hervor.

Langsam ließ Leoran seinen Blick über die versammelten Elfen schweifen. Im Grunde haftete seinem Vater genauso wenig Königliches an wie diesem schmucklosen Saal hier. Noch nicht einmal eine Krone trug er auf dem dunklen Haupt, und seine schwarze Kleidung war schlicht wie die eines einfachen Bediensteten. Seine Augen jedoch blickten weise, und in diesem Moment schien er nachzudenken. »Du weißt, dass die Grenzposten …«

»Nicht die Grenzposten, Vater. Die Schattenritter. Was ist die Aufgabe der Schattenritter?«

»Was ist los mit dir? Was bringt dich so auf?«

»Die Schattenritter sind die Wachen von Lurness. Was haben sie in anderen Fürstentümern zu suchen? Dort gibt es genügend Krieger.«

»Eamon.« Der König hob beschwichtigend die ringlose Hand. »Wir führen dieses Gespräch nicht zum ersten Mal.«

Doch Eamon wollte sich nicht besänftigen lassen. Nicht noch einmal. »Wieso hat sich Eliria das Leben genommen?«, schoss er hervor.

»Wie kommst du jetzt so plötzlich darauf?«

Eamon schnaubte. »Du beantwortest jede Frage mit einer Gegenfrage.«

»Und du benimmst dich wieder einmal wie ein verzogenes Kind«, mischte sich jetzt auch Liadan ein, die ihn, mit den Händen im Schoß gefaltet, von ihrer erhöhten Position aus betrachtete.

Eamon warf seiner Schwester einen zornigen Blick zu, doch diese schüttelte nur den Kopf. Dass sie keine besonders hohe Meinung von ihm hatte, wusste er, denn sie nutzte jede Möglichkeit, diese kundzutun. Doch trotz des steten Nörgelns und Meckerns verlor Eamon fast die Beherrschung, als er den Blick auffing, den Liadan und sein Vater einander zuwarfen. »Sie weiß davon?!« Mit einem Satz flog er über die steinernen Stufen und baute sich vor seinem Vater auf. »*Sie* weiß es?«

»Kannst du dich jetzt wieder beruhigen?« Liadan erhob sich in dieser nur ihr eigenen Eleganz von ihrem Thron und trat einen Schritt vor, so dass das mitternachtsblaue Kleid, welches ihre Füße wie ein See umspielt hatte, nun die obersten Stufen der Empore hinabströmte. »Du führst dich auf wie …«

»Was? Was ist es diesmal?« Eamon keuchte. Wie hatte sein Vater ihn nur dermaßen hintergehen können? Und wie hatte er so lange nichts bemerken können?

Liadan schüttelte einmal mehr mit süffisantem Lächeln den Kopf, in ihren silberfarbenen Augen glomm Spott, und Eamon konnte es nicht länger aushalten. »Ich bin den Schattenrittern gefolgt!«, schoss es aus ihm heraus, was Liadans Miene sofort versteinern ließ. »Wollt ihr beide mir jetzt vielleicht Erklärungen geben?«

Leoran hob die Hand, und seine sonst so fröhliche Miene wurde ernst. »Lasst uns allein«, donnerte er durch die Stille und winkte einem Schattenritter. »Sendet nach Glendorfil. Er soll unverzüglich zu mir kommen.«

Eamon beobachtete die verwirrten Elfen, die eilig aus dem Saal drängten. Zumindest der Rest seiner Familie schien genauso ahnungslos wie er selbst, und er konnte wohl froh sein, dass sich im Moment weder irgendwelche Bittsteller noch andere Fremde oder Gesandte hier befanden, um Zeuge dieser Vater-Sohn-Auseinandersetzung zu werden. »Was ist hier eigentlich los?«, fragte er. »Was verschweigt ihr mir?«

Liadan hob ihre schmalen Schultern, auf die ihr schwarzes, mit Silbersträhnen durchzogenes Haar wie Seide herabfiel. »Du wirst es noch früh genug erfahren. Übe dich etwas in Geduld.«

»Zur Abwechslung übe ich mich also mal in Geduld«,

meinte Eamon und verstummte tatsächlich. Er öffnete die Silberbrosche unter seiner Kehle und nahm den tropfenden Umhang ab, welchen er achtlos auf die Stufen fallenließ. Seine Schwester ignorierte er und sah stattdessen zurück zur Tür, als diese sich öffnete und Glendorfil eintrat und sich ihnen zügig und mit besorgter Miene näherte. Hinter ihm schlossen sich die Flügel wieder und zeigten das darauf aufgemalte Wappen der Dunkelelfen – die von einem Schwert entzweite Krone. »Eure Majestät?« Glendorfil verharrte an den Stufen zur Thronempore, verbeugte sich knapp und begegnete nur flüchtig Eamons zornigem Blick.

»Was hast du mir zu berichten?«, fragte Leoran.

»Herr?«

Leoran nickte. »Es ist in Ordnung. Sprich.«

Glendorfil sah zwischen dem König und seinem Sohn hin und her und schwieg einige Augenblicke lang, ehe er Leorans Aufforderung nachkam. »Sie ist lernwillig, Herr. Und begabt.«

»Sie?«, echote Eamon, aber sein Vater ignorierte ihn: »Fahre fort, Glendorfil.«

Es war nicht zu übersehen, dass Glendorfil sich nicht wohl in seiner Haut fühlte. »Briac Larnegie bereitet keine größeren Schwierigkeiten«, sagte er schließlich. »Das Mädchen wird vorbereitet.«

»Vorbereitet? Worauf?« Eamon lief die Stufen hinab zum Befehlshaber. »Wovon sprecht ihr hier?«

Leoran seufzte. »Von Elirias Tochter.«

Wie vom Blitz getroffen fuhr Eamon zu seinem Vater herum. »Ich wusste es! Ihr habt mich alle hintergangen! Was ist das für ein Mädchen? Wieso ist sie in der Menschenwelt? Wieso …«

Leoran hob die Hand. »Ich werde dir alles erklären. Du musst mich nur lassen.«

Atemlos sah Eamon seinen Vater an, dann seine Schwester, dann seinen Freund. Sie alle hatten ihn belogen. Weshalb? »Das Kind«, brachte er schließlich hervor. »Dieses Mädchen, zu dem die Schattenritter gehen … sie ist also Elirias Tochter?«

Leoran nickte. »Ihr Vater ist ein Mensch.«

»Ein Mensch?!« Er wusste nicht, wieso er dermaßen außer sich war. Schließlich hatte er sie mit eigenen Augen gesehen, und dass sie keine normale Elfe war, war offensichtlich gewesen. »Aber wieso ist sie dann nicht hier? Wieso ist sie in der Welt der Menschen?«

»So wollte es Eliria«, antwortete diesmal Glendorfil. »Sie wollte nicht, dass Vanora im Schattenreich aufwächst. Sie selbst hat es doch kaum hier ausgehalten. Sie war ein Kind des Lichtreichs, und sie hat die Sonne stets vermisst.«

»Und ihre Tochter heißt Vanora?«

Glendorfil nickte, und Eamon strich sich mit der Hand über die Augen. »Ich verstehe immer noch nichts. Eliria war eine Verräterin. Sie hat ihre Königin verraten. Habt ihr das vergessen?« Er wandte sich seinem Vater zu. »Sie kam vor mehr als zehn Jahren zu uns, um dir zu sagen, dass Alkariel immer noch versucht, uns zu vernichten. Oder … etwa nicht? Gab es einen anderen Grund für ihr Erscheinen?«

»Die wahren Gründe liegen viel weiter zurück, Sohn.«

»Und ihr alle habt sie vor mir verborgen?«

Leoran bedeutete ihm, neben sich auf dem Thron Platz zu nehmen, doch Eamon rührte sich nicht, und so fuhr sein Vater fort: »Wie du weißt, hat dein Großvater Andron den Thron des Schattenreiches gestohlen. Er hat der Königin Daralee,

Alkariels Schwester, seine Liebe vorgegaukelt, woraufhin sie das Reich mit ihrer Magie teilte und das Schattenreich schuf. Sie wollten gemeinsam über ihr eigenes Land herrschen, fort von Alkariel, doch stattdessen hat Andron Daralee nach Vollendung des Zaubers ermordet und sich selbst zum König des Schattenreiches ernannt.«

Eamon winkte ungeduldig ab. »Diese Geschichte kennt jedes Kind, Vater. Egal ob Licht- oder Dunkelelf. Andron war machthungrig und herrschsüchtig, das ist kein Geheimnis. Seine Taten haben für dich keine Bedeutung mehr. Alkariel hat Andron damals verziehen und als König anerkannt, damit er sie gegen die Drachenelfen unterstützt.«

Glendorfil legte ihm die Hand auf die Schulter. »So einfach ist das nicht. Daralee und Andron hatten ein Kind miteinander, und Daralee brachte es wohl noch vor ihrem Tod fort. Vielleicht, um es während des gefährlichen Zaubers der Teilung Elvions nicht in ihrer Nähe zu haben, oder aber auch, um es vor Alkariel zu verstecken. Es war eine Tochter.«

»Eliria? Sie war Daralees Tochter? Dann war sie ja auch deine Halbschwester, Vater. Und das Mädchen aus der Menschenwelt ist somit …«

»Daralees letzte lebendige Nachfahrin«, bestätigte Glendorfil seine Ahnung. »Die Nachfahrin einer Königin Elvions.«

Eamon war sprachlos. Sein gesamtes Weltbild wurde gerade erschüttert. Eliria war für ihn stets eine Fremde gewesen, eine Frau, die sich gegen die eigene Königin gestellt hatte, um das Volk der Dunkelelfen vor den boshaften Absichten ihrer Herrscherin zu warnen – aus Ehrgefühl, Furcht, Mitleid oder was auch immer sie getrieben haben mochte. In Wirklichkeit war sie jedoch seine Verwandte gewesen! Die Tochter einer

Königin, die ihren Bruder hatte warnen wollen. Oder war da immer noch mehr? Was hatte es mit ihrer Tochter, diesem seltsamen Mädchen mit den Saphiraugen, auf sich? Wieso wurde die Wahrheit um Eliria und das Mädchen so akribisch geheim gehalten?

Leoran bedeutete Glendorfil mit einer Handbewegung fortzufahren.

»Eliria wusste nicht, dass sie Daralees Tochter war«, erklärte der Schattenritter. »Sie wuchs bei ihrer Amme im Lichtreich auf, bis die Königin auf sie aufmerksam wurde. Eamon, du musst wissen, dass Alkariel nach Daralees Tod, dem Tod ihrer Schwester!, von tiefer Trauer erfüllt war. Der Verlust des östlichen Reiches an ihren Mörder, deinen Großvater Andron, machte alles nur noch schlimmer. Nach all den vielen Kriegen und schließlich dem Bündnis mit Andron im Drachenkrieg wurde sie regelrecht schwermütig. Sicherlich erinnerst du dich, dass sie den Silberpalast von Ueden aufgab und sich in ein Schloss abseits der großen Städte zurückzog. Die Drachenelfen waren mit Androns Hilfe zwar besiegt, doch jede Hoffnung das Reich wieder zu vereinen, war durch ihr Zugeständnis zunichte. Schließlich hatte sie Andron geschworen, den alten Groll zu begraben und ihn für seine Unterstützung als König zu akzeptieren. Doch dann begegnete ihr durch Zufall Eliria, und von da an fand sie wieder zu alter Lebensfreude – aber auch zu ihrem Hunger nach Macht. Natürlich erkannte Alkariel sofort Elirias Potenzial, dieses enorme Ausmaß an Magie, wie es nur selten vorkommt, und sie nahm sie mit sich auf das Schloss. Sie wusste nicht, dass Eliria Daralees Tochter war – ebenso wenig wie Eliria selbst es wusste. Wie auch? Daralee nahm das Geheimnis des Aufenthaltsortes ihres Kindes mit in den Tod.«

»Irgendwann hat Alkariel aber davon erfahren«, ergänzte Eamon das Offensichtliche.

»Genau. Alkariel gewann durch Eliria neuen Mut. Gemeinsam suchten sie das Orakel auf und erfuhren, dass Daralees Barriere zwischen dem Licht- und Schattenreich einzig durch Daralees Blut zerstört werden kann. Somit wurde das vergessene Kind Daralees plötzlich wieder interessant.«

»Die Barriere kann zerstört werden?« Eamon holte tief Luft. Niemals zuvor hatte er daran gedacht, dass es Alkariel gelingen würde, sich die Herrschaft über den östlichen Teil des einstigen Elvion zurückzuholen. Daralee war noch vor seiner Geburt gestorben, und so kannte er nichts anderes als das Schattenreich. Er war in dem Glauben aufgewachsen, als Prinz der Düsternis zu leben – womöglich sogar als König. Die ganze Geschichte der Teilung Elvions, die gespielte Liebe zwischen seinem Großvater und der Königin, die ihm geglaubt hatte – das alles war ihm stets wie ein Märchen vorgekommen. Das tragische Märchen einer Frau, welche sich den Thron mit ihrer Schwester hatte teilen müssen und die mit ihrem Liebsten in eine bessere Zukunft hatte flüchten wollen. Diese Geschichte lag zu lange zurück, als dass sie für ihn hätte relevant werden können. Doch das alles änderte sich nun. Die tapfere, naive Daralee gehörte plötzlich wieder zur Wirklichkeit. Denn sie hatte dieser Welt etwas hinterlassen – jemanden! Und damit konnte sich alles ändern. Elvion könnte wiederhergestellt werden. Ein Gedanke, der ihn mit Furcht erfüllte. Das Schattenreich war sein Heim und darüber zu herrschen seine Bestimmung. Wer konnte schon wissen, was Alkariel für Pläne schmiedete?

»Die beiden Reiche werden wieder vereint«, erklärte Glendorfil, »wenn das Blut ihrer Schwester nicht mehr fließt. Also haben Alkariel und Eliria nach Daralees verschollenem Kind gesucht – ohne zu wissen, dass es Eliria selbst war, nach der sie suchten. Da sie weder im Licht- noch im Schattenreich einen Hinweis finden konnten, sandte Alkariel Eliria in die Welt der Menschen. Einige Jahre durchkämmte sie die fremde Welt auf der Suche nach dem Mädchen – erfolglos natürlich, zumindest in ihren eigenen Augen – und verliebte sich schließlich in den jungen Menschenschmied Briac Larnegie. Sie wurde schwanger und ließ das Kind bei ihm. Eliria wusste mittlerweile, wer sie war, und dass sie niemals wieder zurück in das Lichtreich gehen konnte. Ich weiß nicht, wie sie von ihrer Herkunft erfuhr, doch irgendwo auf ihrer Suche hatte sie wohl die Wahrheit erfahren. Um aber keine Aufmerksamkeit auf ihre Tochter zu lenken, musste sie auch die Welt der Menschen verlassen. Sie brauchte dringend Rat und wollte der alten Heimat aus Sehnsucht zumindest einen letzten Besuch abstatten – und so ging sie zu ihrer Amme und mitten hinein in eine Falle. Die Amme war tot, und Alkariel und ihre Lichtritter erwarteten sie bereits.«

»Wie hat Alkariel davon erfahren?«, fragte Eamon atemlos. Er konnte kaum glauben, dass sich all das tatsächlich ereignet haben sollte, jedoch kaum jemand davon wusste. Sein Leben hatte stets aus langen Ausritten, Frauen und Unfug mit seinem Vetter Ardemir bestanden. Niemals wäre er auf die Idee gekommen, dass solche Intrigen unter den Herrschern dieser Lande gesponnen wurden, dass mit Leben und Land gehandelt wurde wie mit dem Obst auf einem Markt. Alkariel hätte, ohne mit der Wimper zu zucken, ein Leben beendet. Ja, sogar Eliria hatte ihre Königin dabei unterstützt – bis es jedoch um ihr eigenes Leben gegangen war – welche Ironie.

»Ich weiß nicht, wer oder was Alkariel auf die richtige

Spur gebracht hat«, antwortete Glendorfil. »Sicher ist nur, dass sie die Amme letzten Endes so lange foltern ließ, bis diese ihren Verdacht bestätigte. Eliria war Daralees Tochter und damit der Schlüssel zur Zerstörung der Barriere. Und Eliria ahnte vermutlich, in welcher Gefahr ihre eigene Tochter dadurch schwebte. Alkariel will ihr Reich zurück, um jeden Preis. Dessen war sich auch Eliria bewusst, ihre einstige Freundschaft mit der Königin zählte nicht mehr. Als Alkariel sie schließlich in ihrem Heim im Lichtreich erwartete, die Amme tot, da blieb Eliria nur noch die Flucht.«

»Sie kam zu uns ins Schattenreich«, stellte Eamon fest.

Leoran nickte und lehnte sich in seinem Thron zurück. »Sie erzählte mir vom Orakel, davon, dass die Barriere mit ihrem Blut zerstört werden könnte, von Alkariels Plänen und auch von ihrem Kind. Und ich schwor, das Kind zu beschützen.«

»Alkariel würde ein unschuldiges Kind töten, nur um an Elvions Thron zu gelangen?« Eamon starrte seinen Vater fassungslos an.

»Nun ja. Sie hat Eliria von hier entführen lassen.«

Eamon sah zu Boden, als die Erinnerung an jenen Tag ihn überrollte. An das, was Nevliin getan hatte. An all die Toten. Eamon hatte stets gedacht, Alkariel hätte ihren Befehlshaber, den großartigen Weißen Ritter, geschickt, um Eliria wegen ihres Verrates zu bestrafen, stattdessen hatte sie Daralees Blut haben wollen. Und schließlich hatte Eliria sich das Leben genommen. Er hatte es nie verstanden, aber jetzt wusste er, dass sie die Folter gefürchtet hatte. Vermutlich hatte sie gehofft, Alkariel würde nach ihrem Selbstmord den Gedanken an die Wiedervereinigung Elvions aufgeben, würde glauben, die Blutlinie Daralees wäre ausgelöscht, und nie nach ihrer Tochter suchen.

»Also reitet ihr in die Welt der Menschen?«, fragte er Glendorfil, »um Elirias Tochter vor Alkariel zu beschützen?«

Der Befehlshaber nickte. »Eliria wollte nicht, dass ihre Tochter in diesen Krieg hineingezogen wird. Sie sollte in Frieden aufwachsen, ohne Kenntnis der ständigen Intrigen und Kriege der Elfen. Bei ihrem Vater in der Menschenwelt sollte sie leben, unter ständiger Bewachung der Schattenritter. Dies war der Schwur, den der König ihr gab, ehe sie Alkariels Rittern in die Hände fiel.«

Eamon spürte, wie der Zorn ihm die Kehle emporstieg und schluckte. Der Wunsch, das fremde Mädchen zu beschützen, war jetzt stärker denn je, und er wusste, dass sie es auch bitter nötig hatte. »Weiß Alkariel von ihrer Existenz?«

Leoran seufzte. »Nach Elirias Tod ahnte sie, dass es noch jemanden vom Blut ihrer Schwester gab. Es dauerte nicht lange, bis sie von Elirias Kind mit einem Menschen erfuhr, vermutlich ebenfalls durch das Orakel. Sie sucht bereits in der Menschenwelt nach ihm. Es ist nur eine Frage der Zeit, bis sie es findet.«

Liadan schüttelte den Kopf: »Ich habe es schon immer gesagt. Das Mädchen kann nicht in der Menschenwelt bleiben. Es ist nicht nur die Gefahr, die ihr durch Alkariel droht. Die Menschen werden sehen, dass sie irgendwann nicht mehr altert. Früher oder später muss sie ins Schattenreich kommen.«

»Das wird sie«, sagte Leoran. »Die Vorbereitungen dafür wurden bereits getroffen.« Er nickte Glendorfil zu.

»So ist es«, bestätigte dieser. »Vanora ist nun elf Jahre alt. Ich unterrichte sie in Kampfkunst und der Sprache und Geschichte der Elfen. Im Moment ist es für sie noch ein Spiel. Sie durchschaut den Zweck dahinter nicht, weiß aber, dass sie anders ist. Ich bereite Vanora auf ihre Bestimmung vor. Wenn die Zeit gekommen und sie alt genug ist … oder Alkariels Ritter eine Gefahr für sie darstellen … wird sie in das Schattenreich heimkehren.«

Eamon kniff die Augen zusammen. »Ihre Bestimmung? Was für eine Bestimmung?«

»Wie schon gesagt«, entgegnete Glendorfil, »ist sie die einzige Nachfahrin der Königin Daralee. In ihr fließt das wahre königliche Blut. Sie könnte die Barriere zwischen den beiden Reichen vernichten – und sie wird eine mächtige Magierin sein. Womöglich mächtiger als Alkariel selbst. Sie wird das Reich vor der Tyrannin schützen. Eine solch mächtige Waffe …«

Eamon schnaubte. »Eine Waffe? Du nennst das Mädchen eine Waffe?«

»Eamon, mein Prinz. Du weißt selbst nur zu gut, dass Alkariel niemals ruhen wird, bis sie sich Elvions Thron zurückgeholt hat. Vanora ist die Einzige, die Alkariel dazu verhelfen kann. Solange Vanora nicht in Alkariels Hände fällt, sind wir vor der Königin sicher. Alkariel weiß um die magischen Kräfte des Mädchens und wird keinen Krieg riskieren, den sie nicht gewinnen kann. Das Kräfteverhältnis wird sich durch Vanoras Macht zu unseren Gunsten verschieben – wenn sie so weit ist.«

Eamon nickte. Er verstand, was der Befehlshaber meinte, und doch schien es ihm, als würden sie das Mädchen mit den Saphiraugen ebenso für ihre eigenen Zwecke benutzen, wie es Alkariel gern täte. Ganz gleich, wessen Spielball sie war: Die Zukunft der kleinen Elfe war dunkel. Er musste ihr helfen, diese schwere Last zu tragen. Sie beschützen. Nicht nur vor Alkariel. Viel mehr vor dem Wissen.

»Zieht euch zurück«, sagte er zu Glendorfil. »Von nun an werde ich mich um Vanora kümmern.« Er hatte gesprochen, ohne sich die Worte zuvor zurechtgelegt oder sich gar mit seinem Vater abgesprochen zu haben. Dennoch irritierte ihn dessen lautes Auflachen: »Sei nicht albern. Die Schattenritter wissen, was sie tun, und haben ihre Aufgabe in den letzten Jahren ausgezeichnet erfüllt.«

Ohne darüber nachzudenken, lief Eamon die Stufen hinauf, kniete vor seinem Vater nieder und nahm dessen Hand in die seine. »Ich bitte dich, mein König. Ich möchte selbst für den Schutz des Mädchens sorgen. Ich kann es dir nicht erklären, doch fühle ich mich an sie gebunden.«

Mit einer Mischung aus Skepsis und Bewunderung sah der König seinem Sohn in die Augen, ehe er ihn an den Schultern packte und hochzog. »Es tut mir leid«, sagte er ernst. »Doch du bist nicht dazu in der Lage, dich um dieses Mädchen zu kümmern.«

Eamon erstarrte. Ein Faustschlag hätte nicht schlimmer sein können. Zu allem Überfluss kam nun auch noch seine Schwester zu ihm und legte ihre Hand auf seinen Arm: »Eamon, lass diejenigen, die etwas davon verstehen, sich um das Mädchen kümmern. Sie erfüllen ihre Aufgabe bereits seit elf Jahren. Noch einmal die gleiche Zeit, und sie wird wahrscheinlich bereits im Schattenreich sein. Was sind schon elf Jahre?«

Liadan hatte recht. Elf Jahre waren nichts für einen Elfen. Und doch verstand sie ihn nicht. Er verstand sich ja selbst kaum. Er wusste nur, dass er nicht hier im Schattenreich würde sein können, ohne zu wissen, was in der Welt der Menschen vor sich ging. Ohne zu wissen, ob sie in Gefahr war oder Hilfe brauchte. Sie war noch ein Kind, doch in elf Jahren würde sie bereits eine erwachsene Frau sein. Eine mächtige Magierin. Elf Jahre. Für Vanora würde sich in dieser Zeit alles ändern. Nein, beschloss er. Er konnte nicht im Schattenreich abwarten, während sie unter solch einer Last aufwuchs. Das war vollkommen ausgeschlossen. Und so schüttelte er Liadans Hand ab und wandte sich erneut an seinen Vater.

»Ich habe mich entschieden«, teilte er ihm mit fester Stimme mit. »Ich werde Vanora nicht alleinelassen. Sie wird eine Fremde sein, wenn sie in das Schattenreich kommt. Durch mich wird sie hier bereits einen Freund haben.«

Liadan packte ihn am Arm und drehte ihn zu sich herum. »Ja, verstehst du denn nicht? Von diesem Mädchen hängt die Zukunft des Reiches ab! Die Angelegenheit ist zu heikel, als dass wir sie deinen Spielchen aussetzen würden.«

»Spielchen?!« Er funkelte sie an, und der Zorn, der in den letzten Minuten zunächst von Erstaunen und dann von Sorge um das Saphirmädchen übertönt worden war, kehrte mit aller Macht zurück. Wie konnte seine Schwester es wagen!

Aber Liadan lächelte nur weiter ihr hochmütiges Lächeln und fuhr ungerührt fort: »Ich bitte dich, Eamon. Du hast dich noch nie um die Belange des Volkes oder des Reiches gekümmert. Du suchst dir stets Ablenkungen, um deiner Langeweile zu entgehen. Dieses Mal ist es ein kleines Mädchen, und du bildest dir ein, es beschützen zu müssen. Doch in einem Jahr wird es dir wieder langweilig sein, und du wirst dir etwas anderes suchen. Wir können das nicht riskieren.«

Eamon stand für einen Moment reglos da. Er konnte nicht fassen, was ihm seine Schwester unterstellte. »Du denkst also, das Schattenreich sei mir egal?«, sagte er langsam.

Liadan seufzte. »Aber nein. Natürlich nicht, Bruderherz. Es ist dir bestimmt nicht egal. Es ist deine Heimat, und du liebst es. Solange andere sich darum kümmern. Und nun schau mich nicht so an, als hätte ich dich geohrfeigt. Hast du jemals an den Ratssitzungen teilgenommen? Hast du Botschafter aus dem Lichtreich empfangen, um über den Frieden zu verhandeln?«

»Ich habe für dieses Reich gekämpft! Mein Blut habe ich für euch vergossen!«, erwiderte Eamon.

Die Prinzessin baute sich vor ihm auf, holte tief Luft, als sich plötzlich Leoran zwischen sie stellte: »Schluss jetzt!« Er sah zuerst Eamon, danach Liadan mit strengem Blick an. »Wir haben keine Zeit für eure dummen Streitereien!«

»Verzeiht«, ließ sich jetzt auch Glendorfil vernehmen. »Eamon, ich kümmere mich gut um das Kind. Es sind nicht nur die Lichtritter, die eine Gefahr für sie darstellen.«

Fragend sah Eamon ihn an: »Was meinst du damit?«

»Es ist die Magie. Sie ist nur zur Hälfte eine Elfe, aber ihre Macht scheint grenzenlos zu sein.« Glendorfil lächelte, und in seinen Augenwinkeln vermeinte Eamon einen kleinen Funken Stolz aufblitzen zu sehen. Erstaunt stellte er fest, dass ihm dies einen kleinen Stich versetzte. War er etwa eifersüchtig auf den obersten Befehlshaber? Das war ja lächerlich! Trotzdem gab er nicht nach: »Natürlich. Sie ist Daralees Nachfahrin. Ich kann ihr ebenfalls zeigen, mit der Magie umzugehen.«

»Verzeih, aber das kannst du nicht.« Glendorfil fühlte sich offensichtlich immer unwohler, fuhr jedoch genauso bestimmt fort: »Vanora stammt von Lichtelfen ab. Ihre Magie ist mit jener der Dunkelelfen nicht zu vergleichen.«

»Du bist selbst ein Dunkelelf, Glendorfil!«, fuhr Eamon den Befehlshaber an. Er wusste, dass Dunkelelfen kaum noch über Magie verfügten. Als Daralee damals die Barriere erstellt und Elvion getrennt hatte, war allen Elfen östlich von ihr der

Großteil ihrer Magie genommen worden. Es hieß, Daralee hätte die Kraft nicht alleine tragen können und sich so der umliegenden Magie bedient. Seither hielten sich die Lichtelfen für die einzig wahren Elfen und sahen arrogant zu dem veränderten Volk herab, obwohl die Dunkelelfen durch jenen Zauber auch eine Gabe erhalten hatten: das Gedankenlesen. Doch es gelang nur bei jenen, die zu schwach waren, sich davor zu verschließen, was zumeist nur bei Menschen oder manchmal auch Koboldendem der Fall war.

»Ich bin ein Dunkelelf, das ist wahr«, antwortete Glendorfil. »Aber ich habe anders als die meisten Dunkelelfen bereits vor Elvions Trennung gelebt. Einst verfügte ich über große Macht. Und deswegen bin ich der Einzige, der Vanora helfen kann.«

Eamon seufzte. Er würde sich nicht von seinem Vorhaben abbringen lassen. »Es kann nicht so schwer sein, Vanora zu zeigen, mit der Magie umzugehen.«

»Da irrst du dich«, sagte Glendorfil. »In ihr wohnt eine Macht, die sie irgendwann zerstören wird, wenn sie nicht mit ihr umzugehen lernt.«

»Zerstören?« Eamon sah dem Befehlshaber verständnislos in die Augen. »Was meinst du mit zerstören? Dass sie sterben wird?«

Glendorfils Mienenspiel verfinsterte sich. »Genau das meine ich. Sie könnte durch die Energie sterben. Vanora ist eine Elfe des Feuers. Sie unterdrückt ihre Kräfte, so gut es geht, weil sie unter den Menschen nicht auffallen will, doch in ihr steckt das Potenzial, sich auch anderer Elemente zu bedienen. Wenn sie etwa besonders wütend ist oder auch nervös, gelingt es der Magie, sich zu befreien. Dann wird sie von den Mächten der Elemente geradezu überrollt. Dann ist es nicht nur die Macht des Feuers, die sie beherrschen muss. Auch die Erde unter ihren Füßen, das Wasser des nahen Meeres, selbst der Wind wirken mit aller Kraft auf sie ein. Ich helfe ihr, mit sich selbst im Einklang zu sein und die Magie zu leiten. Aber das ist nicht das vordringlichste Problem.«

»Und was ist dann das Problem?« Eamon wurde immer ungeduldiger und war es leid, dass ihm die Informationen immer nur als kleine Häppchen gegeben wurden.

Glendorfil seufzte. »Es ist die Magie, die sie unerwartet trifft. Sie ist mächtiger, als du es dir vorstellen kannst, Eamon. Und so kommt es, dass sie auch die Regungen des Weltentores spüren kann, denn in ihnen ist die Magie der vier Elemente vereint. Die Energie der Portale trifft sie mit solcher Wucht, dass es ihr Körper kaum ertragen kann.«

Das Bild des kleinen Mädchens kehrte zurück in sein Gedächtnis. Die blauen Augen mit den blutroten Äderchen darunter. Er war durch das Portal gekommen, die Energie hatte sie getroffen, und er hatte ihr damit Schmerzen zugefügt. Jetzt wusste er, was es mit ihrem erschöpften Ausdruck auf sich gehabt hatte.

»Du meinst also, die Magie könnte sie töten?«, wiederholte er fassungslos.

»Das oder anderes, nicht weniger Schlimmes.«

»Und das wäre?«, knurrte Eamon, dessen Geduld sich langsam dem Ende zuneigte.

Glendorfil atmete tief ein. »Wie gesagt, Vanora ist eine Elfe des Feuers. Die Magie des Feuers ist stark. Eine Kraft, die nicht gerne eingesperrt wird und stets danach strebt, sich zu befreien. Vanora könnte die Kontrolle darüber verlieren. Dinge tun, die sie später bereut.«

Eamon zog fragend seine dunklen Brauen in die Höhe. »Du kannst ihr doch helfen, hast du gesagt.«

»Das kann ich. Ich werde ihr beibringen, die Magie des Feuers zu beherrschen, und erst dann kann sie nach und nach Herrin der anderen Elemente werden. Aber die Entscheidung bleibt bei ihr. Über solch eine Kraft zu verfügen bedeutet Macht. Und diese kann wiederum sehr verlockend sein. Vanora könnte …« Glendorfil verstummte.

»Könnte was?«, drängte Eamon.

»Nun, sie könnte dieser Macht verfallen und sich vom Guten abwenden. Sie könnte … böse werden.«

»Das ist doch Unsinn.« Eamon forschte in den Gesichtern der Elfen um ihn herum nach Zustimmung zu seinen Worten und fand sie nicht. Einmal mehr dachte er an das freundliche Kind, ihr fröhliches Lächeln. Natürlich, die Magie hinterließ Spuren. Aber er konnte sich nicht vorstellen, dass irgendetwas in der Lage war, dieses Mädchen böse werden zu lassen. Und dafür, dass dies niemals geschah, würde er, wenn nötig, auch selbst sorgen.

»Ich werde mich um sie kümmern«, sagte er noch einmal und ignorierte das übertriebene Seufzen seiner Schwester. »Ich kann mich um sie kümmern.«

Leoran strich sich das lange schwarze Haar zurück. Er wirkte müde und erschöpft. »Deine Absicht ist ehrenhaft und doch …«

»Was muss ich tun, um dich zu überzeugen, Vater?«

»Erlaubt mir, einen Vorschlag machen zu dürfen«, mischte sich nun wieder Glendorfil ein. Leoran nickte, und Eamon wandte sich wieder dem Befehlshaber zu, ohne aus seinem Unmut einen Hehl zu machen.

»Verzeih mir, Eamon«, sagte Glendorfil mit einer leichten Verbeugung, »aber ich bin der Einzige, der über das Wissen und die Fähigkeiten verfügt, dieses Kind zu unterrichten.«

Eamon kniff die Augen zusammen, doch Glendorfil fuhr unbeirrt fort: »Ich weiß, was es bedeutet, mit der Magie zu leben und nicht gegen sie zu kämpfen. Ich spreche ihre Sprache, und ich kann mich in ihrer Welt bewegen, ohne als Elf erkannt zu werden. Ich weiß alles über die Menschen und ihre Geschichte, und dieses Wissen ist notwendig, um keine Aufmerksamkeit auf uns zu ziehen. Stell dir vor, es spricht sich herum, dass die Elfen in diesem kleinen Dorf sind! Alkariel würde sofort darauf aufmerksam werden. Vanora wird von uns erfahren, doch noch ist nicht der richtige Zeitpunkt gekommen. Sie ist noch zu jung.«

»Du wolltest mir einen Vorschlag machen«, erinnerte Eamon ihn.

»Mein Prinz. Es erscheint mir vernünftig, die Welt, in die du reisen möchtest, zunächst zu studieren. Ich werde dir gerne dabei helfen, ihre Sprache und alles Weitere zu erlernen. Wenn es dir dann immer noch ernst ist …«

»Natürlich wird es mir noch ernst sein!«

Glendorfil sah schnell zu Boden. »Verzeih. Ich wollte nicht respektlos erscheinen. Die letzten Jahre habe ich einzig der Geheimhaltung dieses Mädchens gewidmet und …«

Eamon nickte und fühlte sich mit einem Mal ein wenig sanfter gestimmt. »Ich verstehe schon. Du hast dein Herz in diese Aufgabe gelegt. Das sehe ich, und ich nehme dein Angebot gerne an. Ich werde so menschlich sein, dass selbst mein Vater mich nicht mehr als Elf erkennen wird.«

Leoran stand auf und legte seinen Arm um Eamons Schultern. »Dann ist es also beschlossen.«

Eamon lächelte. Dann nickte er. »Ja, Vater. Es ist beschlossen.«

In der Zeit seines Studiums der Menschenwelt verbrachte der Prinz des Schattenreiches mehr Zeit in der Bibliothek von Lurness als in seinem gesamten bisherigen Leben. Doch ganz gleich, wie viel er las und wie oft er Gelesenes hinterfragte, konnte er noch immer darüber staunen, wie weit sich diese Welt von der seinigen unterschied. Es waren nicht nur die offensichtlichen Dinge wie die Sprache, das Aussehen oder die kurze Lebensdauer der Menschen. Auch ihr gesamtes Denken, ihr Verhalten oder ihre Kultur wiesen kaum Ähnlichkeiten mit dem auf, was er kannte. Die Menschen beteten etwa zu obskuren Göttern, beinahe jedes Reich hatte seine eigenen und führte Kriege in deren Namen. Niemand hatte jemals einen von diesen Göttern gesehen, und doch bestimmte der Glaube an sie ihr komplettes Denken und Handeln. Glendorfil war ein ausgezeichneter Lehrer, und doch dauerte es länger, als von Eamon gedacht, bis er erkannte, dass er die Eigenarten der Menschen zwar niemals ganz verstehen würde, sie aber nach und nach ein- und zuordnen konnte. Auch wie es Vanora erging, berichtete ihm Glendorfil und sprach immer wieder von dem unglaublichen Wachstum ihrer magischen Fähigkeiten. Kein Zweifel: Eines Tages würde sie alle Magier des gesamten Licht- und Schattenreichs übertreffen. Vanora selbst hingegen wusste derweil nichts von den Elfen, die sie in jeder Sekunde bewachten. Dass Glendorfil ihr deren Sprache beibrachte, hielt sie, so hatte dieser es Eamon erzählt, für ein Privileg, das ihr durch ein frühes Abkommen mit ihrer Mutter gewährt wurde. Es gab nicht viele Menschen, die der Sprache der Elfen mächtig waren. Könige und Angehörige des Adels lernten sie bereits im Kindesalter, doch nicht das einfache Volk, dem Vanora ihrer Meinung nach angehörte.

Eamon fiel es schwer, sich an sein Versprechen zu halten

und erst zu dem Saphiraugenmädchen zu gehen, wenn er sicher wusste, dass sein Auftauchen nicht all die harte Arbeit seines Vaters und der Schattenritter zunichtemachen würde. Und so vergingen beinahe fünf Jahre, bis der König des Schattenreiches seinen Sohn für die gewünschte Aufgabe für würdig hielt. Fünf Jahre, das waren für einen Elfen kaum mehr als ein Wimpernschlag; doch dieses Mal war ihm die Zeit davongelaufen. Denn er wollte Vanora noch vor ihrer Heimkehr in das Schattenreich kennenlernen, sie gut kennenlernen und ihr ein Freund werden. An einem der ersten Tage des Frühlings schließlich brach Eamon auf, um an das Tor, das nichts als den tiefblauen Ozean zeigte, zurückzukehren. Jenen Ozean, in dem sich die Farbe ihrer Augen spiegelte.

Vanora

Zum wohl tausendsten Mal strich Vanora den grellgelben Rüschenrock mit der Hand glatt, und wieder riss der Wind, der die kalte Luft der teils schneebedeckten Berge ins Tal trug, ihr den Stoff aus den Händen und ließ ihn bis zu ihren Hüften tanzen. Wie sehr sie diese Kleider hasste, auf die ihr Vater so viel Wert legte. Wer hatte sich bloß solch unpraktische Gewänder ausgedacht? Wie sollte sie darin ihre Arbeit vernünftig verrichten, wenn selbst der kurze Weg durch das matschige Gras und hin zum Bach mit diesem lächerlichen Kleid kaum zu bewältigen war?

Vanora seufzte. An solchen Tagen war die Versuchung groß, einen Umweg zur alten Schäferhütte zu machen. Dort stand eine Truhe mit Männerkleidung: Hosen und Hemden, mit denen sie problemlos weiter als nur drei Schritte in angekleidetem Zustand gehen könnte. Es war die Kleidung, die sie stets zum Unterricht mit Glendorfil getragen hatte. Doch seit ihr Lehrer vor zwei Monaten abgereist war, gab es keinen Anlass mehr, sie zu tragen, und so verstaubten sie ungenutzt in der verlassenen Hütte. Es war ein Jammer, wie sie fand.

Sehnsüchtig blickte sie den sanft ansteigenden Hügel empor und ertappte sich in der Hoffnung, dort die schwarze Gestalt mit dem übergroßen Hut zu erblicken – ihren Lehrmeister, der ihr das eintönige Leben in diesem sterbenslangweiligen

Dorf erträglicher gemacht hatte. Und manchmal ging sie sogar heimlich in das kleine Haus und las in den Büchern, die er dort zurückgelassen hatte. Es waren keine besonderen Bücher. Manche erzählten Liebesgeschichten, andere berichteten von Kriegen und Abenteuern, wobei ihr Letztere am besten gefielen. Für diese rührseligen Liebesschwüre hatte sie nichts übrig. Es waren die Kämpfe, blutigen Schlachten und Helden, die furchtlos die schrecklichsten Kreaturen bezwangen, die ihr Herz beim Lesen schneller schlagen ließen. Vanora lächelte. Nach dem Verschwinden ihres Lehrmeisters hätten die Dorfbewohner die Hütte sicherlich geplündert, wenn denn dort etwas zu holen gewesen wäre, doch mit Büchern konnte hier niemand etwas anfangen.

Einzig über Elfen hatte sie kein Buch gefunden – und das, obwohl sie doch so gern noch so viel mehr über dieses mysteriöse Volk erfahren hätte. Glendorfil hätte Hunderte Elfenbücher aufbewahren können, hier würde niemand auf die Idee kommen, auch nur eines davon anzufassen. Gedankenverloren wickelte sie eine Haarsträhne um ihre langen Finger und gestand sich ein, dass sie ihren Lehrmeister vermisste. Er war der einzige Mensch hier gewesen, der nicht verbohrt und humorlos war. Und seit er fort war, erschien ihr selbst ihr Vater mit seiner beharrlich griesgrämigen Art ein ums andere Mal nicht leicht zu ertragen. Wehmütig dachte sie an den Tag, an dem Glendorfil sie verlassen hatte – fast schon Hals über Kopf, wie Vanora fand. Auch seine Begründung, ihre Lehre sei nun abgeschlossen, hatte sie nicht akzeptieren wollen. Es gab noch so vieles, das sie von ihm lernen konnte.

Ein lauter Knall riss Vanora aus ihren Gedanken. Sie drehte sich um und bemerkte Graem mit seiner Bande, die wie die Irren mit Holzübungsschwertern auf eine alte, rostige Rüstung auf dem Dorfplatz eindroschen und dieser damit nur ein Kopfschütteln entlockten. Nach außen hin waren aus den Dorfjungen Männer geworden, doch im Kopf waren sie immer noch zwölf Jahre alt. Das Starren auf eine Sammlung von Pergament hielten sie für ungesund, und ihr aufdringliches Verhalten und das Fehlen geistiger Wendigkeit machten es auch nicht gerade besser. Wie, so fragte sie sich nicht zum ersten Mal stumm, sollte sie sich jemals in einen dieser Rüpel verlieben können?

Graems Vater etwa war ein guter Freund ihres Vaters, und so hatte sie erfahren, dass Graem für ein paar Jahre nach Marluke gehen sollte, um das Kämpfen zu lernen, sich die Hörner abzustoßen und ein richtiger Mann zu werden. Ein richtiger Mann! Selten hatte Vanora solchen Unsinn gehört. Doch ihr war es nur recht, wenn Graem verschwand. Sie würde ihn bestimmt nicht vermissen.

Entschlossen stapfte sie die letzten Schritte durch den Matsch, erreichte den Bach und sah einen Moment lang dem schimmernden Wasser zu, das sich seinen Weg zwischen den bunten, in der Sonne funkelnden Kieseln bahnte. Schließlich zuckte sie mit den Schultern, ließ sich in das feuchte Gras fallen, folgte den vereinzelten Schäfchenwolken am tiefblauen Himmel und ließ sich vom leisen Plätschern des Baches einschläfern. Wie schön es hier war und wie sehr sie das Wasser liebte! Doch dann hörte sie die Jungen näher kommen, und ihre Ruhe war dahin. Jeden Moment mussten sie aus dem kleinen Wald herauskommen, der das Dorf von den weiten Hügeln trennte, und sie hatte keine Lust dazu, ihnen hier allein zu begegnen. Schnell füllte sie die beiden Eimer und machte sich sofort auf den Rückweg. Bewusst schlug sie einen Bogen und ging am Rand des Waldes entlang, in der Hoffnung, die Bande zu umgehen, doch es gelang ihr nicht. Graem bemerkte sie als Erster, verbeugte sich und riss seine Arme in die Höhe.

»Oh holde Maid, oh holde Maid,
mit deinem blonden Haar.
Hast mein Herz gestohlen,
als ich dich zum ersten Mal sah.«

Die drei anderen Jungen lachten, Vanora versuchte, sie zu ignorieren, doch Graem stellte sich ihr breitbeinig in den Weg: Dann strich er ihr das Haar aus dem Gesicht und legte es hinter ihre Ohren. Vanora schlug nach seiner Hand, doch er packte sie, kniete vor ihr nieder und drückte einen feuchten Kuss auf ihren Handrücken, ehe er ungefragt fortfuhr:

»Oh du meine zarte Elfe mit den spitzen Ohren.
Durch deinen süßen Elfenzauber bin ich nun verloren.«

Die anderen Jungen applaudierten und kreisten sie langsam ein – vermutlich in dem Glauben, sie würde es nicht bemerken. Resigniert dachte sie an die anderen Mädchen im Dorf, die sofort in Gekicher verfielen, wenn nur einer der Bande sie ansprach. Hätten die Jungmänner nicht auch eines der anderen Mädchen belagern können? Aber nein: Es war immer wieder nur Vanora, der sie nachstellten.

Graem erhob sich wieder, und der Wind blies ihm das zerzauste, blonde Haar in das mit Bartstoppeln übersäte Gesicht. Seine blauen Augen aber waren noch immer dieselben, die sie von dem Jungen kannte, der er einst gewesen war. Der Schalk blitzte in ihnen genauso wie damals, als er ihr hinter der Schmiede einen Kuss gestohlen und sie ihn daraufhin geohrfeigt hatte. Auch diesmal zwinkerte er ihr zu, als wäre er unwiderstehlich und als wäre ihr das tief im Inneren auch bewusst – was nicht einmal annähernd der Fall war.

»Bist du jetzt fertig?« Vanora verdrehte die Augen und versuchte sich an ihm vorbeizuschieben, doch Graem griff nach den beiden Eimern: »Lass mich das für dich tragen, holde Elfenmaid.«

»Ich kann das selbst.« Mit einem entnervten Stöhnen drehte sie sich weg, doch Graem riss ihr bereits einen Bügel aus der Hand, während Doncan, einer der anderen Jungen, nach dem zweiten Eimer griff. Langsam wich ihr leichter Missmut echtem Zorn, und sie spürte, wie der Wunsch, die vier Jungen einfach niederzuschlagen, ihr wie ein schwelendes Feuer die Kehle emporkroch. Sie straffte sich und drängte die Flammen zurück. Sie war ein gewöhnliches Mädchen, und gewöhnliche Mädchen wurden nicht mit vier ausgewachsenen Männern fertig. Sie musste es auf friedliche Weise versuchen.

»Graem«, sagte sie eindringlich »Bitte. Ich habe es eilig.«

Doch der Junge musterte sie nur amüsiert und grinste breit: »Ich will dir keinesfalls im Wege stehen, holde Dame. Du willst die Eimer? Du bekommst sie für einen Kuss.«

»Vorher würde ich unsere Ziegen küssen.«

Kurz schien er darüber nachzudenken, ob er beleidigt sein sollte, aber dann lachte er: »Wie du willst.« Er warf Doncan einen flüchtigen Blick zu, und kurz darauf traf sie ein eisiger Wasserschwall. Der Schock lähmte sie, schüttelte sie, und der Funke entzündete sich erneut zu einer Stichflamme in ihrem Inneren. Blitzschnell flog Vanora vor, und obschon Doncan die Augen aufriss und sie kommen sah, konnte er der Faust nicht ausweichen, die in sein Gesicht krachte. Hell jaulte er auf und hielt sich die Hand auf die Nase, aber Vanora hatte noch nicht genug. Ich hätte den Daumen in die Faust schließen müssen, so wie Glendorfil es mir gezeigt hat, dachte sie. Dann hätte ich mit viel größerer Kraft zuschlagen können, ohne mir dabei selbst beinahe die Hand zu brechen. Beim nächsten Mal werde ich es besser machen, dachte sie. Und dieses nächste Mal war jetzt.

Vanora packte den jammernden Doncan an den Schultern, zog ihn zu sich und ließ ihr Knie hochschnellen. Das Jaulen steigerte sich zu einem Schrei, doch die Flammen in ihr zischten nur und wollten mehr. Sie fuhr so schnell herum, dass ihr Bild zu einem sonnengelben Rüschenschleier verschwamm, und nahm nur am Rande wahr, wie Graem das Lachen im Halse steckenblieb und sein Mund aufklappte. »Nicht«, formten seine Lippen, aber es war ihr egal. Sie hatte sich zu lange von dieser Bande schikanieren lassen. Sie hatte ›Bitte‹ gesagt. Es war genug.

Sie holte in der Drehung mit dem Arm aus und ballte ihre Hand zu einer Faust – dieses Mal mit eingeschlossenem Daumen. Die Kälte des Wassers war längst vergessen, ihre Lippen verzogen sich zu einem Lächeln, und die Faust schnellte vor. Doch da packte sie jemand am Handgelenk, eine weitere Hand umschloss ihren Oberarm und zerrte sie zurück. Die beiden anderen Jungen! Vanora wand sich, aber es nutzte nichts. Sie waren zu stark für sie. Verdammt!

»Du elendiges Miststück!«, keuchte Doncan und stürmte auf sie zu, doch Graem legte ihm die Hand auf die Brust und schob ihn zurück. Dann wandte er sein kalkweißes Gesicht Vanora zu: »Das war ein schwerwiegender Fehler. Du verstehst, dass ich dich jetzt bestrafen muss, Mädchen.« Er lächelte dabei, und Vanora wurde klar, dass er den Ernst der Lage nicht verstand. Für ihn war es noch immer ein Spiel. *Hör auf*, flehte sie stumm, aber er zwinkerte ihr nur zu, schwenkte den vollen Eimer in seiner Hand hin und her und kam unerbittlich näher.

Vanora unternahm einen erneuten Versuch, sich von den beiden loszureißen, aber der Griff um ihre Arme wurde nur noch stärker.

Graem blieb vor ihr stehen und sah ihr in die Augen. Sie war beinahe so groß wie er und erwiderte stur seinen Blick, als er gemächlich das eisige Wasser über ihren Kopf goss. Dennoch konnte sie das erbärmliche Zittern nicht verhindern, als die stechende Kälte ihren Nacken und den Rücken hinabkroch. Das nasse Haar klebte ihr im Gesicht, sie rang nach Atem und versuchte, nach Graem zu treten. Doch dieser wich ihr aus, seine Hand fuhr vor und packte grob ihr Kinn: »Nicht so stürmisch. Du kommst schon noch zu deinem Kuss.«

Vanora drehte ihren Kopf zur Seite, doch Graem hielt sie fest – und dann drückte er seine widerwärtigen Lippen auf die ihrigen. Es war weniger der Ekel als vielmehr diese enorme Glut des Zorns, die ihren Körper erbeben ließ. Zorn nicht nur über den dummen Graem, eher über die Rolle, in die sie in diesem Dorf gezwungen wurde. Mit Leichtigkeit hätte sie sich vor solch einer Demütigung schützen können, und doch musste sie jede Schmach still erdulden, um niemanden sehen zu lassen, was sie in Wirklichkeit zu tun imstande war.

Die anderen lachten, grölten und klatschten, was dem Feuer in ihrem Inneren nur weiteren Zunder verschaffte und somit nicht gerade hilfreich war in ihrem verzweifelten Kampf, dieses auszutreten.

»Wie frische Erdbeeren«, rief Graem und machte eine weit ausholende Bewegung durch die Runde. »Wer möchte noch?«

»Ekelhafter …«, stieß sie hervor, aber er grinste nur: »Na, na, na. Du wirst doch jetzt nicht unhöflich werden.«

Graem winkte Doncan zu sich. »Ich glaube, du möchtest

dich noch für etwas bedanken, nicht wahr?« Und Doncan grinste und ging auf sie zu.

Es war zu spät. Die Flammen verlangten danach, auszubrechen, und das Blut in ihren Adern, jede Faser ihres Körpers brannte vor Zorn. Vanora bäumte sich auf, ihre Hände begannen zu zittern. Doncans Gesicht wurde klarer, immer deutlicher. Seine Konturen zeichneten sich grell zwischen den blutroten Wirbeln ab, die in ihr tobten, ihr die Sicht nahmen – und dann versank auch er in dem Mahlstrom des Zorns, bis nur noch seine Augen übrigblieben. Das Feuer erwachte zum Leben – und die schmerzenden Griffe an ihren Armen verschwanden.

Wie aus weiter Ferne drangen Rufe an ihr Ohr, Schreie, doch Vanora verstand sie nicht. Sie sah nur Doncans Augen, fokussierte sie – und streckte langsam ihre nun freie Hand nach ihm aus. Das glutheiße Prickeln strömte durch ihren Körper, zog sich zusammen und sammelte sich in dieser einen, glühenden Hand.

Doncan wich mit vor Angst geweiteten Augen zurück.

Jetzt, dachte sie, jetzt.

»Genug!«

Vanora erstarrte. Die Hitze erlosch. Es war diese Stimme, die ihre Sicht schlagartig wieder normal werden ließ. Eine Stimme, die die Luft erfüllte, rein und hell.

Auch die Jungen fuhren herum, dann wichen sie zurück. Vanoras Herz aber vollführte einen Freudensprung, als sie den hochgewachsenen Mann im schwarzen Umhang erkannte. Glendorfil!

»Ich sollte euch beibringen, wie man eine Dame behandelt«, sagte er, und ihr Lächeln erstarb. Die Melodie war die gleiche, erkannte sie, aber es war nicht Glendorfil, der dort vor ihr stand. Es war nicht seine Stimme. Der Mann, der trotz strahlenden Sonnenscheins die Kapuze tief ins Gesicht gezogen hatte, strich über die gekreuzten schwarzen Gurte über seiner Brust – ein Schwertgehänge für die beiden Schwerter, die er auf dem Rücken trug und deren Griffe rechts und links neben seinem Kopf emporragten und golden in der Sonne funkelten.

Graem sah zwischen ihr und dem Fremden hin und her, und sein Blick blieb ebenfalls an den Waffen hängen. »Wir haben nur Spaß gemacht ... Herr«, sagte er mit einer leichten Verbeugung. »Wir wollten ihr nicht weh tun.«

Doch der Fremde wirkte nicht sehr überzeugt. Er ging auf Graem zu, packte den jungen Mann am Wams und zog ihn dicht zu sich heran. Graem war nicht klein, noch dazu breit gebaut, doch der um mindestens einen Kopf größere Ritter hob ihn mühelos hoch, so dass Graems Füße in der Luft hingen. »Ihr werdet sie nie wieder belästigen«, sagte er mit tiefer Stimme. »Verstanden?«

Graem nickte heftig, und kurz darauf stellte ihn der Ritter wieder auf dem Boden ab. Graems Knie schlotterten sichtlich.

Vanora durchfuhr ein kalter Schauer, der, das wusste sie, nichts mit ihrer nassen Kleidung zu tun hatte. Langsam sah sie von Graem wieder zurück zu dem Fremden und wich unwillkürlich zurück, als die blauen Augen sie unter der Kapuze hervor wie ein Dolch aus Eis trafen. Was wollte der Fremde hier? Er hatte sie beschützt, aber wollte er ihr wirklich Gutes? Er war ihr körperlich weit überlegen, er hatte zwei Schwerter, und Vanora war zwar nicht hilflos, aber gegen den Fremden würde sie unterliegen. Fast war sie froh, die verhasste Bande um sich zu haben. Mit den vier Jungen an ihrer Seite und einem gemeinsamen Feind hätten sie vielleicht eine Chance.

Graem tauschte unterdessen beklommene Blicke mit seinen Gefährten, woraufhin Doncan kaum merklich den Kopf schüttelte. »Herr«, sagte Graem schließlich und nickte dem Fremden flüchtig zu. Mit einem sirrenden Geräusch zog dieser die Schwerter aus ihren Hüllen, und im selben Augenblick machten die Jungen kehrt und rannten in Richtung Wald davon.

Fassungslos starrte Vanora den immer kleiner werdenden Gestalten hinterher. Das wollten Männer sein? Hetzten davon und ließen sie hier allein mit einem schwerbewaffneten Fremden! Es war nicht das erste Mal, dass die Jungen ihr nachgegangen waren, und bislang war sie immer irgendwie mit ihnen fertig geworden. Aber der Ritter beunruhigte sie mehr, als sie zugeben wollte. Nun gut, dachte sie. Sie war jetzt allein. Das ließ sich nicht mehr ändern. Sie würde das Beste daraus machen müssen. Langsam richtete sie sich auf und blickte so furchtlos wie möglich zu dem Fremden auf. Er sah den flüchtenden Jungen nach und wirkte amüsiert. Einen Moment lang überlegte sie, ob sie es der Bande gleichtun sollte, doch sie hatte nicht jahrelang unter Glendorfils Anleitung geschuftet, um dann feige davonzulaufen.

Graem und die anderen verschwanden bald gänzlich in der Dunkelheit des Waldes, und der Ritter richtete seinen Blick erneut auf sie, hob seine Hände und legte die Breitseiten der Klingen auf seine Schultern ab, so dass sie sich im Nacken überkreuzten. Langsam kam er auf sie zu, maß sie mit prüfendem Blick, und die Anmut seiner Bewegungen erinnerte sie unwillkürlich an ihren einstigen Lehrmeister. Dennoch: Da war etwas, das nichts mit Glendorfil zu tun hatte – und das sie sehr gut kannte. Diese leichtfertige Haltung der Schwerter, als wäre es ganz normal, mit solchen Waffen in der Gegend herumzulaufen. Der abschätzende Blick. Auch die kleinen Grübchen an den Mundwinkeln, die sein zaghaftes Lächeln jungenhaft wirken ließen. Die eisblauen Augen. Gebannt sah Vanora zu dem Mann auf. Waren die Männer außerhalb des Dorfes allesamt mit solch vollkommener Schönheit gesegnet?

»Sie sind weg. Ihr müsst keine Angst mehr haben«, ertönte die singende Stimme des Fremden, die der Glendorfils so sehr ähnelte.

Vanora hob ihren Kopf noch etwas höher. Wenn der Fremde sich als ihren Retter sah, würde sie ihm schon zeigen, dass sie sich selbst zu helfen wusste. »Mit denen wäre ich schon fertig geworden«, sagte sie und ärgerte sich darüber, dass ihre Stimme zitterte.

»Da bin ich mir sicher.« Der Fremde lächelte derart frech und spitzbübisch, dass Vanora wütend nach Luft schnappte. Dutzende scharfe Antworten lagen ihr auf der Zunge, doch sie war zum einen eine Frau und zum anderen von geringem Stand. Ein Widerwort könnte ihr Todesurteil sein. Und so senkte sie mit erzwungener Demut den Kopf, riss aber im gleichen Moment die Augen auf, als sie spürte, wie ihr das Blut in die Wangen schoss. Erst jetzt sah sie, dass die durchnässte weiße Bluse so durchsichtig war, als stünde sie nackt vor dem grinsenden Ritter. Blitzschnell verschränkte sie die Arme vor der Brust, und die Schamesröte schoss ihr ins Gesicht. Dafür würde Graem büßen!

Aus den Augenwinkeln bemerkte sie eine Bewegung. Der Ritter nahm seinen schwarzen Umhang ab und legte ihn ihr um die Schultern. Wütend schlug sie den weichen Stoff vor ihrer Brust übereinander und hielt ihn krampfhaft fest, auch wenn sie zugeben musste, dass diese Geste durchaus nett von ihm war. Allmählich wich die Hitze wieder aus ihren Wangen, und sie blickte zu dem Fremden auf, der nun ohne den Umhang in all seiner Pracht vor ihr stand. Das schwarze Haar war wild zerzaust und bildete einen starken Kontrast zu der weißen Haut, die im Sonnenlicht noch blasser wirkte. Die goldenen Schnallen der Gurte und die Enden seiner Schwerter funkelten unter den hellen Sonnenstrahlen, und Vanora wurde bewusst, dass dieser Ritter sehr wohlhabend sein musste.

Der Fremde lachte. »Nun, da wir bereits so vertraut miteinander sind – mein Name ist Eamon.« Er ließ die Schwerter zurück in die Scheiden auf seinem Rücken gleiten und verbeugte sich, wobei die eisblauen Augen wie Kristalle funkelten.

Vanora atmete tief durch. »Ich heiße Vanora«, brachte sie schließlich hervor und vollführte einen wenig anmutigen Knicks. Von der Situation völlig überfordert, wandte sie sich ab und stiefelte mit dem viel zu langen Umhang durch das hohe Gras, um die beiden Eimer aufzusammeln. Sie hatte kaum die Bügel berührt, da nahm ihr der Ritter diese auch schon aus der Hand. Er war wie aus dem Nichts hinter ihr aufgetaucht.

»Ich kann das selbst«, fauchte sie, ohne zu überlegen, doch Eamon beachtete sie nicht, ging seelenruhig auf den Bach zu und füllte die Eimer mit Wasser.

Vanora seufzte. Dieser Tag meinte es wirklich nicht gut mit ihr. Zuerst Graem und dann noch das. »Ich mache das schon«, sagte sie und versuchte ihm die Eimer abzunehmen, doch Eamon wich ihr blitzschnell aus: »Lasst Euch doch helfen.«

»Ich brauche keine Hilfe«, herrschte sie ihn an, schärfer, als sie es beabsichtigt hatte. Was nutzte es ihr, dass die einen Rüpel verschwunden waren, wenn der nächste ihr ebenso vorschreiben wollte, was sie zu tun und zu lassen hatte? Er war schön, ja, und er hatte zwei Schwerter, aber das gab ihm noch lange nicht das Recht, sie zu bevormunden. Natürlich wusste Vanora, dass ihr Verhalten dem Ritter gegenüber ungebührlich war, doch die Sache mit Graem, dem aufgezwungenen Kuss und der durchsichtigen Bluse war noch nicht vergessen. Der Fremde trug zwar keine Schuld daran, doch sie fühlte sich immer noch bloßgestellt. Keine Verletzung, die ihr Graem oder sonst jemand hätte zufügen können, wog schwerer als ihr verletzter Stolz. Und überhaupt, so dachte sie mit einem Blick auf den Ritter, waren die Herren von hoher Geburt meist die Schlimmsten. Sie nahmen sich, was sie begehrten, ohne lange zu fragen – zumindest war es das, was ihr Vater stets sagte –, und wenn der Steuereintreiber mit seiner Eskorte ihr Dorf besuchte, hatte sie die Wahrheit hinter diesen Worten nicht nur einmal mit eigenen Augen gesehen. Vermutlich würde es nicht schaden, ihn auf Distanz zu halten. Sollte er es doch versuchen. An ihr würde er sich im wahrsten Sinne des Wortes die Finger verbrennen.

Vanoras Hand schloss sich automatisch noch fester um den Stoff des Umhangs, und Eamons Lächeln erstarb. »Ich sagte doch«, sagte er so sanft, als spräche er mit einem verschreckten Reh. »Ihr habt nichts mehr zu befürchten.«

»Das weiß ich selbst.« Vanora richtete sich auf. Sie war kein wehrloses Püppchen. Nicht so wie die dummen Puten, denen er bisher vermutlich begegnet war. Wenn es hart auf hart käme, würde er es sein, der sich in Acht nehmen musste, dachte sie trotzig.

Für einen Moment breitete sich ein unangenehmes Schweigen zwischen ihnen aus, und sie musterten einander unverhohlen, bis Eamon sich plötzlich abwandte und in Richtung Wald davonging.

Verwirrt starrte Vanora ihm nach. Was tat er da? So schnell es ihr mit dem langen Umhang möglich war, lief sie ihm hinterher und holte nur mit Mühe und Not zu ihm auf. »Wohin wollt Ihr?«, fragte sie mit panisch schriller Stimme.

Eamon deutete mit dem Kopf zum Wald. »Ich begleite Euch natürlich.«

»Nein!« Ohne zu überlegen, packte sie den riesigen, schwerbewaffneten Adeligen am Arm, der tatsächlich sofort stehenblieb und mit dem umwerfendsten Lächeln, das sie je gesehen hatte, auf ihre Hand hinabblickte. Vanora schüttelte den Kopf. Sie dachte nur an ihren Vater, der bei ihrem Anblick vor Zorn platzen würde: seine Tochter, völlig durchnässt, an der Seite eines edlen Ritters, der noch dazu ihre Arbeit erledigte. An das Getuschel und die Neugier der einfältigen Dorfbewohner wollte sie erst gar nicht denken. Vielleicht hatte sie sich ja auch in dem Ritter getäuscht, dachte sie, und er war wirklich ein ehrbarer Mann, der ihr nur helfen wollte? Das war immerhin möglich. Auch wenn sie furchtbar schlecht in Entschuldigungen war, versuchte sie deshalb, ihre Stimme versöhnlich klingen zu lassen: »Verzeiht«, begann sie und ließ seinen Ärmel los. »Mein Herr. Ich danke Euch für Eure Hilfe, doch ich muss jetzt wirklich zurück zu meinem Vater. Er wartet bestimmt schon.« Wieder griff sie nach den beiden Eimern, doch der Ritter wich erneut erstaunlich geschickt aus.

»Ich lasse Euch nicht alleine gehen«, sagte er betont langsam: Seine eisblauen Augen waren überzeugender als alle Worte. Seufzend drehte sich Vanora um und marschierte neben ihm durch das raschelnde Gras auf das Dorf zu. Am besten, sie überlegte sich bereits eine gute Geschichte.

So gingen sie schweigend durch den Wald, der durch die

Sonne in ein warmes, goldenes Licht gehüllt war, die Kälte, die von ihren nassen Haaren und Kleidern ausging, jedoch nicht vertreiben konnte. Vanora spürte deutlich die Blicke des Ritters, wagte jedoch nicht, zu ihm aufzusehen. Wieso kam Eamon ihr so bekannt vor? Was wollte er hier? Wie würden die Dorfbewohner auf ihn reagieren? Was würde ihr Vater sagen, wenn er sie beide sah? Zu viele Fragen, keine einzige Antwort.

Das Dorf kam schneller in Sichtweite, als Vanora lieb war, und als sie den ersten gaffenden Menschen begegneten, stellte sie fest, dass es weniger schlimm war als befürchtet. Einer der Ersten, die sie sah, war Graem, der sich sofort abwandte und davonlief. Vermutlich war es ihm zu peinlich, von seiner Begegnung mit Eamon zu berichten. Schließlich waren sie zu viert gewesen und davongelaufen wie kleine Kinder. Aber auch sonst war es nicht besonders schwer, die vielen Augen, die auf sie gerichtet waren, zu ignorieren. Vanora war es gewohnt, Argwohn und Missachtung auf sich zu ziehen – und es geflissentlich zu übersehen. Doch als sie im Hof der Schmiede ihres Vaters ankamen und dieser ihr mit hochrotem Kopf entgegenstürmte, sank ihr der Mut. Seine Miene verfinsterte sich, als er seine Tochter, eingehüllt in einen schwarzen Umhang, an der Seite des Ritters sah. Wieder einmal erschien die vertraute Falte zwischen seinen Augen, die noch nie etwas Gutes bedeutet hatte.

Vanora atmete tief durch und bemühte sich um ein Lächeln.

»Wo hast du so lange gesteckt?!«, donnerte ihr Vater, würdigte den Ritter keines Blickes und baute sich in all seiner hünenhaften Gestalt vor Vanora auf: »Hast du eine Ahnung, wie lange ich auf dich gewartet habe?«

Vanora kniff die Augen zusammen und schüttelte den

Kopf. Sie hasste sein Geschrei, da spielte es auch keine Rolle, zu wissen, dass er niemals die Hand gegen sie erheben würde. Während sie noch nach Antworten suchte, stellte Eamon die beiden Eimer ab und räusperte sich. Er wirkte fast etwas verlegen, wie Vanora fand.

Briac fuhr zu ihm herum, und erstaunt stellte Vanora fest, dass der Fremde ihren Vater – den größten Mann im Dorf – ebenso überragte, wie Glendorfil es getan hatte.

»Was wollt Ihr?«, fuhr Briac den Ritter mit wütend blitzenden Augen an.

»Vater!« Instinktiv trat Vanora zwischen die beiden Männer. Sie selbst hatte den Fremden ebenfalls nicht besonders freundlich behandelt, doch von ihrem Vater hätte sie eigentlich besseres Benehmen erwartet. Er legte doch stets solchen Wert auf Höflichkeit und gute Manieren. Natürlich stand ihr nicht zu, ihren Vater zu tadeln, doch die Sorge um ihn überwog die Angst, sich erneut Ärger einzuhandeln. Welcher Mann von Adel würde sich schließlich ein solches Verhalten gefallen lassen? Männer des einfachen Volkes waren schon für geringere Vergehen hingerichtet worden. Doch zu ihrer Überraschung schien das Verhalten ihres Vaters Eamon nicht sonderlich zu kümmern, denn er lächelte freundlich und verbeugte sich sogar knapp vor ihm. »Verzeiht mein unerwartetes Erscheinen, werter Schmied.«

»Werter ...«, Briac kniff die Augen zusammen und musterte den Fremden verächtlich, »... Ritter, oder was Ihr auch sein mögt. Geht dahin, wo Ihr hergekommen seid.« Er sah Eamon tief in die Augen. »Geht dorthin zurück.«

Vanora schnappte nach Luft. War ihr Vater denn wahnsinnig geworden? Doch Briac beachtete sie nicht, wandte sich einfach nur um und stapfte in die dunkle Stube.

Fassungslos sah sie zu dem Ritter auf, suchte nach Worten und konnte doch nur mit den Schultern zucken.

»Was hast du nur wieder getrieben?«, kam es kurz darauf nicht weniger wütend aus der Hütte. Offenbar hatte ihr Vater nicht vor, wieder herauszukommen.

»Nichts.« Vanora bedeutete dem Ritter mit einer Kopfbewegung, ihr zu folgen, und näherte sich vorsichtig dem Haus, in dessen Innerem ihr Vater laut polternd auf und ab lief. Schließlich hielt Briac inne, kam auf sie zu, hob kopfschüttelnd ein paar nasse Strähnen ihres Haares und ließ sie wieder fallen. »Nach nichts sieht das aber nicht aus.« Dann sah er an ihr vorbei zu Eamon. »Irgendeine Erklärung?«

»Ich bin gestolpert«, platzte es aus Vanora heraus. Weder wollte sie, dass Eamon die Geschichte mit Graem erzählte noch dass ihr Vater sich weiter mit dem Ritter anlegte. »Als ich nach Wasser geschöpft habe, bin ich auf einem nassen Stein ausgerutscht und in den Bach gefallen«, ergänzte sie.

Briac schob die Brauen in die Stirn und musterte sie eindringlich. Offensichtlich glaubte er sie bei einer Lüge zu ertappen, doch Vanora war bereits geübt darin, ihren Vater anzuschwindeln. »Ja, das sieht dir ähnlich«, knurrte er schließlich und warf dem Ritter noch einmal einen derart hasserfüllten Blick zu, dass Vanora sich automatisch umdrehte, um zu sehen, was an dem Fremden so schrecklich war. Ja, er sah anders aus als die Leute aus dem Dorf, aber was bedeutete das schon? Seinem Akzent nach zu urteilen, kam er nicht von hier, doch das war noch lange kein Grund, sich derart schlecht zu benehmen. Nicht für ihren Vater, der es gewohnt war, mit Adeligen aus allen Ländern zu verkehren. Irgendetwas musste an ihm sein, das ihn von anderen Rittern unterschied. Und jetzt, wo sie ihn mit prüfendem Blick musterte, fiel ihr auch zum ersten Mal das schmale, schwarze Band auf, das beinahe zur Gänze unter dem wuscheligen Haar verschwand. Es verdeckte seine Ohren.

Der Ritter wandte den Kopf, und ein Blick aus seinen eisig blauen Augen traf sie. Sie keuchte und wandte sich schnell ihrem Vater zu. Warum kam der Fremde ihr nur so bekannt vor? Bestand zwischen ihm und Glendorfil eine Verbindung? Vielleicht waren sie beide so wie sie selbst? Anders? Ihre Hand hob sich automatisch und berührte das spitze Ende ihres Ohres.

»Wollt ihr da Wurzeln schlagen?«, brummte Briac und riss sie aus ihren Gedanken. Die Gesichtsfarbe ihres Vaters hatte sich wieder normalisiert, und er wies zu dem alten Holztisch. »Setzt Euch«, sagte er an den Ritter gewandt und nahm selbst auf einem der beiden Stühle Platz. »Und du mach dich nützlich, Kind. Bring unserem Gast etwas zu essen und zu trinken, und dann sieh zu, dass du dir etwas Trockenes anziehst.«

Eamon setzte sich ihrem Vater gegenüber. »Ich möchte Euch keine Umstände bereiten«, sagte er, wobei er ihrem Vater einen Blick zuwarf, den Vanora nicht zu deuten vermochte.

»Unsinn«, entgegnete Briac, wobei er jede Silbe ungewöhnlich langsam aussprach. »Ihr seid willkommen in meinem Haus. Es liegt ein langer Weg hinter Euch.«

Vanora stand wie angewurzelt und sah zwischen den beiden Männern hin und her. Das Verhalten ihres Vaters war bisher ungewöhnlich gewesen. Jetzt aber wurde es beängstigend.

Eämon

Es war rührend, zu sehen, wie sehr sich Vanora um ihren Vater sorgte. Der Schreck, der ihr bei jeder seiner Unhöflichkeiten ins Gesicht geschrieben stand, machte es Eamon schwer, sich ein Schmunzeln zu verkneifen. Gleichzeitig wurde ihm bewusst, in welchem Maße die Menschen der Willkür ihrer Herrscher ausgeliefert waren. Eamon hatte vieles über das Herrschaftssystem dieser Welt gelesen, doch die Angst, mit der die einfachen Leute täglich lebten, hatte er zuvor nicht begreifen können. Glendorfil hatte ihm erzählt, dass im benachbarten Königreich Krieg herrschte. Vermutlich machte das die Menschen noch unsicherer als sonst. Eamon seufzte. Sein Lehrmeister hatte ihm vor seiner Abreise immer wieder eingeschärft, sich aus Auseinandersetzungen unter den Menschen herauszuhalten. Er hatte ihn von den Scherzen, die Graem und die anderen mit Vanora trieben, bereits in Kenntnis gesetzt und darauf bestanden, dass Eamon lediglich als Beobachter hier war. Er sollte Vanora vor den Lichtelfen beschützen – nicht jedoch vor harmlosen Schikanen. Zwei Tage lang hatte Eamon die Tochter Elirias also still beobachtet, wobei es ihm sehr schwergefallen war, sich ihr nicht zu zeigen. Doch als er gesehen hatte, wie ihr diese grobschlächtigen Raufbolde gefolgt waren, war es mit seiner Selbstbeherrschung zu Ende gewesen. Wie hätte er zulassen können, dass eine Prinzessin des Schattenreiches auf diese Weise erniedrigt wurde? Noch dazu hätte Vanora beinahe einen Fehler begangen, der nicht wiedergutzumachen gewesen wäre. Und so saß er jetzt in dem kleinen Haus an dem wackeligen Tisch und ertrug geduldig die misstrauischen Blicke des Schmiedes, wohl wissend, dass er sich bald eine Lösung für sein Dilemma einfallen lassen musste. Ihm war durchaus bewusst, dass er Vanora nicht nur aus der Ferne beobachten konnte. Er würde sich immer wieder einmischen. Es war ihm einfach nicht genug, irgendwo in den Kronen eines Baumes zu sitzen und sie nicht aus der Nähe betrachten zu können. Er wollte für sie da sein, ihr helfen und sie zum Lachen bringen – so absurd es auch war. Keinen Tag wollte er ohne sie verbringen, und deswegen musste er die Empfehlungen seiner Familie und der Schattenritter missachten.

»Was stehst du da noch herum?«, knurrte Briac.

Eamon fuhr aus seinen Gedanken und sah gerade noch Vanora, die die Treppe hinauflief und verschwand. Kurz darauf hörte er im oberen Stockwerk eine Tür, die sich öffnete und dann wieder geschlossen wurde.

»Ich habe noch mindestens fünf Jahre«, flüsterte Briac, kaum dass seine Tochter den Raum verlassen hatte. Auch wenn er leise sprach, waren die Worte des Schmiedes scharf wie die Klingen der Elfenschwerter.

Eamon lächelte. Natürlich hatte Briac sofort erkannt, wer – oder eher was – er war. Die anderen Dorfbewohner, die in ihrem Leben noch keinen Elfen gesehen hatten, konnte er täuschen. Doch Briac kannte die Elfen zu gut, um sich durch ein Haarband hinters Licht führen zu lassen. »Ich bin nicht hier, um sie mitzunehmen«, entgegnete Eamon leise. »Lediglich, um ihre Sicherheit zu gewährleisten.«

Die Gesichtsfarbe des Schmiedes veränderte sich von kränklich blass zu kirschrot. Er ballte die Hände zu Fäusten, atmete tief ein und rang sichtlich um Beherrschung: »Der eine ist fort, und sofort schicken sie einen anderen, der ihr Flausen in den Kopf setzt. Wieso lasst ihr uns nicht einfach in Ruhe? Ist es denn nicht genug, dass ihr mir meine Tochter in wenigen Jahren für immer entreißen werdet?«

»Ich verstehe Euren Unmut sehr gut ...«

»Nichts versteht Ihr!« Briac warf einen schnellen Blick zur Treppe, über die Vanora verschwunden war, und fuhr schließlich im Flüsterton fort: »Ihr versteht nicht das Geringste. Was wisst Ihr über unser Leben hier?«

Eamon ging nicht darauf ein. Es war unnötig, zu bestätigen, dass alles, was er über das Leben der Menschen wusste, auf Erzählungen und Büchern basierte. Viel wichtiger war es, Briac die Bedeutung seiner Aufgabe verständlich zu machen: »Ihr wisst selbst um die Gefahr, in welcher sich Vanora befindet. Ich muss die Informationen, die Ihr vom Befehlshaber der Schattenritter erhalten habt, bestimmt nicht wiederholen.«

Briac schnaubte verächtlich. »Befehlshaber der Schattenritter«, wiederholte er, wobei er den Akzent des Prinzen imitierte. »Und wer seid Ihr?«

Eamon räusperte sich und streckte dem Schmied die Hand entgegen, so wie es in der Menschenwelt üblich war. »Verzeiht meine Unhöflichkeit. Mein Name ist Eamon. Ich bin der Sohn Leorans, des Königs des Schattenreiches.«

Der Schmied lachte und ignorierte die dargebotene Hand. »Ah, welche Ehre wird uns doch zuteil. Der Prinz der Elfen in meinem bescheidenen Haus.« Das aufgesetzte Lachen verschwand. »Wie wertvoll meine Tochter doch für Euch ist, wenn sich Eure Hoheit selbst die Hände schmutzig machen.«

Eamon zog die Hand wieder zurück. Er musste zugeben, dass Briac weniger einfältig war, als er angenommen hatte. Der Schmied hatte die Politik der Elfen offenbar ganz gut durchschaut und war sich über Vanoras Macht im Klaren. Die Macht, jener Seite, die das Mädchen für sich gewinnen konnte, den Sieg im jahrtausendealten Krieg zu sichern. »Vanora ist in der Tat sehr wertvoll für mein Volk«, sagte Eamon daher ruhig, um den Schmied nicht noch weiter aufzubringen.

»Sie ist für beide Seiten von Nutzen. Sagt mir, Prinz der Dunkelelfen, wieso sollte meine Tochter sich nicht auf die Seite der Lichtelfen schlagen? Da doch ihre Mutter ebenfalls zu diesem Volk gehörte? Sie wird von euch Elfen für euren Krieg benutzt. Mir ist gleich, von welcher Seite sie sich benutzen lässt.«

Eamon beugte sich etwas vor und musterte sein Gegenüber durchdringend. Er sprach langsam und leise, um sicherzugehen, dass seine Worte auch wirklich verstanden wurden. »Ich leugne nicht unser Ziel, den Krieg mit Vanoras Hilfe zugunsten der Dunkelelfen zu beenden. Doch erreichen wir dies nur, indem wir Vanora am Leben erhalten. Die Lichtelfen jedoch profitieren einzig durch Vanoras Tod. So entscheidet selbst, werter Schmied, welcher Seite Ihr Eure Tochter anvertrauen möchtet.«

Briac knurrte, gab jedoch keine Antwort.

Eamon konnte es ihm nicht verdenken. Er selbst verachtete die Art, in der sein Volk Vanora benutzte. Doch die magische Barriere musste weiterhin bestehen, um die Dunkelelfen vor Alkariel zu schützen. Einzig Vanoras Tod konnte die Mauer Daralees zerstören.

Schweigend musterten die Männer einander, und die Feindseligkeit lag schwer zwischen ihnen, als sich plötzlich die Tür öffnete und Vanora nahezu lautlos die Treppe hinab und in die Stube huschte. Es war offensichtlich, dass sie gehofft hatte, ein paar Gesprächsfetzen aufschnappen zu können. Mit neugierigem Blick wanderte ihr Blick von ihrem Vater zu Eamon, und sie ließ sich auffällig viel Zeit, die Speisen und Getränke aufzutragen.

Eamon lächelte ihr zu. Sie hatte Rock und Bluse gegen ein schlichtes, weißes Kleid getauscht, und ihr Anblick verzauberte ihn. Erst als ihr Vater sie mit einer Handbewegung wieder aus dem Raum scheuchte, erinnerte er sich daran, weshalb er hergekommen war: um nach einem Weg zu suchen, ihr häufiger nahe sein zu können. Wie lange würde es wohl dauern, bis Leoran von der Missachtung seiner Anordnungen erfuhr? Würde er ihn zurück in das Schattenreich holen? Oder würde er letztlich doch verstehen, wie wichtig es war, dass Vanora in ihm einen Freund bekam, der ihr später in der Fremde beistehen konnte?

»Der andere«, Briac räusperte sich. »Dieser ... Schattenritter.« Eamon wandte sich wieder dem Schmied zu, der zugleich verärgert, verwirrt, aber auch zutiefst verletzt aussah. »Er sagte, dass ihr uns in Ruhe lassen würdet. Dass keiner von euch zu uns käme. Ihr würdet auf sie aufpassen, ohne dass sie ... oder sonst irgendjemand etwas merkt.«

Eamon atmete schwer ein. Vanoras Vater hatte recht. So war es beabsichtigt gewesen. Aber er, Eamon selbst, konnte diese Abmachung nicht akzeptieren. Wie sollte er dem Schmied erklären, dass er sich gegen die Wünsche seines Vaters, des Königs, stellte, nur um in der Nähe seiner Tochter zu sein? Aus Gründen, die er selbst nicht verstand? Er hatte bereits eine Grenze überschritten, und er war bereit, noch weiter zu gehen. »Werter Schmied«, begann er. »Seid versichert, dass wir stets im Sinne Eurer Tochter handeln. Es ist leichter, sie zu beschützen, wenn ich mich in ihrer unmittelbaren Nähe aufhalte.«

Briacs Antwort war abermals ein unzufriedenes Knurren, doch Eamon ließ sich nicht beirren, warf all seine Überzeugungskraft und Überredungskünste in die Waagschale, und schließlich gelang es ihm, den Schmied, wenn schon nicht zu überzeugen, so doch zumindest zu einem zustimmenden Brummen zu bewegen.

»Vanora!« Briac stand schwerfällig von seinem Stuhl auf. »Vanora! Jetzt komm endlich!«

Auch Eamon erhob sich. Er hatte erwartet, dass es keine Sekunde dauern würde, bis Vanora durch die Tür gestürmt kam, und wunderte sich, dass sie erst einige Augenblicke später und sichtlich außer Atem die Stube betrat. An der Tür blieb sie stehen und betrachtete ihren Vater und Eamon mit argwöhnischem Blick. »Was ist denn, Vater?«, fragte sie mit gezwungenem Lächeln, woraufhin Briac auf Eamon zuging und die Hand auf seinen Arm legte: »Ich möchte dir Eamon vorstellen ... meinen Gehilfen.«

Vanora riss ihre Augen auf. »Deinen Gehilfen? Etwa in der Schmiede?«

»Natürlich in der Schmiede, wo denn sonst? Eamon hat in Marluke gekämpft und möchte nun ...« Briac räusperte sich, »ruhigere Tage verbringen. Mit ehrlicher Arbeit.«

Es war offensichtlich, dass Vanora ihrem Vater keines seiner Worte glaubte. Skeptisch taxierte sie Eamon und ihren Vater, als suche sie nach einem Hinweis, dass es sich bei dem Gehörten um einen Scherz oder eine Lüge handelte. »Ihr seid ein Ritter«, wandte sie sich schließlich an Eamon. »Was wollt Ihr ausgerechnet ...«

»Vanora!« Briac schüttelte den Kopf und warf ihr einen warnenden Blick zu, doch noch ehe er sie weiter tadeln konnte, fiel Eamon ihm ins Wort: »Meine Tage im Kampf sind vorüber. Ich bin auf der Suche nach Arbeit durch die Dörfer gezogen. Dieses hier ist genauso gut wie jedes andere auch. Und Euer Vater braucht Hilfe.«

»Aber …« Vanora zog ihre Augenbrauen etwas zusammen. »Was ist mit Eurer Familie? Wieso geht Ihr nicht zurück in Eure Heimat?«

»Jetzt ist es aber genug«, donnerte Briac.

»Schon gut.« Eamon nickte dem Schmied zu, der sich leise fluchend abwandte. »Meine Heimat ist sehr weit fort, Vanora. Irgendwann werde ich bestimmt zurückgehen. Wenn die richtige Zeit dafür gekommen ist.«

»Wenn die Zeit …?«

»Was ist los mit dir, Kind?«, fuhr ihr Briac wieder dazwischen. »Steh nicht so dumm herum. Los! Bereite Eamon die Hütte hinter dem Haus.«

Vanora verharrte reglos, musterte Eamon argwöhnisch, wandte sich schließlich schulterzuckend ab und verschwand durch die Tür.

»Glaubt ja nicht, dass ich Euch schonen werde, Prinzchen«, knurrte Briac, kaum dass Vanora den Raum verlassen hatte. »Morgen bei Sonnenaufgang werdet Ihr mit Eurer Arbeit beginnen.«

»Sehr gerne.« Eamon konnte sein Lächeln nicht unterdrücken, was Briacs Augen nur noch wütender funkeln ließ. Aber der mürrische Schmied konnte seine gute Laune nicht vertreiben. Er hatte erreicht, was er wollte, und konnte von nun an in Vanoras Nähe sein. Die Arbeit würde ihm leichtfallen, und das war auch das entscheidende Argument gewesen, um Briac zu überzeugen. Wie hätte der Schmied eine kostenlose Arbeitskraft ablehnen können?

»Ihr werdet es nicht bereuen«, sagte Eamon, verbeugte sich kurz und ging dann ebenfalls hinaus in den kleinen Hinterhof mit dem verbrannten Skelett eines Ziegenstalls und der kleinen Holzhütte, in der laut Glendorfil einst Vanoras Großvater gelebt hatte. Jetzt würde sie Eamon für die nächsten Jahre ein Zuhause sein.

Mit lachenden Augen öffnete er die laut knarrende Tür. Vanora, die soeben eine Decke auf dem Strohlager ausgebreitet hatte, fuhr erschrocken herum und lächelte zaghaft, als sie ihn erkannte.

»Kann ich Euch helfen?«, fragte Eamon, bemüht, sie nicht zu offensichtlich anzustarren.

»Ich … Nein. Ich … Danke. Ich bin bereits fertig.« Einmal mehr bemerkte er, wie ihr Blick an den beiden Schwertern hinter seinen Schultern hängenblieb. »Ich hoffe, Ihr fühlt Euch hier wohl«, fügte sie nervös hinzu. »Es ist sehr bescheiden. Ihr seid bestimmt anderes gewöhnt.«

Eamon öffnete die Gurte an seiner Brust und legte die Kurzschwerter auf das Stroh. »Es ist sehr schön hier.« Er drehte sich zu ihr um und sah in das schmale Gesicht, in dem vereinzelt nasse Strähnen des blonden Haares klebten. Es gibt keinen schöneren Ort für mich, dachte er. Ich würde überall leben, solange du nur bei mir bist und …« Verwundert schüttelte er den Kopf über sich selbst, den Sohn eines Königs. Hier stand er, in einer muffig riechenden Bauernkate, und starrte ein Halbmenschenmädchen an, als wäre sie das funkelndste Diadem unter der Sonne. Was tat und dachte er nur für wirres Zeug?

»Was wollten diese Männer von dir?«, wandte er sich schließlich an Vanora und brach so das Schweigen.

Vanora lachte und musterte ihn kopfschüttelnd.

»Was ist daran so lustig?«

»Verzeiht.« Sie ging ein Stück auf ihn zu. »Es ist nur, dass Ihr sie Männer genannt habt. In meinen Augen sind es immer noch kleine Jungs.«

Eamon deutete auf die blauen Flecken an ihren Armen. »Das sieht nicht nach dem Werk von kleinen Jungs aus.«

Vanora blickte an sich hinab, und dieses Mal klang ihr Lachen aufgesetzt. »Ach.« Sie verschränkte die Arme vor der Brust. »Das waren doch nur Kindereien.«

Eamon atmete tief durch und sah ihr in die Saphiraugen, die selbst in der Düsternis der Kammer funkelten. »Sie werden dir nie wieder etwas antun«, sagte er ernst. »Niemand wird dir jemals wieder etwas antun.«

In den folgenden Monaten verbrachte Eamon jede Minute, die er nicht in Briacs Schmiede arbeitete, an Vanoras Seite. Die Skepsis der Dorfbewohner hatte es ihm anfangs nicht unbedingt leichtgemacht. Ständig stand er unter Beobachtung. Vermutlich fragten die Leute sich, was ein Ritter hier in dem kleinen Dorf, einen Tagesritt von der nächsten Stadt entfernt, zu suchen hatte. Sein Aussehen tat das seinige, denn obwohl er seine Ohren stets unter dem Haar verbarg und sie zusätzlich noch durch ein Band versteckte, wirkte er mit seiner Größe, der makellos glatten Haut und filigranen Statur auf die Dörfler eher befremdlich. Das schwarze Band, unter dem die Ohrspitzen verborgen waren, war fürchterlich und störte ihn, aber es war immer noch besser als ein seltsamer Hut wie jener, den Glendorfil trug.

Die Dorfbewohner blieben ihm dennoch fremd, aber ihr

Argwohn schwand mit der Zeit. Er las es in ihren Gesichtern und Gedanken, denn viele von ihnen hatten einen solch schwachen Geist, dass es ihm ein Leichtes war, in ihnen zu lesen. Dass sie ihn in ihrer Mitte duldeten, war, das wusste er, ein großer Erfolg. Die Leute hier sahen überall Feinde und verriegelten selbst nachts die Türen ihrer Häuser. Was sie wohl sagen würden, wenn sie wüssten, dass die Tore zu ihren Gedanken ständig offenstanden?

Eamon wusste, dass ihre Friedfertigkeit ihm gegenüber zu großen Teilen an den kleinen Gefälligkeiten lag, die er beinahe täglich für sie verrichtete. Er kümmerte sich um die Ziegen oder holte Wasser vom Bach. Für einen Nachbarn hatte er das Dach repariert, für einen kleinen Jungen aus dem Dorf einen kleinen Wagen zum Ziehen gebaut. Die Sprache hatte ihm anfangs noch ein paar Probleme bereitet, doch er lernte schnell. Glendorfil hatte ihn gut unterrichtet, so wie er einst Vanora in der Sprache der Elfen unterrichtet hatte. Einzig Antrax, seinen Hengst, vermisste er. Aber dieser hätte ihn vermutlich lediglich seiner verworrenen Gedanken über Vanora wegen ausgelacht. Eamon lachte leise. Er hätte Antrax seinen Spott nicht übelgenommen. Es stimmte: Er, der kampferprobte Elfenprinz, war Vanora gegenüber wehrlos. Ihr freundliches Wesen, ihre strahlenden Augen und ihr helles Lachen hatten ihn verzaubert. Es fiel ihm schwer, ihr so nahe zu sein und doch stets den Abstand zu wahren. Sie vertraute ihm, das spürte er, und er fühlte sich schlecht, weil er sie immerzu über seine Herkunft und Aufgabe belügen musste, auch wenn er wusste, dass es für sie das Beste war. Eines Tages würde sie eine mächtige Magierin werden – genauso wie ihre Mutter. Er spürte die Magie, von der sie durchdrungen war. Und eines Tages würde er sie mit sich nehmen.

Ja, dachte er, der Sommer war viel zu schnell vorübergegangen, aber er hatte ihm das schönste Geschenk gebracht: Zwischen Vanora und ihm war eine Freundschaft entstanden, so tief und unerschütterlich, wie er es sich niemals zu erträumen gewagt hatte. Viele aus dem Dorf sprachen bereits darüber, da sie so gut wie unzertrennlich waren, und Briac war natürlich alles andere als begeistert davon. Ihm und Vanora hingegen war das Geschwätz vollkommen gleichgültig, und vielleicht hatten sie auch genau deshalb so schnell zueinandergefunden, weil sie beide anders waren. Die meiste Zeit lachten sie über das Gerede oder spielten den ahnungslosen Menschen kleine Streiche – wie etwa vor drei Tagen, als sie noch vor Morgengrauen in die kleine Kirche geschlichen waren und alle Bildnisse der Heiligen verkehrt herum aufgehängt hatten. Der Priester war außer sich gewesen und hatte es für ein Zeichen Gottes gehalten. Er war sich nur nicht sicher gewesen, was ihm Gott damit hatte sagen wollen. Eamon wusste nicht genau, wie alt er selbst bereits war, weil es für ihn nie eine Rolle gespielt hatte, aber für solche Dummheiten war er schon immer zu haben gewesen – obwohl es ihm und auch seinem Vetter Ardemir häufig Ärger eingebracht hatte. Vanora war genauso, und er liebte sie dafür.

Nun stand bereits der Winter vor der Tür, und es war einer der letzten schönen Herbsttage, als Eamon und Briac im Hinterhof Holz schlugen, wobei der Schmied immer wieder vielsagende Seitenblicke auf den Elfen warf. Während Briac, vor Schmerzen stöhnend, nur langsam vorankam, zerschlug Eamon die Holzscheite mit Leichtigkeit, und die Laune des Schmiedes sank mit jedem Schlag der Axt. Briac presste die Hand gegen den Rücken, stöhnte und fluchte. Der Schweiß rann wie Wasser von seiner Stirn und über die dichtbehaarte

Brust. Eamon hatte natürlich angeboten, die Arbeit alleine zu machen, und natürlich hatte der Schmied sich nicht darauf eingelassen. Irgendwoher musste Vanora ihre Sturheit schließlich haben.

Lächelnd beobachtete Eamon den Schmied, wie er Scheit um Scheit zerteilte. Ob Briac mit seinen fünfunddreißig Jahren unter den Menschen bereits als alt galt? Zumindest sein Äußeres, so stellte Eamon fest, hatte unter der Zeit gelitten. Die Sonne und der Funkenflug des Schmiedefeuers hatten seine Haut mit dunklen und helleren Flecken übersät, doch das blonde, schulterlange Haar war immer noch dicht, und auch sein muskulöser Körper unterschied sich kaum von jenen der jüngeren Männer. Vermutlich waren es Briacs Augen, die ihn so alt aussehen ließen, dachte Eamon. Verborgen in diesem Blau – jenem Saphirblau, das er auch an Vanora so sehr liebte – lag eine Müdigkeit, die tief aus seiner Seele zu stammen schien.

»Briac? Bist du hier?«

Eamon erkannte die tiefe, mürrische Stimme sofort: Es war Graham, Graems Vater. Mit ernstem Gesichtsausdruck kam der ergraute Mann durch die Tür zum Hinterhof. Als er Eamon bemerkte, runzelte er die Stirn, wandte sich dann jedoch kommentarlos seinem Freund zu: »Briac, wir müssen reden. Es geht um die Kinder.« Graham deutete zum Haus. Es war unmissverständlich, dass er unter vier Augen mit dem Schmied sprechen wollte. Vanoras Vater lehnte seine Axt an einen Baum und drehte sich kurz zu Eamon um.

»Ich mache hier weiter«, sagte Eamon, noch ehe Briac ihn darum bitten konnte, und die beiden Männer verschwanden im Haus. Auch Eamon legte nun die Axt beiseite und konzentrierte sich auf seine Umgebung. Er filterte die Geräusche des rauschenden Grases, der im Wind raschelnden Blätter und der vielen Tiere, die sich in der Luft und Erde befanden, um zu hören, was die beiden so Wichtiges zu besprechen hatten. Schließlich ging es auch um Vanora. Und Graem. Ein fürchterlicher Gedanke. Seit Eamon in das Dorf gekommen war, hatte dieser Barbar Vanora mehr oder weniger in Ruhe gelassen. Soweit er wusste. Angestrengt lauschte er auf das leise Raunen, das immer deutlicher wurde, bis er die Stimmen auseinanderhalten und die einzelnen Wörter erkennen konnte.

»Auf was willst du hinaus?«, fragte Briac gerade. Er wirkte gereizt.

»Unsere Kinder sind erwachsen. Es wird Zeit, dass sich jemand um ihre Zukunft kümmert ... Graem hat mich gebeten, mit dir über Vanora zu sprechen.«

»Was will er von ihr?«

»Er möchte dich um ihre Hand bitten.«

Eamon sog heftig die Luft ein. Das war doch wohl ein Scherz! Dieser ungehobelte Kerl hatte Vanora immerzu schlecht behandelt. Wieso wollte er sie plötzlich heiraten? Was war nur mit den Menschen los? Briac durfte dem nicht zustimmen. Niemals!

»Der Bengel hat noch nie ein nettes Wort für sie übrig gehabt«, sagte der Schmied tatsächlich, und Eamon durchflutete eine Woge der Dankbarkeit. Vanoras Vater mochte ein Griesgram sein, aber sein Herz hatte er doch am rechten Fleck.

»Ach, du weißt ja, wie Jungs in dem Alter sind«, winkte Graham ab. »Die Mädchen, die sie am meisten mögen, ziehen sie immer etwas auf. Wir waren doch nicht anders.«

Stille. Wieso antwortete Briac nicht? Dieses Schweigen konnte nichts Gutes bedeuten. Dachte er tatsächlich darüber nach? Er wusste doch um Vanoras Bestimmung!

»Wenn Graem etwas von mir will«, sagte Briac nach einer gefühlten Ewigkeit, »dann soll er gefälligst selbst kommen. Er kann Vanora von mir aus den Hof machen. Mir ist es gleich. Ich treffe keine Entscheidung für sie.«

Wieder war es schrecklich ruhig, bis Graham schließlich die Stille unterbrach: »Wie du willst«, sagte er, ohne seinen Unmut zu verbergen. »Ich werde es dem Jungen ausrichten. Aber denk daran, dass du für Vanora kaum einen besseren Mann finden wirst. Sie ist schon alt und noch dazu ... na, du weißt ja. Ich werde dich jetzt nicht länger aufhalten, damit du zurück zu deinem Gehilfen kannst.«

Ein Stuhl kratzte über den Boden, und Eamon machte sich schnell wieder an die Arbeit. Mit aller Kraft schlug er auf das Holz ein. Wie konnte Graem nur denken, dass er ein so wunderbares Wesen wie Vanora verdiente? Sie war eine Prinzessin. Eine mächtige Magierin. Was dachte er, wer er war? Und außerdem – Eamon hielt inne. Wer war denn gut genug für sie? Etwa er selbst? Der Gedanke überraschte und berührte ihn. Nie zuvor hatte er an eine Hochzeit gedacht. Für Elfen war es nicht üblich, zu heiraten. Die lange Lebensdauer hielt die meisten davon ab, sich ein Versprechen für die Ewigkeit zu geben, doch es kam vor. Könnte der Prinz des Schattenreiches heiraten? Noch dazu eine Frau, halb Mensch, halb Lichtelfe? Womöglich könnte dies die Reiche vereinen. Ja, dachte er, Vanora war in der Menschenwelt fehl am Platz, im Lichtreich wäre ihr Leben in Gefahr, es gab nur einen sicheren Ort für sie: das Schattenreich, an seiner Seite, als Prinzessin, Königin der Dunkelelfen.

Ein Schmunzeln schlich sich in sein Gesicht. Eine Hochzeit. Was für ein ungewohnter, wundervoller Gedanke.

»Es freut mich, zu sehen, dass sogar du manchmal eine Pause brauchst.«

Eamon drehte sich um und blickte in das freundlich lächelnde Gesicht des Schmieds. Ein seltener Anblick. »Gute Nachrichten?«, fragte er, um den Schein zu wahren.

Briac schüttelte den Kopf und griff nach der Axt. »Ich wusste, dass du zuhörst«, sagte er, als er mit seiner Arbeit fortfuhr.

Eamon lächelte. Den Fehler, diesen Menschen zu unterschätzen, machte er immer wieder. Und er wurde abermals überrascht, als sich Briac nach einem weiteren Holzscheit bückte und zu ihm aufsah: »Graem will Vanora heiraten«, sagte er. »Was hältst du davon?«

Eamon hielt inne und sah zu Vanoras Vater, der ungerührt weiterarbeitete. Er war verwirrt, da der Schmied ihn nach seiner Meinung fragte, ein Gefühl, das sehr schnell durch Mitleid verdrängt wurde, als der bekannte müde Ausdruck in Briacs Gesicht erschien. Es musste schrecklich für ihn sein. »Wir beide wissen, wie ihre Zukunft aussieht«, sagte er schließlich vage.

Briac ließ erneut die Axt hinabfahren und warf das gespaltene Holz zu Boden. »Du wirst dich gut um sie kümmern«, sagte er, ohne ihn anzusehen.

»Ja.« Eamon fuhr mit seiner Arbeit fort, wobei ihm die Axt mit einem Mal unglaublich schwer erschien.

»Du wirst sie mitnehmen, oder?« Vanoras Vater drehte sich zu Eamon um. »Es wird kein Fremder sein, der sie holt. Du wirst es sein. Richtig?«

Eamon überlegte eine Zeit lang, ehe er nickte. »Ja. Wenn die Zeit gekommen ist, wird sie mit mir gehen.«

»Und ich kann mich von ihr verabschieden.«

»Natürlich.«

Briac sah ihn noch einige Herzschläge lang an, fuhr dann jedoch schweigend mit seiner Arbeit fort. Es war furchtbar, ihn so zu sehen, und noch schlimmer war, ihn über den drohenden Abschied von seiner Tochter reden zu hören. Für gewöhnlich mied er dieses Thema.

Kaltherzige Elfen, dachte Eamon. Wie in jedem Märchen gab es auch in diesem mindestens einen Funken Wahrheit. Wie konnte er selbst sich jede Sekunde auf jenen Tag freuen, an dem er Vanora endlich mit ins Schattenreich nehmen konnte, wenn dieser Mann hier Tag für Tag ein Stück weit mehr an diesem Gedanken zerbrach?

Schweigend und voller Zorn schlug Eamon auf das Holz ein. Selbst nachdem die Sonne untergegangen und Briac schon längst fort war, stand er immer noch dort. Erst als schon lange alle Lichter im Haus erloschen waren, ging er zu seiner Hütte.

❧

Eamon spürte schon lange, bevor er die alte Holztür öffnete, dass sie da war. Wie jeden Tag. Er trat in die Kammer, die nur durch eine Kerze beleuchtet wurde, und entdeckte Vanora mit einem seiner Kurzschwerter in der Hand.

»Das sind Zeichen, wie sie Elfen benutzen«, sagte sie, ohne zu ihm aufzusehen, und strich mit einem Finger über die Breitseite der Klinge.

»Woher weißt du das?« Eamon ging auf sie zu und nahm ihr zur Sicherheit das Schwert aus der Hand.

»Von Glendorfil. Ich habe dir von ihm erzählt.«

»Ja, richtig.«

Vanora hopste auf den Tisch und zwinkerte ihm mit blitzenden Augen zu. »Was dort auf deinen Klingen geschrieben steht ... Es heißt ›Feind‹, nicht wahr?«

»Richtig.« Glendorfil hatte sie tatsächlich gut unterrichtet. Die Gravierungen an der Klinge waren nicht leicht zu lesen. »Die Schwerter sind sehr wertvoll«, fuhr er fort. »Und alt. Viele Könige und Angehörige des Adels benutzen elfische Zeichen, um die Klingen zu verzaubern.« Was durchaus der Wahrheit entsprach, über seine Herkunft jedoch nichts preisgab. »Hm.« Vanoras Blick fiel auf das zweite Schwert auf dem alten Holztisch.

Eamon zog es heraus und deutete auf die Gravierung der Klinge. »Dieses Schwert ist ›Freund‹«, erklärte er ihr.

»Freund und Feind? Hast du dir das ausgedacht?«

Eamon lachte. »Nein. Wie ich schon sagte, die Schwerter sind sehr alt. Ich habe sie von meinem Vater.«

»Hat der auch einen Namen?« Vanora deutete auf den Dolch, der an seinem Gürtel steckte.

Er lachte. »Nein. Es sei denn, du möchtest ihm einen Namen geben.«

Vanora blickte auf. »Du hast wohl keine Ahnung, welche Folgen dein Angebot haben könnte. Ich gebe ihm irgendeinen Mädchennamen, und dann kannst du dich nicht mehr unter all den harten Männern blicken lassen.«

»Ich werde es riskieren.«

Mit geschürzten Lippen sah sie zu ihm auf. Ihr Strahlen schien die gesamte Hütte zu erleuchten. Sorglos saß sie da auf dem alten Tisch und ließ ihre Beine in der Luft baumeln. Ja, dachte er, es war richtig, ihr nichts von ihrer Zukunft zu erzählen. Jeder dieser Momente war wertvoll. Die Dunkelheit würde sie schnell genug einholen.

Vanora streckte ihre Arme nach ihm aus. »Ich werde mir

etwas überlegen«, sagte sie, nahm seine Hände und zog ihn zu sich heran.

Eamon blieb mit wild schlagendem Herzen vor ihr stehen und versuchte zu ignorieren, dass sie ihre Arme um seinen Nacken schlang und ihr Atem über sein Gesicht strich.

»Ich werde mir einen besonders grässlichen Namen ausdenken«, fuhr sie grinsend fort. Seine Nähe schien sie nicht im Geringsten zu beunruhigen, dachte Eamon und stellte mit Entsetzen fest, dass sie ihn hingegen zutiefst beunruhigte. Schließlich war er ein Mann und sie eine Frau, und jeder andere, der jetzt zur Tür hereinkommen würde, hätte die Situation glasklar zu deuten gewusst. Konnte es sein, dass Vanora noch zu jung war, um zu verstehen, was sie mit ihrem Verhalten in ihm auslöste? Schließlich waren die meisten Mädchen aus dem Dorf in ihrem Alter bereits verheiratet!

Vanora rutschte vom Tisch, ließ ihre Arme jedoch um seinen Nacken liegen, so dass sie ihm noch näher kam und Eamon automatisch einen Schritt zurückwich. Ihre Hände glitten von ihm ab.

»Hast du Pater Ian heute gesehen?«, fragte sie, als sie an ihm vorbeiging und sich auf dem schmalen Strohlager ausbreitete. »Ich glaube, er ahnt etwas.«

»Natürlich ahnt er etwas. Wir sollten bis zum nächsten Mal etwas Zeit verstreichen lassen.«

»Was können wir in der Zwischenzeit machen?«

»Uns fällt bestimmt etwas ein.« Eamon ließ sich neben ihr nieder, zog die Decke über sie und starrte an die Holzbalken über ihm, als Vanora ihren Kopf auf seine Brust legte und sich an ihn schmiegte. Für sie war diese Geste in den letzten Monaten das normalste der Welt geworden, doch für Eamon war es jede Nacht, in der sie zu ihm kam, ein Kampf. Er konnte sich nicht daran erinnern, wann sie das erste Mal zu ihm geschlichen war – sehr gut jedoch an den Schock, als sie plötzlich auf sein Lager gekrabbelt war. Sie sprachen nie darüber, als wäre es ganz normal, dass sie bei ihm schlief und er ihr dabei zusah. Nur selten schlief er selbst ein, und wenn sie sich vor dem Morgengrauen wieder davonschlich, stellte er sich oft schlafend. Es war die reinste Folter. Und zugleich gab es nichts Schöneres auf der Welt.

»Eamon?«

»Ja?«

»Du solltest nicht so lange und hart arbeiten. Dein Herz schlägt immer noch so heftig.«

Eamon atmete tief ein, dann lächelte er. »Ja«, sagte er. »Ja, ich weiß.«

❧

Der Sommer war noch einmal zurückgekehrt. So etwas gab es im Schattenreich nicht, doch Vanora nannte es Altweibersommer, und es wurde sogar ein Fest deswegen veranstaltet. Eamon genoss die warmen Temperaturen und auch, dass sie sich hier draußen am Bach vor den anderen verstecken konnten, ohne zu erfrieren. Inmitten all der Menschen fühlte er sich immer noch unwohl.

»Bist du in Gedanken?«

Eamon wandte seinen Blick von den wenigen weißen Schäfchenwolken, die über den hellblauen Himmel zogen, und setzte sich auf. »Sieht man mir das so leicht an?«, fragte er, obwohl er die Antwort bereits kannte.

»Ein wenig, ja.« Vanora ließ sich wieder zurück ins Gras sinken, drehte sich auf den Bauch und stützte den Kopf in die Hände. »Das Fest wird schrecklich«, sagte sie grinsend. »Vater will, dass wir dabei sind. Und …« Sie lachte. »Dass wir uns benehmen.«

»Das wird sich wohl machen lassen. Dieses eine Mal.«

Vanora drehte sich zu ihm herum und kniff die Augen etwas zusammen, um nicht von der Sonne geblendet zu werden, die ihr blondes Haar in glänzendes Gold verwandelte. »Und da, wo du herkommst … wie hieß das Land nochmal?«

Eamon schmunzelte. Er hatte ihr niemals den Namen seiner Heimat verraten, auch wenn er manchmal dachte, ja befürchtete, sie wisse mehr, als sie zugab. »Dein Vater wartet bestimmt schon auf uns«, wechselte er das Thema, deutete zur Sonne, die bereits sehr hoch stand, und richtete sich auf. »Er erwartet uns zu Mittag, und du weißt, dass er nicht unbedingt der geduldigste Mensch ist.«

Kurz trübten Misstrauen und Ärger Vanoras Saphiraugen, als sie ebenfalls aufstand. »Nimmst du mich irgendwann einmal mit?«, fragte sie und hielt ihn mit ihrem Blick gefangen. »Zeigst du mir den Ort, der so weit weg ist, dass du dir sicher bist, ich hätte noch nie von ihm gehört?«

»Irgendwann.« Eamon schluckte. Dieser Tag war nicht so fern, wie sie vielleicht dachte.

»Also gut. Dann lass uns …« Vanora verstummte, riss die Augen auf, und ihr Mund öffnete sich in einem stummen, qualvollen Schrei. Panik stand in ihrem Gesicht, als sie plötzlich den Kopf in den Nacken warf. Und dann sackte sie einfach in sich zusammen.

»Vanora?!« Eamon stürzte auf sie zu und fing sie gerade noch rechtzeitig auf. »Vanora, was ist mit dir?« Mit all seiner Kraft versuchte er, ihren Körper festzuhalten, der wie wild zuckte und sich unter entsetzlichen Krämpfen wand. Ihre Haut glühte, ihre Augen waren blutunterlaufen, und das Blau und sogar das Weiß darin verschwammen immer weiter zu einem dunklen Rot. Hauchdünne, vielfach verzweigte Linien zeichneten sich blutrot an der dünnen Haut unter ihren Augen ab und verliefen bis hinaus zu den Schläfen.

Eamon wusste, was mit ihr los war, und es schürte seine Angst umso mehr.

Das Zucken ihres Körpers wurde immer schlimmer. Hilflos versuchte er, sie festzuhalten und sie anzusprechen. Er wusste nicht, was er tun konnte, ob die derart heftige Reaktion auf die Magie normal war. Niemals zuvor hatte er sie so gesehen, und je länger er in ihrer Nähe gewesen war, umso weniger hatte er an Glendorfils Worte geglaubt. Bis jetzt.

Vanoras Körper beugte sich zurück, wand sich in seinen Armen und wurde immer heißer, so heiß, dass er sie beinahe nicht mehr halten konnte. Das Blut in ihren Adern schien zu kochen, und schimmerte nun an den Innenseiten ihrer Unterarme dunkel durch die Haut.

Von purem Entsetzen erfüllt, hielt er sie trotz der Hitze an sich gepresst, bis ihr Körper plötzlich in seinen Armen erschlaffte. »Vanora?« Er schob sie etwas von sich und hob vorsichtig ihr Kinn, um sie anzusehen. Ihre Augen waren geschlossen, ihre Temperatur fühlte sich wieder normal an, das Zittern hatte aufgehört. »Vanora, kannst du mich hören?« Das Herz schlug ihm bis zum Hals, das Blut pochte in den Schläfen.

Vanora blinzelte, öffnete langsam ihre Lider und sah ihn zu seiner Erleichterung aus den vertrauten blauen Augen an. Einzig ein paar wenige rote Linien zeugten noch von den Qualen, die ihr Körper eben noch durchgestanden hatte.

»Vanora, ich bin es. Geht es dir gut?«

»Ja, ich …« Sie presste sich die Hand an den Kopf und sah

sich verwirrt um. »Ich bin nur ...« Dann fuhr sie blitzschnell herum, starrte ihn an, wich zurück. »Nein«, hauchte sie, rutschte immer weiter von ihm fort, versuchte aufzustehen, schwankte.

»Was ist? Was hast du?« Eamon hielt sie an den Schultern fest, half ihr aufzustehen, doch Vanora taumelte zurück.

»Was hast du gesehen?«, flüsterte sie mit Tränen in den Augen.

Eamon hob beruhigend die Hand und bewegte sich langsam auf sie zu. »Dir ging es nicht gut. Die Sonne ...«

»Nein.« Ihre Stimme, aber auch ihr Ausdruck wurden immer verzweifelter. »Das ist nicht wahr. Du weißt, dass es nicht wahr ist.« Sie blieb stehen. Ihre Hände zitterten immer noch.

»Du musst dich nicht fürchten.« Er ging weiter auf sie zu. »Du kannst mir vertrauen.«

»Wieso?« Immer mehr Tränen flossen über ihre Wangen. »Wieso erschreckt es dich nicht? Wieso bist du nicht wütend?«

Eamon blieb stehen und sah das verängstigte Mädchen an, das eine solch unbeschreibliche Macht in sich trug, dass es sie nicht tragen konnte. Glendorfil hatte ihn gewarnt. Nicht nur einmal. Doch Eamon hatte nicht daran geglaubt, nicht an dieses Ausmaß. Sie konnte ihre Fähigkeiten mittlerweile sehr gut beherrschen, aber über das, was eben passiert war, hatte sie keine Kontrolle. Es war das Tor. Das Tor war geöffnet worden.

Eamon schnappte nach Luft. Das Tor!

»Ich muss fort.« Er nahm ihre Hand. »Ich werde dir alles erklären, Vanora. Ich verspreche es dir, aber du musst jetzt zurück zu deinem Vater.«

»Wovon sprichst du?« Die Verzweiflung in Vanoras Blick

war Verwirrung gewichen, sie strich sich die Tränen von der Wange und entriss ihm ihre Hand. »Was ist los? Ist es wegen dem, was …«

»Vanora, bitte.« Eamon blickte über seine Schulter in Richtung der Steilklippen. Irgendjemand war dort angekommen, und solange er nicht wusste, ob es seine eigenen Leute waren, durfte er kein Risiko eingehen. Er musste nachsehen, allein, bevor die Neuankömmlinge auf dem Weg zum Dorf hier vorbeikämen und Vanora fanden. »Lauf jetzt zu deinem Vater.«

»Und du? Was ist mit dir?«

»Ich komme nach.«

»Nein!« Vanora packte ihn am Arm. »Irgendetwas stimmt nicht. *Was* stimmt nicht?«

Eamons Herz raste. Seit er sich in der Welt der Menschen aufhielt, waren keine Schattenritter mehr hierhergekommen. Irgendetwas musste passiert sein – oder Alkariels Männer hatten sie gefunden.

»Eamon!«

»Ich werde es dir erklären«, wiederholte er hastig. »Aber jetzt, Vanora: Lauf!« Er wartete nicht mehr länger ab, drehte sich um und lief los. Ohne darauf zu achten, sich in menschlicher Geschwindigkeit zu bewegen, flog er über die Hügel. Und mit einem Mal war er sich sicher, dass die Besucher aus jener anderen Welt ihr Leben für immer verändern würden.

Alkäriël

Die Nachricht von Leorans Tod kam Alkariel wahrlich nicht ungelegen. In gewisser Weise tat es ihr tatsächlich leid, denn all die Jahrhunderte war er ihr Gegenspieler gewesen, doch die Vorteile, die sich nun für sie ergaben, machten es ihr unmöglich, ein Schmunzeln zu verkneifen. So entspannt wie schon lange nicht mehr ließ sie sich in ihrem Thron zurücksinken und blickte durch den verlassenen Saal, welcher durch die hohen Fenster in goldenem Sonnenlicht erstrahlte. Muster aus Licht und Schatten bildeten sich auf dem weißen Marmor des Bodens, und das auf der Empore herabhängende Banner Elvions schien direkt von einem Sonnenstrahl beleuchtet zu werden – als wisse selbst der Himmel, dass der alte Glanz bald wieder zurückkehren würde.

Leorans Tod ließ die Wiederherstellung Elvions ein großes Stück näher rücken. Einzig die Umstände seines plötzlichen Ablebens warfen Fragen auf. Romantiker sprachen von einem friedlichen Tod. Leoran habe die Trauer um seine Geliebte niemals verwunden und jetzt, da sein Sohn reif für den Thron war, sei sein Schicksal erfüllt, um zu den Sternen zu gehen. Die weniger romantischen Stimmen hingegen sprachen von Mord. Leoran war in seinen Gemächern gefunden worden, kein Zeichen der Gewalt war zu erkennen gewesen, und ebendies beunruhigte Alkariel. Es musste Gift gewesen sein. Es konnte nur Gift gewesen sein. Doch wer, wenn nicht sie selbst, sollte solch einen Auftrag geben? Es gab nur einen Elfen, der in ganz Elvion für die heimtückischsten, aber vor allem wirkungsvollsten Gifte bekannt war: Fürst Daeron aus dem Sonnental. Der Fürst und sein Bruder Menavor, die beide immer schon viel zu ehrgeizig gewesen waren, könnten etwas damit zu tun haben. Womöglich wusste Meara mehr darüber, da sie doch selbst aus dem Sonnental stammte und sehr gut auf die beiden Brüder zu sprechen war.

Im Moment wollte sich Alkariel jedoch nicht den Kopf darüber zerbrechen. Sie wollte sich nicht ihre gute Laune verderben lassen, ein Gefühl, das sie ohnedies viel zu selten hatte. Ja, dachte sie, und ließ ihre Hände über das kühle Gold der Armlehnen gleiten, sie würde sich auf die vielen Vorteile konzentrieren, die Leorans Tod mit sich brachten.

Mit Sicherheit würde Eamon, Leorans Sohn, den Thron des Schattenreiches besteigen. Er war ein guter Kämpfer, doch um ein König zu sein, fehlte ihm die Weitsicht. Er lebte für den Augenblick und war ein romantischer Träumer, unfähig, über ein Reich zu herrschen. Liadan, Eamons Schwester hingegen, war noch zu jung und unerfahren, um ihrem Vater auf den Thron zu folgen – auch wenn sie bestimmt besser dafür geeignet wäre als ihr traumtänzerischer Bruder. Sie handelte mit Weisheit und hörte auf ihren Verstand, nicht auf ihr Herz. Zu Alkariels Glück würde Eamon ihr niemals den Thron überlassen und somit früher oder später einen Fehler begehen, den sie nutzen konnte. Es würde bestimmt nicht mehr lange dauern, bis das Geheimnis um Elirias Tochter endlich ans Tageslicht kam.

Doch zuerst musste Alkariel Boten ins Schattenreich senden, um dem neuen König ihr Wohlwollen auszudrücken.

Die Dunkelelfen waren immer noch ihre Verbündeten. Offiziell. Der Krieg war vorüber, und Alkariel musste ihre guten Absichten untermauern. Von Vorfreude erfüllt, klingelte sie ihren Hofmeister herbei. »Schickt nach Meara«, befahl sie freudestrahlend. »Sie wird eine Reise antreten. Und holt den Fürsten Nevliin zurück. Er soll sie begleiten.«

Der Hofmeister verbeugte sich, verschwand schnell durch das Haupttor und ließ sie allein mit ihren Gedanken, die das erste Mal seit langem nicht mehr düster und ohne Hoffnung waren. Im Gegenteil. Sie fühlte sich ungewöhnlich leicht. Alles fügte sich zum Guten. Elvions Wiederherstellung hatte begonnen, und dies keinen Tag zu früh. Die Halbelfe war bereits eine junge Frau, und mit jedem Tag, den sie atmete, wurden ihre Macht und somit die Gefahr, die von ihr ausging, größer. Fürst Nevliin würde bestimmt ebenfalls sehr erfreut darüber sein, die Suche in der Menschenwelt für eine Zeit unterbrechen und in das Schattenreich reisen zu können, dachte sie. Dort könnte er seiner Vermutung nachgehen und nach Elirias Tochter suchen. Auch wenn Alkariel nicht daran glaubte, dass Leoran das Mädchen in seiner Festung versteckt hatte – schließlich hätten Alkariels Zauber sie dann aufgespürt –, so ließ sich Nevliin kaum von dieser Idee abbringen. Schließlich hatte er auch Eliria in Lurness gefunden, und irgendwie schien er die Geschichte von damals wiederholen zu wollen – vielleicht, um sich selbst etwas zu beweisen, indem er dieses Mal für ein anderes Ende sorgte, denn Elirias Selbstmord nagte noch immer an ihm.

Das leise Öffnen der Seitentür zum Thronsaal war kaum zu hören. Alkariel winkte ihre Vertraute, die lautlos hereingeschlüpft war, zu sich.

»Eure Majestät, was kann ich für Euch tun?«, fragte Meara,

als sie mit einem strahlenden Lächeln einen tiefen Knicks vollführte. Ein Lächeln, das Alkariel endlich reinen Herzens erwidern konnte. Sie erzählte ihrer Vertrauten von Leorans Tod und auch von ihrem Vorhaben, sie in das Schattenreich zum neuen König Eamon zu entsenden. Allein ihr Name, Meara Thesalis, würde bei den Dunkelelfen großen Eindruck hinterlassen, und dass sie die engste Vertraute der Königin war, würde gewiss als große Ehre betrachtet werden. Genauso wie die Entsendung Fürst Nevliins, des Befehlshabers der Lichtritter, der selbst unter den Dunkelelfen als Held galt. Womöglich gelang es Alkariel durch die Wahl ihrer Abgesandten, den neuen König ihr gegenüber freundschaftlich zu stimmen und die alte Fehde seines Großvaters zu begraben. Vermutlich konnte sie Eamon sogar davon überzeugen, das Mädchen freiwillig herauszugeben und das Schattenreich mit dem Lichtreich zu vereinen. Eamon war nicht wie sein Vater. Der Thron würde ihm schon bald zur Last fallen, und da käme ihm das Angebot bestimmt recht. Er könnte ein Fürst über das Schattenreich werden. Sie würden bestimmt eine Lösung finden, die beiden Parteien genehm war.

»Ich freue mich, Euch so glücklich zu sehen.« Mearas Augen strahlten.

Die Königin erhob sich, ging auf die Magierin zu, nahm deren Gesicht in die Hände und küsste sie auf die Stirn. »Heute ist ein freudiger Tag«, sagte sie. »Ich spüre, dass sich unser aller Schicksal zum Guten gewendet hat.«

»Wird Eamon uns denn in Lurness empfangen?«

Alkariel lachte. »Wieso sollte er nicht? Es herrscht Frieden zwischen unseren Völkern.«

»Ich sorge mich um Eamons Reaktion auf den Fürsten.«

Alkariel trat einen Schritt zurück und musterte ihre Vertraute, die tatsächlich ungewöhnlich ernst aussah. »Wie soll Eamon schon reagieren?«, fragte sie. »Die beiden sind gute Freunde.«

»Waren.« Meara senkte ihren Kopf. »Verzeiht, Eure Majestät, aber zwischen den beiden herrscht eine tiefe Feindschaft. Eamon hat bestimmt nicht vergessen, dass Nevliin in Lurness eingedrungen ist und Eliria entführt hat. Der Krieg hat die beiden voneinander entfernt, und ich fürchte die Konsequenzen, wenn wir sie jetzt zusammenbringen.«

»Aber wer könnte besser für deinen Schutz sorgen als er?«

Aber Meara schüttelte den Kopf. »Ich sorge mich nicht um meinen Schutz, Herrin. Ich fürchte, dass es dem Vorhaben, die Halbelfe zu finden, schaden könnte, Nevliin in das Schattenreich zu senden. Es ist, als würde man zwei Löwen in einen Käfig sperren. Nevliin und Eamon hassen einander abgrundtief. Das wird nicht unbemerkt bleiben.«

Alkariel dachte über die Worte ihrer Vertrauten nach. Ja, vielleicht verband die beiden keine so tiefe Freundschaft mehr wie früher. Der Krieg hatte das letzte bisschen Sympathie zwischen ihnen vernichtet, doch von Hass hätte sie nicht gesprochen. Dafür hatten sie sich einst zu nahegestanden. Oder war gerade das der Grund, dass aus Enttäuschung Hass geworden war?

»Ich befürchte, Nevliin könnte eine Dummheit begehen«, fuhr Meara fort. »Eamon wird ihn provozieren, wo er nur kann. Er braucht einen Grund, ihn zu beseitigen. Sein Tod wäre ihm und dem Schattenreich von großem Nutzen.«

Alkariel konnte sich ein Schmunzeln nicht verkneifen. Meara schien Eamon mehr zuzutrauen, als sie selbst es tat. Dass Eamon zu politischen Intrigen fähig wäre, ja, dass er nur darüber nachdachte, glaubte sie nicht. »Dein Argwohn den

Dunkelelfen gegenüber wird dir auf deiner Reise hilfreich sein«, sagte sie daher, wandte sich ab, erklomm die Stufen zu ihrem Thron und ließ sich mit einem wohligen Seufzen in die weichen Polster fallen. »Und doch möchte ich Nevliin an deiner Seite wissen. Er ist klug und erfahren. Er wird sich nicht provozieren lassen.«

Meara nickte, schien aber nicht überzeugt zu sein. Alkariel musste zugeben, dass Mearas Bedenken nicht ganz von der Hand zu weisen waren. Trotzdem gab es keinen Elfen in beiden Reichen, der über mehr Selbstbeherrschung verfügte als Nevliin. Er würde sich in nichts hineinziehen lassen. Selbst wenn die Dunkelelfen den wahren Grund ihres Erscheinens durchschauten und ihm keine Gelegenheit boten, nach der Halbelfe zu suchen, so war es doch wichtig, ihn mit Meara zu schicken. Nicht nur, um nach dem Mädchen zu suchen – auch, um Meara selbst im Auge zu behalten. Sie war der Königin treu ergeben, gewiss, und doch konnte der Einfluss der beiden Fürsten aus ihrer Heimat, dem Sonnental, nichts Gutes bewirken. Der ungeklärte Tod Leorans weckte ihr Misstrauen, und besonders jetzt, wo Alkariel ihrem Ziel so nahe war, durfte sie nicht zulassen, dass jemand in ihre Pläne eingriff. Die Macht einer Thesalis in Verbindung mit dem Ehrgeiz der Fürstenbrüder könnte alles gefährden. Nach Daralees und dann auch noch Elirias Verrat hatte Alkariel gelernt, *niemandem* mehr blind zu vertrauen.

Alkariel richtete sich auf. »Sobald Nevliin eingetroffen ist«, verkündete sie in ernstem Ton, »werdet ihr aufbrechen. Übermittelt dem neuen König meine Wertschätzung, und versucht, etwas über das Mädchen herauszufinden. Mit allen Mitteln.«

Nevliin

Hier in der Weißen Halle, im gleißenden Licht des Weltentores, fühlte Nevliin sich zu Hause. Den meisten Elfen vermittelte das unendliche Weiß Verlorenheit, oder sie hatten das Gefühl, zu fallen, doch für Nevliin war diese Unendlichkeit gleichbedeutend mit Freiheit. Jener Freiheit, die er auch mit seiner Heimat Valdoreen verband – jenem Landstrich, der das ganze Jahr über mit Schnee bedeckt war. Nein, dachte Nevliin, nirgends auf den Welten gab es einen Ort, der so unverfälscht rein war wie das Innere des Weltentores. Von diesem Ort aus konnte man gehen, wohin auch immer das Herz sich sehnte – zumindest theoretisch.

Nevliin seufzte und sah zu Cerelmin und Eirwen hinüber, seinen Gefährten, die sich gemeinsam mit ihm in der Mitte der Halle zur Menschenwelt befanden. Um sie herum reihten sich die Tore zu einer farbenprächtigen Bildergalerie, doch auch dieser wundervolle Anblick konnte nicht darüber hinwegtäuschen, was ihr Ziel war: die Welt der Menschen. Jener trübe, trostlose Ort, den Nevliin freiwillig niemals gewählt hätte. Er war sicher, dass Elirias Tochter eine Gefangene der Dunkelelfen war. Die Königin verschwendete Zeit, indem sie ihn in diese Ödnis schickte. Auch wenn die vielen Jahre, in denen er bereits nach dem Mädchen suchte, im Leben eines Elfen nicht mehr waren als ein Augenzwinkern, zählte für das kleine Mädchen, das mittlerweile eine junge Frau geworden sein musste, jeder Tag. Womöglich war sie in Gefangenschaft aufgewachsen, und die Gefahr, dass sie daran ebenso zerbrechen würde, wie ihre Mutter es einst getan hatte, war groß.

Cerelmin klopfte ihm auf die Schulter und riss ihn aus seinen Gedanken. »Durch welches Tor willst du diesmal gehen?«, frage er gereizt. Der Ritter, der einer der besten Kämpfer mit den Kurzschwertern war, hatte Nevliin bereits bei Elirias Befreiung zur Seite gestanden und wäre jetzt bestimmt auch lieber ins Schattenreich gereist. Auch er wartete auf eine Gelegenheit zur Rache. Die Dunkelelfen mussten bezahlen für das, was sie Eliria angetan hatten. Für all die Grausamkeiten, die die Lichtelfe in den Freitod getrieben hatten.

Missmutig begutachtete Nevliin die vielen Bildnisse, und erneut blieb sein Blick an jenem hängen, welches nichts als einen tiefblauen Ozean oder einen weiten See zeigte. Bisher hatte er es nicht gewagt, seine Ritter hindurchzuführen. Nicht, solange sie noch Alternativen hatten.

Eirwen folgte dem Blick seines Befehlshabers: »Du willst doch nicht wirklich dorthin gehen.« Sanft und beruhigend strich sie erst seinem Hengst und dann ihrer eigenen Stute, die sie am Zügel führte, über die Nüstern. »Ich bin zwar eine gute Schwimmerin, doch wer weiß, wie weit das nächste Land entfernt ist. Und was ist mit den Pferden? Wir sollten unsere Suche an anderer Stelle fortsetzen.«

»Eirwen hat recht, Nevliin. Ich glaube nicht, dass das Mädchen dort irgendwo im Meer herumschwimmt. Wenn wir sie in den anderen Städten nicht finden, können wir immer noch schwimmen gehen.«

Nevliin nahm Eirwen die Zügel des weißen Hengstes aus der Hand und schwang sich in den Sattel. Es fiel ihm nicht besonders schwer, den Bitten der beiden Ritter nachzukommen. Er selbst hatte ebenso wenig das Bedürfnis, in der Menschenwelt zu ertrinken. »Wir werden dieses nehmen«, sagte er und deutete zu einem Tor, das einen düsteren, nebligen Wald zeigte und damit genau seine Stimmung widerspiegelte.

Eirwen zuckte nur mit den Schultern und stieg ebenfalls auf ihr Pferd. »Nicht besonders einladend«, sagte sie. »aber immerhin werden wir nicht nass.«

Und so machten sie sich erneut auf den Weg in die Welt der Menschen, die nichts anderes als trübes Licht, Gestank und geistlose Bewohner zu bieten hatte. Nevliin ritt voran und versuchte, die Unruhe in seinem Inneren zu ignorieren. Sosehr er die Weiße Halle liebte, so sehr hasste er das Gefühl der Machtlosigkeit beim Passieren eines Tores. Er wusste nie, wer oder was ihn auf der anderen Seite erwartete, und diese Ungewissheit widersprach seinem Wesen als Befehlshaber, der es gewohnt war, Pläne und Taktiken zu entwerfen. Entschlossen ritt er weiter, das weiße Licht nahm ihm für einen Augenblick die Sicht, und noch ehe die erwartete Landschaft Gestalt annehmen konnte, spürte er dicke Regentropfen auf seinem Gesicht. Er wandte sich seinen beiden Gefährten zu, die soeben aus dem Tor traten, und strich sich die Tropfen von der Wange. »Wir werden nicht nass, sagtest du? Nun ja, so viel dazu«, sagte er und zog sich die Kapuze des weißen Umhangs über den Kopf.

Neben ihm blickte Cerelmin in die Baumkronen empor, die spärlich den Blick auf die dunkelgraue Wolkendecke freigaben, und schüttelte den Kopf. »Verfluchte Menschenwelt«, knurrte er. »Da wären wir mit dem Schattenreich besser bedient gewesen. Dort ist es zumindest trocken, manchmal.«

Nevliin verzichtete auf eine Antwort und trieb das Pferd

weiter voran. Der Herbst hatte den Waldboden mit einem bunten Blätterteppich geschmückt, der Geruch von nassem, modrigem Laub lag in der Luft. Einzig das Prasseln des Regens vertrieb die Stille und übertönte das leise Rascheln der Elfenpferde, die nahezu schwebend über das Laub schritten.

Erst mit den ersten Sonnenstrahlen ließ auch der Regen nach, und die trostlose Welt wirkte in dem goldenen Licht zunehmend freundlicher. Die Luft war für die Menschenwelt ungewöhnlich klar, beinahe so, als hätte der Regen sie rein gewaschen.

Der Wald endete in einer weiten Ebene, und in der Ferne erkannten sie undeutlich die Umrisse einer Stadtmauer. Nevliin konzentrierte sich auf seine Umgebung, versuchte Menschen auszumachen und Bewegungen an der Mauer zu erkennen, doch noch war alles ruhig.

»Sind deine Gedanken bei einer Geliebten?«, rief Cerelmin und bewies wieder einmal, dass er zwar ein guter Ritter war und Befehle befolgte, jedoch nicht zum Heerführer taugte. Er würde sich wohl immer noch über Frauen und den Hofklatsch Gedanken machen, wenn sie von Feinden umzingelt und entwaffnet waren.

Nevliin zügelte sein Pferd. Die fremde Stadt war bereits nah, und er wollte kein Aufsehen erregen. Die Hand an das Schwert gelegt, wandte er sich Cerelmin zu. »Wenn du das als Geliebte bezeichnest«, sagte er mit einem gequälten Lächeln.

»Du kannst einem wirklich leidtun.« Der Elf deutete mit unverhohlener Bewunderung im Blick auf Eirwen, die ein Stück von den beiden entfernt ritt. »Noch dazu, wo wir die Gesellschaft solch einer Schönheit genießen dürfen.«

Nevliin sah zu der Elfe, deren langes, silberfarbenes Haar unter der weißen Kapuze verborgen war und die sich völlig auf die näher kommende Stadt konzentrierte. Wenigstens einer seiner Gefährten! Sie war eine begabte Heilerin und gefährliche Bogenschützin. Soweit ihm bekannt war, hatte sie ihr Ziel noch niemals verfehlt, und dafür respektierte er sie. »Eine gute Kämpferin«, sagte er an Cerelmin gewandt, der als Antwort nur ein leises Stöhnen von sich gab und die Augen verdrehte.

Sie schwiegen einige Zeit, bis das für ihn typische schelmische Grinsen sich in Cerelmins Gesicht zurückschlich: »Die Halbelfe ist bestimmt ebenso eine Schönheit«, schwärmte er. »Genauso wie Eliria, du wirst sehen. Und so hat diese verfluchte Suche doch noch ihren Reiz.«

Nevliin rückte den Schwertgurt zurecht. »Eine Kreuzung aus Elfe und Mensch wird man wohl kaum als schön bezeichnen können«, sagte er, ohne sich die Mühe zu machen, seine Verachtung für solch eine widernatürliche Verbindung zu verbergen. »Was sollte ein Mensch Schönes weitergeben?«

Cerelmin zwinkerte ihm zu. »So kann nur ein Mann reden, dem die Elfen zu Dutzenden zu Füßen liegen und der sich an jedem Finger eine Liebhaberin hält.«

Nevliin antwortete nicht. Er kannte die Geschichten der törichten, ständig kichernden Hofdamen allesamt, und er wusste, dass sie auch nichts weiter als das waren: Geschichten. Hätte er nur einen Bruchteil der angedichteten Affären wirklich gehabt, dann hätte er die Menschenwelt wohl noch nie zu Gesicht bekommen. »Lass uns das Thema wechseln«, brummte er, als Eirwen sich ihnen näherte. Er wollte sie nicht mit solch dummem Geschwätz beleidigen. Auch wenn er sie als Ritter und Kriegerin schätzte, war sie immer noch eine Dame.

»Das Tor ist geschlossen«, sagte sie, als sie die beiden erreichte. »Die Türme sind von je drei Armbrustschützen besetzt.«

Nevliin kniff die Augen etwas zusammen und versuchte, hinter den Schießscharten Genaueres zu erkennen, was ihm nicht gelang. Die Augen der Bogenschützin waren scharf, und er musste darauf vertrauen, dass die Menschen ihre friedfertigen Absichten erkannten. »Verdeckt eure Ohren«, befahl er. »Und lasst mich sprechen.«

Die weißen Kapuzen noch etwas tiefer ins Gesicht gezogen, hielten sie vor dem geschlossenen Tor in der hölzernen Palisade, die aus der Nähe lächerlich wirkte und kaum etwas von einer Stadtmauer hatte, geschweige denn einen Feind würde aufhalten können. Ein rothaariger, mit spitzem Ziegenbart verunstalteter Mann lehnte sich aus einem der Türme und richtete die Armbrust direkt auf Nevliin. »Was führt die Herren in die rote Stadt?«, fragte er mit rauer Stimme und gab den Männern auf dem anderen Turm gleichzeitig ein Zeichen, das wohl beschwichtigend sein sollte.

»Wir sind auf der Durchreise«, antwortete Nevliin und war erleichtert, dass er die Sprache des Menschen verstand. Er beherrschte eine Vielzahl der unterschiedlichsten Sprachen und Dialekte der Menschen, auch wenn er die Worte, welche eher an ein Grunzen erinnerten und ohne jede Melodie waren, nicht gerne aussprach. »Wir suchen ein Quartier für die Nacht«, log er weiter und sah dem Menschen eindringlich in die Augen, wohl wissend, dass sein Blick, obwohl durch die Kapuze zum Teil verborgen, seine Wirkung nicht verfehlen würde.

»Auf der Durchreise«, knurrte der Mensch und starrte ungerührt zurück. »So, so.« Er ließ die Armbrust hinter der Mauer des Turmes verschwinden. »Wartet hier«, befahl er und verschwand auch schon in der Dunkelheit des Gebäudes.

Sie mussten nicht lange warten, da öffnete sich das Tor mit laut klagendem Ächzen, und ein kleiner, gedrungener Mann trat heraus. Einzig die roten Haare und der Bart verrieten ihn als jenen vom Turm, da er aus der Höhe weit kräftiger gewirkt hatte. Irgendwie bedrohlicher, weniger wie ein Zwerg.

»So«, bemerkte der Mensch und stützte sich auf das breite Schwert, welches vermutlich kaum jemandem noch einen Kratzer zufügen, geschweige denn etwas gegen die Rüstungen aus Elfenstahl ausrichten konnte. »Was wollen drei Elfen hier in dieser verdammten Stadt?«

Nevliins mühsam aufgesetztes Lächeln erstarb. Er warf einen flüchtigen Blick zu seinen beiden Gefährten, stellte jedoch fest, dass deren Ohren ebenso gut versteckt waren wie die seinen. Eine Reaktion, die den Menschen in schallendes Gelächter ausbrechen ließ.

»Die da oben könnt Ihr vielleicht täuschen«, dröhnte er zwischen den Grunzlauten. »Die haben im Leben noch keinen Elfen gesehen. Ist schon über vierzig Jahre her, dass hier welche vorbeigekommen sind.«

»Aber Euch ist es nicht entgangen.«

Das Lachen gewann noch an Lautstärke, die langen, krausen Haare flogen wild um das wettergegerbte Gesicht, und einen Moment lang fürchtete Nevliin der Mann würde ersticken.

»Drei völlig weiß gekleidete Gestalten«, brachte er schließlich hervor. »Die wie die Wilden durch das schlammige Gras jagen, und nicht ein Fleck ist auf den feinen Gewändern zu sehen. Noch nicht einmal die Pferde sind dreckig. Ich sag Euch, so unnatürlich weiße Viecher werden nicht unbemerkt bleiben.«

Nevliin nickte langsam. Wer hätte solche Scharfsinnigkeit bei einem Menschen vermutet? Noch dazu, wo deren Augen in der Regel so trübe waren, dass sie kaum weiter als zu ihren Nasenspitzen sehen konnten. »Ihr scheint Eure Umwelt genau zu beobachten«, sagte Nevliin bemüht freundlich. »Womöglich ist Euch in der Stadt ebenfalls eine der unseren aufgefallen?«

»Eine Elfe?« Der Mensch kratzte sich im Schritt. »Na, eine Elfe wäre mir nicht entgangen. Wie ich schon sagte. Ist lange her, seit zum letzten Mal welche hier waren. Bleiben lieber unter sich, aber das wisst Ihr ja selbst.«

»Habt Ihr etwas dagegen, wenn wir uns in der Stadt umsehen?«, fragte Nevliin, obwohl ihn die Antwort nicht kümmerte. Er würde die Stadt durchsuchen, ob er nun die Erlaubnis dafür erhielt oder nicht.

Der Mensch hob sein Schwert und trat etwas zur Seite. »Wenn Ihr meint. Aber hört auf meinen Rat. Erledigt Eure Angelegenheiten, und seht zu, dass Ihr wieder verschwindet. Die Leute hier sind keine Freunde von Elfen.«

»Danke.« Nevliin bedeutete den beiden Rittern, ihm zu folgen, und nickte dem Menschen noch einmal kurz zu, ehe er das hölzerne Tor passierte.

❧

Der Grund für den Namen der ›roten Stadt‹ erschloss sich den Elfen sofort, als sie die Palisade hinter sich ließen. Jede Kleinigkeit wurde irgendwie mit der Farbe in Verbindung gebracht, und wenn es nur die roten Stoffbänder waren, die an jedem Baum von den Ästen hingen. Die gepflasterte Straße, die Häuser, alles war aus orangerotem Stein, und auf jedem Fleckchen Wiese wuchsen Mohnblumen, die im Sommer bestimmt wundervoll rot blühten. Die Stadt strahlte etwas Warmes, Freundliches aus, und obwohl Nevliin nichts für die

Welt der Menschen übrig hatte, musste er zugeben, dass Kinsara doch auf merkwürdige Weise reizvoll war, auch wenn dieser Stadt wie jeder anderen in der Menschenwelt die Magie fehlte und der Gestank der provisorisch angelegten Abwasserrinnen kaum zu ertragen war.

Aufmerksam ließ er seinen Blick über die Häuser gleiten, deren rote Fensterläden sich bei ihrem Erscheinen alle auf wundersame Weise schlossen. Die Menschen, die ihnen begegneten, wagten es nicht, zu ihnen aufzusehen, und änderten schnell die Richtung oder verschwanden in den schmalen Seitengassen, deren hohe Hausmauern kaum einem Sonnenstrahl Einlass gewährten. Der Mann vom Turm hatte nicht gelogen. Fremde waren hier nicht willkommen, auch wenn Nevliin bezweifelte, dass sie von den Menschen als Elfen erkannt wurden.

Umso erstaunlicher war die plötzlich umschlagende Stimmung, als die Hauptstraße sich zu einem großen Marktplatz weitete und ihnen die Kaufleute schon von weitem die herausragende Qualität ihrer Waren anpriesen. Vermutlich witterten sie hinter den edel gekleideten Fremden ein lukratives Geschäft. Nevliin lächelte schmallippig. Sein Schwert war mit Sicherheit wertvoller als die gesamte Stadt. Doch nicht nur die Kaufleute verhielten sich freundlich. Zahllose Kinder liefen zwischen den Verkaufsständen umher und tummelten sich lachend vor einem Podest, auf dem ein Theaterstück gespielt wurde. Manche von ihnen wagten es sogar, sich ihnen zu nähern und die Pferde zu streicheln.

Unterschiedliche, meist steinerne Gebäude umschlossen den Marktplatz, und zwischen ihnen führten weitere schmale Gassen in die Dunkelheit. Nevliin entdeckte einen Stall und wandte sich an seine Gefährten: »Wir lassen die Pferde hier«, sagte er und deutete zu dem langgestreckten Gebäude, aus dem Schnauben, Wiehern und Scharren auf den Platz drangen. »Ohne sie werden wir weniger auffallen.«

Cerelmin und Eirwen nickten und folgten ihm zu dem alten Gemäuer, das bis auf die tierischen Bewohner verlassen wirkte. Da er einen Menschen weder hören noch sehen konnte, knotete Nevliin schließlich die Zügel um die hölzerne Vorrichtung und flüsterte seinem Hengst zu, er solle auf ihn warten. Danach legte er drei Silbermünzen aus seiner Geldbörse auf den wackeligen Stuhl neben der Tür und trat einen Schritt in das Zwielicht des Stalls. »Wir sind Freunde!«, rief er. »Kommt Ihr jedoch auf die Idee, die Pferde zu stehlen, ist es mit der Freundschaft vorbei.« Ohne auf eine Antwort zu warten, drehte er sich wieder um und wandte sich den beiden Rittern zu. »Ihr kennt das Spiel«, sagte er und war seine Aufgabe mittlerweile leid. »Die Betrunkenen in den Schenken reden gerne, fragt sie zuerst. Bei Sonnenuntergang treffen wir uns wieder hier.«

»Dann auf ein Neues«, verabschiedete Cerelmin sich seufzend. Eirwen verschwand in die entgegengesetzte Richtung, und auch Nevliin ging nach einem flüchtigen Blick über den Marktplatz in eine der vielen Seitengassen. Die Erfahrung hatte ihn gelehrt, dass die Menschen in den heruntergekommeneren Teilen der Städte öfter Informationen hatten und jedes noch so kleine Gerücht kannten. Die Hoffnung auf Zusammenarbeit mit den Fürsten oder Königen dieser Welt hatte er bereits aufgegeben. Die Herrscher sahen nur das Geld und ließen sich alle möglichen Täuschungen und Spielchen einfallen, um an den Reichtum der Elfen zu gelangen. So viele Mädchen hatte er bereits gesehen, und auch wenn er nicht wusste, wie Elirias Tochter aussah, hätte er sie doch erkennen müssen, wenigstens an der Magie.

Der Weg machte eine Biegung und führte weiter in die zunehmende Dunkelheit. Hier waren, bis auf ein paar leichtbekleidete Mädchen, die an der Hausmauer lehnten, kaum noch Menschen unterwegs. Nevliin hätte die obszön lächelnden Frauen gerne ignoriert, doch er musste sie ansehen, um sicherzugehen, dass keine von ihnen die Gesuchte war. Leider wurden seine Blicke missverstanden, denn aus dem Lächeln wurden Worte, die er selbst niemals in den Mund nehmen würde, und aus den Worten wurden Berührungen. Mit schmutzstarrenden Fingern strichen sie ihm über die Brust, hauchten in sein Ohr und betasteten ihn, während sie – so vermutete er – nach seiner Geldbörse Ausschau hielten. Die Abscheu in seinem Blick ignorierten sie, und als er seinen Schritt schließlich beschleunigte, wurden aus den schmeichelnden Worten wüste Beschimpfungen. Nevliin hatte genug gesehen.

Nach einer weiteren Biegung wurde der Weg noch dunkler und schmaler, die Wände der Häuser waren für die Menschenwelt bereits ungewöhnlich hoch, und kein Sonnenlicht fand mehr den Weg hinab bis zum Boden. Nein, dachte er, hier würde er keine Antworten finden.

Nevliin wollte sich gerade umdrehen, um an der Kreuzung den anderen Weg einzuschlagen, da unterbrach ein leises, kaum vernehmbares Geräusch die Stille. Ein Stein, der hinter ihm über den Boden rollte, leise Schritte, die plötzlich verharrten, abgehacktes Atmen, das nicht nur von einer Person stammen konnte. Oh nein, dachte er. Nicht schon wieder. Betont langsam drehte er sich um und betrachtete resigniert den Bären von einem Mann, der ihm mit einem rostigen Messer in der Hand den Weg verstellte.

»Das ist kein Ort, um alleine unterwegs zu sein.« Der

Menschenmann entblößte eine lückenhafte, verfaulte Zahnreihe. »Hier kann es ziemlich ungemütlich werden.«

Nevliins Lippen verzogen sich zu einem dünnen Lächeln. Der Spruch war alt, aber am helllichten Tag überfallen zu werden war neu. »Vielen Dank für Eure Sorge«, sagte er ruhig. »Und Euren Rat. Ihr solltet diesen selbst beherzigen.«

Der Mann grunzte oder lachte und deutete mit dem Messer auf Nevliins Geldbeutel am Gürtel, während er sich humpelnd näherte. »Ich bin nicht alleine«, sagte er immer noch grinsend und verbeugte sich, »feiner Herr. Gebt mir das Geld und es wird auch für Euch kein Grund zur Sorge bestehen.«

In diesem Moment erkannte Nevliin aus den Augenwinkeln zwei weitere Männer, die sich im Schutze der Mauer heranzuschleichen versuchten. Hinter sich hörte er ebenfalls Schritte und die lauten Atemzüge von zwei weiteren Angreifern. Es würde schnell vorbei sein, dachte er. Fünf gegen einen. Die mangelnde Ehre der Menschen war nicht besonders überraschend.

Nevliin streckte seine Finger und ballte sie wieder zur Faust, ließ seine Hand betont langsam zur linken Seite wandern und umschloss den Knauf des Schwertes. »Es liegt nicht in meinem Sinne, jemanden zu verletzen«, sagte er, obwohl er wusste, dass es nichts nützen würde. Zwar verlangte der Anstand, den Unterlegenen die Möglichkeit zum Abzug zu geben, und zudem hatte er wirklich keine Lust, gegen diese ungewaschenen, meilenweit stinkenden Möchtegernräuber zu kämpfen, aber er kannte die Menschen. Sie waren einfältig, und sie würden nicht gehen. Stattdessen stürmten sie mit wildem Gebrüll vor. Nevliin seufzte. Für diese lohnte es sich noch nicht einmal, das Schwert zu ziehen. Solche Kämpfe bereiteten ihm kein Vergnügen.

Der Anführer grinste, doch Nevliin fixierte ihn mit eisiger Kälte, und das siegessichere Lächeln verschwand. Beinahe gemächlich drehte Nevliin sich zur Seite, um dem ersten Angreifer auszuweichen, spürte aber noch den Windhauch der Klinge, die seine Wange verfehlt hatte. Den Räuber, der durch den Stoß ins Leere ins Taumeln geraten war, fing Nevliin am Handgelenk auf. Eine leichte Drehung, ein Knacken und das Kurzschwert fiel dem Dieb aus den Fingern. Schreiend umklammerte er sein Handgelenk und ging zu Boden. Eine weitere Klinge zielte auf Nevliins Kopf, ein Fußtritt traf ihren Besitzer, und er sank röchelnd in die Knie. Der Dolch entglitt dem Menschenmann, als er seine Hände gegen die Kehle presste.

Nun stürmten auch die beiden anderen Meuchler vor, wenn auch nicht mit demselben Eifer wie ihre Vorgänger. Ein kleiner Schritt zur Seite genügte, um der ersten Klinge auszuweichen, mit einem Tritt in die Kniekehle schickte er den Mann zu Boden und war im nächsten Moment bereits über ihm, um ihm den Dolch aus der Hand zu treten. Der letzte der Angreifer war den anderen an Klugheit voraus und suchte das Weite.

»Das ... das ist Zauberei. Ihr seid ein Geist!«

Nevliin drehte sich zu dem Anführer der Bande um, der immer noch das alte Messer umklammerte und die Möglichkeit der Flucht hatte verstreichen lassen. Langsam ging Nevliin auf den grobschlächtigen Menschen zu und wusste, dass sein dünnes Lächeln und die Kälte in seiner Stimme bedrohlicher als sein Schwert wirkten: »Kein Geist«, sagte er. »Kein Zauber. Nicht für Euch.«

Blankes Entsetzen stand in den Augen des Menschen, als Nevliin vor ihm stehenblieb und zu ihm hinabsah. »Und nun hört meinen Rat«, sagte er ruhig. »Nutzt die Gelegenheit, einem Kampf aus dem Weg zu gehen, wenn sie sich Euch bietet.«

»Ein Geist«, stammelte der Mann immer noch, und Nevliin konnte es ihm noch nicht einmal verdenken. Bestimmt hatte der Dieb in seinem Leben noch keinen Elfen gesehen, und Nevliin wusste, dass die Augen des Menschen nicht scharf genug waren, um der Geschwindigkeit seiner Bewegungen zu folgen. Vermutlich war er dem Menschen als weißer Schemen erschienen, der drei Angreifer gleichzeitig niedergestreckt hatte. Leider war auch der Verstand des Diebes genauso langsam wie seine Augen, und er versuchte immer noch nicht zu fliehen, sondern umklammerte weiterhin sein Messer.

»Kein Geist«, sagte Nevliin noch einmal ruhig und seine Faust schoss vor.

Der Mensch kreischte auf, als sein Nasenbein brach, und hielt sich die Hände vor das Gesicht. Zwischen seinen Fingern schoss Blut hervor.

»Nur ein Elf«, sagte Nevliin. »Nur ein Elf. Nichts weiter.«

Der Mann starrte ihn mit einer Mischung aus Schmerz, Wut, Verwirrung und Furcht an. Dann taumelte er zurück, rannte schließlich und verschwand in der Dunkelheit.

Nevliin nahm ein weißes Tuch aus der Innentasche des Umhangs und wischte sich die Hände daran ab. Er strich gerade die Kleidung glatt, als hinter ihm plötzlich jemand in die Hände klatschte. Es war kein Mensch, das wusste Nevliin noch bevor er sich umdrehte. Die Atemzüge waren leise und regelmäßig, ohne Angst und kaum zu vernehmen. Aber es war auch kein Elf.

Langsam drehte er sich um, als ein kleiner Mann aus dem Schatten eines Mauervorsprungs trat. Nevliin zog die Brauen hoch und stellte fest, dass er überrascht war. Es war lange her, seit er zum letzten Mal einen Kobold gesehen hatte, und hier hätte er nicht damit gerechnet. Der Mann reichte Nevliin gerade bis zum Knie, zwirbelte den roten Bart in seinen Fingern und schlenderte auf ihn zu, während Nevliin ihn vom krausen Haar bis zu den dunkelgrünen, spitzen Schuhen musterte.

»Was führt einen Kobold an diesen Ort?«, fragte Nevliin schließlich.

Der Kobold grinste. »Was führt einen Elfen an diesen Ort?«, äffte er ihn nach.

Nevliin verzog keine Miene. »Geschäfte«, antwortete er knapp und fragte sich, ob dieses Wesen vielleicht etwas über das Mädchen wusste.

»Ja, ja.« Der kleine Mann lachte laut. »Ich kann mir schon vorstellen, welcher Art die Geschäfte sind, die den berühmtesten Schwertschwinger der Königin in diese verdammte Stadt bringen.«

»Ich suche ein Mädchen«, antwortete Nevliin, ohne auf die Anspielung des Kobolds auf seine »Berühmtheit« einzugehen.

Der Kobold lehnte sich gegen die Hauswand und verschränkte die Arme vor der Brust. »Was hat denn das arme Kind Schlimmes verbrochen?«, fragte er, »dass Alkariel ihren Befehlshaber höchstpersönlich nach ihr schickt?«

»Sie ist die Tochter der Elfe Eliria und womöglich …«

»Eliria! Ich wusste nicht, dass sie eine Tochter hatte. Was für eine Überraschung.«

»Sie müsste ungefähr sechzehn Jahre alt sein. Ihr Vater ist ein Mensch.«

Der Kobold wirkte aufrichtig erstaunt. »Ein Mensch? Sehr ungewöhnlich.«

»So ist es. Das Mädchen ist womöglich in Gefahr. Habt Ihr …«

Der kleine Mann schnaubte. »Natürlich ist sie in Gefahr, wenn Alkariels Meuchler hinter ihr her sind.«

»Ich bin nicht ihr Meuchler«, entgegnete Nevliin ruhig, auch wenn der Kobold seine Geduld gehörig auf die Probe stellte. Er atmete tief ein, um den aufkeimenden Zorn zu unterdrücken, bereute dies jedoch sofort, als er die faulige Luft in diesem Winkel der Menschenwelt schmeckte.

»Natürlich nicht.« Der Kobold hielt die Hand an sein Herz und verbeugte sich. »Ihr hättet diese stinkende Bande töten sollen.« Er deutete in die Richtung, in der die Menschen verschwunden waren. »Der eine hat mich beim Würfeln um ein paar schöne Münzen gebracht.«

»Sie töten?«, fragte Nevliin erstaunt.

»Ähm, ja. Natürlich. Die haben Euch angegriffen.«

Der Elf schüttelte den Kopf. »Sie stellten keine Bedrohung dar. Weder für mich noch für meine Aufgabe. Worin bestünde der Sinn, diese Leben auszulöschen?«

Einen Augenblick lang sah ihn der Kobold ungläubig an, dann schüttelte er den Kopf und richtete sich auf. »Elfen«, murmelte er. »Keine Ahnung, wozu die überhaupt gut sein sollen.«

»Diese Menschen zu töten wäre eine Hinrichtung gewesen«, versuchte Nevliin dem Fremden das Offensichtliche etwas näherzubringen, doch der Kobold wollte anscheinend nicht verstehen.

»Aber solltet Ihr als Schwertschwinger nicht wenigstens Euer Schwert benutzen?«, fragte er übertrieben gelangweilt und fuhr damit fort, seinen Bart zu zwirbeln.

Nevliin wusste nicht, was schlimmer war. Die Torheit der

Menschen oder der mangelnde Verstand des Kobolds. »Ich bin ein Ritter«, unternahm er einen letzten Versuch, auch wenn er wusste, dass seine Worte verschwendet waren. Was sollte ein Kobold schon von Ritterlichkeit wissen? Sie waren Betrüger, eigenbrötlerische Einzelgänger und nur auf ihren eigenen Vorteil bedacht. Es war Zeitverschwendung, sich noch weiter mit diesem hier abzugeben, und so wandte Nevliin sich zum Gehen.

»Seid nicht beleidigt, werter Schwertschwinger!«, rief der Kobold und lief ihm hinterher. »Ich bin sehr beeindruckt, wie Ihr die Menschen verprügelt habt.«

Nevliin blieb stehen und sah zu dem Mann hinab. »Habt Ihr wenigstens den Anstand, Euch vorzustellen?«

Der Kobold lächelte spöttisch und verbeugte sich tief. »Ich bin Bienli«, erklärte er stolz. »Sohn von Ner und Falla.«

»Nun, Bienli. Wisst Ihr etwas von der Halbelfe oder nicht?«

»Möglicherweise. Sagt mir zuerst, was Ihr von ihr wollt.«

Nevliin sah dem Kobold in die listigen Augen. »Sie ist zur Hälfte eine Lichtelfe«, erklärte er, »mit außergewöhnlichen magischen Fähigkeiten. Ihr Platz ist im Lichtreich.«

Der Kobold nickte. »Ah, ich verstehe. Ihr müsst sie finden, bevor die Dunkelelfen Euch zuvorkommen.«

»Ihre Mutter Eliria war eine Gefangene Leorans«, fuhr Nevliin fort, auch wenn er nicht erwartete, dass der Fremde die Umstände richtig begreifen konnte. »Die Dunkelelfen wissen von dem Mädchen, und sie lassen bestimmt nichts unversucht, um auch die Tochter gefangen zu nehmen, damit sie ihre magischen Fähigkeiten für ihre Zwecke nutzen können.«

»Und Alkariel möchte das arme Mädchen vor den bösen Dunkelelfen beschützen – natürlich völlig uneigennützig.«

Nevliins Hand ballte sich zur Faust. Mit einem Bein kniete er auf dem Boden und durchbohrte den Mann mit seinen kalten Augen. »Bedenkt Eure Worte gut«, sagte er. »Oder Ihr werdet die nächsten nicht überleben.«

Bienli hielt Nevliins eisigem Blick ohne Schwierigkeiten stand und grinste. »Wäre dies denn ein ehrenvoller Mord?«

Nevliin sprang auf. »Ihr sprecht von Verrat, Bienli, Sohn von Ner und Falla. Für dieses Vergehen gibt es nur eine Strafe.«

Immer noch grinsend, wich der Kobold langsam zurück. Erst nachdem er zwischen sich und den Elfen etwas Abstand gebracht hatte, antwortete er. »Sollen sich Alkariel und Leoran beim Kampf um das Mädchen doch die Schädel einschlagen. Ich habe mit euch eingebildeten Elfen nichts zu schaffen.«

Stille. Der Kobold sah ihn unverwandt an und wartete offensichtlich auf eine Reaktion. Er hatte Mut, das musste Nevliin ihm lassen. »Ihr müsst einen besonders großen Topf Gold versteckt haben«, sagte er schließlich und rückte den Schwertgurt zurecht. »Ihr habt mehr Glück als Verstand.«

Bienli rümpfte die Nase. »Pah, Topf von Gold. Hinterhältiges Menschenpack!«

Mehr Glück als Verstand. Das stand fest. Was auch immer der Kobold mit seinem Gefasel meinte, Nevliin war sicher, dass ihre Begegnung nicht zufällig war. Wüsste Bienli nichts über das Mädchen, hätte er sich niemals gezeigt, und er wäre ihm niemals nachgelaufen. Dieser kleine Wicht erhoffte sich einen Handel. Er musste von seiner Suche gehört haben und ihm gefolgt sein. Nevliin lächelte kalt. Mit dem Schwert konnte er hier nichts ausrichten. Um einen Kobold zum Sprechen zu bringen, bedurfte es anderer Mittel.

»Wo wir gerade von Gold sprechen«, begann er und holte

eine besonders schön funkelnde Münze aus dem Geldbeutel. »Was, sagtet Ihr noch gleich, wisst Ihr über das Mädchen?« Er streckte dem Kobold die Münze entgegen, und Bienlis Augen leuchteten wie erwartet auf, doch dann zwang er sich, den Blick abzuwenden, und sah mit unschuldigem Lächeln auf: »Hab noch nie von ihr gehört.«

»Also gut.« Die Münze verschwand wieder im Geldbeutel, stattdessen zog Nevliin diesmal einen Dolch. Er war es leid und wusste wahrlich Besseres mit seiner Zeit anzufangen, als mit einem Kobold um ein paar Informationen zu feilschen. »Ihr habt die Wahl, Bienli. Gold oder Stahl.«

»Da wären wir dann wieder beim ehrenvollen Mord, nicht wahr?« Das triumphierende Lächeln büßte etwas an Natürlichkeit ein.

»Ich habe nicht vor, Euch zu töten, Bienli. Zu diesem Zweck bevorzuge ich das Schwert.«

»Wozu dann das spitze Ding?«

Nevliin lächelte. Eine kleine Bewegung aus dem Handgelenk und der Dolch schoss vor, zischte eine Haaresbreite an Bienlis Kopf vorbei und bohrte sich federnd in das dahinterliegende Holz einer Tür. Bienlis Mund klappte auf und wieder zu. Seine Augen waren so weit aufgerissen, dass sie aus den Höhlen zu quellen drohten. Langsam drehte er den Kopf zur Seite und starrte auf den juwelenbesetzten Griff. Wieder öffnete und schloss sich sein Mund, ohne ein Wort hervorzubringen.

»Nehmt Euch einen Augenblick Zeit«, sagte Nevliin ruhig. »Gebraucht Eure Fantasie. Ich kann Euch lange am Leben halten.«

Seine Worte weckten den Kobold offensichtlich auf, denn jetzt drehte dieser sich zu ihm um und kramte mit zornesrotem Gesicht in einem kleinen Lederbeutel. Als er schließlich eine einzelne Münze hochhielt, sprang er fortan ohne Unterlass von einem Bein auf das andere, was, wie Nevliin zugeben musste, ein durchaus amüsanter Anblick war.

»Du aufgeblasener Pfau!«, kreischte er. »Das hier! Das ist alles, was mir noch geblieben ist!«

Nevliin hob eine Augenbraue, doch der Kobold, der kurz davor war, vor Wut zu platzen, war nicht mehr zu bremsen: »Niederträchtiges Menschenpack, selbstgerechte Elfen! Ihr glaubt, ihr könnt euch alles erlauben! Glaubt, nur weil ihr größer seid, könnt ihr mich herumschubsen.« Er drehte sich um und packte den Dolch mit beiden Händen. Mit vor Anstrengung und Zorn verzerrtem Gesicht riss und rüttelte er daran, stemmte sich mit den Füßen gegen die Tür, konnte die Waffe jedoch nicht befreien. Nevliin beobachtete den kleinen Mann und wartete geduldig, bis der Anfall vorüber war und er sich atemlos zu ihm umdrehte.

»Ihr mögt also keine Menschen?«, fragte Nevliin schließlich ruhig, ging auf den Kobold zu und zog mühelos den Dolch aus der Tür. Bienlis Augen funkelten hasserfüllt, als er sah, wie der Dolch zurück in die Scheide glitt.

»Also wisst Ihr etwas über das Mädchen«, stellte Nevliin in beiläufigem Ton fest.

Bienli atmete hörbar ein. »Das hat seinen Preis«, knurrte er schließlich und Nevliin blickte von seinem Gürtel auf. Die Reise in diese Welt schien doch nicht gänzlich sinnlos gewesen zu sein.

»Nennt mir den Preis«, sagte Nevliin in Erwartung einer immensen Summe, doch er wurde überrascht. Anstatt zu antworten, warf der Kobold den Kopf in den Nacken und streckte die Hände dem Himmel entgegen. »Oh, Ihr Sohn der bodenlosen Dummheit«, faselte er, »habt Ihr mir denn nicht zugehört?«

»Ihr wollt Gold?«, fragte Nevliin und ignorierte die Beleidigung.

Der Kobold seufzte. »Ich will nicht irgendein Gold. Ich will mein Gold.«

»Wo liegt da der Unterschied?«

Erneut riss Bienli die Arme in die Luft, ließ sie jedoch sofort wieder sinken, als er Nevliins warnenden Blick bemerkte. »Das Gold ist die Quelle meiner Magie«, erklärte der Kobold schließlich, als spräche er mit einem kleinen Kind. »Ich brauche es, um mich unsichtbar zu machen. Dieser Betrüger Diederick hat es mir gestohlen. Ich muss es wiederhaben.«

»Ich habe noch nie gehört, dass einem Kobold sein Gold abhandengekommen ist. Ihr behütet Eure Schätze doch gewissenhafter als Eure eigenen Kinder.«

Bienlis Gesicht färbte sich erneut puterrot. »Das weiß ich selbst«, knurrte er. »Aber ich wurde betrogen.«

»Ihr meint, Ihr habt es verspielt.«

»Wo ist da der Unterschied?« Bienli atmete tief durch, fuhr dann aber resigniert fort: »Ich habe Gerüchte gehört. Über ein Mädchen mit magischen Fähigkeiten.«

»Wo?«

»Der Preis.«

»Ich soll Euer Gold von diesem Diederick zurückholen?«

Bienli seufzte übertrieben laut und ließ die Münze wieder in dem kleinen Beutel verschwinden. »Das könnt Ihr nicht. Diese Pflaume von Mensch hat es eingetauscht, gegen Bier und Huren und noch mehr Bier. Mein Gold ist in alle Himmelsrichtungen verstreut.«

»Kommt zur Sache.« Nevliin verschränkte die Arme vor der Brust und sah dem Kobold eindringlich in die Augen.

»Ja, ja. Schon gut. Ihr müsst nicht gleich verdrießlich werden.« Er lehnte sich gegen die Hauswand und klopfte nervös mit dem Fuß auf den Boden.

Am liebsten hätte Nevliin ihn gepackt und alle Informationen aus ihm herausgeschüttelt, doch noch ehe sein Geduldsfaden riss, entschloss sich der Kobold, zu sprechen: »Ich kann den Ruf meines Goldes hören«, erklärte er. »Aber bis ich alles wiedergefunden habe, vergeht eine Ewigkeit. Ich reise nicht so schnell wie manch anderer. Ihr hingegen …«, er lächelte wieder auf diese hinterlistige Weise, »besitzt einen Schlüssel zum Weltentor. Ihr kommt viel herum, sagt man sich. Also wenn Ihr mich mitnehmt, kann ich schneller an mein Gold kommen.«

Nevliin blickte auf den Kobold hinab. Alles Gold seines Fürstentums hätte er lieber gegeben, als noch länger die Gegenwart dieses Plagegeistes zu ertragen. Diese ganze Mission raubte ihm auch so schon den letzten Nerv. »Wenn Eure Information hilfreich ist«, sagte er schließlich gedehnt, »dann gehe ich zurück ins Lichtreich. Ihr hättet nichts mehr von diesem Handel.«

»Hilfreich, ja … ähm … die Information … es ist ein Gerücht.«

Nevliin nickte. Er suchte bereits so lange nach dem Mädchen, dass er jedem kleinsten Hinweis nachging. »Ich bin einverstanden.« Er bereute diese Worte, noch während er sie aussprach, doch es gab keine andere Möglichkeit. »Es steht Euch frei, mich und meine Gefährten zu begleiten.«

»Prima.« Bienli richtete sich auf. »Ich treffe Euch nach Einbruch der Nacht im Wald, dann bekommt Ihr Eure Information.«

Mit diesen Worten tänzelte der Kobold durch die dunkle Gasse davon und ließ Nevliin mit dem Gefühl zurück, einen schwerwiegenden Fehler begangen zu haben.

Bienli

Das leise Kichern mischte sich unter das Rauschen der Blätter und das Heulen einer Eule. Die Sonne war schon untergegangen, und Bienli wartete. Der Kobold war bester Laune – Elfen waren so leicht zu täuschen. In ihrer Arroganz dachten sie noch nicht einmal daran, von einem Kobold hintergangen zu werden. Schon gar nicht der hochherrschaftliche Befehlshaber der Lichtritter, Anführer der Sauertöpfe.

Doch ihm war es gelungen, ihm, Bienli, dem Kobold! Welch Meisterwerk war seine Vorstellung gewesen. Nur schade, dass er außer dem Sauertopf kein Publikum gehabt hatte. Und der konnte die Sache natürlich nicht gebührend würdigen. Der war schließlich der, der reingefallen war. Auf ihn, Bienli, den Kobold. Ha!

Erneut kicherte Bienli in seine Faust. Es war nicht überraschend gewesen, dass dieser herablassende Elf die Geschichte von dem gestohlenen Gold geglaubt hatte. Die Idee stammte von seinem Weib Finola. Manchmal war sie eben doch für etwas gut. Sie lebte schon so lange unter Elfen, dass sie wusste, wie diese dachten – und so war ihr dieser geniale Einfall gekommen, um den Befehlshaber dazu zu bringen, Bienli mitzunehmen. Dumm war nur, dass er sein Gold tatsächlich verspielt hatte. Und er es unbedingt wiederbekommen musste, bevor Finola etwas davon bemerkte. Niemand, der noch halbwegs bei Verstand war, beschwor ihren Zorn herauf. Und Bienli behauptete von sich selbst gern, ein außergewöhnlich schlauer Kobold zu sein. Deswegen besuchte er sein Weib auch nur einmal in ein paar hundert Jahren. Trotzdem, dachte er – dass er das Gold verspielt hatte, war ein Unfall gewesen. So etwas passierte einem Kobold nie. Er war übervorteilt worden, genau so war es gewesen. Und der Elf war ein arroganter Schnösel. Hatte ihm, Bienli, doch tatsächlich sofort abgenommen, er habe sich von Menschen betrügen lassen! Dieser Wichtigtuer sollte sich selbst an die Nase fassen, denn er wurde schließlich gerade von einem Kobold hinters Licht geführt! Ja, Bienli war fest entschlossen, den Befehlshaber und seine Anhängsel für die nächsten Jahre gehörig auf Trab zu halten. Solange er lebte, würden sie Vanora nicht bekommen, das hatte er seinem Weib versprochen. Und wenn er versagte, konnte er sich genauso gut in Nevliins Schwert schmeißen. Das wäre immer noch besser, als zu Finola zu gehen und ihren Wutausbruch über sein Versagen zu ertragen.

»Guten Abend, Bienli.«

Sein Herz machte einen holpernden Satz, und ein schriller Schrei drang aus seiner Kehle. Beinahe wäre er rückwärts vom Ast des Ahorns gefallen.

»Ihr seid spät«, brachte er mit immer noch wild klopfendem Herzen hervor und blickte in die drei bleichen Gesichter der Elfen, die einfach aus dem Nichts aufgetaucht waren. In der Ferne tanzten die winzigen Lichter der Fackeln an der Palisade, doch hier am Waldrand war es stockdunkel.

Die Elfen saßen auf Schimmeln, von deren Fell in der Finsternis ein matter Schein ausging. Die Ritter selbst waren in ihre weißen Umhänge gehüllt und starrten ihn aus funkelnden Augen an. »Die Sonne ist schon lange untergegangen«, fuhr

Bienli – gefasster nun – fort, schwang sich rückwärts vom Ast und landete nach einem Überschlag in der nassen Wiese.

»Bienli.« Der Befehlshaber deutete zu seinen beiden Gefährten und ignorierte seinen Hinweis auf ihre Unpünktlichkeit. »Ich möchte Euch Cerelmin und Eirwen vorstellen.«

»Ist mir eine Ehre. Kommen wir zur Sache.«

»Gerne. Also, was ist das für ein Gerücht?« In Nevliins Blick lag etwas Lauerndes, und Bienli lächelte stumm, während er sich äußerlich bemühte, so zu tun, als habe er sehr wohl verstanden, dass mit dem Elfen nicht zu spaßen war. Dann atmete der Kobold tief ein, um die Fortsetzung seiner perfekt durchdachten Geschichte zu präsentieren, während er seinen Blick mit einer kleinen Spur aufgesetzter Furcht darin über die Elfen schweifen ließ: Eirwen, die mit den silbernen Haaren, lächelte freundlich; der blonde Schönling Cerelmin wirkte gelangweilt, und beide beherrschten jene herablassende Art ihres Volkes in Perfektion – obwohl, korrigierte sich Bienli, vielleicht nicht ganz so gut wie ihr Anführer.

»Also«, begann Bienli schließlich ernst, »da ist ein Mädchen. Das Alter müsste passen. Angeblich bricht in ihrer Nähe öfter ein Feuer aus, Ihr versteht?«

»Wo?«, fragte Nevliin nicht besonders beeindruckt.

»Marluke.«

»In Marluke waren wir bereits«, mischte sich der Schönling ein. »Deine Information ist alt, Kobold.«

Nevliin hob die Hand. »Marluke ist im Krieg der Menschen beinahe zur Gänze zerstört worden«, erklärte er, ohne auf den Einwurf des Schönlings einzugehen. »Woher wisst Ihr von diesem Mädchen?«

»Ich habe so meine Quellen.« Bienli grinste, auch wenn er

fand, dass das Spiel viel lustiger gewesen wäre, wenn der Befehlshaber irgendeine Regung zeigen würde.

»Wann habt Ihr davon erfahren?«, fragte dieser.

»Mein Weib Finola«, spann Bienli die Geschichte weiter, auch wenn dieser Teil fast der Wahrheit entsprach. »Sie lebt am Hof von König Leoran, macht denen dort das Leben schwer. Jedenfalls ...« Er kratzte sich am Kopf und genoss die tödlichen Blicke der Elfen, die bestimmt allesamt bald einen Tobsuchtsanfall bekommen würden. Falls Elfen so etwas überhaupt konnten. Nevliin jedenfalls konnte vermutlich noch nicht einmal ausrasten, wenn man ihm die schönsten Koboldflüche an den Kopf werfen würde. Bienli versuchte es mit seinem besten unterwürfigen Lächeln: »Die Ritter, wie heißen die noch? Die gleichen wie Ihr da, nur in Schwarz.«

»Die Schattenritter.«

Bienli hob den Zeigefinger. »Ja, genau, die meine ich. Die Schattenritter, Leorans beste Krieger. Die verschwinden alle mal gern für bestimmte Zeit und tauchen dann wieder auf.«

»Sie verschwinden?« Cerelmin, der Schönling, machte sich nicht einmal die Mühe, seinen Unglauben zu verbergen.

»Jaaa.« Bienli lächelte ihn an. »Sie verschwinden. Niemand weiß, wohin. Es wird ein riesiges Geheimnis darum gemacht, aber andere Quellen meinen, sie gehen nach Marluke.«

»In Marluke ist nichts«, beharrte der Elf.

Langsam geht er mir auf die Nerven, dachte Bienli und sah mit süffisantem Lächeln zu dem Elfen auf seinem weißen Ross auf. Laut sagte er: »Die Dunkelelfen sind nicht blöd. Glaubt Ihr, die lassen sich von ein paar parfümierten Großmäulern einfach so erwischen? Euch riecht man ja meilenweit gegen den Wind. Was soll das sein? Sommerfrische?«

Cerelmins Arm schnellte zu einem der Schwerter, die er

am Rücken trug, hoch, hielt jedoch inne, als sich Nevliin, der Spielverderber, zu ihm umwandte und mit nur einem Blick klarmachte, dass dies keine so gute Idee war.

Bienli wollte soeben den Gehorsam des Ritters weiter auf die Probe stellen und ihm auch noch sagen, dass er mit seinen blonden Locken wie ein Mädchen aussehe, doch dann kam ihm die kühle, gelassene Stimme des Befehlshabers zuvor: »Wir danken Euch für Eure Hilfe, Bienli. Unser Weg führt uns nach Marluke, in Eurer Begleitung.«

Bienli konnte sein Grinsen nur schwer unterdrücken. Ihr Weg führte sie nach Marluke, aber damit war die Reise nicht zu Ende. Sie würde immer weitergehen, in alle Städte, die er nur wollte. Er würde sich immer wieder neue Geschichten einfallen lassen und die Elfen von einer Stadt in die nächste schicken. Die waren so verzweifelt, dass sie sich ewig von ihm an der Nase herumführen lassen würden. Sie wussten, dass Menschen einem Kobold eher etwas erzählten als einem Elfen, und so konnte er sein Gold wieder einsammeln und seine Frau und den König zufriedenstellen.

»Bienli wird mit dir reiten«, sagte Nevliin, an Eirwen gewandt.

Als die Elfe gerade Anstalten machte, vom Pferd zu steigen, hob Bienli schnell die Hände: »Ich werde nicht auf diesem Monstrum reiten«, erklärte er, nahm seine Finger in den Mund und pfiff so laut, dass es bis zur Stadt hörbar sein musste. »Ich habe mein eigenes Reittier, Ihr gestattet.«

Nevliin hob nur eine seiner arroganten Augenbrauen, und so musste Bienli sich mit dem Ausdruck des Erstaunens in den Gesichtern der beiden anderen Elfen begnügen, als diese gen Wald blickten, aus dem nun leises Wiehern erklang. Keine zwei Wimpernschläge später schwebte, einem Traumwesen gleich, seine Einhornstute über das Laub. Das schneeweiße Fell schimmerte, als bestünde es aus Mondlicht, die lange, weiße Mähne tanzte im Takt des leichten Galopps, in dem sie durch die Nebelschwaden zwischen den Bäumen hindurchflog, und das weiße Horn auf ihrer Stirn funkelte, als bestünde es aus Diamanten. Arelie war im Vergleich zu den monströsen Elfenrössern zwar sehr klein, doch ihre magische Aura stellte alle anderen in den Schatten. Ihre Bewegungen waren die Anmut selbst und ließen sogar in Nevliins kalten Augen einen Funken von Bewunderung aufglimmen.

»Darf ich vorstellen?« Bienli genoss den Augenblick und die verstörten Gesichter der Elfen. »Meine treue Freundin Arelie.« Die Einhornstute schnaubte und senkte ihren Kopf.

Cerelmin räusperte sich. »Nettes Pony«, sagte er. »Soll ich Euch hochhelfen?«

Doch Bienli grinste nur, denn Arelie legte sich ungerührt von der Gegenwart der spitzohrigen Hochnäslinge ins Gras, sodass er bequem auf ihren Rücken klettern konnte. Sattel und Zaumzeug brauchte er nicht – im Gegensatz zu gewissen anderen Bewohnern Elvions.

»Wollt ihr hier Wurzeln schlagen?«, fragte Bienli grinsend, als sich Arelie schließlich mit erhabenen Bewegungen wieder erhob.

»Lasst uns aufbrechen«, nickte Nevliin. Und genau das taten sie auch.

Sie ritten schon seit Stunden, und Arelie hatte keine Mühe, mit den drei Elfenpferden mitzuhalten. Ohne Unterlass peitschte die kalte Nachtluft in Bienlis Gesicht, aber er fror nicht. Die Kühle hatte etwas Befreiendes, wie er fand. Es war, als würde sie durch seine Nase in den Kopf strömen und dort allen Unfug aus den Ohren hinausblasen. Lediglich die wichtigsten Gedanken blieben zurück.

Zum Beispiel der, wie lange die Elfen benötigen würden, um seine List zu durchschauen. Jeder kleinste Fehler könnte Vanoras, vor allem aber sein eigenes Ende bedeuten. Auf der anderen Seite: Jeder Tag, den er der kleinen Prinzessin schenken konnte, war ein gewonnener Tag – und sie durfte Alkariel niemals in die Hände fallen. Einmal mehr ließ er seinen Blick über die neben ihm herpreschenden Elfen gleiten. Nevliin war von Natur aus misstrauisch, und auch Cerelmin, das war Bienli deutlich bewusst, traute ihm nicht einen Finger breit über den Weg. Zu Eirwen konnte er noch nicht viel sagen. Sie schien ein nettes Wesen zu haben, doch er durfte sie nicht unterschätzen. Sie war Magierin, hauptsächlich Heilerin, soweit er wusste. Aber das bedeutete nicht, dass ihm ihre Fähigkeiten nicht trotzdem zum Verhängnis werden konnten.

Noch einmal wog Bienli seine Chancen ab und befand, dass es äußerst unwahrscheinlich war, dass die Elfen hinter das Bündnis kamen. Ein Bündnis zwischen einem Kobold und den Dunkelelfen! Darauf würden sie nie kommen. Lichtelfen würden sich niemals dazu herablassen, sich mit anderen Völkern zu verbünden. Schon gar nicht mit Kobolden. Sie hielten sich für allen überlegen, selbst den Dunkelelfen. Darin unterschieden sie sich von ihren Verwandten des Schattenreiches, denn König Leoran hieß jeden willkommen, der friedvoll in seinem Reich leben wollte. Bienlis Frau Finola etwa war Heilerin auf der Burg von Lurness, und er selbst war für die königlichen Hofgärten verantwortlich. Durch seine Pflege und Arelies Magie waren die Gärten im Schattenreich ein blühender, farbenprächtiger Ort – trotz des stets wolkenbedeckten Himmels und selbst im Inneren des Drachenfelsens. Alkariel hingegen würde solche Aufgaben niemals jemand anderem als einem Lichtelfen übertragen.

Natürlich waren die Dunkelelfen auch nur Elfen und ein gewisses Maß an Überheblichkeit haftete auch ihnen an. Doch bei Licht betrachtet, so fand Bienli, waren die Dunkelelfen doch durchaus zu ertragen. Im Gegensatz zu Fürst Nevliin von Valdoreen. Bienli warf ihm einen kurzen Blick zu und schüttelte den Kopf. Elfen waren generell hässliche Geschöpfe, doch der Befehlshaber übertraf sie alle. Sein Gesicht bestand förmlich aus geraden Linien: Die schmale Nase, die viel zu ausgeprägten hohen Wangenknochen, der Mund. Selbst die dunklen Augenbrauen besaßen keinerlei Schwung und verliefen in einer präzisen Linie über den ebenfalls geraden Augen. Doch statt diese Makel unter seinen weißblonden Haaren zu verbergen, verschlimmerte Nevliin sein Aussehen absichtlich, indem er die Haare straff im Nacken zusammenband, so dass kein einziges Haar aus der Frisur entkam. Vermutlich war seine Ausrede, dass sie ihn im Kampf behindern würden, doch Bienli konnte sich nicht vorstellen, dass ein paar abstehende Haare das vielgerühmte Kampfgeschick des Elfen negativ beeinflussen könnten. Es sei denn … Bienli kicherte leise, als er sich vorstellte, wie der Eisbrocken von einem Befehlshaber während eines Kampfes in Panik geriet, weil seine perfekte Frisur in Unordnung geraten war. Wie lange würde Nevliin seine Provokationen wohl noch stumm ertragen? Vielleicht, so dachte Bienli, würde er es niemals herausfinden. Eher würde diesem Nevliin sein perfekter Elfenschädel explodieren.

Bienli war dermaßen damit beschäftigt, Nevliins verworrenen Geisteszustand zu analysieren, dass er beinahe den grauen, ovalen Felsen übersehen hätte, der doppelt so hoch wie ein Elf inmitten des Waldes aus dem Boden ragte – das Weltentor. Sie stiegen ab und die Elfe kam zu ihm herüber. Sanft streichelte sie Arelie über die Nüstern und flüsterte: »Ein wundervolles Geschöpf. Wahrlich, ein wundervolles Geschöpf.«

Zu Bienlis Überraschung tat Cerelmin es ihr gleich, fügte jedoch mit einem Seitenblick auf Bienli hinzu: »Nur schade, dass sie so einen hässlichen Wicht tragen muss.«

Bienli seufzte, doch der Schönling klopfte ihm auf die Schulter und zwinkerte ihm zu, bevor er wieder zurück zum Befehlshaber ging, der mit seinem eigenen Pferd beschäftigt war. Bienli staunte über die Zärtlichkeit, die Nevliin dem Tier entgegenbrachte. Mit seiner üblichen ruhigen Stimme redete er auf den Schimmel ein und streichelte ihm über die Stirn. Als Cerelmin den Befehlshaber erreichte, versuchte Bienli, die Worte zu verstehen, doch sie sprachen zu leise und zu schnell, und während Cerelmin lauthals lachte, verzog Nevliin keine Miene.

Bienli sah zu Eirwen auf: »Kann der auch mal lachen?«, fragte er kopfschüttelnd.

»Meint Ihr etwa Fürst Nevliin?«

»Wen sonst? Der sieht aus, als wäre jemand gestorben.«

Die Elfe lächelte. »Es mag Euch wohl so erscheinen«, sagte sie. »Aber er ist durchaus fähig zu lachen.« Sie seufzte. »Er konzentriert sich auf die Ausführung seiner Befehle, ohne sich von unbedeutenden Dingen ablenken zu lassen.«

Genauso hatte Bienli ihn eingeschätzt, und es bestätigte auch alles, was er bisher über ihn gehört hatte. »Ein Mann ohne eigene Persönlichkeit«, stellte er fest. »Alkariels Werkzeug. Eine Puppe, die an den Fäden der Königin hängt.«

Eirwen schüttelte heftig den Kopf, und ihr freundlicher

Ausdruck verschwand. »Fürst Nevliin besitzt mehr Persönlichkeit als Ihr und Euer gesamtes Volk zusammen!«, zischte sie. »Er ist sehr gewissenhaft. Dass Euch so etwas fremd ist, überrascht mich nicht.« Mit diesen Worten drehte sie sich um und ging ohne ihn eines weiteren Blickes zu würdigen, zurück zu ihrem Pferd.

»Großartige Persönlichkeit«, schnaubte Bienli. Arelie stupste ihn leicht an die Schulter, und Bienli streichelte ihr über die Nüstern. »Ich weiß, meine Schöne. Wir müssen sie ertragen.« Nachdenklich blickte er zu den Elfen hinüber. Mit Eirwen hatte er es sich gründlich verscherzt, Cerelmins Herablassung war beredt genug. Einzig Nevliin musste noch seine wahre Gesinnung offenbaren. Mit Abscheu, Herablassung und Zorn konnte Bienli gut umgehen, das alles war ihm nicht fremd, und da wusste er wenigstens, woran er war. Doch Nevliin ließ sich nie auch nur die kleinste Gefühlsregung anmerken, und so konnte man nie wissen, ob man im nächsten Augenblick nicht ein Schwert in seiner Brust wiederfand. Wie sollte er, Bienli, seinen Auftrag richtig ausführen, wenn er nicht wusste, ob Nevliin tatsächlich darauf hereinfiel oder hinter seiner steinernen Maske eigene Ränke schmiedete?

Als Nevliin ihm ein Zeichen gab, gesellte Bienli sich mit Arelie zu den Elfen, und gemeinsam gingen sie in das weiße Licht des Tores. Nur Elfen konnten sich so ein grelles Licht ausdenken und glauben, es sei schön, dachte Bienli, als er geblendet die Augen schloss. Zwar konnte er nicht mit Sicherheit sagen, dass Elfen für die Erschaffung der Weltentore verantwortlich waren, doch es würde gut zu ihnen passen. Wieso sonst sollte die einzige Möglichkeit, von einer Welt in die andere zu reisen, für Kobolde so unangenehm sein? Und wieso besaß kein einziger Kobold einen Schlüssel zu solch einem

Tor? Nein, Bienli war sich sicher: Elfen waren es gewesen mit ihrer Magie und ihrem sonderbaren Sinn für Reinheit. Irgendeinem Verrückten musste wohl vor langer, langer Zeit eingefallen sein, dass es doch ganz nett wäre, über den Tellerrand der eigenen Welt zu blicken, und dieser Verrückte hatte dann – wie auch immer – die Weltentore geschaffen. Es war ja auch diese liebeskranke Elfe gewesen, die Elvion geteilt und somit auch die Weltentore verändert hatte. Da, wo es früher nur zwei Tunnel in der Weißen Halle gegeben hatte – den Zugang zur Menschenwelt und jenen nach Elvion – da gab es jetzt drei: die Menschenwelt, das Licht- und das Schattenreich. Jedes einzelne Bild in den Hallen der jeweiligen Welt hatte sich somit verändert, und irgendwo in diesen Welten mussten auch neue Tore, vermutlich hässliche Felsblöcke, entstanden sein. Nun, wer konnte schon genau sagen, wie es wirklich gewesen war oder wie viele von den Toren in welcher Form existierten? Bienli war einfach nur froh, wenn er wieder sichtbaren Boden unter den Füßen hatte und sich keine Gedanken mehr um diese Elfenangelegenheiten machen musste.

Als das Leuchten endlich etwas nachließ, sah er sich in der Weißen Halle um. Nevliin, Cerelmin und Eirwen starrten auf die Tunnelöffnungen, die in der Ferne zu den verschiedenen Welten führten – und auf noch etwas anderes. Etwas bewegte sich dort bei den röhrenförmigen Zugängen. Seine Koboldaugen waren zu schwach, um Genaueres zu erkennen, doch die Elfen wirkten ebenso verwirrt wie Bienli selbst. Nur Nevliin hob eine Hand zum Gruß und bewegte sich auf die Tunnel zu den jeweiligen Welten zu. Vorsichtig folgte Bienli ihm und den anderen über den unsichtbaren Boden, bis er schließlich drei Elfen auf stolzen Rössern erkannte: zwei Lichtritter in ihren weißen Rüstungen und eine Magierin höchsten Ranges in einem weiß schimmernden Kleid warteten vor dem grauen Tunnel des Schattenreiches.

Schweißperlen bildeten sich auf Bienlis Stirn, und sein Herz verdreifachte seinen Schlag. Die Ritter und die Magierin hatten hier gewartet und sie abgepasst!

Bienli strich seine schweißnassen Hände an Arelies weißem Fell trocken und bemühte sich, ruhig zu bleiben. Seine Mission war schneller zu Ende, als er erwartet hatte. Wie hatten sie ihn nur so schnell durchschaut?

Nevliin

Er ließ seinen Blick durch den dunklen Wald gleiten und atmete tief die klare Luft. Nach dem trüben Dunst der Menschenwelt war sie wie Balsam für seine Lungen. Die mächtigen Bäume waren von einem Schleier aus Nebel umgeben, und nicht ein einziger Sonnenstrahl brach durch den wolkenverhangenen Himmel. Es bestand kein Zweifel: Sie waren im Schattenreich angekommen. Sie waren auf direktem Weg durch das Weltentor zum Sitz des neuen Königs nach Lurness gekommen – er selbst und seine Ritter Eirwen, Cerelmin, Eremir und Herasane sowie die Magierin Meara und Bienli, der Kobold auf der Einhornstute. So dicht an der gewaltigen Festung hatte Nevliin diese Welt noch nie betreten. Sonst wählte er das Tor von Tantollon, das zwar mehrere Tage von Lurness entfernt lag, jedoch nicht annähernd so gut bewacht war.

Nevliin kannte die Gefahr, die über ihnen in den Baumwipfeln lauerte, und ließ sich nicht von der trügerischen Sicherheit des Waldes täuschen. Er war sich sicher, dass genau in diesem Augenblick die Pfeile Dutzender Bogenschützen auf sie gerichtet waren, denn die Baumjäger der Dunkelelfen bewegten sich beinahe lautlos zwischen den Bäumen und flogen pfeilschnell über die dünnsten Äste.

Nevliin blickte konzentriert nach oben, konnte im dichten

Nebel jedoch nichts erkennen. Der Waffenstillstand zwischen den beiden Reichen würde Alkariels Gesandtschaft den Weg zur Burg sichern, doch Nevliins Hand umschloss dennoch das Heft des Schwertes, und das Gefühl, beobachtet zu werden, beunruhigte ihn. Mit Sicherheit war bereits einer der Späher zur Burg gesandt worden, um dem neuen König Eamon von ihrer Ankunft zu berichten.

Meara lenkte ihr Pferd an seine Seite. »Sind wir sicher?«, wisperte sie.

»Im Moment.« Nevliin versuchte freundlich zu klingen, doch die Angespanntheit ließ den Tonfall patziger ausfallen, als er beabsichtigt hatte.

»Was soll das denn bedeuten?«, blaffte Meara zurück, ohne sich die Mühe zu machen, ihren Unmut zu verbergen.

Nevliin zuckte nur mit den Schultern und drückte die Fersen in den Bauch des Pferdes, um an die Spitze der kleinen Gruppe zu gelangen. Schon sah er graues Licht durch die Dunkelheit des Waldes tasten, der eine Haaresbreite vor dem Abgrund endete. Die letzten Bäume reihten sich in einer geraden Linie am Rande des schwarzen Schlunds, der die imposante Festung vor Feinden schützte. Der Zugang zur Burg war, das wusste Nevliin, nur über die Zugbrücke möglich.

Die Festung stand in trübem Zwielicht, umschlungen von leichten, durchsichtigen Nebelschwaden, und es war Nevliin unbegreiflich, wie jemand freiwillig an solch düsterem Ort leben konnte. Argwöhnisch blickte er zu den Tortürmen und zur äußersten Wehrmauer. Als Verbündeter und Gast sollte ihn die Besatzung nicht kümmern, doch es war einerseits eine Angewohnheit, und andererseits würde er den Dunkelelfen niemals vertrauen. Er musste wissen, mit wie vielen Gegnern er es im Ernstfall zu tun hatte – auch wenn er vermutlich keinen einzigen von ihnen je im Kampf zu Gesicht bekommen würde. Doch die Burg schien verlassen und die Türme nicht besetzt. Es war genauso wie am Weltentor im Wald – nicht die geringste Bewegung war zu erkennen, und trotzdem wusste er, dass sie da waren.

Langsam schritt die Gesandtschaft über die hölzerne Zugbrücke, und die leisen Hufschläge hallten in der Stille laut wie Donner. Lurness glich mehr einer Geisterstadt denn dem Sitz eines Elfenkönigs. Nicht die kleinste Brise wehte, die Banner der Dunkelelfen hingen schlaff von den Masten, und kein Vogel sang sein Lied. Sicherlich, diese Stille war in Anbetracht des Todes von König Leoran wohl angebracht – doch dessen Tod lag bereits drei Monate zurück. Denn so lange hatte es gedauert, bis Alkariels Boten Nevliin gefunden und ihm die neuen Instruktionen der Königin überbracht hatten. Lurness hätte mittlerweile längst wieder zum Alltag zurückgekehrt sein müssen.

Die Brücke schien kein Ende zu nehmen, und immer öfter sah Nevliin in den Nebeln Schatten, die sich blitzschnell an der untersten Wehrmauer bewegten. Er staunte darüber, wie fremd Lurness ihm geworden war – und wie er sich an diesem trostlosen Ort jemals hatte zu Hause fühlen können.

»Bei Finolas prächtigem Hinterteil! Habt ihr gesehen, über was für einen verfluchten Abgrund wir hier gehen?«

Nevliin riss automatisch sein Schwert aus der Scheide, fuhr zu der lauten Stimme herum, und selbst als er erkannte, dass es Bienli war, der ihn aus seiner Anspannung gerissen hatte, fiel es ihm schwer, die Bewegung nicht zu Ende zu führen und die Klinge hinabfahren zu lassen.

Bienli stand am Rande der Brücke, blickte mit weit aufgerissenen Augen in die bodenlose Tiefe und wandte sich dann langsam wieder den Elfen zu. Nevliin unterdrückte ein Seufzen. In den Zügen des Koboldes erkannte er deutlich, dass die Angespanntheit seiner Begleiter ihn vor allem belustigte. Und wie erwartet, hallte kurz darauf Bienlis Lachen durch Lurnessens Nebel und wirkte an diesem Ort so deplatziert wie ein Schaf in einer Gestechrüstung. Nevliin ließ die Waffe zurück in die Scheide gleiten. »Ich bin Euch gerne dabei behilflich, den verfluchten Abgrund genauer kennenzulernen«, knurrte er, doch Bienli zuckte nur mit den Schultern und kletterte zurück auf Arelies Rücken. Fast hatte Nevliin sich schon abgewandt, als ihm der seltsam erschrockene Ausdruck in Bienlis Gesicht auffiel, der, da war der Elf sich sicher, nichts mit dem Schrecken der Schlucht zu tun hatte. Der Kobold bemühte sich offensichtlich gewissenhaft, dem prüfenden Blick des Befehlshabers auszuweichen.

Forschend sah Nevliin dem Wicht in die kugelrunden Augen: »Eure Frau lebt doch in Lurness. Ist Euch die Drachenschlucht da nicht vertraut?«

Bienli zwirbelte den roten Bart um seinen Finger und warf einen flüchtigen Blick über den Rand der Brücke. »Ist mir vorher noch nie aufgefallen ... Ziemlich tief, bei Licht betrachtet«, brummte er schließlich und setzte sich dann wieder in Bewegung. Doch Nevliin durchbohrte ihn weiterhin mit seinen Augen, und der Kobold rutschte unruhig auf Arelies Rücken hin und her. »Was seht Ihr mich so an?«, rief er nach nur wenigen Augenblicken. »Ich weiß ja nicht, wie das bei Euch Elfen ist, aber wir Kobolde kleben nicht jede Sekunde an unseren Frauen. Ich war seit mehr als hundert Jahren nicht mehr hier.«

»Wenn Ihr das sagt.« Nevliin ließ seinen Blick noch einige Herzschläge lang auf ihm ruhen, ehe er den Hengst wendete und sich wieder auf den Weg konzentrierte. Mit dem Kobold stimmte etwas nicht, da war er sich sicher, schließlich stammte die Information über das Mädchen in Marluke doch von Bienlis Frau, doch das musste warten.

Bedauernd sah er zu Meara und den beiden Elfenrittern. Wären diese nur einen Tag früher gekommen! Dann hätte er das Abkommen mit dem nervtötenden Kobold nicht getroffen und wäre auch jetzt von dessen Gegenwart verschont. Aber dann schüttelte er den Kopf. Es war nicht mehr zu ändern.

Sie erreichten das Ende der Zugbrücke, und der Drachenfelsen ragte nun unmittelbar vor ihm in den Himmel auf, wobei die Bezeichnung »Fels« der Größe und Stärke nicht gerecht wurde. Vielmehr handelte es sich um einen Berg, auf dessen Gipfel bereits Schnee liegen konnte. Unzählige Wehrmauern zogen sich bis an die Spitze des Felsens, die Burg selbst aber – weniger eine Burg als vielmehr der ausgehöhlte Drachenfelsen selbst – war erst von der zweiten Ebene aus zugänglich. Er wusste, dass man von den obersten Mauerringen über die gigantischen Baumriesen des Dunkelwaldes hinwegblicken und an weniger nebligen Tagen das dahinterliegende Tal erkennen konnte, die Ebene von Edora. Und als wäre der unüberwindbare Abgrund nicht genug, um Eindringlinge aufzuhalten, hatte Andron die Festung nach dem Mord an Daralee errichten lassen und dabei nie vergessen, dass Alkariels Rache schrecklich sein würde. Tatsächlich hatte Lurness seinen Zweck in vielen Schlachten erfüllt. Die Festung konnte nicht eingenommen werden, zumindest nicht mit einem Heer von Tausenden. Das wusste Nevliin aus eigener Erfahrung. Ein einzelner Elf jedoch konnte sich unbemerkt hineinstehlen. Ein Elf, der die Festung kannte, der dort aufgewachsen war, um beispielsweise Daralees Tochter Eliria aus der Gefangenschaft zu befreien.

Nevliin schloss bei dem Gedanken an diese unheilvolle Nacht kurz die Augen, obwohl sich die Bilder dadurch natürlich nicht vertreiben ließen. Tief atmete er durch, und als er die Lider wieder hob, erkannte er am Ende der Brücke die Silhouette eines Elfen durch die leichten Nebelschwaden. Offenbar wartete der Fremde auf sie. Nevliins Hand fuhr automatisch zum Schwert, doch dann hielt er inne. Die Dunkelelfen durften nicht an ihren friedlichen Absichten zweifeln.

Beim Näherkommen erkannte er in dem fremden Ritter eine Elfe in der schwarzen Rüstung der Schattenritter, an deren Brustharnisch das Wappen der Dunkelelfen prangte: eine goldene Krone, die durch ein Schwert einem Blitz gleich entzweit wurde. Die Dunkelelfe trug Pfeil und Bogen sowie zwei Kampfmesser und stellte sich der Gesandtschaft in den Weg: »Willkommen in Lurness. Euer Erscheinen wurde uns bereits angekündigt. Folgt mir.«

Nevliin nickte, stieg ab und folgte der Elfe, und seine Begleiter taten es ihm gleich. Die Elfe führte sie über den verlassenen Burghof eine leicht ansteigende Gasse hinauf durch ein weiteres, kleineres Tor, bis sie schließlich die zweite Ebene erreichten. Als Nevliin bemerkte, dass Cerelmin sich ununterbrochen mit den Fingern durch die blonden Locken strich, stieß er ihn leicht mit der Schulter an, und sein Begleiter wandte sich ihm zu: »Jetzt weiß ich wieder, wieso ich mich so sehr auf das Schattenreich gefreut habe«, flüsterte er.

Nevliin verkniff sich ein tiefes Seufzen. »Wie wir alle wolltest auch du der Menschenwelt entkommen«, erwiderte er stattdessen ernst, ohne den Blick auch nur eine Sekunde von der Dunkelelfe zu nehmen.

Doch Cerelmin gab sich mit dieser Antwort nicht zufrieden. »Behaupte nicht, dass dich der Anblick einer schönen Elfe nach all den Jahren in der Menschenwelt nicht erfreut«, grinste er.

»Nein«, antwortete Nevliin knapp, als die Dunkelelfe einige Schritte vor ihnen abrupt vor einem zweiflügeligen Tor stehenblieb und sich mit süffisantem Lächeln umdrehte. »Wir sind da«, sagte sie und musterte Nevliin mit unverhohlener Neugier.

Meara nickte ihr zu: »Ich danke Euch für Eure Freundlichkeit«, sagte sie, und die Fremde verbeugte sich knapp.

In diesem Moment öffnete sich das Tor hinter ihr, und ein Elf, offensichtlich der Stallmeister, kam heraus, um die Pferde entgegenzunehmen. Im nächsten Moment drängte sich Bienli durch die umstehenden Elfen und trat Nevliin mit aller Kraft gegen das Schienbein. »Weg da, weißer Riese«, kreischte er, »oder habt Ihr vor, hier Wurzeln zu schlagen?«

Nevliin sah fassungslos zu dem Kobold hinab, der sich eilig an ihm vorbeischob und gemeinsam mit Arelie in der dunklen Stallgasse verschwand. Eirwen und Herasane kicherten leise, doch ein Blick genügte, um sie zum Schweigen zu bringen. »Ihr findet mich in den Hofgärten«, drang Bienlis Stimme aus der Dunkelheit. »Wenn nicht, fragt einfach nach Finola.«

Nevliin atmete erleichtert aus. Eine Plage weniger. Zumindest vorübergehend.

»Darf ich Euch nun zum Thronsaal führen?«, fragte die Dunkelelfe, an Meara gewandt, die sich aber lediglich schweigend zu Nevliin umwandte und ihn fragend ansah.

»Ihr bleibt in der Nähe«, befahl Nevliin den Rittern. »Ich werde die Herrin Thesalis zum König begleiten.«

Die Dunkelelfe runzelte skeptisch die Stirn, als sie zusah, wie die vier Ritter zum Hof hinausgingen, wandte sich dann jedoch wieder Meara zu. »Bitte folgt mir.«

Ihr Weg führte sie über den Burghof durch ein mindestens sechs Schritt hohes Tor in das Innere des Felsens, die Burg von Lurness, und Nevliin fiel auf, dass sich in der langgezogenen Halle seit seinem letzten Aufenthalt hier nichts verändert hatte. Gemälde und Wandteppiche von Dunkelelfen im Kampf schmückten die dunkelgrauen Steinwände; zur rechten und zur linken Seite führte jeweils eine in den Stein geschlagene Treppe mit goldenem Geländer in die oberen Stockwerke. Die Eingangshalle wurde in jedem Stockwerk von einer Galerie umrundet, von der aus man in die Tiefe blicken konnte. Ein vertrauter Anblick – und doch fühlte Nevliin sich fremd hier. Der Gedanke, vor Eamon Frieden und Freundschaft heucheln zu müssen, war nicht besonders einladend.

Mit einem lauten Knall flog die Tür zu den Audienzräumen auf und holte Nevliin in die Realität zurück. Langsam schritt er in den Saal, in dem Hunderte Dunkelelfen Spalier standen und den Gesandten entgegensahen. Der gesamte Hofstaat schien hier versammelt zu sein. Niemand sprach, einzig der Takt ihrer langsamen Schritte störte die Stille. Nevliin vermied es, nach vorn zum Thron zu sehen, und ließ seinen Blick stattdessen über die anwesenden Dunkelelfen gleiten. Mit Erstaunen bemerkte er, dass diese ihnen ausnahmslos freundlich gesinnt zu sein schienen. Tatsächlich spürte Nevliin nicht den geringsten Hauch von Misstrauen oder Feindseligkeit.

Als sie die Reihen der Elfen beinahe hinter sich gelassen hatten, hob Nevliin widerwillig den Blick und machte sich bereit, seinem größten Feind gegenüberzutreten. Doch zu seiner Überraschung erwartete ihn auf dem Thron nicht Eamon, sondern eine Frau. Verwirrt blickte Nevliin sich um, konnte Eamon jedoch nirgends entdecken. Meara hingegen wirkte nicht im Geringsten überrascht, verbeugte sich und lächelte freundlich, woraufhin sich die fremde Frau vom Thron erhob.

Mit ausgebreiteten Armen trat sie die wenigen Stufen herab. »Willkommen in Lurness«, sagte sie, legte ihre Hände auf Mearas Schultern, die mehr als eine Haupteslänge kleiner war, und küsste sie auf beide Wangen. Die weiten Ärmel des schwarzen, mit Silberfäden durchwobenen Kleides reichten bis zur ihrer Hüfte hinab und gemahnten an Flügel. Über diesem seidigen Stoff schimmerte das pechschwarze Haar, das ebenfalls bis unter die Taille reichte und genauso wie das Kleid mit hauchdünnen Silbersträhnen durchzogen war. Eine silberne Kette, die über die Stirn der Fremden verlief, hielt das Haar zurück und verlieh ihr etwas Majestätisches.

»Ich freue mich so sehr über Euren Besuch.« Die Frau wandte sich nun Nevliin, zu und aus dem höflichen Lächeln wurde echtes Strahlen. »Fürst Nevliin von Valdoreen!« Sie reichte ihm ihre Hand, und Nevliin ging, wie es sich gehörte, auf ein Knie und deutete einen Handkuss an, wobei er seine Verwirrung, so gut es ging, im Zaum hielt. Die Dunkelelfe sah ihn aus hellgrauen Augen an, die beinahe so silbern strahlten wie die Strähnen ihres schwarzen Haares: »Erhebt Euch, Fürst. Ich hätte nicht gedacht, dass Euch Euer Weg nach Lurness zurückführt.«

Nevliin richtete sich auf. Diese Frau erinnerte ihn an jemanden, und doch wusste er nicht, wer es war. »Als Fürst von Valdoreen«, begann er seine höflichen Floskeln, »und als Gesandter der Königin möchte ich mein Bedauern über den Tod König Leorans ausdrücken.«

Die Fremde nickte, dann lachte sie. »Als Fürst und Gesandter? Ich dachte, Ihr wäret als Freund hier. Mein Vater hat Euch wie einen Sohn geliebt.«

»Euer Vater?« Er hatte die Worte kaum ausgesprochen, da traf ihn die Erkenntnis wie ein Schlag ins Gesicht. Das Bild des kleinen, schüchternen Mädchens, das sich immer hinter Eamon versteckt hatte, stieg aus seiner Erinnerung auf. Das kleine Mädchen mit den silbernen Strähnen im Haar – Liadan!

»Ja, mein Vater, der König, Leoran. Ihr erkennt mich nicht wieder?«

»Verzeiht.« Nevliin fiel es schwer, sie nicht anzustarren, so verblüfft war er, welch eine Frau aus Eamons kleiner Schwester geworden war. »Natürlich erkenne ich Euch, Prinzessin Liadan.«

»Keine Sorge.« Liadan lächelte, und da sah er plötzlich wieder das sorglose Kind von damals. Ohne ihr Lächeln jedoch war sie eine Königin, anmutig und mit einer Schönheit, die zu blenden vermochte. Ihre Augen bohrten sich wie Dolche direkt in die Seele. Gefährliche Augen, dachte er. Das unterschied sie von ihrem Bruder. Alles an ihr strahlte die Abstammung von einer königlichen Familie aus, auch wenn diese Königswürde gestohlen war.

»Ich war noch ein Kind«, fuhr sie fort, wobei ihr Ausdruck wieder ernst wurde, »als Ihr uns verlassen habt. Es ist lange her.«

Nevliin nickte. Es war in der Tat lange her. Hunderte von Jahren, Dutzende von Schlachten, eine Unendlichkeit an Hass und Zorn.

Die Prinzessin wandte sich ab und nahm erneut auf dem Thron Platz. »Meara Thesalis aus dem Sonnental. Es ist uns eine Ehre, dass Ihr persönlich gekommen seid, um dem König Euer Beileid auszudrücken, doch leider hält er sich im Moment nicht in Lurness auf.«

Nevliin merkte auf. Eamon war nicht in Lurness? Wo sonst sollte er sein, jetzt, da er König war? Was konnte so wichtig sein, dass er seine kleine Schwester an seiner statt regieren ließ? Etwa Elirias Tochter?

Vanora

Vanora riss die Augen auf und starrte in die Schwärze der dunklen Kammer. Ihr Herz raste, die Brust hob und senkte sich so stark, dass es bereits schmerzhaft war. Das leichte Kribbeln in ihren Händen, das sie aus dem Schlaf gerissen hatte, entwickelte sich zu einem unkontrollierbaren Zittern und breitete sich schnell im gesamten Körper aus. Krampfhaft krallte sie ihre Finger in die Decke, als sich alles um sie herum plötzlich in grelles, gelbrotes Licht färbte. Ein Bild, als würde sie direkt in eine Flamme sehen. Ihr Körper bog sich zurück und erschlaffte. Ihr Atem wurde flach, das rasende Herz verlangsamte seine Schläge. Hinter der lodernden Feuerwand in ihren Augen nahmen die Konturen der Steilklippen Gestalt an. Sie hörte das Donnern der Wellen, roch die salzige Meeresluft. Ein weißer Blitz fuhr vom Himmel und ließ eine kleine Bucht am Fuße des Felsens aufleuchten. Für einen Moment blendete sie weißes Licht, dann kehrte die Dunkelheit zurück.

Vanora rang nach Atem und presste ihre Hand an die Stirn, die wie im Fieber brannte. Sie zitterte noch immer, und es kostete sie größte Anstrengung, sich aufzurichten. Mit wackeligen Beinen erhob sie sich aus dem Strohlager und ging zu dem kleinen Fenster. Ihre Hand fühlte sich taub an, als sie den schweren Stoff beiseiteschob und gierig die frische Luft einatmete. Die Anfälle traten seit Eamons Verschwinden vor sechs Monaten wieder häufiger auf, doch Vanora hatte sie mittlerweile so weit unter Kontrolle, dass sie dabei nicht mehr zusammenbrach – zumindest nur noch selten. Sehr zur Freude ihres Vaters. Die Kontrolle über ihre »Anfälle«, wie sie selbst sie insgeheim nannte, verdankte sie vor allem den Übungen, die Glendorfil ihr früher gezeigt hatte. Hauptsächlich Atemübungen und Meditation, um ihr inneres Gleichgewicht zu finden und die Magie in Harmonie mit ihrem Körper zu verbinden, ohne gegen sie zu kämpfen. Allerdings war das Bild während dieser schwer kontrollierbaren Momente jedes Mal dasselbe: die Steilklippen, die kleine Bucht. Etwas Magisches ging dort vor sich, und mit Sicherheit gingen die Leute aus dem Dorf genau aus diesem Grund nicht dorthin.

Nachdenklich starrte Vanora in das graue Zwielicht der Morgendämmerung. Sie könnte sich fortschleichen, zur Steilklippe gehen und nachsehen. Sie hatte es schon einmal getan, vor vielen Jahren. Auch damals war die Sonne noch nicht ganz aufgegangen gewesen, und ebenso wie heute hatte die Magie sie geweckt. Sie konnte sich noch an den Mann erinnern, den Elfen, den Glendorfil ihrer Fantasie oder einem Traum zugeschrieben hatte. Denn Elfen kamen nicht hierher, hatte ihr Lehrer immer wieder betont, die vielen Erzählungen über dieses Volk in ihrem Unterricht und das Erlernen ihrer Sprache hätten ihrem Unterbewusstsein einen Streich gespielt. Aber es war kein Traum gewesen. Sie war erst elf Jahre alt gewesen, und ja, Glendorfils Worte hatten sie damals verunsichert, aber dieses Mal war alles genauso, und sie träumte nicht.

Vanora drehte sich abrupt um. Es war genug. Sie musste es endlich wissen.

Ohne sich die Mühe zu machen, Schuhe anzuziehen,

schlich sie die Treppe hinab und durch die knarrende Tür hinaus in die Dämmerung. Der wolkenlose Himmel färbte sich hinter den Hügeln bereits rosa. Einer der letzten sonnigen Tage stand bevor, doch noch wurde die Welt durch grauen Nebel verschleiert.

Vanoras Füße schmerzten, als sie durch das nasse Gras lief, und die Kälte kroch ihr hinauf bis in die Knie. Immer wieder sah sie das Bild vor sich, das sie damals an der Klippe erwartet hatte: den schwarz gekleideten Elfen auf seinem Rappen. Sie konnte sich nicht mehr an sein Gesicht erinnern, wusste aber, dass er Wirklichkeit gewesen war. Jetzt, da sie den herbstlich bunten Wald hinter sich ließ und die letzten nebelverhangenen Hügel zu den Klippen hinauflief, wurde das Gefühl, all dies schon einmal erlebt zu haben, immer stärker. Am Kamm angekommen, hielt sie inne und bestaunte die ersten goldenen Strahlen, die den grauen Dunst durchbrachen. Es war ein wundervoller Anblick – genauso wie damals.

Ein leises Geräusch, kaum mehr als das Wispern des Windes, das durch das hohe Gras fuhr, erregte ihre Aufmerksamkeit. Vanora kniff die Augen zusammen, spähte angestrengt zu den Klippen hinüber, erkannte jedoch nichts. Langsam ging sie näher, durchschritt die letzten Fetzen schwindenden Morgennebels – und erstarrte: Da stand er, am Rande der Klippen. Ein Mann in schwarzem Umhang auf einem prachtvollen Pferd, der in ihre Richtung blickte. Selbst durch das Zwielicht der Dämmerung und der Entfernung erkannte sie, dass der Rappe ungewöhnlich groß war: die Mähne lang und dicht, das schwarze Fell glänzend, der Körperbau muskulös.

Der Körper wurde ihr schwer, und die Beine wurden immer schwächer. War es der Elf aus ihrem Traum? Glendorfil auf seinem Hengst Glitnir? Oder war der Mann dort drüben

Eamon? Sie wusste es nicht, und da erst verstand sie, was sie zuvor nur geahnt hatte: Sie alle hatten etwas miteinander gemein. Ihre Ahnung schien sich an diesem Morgen zu bestätigen, und Vanora wusste nicht, ob sie bereit dafür war. Sie war glücklich gewesen, erkannte sie, und sie hatte stets das Gefühl gehabt, mit der Wahrheit ebendieses Glück zu verlieren.

Vanora atmete tief ein. Sie konnte nicht mehr davonlaufen. Wer auch immer dort auf sie wartete, würde ihr Leben verändern – und dieses Wissen ließ ihr Herz bis zum Hals schlagen.

Mit weichen Knien bahnte sie sich ihren Weg durch das Gras und ging auf den Fremden zu, der anmutig aus dem Sattel glitt. Sein Gesicht war im Schatten der Kapuze verborgen. »Wer seid Ihr?«, flüsterte sie.

Der Fremde hob die Hände, zog langsam die schwarze Kapuze zurück und sah sie aus eisblauen Augen an.

Vanora wich zurück, schüttelte den Kopf und kämpfte gegen die Tränen an. »Nein«, flüsterte sie, »nein.« Ihn so zu sehen schmerzte. Das war nicht ihr Eamon, ihr Freund, ihr Vertrauter. Mit einem Mal war er ihr ein Fremder geworden. Er war ein Lügner. Er war ein Elf. Ein Wesen, das in Glendorfils Geschichten und den Schauermärchen der Dorfbewohner lebte. Ein Wesen, das ihr Vater abgrundtief hasste. Lügner und Betrüger, hörte sie Briacs Stimme wie aus weiter Ferne, außen schön, innen hässlich, voller Heimtücke. Eamons vertraute blaue Augen erschienen ihr jetzt, da sie die Wahrheit kannte, nicht mehr gütig und warm. Die Elfenohren, deren Spitzen aus dem wuscheligen, schwarzen Haar hervortraten, ließen ihr auch seine Augen kalt und gefühllos erscheinen – wie Abgründe eines Gletschers. Sie schüttelte den Kopf. Wie hatte sie so blind sein können? Seine weiße, marmorne Haut.

Sein Gang. Sein Wuchs. Hatte sie es nicht immer gewusst? Wieso tat es dann so weh? Wieso hatte sie das Gefühl, dass ihr Freund gestorben war?

»Vanora.« Er streckte die Hand nach ihr aus, doch sie wich noch weiter zurück. »Nein«, krächzte sie und warf all ihre Selbstbeherrschung in die Waagschale, um nicht die Augen zu schließen, die Hände an die Ohren zu pressen und weit, weit fortzulaufen. Wozu all diese Lügen? Wo war Eamon, ihr bester Freund? Er war vor Monaten verschwunden und hatte sie einfach alleingelassen. Ohne Erklärung, ohne Abschied. Sie hatte auf ihn gewartet, und als er nicht gekommen war, hatte sie gedacht, es liege an ihrer Magie, deren Zeuge er geworden war. Doch er war ein Elf. Er kannte die Magie. Er hatte gelogen. »Ich kann dir alles erklären«, sagte er leise.

Es war Eamons Stimme, doch sie löste nicht wie früher dieses warme Gefühl in ihrem Inneren aus, diesmal ließ sie sie frösteln, jagte einen eiskalten Schauer ihren Rücken hinab.

»Nein.« Sie starrte ihn durch einen Schleier von Tränen an, konnte kaum noch atmen.

»Du bist hierhergekommen«, stellte Eamon leise fest, »weil du das Weltentor spürst.«

»Das Weltentor?«, echote sie. Sie fühlte sich unsagbar elend.

»Es befindet sich hier in der Bucht. Durch dieses Tor …«

Aber Vanora schüttelte den Kopf. »Ich will das nicht hören«, fauchte sie und wandte sich ab. Sie musste ihre Gedanken ordnen, und das konnte sie nicht, während sie ihn ansah, während sie ihn als Elfen sah, mit den spitzen Ohren, die einfach nicht zu ihm passen wollten. Mit geschlossenen Augen konzentrierte sie sich darauf, ruhig zu atmen und die Tränen zum Versiegen zu bringen, doch Enttäuschung, Wut und das

Gefühl des Verlusts blieben. Ihre Knie zitterten und schließlich gab sie nach und ließ sich ins Gras sinken. »Du bist weggegangen«, brachte sie schließlich hervor, und dies schmerzte schlimmer als alles andere. »Du hast mich hier alleingelassen.«

»Ich hatte keine andere Wahl.«

Vanora fuhr herum. Eamon kniete direkt neben ihr. Sie hatte ihn nicht bemerkt. »Wieso?«, schluchzte sie, und alles, was sie wollte, war, in seine Arme zu fallen und sich trösten zu lassen, doch sie konnte es nicht. Er war ihr fremd geworden.

Eamon atmete schwer ein. »Weil ich König bin«, sagte er schließlich ernst. »Ich bin der König der Dunkelelfen, Vanora.«

Sie starrte ihn an. Sie wusste nicht, was sie sagen sollte, noch nicht einmal, was sie denken sollte. All die Geschichten, die Glendorfil ihr erzählt hatte, schwirrten durch ihren Kopf, und plötzlich fügten sich alle Teile zu einem Bild.

»Wenn du der König bist«, sagte sie mit zitternder Stimme, »wer ist dann Glendorfil?«

Eamon ließ sich zurücksinken und setzte sich neben sie in das Gras. Seine Reaktion bewies, dass sie nicht falsch gelegen hatte. Glendorfil war ebenfalls ein Elf, und auch er hatte sie belogen.

»In erster Linie«, erklärte Eamon, »ist Glendorfil ein Freund. Aber er ist auch der Befehlshaber der Schattenritter. Er kam hierher, um dich zu beschützen.«

Vanora nickte langsam, eine unwillkürliche Handlung, denn ihre Gedanken kreisten nur um einen Namen, den Inhalt aller Geschichten, Andeutungen und Legenden. Zitternd sah sie auf, blickte Eamon in die blauen Augen und atmete tief ein.

»Meine Mutter war eine Elfe.«

»Ja.«

»Ich bin eine Elfe.«

»Ja.«

Sie sah auf ihre Hände hinab. Die Magie war immer ein Teil von ihr gewesen, ein Erbe ihrer Mutter Eliria und keineswegs das Überbleibsel eines entfernten Vorfahren mit Elfenblut in sich, wie Glendorfil ihr weisgemacht hatte. Sie hatte ihm alles geglaubt, denn ihr Lehrmeister war in ihren Augen niemals ein Lügner gewesen. Sie hätte nicht gedacht, dass er ihr in die Augen sehen und solche Geschichten erfinden könnte. Genauso wenig wie Eamon. Und doch hatten sie beide ihr Vertrauen erschlichen, nur um es dann mit Füßen zu treten. Wie dumm war sie doch gewesen, es nicht zu sehen! Sie hatte es nicht sehen wollen! Alle hatten das Spiel mitgespielt, hatten sie angelogen und ihre wahre Herkunft verheimlicht. Vanora sah auf. »Mein Vater weiß es. Er wusste von Anfang an, wer du warst, er wusste, wer Glendorfil war.«

»Ja.«

»Wieso hat er das getan? Wieso …?«

»Vanora.« Eamon berührte ihre Hand, doch Vanora zog sie sofort zurück. Zorn schob sich über die Verzweiflung und sandte knisternd die Magie durch ihren Körper: »Was hat das alles zu bedeuten? Wieso kam Glendorfil zu mir, um mich dann alleinzulassen? Und dann du? Was ist das für ein Spiel? Was bin ich für euch?«

»Du bist der Schlüssel.«

Vanora reckte in einer unbedachten Geste das Kinn vor. »Der Schlüssel? Wovon?«

»Der Freiheit meines Volkes.« Er sah ihr tief in die Augen. »Du kennst die Geschichte der Elfenköniginnen. Du weißt von Alkariel und ihrer Schwester Daralee.«

»Ja.« Sie konnte kaum noch denken. »Ich weiß davon, aber wieso …«

»Daralee war deine Großmutter, Vanora.«

»Meine …?«

»Ihr Blut fließt in dir, und deswegen ist dein Leben in Gefahr.«

»Ich verstehe dich nicht.« Die Tränen kehrten zurück, doch es war mehr Zorn als Traurigkeit.

»Vanora.« Eamon nahm ihre Hand, und als sie ihm diese wieder entziehen wollte, drückte er sie so fest, dass sie sich nicht mehr wehrte. »Daralee verliebte sich in ihren Leibwächter Andron«, begann er zu erklären, »und lief mit ihm fort. Sie wandte sich von Alkariel ab und teilte Elvion, das Land der Elfen, durch einen Zauber.« Er sprach schnell und aufgewühlt, und Vanora fiel es schwer, ihm zu folgen, obwohl sie die Geschichte kannte. Doch jetzt war es nicht nur ein Märchen. Es war ihre eigene Geschichte.

»Andron war machtgierig und benutzte die Königin«, fuhr er fort. »Er brachte sie zu diesem Zauber, um selbst König zu werden. Er redete Daralee ein, dass sie gemeinsam über ihr eigenes Reich herrschen könnten, ohne den Schatten ihrer Schwester, die sie stets an sie gebunden hatte. Andron tötete sie nach dem Zauber, doch Daralee hatte ihre Tochter Eliria bereits fortgeschickt. Niemand weiß die genauen Umstände, doch sie brachte Eliria wohl im Westen des Landes unter, schließlich blieb sie eine Lichtelfe, und als Andron sich zum König der Dunkelelfen erklärte, war seine Tochter im Lichtreich für ihn unerreichbar. Kaum jemand außer Andron wusste damals von ihrer Existenz, und Andron hütete das Geheimnis, damit sie in Vergessenheit geriet und auch niemand seine Tochter gegen ihn benutzen konnte. Die Kriege zwischen ihm und Alkariel zogen sich so lange hin, Vanora. Du kannst es dir nicht vorstellen. Elfen, die Elfen töteten, Freunde und Brüder, die durch Magie plötzlich nicht mehr demselben Volk angehörten, und Liebe, die sich in so langer Zeit des Kämpfens zu Hass entwickelte. Ich selbst …« Er räusperte sich. »Nun, seitdem versucht Alkariel, das Schattenreich zurückzugewinnen.«

»Aber es herrscht doch Friede. Glendorfil hat es mir erzählt. Er hat gesagt, dass die Drachenelfen Alkariel angegriffen haben und sie Andron im Gegenzug für seine Hilfe als König akzeptieren wollte.«

Eamon schnaubte verächtlich. »Alkariel wird das Schattenreich niemals aufgeben, und du bist die Einzige, die das alte Elvion wiederherstellen kann.« Er drückte ihre Hand. »Deine Mutter nahm sich das Leben, um das Geheimnis deiner Existenz zu bewahren. Mein Vater schwor ihr, dich zu beschützen. Und deswegen bin ich zu dir gekommen.«

»Eamon, das ist zu viel. Ich kann nicht …« Sie presste die Hände an ihre Schläfen, ihr Kopf dröhnte, und die Magie um sie herum wurde ihr immer deutlicher, greifbarer, drang immer weiter in sie ein – als wolle sie versuchen, in ihren Körper ein- und dann aus ihm herauszubrechen.

»Ich weiß.« Eamon strich ihr sacht durch das Haar, legte ihr dann die Hand unter das Kinn und hob ihren Kopf. Sie wollte ihn nicht ansehen, aber dann tat sie es doch, und mit einem Mal erkannte sie ihn wieder: Ihren Eamon. Ihren Freund.

»Ich werde dir jede Frage beantworten«, sagte er sanft, »und ich werde dich immer beschützen.«

Vanora nickte, und dann hörte sie ihm zu, während er alles über Alkariel, Daralee und ihre Mutter erzählte.

Sie sprachen lange, und jedes Puzzleteil, das an seinen Platz fiel, half Vanora, den Schleier, der bislang über ihrem Leben gelegen hatte, nach und nach beiseitezuschieben. Die Klarheit tat ihr gut, und doch wuchs mit jedem Lichtstrahl auch der Zweifel. Still fragte sie sich, ob sie lediglich eine Spielfigur in den Machenschaften zweier rivalisierender Herrscher war. Eamon war diesbezüglich schließlich sehr offen gewesen: Alkariel wollte Vanora, um mit ihrem Blut die Barriere zu zerstören und das Schattenreich zurückzugewinnen. Die Dunkelelfen wollten Vanora, um ihre noch wachsenden magischen Kräfte zukünftig nutzen zu können und damit die einzige Waffe gegen Alkariel in der Hand zu halten. Sie wusste jetzt, dass sie von Elfen abstammte, und doch fühlte sie sich in diesem Moment den Menschen aus dem Dorf näher als je zuvor. Wie oft hatte sie sich über die dummen, engstirnigen Bewohner beklagt? Und nun war sie selbst auf solch ein lächerliches Schauspiel hereingefallen. Niemals hätte sie gedacht, dass die Menschen aus dem Dorf recht hatten: Elfen konnten tatsächlich heimtückisch und kaltherzig sein. »Und alles nur, weil sich eine Elfe in den falschen Mann verliebte«, sprach sie ihren Gedanken laut aus.

Eamon schüttelte den Kopf. »Daralee war nicht irgendeine Elfe, Vanora. Sie war die mächtigste Magierin aller Zeiten. Jemand anderem wäre die Trennung Elvions niemals gelungen. Ich habe dir von den Folgen des Zaubers erzählt. Das Schattenreich war nicht immer ein solch düsterer Ort, und wir Elfen aus dem östlichen Reich verfügten ebenfalls über ein großes Ausmaß an Magie. Ich glaube nicht, dass Daralee mit diesen Auswirkungen gerechnet hatte. Und sie wäre auch niemals auf jemanden wie Andron hereingefallen, hätte Alkariel sie nicht in all ihren Freiheiten eingeschränkt.«

»Aber wieso hat Alkariel das getan? Du sagst, sie habe sie in einen goldenen Käfig gesperrt, aber wieso?«

Eamon zuckte mit den Schultern. »Daralee war die einzige Person, die Alkariel jemals nahegestanden hatte, und daher war sie wohl eifersüchtig auf alle, mit denen Daralee Kontakt hielt. Sicher fürchtete sie auch Daralees Macht, und so überprüfte sie jeden Schritt ihrer Schwester. Es heißt, jeder Besucher musste ihr vorher gemeldet werden, und ehe sich Daralee dagegen wehrte, gab sie lieber nach. Sie war immer gutherzig gewesen und ließ sich von Alkariel in den Schatten stellen, aber irgendwann brach sie nun einmal aus und ging mit Andron fort und dann … Du weißt ja selbst.«

»Ja.« Vanora sah zu Eamon auf. Sie verstand, was er meinte. Sie hatte ihn schon immer verstanden, auch ohne viele Worte. Daralee hatte für ihre Gutgläubigkeit, für den Glauben an die Liebe mit dem Leben bezahlt, und auch Vanoras Leben war nun von den Folgen betroffen. Es gab Leute da draußen, Elfen, die ihren Tod wollten. Und dann gab es wiederum andere, die daran glaubten, ihre Macht wäre eines Tages so groß, um ein ganzes Volk vor Alkariel zu beschützen. War es ihre Bestimmung, für die Dunkelelfen zu kämpfen? Oder für sie zu sterben? Die Zeit, die sie mit Eamon verbracht hatte, war nur kurz gewesen, und doch stand Eamon ihr näher als all jene Menschen, mit denen sie ihr ganzes bisheriges Leben verbracht hatte. Von Beginn an war da dieses starke Band des Vertrauens und der Zusammengehörigkeit zwischen ihnen gewesen – und doch war da plötzlich etwas anderes, etwas Neues, das sie nicht einordnen, nicht fassen konnte. Vorsichtig forschte sie in seinen Augen nach einer Antwort, doch was sie dort fand, brachte sie nur noch mehr durcheinander. Ein Elfenkönig. Ihr Freund. Eamon.

»Vanora.« Eamon berührte ihren Arm, und diesmal konnte sie nicht zurückweichen. Sie wusste einfach zu viel – und zugleich gar nichts mehr. Alles lag offen, nichts war klar, niemals zuvor war sie so verwirrt gewesen. Und so ließ sie es einfach geschehen, als Eamon sie zu sich zog, ließ zu, dass er sie an sich drückte, und vergrub ihr Gesicht in sein schwarzes Hemd, während er seine Arme um sie schlang und sie festhielt.

In diesem Moment fiel alles von ihr ab. Als wäre alles nur ein böser Alptraum gewesen, strömte die vertraute Wärme und Geborgenheit durch ihren Körper. Sie konnte sein Herz schlagen hören und sog den vertrauten Duft ein, als würde sie wieder bei ihm im Bett schlafen, sorglos und frei. Es war ihr Eamon, der Mann, den sie jede Sekunde vermisste, die er nicht in ihrer Nähe war, und der ihr Ruhe und Kraft gab wie nichts sonst auf der Welt. Sie weinte und konnte kaum atmen, so fest hielt er sie, doch all das störte sie nicht. Er war endlich wieder bei ihr. Und solange er bei ihr war, gab es nichts, das ihr ein Leid zufügen konnte. Keine Elfenkönigin und keine ominöse, märchenhafte Vergangenheit, keine Bestimmung und auch sonst nichts würden ihr je ein Leid antun, solange er sie in seinen Armen hielt.

Die Sonne berührte beinahe das Meer, als sich Vanora schließlich auf den Weg nach Hause machte. Eamon hatte ihr sein plötzliches Verschwinden erklärt, ihr vom Tod seines Vaters erzählt und von den Pflichten, die ihn nun als König erwarteten. Er konnte nicht mehr bei ihr bleiben, sein Platz war nun im Schattenreich, doch er würde immer wieder zu ihr zurückkehren. Bis zu dem Tag, an dem er sie für immer mit sich nehmen würde. Die Vorstellung ängstigte und freute sie gleichermaßen, und so schob sie den Gedanken, ihren Vater jemals alleine zu lassen, erst einmal weit von sich. Solange Alkariel im Dunkeln tappte, konnte sie hierbleiben – und sie vertraute auf Eamon, Glendorfil und die Schattenritter. Sogar ein kleiner Kobold begab sich für sie in Gefahr, was Vanora anfangs nur schwer hatte glauben können. Niemals zuvor war ihr ein solches Geschöpf begegnet, auch wenn über Kobolde offener als über Elfen gesprochen wurde. Es hieß, Kobolde kämen nicht aufs Land und hielten sich in den Städten auf, da es sich nur dort für sie lohnte, mit Menschen zu verkehren. Ihr oberstes Ziel war wohl, ihr Gold zu mehren, und davon hatten die einfachen Bauern auf dem Land bekanntlich wenig. Einzig wenn ein Wäschestück von der Leine verschwand, die Schweine über Nacht freigelassen oder Bilder in Kirchen verkehrt herum aufgehängt wurden, munkelten die Leute, Kobolde hätten das Dorf besucht. Auch wenn solch ein Kobold manchmal nur auf den Namen Vanora hörte. Die wahren Kobolde jedoch galten als listenreich und verschlagen, und mit solchen Verbündeten, da war Vanora sich sicher, würde es der Königin der Lichtelfen niemals gelingen, sie zu finden. Briac würde eines Tages sterben. Er war ein Mensch. Aber, so beschloss sie, solange er hier war, würde auch sie nirgendwo hingehen. Danach konnten die Elfen mit ihr machen, was sie wollten. In diesem Dorf, in dieser Welt gab es ansonsten nichts, das sie halten konnte.

Es war außergewöhnlich ruhig, als sie den staubigen Hof betrat. Die Tür zur Schmiede war verschlossen, und keines der vertrauten Geräusche drang heraus. Vanora ahnte Böses. Ihr Vater musste entweder sehr besorgt, sehr wütend oder im schlimmsten Fall beides zusammen sein, wenn er nicht bei seiner Arbeit war.

Vanora schlich zur Wohnhütte und trat auf einen Kranz aus Blumen, der vor der Tür abgelegt war. »Nicht schon wieder, Graem«, murmelte sie und kickte den Kranz mit dem Fuß zur Seite. So leise wie möglich öffnete sie die schrecklich knarrende Tür und schlich in die Stube, doch alle Mühen waren umsonst, denn ihr Vater baute sich bereits vor ihr auf.

»Wo zur Hölle bist du gewesen?« Seine Stimme bebte vor Zorn, aber die Erleichterung in seinen Augen sagte ihr alles, was sie wissen musste. Er liebte sie. Er hatte unendliche Angst, sie zu verlieren. Auch er hatte sie belogen, aber sie würde ihm alles verzeihen. So wie er ihr verzeihen würde.

Vanora öffnete den Mund, um eine der tausend einstudierten Ausreden aufzusagen, doch Briac ließ sie nicht zu Wort kommen. Sein Gesicht war bereits purpurrot verfärbt und sein Geschrei erreichte immer höhere Frequenzen. Vanora nickte und lächelte und hörte nicht zu. Sie kannte seine Ausbrüche, und ihre Gedanken wanderten weit fort. In die Vergangenheit, zu ihrer Mutter. Der Frau – nein, verbesserte sie sich, der Elfe –, die ihr Vater einst geliebt und die er stets vor ihr verschwiegen hatte. Für Vanora war sie noch immer eine Fremde. Was ihr geschehen war, tat ihr leid, aber im Grunde war es eine dramatische Geschichte mit einem traurigen Ende, lang vorbei und fast vergessen. Ihr Vater aber war der Mittelpunkt ihrer Welt. Wenn ihm etwas zustoßen würde, wäre ihr Leben nie wieder dasselbe. Und langsam bekam sie eine Ahnung von dem, was ihr Vater einst gespürt haben musste, als ihre Mutter – die Frau, die er liebte – fortgegangen und nie wieder zurückgekehrt war. Ahnte, was ihn zu dem hatte werden lassen, was er heute war. Und fragte sich, wie er einst gewesen sein mochte – jung, verliebt und die Zukunft in alle Richtungen offen. Langsam tauchte sie aus ihren Gedanken auf, sah ihn an und bemerkte, dass er schwieg und sie gleichfalls musterte.

»Hast du mir überhaupt zugehört?«, fragte er.

Nein, dachte sie. Denn du hast mir Lügen erzählt. Und wir brauchen diese Lügen jetzt nicht mehr. Laut sagte sie: »Es ist wieder geschehen. Heute Morgen. Ich wollte dem nachgehen.«

Briac starrte sie mit offenem Mund an. Ihre »Anfälle« waren ihm ein Dorn im Auge. Er sprach niemals darüber und wollte auch nichts davon hören, doch dieses Mal wechselte er das Thema nicht. »Du bist doch nicht etwa zu den Klippen gegangen?«, fragte er mit weit aufgerissenen Augen.

Vanora antwortete nicht und wartete.

»Ich habe dir schon tausendmal gesagt, dass du dort nichts verloren hast!«, donnerte er schließlich weiter. »Dort gibt es nichts für dich! Das Böse herrscht dort! Es ist gefährlich!«

»Das Böse, ja?« Nun spürte auch Vanora, wie der Zorn in ihr aufstieg. Warum konnte er die Lügen nicht beenden? Warum musste sie es tun? »Wie kommst du darauf, dass ich ausgerechnet zu den Klippen gegangen bin?«, fragte sie ruhig.

Doch Briac antwortete ihr nicht, sondern tobte weiter. »Ich verbiete dir, jemals wieder dorthin zu gehen! Schon gar nicht, nachdem du …«, er atmete schwer ein, »nachdem du etwas gespürt hast. Eines Tages gehst du dort hinauf und … kommst nie wieder.«

Er wusste es. Er hatte es immer gewusst. Seine Abneigung gegenüber Glendorfil, Eamon, ihre magischen Kräfte, die Klippen – all das war eine Abneigung gegen die Elfen selbst. Dann war es also wahr: Er kannte all die Geheimnisse, die sie soeben erst erfahren hatte, und hatte nie ein Wort darüber verloren.

»Fürchtest du, dass sie mich holen?«, fragte sie tonlos.

Jede Farbe wich aus seinem Gesicht. »Wer war es?« Er musste sich am Tisch festhalten. »Wer war es? Eamon? Oder dieser langhaarige Handlanger?«

»Meine Mutter war eine Elfe.«

»Diese verfluchten …«

»Meine. Mutter. War. Eine. Elfe!«

Briac starrte sie an, und sein Anblick brach ihr das Herz. Sie wollte ihren Vater nicht so sehen, so verzweifelt. »Vanora«, sagte er mit zitternder Stimme. »Ich konnte es dir nicht sagen. Ich durfte es dir nicht sagen.«

»Du durftest nicht? Du hasst Elfen! Wieso hörst du auf das, was sie sagen?«

Als Antwort drehte er sich um, starrte einige Augenblicke lang an die Wand und wandte sich ihr dann wieder zu. »Ich hasse sie nicht«, sagte er schließlich leise. Vanora seufzte, doch ihr Vater fuhr unbeirrt fort: »Wie du jetzt weißt, habe ich eine von ihnen geliebt, Vanora. Und natürlich habe ich mich nicht über die Gegenwart der anderen gefreut. Es erinnerte mich daran, dass ich dich eines Tages verlieren werde.«

»Vater …«

»Du weißt es, und ich weiß es. Sie werden dich holen. Die Zeit ist gegen mich.«

Vanora schwieg. Wie konnte sie ihn trösten, ohne ihn anzulügen?

Ihr Vater nahm auf einem der Stühle am Tisch Platz, strich sich mit beiden Händen über das Gesicht und grub seine Finger in die langen, blonden Haare. In den letzten Jahren war er schnell gealtert. Seine Sorgen hatten tiefe Falten an der Stirn und um die Augen hinterlassen. Es musste fürchterlich gewesen sein, jeden Tag mit dieser Last zu leben und nach außen hin zu tun, als wäre alles in Ordnung. Als wären sie eine normale Familie.

»Dir steht ein Kampf bevor.« Er sah zu ihr auf, und seine Augen glänzten. »Ein Kampf, den du nicht gewinnen kannst.«

Vanora kniete sich vor ihn und nahm seine Hände. »Mir wird nichts geschehen«, sagte sie, doch es klang selbst in ihren eigenen Ohren unglaubwürdig. Dennoch lächelte sie tapfer und fuhr fort: »Die Dunkelelfen werden mich beschützen, und du weißt, dass ich nicht wehrlos bin.«

Ihr Vater lachte gequält. »Wofür waren all die Stunden des Unterrichts, wenn du doch so wenig über sie weißt? Auch deine Mutter war mächtig, und du weißt, wie es mit ihr zu Ende ging.«

»Alkariel wird niemals die Möglichkeit bekommen, mir etwas anzutun.«

»Ach, Kleine. Ich dachte, sie hätten dir alles erzählt. Du hast keine Ahnung, über welche Möglichkeiten diese Alkariel verfügt. Ihre Kräfte übertreffen so gut wie alle anderen Elfen, und doch muss sie sich noch nicht einmal selbst die Finger schmutzig machen. Ihren Rittern kann man nicht entkommen, und die kennen kein Erbarmen.«

»Auf meiner Seite stehen die Schattenritter.«

»Dilettanten! Sie können nichts gegen ihn ausrichten.«

»Ihn?«

»Den Anführer. Deine Mutter fürchtete ihn noch mehr als die Königin selbst. Hüte dich vor dem Weißen Ritter, dessen schwarze Augen dunkler und kälter sind als der Tod selbst. Hüte dich vor Nevliin von Valdoreen.«

Vanora spürte, wie es ihr beim Klang des geflüsterten Namens kalt den Rücken hinunterlief. Sie hatte bereits vom Befehlshaber der Lichtritter gehört. Glendorfil hatte ihr ausführlich von ihm erzählt. Von Eamon wusste sie, dass er es gewesen war, der Eliria – ihre Mutter – aus Lurness entführt hatte. Niemand wusste, wie er es ungesehen in die Festung hinein- und wieder hinausgeschafft hatte.

Vanora drückte Briacs Hände. »Ich kann ihn besiegen, Vater«, sagte sie schließlich. »Er wird in Flammen stehen, bevor er mir etwas anhaben kann.«

Doch ein Blick in Briacs Augen verriet ihr, dass ihre Worte ihn ebenso wenig überzeugt hatten wie sie selbst.

Eämon

»Er hätte längst hier sein müssen.« Eamon hielt die Griffe der Schwerter hinter seiner Schulter fest umschlossen und marschierte unruhig durch die Weiße Halle, die zum Schattenreich führte – den einzig sicheren Ort, um seinen Spion zu treffen. »Vielleicht sind sie dahintergekommen«, murmelte er.

Antrax an seiner Seite tänzelte leicht und versuchte, seine Unruhe zu verbergen: *Es ist bestimmt nicht leicht, Nevliin abzuhängen. Sei geduldig. Er wird jeden Moment hier sein.* Der Hengst stand am Beginn des Durchgangs, der zur Haupthalle führte, und spähte in die Dunkelheit. *Dort bewegt sich etwas. Er ist es.*

Eamon lief auf den Rappen zu, und im nächsten Moment erschien auch schon der Kobold, der, wild mit den Händen fuchtelnd, aus dem nebelverhangenen Tunnel stürmte. Schwer atmend und keuchend blieb er vor Eamon stehen und presste sich eine Hand an die Brust. »Verzeiht, mein König.« Er deutete eine Verbeugung an und versuchte, zu Atem zu kommen. »Nur kurz, ich habe nur kurz Zeit.«

»Also gut denn, Bienli. Was gibt es Neues zu berichten?« Eamon nahm einen Wasserschlauch von Antraxens Sattel und reichte ihn dem Kobold, der sofort gierig trank. Das Wasser floss aus seinen Mundwinkeln und durchnässte den roten Bart.

»Danke. Vielen Dank, mein Herr«, keuchte er. »Die Elfen sind im Unterwald. Sie haben mich hier zurückgelassen, damit ich dem Ruf des Goldes lauschen kann.«

»Wohin wollen sie als Nächstes?«

»Nach Elgery, Herr.« Bienli wischte sich den Mund mit der Hand ab und gab dem König den Wasserschlauch zurück. »Ich werde ihnen sagen, dass ich dort einen Teil meines Goldes vernommen habe. Der Fürst wird mich dorthin bringen.«

»Gut. Halte sie dort so lange auf, wie du kannst. Sie haben bereits einen großen Teil der Menschenwelt durchkämmt.«

»So ist es, Herr. Der Besuch in Lurness hat sie nur kurz aufgehalten. Sie kommen dem Ziel immer näher. Wäre das Bild des Tores nicht dermaßen abschreckend, hätten die Elfen es bereits durchquert. Solange es noch andere Möglichkeiten gibt, werden sie es nicht wagen, hindurchzugehen.«

»Hoffentlich.« Eamon presste seine Faust gegen die Stirn und versuchte, nicht daran zu denken, was geschehen würde, wenn Nevliin und sein Gefolge das Ozeantor durchquerten. Würde der Weiße Ritter weiterhin in diesem Tempo vorgehen, stünde er in einem Jahr vor dem richtigen Tor. Und das war zu früh. Viel zu früh. Vanora war noch nicht bereit.

»Herr?«

Eamon öffnete die Augen und sah zu Bienli hinab.

»Verzeiht, Herr. Die Stimmung unter den Elfen ist äußerst gereizt. Alkariel wird ungeduldig, und die Ritter sind ratlos. Ihr wisst, ich gebe mein Bestes, aber ich fürchte, dies wird nicht genug sein. Womöglich solltet Ihr das Mädchen nach Lurness bringen. Dort ist sie in Sicherheit. Hinter den Mauern des Drachenfelsens kommen sie nicht an sie heran. Und noch einmal wird es Nevliin nicht gelingen …«

»Nein!« Als Eamon sah, wie der Kobold zusammenzuckte,

ging er auf die Knie, um mit ihm näher auf Augenhöhe zu sein. »Ihre Magie ist noch zu schwach«, fuhr er ruhig fort. »In dem Moment, in dem sie das Schattenreich betritt, wird Alkariel es wissen. Sie wird sie holen, genauso wie Eliria damals. Und wenn ihr dies nicht gelingt, dann schickt sie das gesamte Heer. Dagegen können wir nichts ausrichten, Bienli. Wir sind ihnen zahlenmäßig weit unterlegen. Die Kampfkraft der Dunkelelfen kann sich mit denen von Nevliins Rittern nicht messen, und an die hohe Magie der Lichtelfen reichen unsere Kräfte nicht heran. Vanora braucht mehr Zeit. Sie wird an Kraft gewinnen. Nur mit ihr haben wir eine Chance.«

Bienli legte seine Hand auf sein Herz. »Dann wird sie die Zeit bekommen, die sie braucht, Herr. Möge Nevliins Klinge in mich fahren, doch kein Wort des Verrats wird meinen Mund verlassen.« Er richtete sich auf und drückte die Schultern zurück. »Keinen Schritt werde ich zur Seite gehen, um den Weg zur Prinzessin zu bereiten.«

Die grünen Augen des Kobolds strahlten solch eine Entschlossenheit aus, dass Eamon lächeln musste. In diesem kleinen Mann steckten mehr Mut und Ehre als in so manchem Elfen. »Eure Taten werden niemals in Vergessenheit geraten«, sagte er ehrfürchtig und streckte Bienli die Hand entgegen. »Jedes Kind wird die Geschichte des Kobolds kennen, der den Befehlshaber der Lichtritter hinters Licht geführt hat.«

Bienli ergriff des Königs Handgelenk und grinste. »Ich werde vor allem dafür sorgen, dass Nevliin es niemals vergessen wird«, entgegnete er, verbeugte sich und verschwand kurz darauf wieder in dem düsteren Gang.

Wir sind verloren. Offenbar war Antraxens Vertrauen in Bienlis Heldenmut weniger groß als sein eigenes.

»Hab Vertrauen in den kleinen Mann«, sagte Eamon also

und sah in den Tunnel, auf dessen anderen Seite jeden Moment Nevliin erscheinen würde. »Bienli hat uns bereits viel Zeit erkauft. Mein Vater hat gut daran getan, ihm diese Aufgabe anzuvertrauen.«

Doch Antrax schnaubte nur leise. *Ich hoffe, du hast recht.*

Viele Stunden später wagte Eamon es schließlich, die Halle der Menschenwelt zu betreten. Vanora. Er wollte sie sehen, wollte bei ihr sein, dachte ständig an sie. Dass er sich als König Gedanken um Alkariels Pläne, Nevliins Fortschritt auf der Suche und die damit bevorstehenden Probleme machen und sie lösen musste, war ihm bewusst, doch seine Tagträume holten ihn immer wieder ein.

Seit dem Tod seines Vaters konnte er nur noch selten zu ihr. Die Schattenritter hatten es wieder übernommen, Vanora zu beschützen, denn Eamons Abwesenheit bei Nevliins Besuch in Lurness war bereits gefährlich genug gewesen. Er konnte sich keine Gerüchte leisten, er durfte sie nur selten sehen, und so wurde die Sehnsucht sein ständiger Begleiter.

Die Halle zur Menschenwelt war verlassen. Bienli war nirgends zu sehen, was bedeutete, dass Nevliin und die anderen bereits in Elgery waren und Eamon ungesehen das Tor zu Vanora durchschreiten konnte. Zumindest postierte Alkariel keine Lichtritter in den Weißen Hallen, um das Kommen und Gehen der Dunkelelfen zu überprüfen. Solche Wachen kämen einer Kriegserklärung gleich, und das wusste sie. Denn die Weißen Hallen waren ein neutraler Ort, sie gehörten niemandem, und Alkariel wollte ihre Pläne gegen das Schattenreich und die Suche nach Vanora bestimmt nicht durch solch eine Provokation in die Welt hinausposaunen. Niemand in ihrem

Reich sollte schließlich wissen, dass sie keineswegs vorhatte, sich an den mit Andron geschlossenen Friedensvertrag zu halten. Ihre Machenschaften blieben stets im Verborgenen, so wie bei Eliria damals. Auch von Vanora würde die Welt wohl erst erfahren, wenn sie bereits tot war – und dann wäre es natürlich wieder die Schuld der Dunkelelfen, und Alkariel hätte einen Grund, im Schattenreich einzufallen. Doch das würde Eamon verhindern.

Der Anblick des dunklen Ozeans im Bildnis des Tors konnte ihn nicht mehr beunruhigen. Zu oft war er im letzten Jahr in der kleinen Bucht am Fuße der Klippen gewesen – viel zu oft, wie seine Schwester stets betonte. Sie sah es nicht gerne, dass er Lurness so häufig verließ, und er verstand ihre Sorgen, aber er konnte keine Rücksicht darauf nehmen. Seiner Sehnsucht gegenüber war er hilflos, und er wäre gern noch viel, viel öfter bei Vanora gewesen.

Der wunderbar frische Duft des Meeres war stets das Erste, das er in der neuen Welt wahrnahm, und für ihn war er zum Geruch der Heimat geworden. Er hatte es nicht eilig, den schmalen Pfad in den Felsen hinaufzugehen, denn es würde eine Weile dauern, bis Vanora hier ankam. Des Öfteren hatte er sie ermahnt, nicht bei jeder Regung des Weltentores zu den Klippen zu laufen, denn es könnten durchaus die Feinde sein, die in dieser Welt ankamen. Doch Vanora beherrschte ihre Fähigkeiten bereits so gut, dass sie ungefähr die Anzahl, auch grobe Umrisse und undeutliche Farben der Neuankömmlinge erkennen konnte. Eamon war sicher, dass Vanora seine Ankunft bemerkt hatte und genau wusste, dass er es war, der sie hier besuchte. Blieb nur zu hoffen, dass es ihr gelang, sich von Briac wegzuschleichen, der es immer noch nicht gerne sah, wenn sie zu den Steilklippen ging. Auch den Kontakt zu Elfen im Allgemeinen und ihm im Speziellen schätzte der Schmied nach wie vor nicht – was Eamon sogar nachvollziehen konnte.

Nachdenklich betrachtete er das Meer, aber seine Ungeduld wuchs, und so beschloss er schließlich, Vanora ein kleines Stück entgegenzugehen.

Aus dem kleinen Stück wurde bald der gesamte Weg über die Hügel bis zum Wald.

Wir sollten wirklich nicht weitergehen, warnte Antrax. *Hier könnten Dorfbewohner unterwegs sein. Du bist damals einfach so verschwunden, wenn sie dich jetzt wiedersehen – ohne dein Haarband …«*

Eamon lachte. »Im Wald sind wir sicher«, sagte er und stieg aus dem Sattel. »Außerdem kommen die Menschen nur selten so weit heraus.« Er schärfte seine Sinne, konzentrierte sich auf die vielen verschiedenen Geräusche und Bewegungen im Wald und erkannte Vanora schließlich in einiger Entfernung. Und so ignorierte er die Proteste seines vierbeinigen Freundes, ging in die Hocke und flog mühelos hoch in die Baumkronen. Von dort aus hatte er einen besseren Überblick über den Wald und würde Vanora überraschen können – doch der Plan misslang. Kaum dass er auf einem der vielverzweigten Äste gelandet war, hörte er weitere Schritte, schwere Schritte, unregelmäßige und tollpatschige Schritte. Nicht zu vergleichen mit Vanoras leichtem Gang. Jemand folgte ihr.

Eamon lief los, flog über die dünnsten Zweige, ohne dass sie unter seinem Gewicht nachgaben oder ein verräterisches Geräusch verursachten, und hielt erst inne, als er direkt über ihr war. Sie hatte noch nichts von ihrem unwillkommenen Begleiter bemerkt und folgte mit leichten Schritten dem schmalen Pfad. Eamon jedoch stockte der Atem, als er erkannte, wer ihr folgte. Im selben Moment blieb Vanora stehen, doch statt zu ihm aufzusehen, wandte sie sich um und lächelte den Mann hinter sich an.

»Verfolgst du mich etwa?«, fragte sie ihn fröhlich.

Graem trat aus dem Dickicht hervor und schlenderte mit den Händen in den Hosentaschen auf sie zu: »Ich will mit dir reden, ungestört.«

»Wenn es wieder um ...«

»Ja.« Er verzog seine Lippen zu einem misslungenen Lächeln. »Es geht wieder um meine ... Frage.«

Von seinem Ausguck aus sah er, wie Vanora den Blick senkte. »Du kennst meine Antwort, Graem. Es wird immer dieselbe sein. Du ehrst mich sehr, aber ich bin nicht die richtige Frau für dich.«

Der Menschenmann nickte, langsam und traurig, wie Eamon fand. »Ich werde von hier weggehen, Vanora.«

Vanora blickte auf und sah Graem mit solchem Entsetzen an, dass es Eamon einen Moment lang den Atem verschlug. »Wieso?«, fragte sie Graem. »Wohin gehst du?« Ihre bedauernde Stimme traf Eamon mitten ins Herz. Was war nur los mit ihr? Was kümmerte sie dieser Mensch?

»Wenn ich hier keine Braut finde«, sagte Graem leise, »dann muss ich nach Pitlory in die Armee.«

»Nach Pitlory? So weit? Und was ist mit Marluke?«

»Das gibt es nicht mehr. Das Heer ist weitergezogen, und nach der Schlacht brauchen sie neue Männer. Sie sammeln sich den Frühling über in Pitlory, um dann weiterzuziehen.«

Vanora schüttelte ungläubig den Kopf. »Aber du kannst doch hierbleiben, Graem. Heirate, finde eine Braut. Es gibt andere.«

Graem sah mit solch verletztem Ausdruck zu ihr hin, dass Eamon einen Moment lang wirklich dachte, Graem könnte etwas für sie empfinden. »Ich will keine andere«, sagte er rau. »Das weißt du.« Er beugte sich vor, gab ihr einen kleinen Kuss auf die Wange und kehrte ihr den Rücken zu. Schlurfend und mit hängendem Kopf bahnte er sich seinen Weg zurück durch den Wald, während Vanora ihm hinterhersah.

Eamon fiel ein Stein vom Herzen. Hoffentlich hatte der Menschenmann endlich begriffen, dass Vanora nicht für ihn bestimmt war. Sie würde sich niemals für einen Mann wie ihn interessieren – diesen grobschlächtigen Hünen, der sie vermutlich mit einer einzigen Umarmung zerquetschte und dessen blondes krauses Haar mit Sicherheit noch nie einen Kamm gesehen hatte. Ganz zu schweigen von den blonden Bartstoppeln, die sein Gesicht übersäten. Solch ein Mann würde Vanora niemals gefallen. Nicht, nachdem sie wusste, wie sehr sie sich von ihm unterschied. Wie sehr sie ihn in den Schatten stellte. So war es doch – oder?

Eine Weile beobachtete er, wie sie reglos dastand, das Gesicht so ernst, beinahe betroffen. Ein Ausdruck, der ihn mehr verwirrte, als er sich eingestehen wollte. Erst als sie sich wieder regte und Anstalten machte, ihren Weg zu den Klippen fortzusetzen, sprang er vom Baum, landete direkt vor ihr, federte leicht in die Knie und richtete sich vollständig auf.

Vanora schrie leise auf und wich zurück. »Ich kann es nicht leiden, wenn du das tust, und du weißt das!«, fuhr sie ihn an, als sie aus ihrem Schreck zu sich kam. Dann warf sie ihm einen wütenden Blick zu und ging so knapp an ihm vorbei, dass sie ihn beinahe angerempelt hätte. Waren da etwa Tränen in ihren Augen? Und seit wann konnte sie nicht leiden, wenn er sie überraschte? Bisher hatte sie stets darüber gelacht.

Verwirrt drehte er sich um und holte sie ein. »Er wird endlich weggehen«, sagte er, »du solltest dich freuen.«

Vanora blieb stehen und sah mit einem Ausdruck der Fassungslosigkeit zu ihm auf, den er nicht verstand. »Ich soll mich freuen?«, hauchte sie mit unterdrücktem Zorn. »Es herrscht Krieg, Eamon. Graem könnte getötet werden. Was ist daran bitte gut?«

»Das muss dich doch nicht kümmern. Er ist nur …«

»Ein Mensch?« Vanora starrte ihn an und schüttelte verächtlich den Kopf. »Er ist nur ein Mensch von vielen, meinst du das? Menschen sterben ohnehin, und was macht es da schon, wenn es ein paar Jahre früher sind?«

Eamon schwieg, denn es war genau das, was er hatte sagen wollen. Menschen starben täglich, und Graem war niemand, der ihr besonders nahestand. Zumindest hatte er das bis vorhin angenommen. Doch was wusste er schon? Seit er König war, konnte er kaum noch Zeit bei ihr verbringen, und wenn, dann waren es stets nur kurze Besuche. Es war alles völlig anders geworden. Nichts erinnerte mehr an die Zeit, in der sie gemeinsam hier gelebt hatten.

Zögernd streckte Eamon die Hand nach ihr aus und berührte ihren Arm. »Ihm wird schon nichts passieren«, sagte er im Versuch, sie zu trösten. »Außerdem muss er nicht gehen. Er kann eine andere heiraten.«

Vanora lachte – ein verzweifeltes, höhnisches Lachen. »Du verstehst das nicht«, sagte sie und klang dabei furchtbar müde. »Du kannst es nicht verstehen. Es ist … menschlich.«

»Dann erkläre es mir.«

»Du willst wissen, wieso er nicht einfach eine andere heiratet?« Ihre Augen funkelten wütend, und Tränen des Zorns schimmerten darin. »Weil er mich liebt, Eamon, und deswegen geht er lieber in der Armee zugrunde.« Sie senkte den Kopf. »Du kannst das nicht verstehen. Liebe ist … Sie kommt aus dem tiefsten Inneren, aus der Seele, und dieses Gefühl ist stärker als die Vernunft.«

Ihre Worte glichen einem Schlag ins Gesicht. »Du glaubst, ich weiß nicht, was Liebe ist?«, fragte er entsetzt. Wie konnte sie so etwas denken, wo er sich doch jede Sekunde nach ihr verzehrte?

Doch Vanora strich sich nur unwirsch ein paar Haarsträhnen aus dem Gesicht und schüttelte den Kopf: »Lassen wir das. Es ist ohnehin nicht von Bedeutung. Ich werde Graem nicht heiraten.«

Eamon starrte sie an. Das Bedauern in ihrer Stimme und auch der müde Ausdruck waren zu viel. »Du würdest ihn heiraten?«, fragte er mit versagender Stimme. »Wenn du könntest?«

»Ich kann nicht. Also ist es auch nicht wichtig, was ich will.« Sie drehte sich um und ging in Richtung Steilklippen, doch Eamon packte sie am Arm und drehte sie mit einem Ruck zu sich herum, so dass sie ihm regelrecht entgegenfiel. Er hielt sie an beiden Armen fest und beugte sich zu ihr hinab. »Und was *willst* du?«, fragte er außer sich vor Wut und Enttäuschung.

Vanora versuchte, sich aus seinem Griff zu befreien, gab dieses Vorhaben jedoch sofort wieder auf, als sie bemerkte, dass er nicht loslassen würde. Also schob sie ihr Kinn vor und sah zu ihm auf. »Ich will wählen«, sagte sie. »Ich will meine eigenen Entscheidungen treffen. Ich will keine vorbestimmte Zukunft und ein Schicksal, das nichts als den Tod für mich bereithält. Ich will keine Spielfigur sein.«

Eamon ließ langsam die Hände sinken und richtete sich auf. Es war die Art, wie sie ihn ansah, die sein Herz bluten ließ. Einst waren sie unzertrennlich gewesen, doch seit er ihr offenbart hatte, wer er wirklich war, und vor allem, wer sie wirklich war, sah sie ihn immer öfter an wie einen Fremden. Er war es gewesen, der ihr von ihrem Schicksal erzählt hatte und ihr damit die Bürde aufgeladen hatte. Und deswegen gab sie ihm die Schuld. Das war nicht zu übersehen.

»Ich werde dich beschützen«, sagte er einmal mehr, auch wenn er wusste, dass dies kein Trost war.

»Wovor?« Sie sah so unglaublich traurig aus. »Du kannst mir nicht die Wahl geben. Ich kann nicht wählen, mit einem Mann hier aus dem Dorf alt zu werden, da ich ewig jung bleibe. Du kannst mir nicht die Wahl geben, hierzubleiben.«

Eamon drehte sich um. Er hatte sich diesen Besuch anders vorgestellt, und doch war es keine Überraschung. Ihre Bitterkeit war auch während der letzten Besuche nicht zu übersehen gewesen. Und auch ihre Angst. Vanora fürchtete sich vor dem, was sie war, und vor dem, was sie werden sollte, um ein ganzes Volk zu retten.

Mit den Händen an den Stamm eines Baums gestützt, versuchte er, sich zu beruhigen, sich einzureden, dass alles wieder so werden würde wie zuvor, wenn sie nur erst bei ihm im Schattenreich wäre, doch dann ließ ihn ein lautes Luftholen herumfahren. Vanora stand immer noch an derselben Stelle und verfolgte mit den Augen den Flug zweier Mirin, die wild vor ihr tanzten.

»Was ist das?«, fragte sie atemlos. »Wie sind sie hierhergekommen?«

»Mirin.« Eamon ging wieder auf sie zu und streckte die Hand aus, auf der sich die beiden Geschöpfe sofort niederließen. Auf den ersten Blick sahen sie aus wie Schmetterlinge, bei genauerer Betrachtung erkannte man jedoch die daumenhohen Körper eines Elfen, die an ihren Rücken Flügel hatten und in einem silbernen Licht strahlten. »Sie sind mir wohl gefolgt, lästige kleine Biester. Sie sind neugierig und haben ein Gespür für wichtige Ereignisse.«

»Wie schön sie leuchten.«

»Ja, die Mirin wohnen in den Miranblumen. Der Nektar der Blumen leuchtet wie flüssiges Mondlicht. Füllt man davon etwas in Glaskugeln, hat man wundervolle Lampen.«

»Aber wieso sind sie dir gefolgt?«

Eamons Hand schnellte nach oben und die beiden Mirin flogen davon. »Sie dachten wohl, meine Reise würde etwas offenbaren, das es sich zu sehen lohnt.«

»Daralees Nachfahrin zum Beispiel?«, fragte sie.

Er lächelte. »Zum Beispiel«, sagte er und widerstand nur schwer dem Drang, sie an sich zu ziehen und all seine Sorgen mit ihrem Duft zu vertreiben. Wenn sie erst einmal im Schattenreich war, würde er sie zurückgewinnen. Es würde alles wieder so werden wie damals. Die Bitterkeit und die Distanziertheit würden sie hier in dieser Welt zurücklassen und erneut zu einer Einheit werden. Da war er sich sicher.

Bienli

Tiefer Stolz erfüllte Bienli, als er an der Seite der Elfen durch die Straßen von Pitlory ging. Er hatte Nevliin vom Gerücht einer jungen Frau erzählt, die durch ihre Magie Frauen fruchtbar machte und Kräutertees für das Stehvermögen der Männer braute. Eine wundervolle Geschichte. Er musste sich selbst für seinen Einfallsreichtum loben.

Nevliin nahm jeden Hinweis auf Mädchen mit magischen Fähigkeiten dankbar an, und da sie in diesem Teil der Welt noch nicht gesucht hatten, war der Fürst seinem Ersuchen sofort nachgegangen. Hier hatte Bienli bereits eine Goldmünze wiederbekommen, nur leider war die Stadt nicht halb so lustig, wie er angenommen hatte. Normalerweise war Pitlory ein mystischer Ort, in dem Kobolde keine Seltenheit waren. Jetzt aber tummelten sich überall uniformierte Krieger oder Betrunkene. Oder betrunkene Uniformierte, was die schlimmste Kombination war. Zu seinem Glück war es bisher noch zu keinen Zwischenfällen gekommen, auch wenn die außergewöhnliche Gruppe neugierig beobachtet wurde. Sein einziger Trost war, dass er Vanora erneut Zeit verschafft hatte, und das war im Moment alles, was zählte. Allerdings wurde es immer schwieriger, die Ritter dazu zu bringen, ihm zu folgen. Die ewige, ergebnislose Suche zermürbte seine Begleiter sichtlich. Bienli hingegen freute sich über jede Enttäuschung, die die Elfen durchlebten, über jedes resignierte Seufzen und jede gekränkte Eitelkeit. Er liebte es, wenn sie Alkariel wieder einmal nichts Neues mitzuteilen wussten, und er liebte ihre Scham, die sie dabei empfanden. Ja, jede ihrer Niederlagen machte ihm die lange Zeit an ihrer Seite erträglicher. Natürlich: Ihre Arroganz trieb ihn noch immer regelmäßig in den Wahnsinn, und der Wunsch, einen Knüppel zu packen und ihn über den ein oder anderen hässlich perfekten Elfenschädel zu ziehen, blieb. Dennoch musste er zugeben, dass er mittlerweile einen Funken an Sympathie für sie empfand. Was blieb ihm auch anderes übrig, wo er doch Tag für Tag, Monat für Monat an ihrer Seite verbrachte? Da war Eirwen, die Feengleiche mit den silberfarbenen Haaren und dem außerordentlich gutmütigen Wesen. Cerelmin, der Schönling, der Bienli mit seinem überraschend schmutzigen Humor bereits den einen oder anderen Lachanfall bereitet hatte. Herasane, die blonde Bogenschützin mit den kinnlangen Haaren war zwar eine besonders schweigsame Elfe, doch mit ihr konnte er auch lange Gespräche führen, besonders über die Faszination der Natur. Eremir, ebenfalls ein Bogenschütze, stand mit seinem Humor Cerelmin in nichts nach, und es war durchaus kurzweilig, den beiden Elfen bei ihren Meinungsverschiedenheiten zuzuhören. Natürlich war da noch Nevliin. Der Befehlshaber ritt zumeist schweigend an der Spitze der Gruppe und hielt sich aus den meisten Gesprächen, Scherzen, Streitigkeiten heraus. Er hatte ganz offensichtlich nur sein Ziel vor Augen und war stets in Gedanken versunken. Ein Umstand, der Bienli noch große Probleme bereiten konnte. Wer zu viel nachdenkt, der findet irgendwann auch die Lösung, dachte Bienli missmutig. Selbst wenn es sich bei diesem Grübler um einen Elfen handelte.

Den Abend verbrachten sie in einer Schenke, die den Elfen den Ekel förmlich ins Gesicht meißelte. Eigentlich, so fand Bienli, hätten sie sich längst an den Anblick und Geruch von betrunkenen, ungewaschenen Menschen gewöhnen können, denn schließlich suchten sie immer in derartigen Etablissements nach Informationen und Gerüchten. Allerdings musste er zugeben, dass dieses selbst ihn zu einem Naserümpfen brachte. Es war dunkel, stickig, und der Geruch von Schweiß und Alkohol stand in der unbewegten Luft. Der Brechreiz, verursacht durch den allgegenwärtigen Fäkaliengeruch, war nur schwer zu unterdrücken. Zumindest der ohrenzerfetzende Lärm verstummte, als die Elfen den zwielichtigen Raum betraten. Die Menschen, hauptsächlich uniformierte Betrunkene, gafften insbesondere Nevliin an, als wäre er der Tod selbst. »Wir sind auf der Suche nach einer Elfe«, teilte der den Versammelten mit kalter Stimme mit, die selbst Bienli einen eisigen Schauer den Rücken hinabfahren ließ. Die Menschen hingegen wirkten erleichtert, denn sie waren ja keine Elfen, somit ging sie die Sache auch nichts an, und sie konnten sich wieder anderen Dingen zuwenden. Nur einer hatte den Mut vorzutreten, richtiger: vorzutorkeln. Die blonden Haare fielen dem Menschenmann in die rot glänzenden Augen, als er sich mit Mühe und Not an einer Stuhllehne festhielt. »Eine Elfe sucht Ihr?«, lallte er. »Ich kann Euch sagen, wo Ihr eine findet.«

Nevliin musterte ihn kühl. »Ihr kennt eine Elfe?«, fragte er, woraufhin der Betrunkene zu schluchzen anfing.

»Oh ja. Sie ist wahrlich eine Elfe. So schön, dass es den Augen weh tut.«

Bienli seufzte und wich einen Schritt zurück, um dem Gestank des Mannes zu entgehen. Ein Mann, der wie so viele vor ihm, die Geliebte mit den Vorzügen einer Elfe schmückte.

Das wurde allmählich langweilig. Immer wieder versicherten irgendwelche verliebten Narren, ihre Frauen hätten Elfenblut in sich, weil sie unter Alkohol wie Prinzessinnen aussahen. »Ich sehe mich draußen etwas um«, erklärte Bienli daher und eilte nach einem flüchtigen Kopfnicken des Befehlshabers aus dem stinkenden Raum.

Sein Weg führte ihn in eine weitaus angenehmere Taverne, in der er neue Bekanntschaften beim Würfeln schloss. Erst als er einen zufälligen Blick aus dem Fenster warf, bemerkte er, dass die Sonne bereits unterging. Es würde knapp werden, den vereinbarten Treffpunkt außerhalb der Stadt noch rechtzeitig zu erreichen. Wenn er doch nur nicht mitten in einer Glückssträhne wäre. Er konnte jetzt unmöglich aufhören.

Der nach Alkohol stinkende Mann sah mit einem zahnlosen Grinsen zu ihm herab und ließ die Würfel fallen.

Bienli jubelte und sprang auf seinen Stuhl. »Gewonnen, gewonnen!«, rief er und tanzte auf dem wackeligen Mobiliar. Eifrig sammelte er die verteilten Münzen vom Tisch auf und ließ sie, ungeachtet des tödlichen Blickes seines hässlichen Gegenspielers, im Beutel an seinem Gürtel verschwinden. Bis plötzlich eine rostige Klinge knapp neben seiner Hand in das Holz fuhr und darin steckenblieb.

Bienli hob langsam den Kopf. »Hast du ein Problem?«, fragte er und schob noch schnell die letzten Münzen von der spröden Platte.

»Du hast betrogen, du Wicht! Das war Zauberei!« Ehe er sich versah, stellten sich acht hünenhafte Männer an die Seite des Hässlichen und sahen mit grimmiger Miene zu ihm hinab. »Gib sofort das Gold zurück.«

Bienli lachte. »Ihr könnt mich mal. Was kann ich dafür, wenn der nicht richtig würfeln kann?«

Es verging kaum mehr als ein Wimpernschlag, da flog der Tisch, die letzte sichere Barriere zwischen Bienli und den Männern, zur Seite. »Letzte Chance, du Zwerg.«

»Zwerg?!« Bienli warf einen flüchtigen Blick aus dem Fenster in die Dunkelheit und lächelte. »Kommt nur her, wenn ihr euch traut, dann trete ich euch allen ordentlich in den …«

In diesem Augenblick flog die Tür zur Gaststube polternd auf, ein kräftiger Windstoß fegte durch den Raum, und alle Augen waren binnen Kürze auf die Tür geheftet. Bienli lächelte zufrieden. Manchmal war dieser Elf doch noch zu etwas gut. Ein eindrucksvolleres Bild und einen besseren Zeitpunkt hätte es wohl nicht geben können. Gleich einem Racheengel stand Nevliin mit wehendem, weißem Umhang im Mondlicht, als hätten sich Wind, Nacht und Licht nur für diesen Moment um ihn herum versammelt. Langsam und mit dem ihm eigenen vernichtenden Blick schritt er an Bienlis Seite und durchbohrte die Menschen mit seinen tiefschwarzen Augen. Bienli sah die Angst in den Gesichtern seiner Glücksspielkumpane und fand, dass es gar nicht so schlecht war, auf derselben Seite wie Nevliin zu stehen, zumindest offiziell.

Der Anführer, der zahnlose Hüne, mit dem er gewürfelt hatte, trat einen Schritt vor. Bienli war sicher, dass er ohne den vielen Alkohol nicht so mutig gewesen wäre. »Gehört Ihr zu diesem kleinen Betrüger, Elf?«

»Ihr nennt meinen Freund einen Betrüger?« Die ruhige, kalte Stimme bannte das Grinsen aus dem Gesicht des Hünen, und Nevliin wandte sich nun Bienli zu. »Hast du betrogen?«, frage er gleichmütig.

Bienli schüttelte heftig den Kopf: »Gewisslich nicht!«

»Ihr habt es gehört.« Nevliin wandte sich wieder dem Menschen zu, dessen vernarbtes Gesicht immer roter wurde.

»Er hat Zauberei angewandt, um die Würfel zu manipulieren!«

»Jetzt wollt ihr meinen Freund einen Lügner nennen?«

Bienli sah verblüfft zu dem Befehlshaber auf. Das war jetzt das zweite Mal, dass er ihn »Freund« genannt hatte.

Etwas schwankend fuchtelte der Betrunkene mit dem rostigen Messer. »Ihr seid allein, Elf. Überlasst uns diesen Wicht, und wir lassen Euch ziehen.«

Ein dünnes Lächeln huschte über Nevliins Züge, und aus den Augenwinkeln bemerkte Bienli, wie Nevliins lange Finger sich streckten und wieder zur Faust ballten. Der Kobold konnte sich ein schadenfrohes Grinsen nicht verkneifen. Das würde sehr blutig werden. Eigentlich sollte er Mitleid mit den armen Menschen haben, die es einfach nicht besser wussten, aber sie waren schließlich gewarnt worden.

Doch dann drohte der Wirt plötzlich alles zu verderben. Er trat an die Seite des Hünen und flüsterte etwas in dessen Ohr. Bienli konnte es nicht verstehen, aber Nevliin hatte damit offensichtlich keine Schwierigkeiten.

»Er hat recht, Olaf«, sagte Nevliin immer noch mit diesem schaurigen Lächeln im Gesicht. »Genau das werde ich.«

Der Blick des Hünen wanderte durch die Gaststube, wo er keine Verbündeten fand, und landete dann wieder bei dem Wirt, der kaum merklich den Kopf schüttelte und sicher vor allem um sein Mobiliar fürchtete. »Also dann. Los, Wirt!«, brummte der Hüne schließlich missmutig. »Schenk noch mal nach!«

Bienli schob enttäuscht die viel zu große Unterlippe vor und schenkte dem Wirt ein entnervtes Augenrollen. Die Leute hier wussten echt nicht, wie man Spaß hatte. Dann aber zuckte er die Schultern, strich sich zufrieden über seine prall gefüllten Taschen und folgte Nevliin schnell in die Nacht hinaus, ehe die Menschen es sich anders überlegten und ihren Sinn für Spaß beim Anblick eines einzelnen Koboldes schneller wiederentdeckten, als gut für ihn gewesen wäre.

Nevliin machte sich nicht die Mühe, auf Bienli zu warten, und so fiel dem Kobold erst etliche Schritt abseits des Gasthauses auf, dass Nevliin in die falsche Richtung ging. »Ähm, wollten wir uns nicht am Tor mit den anderen treffen?«, fragte er.

Doch der Elf antwortete ihm nicht und sprach auch sonst kein Wort, bis sie zum Rand eines Waldes kamen. Dort kniete Nevliin sich mit einem Bein ins Gras und musterte ihn kühl und aufmerksam. Bienli wich automatisch einen Schritt zurück. Irgendetwas, das spürte er deutlich, war absolut nicht in Ordnung.

»Wo ist sie, Bienli?«

Zu Tode verblüfft riss der Kobold die Augen auf und bemerkte, dass sich die Hand des Elfen fest um den Schwertgriff schloss.

»Ich habe ein paar Gerüchte gehört. In …«

»Wo ist sie, Bienli?«, wiederholte der Elf betont langsam. Die ruhige Stimme rief in ihm ein Gefühl hervor, das man durchaus als Panik bezeichnen konnte. Und mit einem Schlag wurde ihm klar, dass Nevliin nicht zufällig alleine und ohne seine Gefährten im Gasthaus gewesen war. Er war gekommen um ihn zu holen … um ihn zu töten. Bienli schluckte. So fühlte es sich also an, wenn der Zorn des Befehlshabers und seine erbarmungslosen Augen auf einen selbst gerichtet waren und einem die Schadenfreude im Halse steckenblieb. Es bestand kein Zweifel darin: Nevliin hatte seine Hinterlist durchschaut, und es gab keinen Grund mehr, die Fassade aufrechtzuerhalten. Er war dem Tod ohnedies bereits näher als dem Leben. Wozu also noch lügen? Ob es Finola wohl überraschte, dass er durch Nevliins Hand starb, weil er versagt hatte? Vermutlich hatte sie damit gerechnet.

»Sie ist in Sicherheit.« Er hob den Kopf und erwiderte den kalten Blick mühelos, jetzt, da er wusste, dass es vorbei war.

»Ich frage dich nicht noch einmal.«

»Ich weiß.« Bienli seufzte und schob seinen Mantel zur Seite. Mit zitternder Hand holte er den kleinen braunen Beutel mit seinem Gold hervor. »Dein Weg wird dich früher oder später ins Schattenreich führen. Gib das meinem Weib.«

Nevliin nickte, nahm den Beutel und stand auf. »Ich gab dir die Möglichkeit zur Wahrheit. Bevor du stirbst, sollst du wissen, dass ich den Ort kenne, an dem ihr sie versteckt. Deine Lügen waren vergebens. Ihr habt verloren.«

Bienli schluckte. Alles umsonst.

Beim Geräusch des Schwertes, das aus der Scheide glitt, zuckte er unwillkürlich zusammen. Zögernd blickte er auf und ärgerte sich noch einmal über den perfekten Anblick, den dieser verfluchte Elf im Mondlicht mit seinem weißen Umhang und blitzenden Schwert bot. Dies war also das Letzte, was seine Augen auf dieser Welt sehen sollten. Verflucht.

Einen Augenblick erwog er, die Augen zu schließen, doch dann entschied er sich, dem Tod trotzig ins Antlitz zu blicken. Pfeilschnell fuhr der silberne Blitz herab, und die Welt versank in Dunkelheit.

Vanora

Am Tag vor ihrem achtzehnten Geburtstag saß Vanora eingehüllt in eine warme Wolldecke auf ihrem Bett. Das schwache Licht der Kerze flackerte in der Zugluft, die durch das winzige Fenster in den Raum strömte, und bot kaum genug Licht, um die Worte des Buches zu erkennen. Ein Buch, das sie aus Glendorfils Sammlung mitgenommen hatte, um sich die Zeit dieses regnerischen Sommers zu vertreiben, auch wenn es an diesem Tag ausnahmsweise trocken geblieben war.

Es war schwer, sich zu konzentrieren, da aus der Stube immer wieder unheilvolles Poltern und Scheppern zu ihr nach oben drangen. Wie jedes Jahr versuchte ihr Vater eine Überraschung für sie vorzubereiten – es war kaum zu überhören. Er legte stets besonderen Wert auf ihren Geburtstag und ließ es sich nicht nehmen, für sie zu kochen und ihr noch dazu ein wertvolles Geschenk zu machen, das seine Ersparnisse erschöpfte. Vanora mochte all das Aufheben um diesen einen Tag nicht, und schon gar nicht wollte sie, dass ihr Vater sich ihretwegen stets solche Mühe machte, doch er war sturer als ein Esel. Und so widmete sie sich schließlich wieder ihrem Buch über Ritter und Drachen. Sie hatte kaum drei Sätze gelesen, da spürte sie ein leises Kribbeln in den Händen, das schnell immer stärker wurde, bis ihr das Buch entglitt und zu Boden fiel. Vanora wusste, was vor sich ging. Es war bereits zur Normalität geworden, und so konzentrierte sie sich auf ruhige und gleichmäßige Atmung, um die aufkeimende Hitze in ihrem Körper unter Kontrolle zu halten.

Sie schloss die Augen, da die Magie ihre Sicht stets rot färbte und sie diese unheimlichen Bilder vermeiden wollte. Es sah aus, als wäre die Welt in Blut getränkt, und dies hinderte sie daran, ihr inneres Gleichgewicht zu finden und im Einklang mit ihren Kräften zu sein. Angenehm warm strömte die Magie durch ihren Körper. Das Tor öffnete sich, sandte seine Energie in die Welt hinaus. Vanora erkannte durch die geschlossenen Lider die Steilklippen und das helle Leuchten, das von der kleinen Öffnung an der Bucht ausging. Je stärker sie ihre Kräfte zu beherrschen gelernt hatte, desto deutlicher wurden die Bilder, die die Regungen des Tores offenbarten. Selbst die ungefähre Anzahl der Reisenden konnte sie mittlerweile erkennen und auch undeutliche Farben. Konzentriert beobachtete sie daher das weiße Licht, in der Hoffnung, eine schwarze Gestalt daraus hervortreten zu sehen. Sie wusste immer sofort, wann es Eamon war und wann eine Gruppe von Schattenrittern – doch dieses Mal war etwas anders. Das Licht wurde immer heller und heller, blendete und sandte stechende Nadeln in ihren Kopf. Irgendetwas stimmte nicht, und diese Erkenntnis ließ die Ruhe in ihrem Inneren verfliegen – mit verheerenden Auswirkungen.

Im selben Moment, in dem sie die vielen hellen Silhouetten an der Bucht erkannte, bohrte sich eine glühende Klinge in ihre Stirn und ließ die Energie in ihrem Kopf explodieren. Ihr eigener Herzschlag dröhnte lauter als Donner durch ihre Ohren, und der sengende Schmerz breitete sich schnell in ihrem gesamten Körper aus. Sie wand sich in unkontrollierbaren Zuckungen entsetzlicher Schmerzen, fiel zu Boden und presste die Hände an den Kopf. Sie verbrannte. Ihr Blut, ihr Innerstes glühten, und sosehr sie versuchte, die Macht des Feuers zum Erlöschen zu bringen, umso schlimmer wurde es. Vanora hörte sich selbst schreien, während sie aus weit aufgerissenen Augen zur blutroten Holzdecke starrte. Ihre Zähne schlugen aneinander, jeder Muskel schmerzte, die Krämpfe waren fürchterlich, das Gefühl für Zeit verloren. Sie hatte den Qualen nichts mehr entgegenzusetzen – und dann ließ sie los.

»Vanora! Vanora!!« Die Stimme ihres Vaters. Panisch. Aus weiter Ferne. Jemand schrie so laut. Sie verstand ihn kaum. Aber seine Stimme riss sie aus ihrer Agonie. Blind vor Qual tastete sie nach dem losen Ende ihrer Verteidigungslinie und sammelte Kraft, versuchte, die Magie zu unterdrücken, doch das Tor stand immer noch offen. Immer noch traten helle Gestalten in diese Welt und drohten, ihr den Verstand zu rauben. Die Schreie, die Briacs Rufe immer schriller übertönten, waren ihre eigenen – und es gelang ihr nicht, mit dem Schreien aufzuhören. Die nüchterne Erkenntnis, dass sie sterben würde, schlich sich in ihre Gedanken. Die Magie war zu groß, als dass sie sie tragen könnte. Doch dann, von einem Moment auf den anderen, schlug plötzlich eine eiskalte Welle über ihr zusammen, und die Dunkelheit der Nacht kehrte zurück.

Schwer atmend und zitternd sah sie sich in der kleinen Kammer um. Der Puls pochte in ihrem Hals, und das Blut rauschte durch ihre Ohren, doch es war vorbei. Sie lebte noch.

»Vanora?«

Keuchend richtete sie sich auf, blickte in das entsetzte Gesicht ihres Vaters, und mit einem Mal wurde ihr klar, dass die Todesgefahr noch nicht vorüber war. Es hatte erst begonnen.

»Wir bekommen Besuch«, flüsterte sie, und die Bilder der weißen Ritter drangen schmerzhaft zurück in ihre Gedanken.

Briac starrte sie an, sein Gesicht verlor jede Farbe. Er öffnete den Mund, doch noch ehe er antworten konnte, drang ein schriller Schrei von der Straße herein.

Gleichzeitig fuhren sie zu dem kleinen Fenster herum, und Briac riss den Vorhang beiseite und spähte in die Nacht. »Immer mehr Leute auf den Straßen«, murmelte er. Unter die vielen Stimmen mischten sich panische Schreie, doch trotz all des Durcheinanders war ein einziges Wort immer wieder herauszuhören: »Elfen.«

Elfen! Wie kamen die Dorfleute darauf? Was wussten sie? Waren sie von Vanoras Schreien geweckt worden? Doch wieso klopfte dann niemand an ihre Tür? Wieso kreischten sie ein Wort, das stets nur mit einem Flüstern ausgesprochen war? Die Leute hier fürchteten Elfen, es gab zu viele grausame Geschichten und Schauermärchen über sie. Die Leute fürchteten einfach alles, das sie nicht kannten, doch irgendetwas musste dort draußen vor sich gehen.

Ihr Vater gewann zuerst die Fassung wieder. »Du musst hier weg«, sagte er, sprang auf und zog sie hoch. »Jetzt, Vanora. Jetzt!«

Mit zitternden Knien nickte sie, drückte seine schwielige, warme Hand, drängte Tränen und jeden Gedanken zurück und stolperte dann die Treppe hinunter und in die Nacht hinaus. Unzählige Schatten tanzten über die Häuserwände und überall sah sie Fackellicht. »Die Elfen kommen!«, drang es immer wieder durch die Nacht. »Die Elfen kommen!«

Starr vor Entsetzen beobachtete Vanora Mütter, die versuchten, ihre aufgeregten Kinder zurück in die Häuser zu bringen, Männer mit Fackeln und andere, die sich mit allem bewaffneten, was sie zur Verfügung hatten. Ihre verängstigten Gesichter wurden im Schein des Feuers zu furchterregenden Grimassen, und erst da fiel Vanora auf, dass sie alle in dieselbe Richtung blickten. Zu den Steilklippen. Dem magischen Ort, den die Dorfbewohner für verflucht hielten, für böse. Dem Ort, um den so viele Geschichten kreisten. Vanora wollte nicht hinsehen, sie wollte nicht sehen, dass alles vorbei war, und doch wandte sie langsam ihren Kopf, blickte über die Strohdächer nach Westen in den hell erleuchteten Himmel. Mit offenstehendem Mund starrte sie zu den silbernen Lichtern, die zu Hunderten über den Hügeln bei den Klippen schwirrten. Eine Wolke aus Mondlicht, die sich langsam, aber doch stetig auf sie zubewegte.

»Mirin«, flüsterte sie und erinnerte sich an die kleinen Wesen, die Eamon gefolgt waren. Silbrig leuchtende Wesen, die in jenen Momenten erschienen, in denen etwas Außergewöhnliches geschah.

»Du musst von hier weg«, sagte ihr Vater erneut. Sie hatte kaum bemerkt, dass er an ihre Seite getreten war, und seine leise Stimme ging fast in dem allgemeinen Gebrüll unter. Dennoch weckte der vertraute Klang sie aus ihrer Starre. Die Angst schnürte ihr die Kehle zu, sie konnte kaum sprechen, und doch legte sie tiefe Entschlossenheit in ihre Stimme: »Ich lasse dich nicht alleine«, sagte sie. »Wir gehen zusammen.«

Ihr Vater warf noch einmal einen flüchtigen Blick in den Himmel zu den Lichtern, und sein Ausdruck wurde noch panischer. »Es ist nicht mehr viel Zeit! Sie werden bald hier sein!«

Er versuchte, sie zurück in den Hof zu schieben, doch Vanora riss sich los: »Ich gehe nicht ohne dich!«

»Du törichtes Kind. Du stirbst, wenn sie dich erwischen.«

»Ich. Gehe. Nicht …« Vanoras Mund klappte auf. Erneut drang die Energie in ihren Körper, und die Angst vor dem Schmerz überwältigte sie, lähmte ihre Glieder. Sie spürte, dass ihr Vater sie am Arm packte und über den Hof zog, während sie versuchte, sich auf das Tor zu konzentrieren und die Macht langsam durch ihren Körper fließen zu lassen. Die Kraft war gering, und es war leicht, sie zu ertragen, und so versuchte sie, ihre Konzentration wieder auf das Geschehen um sie herum zu richten und die Bilder vom Tor zu verdrängen. Dieses Mal behielt sie die Oberhand. Wer auch immer gerade eben in dieser Welt angekommen war, hatte nicht dieses enorme Ausmaß an Energie ausgelöst.

»Ich lasse dich hier nicht alleine!«, wiederholte Vanora.

Das Gesicht ihres Vaters war ein einziges, inniges Flehen: »Lauf nach Norden«, beschwor er sie. »Du musst so weit wie möglich von den Klippen fort.«

»Nein«, flüsterte sie und hätte sich am liebsten in Briacs Armen zusammengerollt, wie sie es früher immer getan hatte, als sie noch ein kleines Mädchen und sicher gewesen war, dass ihr starker Vater sie vor allem Übel der Welt würde beschützen können. Ihr wurden die Knie weich, und sie spürte, wie alle Kraft sie zu verlassen drohte.

Doch Briac schüttelte nur den Kopf und schob sie weiter: »Jetzt beeil dich. Sieh nicht zurück, meine Tochter. Lauf endlich!«

»Ich werde dich hier nicht zurücklassen!«, wiederholte sie matt.

»Sie werden dich töten!«

»Wenn ich nicht hier bin, werden sie das Dorf angreifen!«

»Dummes Zeug! Du –« Ihr Vater verstummte, blinzelte

plötzlich, als hätte er etwas im Auge, und im selben Moment presste sich eine Hand von hinten an ihren Mund.

Vanora riss die Augen auf, versuchte zu schreien, doch der Griff war zu fest und erstickte ihre Stimme. Noch ehe sie begriff, was vor sich ging, verschwand der Boden unter ihren Füßen. Jemand hielt sie um die Taille gepackt, flog mit ihr in die Luft und landete kaum ein Augenzwinkern danach auf dem Dach. Mit aller Kraft versuchte sie sich zu befreien, trat um sich und wand sich im Griff des Angreifers, doch dieser flog unbeeindruckt mit ihr weiter, über das Dorf hinweg, berührte kaum das Stroh der Dächer und bewegte sich mit solcher Geschwindigkeit, dass die Lichter der Fackeln bald nur noch winzige flammende Pünktchen waren. Der Wind trieb ihr die Tränen in die Augen, und sie bekam unter der Hand kaum noch Luft, doch das war nichts gegen die wahnsinnige Angst, die ihren Körper lähmte und sie fassungslos zum Dorf blicken ließ, das in der Dunkelheit verschwand. Es waren nicht nur Tränen des Windes, die ihre Sicht verschleierten. Die weißen Ritter hatten sie gefunden, und jetzt war alles vorbei.

Nie würde sie den Blick in den Augen ihres Vaters vergessen. All die Liebe, die darin gelegen hatte, all der Schmerz. Würde sie ihn jemals wiedersehen?

❧

Irgendwann hatte sie aufgehört, sich zu wehren, hatte sich der Umklammerung hingegeben und war beinahe teilnahmslos mit ihrem Entführer durch die Nacht geflogen. Stunden, Tage, Jahre vergingen, und als sie wieder Boden unter ihren Füßen spürte und auch die Hand von ihrem Mund verschwand, tat sie nichts, rührte sich nicht und brauchte all ihre Kraft, um die

Augen zu öffnen. Das nahe Licht der Mirin erhellte die weite Wiese, die außerhalb des Dorfes zum Wald führte. Am liebsten hätte sie die Augen sofort wieder geschlossen, doch sie musste die Wahrheit sehen. Dem Feind, der sie schon so lange verfolgte, in die Augen blicken. Zitternd und mit wild pochendem Herzen drehte sie sich langsam um.

Eine dunkle Gestalt hob sich gegen das schwache Licht ab.

»Eamon!«

Es war nicht einmal ein Augenzwinkern, in dem sie an der Schulter gepackt und herumgewirbelt wurde. An seinen Körper gepresst, verschloss seine Hand erneut ihren Mund, mit einer Kraft, die ihr nicht zu atmen erlaubte.

»Keinen Ton«, vernahm sie das Flüstern an ihrem Ohr, so leise, dass es kaum mehr als das Rauschen des Windes war.

Vanora starrte mit weit aufgerissenen Augen zur Wiese und brachte nur mühsam ein schwaches Nicken zustande, woraufhin die Hand langsam verschwand und sie sich nach ein paar vorsichtigen Atemzügen wieder umdrehte. Die stahlblauen Augen strahlten im silbernen Licht wie die blitzende Klinge eines Schwertes – wachsam, tödlich.

»Hast du sie kommen sehen?«, wisperte Eamon und deutete mit dem Kopf in Richtung Steilklippen.

Abermals nickte sie und schob die Erinnerung an die damit verbundenen Qualen fort.

»Wie viele?«

Sie wusste, dass sie niemals so leise sprechen könnte wie er, und so hob sie schließlich zögernd die Hände und zeigte ihm alle zehn Finger, ballte die Hände zur Faust und streckte schließlich noch einmal die Finger einer Hand aus.

Eamon fuhr sich leise fluchend mit den Händen über die Augen und strich sich das Haar zurück. Einen Moment lang verharrte er in dieser Position, ehe er sie wieder ansah. »Wer führt sie an?«, fragte er schließlich, und Vanora entging das nervöse Zucken an seinem Mundwinkel nicht. Eine Unruhe, die sich immer weiter auf sie übertrug. Die Angst war ohnehin kaum auszuhalten, doch selbst Eamon derart verzweifelt zu sehen war zu viel.

Mechanisch schüttelte sie den Kopf. Sie fühlte sich betäubt. Das silberne Licht um sie herum, das dumpfe Gefühl in ihrem Kopf, als wäre er mit Watte gefüllt, all das erschien ihr unwirklich wie ein Traum. Das Zittern in ihren Beinen wurde immer schlimmer, selbst ihr Kiefer schmerzte durch die Anspannung, mit der sie versuchte, das Zähneklappern zu verhindern.

Eamon stand mit geschlossenen Augen vor ihr, die Faust gegen die Stirn gepresst, und Vanora konnte nichts anderes tun, als ihn anzustarren. Sie wusste nicht, ob es eine Sekunde oder eine Minute war, die verging, ehe er sich wieder aufrichtete. »Wir müssen an ihnen vorbei«, flüsterte er schließlich. »Erreichen wir das Tor, sind wir in Sicherheit.« Wieder nickte sie und blieb weiterhin reglos stehen. Eamon legte die Hände auf ihre Schultern und beugte sich zu ihr hinab. »Ich werde dich beschützen, Vanora. Dir wird nichts geschehen, aber du musst absolut leise sein. Du musst mir vertrauen.«

Vanora schluckte den Kloß in ihrem Hals hinunter und nickte. Widerstandslos ließ sie sich von ihm hochheben und schlang die Arme um seinen Nacken. Und dann flogen sie wieder.

Abermals schlug ihr eisiger Wind ins Gesicht, verwirbelte ihr Haar und presste es an die tränennassen Wangen. Die schwarze Wiese zischte an ihr vorbei, dann hatten sie die Baumgrenze erreicht. Das Licht der Mirin war bereits bedrohlich nah und erleuchtete den Horizont über den Hügeln. Die schwarze Silhouette eines mächtigen Baumes kam näher, und Eamon hielt genau auf ihn zu. Eine leise Übelkeit zog aus ihrem Magen herauf, doch Eamon hielt nicht inne, lief den Stamm hinauf, als läge dieser waagerecht, und flog weiter über die Zweige, die nicht einmal ein verräterisches Rascheln verursachten. Dicke Äste zogen in Haaresbreite an Vanoras Gesicht vorbei, doch nicht ein Blatt streifte sie. Der Wald war bereits im silbernen Licht beleuchtet, und die Bäume streckten ihre Fänge wie schwarze knochige Skelette nach ihr aus. War die Entfernung zwischen zwei Bäumen so groß, dass sich die Äste der Kronen nicht berührten, überwand Eamon die Distanz scheinbar spielend. Vanora starrte mit offenem Mund in die Tiefe unter sich, während Eamon durch die Luft flog, plötzlich mit einer Langsamkeit, als würde die Zeit stehenbleiben und sie über der freien Fläche, ohne die rettenden Äste, festhalten. Er landete sicher im nächsten dichten Gestrüpp der Kronen und lief noch ein Stück weiter, ehe er plötzlich stehenblieb. Das abrupte Anhalten warf Vanoras Kopf nach vor und ließ ihren Magen noch einige Schritte weiterlaufen, nur um ihn mit noch viel größerer Übelkeit zurückprallen zu lassen.

»Es ist zu spät«, flüsterte Eamon, als er sie vorsichtig auf die Beine stellte.

Vanora suchte auf den bedrohlich schwankenden Zweigen Halt und versuchte, das unkontrollierbare Zittern ihres Körpers einzudämmen. Ihr Brustkorb schmerzte, als wäre sie selbst den weiten Weg bis hierher gelaufen.

»Sie sind hier.« Eamons Arm schlang sich um ihre Mitte und zog sie dicht an seinen Körper. Mit schmerzhafter Stärke presste er sie an sich und verhinderte so, dass sie fiel. Das silberne Licht der Mirin wurde immer heller, und sie spürte, wie die Luft von Magie erfüllt wurde. Sie ging von Eamon aus und kribbelte an ihrer Haut. Eamons Atem in ihrem Nacken ließ sie frösteln. Die ersten schmetterlingsgleichen Wesen flatterten über ihre Köpfe hinweg, tanzten vor ihren Gesichtern, manche von ihnen streifen mit ihren Flügeln sogar ihre Wangen.

Vanora presste die Augen zusammen, versuchte ruhig zu atmen, während sie die leichten Berührungen Dutzender Flügel an ihrer Haut spürte. Tränen flossen aus ihren geschlossenen Augen, und der Schlag ihres Herzens donnerte so laut in ihrer Brust, dass sie sicher war, jeder hier im Wald könne es hören. Das Pochen in ihrem Hals und ihren Schläfen wurde bereits schmerzhaft, verschlimmerte das ohrenbetäubende Rauschen. Und dann öffnete sie ihre Augen. Sie wusste nicht, wieso, es war wie ein Zwang, der sie dazu brachte, zwischen den flatternden Mirin in die Tiefe des silbern beleuchteten Waldes hinabzusehen.

Das Atmen war vergessen. Niemals zuvor hatte sie etwas vergleichbar Schönes oder Unheimliches gesehen. Weder in Träumen noch in Wirklichkeit. Unwillkürlich klammerte sie sich noch stärker an Eamon, während sie zu den Elfen hinabstarrte, die in einer Prozession aus Zweierreihen durch den Wald schwebten. Die weißen Umhänge wehten in einem magisch vibrierenden Luftzug über die Rücken der Schimmel. Die weißen Rüstungen, das Fell der Pferde, selbst die bleiche Haut der Elfen reflektierten das silberne Licht und schimmerten wie tausend kleine Eiskristalle. Vanora versuchte langsam und gleichmäßig zu atmen. Eine unerwartete Kälte kroch über ihren Körper, drang in sie ein und kühlte ihr Blut immer weiter ab, bis es eisig durch ihre Adern floss. Wäre ihr Atem als Wolke vor ihrem Gesicht gestanden, es hätte sie nicht gewundert. Doch dann erkannte sie, dass die Kälte nicht von ihr ausging. Es waren die Elfen. Alles an ihnen verursachte das Gefühl von Winter, Schnee und Kälte, eisiger Kälte, die einem in die Haut schnitt. Ihr Blick flog die Zweierreihen der Elfen nach vorn, von denen manche Banner mit einem sich aufbäumenden Pferd trugen, und blieb an dem einzelnen Reiter an deren Spitze hängen. War die Kälte vorhin noch langsam in sie gekrochen, schlug sie ihr jetzt mit einer Heftigkeit entgegen, die ihren gesamten Körper erbeben ließ.

Der Befehlshaber Nevliin von Valdoreen!

Sie erkannte ihn gleich, ohne ihn je zuvor gesehen zu haben, und verstand, dass kein Wort, das sie je über ihn gehört hatte, ihm je hatte gerecht werden können. Es war, als würde sie zum ersten Mal in ihrem Leben einen Elfen sehen. Er hatte nichts mit Eamon oder auch Glendorfil gemein. Vielleicht lag es an den spitzen Ohren, die durch das im Nacken zusammengebundene Haar so deutlich waren, oder an den markanten Gesichtszügen, die im silbernen Licht noch schärfer wirkten und Schatten unter die ausgeprägten Wangenknochen warfen. Ein Gesicht, das allein schon eine Bedrohung darzustellen vermochte und die Hand am Knauf des Schwertes überflüssig machte. An diesem Mann war nichts Menschliches, keine Wärme oder Güte, die an Eamon und Glendorfil so deutlich zu sehen, aber vor allem zu spüren waren. Sein Anblick ließ jede Faser ihres Körpers nach Flucht schreien, wie ein Reh, das einem Raubtier gegenüberstand. Und doch hielt er sie in seinem Bann. Denn so furchterregend seine Erscheinung auch war, so schön war er gleichzeitig in jeder seiner gefährlich eleganten Bewegungen, die das silberne Licht über seine weiße Haut tanzen ließ. Ein Bann, den sie nicht zu brechen vermochte und der selbst das Zittern ihres Körpers zum Stoppen brachte. Sie sah nur noch ihn. Die anderen Elfen verschwammen mit dem silbernen Schleier aus ihrem Blickfeld. Zeit hatte keine Bedeutung mehr, atmen war nicht mehr notwendig. Da war nur dieses leise Knistern der Magie, das sie immer weiter zu ihm zog. Ein unsichtbares Band, eine Stimme, die sie rief. Immer näher. Sie beugte sich vor.

Ein Zweig knackte. Der Kopf des Elfen fuhr herum. Tiefschwarze Augen starrten aus dem silbern funkelnden Gesicht zu ihr herauf, trafen wie Dolche, drangen bis in ihr Innerstes und ließen sie nach Luft schnappen. Instinktiv wich sie vor den seelenlosen Abgründen zurück und verstärkte damit den Griff um ihre Brust. Eamon presste sofort wieder seine Hand an ihren Mund und nahm ihr jede Möglichkeit, zu atmen. Ihr Brustkorb wurde durch seinen Arm beinahe erdrückt, und auch seine eigenen Atemzüge in ihrem Nacken blieben aus.

Es herrschte absolute Stille. Die Mirin flatterten um sie herum und Vanora starrte immer noch in die schwarzen Tiefen dieser Augen, die sie direkt ansahen. Ihre Lungen brannten, verlangten Luft. Er sah sie. Er *musste* sie sehen, genauso, wie sie ihn sah und immer noch den Drang spürte, auf ihn zuzugehen, stärker noch als den Drang, zu atmen. Die Magie zitterte in ihren Adern, doch es war nicht ihre Magie, nicht richtig. Es war anders.

Und dann wandte er plötzlich seinen Blick ab. Er zog weder sein Schwert, noch befahl er seinen Rittern, anzugreifen. Als wäre nichts gewesen, setzte er seinen Weg fort und die anderen folgten ihm, ohne dass auch nur einer von ihnen zurücksah. Erst als auch der letzte Mirin den Wald verlassen hatte, löste sich Eamons Hand langsam von ihrem Mund, und der schmerzende Druck auf ihrer Brust ließ nach. Vorsichtig atmete sie ein, auch wenn es größte Konzentration erforderte, nicht laut zu keuchen.

»Wir müssen weiter«, flüsterte Eamon.

»Er hätte uns sehen müssen«, flüsterte sie abwesend. »Er hat mich gesehen.«

»Tarnzauber«, antwortete Eamon knapp und Vanora erinnerte sich an die leichte erdverbundene Magie, die von Eamon ausgegangen war. Doch es war nicht seine Magie gewesen, die in ihr selbst gezittert hatte.

Die Bäume zogen erneut an ihr vorbei und wirkten doch weit weg. Irgendwann wurden sie seltener, bis sie schließlich gänzlich wichen und Eamon mit ihr über die Hügel lief. Sie selbst aber war noch immer im Wald, auf diesem Baum bei den schwarzen Augen, die sich bis in ihr Innerstes gebrannt hatten und sie einfach nicht mehr loslassen wollten. Erst als sie die Steilklippen erreicht hatten, kam sie wieder zu sich.

»Bleib stehen!«, rief sie, und Eamon hielt erneut viel zu abrupt an.

»Was ist los? Wir haben keine Zeit.« Er stellte sie auf die Beine, und Vanora blickte in Richtung Dorf. Die Lichter hatten es beinahe erreicht.

»Ich muss zurück!«

»Wir können nicht zurück.« Eamon ging einen Schritt auf sie zu, doch Vanora wich vor ihm zurück.

»Was soll das heißen? Wohin gehen wir?«

»Ich bringe dich jetzt in das Schattenreich.«

»Für wie lange?«

»Für immer.«

Ein Faustschlag mitten in den Magen. Verzweifelt und natürlich völlig überflüssig sah sie sich nach einer Fluchtmöglichkeit um. »Ich werde meinen Vater nicht zurücklassen.«

Eamon sah sie unverwandt an. »Du wusstest, dass dieser Tag kommen würde«, erwiderte er ruhig.

»Ich wäre niemals mit euch gegangen. Nicht, solange mein Vater hier ist.«

»Es tut mir leid, Vanora. Das hast du nicht zu entscheiden.«

Sie starrte ihn an, konnte nicht glauben, dass Eamon sie zwingen wollte, ihren Vater hier alleinezulassen. Nicht der Eamon, den sie von früher kannte. Aber was war mit Eamon dem Elfen, dem König der Dunkelelfen?

Erneut ging er einen Schritt auf sie zu. »Wir werden beide sterben, wenn wir länger warten.«

Vanora blickte zum Dorf. Die Lichter schwebten bereits darüber. Eine unsichtbare Hand drückte ihr die Kehle zu. Mit Tränen in den Augen sah sie zu ihm auf. »Bring mich zurück«, befahl sie langsam und so bestimmt, wie es ihr mit tränenerstickter Stimme möglich war.

»Nein.«

Vanora deutete zum Dorf. »Sie sind bereits dort! Sie werden ihn töten! Wie kannst du nur untätig dabei zusehen?!«

Eamon seufzte und drückte seine Faust gegen die Stirn. So verharrte er einige Herzschläge lang, bis er sie wieder ansah. »Sie werden niemandem etwas antun«, sagte er schließlich wieder mit derselben ruhigen Stimme, die sie in keiner Weise beruhigen konnte.

»Woher willst du das wissen? Wenn ich nicht dort bin …!«

»Ich weiß es!«

Vanora zuckte zusammen wie unter einem Schlag.

»Hast du den Aufmarsch nicht gesehen?«, fragte Eamon, diesmal nicht mehr ganz so ruhig. »Sie kommen, um die letzte Nachfahrin einer Königin zu holen. Nicht, um jemanden heimlich zu entführen. Ich kenne Nevliin. Er würde niemals dermaßen ehrlos handeln. Sie werden, ohne Schaden anzurichten, heimkehren. Du bist die Einzige, die in Gefahr ist. Verstehst du das denn nicht?«

»Dann werde ich mich ihnen stellen. Ich laufe nicht davon und lasse meinen Vater hier allein. Ich kann kämpfen und mit meiner Magie …«

»Du wärest tot, bevor du überhaupt nur daran denken könntest, Magie anzuwenden!«

Vanora schluckte gegen den Kloß in ihrem Hals, atmete tief durch und hob ihren Kopf. »Das werden wir dann ja sehen.«

Stille. Keiner der beiden bewegte sich, doch Eamons Regungslosigkeit war schlimmer, als wäre er auf sie zugegangen. Es war etwas in seinem Blick, in der steifen Haltung. Wie ein Raubtier kurz vor dem Sprung. Schritt für Schritt wich sie vor ihm zurück, vergrößerte den Abstand, ohne den Blick von ihm abzuwenden, während Eamon jede ihrer Bewegungen verfolgte.

»Es tut mir leid.« Ein Flüstern.

Vanora riss die Augen auf, doch er war verschwunden. Ein Augenzwinkern später hatte er sie bereits um die Mitte gepackt, warf sie über seine Schulter und lief los.

»Lass mich runter! Das kannst du nicht machen!« Mit aller Kraft boxte sie in seinen Rücken. Das Rauschen des Meeres wurde lauter, die Luft kälter. Eamon lief einen schmalen Pfad entlang den Felsen hinab und blieb erst an einem kleinen Stück Strand stehen. Ein Ort, den Vanora noch nie betreten hatte und doch sehr gut kannte. Einen Moment lang verharrte er vor dem Felsen, dann löste sich dieser in weißem Licht auf.

Vanora versuchte sich aufzurichten, um besser sehen zu

können, doch sie wurde bereits völlig in weiße Unendlichkeit gehüllt, und im nächsten Moment ließ Eamon sie auch schon los. Hastig stolperte sie ein paar Schritte von ihm zurück, doch hier war nichts, woran sie sich orientieren konnte, nur weißes Licht. Sie kannte all die Geschichten und Beschreibungen dieses Zwischenortes, der sie endgültig aus ihrer Welt, ihrem Zuhause fortbringen sollte.

»Mein König! Prinzessin!« Vanora fuhr zu der vertrauten Stimme herum und keuchte entsetzt auf. Eine Handvoll Schattenritter standen direkt vor ihr, doch nur einen sah sie an – Glendorfil!

»Nein.« Sie taumelte zurück, prallte gegen Eamon, der seine Hand auf ihre Schulter legte, und wich auch ihm aus. Fassungslos starrte sie in Glendorfils Gesicht mit der charakteristischen Narbe an der linken Wange. Ohne den Hut konnte sie zum ersten Mal die Elfenohren erkennen, die vom langen schwarzen Haar teilweise verdeckt wurden, und auch die dunklen Augen waren so merkwürdig vertraut, dass sie sich plötzlich in die Vergangenheit zurückversetzt fühlte.

»Vanora.« Er verbeugte sich knapp und schenkte ihr ein etwas zaghaftes Lächeln, doch sie brachte kein Wort heraus.

»Gab es Komplikationen?« Eamons Stimme holte sie zurück in die Gegenwart. Der Zorn loderte von neuem auf, und auch Glendorfil traf ihr hasserfüllter Blick. Er war Teil dieser Verschwörung. Er hatte sie belogen. Ausgenutzt. Bisher hatte sie zwar stets angenommen, ihm seine Lügen längst verziehen zu haben, so wie Eamon, doch ihm jetzt gegenüberzustehen ließ all die Enttäuschung wieder hochkommen. Sie alle hier entrissen sie aus ihrer Welt, trennten sie von ihrem Vater! So war das nicht gedacht gewesen. Nicht so früh!

»Alles ruhig, Majestät.«

»Gut. Dann lasst uns heimkehren, ehe sie uns so kurz vor dem Ziel noch finden.«

Ein halbes Dutzend Rappen erschienen aus dem Licht, und Vanora erkannte unter ihnen auch Antrax und Glitnir, die Pferde Eamons und Glendorfils. Schweigend blickte sie in die Gesichter der Elfen, als Eamon in den Sattel stieg, sie hochhob und sie an sich drückte. Sie beugte sich etwas nach vorn, um der Nähe zu entgehen, doch Eamon verstärkte seinen Griff, die Gruppe setzte sich in Bewegung, durchschritt einen nebligen Durchgang und erreichte eine weitere weiße Halle mit einem Bild, das nichts als Wald, Nebel, graues Licht und Düsternis zeigte. Den Ort, an dem sie die Ewigkeit verbringen sollte, bis zu ihrem Tod für das Reich.

Vanora ließ es geschehen und wehrte sich nicht mehr. Aus der Verzweiflung in ihren Augen wurde Trotz, aus der Furcht Stolz. Sie würde sich nicht wehren. Sie hatte erkannt, wann sie verloren hatte. Aber dass Eamon und Glendorfil sie gezwungen hatten, ihren Vater zurückzulassen, würde sie ihnen, das schwor sie sich, niemals verzeihen. Ihr Hals schmerzte vor unterdrückten Tränen, aber sie biss die Zähne zusammen und atmete ruhig und konzentriert durch die Nase.

Niemals würde sie vor ihnen weinen. Niemals würde sie Schwäche zeigen. Eamon unterschätzte ihre Kraft.

Eamon

Der König saß an seiner Tafel aus dunklem Holz, die mit zahlreichen goldenen Verzierungen geschmückt war. Die Ellbogen hatte er auf der glatten Fläche abgestützt, den Kopf gesenkt und beide Fäuste gegen die Stirn gedrückt. Mit geschlossenen Augen lauschte er den wild durcheinandersprechenden Stimmen. Er versuchte, sich zu konzentrieren und mehr als nur ein monotones Rauschen zu hören, doch seine Gedanken verließen immer wieder den Raum, strömten durch die Korridore hinauf in jene Gemächer, in denen Vanora bewusstlos lag.

Es war das einzig Richtige gewesen. Immer wieder sagte er es sich, doch die Kälte ihrer sonst so strahlenden blauen Augen ließ ihn nicht mehr los.

»Was meinst du, Eamon?«

Der König blickte auf. Vier Augenpaare waren auf ihn gerichtet und sahen ihn voller Erwartung an. Eamon blickte in die Runde und versuchte, sich an den Klang der Stimme zu erinnern, die ihn aus seinen Gedanken geholt hatte, doch er war zu weit fort gewesen.

»Hier bin ich Bruder.« Liadan, die ihm gegenübersaß, hob ihre Hand und winkte. »Hast du überhaupt zugehört?«, fragte sie mit ernster Miene und dem düsteren Blick, der so sehr ein Teil ihres Wesens war.

»Nein«, gestand er und strich sich die Haare aus den Augen. »Das habe ich nicht.«

Liadan seufzte und blickte hilfesuchend zu ihrer Tante Lessien. Als diese nur mit den Schultern zuckte, erhob seine Schwester sich und ging zu ihm herüber.

»Wir müssen über die weiteren Schritte sprechen«, erklärte sie. »Alkariel wird bestimmt bald hier sein.«

»Du hast sofort nach unserer Ankunft einen Boten zu ihr geschickt?« Eamon war so müde und wollte sich einfach nicht damit beschäftigen, aber was blieb ihm anderes übrig?

Liadan nickte, woraufhin Ardemir, ihr Vetter, zu kichern begann. »Ich würde zu gerne ihr Gesicht sehen, wenn sie die Nachricht erhält.«

Auch in Eamons Gesicht schlich sich ein winziges Schmunzeln. So viele Jahre hatte Alkariel heimlich nach Vanora suchen lassen. Nun erhielten sie und all ihre Fürsten die freudige Kunde, dass die verschollene Prinzessin Vanora, Nachfahrin von Daralee, in der Menschenwelt auf Dunkelelfen getroffen war und diese in das Schattenreich begleitet hatte. Den Ort, an dem sie in Zukunft leben wollte.

»Ich bin immer noch der Meinung, dass wir Alkariel nichts von ihr hätten sagen dürfen«, meinte Lessien.

Nun ergriff Glendorfil das Wort: »Da Vanora nicht mehr im Dorf war, wusste Alkariel ohnehin, dass sie bei uns ist«, erwiderte er. »Sie hätte sie auch mit ihrer Magie bei uns aufgespürt. In der Menschenwelt war Vanora vor ihren Kräften sicher, doch hier im Schattenreich hätte Alkariel ihre magische Aura vermutlich vernommen. Da ist es besser, sie sieht durch unsere Nachricht, dass wir uns vor ihr nicht fürchten, dass wir mit ihren Leuten rechnen, die kommen werden, um Vanora zu entführen – genauso wie Eliria damals.«

»Du meinst also, sie wird keine Entführer schicken?« fragte Lessien ungläubig. »Wird sie gleich in den Krieg ziehen?«

Glendorfil hob die Schultern. »Alkariel bevorzugte immer den verborgenen Weg. Schließlich soll niemand wissen, dass sie unschuldiges Blut für ihre persönlichen Pläne vergießen würde. Von Eliria erfuhr die Welt auch erst nach ihrem Tod, und da waren natürlich wir die Bösen. Auch weiß Alkariel nicht, wie groß Vanoras Macht bereits ist. Ich glaube, sie wird nach einem stilleren Weg suchen, als ihre Fürsten zur Schlacht zu rufen und sie davon zu überzeugen, dass Vanora hier eine Gefangene ist und befreit werden muss. Vorerst. Lange wird sie jedoch nicht warten.«

»Gefangene.« Eamon strich sich durch das Haar. Ihre hasserfüllten Augen brannten in seinem Herzen.

Liadan sah ihn aus zusammengekniffenen Augen an. »Es war die einzige Möglichkeit«, sagte sie ungewohnt sanft. »Zur Sicherheit des Schattenreiches, der Dunkelelfen und vor allem zu ihrer eigenen Sicherheit.«

Wie oft hatte er sich selbst diese Worte gesagt, und doch fühlte er sich als Verräter. Es fiel ihm schwer, sich hier um politische Belange zu kümmern und nicht sofort zu Vanora zu eilen. »Wer ist bei ihr?«, fragte er schließlich, an seine Schwester gerichtet.

»Finola. Sie wartet, bis Vanora aufwacht, und wird ihr danach die weitere Vorgehensweise erklären.«

Eamon nickte. Finola war eine gute Seele. Die Koboldfrau hatte selbst auf schmerzliche Weise Alkariels Entschlossenheit in der Zerstörung der Barriere spüren müssen. Ihr Ehemann Bienli war spurlos verschwunden. Kurz darauf hatte Nevliin die prachtvolle Gesandtschaft Alkariels durch das richtige Tor geführt, um die Nachfahrin Daralees zu ihrer ehrenvollen Aufgabe zu führen – die Barriere zu zerstören und ihr Leben dafür zu geben. Finola konnte Vanora womöglich besser als alle Elfen klarmachen, wie sehr sie im Schattenreich gebraucht wurde, welche Gefahr außerhalb dieser Grenzen auf sie lauerte. Außerdem hatte die Koboldfrau sich damals auch um Eliria gekümmert und konnte Vanora alle Fragen über ihre Mutter beantworten.

Ardemir ließ seine flache Hand auf den Tisch prallen. »So. Und was machen wir jetzt mit der Königin?«

Eamon stand auf und blickte in die Runde. »Sie wird nicht selbst kommen. Ihr Zorn wird zu groß sein. Vermutlich schickt sie ihre Vertraute, diese Magierin, in Begleitung einiger Lichtritter, die dann feststellen, wie grausam Vanora hier behandelt wird und dass sie unbedingt befreit werden muss.«

Lessien seufzte. »Ich glaube nicht, dass sie auf die Nachricht reagieren wird. Schon gar nicht, dass sie jemanden hierherschickt. Eher stellt sie schon ihr Heer auf, um uns alle zu vernichten.«

»Oh nein, sie wird jemanden schicken.« Eamon lächelte. »Sie werden kommen und höflich Verbundenheit heucheln.«

»Nevliin wird vermutlich auch dabei sein«, sagte Liadan in gleichgültigem Tonfall, beobachtete ihn jedoch aus den Augenwinkeln.

»Wir werden ihn nicht aus den Augen lassen«, knurrte Eamon und wandte sich zur Tür. »Damit ist wohl alles besprochen.«

Er wartete keine Antwort ab und ging hinaus. Als sich die Tür hinter ihm schloss, holte er so tief Luft, als hätte er Ewigkeiten nicht mehr geatmet. Wie hatte es sein Vater ertragen, über all die Jahrhunderte die Verantwortung für ein ganzes Reich zu übernehmen? Eamons Körper bestand nur noch aus

Schmerzen. Die Gewissheit, Vanoras Freundschaft für immer verloren zu haben, zerriss ihm das Herz. Sein Magen zog sich durch Nevliins baldige Ankunft im Schattenreich zusammen, die Gedanken an sein Volk und wie er es vor einem Krieg gegen einen übermächtigen Gegner schützen konnte, bereiteten ihm qualvolle Schmerzen. Zu allem Überfluss durfte er sich als König nicht anmerken lassen, dass er maßlos überfordert war. Die Verantwortung lastete schwer auf seinen Schultern und drohte ihn zu erdrücken.

Frische Luft. Das war es, was er nun brauchte.

Mit schnellen Schritten durchmaß er den Korridor und die große Eingangshalle und befand sich bereits in Gedanken in halsbrecherischem Galopp über die Ebenen, als plötzlich der Klang eines Horns durch die Mauern drang.

»Mein König!« Ein junger Schattenritter eilte durch das Eingangstor auf ihn zu, verbeugte sich und wartete auf ein Zeichen, sprechen zu dürfen. Eamon nickte und machte sich auf die Bestätigung seiner Befürchtung gefasst.

Der Schattenritter richtete sich auf. »Mein Herr. Soeben sind neun Lichtelfen durch das Tor im Wald gekommen. Eine unbewaffnete Magierin höchsten Ranges und acht Lichtritter.«

Acht Lichtritter. Eamon dachte einen Moment darüber nach, ob er die Frage, dessen Antwort er nicht wissen wollte, stellen sollte, und entschied sich schließlich dafür: »Wer führt die Lichtritter an?«

»Fürst Nevliin von Valdoreen, Herr.«

Alkariel verlor keine Zeit. Das war zu schnell, dachte er. Er war noch nicht bereit. Vanora war noch nicht bereit. Niemand war bereit, zu sterben und … »Du kannst jetzt gehen«, sagte Eamon matt und wandte sich ab.

Der Schattenritter verbeugte sich und verschwand.

Ich bin der König, dachte Eamon. Ich. Bin. Der. König.

Langsam sah er sich in der gewaltigen Eingangshalle um. Sein Reich, sein Volk. Alles andere war unwichtig. Es war keine Zeit für Gefühle. Weder Liebe noch Hass. Eine Delegation der Königin der Lichtritter erwartete ihn. Er war der König der Dunkelelfen. Und er würde sie gebührend empfangen.

Nevliin

Mit sieben Lichtrittern im Gefolge betrat Nevliin die große Eingangshalle und lauschte dem hallenden Krachen, als die Tür zum Audienzzimmer des Königs hinter ihnen ins Schloss fiel. Er hatte kein gutes Gefühl dabei, Meara alleine bei Eamon und seinen Höflingen zu lassen, aber sie hatte darauf bestanden, die Angelegenheit in Alkariels Namen allein mit ihm zu klären. Blieb nur zu hoffen, dass sie ihre Vertrauensseligkeit nicht bereute.

»Seht euch im Hof und bei den Ställen um«, befahl er seinen Rittern ungeduldig. »Verhaltet euch unauffällig.«

Die Lichtritter nickten und verschwanden als weiße Schemen durch den Rundbogen. Nevliin blieb nahe bei den Gemächern des Königs und wartete. Beim kleinsten auffälligen Geräusch würde er Meara zu Hilfe eilen.

Doch es war still. Er war allein. Und es war diese Stille, die seine Gedanken umso lauter schreien ließ.

Angespannt versuchte er, sich auf das Audienzzimmer zu konzentrieren, lief unruhig vor der Tür auf und ab und versuchte erfolglos, seine kreisenden Gedanken zu ordnen. Es war einfach nicht zu fassen, dass die jahrelange Suche nach der Halbelfe auf diese Weise enden sollte. Die Dunkelelfen verhöhnten die Königin, und Alkariel duldete es auch noch. Anstatt mit dem gesamten Heer in Lurness einzurücken und Vanora zu befreien, hatte sie ihn hierhergeschickt, um sie zu beobachten. Als würde dies ausreichen, um sie vor den Dunkelelfen zu beschützen. Eamon wusste, dass einzig durch die Magie von Daralees Nachfahrin die Barriere zerstört werden konnte. Was würde da näherliegen, als diese einzige Möglichkeit auszuschließen, indem sie das Mädchen töteten? Was spielte es da schon für eine Rolle, dass sie zur Hälfte ein Mensch war? Sie gehörte immer noch zum Volk der Lichtelfen, zu seinem Volk. Aber Alkariels Befehle verdammten ihn dazu, Spielchen zu spielen und Freundschaft zu heucheln. Alkariel ging diplomatisch vor, was in einer weniger gefährlichen Situation vermutlich vernünftig gewesen wäre. Doch im Hier und Jetzt verstand er ihre Befehle nicht. Und so blieb ihm nichts anderes übrig, als seinen Auftrag zu erfüllen und zu hoffen, dass die Königin keine Elfe ihres Volkes in den Fängen der Dunkelelfen ließ. Der Tag würde kommen, an dem Alkariel ihn zurückrief und ihm den ersehnten Auftrag gab, die Halbelfe ins Lichtreich zu holen.

Ein leises Trippeln an einer der oberen Galerien erregte seine Aufmerksamkeit. Jemand hatte es sehr eilig. Das war kein gutes Zeichen, befand er. Und Grund genug, einzuschreiten. Lautlos lief er zur Treppe, die Hand auf dem Schwert. An eine der Säulen gelehnt, wartete er auf das Geräusch der näher kommenden Schritte und verharrte reglos, bis diese die letzten Stufen nahmen. Dann sprang er blitzschnell aus seinem Versteck hervor. Doch noch ehe er sich orientieren und sein Gegenüber zuordnen konnte, traf ihn ein Stoß gegen die Brust. Der Aufprall brachte ihn kaum ins Schwanken, doch als er die junge Frau sah, die nun vor ihm am Boden lag, machte sein Herz einen Sprung. »Bitte verzeiht«, sagte er schnell und packte sie, ohne lange zu überlegen, an den Armen, um sie wieder auf die Beine zu stellen.

»Ich kann selbst aufstehen«, herrschte sie ihn mit seltsam klingendem Akzent an und wand sich aus seinen Händen.

Nevliin ließ sie los, trat einen Schritt zurück und musterte das seltsam aussehende Mädchen. Das lange blonde Haar, das ihr in leichten Wellen auf die milchweißen Schultern fiel, konnte nicht verbergen, wer sie war. Der Sturz hatte ihr zahlreiche Strähnen ins Gesicht geworfen und somit den Blick auf die für eine Elfe viel zu runden Ohren freigegeben. Etwas ungeschickt rappelte sie sich auf, strich sich die Haare aus dem Gesicht und zupfte ihr schwarzes Kleid zurecht. Leuchtend türkisblaue Augen blickten zu ihm auf und musterten ihn mit unverhohlener Missbilligung. Eine äußerst ungewöhnliche Reaktion auf seine Erscheinung, da er meist mit Bewunderung bedacht wurde.

Nevliin erwiderte ihren Blick mühelos und verbarg, wie sehr ihn ihre Feindseligkeit irritierte. Das fiel ihm nicht besonders schwer, denn diese Augen hatten etwas Fesselndes. Sie selbst hatte etwas an sich, das ihn zutiefst berührte. Jahrelang hatte er nach ihr gesucht, und jetzt stand sie vor ihm.

»Das ging ja schnell«, brach sie schließlich das Schweigen, breitete die Arme aus und drehte sich langsam im Kreis, doch als sich ihre Blicke wieder trafen, verschwand das aufgesetzte Lächeln. »Nun. Hier bin ich.«

»In der Tat.« Nevliin nickte und senkte den Kopf tiefer, als es notwendig gewesen wäre. Die Sekunden vergingen. Schweigend betrachteten sie einander, und Nevliins Gefühl, dass etwas an der Situation zunehmend außer Kontrolle geriet, verstärkte sich. Mit Mühe zwang er sich, dieses leise kribbelnde Gefühl, das wie Magie durch seine Adern strömte, zu ignorieren und seinen Blick, zumindest einen Moment lang, abzuwenden.

»Prinzessin.« Er erinnerte sich nun endlich an seine Manieren und vollführte eine valdoreener Verbeugung, die ihm angesichts ihrer Herkunft angebracht erschien. »Mein Name ist …«

»Ich weiß, wer Ihr seid«, unterbrach sie ihn ruhig. Ihre Stimme war kalt wie die Verachtung in ihrem Blick.

Nevliin hob eine Augenbraue. »Ihr habt von mir gehört?«

»Haltet Ihr mich für dumm, oder soll dieses Spiel etwa lustig sein?«

»Ein Spiel, Prinzessin?«

Sie seufzte. »Ich halte nicht viel vom Gerede anderer, doch Ihr seid genau so, wie Ihr mir beschrieben wurdet. Euer Ruf eilt Euch weit voraus, Fürst Nevliin von Valdoreen.« Bei der Aussprache seines Namens machte sie einen kleinen Knicks, der jedoch weder anmutig noch respektvoll war und eher etwas von Spott an sich hatte.

»Ist dem so?«, fragte er bemüht gleichgültig.

Ihre Lippen verzogen sich zu einem dünnen Lächeln. »O natürlich. Ich habe es bereits bei unserer ersten Begegnung erkannt.«

Ihr Blick hatte etwas Herausforderndes, Provozierendes. Ja, sie provozierte ihn, was nur selten jemandem gelang. Es war offensichtlich, dass sie versuchte, ihn zu durchschauen, und nach einer Regung in seinem Gesicht suchte, doch Nevliin sah sie weiterhin ungerührt an. Er wusste nicht, wovon sie sprach, wusste nicht, wieso sie so auf ihn reagierte, doch vor allem wusste er nicht, wieso er auf diese Weise auf sie reagierte.

»Wie dem auch sei.« Die Halbelfe konnte seinem Blick nicht länger standhalten und sah zu Boden. Einen winzigen

Moment lang verharrte sie in dieser Position, ehe sie wieder zu ihm aufsah, mit demselben kriegerischen Blitzen wie zuvor. »Ganz gleich, welchen Ruf Ihr habt«, sagte sie schließlich, »oder was in Wahrheit dahintersteckt. Ich habe keine Angst mehr vor Euch.«

»Dazu bestand niemals Grund.« Nevliin betrachtete sie mit prüfendem Blick, und nun war er es, der versuchte, hinter ihre Fassade zu blicken. Dieses Mädchen verwirrte ihn, was äußerst beunruhigend war. Ihre Erscheinung, jedes Wort warfen Fragen auf. Fragen, von denen er nicht wusste, ob er überhaupt eine Antwort haben wollte.

»Natürlich nicht.« Sie sah mit süffisantem Lächeln zu ihm auf. »So leicht bin ich nicht zu töten.«

»Euch töten, Prinzessin?«

»Oder mich zu Eurer Königin zu bringen, damit sie es selbst übernimmt. Aber ich vermute, sie wird Euch die ehrenvolle Aufgabe überlassen. Natürlich erst, nachdem ich ihr zu alter Macht verholfen habe.«

Nevliins Verwirrung wurde immer größer. Wie konnte sie nur denken, dass die Lichtelfen ihren Tod wollten? Sie war eine von ihnen.

Unwillkürlich ging er einen Schritt auf sie zu, wodurch sich ihre Haltung sofort anspannte. Er blieb stehen.

»Prinzessin Vanora«, sagte er leise, und ihm wurde bewusst, dass er ihren Namen zum ersten Mal ausgesprochen hatte. Sie war kein gesichtsloser Auftrag mehr. Sie stand direkt vor ihm und sah ihn an wie ein Hund, der zu oft geschlagen worden war. Verängstigt und doch angriffsbereit, um sich jederzeit zur Wehr zu setzen. »Vanora«, wiederholte er ihren Namen, so sanft es ihm nur möglich war. »Ich bin hier, um Euch zu beschützen. Ich würde Euch niemals etwas antun.«

Die Prinzessin sah ihn an und strahlte dabei eine Hilflosigkeit aus, die ihm das Herz schwer werden ließ. Was hatten diese verfluchten Dunkelelfen nur mit ihr gemacht?

Seine Hand zuckte zum Schwert, doch statt das vertraute Heft zu umschließen, hob sie sich langsam und näherte sich zögernd ihrem Gesicht. Er wusste nicht, was er da tat. Da waren nur diese verzweifelten Augen, die zugleich Wut und noch etwas anderes in ihm entfachten, das er nicht verstand. Er hatte das Gefühl, etwas tun zu müssen, sie zu trösten, um den tiefsitzenden Schmerz aus diesen Augen zu bannen. Er musste sie berühren, die zarte Haut, rein wie weiße Seide, die an den Wangen von einem rosigen Schimmer überzogen war, der für einen Elfen so unüblich war. Alles andere schien plötzlich unwichtig, während seine Hand sich mechanisch auf sie zubewegte.

Vanora rührte sich nicht. Starrte ihn an.

Seine Finger berührten beinahe ihre Wange, das Zittern der Magie in seinem Körper wurde immer stärker, als plötzlich ein lauter Knall durch den Raum hallte.

Vanora zuckte zusammen. Nevliin wich von ihr zurück und wandte sich mit wild schlagendem Herzen zur Tür des Audienzzimmers, aus welchem in diesem Moment Eamon mit seinem Gefolge und Meara traten. Meara trug ihr üblich heiteres Lächeln auf den Lippen, was entweder bewies, dass sie sich sehr gut verstellen konnte oder dass sie tatsächlich mit dem Ergebnis des Gesprächs zufrieden war. In Eamons Gesicht hingegen lag Argwohn, als er Nevliin und die Prinzessin zusammen sah, und einen Moment flackerte sogar so etwas wie Zorn in seinen Augen auf.

»Wie ich sehe, hast du Vanora bereits kennengelernt.« Eamon bemühte sich zu einem Lächeln, doch seine Augen konnten die wahren Gefühle nicht verbergen.

Nevliin hingegen nickte nur. Er hatte nicht vor, Freundschaft zu heucheln. Mit unverhohlenem Hass starrte er Eamon an, wohl wissend, dass jeder im Raum diesen Blick richtig zu deuten vermochte.

Während sie einander mit Blicken maßen, senkte sich Stille über die Halle. Als die Spannung, die zwischen ihnen herrschte, beinahe greifbar war, ergriff Meara schließlich das Wort: »Prinzessin Vanora«, sagte sie fröhlich. »Es ist mir eine Ehre, Euch kennenzulernen.« Sie sank mit aufgerichtetem Oberkörper in einen tiefen Knicks, dessen Anmut einer Elfe würdig war. »Mein Name ist Meara Thesalis. Ich bin hier im Auftrag der Königin der Lichtelfen, welcher die Nachricht Eurer Heimkehr nach Elvion große Freude bereitet. Seid versichert, dass Ihr jederzeit in der Heimat Eurer Mutter im Lichtreich willkommen seid.«

Vanora warf einen kurzen Seitenblick zu Eamon, hob den Kopf und sah wieder zurück zu Meara, die sich eben genauso elegant wieder erhob. »Ich danke Euch für die freundlichen Worte, Herrin Thesalis«, antwortete sie unterkühlt. »Ich bin sicher, die Königin war sehr überrascht, als sie hörte, eine lebende Verwandte zu haben.«

Diesmal warf Meara Nevliin einen fragenden Blick zu, widmete sich jedoch sofort wieder der Prinzessin. »Gewiss. Es war sehr … überraschend.«

Ein neuerlicher Knall dröhnte durch die Eingangshalle. Genau zum richtigen Zeitpunkt, um die Stimmung noch explosiver werden zu lassen, erschienen Nevliins Lichtritter vom Haupttor und nahmen hinter ihm Stellung ein. Einen Moment lang musterten die gegnerischen Ritter einander argwöhnisch, doch dann wandte Eamon sich an Vanora. Zu Nevliins Überraschung sah er besorgt aus, und die Art, wie er mit der Prinzessin sprach, unterstrich diesen Eindruck noch. »Geht es dir gut?« Er schien die umstehenden Elfen völlig zu vergessen. »Hat Finola mit dir gesprochen?«

Vanoras Augen veränderten sich auf eine Weise, die selbst Nevliin unheimlich war. Sie hatte ihn nicht besonders freundlich angesehen, doch hatte es eher wie eine schützende Mauer gewirkt, mit deren Hilfe es ihr leichter gefallen war, kriegerisch und furchtlos zu wirken. Doch der Hass, der sich nun in ihrem Gesicht widerspiegelte, kam aus dem tiefsten Inneren ihrer Seele. Er schien den gesamten Raum in Eis zu hüllen, was den umstehenden Elfen ebenfalls nicht entging. Alle Augen waren auf die Prinzessin gerichtet und warteten auf ihre Antwort, doch Vanora schwieg.

Nevliin beobachtete sowohl die Prinzessin als auch den König. In beiden Gesichtern spiegelte sich ein tiefer Schmerz wider, der nichts mit den oberflächlichen Gefühlen einer jungen Bekanntschaft zu tun hatte. Diese beiden kannten einander nicht erst seit kurzem. Seine Befürchtungen bestätigten sich, und auch ihr seltsames Verhalten bewies, dass sie bereits viel zu lange unter der Herrschaft der Dunkelelfen stand. Ein Umstand, der nicht länger zu dulden war. Diesmal würde er es nicht so weit kommen lassen wie bei Eliria damals. Ihre Tochter konnte er noch retten.

Seine Finger schlossen sich um das Heft des Schwertes, langsam und völlig unbewusst zog er es ein winziges Stück heraus, während er Eamon mit Blicken durchbohrte. Der zuckte jedoch plötzlich zusammen, als hätte er die Klinge bereits gespürt, und fuhr zu ihm herum. »Vergiss nicht, Nevliin«, sagte er bedrohlich ruhig. »Auch ich habe Macht. Du solltest deine Gedanken besser unter Kontrolle halten und nicht in dieser Lautstärke hinausschreien.«

Unauffällig lockerten sich seine Finger wieder vom Heft. Verfluchte Dunkelelfen und deren unnatürliche Fähigkeit, sich unbemerkt in die Köpfe anderer zu stehlen. Jetzt stand Nevliin im Mittelpunkt der bohrenden Blicke, was ihn jedoch kaum so aufregen konnte wie das triumphierende Lächeln seines größten Feindes.

»Nun?« Eamon wies mit einer ausholenden Geste in die Runde der Elfen. »Willst du nicht alle Anwesenden hier an deinen Gedanken teilhaben lassen?«

»Meine Gedanken sind nicht schwer zu erraten«, entgegnete Nevliin kühl. Seine Hand klammerte sich erneut so fest um das Schwert, dass sich die Sehnen seines Unterarms und Handrückens bereits stark abzeichneten. Er spürte Mearas flehenden Blick mehr, als dass er ihn sehen konnte, doch es war zu spät, um jetzt noch zu schweigen. Der Schmerz dieser blauen Augen ließ ihn nicht mehr los, und der Gedanke daran, dass Eamon für die Zerstörung dieser jungen Frau verantwortlich war, entfachte in ihm einen Zorn, der nicht zu bändigen war. Die unheilvolle Situation verlangte danach, zu eskalieren, und so legten auch die Schattenritter ihre Hände an die Schwerter, während sie Nevliin aufmerksam beobachteten. Die Folge war, dass auch die Lichtritter die Hände an die Waffen legten.

»Willst du uns wirklich raten lassen?« Eamon schien die wachsende Gefahr überhaupt nicht wahrzunehmen. Oder, so überlegte Nevliin, ignorierte er sie vielleicht absichtlich, weil er wollte, dass Nevliin die Beherrschung verlor? Ja, Eamon forderte ihn bewusst heraus. Offenbar brannte der König der Dunkelelfen ebenso sehr darauf, diese Fehde ein für alle Mal zu beenden, wie er selbst.

Nevliin spürte, dass ihm die Kontrolle allmählich entglitt,

doch er rührte sich nicht, noch nicht. »Ihr Platz ist im Lichtreich«, knurrte er, was Meara ein leises Stöhnen entlockte.

Nevliin vermied es, sich nach ihr oder seinen Rittern umzusehen. Er wusste, was er in deren Gesichtern lesen würde. Es würde ihn nicht mehr stoppen können. »Sie hier gefangen zu halten«, fuhr er fort, »gefährdet nicht nur den Frieden unserer beider Königreiche. Du verstößt auch gegen alles, was ehrenhaft ist.«

Eamon lachte laut auf. »Ehrenhaft, Nevliin?«

Er spürte Vanoras Blick wie eine Berührung auf sich. Sie starrte ihn an, und dieses Wissen trieb ihn unaufhaltsam weiter. »Du und deine Familie, ihr seid Verbrecher. In eurer Angst, die Macht über ein gestohlenes Königreich zu verlieren, schreckt ihr nicht davor zurück, unschuldiges Blut zu vergießen.«

Das Lachen verstummte. Eamon kam einen Schritt auf ihn zu und sah ihm tief in die Augen. »Wage es nicht.« Seine Stimme zitterte vor Zorn. »Wage es nicht, mich oder meine Familie einer solchen Bluttat zu beschuldigen. Nicht, nachdem du Vanoras Mutter auf dem Gewissen hast.«

Alles um Nevliin herum verschwand. Ein blutroter Schleier legte sich über seine Augen. Da war nur noch Eamon. Klar und deutlich stand er vor ihm. Das Ziel. Endlich.

Das Klirren des Metalls durchdrang die Halle, als er das Schwert aus der Scheide riss. Ein vielfach lauteres Echo erklang. Die Klinge schnellte in hohem Bogen vor, als eine schrille Stimme durch seinen Kopf schnitt: »Nein!«

Seine Muskeln spannten sich. Sein Arm hielt inne. Stockend atmete er ein. Die Klinge lag an Eamons Hals. Dunkel- und Lichtritter gleichermaßen hatten ihre Schwerter gezogen. In Mearas Augen stand die nackte Angst. Aber es war Vanora, die geschrien hatte. Ihre Stimme hatte ihn zurückgeholt.

Langsam wandte er den Kopf von dem dünnen roten Rinnsal, das Eamons Hals hinabfloss, und blickte in Vanoras Sturmaugen, die ihn voller Entsetzen anstarrten. Obwohl sie kaum Ähnlichkeiten mit ihrer Mutter hatte, erinnerte ihn dieser Ausdruck an Eliria. Die Angst, die ihr im Gesicht gestanden hatte, als sie die Klippen hinabgestürzt war. Die Klinge vibrierte in seiner zitternden Hand. Es fiel ihm schwer, zu atmen, er starrte sie einfach nur an.

»Lasst uns allein.« Eamons Stimme war ruhig, hallte jedoch wie ein Glockenschlag durch die Stille.

Nevliin zuckte, wandte seinen Blick zurück zu Eamon.

»Mein Herr.« Es war Glendorfil, der vortrat, der Befehlshaber der Schattenritter, und sich dicht neben Nevliin stellte.

»Ich sagte, lasst uns allein!«

Glendorfil warf Nevliin einen argwöhnischen Blick zu, verbeugte sich dann jedoch vor seinem König und verschwand durch eine Seitentür. Seine Schattenritter folgten ihm, und auch Nevliin bedeutete seinen Rittern durch eine Kopfbewegung, sich zurückzuziehen. Aus den Augenwinkeln sah er, wie Meara Vanora hinausführte. Sie ließ es geschehen, doch ehe sie den Saal verließ, blickte sie über die Schulter zurück und sah ihn an. Ihr Blick galt ihm, wie er mit Erstaunen feststellte – nicht Eamon. Und das Zittern, das dieser eine Blick in ihm auslöste, ängstigte ihn mehr als jeder Gegner, dem er je auf den Schlachtfeldern aller Welten gegenübergestanden hatte. Er bemerkte kaum, wie der letzte Lichtritter den Raum verließ, und erst als die Tore ins Schloss fielen, wurde ihm bewusst, dass sie allein waren. Er und Eamon. Das Schwert noch immer in seinen Händen. Blut an Eamons Kehle. Nur ein Schlag, und es wäre vorbei. Doch Eamon musterte ihn nur und wirkte heiter, fast gelöst. »Erstaunlich«, sagte er schließlich und ging einen Schritt zurück. »Ich muss zugeben, dass ich dich falsch eingeschätzt habe.«

Nevliin starrte ihn ausdruckslos an, das Schwert noch immer in der gleichen Stellung, auch wenn es Eamon jetzt nicht mehr berührte. Er verstand nichts, und dieser Umstand beunruhigte ihn.

»Armer, armer Nevliin. Ich hielt dich für wichtiger. Aber selbst du, der Weiße Ritter, bist nur eine weitere Figur in Alkariels kriegerischem Spiel.«

»Ihr habt sie zerstört.« Seine Stimme war heiser, seine Kehle brannte. »Genauso wie Eliria.«

Eamons Grinsen wurde noch breiter. »Du glaubst das wirklich, nicht wahr?«

»Ich kenne die Lügen, die du in deinem Reich verbreitest. Damit kannst du das einfältige Volk östlich der Bucht hintergehen, aber nicht die Königin.«

»Ich bin wirklich beeindruckt. Alkariel scheint dich sehr gut zu kennen. Sie weiß genau, wie sie dich für ihre Zwecke benutzen kann, welche Geschichten du hören musst, damit du ihr dienst.«

Das Schwert in seiner Hand wurde immer schwerer. Es verlangte nach Blut. »Ich brauche keine Geschichten. Ich erkenne Grausamkeit, wenn ich sie sehe.«

Eamons Lächeln schwand. Er ging auf Nevliin zu und schob langsam die Klinge zur Seite. »So hast du nicht immer von uns gedacht, Nevliin. Du warst hier ebenso zu Hause, wie ich es bin.«

»Ich war ein Kind. Töricht genug, um mich Heuchelei anzuvertrauen.«

»Ein Kind, dessen unschuldiges Herz die Wahrheit sah!

Jetzt bist du eine leere Hülle. Deine Seele wurde zu lange von Alkariels Lügen vergiftet.«

Eamon umkreiste ihn langsam, und Nevliin folgte mit dem Schwert jeder seiner Bewegungen, rührte sich selbst jedoch nicht von der Stelle. »Eliria war Alkariels engste Vertraute. Sie hätte keinen Grund gehabt, ihr etwas anzutun. Ich hätte ihr niemals etwas angetan.«

Eamon blieb stehen. »Ich weiß.« Er strich sich mit der Hand über die Augen. »Ich weiß, dass sie sich selbst das Leben nahm. Jeder hier weiß das. Und doch warst du der Grund. Du hast sie aus der Sicherheit von Lurness gerissen. Ihr blieb keine andere Wahl, um Vanora zu schützen.«

Nevliins Hand zuckte. »Verschone mich mit deinen Lügen.«

»Verstecke dich nur hinter deiner steinernen Maske, Nevliin. Du magst damit die Lichtelfen täuschen, doch ich kenne dich. Ich sehe den Funken in der Dunkelheit. Den Zweifel an deiner Königin.«

»Der Funke, den du zu sehen glaubst, ist nichts als das brennende Verlangen, dich zu töten.«

»Also gut.« Eamon drückte seine Brust an die Spitze des Schwertes und breitete seine Arme aus. »Töte mich.«

Nevliin entwich zischend der Atem. Er starrte auf die Klinge seines Schwertes. Sein Schwert. Es würde Eamon durchbohren. Das Blut dieses Verräters aufnehmen. Endlich.

Er schloss seine Augen. Lauschte dem Rauschen in seinen Ohren und dem wilden Pochen seines Herzschlags. Der Druck, den Eamons Körper gegen das Schwert verursachte, floss durch das Metall in seine Hand. Er konzentrierte sich auf seine Atmung, spürte den Sauerstoff, der in seine Lungen strömte. Das Rauschen wurde leiser, sein Herz beruhigte sich. Er blickte auf.

»Komm schon, Nevliin. Du hast so lange darauf gewartet.«

Die Klinge sank zu Boden.

Eamon begann lauthals zu lachen. »Ich wusste es! Du kannst es nicht.«

Nevliin sah ihn ungerührt an. Die Zeit der Spiele war vorbei. Dieses Halbblut hatte ihn jede Kontrolle verlieren lassen. Das war ihm noch nie geschehen. Das durfte nicht geschehen. Das war nicht Teil seines Wesens. Hier ging es um mehr als eine düstere Vergangenheit. Sein Wunsch nach Rache durfte nicht über seinen Befehlen stehen. Ja, Eamon war wie ein Bruder gewesen, doch mit Nevliins Rückkehr in seine Heimat, das Lichtreich, und seinem Eintritt in Alkariels Dienste hatte sich alles geändert. Stets hatte Nevliin gedacht, ihre Freundschaft könnte die Barriere zwischen ihren Reichen überstehen, doch als er von Elirias Gefangenschaft erfahren hatte, waren ihm die Augen geöffnet worden. Alkariel hatte ihm die wahre Natur der Dunkelelfen gezeigt. Er selbst hatte die Folgen der Grausamkeiten in Elirias Augen gesehen. Und Eamon hatte nichts dagegen unternommen! Sein Freund hatte mit seiner Familie eine Lichtelfe, die Tochter einer Königin, gefangen gehalten, um eine Waffe gegen Alkariel in der Hand zu halten und um ihre Magie zu benutzen. Eliria war in Tränen aufgelöst gewesen, als Nevliin sie gefunden hatte. In einer Kammer nahe dem königlichen Gemach hatte sie gesessen und geweint, ohne ihn zu bemerken. Ein Bild, das er nicht vergaß, denn Elfen weinten nicht – niemals! Welche Qualen hatte sie erdulden müssen, um in solch einen Zustand zu geraten? Wozu hatten sie Eliria gezwungen? Langsam hatte er sich ihr genähert, ihr die Hand auf die Schulter gelegt und den

Finger an die Lippen gelegt, doch sie war vor seiner Berührung zurückgeschreckt und die Angst in ihren Augen hatte Bände gesprochen. Dann hatte sie zu schreien begonnen. »Nein!« Immer wieder hatte sie dieses Wort gekreischt, und so hatte er sie betäuben müssen, um unbemerkt aus Lurness zu gelangen. Sie war erst in Tantollon wieder zu sich gekommen. Sie hatte sich umgesehen, ihre Blicke hatten einander getroffen, und im nächsten Moment war sie in die Tiefe gesprungen. Doch das alles war Vergangenheit. Er hatte noch eine Chance bekommen, und sein Hass Eamon gegenüber würde ihn nicht zu Fehlern verleiten.

»Wie du sicher von Meara erfahren hast«, sagte er ruhig, »werde ich deine Gastfreundschaft länger in Anspruch nehmen müssen. Ich bin hier, um die Prinzessin zu beschützen.«

»Natürlich bist du das«, brachte Eamon unter Lachen hervor. »Du wirst niemandem gefährlich werden, denn du darfst es nicht.«

Nevliin hob eine Augenbraue, erwiderte jedoch nichts.

»Du hättest mich nicht töten können, Nevliin, auch wenn du es noch so sehr wolltest. Und weißt du auch, warum? Du hattest keinen Befehl dazu. Eine leere Hülle. Nicht fähig, eigene Entscheidungen zu treffen. Du lebst einzig als Alkariels Spielzeug.« Mit diesen Worten drehte Eamon sich um und ging kopfschüttelnd auf das Audienzzimmer zu. »Armer, armer Nevliin«, sagte er erneut, bevor er durch die Tür verschwand.

Nevliin starrte ihm noch nach, als die Tür schon lang hinter Eamon ins Schloss gefallen war. Dann senkte er den Blick auf sein Schwert. Das Elfenmetall glänzte im Licht der silbernen Lampen. Unbefleckt, als wäre es niemals mit Blut in Berührung gekommen. Doch das war es. Lurness war einst sein

Zuhause gewesen, und nur deshalb hatte er sich damals geschworen, bei Elirias Befreiung niemanden zu töten. Er hatte still und heimlich hinein- und wieder hinausgehen wollen. Eliria zu holen, allein das hatte gezählt, auch wenn er die Dunkelelfen für die Gefangenhaltung der Elfe verabscheut hatte – sie waren noch irgendwie seine Familie gewesen. Doch nachdem er Eliria und ihre Tränen gesehen hatte, waren ihm die Erkenntnis seiner eigenen Blindheit und die Wahrheit hinter Alkariels Worten wie die eigene Klinge in die Brust gefahren. Auf seinem Weg hinaus hatte er eine Schneise des Todes hinterlassen.

Und jetzt sah er erneut in die verletzten Augen einer Lichtelfe, gefangen in Eamons Herrschaft. Er würde Alkariels Befehl befolgen und sie nicht aus den Augen lassen, ja, aber er würde nicht zusehen, wie sie genauso wie ihre Mutter brach. Eher wiederholte er seinen Todespfad und vergoss diesmal Eamons Blut.

Vanora

Ziellos lief Vanora durch die dunklen Gänge, die Augen blind vor Tränen. Seit einer halben Ewigkeit war sie niemandem mehr begegnet, und sie war froh darüber. Sie konnte nicht mehr, sie war am Ende, und sie hatte sich geschworen, vor den Elfen keine Schwäche mehr zu zeigen. Wenn ihr auch sonst alle Kontrolle über ihr Leben genommen worden war, so wollte sie sich zumindest dieses kleine Quäntchen Stolz bewahren und einsam weinen, bis es keine Tränen mehr gab, die sie noch hätte vergießen können. Wieder und wieder liefen die Szenen, die sich in der Halle abgespielt hatten, in ihrem Kopf ab und mischten sich mit den Erzählungen der Koboldfrau, die Vanora von ihrer Mutter erzählt hatte.

So viele Informationen und doch so wenig Klarheit. Vanora hatte das Gefühl, an der Flut der Worte zu ertrinken, und die Begegnung mit dem Fürsten von Valdoreen hatte ihrer Verwirrung nur noch die Krone aufgesetzt. Sie glaubte Eamon, und doch hatte sie keine Lüge in den schwarzen Augen des Ritters gesehen. Falls es überhaupt möglich war, in diesen seelenlosen Abgründen auch nur irgendetwas zu erkennen, korrigierte sie sich. War es möglich, dass Eamon gelogen hatte? Hatte niemals eine Gefahr für sie bestanden? Fürst Nevliin hatte sie verteidigt, von Ehre und Freiheit gesprochen. Ebenso wie Eamon hatte er versprochen, sie zu beschützen. Hatte man sie hergebracht, um sie in den Wahnsinn zu treiben? Was war das nur für ein grausames Spiel – und welchen Nutzen hatte es?

Eine eiserne Klaue umfasste ihre Brust und drückte gnadenlos zu. Sie konnte kaum noch atmen, und schließlich ließ sie sich, wo sie stand, auf die Knie fallen, schlug ihre Hände vor das Gesicht und kauerte sich wie ein Kind zusammen, während ihr Schluchzen von den Steinwänden widerhallte. »Vater«, dachte sie immer wieder, »Vater!« Sie wünschte sich, ihren Kopf an seine Schulter zu lehnen und seine raue Stimme zu hören, die sagte: »Es wird alles wieder gut.« Doch er war nicht hier. Sie war allein. Allein in der Dunkelheit. In einem Land ohne Sonne.

»Ich bin allein«, schluchzte sie und wiegte sich sacht vor und zurück, bis sie langsam ruhiger wurde. Da spürte sie es – das feine Vibrieren. Die Magie war hier, pulsierte durch ihre Adern, genauso wie vorhin, als sie Nevliin begegnet war. Nevliin!

Vanora riss den Kopf hoch und blinzelte durch verquollene Augen in das düstere Zwielicht, das sie umgab. Jemand war hier, sie spürte die Blicke wie Berührungen auf der Haut. Nein, sie spürte nicht nur, dass jemand hier war, sie wusste auch, wer es war – und es jagte ihr einen eisigen Schauer über den Körper.

»Hier bist du.«

Mit einem leisen Schrei fuhr sie herum und sah eine dunkle Gestalt, die aus der entgegengesetzten Richtung zu ihr kam. Schnell strich sie die Tränen aus ihrem Gesicht und rückte die Kleidung etwas zurecht. Als sie Glendorfil erkannte, entwich ihr ein Seufzen der Erleichterung, das kurz darauf in erneutem Schluchzen unterging. »Wo sollte ich sonst sein?«, fragte sie bitter. »Von hier gibt es kein Entkommen.«

Glendorfil blieb neben ihr stehen und sah zu ihr hinab. »Du bist hier wahrlich keine Gefangene. Du …«

»Ich bin zu meinem eigenen Schutz hier. Ich kann es nicht mehr hören.«

»Niemand verlangt von dir, glücklich darüber zu sein, doch du musst es akzeptieren. Glaub mir: Würde es einen anderen Weg geben, wir würden ihn gehen. Eamon würde ihn gehen, und wenn er noch so schwer wäre.«

Eamon. Beim Klang seines Namens spürte Vanora ein Stechen im Herzen, das tausend kleinen Nadelstichen glich. »Geht es ihm gut?«, fragte sie trotz ihrer Wut auf ihn. »Nevliin hat ihn angegriffen.«

Glendorfil winkte ab. »Keine Sorge. Ein paar Meinungsverschiedenheiten. Nichts weiter.«

Meinungsverschiedenheiten! Was sollte das? Wem sollte sie noch glauben, wenn ihr ständig die Wahrheit verschwiegen wurde? »Was, wenn ihr euch irrt?«, schluchzte sie. »Wenn keine Gefahr besteht?«

Glendorfil nickte. Er war in der Halle dabei gewesen, und sicherlich ahnte er, was sie bewegte. »Nevliin weiß, dass du für Alkariel die Barriere zerstören sollst«, erklärte er ernst. »Was er jedoch nicht weiß, ist, dass dazu dein Tod erforderlich ist. Er glaubt wirklich, dich beschützen zu müssen.«

Vanora sah ihn ungläubig an. »Wie kann er nicht davon wissen?«

Glendorfil seufzte und kniete sich neben sie. »Die Lichtelfen halten es für Lügen, die wir Dunkelelfen verbreiten. Einzig Alkariel kennt die Wahrheit.«

»Aber wie könnt ihr dann davon wissen?«, fragte sie, doch dann erinnerte sie sich an die Antwort. Sie war Bestandteil des Märchens gewesen.

Glendorfil strich sanft eine Träne von ihrer Wange, und Vanora ließ ihn trotz des Zorns gewähren. »Deine Mutter hat Leoran davon erzählt. Erinnerst du dich nicht mehr? Sie hat es gemeinsam mit Alkariel vom Orakel von Dahren erfahren.«

Vanora nickte. Der Funke Hoffnung, sie könnte doch noch zu ihrem Vater heimkehren, war erloschen. Wieder drang ein Schluchzen aus ihrer Kehle, und es war ihr egal, dass ihr alter Lehrmeister es hörte.

»Vanora.« Glendorfil legte die Hand auf ihre Schulter. »Ich kann dir nicht sagen, dass ich verstehe, wie du dich fühlst, denn das wäre gelogen. Doch ich kann dir sagen, dass du auch hier Freunde hast. Auch hier wirst du geliebt.«

Vanora blickte auf und sah in die sanften goldenen Augen. Sie wusste nicht, ob Elfen in der Lage waren, zu lieben wie ein Mensch, doch ihr war klar, dass sie nicht die kaltherzigen Wesen waren, für die sie von den Menschen gehalten wurden, für die sie Vanora gerne halten würde. Es würde ihr leichter fallen, sie zu hassen.

»Dein Vater wusste, dass du ihn eines Tages verlassen würdest«, sagte Glendorfil sanft. »Er kennt den Grund. Er hätte dich selbst fortgeschickt, um dein Leben zu schützen.« Kurz hielt er inne und presste die Lippen aneinander, wodurch seine Narbe deutlicher zum Vorschein kam. »Du weißt, Eamon konnte nicht anders handeln.«

Vanora atmete ruhig ein und aus und schluckte gegen die Tränen an. »Ich kann ihm nicht verzeihen«, flüsterte sie.

»Ich weiß.« Glendorfil stand auf und streckte ihr die Hand entgegen. »Die Zeit wird den Schmerz mildern.«

»Solltest du nicht sagen, dass die Zeit alle Wunden heilt?«

Er lächelte – traurig, wie sie fand. »Das wäre eine Lüge.«

»Ja.« Sie legte ihre Hand in seine und ließ sich von ihm hochziehen. Sie fühlte sich klein und schwach und vollkommen zerstört, und das Mitleid in Glendorfils Augen zeigte ihr, dass sie mindestens so fürchterlich aussah, wie sie sich fühlte.

Sanft legte er seine Hand auf ihren Rücken und schob sie weiter. »Komm«, sagte er. »Lass mich dich in deine Gemächer bringen.«

Vanora nickte und versuchte alle Spuren der Tränen aus ihrem Gesicht zu beseitigen, während Glendorfil sie durch die dunklen Korridore führte, von denen unzählige schmalere Seitengänge abzweigten. »Ich werde mich hier niemals zurechtfinden«, stellte sie mit einem Seufzen fest.

»Das geht schneller, als du denkst. Die Burg ist nicht so groß, wie sie im ersten Moment scheint.«

Für einen Elfen, fügte sie in Gedanken hinzu, als sie sich vergeblich den Weg einzuprägen versuchte. Schließlich traten sie hinaus auf eine der oberen Galerien, die sich um die Eingangshalle wand. Vanora beugte sich über das goldene Geländer und sah in die Tiefe. Unter ihr befanden sich drei weitere Galerien, und nach oben hin waren es Dutzende. Die Halle war verlassen. Nichts erinnerte mehr an die unheilvolle Ansammlung von Elfen, die hier zusammengetroffen war.

»Komm.« Glendorfil legte seinen Arm um ihre Schultern und zog sie weiter, als erneut dieses kalte, kribbelnde Gefühl ihren Körper durchzog. Sie fuhr herum, konnte in der Dunkelheit der Gänge jedoch nichts erkennen. Aber er war da – und auch Glendorfil schien es zu bemerken.

»Unser Gast scheint es ernst damit zu meinen, dich keine Sekunde aus den Augen zu lassen«, sagte Glendorfil mit einem Lächeln, das so gar nicht fröhlich wirkte, und führte sie weiter den Gang entlang.

Sie sah ihn fragend an: »Nevliin?«

Glendorfil nickte.

»Er ist unheimlich.«

»Er wird dir nichts tun. Vermutlich wird er auch nicht lange bleiben.«

»Hoffentlich.« Vanora wagte es nicht noch einmal, zurückzusehen. »Ich brauche nicht schon wieder einen Aufpasser.«

Glendorfil blieb stehen, wandte sich zu ihr, legte seine Hände auf ihre Schultern und musterte sie eindringlich. »Ich kenne Nevliin, seit er ein kleines Kind ist«, sagte er, »und du musst wissen, dass sein ganzes Gerede von Ehre und Ritterlichkeit nichts wert ist. Es sind Regeln, die er sich selbst auferlegt hat, um ein Ritter zu sein, aber im Inneren bleibt er kalt. Bekommt er den Befehl dazu, wird er nicht eine Sekunde zögern und dich töten – so wie er viele vor dir getötet hat.«

Vanora schluckte. »Das würde ich ihm auch zutrauen.«

»Gut. Denn nichts ist so gefährlich wie jemand, der keinen Respekt vor dem Leben hat. Weder vor dem eigenen noch vor dem eines anderen.«

Einen Moment überkam sie ein leichtes Gefühl von Mitleid für den Weißen Ritter mit den schwarzen Augen. Was war das für ein Leben? Für andere zu töten, gefühllos und kalt? Aber dann schüttelte sie den Kopf. Es spielte keine Rolle. Er hatte dieses Leben selbst gewählt, und sie nahm sich vor, keinen Gedanken mehr an ihn zu verschwenden.

Zurück in ihren Gemächern, strich Glendorfil ihr sanft über die Wange und küsste sie auf die Stirn. »Sorge dich nicht, kleine Vanora«, sagte er, als wäre sie wieder zehn Jahre alt. »Es wird alles gut.«

Die Worte glichen einem Dolch, der ihr mitten ins Herz

gestoßen wurde. Erneut schossen ihr Tränen in die Augen, doch diesmal hielt sie sie zurück. »Wir werden sehen«, antwortete sie mit zitternder Stimme.

Als sie sich gerade abwenden wollte, ergriff Glendorfil plötzlich ihren Arm: »Wenn die Lichtelfen erst einmal weg sind und Ruhe in Lurness einkehrt, wirst du dich hier einleben.«

Ein kleines Lächeln stahl sich in ihre Mundwinkel. Jetzt war sie ihm dankbar für seinen Zuspruch und froh, dass er sie gefunden hatte. »Wie lange haben sie denn vor, zu bleiben?«

Glendorfil zuckte mit den Schultern. »Meara sagte Eamon, sie wolle dich in der Kunst der Magie unterrichten. Alkariel liegt deine Ausbildung sehr am Herzen.« Er zwinkerte ihr zu. »Vermutlich will sie überprüfen, wie groß deine Macht ist.«

»Und was hat Eamon ihr gesagt?«

Glendorfil grinste – ein ungewohnter Gesichtsausdruck, den er nur selten zeigte. »Dass es dir überlassen ist, ob du dieses großzügige Angebot annimmst. Wenn du ablehnst, wird sie vermutlich nicht länger als ein paar Tage bleiben.«

»Und Nevliin?«, platzte es plötzlich aus ihr heraus und sofort verfluchte sie sich.

Glendorfil bedachte sie mit einem langen, halb erstaunten, halb besorgten Blick. »Unser Weißer Ritter«, sagte er schließlich gedehnt, »wird uns wohl etwas länger beehren. So lange, bis Alkariel ihn zurückruft.«

Vanora nickte. Und wenn es so weit war, würde er mit einem neuen Auftrag nach Lurness zurückkehren: um sie zu töten.

Ihre Gemächer bestanden aus einem Empfangsraum, einem abgetrennten Schlafraum und einem Baderaum, und in den kommenden zwei Tagen verließ Vanora diese Räume kaum. Allmählich begann sie zu begreifen, dass sie nicht mehr zurückkonnte, dass dies nun ihr Leben war, und ihr wurde ebenfalls klar, dass es so sein musste.

Finola war ihr eine gute Gesellschaft und auch Eamons Schwester Liadan kam öfter zu ihr und sprach mit ihr – hauptsächlich über Alkariel, den Besuch der Lichtelfen und was dies für Vanoras Zukunft bedeutete. Liadan war Eamon in keiner Weise ähnlich. Sie wirkte erwachsen und pflichtbewusst und schien jedes ihrer Worte und jede ihrer Handlungen gut zu überdenken. Eamon hingegen war impulsiv und ließ sich von seinem Herzen leiten. Liadan war ganz Verstand. Vanora vermutete, dass sie es war, die Eamon daran hinderte, zu ihr zu kommen, weil sie verstand, dass sie ihn im Moment nicht sehen konnte. Eamon hätte ihre Gemächer vermutlich vom Augenblick ihrer Ankunft an nicht verlassen. Sie kannte ihn, und, um ehrlich zu sein, sie vermisste ihn hier in der Fremde. Er war der Einzige, der ihr wirklich nahestand, der sie trösten konnte. Immer schon hatte er sie beschützt und war ihr Fels in der Brandung gewesen, und gerade jetzt brauchte sie einen Halt, der sie am Untergehen hinderte. Niemals würde sie sich hier zu Hause fühlen, und doch wollte sie endlich aus ihrer Bitterkeit ausbrechen. Vielleicht sollte sie mit Eamon sprechen?

»So lasse ich mich nicht behandeln!« Finolas Stimme klang dumpf durch die geschlossene Tür und riss Vanora aus ihren Gedanken. Misstrauisch erhob sie sich von ihrem Platz am Kamin.

»Verfluchter Elf!«, schimpfte die Koboldfrau weiter, doch

da war Vanora schon bei der Tür, riss sie auf – und verharrte mitten in der Bewegung. Den Türknauf noch fest umklammert, starrte sie in das Gesicht des Elfen.

»Jetzt bekommst du Schwierigkeiten, Schneeflöckchen.«

Vanora blinzelte, wie um das Bild, das sie sah, besser einordnen zu können, und sah zu Finola hinab, die mit erhobenem Zeigefinger auf Nevliin wies.

»Was ... was ist hier los?«, wandte sie sich an die Koboldfrau, doch es war Nevliin, der ihr antwortete: »Prinzessin.« Er verbeugte sich, doch Finola stampfte mit dem Fuß auf und schnaubte: »Prinzessin! Woher kommt plötzlich diese Höflichkeit? Vorhin hat der mich noch bedroht! Bedroht!«

»Was?« Sie sah wieder zu Nevliin auf, der ihren Blick ausdruckslos erwiderte. »Ihr habt Finola bedroht?«

»So würde ich das nicht nennen.«

»Wie würdet Ihr es dann nennen?«

Er lächelte schmallippig. »Einen Gefallen.«

Vanora öffnete den Mund, brachte jedoch kein Wort heraus. Die unheimlichen schwarzen Augen machten es ihr unmöglich, auch nur einen klaren Gedanken zu fassen.

»Einen Gefallen!«, kreischte Finola unterdessen. »Zuerst wollte mich der aufgeblasene Wichtigtuer nicht zu dir vorlassen.«

»Wieso?«

»Sie ist ein Kobold, Prinzessin.«

»Da hörst du es!« Finola sprang nun derart wild umher, dass es Vanora schwerfiel, sich auf den Fürsten zu konzentrieren. »Und dann hat er mich bedroht. Er hat gesagt, dass ich verschwinden soll, sonst stutzt er mich auf eine Größe, mit der ich durchs Schlüsselloch passe. Durchs Schlüsselloch!«

»Wie gesagt«, wiederholte Nevliin, »einen Gefallen. Mit solch einer Größe wäre sie vermutlich an mir vorbeigekommen.«

Vanora starrte den Elfen an. Einerseits konnte sie sich beim Anblick Finolas und dieser Worte kaum das Lachen verkneifen, und andererseits erzürnte sie das Verhalten dieses anmaßenden und selbstgerechten Pfaus so sehr, dass sie am liebsten geschrien hätte. »Ich wusste nicht, dass Ihr Humor habt, Fürst Nevliin«, sagte sie schließlich kühl.

»Ich erinnere mich nicht, einen Witz gemacht zu haben, Prinzessin.«

»Wie schade, wo ich doch so gerne lache.« Sie reckte das Kinn etwas vor und hob ihren Kopf etwas höher. »Ich hoffe deshalb sehr, dass Eure Äußerung Finola betreffend ein Scherz gewesen ist, denn sonst …«

»Sonst?« Ein Mundwinkel des Fürsten hob sich leicht und deutete ein schiefes Lächeln an, was Vanora beinahe die Beherrschung verlieren ließ.

»Sonst muss ich Euch daran erinnern, dass Ihr Luft zu sein habt. Lasst mich, meine Freunde und alle anderen hier auf der Burg in Frieden. Keiner will Euch hier haben, und ich lasse mir bestimmt nicht von Euch vorschreiben, wer mich besuchen darf. Ich lasse mir von niemandem irgendetwas vorschreiben.«

Der Elf hob eine Braue und musterte sie von oben herab, schwieg jedoch, was sie noch mehr aufregte, als eine patzige Antwort es hätte tun können. Sie bebte vor Zorn, und mangels eines anderen Ventils zischte sie schließlich: »Was habt Ihr überhaupt hier zu suchen?«

Doch noch ehe Nevliin die Möglichkeit zu einer Antwort bekam, fuhr Finola dazwischen: »Der steht hier schon den ganzen Tag herum«, keifte sie und stieß mit ihren kleinen Koboldfingern in die Luft.

Doch Nevliin ließ sich nicht provozieren. »Ich erfülle meine Pflicht«, entgegnete er ruhig.

»Seine Pflicht!« Finola warf ihre Arme in die Höhe. »Hast du das gehört, Vanora? Seit wann ist es die Pflicht eines Ritters, dumm in der Gegend herumzustehen?«

Nevliin bedachte die kleine Frau mit einem tödlichen Blick. Es war das erste Mal, dass er sie direkt ansah, und während er es tat, entrang sich ein dumpfer, tiefer Laut seiner Brust, der Finola nach Luft schnappen ließ. Sie riss ihre moosgrünen Augen auf und stemmte die Hände in die Hüften. »Hat der Elf mich gerade angeknurrt?!« Sie raffte ihr langes Kleid und ging leicht in die Knie, als würde sie ihn jeden Moment anspringen. »Er hat mich angeknurrt!«

»Die Pflicht, mich vor Kobolden zu beschützen?«, fragte Vanora, bevor Finola ihn tatsächlich noch angriff.

Nevliin wandte sich ihr wieder zu. »Kobolde sind nicht so harmlos, wie Ihr glaubt, Prinzessin. Sie sind hinterlistig.« Er warf Finola einen kurzen Blick zu, deren Augen nur noch größer wurden. Fast meinte Vanora, Hass darin zu sehen, aber dann schob sie den Gedanken fort. Sie hatte die Koboldfrau schon zornig gesehen, und sie zeterte und schimpfte gern, aber Hass war etwas, das so gar nicht zu Finolas Wesen zu passen schien.

»Ihr solltet jetzt gehen.« Vanora streckte unbewusst ihre Hand nach ihm aus und versuchte, ihn etwas von Finola fortzuschieben, doch Nevliin bewegte sich nicht.

Betont langsam sah er zu seiner Brust hinab und wieder zu ihr auf, woraufhin sie ihre Hand so schnell wegzog, als hätte sie sich an ihm verbrannt. Ihre unbedachte Handlung ärgerte sie – weit mehr noch als dieser verfluchte Elf, der sich beinahe schon spöttisch vor ihr verbeugte und sich mit einem einfachen »Prinzessin« abwandte und davonging.

»Ja! Lauf nur weg, Schneeflöckchen!« Finola streckte ihre Faust in die Luft. »Und wagt es nicht noch einmal, herzukommen.« Sie machte Anstalten, ihm hinterherzulaufen, aber Vanora hielt sie schnell am Arm fest, hockte sich vor sie hin und bemerkte erst jetzt, dass die Frau zitterte.

»Du meine Güte, geht es dir gut?«, fragte sie besorgt. Diesen Inbegriff an Kraft und Widerstand derart aufgelöst zu sehen war mehr als beunruhigend. »Er ist ja weg, er kann dir nichts mehr tun.«

»Pah!« Finola befreite sich brüsk von Vanoras Berührung. »Der kann mich mal. Soll er nur kommen. Ich mach ihn fertig.«

»Aber …«

»Ja! *Ich* mach ihn fertig! Ist ja wieder mal klar, dass ich mich um alles kümmern muss. Dieser einfältige Tropf hat sich ja umbringen lassen!«

»Was?«

Die Koboldfrau versuchte, an ihr vorbei zurück ins Gemach zu gehen, doch Vanora versperrte ihr mit dem Arm den Weg. »Was meinst du?«, fragte sie und kniete sich vor ihr hin. »Wer ist tot?«

Finola reckte ihr Kinn vor. Ihre Augen funkelten, und sie biss die Zähne so fest zusammen, dass ihre Wangenmuskeln zuckten. »Bienli!«, stieß sie schließlich wie einen Fluch hervor und stampfte mit dem Fuß auf. »Frag mich nicht, welcher Zauber da im Spiel gewesen ist, als ich diesen Tölpel geheiratet habe. Ich muss verrückt gewesen sein! Zum Glück kann er mir jetzt nicht mehr auf die Nerven gehen.«

»Bienli ist dein Mann?« Vanora verstand überhaupt nichts mehr.

»War. Nevliin hat ihn umgebracht. Kein Wunder, ich war ja selber oft genug kurz davor, es zu tun. Man kann dem Weißen Ritter wohl noch nicht einmal einen Vorwurf machen.«

»Nevliin hat deinen Mann getötet?« Mittlerweile kam sie sich schon ziemlich dumm dabei vor, alles zu wiederholen, was Finola sagte, doch sie meinte immer noch, ihr Gehör spielte ihr einen Streich. »Wie ist das geschehen? Wieso ...«

Finola seufzte ungeduldig und strich sich unwirsch über die Wange. War da etwa eine Träne gewesen? »Na, Bienli hat unser Schneeflöckchen ein bisschen an der Nase herumgeführt«, erklärte sie mit überstrapazierter Geduld, »und der war dann offensichtlich nicht besonders glücklich darüber, als er es herausgefunden hat. Auf jeden Fall ist Nevliin hier, und er hatte auch noch den Nerv, mir die mickrigen Überreste von Bienlis Gold zu bringen – ohne ein Wort! Ohne Erklärung! Er hat mir einfach den Beutel in die Hand gedrückt und ist wieder verschwunden. Ich wette, nicht Nevliin hat den Rest des Goldes gestohlen, sondern Bienli hat es einfach verloren. Würde ihm ähnlich sehen, diesem Taugenichts.«

Vanora sank auf ihre Fersen zurück und atmete schwer aus. Dieser Kobold, von dem Eamon ihr erzählt hatte, war Finolas Mann gewesen! Er war für sie gestorben. Um das Geheimnis ihres Aufenthaltsortes zu bewahren. Welche Schuld hatte sie da auf sich geladen? Wie viele würden noch sterben, weil sie lebte? Wenn sie nach der Komödie in der Halle vor ein paar Tagen noch gedacht hatte, Nevliin wäre nicht so schlecht, wie alle sagten, war nun jeder Zweifel verflogen. Er hatte einen kleinen Kobold getötet! Und dann stand er einfach da und provozierte auch noch seine trauernde Frau!

Wie herzlos und kalt konnte jemand sein, um so etwas zu tun?

»Es tut mir so leid«, brachte sie mühsam hervor und wollte irgendetwas tun, um der armen Frau zu helfen, doch Finola schnaubte nur unwillig: »Wieso sollte es dir leidtun?«, fauchte sie. »Du warst es ja nicht. Und jetzt sitz nicht da und heul herum. Das habe ich deiner Mutter damals auch schon sagen müssen. Tränen lösen die Probleme nicht. Auch sie hat jeden Tag geheult, als hätte das etwas gegen Alkariel ausgerichtet. Ein Schwert ins Herz, das ist es, was gegen die Lichthexe hilft, sonst nichts, kapiert? Tränen bringen niemanden mehr zurück.«

Vanora musterte die kleine Frau, und obwohl diese sich alle Mühe gab, hart zu wirken, entging Vanora das Zittern ihrer Lippen nicht. Wieso ließ sie ihre Trauer nicht einfach zu? Wieso sprach sie so über ihren Mann? War dies eine Eigenart der Kobolde? Waren sie alle so … stur? Vanora seufzte und nahm Finola vorsichtig in den Arm. Sie konnte einfach nicht anders, doch wie erwartet löste sie sich sofort wieder von ihr und stapfte in das Zimmer. »Dem haben wir es gezeigt, nicht wahr?«

Vanora schüttelte irritiert den Kopf, erhob sich jedoch und folgte der Frau ins Zimmer. Sie wusste, sie konnte die Mauer nicht einbrechen, die Finola um sich errichtet hatte, aber vielleicht hatte sie ihr gezeigt, dass sie jederzeit zu ihr kommen konnte. Schließlich hatte sich Vanora seit ihrer Ankunft hier nicht nur einmal bei der kleinen Frau ausgeheult. Sie hatte so viele Tränen vergossen, dass sie damit wohl einen See hätte füllen können, doch davon hatte sie genug. Mit einem Mal wurde ihr bewusst, dass sie diese Welt mit all ihren Kreaturen erkunden wollte. Und dass sie jemanden brauchte, der sie dabei begleitete. Einen Freund.

Vanora atmete tief durch. Ja, Eamon fehlte ihr mehr, als sie sich eingestehen wollte. Sie brauchte ihn. Diese neue graue Welt war mehr, als sie alleine ertragen konnte, und sie wusste, dass es Zeit wurde, sich dieser Welt und auch Eamon zu stellen. Sie würde sich nicht mehr verstecken und schon gar nicht hier einsperren lassen.

»Ich gehe noch etwas spazieren«, sagte sie also zu Finola und fand den Gang vor ihrer Tür zu ihrer großen Freude noch immer verlassen vor. Das Gefühl, beobachtet zu werden, war dennoch allgegenwärtig, aber sie versuchte, es zu ignorieren. Schließlich war es zu Hause auch nicht anders gewesen. Selbstbewusst und mit neugewonnenem Mut steuerte sie auf den erstbesten Elfen zu, der ihr begegnete, um ihn nach dem Weg zu Eamons Gemächern zu fragen. Dass dieser nicht zu den Wachen gehörte, erkannte sie gleich, und mit leiser Bewunderung beobachtete sie seine weichen, anmutigen Bewegungen. Er trug eine dunkelblaue Tunika und weite, schwarze Hosen mit Goldstickereien, und mit leichter Scham wurde ihr bewusst, dass es ihr schwerfiel, sich unter all den graziösen Elfen nicht wie eine zweitklassige Kopie zu fühlen.

»Bitte verzeiht«, sagte sie etwas kleinlaut.

Der Elf drehte sich um und riss verwundert die Augen auf. Sie waren dunkel, und das ansteckende Lachen darin verlieh ihnen etwas Spitzbübisches. Er verbeugte sich: »Prinzessin. Wie kann ich Euch zu Diensten sein?«

Vanora sah ihn entzückt an und vergaß einen Moment, wieso sie ihn angehalten hatte. Niemals zuvor war ihr ein solch aufgeschlossenes und freundliches Gesicht begegnet. »Wer seid Ihr?«, fragte sie, noch bevor sie darüber nachdenken konnte.

Der Elf fasste sich mit der Hand ans Herz und zuckte, als

hätte er es mit einem Dolch durchstoßen. »Nein! Wie unhöflich von mir. Eure reizende Erscheinung ließ mich meine guten Manieren vergessen.« Erneut verbeugte er sich. »Mein Name ist Ardemir. Ich bin der Vetter des Königs und Euer treuergebener Diener.« Er sah von seiner Verbeugung zu ihr auf, und das Funkeln der dunklen Augen war das eines kleinen Jungen. Wundervoll seidig schwarzes Haar floss über seine breiten Schultern hinab, und er hatte einige wenige dünne Zöpfe hineingeflochten und am Hinterkopf zusammengebunden. Die entfernte Ähnlichkeit zu Eamon war nicht zu leugnen.

»Der Vetter des Königs«, wiederholte sie mehr zu sich selbst. »Wisst Ihr vielleicht, wo ich ihn finde?«

Ardemir lachte. Es war ein ehrliches und freundliches Lachen, das auch seine Augen erreichte und nicht wie bei vielen anderen Elfen lediglich aus dem Heben der Mundwinkel bestand. »Der König ist natürlich im Thronsaal«, antwortete er mit einem Augenzwinkern. »Lässt sich von der kleinen Magierin ärgern. Ich führe Euch gern hin, werte Dame.« Und dann bot er ihr sogleich seinen Arm an.

Vanora lächelte erleichtert und legte ihre Hand auf seinen Unterarm.

Der Weg war weit weniger kompliziert, als sie angenommen hatte. Die Kunst bestand darin, sich stets auf das Licht zuzubewegen, und wenn man erst die Galerien der Eingangshalle erreicht hatte, musste man nur noch die vielen Treppen nach unten gehen. Dort angekommen, deutete Ardemir zu einem zweiflügeligen Bronzetor, dessen goldene Verzierungen im Licht der Miran schimmerten.

»Hier ist es«, erklärte er. »Eamon ist wohl noch beschäftigt, aber Ihr könnt im Sternensaal auf ihn warten. Ich gebe ihm natürlich unverzüglich Bescheid, dass Ihr ihn erwartet.«

»Vielen Dank.« Vanora versuchte sich an einem Knicks. »Das ist sehr freundlich von Euch.«

Gebannt von all den prächtigen Gemälden und Wandteppichen ließ sie sich in einen Saal im Herzen des Drachenfelsen führen, der nur wenig kleiner als die große Eingangshalle war und ihr schon beim Eintreten den Atem raubte. Wie alles hier in der Burg bestand auch dieser Saal aus nacktem Stein. Zu ihrer rechten Seite aber brach dickes Wurzelwerk aus dem Boden, das zu einem in die Wand verwachsenen Baumstamm zusammenführte. Woher nahm der Baum sein Wasser, sein Licht, das er zum Leben brauchte? Wie konnte so etwas möglich sein? Mit großen Augen folgte Vanora dem Stamm nach oben und betrachtete das dichte Astwerk über sich, welches sich einem magisch schimmernden Sternenhimmel entgegenreckte. »Wahnsinn«, keuchte sie und sah sich weiter in diesem zauberhaften Saal um. Zu ihrer linken Seite waren in einem Halbkreis Treppen in den Fels geschlagen, auf denen in unregelmäßigen Abständen dicke, tannengrüne Sitzpolster lagen. Und als sie langsam näher trat fiel ihr Blick auf den Boden. Mit einem Keuchen schlug sie die Hand vor den Mund, als sie bemerkte, auf was sie hier stand. Ihre Füße schienen eine Handbreit weit einzusinken und verschwanden in einem schäumenden Ozean, der sich *bewegte*! Alles hier schien echt zu sein, und mit jedem Schritt, den sie weiter in den Saal trat, stellte sie fest, dass sie über eine Karte des Schattenreiches wandelte. Nur war es keine Karte im herkömmlichen Sinne, sondern schien ein lebendiges Bild aus der Perspektive eines Vogels zu sein. Vanora flog förmlich über den Drachenfelsen hinweg, schritt durch den Dunkelwald und hinaus in eine graue Wüstenei. Das konnte doch unmöglich Wirklichkeit sein!

»Beeindruckend, nicht wahr?« Ardemir trat an ihre Seite und deutete zu dem magisch aus dem Felsen wachsenden Baum. »Das Schicksal bestimmt über uns Elfen«, sagte er und schritt langsam auf den mächtigen Stamm in der Wand zu. »Das ist bekannt, aber manch einer sagt, das Schicksal hätte eine Form, wäre etwas Lebendiges.« Er klopfte auf die unebene Rinde des Stammes. »Die Priesterinnen in den Tempeln sagen, das Schicksal hätte die Form eines Baumes angenommen, und jeder Ast stünde für eine Seele Elvions.« Mit nachdenklichem Lächeln blickte er nach oben. »Der Weg eines jeden Elfen ist vorherbestimmt, wisst Ihr, jeder bekommt seine vom Schicksal zugedachte Aufgabe. In einer geraden Linie führt unser Weg vom Stamm ...«, er deutete nach oben, »... zu den Sternen, wo wir nach Erfüllung unseres Schicksals die Ewigkeit in Frieden verbringen dürfen.«

»Aber die Äste verlaufen nicht gerade«, erwiderte Vanora, »sie verzweigen sich, seht nur.«

Ardemir nickte. »Das liegt daran, dass das Schicksal zwar unser Ende bestimmt, den Schlüssel, mit dem wir zu den Sternen gelangen, aber der Weg dorthin hängt von uns Elfen ab. Manch einer stirbt, ohne seine Bestimmung erfüllt zu haben, und so wird er wiedergeboren. Das, meine Liebe, sind die Verzweigungen. Die Wiedergeburten.«

»Und ...« Vanora betrachtete den Elfen mit diesem jungenhaften Gesicht. Manche seiner Worte waren ihr bekannt. Sie hatte in Glendorfils Unterricht von Wiedergeburten und der Ewigkeit bei den Sternen erfahren, doch jene Geschichte jetzt in Form dieses Baumes und des Sternenhimmels vor sich zu sehen ließ die Worte noch realer werden. »Wurdet Ihr ... also ... wurdet Ihr bereits wiedergeboren?«

Ein warmes, ehrliches Lachen hallte durch den Saal. »Das,

meine holde Prinzessin«, sagte Ardemir kopfschüttelnd, »würde ich selbst gerne wissen. Eine Geburt ist ein neues Leben. Niemand erinnert sich an eine vorhergehende Existenz. Niemand weiß, welchen Weg das Schicksal für seine Seele vorgesehen hat, welches Ende. Es heißt jedoch, jene Seele, die sich dem Ende des Pfades nähert, spürt den Ruf des Schicksals und wird so zur Erfüllung seiner Bestimmung geführt.« Er hob den Zeigefinger. »Aber«, fuhr er fort und lehnte sich gegen den Stamm des Baumes, als wäre dieser nur irgendein Baum im Wald draußen und nicht etwas so ... Heiliges, »die Orakel behaupten von sich, in direkter Verbindung mit dem Schicksal zu stehen und die Bestimmung einer jeden Seele zu kennen. Sie geben das Ziel zwar nicht preis, helfen aber manchen, sofern es ihnen gefällt, bei der Findung des richtigen Pfades.«

Vanora ließ sich auf eines der Sitzpolster auf der untersten Treppenstufe sinken und betrachtete den Baum. Es war ein Orakel gewesen, das Alkariel vom Schlüssel der Zerstörung der Barriere erzählt hatte, von Daralees Blut. Was hatte das zu bedeuten? Wessen Schicksal hatte das Orakel damit offenbart? War es Vanoras Bestimmung, die Barriere zu zerstören und dabei zu sterben? Oder war Alkariel gar ihrem Ende nahe und vom Orakel auf diesen Weg gesandt worden? Sie würde es wohl nicht erfahren – bis zum Ende des Pfades.

»Gibt es viele Orakel?«, fragte sie und dachte darüber nach, vielleicht selbst eines Tages eines aufzusuchen, um Antworten zu erhalten, doch Ardemir schüttelte den Kopf:

»Im Schattenreich nicht. Zwei sind im Irrwischmoor, das ist alles. Aber im Lichtreich gibt es noch einige, hauptsächlich im Sonnental. Orakel leben gerne an Gewässern, in Seen, Flüssen oder dem Meer. Dort findet Ihr auch die Tempel des

Schicksals, denn die Priesterinnen dienen den Orakeln, führen die Fragenden zu ihnen, helfen den Armen und Verlorenen.« Er stieß sich vom Stamm des Baumes ab und klatschte in die Hände. »Nun gut.« Er wandte sich zur Tür. »Lasst mich sehen, ob ich Eamon von dieser Lichtelfe losreißen kann.«

Immer noch in Staunen versunken, nickte Vanora nur kurz, als Ardemir sich von ihr verabschiedete, doch kaum dass die Tür sich hinter ihm geschlossen hatte, hätte sie ihn am liebsten zurückgerufen. Die Pracht des Saales konnte nicht darüber hinwegtäuschen, dass sie in Kürze Eamon gegenüberstehen würde, und sie wusste nicht, was sein Anblick in ihr auslösen würde. Er fehlte ihr, doch ihr Zorn war noch immer nicht verraucht. Wie es wohl sein würde, ihn wiederzusehen? Hier unter diesem atemberaubenden Sternenhimmel? Ob auch er bereits wiedergeboren war?

Gedankenversunken ließ sie ihren Blick über die lebendig scheinende Karte schweifen, den Baum hinauf und zur Seite über die Reihen der Treppe, als ihr plötzlich ein helles Blitzen auffiel. Neugierig erhob sie sich und ging näher zu jenem grünen Polster, das in der Mitte auf der untersten Stufe lag, und was sie fand, überraschte sie. Es war eine goldene Kette, an der ein schlichter, goldener Taler hing. Die Kette, die die Weltentore öffnen konnte! Vanoras Herzschlag beschleunigte sich. So oft hatte sie diese Kette um Eamons Hals gesehen, und nun lag sie völlig unbewacht vor ihr. Ob Eamon wohl genauso hier in diesem Saal gesessen und die Karte betrachtet hatte, ehe er ohne die Kette zu seinem Treffen mit der Lichtelfe gegangen war? Sie wusste nicht, wie lange sie das Schmuckstück anstarrte, bis sie schließlich ihre zitternde Hand danach ausstreckte. Ihre Fingerspitzen berührten schon fast die glatte Oberfläche des Talers, da sah sie sich noch einmal in dem Saal um. Hier war niemand. Konzentriert atmete sie ein und aus, und ihre Gedanken rasten.

»Greif zu«, flüsterte eine Stimme in ihrem Inneren, doch das schlechte Gewissen schrie umso lauter. Vor drei Tagen noch hätte sie keine Sekunde gezögert, aber jetzt hatte sie begonnen, sich in ihr Schicksal zu fügen. Die Konsequenzen und die Tragweite ihres Handelns waren ihr durchaus bewusst, und doch war ihr Wunsch, ihren Vater zu sehen, größer. Sie würde ja in das Schattenreich zurückkehren, beruhigte sie sich selbst. Es gab keinen Grund zur Aufregung. Sie wollte sich einfach richtig verabschieden, mit der Welt der Menschen abschließen und sich dann ihrer Zukunft als Elfe und Nachfahrin einer Königin stellen. Denn Eamon würde sie niemals zurückgehen lassen, noch nicht einmal für einen kurzen Moment, auch nicht mit einer Armee als Begleitschutz, das wusste sie genau. Es hätte keinen Sinn, ihn danach zu fragen. Nur hier, versteckt hinter einem Wald voller tödlicher Bogenschützen, einer endlos tiefen Schlucht und den undurchdringbaren Wänden der Gebirgsfestung, hielt er sie für sicher. Dort draußen könnten ihnen Lichtritter auflauern, die laut Eamon größeres Kampfgeschick und vor allem höhere magische Fähigkeiten besaßen. Nein, sie musste diesen Moment nutzen. Jetzt.

Ihre Finger schlossen sich um das kühle Metall. Mit entschlossenen Schritten ging sie aus dem Sternensaal und durchquerte die große Eingangshalle. Das Tor wurde geöffnet, und schon befand sie sich im Hof.

Sie staunte über ihren eigenen Mut und darüber, wie einfach alles zu sein schien, was ihr die letzten Tage das Herz zerrissen hatte. Aber dann fiel ihr ein, dass das Weltentor sich im Wald außerhalb der Festung befand und sie den Weg dorthin nicht kannte. Die Elfen würden ihre Abwesenheit bald bemerken. Wie könnte sie ungesehen aus der Burg kommen? Zu Fuß hätte sie keine Chance, und die Zeit lief ihr davon. Also ging sie weiter, auf das Tor zu. Keiner der Elfen schenkte ihr besondere Beachtung. Manche nickten ihr zu, andere verbeugten sich flüchtig im Vorübergehen, doch niemand schien sich zu fragen, was sie hier tat. Es war ganz natürlich, dass sie über den belebten Hof schritt.

Das Geräusch wiehernder Pferde führte sie entlang den hohen Mauern der Burg zum Stall, dessen Tor einladend offenstand. Vanora beschloss, sich das erstbeste Pferd zu nehmen, und schob die Sorgen darüber, dass sie noch nie auf einem der unnatürlich großen und schnellen Tiere geritten war, von sich. Als würde sie jeden Tag in den Stall kommen, trat sie ein und sah sich zwischen den langen Reihen von Pferdeboxen um. Angestrengt suchte sie nach einem etwas kleineren und friedlich aussehenden Exemplar, doch kaum eines war kleiner als Glitnir oder Antrax.

»Prächtige Tiere, nicht wahr?«

Vanora fuhr herum und stand einem blondgelockten Elfen gegenüber, der ihr lächelnd zuzwinkerte. »Ich bin Melovin«, stellte dieser sich vor, »der königliche Stallmeister.«

Sie wollte sich ebenso vorstellen und ihm eine flaue Ausrede über ihre vermeintliche Liebe zu Pferden auftischen, doch der Elf kam ihr zuvor: »Ihr kommt bestimmt, um Euch Noer anzusehen.«

Noer? Vanora wusste nicht, wovon er sprach, aber der Stallmeister drehte sich bereits um und bedeutete ihr mit einem Wink, zu folgen. »König Eamon hat wohl zu tun?«, fragte er. »Kein Wunder, wenn diese Lichtelfen sich hier einnisten. Aber schöne Pferde haben sie. Auch wenn sie genauso eingebildet sind wie ihre Herren. Noer ist da anders, aber Eure Mutter war ja auch keine gewöhnliche Lichtelfe.«

Vanora blieb stehen. »Meine Mutter?«, fragte sie stirnrunzelnd.

»Ja.« Er hielt vor einer Box an. »Ihr wisst doch, sie kam gemeinsam mit Noer zu uns. Keine Sorge, ich habe mich immer gut um das schöne Tier gekümmert. Sie hat lange um Eliria getrauert.« Mit einem Klacken öffnete er die Boxentür, hinter der eine Fuchsstute sie aufmerksam betrachtete.

»Darf ich vorstellen«, grinste der Elf, »das ist Noer.«

Wie versteinert stand Vanora da, starrte auf dieses imposante Geschöpf und merkte kaum, dass Melovin sie am Ellbogen in die Box zog. Ehe sie sich versah, stand sie bereits vor dem schönen Tier und streichelte dessen Nüstern. Noer stupste sie leicht mit dem Kopf gegen die Brust, und der leichte Stoß genügte, um ihr den Grund für ihr Erscheinen im Stall ins Gedächtnis zu rufen.

»Ich möchte ausreiten«, sagte sie mit ungewöhnlich hoher Stimme.

Melovin zog seine Augenbrauen zusammen. »Vielleicht solltet Ihr erst …«

»Ich will jetzt ausreiten.« Sie wusste, dass er nicht widersprechen würde, nicht widersprechen konnte. Dies war das erste Mal, dass sie ihren neuen Status als Prinzessin ausnutzte. Sie konnte nicht behaupten, sich sonderlich wohl damit zu fühlen, doch im Moment hatte sie keine andere Möglichkeit.

Der Stallmeister zuckte mit den Schultern. »Wie Ihr wünscht. Ich bereite sie vor und bringe sie sofort zu Euch.«

Vanora nickte und verließ mit tauben Beinen den Stall. Ihr Verschwinden war offensichtlich noch nicht bemerkt worden, denn der Trubel auf dem Hof hatte sich in keiner Weise verändert. Angespannt zählte sie die Sekunden, und nach einer gefühlten Ewigkeit trat Melovin mit Noer an ihre Seite. Vanora schluckte, als sie das riesige Tier vor sich sah und ihr klar wurde, dass sie nun aufsteigen musste. Die prüfenden Blicke des Stallmeisters waren auch nicht unbedingt hilfreich, doch mit ausreichend Schwung und ein paar ungeschickten Bewegungen schaffte es Vanora, sich in den Sattel zu schwingen.

Die Elfen, die ihren Weg kreuzten, senkten höflich den Blick, aber Vanora entging das Grinsen in ihren Gesichtern dennoch nicht. So anmutig wie sie war bestimmt noch nie eine Elfe auf ein Pferd gestiegen – erst recht keine Prinzessin.

In gemächlichem Trab ritt sie die leicht abfallende Gasse entlang und passierte kurz darauf ein Tor, das sie jedoch nur in einen weiteren Hof führte. Hier gingen nur wenige schwarz gepanzerte Wachen ihrem Tagwerk nach, behelligten sie jedoch nicht, als sie an ihnen vorbei durch das Haupttor auf die Zugbrücke hinausritt. Den Blick auf den dichten Wald gerichtet, versuchte sie, nicht daran zu denken, wie weit es unter ihr in die Tiefe ging und kämpfte auch den Drang nieder, dem Pferd die Sporen zu geben und einfach loszupreschen. Es war sicher weniger auffällig, wenn … Vanora erstarrte, denn plötzlich spürte sie ein kaltes Kribbeln in ihrem Nacken. Vorsichtig wandte sie sich um, doch außer den Wachen auf den Mauerringen war niemand zu sehen. Ihr Herzschlag beruhigte sich erst wieder, als sie endlich in die schützende Dunkelheit des Waldes trat, doch das befreiende Gefühl währte nicht lang. Hier war es düster, feucht und einsam, und sie war ganz allein. Vanora schloss die Augen und versuchte sich auf die Schwingungen des Tores zu konzentrieren, die sie in der Welt der Menschen stets wahrgenommen hatte. Zu ihrem Glück konnte sie es auch hier deutlich spüren. Den Weg nach Hause.

Eämon

»Solch eine Möglichkeit wird sich ihr nicht mehr bieten.« Die Lichtelfe sprach ruhig und mit sanfter Stimme, doch Eamon sah ihre unterdrückte Wut. Er wechselte einen kurzen Blick mit seiner Schwester und antwortete schließlich: »Das ist der Prinzessin durchaus bewusst, Frau Thesalis. Sie ist noch jung und hat noch genügend Zeit, sich in der Magie zu üben. Im Moment muss sie sich noch an das Leben in Elvion gewöhnen.«

Meara lächelte freundlich. »Ich würde gerne mit ihr sprechen. Ihr die Möglichkeiten darlegen, die ihr mein Unterricht bietet.«

»Verzeiht, doch sie möchte niemanden sehen.« Eamons Ton wurde schärfer. Wie oft musste er es ihr noch sagen? Er war es so leid, dieses höfliche Gespräch mit ihr zu führen. Sie beide wussten, dass es nicht um die Förderung von Vanoras Fähigkeiten ging, und doch hielten sie dieses Schauspiel hartnäckig aufrecht. So etwas nannte man wohl Politik.

Auch Liadan auf dem Thron neben ihm hörte sich geduldig wieder und wieder die ewig gleichen Phrasen an, doch im Gegensatz zu ihm war ihr nicht anzusehen, wie sehr sie die Lichtelfen verabscheute. Ihr schien es noch nicht einmal besondere Mühe zu bereiten, sich gleichgültig zu geben. Ein Talent, das Leoran wohl nur seiner Tochter vererbt hatte.

»Ich werde Euch in drei Tagen verlassen und der Königin von Prinzessin Vanoras Entscheidung berichten«, teilte Meara kühl mit.

Wieso klang das nur wie eine Drohung? Eamon lächelte, als Meara in einen tiefen Hofknicks sank. Sie hielt ihren Oberkörper völlig aufrecht und senkte lediglich ihren Kopf ein wenig, ehe sie sich ebenso anmutig erhob und den Saal verließ. Wie lange würde es wohl dauern, bis sie wieder mit dem gleichen Anliegen vor ihm stand?

Erschöpft lehnte er sich auf seinem Thron zurück und lauschte dem ruhigen Flötenspiel. Seine Erschöpfung war nicht körperlicher Natur. Es war sein müder Geist, der ihn zwang, die Augen zu schließen und einen Moment dem grellen Licht der Realität zu entfliehen. Doch die Ruhe währte nicht lange. Dumpf drang das Geräusch des sich öffnenden Tores in seinen Kopf. Er wollte nicht wissen, wer nun seine Aufmerksamkeit forderte und verharrte in seiner abwesenden Pose.

»Eamon«, zischte Liadan.

Eamon kniff die Augen noch fester zusammen, fügte sich dann jedoch seiner Pflicht und richtete sich auf. Erleichtert stellte er fest, dass es keiner der nervtötenden Lichtelfen war.

»Mein König.« Ardemir verbeugte sich knapp, doch der Schalk in seinen Augen sprach eine andere Sprache. Ein Schalk, der Eamon und seinen Vetter schon so einige Male in Schwierigkeiten gebracht hatte.

»Was kann ich für dich tun?«, fragte Eamon erleichtert.

»Ich bringe dir Nachricht von einer entzückenden Prinzessin.« Ardemir grinste.

Eamon wandte sich automatisch zu seiner Schwester um, doch Ardemir wehrte ab: »Nein, Eamon. Prinzessin Vanora schickt mich.«

Sein Herz machte einen Sprung. »Vanora?«

Ardemir nickte und zwinkerte ihm zu. »Sie wartet im Sternensaal auf dich.«

Ohne auch nur eine Sekunde zu zögern, stürmte Eamon los. Seine Beine konnten nicht schnell genug laufen. Die letzten Tage waren eine Qual gewesen. Die Vorfreude, endlich das herbeigesehnte Gespräch zur Versöhnung zu führen, verlieh ihm Flügel, und wenige Sekunden später stürmte er bereits durch die Tür des Sternensaals und sah sich hektisch in der Halle um.

Aber dort war niemand.

Ein nervöses Flattern entstand in seinem Bauch und breitete sich in rasender Geschwindigkeit im gesamten Körper aus, als er die richtigen Schlüsse zog: Die Kette! Er hatte sie vor dem Gespräch mit Meara abgelegt. Langsam ging er auf die Treppen zur linken Seite zu, fuhr über die Sitzpolster, suchte die Stufen ab. Nichts. Die Kette war nicht hier. Genauso wenig wie Vanora.

Einer Panik nah wirbelte er zur offenen Tür herum. Das würde sie nicht tun!, dachte er. Immer wieder wiederholte er in Gedanken diese Worte, doch der Schmerz in seiner Brust strafte seine Worte Lügen. Sie hatte ihn verlassen. Sie war fort!

Mit schweren Schritten lief er zurück in den Thronsaal, würdigte die Elfen des Hofstaates, die sich dort aufhielten, keines Blickes. Stattdessen ließ er nach Glendorfil schicken und bat auch seine Schwester und Ardemir in den Sternensaal.

Erst als sie alle beisammen und die Tür des Sternensaales geschlossen war, verlor Eamon seine Beherrschung: »Sie ist weg!« Mit wachsender Panik erzählte er ihnen vom Verschwinden der Kette mit dem Schlüssel für das Weltentor, bis selbst Ardemir das Lächeln verging.

Es war Liadan, die schließlich das Schweigen brach: »Wir haben genügend Baumjäger im Wald«, sagte sie ruhig. »Sie wird nicht weit kommen.«

»Verzeiht, Prinzessin Liadan.« Glendorfil räusperte sich. »Die Baumjäger werden ihrer Herrin bestimmt nicht den Weg durch das Tor verweigern.«

»Wie lange ist sie bereits weg?« Liadan blickte zu ihrem Vetter, der hilflos mit den Schultern zuckte: »Etwa eine halbe Stunde vielleicht. Ich wartete, bis die Lichtelfe verschwunden war, um mit Eamon zu sprechen.«

Eamon stöhnte leise auf. Es war zu lange her. Mit Hilfe von Magie würde sie das Tor ohne Probleme finden – zumindest wenn sie ein Pferd hatte. Auf der anderen Seite würde Vanora niemals auf einem der Elfenpferde davonreiten. Noch dazu alleine.

»Glendorfil. Informiert sofort die Baumjäger. Sie sollen sie finden und zurückbringen.« Der Schattenritter öffnete seinen Mund, doch Eamon ließ ihn nicht zu Wort kommen. »Bringt sie mir zurück, Glendorfil! Bringt sie mir zurück!«

»Eamon«, sagte Liadan ruhig, doch er wollte ihre beschwichtigenden Worte nicht. Es gab nur eines, das in ihm schrie, und nur eine Möglichkeit, den Schmerz zu lindern. »Bringt sie mir zurück«, wiederholte er, leiser jetzt. »Bringt sie mir zurück, hört ihr?«

Glendorfils Blick war besorgt, und Eamon war ihm dankbar dafür, dass er seine Sorgen für sich behielt, sich rasch verbeugte und aus dem Raum eilte. Er *tat* etwas. Es *geschah* etwas. Die Kehle wurde ihm ein klein wenig weiter, und er atmete tief ein und aus. Glendorfil würde sie finden. Er musste sie finden. Sie konnte nicht –

»Eamon!« Ardemirs Stimme drang wie aus weiter Ferne in

die rasenden Wirbel seiner Gedanken. Er musste seinen Namen schon mehrfach gerufen haben, denn Liadans Gesicht war eine einzige Missbilligung.

»Da bist du ja wieder. Schön. Wir haben nämlich noch ein Problem«, sagte sie ruhig. »Nevliin.«

»Was ist mit ihm?«, keuchte Eamon.

»Nun, er lässt Vanora keine Sekunde aus den Augen. Ich vermute, dass er auch jetzt in ihrer Nähe ist.«

Eamon schüttelte den Kopf. Auch wenn es ihm missfiel, dass dieser Lichtelf Vanora ständig beschattete, war es im Moment keines seiner vorrangigsten Probleme. »Er wird ihr nichts tun.«

Liadan presste die Lippen aufeinander und sah ihm tief in die Augen. »Nein«, sagte sie schließlich, »er wird ihr nichts tun. Denn er will sie ja beschützen. Vor uns beschützen. Ist es da nicht naheliegend, dass er die Gelegenheit nutzt? Vanora macht sich auf den Weg zum Tor. Er muss ihr einfach nur folgen und hat die einmalige Möglichkeit, sie ins Lichtreich zu bringen und sie seiner Ansicht nach zu retten. Denkst du wirklich, er lässt sich …«

Eamon verstand, und seine Hand schloss sich um den Dolch, den er am Gürtel um die Hüften trug. Rasender Zorn erstickte die Angst, während er aus dem Sternensaal und die Treppen hinunter zum Stall stürmte. »Melovin!«, rief er schon von weitem, und noch bevor er das Tor erreicht hatte, kam der Elf ihm bereits entgegen.

»Mein Herr. Soll ich Antrax für Euch vorbereiten?«

Eamon warf einen flüchtigen Blick in den Stall. »Nein. Keine Zeit. War Prinzessin Vanora heute bei Euch?«

Melovin lächelte und nickte eifrig. »Ja, vorhin. Sie ist mit Noer fortgeritten. Die Überraschung ist wirklich gelungen.«

Eamon fluchte, ließ Melovin ohne Erklärung zurück und Antrax im Stall und raste weiter. Zu keinem klaren Gedanken mehr fähig, ließ er sich völlig von seiner Wut leiten. Blitzschnell lief er über die Brücke und sprang an dessen Ende auf einen der Bäume. Sein Körper verschwand als dunkler Schemen zwischen den Kronen. Er lief nicht sehr hoch über dem Boden, damit er Vanora oder auch Nevliin sofort erkennen konnte. Den Dolch ließ er dabei keine Sekunde los. Er brauchte seine Hand nicht, um sich zwischen den Ästen zu bewegen. Als entfernter Nachfahre eines Baumjägers war es ihm ein Leichtes, den Zweigen auszuweichen, so dass ihn nicht eine einzige Nadel berührte.

Er hatte das Weltentor beinahe erreicht, da sah er das leuchtend blonde Haar in der Dunkelheit des Waldes aufblitzen. Sie hatten sie gefunden!

Vanoras Anblick, wie sie hocherhobenen Hauptes zwischen den beiden schwarz bemalten Baumjägern durch die graue Düsternis ging, war weiterer Zunder für seine brennende Wut. Seine Kehle wurde eng, und das Atmen fiel ihm zunehmend schwerer. Einen Moment lang hielt er inne und beobachtete ihr Gesicht. Das Kinn war trotzig nach vorn geschoben, die Augen zu kleinen Schlitzen verengt und der Kiefer angespannt. Der offensichtliche Groll berührte ihn nicht.

Eamon stieß sich leicht ab und landete direkt vor ihr auf dem kargen Waldboden. Die Baumjäger regten sich nicht. Bestimmt hatten sie ihn längst gehört. Er war geschickt, wenn es darum ging, sich zwischen den Ästen zu bewegen, aber die Fähigkeit, eins mit dem Wald zu werden, war ihm nicht eigen. Noer, die von einem der Elfen geführt wurde, riss kurz ihren Kopf hoch und schnaubte. Vanora hingegen zuckte zusammen und stieß einen leisen Schrei aus. Als sie ihn jedoch erkannte, schloss sie kurz die Augen und seufzte. Ihre Züge wurden weicher, und ihr rechter Mundwinkel zog sich zu einem zaghaften Lächeln nach oben.

Eamon wandte den Blick von ihr ab und sah nun einen der Baumjäger an. »Ich bringe sie zurück«, sagte er rau. »Geht.«

Die beiden Elfen verbeugten sich. Einer von ihnen verschwand mit einem Satz im dichten Geäst, der andere schwang sich in Noers Sattel und war kurz darauf nicht mehr zu sehen.

Einen Moment lang verharrte Eamon in absoluter Reglosigkeit, dann bedeutete er Vanora mit einer Handbewegung, an ihm vorbeizugehen. Ihrem Blick wich er aus. Schweigend gingen sie zurück zur Burg. Der Weg schien nicht enden zu wollen, und mit jedem Schritt in menschlicher Geschwindigkeit verlor Eamon ein Stück seiner Selbstbeherrschung. Er wollte schreien, sie packen, sie vorwärtsschleifen, zur Burg, durch den Hof, die Treppe hinauf, in ihr Zimmer und ... Warum ging sie so langsam? War es möglich, dass sie immer langsamer wurde, je näher sie sich ihren Gemächern näherten? Der letzte Korridor wollte und wollte nicht enden, und als sie ihr Ziel endlich erreichten, fühlte sich Eamon, als hätte er einen Berg erklommen.

Vanora öffnete die Tür und ließ sie offenstehen, als sie in den schwach beleuchteten Raum trat. Eamon folgte ihr schweigend und schloss hinter sich ab. Mit dem Rücken zu ihm stand Vanora vor dem Kamin. Ihre Hände zitterten leicht, doch selbst dies konnte ihn nicht mehr besänftigen.

»Was hast du dir nur dabei gedacht?«, presste er leise hervor, mehr zu sich selbst, als an sie gerichtet. Doch Vanora drehte sich um, die Augen glänzend, die Unterlippe zitterte leicht. So verletzlich und zerbrechlich wirkte sie durch und durch menschlich. Ein Teil von ihm wollte alles vergessen und sie in die Arme schließen, doch der andere, lautere Teil, erinnerte ihn an seine nackte Angst, als er sie bereits verloren geglaubt hatte.

»Die Konsequenzen waren mir bewusst«, sagte sie mit fester Stimme, die so gar nicht zu ihrem Gesichtsausdruck passte.

»Umso schlimmer.«

»Es war nicht geplant, falls du das denkst.«

»Und das rechtfertigt dein … dummes Verhalten?!«

»Ich musste es versuchen, Eamon. Ich konnte mich doch nicht einmal verabschieden. Ich bin …«

»Du bist ein törichtes Kind!«, brach es aus ihm heraus.

Vanora zuckte zusammen und sah ihn mit weit aufgerissenen Augen an. Erstaunen stand darin, Schmerz und keine Spur von Trotz. Es war ihm egal. Er hatte noch nie so mit ihr gesprochen, hatte sich stets um sie gesorgt und versucht, ihr alles zu geben, was sie brauchte. Und was hatte es genutzt? Nichts, nichts und wieder nichts. Beruhige dich, beschwor er sich, doch es gelang ihm nicht, und so zählte er langsam bis fünf, atmete tief durch und begann dann, ruhelos im Raum auf und ab zu gehen. »Schlimm genug, dass du dein eigenes Leben in Gefahr bringst«, knurrte er schließlich. »Deine Selbstsucht hätte das ganze Reich ins Unglück stürzen können.«

»Meine *Selbstsucht*?!« Ihre Wangen röteten sich und ihre Augen blitzten.

Er war zu weit gegangen, das wusste er. Es war ihm egal. »Ja, Vanora. Deine Selbstsucht. Tagelang sperrst du dich in deine Gemächer, beklagst dein Schicksal und bei der ersten Gelegenheit flüchtest du vor deiner Verantwortung. Wieso gehst du nicht gleich zu Alkariel? Sag nicht, dass du wirklich so einfältig bist zu glauben, du hättest es bis in die Menschenwelt geschafft. Wären die Baumjäger nur etwas später gekommen, hätte dich Nevliin ins Lichtreich gebracht. Und dort erwartet dich Schlimmeres als ein goldener Käfig.«

Jede Farbe wich aus ihrem Gesicht, und sie starrte ihn regungslos an. Es war offensichtlich, dass sie nicht daran gedacht hatte, und er konnte es ihr nicht verdenken, denn auch er selbst hatte diese Gefahr zunächst nicht erkannt. Ihr Verhalten entschuldigte das aber trotzdem nicht. »Nicht nur, dass du dem Feind in die Hände läufst«, fuhr er fort, während er weiter im Zimmer auf und ab wanderte. »Du missachtest auch all die Schattenritter, die dich jahrelang begleitet haben. All die Dunkelelfen, die an dich glauben und ihr Leben für dich gäben! Denkst du eigentlich irgendwann an jemand anderen als an dich selbst?!«

Vanoras Augen glänzten. »Ihr zieht mich in einen Krieg hinein, der mich weder interessiert noch angeht! Du nennst mich selbstsüchtig? Meine Erinnerungen an meine Kindheit bestehen aus Kampfübungen, Geschichtsstunden und einem verbitterten Vater, der keine Aussicht auf Hoffnung hatte! Mein Schicksal ist es, für ein Volk zu sterben, das mich nach seinem Willen benutzt und bei Bedarf einsetzt!«

»Ja, das Leben ist unfair.« Er blieb stehen, sah sie an und schüttelte leicht den Kopf. »Du bist kein kleines Kind mehr. Gewöhn dich besser daran, weil uns die Lichtelfen schon bald die Tür einrennen werden und alles töten, das sich bewegt. Auch wenn du dir im Moment furchtbar leidtust, bist du nicht die Einzige mit einer unsicheren Zukunft.«

Vanora schrie wütend auf: »Ich hasse es! Ich hasse all das hier!« Sie wandte ihm den Rücken zu, drehte sich nach nur wenigen Augenblicken jedoch wieder zu ihm um.

Schweigend standen sie einander gegenüber und maßen sich mit zornigen Blicken – bis ein Räuspern sie aus ihrer Starre riss. Eamon blickte an Vanora vorbei, und auch sie drehte sich wie vom Blitz getroffen um.

Vor dem Fenster stand die Koboldfrau. In ihrer Hand hielt sie ein Stück Stoff, Nadel und Faden. Sie musste dort auf dem Boden gesessen haben und von dem hohen Bett verdeckt worden sein.

»Verzeiht«, sagte sie, huschte an Vanora vorbei, sank vor ihm in einen Knicks und wollte schon aus dem Zimmer laufen, doch Eamon hielt sie zurück. »Bleibt«, sagte er und richtete sich auf. »Ich werde gehen.«

Noch einmal sah er in Vanoras Augen, die sich wieder mit Tränen gefüllt hatten, dann wandte er sich abrupt um und ging aus dem Zimmer.

Er war noch nicht weit gekommen, da hörte er Schritte hinter sich.

»Eamon!«

Ohne sich umzudrehen, hielt er inne und schloss seine Augen. Der Zorn war verraucht, das Erlebte noch immer schmerzhaft, der Streit reinigend. Jetzt meldete sich sein schlechtes Gewissen.

»Meine Mutter gab ihr Leben, um meines zu schützen«, sagte sie hinter ihm. »Dir und deinem Volk verdanke ich, dass ich nicht längst tot bin. Im Dorf war ich nicht mehr sicher. Glaub mir, ich weiß das alles und doch …«

»Und doch kannst du mir nicht verzeihen.« Eamon drehte sich um, und Vanora sah zu Boden. Ihr Schweigen und der bedrückte Gesichtsausdruck waren Antwort genug. Er hatte damit gerechnet. Bereits vor Jahren war ihm bewusst gewesen, dass sie die Trennung von ihrem Vater nicht einfach so hinnehmen würde. Und doch schmerzte ihn die Entfremdung von ihr so sehr, dass er befürchtete, niemals wieder glücklich zu sein. Nicht ohne sie.

Schon als er sich ihr als Elfen zu erkennen gegeben hatte, war eine Distanz zwischen ihnen entstanden, die ihre tiefe Verbundenheit jedoch zu überbrücken vermocht hatte. Jetzt aber … Er seufzte tief, und es gab nur eines, das er mit Sicherheit wusste und fühlte: Vanora war sein Gegenstück und er das ihrige. Er wollte, er musste bei ihr sein.

»Ich bin hier fremd, Eamon.« Es klang wie eine Entschuldigung für ihre Gefühle. »Es ist alles so anders.«

»Du wirst dich einleben.«

Vanora seufzte. »Mein ganzes Leben habe ich bei meinem Vater verbracht.«

»Du denkst noch immer in menschlichen Dimensionen. Was sind schon achtzehn Jahre im Vergleich zu der Zeit, die du hier verbringen wirst?«

»Im Schattenreich.« Die Verachtung in ihrer Stimme war nicht zu überhören. »Ich kann hier nicht atmen, Eamon. Diese unendliche Düsternis, diese Burg aus grauem Stein, begraben in diesem gigantischen Felsen. Es erdrückt mich.«

Eamon fand bei der Aussicht, ihr das Gegenteil zu beweisen, zu einem leichten Lächeln. »Hier gibt es mehr als nur grauen Stein.« Er streckte ihr die Hand entgegen, und nach kurzem Zögern und mit skeptischem Gesichtsausdruck legte sie die ihre schließlich in seine. Mit aller Mühe rang sie sich zu einem Lächeln durch und ließ sich von ihm fortführen.

Er brachte sie zu den Ställen, ließ ihr von Melovin auch die anderen Tiere zeigen, stattete Antrax einen Besuch mit ihr ab, erzählte von Mearas baldiger Abreise und lauschte der Geschichte über die Auseinandersetzung zwischen Finola und

Nevliin – und dann führte er sie in die Gärten von Lurness. Er selbst war schon lange nicht mehr hier gewesen, war sich jedoch sicher, dass es Vanora gefallen würde.

Als er sie mit weit aufgerissenen Augen und offenstehendem Mund die Gärten betrachten sah, wusste er, dass er richtig vermutet hatte. Der Garten befand sich im Inneren des Felsens, war jedoch so weitläufig, dass man die Wände am anderen Ende nicht sehen konnte. Hunderte winzige Miranlampen tauchten den Ort in silbernes Licht und Vanoras Haut strahlte, wie in Mondlicht getaucht. Weiße Fontänen schossen aus zahlreichen Springbrunnen und fielen als Silberregen zurück in die steinernen Becken. Vanora strich mit der Hand über die weißen Blüten der Miranblumen und beobachtete fasziniert die herumschwirrenden Mirin. »Es ist ... Ich finde keine Worte.«

Eamon griff nach ihrer Hand und hielt sie fest. Die Begeisterung in ihren Augen ließ den Streit von vorhin in Vergessenheit geraten. Zu sehen, dass es zumindest einen Ort im Schattenreich gab, an dem sie sich erfreuen konnte, gab ihm die Ruhe, nach der er sich in den letzten Tagen gesehnt hatte. »Komm.« Vorsichtig zog er sie weiter zu den Obstgärten. Dutzende der Bäume standen in voller Blütenpracht, und zwischen ihnen grasten die prachtvollen Elfenpferde. Auch die Fuchsstute Noer war unter ihnen. Als sie das Tier sah, schürzte Vanora die Lippen und sah mit schuldbewusstem Blick zu ihm auf. »Sie ist wundervoll«, sagte sie und plötzlich lachte er: »Es wurde auch Zeit, dass du deine Scheu vor den Pferden verlierst.«

Vanora pikste ihn in gespielter Empörung in die Seite, und lachend fielen sie in das dicke Gras, sahen den Tieren einhellig beim Weiden zu, redeten, scherzten, lachten. Nichts hier wies darauf hin, dass sie immer noch im Inneren des Drachenfelsens waren – kaum ein paar Schritte von all den Problemen und Sorgen entfernt.

Das war ein Anfang, dachte Eamon, als der Tag sich schließlich dem Ende zuneigte. Natürlich, sowohl er selbst als auch Vanora waren leidenschaftlich und impulsiv. Aber sie sehnten sich auch nach Ruhe und der Nähe des anderen. Das würde sie immer zusammenhalten, beschloss er. Und dieser Funken Zuversicht entlockte ihm das erste Lächeln seit langer, langer Zeit. Es war schön, hier an ihrer Seite zu sein – und es erinnerte ihn an ihre Anfangszeit, in der jenes Wissen um eine grausame Zukunft noch in weiter Ferne gelegen hatte.

Zumindest für diesen Augenblick.

Vanora

Es war schon merkwürdig, dachte Vanora, wie sehr sich ein und dasselbe Bild verändern konnte, wenn es mit verschiedenen Stimmungen betrachtet wurde. Lurness, ja das gesamte Schattenreich, war ihr zur Zeit ihres Aufenthalts als der furchtbarste Ort der Welt erschienen, doch plötzlich sah sie Licht zwischen den Nebelschleiern und den dunklen Wolken. Die Düsternis dieses Landes bedrückte sie noch immer, aber ihr Herz erkannte jetzt auch die Schönheit. Besonders die Gärten hatten es ihr angetan. Sie hatte dort ein Plätzchen bei den Obstbäumen und Brunnen gefunden, das sie sehr liebte. Abseits von den grasenden Pferden, umtanzt von den Mirin und umrandet von ein paar Felsen, die ihr das Gefühl gaben, von der Außenwelt abgeschieden zu sein. Ihre eigene kleine Welt.

Auch an diesem Morgen spazierte sie durch die duftenden Blumenwiesen, um sich etwas von ihrer Nervosität wegen des bevorstehenden Balls am Abend abzulenken. Am liebsten, so dachte sie oft, würde sie nicht in ihren Gemächern, sondern hier an ihrem Rückzugsort übernachten. Denn wo die Tage sie mit immer wieder Neuem, Wundervollem überraschten und in Atem hielten, ergriff sie in den einsamen Nächten oft eine undurchdringbare Dunkelheit, die sich bis in ihr Innerstes fraß. Das Heimweh ließ sie nicht los, sosehr sie es auch versuchte. Briacs raue Stimme, das Donnern des Meeres an den Steilklippen, das leise Plätschern des Baches, ja sogar die mürrischen Dorfbewohner fehlten ihr dann so sehr, dass sie keine Ruhe fand, bis sie sich schließlich in den Schlaf weinte.

Entschlossen schob sie die Gedanken beiseite. Noch war es Morgen, und sie würde es sich an ihrem Lieblingsplatz gemütlich machen und sich in der Magie üben.

Die turmähnlichen Felsen ihres Versteckes waren bereits in Sicht, als ein Geräusch sie innehalten ließ. Es kam eindeutig aus Richtung ihres Felsens, war keine Melodie und doch ein Lied, erinnerte an den Wind, der über die Öffnungen von Tonkrügen heulte, und war doch rein, drang direkt unter die Haut und brachte jedes einzelne Härchen an ihren Armen dazu, sich aufzurichten.

Vorsichtig schlich sie näher heran – und erstarrte.

Das silberne Miranlicht schimmerte wie Frost auf Nevliins Oberkörper, und seine Haut war beinahe so hell wie die weiten Hosen, die er trug. Er hatte sie noch nicht bemerkt, tanzte weiterhin über die Wiese. Der wundervolle Klang, der durch die Schwertstreiche, die die Luft zerteilten, entstand, war atemberaubend, und Vanora verbarg sich hinter einem Felsen, um ihm zuzusehen. Es fiel ihr schwerer, je länger sie dort stand. Etwas zog sie auf ihn zu, und es erforderte zusehends größere Mühe, einfach nur dazustehen und ihn anzusehen. Mit einem Mal war er da, der Gedanke, übermächtig und von drängender Intensität: Sie wollte ihn berühren, mit den Fingern über die angespannten Muskeln seines schlanken Körpers streichen, der sich so leicht und anmutig bewegte, als erforderten die Schwertstreiche nicht die geringste Kraft. Das Schwert in der rechten Hand, drehte er sich um die eigene Achse, ging leicht in die Hocke, ließ die Klinge als silbernen

Bogen um sich kreisen und flog plötzlich in die Höhe. Er wirbelte beinahe waagrecht durch die Luft, landete auf einem Knie und stieß gleichzeitig die Spitze der Klinge in den Boden. Einen Herzschlag lang verharrte er in dieser Position, ehe er einen erneuten Schwertstreich ausführte und, immer noch halb kniend, in einem ständigen Wechsel der Schwerthand das Heft in seiner Hand kreisen ließ. Er drehte sich immer wieder in andere Richtungen und ließ das Schwert wie eine Schlange vorstoßen, rollte sich ab, sprang wieder in die Luft, vollführte mehrere Überschläge und jagte erneut die Klinge in den Boden. Einmal ließ er sich auf beide Knie fallen, zumindest sah es im ersten Augenblick so aus, doch er berührte den Boden gerade mal um eine Handbreit nicht, lehnte den Oberkörper ebenfalls bis beinahe zur Wiese zurück, führte einen neuerlichen Streich, rollte sich zur Seite ab und kam, sich um sich selbst drehend, wieder in eine aufrechte Position. Vanora konnte den Hauch, der sanft über die Klinge streichelte, förmlich auf ihrer Haut spüren, während eiskalte Schauer ihren Rücken hinabjagten und eine schmerzhafte und zugleich angenehme Hitze von ihrem Bauch aus immer tiefer wanderte. Niemals zuvor hatte sie Vergleichbares gefühlt, und doch machte es ihr keine Angst. Das Lied des Schwertes, zu dem sich dieser unwirkliche Elf in noch viel unwirklicherer Geschwindigkeit bewegte, vermischte sich mit dem donnernden Pochen ihres Herzens, und seine Bewegungen schlugen den Takt dazu – immer schneller und schneller.

Gefesselt von seiner Erscheinung, sog sie jedes Detail auf, beobachtete das Spiel seiner Muskeln und erkannte jede blasse Narbe an seinem Körper. Das hellblonde, schulterlange Haar hatte er wie immer im Nacken zusammengebunden, wodurch die spitzen Elfenohren besonders auffielen. Doch so befremdlich diese auch bei Eamon und Glendorfil wirkten, so passend waren sie bei Nevliin. Der konzentrierte Ausdruck in dem marmornen Gesicht nahm ihm etwas von der üblichen Bedrohung, zeigte eine Leidenschaft und Energie, die sie bei diesem kalten Elfen niemals für möglich gehalten hatte. Und diese Leidenschaft, mit welcher er sein Schwert führte, übertrug sich auf magische Weise auf sie selbst. Sie war viel zu gebannt, um zu bemerken, dass er sich auf sie zubewegte.

Bis er plötzlich einen Schritt vor ihr innehielt.

Vanora stolperte zurück, schrammte mit dem Ellbogen an den Felsen und starrte die Spitze der Klinge an, die auf sie gerichtet war. Ihr Herz klopfte bis zum Hals – vor Schreck, aber auch vor Scham, und die Röte stieg ihr in die Wangen. Das kann auch nur mir passieren, fluchte sie stumm. Nicht nur, dass sie wie ein dummes Schaf dastand und einen halbnackten Mann anstarrte; sie ließ sich auch noch dabei erwischen.

»Es tut mir leid«, murmelte sie, um das peinliche Schweigen zu brechen. »Ich wollte Euch nicht stören.«

Nevliin ließ die Klinge sinken, richtete sich auf und musterte sie von oben herab, ausdruckslos wie eh und je, und hatte ganz offensichtlich nicht vor, in diesem Leben noch etwas zu antworten.

»Das war wirklich beeindruckend«, plapperte sie also weiter. »Ich … ich habe noch nie jemanden gesehen, der so mit einem Schwert umgehen kann. Noch nicht einmal Glendorfil.«

Seine schwarzen Augen durchdrangen sie mit einer Intensität, die sie immer nervöser werden ließ.

»Er hat versucht, mir beizubringen, damit umzugehen«, redete sie unaufhörlich und immer schneller weiter, »aber ich habe kein Talent dafür. Im Bogenschießen bin ich besser, auch wenn ich noch lange nicht gut genug bin. Aber bei Euch sieht es ganz leicht aus. Glendorfil sieht den Schwertkampf nur als Mittel zum Zweck, aber das hier ist viel mehr. Es ist schon fast so eine Art Kunst. Wie lange …«

»Prinzessin Vanora.«

Er sprach leise und mit der üblichen Ruhe, und doch verstummte sie sofort.

»Fürst Nevliin?«

»Gibt es einen Grund für Euer Erscheinen hier?«

Vanora schluckte. »Ich, ja, ich wollte nur …« Sie verlor den Faden. Ja, was will ich eigentlich?, dachte sie und wurde schon wieder rot.

Er nickte. »Ich werde Euch jetzt in Ruhe lassen.«

»Nein!« Das Wort war schneller über ihre Lippen gekommen, als sie hatte denken können. Von neuerlicher Scham befallen, räusperte sie sich. Sag etwas, dachte sie. Irgendetwas. Irgendetwas, damit er bleibt. »Das war wirklich beeindruckend«, haspelte sie erneut. »Könnt Ihr … Könnt Ihr mir vielleicht zeigen, wie das geht?«

Nevliin hob eine Augenbraue und musterte sie eine gefühlte Ewigkeit. Dann warf er plötzlich das Schwert in die Luft. Die blanke Klinge wirbelte gefährlich nah an ihrem Gesicht vorbei, und Vanora wich automatisch einen Schritt zurück. Unnötig, denn Nevliin fing das Schwert bereits wieder auf, legte die Breitseite der Klinge federleicht auf seine Hände und hielt ihr das Heft mit einer Verbeugung entgegen.

»Wirklich?«, fragte sie ungläubig und starrte die Waffe an. Sie war mehr ein Schmuckstück denn ein Tötungsinstrument. Die Klinge war leicht geschwungen und ungewöhnlich schmal, die Schneiden nahe dem Heft wiesen zwei flache Wellen auf, eine Parierstange gab es nicht. Das weiße, mit Golddraht umwickelte Heft ging beinahe nahtlos in das Eisen über, und am goldenen Knauf funkelten weiße Edelsteine.

»Nehmt es mit beiden Händen«, sagte Nevliin sanft. »Die rechte Hand vorne.«

Vanora sah von dem Schwert auf und in sein Gesicht. Alles an ihm war so widersprüchlich, und da sie wenig Hoffnung hatte, ihn jemals zu durchschauen, streckte sie schließlich die Hände aus und umschloss das Heft, so wie Nevliin es ihr gesagt hatte. Es fühlte sich wahnsinnig gut an, kraftvoll und mächtig, so als wäre sie damit unbesiegbar. Langsam ließ Nevliin die Klinge los, und Vanora war überrascht über das Gewicht dieser so filigran wirkenden Waffe.

»Den Ellbogen etwas höher«, wies Nevliin sie an. »Die Schulter bleibt unten.«

Vanora folgte seinen Anweisungen und betrachtete ehrfürchtig ihre Hände, die etwas so Kostbares festhielten, auch wenn sie sich nicht vorstellen konnte, wie jemand damit in eine solch perfekte Einheit verschmelzen konnte, wie sie es vorhin noch bei Nevliin gesehen hatte.

»Und jetzt?«, fragte sie, da sie sich nicht mit ein paar hilflosen Streichen blamieren wollte. »Was muss ich tun?«

Kurz wirkte Nevliin unschlüssig, sein Blick schweifte über das Schwert und fand schließlich wieder zu ihr zurück. Und dann kam er plötzlich auf sie zu, auffällig langsam. Er ging an ihr vorbei, und als sie plötzlich seinen Atem in ihrem Nacken spürte, wäre ihr beinahe das Schwert aus der Hand gefallen.

»Nicht loslassen.« Seine Stimme war kaum mehr als ein Flüstern an ihrem Ohr, und in diesem Moment hätte sie jeden Schwur geleistet, dass ihr Herz kurz ausgesetzt hatte. Doch als sie sich kurz darauf in seiner Umarmung wiederfand und sich seine Hände auf die ihrigen am Heft legten, setzte es seinen Schlag in einer Heftigkeit fort, die selbst in der Kehle pochte.

Angespannt starrte Vanora auf die langen, schlanken Finger, die sie in festem Griff umklammert hielten, und stellte fest, dass seine Hände, so sanft sie auch aussahen, ungewöhnlich rau waren, was mit ziemlicher Sicherheit an den vielen Stunden lag, in denen sie das Schwert hielten. Nichts an diesem Elfen ist so, wie es scheint, dachte sie, doch auch dieser Gedanke verschwand, als Nevliin einen Schritt zur Seite ging und sie automatisch mit sich zog.

Seine Finger schlossen sich noch etwas fester um die ihrigen und hoben schließlich das Schwert etwas an. In einem weiten Bogen schwang er die Klinge von rechts oben nach links unten, drehte sich mit ihr halb herum und führte den Schwertstreich zu Ende, während erneut dieser wunderbare Ton entstand.

»Wie lange hat es gedauert, um so mit dem Schwert umgehen zu können?«, fragte sie, während er sich mit ihr in die andere Richtung drehte und die Klinge singen ließ. Er hob mit ihr das Schwert hoch bis über ihren Kopf, sodass sie die Arme ausstrecken musste, und ließ es erneut in einem Bogen hinabfahren.

»Ich weiß nicht.« Seine Stimme an ihrem Ohr war beinahe noch schlimmer als sein Atem auf ihrer Haut oder seine Hände auf den ihrigen oder seine Arme, die sie umfangen hielten und sie nah an seine Brust drückten, oder …

Ich sollte mir der Nähe lieber nicht zu sehr bewusst werden und mich auf das Schwert konzentrieren, dachte sie, doch es gelang ihr nicht.

»Ich habe nie etwas anderes getan«, fuhr er leise fort, als wolle er den Klang des Schwertes nicht stören oder den Zauber dieses Momentes nicht brechen. Stattdessen zog er sie vorsichtig weiter, führte sie sicher durch die Wiese, und Vanora verspürte das seltsame Bedürfnis, sich an ihn zu schmiegen und sich einfach nur treiben zu lassen.

»Nun haben wir wohl die Rollen getauscht«, sagte sie stattdessen in dem Wunsch, den Zauber zu brechen, ehe sie sich noch völlig verlor.

»Prinzessin?« Wieder dieses Flüstern. Es war hoffnungslos.

Verzweifelt versuchte sie sich auf das Gespräch zu konzentrieren. »Für gewöhnlich seid Ihr es doch, der im Verborgenen beobachtet.«

Nevliin atmete spürbar aus, und plötzlich war sie sich sicher, dass er lächelte. »Ich kann Euch beruhigen, Prinzessin. Ihr wart weder verborgen, noch versucht Ihr, mir in meinen Tätigkeiten Konkurrenz zu machen.« Er klang tatsächlich amüsiert.

Vanora blieb abrupt stehen, ließ ihn die Drehung nicht vollenden und verfluchte sich selbst für ihre Torheit, aber auch Nevliin für dessen Schauspiel. »Ich danke Euch«, sagte sie mit unterdrücktem Zorn und war zugleich dankbar, dass er ihr jetzt nicht gegenüberstand. »Das war sehr lehrreich.«

Sie sah auf ihre Hände hinab, die immer noch unter den seinen verschwanden, und wartete, dass er sie wegnahm. Sie wartete und wartete, spürte sich immer weiter hinein in seine warme Umarmung, hörte ihn tief einatmen und schloss dabei automatisch die Augen. Bis die Wärme plötzlich verschwand und die Klinge wieder schwerer wurde.

Langsam drehte sie sich zu ihm um. »Danke«, sagte sie noch einmal und reichte ihm das Schwert.

Nevliin nickte, und alles, was sie in den letzten Minuten in seinem Gesicht zu sehen geglaubt hatte, war verschwunden. Die schmalen Lippen, die hohen, ausgeprägten Wangenknochen, die schwarzen Augen, all das unterstrich erneut die Kälte, die ihn umgab, und ihr war, als wäre sie aus einem Traum erwacht.

Wortlos ließ Nevliin das Schwert zurück in die Scheide gleiten, schlüpfte wieder in sein weißes Hemd, verbeugte sich kurz und war nur wenige Wimpernschläge später verschwunden. Sie aber stand noch immer wie festgewachsen da und spürte seiner Wärme nach. Es dauerte lange, bis die letzte Glut erlosch.

»Du siehst unglaublich aus.« Liadan legte Vanora die Hand auf die Schulter und betrachtete sie in dem ovalen Wandspiegel. »Wie eine richtige Prinzessin.«

»Wenn man nicht zu genau hinsieht.« Vanora bemühte sich um ein Lächeln, auch wenn sie vor Nervosität kaum klar denken konnte. Am liebsten hätte sie sich in den Gärten verkrochen. Aber das ging natürlich nicht, denn das Abschiedsfest zu Ehren der Gesandten Alkariels stand bevor. Nicht mehr lange, dann würde der Ball beginnen, und die Elfen dort würden sie sicherlich wie ein ungewöhnliches Tier anstarren. Sie würde dort als Prinzessin erscheinen, an Eamons und Liadans Seite, und musste so tun, als würde sie die Lichtelfen nicht verabscheuen. Sie musste ihnen freundlich Lebewohl sagen und alles Gute für den morgigen Aufbruch wünschen. Und zumindest das Letztere fiel ihr nicht schwer, denn einer der Lichtelfengesandtschaft würde bleiben: Fürst Nevliin.

Liadan zupfte ihr Kleid noch etwas zurecht und wirkte höchst zufrieden. Immerhin, so dachte Vanora, waren die anderen Elfen und Kobolde mittlerweile verschwunden, die in den letzten Stunden an ihr herumgefummelt hatten wie an einer Puppe und dabei ohne Unterlass geschnattert hatten. Viele der Schnattereien hatten sich zu Vanoras Erstaunen um Nevliin gedreht – Schwärmereien und Deutlicheres, das Vanora die Schamesröte ins Gesicht getrieben hatte. Mit jedem Kichern und Seufzen der anderen hatte sie den Tag mit Nevliin im Garten weiter von sich geschoben. Der Fürst war gefühllos und kalt, seine Arroganz zum Schreien. Seine Fähigkeiten mit dem Schwert waren atemberaubend, ohne Frage. Aber was tat er damit? Er tötete! Kaltblütig und ohne Fragen zu stellen. Wie sollte man für so jemanden schwärmen?

Vanora atmete tief durch, betrachtete ihr Spiegelbild und sah darin eine Fremde. Die Elfen hatten ihr langes, blondes Haar kunstvoll hochgesteckt. Eine silberne Kette verlief über ihre Stirn und verschwand zwischen den funkelnden Perlen der Haarnadeln, die dieses Kunstwerk zusammenhielten. Es war ein irritierender Anblick, da sie ihr Haar zumeist offen getragen hatte, um die spitzen Ohren zu verbergen, doch jetzt sah sie tatsächlich aus wie eine Elfe. Das eigentliche Prachtstück war jedoch das saphirblaue Kleid, dessen kurze Ärmel an die Oberarme heruntergezogen waren, was ihre schmalen Schultern betonte. Eine mit Silberfäden durchzogene Borte verlief um die Taille, von wo aus der prächtige Stoff leicht und geschmeidig hinabfiel und bei jeder Bewegung wogte wie das Meer im Sommerwind.

»Wir haben noch etwas Zeit«, sagte Liadan und streifte sich zwei goldene Armreifen über. »Bist du aufgeregt?«

Vanora seufzte. »Ist das so offensichtlich?«

»Etwas.« Liadan deutete zu den gepolsterten Stühlen, die sich um einen niedrigen Tisch sammelten, und nahm selbst dort Platz. Vanora setzte sich ihr gegenüber und ließ sich von ihr mit einem kleinen, schmalen Stab silbern leuchtende Symbole auf die Finger malen. »Darin enthalten ist der Nektar der Miranblume«, erklärte Eamons Schwester. »Die magischen Symbole, die damit auf die Haut aufgetragen werden, sind besonders mächtig. Diese hier stärken deine Verbindung zur Natur und helfen dir, mit dir selbst in Einklang zu kommen.«

»Es sieht wunderschön aus«, fand Vanora, »aber ich fürchte, meine Unruhe wird es nicht vertreiben können.«

»Sorge dich nicht.« Liadan sah kurz auf und lächelte. »Du wirst sie alle verzaubern. Dein Anblick wird sogar Eamons Laune heben.«

»Was ist denn mit ihm?«

Liadan hob kurz die Schultern. »Ach, das Übliche«, sagte sie leichthin. »Solange Nevliin nicht abreist, ist er einfach fürchterlich gereizt.«

Die Erwähnung ihres Beschützers ließ Vanora automatisch von ihrer Hand aufsehen. »Was ist zwischen den beiden?«, fragte sie. »Wieso hassen sie einander so sehr?«

»Nevliin ist ein Lichtelf. Die sind nun einmal anders«, sagte Liadan und zuckte die Schultern.

»Aber ihr seid doch alle Elfen. Früher habt ihr gemeinsam in einem Reich gelebt und nicht nach östlicher oder westlicher Herkunft unterschieden.«

Liadan drehte Vanoras Hand etwas und fuhr mit den Linien am Handrücken fort. »Damals waren wir auch noch alle gleich«, sagte sie, ohne aufzusehen. »Seit Daralee bei Elvions Trennung den Großteil unserer Magie vereinnahmte, halten uns die Lichtelfen für geistig verstümmelt. Sie halten sich für die einzig reinen Elfen und uns gegenüber überlegen. Dass wir Gedanken lesen können, macht uns auch nicht unbedingt sympathischer.«

»Aber es kann doch nicht einzig Nevliins Überheblichkeit sein, die zwischen den beiden steht.«

»Das ist wahr.« Liadan drehte ihre Hand, um an den Handinnenflächen mit ihrem Kunstwerk fortzufahren. »Aber das ist eine lange Geschichte.«

»Ich dachte, wir hätten noch Zeit.« Vanora versuchte sich an einem unschuldigen Lächeln, auch wenn sie Liadan am liebsten geschüttelt hätte. Sie wollte Antworten. Sie brauchte Antworten.

»Also gut.« Liadan strich sich eine Haarsträhne aus dem Gesicht und beugte sich wieder über den Tisch, um weiterzumalen. »Es fing alles mit dem Krieg gegen die Drachenelfen an«, erklärte sie. »Wie du weißt, entstand damals das erste Bündnis zwischen Licht- und Dunkelelfen, da Alkariel meinen Großvater Andron um Hilfe bat. Nevliins Eltern, die Fürsten von Valdoreen, fielen beide in diesem Krieg. Nevliin war damals noch ein Kind, gerade einmal sieben Jahre alt und zu jung, um sein Erbe als Fürst anzutreten. Der einzige Verwandte war sein machthungriger Onkel, den Alkariel als Botschafter in das Schattenreich sandte. Als Vertreter der Königin war er ein Bewahrer des Friedens und für die Einhaltung des Waffenstillstandes verantwortlich. Eine ruhmreiche Aufgabe für einen Elfen seines geringen Standes und weit genug von Valdoreen entfernt, um Nevliin sein Erbe nicht streitig machen zu können.«

»Das war doch sehr nobel von Alkariel. Dann ist es ihr ja zu verdanken, dass Nevliin das Fürstentum nicht verloren hat.«

Liadan lachte. »Ja, durchaus nobel. Aber das Schicksal eines jungen Elfen bedeutete ihr nichts. Nevliins Eltern hatten niemals verschwiegen, dass sie mit Alkariels Methoden nach Daralees Tod nicht einverstanden waren – und so war der Tod des Fürsten von Valdoreen durchaus praktisch für die Königin: Die Fürsten aus dem Sonnental haben immer schon ihre eigenen Pläne verfolgt. Riniel ist mehr am Handel mit Menschen interessiert, und den gesamten Osten hatte sie an die Dunkelelfen verloren. Und Valdoreen ist reich. Sie brauchte einen Fürsten, der ihr treu ergeben war. Also wieso nicht ein Kind? Jedenfalls kam Nevliin nach dem Drachenkrieg gemeinsam mit seinem Onkel nach Lurness. Der war über seinen Dienst im Schattenreich natürlich alles andere als erfreut und ließ seinen Zorn an Nevliin aus. Mit übertriebener Strenge versuchte er, ihn zu einem der besten Schwertkämpfer zu machen, und Nevliin, der seinen ruhmreichen Eltern nacheiferte, ließ alles über sich ergehen. Eamon war damals selbst noch sehr jung. Ich glaube, zwei- oder dreihundert Jahre alt. Er bemerkte, mit welch fragwürdigen Methoden der Botschafter seinen Neffen unterrichtete, und versuchte Nevliin zu helfen. Doch der war natürlich zu ehrgeizig und übte verbissen weiter. Eamon wurde für ihn wohl so etwas wie ein großer Bruder. Du musst wissen, dass Eamon der Krieg ziemlich mitgenommen hat. Er ist kein Kämpfer, und ich glaube, dass er sich deswegen so auf ein kleines Kind fixiert hat.« Sie seufzte. »Die beiden verbrachten jede freie Minute oder besser gesagt, jede Minute, in der Nevliin nicht an seinem Aufstieg zum Ritter arbeitete, zusammen, und Eamon musste ihn nicht nur einmal nach einem Wutanfall des Botschafters zusammenflicken. Sie waren wirklich unzertrennlich, das kannst du mir glauben. Als ich geboren wurde, verband die beiden bereits eine jahrhundertelange Freundschaft. Ich war damals furchtbar eifersüchtig. Ich konnte

Nevliin nicht leiden. Seine unterkühlte Art machte mir Angst.«

Vanora lachte. Sie wusste genau, was Liadan meinte, und doch berührte sie die Geschichte über Nevliins und Eamons gemeinsame Vergangenheit. »Und was ist dann passiert?«, fragte sie, obwohl sie das schlechte Ende der Geschichte eigentlich nicht hören wollte.

Liadan zuckte mit den Schultern. »Eigentlich nichts Besonderes. Nevliin hatte sich seinen Traum erfüllt. Alkariel rief ihn zurück ins Lichtreich. Er trat sein Erbe als Fürst von Valdoreen an und wurde außerdem zu einem von Alkariels Lichtrittern und später dann deren Befehlshaber. Eamon und er waren beide Krieger an gegnerischen Fronten. Es herrschte zwar zumeist Frieden, aber die Uneinigkeit zwischen unseren beiden Völkern lag tiefer. Als dann auch noch Eliria zu uns kam und uns von Alkariels verborgenen Versuchen, die Herrschaft an sich zu reißen, erzählte, war uns klar, dass ein Krieg nicht mehr fern war. Ich denke, die Freundschaft von Nevliin und Eamon wurde endgültig zerstört, als Nevliin deine Mutter aus Lurness entführte. Damit hat er gezeigt, dass ihn nichts mehr mit uns verbindet und er uns nur noch als Gegner in diesem endlosen Kampf sieht.«

Vanora war sprachlos. Niemals hätte sie vermutet, dass sich die beiden Männer jemals so nahegestanden hatten. Wie hatte Nevliin seinen Freund nur so verraten können? Wie hatte er einfach vergessen können, wo sein Zuhause war? Noch dazu hatte er ihre Mutter entführt. Wie schwer musste es Eamon fallen, Nevliins Gegenwart zu ertragen und sich dabei zu verhalten, als wäre er lediglich einer der Ritter des anderen Reiches? Es war nicht verwunderlich, dass Eamon gereizt war.

Schweigend beobachtete Vanora, wie Liadan die magischen Symbole auf die andere Hand auftrug. Harmonie und Einklang. Vanora seufzte. Davon war sie weit entfernt. Nevliin war ein Heuchler, und sie zürnte sich selbst, dass er so viel Raum in ihren Gedanken einnahm. Dieser Tag in den Gärten – lächerlich. Sie hatte das starke Bedürfnis, irgendetwas zu zertrümmern. Am liebsten sein heißgeliebtes, heiliges Schwert.

Liadan hingegen fuhr unbekümmert mit der Malerei fort. Das tragische Ende einer solch langen Freundschaft schien sie kaum zu kümmern. Vanora war Liadans mangelnde Anteilnahme schleierhaft. Eamon war ihr Bruder, und doch schien ihr sein Leid gleichgültig zu sein.

»Du verlierst nicht ein böses Wort über den Mann, der euch alle hintergangen hat«, sagte sie schließlich. »Weshalb?«

Liadan schüttelte den Kopf. »Ich bin kein kleines Kind mehr, Vanora«, sagte sie ernst. »Ich bin die Prinzessin von Lurness, und Nevliin ist der Fürst von Valdoreen. Er ist als Gesandter der Königin hier und unser Gast. Nicht mehr und nicht weniger.«

Vanora öffnete den Mund, entschloss sich dann aber doch, zu schweigen. Was auch immer sie sagte, es würde Liadan nicht erreichen. Eamons Schwester hatte ihre Wahl schon vor langer Zeit getroffen: Das Schattenreich war ihr wichtiger als alles andere. Liadan wusste, wann es hieß, freundlich zu sein, und wann es Zeit war, Stärke zu zeigen. Sie würde eine Entscheidung niemals von persönlichen Belangen abhängig machen. Eine bewundernswerte Eigenschaft, die ihr zugleich eine Härte verlieh, die Vanora unheimlich war.

Liadan beendete ihr Werk an Vanoras Händen und schmückte sich daraufhin selbst mit magischen Zeichen. Vanora betrachtete die silbern leuchtenden Linien auf Liadans weißer Haut aufmerksam. »Wofür stehen sie?«, wollte sie wissen.

Liadans Lächeln war schmal: »Für Kraft und Entschlossenheit«, sagte sie.

Nevliin

»Nur noch diesen Abend überstehen«, raunte Eirwen ihm zu, »und morgen geht es endlich zurück ins Licht.«

Nevliin beachtete sie nicht. Sein Blick war auf das geschlossene Tor gerichtet, welches sich jeden Moment öffnen und damit den Beginn seines Martyriums einleiten würde. Zwei Schattenritter in schwarzen Rüstungen standen mit grimmiger Miene davor. Die einzigen Wachen in diesem Saal. Eamon fühlte sich in seiner Festung offensichtlich sicher.

Die für rund zweihundert Personen gedeckte Tafel, die sich am Rande des Saals erstreckte, war noch leer, der König war noch nicht eingetroffen, aber die Stimmung auf dem Ball war bereits jetzt ausgelassen. Unter kristallenen Kronleuchtern schwebten Elfen in den prächtigsten Kleidern förmlich über den Boden, bewegten sich aufeinander zu, verwoben sich ineinander und lösten sich wieder. Andernorts standen Elfen beieinander und lachten, unterhielten sich, wie es schien, über leichte Themen oder tauschten tiefe Blicke. Nur die Lichtelfen hielten sich abseits des Trubels und beobachteten das fröhliche Treiben, statt an ihm teilzuhaben.

Als Nevliin glaubte, das Warten keinen Augenblick länger ertragen zu können, verstummte endlich die Musik, die Tänzer wichen zu den Seiten hin aus, und die Torflügel schwangen auf. Es wurde totenstill im Saal, dann ging ein Raunen durch die Anwesenden. Alle Augen richteten sich auf den König und die Prinzessinnen, die langsamen Schrittes zwischen den beiden Reihen bewundernder Elfen hindurchgingen.

Nevliin hätte am liebsten angewidert die Augen verdreht, als er Eamon ausmachte, konnte sich aber beherrschen. Der König trug natürlich schwarze Kleidung. Einfach war sie gehalten, bar jeder Zierde. So hatte Eamon es stets gehalten. Lediglich ein schmaler, goldener Stirnreif gab einen Hinweis auf seinen Status. Seine Schwester Liadan hingegen war in ihrem schwarzen Kleid einer Prinzessin würdig. Die silbernen Strähnen im pechschwarzen Haar schimmerten unter dem Licht der Miran mit den Edelsteinen im Diadem um die Wette. Alles an ihr war elegant und feminin, und Nevliin stellte anerkennend fest, dass sie tatsächlich eine atemberaubend schöne Frau war. Die optische Ähnlichkeit zu Eamon war nicht von der Hand zu weisen, aber in ihrem Habitus strahlte Liadan alles aus, was an Eamon als einem König fehlte.

Als die Menge aber noch ein Stück weiter zurückwich und so den Blick auf die zweite Prinzessin freigab, vergaß Nevliin Liadan und jede andere Frau, der er je begegnet war. Instinktiv wandte er den Blick ab, um sich zu sammeln, dann erst richtete er sich zu voller Größe auf, atmete tief durch und wagte schließlich erneut, Eamons zweiter Begleiterin entgegenzusehen. Überwältigt wurde er sich seiner Hilflosigkeit bewusst, während er sie anstarrte, und fast schien es ihm, als schwebe sie direkt auf ihn zu. Ihre Haltung war stolz und erhaben, einzig die leicht geröteten Wangen zeugten von Nervosität und ihrer menschlichen Herkunft. Das saphirblaue Kleid funkelte in der Farbe ihrer unsteten Augen, die den Raum abzusuchen schienen.

Und ihn schließlich trafen.

Ein Schatten legte sich über ihr Gesicht, sie hob kaum merklich den Kopf, und Nevliin erstarrte.

»Du erinnerst dich an Vanora?« Es war Eamon, der ihn ansprach. Eamon, der Vanora am Arm führte. Nevliin zuckte kaum merklich zusammen. Er hatte nicht bemerkt, dass sie ihn bereits erreicht hatten und vor ihm stehengeblieben waren. Mit Mühe zwang er sich, seinen Blick von Vanora zu lösen, wandte sich an Eamon und verbeugte sich knapp. Eine Antwort auf die gestellte Frage war überflüssig. Der König wusste schließlich genau, dass er Vanora kaum eine Sekunde aus den Augen ließ. Und so nahm er Liadans dargebotene Hand, deutete einen Kuss am silbern bemalten Handrücken an, holte tief Luft und ergriff dann Vanoras Hand. Schon am Morgen hatte er bemerkt, wie klein und zart diese Hände waren, so zart und klein wie ihre gesamte Erscheinung. Vielleicht, so dachte er, verharrte er einen winzigen Moment länger mit den Lippen an ihrer nach süßen Miranblumen duftenden Haut als angemessen.

Neben Eamon und Liadan, die sie ein gutes Stück überragten, wirkte Vanora umso zerbrechlicher, nicht aber schutzbedürftig. Es war das menschliche Blut in ihr, das für ihren niedrigen Wuchs verantwortlich war, aber ihr Gesicht und vor allem die Augen zeigten deutlich die Kraft ihres Geistes und die Macht der Magie. Einzig die vielen Tränen, die sie jede Nacht vergoss, schmälerten das Bild der unbesiegbaren Prinzessin. Tränen, die ihn verwirrten und die er nicht verstehen konnte. Dies waren die einzigen Momente, in denen sie hilflos und schwach wirkte, nur um kurz danach wieder die Kämpferin hervorzukehren. In ihrer rebellischen Art lehnte sie sich gegen jede Art von Vorschriften auf. Selbst von

Eamon ließ sie sich nichts sagen, was Nevliin durchaus sympathisch war.

»Meint Ihr nicht auch, Fürst Nevliin?«, fragte Liadan und beendete damit offenbar einen Monolog, den er nicht wahrgenommen hatte und dessen Inhalt er daher nicht kannte. Ohne sich die mangelnde Aufmerksamkeit anmerken zu lassen, zwang er sich dazu, seinen Blick von Vanora zu lösen, die ihrerseits zu Boden starrte. Stattdessen wandte er sich Liadan zu, die ihn aufmerksam, ja fast schon spöttisch musterte. Wissend? Triumphierend? Es war ein Lächeln, das er selbst aufsetzte, wenn er einem Gegner gegenüberstand, der bereits verloren hatte, aber noch nichts davon wusste.

»Ich bin ganz Eurer Meinung, Prinzessin«, sagte er höflich und verbeugte sich noch einmal knapp vor ihr.

Liadan nickte langsam, sehr langsam, mit diesem beunruhigenden Lächeln und grauen Augen, die wie die Klinge eines Schwertes blitzten. Gefährlich. Ja, dachte er, Eamons kleine Schwester war nicht zu unterschätzen. Mit ihrer scheinbar unbedeutenden Geste hatte sie ihm eine Warnung zukommen lassen, deren Inhalt er noch nicht ganz verstand, die er aber sehr ernst zu nehmen gedachte.

Zu seiner Erleichterung wurde die Tafel bald darauf eröffnet. Man wies ihm einen Platz nahe bei Meara, dem König und seinen Begleiterinnen zu. Während überall um ihn her geplaudert und diskutiert wurde, konzentrierte Nevliin sich lieber auf den Wein, nickte freundlich, wenn er angesprochen wurde, und ließ Cerelmins Aufzählungen verschiedener Vorzüge anwesender Elfen über sich ergehen. Nur manchmal warf er einen verstohlenen Blick zu Vanora, die ihm schräg gegenübersaß und deren helles Lachen ihm heiß bis unter die Haut zog und jedes Mal mit einem Schluck Wein gelöscht werden musste. Sie unterhielt sich mit Lessiens draufgängerischem Sprössling Ardemir, der sie ganz offensichtlich ausgezeichnet unterhielt, ließ ihren Blick jedoch immer wieder über die anwesenden Elfen schweifen und verharrte stets – so zumindest erschien es ihm – einen Moment länger bei ihm, als es nötig gewesen wäre. Doch jedes Mal, wenn sich ihre Blicke trafen, erstarb ihr Lächeln, sie drehte sich weg oder musterte ihn voller Verachtung.

Jeder dieser feindseligen Blicke nährte seinen wachsenden Zorn. Von Anfang an verhielt sie sich ihm gegenüber, als wäre er das Schlimmste, das ihr jemals begegnet war, während sich ihre Meinung über Eamon ganz offensichtlich verändert hatte. Vom anfänglichen Hass war nichts mehr zu sehen, und sie gab sich an seiner Seite so unbeschwert und gelöst, als wären sie schon seit Ewigkeiten Freunde. Aber was kümmerte ihn das? Sollte sie den Lügenmärchen der Dunkelelfen doch Glauben schenken. Es konnte ihm egal sein. Sie konnte ihm egal sein. Weg mit den Erinnerungen an den Morgen in den Gärten, dachte er. Müsste er sie nicht ständig im Auge behalten, würde er dieses Halbblut komplett aus seinem Kopf bannen. Sie legte keinen Wert auf seine Gegenwart? Gut. Dann wollte auch er nicht mehr als nötig mit ihr zu tun haben. Schließlich hatte sie ihm schon genug Schwierigkeiten gemacht – sie hatte ihn dazu gebracht, Eamon gegen Alkariels Befehle anzugreifen, und verunsicherte ihn durch ihre Anwesenheit. Und insbesondere für Letzteres hasste er sie mindestens genauso wie all die anderen hier versammelten Dunkelelfen. Er war Nevliin von Valdoreen, der Befehlshaber der Lichtritter. Und er würde sich mit Sicherheit nicht noch einmal von etwas, das andere Gefühle nannten, zu einer Dummheit hinreißen lassen. Genau.

Energisch straffte er seine Glieder, trank einen neuerlichen Schluck Wein und versuchte, statt Vanoras Blicken den Gesprächen zu folgen. Aufmerksam wandte er sich Liadan zu. Schließlich war er in Alkariels Auftrag hier, und im Kampf um die Wiedervereinigung Elvions war Liadan bestimmt ein größeres Problem, als Vanora es je sein könnte. Er prostete Eamons Schwester zu, verstrickte sie in ein unverfängliches Gespräch über politische Entwicklungen der Vergangenheit und fand allmählich wieder zu sich und in seine Rolle als Befehlshaber zurück.

Dann jedoch erhob sich Eamon plötzlich und forderte Meara zum Tanz auf. Der Ball war eröffnet, und Nevliins Herz machte einen solch erschrockenen Satz, dass es ihm einen Moment lang den Atem verschlug. Und dann befiel ihn etwas, das ihm so gut wie fremd war: Angst. Dass der König mit der Gesandten tanzte, brachte ihn in ein Dilemma, wie es schlimmer nicht hätte sein können. Denn jetzt musste er seiner Stellung gemäß eine der Prinzessinnen auffordern.

Ohne darüber nachzudenken, sah er sofort zu Vanora, doch in jener Sekunde, in der sich ihre Blicke trafen, wich jede Farbe aus ihrem Gesicht. Kreidebleich und mit panisch aufgerissenen Augen starrte sie ihn an, und zu seinem Glück besaß er zumindest noch einen Funken Verstand.

»Prinzessin Liadan?« Er erhob sich und bot Eamons Schwester mit einer Verbeugung seine Hand dar. »Würdet Ihr mir die Ehre erweisen?«

Mit einem höflichen und gleichzeitig triumphierenden Lächeln legte sie ihre Hand in seine und ließ sich von ihm in die Mitte des Saales führen. Aus den Augenwinkeln sah er, dass Cerelmin Vanora zum Tanz aufforderte, und es versetzte ihm einen Stich, als sie seine ihr dargebotene Hand ergriff und nickte.

Die Männer und Frauen stellten sich in zwei gegenüberliegenden Reihen auf und verbeugten sich, als die Musik zu spielen begann. Es waren solch sinnlose Tänze, die aus einem Vor- und Zurückschreiten und gelegentlichem Drehen bestanden, während sich die Hände der Paare immer nur kurze Zeit berührten, ehe sie wieder auseinandergingen. Manchmal wurden die Männer von Frauen umkreist und dann wieder umgekehrt. In Tausenden von Bällen, bei denen er zu dieser Zeitverschwendung genötigt worden war, waren die Schritte in ihn übergegangen und bedurften keiner Konzentration. Daher konnte er sich auch erlauben, sich nach Vanora umzusehen, und stellte verblüfft fest, dass sie die elfischen Tänze erstaunlich gut beherrschte. Umringt von all den hochgewachsenen Elfen wirkte sie wie eine zarte Knospe inmitten eines Rosengartens, und doch ließ sie die anderen Elfen mit ihrer Anmut verblassen. Ihre Haltung war selbstbewusst und jeder Schritt von der Erhabenheit einer Königin. Sie trug den Kopf hoch und zeigte so den schlanken Hals, um den eine silbern funkelnde Kette lag, und die schmalen, weiblichen Schultern. Auch während des Tanzes trafen sich ihre Blicke, was Vanora jedes Mal mit einem trotzigen Vorschieben ihres Kinns quittierte, ehe sie sich wieder abwandte. Und doch konnte er nicht anders und sah immer wieder zurück. Die Musik, welche hier im Schattenreich um einiges düsterer und von einer eigenen Melancholie war, verlieh dem Moment etwas Unwirkliches, verwandelte Vanora in eine geisterhafte Erscheinung, deren Anblick sein Herz mit ihm bisher unbekanntem Schmerz erfüllte und die dunklen Töne der Melodie bis in seine Seele dringen ließ.

»Vanora sieht heute besonders schön aus, meint Ihr nicht?«

Nevliin fuhr zu Liadan herum, die eben ihre Hände aus den seinen gleiten ließ und sich in zwei schwebenden Schritten von ihm entfernte.

Gab es etwas Unhöflicheres, als seine Tanzpartnerin gänzlich zu ignorieren und sie nicht einen Augenblick lang anzusehen? Das war nicht er selbst!

Mit einem Schmunzeln auf den Lippen kam sie wieder auf ihn zu, schritt an ihm vorbei, und während sie ihn umrundete, nutzte er den Moment, um tief einzuatmen. Als sie wieder vor ihn trat, sich um sich selbst drehte und schließlich erneut seinen Blick einfing, trug er das attraktivste Lächeln des gesamten Elfenreichs in seinem Gesicht. »Ihr seht ebenfalls bezaubernd aus, Prinzessin«, sagte er und meinte es auch ernst. Anders als Vanora kannte Liadan die Tänze ebenso seit ihrer Kindheit, und so mischte sich in ihre schwebenden Bewegungen auch noch eine gewisse weibliche Finesse, die sich anzueignen nur jene vermochten, die sich nicht mehr auf die Schritte konzentrieren mussten und natürlich die nötige Begabung dazu hatten. Nevliin war sicher, dass Liadan diese Art der Bewegung bewusst einzusetzen vermochte, genauso wie die Blicke der gefährlichen Augen, während sie so dicht um ihn herumwirbelte, dass einem schwindlig davon werden konnte. Sie konnte einen Mann mit Sicherheit reizen, und wäre er nicht so abgelenkt, würde er selbst wohl ebenfalls entsprechend reagieren.

Er ging nun seinerseits auf sie zu, um den Schritten der Paare zu folgen, während Liadan ihn mit amüsiertem Blick musterte. Doch Nevliin nutzte den Moment, in welchem er an ihr vorbeiging, um sich noch einmal nach Vanora umzusehen, die in genau demselben Moment zu ihm sah, ihren Kopf etwas hob und sich wieder der Führung des Lichtritters übergab.

Nevliin schnaubte wütend, versuchte sich seinen Ärger jedoch nicht anmerken zu lassen, um Liadan nicht noch weiter zu beleidigen. Schließlich tanzte er hier mit einer der schönsten Elfen des gesamten Saales, wenn nicht des gesamten Elfenreiches.

»Kanntet Ihr Botschafter Esteraz aus Riniel?«, fragte Liadan, während sie sich an ihm vorbeidrehte.

»Natürlich, Prinzessin. Er war der Nachfolger meines Onkels.«

»Ja, richtig.« Sie schritt um ihn herum. »Ich hatte ihn wirklich gern. Er lehrte mich einiges über die Lichtelfen, müsst Ihr wissen. Wart Ihr schon einmal in Riniel?«

»Gewiss.« Es war nicht schwer vorstellbar, dass Liadan den Botschafter für sich hatte gewinnen können. Sie behandelte ihre Feinde wie Freunde und verstand es, andere zu verzaubern. Es erstaunte Nevliin immer noch, wie sich Eamons Schwester entwickelt hatte.

»Ich freue mich immer über die Gegenwart der Lichtelfen«, fuhr sie fort. »Ich freue mich auch sehr, dass Ihr hier seid, Fürst Nevliin, und dass Ihr mir diesen Tanz schenkt. Der tristen Melodien des Schattenreiches bin ich längst überdrüssig.«

»Es ist mir eine Ehre, Prinzessin.«

Sie lachte, und etwas Mutwilliges blitzte in den silbernen Augen auf, als sie ihm wieder gegenübertrat und plötzlich die Tanzschritte änderte. »Wie gut kennt Ihr Riniel, Fürst Nevliin?«, fragte sie mit einem Lächeln, das bewies, dass sie die Antwort nicht hören musste. Mit den glitzernd bemalten Händen zeichnete sie in einer eleganten Bewegung Wellen vor ihr Gesicht, ließ sie an ihre Seiten sinken und sank schließlich selbst in einen tiefen, anmutigen Knicks, in dessen Position sie verharrte und verschwörerisch zu ihm aufsah.

Nevliin schmunzelte. Er kannte die Art des Tanzes aus Riniel sehr gut, und da ihm die Abwechslung willkommen war, gab er den Musikern ein Zeichen, die sofort das Lied abbrachen und jenes zu spielen begannen, welches er ihnen gewiesen hatte. Es war Zeit, dass er sich wieder wie der Ritter benahm, der er war, und gewisse Anwesende im Saal vergaß.

»Prinzessin.« Nevliin legte die Hand auf den Rücken, verbeugte sich tief und streckte ihr die andere entgegen, die Liadan mit einer drehenden Bewegung ihres Handgelenks leicht ergriff, so wie es für Riniel üblich war. Sie erhob sich, ohne sich auch nur im Geringsten auf ihn zu stützen, und drehte sich sofort zu ihm ein, sodass ihr Kleid sie stürmisch umtanzte. Der schnelle Takt der Trommeln und Violinen hüllte sie ein und gab den Rhythmus für den heißblütigsten und temperamentvollsten Tanz der südlichen Küste des Lichtreichs, der nichts mit der kühlen Distanziertheit der Elfen gemein hatte. Bald darauf schritt Liadan mit einer weiteren Handbewegung um ihr Gesicht und ihren Hals von ihm fort, nur um sofort wieder zu ihm herumzuwirbeln und ihm mit einer neuerlichen Drehung ihre Hand darzubieten. Es war erstaunlich, dass sie diesen Tanz beherrschte, und noch viel erstaunlicher, mit welcher Perfektion. Trotz dieser königlichen Würde, die sie ausstrahlte, vermochte sie sich wie eine Straßentänzerin am Hafen Riniels zu bewegen – eine befremdliche und zugleich berauschende Kombination. Nevliin hatte immer als guter Tänzer gegolten, hatte diesem Zeitvertreib aber nie etwas abgewinnen können. Nun aber fand er plötzlich Gefallen daran und vergaß sogar die staunenden Blicke der Umstehenden, die mittlerweile innegehalten hatten und bewundernd die Prinzessin und den Weißen Ritter beobachteten. Nevliin wusste, dass Eamon sich über Liadans Aufmerksamkeiten ihm gegenüber sicherlich ärgerte – schließlich war sie seine kleine Schwester –, aber dieser Gedanke verstärkte nur das seltsame Hochgefühl, das ihn mit einem Mal ergriff. Entschlossen zog er Liadan zu sich und flog mit einer Hand an ihrem Rücken mit ihr durch den Kreis, der sich um sie gebildet hatte. Dabei hielt er sie näher an sich gedrückt, als es der Anstand gebot. Die Musiker waren mittlerweile von ihren Plätzen aufgestanden, der Takt wurde immer schneller, der Tanz entwickelte sich aus einer zaghaften Flamme zu einem ausgewachsenen Brand.

Ohne ihn zu berühren, glitten Liadans Hände an seinen Wangen den Hals hinab, ihre Augen durchbohrten ihn, während sie dicht an ihn gedrängt den schnellen Schritten des Tanzes folgte, in denen sie ihn rückwärts drängte. Es war nicht schwer, sich vorzustellen, dass sie dem einen oder anderen Elfen am Hof den Kopf verdreht hatte. Vermutlich dem Botschafter selbst, der ihr doch diese Art des Tanzes beigebracht hatte.

Mit einer Hand im Rücken blieb Nevliin in angespannter Haltung stehen, während Liadan um ihn herumwirbelte, sodass das Kleid um seine Beine strich. Sie lehnte ihren Rücken an seine Brust, hob ihre Hand und ließ sie seinen Hals hinabgleiten, ehe er sie erfasste und herumwirbelte. Ihr Lachen war ansteckend, und Nevliin ertappte sich dabei, selbst zu lächeln. Es war Ewigkeiten her, seit er den Tanz der Rinieler getanzt hatte, und noch länger, seit er sich dabei wohlgefühlt hatte. Er musste nicht über die Schritte nachdenken, denn das schnelle Violinenspiel und der Trommelschlag schickten sie immer weiter und schneller, bis sie sich wieder in der Verbeugung gegenüberstanden.

Liadan lachte strahlend, und die Elfen applaudierten – so schien es – ohne Ausnahme.

»Ihr seid nicht nur im Kampf ein Künstler, wie ich feststelle, Fürst Nevliin.« Sie richtete sich auf und nahm den dargebotenen Weinkelch von einem Tablett. »Beides wohl eine Frage der Übung, aber auch des Talents, meint Ihr nicht?«

»Talent, das Euch wohl ebenso angeboren wurde, Prinzessin. So zu tanzen kann nicht allein vom Unterricht mit dem Botschafter herrühren.«

Liadan sah ihn über den Rand des Weinkelches hinweg an – durchdringend und wachsam zugleich. Ja, erinnerte er sich, sie war gefährlich. Und so, wie sie ihn ansah, lächelte er noch immer. Da ihm beides zutiefst unangenehm war, bot er ihr seinen Arm, um sie zurückzuführen. Sie stellte den Kelch ab, folgte ihm aber nicht zum Tisch, sondern lenkte ihn dorthin, wo die Paare erneut Aufstellung nahmen. Dorthin, wo Vanora neben Eamon stand. Es schien, als versuche er sie zu einem weiteren Tanz zu überreden. Eamons Blick sprach Bände. Dass er Vanora liebte, war nicht zu übersehen, denn er lief ihr nach wie ein Hund, und wenn seine Füße stillstanden, wanderten seine sehnsuchtsvollen Blicke. Was Vanora für ihn empfand, wusste Nevliin nicht, wollte es vielleicht auch gar nicht wissen, aber zumindest für diesen Tanz wirkte der Korb, den sie Eamon gab, ziemlich genervt. Nevliin war es zufrieden, und seine Stimmung stieg, bis er bemerkte, dass Liadan ihn direkt zu Eamon und Vanora zog.

»Die Vorzüge des Lichtreichs«, rief sie lachend, noch ehe sie die beiden richtig erreicht hatten. »Ich hoffe, die Dunkelelfen konnten sich etwas abschauen.«

Eamon warf Nevliin einen tödlichen Blick zu, während Vanora ihn einmal mehr geflissentlich ignorierte.

»Würdest du mir wohl erlauben, mit meinem Bruder zu tanzen?«, fragte Liadan zuckersüß.

»Natürlich«, sagte Vanora mit unverhohlener Erleichterung, und Nevliin stellte wieder einmal fest, dass ihr Akzent nicht zu überhören war und auch nicht ohne Wirkung blieb.

Eamon jedoch hatte andere Pläne. Schützend legte er seinen Arm um Vanoras Schultern und zog sie kaum merklich etwas näher zu sich. Nevliin entging es nicht.

»Später, Liadan«, sagte er. »Ich möchte Vanora nicht alleine lassen.« Sein Kiefer war deutlich angespannt, und seine Augen sprühten Funken, während er Liadan eindringlich fixierte. Liadan jedoch stieß Nevliin, den sie immer noch am Ellbogen festhielt, etwas näher in Vanoras Richtung. »Unsinn«, sagte sie fröhlich. »Nevliin kann doch so lange mit ihr tanzen. Wieso sollte nur ich in den Genuss dieses Vergnügens kommen?«

Nevliins Herz machte einen Satz, Eamons Augen blitzten vor Zorn, Vanora wurde kreidebleich und starrte zu Liadan, die freudig strahlend tat, als würde sie die allgemeine Bestürzung nicht bemerken. Dann packte sie Eamons Oberarm und zog den widerwilligen König von seiner Prinzessin fort, und noch ehe Nevliin es begriff, war er mit Vanora allein. Abgesehen von den vielen Hundert anderen Elfen in diesem Saal natürlich. Hilflos starrte er sie an und fühlte sich mit einem Mal, als wäre ein Trupp gepanzerter Reiter über ihn hinweggetrampelt.

»Ihr müsst nicht …«, hob sie an, doch er schüttelte den Kopf: »Prinzessin. Es …« Er wusste nicht weiter. Er sollte ihr sagen, dass es ihm eine Ehre war, mit ihr zu tanzen, sich etwas Nettes über ihr Aussehen einfallen lassen und die Musik loben, aber keines der Worte kam über seine Lippen. Stattdessen deutete er mit dem Kopf zu den Reihen, die sich soeben neu bildeten.

Vanora war noch immer blass und sah ausdruckslos zu ihm auf. Nevliin schluckte hart gegen seinen Zorn an. Zorn auf Liadan und ihre undurchsichtigen Absichten, auf Eamon mit seiner kindischen Verliebtheit, aber vor allem auf Vanora, die sich benahm, als wäre sie eben zu ihrer Hinrichtung geführt worden. Aber er blieb siegreich und nahm schließlich seine Position ein, um Liadans Spiel endlich hinter sich zu bringen.

Auch Vanora trat schweigend in die Reihe.

Die Musik begann erneut zu spielen und erfüllte den Raum mit einer Schwermut, die so intensiv war, dass sein Zorn schwand und jene schmerzende Leere zurückkehren ließ, die er so oft bei Vanoras Anblick fühlte. Das Hochgefühl, das er eben noch verspürt hatte, war verflogen, ebenso die Leichtigkeit.

Er verbeugte sich, Vanora machte einen Knicks, und der Tanz begann.

Leicht wie eine Feder legte sie ihre Hände auf die seinen, und als sie zu ihm aufsah, kehrte der Trotz in ihre Augen zurück. Sie starrten einander mit der Entschlossenheit von Ringkämpfern an und setzten akribisch Tanzschritt um Tanzschritt in einer zwar perfekten, jedoch ganz und gar leidenschaftslosen Choreographie. Dennoch spürte er diesen Tanz mit ihr mit einer Intensität, die auch Liadans wirbelndes Werben nicht auszulösen vermocht hatte. Es war nicht nur ihm beinahe unmöglich, sich abzuwenden, und in jeder Drehung suchten sie einander, wandten ihren Blick immer nur dann und nur so lange ab, wie es die Bewegungen des Tanzes erforderten, ehe sie sich wieder in den Augen des anderen verloren.

Jede Bewegung, jeder Ausdruck war von Wut erfüllt, als rächten sie sich mit den stoisch tödlichen Blicken aneinander für all den Schmerz, den sie sich gegenseitig schenkten. Der leichte Hauch, mit dem sie an ihm vorüberschwebte, ließ ihn erstarren, und sein Herz schlug den ganzen Tanz über mit einer Heftigkeit, die selbst die schnellen Schritte des Rienieler Tanzes nicht hatten verursachen können. Die anderen Paare verschwammen immer mehr zu einem bunten Schleier. Die Musik wurde immer drängender und wütender, und ihre Blicke taten es ihr gleich.

Bis die Musik plötzlich verstummte.

Reglos standen sie einander gegenüber, während die Farben langsam wieder genauere Konturen annahmen und die Geräusche der anderen Elfen zurückkehrten.

»Ich würde gerne etwas an die frische Luft«, sagte Vanora schlicht.

Er nickte langsam, erstaunt … ängstlich? Erst einige Herzschläge später hatte er sich so weit gesammelt, ihr der Etikette gemäß seinen Arm anzubieten.

Doch Vanora schüttelte den Kopf: »Ich gehe lieber allein«, sagte sie, fiel in einen flüchtigen Knicks und stürmte dann in Richtung Terrasse davon.

Nevliin starrte ihr hinterher. Er hatte Krieger gesehen, die es weniger eilig hatten, vor einem wütenden Drachen zu fliehen.

Die Musik setzte wieder ein, und er ging etwas beiseite. Sollte er Vanora folgen? Es war seine Pflicht, sie nicht aus den Augen zu lassen, aber benötigte sie seinen Schutz wirklich? Die Dunkelelfen hatten zu keinem Zeitpunkt gewirkt, als wollten sie sie töten, und somit gab es keinen Grund zur Sorge. Nein, gestand er sich schließlich ein, er wollte ihr nicht aus

Pflichtgefühl oder Sorge nachgehen. Diese Einsicht ließ ihn kurz innehalten, ehe ihm einfiel, dass Alkariel ihm den Befehl, Vanora stetig zu überwachen, sicher nicht ohne Grund gegeben hatte. Nein, dachte er, er musste ihr nachgehen – und genau das tat er auch.

Eamon

Was hatte sich Liadan nur dabei gedacht? Sie wusste um seine Gefühle für Vanora, und sie wusste auch, wie sehr er diesen arroganten Lichtelfen verabscheute. »Nevliin kann doch so lange mit ihr tanzen.« Erwürgen hätte er sie können! Sie hatte dem Wolf seine Beute auf dem Silbertablett serviert, und er konnte nichts dagegen unternehmen, außer argwöhnisch und mit stechendem Herzen jeder der unzähligen Drehungen des Tanzes zu folgen, den sie mit ihm teilte.

»Gefalle ich dir nicht, Bruder?«

Eamon wandte sich seiner Schwester zu, die sich soeben von ihm wegdrehte und dann erneut auf ihn zukam und ihre Hände in die seinen legte. »Bitte verzeih«, sagte er. »Es ist nur … Ich würde ihn am liebsten vom höchsten Turm werfen.«

»Nevliin?«

»Wen sonst?«

Liadan sah ihn wieder einmal mit diesem leichten Kopfschütteln an, das er so sehr an ihr liebte, und er stellte sich schon einmal auf die unweigerlich folgenden Belehrungen ein, auf die er auch nicht lange warten musste. »Es ist nur ein Tanz«, sagte sie leichthin. »Nichts weiter.«

»Das sagst ausgerechnet du, wo du es mit Nevliin beinahe schon auf der Tanzfläche …«

»Pass auf, Eamon.« Sie sah ihm eindringlich in die Augen. »Überlege dir deine Worte gut, bevor du sie aussprichst.«

Eamon schnaubte und wollte sich wieder nach Vanora umsehen, doch Liadan drückte seine Hände und hielt seinen Blick fest. »Wir haben andere Probleme, als deinen verletzten Stolz«, zischte sie. »Morgen geht Meara Thesalis zurück ins Lichtreich. Es wäre besser, wenn du dir darüber deinen Kopf zerbrichst.«

»Wozu?« Er schritt um sie herum und versuchte Vanora auszumachen, doch die Menge war zu dicht. »Es ist doch gut, wenn Meara verschwindet«, sagte er, als er wieder Liadans Hände nahm, die ihn daraufhin ansah, als wäre er ein kleines Kind, dem sie zum tausendsten Mal erklären musste, wieso der Himmel blau war.

»Kannst oder willst du nicht verstehen?«, fragte sie diesmal deutlich schärfer. »Alkariels Plan war es, Meara bei uns einzuschleusen und somit an Vanora heranzukommen. Was wird sie tun, jetzt, da dies missglückt ist?«

Eamon zuckte mit den Schultern. »Was soll sie schon machen? Vanora ist eine Lichtelfe und freiwillig hier. Sie weiß, dass eine Entführung Krieg bedeuten würde.«

»Ganz genau. Krieg, Eamon. Was, wenn sie keine andere Möglichkeit sieht, um sie zu bekommen? Die Lichtelfen würden uns überrennen.«

»Wie du wieder einmal alles dramatisierst. Du redest wie unsere Tante Lessien.«

Liadan funkelte ihn wütend an. »Oh, entschuldige. Die Zukunft dieses Landes ist es natürlich nicht wert, dramatisch zu werden. Anders als dein Liebchen, das mit einem anderen tanzt.«

Die Musik endete und Eamon legte seine Hände auf ihre

Schultern. »Mach dir nicht immer so viele Sorgen, Schwesterchen.« Dann wandte er sich um und ging auf Vanora und Nevliin zu, doch Liadan hielt ihn zurück.

»Natürlich mache ich mir Sorgen«, zischte sie. »Einer von uns muss es schließlich tun.« Die Musik begann erneut zu spielen, und sie zog ihren Bruder etwas zur Seite. »Wir müssen uns dringend überlegen, wie wir das Volk im Falle eines Angriffs schützen können.«

Eamon schüttelte ihre Hand ab. Langsam wurde er wütend. Er war es so leid, seine Taten vor seiner kleinen Schwester zu rechtfertigen. »Das Volk ist sicher«, sagte er. »Vanora ist die Einzige, die in Gefahr ist. Würde Alkariel einen Krieg wollen, hätte sie uns längst angegriffen.«

»Alkariel ist nicht dumm. Natürlich versucht sie, Vanora erst dazu zu bringen, freiwillig ins Lichtreich zu kommen. Beinahe hätte sie es ja auch geschafft, wie du weißt.«

Eamon biss die Zähne zusammen, als er an Vanoras Ausbruch zurückdachte, aber Liadan war auch noch nicht fertig: »Glaubst du etwa, Alkariel sitzt untätig herum, während Vanora mit jedem Tag an Macht gewinnt?«, fragte sie zornig. »Jetzt ist die beste Gelegenheit, für sie zu handeln, und Nevliin ist auch immer noch hier.«

»Ich habe es verstanden, Liadan, und gerade deswegen gehe ich jetzt wieder zu …«

Er erstarrte. Dort, wo er Nevliin und Vanora zuletzt gesehen hatte, war niemand mehr.

Sein Herzschlag schaffte es, sich in diesem winzigen Augenblick der Erkenntnis ins Unbeschreibliche zu beschleunigen. Sein Blick flog über die Reihen tanzender Elfen, suchte an der Tafel und in der Menge der herumstehenden Gäste, doch weder das blaue Kleid Vanoras noch Nevliins strahlend weiße Gestalt waren zu sehen. Es schnürte ihm die Kehle zu.

»Wo sind sie hin?«, keuchte er.

Liadan hob seelenruhig den Kopf und sah sich um. »Ich weiß nicht. Eben waren sie noch da.«

Er sah sie einen Moment lang fassungslos an, dann stürmte er los, bahnte sich seinen Weg durch die Menge und spürte, dass Liadan ihm folgte. »Da hast du nun deine Gefahr«, knurrte er ihr über die Schulter zu. »Ich hätte sie niemals aus den Augen lassen dürfen.«

»Sie ist sicher nur kurz an die frische Luft gegangen.«

Eamon blieb so abrupt stehen, dass sie beinahe in ihn hineingelaufen wäre, und fuhr zu ihr herum. »Ach ja? Und wo ist er dann?«

Liadan seufzte. »Du meine Güte, jetzt beruhige dich wieder. Er wird sie begleitet haben, so wie es sich gehört.«

Er ließ sie stehen. Der Gedanke daran, dass Vanora und Nevliin in trauter Zweisamkeit nach Luft schnappten, war beinahe genauso schlimm, als hätte der Fürst sie entführt.

Mit eiligen Schritten lief Eamon in Richtung Terrasse und flehte im Stillen immer wieder das Schicksal an, nicht so grausam zu sein, sie ihm wegzunehmen. Er passierte den Rundbogen und lief zwischen dem Wald aus Steinsäulen hindurch, die wie schwarze Baumstämme vor ihm aufragten. Kalter Wind fuhr ihm ins Gesicht, als er in die Dunkelheit trat und sich atemlos auf der Terrasse umsah, die knapp oberhalb einer Wehrmauer über die gesamte Länge des Drachenfelsens verlief – und plötzlich sah er Nevliins wehenden weißen Umhang in der Dunkelheit. Aber wo war Vanora?

Zwischen Hoffnung und Zorn flog er auf den Ritter zu und riss ihn am Arm zu sich herum: »Wo ist sie?!«

»Wer?« Nevliin warf einen kurzen Blick auf Eamons Hand hinab, die immer noch seinen Arm festhielt, und sah wieder zu ihm auf. »Ist dir dein Spielzeug abhandengekommen?«, fragte er nüchtern, und Eamon musste sich daran erinnern, dass er keine Antworten von einem Toten bekommen konnte.

Also ließ er ihn los und trat einen Schritt zurück.

»Wo ist Vanora?«, fragte er noch einmal mit vor Zorn bebender Stimme.

Nevliin zuckte mit den Schultern und sah wieder hinaus in die Nacht. »Woher soll ich das wissen?«

»Du hast eben noch mit ihr getanzt!«

»Ja, und wie du siehst, bin ich jetzt hier.«

Noch einmal suchte Eamon die Terrasse nach dem blauen Kleid ab, doch dort war nichts als grauer Stein. »Wenn ihr irgendetwas ...«

Nevliin drehte sich wieder zu ihm um. »Du solltest ihr eine Leine beschaffen, wenn du ständig fürchtest, sie würde dir wieder davonlaufen.«

Die Faust schlug in Nevliins Gesicht, noch ehe Eamon selbst begriff, dass er die Hand gehoben hatte.

Nevliin taumelte gegen das Geländer und berührte mit den Fingern seine Lippe, um dann das Blut darauf zu betrachten. »Ich freue mich, dass du dich jetzt besser fühlst«, sagte er, und beinahe hätte Eamon noch einmal die Kontrolle verloren.

»Halte dich von ihr fern«, sagte er stattdessen, was ihm nur ein dünnes, blutiges Lächeln einbrachte.

»Du fürchtest, dass sie das nicht will.«

Eamon lachte, wenn auch nicht so unbeschwert, wie es hätte klingen sollen. »Sie hasst dich.«

»Und das bestimmt ohne dein Zutun.« Der Ritter schüttelte den Kopf, beinahe bedauernd, so wie Eamon es nur zu gut von Liadan kannte. »Ich bin nicht hier, um ihre Sympathie zu gewinnen«, fuhr Nevliin fort. »Mein Auftrag lautet, sie zu beschützen.«

»Du bist hier die einzige Gefahr, oder siehst du es immer noch nicht? Was glaubst du, wie sie unsere Sprache gelernt hat? Wir beschützen sie seit ihrer Geburt. Wie viele Möglichkeiten hatten wir, ihr etwas anzutun? Wie viele hatte deine Königin?«

»Verschone mich.«

»Deine Blindheit ist mir gleich, Nevliin. Ich sage dir nur eines: Versuchst du auch nur, sie mir wegzunehmen, werde ich dich, ohne zu zögern, töten … und lass deine Finger von meiner Schwester.«

Nevliin musterte ihn schweigend und mit vor der Brust verschränkten Armen, doch Eamon hatte die Gleichgültigkeit des Fürsten satt. Vanora war offensichtlich nicht hier, und deshalb hatte auch er selbst hier nichts verloren. Ohne ein weiteres Wort lief er zurück in den Saal, wo Liadan ihm entgegenkam und zu Glendorfil hinüberdeutete. Eamon fühlte sich plötzlich so leicht, als schwebe er. Die Last der Angst fiel von ihm ab, als er Vanora an Glendorfils Seite entdeckte.

»Danke.« Kurz strich er mit der Hand über die Wange seiner Schwester, dann eilte er zu Vanora. »Ich habe dich gesucht«, sagte er, als er die beiden erreichte, und klang dabei unbeabsichtigt vorwurfsvoll. Glendorfil nickte ihm kurz zu und entfernte sich dann. Vanora wiederum kannte Eamon gut genug, um seinen missbilligenden Tonfall zu ignorieren.

Mit freundschaftlichem Spott deutete sie auf die Wand hinter sich. »Ich war doch hier. Und gut aufgehoben.«

Eamon atmete schwer aus. Er konnte dem Drang nicht widerstehen und drückte sie fest an sich. Die Angst, die er ihretwegen ständig erlitt, brachte ihn noch um den Verstand. Mit der Verzweiflung eines Ertrinkenden hielt er sie fest, und Vanora schmiegte ihren Kopf in den weichen Stoff seiner Tunika. »Dein Herz schlägt wie wild«, flüsterte sie und legte ihre Hand an seine Brust. »Du hast dir wirklich Sorgen gemacht.«

Eamon musste schmunzeln. Wenn sie nur wüsste, dass sein Herz in ihrer Gegenwart stets schneller schlug.

Widerwillig trat er einen Schritt zurück und deutete zu den tanzenden Elfen. »Möchtest du tanzen?«, fragte er zaghaft. Einen Versuch war es immerhin wert.

»Auf keinen Fall!« Sie biss sich verlegen auf die Unterlippe, was ihn schmunzeln ließ. »Ich meine … Es tut mir leid, aber der Tanz mit Nevliin hat meinen Bedarf für lange Zeit gedeckt, das kannst du mir glauben.«

Das Lächeln wurde zu einem Grinsen. Vermutlich war es doch nicht die schlechteste Idee von Liadan gewesen, die beiden zum Tanzen zu überreden. Vanora verachtete den Lichtelfen. Seine Schweigsamkeit und das kühle Verhalten hatten dies bestimmt nicht besser gemacht.

Fürsorglich legte er seinen Arm um ihre Schultern. »Komm«, sagte er und zog sie mit sich. »Lass uns etwas nach draußen gehen.« Er führte sie zurück zur Terrasse, und die Vorstellung, Nevliin dort zu treffen, ließ ihn mit einem Mal erstaunlicherweise völlig kalt.

Als sie in die elfenleere Nacht hinaustraten, löste Vanora sich von ihm und ging auf das von Steinsäulen durchbrochene Terrassengeländer zu, wo sie sich leicht nach vor, beugte und in den bewölkten Himmel hinaufsah.

»Es sind keine Sterne zu sehen«, seufzte sie. »Vermisst du nicht manchmal die Sonne, einen klaren Sternenhimmel?«

Eamon stützte die Ellbogen auf den kalten Stein und folgte ihrem Blick. »Ich kenne nichts anderes«, sagte er und sah in die Tiefe, wo unzählige kleine Lichter in der Dunkelheit tanzten. Der Schein der Fackeln am äußeren Hof erreichte sie kaum noch, doch aus den entfernten Fenstern drang schwaches Licht und legte flackernde Schatten über Vanoras Gesicht. Ihre Augen glitzerten in der Dunkelheit, das blonde Haar schimmerte matt, während sie gedankenverloren in die Ferne blickte. Er hätte sie ewig ansehen können, wünschte, dass er all die Trauer und Sorgen von ihr nehmen könnte. Dass sie endlich wieder ehrlich lachen und unbekümmert sehen konnte. Und er war fest entschlossen, dies auch zu erreichen. So lange hatte er nachgedacht, und die Entscheidung war ihm leichtgefallen. Sein bisheriges Leben war lediglich eine dumpfe, verschwommene Erinnerung. Ohne Gefühl. Als würde er Bilder eines fremden Lebens betrachten. Erst seit sie in sein Leben getreten war, ergab alles einen Sinn. Er war nicht gewillt, dies jemals wieder aufzugeben, und so hatte er einen Entschluss gefasst, der ihm als das Natürlichste der Welt erschien.

»Irgendwann«, unterbrach er die Stille, »wird das hier dein zu Hause sein. Wir beide …« Er streckte die Hand aus und versuchte, den wilden Schlag seines Herzens zu ignorieren, als er leicht ihr Schlüsselbein berührte und sich bewusst wurde, dass dies der richtige Moment sein könnte, ihr zu offenbaren, was er fühlte.

Vanora erstarrte unter seiner Berührung, und er spürte ihr Zittern, als er ihr sacht über Hals und Nacken und schließlich langsam den Rücken hinab strich. Er legte seine Hand zurück auf ihre Schulter und drehte sie langsam zu sich um. Sie zitterte so erbärmlich, dass er sie am liebsten an sich gedrückt hätte, um sie festzuhalten. »Du weißt, was du mit mir tust«, flüsterte er schließlich rau.

Als sie sich nicht rührte, legte er vorsichtig seine Hand unter ihr Kinn und hob ihren Kopf leicht an. »Du weißt es, nicht wahr?«

Sie sah ihn an. Ihre Augen waren dunkel, das Blau von der Schwärze der Nacht verschlungen. Sie öffnete den Mund, als wolle sie etwas sagen, doch es herrschte immer noch Stille. Nichts als der leise Wind, das entfernte Rascheln des Waldes und die dumpfen Klänge der Musik. Nichts in ihrem Gesicht verriet ihre Gedanken. Sie sah ihn einfach nur unverwandt an. Selbst als er ihr eine Strähne aus dem Gesicht strich, mit den Fingern die Konturen ihrer Wangenknochen nachzeichnete und sich schließlich langsam über sie beugte, reagierte sie nicht. Sie kam weder näher, noch wich sie zurück.

Seine Hand fuhr zurück in ihren Nacken. Mit sanfter Kraft drückte er sie an sich, und sie ließ es zu. Er schloss seine Augen. Ihre Lippen trafen sich zu einem zärtlichen Kuss, der mit einem Schlag alles um sie herum auslöschte. Ihre Hand strich seine Brust hinauf und legte sich ihrerseits in seinen Nacken, wo sie sich festhielt und sich auf die Zehenspitzen stellte. Ihr leises Seufzen streichelte seine Lippen, als er sie noch etwas näher heranzog. Die anfängliche Anspannung wich. Sie erwiderte seinen Kuss mit einer zaghaften Unschuld, die sein Herz schwer werden ließ.

»Du kannst es einfach nicht lassen, oder?!«

Wie vom Blitz getroffen fuhr er herum. Vanora stolperte zurück und presste sich zwei Schritte von ihm entfernt gegen das Geländer. Aus dem Licht des Ballsaales, das von der offenen Tür herausstrahlte, näherte sich ihnen eine schwarze Gestalt – Liadan!

»Wie die kleinen Kinder«, zeterte sie, noch bevor sie bei ihnen ankam. »Kannst du ihn nicht einmal in Ruhe lassen?«

Eamon biss die Zähne zusammen und knurrte stumm. Wie konnte sie es wagen! »Wovon sprichst du?«, presste er mühsam beherrscht hervor.

»Wovon ich …?«, Liadan warf die Hände in die Luft. »Von Nevliin natürlich!«

Der Name schnitt wie ein Messer in seine Haut und erfüllte ihn mit brennendem Zorn. Nevliin! Selbst jetzt stellte er sich zwischen sie.

Liadan ignorierte seinen Zorn und warf einen flüchtigen Blick auf Vanora, die immer noch an das Geländer gepresst stand. Dann sah sie wieder zurück zu ihrem Bruder und stemmte eine Hand in die Seite. »Was hast du diesmal zu ihm gesagt?«

»Nichts«, zischte Eamon.

»Na, wegen nichts wird er es wohl kaum so eilig gehabt haben, oder? Er hätte mich beinahe umgerannt, als er eben in den Saal gestürmt ist.«

»Eben?«

Liadan nickte. »Ja. Ich habe euch gesucht und wollte auf der Terrasse nachsehen, und da rennt er mich fast nieder, als würde er vor dir fliehen. Könnt ihr euch nicht einmal wie zivilisierte Ehrenmänner verhalten?«

Neben ihm schnappte Vanora laut nach Luft und machte Liadans Worte, ihre ganze Anwesenheit bedeutungslos. Eamon fuhr zu Vanora herum, die Liadan anstarrte, als sei diese ein Geist.

»Also, was hast du getan?«, widerholte Liadan ungerührt, und Eamon verlor beinahe die Beherrschung: »Wie oft soll ich es noch sagen? Ich wusste noch nicht einmal, dass er auf der Terrasse war!«

»Ich … werde wieder hineingehen«, wisperte Vanora, doch Eamon ergriff ihren Arm.

»Nein.« Er wandte sich wieder an seine Schwester. »Liadan, du verschwindest jetzt. Wir haben hier Wichtiges zu besprechen.«

Vanora sah zu ihm auf und hob eine Augenbraue, was ihn unwillkürlich zu der Frage brachte, wo sie sich diese Geste abgeschaut hatte. Doch noch ehe er sich weitere Gedanken darüber machen konnte, meldete sich seine geliebte Schwester wieder zu Wort: »Wie du willst«, sagte sie, musterte ihn und Vanora mit deutlicher Missbilligung, machte auf dem Absatz kehrt und verschwand erneut im Saal. Ihre ständige Sorge um Nevliin wurde allmählich beunruhigend, dachte Eamon, aber darum würde er sich später kümmern. Stattdessen wandte er sich wieder zu Vanora um. Einzelne Strähnen ihres blonden Haares hatten sich gelöst und tanzten um die silberne Kette, die um ihre Stirn verlief. Selbst im schwachen Lichtschein konnte er sehen, dass sie immer noch blass war, und erneut verfluchte er seine Schwester und den Lichtelfen für die Unterbrechung.

Sie sah zu ihm auf, die Haltung angespannt, der Körper dem Geländer zugewandt. »Du wolltest mit mir sprechen. Über Wichtiges.«

Eamon strich sich mit der Hand über die Augen. In all den Jahren waren Frauen in sein Leben getreten und wieder gegangen, doch noch nie zuvor hatte er solche Angst gehabt. »Liadan macht sich Sorgen«, begann er, da ihm im Moment nichts Besseres einfiel und er, obwohl er sich seine Worte schon hunderte Male zurechtgelegt hatte, keines davon mehr wusste. Doch er war auf dem richtigen Weg.

»Wegen Nevliin?«, fragte sie so übertrieben gleichgültig, dass Eamon sie einige Augenblicke lang prüfend ansah, ehe er fortfuhr: »Unter anderem.« Er wollte diesen Namen nicht mehr hören. Wollte, dass er endgültig aus seinem Leben verschwand, doch das Schicksal fragte ihn nicht. »Sie fürchtet Alkariels Reaktion nach Mearas Rückkehr«, fuhr er fort, und Vanora nickte: »Sie wird einen Grund finden, um euch in einen Krieg zu ziehen.«

»Ja. Wir hätten ihr nichts entgegenzusetzen.« Es fiel ihm schwer, sich die Unterlegenheit seines Volkes einzugestehen, doch sie entsprach der Wahrheit. Es gab nicht viele Lichtritter, aber die Schattenritter waren ihnen dennoch zahlenmäßig unterlegen. Unter Glendorfils Befehl standen nur die besten des Reiches und das waren nicht mehr als fünfhundert Krieger. Die anderen würden nicht lange gegen einen Lichtritter bestehen.

»Meinetwegen«, flüsterte Vanora plötzlich und holte ihn aus seinen düsteren Berechnungen. »Ich bringe den Dunkelelfen den Untergang.«

»Nein.« Er richtete sich auf, packte sie an den Armen und beugte sich über sie. »Sag das nie wieder. Du bringst uns Hoffnung. Du bist das Licht in diesem grauen Land. Alkariel sieht die Dunkelelfen schon lange nicht mehr als ihr Volk an. Sie würde uns vernichten, egal, ob es dich gibt oder nicht.«

Vanora wandte sich ab, entzog sich damit seinem Griff und stützte sich auf das Geländer. »Sie wird nicht lange warten«, sagte sie, den Blick in die Ferne gerichtet.

»Die Lichtelfen halten dich für meine Gefangene. Sie hassen uns. Sie werden kämpfen.«

Sie sah ihn an. »Dann müssen wir ihnen die Wahrheit sagen. Wenn sie wissen, was Alkariel vorhat, dass sie mich töten will, dann ...«

»Es würde nichts ändern. Die Fürsten des Lichtreichs verfolgen ihre eigenen Ziele. Deine Befreiung ist nur hübscher auszusprechen als das Streben nach Macht und Land. Sieh dir Meara, Nevliin und all die anderen an. Sie sehen vor sich, dass du hier keine Gefangene bist, aber es kümmert sie wenig. Kriege werden nicht aus noblen Absichten geführt, Vanora. Vielleicht werden sie hinterher mit romantischen Geschichten geschmückt, aber es geht doch immer nur um Macht.« Er atmete tief ein und versuchte, wieder ihren Blick einzufangen, was ihm auch gelang. »Du bist Daralees Nachfahrin«, sagte er ernst. »In dir fließt das gleiche königliche Blut wie in Alkariel. Ich bin der König des Schattenreiches. Würdest du an meiner Seite Königin sein, wären Alkariel die Hände gebunden. Nicht einmal die Fürsten würden es wagen, sich gegen Daralees Nachfahrin zu stellen, Land und Macht hin oder her.«

Sie wich langsam einen Schritt zurück und sah zu ihm auf. »Wovon sprichst du?«

Mit einem Mal wirkte sie noch viel blasser, aber jetzt, da er den Stein ins Rollen gebracht hatte, konnte er sich nicht mehr bremsen: »Von einem Lebensbund, Vanora.« Es war alles so offensichtlich, die Lösung so einfach. »Heirate mich.« Er nahm ihre Hand in seine, ohne ihren entgeisterten Ausdruck richtig wahrzunehmen. »Werde zur Königin der Dunkelelfen. So wirst du eine von uns, und selbst die Lichtelfen werden dich als Königin anerkennen. Alkariel wäre machtlos. Sie kann keinen Krieg anzetteln, ohne ihre niederen Absichten zu verraten. Kein Lichtelf würde gegen dich in den Kampf ziehen. Nicht gegen eine Nachfahrin von Daralee.«

Mit offenem Mund starrte sie ihn an. »Eine Hochzeit?« Sie schwankte leicht, hielt sich mit einer Hand am Geländer fest und entzog ihm sanft, aber nachdrücklich die andere. »Ich dachte, Elfen leben zu lange, um sich für ewig zu binden.«

»Ja, das ist wahr. Solche Schwüre unter Elfen sind äußerst selten, aber Vanora ... bei uns beiden ist das anders ... für mich.« Er wollte auf sie zugehen, sie berühren, irgendwie festhalten, doch sie hob ihre Hand und ließ ihn abrupt innehalten.

»Ich soll deine Frau werden?«, wisperte sie. »Um die politischen Geschicke zu unserem Vorteil zu lenken?«

»Nein!«, rief er, entsetzt darüber, wie sehr sie seine Worte missverstand. »Du sollst meine Frau werden, weil wir zusammengehören. Zwischen uns ist so viel mehr, und –«

Er verstummte, denn sie schüttelte ununterbrochen den Kopf. Glaubte sie ihm etwa nicht? Eindringlich sah er sie an, und die Worte strömten einfach weiter aus ihm heraus, ohne dass er ihnen hätte Einhalt gebieten können: »Es stimmt, Vanora: Die meisten Elfen ziehen durch die Jahrtausende, ohne jemals geliebt zu haben. Natürlich empfinden sie Zuneigung, und sie erwählen sich Gefährten, doch die wahre Liebe erfahren nur die wenigsten.« Er sah ihre abwehrende Haltung, aber er konnte nicht anders und näherte sich ihr erneut mit sanftem Drängen. »Wir nennen es Faelnuìr. Ich kann es nicht in deine Sprache übersetzen, aber es kommt in seiner Bedeutung an wahre Liebe nicht heran. Vermutlich ist es deswegen so selten. Es ist anders. Intensiver. Eine magische Anziehung, der man nicht entgehen kann. Ein Elf, der diesen Zauber erlebt, bindet sich für hundert Ewigkeiten, Vanora. Das ganze Leben dreht sich nur noch um diese eine Person. Sie wird für ihn die Luft zum Atmen, die Sonne, der Mittelpunkt jedes

Denkens und Handelns. Es kann nicht mehr gelöscht werden. Für die Ewigkeit.« Er nahm ihre Hand und legte sie auf seine Brust. »Das alles bist du für mich«, flüsterte er dann.

Vanora sah ihn an. Eine Ewigkeit verging, ohne dass sie sich rührte. Doch dann wandte sie sich abrupt ab. »Ich bin keine Königin«, wisperte sie. »Wie könnte ich die Verantwortung über ein ganzes Reich übernehmen?«

Seit dem Tod seines Vaters kannte er die Antwort. »Es ist schwer«, gab er zu. »Doch zusammen ...« Er legte seine Hand auf ihre Schulter. »Spürst du es denn nicht auch? Die Kraft, die uns zusammenhält?«

Wieder dieses leichte Kopfschütteln, während sie zu Boden sah. »Ich weiß gar nichts mehr«, hauchte sie, die Stimme zitternd und tränenerstickt. Und in diesem Moment traf ihn die Erkenntnis wie ein Dolchstoß ins Herz. Die Verblendung löste sich auf wie der Sonnenschein, der das Schattenreich verlassen hatte, und hüllte ihre Gestalt in Dunkelheit. Jede ihrer abwehrenden Gesten, ihr gesamtes Verhalten ihm gegenüber. Es war so deutlich gewesen, und doch hatte er es nicht gesehen. Die Antwort, die sie ihm nicht gab, lautete: Nein. Nein, sie spürte es nicht. Nein, sie liebte ihn nicht.

Langsam drehte sie sich um und blickte zu ihm auf mit den von Tränen glitzernden Augen, und er konnte immer noch nicht fassen, dass alles nur ein wunderschöner Traum gewesen sein sollte, der jetzt endete. »Du bist so vieles für mich«, sagte sie schluchzend. »Ich habe schon immer zu dir aufgesehen und dich bewundert. Du gibst mir das Gefühl von Sicherheit. Nirgends fühle ich mich so geborgen wie an deiner Seite. Bevor wir uns kannten, wusste ich nicht, was wahre Freundschaft ist.« Sie senkte kurz den Blick, atmete hörbar ein und sah dann wieder zu ihm auf. »Aber das ist alles, was ich dir geben kann, Eamon.«

Ihre Worte hallten immer wieder durch seinen Kopf. Er wollte sie anschreien, ihr sagen, dass sie füreinander bestimmt waren, dass es nicht anders sein konnte. Doch stattdessen sah er sie einfach nur an, spürte die Zerstörung mit jeder Faser seines Körpers. Jeder einzelne Moment ihrer Vergangenheit war von diesem süßen Zauber belegt gewesen, geblendet vom Blick in eine glorreiche Zukunft. Eine Illusion.

Der Zauber war gebrochen.

Bienli

Was war das nur für ein abscheulich blendendes Licht? Und diese fürchterlichen Kopfschmerzen! Schnell schloss Bienli erneut die Augen, doch das Licht schien selbst durch die Lider als rosa leuchtendes Farbenspiel.

Du solltest jetzt aufstehen.

Ah, diese Stimme! »Raus aus meinem Kopf«, stöhnte er und versuchte, sich mit geschlossenen Augen aufzusetzen.

Auch wenn du es des weißen Lichtes wegen nicht glauben wirst: Du lebst noch.

»Ich weiß«, schnaubte er und öffnete nun doch vorsichtig ein Auge. »Wenn ich tot bin, erwartet mich bestimmt kein weißes Licht. Eher Dunkelheit und Feuer ... bestimmt kein weißes Licht.« Er öffnete auch das zweite Auge und sah direkt in Arelies Nüstern, die er mit seinen Händen zu verscheuchen versuchte. »Blas deinen Atem woandershin«, knurrte er, fasste sich noch etwas benommen an die Stirn und fluchte, als er eine beinahe faustgroße Beule ertastete. »Ich glaube, mein Horn macht dir ordentlich Konkurrenz.«

Du solltest dem Fürsten dafür danken.

Bienli stieß unzählige Verwünschungen aus. Die Erinnerung fraß sich wie kleine, gierige Würmer in sein Hirn. »Hat der uns hierhergebracht?«

Der Fürst hielt es für das Beste, dir alle Möglichkeiten offenzuhalten.

»Pah. Was für Möglichkeiten? Jetzt muss ich zurück nach Lurness, und dort wartet bestimmt schon Finola mit ihrem Kochlöffel. Hätte er mich doch verrecken lassen.« Mit zusammengekniffenen Augen sah Bienli sich in der Weißen Halle um und stellte fest, dass er sich vor den Toren des Schattenreiches befand. Wie überaus praktisch. Als hätte er eine Wahl. Wie lange könnte er sich schon verstecken? Es war seine Pflicht, dem König von seinem Versagen zu berichten. Dem König und Finola.

Nach ein paar fehlgeschlagenen Versuchen rappelte er sich schließlich auf, schwankte und fand an Arelies Mähne Halt. »Verfluchter Elf«, knurrte er.

Arelie drehte den Kopf herum und stieß ihm gegen die Brust. Der kleine Stoß genügte, um ihn aus dem Gleichgewicht zu bringen. Mit den Armen rudernd, fiel er zurück und landete unsanft auf seinem Hinterteil. »Bist du verrückt geworden?«, fauchte er und schlug die Fäuste auf den Boden, doch Arelie ging einfach weiter und ließ ihn sitzen.

Der Fürst hat dich verschont. Du solltest dankbar sein.

»Dankbar? Erzähl das Finola, wenn sie mir eins überzieht.«

Mühsam versuchte er, sich erneut aufzurappeln, und schließlich schien Arelie Mitleid zu bekommen und legte sich vor ihm auf den Boden, sodass er sich unter lautem Stöhnen auf ihren Rücken ziehen konnte. Als er endlich sicher saß, rieb er die Hände aneinander und blickte auf das Tor nach Lurness. »Nun gut«, sagte er resignierend. »Dann lass uns mal nach Hause gehen.«

Er hatte die Worte kaum ausgesprochen, da traf es ihn wie

ein Blitz »Arelie!« Er sah sich hektisch um, konnte hier in dieser Zwischenwelt jedoch keinen Hinweis auf den Stand der Sonne bekommen. »Wie lange war ich bewusstlos?«

Die Stute schnaubte. *Bestimmt mehrere Tage. Oder länger.*

»Tage?« Bienli fluchte. Was würde ihn erwarten, wenn er durch das Tor ging? Lag Lurness bereits in Schutt und Asche? Die Barriere zerstört, die Dunkelelfen tot? Würde er sich auf einem Schlachtfeld zwischen kämpfenden Elfen wiederfinden?

Verfluchter Fürst, wiederholte er stumm, ehe er auf Arelies Rücken das Tor nach Lurness durchschritt.

❧

Die Dunkelheit im Schattenreich war eine Wohltat nach dem grellen Licht der Weißen Halle und des Tores, und zumindest auf den ersten Blick war in Lurness alles beim Alten. Es war Tag, soweit man dies in den Tiefen des Dunkelwaldes sagen konnte.

Der Felsen, der das Weltentor verbarg, ragte als grauer Riese vor ihm auf, und der Boden war noch immer genauso karg wie in der Ebene von Edora. Bienli grinste. Dem Wald fehlte es, so absurd es auch klingen mochte, an Grün.

Aufmerksam spähte der Kobold in die Baumkronen hoch über sich, sah jedoch nichts als nebligen Dunst. »Ich weiß, dass ihr mich hört«, rief er ungehalten, »und dass ihr mich verflucht noch einmal sehr gut sehen könnt. Also schwingt endlich eure Elfenärsche hier herunter und sagt mir, was mich in der Burg erwartet.«

Einige Augenblicke geschah gar nichts, doch dann flogen plötzlich zwei dunkle Gestalten aus dem Nebel und landeten so anmutig wie verfluchte Katzen auf ihren Beinen. Würde

Bienli die Baumjäger nicht so gut kennen, hätten ihm diese Schlammmonster mit Köchern voller Pfeilen am Rücken vermutlich Angst gemacht. Weiße Augenpaare starrten ihn unverwandt aus schwarz bemalten Gesichtern an. Es hieß, dass die Baumjäger das schwarze Pulver der Wolfsfurzpilze für diese Pampe verwendeten, die sie sich ins Gesicht schmierten. Die enganliegende Kleidung – natürlich gleichfalls dreckfarben – bedeckte jeden Millimeter Haut. Sogar die Hände waren durch Handschuhe verdeckt, und der Hals verschwand unter dunklem Stoff.

Der rechte Elf, der sich in nichts von seinem Mitwächter zu unterscheiden schien, trat einen Schritt vor. Oder war der andere doch eine Frau? Bei den Elfen konnte man das nie so genau sagen. Der Kobold seufzte.

»Was kann ich für Euch tun, Meister Bienli?« Weiße Zähne blitzten aus dem dunklen Baumwächtergesicht, was den Elfen weniger anmutig als vielmehr lächerlich wirken ließ.

»Hab ich mich so unverständlich ausgedrückt? Ich will wissen, was mit dem Mädchen ist. Mit dieser Vanora.«

»Die Prinzessin ist hier.«

»Hier? In Lurness?«

Der Elf nickte, und nachdem Bienli ihm erklärt hatte, wieso er nichts von den neuesten Entwicklungen wusste, begann dieser zu erzählen.

Bienli fiel ein Stein vom Herzen, als er hörte, dass Vanora in Sicherheit war, aber auch, dass Alkariels Gesandtschaft vor zwei Tagen abgereist war und Nevliin noch an diesem Tag verschwinden würde. Offenbar hatte Alkariel ihn zurückgerufen. Bienli strahlte. Es hätte nicht besser für ihn laufen können.

Nur das Problem mit seinem störrischen Weib und dem

König blieb noch zu lösen, und so machte er sich tapfer, wie er nun einmal war, auf den Weg zur Burg. Als er näher kam, grinste er. Er hatte schon immer gefunden, dass sie mit ihren vielen Mauerringen, die sich am Felsen in die Höhe schraubten, wie eine mehrstöckige Torte aussah.

Nachdem er Arelie dem erstaunten Melovin übergeben hatte, machte Bienli sich auf den Weg in die Küche. Finola, dachte er. Essen. Auf dem Weg durch die Korridore begegnete ihm ein Kobold mit einer großen, weißen Mütze auf dem Kopf. Er kannte ihn gut: Es war … Zum Henker! Wie sollte er das nach so einem Schlag auf den Kopf noch wissen? Noch dazu, da er sich ja viel häufiger in der Menschenwelt aufhielt, um sein Weib so wenig wie möglich zu sehen. Der Koch sah ihn an, als stünde ein Geist vor ihm. »Du bist tot«, stammelte dieser. »Der Fürst, er … er …«

»Ich bin genauso lebendig wie du und alle anderen hier«, grunzte Bienli. »Los. Mach dich nützlich und schick nach Finola. Sag ihr, ich warte in der Küche auf sie.«

Der Kobold sah ihn mit seinen runden Schweinsaugen an und nickte heftig, ehe er losstürmte und bald darauf hinter einer Biegung verschwand. Bienli ergriff eine seltsame Unruhe, deren Ursache, da war er sich sicher, nicht sein leerer Magen war. Mit weichen Knien schlenderte er durch die leeren Gänge und bewunderte die Verzierungen an den Säulen oder die bunten Gemälde. Er hatte es nicht eilig. Doch sosehr er sich auch bemühte, irgendwann erreichte er die Tür zur Küche. Er konnte Finola bereits vor sich sehen und bemühte sich, nicht daran zu denken. Sie war doch nur eine Frau! Mit klopfendem Herzen stand er vor der Tür, nahm all seinen Mut zusammen und wollte soeben die Hand ausstrecken, als ihn plötzlich ein kalter Schauer durchfuhr. Er spürte Blicke, die ihm wie Messer in den Rücken stachen, und die Beule auf seiner Stirn begann wieder zu pochen.

Langsam drehte er sich um, schluckte und blinzelte, doch die schneeweißen Hosen und die ebenso weißen Stiefel, die bis zum Knie reichten, verschwanden nicht. Ebenso wenig wie die weiße Schwertscheide mit den goldenen Linien.

»Das Reich der Toten hat Euch wohl die Sprache verschlagen.«

Unentschlossen huschte Bienlis Blick zwischen der Küchentür und dem Schwertgehänge vor seiner Nase hin und her. Der Weiße Ritter oder sein Weib. Er entschied sich für die weniger unerfreuliche Begegnung und blickte hoch in das bösartige Gesicht des Elfen.

»Ihr hättet mich töten sollen«, schnaubte er und zeigte auf die Tür. »Glaubt nicht, dass ich Euch dafür dankbar bin.«

Nevliin hob eine Augenbraue, sein liebstes Mittel, um die Arroganz seines Ausdrucks zu perfektionieren, dann nickte er. »Ich hatte bereits das Vergnügen, die reizende Finola kennenzulernen.«

Bienli schnaubte. »Ja, sie ist so reizend wie ein Spaziergang über glühende Kohlen.«

Der Ritter schwieg, sah zu ihm hinab, und Bienli wurde es unter dem Blick immer unwohler. Vielleicht sollte er sich dem verrückten Weib doch stellen. »Ich werde mich nicht bedanken«, sagte er noch einmal, was Nevliin ohne Reaktion zur Kenntnis nahm. »Ich habe nichts, wofür ich dankbar bin.« Die schwarzen Augen waren schlimmer als der Blick in die Drachenschlucht. »Ich habe nur meine Pflicht erfüllt.« Er streckte seine Faust in die Luft. »Verflucht noch mal. Eure irre Königin wollte sie töten! Da braucht Ihr mich auch nicht so anzuschauen. Kobolde haben auch Ehre.«

»Bienli.« Der Fürst neigte den Kopf, drehte sich um, schritt dann einfach so davon und ließ ihn schwer atmend und perplex zurück.

Es dauerte einige Augenblicke, bis Bienli begriff, dass Nevliin nicht scherzte. Er ging wirklich fort! Mit bangem Blick über die Schulter sah Bienli zur Küchentür, fluchte und lief dann dem Elfen hinterher. »Wartet!«, rief er und kämpfte gegen die Kopfschmerzen, um noch schneller zu laufen. »Ich biete Euch meine Dienste an. Verfügt über mich, bis meine Schuld getilgt ist.«

Nevliin blieb stehen. »Eure Schuld?«

»Ja, ja. Wir müssen das ja nicht noch mal durchkauen, oder? Also, was ist?«

Der Elf ging weiter. »Bewahrt mich vor Euren Diensten«, sagte er, ohne zu ihm hinabzusehen, »bevor ich bereue, Euch verschont zu haben.«

Bienli stemmte die Hände in die Hüften. »Kobolde haben auch Ehre.«

»Mein Weg führt zurück ins Lichtreich.« Nevliin warf ihm einen kurzen Blick von der Seite zu. »Begleitet mich, wenn es Eure Ehre so dringend verlangt, aber ich kann Euch sagen, dass Alkariel Kobolden gegenüber nicht so aufgeschlossen ist wie Eamon.« Er deutete zurück zur Küche. »Vermutlich wäre es besser für Euch, wenn Ihr Euch Finola stellt.«

Bienli holte tief Luft. Was erlaubte sich dieser Elf, ihm zu unterstellen, er wolle nur von seinem Weib davonlaufen? »Spart Euch Eure Ratschläge«, knurrte er. »Und Eure Ritterlichkeit könnt Ihr Euch dahin stecken, wo nicht einmal bei den Lichtelfen die Sonne scheint.« Er drehte sich um und stapfte davon. »Ich habe keine Angst vor einem Weib!« Bienli sah noch einmal zurück, doch der Elf war bereits verschwunden.

Vor der Küchentür blieb er stehen. Er hatte keine Angst. Es war nur das dunkle Holz vor ihm, das so bedrohlich wirkte, nicht das, was sich dahinter verbarg. Erneut stellte er seine Tapferkeit unter Beweis, legte die Hand auf die Klinke und kreischte auf, als die Tür plötzlich aufschwang.

»Hab ich doch gewusst, dass ich deine Stimme gehört habe.«

Bienli starrte in Finolas eidechsengrüne Augen. Seine Lippen zitterten, er öffnete den Mund, und dann tat er, was jeder Mann in seiner Situation getan hätte.

Er lief.

Er drehte sich um und lief, so schnell ihn seine Beine nur tragen konnten. Er bekam kaum noch Luft, seine Brust, sein Kopf schmerzten, doch die unheilvollen Schritte kamen immer näher.

»Bleib stehen, du Sohn eines Hundes!«

Er ließ den letzten Korridor hinter sich und erreichte die Eingangshalle. Wenn er es bis zu den Ställen schaffte, könnte er mit Arelies Hilfe vielleicht noch einmal davonkommen. Verzweifelt holte er die letzte Kraft aus seinen Beinen, lief auf das Tor zu, stürmte an dem Befehlshaber der Schattenritter und dem Vetter des Königs vorbei und ignorierte deren fragende Blicke.

Das rettende Tor näherte sich. Er würde es schaffen. Die Schritte hinter ihm waren verstummt. Ein Grinsen breitete sich in seinem Gesicht aus. Er hatte sie abgehängt!

Kaum hatte er diesen Gedanken zu Ende gedacht, wurde er zu Boden geworfen, fiel vornüber und schlitterte mit einem gewaltigen Gewicht auf dem Rücken weiter.

Bienli stöhnte. Es war weniger der Schmerz als die Aussichtslosigkeit seiner Situation, die ihm den Atem entweichen ließ. Er spürte, wie er herumgedreht wurde, und blickte in das vor Wut verzerrte Gesicht seines Weibes, das auf ihm saß.

»Dachtest wohl, du könntest dich aus dem Staub machen, eh?«

Er zuckte mit den Schultern und lächelte unschuldig, doch als er bereits den Kochlöffel erwartete, packte sie plötzlich mit beiden Händen sein Gesicht und drückte ihre Lippen auf die seinigen.

Bienli schlang automatisch seine Arme um sie und hielt sie, so fest er nur konnte. Sie war wirklich ein Prachtstück von einem Weib.

»Ich dachte, du wärest tot, du Tölpel«, fuhr sie ihn an, nachdem sie sich wieder aufgesetzt hatte. »Deinetwegen ist hier alles drunter und drüber gegangen!«

Bienli wusste, es war noch nicht vorbei, und automatisch sah er sich nach einer Fluchtmöglichkeit um, doch in der Halle würde er ihr wohl kaum entwischen.

»Denk gar nicht daran«, warnte Finola, und plötzlich hatte sie wieder den Kochlöffel in der Hand. Ob er sie wohl irgendwie von sich herunterbekommen würde? Wohl eher nicht, dieses Weib war so schwer wie ein Pferd!

»Was war denn so schwierig daran!?«, riss ihn Finolas schrille Stimme aus seinen Überlegungen. »Du solltest ihn doch nur beschäftigt halten, aber noch nicht einmal dazu bist du in der Lage!« Wie wild geworden fuchtelte sie mit ihrem nach Kräutern miefenden Kochlöffel vor seinem Gesicht herum. »Hast du eine Ahnung, was du mit deinem Versagen angerichtet hast?«

»Was denn?!«, blaffte Bienli zurück und hätte sich in dem Moment am liebsten selbst den Holzlöffel über den Schädel geschlagen. War er noch ganz bei Trost? Er musste zu lange in der Menschenwelt gewesen sein, um solch eine Dummheit zu begehen. Hatte er denn schon vergessen, welche Ausmaße Finolas berühmt-berüchtigter Zorn annehmen konnte? Bei seiner Ankunft hatte es doch geheißen, mit Vanora sei alles in Ordnung, doch sein verehrtes Weib war da offensichtlich anderer Meinung, was ihre plötzlich pupurrote Hautfarbe bewies.

»Wage es nicht!« Der Kochlöffel drückte wie ein Dolch gegen seine Kehle, und Bienli kniff automatisch die Augen zu, nur konnte er leider ihr Geschrei damit nicht ausschließen. »Der König konnte sie gerade noch retten!«, kreischte sie, sodass ihre Stimme fast so wie die von Elfen gleich einem Glockenschlag durch die Halle tönte. »Wäre er nicht auf dem Weg zu ihr gewesen und hätte diese verdammten Lichtelfen gesehen, wäre sie jetzt tot, du elender Wicht! Der König könnte auch tot sein, so knapp war es!« Sie atmete tief durch, und da sie nicht fortfuhr und der Druck gegen seinen Hals nachließ, blinzelte er vorsichtig ins Licht. Ein Fehler, denn Finola gab ihm einen Klaps mit dem Kochlöffel und schlug damit gegen seine ohnehin schmerzende Stirn.

»Autsch, verflucht!«

»Da staunst du, was?« Sie verlagerte ihr Gewicht nach vorn, um ihn das gesamte Ausmaß ihrer zornverzerrten Grimasse sehen zu lassen. »Weißt du, was du diesem armen Mädchen angetan hast?!« Sie beugte sich so nah über ihn, dass er ihren Atem wie das wilde Schnauben eines Bullen im Gesicht hatte. »Nicht einmal verabschieden konnte sie sich, weil die Lichtelfen sie sonst erwischt hätten! Die Augen hat sie sich ausgeheult! Alles nur deinetwegen! Und was tust du? Schläfst den Schlaf der Untoten? Wo warst du so lange, he?!«

»Ich …« Ein lautes Räuspern ließ ihn verstummen. Mit dem Aufglimmen eines Funken Hoffnung auf Befreiung drehte er den Kopf zur Seite und blickte auf ein paar schwarze Stiefel. Sein Blick hob sich, glitt über die ebenso schwarzen Hosen zu einem schwarz lackierten Brustpanzer mit dem Wappen der Dunkelelfen und weiter in das blasse Gesicht eines Elfen. Goldene Augen blickten zu ihm hinab, und ein Stöhnen der Erleichterung entwich ihm.

»Willkommen zurück, Meister Bienli.« Der Befehlshaber der Schattenritter ging neben ihm in die Hocke, und jetzt erkannte Bienli auch den Vetter des Königs hinter ihm, der grinsend auf die beiden Kobolde hinabblickte.

»Der König möchte Euch sprechen.« Glendorfils Mundwinkel hoben sich zu einem schelmischen Grinsen. »Wenn es Euch genehm ist, meine ich. Vielleicht ist der Augenblick unpassend …«

»Nein!« Bienli versuchte sich aufzurichten, doch da drückte ihm Finola den Kochlöffel gegen die Brust: »Oh nein«, beschied sie und schüttelte so heftig den Kopf, dass sich noch mehr karottenfarbene Strähnen aus ihrer Hochsteckfrisur lösten. »So leicht entkommst du mir nicht, du Hasenfuß. Ich bin noch nicht fertig mit dir.«

»Verehrte Finola«, begann Ardemir, der Vetter des Königs, mit vor unterdrücktem Lachen zitternder Stimme, »wir versprechen, Euren Gatten wieder zu Euch zurückzubringen, und …«

»Pah!« Finola nahm den Kochlöffel von Bienlis Brust und reckte ihn den beiden Elfen entgegen. »Was gebe ich auf die Versprechungen von Elfen, he? Der da ist ein Meister im Entwischen und …«

»Verflucht noch mal, Weib!« Bienli breitete die Arme aus. »So kannst du doch nicht mit dem Vetter des Königs sprechen!«

Ihr Kopf ruckte zu ihm herum, und Bienli ahnte Böses. Zur Sicherheit kniff er schon einmal die Augen zusammen, doch da erklang wieder Glendorfils Stimme: »Ich versichere Euch, ich begleite Euren Gatten persönlich zum König und bringe ihn dann wieder zu Euch zurück.«

Bienli öffnete ein Auge, dann das andere. Finola starrte den Schattenritter an, seufzte und erhob sich dann endlich. Ihm fiel im wahrsten Sinne des Wortes eine gewaltige Last von der Brust.

»Danke«, keuchte er an die Elfen gewandt und richtete sich auf. Im nächsten Moment hatte er schon wieder den Kochlöffel vor der Nase.

»Ich warte auf dich«, drohte sein Weib. »Und glaube nicht, ich hätte das fehlende Gold vergessen.«

Bienli seufzte. Auch wenn die Erleichterung nur für kurze Dauer sein sollte, so konnte er doch neue Kraft sammeln, ehe er sich seinem Weib erneut stellen musste. Willenlos ließ er sich von Glendorfil in den Thronsaal führen, wo bereits ein müder König mit trüben Augen auf ihn wartete.

Älkäriël

Der Wald erstrahlte in goldwarmem Licht, einzelne Sonnenstrahlen brachen durch das Blätterdach und wärmten das Gesicht der Königin, und der Boden war ein Blättermeer aus Rot-, Grün- und Goldtönen. Ein leises Rauschen und der Duft von nassem Moos und Pilzen lagen in der Luft. Stunden waren sie bereits in dieser friedvollen Umgebung unterwegs, doch selbst die Idylle konnte Alkariels Innerstes nicht beruhigen. Nicht so nahe an ihrem Ziel.

Der Wald wurde lichter, und die Königin beugte sich noch etwas weiter aus dem Fenster der Kutsche. Die Bäume drängten immer weiter auseinander und gaben schon bald den Blick auf die weißen Türme frei, deren zwiebelförmige, silbern leuchtende Dächer den Himmel zu berühren schienen. Mit einem tiefen Seufzen ließ sie sich zurück in die samtenen Polster sinken und zog den Vorhang zurück. Sie konnte die Energie dieses Ortes bereits aus dieser Entfernung spüren. So lange war sie nicht mehr hier gewesen. In einer anderen Zeit, einer anderen Welt. Bei ihren Besuchen beim Orakel hatte sie es stets vermieden, dem Palast zu nahe zu kommen. Zu viele schlechte Erinnerungen waren mit diesen Mauern verbunden.

Doch nun brach eine neue Zeit heran. Die Königin kehrte zurück in den Silberpalast von Ueden, bereit, Elvions Thron zu besteigen.

Das leichte Schaukeln stoppte. Ein Lichtritter öffnete die Kutschentür, reichte ihr die Hand, und Alkariel ergriff sie, ohne den Blick auch nur eine Sekunde vom Palast abzuwenden. Sie breitete ihre Arme aus, als wollte sie ihr einstiges Zuhause in die Arme schließen: Ueden. Das Wort lag ihr auf der Zunge und kitzelte an ihren Lippen. Der Klang dieses Wortes hallte immer wieder durch ihren Kopf, und schließlich sprach sie es aus: »Ueden!«, rief sie immer wieder, drehte sich mit ausgestreckten Armen im Kreis und lachte. Sie fühlte sich, als würde sie das Wort aus einem langen Schlaf befreien. »Ueden! Ich bin zurück!«

Ohne auf ihr Gefolge zu achten, flog sie über die vernachlässigten Grünflächen und betrat nach all den Jahrhunderten wieder den weißen Marmor des Palastes.

Nichts Wichtiges hatte sich verändert. Es sah aus, als wäre sie nie weg gewesen. Ein modriger Geruch lag in der Luft, die schweren, weißen Vorhänge verströmten mit jeder Berührung dichte Staubwolken, und doch war es der wunderbarste Ort der Welt.

Mit entschlossenen Schritten ging sie auf den Thronsaal zu, ein Weg, den sie so oft gegangen war und der jetzt plötzlich einem Wunder glich. Sie streckte die Hand aus, und das goldene, zweiflügelige Tor schwang durch ihren magischen Windstoß auf.

Sie hatte die Halle kaum betreten, da blieb sie abrupt stehen und starrte an das andere Ende des Saals, dessen Zwielicht von staubumwölkten Lichtstrahlen durchbrochen wurde. Zwei Throne standen auf der Empore, die über zwei Stufen zu erreichen war. Alkariel wusste noch genau, wie sich die weiße Polsterung anfühlte. Es war, als würden ihre Hände wieder auf den kühlen, goldenen Lehnen liegen und sich der samtene Stoff an ihren Rücken schmiegen. Kurz hatte sie das Gefühl, dass jeden Moment Daralee neben ihr erscheinen würde, um sich auf den linken Thron zu setzen. Unwirsch schüttelte sie den Kopf und verscheuchte die unliebsamen Erinnerungen: »Bringt ihn weg!« Sie zeigte auf den Herrschersitz ihrer Schwester, drehte sich um und blickte in ihr wohlbekannte rehbraune Augen.

»Meara!« Sie küsste ihrer Vertrauten die Stirn, dann deutete sie auf einen vorbeilaufenden Elfen: »Ich sagte, der Thron soll da weg! Sofort!«

Meara lächelte verständnisvoll und wies dann mit einer einladenden Geste in den Thronsaal: »Willkommen, Eure Majestät.«

Sie traten gemeinsam ein, der überflüssige Thron wurde hinausgetragen, und Alkariel nahm in dem ihrigen Platz, schmiegte den Kopf in den weichen Stoff und atmete den vertrauten Geruch ein.

Meara lächelte zufrieden. »Dies ist Euer Platz«, sagte sie. »Ueden. Ein Palast, der der wahren Königin würdig ist.«

Zum ersten Mal seit langem spürte auch Alkariel wieder ihre alte Macht. Die Jahre der Untätigkeit hatten sie verweichlicht, doch nun spürte sie, dass das Lebensrad wieder in Bewegung geraten war. Die Halbelfe war mittlerweile schon über ein halbes Jahr in Lurness, und jeden Tag wuchs ihre Kraft. Die Zeit des Wartens war abgelaufen.

»Wie geht es unseren Gästen?«, fragte Alkariel und erkannte zugleich ein fast schon bösartiges Glimmen in Mearas Augen.

»Wir kommen gut voran«, antwortete diese. »Ihr werdet sehr zufrieden sein.«

Das neu entdeckte Gefühl der Macht ließ eine unermessliche Stärke in ihr aufsteigen. Die Zeit der Taten war gekommen, und die Art dieser Taten hatte sich Eamon selbst zuzuschreiben. Sie hatte ihm die Möglichkeit zu einer friedlichen Einigung gegeben, doch er hatte Meara und somit die Königin verhöhnt. Ohne ihre Magierin auch nur in die Nähe der Halbelfe zu lassen, hatte er sie weggeschickt. Er wollte es nicht anders. Der Hochmut würde ihn vernichten. Auch wenn seine Unbelehrbarkeit etwas Gutes hatte: Die unerträgliche Heuchelei hatte ein Ende gefunden. Nun konnte sie handeln.

»Wir müssen es zuvor testen«, überlegte sie laut. »Haben wir noch Gefangene?«

Meara nickte. »Ich fertige kleinere Exemplare an und habe diese Arbeit schon bald abgeschlossen. Aber mir schwebt noch eine andere Art von Test vor.« Wieder dieser bösartige Ausdruck in dem unschuldig wirkenden Gesicht.

Doch da öffnete sich das Tor zum Saal, der Hofmeister trat ein, verbeugte sich und unterbrach das Gespräch: »Eure Majestät, bitte erlaubt. Fürst Nevliin von Valdoreen ist soeben eingetroffen.«

Alkariel richtete sich auf. Dieses Mal vermochte ihr der Name Nevliins kein Lächeln ins Gesicht zu zaubern. Einen Moment lang überlegte sie, ihn in die kleine Kammer oder auf die Terrasse zu bestellen, doch dann entschied sie sich dagegen. Sie war die Königin, Nevliin der Befehlshaber der Lichtritter. Die Pracht des Thronsaales unterstrich ihre Erhabenheit und würde ihre Wirkung nicht verfehlen. Die Zeit der Heuchelei war vorbei. Eine neue Zeit. Nevliin würden ihre Worte nicht gefallen, doch sie war die Königin. Er führte nur Befehle aus, sonst nichts.

»Es war sehr weise von Euch, den Fürsten zurück nach Valdoreen zu schicken«, flüsterte Meara, und Alkariel nickte gedankenverloren. Der Bericht der Magierin vor wenigen Monaten hatte all ihre Pläne geändert. Alkariel hätte Nevliin gerne länger in Lurness gelassen, um die Dunkelelfen zu zermürben. Er hätte bestimmt auch der Halbelfe keine Sekunde des Friedens gelassen. Vielleicht wäre sie sogar freiwillig ins Lichtreich gekommen. Leider aber war ihr Plan, Meara an die Seite der Halbelfe zu bringen und sie für die Lichtelfen zu gewinnen, fehlgeschlagen, auch wenn Nevliin sie vielleicht dazu gebracht hätte. Doch nun war alles anders gekommen. Nach Mearas Rückkehr hatte Alkariel sofort nach ihm schicken lassen. Die Worte ihrer Vertrauten waren zutiefst beunruhigend gewesen.

Etwas sei anders an ihm, hatte Meara berichtet. Er sei unbeherrscht und launisch, habe sogar Eamon angegriffen, noch dazu vor seinen Lichtrittern. All das passte einfach nicht zu dem Nevliin, den sie kannte. Was hatte die Veränderung in seinem Verhalten hervorgerufen? Lag es an Lurness? An Eamon? Meara hatte es nicht zu sagen vermocht, aber Alkariel war entschlossen, es herauszufinden, und hatte ihn zunächst umgehend zurück nach Valdoreen geschickt, wo er wieder zu sich finden konnte, solange sie ihre Vorbereitungen traf. Doch auch diese Zeit war nun vorbei. Der neue Auftrag würde zeigen, ob sie auch weiterhin auf Nevliin zählen konnte.

Meara erhob sich. Sie schien den gedankenversunkenen Blick der Königin falsch zu deuten. »Er wird Euch nicht in Frage stellen«, sagte sie.

»Ich weiß«, nickte Alkariel, aber das nervöse Flattern in ihrem Magen sprach eine andere Sprache. »Bringt ihn herein«, sagte sie, an den Hofmeister gewandt, woraufhin Meara den Saal durch eine der Seitentüren verließ.

Alkariel richtete sich in ihrem Thron auf, legte beide Unterarme auf die Lehnen, atmete tief durch und verbarg ihre Zweifel unter einer Maske der Überlegenheit. Auf ihrer Reise in der Kutsche hatte sie dieses Gespräch bereits hundertmal durchgespielt. Nun war der Zeitpunkt der Wahrheit gekommen.

Mit einem lauten Ächzen öffneten sich die alten Flügel des Thronsaals, und ihr Herz machte einen Satz, als die weiße Gestalt näher trat. Er schwebte über den Boden, das Schwert pendelte kaum merkbar an seiner Seite. In angemessenem Abstand vor der Empore blieb er stehen und sank auf ein Knie: »Eure Majestät.«

»Steht auf«, befahl sie, ohne sich ihre Ungeduld anmerken zu lassen. »Wie war Eure Zeit in Valdoreen?«

Nevliin erhob sich und sah zu ihr auf, mit diesem perfekt geschnittenen Gesicht. »Ruhig«, antwortete er. Ihr prüfender Blick schien ihn nicht zu beunruhigen.

»Ich hörte, Ihr wärt kaum dort gewesen«, sagte sie ernst. »Immerzu unterwegs.«

»Das ist richtig.«

Sie sahen einander an, und als sie ihm mit einer Handbewegung bedeutete, dies genauer zu erklären, war ihm einen flüchtigen Moment lang der Missmut in den dunklen Augen anzusehen.

»Schneewölfe, Herrin«, antwortete er schließlich und sah ihr immer noch tief in die Augen. »Sie kamen dieses Jahr zu weit ins Tal. Ich musste mich darum kümmern.«

Sie seufzte stumm. Hatte sie sich nicht überschätzt? Würde es ihr wirklich gelingen, eine Wahrheit aus seinem Mund von einer Lüge zu unterscheiden? »Nevliin von Valdoreen«, sagte sie laut und schüttelte langsam den Kopf. »Immer im Kampf.«

Er nickte, sagte jedoch nichts.

»Und Lurness?«, fragte sie scheinbar beiläufig. »Wart Ihr noch einmal dort?«

»Ich war in Valdoreen, Herrin.« Sein Blick legte den Raum in Eis, als hätte er etwas von der Kälte seiner Heimat mit hierhergebracht. »Wie Ihr es empfohlen habt.«

»Dann wird es Euch freuen, zu hören, dass die Dunkelelfen nichts gegen die Halbelfe unternommen haben. Noch nichts.« Nevliin nickte wieder und brachte sie damit beinahe zur Weißglut. »Eure Beobachtungen waren sehr hilfreich, Nevliin«, fuhr sie fort. »Es war gut, zu wissen, dass meiner Nichte dort offenbar keine Gefahr droht.«

»Prinzessin Vanora ist freiwillig dort«, antwortete er plötzlich mit mehr Leidenschaft, als sie ihm jemals zugetraut hätte. »Sie ist mit dem König befreundet.«

Diesmal war es Alkariel, die schweigend nickte, auch wenn sie innerlich beinahe explodierte. Vanora! Die Art, wie er ihren Namen aussprach, war wie Säure, die er ihr ins Gesicht spuckte. Er hatte sie stets »die Halbelfe« genannt. Dass sie plötzlich zu einer Person mit einem Namen für ihn geworden war, könnte die Sache um vieles schwieriger werden lassen.

»Wie dem auch sei«, sagte sie schließlich. »Es wird Zeit, sie nach Hause zu holen.«

»Herrin?«

»Sie ist Daralees Enkeltochter. Sie wird Elvion wieder vereinen und die Tat meiner Schwester rückgängig machen, damit alles wieder seine Ordnung bekommt. Die Dunkelelfen haben uns zu lange verhöhnt.«

Sie wartete auf eine Antwort, doch Nevliin schwieg und sah sie nur unverwandt an, also fuhr sie fort: »Das Wohl des Reiches steht immer an erster Stelle. So habe ich es in der Vergangenheit gehalten, und dies wird sich auch zukünftig nicht ändern.« Sie hielt inne und gab ihm somit Gelegenheit, ihr zuzustimmen. Da er immer noch schwieg, fragte sie leicht missgestimmt: »Ist es nicht so?«

Nevliin nickte. »Gewiss, Eure Majestät. Ihr seid weise und gerecht.«

Die Königin verkniff sich ein Schmunzeln. Es war gut, dass er es selbst aussprach, um sich in Kürze wieder daran zu erinnern. »Um ein gesamtes Volk zu beschützen«, fuhr sie ernst fort. »Für das Leben Tausender sind manchmal Opfer nötig.«

Nichts regte sich in seinem Gesicht. Nur ein kurzes Nicken zeugte davon, dass er wohl dachte, dass sie erneut seine Zustimmung erwartete.

»Daralee hat unser Volk entzweit. Fürchterliche Kriege kamen über uns und Tausende Elfen fanden den Tod. Ein kleiner Schritt mit gewaltigen Auswirkungen.« Sie machte eine weit ausholende Geste durch den Saal. »Ich bin die wahre Königin Elvions. Eamon und seine Vorfahren haben sich an Diebesgut bedient. Die Halbelfe ist die Einzige, die das Gleichgewicht wiederherstellen kann. Meine Herrschaft über ganz Elvion ist vorherbestimmt.« Einige Sekunden der Stille folgten, um ihre Worte wirken zu lassen, dann fuhr sie fort: »Ihr wisst, das Orakel hat mir offenbart, dass nur sie die Barriere brechen kann. In der Halbelfe fließt das Blut meiner Schwester. Die Dunkelelfen wissen das ebenso und werden diese Macht gegen uns wenden.« Sie sah ihm tief in die Augen. »Bringt sie zu mir«, flüsterte sie. »Holt sie, genauso wie Ihr damals Eliria geholt habt. Bringt sie nach Hause.«

Nevliin zögerte nicht einen Augenblick. Er legte die Hand ans Schwert und verneigte sich in eleganter Valdoreener Art. »Eure Majestät, ich werde sie zu Euch bringen«, sagte er, und

Alkariel wusste, dass er bereits lange auf diesen Auftrag gewartet hatte. Doch damit allein war es nicht getan.

»Nevliin«, begann sie ernst. »Die Dunkelelfen werden sie gegen uns aufbringen. Das Orakel hat mir die Zukunft des Lichtreiches gezeigt. Die Halbelfe wird uns vernichten.«

Er sah sie an, ausdruckslos.

»Wir müssen die Barriere zerstören, ehe es zu spät ist«, fuhr sie drängend fort. »Mit ihrem Leben. Ihr Blut wird den Bann brechen. Also bringt sie zu mir, Nevliin. Schnell, so dass sie ihr Leben geben kann, um uns alle zu retten.«

Seine schwarzen Augen trafen sie wie Nadelstiche. Was dachte er jetzt? Nicht das kleinste Anzeichen seiner Gedanken war zu erkennen. Stattdessen verbeugte er sich noch einmal knapp. »Wie Ihr wünscht«, sagte er tonlos, drehte sich um und ging mit schnellen Schritten auf das Tor zu.

»Nevliin!«

Er blieb stehen, wandte sich jedoch nicht um.

»Es ist nicht das, was ich wünsche. Es ist das, was uns retten wird. Ein Opfer, um uns allen das Leben und den Frieden zu schenken.«

»Euer Befehl wird ausgeführt«, antwortete er, den Blick immer noch auf das Tor gerichtet, doch seine Worte wehten wie ein eisiger Wind durch die leere Halle, ehe er verschwand.

Alkariel ließ sich zurück in die Polster sinken. Wie sehr hatte sie sich gewünscht, eine Veränderung an ihm zu erkennen. Etwas von der Unbeherrschtheit, von welcher Meara gesprochen hatte. Doch er war genauso kühl wie immer. Ein winziges Zeichen seiner Gefühle hätte ihr gereicht. Fühlte er sich verraten? Oder verstand er, dass es keine andere Möglichkeit gab? Alkariel erhob sich, ging zum Fenster hinüber und sah in den Schlosspark hinaus. Zwei Wochen vielleicht, dann würde sie Nevliin wiedersehen. Nevliin würde das Schattenreich bestimmt nicht in Lurness betreten. Vermutlich ging er durch Tantollon, um nicht entdeckt zu werden. Ein weiter Umweg, doch so würde niemand seine Anwesenheit bemerken. Ein weißer Schatten, der so schnell wieder verschwand, wie er erschienen war. Doch er würde nicht alleine zurückkehren. Und wenn das alles erst einmal überstanden war, würde Nevliin wieder an den Hof zurückkommen. Als ihren Leibwächter hätte sie ihn ständig um sich. Und dann würden auch ihre restlichen Wünsche in Erfüllung gehen.

Alkariel lächelte und sah Nevliin hinterher, bis sein weißer Umhang zwischen den Bäumen verschwand.

Vanora

Die blitzende Klinge verfehlte ihr Gesicht nur knapp, streichelte mit einem sanften Windhauch über die Haut und schnitt die Spitzen ihres fliegenden Haares ab. Vanora taumelte zurück, riss das stumpfe Schwert zur Abwehr hoch, stolperte über einen Stein und fiel auf einen der vielen Felsen. Die Luft entwich ihren Lungen, das Schwert fiel klirrend zu Boden, und ihr wildes Fluchen vermischte sich mit schmerzhaftem Stöhnen. Eine weiße Hand schob sich in ihr Blickfeld. Vanora biss die Zähne zusammen und ergriff sie. Mit einem Ruck wurde sie zurück auf die Beine gezogen. Ihre Rippen protestierten und sandten einen stechenden Schmerz durch die Brust, ihr wurde schwindlig. Vornübergebeugt, die Hände auf die Oberschenkel gepresst, versuchte sie, wieder zu Atem zu kommen. »Ich habe genug«, brachte sie keuchend hervor, und das nicht zum ersten Mal an diesem Tag.

Glendorfil klopfte ihr auf die Schulter, ging an ihr vorbei, griff mit seinen Händen unter ihren Achseln hindurch, packte ihre Schultern und beugte ihren Oberkörper zurück. »Du musst aufrecht stehen«, sagte er überflüssigerweise und hielt sie fest umklammert.

Vanora japste nach Luft, doch der Schmerz dauerte nur ein paar Augenblicke lang, ehe sie wieder besser atmen konnte. Der feste Griff an ihren Schultern verschwand, und Vanora presste sich die Hand in die Seite, während sie ihren Lehrmeister beobachtete, der den Langbogen und den Köcher mit Pfeilen aufhob. »Du bist nicht zufrieden, solange ich noch stehen kann«, murrte sie, nahm die neuen Waffen jedoch entgegen. Diese Disziplin war ihr immerhin lieber als der Schwertkampf, für welchen sie noch nie besonderes Talent besessen hatte.

»Du hast zu lange nicht geübt«, tadelte Glendorfil und schnallte ihr den Köcher um. »Du hast noch vieles aufzuholen.«

Vanora verzichtete auf den Hinweis, dass sie in den letzten Monaten nichts anderes getan hatte, als sich im Kampf, aber auch in der Magie zu üben. Der Schmerz war zu ihrem ständigen Begleiter geworden, und das Leben am Rande der kompletten Erschöpfung so natürlich wie das Atmen. »Eine Minute«, sagte sie schließlich resignierend. »Gib mir nur eine Minute, dann darfst du mich weiter quälen.« Sie stützte sich auf den Bogen und hielt sich den Rücken, als plötzlich ein winziger, silberner Blitz vor ihren Augen vorbeizischte. »Was zum …« Sie wich zurück und entging nur knapp einem weiteren Mirin, der sich lebensmüde in die Tiefe schraubte, nur um sofort wieder aufzusteigen. Die aufdringlichen Geschöpfe waren ihr nicht neu, aber so etwas hatte sie noch nie erlebt. Schon gar nicht während des Unterrichts.

Mit einer vorsichtigen Handbewegung versuchte sie, einen der Mirins zu vertreiben, aber es wurden immer mehr, die sie zusehends aufgeregt umflatterten.

»Sind die denn völlig verrückt geworden?« Glendorfil fuchtelte weit weniger sanft mit den Händen durch die silbernen Lichter, welche schnell auseinanderstoben, sich jedoch sofort wieder um Vanora sammelten. »Verschwindet! Wir haben hier zu tun!«

»Du scheinst sie nicht besonders zu beeindrucken.«

Glendorfil warf ihr einen seiner berühmten Lehrerblicke zu, deren Strenge ihr als Kind Angst gemacht hatte, sie heute jedoch zum Schmunzeln brachte. Er hob den Bogen und drückte ihn gegen ihre Brust. »Die Minute ist vorbei«, sagte er mit einem kleinen, schadenfrohen Lächeln, während er einen weiteren Mirin verscheuchte. »Ignorier sie einfach, dann verschwinden sie auch wieder.«

Vanora zog einen Pfeil aus dem Köcher. Vermutlich wollten die kleinen Wesen sie nur von ihrem Lehrer befreien. Leider hatten sie dabei nicht sonderlich viel Erfolg. Sie legte den Pfeil an und fixierte die Zielscheibe, die ein Mensch vermutlich nicht mehr gesehen hätte. Ihre Augen waren immer schon besser gewesen, wenn auch nicht so scharf wie die eines Elfen.

Mit leichter Langeweile zog sie die Hand bis zum Kinn zurück und schoss den Pfeil ab, der – wie erwartet – genau die Mitte traf. Um Glendorfil zuvorzukommen, zog sie bereits den nächsten, schoss und traf. Dies wiederholte sie einige Male in einer Geschwindigkeit, die sie sich vor Jahren niemals zugetraut hätte und die durchaus mit der eines Elfen konkurrieren konnte. Sie war gerade dabei, einen erneuten Pfeil zu ziehen, da flog ihr plötzlich einer der Mirins mitten ins Gesicht. Unwirsch wedelte sie ihn beiseite und wandte sich dann schulterzuckend Glendorfil zu.

Mit einem resignierten Seufzen nahm er ihr schließlich den Bogen aus der Hand: »Ich glaube, das wird heute nichts mehr.«

Vanora nahm den Köcher ab. Erleichtert ließ sie sich ins Gras fallen und rieb sich mit den Händen über die Oberarme.

»Ist dir kalt?«, fragte Glendorfil mit hochgezogenen Augenbrauen.

Vanora sah verwundert zu ihm auf. Die Anstrengung hatte ihre Wangen rot gefärbt, ihr Haar hatte sich zum Großteil aus dem Zopf gelöst und hing ihr in Strähnen ins Gesicht. »Kalt?«, fragte sie, doch dann wurde ihr die eigene Körperhaltung bewusst. Die Tatsache, dass sie sich selbst umschlungen hielt, erinnerte sie an den eisigen Schauer, der sie eben noch geschüttelt und den sie noch nicht einmal richtig wahrgenommen hatte. Doch jetzt stellten sich ihr die Nackenhaare auf. Sie kannte dieses Gefühl nur zu gut, aber das konnte nicht sein. Wie vom Blitz getroffen fuhr sie herum und suchte den Garten nach einer Bewegung ab.

»Was ist?«

Vanora ließ ihren Blick noch einige Herzschläge lang an den entfernten Obstbäumen haften und wandte sich schließlich wieder Glendorfil zu. »Nichts«, antwortete sie leise. »Das war wohl nur ein Mirin, der mich mit den Flügeln gestreift hat.«

Glendorfil lachte. »Bist du nervös?«

»Nein, keine Ahnung.« Sie zuckte mit den Schultern. »Ich bin es wohl schon so gewöhnt, beobachtet zu werden, dass ich das Gefühl überhaupt nicht mehr loswerde.«

Glendorfils goldene Augen musterten sie. Sie hasste es, wenn er das tat. In solchen Momenten hatte sie stets das Gefühl, ihre Gedanken wären genauso wie bei gewöhnlichen Menschen ein offenes Buch und er könnte sogar ihr hämmerndes Herz hören. Warum schlug es so sehr? Dort zwischen den Bäumen war doch nichts. Er war nicht da. Vor Monaten war er zu seiner Königin gegangen, und er würde nicht wiederkommen, nie wieder.

Glendorfil sah sie immer noch an. Die blasse Narbe war in diesem silbern schimmernden Licht deutlich zu sehen und erinnerte sie an die ersten Tage mit ihm. »Du siehst verwirrt aus«, sagte er, wobei sein wissender Ausdruck verriet, dass sie tatsächlich ein offenes Buch für ihn war.

»Ich bin nur müde«, log sie und wandte ihren Blick ab. »Vergiss nicht, ich bin zur Hälfte immer noch ein Mensch.« Mit dem Finger zeichnete sie kleine Kreise in das Gras, auch wenn sie wusste, wie lächerlich das war.

»Beschäftigt dich die Sache mit Eamon immer noch?«, fragte Glendorfil zu ihrem Leidwesen. »Ich sagte dir doch schon, dass es ihm gutgeht.«

Vanora sah widerwillig auf. Sie wollte nicht über Eamon sprechen, allein seinen Namen zu hören bereitete ihr Schmerzen und ein schlechtes Gewissen. Er verhielt sich ihr gegenüber zwar wie immer, doch sie konnte in seinen Augen sehen, wie sehr sie ihn verletzt hatte. Ob er wohl in den ihrigen sah, dass sie sich wünschte, ihn auf dieselbe Art lieben zu können, in der er sie liebte? Wieso war alles nur so kompliziert? Als wären ihre anderen Probleme nicht bereits genug. »Er glaubt, dass die Lichtelfen uns nicht angreifen werden, wenn ich ihn heirate«, sagte sie schließlich seufzend. »Was meinst du?«

»Das mag sein.« Glendorfil zuckte mit den Schultern. »Aber ich kenne Alkariel. Sie ist besessen davon, Elvion wieder zu vereinen, und früher oder später wird sie genügend Anhänger haben. Sie wird einen Weg finden. Und der mag vielleicht grausamer ausfallen als ein Krieg mit Schwertern.«

Vanora nickte. »Ich liebe ihn«, sagte sie nach einer Weile und fand zu einem zaghaften Lächeln. »Dich liebe ich ebenso, Glendorfil.«

Er blinzelte, sein Mundwinkel zuckte, und sein Ausdruck bekam etwas Merkwürdiges, das sie nicht richtig deuten konnte. Irgendwie zärtlich und gleichzeitig auch erschreckt.

»Ihr beide«, fuhr sie fort, da er offensichtlich nicht vorhatte, zu antworten, »und Briac – ihr seid meine Familie. Ich könnte mir ein Leben ohne euch nicht vorstellen. Ihr bedeutet mir alles.«

Glendorfil räusperte sich und richtete sich etwas auf. »Eamon ist impulsiv und voller Leidenschaft«, sagte er. »Er steigert sich in etwas hinein und vergisst alles andere. Das wäre nicht das erste Mal. Du musst dir keine Vorwürfe machen.« Er zwinkerte ihr zu und wandte sich zum Gehen, sah aber noch einmal kurz über die Schulter zurück. »Ich liebe dich auch, Vanora«, sagte er. Und mit diesen Worten ging er fort.

Vanora ließ sich ins Gras zurücksinken und sah in den silbernen Schleier hinauf, der knapp unter dem Felsen schwebte. Dies war wirklich eine seltsame Welt. Voller Wunder und Schönheit – und doch wusste sie, dass der Schein trog. Unter der Oberfläche brodelten die grausamen Machenschaften von Jahrtausenden, und es bestand kein Zweifel daran, dass ein Ausbruch kurz bevorstand.

Mit halbgeschlossenen Augen folgte sie den wirbelnden Lichtern der Mirin und genoss die Stille und das langsame Entspannen ihrer strapazierten Muskeln. Sie wusste nicht genau, was es war, das sie so plötzlich hochfahren ließ. Vielleicht nur eine Ahnung oder der erneute kalte Schauer, der ihren erhitzten Körper überzog, oder auch das leise Vibrieren der Luft, als wirke irgendeine Art von Magie – aber der Grund war auch nicht wichtig. Das Einzige, was zählte, war, dass sie dort im Gras saß und die weiße Erscheinung zwischen den Bäumen ihrer Fantasie zuschreiben wollte. Doch sie war echt.

Fürst Nevliin von Valdoreen war zurückgekommen.

Eine einzige Frage leuchtete hell in ihrem Kopf, als sie aufsprang und mit aller Macht das Zittern und ihren rasenden Herzschlag zu ignorieren versuchte: Wieso? Wieso war er zurückgekommen?

Doch für eine Antwort blieb ihr keine Zeit, denn die weiße Gestalt kam schnell näher, schwebte, in unwirklich silbernes Licht gehüllt, auf sie zu und zog sie in ihren Bann, bis sie schließlich einige Schritte vor ihr stehenblieb.

Ihre Blicke trafen sich. Vanoras Brust wurde eng, ihr Hals schnürte sich zu. Waren seine Augen immer schon so schwarz gewesen, als hätte er überhaupt keine Pupillen? Sein Ausdruck immer schon derart kalt und bedrohlich? Natürlich – und doch war diesmal etwas anders. Sie kannte das beklemmende Gefühl, das er in ihr hervorrief, denn sie hatte es schon einmal gespürt. »Lauf!«, schrien all ihre Instinkte, doch ihr Verstand gehorchte nicht. Sie blieb stehen, starrte ihn an, kämpfte gegen den Drang, die Hand auszustrecken, um zu sehen, ob er ein Trugbild war.

»Prinzessin Vanora.«

Sie zuckte zusammen, als hätte er sie angeschrien, obwohl er wie immer ruhig sprach. Er verbeugte sich, ohne auch nur eine einzige Sekunde den Blick von ihr zu nehmen.

»Fürst Nevliin.« Was war nur mit ihrer Stimme los? Die Worte waren kaum mehr als ein Flüstern gewesen, jedoch ungewöhnlich hoch. Einige Augenblicke lang sahen sie einander noch schweigend an, doch dann machte Nevliin so plötzlich einen Schritt auf sie zu, dass Vanora automatisch zurückwich. Er blieb sofort stehen. Ein dünnes Lächeln stahl sich in sein Gesicht – das Lächeln eines Raubtiers.

»Ihr seid zurück«, stellte sie fest und schob ihre Füße stückchenweise und möglichst unauffällig weiter zurück.

Nevliin reagierte nicht, sah sie weiterhin unverwandt an, beobachtete sie, lauerte.

»Weiß Eamon, dass Ihr wieder hier seid?«, fragte sie gedehnt, doch Nevliin schüttelte nur langsam den Kopf. Sie hatte es geahnt. Ihre Furcht wuchs. Sie waren allein, und niemand würde kommen, um sie zu retten. Glendorfil nicht. Eamon nicht.

»Wieso seid Ihr zurückgekommen?«, fragte sie. Ihre Stimme zitterte. »Ein neuer Auftrag?«

Diesmal nickte er, langsam und kaum merklich.

Vanora schluckte. Es war ja nicht so, dass sie nicht gewusst hätte, was das für ein Auftrag war. Jetzt also war es so weit. Eamon hatte von Anfang an recht gehabt. Und sie? Sie hatte ihm nicht geglaubt. Mit dem Verstand, ja. Aber nicht mit dem Herzen. Dumm, dachte sie. Du bist so dumm, Vanora. So unendlich dumm.

Das leichte Schlurfen ihrer Füße hatte ihr kaum einen Schritt eingebracht, und es würde sie bestimmt nicht retten. Doch hinter ihr, nur wenige Schritte entfernt, lag ein Dolch auf einem der Felsen. Sie hatte ihn vor dem Unterricht dort abgelegt, und auch wenn diese Waffe im Vergleich zu der Bedrohung lächerlich erschien, war sie doch das Einzige, was ihr im Moment ein vages Gefühl von Sicherheit verschaffte. Elfenstahl, an den sie sich klammern könnte. Sehr scharfer Elfenstahl.

Langsam ging sie einen winzigen Schritt zurück, sah ihm immer noch in die Augen, um auf die kleinste Regung hin loszustürmen. Doch er bewegte sich nicht. Nichts in seinem Gesicht gab einen Hinweis auf seine Gedanken. Ein weiterer Schritt zurück mit dem anderen Fuß.

»Ihr wisst, dass ich nicht einfach so mit Euch kommen

werde«, sagte sie, und ihre Stimme war erstaunlicherweise fest und bestimmt. Die Angst war lähmend, aber da war noch etwas anderes in ihr, das stärker war. Vielleicht Trotz und Zorn. Sie wusste es nicht, doch alles war besser als Panik.

Nevliins Reaktion auf ihre Worte war lediglich ein leichtes Anheben des rechten Mundwinkels, was wohl ein Lächeln sein sollte. Doch auch seine Augen blitzten einen winzigen Moment lang auf, was den Eindruck der flüchtigen Erheiterung verstärkte.

Ein weiterer Schritt vergrößerte den Abstand zu ihrem Feind und verringerte ihn zu dem Dolch.

Nevliin hob die Hand, langsam, um sie nicht zu erschrecken. »Ich will Euch nicht weh tun«, sagte er mit seiner ruhigen Stimme. »Aber ich werde es tun, solltet Ihr mir keine andere Wahl lassen.«

Das glaubte sie ihm aufs Wort. Und vielleicht waren diese Worte auch der Auslöser, sie wusste es nicht. Ohne weiter darüber nachzudenken, drehte sie sich um und stürmte auf den Felsen zu, flog förmlich über die Wiese, streckte ihre Hand aus. Ihre Finger umfassten den kalten Stahl, doch da hatte er sie schon bei den Schultern gepackt, herumgedreht und gegen den Felsen gedrückt. Ihre Hand schlug mit einer Wucht gegen den groben Stein, die ihr einen Moment lang den Atem verschlug, der Dolch entglitt ihr, warmes Blut floss über ihren Handrücken, der wie Feuer brannte. Er drehte ihr den Arm auf den Rücken und hielt ihn dort mit eisernem Griff. Sie aber sah nur den weißen Stoff vor sich, senkte den Blick, erkannte den Schwertgürtel, das Schwert, einen Dolch. Nun umfasste er auch ihr zweites Handgelenk, doch Vanora riss den Arm so schnell in die Höhe, dass seine Finger von ihr abglitten. Nevliin presste sich an sie, drückte dadurch den Arm, der an ihrem

Rücken lag, noch weiter gegen den Felsen, versuchte ihre zweite Hand zu ergreifen – doch sie war schneller. Sie riss den Dolch aus der Scheide, und im nächsten Moment lag die Waffe an seinem Hals.

Die Zeit blieb stehen. So schnell die wenigen Sekunden, seit sie losgelaufen war, verlaufen waren, so unnatürlich war dieses plötzliche Innehalten. Fassungslos sah sie zu ihm auf, zu dem Dolch an seinem Hals. Nevliin starrte sie ebenso ungläubig an. Keiner der beiden rührte sich. Eine Ewigkeit verging, die schwarzen Augen bohrten sich in sie, sein Kiefer war angespannt. »Weg mit der Waffe«, knurrte er schließlich. »Sofort.«

Vanora versuchte, ruhig zu atmen, klammerte sich in all ihrer Hilflosigkeit an dieses winzige Stück Metall, das ihr Leben retten konnte. »Lasst mich los«, erwiderte sie mit derselben Entschlossenheit.

Die schmerzhafte Umklammerung ihres Handgelenks verstärkte sich, ihr Arm wurde noch weiter zurückgedreht, wodurch sich ihr Körper ihm automatisch entgegenbog. Vanora versuchte, ein schmerzhaftes Stöhnen zu unterdrücken, und biss die Zähne zusammen. »Ihr habt verloren«, keuchte sie und konnte die Wahrheit hinter ihren Worten selbst nicht fassen. »Geht zurück zu Eurer Königin, und kommt nie wieder.«

Nevliin lächelte, schaurig, siegessicher, was Vanoras Zuversicht so schnell schwinden ließ, wie sie gekommen war. Er drehte ihren Arm noch etwas weiter zurück, beugte sich über sie, ignorierte die scharfe Klinge an seinem Hals und stoppte so nah vor ihrem Gesicht, dass sie seinen Atem auf ihrem Mund spüren konnte. Seine schwarzen Augen füllten ihr ganzes Gesichtsfeld aus.

»Ein Fehler«, flüsterte er mit einer Kälte, die ihr das Blut in den Adern gefrieren ließ. Und dann ließ er völlig unerwartet ihren Arm los.

Zuerst war Vanora viel zu perplex, um zu handeln, fand jedoch schnell wieder zu sich. Sie schloss die Finger noch etwas stärker um den Griff des Dolches und verstärkte auch dessen Druck auf seinen Hals. »Weg mit dem Schwert«, forderte sie.

Nevliin hob eine Braue, ließ dann jedoch seine Hände an die Hüften gleiten. Er sah ihr immer noch tief in die Augen, und es war kaum zu fassen – er lächelte. Nicht dieses dämonische, kalte Lächeln. Es war der Schalk, der aus seinen Augen blitzte und ihn wie einen unartigen Jungen aussehen ließ, als er an den Schnallen seines Gürtels fummelte, ohne auch nur ein winziges Stück vor ihr zurückzuweichen. Ein Ausdruck, den sie bei diesem gefühllosen Gesicht niemals für möglich gehalten hätte. Zumindest hätte sein Lächeln wie eine Grimasse aussehen müssen – doch es wirkte natürlich, glücklich fast. Als hätte er niemals anders ausgesehen. Staunend sah sie ihn an, und ihr Herz schmerzte – vor Sehnsucht, vor Zorn, vor Furcht. Was war das nur für eine Welt, in der sich zwei Wesen gegenüberstanden, um einander zu töten? Zwei Wesen, die einander ebenso gut lieben könnten, statt einander zu hassen. Der Grat zwischen Tod und Leben, zwischen Glück und Leid war so schmal, so verletzlich und kostbar, dachte sie. Und ganz gleich, ob Mensch oder Elf: Ein Wimpernschlag genügte, um das Ruder herumzureißen, der Geschichte eine andere Wendung zu geben. Ein Wimpernschlag nur und ein Gran voll Mut.

Das Geräusch des Schwertes, das mitsamt dem Gürtel und einem weiteren Dolch auf den Boden knallte, riss Vanora aus ihrer Starre. Auch Nevliins Lächeln verschwand, als hätte es niemals existiert, und der unverkennbar kühle Ausdruck legte sich wie ein Schleier über sein Gesicht.

»Und was habt Ihr jetzt vor, Prinzessin?« Er richtete sich auf, und Vanora musste sich beeilen, um die Klinge mit seiner Bewegung mitzuführen, ohne ihn zu verletzen oder die Oberhand zu verlieren. »Ich brauche kein Schwert, um meinen Auftrag auszuführen.«

Auch das glaubte sie ihm sofort, doch das letzte Wort in dieser Angelegenheit war noch nicht gesprochen. »Ich bin nicht so leicht zu töten«, zischte sie.

»Ich bin nicht hier, um Euch zu töten, Prinzessin.« Er lächelte immer noch. »Noch nicht.«

»Weder jetzt noch später.« Sie verstärkte den Druck des Dolches einen Augenblick lang, milderte ihn jedoch sofort wieder, als sie das schmale, rote Rinnsal seinen Hals hinablaufen sah. »Eher nähme ich mir selbst das Leben, als Eure Tyrannin auf dieses Land loszulassen.« Sorgsam darauf bedacht, den Druck gegen seinen Hals keinen Millimeter nachzugeben, ging sie einen Schritt zur Seite, dann noch einen und noch einen, bis sie aus ihrem Gefängnis zwischen Nevliin und dem Felsen entkommen war. »Lieber wäre ich tot«, fuhr sie mit all dem Hass auf ihr Schicksal fort, »als diesen Irrsinn noch weiter mitzumachen. Tötet mich. Es ist mir gleich.«

Nevliin kniff ganz leicht seine Augen zusammen und betrachtete sie schweigend. Eine Sekunde, zwei Sekunden, drei Sekunden. Dann packte er ihr Handgelenk, und der Dolch verschwand von seinem Hals. »Das reicht jetzt«, sagte er, und es dauerte einige Herzschläge lang, bis sie begriff, dass er sie überwältigt hatte.

Doch noch war sie nicht bereit, aufzugeben. Ihre Worte waren ernst gemeint gewesen, denn sie würde niemals die

Barriere für Alkariel zerstören, damit diese erneut die Herrschaft erlangen konnte. Also stemmte sie sich mit all ihrer Kraft gegen ihn, versuchte, ihre Hand zurück zu seinem Hals zu führen, doch Nevliin drückte ihren Arm mit einer Leichtigkeit nach unten, als wäre sie ein Kind.

»Lasst los, ehe sich noch jemand verletzt«, sagte er so sanft, dass es ihr eine Gänsehaut verursachte. Doch ihre Finger schlossen sich immer noch um eine Waffe, und sie war fest entschlossen, diese auch zu benutzen.

Nevliin sah sie unverwandt an und drehte ihr Handgelenk langsam nach außen.

Vanora stiegen Tränen in die Augen, sie bemühte sich, seinem kühlen Blick standzuhalten und den Schmerz zu ignorieren, während sich ihre Knochen quälend langsam verschoben.

»Lasst den Dolch los.«

Mit zusammengebissenen Zähnen versuchte sie, dagegenzuhalten. Diese Waffe war alles, was sie noch hatte. Sie konnte nicht loslassen, auch wenn ihre Knochen dem Druck nicht länger standhalten würden.

Er sah ihr tief in die Augen, während er mit nur zwei Fingern ihr Handgelenk hielt und drehte. »Lasst los«, flüsterte er noch einmal.

Niemals! Eine Welle der Wut erfasste sie und verlieh ihr neue Kraft. Mit einem Ruck stemmte sie sich gegen seine Umklammerung und versuchte erneut, seinen Hals zu erreichen.

Ein leises Knacken durchbrach die Stille.

Vanora stieß einen wimmernden Schrei aus, der jedoch sofort durch Übelkeit und Schwindel erstickt wurde. Der Dolch klirrte auf den Boden. Im nächsten Moment ließ er sie los und stieß sie so grob von sich, dass sie zurücktaumelte und ins Gras fiel.

»Seid Ihr nun zufrieden?«, herrschte er sie mit ungewohnter Schärfe an. Sie konnte sich nicht erinnern, ihn jemals so aufgebracht gesehen zu haben, und sie wusste, dass diese Entwicklung nichts Gutes zu bedeuten hatte. Die Panik kehrte zurück und drohte sie zu übermannen. Verzweifelt versuchte sie, von ihm wegzurutschen, doch der pochende Schmerz ihres gebrochenen Handgelenks strömte ihr bis in die Schulter.

»Liegt diese Dummheit im menschlichen Blut?«, echauffierte er sich weiter, während er langsam auf sie zuging. »Oder seid Ihr einfach nur töricht?«

»Ihr werdet nicht gewinnen«, keuchte sie mit Tränen in den Augen und schaffte es unter schlimmsten Qualen, weiter zurückzurutschen. »Ich werde sterben, aber Ihr bleibt zurück. Lebt immer weiter als Alkariels Spielzeug, seelenlos und grausam. Der Tod scheint mir gnädiger als solch ein Leben.«

Er blieb stehen, sah zu ihr hinab, und Vanora wusste, dass sie auf eine Waffe zurückgreifen musste, welche sich seit seinem Erscheinen an die Oberfläche zu drängen versuchte und die ihr einziger Ausweg war. Auch wenn sie diese noch nicht annähernd so gut beherrschte, wie sie es gerne hätte. Von Angst und Zorn getrieben, gab sie die unterdrückten Kräfte frei, die mit erschreckender Wucht ausbrachen: Zischend fuhr eine Stichflamme vor ihr aus dem Boden und baute sich zu einer mehrere Schritte hohen Feuerwand auf.

Nevliin wich blitzschnell zurück und sah sie durch das Feuer hinweg an. Sein Antlitz wurde durch die lodernden Flammen verzerrt und dadurch noch furchteinflößender, aber Vanora achtete nicht darauf. Sie musste all ihre Kraft aufwenden, um die Hitze in ihren Adern und die gewaltige Energie zu kontrollieren, denn sie fürchtete, ihn zu verletzen. Wäre das Feuer nur etwas weiter weg entstanden, wäre er jetzt tot, und das konnte sie nicht zulassen.

Durch die Sicherheit ihrer magischen Wand geschützt, kam sie wieder auf die Füße. »Auch ich brauche keine Waffe, um mich gegen Euch zur Wehr zu setzen«, sagte sie nicht ohne Genugtuung. Dieses Feuer würde es ihm unmöglich machen, sie zu erreichen, und mit solchen Barrieren würde sie sich ihren Weg zur Burg erkämpfen, bis sie auf Wachen stieß. So könnten sie beide unbeschadet davonkommen, denn sie wusste, dass sie ihre Magie nicht gegen ihn wenden konnte. Ihre Magie sollte nicht zum Töten dienen, das hatte sie von Glendorfil gelernt.

Nevliin schien ihr Plan nicht besonders zu beeindrucken, denn er lachte plötzlich. Leise, es war eher ein Kichern, während er langsam den Kopf schüttelte, als wolle er ihr sagen, wie dumm sie doch sei. »Eure kleinen Zaubertricks«, sagte er amüsiert, »halten vielleicht einen Dunkelelfen auf.« Er ging einen Schritt auf die Flammen zu, und Vanora hätte beinahe laut geschrien, um ihn abzuhalten, ihn zu warnen, doch dann sah sie in sein Gesicht, und ihr blieben die Worte im Hals stecken.

Das Schwarz seiner Augen verflüssigte sich, breitete sich immer weiter in das Weiß aus, bis er sie nur noch aus schwarzen Höhlen ansah. Ein silberner Schein leuchtete darin auf und im nächsten Moment stand er vor ihr.

Vanora taumelte zurück, sah an ihm vorbei zu den Flammen, durch welche er einfach hindurchgegangen war, und kämpfte gegen den Drang, in hysterisches Lachen auszubrechen.

»Wenn Ihr mich nun begleiten würdet«, sagte er, wobei seine Augen wieder normal aussahen und nichts mehr darin auf Magie hinwies.

»Ihr müsst verrückt sein.« Sie streckte ihre Hand aus und wusste, dass es jetzt ihre eigenen Augen waren, die sich in Schwärze verloren und von einem Blutrot, der Macht des Feuers, durchzogen wurden, doch sie sah keinen anderen Ausweg. Sie konzentrierte die Magie in ihrer Hand, um welche sofort Flammen züngelten, ohne sie zu verletzen, und stieß ihren Arm vor.

Er hatte es nicht anders gewollt. Flammen schossen auf ihn zu, doch Nevliin machte eine flüchtige, abwehrende Geste, seine Augen blitzten erneut silbern auf, und die Flammen lösten sich in Rauch auf, ehe sie ihn erreichen konnten.

»Nein.« Sie stolperte noch weiter zurück, zu langsam, denn Nevliin erreichte sie in nur einem Augenzwinkern und packte ihre Arme. »Noch ein Fehler«, knurrte er und schob sie immer weiter zurück, sodass Vanora beinahe über ihre eigenen Füße fiel und plötzlich mit dem Rücken schwer gegen einen Felsen krachte. Er drückte sie dagegen, und die Maske der Gleichgültigkeit verschwand aus seinem Gesicht. »Ihr habt ja keine Ahnung, wie sehr ich Euren Tod herbeisehne, Prinzesschen«, knurrte er. Dann drehte er ihre Arme auf den Rücken und hielt sie dort mit einer Hand fest, und als er mit der anderen Hand plötzlich ihren Hals packte, sah sie in seinen Augen die Wahrheit: Sie würde sterben. Bald schon, sehr bald.

Erbarmungslos drückte er ihre Kehle zu, und Vanoras Versuche, sich zu wehren und nach ihm zu treten, schien er noch nicht einmal zu bemerken. Lautlos strömten die Tränen über ihre Wangen, als er ihr mit einer Verzweiflung in die Augen sah, die er in die Intensität seiner Umklammerung übertrug. Sie versuchte etwas zu sagen, doch es gelang ihr nicht. Ihre Beine wurden immer schwächer, ihr Körper wurde nur noch durch ihn aufrecht gehalten. Schwarze Punkte tanzten vor ihren Augen. Die Tränen und die immer dunkler werdende Sicht verzerrten seinen Anblick.

Und es war ihr gleichgültig. Mit einem Mal fühlte sie sich leicht wie eine Feder. Seine verzweifelten Augen machten ihr keine Angst mehr. Das Zittern und die Schmerzen ihres Körpers erreichten ihren Verstand nicht. Da war nur noch dieser leichte Hauch seines Atems in ihrem Gesicht und die Schwärze seiner Augen, in der sie langsam unterging. Es gibt schlimmere Arten, zu sterben, als in diesen Augen zu ertrinken, fuhr es ihr durch den Kopf, und dann hüllte sie auch schon eine wohlige Dunkelheit ein, warm und leicht.

Keinen Wimpernschlag später schlug sie mit einem dumpfen Laut auf dem Boden auf, und ihre Sinne kehrten mit einer solch schmerzhaften Wucht zurück, dass sie sich stöhnend im Gras krümmte und hilflos um Atem rang. In der Ferne sah sie einen weißen Umhang, der hinter den Bäumen verschwand, und verstand nicht, was sie sah. Da war nur Schmerz. Jeder Atemzug drang wie Säure durch Hals und Brust. Die Anspannung und das hilflose Zittern ließen jeden ihrer Muskeln schmerzen. Das gebrochene Handgelenk sandte Wellen der Qual durch ihren Arm. Doch sie lebte noch. Er war weg. Er war wirklich weg. Und er hatte sie nicht fortgebracht!

Langsam richtete sie sich auf, starrte in die Richtung, in die er verschwunden war. Und dann weinte sie. All die Schmerzen, die Angst und Verzweiflung brachen aus ihr heraus. Sie fühlte sich leer. Als würde jede Träne, die sie vergoss, einen Teil von ihr selbst stehlen. Ihr Verstand konnte nicht begreifen, was geschehen war. Wieso hatte er das getan?

Nur allmählich beruhigte sie sich wieder, strich sich mit der weniger verletzten Hand Tränen aus dem Gesicht und begutachtete schließlich das in den verschiedensten Blau- und Violetttönen angeschwollene Handgelenk. Wie sollte sie das nur erklären? Es müsste gerichtet werden, und sie war nicht dazu in der Lage, es magisch zu heilen. Bei dem Versuch, die Magie des Feuers in ihren Körper zu führen, anstatt sie herauszulassen, würde sie elendiglich verbrennen. Nur wenige Elfen beherrschten ihre Kräfte gut genug, um sie an sich selbst anzuwenden, das wusste sie von Glendorfil. Vor Schmerz stöhnend, kam sie auf die Beine, sah sich um. Ihr Magen zog sich zusammen, als sie ein paar Schritte entfernt den weißen Schwertgurt entdeckte. Das Zittern ihres Körpers setzte sofort wieder ein. Mit schweren Beinen ging sie darauf zu und sank schließlich davor in die Knie. Ehrfürchtig strich sie mit der Hand über die weiße, mit Goldfäden verzierte Scheide, weiter über das ebenfalls weiße Heft des Schwertes, das mit Golddraht umwickelt war, und den goldenen Knauf mit den weißen Edelsteinen. Ihre Finger schlossen sich wie von selbst darum, und die Erinnerung an jenen Moment, als sie es zum letzten Mal in der Hand gehalten hatte, ließ sie erschaudern.

Blitzschnell, als hätte sie sich daran verbrannt, zog sie die Hand wieder zurück und sprang auf. Einen Moment lang wurde ihr schwarz vor Augen, doch dann atmete sie tief durch, packte den Schwertgurt und schleifte ihn hinter sich her, als sie wütend durch das Gras stapfte. Unterwegs sammelte sie noch Nevliins zweiten Dolch und ihren eigenen auf und ging durch die Burg in den Hof hinaus. Eigentlich sollte sie das Schwert in die Drachenschlucht werfen, sodass er es niemals wiederbekam, doch irgendetwas hielt sie davon ab. Stattdessen ignorierte sie die Blicke der Elfen, die ihr begegneten, und steuerte den Turm an der Zugbrücke im äußeren

Hof an. Dort lief sie die Treppen hoch und stieß, ohne zu klopfen, die Tür auf.

Glendorfil und ein Schattenritter standen dort am Fenster, wandten sich verwundert zu ihr um und wichen schnell zurück, als Vanora ihnen Nevliins Waffen mit all ihrer Kraft entgegenwarf.

»Die gehören unserem zurückgekehrten Gast«, zischte sie.

Und dann kamen die Tränen zurück.

Nevliin

Auf und ab, immer wieder. Bestimmt hätte er bereits den gesamten Weg nach Ueden zu Fuß hinter sich, so oft war er bereits die Torlichtung abgelaufen und hatte sich noch immer nicht beruhigt. Er fühlte sich zittrig und zerrissen. Ihm war bewusst, dass er zurückgehen musste, um Alkariel von seinem Versagen zu berichten, und doch war er immer noch im Schattenreich. Dutzende Male hatte er das Tor bereits geöffnet und war doch nicht hindurchgegangen. Die Baumjäger mussten denken, er hätte den Verstand verloren, aber was kümmerte ihn das? Noch regte sich nichts über ihm, was nicht hieß, dass sie nicht da waren. Vermutlich hatten sie Eamon bereits Bescheid gegeben, auch wenn der König sich bisher nicht hatte blicken lassen.

Es wäre besser, jetzt sofort zu verschwinden. Das sagte er sich bereits seit einer halben Ewigkeit und verfluchte sich auch zum hundertsten Mal dafür, sein Schwert zurückgelassen zu haben. Denn dies war der einzige Grund, weshalb er immer noch hier verweilte. Sein Schwert. Der Drang, zurückzugehen, hatte nichts mit diesem verfluchten Halbblut zu tun. Er wollte einfach nur sein Schwert zurück. Das war alles. Genau so war es und nicht anders.

Nevliin legte die Hände an den Felsen und lehnte die Stirn dagegen.

Was war da eben nur passiert? Wieso fühlte er sich so elend? Er hatte versagt, Alkariels Auftrag nicht ausgeführt, zum ersten Mal in Hunderten von Jahren, und es war ihm egal. Der Grund für seine Misere war ein völlig anderer. Und er wollte lieber nicht genauer darüber nachdenken. Dabei konnte nichts Gutes herauskommen.

»Immer noch hier?«

Nevliin schloss die Augen, atmete tief durch. »Wie Ihr unschwer erkennen könnt.«

»Ich vermute, Ihr wartet darauf, Fürst.«

Langsam drehte er sich um und sah sein Schwert in Glendorfils Hand, der wie ein Geist aus dem Nebel auf die Lichtung trat und ihm den Gürtel mit den Waffen in hohem Bogen zuwarf.

»Danke.« Er fing das Schwert auf, schnallte sich den Gurt mit klammen Fingern um und spürte dabei deutlich Glendorfils Blicke. Weshalb griff der Schwertmeister ihn nicht an? Weshalb war Eamon nicht hier? Was hatte Vanora ihm erzählt? Und – verdammt: Was hatte er bloß getan?

»Ihr Handgelenk ist übrigens wieder gerichtet«, sagte Glendorfil schließlich in die Stille und blieb neben ihm, an den Felsen gelehnt, stehen, die Arme vor der Brust verschränkt. »Sie wollte mir nicht erzählen, was passiert ist, aber das war auch nicht nötig. Finola kümmert sich um die Heilung.«

Nevliin sah kurz zu ihm auf, widmete sich jedoch sofort wieder der Überprüfung der Waffen, indem er sie nacheinander aus den Scheiden zog und zurechtrückte.

»Die Kleine hat Euch wohl ordentlich zugesetzt«, fuhr der Schattenritter fort und deutete auf das eingetrocknete Blut an seinem Hals.

»Mehr, als es den Anschein macht«, murmelte Nevliin und wurde sich der Wahrheit dessen erst in diesem Augenblick richtig bewusst.

»Ist nicht zu übersehen. Sie ist schon etwas Besonderes.«

Nevliin richtete sich auf. »Fangen wir an?«, fragte er und deutete mit dem Kopf zu Glendorfils Schwert, dessen Heft der Schattenritter umschlossen hielt. »Oder lasst Ihr die da oben Eure Arbeit erledigen?«

Glendorfil musterte ihn einige Augenblicke lang schweigend, dann nahm er seine Hand vom Heft. »Ihr müsst nicht zurückgehen«, sagte er ernst. »Jeder, der sich von Alkariel abwendet, ist uns hier willkommen.«

»Ich habe mich nicht von der Königin abgewandt.« Nevliin trat einen drohenden Schritt auf den Schattenritter zu, doch Glendorfil wich nicht zurück und sah ihn nur aufmerksam an. »Natürlich nicht«, sagte Glendorfil dann und strich sich nachdenklich mit der Hand über das Kinn. »Ich sollte Euch wohl die Konsequenzen lehren, die es mit sich bringt, sich an Vanora zu vergehen.«

Nevliin legte alle Häme in sein Lächeln, deren er fähig war. »Als wenn Ihr das könntet.« Er schloss die Hand um das Heft des Schwertes und zog es ein kleines Stück weit heraus. »Aber bitte. Ihr könnt es gerne versuchen.« In Wahrheit wusste er, dass er Glendorfil wohl unterliegen würde. Zumindest wäre es nicht einfach, ihn zu besiegen. Der Schattenritter war der älteste Elf, den er kannte, und hatte bereits zu Daralees Zeiten gelebt, was nicht viele von sich behaupten konnten. Doch Nevliin hätte trotz allem nichts gegen einen Kampf einzuwenden gehabt, denn er wollte kämpfen. Seinen Zorn an jemandem auslassen, die Anspannung loswerden und Blut vergießen.

Doch Glendorfil schüttelte den Kopf. »Ich verzichte«, sagte

er und stieß sich vom Felsen ab. »Ich bin neugierig, was Alkariel mit Euch macht, wenn Ihr ohne Vanora bei ihr erscheint. Das ist es wert, Euch heil zu lassen, vorerst.«

»Dann kann ich Euch beruhigen«, antwortete Nevliin und nahm den Schlüssel zum Weltentor aus der Tasche. »Alkariel weiß, wie man mit Befehlsverweigerern umgeht.«

»Das glaube ich Euch aufs Wort.«

Nevliin nickte, drehte sich um und öffnete das Tor, diesmal entschlossen, auch hindurchzugehen.

»Soll ich ihr irgendetwas sagen?«

Er hielt inne. Sein Hals wurde eng, und ein grauenhaftes Stechen durchfuhr sein Herz. Langsam schüttelte er den Kopf und schluckte die Heiserkeit hinunter. »Ich bin ein Ritter«, antwortete er schließlich rau.

Dann trat er, ohne sich noch einmal umzudrehen, in das weiße Licht.

❧

Der einzige Zweck dieses atemberaubenden Palastes in Ueden war der, schön auszusehen. Es gab keine Verteidigungsanlagen, keine Wehrmauer, Gräben oder Schießscharten. Silberne Kuppeln zierten die weißen Türme, die den blendenden Schein des Sonnenlichts reflektierten. Bunte Glasfenster erweckten den Eindruck, als wären die weißen Mauern mit schimmernden Edelsteinen bestückt. Und an diesem Ort sollte er seiner Königin von seinem Versagen berichten.

Auf dem Weg durch die offenen Säulengänge begegneten ihm nur wenige Elfen. Lediglich ein Bruchteil von Alkariels Gefolge war bereits in Ueden eingetroffen, doch schon in wenigen Tagen würde die Ruhe verflogen sein. Pünktlich zu jenem Zeitpunkt, an dem die Königin die Nachfahrin ihrer

Schwester erwartete, um Elvion wieder zu vereinen. Mit einem Opfer. Einem einzigen Leben. Blut, das er nicht bereit war, zu vergießen.

Er konnte sich die Reaktion der Königin bildlich vorstellen. Es war realistisch, mit dem Tod zu rechnen, wenn er auch diese Strafe in seinem Fall nicht annahm. Eher würde sie ihm das Fürstentum wegnehmen, ihm den Posten als Befehlshaber entziehen und ihn auch von den Lichtrittern ausschließen, was ihn zum einfachen Krieger degradierte. Eine Strafe, die ihm alles nahm, was ihn ausmachte. Doch was bedeutete das schon? Er wusste ohnehin nicht mehr, wer er war und welchen Plan das Schicksal für ihn vorgesehen hatte. Vielleicht war Alkariel ja doch gnädig und ließ ihn hinrichten. Er würde es herausfinden.

Nevliin ging zu einer Seitentür des Thronsaals, durch welche er, ohne großes Aufsehen zu erregen, zur Königin gelangen konnte, und blieb kurz davor stehen. Die Tür war halb geöffnet, Stimmen drangen daraus hervor. Er konnte Alkariel erkennen und eine zweite Frau. Vom Hofmeister oder von Wachen war nirgends etwas zu sehen, und so beschloss er, abzuwarten, bis die Besucherin sich verabschiedet hatte. Er wandte sich wieder ab, um zurück in den Hof zu gehen, da durchfuhren ihn die Worte der Königin mit einer Kälte, die ihn erstarren ließ.

»Brennt alles nieder.«

Es war weniger der Befehl selbst als vielmehr die Gleichgültigkeit der Stimme, mit der dieser gegeben wurde, die ihn dazu brachte, wieder umzudrehen und sich der Tür zu nähern. Es widersprach seinem Kodex, seiner Ehre und allem, was ihm heilig war, aber zugleich ahnte er, dass dieser Augenblick vielleicht sein Leben verändern konnte, ahnte, dass das, was sich ihm hier offenbarte, der Schlüssel zum Ende seiner Leiden sein konnte – und so kauerte er sich hinter der Tür zusammen wie ein Dieb, ein Verräter und beobachtete die Staubteilchen des Lichtstrahls, der aus dem Thronsaal in den dunklen Korridor fiel.

»Was ist mit den Menschen?«

Nun erkannte er auch die zweite Stimme. Es war einer seiner Lichtritter, die Bogenschützin Eirwen.

»Lasst niemanden am Leben«, antwortete die Königin, nicht weniger kalt als zuvor. »In nur wenigen Tagen wird sie hier sein, und dann soll nichts mehr an ihre Existenz erinnern.« Einen Augenblick lang herrschte Stille, ehe sie fortfuhr: »Tötet jeden Mann, jede Frau und jedes Kind. Kein Haus darf noch stehen, wenn ihr fertig seid. Löscht sie aus – und von da an wird ihr Name vergessen werden.«

»Sollten wir nicht auf den Befehlshaber warten? Einen solch folgenschweren Auftrag ohne ihn durchzuführen erscheint mir …«

»Nevliin hat Wichtigeres zu tun, als sich mit ein paar Menschen aufzuhalten«, entgegnete Alkariel scharf. »Ihr werdet wohl mit ein paar unbewaffneten Menschen fertig werden? Nehmt Euch meinetwegen so viele Ritter, wie Ihr für diese schwere Aufgabe für nötig haltet, solange mein Befehl ausgeführt wird.«

»Eure Majestät.«

Die Schritte mehrerer Elfen in Rüstungen hallten durch die Halle, und das Tor wurde mit einem lauten Knall zugeschlagen.

Ein Ton, der immer und immer wieder durch seinen Kopf donnerte, während er immer noch auf die tanzenden Staubpartikel starrte, die so friedlich wirkten.

›Ihr Name wird vergessen werden. Löscht sie aus.‹

Der Donner wurde durch ein anhaltendes Dröhnen in seinen Ohren ersetzt, das alle Geräusche um ihn herum verschlang und ihn wie betäubt zurücktaumeln und gegen die Wand fallen ließ.

›Nichts darf mehr an ihre Existenz erinnern.‹

Er presste die Hände an die Schläfen, wollte schreien.

›Ihr werdet nicht gewinnen. Ich werde sterben, aber Ihr bleibt zurück. Lebt immer weiter als Alkariels Spielzeug, seelenlos und grausam. Der Tod scheint mir gnädiger als solch ein Leben.‹

Der Lärm in seinem Kopf wurde immer lauter. Es war der Lärm einer zerbrechenden Welt. Seiner Welt!

Sein Innerstes drohte zu zerbersten, riss ihn entzwei. Ein Gefühl, das ihn seit seiner ersten Begegnung mit Vanora begleitete und nun seinen Höhepunkt erreichte. Es zog und zerrte an ihm. Entfernte ihn immer weiter von allem, was er war und was er bisher gekannt hatte. Seine eigenen Worte, die er eben erst zu Glendorfil gesagt hatte, mischten sich unter den Schrei seiner gequälten Seele. ›Ich bin ein Ritter.‹

Bisher hatte er stets gewusst, was dies bedeutete. Es war so einfach gewesen, Befehle entgegenzunehmen. Sie auszuführen, ohne sie zu hinterfragen. Doch welcher Ritter tötete wehrlose Menschen? Welcher Ritter tötete – Vanora?

Die Wand in seinem Rücken verhinderte, dass die Last ihn zu Boden drückte. Die Königin stand über allem, sie wusste, was das Richtige war.

›Eher nehme ich mir selbst das Leben, als Eure Tyrannin auf dieses Land loszulassen.‹

Nevliin sprang auf.

›Euer Ruf eilt Euch weit voraus, Fürst Nevliin von Valdoreen. Ich habe es bereits bei unserer ersten Begegnung erkannt.‹

Bilder eines Waldes der Menschenwelt flimmerten durch seinen Kopf, während er noch einen letzten Blick zur Tür warf, hinter welcher die Königin auf ihrem Thron saß. Dann lief er los, stürmte in den Hof, wo der weiße Hengst immer noch an derselben Stelle wartete, an welcher er ihn zurückgelassen hatte, schwang sich in den Sattel und preschte los.

›Lieber wäre ich tot, als diesen Irrsinn noch weiter mitzumachen. Tötet mich. Es ist mir gleich.‹

Ohne langsamer zu werden, galoppierte er durch die weißen Hallen, zögerte keinen Augenblick, ehe er das schaurige Bild mit dem schäumenden Ozean der Menschenwelt durchschritt.

›Ich habe noch nie jemanden gesehen, der so mit einem Schwert umgehen kann. Noch nicht einmal Glendorfil.‹

Wie der Wind flog er über die grünen Hügel und hielt sich stets nahe an den Klippen. Er kannte den Weg, und kurz bevor das Land flacher wurde, lenkte er den Hengst ins Landesinnere und preschte durch den Wald. Zu lange hatte er gezögert. Zeit, in der Eirwen und die Ritter bereits kampfbereit gewesen waren.

Der weiße Hengst lief, als hinge sein eigenes Leben davon ab, holte alles aus sich heraus. Dann lichtete sich der Wald und eine brennende Holzhütte zischte an ihm vorbei. In der Ferne stieg Rauch auf, leise Schreie erfüllten die Luft.

»Lauf«, flüsterte er immer wieder, und der Hengst gehorchte. Er überflog die Wiese in nur wenigen Sekunden und blieb am Kamm eines Hügels abrupt stehen. Die Todesschreie waren jetzt so deutlich zu hören, dass sie ihm durch Mark und Bein gingen.

Nevliin starrte in das Tal hinab. Sein Körper war wie gelähmt. Er hatte schon viele Grausamkeiten gesehen – Kriege, Kämpfe zwischen Rittern. Doch das hier war nichts anderes als ein abscheuliches Abschlachten. Jedes einzelne Haus brannte lichterloh. Die Flammen fraßen sich gierig durch die Dächer aus Stroh. Eine dunkelgraue Rauchwolke schwebte über dem verwüsteten Dorf. Beinahe ein Dutzend Elfen mit wehenden weißen Umhängen zerrten die Menschen aus den Hütten. Mütter hielten ihre weinenden Kinder umklammert, einzelne Männer griffen zu Werkzeug, um ihre Familien zu beschützen, doch noch bevor sie ihre provisorischen Waffen heben konnten, wurden sie niedergestreckt. Die Menschen sahen die Schwerter der Elfen nicht kommen, so schnell bewegten diese sich durch sie hindurch, schnitten durch die Leiber wie Sensen durch Korn und hinterließen nichts als reglose, blutüberströmte Körper. Ein kleiner, blonder Junge, bestimmt nicht älter als sechs oder sieben Jahre, zog ein winziges Messer und stellte sich vor ein noch jüngeres Mädchen und eine Frau, die vermutlich seine Mutter war. Er schrie und flehte – und verstummte dann für immer. Der kleine Körper sackte nach vorn, das sonnengelbe Hemd färbte sich rot. All das nahm Nevliin mit nur einem Blick wahr, und hätte er noch Zweifel gehabt, wären diese jetzt endgültig verflogen.

Nevliin riss sein Schwert aus der Scheide. Der weiße Hengst preschte den Hügel hinab, und die wenigen überlebenden Menschen schrien noch lauter, als sie ihn kommen sahen. Manche von ihnen nutzten die kurze Unachtsamkeit der Elfen zu einem Fluchtversuch, doch sie kamen nicht weit.

Nevliin erkannte Eirwen, ihr silbernes Haar schimmerte im Sonnenlicht. Sie schoss einen Pfeil in den Rücken eines Mädchens, das versuchte, davonzulaufen, und hob dann ihren

Bogen, um damit ihrem Befehlshaber zuzuwinken. Ein zufriedenes Lächeln lag auf ihrem Gesicht.

Nevliin ließ die ersten brennenden Hütten hinter sich. Die Elfen beendeten das Morden und jubelten ihm zu. Der Boden war blutgetränkt, und der Hengst bahnte sich seinen Weg durch die Zerstörung, ohne auch nur einen Körper mit den Hufen zu berühren.

›Euer Schwertkampf ist viel mehr. Es ist schon fast so eine Art Kunst.‹

›Ich habe nie etwas anderes getan.‹

Der erste Elfenritter kreuzte seinen Weg, befand sich etwas außerhalb des Feldes, da er fliehende Menschen niedergemetzelt hatte. Nevliin hob seinen rechten Arm, beschrieb einen weiten Kreis in der Luft und ließ die schmale, geschwungene Klinge in einem Bogen hinabfahren.

Der Elf wusste nicht, dass er starb. Die Klinge traf exakt den wenig geschützten Nacken, drang durch Muskeln und Sehnen und trennte den Kopf ab, der einen Schweif aus Blut hinter sich herzog, ehe er irgendwo zwischen den Toten zu Boden fiel. Ein weiterer Ritter, der sich etwas außerhalb befand und noch nicht begriffen hatte, was überhaupt geschah, starb in dem Moment, in dem die Klinge mit einem Fauchen durch sein Gesicht zog und so tief eindrang, dass er sofort tot zusammensackte.

Spätestens jetzt erkannten Nevliins Ritter, dass er nicht gekommen war, um ihren blutrünstigen Auftrag auszuführen, sondern seinen eigenen hatte.

Schreiend und mit vor Zorn verzerrten Gesichtern liefen sie über das Schlachtfeld auf ihn zu. Der Hengst sprang über einen der vielen verstümmelten Körper, und auch die Elfe, die ihn als Erste erreichte, flog in die Luft. Klirrend kreuzten sich ihre Klingen, der Schlag dröhnte in seine Hand bis in die Schulter. Die Elfe landete mit einem Überschlag anmutig auf den Beinen, ohne durch die Wucht des Aufpralls aus dem Gleichgewicht zu kommen, federte leicht in die Hocke und richtete sich auf. Doch währenddessen hatte Nevliin sein Schwert in die Luft geworfen, es am Heft aufgefangen und hielt es jetzt wie einen Dolch, mit dem er unter der Achsel zurückstieß. Die Klinge bohrte sich knirschend durch die Panzerung ins Fleisch, ehe er sie mit einer drehenden Bewegung und der Kraft der Geschwindigkeit befreite.

Aus den Augenwinkeln bemerkte er, dass zu seiner Rechten ein weiterer Elf zum Sprung ansetzte, um ihn aus dem Sattel zu stoßen.

Nevliin ließ sich zur linken Seite des Pferdes hinabfallen, hielt sich mit der Hand an der Mähne fest und riss das Schwert vom Sattel weg zur Seite, so dass es den Bauch des Elfen, der durch den Sprung ins Leere über ihn hinwegflog, aufschlitzte und sich sein Blut über ihn ergoss.

Aber auch hier wartete bereits ein weiterer Ritter, der den Moment nutzte, in dem Nevliin neben seinem Pferd hing. Die feindliche Klinge raste auf ihn zu. Nevliin verstärkte seinen Griff an der Mähne, löste die Beine vom Pferdebauch, sprang aus dem Sattel und landete federnd auf dem schlammigen Boden neben dem Hengst, nur um sofort wieder hochzufliegen und über den Rücken hinweg auf der anderen Seite des Pferdes zu landen, wodurch er dem Streich knapp entging. Er lief einige Schritte neben dem galoppierenden Hengst her, sprang wieder hoch und landete stehend im Sattel, wo er leicht in die Hocke ging, um das Gleichgewicht zu halten. So verharrte er einen kurzen Moment, ehe er wieder hochsprang, als ein Schwert gegen seine Füße stieß.

Mit einem Überschlag nach hinten landete er auf dem Boden, ließ sich zurück auf den Rücken fallen und tauchte damit unter dem Hieb einer Elfe hinweg. Im Aufspringen stieß er ihr die Klinge von unten in den Bauch, nutzte den Widerstand der festsitzenden Klinge, stützte sein gesamtes Gewicht darauf, warf seine Beine in die Luft und drehte sich über die Hand, die das Heft umschlossen hielt, über sie hinweg, während er die Klinge damit aus dem Körper riss und erneut im Blut unzähliger Unschuldiger landete.

Im nächsten Moment ließ er sich sofort wieder auf die Knie fallen, lehnte seinen Oberkörper zurück und spürte den Windhauch einer Klinge knapp über seinem Gesicht vorbeifahren. Mit einem Überschlag nach hinten kam er wieder auf die Beine, drehte sich herum und zog sein Schwert durch die Kehle eines Ritters. Bevor dieser jedoch in sich zusammensackte, zog Nevliin ihn zu sich heran und riss dessen Kampfmesser aus der Scheide am Rücken, da er bereits die nächsten zwei Elfen kommen sah, die auf ihn zustürzten.

Nevliin lief ihnen entgegen, ließ sich, kurz bevor er die beiden erreichte, der Länge nach zurückfallen und schlitterte durch die Geschwindigkeit seines Laufs mit den Füßen voran weiter durch den blutigen Matsch und unter den feindlichen Klingen hinweg, während er seine beiden Schwerter rechts und links durch die Körper seiner ehemaligen Untergebenen fahren ließ. Seine Ritter. Alkariels Ritter. Mörder, allesamt.

Mit einer Drehung um sich selbst, richtete er sich wieder auf, parierte mit überkreuzten Klingen den Hieb zweier Kurzschwerter, hielt inne und starrte in das blutverschmierte Gesicht seines Gefährten – Cerelmin.

»Bist du verrückt geworden?«, fragte dieser und stieß ihn mit den Klingen von sich.

Nevliin taumelte zurück. Er konnte kaum noch atmen, und das Blut triefte von seinen Händen. Der Wahnsinn und das Verlangen nach Tod schwanden. Das Kampfmesser glitt aus seiner Hand und fiel platschend zu Boden, während er sich auf das Schwert stützen musste. Sein ganzer Körper zitterte. Er hatte schon so oft getötet, dass er noch nicht einmal die Zahl all jener wusste, denen er das Leben genommen hatte. Doch dies waren seine Leute gewesen. Sie hatten ihm vertraut. Er hatte sie nicht beschützt. Er war es, der sie ins Verderben geführt und sie für etwas gerichtet hatte, das nicht ihr Fehler gewesen war. Kurz dachte er an Glendorfil und seine Worte am Weltentor zurück. Glendorfil hatte ihm eine Wahl gelassen. Seine Ritter hatten noch nicht einmal die Wahlmöglichkeiten gekannt. Oder irrte er sich, und –

»Was hast du nur getan, Nevliin?« Cerelmins Gesicht war weiß wie Wachs, die Augen starr und voller Leid.

Nevliins Blick überflog das, was einst ein Dorf gewesen war und jetzt in dunklem Rauch und Blut unterging. Er sah all die Elfen, die er getötet hatte, aber auch all die Menschen, die sich nicht hatten wehren können.

Es war niemand mehr übrig.

Dann sah er wieder zurück in Cerelmins Gesicht, hob langsam sein Schwert, auch wenn es ihm plötzlich unglaublich schwer vorkam. Und dann griff er an. Nicht mit der üblichen Ruhe, die ihn für gewöhnlich während eines Kampfes erfüllte, sondern mit Verzweiflung, Zorn und blindem Hass. Das Heft mit beiden Händen umklammert, schlug er auf Cerelmin ein, der seinen Hieben nur mit Mühe auswich oder parierte. Der Lärm der aufeinanderschlagenden Klingen war ohrenbetäubend, die Hitze der brennenden Hütten in seinem Rücken unerträglich, und doch hörte er nicht auf. Auch

Cerelmin hatte sich wieder gefasst, schlug nun seinerseits mit einer Härte zu, die Nevliin mit jedem Hieb erschütterte, bis ein kurzer sengender Schmerz seinen linken Oberarm durchfuhr.

Cerelmin und Nevliin hielten gleichzeitig inne, starrten auf den durchtrennten weißen Stoff und das Blut, das Nevliins Hand hinabströmte. Einen Augenblick lang nur – ehe Nevliin mit einem schmerzerfüllten Brüllen erneut auf seinen Gefährten losging.

Die Wunde hatte die winzige Schranke gesprengt, die ihn im Innersten davon abgehalten hatte, seinen Freund zu töten. Unbarmherzig trieb er diesen jetzt vor sich her, drängte ihn zu den brennenden Häusern.

Es war so leicht, eine Lücke zwischen den beiden Kurzschwertern zu finden. Die Klinge fuhr nach oben. Cerelmin erstarrte. Mit weit aufgerissenen Augen sah er seinen Befehlshaber an, die Schwerter klirrten auf den Boden, die Hände schlossen sich um die Kehle, doch das Blut sprudelte unaufhörlich zwischen den Fingern hervor. Der Versuch, etwas zu sagen, ging in einem Gurgeln unter.

Nevliin umklammerte das Heft seines Schwertes mit beiden Händen und schloss die Augen. Er versuchte, ruhig zu atmen, doch es gelang ihm nicht. All die Qual zerquetschte seine Seele – und so schrie er. Er schrie so laut, dass es von den umliegenden Hügeln widerzuhallen schien.

Und dann stieß er zu.

Die Klinge durchbrach Cerelmins Panzer und glitt durch dessen Körper, um am Rücken wieder durch Metall auszutreten. Der Blick des Elfen brach. Nevliin zog das Schwert zurück, und Cerelmin sank sofort in sich zusammen. Der Oberkörper fiel nach vorn und das Gesicht verschwand im Blut.

Nevliin starrte zu ihm hinab. Eine unermessliche Übelkeit stieg in ihm auf. Seine Hand wurde taub, die Spitze des Schwertes sackte zu Boden und schuf winzige Wellen, die in den roten Pfützen an die Ränder drängten.

»Lass dein Schwert fallen.« Es war Eirwens Stimme. Sie musste sich verborgen haben, vielleicht hatte er sie in seinem Blutrausch auch einfach nur übersehen.

Nevliin brach in die Knie, konnte sein Gesicht nicht von all dem Blut abwenden, wo er doch selbst schon so viel vergossen hatte, dass es einen See hätte füllen können. Er drehte Cerelmins Körper herum und strich ihm die verklebten Haare aus dem Gesicht. Dann küsste er die blutverschmierte Stirn, legte die beiden Schwerter auf dessen Brust und schloss die Hände darum. »Wir sehen uns bei den Sternen oder in einem nächsten Leben«, flüsterte er und legte seine Stirn an die Hände des Toten.

»Ich sagte: Lass dein Schwert fallen.«

Noch einige Herzschläge lang verharrte er reglos, betete, dass das Schicksal seinen Freund zu den Sternen führen möge, wo er in Frieden die Ewigkeit verbringen konnte, und erhob sich schließlich.

Er musste nicht zu der Elfe sehen, um zu wissen, dass ein Pfeil auf ihn gerichtet war. Die Stille ließ ihn annehmen, dass sie die Zeit genutzt hatte, um alle übrigen Menschen zu beseitigen, so wie es Alkariel befohlen hatte, und dass sie jetzt gewillt war, ihren Befehlshaber aus dem Weg zu räumen.

Langsam drehte er sich zu ihr um. Er hatte sich nicht getäuscht. Sie stand am anderen Ende des Platzes, der von den brennenden Häusern umrundet wurde und zielte auf ihn.

Doch womit er nicht gerechnet hatte, war, einen lebenden Menschen zu erblicken. Solch einer befand sich keine zwei

Schritte von Nevliin entfernt, schenkte der Elfe keine Beachtung und sah ihn stattdessen mit misstrauischen türkisblauen Augen an.

Vanoras Vater.

»Er sollte zusehen, wie das Dorf wegen seiner Brut ausgelöscht wird«, erklärte Eirwen gleichgültig. »Und jetzt wird er auch noch den Tod des Weißen Ritters erleben. Ihr solltet Euch geehrt fühlen, Briac Larnegie.«

Der Mensch spuckte seine Verachtung vor Eirwen in den blutverdickten Schlamm: »Fahr zur Hölle, Miststück.«

Eirwen lachte. »Wo auch immer das sein mag.« Sie wandte sich wieder an Nevliin, ließ den eingelegten Pfeil fallen und zog einen neuen aus dem Köcher, so schnell, dass Nevliin lediglich sein Schwert heben und zwei Schritte auf sie zumachen konnte, ehe der neue Pfeil auf ihn zeigte. Sofort wurde sie wieder ernst. »Du verrätst deine eigenen Leute und kämpfst für dieses Halbblut. Wieso?«

»Diese Menschen waren unschuldig.«

Eirwen verdrehte die Augen. »Ich bitte dich. Es sind nur Menschen. In fünfzig Jahren wären sie ohnedies alle tot. Was macht das schon?«

»Es ist nicht unsere Entscheidung.«

»Früher hast du nicht so gedacht. Schade um dich, Nevliin, wirklich.«

Der Pfeil zischte von der Sehne, und Nevliin kam der Gedanke, dass er sie stets für ihre Treffsicherheit bewundert hatte. Niemals zuvor hatte sie ihr Ziel verfehlt, und es kümmerte ihn auch nicht. Er hatte ohnehin alles verloren. Er hieß den Tod willkommen. Wieso also sollte er sich die Mühe machen, auszuweichen?

Doch dann traf ihn plötzlich ein gewaltiger Schlag von der

Seite, riss ihn um, begrub ihn unter sich. Er hörte ein Stöhnen und Fluchen, ehe das Gewicht wieder verschwand und Vanoras Vater von ihm herunterrollte.

Entsetzt fuhr Nevliin hoch und starrte den Schmied an: »Was habt Ihr getan?«, rief er und nahm sofort den Pfeil in beide Hände, der aus der Seite des Menschen ragte, versuchte, das Menschenblut am Austreten zu hindern – und wusste doch, dass es sinnlos war. Der Mensch würde sterben. Vanoras Vater würde sterben. Und er hatte sein Leben gegeben, um ihn zu retten.

»Damit hätte ich nicht gerechnet«, hörte er Eirwen sagen, doch da hatte er bereits den Dolch von seinem Gürtel gerissen. Ausgerechnet jenen, schoss es ihm durch den Kopf, den er einst als Geschenk von Alkariel zu seiner Ernennung zum Befehlshaber erhalten hatte. Mit einem wütenden Schrei schleuderte er ihn Eirwen entgegen – und traf. Der Bogen glitt ihr aus der Hand, als sie instinktiv nach dem Dolch in ihrem Bauch griff. »Das hast du nicht umsonst getan«, krächzte sie, gab ihrem Pferd ein Zeichen und warf sich mit letzter Kraft auf dessen Rücken.

Kurz zögerte Nevliin, dann ließ er sie ziehen. »Bring den Dolch deiner Königin zurück!«, rief er der Elfe nach, als diese hinter den Hügeln verschwand.

Ohne eine weitere Sekunde zu verschwenden, wandte er sich wieder Vanoras Vater zu. Schweiß stand auf dessen Stirn, und alle Farbe war aus dem mit hellen Flecken übersäten Gesicht gewichen. Mit zitternden Händen griff Briac Larnegie nach dem Pfeil, der ihn durchbohrte.

»Nicht!« Nevliin packte die Hand des Menschen und hielt ihn zurück. »Die Spitze ist nur aufgesetzt. Wenn ihr daran zieht, wird sie sich lösen und in Eurem Körper bleiben.«

Der Mensch stöhnte – eher genervt als schmerzvoll, wie Nevliin feststellte. Es erinnerte an seine Tochter, und der Gedanke an sie schnürte seine Kehle zu. »Wieso habt Ihr das nur getan?«, flüsterte Nevliin und hielt immer noch die Hand des Schmiedes umklammert.

»Ich weiß, wer Ihr seid«, antwortete Vanoras Vater leise. »Ihr seid der Weiße Ritter und ...« Er hustete und verzog schmerzhaft das Gesicht, »Ihr kämpft für meine Tochter. Euer Leben ist ... wichtiger als meines.«

»Nein.«

»Es geht ihr doch gut?«

Nevliin brachte ein Nicken zustande. Irgendwie musste er ihn zu ihr bringen, das war das Einzige, was zählte.

Doch dann warf er erneut einen Blick auf den Pfeil, und ihm wurde klar, dass jede Bewegung den Tod schneller vorantreiben würde. Einen Ritt bis nach Lurness würde der Mann nicht überstehen.

Nevliins Gedanken rasten. Besäße er Heilkräfte, hätte er den Pfeil ziehen, die Spitze herausschneiden und ihn gleichzeitig heilen können, doch diese Gabe war ihm niemals vergönnt gewesen.

Vanora aber konnte es. Er hatte sie oft genug beim Studium der entsprechenden Bücher gesehen. Sie musste es einfach können! Sie musste hierherkommen! Der Pfeil hatte weder die Hauptschlagader noch wichtige Organe getroffen. Ihr Vater könnte es schaffen. Er könnte so lange durchhalten.

Nevliin drückte die Hand des Menschen noch etwas fester und sah tief in die türkisblauen Augen. »Hört mir zu«, sagte er eindringlich. »Ich werde Eure Tochter zu Euch bringen. Sie wird Euch heilen.«

»Ich sterbe.«

»Nein. Sie kann Euch heilen, aber ich muss Euch jetzt eine Weile alleinlassen. Ihr dürft auf keinen Fall den Pfeil bewegen.«

Vanoras Vater gab ein krächzendes Geräusch von sich, das ein Lachen sein sollte. »Wozu die Mühe? Mit mir ist es vorbei. Ihr werdet Euch gut um sie kümmern.«

»Ihr werdet Euch selbst um sie kümmern.«

Und um diese Debatte zu beenden, legte er den Umhang ab und deckte den Verletzten damit zu. »Haltet durch«, sagte er und stieß einen kurzen, schrillen Pfiff aus, sprang keinen Wimpernschlag später auf und rannte los. Jetzt zählte jede Sekunde.

Im Laufen schob er das Schwert zurück in die Scheide, streckte seine Linke in die Höhe und erfasste die weiße Mähne des Hengstes, der an ihm vorbeiflog. Er lief noch einige Schritte neben dem Pferd her, stieß sich ab und schwang sich mit einer Drehung um sich selbst in den Sattel. Er nahm das Tor, welches direkt nach Lurness führte, und kaum hatte er den Wald betreten, baute sich bereits ein Baumjäger vor ihm auf.

»Fürst Nevliin.« Grüne Augen starrten ihn aus dem dunkelbemalten Gesicht an und warfen sofort einen misstrauischen Blick auf seine blutigen Hände. Sein Gesicht sah bestimmt auch nicht besser aus. Die Haut der Elfen hatte nicht dieselbe besondere Eigenschaft wie deren Kleidung, um Schmutz – oder in seinem Fall Blut – einfach abzuweisen. Es war ihm egal.

»Ich habe den Befehl, den König zu informieren, bevor ich Euch in die Burg lasse«, sagte der Baumjäger und hielt die Finger gestreckt neben sich, um blitzschnell einen Pfeil zu ziehen.

Nevliin sah ihn an. Er war so müde und fand noch nicht einmal die Kraft zu einem herablassenden Blick.

Schneller, als der Baumjäger einen Pfeil ziehen könnte, glitt sein Fuß aus dem Steigbügel und traf den Elfen mit einer Wucht am Kinn, die den Kiefer brach.

Den Schmerzensschrei hörte er kaum noch, denn der Hengst kannte die Gefahr im Wald und preschte sofort los. Zwei Pfeile zischten so knapp an seinem Ohr vorbei, dass er den Windhauch spüren konnte und er sich noch weiter über den Hals des Pferdes beugte.

Die Tore nach Lurness standen offen, über ihm flogen die Baumjäger durch die Kronen, doch er ließ den Wald bereits hinter sich, preschte über die Zugbrücke, ohne die aufgeschreckten Wachen zu beachten, immer weiter bis zum Eingang der Burg. Dort sprang er noch im Galopp aus dem Sattel, hinter sich das wilde Geschrei von immer zahlreicher werdenden Rittern.

Vor dem Tor zum Thronsaal erwarteten ihn nur lächerliche zwei Wachen, die sich ihm in den Weg zu stellen versuchten. Der erste bekam den Knauf des Dolches ins Gesicht gerammt, den zweiten packte Nevliin an den Schultern und warf ihn einfach zur Seite.

Dann stieß er das Tor auf.

Vanora

Die Berichte der Wachen aus Tantollon verhießen nichts Gutes. Das begriff sogar Vanora. Alkariel war nach Ueden zurückgekehrt, und sie alle waren sich einig, dass ein Krieg nicht mehr fern war. Alle bis auf Eamon, der immer noch eine andere Ansicht vertrat.

Schweigend saß er neben ihr auf dem Thron und ließ die Nachrichten über sich ergehen, ohne sich etwas anmerken zu lassen. Doch wenn sie alleine waren, versuchte er stets, sie davon zu überzeugen, dass Alkariel keinen Krieg riskieren und sich nichts ändern würde – auch wenn Vanora und besonders Liadan anderer Meinung waren. Alkariel würde niemals aufgeben. Nicht, solange es noch so leicht für sie war, das Ziel zu erreichen.

Dies war auch einer der vielen Gründe, weshalb Vanora jede freie Minute über den Büchern der Magie verbrachte oder mit Glendorfil trainierte. Und es sollte sich bezahlt machen, dachte sie, als plötzlich die beiden Torflügel aufschwangen und sie erschrocken auffuhr. Aufgeregte Schreie drangen dumpf in den Saal, vermischten sich mit dem erstaunten Raunen der Elfen, die sich hier versammelt hatten, und als Vanora den Grund für die Aufregung erkannte, wich sie automatisch in ihrem Stuhl zurück.

Gleichzeitig sprang Eamon auf und stellte sich vor sie,

was Vanoras Sicht keineswegs beeinträchtigte. Sie sah immer noch den wahr gewordenen Alptraum auf sich zulaufen, einen Dolch in der roten Hand, das Gesicht ebenfalls blutverschmiert. Ein schwarzer Strom Wachen lief hinter ihm her.

»Haltet ihn auf!«, drangen laute Rufe durch den Saal, und die Wachen aus Tantollon, die sich vor der Thronempore eingefunden hatten, zogen ihre Waffen. Auch Nevliin riss sein Schwert aus der Scheide, das von einem hellroten Film belegt war, und hielt es drohend vor sich, während er eingekreist wurde.

»Die Prinzessin muss mit mir kommen!«, sagte er. Ruhig. Eindringlich. Nie zuvor hatte seine Stimme so geklungen – so verletzlich und wahrhaftig und flehentlich. So *menschlich*.

Vanora rang nach Luft und klammerte sich an die Lehnen des Stuhles. Was war geschehen? Von wem stammte das Blut, das an ihm klebte? Wieso war er zurückgekommen? Alleine, ohne Chance, seinen Auftrag zu erfüllen? Was versprach er sich davon? Was wollte er hier?

»Weicht zurück, oder tränkt diese Klinge mit weiterem Blut!« Nevliin drehte sich langsam im Kreis, lauernd und bereit, bei der kleinsten Bewegung der unzähligen Schattenritter anzugreifen.

»Lasst ihn durch!«, hallte da plötzlich Liadans Stimme durch den Saal. Nicht nur Eamon fuhr zu ihr herum, auch die Wachen sahen fragend zu ihm auf, ehe sie auf sein widerwilliges Nicken hin zur Seite wichen.

Nevliin zögerte keine Sekunde, erreichte die Stufen zur Thronempore mit drei großen Sätzen und sank dort auf ein Knie. »Vergesst, was war, ich bitte Euch«, sagte er schnell und atemlos und streckte Eamon in einer ehrerbietigen Geste das

Heft seines Schwertes entgegen. »Ihr müsst die Prinzessin mit mir gehen lassen.«

»Bist du noch ganz bei Sinnen?« Eamon starrte ihn mit einer Mischung aus Fassungslosigkeit und Staunen an, rührte sich jedoch nicht.

Nevliin blickte auf und sah diesmal direkt zu Vanora, die unter seinem Blick kaum noch atmen konnte. »Wir haben keine Zeit zu verlieren. Euer Vater stirbt, wenn Ihr nicht mit mir kommt.«

»Mein Vater?!« Vanora sprang auf, doch Eamon hielt sie zurück und riss sie hinter sich.

»Erkläre dich«, fuhr er den Lichtritter an, doch der ignorierte ihn weiterhin.

»Folgt mir, Vanora, oder er stirbt.«

»Du glaubst wohl nicht wirklich, dass wir auf dein Geschwätz hören!«

Nevliin warf Eamon einen kurzen verächtlichen Blick zu, wandte sich jedoch sofort wieder an Vanora. Seine Augen fingen sie ein und ließen alles um sie herum schwinden. »Vertraut mir«, flüsterte er, und so lächerlich diese Worte ausgerechnet aus seinem Munde klangen – sie glaubte ihm. Er streckte ihr seine Hand entgegen, und Vanora ging, wie durch ein unsichtbares Band gezogen, auf ihn zu – doch Eamon hielt sie noch immer.

»Sie geht nirgendwohin!«

Nevliin sah zu ihm auf. Die Kälte, die zwischen den beiden Elfen herrschte, schien die komplette Halle in Eis zu legen. »Dann wird er sterben«, sagte er ruhig, und Vanora schossen Tränen in die Augen. Mit nun deutlich größerem Kraftaufwand versuchte sie an Eamon vorbeizukommen, doch sie hatte keine Chance.

»Eamon.« Nevliin erhob sich und war mit einem Satz vor ihm. Die Wachen schossen wie ein Mann vor, hielten auf ein Zeichen hin jedoch sofort wieder inne. »Ich werde sie wohlbehalten zurückbringen, zu dir. Ihr wird nichts geschehen. Du hast mein Wort.«

Und in diesem Augenblick geschah etwas Seltsames. Eamon und Nevliin sahen einander an, der Widerstand, der Vanora zurückhielt, verschwand, und sie trat vor. Eamon wandte sich ihr langsam zu, die eisblauen Augen so furchtbar müde.

»Geh«, sagte er, woraufhin Nevliin sich sofort umdrehte und aus dem Saal lief.

»Was?« Sie sah dem weißen Schemen hinterher und zurück zu Eamon. Was war da eben zwischen den beiden geschehen?

»Du sollst gehen. Er wird auf dich aufpassen.«

Sie konnte sich nicht bewegen. War ihm Nevliins Wort tatsächlich so viel wert? Hatte sich Liadan getäuscht? Vielleicht war die Freundschaft, die die beiden Elfen einst verbunden hatte, doch nicht endgültig gestorben.

Doch es waren nicht die Zweifel an Nevliins Wort, die sie immer noch zurückhielten. Es war die Angst in Eamons Augen.

»Ich komme zurück«, sagte sie bestimmt und nahm seine Hand in die ihrige. »Ich komme zurück.« Und dann lief sie die Stufen hinab und stürmte mit gerafftem Kleid aus dem Saal, vorbei an den staunenden Elfen und mit der Gewissheit im Herzen, dass sie Eamon gerade das Herz aus dem Leib riss. Doch sie konnte nicht anders. Ihr eigenes Herz raste genauso wie ihre Gedanken, und die Unwissenheit brachte sie beinahe um den Verstand.

Wie von Sinnen stürzte sie in den Hof hinaus, wo bereits

Nevliin auf dem Schimmel wartete und ihr die Hand entgegenstreckte. Sie zögerte nur einen kurzen Augenblick, sah auf die blutige Hand und wieder zurück in die schwarzen Augen, ehe sie sich von ihm mit einem schmerzhaften Ruck in den Sattel ziehen ließ. Er presste sie mit einem Arm an sich, und im nächsten Moment stürmte das Pferd bereits los, donnerte die Gasse hinab in den äußeren Hof und über die Zugbrücke in den Wald. Die Weißen Hallen der Weltentore waren ihr fremd, aber sie konnte diesem Ort keine Aufmerksamkeit schenken. Im vollen Galopp liefen sie durch den hellen Gang auf ein Bild des Ozeans zu.

Einen Moment später strahlte ihnen bereits die Sonne entgegen. Ein Anblick, den sie im Schattenreich beinahe schon vergessen hatte, und einen Moment lang drohten sie die bekannten Sinneseindrücke zu überwältigen. Die sanfte Brise, die den salzigen Geruch des Meeres brachte, die grünen Wiesen, die sich in die Unendlichkeit erstreckten.

Das Gefühl von Heimweh traf sie wie ein Hammerschlag, wurde jedoch von Nevliins Stimme sofort wieder verscheucht: »Euer Vater ist verletzt«, sagte er. »Ich kam zu spät.« Er sprach völlig ruhig. »Euer Dorf gibt es nicht mehr. Alkariel ließ es zerstören. Bereitet Euch auf einen grauenvollen Anblick vor.«

Vanora nickte und schwieg. Sie war weder schockiert, noch hatte sie Angst. Sie fühlte gar nichts. Vermutlich lag es an der Art, wie Nevliin gesprochen hatte, dass sie einfach nur seinen Anweisungen folgte und sich rational auf das Bild des zerstörten Dorfes vorzubereiten versuchte. Als wäre all das weit weg von ihr.

Bis sie an den qualmenden Überresten von Glendorfils Hütte vorbeizischten und sie einen schmerzhaften Stich spürte, der zu einer glühenden Klinge wurde, die sich in ihrem Herzen drehte, als sie am Kamm des letzten Hügels ankamen und, ohne langsamer zu werden, ins Tal hinabpreschten. Nichts hätte sie auf diesen Anblick vorbereiten können.

Mit aller Kraft klammerte sie sich an Nevliins Arm, und er hielt sie, gab ihr Kraft. Sie bohrte ihre Finger in das Metall der Armschienen, um den Schmerz zu spüren, der das einzig Reale war, während sie aus dieser Welt gerissen wurde und auf das Bild eines Alptraums zuraste.

Hier gab es nichts mehr, das an ihre Heimat erinnerte. Es war still, entsetzlich still. Rauchschwaden verhüllten das Ausmaß der Zerstörung, doch es war genug, das sich ihr an Anblick bot. Genug für zwei Dutzend Tode. Das Feuer. Die Stille. Der fürchterliche Gestank nach Blut und verbranntem Fleisch. Menschenblut. Elfenblut. Alkariel.

Ein elendes Zittern schüttelte sie, Tränen standen ihr in den Augen, und die Bilder der blutüberströmten Körper, die an ihr vorbeizogen, brannten sich in ihr Innerstes. Sie sah die vertrauten Gesichter – so still, so entsetzlich still. Nur die einsamen Schreie der Krähen und das leise Knacken von verkohltem Holz.

Sie sah in die Richtung, in der einst der Hof der Schmiede gelegen hatte. Etwas Weißes flatterte dort im Wind – Nevliins Umhang.

»Vater!«

Sie riss den schützenden Arm von sich und sprang vom Pferd, noch ehe er sie zurückhalten konnte.

Blut spritzte auf, als sie strauchelte und fiel. Ihre Hände versanken in Blut, doch sie bemerkte es kaum, war sofort wieder auf den Beinen und stolperte weiter über die Toten.

»Vater!«

Ungebremst fiel sie neben ihm auf die Knie, sah sofort den Pfeil in seiner Seite und wollte ihn herausziehen, als ihr Handgelenk plötzlich umklammert wurde.

»Nein.« Nevliin kniete neben ihr. Sie versuchte sich loszureißen, doch da fiel ihr Blick auf Briacs Gesicht, und sie erstarrte. Nevliin folgte ihrem Blick, und der Griff seiner Finger lockerte sich.

»Das ist nicht möglich.«

Vanora stieß ihn zur Seite, nahm die eiskalten Wangen ihres Vaters in die Hände und beugte sich über ihn.

»Vater?«

Sie erstickte. Seine Augen waren geschlossen, seine Haut blass und gräulich verfärbt. Seine Lippen hatten ein leichtes Blau angenommen.

»Vater, ich bin es. Mach die Augen auf.«

Sie sah Nevliins Finger, die an Briacs Hals fassten und dort verharrten, ehe sich die Hand des Elfen zur Faust ballte.

»Was ist los?«

»Er ist tot.«

»Nein!« Sie packte den Pfeil und riss ihn heraus, starrte auf den Schaft ohne Spitze und presste ihre Hände auf die Wunde, bündelte die Kraft in ihrem Inneren. Sie spürte die Wärme und sandte diese in den eiskalten Körper, konzentrierte sich auf den Einschuss, die zerfetzten Fasern, die Zerstörung und suchte nach dem Pulsieren des Blutes, dem Herzschlag – doch es war alles still. Ihre Hände zitterten immer heftiger. Da war etwas Fremdes in ihm, beherrschte seinen Körper, hatte ihn von ihr genommen.

»Der Pfeil war nicht für ihn bestimmt«, hörte sie Nevliin über das Rauschen ihres Blutes. »Es war Gift. Ich hätte es wissen müssen.«

Ihre Hände glitten auf den Boden. Er war tot. Ihr Vater war tot.

Sie ließ sich auf die Fersen zurücksinken und sah in das graue Gesicht. Ohne Gefühl für Zeit saß sie da und sah ihn an. Ihr Vater war tot, lag direkt vor ihr. Da war nichts. Sie war wie betäubt. Sie existierte nicht, um sie herum war alles dunkel. Er war tot? Wie konnte das sein? Er war für sie stets der stärkste Mann der Welt gewesen, und ein winziges Stück Metall sollte ihm das Leben genommen haben? Wo war die Gerechtigkeit? Nicht nur, dass ihm im Leben schon kein Glück geschenkt worden war. Seine Liebe, seine Tochter, alle hatten ihn verlassen. Er hatte mit ansehen müssen, wie das gesamte Dorf vernichtet worden war, und letztendlich in der Kälte der Pfützen aus Blut sterben müssen. Allein. Wo war die Gerechtigkeit?

Er war tot. Sie sollte sich verabschieden. Machte man das nicht, wenn eine geliebte Person ging? Sie konnte sich nicht bewegen. Der stickige Rauch hatte sich längst verzogen, leichter Nieselregen setzte ein.

»Ich muss ihn begraben.«

Sie hörte ihre eigene Stimme kaum, wusste nicht, ob sie ihren Gedanken ausgesprochen hatte oder wie lange sie bereits hier kniete.

»Ich werde das machen.«

Sie wandte den Kopf und sah in Nevliins Gesicht. Er hatte das Blut abgewaschen. Wann war er fort gewesen? All das viele Blut. Die Regentropfen flossen wie Tränen über seine Wangen.

»Nein.« Wieder sah sie zu ihrem Vater. Er war Schmied gewesen, er hatte das Feuer geliebt. In diesem Dorf gab es keinen Ort, an welchem sie ihn hätte begraben wollen. Er sollte auf Elfenart gehen. Eins werden mit den Elementen. Von Feuer zu Asche, die der Wind in die raue See davontrug und die Erde aufnahm.

Immer noch zitternd beugte sie sich vor, küsste Briacs kalte, blaue Lippen, schloss ihre Augen. »Es tut mir so leid«, flüsterte sie. All der Schmerz war ihre Schuld gewesen, und sie hatte es ihm mit Missachtung und Hohn gedankt. Jetzt war es zu spät. »Es tut mir so leid.«

Sie zog den weißen Stoff des Umhangs über sein Gesicht und erhob sich. Dann streckte sie ihre Hand aus und hielt sie über ihn. Flammen züngelten um ihre Finger. Er würde durch ihr Feuer gehen. Sie drehte ihre Hand, und die Flammen tropften von ihrer Haut hinab. Der Stoff loderte sofort auf.

Vanora schloss die Augen, tastete nach Nevliins Hand, der sie sofort ergriff und festhielt. Er tat nichts weiter. Hielt sie einfach nur in seinem starken Griff. Als sie ihre Augen wieder öffnete, stand der gesamte Umhang in Flammen, loderte hüfthoch, die Hitze und der Gestank waren kaum auszuhalten.

»Bringt mich hier weg.« Sie sah zu Nevliin auf, dessen seelenlose Augen ihr plötzlich wie ein Spiegel ihrer selbst vorkamen, und ließ sich von ihm fortführen.

Ihr Blick war verschwommen, verzerrte Bilder, wie in einem Traum zogen an ihr vorbei. Die bekannten Gesichter, die toten Augen immer noch von Entsetzen erfüllt. Wie in Trance setzte sie einen Fuß vor den anderen, mechanisch, und wäre sie nicht gehalten worden, hätte sie niemals aus diesem Schlachtfeld herausgefunden.

Immer noch wie betäubt, konzentrierte sie sich auf Nevliin, um sich an ihm festzuhalten. Nur er war real. Solange sie ihn ansah, musste sie die Schreckensbilder nicht sehen. Er hatte seine Wunde am Arm verbunden. Der weiße Stoff war fest gespannt und zu einem Knoten gebunden. Der Brustpanzer fort. Er sah völlig normal aus. Er hatte das Blut abgewaschen. Da war kein Blut mehr an ihm. Da war kein Blut mehr. Nirgends.

Sie hielten vor einem Pferd. Es war märchenhaft schön. Weiß. Friedlich.

»Vanora?«

Es war ein Elfenpferd. Dieses Pferd würde sie nach Lurness bringen. Zurück in die Dunkelheit, eine Welt, in der es keine Sonne gab. Das war nicht ihr Zuhause. Hier war ihre Heimat. Sie liebte diesen Ort. Die Steilklippen. Die gewaltigen Steilklippen, schäumendes Meer.

»Vanora?«

Er schüttelte sie leicht. Sie zuckte zusammen.

»Es geht mir gut.« Sie lächelte. Mit einem Mal sah sie völlig klar, erwiderte Nevliins prüfenden Blick, lächelte immer noch. »Es geht mir gut.«

Er hob sie auf das Pferd. Die grüne Wiese flog unter ihr hinweg. Das Sonnenlicht flackerte golden zwischen den Bäumen. Es war so einfach. Er brachte sie zu den Steilklippen. Das Schicksal meinte es gut mit ihr. Ja, dachte sie, sie musste sterben. Bald. Die Elfen mochten sich um ihre Macht streiten, doch letzten Endes würde sie sterben und mit ihr Hunderte anderer, wenn sie zuließ, dass ihretwegen Krieg unter den beiden Elfenvölkern ausbrach.

Es war so leicht zu verhindern. Die Klippen. Sie musste schnell sein. Schneller als der Elf. Sie durfte ihn nicht ansehen. Er würde es merken. Sie musste ihn überraschen. Schneller sein als er. Er durfte es nicht ahnen. Ein Schritt schneller sein, und all das hätte endlich ein Ende.

Das Pferd bewegte sich nicht mehr. Der Elf stieg ab und hielt sie um die Taille. Nicht ansehen!

Langsam rutschte sie hinunter, hielt sich an seinen Schultern fest.

Merkwürdige schwarze Augen. Wie konnten sie so schwarz sein? Schreckliche schwarze Augen. Sie brannten, bohrten sich in ihren Kopf, weiteten sich vor Schreck.

Nicht ansehen! Er sieht alles! Laufen!

Sie stürmte los, hörte den Donner der Brandung, sah den grauen Horizont, die Kante des Abgrunds. Es war nicht weit. Schneller. Nur noch wenige Schritte. Fliegen wie ein Vogel.

Sie schloss die Augen, ihr Fuß trat ins Nichts, kein Widerstand, durchstieß nur noch Luft.

Ein Ruck, ein grauenhafter Schmerz, der durch den Arm bis in die Schulter zuckte. Fesseln, die sie hielten.

Sie riss die Augen auf, blickte auf den weißen Stoff.

Das durfte nicht sein! Sie war frei gewesen. Ihr Fuß war über die Klippe getreten. Sie war frei gewesen!

»Nein!« Ihr eigenes schrilles Kreischen dröhnte in ihren Ohren, qualvoll, unwirklich, als wäre ein Dämon in sie gefahren. Er hatte sie zurückgezogen! »Lasst mich los!«

Seine Arme schlossen sich wie Ketten um ihren Körper und hielten sie, nur eine Haaresbreite neben dem Abgrund in eisernem Griff. Vanora warf sich hin und her, versuchte ihre Arme zu befreien, doch er bewegte sich nicht, gab keinen Fingerbreit nach.

»Das könnt Ihr nicht machen!« Immer wieder schrie sie ihn an. Sie verfluchte ihn, trat nach ihm.

Er aber schwieg. Hielt sie, drückte sie gegen seine Brust.

Sie wehrte sich so heftig, dass sie selbst riskierte, ihn mit sich in den Abgrund zu reißen. Hauptsache weg, Hauptsache frei.

Doch er bewegte sich nicht. Wie eine Statue, ein Fels. Er bewegte sich nicht, hielt sie fest, sagte kein Wort.

Ihre Kräfte begannen zu schwinden. Ein letztes Mal stemmte sie sich noch gegen ihn, und dann brach der Damm, überschwemmte sie mit all dem Schmerz, den sie niemals hatte zulassen wollen. Ihr Vater war tot! Das Dorf zerstört, und auf sie selbst warteten das Schattenreich, Dunkelheit, ein schrecklicher Tod.

Und dann kamen die Tränen. Sie weinte und schrie sich die Seele aus dem Leib. Immer wieder rief sie nach ihrem Vater, rief seinen Namen, doch er antwortete nicht. Nie mehr würde sie seine mürrische Stimme hören, die die dicksten Wände zu durchdringen vermochte. Sie war allein, da war nichts als Leere und die Fesseln, die sie immer noch hielten.

Irgendwann verließ sie selbst die Kraft, zu weinen, ihre Stimme versagte, und es blieb nichts als ein leises Wimmern, das vom Donner des Meeres verschlungen wurde.

Und Nevliin schwieg immer noch, hielt sie immer noch fest. Nicht ein Wort des Trostes kam über seine Lippen, während die Tränen sein Hemd hinabflossen. Nicht, dass alles wieder gut werden würde. Nicht, dass der Schmerz vorbeigehen würde. Keine Lügen. Zum ersten Mal war sie für seine Schweigsamkeit dankbar. Sie hätte sie nicht ertragen: all die leeren Worte und Versprechungen. Sie wusste, dass nichts gut war. Ihr Vater war tot, sie hatte seinen Körper verbrannt, und keine Worte konnten dies ändern. Nichts würde ihr den Schmerz nehmen.

Der Regen hatte irgendwann wieder aufgehört. Die Sonne verschwand blutrot hinter dem Meer, und Vanora sank durchnässt und kraftlos in Nevliins Armen zu Boden. Dort, direkt am Abgrund, saß sie im Gras und starrte auf das schwarze

Meer, das von ersten Sternen beleuchtet wurde, die an der aufbrechenden Wolkendecke vorbeistrahlten. Nevliin war direkt neben ihr. Er hatte sie losgelassen, blieb jedoch wachsam.

Es war ihr egal. Sie hatte nicht vor, aufzustehen. Sie würde sich nicht von den Klippen stürzen. Jetzt nicht mehr. Die Tränen hatten den Gedanken aus ihr herausgewaschen. Auch wenn der Schmerz immer noch genauso stark war, kam langsam wieder so etwas wie Klarheit in ihr Bewusstsein. Und diese Klarheit, so grausam sie auch war, sagte ihr, dass sie sich ihrer Zukunft stellen musste. Dass sie sich stellen konnte. Dass sie sich stellen würde. Denn die Verantwortlichen mussten büßen. Der Krieg der Elfen war nun auch ihr Krieg geworden.

Eine Ewigkeit saß sie einfach nur da, alleine für sich in ihren Gedanken. Sie wusste, dass Nevliin da war. Sie konnte ihn spüren, doch er tat nichts, um sich bemerkbar zu machen. Er saß genauso schweigend da und sah ebenfalls in die Sterne, während die Nacht das letzte Licht verschlang und ihre schwarze Decke über das Land legte, das ihre Heimat gewesen war.

Bis plötzlich sein Arm aus dem Nichts erschien, sich um ihre Schultern legte und sie zu sich zog.

Die erste Regung seit Stunden, und Vanora bemerkte erst jetzt, wie stark sie zitterte. Es war später Herbst und die Nacht war kalt, und doch wollte sie nicht fort von hier. Sie legte ihren Kopf an seine Brust und lauschte seinem Herzschlag. Den Blick immer noch in den friedlichen Sternenhimmel gerichtet, konzentrierte sie sich nur noch auf das regelmäßige Pochen in seiner Brust. Es hatte etwas Beruhigendes und gab ihr das Gefühl, Teil des schwarzen Himmels zu sein und in Unendlichkeit zu schweben.

So verharrten sie, bis sich der Himmel hinter ihnen rot färbte und die Sonne das Meer in goldenen Glanz hüllte. Die Nacht war vorüber und hatte ihre Schwäche und ihre Angst mit sich genommen. Sie fühlte sich stark und entschlossen. Die Aussicht auf Rache verlieh ihr Kraft. Nicht nur Rache für ihr Dorf und ihren Vater. Rache für all die Intrigen, mit denen sie seit ihrer Geburt verwoben war. Rache für die Angst, mit der ihr Vater hatte leben müssen. Und für den Tod ihrer Mutter, die seine Liebe gewesen war.

Gemeinsam gingen sie auf das Pferd zu, und als Vanora zu Nevliin aufsah, nickte dieser nur. Sie hatte etwas sagen wollen. Irgendwie ihren Dank ausdrücken, doch er wusste alles. Er hatte sie gerettet. Nicht indem er sie von den Klippen zurückgezogen hatte, sondern indem er war, wer er war. Dass er sie ihren eigenen Gedanken überlassen hatte und trotzdem bei ihr gewesen war, wie ein Schild in der Schlacht, während sie ihren inneren Kampf ausgefochten hatte.

Und jetzt brachte er sie zurück nach Lurness, wie er es Eamon versprochen hatte.

Alkariel

Der Thronsaal war verlassen. Alkariel hatte ihren gesamten Hofstaat weggeschickt. Unruhig wartete sie auf die Rückkehr ihrer Ritter, die sie am Vortag in die Welt der Menschen gesandt hatte. Auch Nevliin müsste nun bald bei ihr eintreffen, um ihr ein besonderes Geschenk zu überbringen. Es machte sie etwas nervös, keine Nachricht von ihm zu erhalten. Einer der Wachen hatte ihr mitgeteilt, ihn bereits am Vortag in Ueden gesehen zu haben, doch das war nicht möglich. Er hätte niemals so schnell zurück sein können – und selbst wenn, wäre er doch mit der Halbelfe zu ihr gekommen. Der Wachmann war noch jung und unerfahren. Er hatte ihn bestimmt verwechselt. Es kamen laufend neue Ritter und Elfen in Ueden an, dem neuen Sitz der Königin. Noch dazu trugen alle Lichtritter weiße Rüstungen, und viele banden die Haare genauso wie Nevliin im Nacken zusammen. Sie eiferten ihrem Befehlshaber nach, und besonders die jungen Ritter wollten so sein wie er.

Alkariel hatte alle Elfen aus dem Thronsaal geschickt, doch die Stille war beunruhigend. Sie spürte ein Unheil kommen, was vermutlich an der baldigen Ankunft dieser Halbelfe lag. Doch dieses Unheil würde bald beseitigt sein.

Eine der Seitentüren wurde leise geöffnet. Alkariel seufzte, als sie Meara erkannte, die in den Saal schlüpfte. Obwohl es noch früh war, hoffte sie mit jedem Öffnen eines Tores, Nevliin eintreten zu sehen, auch wenn Meara ihr eine durchaus willkommene Erscheinung war.

Langsam schritt die Magierin auf sie zu. In ihrer Hand trug sie ein rotes Bündel. Irgendetwas, das in rotem Tuch eingewickelt war.

»Was bringst du mir, Meara?«

Die Elfe reagierte nicht, ihr Blick war starr auf den Boden gerichtet, was so untypisch für ihre Vertraute war, dass Alkariel ein beklemmendes Gefühl beschlich. Die unheilschwangere Stimmung war so drückend, dass man sie beinahe hätte greifen können.

»Was ist los, Meara? Sprich!« Alkariel hatte Mühe, sich ihre Anspannung nicht anmerken zu lassen und geduldig zu bleiben, noch dazu, da Meara kaum vorwärtszukommen schien.

Eine Ewigkeit verging, bis die Magierin endlich an den Stufen zu ihrem Thron angekommen war, doch als sie schließlich aufblickte, fuhr Alkariel instinktiv zurück. Noch nie hatte sie ihre Vertraute so … ernst gesehen. Wo waren die unbeschwerten, fröhlichen Augen? Der kindliche Ausdruck, jener lächelnde Blick auf eine Welt, die sich mit Sicherheit zum Guten wenden würde?

»Eure Majestät.« Mearas Stimme zitterte.

Alkariel wartete. Schwieg. War es den verfluchten Menschen etwa gelungen, einen ihrer Ritter zu überwältigen? Nein, das war nicht möglich. Die Vorstellung allein war absurd.

»Herrin … die Anführerin der Lichtritter für die Mission in der Menschenwelt ist zurückgekehrt.« Meara stockte.

Also war tatsächlich etwas mit den Rittern geschehen? »Wieso kommt sie nicht zu mir, um zu berichten?«, fragte Alkariel gedehnt.

»Sie ist ... verletzt. Schwer verletzt.«

Langsam kehrte Alkariels Ungeduld zurück. Was war nur los mit Meara? Warum sprach sie nicht? Was hielt sie vor ihr zurück? »Nun gut. Was ist mit den anderen Rittern? Es wird sich wohl einer finden, der mir berichten kann«, schnarrte sie.

»Nein, Herrin.«

»Nein?« Alkariel kniff die Augen zusammen, und Meara sah wieder zu Boden. Wo war die unerschütterliche Elfe hin?

»Nur die Elfe Eirwen ist zurückgekehrt«, sagte Meara tonlos.

Die Königin seufzte. Wäre es nicht ihre Vertraute, die hier wie ein Häufchen Elend vor ihr stand, wäre sie längst nicht mehr so ruhig geblieben.

»Also gut, Meara«, versuchte sie es jetzt mit ruhiger, sanfter Stimme. Irgendetwas hatte die Magierin verstört, und später würde Alkariel sich auch damit befassen, was der Freundin wohl auf das Gemüt geschlagen war. Aber jetzt wollte sie zuerst einen Bericht und wissen, was schiefgelaufen war. So schlimm konnte es ja nicht sein. Bald kam Nevliin mit Vanora. Was zählte es da schon, wenn einer ihrer Ritter verletzt war. Es war ärgerlich, weiter nichts. Und es war ein Rätsel, das sie gern gelöst sehen wollte, und zwar jetzt. »Wo sind die anderen Ritter?«, wiederholte sie.

Meara schnappte hörbar nach Luft und blickte dann wieder auf. »Tot, Herrin. Sie sind tot.«

Jetzt war es an Alkariel, nach Luft zu schnappen. Tot? Vermutlich hatte sie sich verhört, es konnte gar nicht anders sein. Keinem Menschen wäre es gelungen, Lichtritter zu ermorden. Ein Hinterhalt! Die Dunkelelfen mussten sie in eine Falle gelockt haben. Doch konnte Meara allein deswegen so zerstört sein? Natürlich war der Verlust von Rittern ärgerlich, doch es war noch lange kein Grund, sich deswegen derart seltsam zu benehmen.

»Was ist passiert, Meara? So sprich doch!«, drängte sie.

»Fürst Nevliin.«

»Nevliin? Was ist mit ihm?« Jedes Bemühen um Fassung schwand. Alkariels Herz raste, und sie musste sich an der Armlehne festhalten. Hatte Nevliin seine Ritter doch begleitet und war ebenfalls umgekommen? Das war unmöglich. Er war doch in Lurness. Sie hatte ihn nach Lurness geschickt!

»Was ist mit Nevliin?!« Ihre Stimme wurde schrill und überschlug sich beinahe. »Ist er verletzt? Nun sprich doch endlich. Und was hast du da in der Hand?«

Meara öffnete den Mund, doch es fanden keine Worte heraus. Stattdessen kam sie die Stufen zum Thron herauf. Auf der letzten Stufe kniete sie nieder und schlug den roten Stoff beiseite. Alkariel starrte auf den mit Edelsteinen besetzten Dolch, an dem geronnenes Blut haftete. Sie erkannte ihn sofort. Ihr Atem ging noch schneller.

Er ist tot! Nevliin ist tot!

»Den haben wir aus Eirwens Seite gezogen, Herrin.« Meara sprach so leise, dass die Königin sie kaum verstehen konnte. »Er hat sie alle getötet. Seine Ritter. Er hat sie alle getötet.«

»Du weißt nicht, was du da sprichst«, hauchte Alkariel. Sie fühlte sich einer Ohnmacht nahe.

»Bring ihn deiner Königin zurück.« Meara hielt Alkariel das Bündel entgegen. »Das hat er zu Eirwen gesagt, bevor …« Sie schluckte. »Herrin, der Fürst hat uns verraten.«

»Nein!« Sie sprang auf und schlug den Dolch beiseite, der scheppernd an die Wand knallte. »Nevliin würde mich … er würde das Lichtreich niemals verraten.«

Niemals! Das durfte nicht wahr sein. Nevliin würde für sie

sterben. Er war der treueste Ritter von allen. Jahrhundertelang war er ihr ergeben gewesen. Sie hatte ihn zu dem gemacht, was er war, ihn geformt, ihn geschliffen.

»Es ist die Halbelfe, Herrin«, sagte Meara. Ihre Stimme war nun wieder fester und voller Hass. »Sie hat ihn verzaubert.«

Vanora! Immer wieder diese Vanora! Sie hatte ihren Namen nicht gekannt, bevor Nevliin ihn ausgesprochen hatte. Nevliin! Es hätte ihr auffallen müssen. Er hatte ihren Namen ausgesprochen! Sie hatte ihm etwas bedeutet! Sie hatte ihm mehr bedeutet, als sie selbst es tat.

Der Zorn kam über sie wie eine Feuersbrunst. Er brannte in ihr, so hell und gleißend, und ließ nichts zurück.

Das würden sie bereuen. Vanora, Eamon, Nevliin, das gesamte verfluchte Volk der Dunkelelfen würde dafür büßen.

Alkariel ließ sich wieder auf ihren Thron sinken und atmete tief durch. »Meara, es ist Zeit.«

Die Elfe sah fragend auf, und Alkariel fuhr fort: »Bereite alles vor. Es ist Zeit, deine neue Errungenschaft zu testen.«

Meara nickte, und der Kummer verschwand wie weggewischt aus ihren Augen. Die Macht, verbunden mit etwas Bösartigem, kehrte zurück, als wäre sie während dieses dramatischen Auftritts niemals fort gewesen. Und Alkariel wusste, dass jetzt die wahre Kraft der Thesalis zum Vorschein kommen würde.

Eämon

Die Nacht war längst vorbei, und das Schattenreich zeigte sich im üblichen grauen Licht, als der lang ersehnte weiße Blitz aus dem Dunkelwald in den Himmel schnitt.

Eamon, der sich an einem der oberen Mauerringe befand und von dort bis zur Ebene von Edora sehen konnte, lief sofort zum äußeren Hof, wo er auf Glendorfil traf, dem die Regung des Tores ebenfalls nicht entgangen war.

»Sie sind zurück?«, fragte er und trat gleichfalls an die Zugbrücke, den Blick auf den nebelverhangenen Wald gerichtet.

»Ja.« Eamon strich sich mit der Hand über das Gesicht. Ein Baumjäger war vorhin aus dem Wald gekommen und hatte ihm ein Zeichen gegeben, und jetzt musste er nichts anderes tun, als die nächsten Minuten zu warten, bis er endlich mit eigenen Augen sehen konnte, dass es Vanora gutging. Er musste endlich wissen, was los war und wo sie gewesen waren, auch wenn er es sich gut vorstellen konnte.

Nicht nur einmal hatte Eamon Schattenritter zu ihnen senden wollen, aber Glendorfil hatte es ihm immer wieder ausgeredet. Nevliin hätte etwas von Unterstützung gesagt, wäre sie denn notwendig gewesen. Aber er hatte nur von Vanora gesprochen, und deshalb, so hatte Glendorfils Rat gelautet, sollten die Schattenritter in Lurness bleiben. Eamon hatte sich dem Rat seines Heermeisters gebeugt, aber die Untätigkeit war ihm so schwergefallen, dass er die ganze Nacht über die Wehrmauern gestreift war und sich die schlimmsten Szenarien ausgemalt hatte.

Es waren mehr als nur ein paar Minuten, bis er endlich das weiße Pferd aus dem Nebel treten sah. Die Versuchung, einfach auf sie zuzulaufen, war groß, doch er rang sie nieder und wartete, tauschte nur einen beklommenen Blick mit Glendorfil und sah wieder zurück zu Nevliin.

Vanora saß vor ihm im Sattel. Ihr Kopf war zur Seite auf die Schulter gesunken. Sie schlief.

Dieser friedliche Anblick ließ die Angst wie einen schweren Felsen von Eamon abfallen, während das Pferd in gemächlichen Schritten über die Zugbrücke lief und schließlich neben ihm hielt.

Ein Stallhelfer nahm die Zügel des weißen Hengstes, und Eamon legte sich Vanoras Arm um die Schultern, um sie vom Pferd herunterzuheben, wobei ihr Kopf gegen seine Brust sank. Sie fühlte sich so unglaublich leicht an, und erst jetzt sah er vereinzelt Blutspuren an ihrer Haut und in den Haaren.

»Was ist passiert?«, brach sich die Frage Bahn, die ihm den Schlaf geraubt hatte, und er wich einen Schritt zurück, um Nevliin Platz zum Absteigen zu geben.

Dieser sah ihn mit einer Müdigkeit an, die selbst dessen gelassene Miene überschattete und Eamon einen Moment lang Mitleid für den Ritter empfinden ließ. »Alkariel hat Vanoras Dorf zerstört«, antwortete Nevliin ruhig. »Ihr Vater ist tot.«

»Was?« Glendorfil trat einen Schritt vor und musterte voller Entsetzen Nevliin und dann wieder die schlafende Vanora. »Das hat sie gewagt?«

Nevliin nickte, und Eamon drückte Vanora instinktiv noch etwas fester an sich. Er konnte nicht glauben, dass es das Schicksal so grausam mit ihr meinte. Als hätte sie nicht bereits genug durchgestanden.

»Ich bringe sie in ihr Zimmer«, sagte er schließlich und sah wieder zu Nevliin. »Danach musst du uns genau erzählen, was geschehen ist.«

Wieder nickte Nevliin und wandte sich dann ohne ein weiteres Wort ab, um in Richtung Stall fortzugehen. Eamon sah ihm lange nach, folgte seinem kraftlosen Gang, der wie eingefallen wirkenden Gestalt und dachte, dass nicht nur Vanora in den letzten Stunden einen Teil von sich verloren hatte. Der sonst so stolze und in sich ruhende Nevliin hatte ausgesehen, als wäre jedes Leben aus ihm gewichen – eine leere Hülle. Ich muss ihn beschützen, dachte Eamon und lächelte über diesen Anflug altbekannter Zärtlichkeit. Als wäre Nevliin wieder der kleine Junge von früher, der zu oft geschlagen worden war. Auch jetzt wünschte Eamon, er könnte die Grausamkeiten dieser Welt von ihm fernhalten und seine Seele davor bewahren, Schaden zu nehmen – auch wenn es zu deutlich zu erkennen war, dass es dafür bereits zu spät war.

Gedankenversunken brachte er Vanora in ihre Gemächer, und als er sie vorsichtig auf das Bett legte, schlug sie die Augen auf, sah sich kurz verwirrt um und seufzte. »Eamon! ... Einen Moment lang dachte ich, es wäre alles nur ein böser Traum gewesen«, flüsterte sie, ließ sich wieder zurückfallen und legte den Unterarm über ihre Augen.

»Es tut mir so leid.« Eamon setzte sich an die Bettkante und nahm ihre Hand. »Nevliin hat mir erzählt, dass ...«

»Es ist nicht mehr zu ändern.«

Sie ließ ihren Arm sinken und sah ihn nun direkt an, mit

einem Ausdruck, der ihm den Atem gefrieren ließ vor Furcht. Sie sah aus wie Nevliin. Leer und seelenlos. Als hätte sich eine Dunkelheit in ihr ausgebreitet, die jedes Strahlen ihrer Augen verdeckte.

»Ich weiß, wie viel dir Briac bedeutet hat«, versuchte er sie zu trösten und fand doch selbst kaum Trost für seine Angst. »Er war ein guter Mann. Aber bitte … verzweifle nicht.«

Vanora musterte ihn einige Herzschläge lang aufmerksam, dann wandte sie sich ab, starrte ausdruckslos an die Decke, und Eamon fühlte sich so hilflos wie nie zuvor. Sie lag direkt neben ihm, und doch war sie weit weg, entfernte sich immer weiter, und er konnte nichts dagegen tun. Er hatte das Gefühl, dass sie ihm umso schneller entglitt, je mehr er sie festzuhalten versuchte. Und der Tod ihres Vaters würde nun – nach den vielen Hindernissen, die ihre Zusammengehörigkeit bereits erschüttert hatten – das Ende herbeiführen. Denn auch wenn sie es niemals zugeben würde, vermutlich nicht einmal sich selbst gegenüber, machte sie ihn für all ihr Leid verantwortlich. Er war es, der sie stets mit den furchtbaren Wahrheiten konfrontierte, und er war es, der sie von ihrem Vater fortgeholt hatte, so dass sie nicht bei ihm gewesen war, als er starb. Sie gab ihm die Schuld, und vielleicht hatte sie damit auch recht. Doch alles, was er tun konnte, war, zu versuchen, künftig besser auf sie aufzupassen.

»Ruh dich aus, Vanora«, sagte er schließlich und erhob sich. »Ich werde erwartet, aber ich komme wieder, um nach dir zu sehen.«

»Wohin gehst du?« Sie fuhr hoch und schwang die Beine aus dem Bett. »Von wem wirst du erwartet?«

Eamon unterdrückte ein Seufzen, denn jetzt wusste er, dass es kein Entkommen mehr gab. »Ich bin der König«, antwortete er ruhig und ohne jedes Gefühl. »Mein Land muss sich auf einen Krieg vorbereiten.«

»Krieg?« Sie zog die Augenbrauen zusammen und musterte ihn einige Augenblicke lang. »Alkariel hat dir nichts getan«, fuhr sie schließlich fort. »Sie hat das Schattenreich nicht angegriffen. Wieso sprichst du plötzlich von Krieg?«

»Weil es jetzt einen Grund gibt.« Er fuhr sich mit beiden Händen durch das Haar und sah wieder in die skeptischen Augen. »Ja, ich weiß, ich habe nicht jede Sekunde an Krieg gedacht oder wie besessen an meinen Kampftechniken gefeilt, so wie du. Aber ich bin kein Kind mehr.«

»Ich meine nur, dass du früher nie davon gesprochen hast.«

Eamon schüttelte leicht den Kopf. »Was weißt du vom Krieg?«, fragte er sie leicht gereizt. »Ich habe gekämpft, ich habe getötet, und ich habe Elfen, die mir lieb waren, sterben gesehen. Du hältst mich für naiv, weil ich an den Frieden geglaubt habe? Nun gut, du hast recht. Niemals hätte ich Alkariel solch eine Grausamkeit zugetraut. Doch ich wurde eines Besseren belehrt, und obwohl ich mir nicht ohne einen Anlass den Kopf über die Kriege der Zukunft zerbrochen habe, ist es nun so weit.« Er wandte sich zum Gehen, ehe er in einer Situation wie dieser noch etwas sagte, das er hinterher bereute, doch Vanora hielt ihn auf.

»Warte!«, rief sie und lief auf ihn zu. »Ich komme mit.«

»Nein. Du brauchst Ruhe.«

Sie hob den Kopf leicht an und stemmte eine Hand in die Seite. »Ich werde mich jetzt umziehen«, sagte sie betont langsam, »und dann nachkommen. Erwarte nicht von mir, hier alleine zu bleiben.«

Eamon lächelte. Sie würde nicht nachgeben. Natürlich

nicht. »Dann lass dir Zeit«, sagte er, gab sich einen Ruck, stand auf und machte sich auf den Weg zum Sternensaal. Es war höchste Zeit, sich mit der Bedrohung auseinanderzusetzen.

Die Reihen der Felstreppen im Sternensaal füllten sich mit ernsten Gesichtern. Glendorfil lehnte als Einziger am Stamm des Seelenbaumes, die anderen hatten an den unteren Treppenstufen Platz genommen: Liadan zu Eamons Linker, Ardemir zu seiner Rechten, daneben Tante Lessien, Feanor, der Fürst von Tantollon, der das Land im Südwesten des Schattenreiches regierte, welches direkt an der Küste der Versenkungsbucht lag und durch das Silbergebirge von der Ebene von Edora abgegrenzt wurde. Neben diesem saß Noin, der Fürst des Irrwischmoors, des Gebiets nördlich von Lurness, das sich mit den Gezeiten des Ostmeeres mit seinen Feuchtgebieten und Marschen ständig veränderte. Auch Nevliin fand sich an jener Seite nahe der Tür ein, während neben Liadan nun auch Gilroen, der Befehlshaber über die Baumjäger, und Larinel, die Fürstin über das Grenzland, Platz nahmen. Das Grenzland war das einzige Gebiet, in dem die magische Barriere der beiden Reiche nicht durch die Versenkungsbucht verlief, sondern nördlich davon das Land teilte und den Nordwesten des Schattenreiches einnahm.

Eamon hatte bereits vor Tagen nach all den Fürsten gesandt, um sich über die Vorgänge an den Weltentoren zu informieren. Ein Schachzug, der, wie sich nun herausstellte, nicht der schlechteste gewesen und auch bestimmt nicht sein letzter gewesen war.

Seine Gefühle für Vanora hatten in den vergangenen Monaten, ja Jahren einen großen Teil seiner Aufmerksamkeit beansprucht, wodurch er sich nicht unbedingt einem König angemessen verhalten hatte, doch dies würde jetzt enden. Die

Liebe machte aus dem härtesten Krieger einen Narren. Vermutlich verliebten Elfen sich deshalb auch so selten, dachte er. Dennoch waren ihm seine Pflichten derweil nicht völlig gleichgültig gewesen. Er hatte unterschiedlichste Lösungswege und Szenarien angedacht und durchgespielt, und nun war der Zeitpunkt gekommen, einige dieser Pläne in die Tat umzusetzen. Eamon nickte Bienli zu, der in diesem Augenblick den Raum betrat, fluchend auf die Treppe zukam und auf die gepolsterte Stufe hinter Nevliin kletterte. Er war froh gewesen, zu hören, dass der kleine Mann überlebt hatte – seinen Auftrag und die Begegnung mit seiner Frau. Dass Nevliin Bienli verschont hatte, hatte das zärtliche Gefühl für den alten Freund nur noch weiter gefestigt. Auch der Kobold spielte eine Rolle in Eamons Plänen, und vermutlich würde es ihn freuen, zu wissen, dass seine Aufgabe ihn wiederum eine Zeitlang von seinem Weib fernzuhalten vermochte. Eamon lächelte. Er kannte das Volk der Kobolde als kinderreiches, liebevolles und fürsorgliches Volk, wenn auch für seinen Geschmack etwas zu unverblümt in der Vertretung ihrer Meinungen. Gar erschien es ihm, als gleiche die Größe ihrer Herzen den kleinen Wuchs ihrer Körper aus und das großspurige Getue das geringe Kampfgeschick. Das Schwert eines Kobolds war seine Zunge, doch Finola war schon ein ganz besonderes Exemplar, wusste er. Selbst manch ein Elf fürchtete ihren Zorn, und bisher war es ihm nicht gelungen, die sonderbare Beziehung zwischen ihr und Bienli zu durchschauen. Kein anderes Koboldpaar verhielt sich so … anders.

»Da wir nun vollzählig sind«, begann er und erhob sich, um vor die Anwesenden zu treten, »wird es Zeit, uns den Geschehnissen der letzten Stunden zu widmen.« Er wandte sich an Nevliin: »Was ist im Dorf der Menschen passiert?«

Der Bericht des Fürsten war knapp und frei von Emotionen: der Auftrag, Vanora aus Lurness zu entführen. Sein unrühmliches Verhalten in den Gärten von Lurness. Seine Befehlsverweigerung gegenüber Alkariel, als er Vanora zurückließ. Die Reise nach Ueden, das erlauschte Gespräch. Der Überfall auf das Dorf. Briacs Tod.

Gerade im letzten Teil des Berichtes wurde seine Stimme rau. Eamon vermutete, dass die anderen Anwesenden es nicht einmal bemerkten, so gut verbarg Nevliin seine Emotionen. Aber Eamon kannte ihn gut genug, um zu erkennen, wie sehr dem Fürsten die Erinnerung zusetzte.

Als Nevliin geendet hatte, legte sich eine beklemmende Stille über den Saal, und in den Gesichtern spiegelte sich Betroffenheit. Es war eine Sache, zu wissen, wozu Alkariel fähig war – und eine andere, dieses Wissen bestätigt zu sehen. Schließlich brach Bienli die Stille. »Ich hätte zu gerne gesehen, wie sie Dreck gefressen haben«, schimpfte er, stampfte mit dem Fuß auf und tätschelte dann in einer nahezu väterlichstolzen Geste Nevliins Arm. Eamon lächelte und ergänzte im Geiste die dazugehörigen Worte: Gut gemacht, mein Junge.

Nevliin sah kurz zu Bienli, der sich durch die höhere Stufe beinahe auf Augenhöhe mit ihm befand, nickte ihm knapp zu und wandte sich dann wieder der Karte im Boden zu, als gäbe es dort etwas Neues, Unbekanntes und ungemein Wichtiges zu entdecken.

Und dann öffnete sich erneut die Tür, und Vanora betrat den Raum. Die Elfen erhoben sich wie ein Mann und verbeugten sich vor ihrer Prinzessin, die neben Bienli Platz nahm.

Vanora, die nun Hosen, Hemd und ihren Dolch am Gürtel trug, sah sich in der Runde um. Eamon wusste, dass ihr die meisten der Anwesenden fremd waren, doch das schien sie nicht zu stören. »Was habe ich verpasst?«, fragte sie. Ihre Stimme war fest, der Ausdruck entschlossen, und Eamon wusste nicht, ob ihm ihr Auftreten gefiel. Dass sie sich nicht in Trauer verlor, war ein gutes Zeichen. Dass sie sie so vollkommen fortzudrücken vermochte, ein schlechtes. Es ging zu schnell.

Bienli rutschte näher an sie heran. »Wir haben gerade darüber gesprochen, wie unser Held hier« – er deutete in einer weit ausholenden Geste zu Nevliin – »die feigen Lichtelfen das Fürchten gelehrt hat.«

Der Kobold hatte die Worte kaum ausgesprochen, da erhob sich Nevliin auch schon. »Und da ich nun alles berichtet habe, was es zu berichten gibt«, sagte er tonlos, »verabschiede ich mich.«

Alle Anwesenden starrten ihn an, auch Eamon, der einen Schritt auf ihn zuging. »Wo willst du hin?«, fragte er und versuchte sich einzureden, dass es ihn nicht schmerzte, wie Nevliin einfach durch ihn hindurchsah.

»Zurück nach Ueden«, antwortete der Lichtelf.

Bienli flog beinahe von seinem Polster, als er zu Nevliin herumfuhr: »Aber was wollt Ihr denn ausgerechnet dort?«

»Das würde mich auch interessieren.« Eamon verschränkte die Arme vor der Brust, doch Nevliin ließ sich nicht beirren.

»Ich habe meine eigenen Leute getötet«, erklärte er, »und ich gehe, um meine gerechte Strafe zu erhalten.«

»Bist du wahnsinnig?«, platzte es nun doch aus Eamon heraus, doch noch ehe er fortfahren und sich in Rage reden konnte, schnitt Bienli ihm das Wort ab: »Der hat wohl ein paar zu viel mit dem Schwert über den Schädel gekriegt«, grunzte der kleine Mann und sprach damit das aus, was einige der anderen zu denken schienen.

Auch Vanoras Blick war auf Nevliin gerichtet – stumm, forschend und für Eamon nicht zu deuten –, doch es war Glendorfil, der nun das Wort ergriff. »Setzt Euch, Fürst Nevliin von Valdoreen«, sagte er in ruhigem Ton und kam über die Karte im Boden auf ihn zu.

Nevliin sah ihn an. »Ich bin immer noch ein ...«

»Setzt Euch!«

Die Elfen tauschten verwunderte Blicke, Nevliin hob eine Augenbraue, nahm dann aber Platz, lehnte sich zurück und verschränkte die Arme vor der Brust, während Glendorfil sich neben Eamon einfand und die Hände in die Seite stemmte. »Dieses ganze Geschwätz über Ritterehre kann ich nicht mehr hören«, sagte er und musterte Nevliin ernst. »Ritterlichkeit. Heldenmut. Ihr seid ein arroganter Wichtigtuer, Fürst Nevliin von Valdoreen, mehr nicht, und wäret Ihr noch in meinem Unterricht, hätte ich Euch für so viel Dummheit die Ohren langgezogen.«

»Die Ohren langgezogen«, prustete Bienli, verstummte jedoch sofort, als Glendorfils warnender Blick ihn traf.

»Auch wenn Ihr des Lebens müde seid«, fuhr Glendorfil fort, »könnt Ihr nicht glauben, dass ich Euch so leicht davonkommen lasse. Wir wissen beide, wovon ich spreche, und ich lasse Euch nicht einfach den leichten Weg gehen.«

Eamon sah verwirrt zwischen den beiden hin und her, doch diese schienen ihre Umwelt vergessen zu haben und nur noch einander wahrzunehmen.

»Euer Schwert«, fuhr Glendorfil fort, »wird uns genauso wie Euer Wissen über den Feind dienen. Und falls Ihr diesen verdammten Krieg überleben solltet, dann tue ich Euch gerne den Gefallen und werfe Euch persönlich von der Brücke, um Eurem Leben ein Ende zu bereiten.«

»Sofern Ihr selbst dann noch lebt«, antwortete Nevliin rau. Die Beleidigungen in Glendorfils Worten schien er nicht gehört oder verziehen zu haben.

»Wenn nicht, springe ich gerne ein«, sagte Ardemir, und Eamon nickte. Zwar verstand er nicht, was zwischen Nevliin und Glendorfil geschah, aber er wusste, wie wichtig es war, dass Nevliin blieb, statt sich sinnlos zu opfern. Und das allein zählte.

Glendorfil richtete sich auf und sah mit festem Blick in die Runde: »Ich halte dies für die beste Losung«, sagte er, und es war nur zu deutlich, dass der Befehlshaber der Schattenritter in diesem Punkt keine Widerrede zu dulden bereit war. Eamon hatte den umsichtigen Strategen und Kämpfer selten so hart und kompromisslos erlebt wie in diesem Augenblick.

»Aber ich bringe euch alle in Gefahr«, sagte Nevliin. »Alkariel wird sich für meinen Verrat rächen wollen und –«

»Still, Junge.«

Alle Versammelten hielten den Atem an, und auch Nevliin wirkte einen Moment lang überrascht. Einen Elfen – noch dazu von Nevliins Alter, Erfahrung und Stand – als Jungen zu bezeichnen war eine größere Beleidigung als jedes Schimpfwort. Da spielte es auch keine Rolle, dass der Befehlshaber der Schattenritter der Älteste hier im Saal, vermutlich sogar in ganz Lurness war. Doch niemand wies Glendorfil zurecht, der zum Baumstamm der Seelen zurückging und unbeeindruckt fortfuhr: »Krieg steht uns bevor. Nicht mehr lange, und wir werden die Heerscharen jenseits des Waldes erblicken.«

Eamon nickte. »Glendorfil hat recht«, sagte er zu Nevliin.

»Du hast das falsche Spiel der Tyrannin erkannt und dich gegen sie gestellt. Du bist jetzt einer von uns.«

Nevliin sah ihn ausdruckslos an. »Ich bin gerührt«, entgegnete er kalt, und Eamon fluchte stumm. Er hätte Nevliin am liebsten von seinem Sitz gezerrt und geschüttelt, ihn angeschrien, ihm gesagt, was für ein verdammter Idiot er war mit all seinem zur Schau getragenen Hochmut und dem verzweifelten Versuch, sich keinerlei Gefühle anmerken zu lassen. Als wenn dich das schützen könnte, Nevliin! Aber Eamon tat nichts davon und beschränkte sich stattdessen auf ein schmallippiges Lächeln.

»Ich bezweifle die Fähigkeiten des Fürsten nicht«, mischte sich nun Ardemir ein, »aber Nevliin ist auch nur ein Mann. Was haben wir Alkariel entgegenzusetzen?«

Eamon fuhr sich mit der Hand über die Augen. Er wünschte sich, zu trinken, doch niemand aß und trank im Sternensaal – egal, wie lang Besprechungen auch dauern mochten. Denn hier waren sie den Seelen bei den Sternen nah, zumindest glaubten er und alle anderen aus Lurness daran, und es galt die Verstorbenen mit nüchternem Geist und Disziplin zu ehren. Er wusste, dass ihm anstrengende Stunden bevorstanden und dass von jeder seiner Entscheidungen Leben abhingen. »Sie sind uns zwar zahlenmäßig überlegen«, sagte er, »aber durch die Festung …«

»Sie werden uns überrennen«, rief da Liadan, »und du weißt das, Bruder.«

»Lurness kann nicht eingenommen werden.«

»Ihre Magie ist unserer überlegen.«

»Wir haben zu wenig Kämpfer.«

»Der Abgrund wird uns schützen.«

»Am Dunkelwald kommen sie nicht vorbei.«

Eamon konnte die vielen Stimmen bald nicht mehr auseinanderhalten, und deswegen schlenderte er zur Tür, nahm jenen funkelnden Stab von der Wand daneben, mit welchem auf die Karte am Boden gezeigt werden konnte, und knallte ihn mit aller Kraft gegen den Felsen. Mit einem Schlag war es still und alle Augen auf ihn gerichtet. »Was ist mit Valdoreen?«, fragte er schließlich an Nevliin gewandt und kam zurück in die Mitte des Saals. »Können wir mit Unterstützung rechnen?«

Nevliin schüttelte den Kopf. »Es gibt drei mögliche Wege für Valdoreen, und keiner wird uns von Nutzen sein.«

»Die da wären?«

Der Fürst zuckte mit den Schultern. »Alkariel lässt ihre Wut an meinen Leuten aus und vernichtet sie.«

»Sehr unerfreulich. Und weiter?«

»Alkariel erkennt, dass ihr die gut dreitausend Krieger nützlich sind, und baut ihre Lügengeschichte weiter aus, um sie für sich einzunehmen.« Er ließ seinen Bick nach rechts und links gleiten. »Die dritte Möglichkeit«, erklärte er, »und die halte ich für unwahrscheinlich, ist, dass die Valdoreener Alkariels Lügen durchschauen und mir treu bleiben. Aber wie sollten wir einen Boten durch die Weltentore zu ihnen schicken? Alkariel lässt sie jetzt bestimmt bewachen. Und wie sollten dreitausend bewaffnete Elfen unbemerkt aus dem Lichtreich verschwinden?«

Eamon verschränkte die Arme vor der Brust. »Also keine Hilfe aus Valdoreen«, stellte er seufzend fest. »Und wie viele Krieger haben wir?«

»Aus Tantollon kann ich Euch gut eintausendfünfhundert Krieger bringen«, erklärte Feanor. »Es sind auch noch knapp einhundert Jünglinge dort. Sie sind noch keine hundert Jahre alt, aber es sind durchaus fähige Bogenschützen unter ihnen.«

Eamon nickte. »Sie werden an den oberen Ebenen der Festung postiert.« Er wandte sich an die anderen Fürsten. »Was haben wir noch?«

»Dreitausend Schwerter und einhundert Bogenschützen aus dem Grenzland«, sagte Larinel.

»Zweitausend erfahrene Krieger«, kam es von Noin.

Eamon nickte zufrieden und wandte sich an seinen Vetter: »Wie viele Bogenschützen befehligst du, Ardemir?«

»Gut zweihundert.«

»Und wie viele Schattenritter haben wir, Glendorfil?«

»Knapp fünfhundert.«

»Gut.« Eamon wandte sich ab und führte den elfenlangen Stab über den Boden, dorthin, wo der Drachenfelsen mit der Festung lag. »In Lurness haben wir noch gut eintausendfünfhundert weitere Schwertkämpfer«, erklärte er. »Wir werden die Lichtelfen nicht an die Burg heranlassen.« Er zeigte auf die weite graue Fläche, die sich unweit des Waldes erstreckte. »Die Ebene von Edora wird unser Schlachtfeld sein. Sobald sie in Reichweite sind, schicken ihnen die Bogenschützen einen Pfeilhagel von den obersten Ebenen entgegen, der ihre Überzahl schnell mindern wird. Wir anderen werden sie hier empfangen.« Er tippte mit dem Stab an den Rand des Dunkelwaldes, dort wo dieser in das karge Land von Edora überging. »Sollten sie es dennoch schaffen, durchzubrechen«, sagte er und warf Gilroen einen kurzen Blick zu, »wird ihnen der Dunkelwald zum Verhängnis.«

»An den Baumjägern kommen sie nicht vorbei«, bestätigte der Befehlshaber des Elfenvolkes mit den nachtschwarz getarnten Gesichtern.

»Wie viele Baumjäger haben wir?«, fragte Eamon, auch wenn er die ungefähre Anzahl wusste.

»Bestimmt einhundert, mein Herr.«

»Das genügt.« Er deutete zu seinem Vetter. »Ardemirs Bogenschützen und Feanors Jünglinge aus Tantollon bleiben in den obersten Ebenen der Festung und sorgen für eine anständige Begrüßung. Die anderen Schützen sichern die unteren Mauern, für den Fall, dass die Bastarde es dennoch bis zur Burg schaffen. Wir anderen werden die Lichtelfen hier am Rande des Waldes erwarten. Gilroen, Ihr haltet Eure Baumjäger zurück. Ihr schießt nur, wenn die Lichtelfen bis zum Wald vordringen. Sie dürfen nicht gewarnt werden.«

Nevliin schnaubte verächtlich und schüttelte den Kopf, was Eamon wütend von der Karte aufsehen ließ.

»Was ist?«, fragte er, ohne sich die Mühe zu machen, seinen Missmut über die Unterbrechung zu verbergen.

Nevliin deutete vage auf die Karte Richtung Wald. »Jeder Lichtelf weiß von deinen berühmten Baumjägern«, sagte er. »Alkariel ist nicht so dumm und schickt ihre Krieger unvorbereitet in den Wald.«

»Die Baumjäger«, erklärte Gilroen sichtlich gereizt, »haben Lurness nicht nur einmal vor dem Untergang bewahrt. Selbst wenn sie von uns wissen, führt kein anderer Weg zur Festung.«

Nevliin zuckte mit den Schultern. »Ich sage nur, dass Ihr nicht auf den Überraschungseffekt hoffen könnt. So wie ich das sehe, wird Alkariel eine Überraschung für Euch bereithalten.«

Eamon hob die Hand und brachte die beiden Kampfhähne so zum Schweigen. »Was weißt du?«, fragte er Nevliin, dessen Augen flüchtig zu Vanora huschten, ehe er ihn wieder ansah.

»Gerüchte«, antwortete Nevliin schließlich gedehnt. »Es heißt, Alkariel hält sich in den Kellern des Palastes ein halbes

Dutzend Brecher, und die Magierin Meara hält angeblich einen Grogon im Sonnental gefangen.«

»So ein Schwachsinn«, knurrte Gilroen. »Einen Grogon sperrt man nicht einfach in irgendein verdammtes Verließ unter dem Palast.«

»Die Magie wird ihr dabei sicherlich nicht hinderlich sein«, antwortete Nevliin mit einem tödlichen Blick in die Richtung des Baumjägers.

»Was sind das für Wesen, diese ... Brecher und ... Grogon?«, fragte nun Vanora, die aus ihrer Teilnahmslosigkeit erwacht war. Sie hatte sich nach vorn gebeugt und blickte fragend in die Gesichter der Elfen.

Es war Ardemir, der ihr schließlich antwortete: »Brecher«, erklärte er und zog scharf die Luft ein, als hätte er sich bereits an dem Wort verbrannt, »sind gewaltige vierbeinige Tiere, so groß wie ein Haus und mit Hörnern an den Schläfen so lang wie zwei Männer. Lass so einen wilden Bullen auf einen Schildwall los und ...« Er klatschte die Hände zusammen, wodurch Vanora erschrocken zusammenzuckte, sich jedoch sofort wieder fasste.

»Ich verstehe«, sagte sie, doch nun ergriff Liadan das Wort: »Aber Brecher sind dumm. Man weiß nie, ob sie die Feinde oder einen selbst niedertrampeln. Deswegen werden sie auch hauptsächlich zum Transport benutzt und nicht losgelassen.«

Eamon seufzte. »Leitern, Türme, Planken. Alles, um eine Festung zu stürmen. Wie überaus passend.«

»Und was ist ein Grogon?«

Ardemir schüttelte die Hand in einer abwehrenden Geste. »Das soll dir jemand anderes erklären«, sagte er.

»Ein Grogon«, meldete sich zu Eamons Überraschung Nevliin zu Wort, den Blick noch immer auf den Boden gerichtet, »ist weniger ein greifbares Wesen als vielmehr ein Schatten. Ein Dämon aus der alten Zeit.«

»Es heißt, die letzten wurden bereits vor Jahrtausenden vernichtet«, fügte Gilroen hinzu, doch Nevliin ignorierte die Unterbrechung und fuhr fort.

»Man nennt sie auch Seelenfresser«, sagte er.

»Seelenfresser?«, echote Vanora und schauderte.

Nevliin nickte. »Ein Grogon verschlingt nicht nur das Äußere. Auch die Seele geht für immer verloren. Zurück bleibt nichts als die Asche des verbrannten Körpers.«

»Und so ein Ding will Alkariel auf uns loslassen?«

Die Mienen der Elfen spiegelten Betroffenheit, und Eamon beeilte sich, ihre Ängste im Keim zu ersticken: »Noch nicht einmal Alkariel ist in der Lage, einen Grogon zu kontrollieren. Ebenso wenig wie Meara. Er würde sie genauso töten wie jeden anderen. Mag sein, dass sie es schafft, ihn in magische Mauern zu sperren. Doch sobald sie ihn freilässt, tötet er jedes Lebewesen – egal ob Licht- oder Dunkelelf.«

Die Anwesenden wirkten noch immer beklommen, murmelten jedoch zustimmend und wandten sich wieder dem eigentlichen Problem zu: Die Lichtelfen würden mit Sicherheit beinahe doppelt so viele Krieger aufbringen können. Von den magischen Kräften eines jeden Einzelnen und den kämpferischen Fähigkeiten der Lichtritter einmal ganz abgesehen. Dies waren reale Bedrohungen, denen es entgegenzuhalten galt. »Wir brauchen Unterstützung«, brachte Eamon das Dilemma schließlich auf den Punkt und sammelte so die Aufmerksamkeit wieder auf sich.

Liadan schüttelte ihren Kopf. »Wir sind allein«, sagte sie, doch dann ertönte ein übertriebenes Räuspern von Bienli, der sich bisher auffällig ruhig verhalten hatte.

»Die Kobolde werden kämpfen«, sagte er schlicht, und Eamon lächelte. Er hatte auf diesen Satz gehofft – und auf die Unterstützung eines weiteren Volkes. Einen Moment lang hatte er sogar überlegt, Einhörner für seinen Kampf zu gewinnen, doch er wusste, die gehörnten Pferde ließen sich in keinen Krieg hineinziehen, egal, wie nobel die Gründe für den Kampf auch sein sollten. Sie waren magische Wesen, manch einer sagte sogar, sie wären die Spiegelung des Guten und Reinen einer Welt. Dass es nur noch so wenige von ihnen gab, hauptsächlich in den Schneewäldern Valdoreens, sprach dann wohl nicht für diese Welt.

»Kobolde?«, fragte Liadan und sah ihn wieder mit dem unverkennbaren Ausdruck an, der sagte: ›Was habe ich nur für einen törichten Bruder‹, doch Eamon ging nicht darauf ein und wandte sich sofort wieder an Bienli: »Ich würde gerne mit Eurem König sprechen«, sagte er, woraufhin Bienli mit dem Weinpokal in der Hand abwinkte.

»Wir haben keinen König«, erklärte er. Eamon war nicht sonderlich überrascht. Noch nie zuvor hatte er von einem König der Kobolde gehört. Die Frage danach war reine Höflichkeit gewesen.

»Und was ist mit Eurem Anführer?«, fragte er.

»Wir Kobolde halten uns nicht mit solchen Äußerlichkeiten auf«, erklärte Bienli. »Bei uns hat der das Sagen, der am lautesten schreit.«

»Dann haben wir wohl einen weiteren König hier am Tisch«, bemerkte Ardemir und nickte Bienli zu.

»Eher einen Königinnengemahl«, kam es von Glendorfil, und Bienli winkte dem Heerführer mit einem Zwinkern zu.

»Kobolde, Jünglinge und eine Handvoll erfahrene Kämpfer.« Noin schüttelte den Kopf. »Wir haben den Lichtelfen nichts entgegenzusetzen. Diese Festung ist unser einziger Schutz, doch vor der Magie wird sie uns auch nicht bewahren.«

»Die Lichtritter kämpfen nicht mit Magie«, warf Nevliin ein. »Sie triumphieren durch Kampfgeschick. Magie gegen einen Unterlegenen anzuwenden ist ehrlos.«

»Im Gegensatz zur Abschlachtung wehrloser Menschen«, entgegnete Gilroen, der Befehlshaber der Baumjäger, und ließ Nevliins vernichtenden Blick mit einem Schulterzucken an sich abgleiten.

Eamon seufzte. Es war nicht schwer, zu erahnen, was jetzt in Nevliin vorging. Ehre, Gerechtigkeit. Worte, nach denen er lebte und von denen er überzeugt gewesen war, dass auch die übrigen Lichtritter daran geglaubt hatten. Wie fühlte es sich an, wenn alles, was man bisher gekannt hatte, eine Lüge war, wenn die heile Welt zerbrach?

Eamon blickte zu Vanora, die scheinbar gedankenversunken eine Strähne ihres Haars in den Fingern zwirbelte. War es ihr genauso ergangen, als sie von ihrer Herkunft erfahren hatte? Als er sie aus ihrem Zuhause gerissen hatte?

»Mit Magie kann ich zwar nicht dienen«, unterbrach der Kobold plötzlich die beklemmende Stimme, »dafür aber mit dreihundert Armbrustschützen.«

»Das ist ausgezeichnet. Ich danke Euch, Bienli. Jede Waffe ist uns willkommen.« Eamon nahm den Stab auf und hielt ihn senkrecht neben sich. Es war Zeit, die niedergedrückte Stimmung zu vertreiben und die Kampfgefährten in seine Absichten einzuweihen. »Fürst Noin hat recht«, sagte er. »Wir haben eine Übermacht gegen uns. Wir wissen nicht, ob und auf welche Weise die Lichtelfen kämpfen werden. Auch nicht, was es mit dem Grogon auf sich hat. Wir brauchen Hilfe.«

»Es gibt keine Hilfe. Wir sind allein«, wiederholte seine Schwester, und kurz spielte er mit dem Gedanken, sie aus den Beratungen auszuschließen, auch wenn er wusste, dass dies nicht möglich war.

»Wir werden Verbündete finden«, versicherte er ihr stattdessen.

»Aha.« Da war es wieder, das verächtliche Zucken in ihrem Gesicht. »Und an wen denkst du da? Menschen vielleicht?«

Er wandte sich ab. Es hatte keinen Sinn. Sie mochte das Reich auf ihre Weise führen, doch er war der König, und so leid es ihm tat, musste er seine Macht gelegentlich ausspielen. »Wir holen uns Hilfe von jenen magischen Wesen, die selbst Alkariel in ihrer Macht übertreffen«, sagte er und genoss einen Augenblick die verwirrten Gesichter. »Sie werden über ihr Heer herfallen und den Sieg auf unsere Seite bringen.«

Die Elfen sahen einander ratlos an, und er fuhr fort: »Die Drachenelfen«, verkündete er.

Erstauntes Gemurmel folgte, bis Nevliin sich zu Wort meldete. »Es gibt keine Drachen mehr«, sagte er. »Wir haben alle vernichtet, und mit ihnen starben die Elfen.«

»Mir ist bekannt, dass ihr Lichtelfen noch lange nach dem Krieg Jagd auf Drachen gemacht habt. Ich kenne auch die Rolle, die du dabei gespielt hast, Nevliin. Es gibt unzählige Lieder davon.«

»Wirklich? Singt uns doch eines vor.« Bienli zerrte an Nevliins Arm, doch der eisige Blick des Fürsten belehrte ihn eines Besseren, und der Kobold schob die Unterlippe vor und verstummte.

»Später vielleicht«, nickte Eamon dem Kobold zu, »aber um zum eigentlichen Thema zurückzukommen ... und um dem Fürsten von Valdoreen die Geschichte des Schattenreiches näherzubringen, sollten wir fortfahren.« Er sah nun direkt Nevliin an. »Die Drachenelfen haben sich ergeben«, erklärte er. »Der Krieg war vorbei, was euch natürlich nicht davon abgehalten hat, weiterhin Jagd auf sie zu machen. Ich weiß, Alkariel ist gründlich, was ihre Rache betrifft, aber wir konnten einige von ihnen retten.« Er konnte sich ein spöttisches Lächeln nicht verkneifen. »Mein Vater Leoran schloss ein Bündnis des Friedens und gab ihnen einen Ort, an dem sie ungestört leben konnten.«

»Trotz Alkariels Bündnis mit Andron, das ihm immerhin den Thron des Schattenreiches gesichert hat«, entgegnete Nevliin, als wäre er immer noch einer von Alkariels Schachfiguren.

»Andron sollte Alkariel im Krieg gegen die Drachenelfen unterstützen«, entgegnete Eamon gelassen, »und sie akzeptierte ihn dafür als König, was er, wie du weißt, auch einhielt. Der Krieg war vorbei, die Drachenelfen besiegt. Nevliin, wir wissen beide, wie genau es Alkariel mit dem Frieden nimmt. Wie lange hat sie Andron akzeptiert? Einen Wimpernschlag nach dem Abkommen hat sie sich doch sofort an das Orakel gewandt, um das Schattenreich an sich zu reißen.«

»König Hafnir wird uns nicht helfen«, verbreitete Liadan nun wieder das, was sie am besten konnte: Missmut. »Wir sollten uns auf die Verteidigung von Lurness konzentrieren und keine alten Märchen aufwühlen, denn Alkariel wird angreifen.« Zustimmendes Gemurmel folgte, doch Nevliin richtete seinen Blick immer noch auf Eamon: »Es gibt tatsächlich noch Drachenelfen?«, flüsterte er.

Eamon nickte.

»Das könnte alles ändern.« Einen flüchtigen Moment lang leuchtete Leben in den schwarzen Augen auf, und in diesem

Moment drehte sich für Eamon die Zeit um Jahrhunderte zurück. Die anderen verschwanden, und es waren nur noch er und Nevliin im Saal – Abenteuerlust im Herzen und die Zukunft offen.

»Ich breche morgen früh auf«, sagte Eamon. »Es sind zwei Tage Weg.«

Nevliin nickte. »Bei Sonnenaufgang warte ich am Haupttor.«

»Das ist lächerlich«, mischte sich nun wieder Liadan ein, doch Ardemir unterbrach sie: »Mir ist jede Waffe recht, die einem Lichtelfen das Hinterteil versohlt«, erklärte er mit einem Grinsen. »Von mir aus ruft die Mirin zu den Waffen.«

»Ich hätte es nicht besser ausdrücken können«, juchzte Bienli, »und ich werde Euch natürlich begleiten.«

Eamon nickte. Er hatte gehofft, Bienli mitzunehmen, denn wenn Hafnir erst einmal sah, dass selbst die Kobolde in den Krieg zogen, würde er sie nicht abweisen. »Euer Mut ehrt Euch«, sagte er an Bienli gerichtet, der sich verlegen am Kopf kratzte.

»Nun ja«, stammelte der Kobold. »Es ist weniger Mut, als dass ich da … also ich … ich kann doch unseren Weißen Ritter hier nicht alleine losziehen lassen.« Er sah mit zusammengekniffenen Augen zu Nevliin hoch, der sich kurz räusperte und ihm dann in einer kurzen, fast ungelenken Geste freundschaftlich auf die Schulter klopfte.

»Finola wird Euch vermissen«, sagte Nevliin, woraufhin Bienli etwas in einer fremden Sprache knurrte, was nicht besonders freundlich klang.

»Ich gehe auch mit euch.«

Eamon sah zu Vanora, und sein erster Impuls war Protest, aber als er in ihre Augen sah, die seinen Blick plötzlich wieder erwiderten und voller Hoffnung waren, konnte er nicht anders, als zu lächeln. Bis Liadan neben ihm seufzte.

»Dann geht«, sagte sie missmutig, »und erinnert die Drachen an all den Schmerz, den wir ihnen zugefügt haben. Weckt sie auf. Eine durchaus effektive Möglichkeit, Alkariel zu entgehen. Sie wird sich freuen, wenn sie Lurness brennen sieht, ohne auch nur einen Elfen zu verlieren.«

»Ich begleite euch auch.« Alle sahen zu Glendorfil auf, der mit entschlossener Miene zur steinernen Treppe kam. »Ich kenne Hafnir noch von früher.«

»Dann ist es also beschlossen«, verkündete Eamon lächelnd. »Führt jeden kampffähigen Elfen nach Lurness, so dass wir unser Heer in diesen Mauern vereinen. Und wir …«, er deutete zu Nevliin, Bienli, Vanora und Glendorfil, »werden uns die Hilfe der Drachenelfen sichern und am nächsten Morgen in die Dunkelheit gehen, um sie um Unterstützung zu bitten.«

Nevliin

Er hätte es sich sofort denken können. Schon als er die Genugtuung des Triumphs in Eamons Gesicht gesehen oder der fremde Kobold ihn immer weiter in die Tiefen des Drachenfelsen geführt hatte. Bis vor eine Tür, die er nur allzu gut kannte. Weil er es hinter sich bringen wollte, stieß er sie mit so viel Schwung auf, dass sie laut gegen die Wand knallte. Der Kobold zuckte zusammen, aber Nevliin kümmerte es nicht. Langsam trat er ein und sah sich um. Der allgegenwärtige dunkelgraue Stein schien ihn zu erdrücken, und auch sonst sah der Raum noch ganz genauso aus wie damals. Selbst als Kind hatte er sich kaum hier aufgehalten und war lieber in den Gärten oder bei den hohen Wehrmauern gewesen – an Orten, die es ihm ermöglichten, zu atmen. Doch jetzt war er wieder hier, zurück in seinem Jugendzimmer.

Es fühlte sich merkwürdig an. Jedes Detail der Möbel, der Vorhänge, der Teppiche und Gemälde, selbst die Gerüche strömten auf ihn ein, als wäre er in die Vergangenheit versetzt worden. Er konnte sogar die Stimme seines Onkels hören, die ihm immer wieder einflüsterte, dass er nicht gut genug war, auch wenn diese Erinnerung etwas Amüsantes hatte. Viele Jahrhunderte waren vergangen, er hatte seinen Traum erfüllt, war nicht nur Lichtritter, sondern sogar deren Befehlshaber geworden und hatte jetzt, wo er an seinen Anfang zurückkehrte, alles wieder verloren und war nichts als ein Verräter. Ja, es war wirklich komisch.

Etwas Weißes auf dem Bett erregte seine Aufmerksamkeit und stellte sich bei genauerer Betrachtung als Hosen und Hemd aus demselben feinen weißen Stoff wie die seinigen heraus. Nevliin hatte angenommen, er müsse sich von nun an in dieselben tristen Farben wie die Dunkelelfen hüllen und hatte sich vor seinem geistigen Auge auch schon in der schwarzen Rüstung eines Schattenritters gesehen. Eine Vorstellung, die ihn mit Grauen erfüllte. Bei dem Anblick der bereitgelegten Kleidung erfüllte ihn fast ein Gefühl der Dankbarkeit, und in einer fast zärtlichen Geste strich er darüber, ehe er sie vorsichtig beiseite, und auf eine Kommode legte.

»So früh?«, drang plötzlich eine krächzende Frauenstimme aus der offenen Baderaumtür, und kurz darauf wackelte eine Koboldfrau heraus. »Wisst wohl ein ordentliches Besäufnis nicht zu schätzen, eh?«

Nevliin musterte Bienlis Frau, über deren Gesicht ein flüchtiges Lächeln huschte, als sie sah, wie er die bereitgelegte Kleidung betrachtete.

»Ihr habt das alles genäht«, stellte er fest, woraufhin sich die Wangen der kleinen Frau schlagartig rot färbten und sie auch schon wieder im Baderaum verschwand, aus dem kurz darauf lautes Rauschen erklang.

»Ich hab gehört, dass Ihr uns für längere Zeit beehren werdet«, rief sie über das Wasserrauschen hinweg, »und da dachte ich mir: Was wäre der Weiße Ritter ohne weiße Kleidung?«

Nevliin lächelte und fühlte sich dabei auf unerklärliche Weise gerührt, ja willkommen. Er verstand nicht, wieso Finola ihm eine Freude hatte machen wollen, denn schließlich hatte sie ihre Abneigung ihm gegenüber nur allzu offen gezeigt.

Außerdem war sie ein Kobold und wie sollte ein Kobold wissen, wie viel ihm dieses lächerliche Detail der Farbe bedeutete? Noch dazu war sein Bleiben erst vor wenigen Stunden beschlossen worden. Wie hatte sie so schnell diese Kleider nähen können?

Zutiefst verwirrt folgte er ihr schließlich ins Bad und blieb mit vor der Brust verschränkten Armen an den Türrahmen gelehnt stehen und betrachtete sie, wie sie die für ihre Größe riesigen Hebel betätigte und heißes Wasser aus den Tiefen des Berges in das Becken pumpte, das beinahe den gesamten Raum einnahm.

»Kann ich Euch behilflich sein?«, fragte er.

Finola fuhr mit einem Aufkreischen zu ihm herum und presste sich schwer atmend die Hand ans Herz. »Müsst Ihr Euch so anschleichen?«, fuhr sie ihn an und wandte sich kopfschüttelnd wieder ab.

»Verzeihung.«

Sie schnaubte wütend. »Ihr Elfen mögt wegen Eurer Größe glauben, Ihr könnt alles besser«, murrte sie, »aber wir Kobolde sind nicht ganz so nutzlos, wie Ihr vielleicht annehmen mögt.«

»Ich weiß.« Nevliin deutete in den Schlafraum, wo die neue Kleidung lag. »Das habe ich gesehen.«

»Das war gar nichts.« Sie stemmte erneut ihr gesamtes Gewicht auf den Hebel, und das Becken füllte sich erstaunlich schnell mit dampfendem Wasser.

Wieso tat sie das nur alles für ihn? War es ihr aufgetragen worden? Wohl kaum. Eamon kümmerte sich nur um sich selbst und natürlich um seine über alles geliebte Vanora und war im Moment zudem zu sehr damit beschäftigt, die Fürsten bei Laune zu halten.

»Was seht Ihr mich so an?« Finola hielt inne und stemmte ihre Hand in die Seite. »Ich kann es nicht leiden, so angestarrt zu werden.«

»Verzeihung«, wiederholte er, wandte den Blick ab und begann damit, die Stofffetzen von seiner Wunde am Arm zu lösen, was Finola aber nicht daran hinderte, weiter zu schimpfen: »Ihr könnt froh sein, dass ich die Kleidung nicht vergiftet habe«, knurrte sie, ohne aufzusehen. »Diesen elenden Taugenichts zu verschonen und zurückzuschicken, wo er mir jetzt Tag und Nacht auf die Nerven fällt.«

Und damit war alles klar. Nevliin konzentrierte sich auf seine Wunde, konnte sich jedoch ein Schmunzeln nicht verkneifen. Deswegen all der Aufwand. Sie wollte sich bei ihm bedanken. Dieses Volk, so seltsam es auch war, gewann allmählich seine Sympathie.

»Euer Gemahl ist ein ehrenwerter Mann«, sagte er schließlich, während er den Schnitt begutachtete, der sich noch nicht völlig geschlossen hatte und immer noch schmerzte. »Er hat sein Leben riskiert, um die Prinzessin zu schützen.« Vor mir.

»Und versagt.« Finola kam auf ihn zu und deutete mit angewidertem Gesichtsausdruck auf seinen Arm. »Das sieht scheußlich aus«, bemerkte sie, doch Nevliin winkte ab: »In ein paar Tagen wird nichts mehr davon zu sehen sein.«

Die kleine Frau schnaubte. »Jaja, ihr Elfen.« Sie kramte in den Taschen ihrer Schürze und zog schließlich ein kleines silbernes Döschen hervor. Auf ihr ungeduldiges Winken hin kniete Nevliin sich mit einem Bein vor ihr nieder und warf einen skeptischen Blick auf den hellgrünen Inhalt der kleinen Dose, der einen beißenden Geruch verströmte. Eine Mischung aus Alkohol, Minze und anderen Kräutern, die sie mit einem Ausdruck des Ekels und Ärgers auf seine Wunde auftrug und dessen heilende Wirkung sich sofort durch ein höllisches Brennen ankündigte.

Finola murmelte währenddessen unzählige Flüche und Verwünschungen, wobei sie immer wieder wiederholte, wie dumm die Elfen doch waren, da diese sich ständig mit diesen spitzen Dingern abzustechen versuchten und es dann ihr überließen, sie wieder zusammenzuflicken. Zu seinem Glück war es bei ihm dafür bereits zu spät. Die Wunde würde von selbst zusammenwachsen, und er würde eine Narbe zurückbehalten. Mal wieder.

Nachdem Finola ihre Folter beendet hatte, wischte sie sich die Hände an der Schürze ab, begutachtete noch einmal mit einem zufriedenen Nicken ihr Werk und bohrte ihm dann so unvermittelt den Finger in die Brust, dass er zurückwich.

»Nur damit das klar ist«, sagte sie drohend und sah ihm eindringlich in die Augen. »Ich hätte die Kleidung da vergiftet, wenn ich Euretwegen auch nur noch einen weiteren Tag mit diesem Taugenichts hätte ertragen müssen. Aber zu Eurem Glück geht er morgen zu den Drachenelfen und wird, sofern mir das Glück hold ist, gefressen.«

Nevliin musste sich ein Schmunzeln verkneifen. »Ich werde auf ihn aufpassen«, versicherte er ihr, da er so langsam durchschaut hatte, wie das Spiel mit dieser seltsamen Frau lief, doch Finola hob sofort ruckartig den Kopf: »Pah«, schnaubte sie. »Das befürchte ich auch.« Sie drehte sich um und huschte aus dem Baderaum. »Jetzt schmeißt Euch endlich ins Wasser!«, rief sie ihm über die Schulter zu, ehe die Tür mit lautem Knall ins Schloss fiel.

Das Geräusch hallte einem Donnerschlag gleich immer und immer wieder durch seinen Kopf und ging ihm durch Mark und Bein. Denn jetzt war er allein, und die Kraft der steinernen Mauern zeigte sofort ihre Wirkung. Es war, als bewegten sich die Wände auf ihn zu, drohten ihn unter der Last des Felsens zu erdrücken. Unsinn, dachte Nevliin, schloss einen Moment lang die Augen und atmete tief durch. Als er sie wieder öffnete, stellte er fest, dass alles so war, wie es sein sollte – normal. Sofern man das in Lurness jemals sagen konnte.

Er trennte sich vom Rest seiner Rüstung und schälte sich umständlich aus der Kleidung. Erst jetzt spürte er, dass der Kampf nicht so spurlos an ihm vorübergegangen war, wie er geglaubt hatte. Seine Glieder schmerzten, und hier und da zierten Flecken in den verschiedensten Blau-, Violett- und Grüntönen seinen Leib. Doch auch diese Blessuren würden bald wieder verschwinden.

Durch den Schleier aus Wasserdampf ging er die marmornen Stufen ins Becken hinab, bis er bis zur Hüfte im warmen Wasser stand, ließ sich zurücksinken, schloss die Augen und konzentrierte sich auf die Wärme, die sich langsam ausbreitete, ihn wohltuend umfing und seine schmerzenden Muskeln entspannte.

Er wusste nicht, wie lange er einfach so dagelegen hatte, als ihm mit einem Mal das Atmen schwerer fiel. Die Luft schien sich zu verdichten, wurde immer schwerer, doch Nevliin schaffte es nicht, seine müden Augen zu öffnen, um nach der Ursache für die Veränderung zu suchen. Ein metallischer Geschmack breitete sich in seinem Mund aus und ein verbrannter Geruch stieg ihm in die Nase. Die Dunkelheit wich, und er sah den kleinen Jungen aus dem Menschendorf. Der Wind blies ihm das blonde Haar ins Gesicht, das im Sonnenschein wie Gold glänzte, und er lief mit hellem Lachen über die grünen Wiesen direkt auf ihn zu. Der Junge hob die Hand, als wolle er ihm zuwinken – und erstarrte. Ein Zucken durchlief den kleinen Körper, ehe das Blut aus seinem Mund floss und sich ein kleiner roter Fleck in rasender Geschwindigkeit auf dem sonnengelben Hemd ausbreitete. »Du bist zu spät«, keuchte der Junge. Er klang verzweifelt, doch in seiner Stimme lag kein Vorwurf. Dennoch schnitten ihm die Worte des Jungen direkt ins Herz, und im nächsten Augenblick wurde aus dem Menschenkind ein kleiner blonder Elf. Nevliin erkannte sich sofort in ihm wieder und starrte, unfähig, sich zu rühren, auf das blutbesudelte Gesicht. In einer hilflosen Geste streckte der kleine Nevliin die Hand nach seinem älteren Selbst aus, doch noch ehe er ihn erreichen konnte, fiel der Elfenjunge vornüber und brach zusammen. Nevliin stürmte auf das Kind zu, drehte es auf den Rücken und blickte in Cerelmins Gesicht. Die sterbenden Augen waren weit aufgerissen, aus der Kehle schäumte Blut. Nevliins Atem wurde schneller, doch er bekam nicht genug Luft. Er versuchte aufzustehen, als Cerelmins Hand emporschnellte, ihn an der Kehle packte und sein Gesicht in ein Meer aus Blut drückte. Verzweifelt versuchte Nevliin dem erbarmungslosen Griff in seinem Nacken zu entkommen, doch je mehr er sich wehrte, desto mehr Blut floss in seinen Mund. Er konnte es deutlich schmecken, und die Übelkeit drohte ihn zu übermannen. Jeder Versuch, zu atmen, wurde durch einen Schwall warmen, dickflüssigen Blutes gestoppt, bis er nicht mehr konnte und mit letzter Kraft aufschrie.

Wie wild schlug Nevliin um sich, das Wasser spritzte hoch, und die Wände schleuderten seinen Schrei als immer wiederkehrendes Echo zu ihm zurück. Mit weit aufgerissenen Augen saß er im Becken, keuchte und versuchte wieder zu atmen.

Nur ein Traum. Nur ein Traum.

Eine halbe Ewigkeit verging, bis sich sein Herz wieder beruhigte und seine Atmung langsamer wurde. Es war die Hitze, die ihm zusetzte, nichts anderes. Immer wieder betete er sich diese Worte vor, als er aus dem Becken torkelte und sich erst mal einen Eimer kalten Wassers über den Kopf goss. Seine Gedanken wurden wieder klar.

»Verräter.«

Er erstarrte, drehte sich um und blickte in den weißen Dunst. Sofort beschleunigte das Herz erneut seinen Schlag. Da war niemand!

»Verräter«, zischte es plötzlich aus der anderen Richtung.

»Du hast mich nicht gerettet.« Die Stimme eines Kindes.

Die Wände bewegten sich erneut auf ihn zu und Nevliin blieb nur noch der Gedanke an Flucht. Er stürmte aus dem Baderaum, atmete gierig die kühle Luft ein und warf sich mit zitternden Händen die neue Kleidung über den nassen Körper, ehe er aus dem steinernen Gefängnis floh.

Erst in den Gärten blieb er stehen, lehnte sich an einen der Felsen und konzentrierte sich mit rasendem Herzen und krampfhaftem Atmen auf die ruhig umherfliegenden Mirin. Ohne Erfolg. Immer wieder sah er Cerelmins vorwurfsvolle Augen, sah die niedergemetzelten Menschen in dem brennenden Dorf. Niemals zuvor war ihm Ähnliches passiert – und er hatte schon viel schlimmere Dinge gesehen, als es für eine Seele gut sein konnte. Für vieles davon war er selbst verantwortlich gewesen.

Wieso also wurde er plötzlich von den Toten verfolgt? War das seine Strafe? Die Rache der toten Seelen für das blinde Morden im Auftrag einer machtgierigen Königin? War es dieses plötzliche Hinterfragen, das ihm diese Qualen bescherte?

Wieso konnten sie nicht einfach verschwinden?

Nevliin versuchte, die Augen fest zusammenzupressen, doch selbst dann sah er sie immer noch vor sich, hörte das verzweifelte Winseln von jenen, die zu verängstigt waren, um zu schreien. Es waren unschuldige Menschen gewesen, wehrlos. Anders als Elfenkrieger oder Drachen. Und sie wollten ihn nicht loslassen, trieben ihn an einen Punkt der Verzweiflung, an dem er sich bewusst wurde, dass es niemals wieder anders werden würde. Für ihn würde es keinen Frieden mehr geben, und als hätten die Toten oder auch das Schicksal seinen Gedanken gehört, sandten sie ihm die verhöhnenden Geräusche von Schritten, die sich näherten.

Zuerst wollte Nevliin nicht aufsehen, da er sicher war, nur einen weiteren Überbringer des Schreckens vor sich zu haben, aber als das leise Rascheln schließlich deutlicher wurde, hob er doch den Kopf.

Er traute seinen Augen nicht, als er Vanora erkannte, die ziellos zwischen den Bäumen hindurchschlenderte. Plötzlich fühlte er sich unendlich erleichtert und voller Hoffnung. Der Hoffnung auf Frieden.

Sie kam direkt auf ihn zu, ihr Blick war leer, und er sah darin dieselbe Müdigkeit, die auch er spürte. Ebenso wie er bemühte sie sich weder um ein höfliches Lächeln noch um aufmunternde Floskeln, und als sie schließlich neben ihm zu Boden sank, wurde ihm bewusst, dass er sie nie wieder gehen lassen wollte. Er, der stets die Einsamkeit gesucht hatte, fürchtete sich plötzlich davor.

Um ihr Platz zu machen, rutschte er etwas beiseite. Vanora lehnte sich neben ihn an den Felsen und blickte ausdruckslos in den Garten auf silbern leuchtende Mirin, weiße Blumen und weite Wiesen.

Und es war still. Mit ihr war eine Ruhe gekommen, die all

die Stimmen vertrieben hatte. Sein rasendes Herz beruhigte sich, sein Verstand begann, die Erlebnisse der vergangenen Tage zu verarbeiten. Sachlich, nüchtern, ohne den Schrecken in noch qualvollere Dimensionen zu lenken. Es war nicht das erste Mal, dass er sich zurückzog, um seine Gedanken zu sortieren. Niemals hätte er gedacht, in Gegenwart eines anderen so klar zu sein. Er fühlte, dass sie hier war, und doch war er allein für sich. Gemeinsam allein sein.

Die Wirkung auf ihn war verstörend, doch im Moment wollte er sich darüber keine Gedanken machen. Viel lieber nutzte er jede Sekunde des Friedens, die sie ihm gewährte. Denn es lag an ihr, daran hatte er keinen Zweifel. Schon an den Klippen hatte er es gespürt. Seelenfrieden.

Niemals würde die Stille in der Einsamkeit so vollkommen sein. Das Grauen würde ihn so lange heimsuchen, bis er daran zerbrach. Mit ihr an seiner Seite war das anders. Er konnte die Ruhe des Alleinseins genießen und spürte gleichzeitig einen sicheren Anker, der die Toten fernhielt.

Eine leichte Berührung an seiner Schulter ließ ihn zur Seite sehen, und ein Lächeln schlich sich in sein Gesicht. Vanora war eingeschlafen, ihr Kopf lehnte an seinem Oberarm. Ob auch er ihr einige Momente des Friedens hatte schenken können? Ihr regelmäßiger Atem sprach dafür, und ohne es bewusst wahrzunehmen, passte er seine Atmung der ihrigen an, beobachtete das silberne Licht auf ihrer Haut und fühlte, wie seine Augen immer schwerer wurden, bis sein Kopf auf den ihrigen sank. Das blonde Haar kitzelte seine Wange, weich und nicht störend, dafür war er bereits viel zu weit weg, versunken in einem angenehmen Nichts.

Noch bevor die ersten Sonnenstrahlen den Gipfel des Berges berührten und die Nebelschleier zum Leuchten brachten, stand Nevliin am äußersten Hof, direkt neben der Zugbrücke. Er musste nicht lange warten, da stieß auch schon Glendorfil zu ihm. An dessen prüfendem Blick hatte er sich beinahe schon gewöhnt. Vermutlich wollte Glendorfil nur sichergehen, dass Nevliin ihm seine Ausfälle von vorhin nicht übelnahm. Einige Bemerkungen des Schattenritters waren zwar durchaus nahe an der Grenze gelegen, aber Glendorfil konnte sich beinahe alles erlauben. Er war einer der wenigen, wenn nicht sogar der einzige Dunkelelf, zu dem Nevliin seit seiner Kindheit aufgesehen und vor dem er niemals den Respekt verloren hatte. Nicht nur sein Können im Umgang mit dem Schwert, sondern vor allem sein Sinn für Gerechtigkeit, die unverblümte Ehrlichkeit und besonders die von vielen gefürchtete Gabe, in das Innerste einer Seele zu sehen, machten ihn zu einem überlegenen Gegner, doch für Nevliin in erster Linie zu einem Vorbild.

»Ihr seht fürchterlich aus«, begrüßte ihn der Schattenritter. »Da hättet Ihr genauso gut mit den anderen zechen können.«

Nevliin wusste nicht, was er antworten sollte. Zwar konnte er sich nicht vorstellen, dass Glendorfil sich auch nur im geringsten Maße ausmalen konnte, wie es in ihm aussah, aber dass er äußerlich so schlecht aussah, wie der Dunkelelf meinte, glaubte er nicht, denn der Schlaf in dieser Nacht war wundervoll gewesen, erholsam und traumlos, an Vanoras Seite. Er hätte sich beim knappen Abschied gern bei ihr bedankt, hatte aber nicht die rechten Worte gefunden. Was sie ihm gegeben hatte, ließ sich nicht beschreiben. Und so war er nach einer kurzen Verbeugung wortlos davongestürmt, war regelrecht geflohen, um Schwert und Scheide einzufetten und die weiße

Rüstung zu polieren. Vermutlich, so dachte er mit Wehmut im Herzen, war es besser, dankbar zu sein und zu vergessen: Vanora, die Ruhe in ihrer Nähe, die Sehnsucht, alles.

Lauter Gesang riss ihn aus seinen Gedanken. Es war Bienlis Stimme, und er war schon lange vor seinem Eintreffen am Tor nicht zu überhören. In der einen Hand einen Weinpokal, in der anderen einen braunen Beutel, torkelte er die Gasse vom inneren Hof her herunter. Nevliin fluchte leise, als er die Worte des Liedes erkannte. Wer auch immer ihm diese Zeilen beigebracht hatte, würde noch einiges von ihm zu hören bekommen:

»Im Westen, da lebt ein Ritter so kühn,
im Lande des Schnees, wo die Wiesen nicht blühn.
Furchtlos jagt er die Bestien fort,
lässt keinen entrinnen dem Drachenhort.

Dem blitzenden Schwerte kann niemand entgehn.
Der Weiße Ritter von Valdoreen.

Das Brüllen der Drachen hallt von den Bergen.
Der Schnee zerrinnt unter glühendem Blut.
Nicht einer kann sich vor dem Ritter verbergen,
sein Herz schlägt erbittert, voll Heldenmut.

Die Legende des Ruhmes wird niemals vergehn.
Der Weiße Ritter von Valdoreen.

Seht den Mann mit der silbernen Klinge.
Durchbricht den Panzer eines jeden Drachen.
Über seinen Mut ein Lied ich singe,
um die Ritterlichkeit auch in euch zu entfachen.

Durch seine Hand mögen Wunder geschehn.
Der Weiße Ritter von Valdoreen.«

Bienli erreichte die beiden Elfen, verbeugte sich und hob seinen Pokal. »Der Weiße Ritter von Valdoreeeen!«

»Wie Ihr seht, hat unser Freund hier nicht auf das Vergnügen des Trinkens verzichtet.« Glendorfil beugte sich hinab, um dem Kobold auf die Schulter zu klopfen.

»Was ihm die Reise bestimmt angenehmer machen wird«, erwiderte Nevliin steif.

Bienli stieß lautstark den Wein auf und deutete mit dem Pokal auf ihn. »Ihr habt mir verschwiegen, dass es so viele Lieder über Euch gibt.«

»Vielleicht zweifelte ich an Eurem musikalischen Talent.«

»Pah. Wir Kobolde haben die Musik im Blut, werter Elf. Und zu Eurem Glück habe ich die letzten Stunden nicht mit ...«, er musterte Nevliin von oben bis unten, »Herausputzen verbracht, sondern Lieder gelernt. Der Unterhaltung auf unserer Reise steht somit nichts im Weg.«

Glendorfil lachte und schüttelte den Kopf. »Solange Ihr Euer Talent nicht unseren Gastgebern preisgebt, soll es mir recht sein. Ich bezweifle, dass sie Euren Musikgeschmack teilen werden.«

Bienlis Protest wurde durch Eamons und Vanoras Ankunft erstickt. Der König hatte sich ebenfalls herausgeputzt. Seine schwarze Kleidung zierten goldene Borten an Kragen und Ärmeln, und hinter den Schultern ragten die schwarzen Schwertgriffe mit goldenem Knauf hervor.

An Vanora konnte er hingegen kaum eine Veränderung feststellen. Sie trug noch die gleiche Kleidung wie in den Gärten, und ihr Haar war zu einem dicken Zopf geflochten. Einzig ihr Gesicht wirkte anders, als sie sich mit Eamon unterhielt. Als hätte jemand ein Licht in ihrem Innersten entzündet, das jetzt durch ihre Augen strahlte.

Nevliin wendete sich ab und schickte sich an, in Richtung Wald zu gehen, doch Glendorfil hielt ihn auf: »Nicht hier entlang«, sagte der Schattenritter und deutete zum Turm links neben der Zugbrücke. »Wir verlassen Lurness nicht. Noch nicht.«

Nevliin verstand nicht, folgte den anderen jedoch, ohne nachzufragen, zur äußersten Wehrmauer hinauf. Dort erkannte er die Eisenringe, die zwischen den Zinnen in den Stein geschlagen waren. Als er dann auch noch zwei Schattenritter mit Seilen in der Hand auf sie zukommen sah, konnte er sich nicht länger zurückhalten: »Das kann nicht dein Ernst sein.« Er sah zwischen den Ringen und den Seilbündeln, die Eamon gerade verteilte, hin und her. »Da unten sind die Drachenelfen?«

»Ihr solltet es gut befestigen«, erklärte Eamon, ohne auf ihn einzugehen. »Da geht es ganz schön weit hinunter.«

»Ich soll mich in diese verdammte Schlucht stürzen?«, keuchte Bienli, der aus seinen Gedanken wie immer keinen Hehl machte.

»Aber natürlich nicht.« Eamon lächelte selbstzufrieden. »Ihr sollt Euch langsam hinunterlassen.«

»Da bin ich ja beruhigt.« Bienli sah um Unterstützung heischend zu Nevliin auf, doch der war mit seinen Augen bereits woanders. Bei Eamon, der Vanora half, den Gurt anzulegen, an dem das Seil mit einem Karabinerhaken eingehängt wurde. Da war noch immer diese Liebe in seinem Blick und in jeder seiner Gesten, in jedem Lächeln, das er ihr schenkte, und jedem Wort, mit dem er sich an sie wandte. Schlimmer jedoch war, dass Vanora sich in diesem Augenblick zu Eamon herüberbeugte, ihm etwas ins Ohr flüsterte und in ihr unvergleichliches, glockenhelles Lachen ausbrach. Am liebsten hätte er Eamon jetzt und hier über die Mauer in die Tiefe geworfen. Ohne Seil.

Seine Brust brannte wie Feuer. Ein Gefühl, das ihm bereits bestens bekannt war. Die Erinnerung an den Tag des Balls gab den Flammen den nötigen Zunder, um ihn einer Explosion nahe zu bringen. Die Vertrautheit zwischen Vanora und Eamon war unübersehbar. Wie hatte er glauben können, ihr irgendetwas zu bedeuten? Eamon brachte sie zum Lachen. Er erweckte ein Strahlen in ihr, das heller war als die aufgehende Sonne. Nevliin hingegen war einfach nur dagewesen, als sie in Trauer versunken war. Trauer, Leid, Schmerz. Das verband sie miteinander. Mehr nicht. Niemals könnte er ihr solch ein Lachen entlocken. Ehrlich und unbeschwert. Ihre Augen ihm gegenüber waren stets von Furcht, Abscheu oder Hass erfüllt.

Bis auf dieses eine Mal.

Ein Moment, an den er sich klammerte, wie an das Seil in seinen Händen. Zu Beginn, in den Gärten. Dort waren nur sie beide und die Magie gewesen. Doch die Erinnerung verschwamm hinter der Realität. Eamons Bild legte sich wie der verfluchte Nebel dieser Welt darüber und erstickte die Hoffnung in seinem Herzen.

Nevliin wandte sich ab und widmete sich seinem eigenen Seil. »Du hast gesagt, es sind zwei Tage Weg, Eamon«, bemerkte er rau. »Was ist mit ihr? Sie ist zur Hälfte ein Mensch und braucht regelmäßigen Schlaf. Wie soll sie es überstehen, zwei Tage lang an einem Seil zu hängen?«

Eamon richtete sich auf und wandte sich ihm zu, und auch Vanora musterte ihn, ausdruckslos.

»Mach dir keine Sorgen, Nevliin.« Eamon zuckte unbekümmert mit den Schultern. »Auf halber Strecke gibt es eine Höhle. Dort werden wir uns ausruhen. Und Vanora ist zäher, als du denkst.«

Ein leises Knurren drang aus Nevliins brennender Brust durch die trockene Kehle, doch er gab Eamon nicht die Genugtuung einer Antwort. Stattdessen werkelte er weiter an seinem Gurt, während seine Gedanken ihm immer weiter entglitten. Sie waren nun wieder bei Cerelmin und den anderen Elfenrittern, die er getötet hatte. Bei den Menschen. Dem kleinen Jungen. Es war Vanoras Zauber, der den Fluch gebrochen hatte, und durch Vanoras Gleichgültigkeit kehrte er zurück. Es war Eamon, der ihn zunichtemachte. Seine Gegenwart, die ihm eine Nähe zu Vanora unmöglich machte. Hatte der König denn nicht schon alles, was sich ein Elf wünschen konnte? Musste er ihm auch noch das Einzige nehmen, das er … brauchte?

Nevliin hielt in der Bewegung inne, als ihm bewusst wurde, was er gerade gedacht hatte. Er brauchte sie. Wie konnte so etwas möglich sein? Wie hatte er zulassen können, dass so etwas geschah? Ja, genau das war er – abhängig. Und verloren. Sein Onkel. Alkariel. Vanora. Würde er jemals etwas anderes sein als ein Narr?

Schnaubend wandte er sich ab und zog den letzten Knoten fest. Er durfte nicht mehr an sie denken. Ein nicht besonders angenehmer Besuch bei den Drachenelfen und ein kaum zu gewinnender Krieg standen bevor. Genug, was seine Konzentration erforderte. Genug, um zu sterben. Zu wenig, um zu leben.

»Fertig«, rief da Glendorfil, schnallte sein Schwert an den Rücken und sprang mit einem Satz auf die Mauer. »Verdammt«, knurrte er, als er sich mit den Händen an den Zinnen vorbeugte und in die Tiefe starrte. Entschlossen hob Nevliin Bienli hoch und kletterte selbst hinterher, während Eamon Vanora hinaufhalf.

Der Anblick war nicht so erschreckend, wie Nevliin angenommen hatte. Wie tief es hinabging, war schwer einzuschätzen, denn nach einigen Metern verlor sich der Abgrund in undurchdringlicher Schwärze. Die ersten Schritte erforderten ein nicht geringes Maß an Überwindung, doch als Nevliin erst mal die Beine gegen die senkrechte Wand gestemmt hatte und es vermied, nach unten zu sehen, ging es ihm erstaunlich gut.

Bienli, der neben ihm hing, warf noch einen letzten Blick in den Hof und folgte dann den Elfen. »Ich bin nur froh, dass Finola nichts davon weiß«, sagte er, als sie nur noch die graue Wand vor sich sahen, über ihnen der graue Himmel, unter ihnen die Dunkelheit.

»Hätte sie Euch dann nicht gehen lassen?«, fragte Vanora, die erstaunlich geschickt in dem waghalsigen Unterfangen war.

Der Kobold spuckte in den Abgrund und traf dabei Nevliins Stiefel. »Pah. Wüsste sie davon, stünde sie jetzt mit einem Schlachterbeil da oben, um das Seil zu kappen.«

Eamon und Glendorfil lachten, und auch Nevliin konnte sich ein Schmunzeln nicht verkneifen. Er sah das Bild der kleinen rothaarigen Frau zu deutlich vor sich. Einzig Vanora sah ungläubig an Nevliin vorbei und versuchte offensichtlich, in Bienlis Ausdruck etwas zu erkennen, das seine Worte als Scherz entlarven könnte.

Eine Zeitlang arbeiteten sie sich schweigend voran und suchten nach einer Technik, um das Seil möglichst kraftsparend und schmerzlos durch die Hände gleiten zu lassen.

Als sie diese schließlich gefunden hatten, war an Wohlfühlen bereits nicht mehr zu denken. Der Lichtschein über ihnen wurde stetig schwächer, dafür stieg die Temperatur kontinuierlich an. Gegen Mittag machte Bienli seine Drohung schließlich wahr und trällerte ein Lied nach dem anderen über Nevliins Kämpfe gegen die Drachen, auch wenn die Melodie durch Keuchen und schmerzhaftes Stöhnen verlorenging.

Nevliin warf immer wieder besorgte Seitenblicke zu Vanora, die sich tapfer Schritt für Schritt hinabließ. Ihre Wangen waren gerötet, und hin und wieder hörte er sie vor Anstrengung oder Schmerz aufstöhnen, und es zerriss ihm das Herz. Von ihren Händen führte bereits eine Blutspur über das Seil, und er verfluchte Eamon dafür, sie diesen Strapazen ausgesetzt zu haben. Der König war mit Glendorfil bereits ein gutes Stück voraus, und Bienli hing über ihnen und sang noch immer.

Nevliin aber blieb an Vanoras Seite. Er wollte sie nicht allein lassen. Wann immer sie sich ihm zuwandte, sah sie ihn nur unverwandt an, den Kopf an die Hände gelehnt, während sie weiterrutschte. Dann hielt sie ihn mit ihrem Blick gefangen, und seine Konzentration galt nur noch diesen blauen Augen, deren Farbton er im schwachen rötlichen Schein des Felsens zusehends mehr ahnen als sehen konnte. Sie sprachen nicht miteinander, doch das war auch nicht nötig. Ihr Blick allein genügte, um ihn alle Schmerzen vergessen zu lassen.

Bis Nevliins Seil mit einem Mal erschlaffte, er ein winziges Stück nach unten sackte und mit einem Ruck zum Stehen kam. Vanora riss die Augen auf. Sie starrten einander einen kurzen Augenblick an, dann sahen sie gleichzeitig nach oben.

Nevliin erkannte es sofort. Auf halber Strecke begann das Seil zu reißen. Es hing nur noch an einzelnen Fäden. Er wusste nicht, ob Vanora es ebenfalls gesehen hatte, doch das Entsetzen stand ihr ins Gesicht geschrieben.

»Eamon!«, schrie sie, ohne ihn aus den Augen zu lassen. »Nevliins Seil reißt!«

»Was?!«

Als hätte sie einen Startschuss gegeben, begannen plötzlich alle durcheinanderzuschreien. Nur er selbst blieb erstaunlicherweise völlig gelassen. Bienlis verfluchte Lieder gingen ihm durch den Kopf, als gäbe es im Moment nichts anderes, worüber er sich Gedanken machen konnte. So sollte die Geschichte des Weißen Ritters also enden: Abgestürzt in den Drachenschlund. Ob dies ein würdiges Ende für all jene Zeilen voller Heldenmut und Grausamkeit war? Nevliin wusste es nicht. Er wusste nur, dass wohl niemand jene Zeile hinzutexten würde, die ihm selbst bei diesem Tod am wichtigsten erschien:

Bis zum Schluss hat er ihr in die Augen gesehn
Der Weiße Ritter von Valdoreen.

»Nimm Vanoras oder Bienlis Seil!« Glendorfil kletterte zu ihm hoch, doch Nevliin hatte keinen Blick für ihn.

»Um sie auch noch mitzunehmen?«, fragte er ruhig. »Die Seile halten ganz offensichtlich noch nicht einmal einen aus.«

Auch Eamon machte sich auf den Weg nach oben. »Sei nicht töricht, Nevliin«, sagte er. »Bis zur Höhle ist es nicht mehr weit. Greif das verdammte Seil.«

Natürlich. Jetzt ergab alles einen Sinn. Es konnte kein Zufall sein, dass ausgerechnet sein Seil riss. Es standen schließlich fünf zur Auswahl: der König, seine Geliebte, der Befehlshaber der Schattenritter, welcher überdies auch noch ein Freund war, der treuergebene Kobold und … der Elf der anderen Seite. Eamon hatte ihm genau dieses Seil zugeworfen.

Ein leichter Weg, den Feind zu beseitigen, nachdem dieser alle Informationen preisgegeben hatte.

»Nimm endlich das Seil!« Eamon schwang sich hin und her und ergriff unter Vanora ihr Seil, um an ihr vorbei zu ihm zu kommen. »Nevliin. Bist du denn wahnsinnig geworden?«

»Vielleicht.«

Bienli knurrte etwas Unverständliches in einer fremden Sprache, einzig die vielen Verwünschungen seiner Frau konnte er verstehen.

»Bitte, Fürst Nevliin.« Diesmal horchte er auf. Es war Vanora. Sie hielt ihm ihre Hand entgegen. »Nehmt das Seil. Wir beide sind nicht zu schwer. Nur bis zur Höhle. Bitte.«

Ihre Worte schmerzten auf eine süße Weise, die er nur zu gut kannte. Doch es war noch weit bis zur Höhle. Nicht nah genug. Konnte er riskieren, auch sie mit in den Tod zu reißen?

»Nein, Prinzessin. Schon gut.« Seine Stimme war ganz ruhig. Er hatte sich schon am Vortag mit dem Tod abgefunden. Es gab nichts auf dieser Welt, das ihn noch hielt. Das Einzige, das er wollte, konnte er nicht haben. Das war ihm nur zu sehr bewusst.

»Fürst Nevliin, bitte. Nehmt meine … Nein!«

Der Druck verschwand. Das Seil erschlaffte. Schreie erfüllten die Luft und wurden immer wieder vom Schlund zurückgeschleudert. Nevliin sah Vanora, die sich zu ihm lehnte und ihn zu fassen versuchte. Ihre Finger berührten seine Hand und glitten von ihr ab. Es geschah alles so schnell. Im einen Moment sah er noch ihr entsetztes Gesicht, und im nächsten durchfuhr ein sengender Schmerz seine rechte Schulter wie ein Blitz.

Nun war es sein eigener, verzerrter Schrei, der durch die Dunkelheit hallte.

Orientierungslos sah er sich um, und als er Eamon über sich entdeckte, schrie er, ohne darüber nachzudenken: »Du verdammter Idiot! Du bringst uns beide um!« Der Schmerz verschleierte seine Sicht, doch er sah genug, um zu erkennen, was Eamon tat. Weit hinabgebeugt, mit einer Hand am Seil, hielt er mit der anderen sein Handgelenk. »Lass los, du verfluchter Narr!«

Es war, als wäre eine Klinge in seine Schulter gefahren, und der Schmerz nahm seiner Stimme jede Kraft.

»Ich werde nicht loslassen.« Eamon sah ihm tief in die Augen. Der rote Schein, der hier unten gemeinsam mit der Wärme vom Felsgestein ausging, schien Flammen in seinen Blick zu legen. Er sprach ungewöhnlich ruhig und langsam. »Ich. Werde. Nicht. Loslassen. Nevliin.«

Nevliin war unfähig zu klaren Gedanken, und der Schmerz in seiner Schulter raubte ihm fast den Verstand. Auch Eamon litt Schmerzen, was sich in seinem Gesicht deutlich abzeichnete. Nevliin hörte Schreie, Beschwörungen, und immer wieder Worte: Durchhalten. Nicht loslassen. Schwur. Gemeinsam. Loslassen ... Die Gedanken entglitten ihm zwischen Wellen von Schmerz. Eamon. Er hatte das Seil nicht präpariert. Nicht, wenn er jetzt seine Hand umklammerte. Seine Hand, an der ein Arm hing, an deren Ende eine ausgerenkte Schulter hing, an deren Ende ein Elf hing, der dem Tod näher war als dem Leben und der nur noch aus Schmerz bestand. Durchhalten. Loslassen. Vanora. Nicht!

Mühsam hob er wieder den Kopf und sah sie auf gleicher Höhe mit Eamon. Sie sprach zu ihm, doch er verstand ihre Worte nicht. Da waren nur diese Übelkeit und der allumfassende Schmerz. Nevliin ließ den Kopf wieder sinken. Er hatte keine Kraft mehr. Die Stimmen um ihn herum wurden zu einem leisen Sirren und sein Blick mit jedem Lidschlag trüber, bis er schließlich ganz erlosch.

Schmerz hatte ihm die Sinne geraubt, und Schmerz riss ihn in die Wirklichkeit zurück, als er hart auf dem Steinboden aufschlug. Desorientiert, wie er war, brauchte er einige Augenblicke, um zu erkennen, wo er sich befand: nicht zerschellt am Fuße der Schlucht, sondern auf einem schmalen Vorsprung, von dem aus sich die Wand nach innen zu einer kleinen Höhle wölbte. Der Stein strahlte eine leichte Wärme aus, und auch hier vertrieb schwaches, rötliches Licht die Dunkelheit.

»Wir sind da«, hörte er Glendorfil, der ihn grob zur Seite schleifte und seinen Oberkörper gegen die Wand lehnte, ehe er sich vor ihn hinhockte und ihn mit einem Lächeln begutachtete, in dem Nevliin fast so etwas wie Erleichterung zu erkennen glaubte. »Wieder bei uns?«, fragte der Heerführer der Dunkelelfen, doch Nevliin antwortete ihm nicht. In ihm tobten Schmerz und Scham, und keines der Gefühle machte ihn froh.

Nun war es Vanora, die vor ihm niederkniete. »Habt Ihr große Schmerzen?«, fragte sie mit solch einer arglosen Unschuld, während sie ihre Hand nach seiner Schulter ausstreckte.

»Ja«, hörte er sich antworten und erkannte mit Staunen, dass es die Wahrheit war. Er litt tatsächlich irrsinnige Schmerzen, die glühende Klinge hatte sich in eine Klaue verwandelt, die seine Schulter gepackt hielt und die Knochen zerquetschte, und doch war es leicht, sie zu ertragen, solange sie ihn mit diesen Augen ansah.

»Ich kann Euch heilen«, sagte sie, aber Glendorfil schüttelte den Kopf. »Noch nicht«, sagte er. »Später.«

Ihre Hand hing eine Zeitlang unschlüssig in der Luft, ehe sie sie wieder zurückzog.

Es war Eamon, der sie beiseiteschob. »Die Schulter muss erst eingerenkt werden, Vanora. Danach kannst du es gerne versuchen. Er wird seinen Arm für den weiteren Abstieg brauchen«, bemerkte er trocken und streckte seine Finger.

Nevliin schüttelte den Kopf und deutete auf Glendorfil: »Er soll es tun.«

»Mit Vergnügen.« Der Schattenritter lächelte und schob seine Ärmel über die Ellbogen zurück. »Ich verspreche Euch: Es wird kurz und ... nun ja, verflucht schmerzhaft werden.«

Auch Bienli drängte sich nun nach vorn. »Keine Sorge«, grinste er. »Ich werde dafür sorgen, dass dieses Ereignis in einem Lied gewürdigt wird.«

»Das habe ich befürchtet.« Nevliin richtete sich mit zusammengebissenen Zähnen etwas auf und sah Glendorfil in die Augen. »Ich bin bereit.«

Glendorfil ergriff den abstehenden Arm, stemmte seinen Fuß gegen ihn und zog mit aller Kraft. Es war nur ein kurzer Ruck, doch seine Schulter explodierte. Nevliin sackte in sich zusammen, versank in einem glühenden Schrei und kam erst wieder zu sich, als sich Vanoras kleine Hand in sein Gesichtsfeld schob und er sie immer wieder dieselben Worte sprechen hörte: »Ihr müsst mich ansehen, Fürst Nevliin.« Sie legte ihre Hand unter sein Kinn und drehte seinen Kopf zu sich.

Er tat, wie ihm geheißen, sah sie an, wie sie knapp vor ihm kniete und ihn mit ihren blauen Ozeanen zu ertränken suchte, und plötzlich stieg Panik in ihm auf. »Ich brauche keine Heilung«, keuchte er.

»Stellt Euch nicht so an«, knurrte Glendorfil, der seine Furcht offenbar missdeutete. »Sie muss lernen, ja, aber ihr theoretisches Wissen ist herausragend. Ihr könnt ihr vertrauen. Sie wird es schon nicht schlimmer machen.«

Noch ehe Nevliin etwas entgegnen konnte, hatte Vanora sich bereits zu ihm vorgebeugt, ließ ihre Hand von seinem Hals zur Schulter gleiten und verharrte dort. Dann kam sie noch näher, bis ihr Atem sein Gesicht berührte. Dann legte sie ihre andere Hand an sein Herz, und Nevliin war sicher, dass sie den wilden Schlag spüren konnte. »Ihr müsst Euch entspannen«, flüsterte sie und sah ihm tief in die Augen. Er hätte schreien mögen und versuchte mit aller Macht, von ihr fortzukommen, doch da war nur die Wand.

Und dann drang sie in seinen Körper. Er kannte das Gefühl von Magie, jenes Knistern und Vibrieren der Luft, doch was sie mit ihm tat, war anders. Ihre Augen verloren sich im üblichen blutrot verschleierten Schwarz, ihr Griff an seiner Schulter wurde stärker. Sie drang in ihn, in seinen Geist, seine Seele! Es war anders als alle Heilmagie, die er kannte – eine Macht, die mit der Wärme ihrer Hände in ihn floss und dort eine Energie auslöste, die er kaum bewältigen konnte.

Er keuchte auf, sein Körper zitterte, und auch Vanoras Atem wurde immer schneller. Ihre Hände verschmolzen mit seinem Körper, und die Magie drängte immer weiter, suchte nach seiner eigenen Macht, die sich so plötzlich und unerwartet von selbst befreite, dass Vanora zusammenzuckte.

Jetzt waren auch seine Augen schwarz, von einem silbernen Schleier bedeckte, doch sie konnten sich nicht voneinander lösen. Die Schulter war längst geheilt, doch etwas hielt sie zusammen. Sie konnten sich nicht von der Magie befreien, die sie aneinanderfesselte und unter den roten und weißen Flammen begrub.

Es tat weh, es brannte und gleichzeitig hatte es etwas Befreiendes. Er hörte ihren schnellen Atem, selbst den wilden Herzschlag konnte er klar und deutlich hören. Das Rauschen ihres Blutes. Er fühlte Trauer, einen tiefen Schmerz, und plötzlich verschwand ihr Gesicht, und er sah die Welt der Menschen vor sich. Das Dorf, bevor es zerstört wurde. Vanoras Vater, als er noch jünger war. Die Bilder wechselten irrsinnig schnell. Da waren Eamon und auch Glendorfil. Es waren fröhliche Bilder, und Nevliin fühlte eine tiefe Zufriedenheit in sich. Doch dann wurden die Erscheinungen düsterer. Sie zeigten das brennende Dorf, den leblosen Körper ihres Vaters.

Nevliin stöhnte auf unter dem Schmerz, den dieser Anblick in seiner Brust auslöste. Er sah sich selbst. Er war in der Menschenwelt, an der Spitze seiner Lichtritter. Er beobachtete sich von einem Baum aus. Dann sah er sich in den Gärten, während er das Schwert führte. Sein verschwommenes Gesicht, während er das Gefühl hatte zu ersticken. Die Bilder wechselten immer schneller. Die Gefühle wurden immer heftiger, waren kaum noch auszuhalten oder voneinander zu unterscheiden.

Und dann war plötzlich alles vorbei.

Einen Moment lang sah er nur Dunkelheit. Dann nahm Vanoras Gesicht vor ihm langsam wieder Kontur an.

»Geht es euch gut? Vanora? Was ist los? Nevliin!«

Auch Vanora bewegte sich nicht und erwiderte seinen starren Blick. Sie schien von dem Tumult um sie herum genauso wenig mitzubekommen wie er selbst. Die vielen Bilder aus ihrem Leben tanzten vor seinem inneren Auge. Es war ihr Leben, ihre Seele gewesen. Sie hatte ihm Zutritt zu ihrem Innersten gewährt. Wie war so etwas möglich? Und was hatte sie von seinem Leben gesehen?

»Verflucht noch mal! Nevliin!« Jemand packte ihn an den

Schultern, schüttelte ihn und brach den Bann. Nevliin rang so gierig nach Luft, als hätte er die letzten Minuten nicht geatmet. Auch Vanora keuchte und fuhr zurück.

»Was zum Henker war das?« Eamon kniete sich neben sie und hielt sie an den Schultern fest, während sie sich zitternd an ihn schmiegte.

»Ich weiß es nicht.« Sie legte den Kopf an Eamons Brust, doch ihr Blick ruhte weiterhin auf Nevliin. Erschrecken lag darin, fast schon Panik.

Dann ergriff Glendorfil das Wort: »Es tut mir leid, Vanora. Ich hätte dich warnen müssen. Du warst noch zu unerfahren, um dich davor abzugrenzen.«

»Abgrenzen?« Sie drückte sich etwas von Eamon weg und richtete sich auf. »Ich …«

»Bei einer Heilung«, schnitt ihr Glendorfil das Wort ab, »nimmst du einen Teil des Verletzten in dich auf und gibst auch einen Teil von dir selbst. Man könnte sagen, dass sich die Seelen berühren. Erfahrene Magier können heilen, ohne sich zu öffnen.«

Vanora sah wieder zu Nevliin, doch er wandte seinen Blick von ihr ab. Ohne Schmerzen in der Schulter zu spüren, rutschte er weiter in die kleine Höhle hinein und lehnte sich an den ungewöhnlich warmen Stein. Er wollte nichts mehr hören. Er wollte nichts mehr sehen. Er wollte nichts mehr fühlen. Es war genug.

Auch die anderen ließen sich in der Höhle nieder, doch Nevliin beteiligte sich nicht an ihren Gesprächen. Stumm lauschte er, wie Eamon Vanora über ihre Gefühle bei der Heilung befragte, und nahm mit gemischten Gefühlen zur Kenntnis, dass sie nicht ein Wort über die Schrecken verlor, die sie mit Sicherheit in ihm gefunden hatte.

Schließlich aber übermannten sie die Strapazen des Abstiegs, und Glendorfil streckte sich entlang der kurzen Seite der Öffnung aus, während Eamon und Vanora sich gegenüber von Nevliin aneinanderschmiegten. Sie flüsterten, um niemanden am Schlafen zu hindern, und Eamon hatte seinen Arm um Vanora gelegt und ließ eine einzelne Strähne ihres Haares durch seine Finger gleiten. Sie sahen friedlich gemeinsam aus, stellte Nevliin fest. Und glücklich. Ein ideales Paar. Der König und seine Prinzessin. Der König und seine Prinzessin und ein Lichtritter mit einem glühenden Dolch in seinem Herzen. Brüsk wandte Nevliin sich ab und sah zu Bienli hinüber, der am Felsvorsprung saß und die Beine in der Luft baumeln ließ. Seine Ängstlichkeit hatte sich offensichtlich in Tollkühnheit verwandelt. Leise summte er eine Melodie und dichtete dabei:

»Hinunter in die Drachenschlucht,
der Weiße Ritter klettert.
Nach immer größrem Ruhm, er sucht,
bis er sich …« Bienli kratzte sich am Kopf und fluchte, »… am Seil verheddert.«

»Einmalig«, knurrte Glendorfil. Es folgten unzählige weitere Verse, doch Nevliin hörte nicht mehr zu. Seine Aufmerksamkeit galt einzig Vanora, die sich von Eamon löste und mit dem Rücken zur Wand zusammenrollte. Sie legte ihre Wange auf den warmen Boden und sah dann zu ihm auf – sah ihn einfach nur an, bis ihre Augen zufielen und sie einschlief.

Bienli

Der Weg schien kein Ende zu nehmen und sah immer gleich aus. Bienli hätte auf den letzten Tropfen Wein geschworen, dass sie im Kreis liefen, und war froh, dass er es nicht getan hatte, als sich die Wände nach einer halben Ewigkeit zu verändern begannen. Nur vage konnte er die Zeichnungen im trüben Licht erkennen, die, wie er zugeben musste, wirklich gut gelungen waren. Ob die abgebildeten Drachen wohl in Lebensgröße aufgemalt worden waren? Er schauderte. Ob so ein Drache einen kleinen Kobold überhaupt sehen konnte? Falls nicht, trat er vielleicht einfach auf ihn drauf oder verschluckte ihn mit einem Büschel Gras! Was fraßen Drachen eigentlich? Doch wohl keine Kobolde! Bienli wollte gar nicht daran denken.

Selbst die Elfen staunten und bekundeten ihre Anerkennung über die Zeichnungen mit solch schwülstigen Worten, dass ein normaler Kobold sie nicht verstehen konnte.

Überhaupt – diese Elfen! Während sie die Nacht in der Höhle mit Schlafen verbracht hatten, hatte er ein Lied kreiert, das alle anderen Lieder über den Weißen Ritter weit in den Schatten stellte – was kein Wunder war, da es von dem begnadetsten Musiker aller Welten stammte: Bienli dem Kobold. Leider hatte es niemand zu würdigen gewusst. Auch beim Abstieg nicht, bei dem er sich ein Seil mit Vanora geteilt hatte.

Die Elfen hatten geschwiegen, was das Zeug hielt, und selbst ihn hatte dieses ewige Gehangele an den Rand des Wahnsinns getrieben. Und als er endlich wieder festen Boden unter den Füßen gehabt hatte, war es kein Stück besser geworden – im Gegenteil. Nun trabte er schon seit Ewigkeiten hinter den Langbeinern durch ein nimmer endendes unterirdisches Labyrinth aus mindestens zwei Elfen hohen Tunneln, überall war dieses rote Leuchten, das Reimen war ihm mittlerweile auch langweilig geworden, und das Gefühl des Unbehagens wuchs. Es würde nicht mehr lange dauern, da würden sie auf Drachen treffen. So richtige feuerspeiende, monströse Drachen mit grünen Augen. Sie marschierten sicherlich schon die ganze Nacht und –

»Wenn du noch langsamer wirst, läufst du rückwärts.«

Bienli sah zu Glendorfil auf und schenkte ihm einen Blick, der Finola alle Ehre gemacht hätte. »Ich hab nicht so lange Stelzen wie ihr Elfen«, knurrte er, versuchte jedoch, das Tempo etwas zu erhöhen. Zu allem Übel führte der verfluchte Weg seit Stunden auch noch bergauf und endete schließlich vor einer Strickleiter, die von einem winzigen Loch in schwindelerregender Höhe herabhing. Aber was war diese Höhe schon im Vergleich zur Drachenschlucht. Noch dazu schien aus diesem Loch einladend weißes Licht.

Eamon überprüfte kurz, ob der Ausstieg sicher war und die Leiter fest hing, dann kletterten sie mit einigem Abstand nacheinander hinauf. Immerhin, dachte Bienli, es geht aufwärts. Aber dann stellte er missmutig fest, dass ihm heute noch nicht einmal der schlechteste Scherz ein Grinsen zu entlocken vermochte. Außerdem war der Aufstieg nicht nur eine wackelige Angelegenheit und dementsprechend anstrengend, die Wände waren zudem auch hier mit diesen vermaledeiten

Drachenbildern geschmückt. Konnten die denn nicht mal etwas anderes malen? Kartoffelknödel zum Beispiel? Rotweinschläuche? Selbst nackte Elfen hätte er ansprechender gefunden als diese grün geschuppten Drachen mit Elfenreitern mit grünen Augen, die ihn aus jeder Ecke anstarrten. Ja, dachte Bienli missmutig, dies war ein durch und durch misslungener Tag, so viel stand fest.

Es verging noch einmal eine halbe Ewigkeit, bis ihn der frische Wind mit dem Geruch des Meeres erreichte und Nevliin ihn am Handgelenk durch das Loch nach oben zog, wo die anderen bereits warteten. Die Erleichterung, endlich wieder an der Oberfläche zu sein, hätte ihn beinahe auf die Knie geworfen, doch er konnte sich gerade noch beherrschen. Die Sonne war ein ungewohnter Anblick und brannte in einer Intensität, die von angenehm bereits weit entfernt war. Auch der viele Sand war mehr als befremdlich und ebenfalls viel zu warm. Direkt am Ausstieg nahmen ihm dornige Sträucher und Palmen die Sicht, doch in der Ferne hörte er Meeresrauschen und das hohe Kreischen irgendwelcher Vögel. Immerhin: Drachen waren keine zu sehen.

Bienli war es zufrieden und war fast geneigt, diesen Tag doch noch nicht ganz verloren zu geben, als plötzlich der metallische Klang von Nevliins Schwert erklang, das aus der Scheide fuhr.

»Das ist keine gute Idee«, sagte eine fremde Stimme, die eindeutig einem Elfen gehörte. Fremde Stimme, fremder Elf, Drachenelf.

Bienlis Herz plumpste in die Hose, und er riss sofort die Hände in die Höhe.

Langsam und sehr darauf bedacht, keine zu schnellen Bewegungen zu machen, wich er von der Pfeilspitze zurück, die seine Wange pikste, und versuchte sich umzusehen. Eins, zwei, drei, vier, fünf, sechs, sieben! Sieben Elfen umzingelten die kleine Gruppe aus dem Schattenreich und zeigten mit gespannten Bögen auf sie. Wo kamen die denn alle plötzlich her?

Nevliin war der Einzige mit einer Waffe in der Hand, weshalb Bienli sich unauffällig in dessen Richtung schob, während Eamon beschwichtigend die Hände hob. »Mein Name ist Eamon«, sagte er. »Ich bin der König …«

»Ich weiß, wer Ihr seid.« Der Sprecher ließ seinen Bogen sinken und ging auf Eamon zu. »Es ist lange her, aber Ihr habt Euch nicht verändert.«

Eamon neigte den Kopf. »Prinz Dregor.«

Jetzt ließen auch die anderen die Bögen sinken. Der hässliche Elf, den Eamon als Prinzen angesprochen hatte, ließ seinen Blick durch die Runde der Ankömmlinge schweifen. Er war wirklich außergewöhnlich hässlich, nicht so wie ein gewöhnlicher Elf, obwohl solch einer schon schwer anzusehen war. Dieses Exemplar hier hatte kurzes, dichtes Haar, das zu allen Seiten abstand und von einer undefinierbaren Farbe war. Im Grunde war es schwarz, wurde aber von dünnen roten Strähnen durchzogen. Irgendwie sah es aus wie glühende Kohlen. Bienli rümpfte die Nase. Am schlimmsten aber waren die Augen. Der Elf stand in einiger Entfernung, und doch konnte Bienli die gruselige Farbe leicht erkennen: leuchtendes Hellgrün, das schon etwas ins Gelbe überging. Die weiße, beinahe transparent wirkende Haut dieser fremden Elfen hatte bei genauerer Betrachtung auch einen leichten grünlichen Schimmer und passte zu den smaragdgrün schimmernden, weiten Gewändern, in die sie gehüllt waren und die immerhin halbwegs eindrucksvoll im Wind flatterten. Die Drachen auf den Bildern hatten auch grüne Haut gehabt. War das am Ende ansteckend?

»Wer ist das?«

Bienli schluckte, als der Blick der blendenden Augen an ihm hängenblieb und ihn wie ein Pfeil durchbohrte.

»Das ist der Kobold Bienli aus dem Silbergebirge von Tantollon«, erklärte Eamon, und zu Bienlis Erleichterung wanderten die Augen des Drachenelfen nach einem flüchtigen Ausdruck der Missachtung weiter zu Vanora.

»Und die hier?«, fragte er. »Sie ist ebenfalls keine Elfe.«

Eamons freundlicher Ausdruck wurde nur einen winzigen Augenblick lang von Zorn überschattet, aber er hatte sich erstaunlich schnell wieder im Griff. »Dies ist Prinzessin Vanora, Tochter des Menschen Briac und der Elfe Eliria, Tochter der Königin Daralee.«

Der Prinz nickte langsam. »Ein Halbblut.« Er ging auf Vanora zu und neigte mit einem leichten Lächeln den Kopf. »Ich habe bereits von Euch gehört ... Prinzessin.«

Auch Vanora senkte den Kopf, was bei Elfen wohl eine Art Begrüßung war. Doch dann wandte der Drachenelf sich auch schon wieder ab und verneigte sich zu Bienlis Überraschung vor dem Schattenritter.

»Glendorfil«, sagte er und streckte die Hand aus, woraufhin der Schattenritter dessen Unterarm zum Gruß ergriff. »Euer Name wird hier stets mit Achtung ausgesprochen.«

»Prinz Dregor.« Glendorfil verbeugte sich besonders ehrerbietig. »Ich freue mich, Euch wiederzusehen.«

Bienli konnte sich ein Kichern nicht verkneifen. Es war einfach zu komisch, dass der Drachenprinz sich vor Glendorfil verbeugte, den König aber wie Rotz behandelte. Doch der funkelnde Blick der grünen Augen ließ Bienli schnell wieder verstummen, besonders da der Elf nun auf ihn zukam. Besser gesagt auf Nevliin, der neben ihm stand.

»Ihr.« Der Ausdruck des Prinzen wurde so finster wie der Himmel im Schattenreich. Er warf einen flüchtigen Blick auf das blanke Schwert in Nevliins Hand und sah mit einem leichten Kopfschütteln wieder zu dem Lichtritter auf. »Ausgerechnet Ihr wagt es, hierherzukommen.«

»Fürst Nevliin gehört zu uns«, mischte sich Eamon ein. »Er ist ebenso wie wir in Frieden gekommen.«

Dregor lachte. »Ah, ein Überläufer.« Er sah noch einmal zum Schwert. »Nun, Fürst Nevliin. Euer Name ist hier ebenfalls bekannt.« Mit diesen Worten wandte er sich wieder an Eamon. »Ich wundere mich über die Wahl Eurer Begleiter. Was könnt Ihr wohl von uns wollen?«

»Dies, Prinz Dregor, möchte ich mit dem König persönlich besprechen.«

»Wie Ihr wollt. Dann folgt mir.«

Flankiert von den unheimlichen Elfen marschierten sie über die Dünen durch den Sand, der sich in Bienlis schöne Schuhe mit den Goldschnallen stahl und sie zu ruinieren drohte. Die Hitze war kaum auszuhalten und störte die Elfen offenbar nicht im Geringsten, wohingegen ihm der Schweiß wie ein Wasserfall über das Gesicht floss, während er lebendig unter der Sonne gebraten wurde. Nein, dachte Bienli, es war aussichtslos. Dieser Tag war nicht zu retten.

Ein seltsam klingendes Geräusch riss ihn aus seinen Gedanken und ließ ihn unwillkürlich zusammenzucken. Sofort blickte er argwöhnisch in den grellweißen Himmel. Da war es wieder. Ein leises Rauschen. Nur der Wind? Nein. Es hatte sich nach etwas Großem angehört. Aber da war doch nichts!

Seine Nackenhaare stellten sich auf, und ein kalter Schauer

jagte über seinen schweißgebadeten Körper. Es hatte sich nach riesigen Schwingen angehört, die durch die Luft schlugen. Besorgt drängte er sich zwischen die Elfen, die keineswegs beunruhigt wirkten. Wussten sie denn nicht, dass die Tatsache, dass kein Drache zu sehen war, noch lange nicht bedeutete, dass kein Drache hier war? Sahen sie denn nicht, dass hier kein einziger Baum war, der ihnen Schutz bieten konnte? Und hatten sie denn überhaupt keinen Hunger? Seit dem Frühstück, das Glendorfil netterweise mit ihm geteilt hatte, hatte Bienli nichts mehr gegessen, und sein Magen knurrte fürchterlich. Unbewusst begann er die Melodie eines der Lieder zu summen, die ihm Ardemir vor ihrer Abreise beigebracht hatte. Musik war stets ein gutes Mittel, um das flaue Gefühl der Angst loszuwerden.

In der Ferne erkannte er auf einem Sandhügel ein Schloss, das in der Hitze flimmerte. Von Drachen war immer noch nichts zu sehen. Eigentlich sollten diese Kreaturen um die goldenen Dächer kreisen und nach Feinden Ausschau halten, oder etwa nicht? Bienli seufzte. Er wusste nicht, ob er erleichtert oder beunruhigt sein sollte. Wenn er einen Drachen zu Gesicht bekäme, wüsste er wenigstens, wovor er sich fürchtete. Doch diese Geräusche in der Luft und das Wissen, dass jeden Moment messerscharfe Krallen nach ihm greifen konnten, waren langsam nicht mehr auszuhalten.

»Furchtlos jagt er die Bestien fort, lässt keinen entrinnen, vom Drachenhort.«

Der Drachenprinz fuhr zu ihm herum, und Bienli klammerte sich sofort an Nevliins Umhang, doch die grünen Augen durchbohrten ihn zu seinem Glück nur einen Augenblick, ehe sich der Prinz wieder abwandte. Sie hatten das Schloss beinahe erreicht, und das Rumoren in Bienlis Bauch wurde immer schlimmer. Niemals würden die Drachenelfen ihnen helfen. Vermutlich würden sie sie an ihre fliegenden Haustiere verfüttern. Wäre er doch bei Finola geblieben! Da wusste er immerhin, welche Gräuel ihn erwarteten.

»Das Brüllen der Drachen hallt von den Bergen, der Schnee zerrinnt unter glühendem Blut«, sang er weiter heldenmutig gegen seine Angst an, und langsam wurde es besser – bis ihn eine Hand an der Schulter packte und schüttelte. Bienli entfuhr ein kurzer schriller Ton des Entsetzens.

»Ihr solltet die Auswahl Eurer Lieder noch einmal überdenken«, raunte Nevliin ihm zu und verstärkte den Griff um seine Schulter kurz, ehe er losließ.

Bienli sah zu ihm hoch und nickte eifrig. Die Worte hatten seinen Mund ganz von selbst verlassen. Singen half gegen die Nervosität. Wenn doch niemand mit ihm redete und niemand ihm zu essen gab!

Ob die Elfen wirklich so gar nicht beunruhigt waren? Die schlichen ja ständig wie verfluchte Katzen umher, egal, ob sie in Gefahr waren oder nicht. Sogar, als sie das monströse Tor passierten, das wohl ebenfalls auf Drachengröße gebracht worden war, blieben sie völlig ruhig. Bienli sah sich auch hier genau nach den Ungeheuern um, fand aber keine.

»Wartet hier.« Der Prinz verschwand durch ein vergoldetes Tor, das wie alles hier mit Drachenfiguren verziert war. Er ließ sie lange warten. Zeit, in der sich Bienli die schlimmsten Szenarien ausmalen konnte, während die Elfen leise miteinander sprachen.

Es war ein fremder Drachenelf, der sie schließlich in den Thronsaal führte, wobei Bienli aufs Genaueste darauf achtete, sich in der Mitte zwischen seinen großen, gefährlichen Gefährten aufzuhalten.

»Was führt den König der Dunkelelfen mit solch interessanter Begleitung zu mir?«, dröhnte eine tiefe Stimme durch die Halle, die mit Dutzenden grünäugigen Elfen gefüllt war.

Eamon und die anderen verbeugten sich vor dem Mann auf dem Thron, hinter dem der Prinz von vorhin und eine Frau standen. Der König sah beinahe genauso aus wie dessen unhöflicher Sohn, doch die Frau wirkte freundlicher. Mit den leuchtenden Augen war sie zwar auch nicht unbedingt schöner, aber sie lächelte Eamon so freundlich an, dass sie bestimmt dagegen wäre, wenn der Prinz sie den Drachen vorwerfen wollte. Außerdem hatte sie schöne, dichte Haare. Sie reichten ihr bis zur Taille und waren ebenso von einem rot durchzogenen Schwarz.

»König Hafnir«, ließ sich Eamon vernehmen, während Bienli noch bei seiner verspäteten Verbeugung war. »Mein Volk zieht in den Krieg, und ich komme zu Euch, um Eure Hilfe im Kampf gegen Alkariel zu erbitten.«

Der König ließ seinen Blick über jeden Einzelnen seiner Gäste schweifen, verharrte etwas länger bei Vanora und wandte sich schließlich wieder Eamon zu. »Ihr habt Euch einst mit dieser Hexe gegen uns verbündet«, sagte er, »und jetzt spielt Ihr das Spiel in die andere Richtung. Wieso sollte ich Euch helfen?«

»Weil Euch dasselbe Schicksal droht wie dem Schattenreich.«

Ein Raunen ging durch den Saal, doch Hafnir wirkte nicht sonderlich beeindruckt und deutete stattdessen auf Vanora: »Wieso gebt Ihr Alkariel nicht einfach, was sie will? Soll das Halbblut ihr doch das Land zurückgeben. Wäre dies nicht besser, als Hunderte Leben in einem sinnlosen Krieg zu opfern?«

Bienli wollte soeben lautstark protestieren, da kam ihm Eamon zuvor.

»Diese Frage könnt Ihr Euch selbst wohl am besten beantworten«, sagte er, und Bienli nickte eifrig. Schließlich hatte er sein Leben nicht für die Prinzessin riskiert, um sie dann einfach aufzugeben.

»Was wollt Ihr damit sagen?« Der Prinz trat hinter dem Thron hervor und sah noch unfreundlicher aus, doch der König legte die Hand auf den Unterarm seines Sohnes, um ihn zu besänftigen, während Eamon Nevliin mit einem kaum merklichen Lächeln einen flüchtigen Blick zuwarf.

»Eure Erfahrung, Prinz Dregor«, sagte er schließlich. »Ihr wisst, dass Alkariel es mit der Rückerlangung ihrer Macht nicht auf sich beruhen lassen wird. Ist die Barriere erst einmal zerstört, wird sie Rache nehmen und Elvion von allem befreien, das sich ihrer Vorstellung nach von einem reinen Elfen unterscheidet. Und das sind nicht nur die Dunkelelfen.«

»Ihr sprecht wohlüberlegt«, bemerkte Hafnir. »Aber genau wegen jenes Ereignisses, auf welches Ihr anspielt, König der Dunkelelfen, ist es uns unmöglich, Euch zu helfen. Selbst wenn wir wollten.«

»Aber wir wollen nicht«, beendete der Prinz den Satz seines Vaters, die hasserfüllten Augen auf Nevliin gerichtet. »Nur wenige konnten der Jagd entgehen, die Alkariel nach dem Krieg veranstaltete. Jetzt sollen wir sie wieder auf uns aufmerksam machen und uns völlig auslöschen lassen?«

Die Frau hinter dem Thron trat nun ebenfalls vor. »Wir haben nicht vergessen, dass es die Dunkelelfen waren, die uns davor bewahrten, vernichtet zu werden«, sagte sie mit klarer, sehr weiblicher Stimme, die erstaunlich lange im Saal nachhallte. »Ihr habt uns diesen Ort hier überlassen.«

»Nachdem sie gegen uns gekämpft haben!«, donnerte ihr Bruder, doch die Frau beachtete den Prinzen nicht und sah Eamon mit offenbar ehrlichem Bedauern an. »Unsere Lage ist schlecht, Freunde aus dem Schattenreich. Wir sind nur noch wenige.«

»Meine Tochter will damit sagen, dass Euer Weg umsonst war. Seit meine Gäste, solange es Euch beliebt, doch Ihr werdet ohne die Drachenelfen heimkehren.«

Bienli spürte eine kochende Wut in sich aufsteigen. Wie dumm konnte man sein, um nicht zu begreifen, dass die Drachenelfen gleich nach Eamons Untergang an der Reihe waren? Und überhaupt: Wahrscheinlich waren die Geschichten über die Drachen nichts als ein Märchen. Vermutlich gab es längst keine Drachen mehr, und die Elfen hier wollten sich nur wichtigmachen. Drachenelfen – pah! Er hatte schließlich Augen im Kopf, und hier gab es weit und breit nichts außer einem Haufen gruseliger Malereien und einer Schar aufgeplusterter, angeschimmelter Elfenschnösel. So sah es nämlich aus und kein Stück anders! Seine Elfenfreunde sahen es nicht, aber er, Bienli, hatte die Scharade durchschaut! Und jetzt würde er ihnen sagen, was er von ihnen hielt. Mit einem Ruck richtete er sich zu voller Koboldgröße auf, trat vor, und es hätte ihn nicht gewundert, wenn der Dampf seines Zorns aus den Ohren herausgeschossen wäre, als er das Wort nun an den Prinzen richtete: »Ihr solltet Euch das noch mal ganz gut überlegen, Zottelkopf«, knurrte er und wich gleichzeitig der Hand aus, die ihn zu fassen versuchte. »Der hier …«, er zeigte in einer weit ausholenden Geste auf Nevliin, »kann Euer Schicksal ganz schnell besiegeln. Hier und jetzt. Mit so ein paar Feiglingen wird er leicht fertig.« Jemand schob ihn wieder zurück. Etwas Weißes verdeckte seine Sicht auf die verfluchten Drachenelfen, doch er gab alles, um sich wieder nach vorn zu kämpfen: »Ihr macht Euch vor Alkariel in die Hosen!«, schrie er, während er versuchte den weißen Arm fortzuschieben. »Da haben ja unsere Weiber mehr Mumm! Wollt Ihr hier warten, bis sie zu Euch kommt? Was ist? Sprachlos geworden? Nevliin kann den Rest von euch auch noch abschaffen, dann braucht ihr nicht mehr vor Alkariel zu zittern.«

»Bienli, still jetzt.«

Aber Bienli dachte gar nicht daran, still zu sein. Er war eindeutig lange genug still gewesen. »Und wisst ihr was? Ihr habt die Hosen voll, weil ihr nichts als elendige Aufschneider seid! Wo sind denn eure tollen Drachen, ha? Na, wo sind sie?«

Noch bevor der Lärm bei seinen Ohren ankam, spürte Bienli das Zittern der Wände. Es war nur eine Sekunde, in der die Kronleuchter klirrten, dann dröhnte das durchdringende Brüllen durch die Halle und vibrierte in seinem gesamten Körper. Bienli presste sich die Hände auf die Ohren und widerstand nur schwer dem Wunsch, sich auf den Boden zu schmeißen und unter Nevliins Umhang zu verstecken. Sogar seine Elfenbegleiter sahen etwas beunruhigt aus. Das Brüllen kam von außerhalb, was die Lautstärke keineswegs beeinträchtigte. Pah!, dachte Bienli, pah! Nichts als Gebrüll und heiße Luft. Und war da jetzt etwa ein Drache im Thronsaal erschienen? Nein, war er nicht.

Auch König Hafnir wirkte ungehalten. »Kümmere dich darum«, sagte er zu seinem Sohn, und tatsächlich straffte sich der Prinz und stolzierte hocherhobenen Hauptes an den unerwünschten Gästen vorbei, jedoch nicht, ohne Nevliin noch einmal einen vernichtenden Blick zuzuwerfen.

»Verzeiht«, sagte die Frau, nachdem Dregor die Halle mit einem lauten Knall der zuschlagenden Türen verlassen hatte. »Meinem Bruder fällt es schwer, sein Temperament zu zügeln.«

»So auch unserem Freund«, antwortete Eamon, was Bienlis Zorn erneut entfachte: »Ihr glaubt doch wohl nicht, dass mich dieser Krach auch nur im Geringsten beeindruckt hat!«, schimpfte er, doch Nevliin schob ihn nun endgültig hinter die anderen Elfen, und es gelang Bienli nicht, sich erneut einen Weg nach vorne zu bahnen. Nun ja. Wenn er ehrlich war, hielt sich seine diesbezügliche Mühe auch in Grenzen. Er hatte schließlich gesagt, was es zu sagen gab. Sollten die Elferlinge doch weiterhin Süßholz raspeln. Er hatte genug gehört.

»Wie meine Tochter schon gesagt hat«, fuhr König Hafnir ungerührt fort, »ist uns sehr wohl bewusst, dass wir Euch zu Dank verpflichtet sind. Wir legen großen Wert auf die Freundschaft mit den Dunkelelfen, und es schmerzt mich, Euch nicht helfen zu können. Ich bin mir sicher, Eamon, Ihr als König versteht, dass ich das Risiko für mein Volk nicht eingehen kann.«

»Alkariel wird schon bald angreifen. Wir werden sie mit allen Mitteln, die uns zur Verfügung stehen, zurückschlagen. Auch um Euretwillen hoffe ich, dass wir erfolgreich sein werden und sie niemals von dieser Insel erfahren wird.« Mit diesen Worten drehte sich Eamon um und verließ den Saal.

Nevliin packte Bienli am Kragen und schleifte ihn in Eamons Gefolge hinter sich her, und Bienli wehrte sich nicht, da er es, bei Licht betrachtet, doch etwas eilig hatte, von hier wegzukommen. Wer wusste schon, was diesen Verrückten noch einfallen würde. Denn Verrückte, das waren sie, so viel stand fest. All die Kraxelei war ganz umsonst gewesen. Jetzt mussten sie diese verfluchte Wand wieder hinauf und hatten nichts, aber auch gar nichts erreicht. Elfen!, schnaubte Bienli stumm, Elfen!

Eämon

Hunderte grüner Drachenaugen und die Augenpaare der Reiter starrten Eamon von den Wänden aus an, als er ziellos durch die Gänge irrte. Nicht eine Wand war frei von den beeindruckenden Bildern und Figuren der Drachenelfen, von Legenden dieses mächtigen Volkes, doch die Frustration über das ernüchternde Gespräch mit König Hafnir beherrschte all seine Gedanken.

Sie waren seine letzte Hoffnung gewesen. Wie sollte er sein Volk vor Alkariel schützen? Er sah Liadan bereits vor sich, ihren Blick, der ausdrückte: »Ich hab es dir doch gleich gesagt.« Aber er hatte es zumindest versuchen müssen, auch wenn sie nun wieder auf sich allein gestellt waren.

So viele würden sterben, und alles nur, um Alkariel ihr Reich weiter vorzuenthalten. Nein, selbst wenn er ihr das Schattenreich überließe: Sie würde die Dunkelelfen auslöschen. Unschuldige töten. Wie sollte man gegen einen Gegner vorgehen, der so kalt und berechnend war? Einen Gegner, der vor nichts zurückschreckte?

»Hast du dich verlaufen?«

Eamon unterdrückte ein Seufzen und drehte sich zu der Stimme um. Noch ehe das flackernde Licht der Fackeln ihr Gesicht zeigte, erkannte er ihr flammendes Haar.

»Guten Abend, Prinzessin Aurün«, begrüßte er sie mit

einer formvollendeten Verbeugung, was sie mit einem spöttischen Lächeln quittierte.

»So förmlich?«, fragte sie und sah sich in dem verlassenen Korridor um. »Und so allein?«

»Es war ein weiter Weg«, antwortete er. »Wir sind alle müde.«

»Glendorfil und der Kobold betäuben die Erschöpfung mit Wein und unterhalten meinen Vater und Dregor. Willst du nicht zu uns kommen?«

Eamon schüttelte den Kopf und setzte seinen Weg fort, doch Aurün, das wusste er, war noch nie eine Frau gewesen, die sich leicht abfertigen ließ, und so begleitete sie ihn.

»Du bist zornig«, stellte sie nach einer kurzen Zeit des Schweigens fest und legte ihre Hand an seinen Arm, so dass er stehenblieb.

»Mag sein«, antwortete er, beschloss dann jedoch, dass es keinen Sinn hatte, sich noch weiter in Ausschweifungen zu flüchten. »Ja ich bin wütend«, gab er schließlich zu. »Es war ein Fehler, hierherzukommen.«

»Nein.« Sie hob ihre Hand und berührte leicht seine Wange. »Ich bin froh, dass du hier bist«, sagte sie sanft. »Du hast ein gutes Herz, Eamon, und das sage ich nicht nur so dahin. Wir Drachenelfen erkennen, was sich hinter den Masken verbirgt. Es gibt nur wenige Elfen, die mein Vater achtet, und du bist einer davon. Du willst Leben retten, dein Volk beschützen. Wenn wir nur …«

Eamon trat einen Schritt zurück, so dass ihre Hand von ihm glitt. »Ihr habt keine andere Möglichkeit«, sagte er rau. »Ich verstehe eure Entscheidung und respektiere sie. Auch ihr wollt euer Volk beschützen.«

»Ja, das möchten wir.«

Während sie weitergingen, beobachtete Eamon die Prinzessin aus den Augenwinkeln. Sie war hochgewachsen, beinahe auf Augenhöhe mit ihm selbst, und die grünen Augen schimmerten im Zwielicht der Fackeln. In seinem Volk würde sie wohl nicht als Schönheit gelten, denn die Augenfarbe war zu grell und auch das rotglühende schwarze Haar zu auffällig. Und doch hatte ihr feingliedriges Gesicht einen gewissen Liebreiz und die vollen blutroten Lippen eine Sinnlichkeit, die jeden Mann betören konnten. Sie wollte ihm helfen, auch das wusste er, genauso, wie er wusste, dass auch dieses Volk die Last einer grausamen Vergangenheit trug. Er war schließlich dabei gewesen, hatte gegen sie gekämpft, und die Erinnerung an die fürchterlichen Schlachten gegen die Drachen, an das alles versengende Feuer, ließ ihn erschaudern. Aber er war auch dabei gewesen, als Frieden geschlossen worden war, und er verstand, dass Hafnir diesen Frieden bewahren wollte.

Ein gelber Lichtschein drang aus einer halbgeöffneten Tür am Ende des Ganges und erregte Eamons Aufmerksamkeit. »Was ist dort?«, fragte er, als Aurün direkt darauf zusteuerte.

»Ein Schatz.«

Eamon blieb stehen. »Wie bitte?«

Aurün lachte und zog ihn kopfschüttelnd weiter durch die Tür in einen Raum, der ihn vor Staunen verstummen ließ.

»Willkommen im Herzraum«, sagte sie mit einer weit ausholenden Geste. »Dem wichtigsten Ort der Insel.«

Eamon stockte der Atem. Die Wände des kreisrunden Saales waren ganz mit Gold verkleidet, in der Mitte stand eine brusthohe, weiße Säule mit einem gläsernen Behältnis darauf, und darin schwebte eine etwas unförmige, rotleuchtende Kugel in der Größe eines Elfenkopfes und tauchte den gesamten Raum in goldfarbenes Licht.

»Das ist beeindruckend«, brachte er heraus und folgte Aurün zu der Säule hin.

Aus der Nähe erkannte er, dass es kein Glas war, das die geheimnisvolle Kugel schützte. Es wirkte flüssig, als würde er durch die Wasseroberfläche sehen.

»Dies ist der wertvollste Schatz der Drachenelfen«, erklärte Aurün. »Du weißt, woher er kommt?«

Eamon zögerte. Als König müsste er es wissen, er müsste die Geschichte der Drachenelfen kennen, und doch hatte er seine Zeit lieber damit verbracht, mit Nevliin oder Ardemir Unfug zu treiben. Er hatte all diese lästigen Pflichten und Studien nie richtig ernst genommen – ebenso wenig wie die der Sprache und Geschichte der Menschen. Doch wo Glendorfil ihm die Menschen betreffend mit Nachhilfe unter die Arme gegriffen hatte, wusste er über die Drachenelfen offensichtlich noch immer lächerlich wenig. Ein Fehler.

»Du weißt es nicht«, stellte Aurün fest.

Eamon schüttelte den Kopf. Es war ihm peinlich, und noch dazu war es respektlos der Prinzessin gegenüber, doch Aurün ging mit einem Lächeln darüber hinweg. Sie schritt um die Säule herum und sah ihn durch das verschwommene Licht hindurch an. »Du weißt, die Drachen waren nicht immer mit Elfen verbunden. Einst waren sie eigenständige Geschöpfe und führten immer wieder grausame Kriege gegen uns Elfen. Sie waren mächtig, und ich glaube, Alkariel und Daralee fürchteten sie.«

Eamon nickte. »Es war eine dunkle Zeit, als die Drachen Elvion beherrschten.«

»War es das?« Aurün kam wieder auf ihn zu. »Sieh dir all die Bilder an, Eamon. Sie zeigen dir, was die Drachen geschaffen haben. Unsere Welt war ein Ort der Magie. Niemals wieder erblühte Elvion in solch einer Pracht. Denk doch nur, was wir Elfen mit der Schaffung des Schattenreiches angerichtet haben. Kannst du dir vorstellen, dass Lurness von Wiesen und Blumen umgeben war und sich gegen einen blauen Himmel der Sonne entgegenstreckte? Die Drachen hielten alles im Einklang.«

»Aber was ist mit ihnen geschehen?«

Aurün zuckte mit den Schultern. »Die Liebe natürlich. Ist es denn nicht immer Liebe, die die Welt in Unordnung bringt?«

Es war kein schöner Gedanke, und doch hatte sie recht. Auch Daralee hatte Elvion aus Liebe entzweit. Nicht viele Elfen liebten, und jene, die es taten, wurden nicht mehr vergessen, denn ihre Taten veränderten die Welt. War Liebe denn wirklich so stark? So zerstörerisch?

»Es herrschte Krieg zwischen Drachen und Elfen«, fuhr Aurün fort und holte ihn aus seinen Gedanken. »Wie so oft. Mir scheint, Elvion war nicht groß genug für zwei Völker solcher Magie und vermutlich auch Machtgier. Der König der Drachen, Ureliig, nahm die Tochter eines Elfenfürsten als Geisel. Ihr Name war Rinuviel.«

Aurün ging um die Säule herum und sah auf das schimmernde Ding, das er immer noch nicht zu identifizieren vermochte. Der Schein des Lichtes warf unheimliche Schatten auf ihr Gesicht und erweckte ihre Worte zum Leben, so dass er wirklich das Gefühl hatte, den Drachenkönig vor sich in dem verschwommenen Licht zu sehen.

»Das Schicksal ist unausweichlich«, flüsterte sie. »Ureliig verliebte sich in die Elfenprinzessin, und ich glaube, dass auch Rinuviel ihn liebte.«

»Ein Drache und eine Elfe?« Eamon hatte Mühe, sich das

Lachen zu verkneifen, was die grünen Augen der Prinzessin durch die unsichtbare Wand blitzen ließ.

»Die Liebe fragt nicht nach Vernunft, Eamon. Das solltest du wissen.«

Das hatte gesessen. War seine unerwiderte Liebe zu Vanora so offensichtlich?

»Willst du die Geschichte jetzt zu Ende hören?«, fragte sie und lächelte.

Eamon nickte beklommen und bedeutete ihr mit einer Handbewegung zur Leuchtkugel fortzufahren, was Aurün mit einem zufriedenen Nicken zur Kenntnis nahm.

»Wie ich schon sagte.« Sie deutete auf die rote Kugel. »Die beiden liebten einander, und deswegen schenkte Ureliig ihr sein Herz.«

Eamon schluckte und starrte auf die rotleuchtende Kugel, die Aurün den kostbarsten Schatz der Drachenelfen genannt hatte. »Und das hier ist –«

»Das ist Ureliigs Herz.«

»Du hältst mich zum Narren.«

Sie lächelte. »Drachen haben zwei Herzen, Eamon und der, der eines besitzt, verfügt über den Drachen. Also schenkte Ureliig ihr sein Herz als Zeichen, dass niemals wieder Krieg zwischen ihren beiden Völkern herrschen sollte. Rinuviel konnte ihm jedoch kein Herz schenken, und so gab sie ihm das Einzige, das genauso wertvoll war: Ihre Seele.«

Eamon erschauderte. Das klang eher nach einem äußerst blutigen Gruselmärchen als nach einer Liebesgeschichte.

»Somit wurden ihre Seelen eins, und der Friede wurde bewahrt.«

Eamon schüttelte den Kopf und versuchte, seine rasenden Gedanken zu ordnen. »Also verband sich ihre Seele mit der

Seele des Drachen, und deswegen gibt es jetzt die Drachenelfen.«

»Von jenem Moment an wurde jeder Drache mit unvollständiger Seele geboren. Es gab immer einen Elfen, dessen Seele zu ihm gehörte. Also bluten wir, wenn der Drache blutet, und wir sterben, wenn der Drache stirbt. Und umgekehrt. Wir gehören zu unseren Drachen, und auch in diesem Moment kann ich Aurünliigs Gedanken lesen – und, wenn ich wollte, auch die der anderen Drachenelfen und Drachen. Wir alle sind miteinander verbunden, aber nur unser Seelenbruder oder unsere Seelenschwester ist Teil von uns selbst.«

Eamon schwieg lange, dann ging er auf eine der goldenen Wände zu und erkannte in den Gravierungen Abbildungen von prächtigen Drachen, die über noch prächtigere Städte flogen. »Dieses Bündnis war für die Drachen nicht besonders vorteilhaft«, sagte er. »Wenn man bedenkt, wie wenige es nur noch von euch gibt.«

»Es war nicht dieses Bündnis, das uns auszulöschen droht, Eamon, sondern einzig die Herrschsucht dieser Hexe. Alkariel.« Sie fing seinen Blick auf und sah ihm tief in die Augen. Es war schwer, ihrem Blick standzuhalten. Das helle Grün blendete beinahe. »Und dein Freund ist einer der Verantwortlichen. Nevliin.«

Eamon seufzte. War es ein Fehler gewesen, Nevliin hierher mitzunehmen? Es war eindeutig, dass dieses Volk Nevliin noch nicht verziehen hatte.

»Nevliin hat ein gutes Herz«, sagte er.

»Hat er das?« Aurün zog die Augenbrauen zusammen und musterte ihn.

Eamon fühlte sich unwohl. Er war sich der Antwort nicht

ganz sicher. »Ich dachte, du könntest hinter die Masken blicken. Wieso sagst du es mir nicht?«

Aurün zuckte mit den Schultern. »Wenn ich Nevliin ansehe, sehe ich gar nichts. Dort ist nur Finsternis. Er macht mir Angst.«

Und mir auch, dachte Eamon. Es war erschreckend, zu sehen, was aus seinem einstigen Freund geworden war, und dass es nicht nur ihm auffiel, machte es nur noch schlimmer.

»Nevliin war schon immer verschlossen«, sagte er und erinnerte sich an den kleinen, blonden Elfenjungen, der wie ein geprügelter Hund bei ihm Zuflucht gesucht hatte. »Der frühe Tod seiner Eltern und sein grausamer Onkel haben ihn geprägt. Aber es war seine Zeit als Lichtritter, die ihn zerstörte. Nevliin ist so sehr darauf bedacht, das Richtige zu tun, und besessen von seiner Ritterlichkeit, dass ihn all die Morde, die er für Alkariel beging, zerbrachen, wie einen dünnen Ast eines jungen Baumes. Ich glaube, tief in seinem Inneren wusste er schon immer, dass seine Herrin ein falsches Spiel trieb. Seine Taten ließen ihn immer weiter erkalten, bis er seine Gefühle, all die Zweifel auszuschalten lernte und irgendwann nichts mehr von ihm übrigblieb.«

»Das klingt so, als täte er dir leid.«

»Er ist mein Bruder.«

Aurün nickte langsam. »Ein gutes Herz, wie ich schon sagte.«

Einen Moment lang sahen sie einander einfach nur an. Sie war wirklich schön, das fiel ihm an diesem Tag nicht zum ersten Mal auf. Doch dann drehte sich Aurün plötzlich um und schritt an den Bildnissen entlang. »Und was ist mit der Halbelfe?«, fragte sie. »Was ist ihre Ausrede?«

»Vanora?«

»Sie ist eine mächtige Magierin, und ich glaube, sie weiß es nicht einmal. Auch sie macht mir Angst. Sie ist Nevliin sehr ähnlich.«

Eamon schluckte. Aurün war eine scharfe Beobachterin. Oder ging es Vanora mittlerweile so schlecht, dass es für jeden offensichtlich war?

»Vanora ist noch sehr jung«, sagte er, »und sie hat eine schwere Zeit hinter sich. Sie weiß noch nicht lange von ihrer Herkunft oder Bestimmung. Erst vor kurzem wurde ihr gesamtes Dorf zerstört und ihr Vater ermordet.«

»Auch dein Vater ist vor kurzem gestorben, wie ich hörte, und doch lebst du noch. Liegt es an deiner Stärke oder an Nevliins und Vanoras Schwäche, dass sie der Verlust gebrochen hat und dich nicht?«

Ihre Worte schmerzten, und das sah sie auch. Er wollte nicht, dass sie schlecht über Vanora und Nevliin sprach. Aber waren sie wirklich so schwach? Er selbst war bestimmt kein besonders starker Elf. Was hatte er bisher schon geleistet?

»Vanoras Vater wurde grausam aus dem Leben gerissen. Ich weiß nicht, was mit meinem Vater geschehen ist.«

»Umso schlimmer für dich.«

Eamon senkte den Blick. Es war in der Tat schwer gewesen, zu akzeptieren, dass sein Vater einfach fortgegangen war. Niemand starb einfach so ohne Grund, und an die romantischen Geschichten der Erfüllung seiner Bestimmung glaubte er nicht. Eher schenkte er den Mutmaßungen über Gift sein Ohr, aber niemand kannte die Wahrheit – außer vielleicht der Mörder. Doch wer hätte einen Nutzen davon gehabt? Eamon schüttelte den Kopf. Es war sinnlos, noch weiter darüber nachzudenken. Was geschehen war, war geschehen.

»Ich trage Verantwortung«, sagte er schließlich, wieder an Aurün gewandt.

Sie sah ihn an, und ihr Blick berührte sein Herz. »Du warst immer schon besser als die meisten, Eamon«, sagte sie mit traurigem Lächeln. »Aber das Mädchen ist feige.«

Eamon hatte Mühe, den plötzlich aufsteigenden Zorn zu kontrollieren. »Du weißt nichts über sie. Du hast ja keine Ahnung, wie schwer es für sie war.«

Aurün lachte. »Es hat nicht lange gedauert.«

»Was?«

»Du liebst sie.«

Eamon atmete tief durch. Natürlich hatte sie es bemerkt. Sie wusste immerhin alles. Gab es irgendetwas, das ihr nicht entging?

»Ja«, gab er schließlich zu. »Ja, ich liebe sie.«

»Wieso?«

»Wieso?«

»Das ist doch eine einfache Frage.«

»Hast du mir nicht erklärt, dass es für Liebe keine Vernunft gibt?«

»Du wirst doch wissen, was du an ihr liebst.« Ihr Blick hatte etwas Herausforderndes, und Eamon ging erstaunlicherweise darauf ein. »Ich traf sie«, erzählte er, »als sie noch ein kleines Mädchen war. Die Macht in ihr war schon damals beinahe greifbar, und ihre Augen ... sie strahlte. Sie verkörperte Freiheit und Glück in ihrer reinsten Form. Und ich konnte ihre Zukunft sehen, Aurün. Ich konnte sehen, zu welcher Frau sie heranwachsen würde, zu welch mächtiger Magierin. Ich sah eine glorreiche Zukunft für sie. An meiner Seite.«

Die Prinzessin lächelte. »Du liebst eine Frau, die es nur in deinen Träumen gibt.«

»Ich liebe Vanora.«

»Wirklich? Liebst du die Frau, die draußen vor der Burg wie ein Schatten umhergeht? Hast du dir diese lebensmüde Frau vorgestellt, als du das Mädchen gesehen hast?«

Eamon starrte sie an. Er konnte nichts sagen. Ihre Worte hatten ihn mitten ins Herz getroffen. War dies ihr Plan? Hatte sie es von Anfang an darauf angelegt, ihn an seiner Liebe zweifeln zu lassen? Wollte sie ihm vor Augen führen, dass er ein Narr war? Er liebte Vanora. Jede Sekunde, in der er sie sah, spürte er es. Jede Sekunde, in der er sie sah, spürte er eine tiefe Traurigkeit. Das Gefühl des Verlustes. Lag es daran, dass sie sich so von ihm abgrenzte? Oder konnte es sein, dass Aurün Recht hatte: Dass es die Frau, die er liebte, nie gegeben hatte und auch niemals geben würde?

Vanora

Nachts wirkte alles noch viel größer, gewaltiger. Es war kein Ende der himmelhohen Mauern und Türme zu erkennen. Sie verschwammen mit der Dunkelheit, gaben Vanora das Gefühl, winzig zu sein. Lediglich eines der Millionen Sandkörner des weißen Strandes, der sich direkt vor den Toren des Palastes in die Unendlichkeit verlor. Es war ruhig, friedlich, der Himmel bis auf wenige von Sternen erleuchtete weiße Schemen wolkenlos, der warme Wind blies einzelne Strähnen des offenen Haares in ihr Gesicht, kitzelte ihre Wangen, nährte sie mit frischer Luft zum Atmen.

Langsam, stets darauf bedacht, einen Fuß vor den anderen zu setzen, ging sie über den Strand, spürte das leichte Kitzeln an ihren nackten Füßen. Es war der Inbegriff von Harmonie. Nie zuvor hatte sie etwas Vergleichbares gesehen, und sie bezweifelte, dass ein zweiter Ort wie dieser existierte, ganz gleich, in welcher Welt. In der Dunkelheit der Nacht erinnerte der Strand mehr an eine Winterlandschaft denn an ein Land des ewigen Sommers. Mit jedem Schritt über den schneeweißen Sand erwartete sie, Kälte zu spüren, doch selbst das seichte Wasser, das sich leise plätschernd an den Strand tastete, war angenehm warm.

Vanora strich mit der Hand über die glatten Felsen, die überall aus dem Boden ragten. Steile, spitze Klippen, die von sanften Wellen umspielt wurden. Ein Ort, so friedlich und rein, und doch erreichte die Wärme ihr Innerstes nicht. Sie spürte nichts und fand keinen Frieden. Die Luft war so klar. Wieso fiel es ihr trotzdem so schwer, zu atmen? Es tat weh.

Die Nächte waren zu dunkel, zu lang und einsam. Sie hatte kein Zuhause, wohin sie gehen konnte, keinen Ort des Trostes. Warmes Wasser umspielte ihre Zehen und löschte ihre Spuren im Sand. Als wäre sie nie hier gewesen, als hätte niemals jemand das wunderbare Muster im weißen Sand zerstört. Sie war ein Nichts. Ein wandelnder Schatten.

Vanora sah hinab zu ihren Füßen, die zielgerichtet einen Schritt nach dem anderen taten. Immer weiter ging sie hinaus durch das seichte Wasser, welches sich zwischen den vielen Sandbänken sammelte. Die tiefste Stelle reichte ihr gerade einmal bis knapp über die Knöchel. Ihre Füße trugen sie immer weiter, gezogen durch ein unsichtbares Band, durch Wasser und Sand, vorbei an den schwarzen Wänden der Felsen. Es wäre leicht, sich hier zu verirren, doch Vanora spürte keine Angst. Sie fühlte sich hier draußen in der Ewigkeit nicht verloren. Ihre Füße fanden den Weg allein. Sie wurde geführt, kannte die Pfade, die sie gehen musste, ohne nachzudenken. Es war eine Macht, die sie an den Ort brachte, der ihr den Schmerz nehmen konnte, der ihr die Illusion von Frieden und Glück bescherte.

Der Pfad führte sie auf einen weiteren Wall aus Sand zu, der sich aus dem Meer erhob. Vanora beschleunigte ihre Schritte, spürte, dass sie ihr Ziel beinahe erreicht hatte – und blieb abrupt stehen.

Sie war noch nicht einmal besonders überrascht, als sie erkannte, wohin ihr Herz sie geführt hatte.

Nevliin stand mit dem Rücken zu ihr auf der anderen Seite

der Sandbank. Der laue Wind ließ seine weißen Kleider und den hinter ihm flatternden Umhang in der von Sternen beleuchteten Dunkelheit wie tanzende Nebelschwaden aussehen. Als hätte er ihre Anwesenheit gespürt, drehte er sich zu ihr um. Ausdruckslos sah er sie an, es stand keine Überraschung in dem von Schatten geteilten Gesicht. Ganz so, als hätte er auf sie gewartet, als wäre er von derselben Macht hierhergeführt worden, die auch Vanora geleitet hatte. Hinter ihr, jenseits des Watts, feierten ihre Freunde im Schloss. Doch Nevliin war hier. Die schwarzen Höhlen seiner Augen schienen nach ihr zu greifen und sie näher zu ziehen. So, wie sie es seit ihrer ersten Begegnung im Wald ihrer Heimat getan hatten.

Der Sand klebte an ihren nassen Füßen, er war warm und real in dieser Märchenwelt inmitten des Ozeans. Sie war weggelaufen, fort von allen anderen, denen sie stets vorspielen musste, dass es ihr gutging, fort vor den düsteren Gefühlen, genauso wie an jenem Abend nach ihrer Rückkehr aus dem zerstörten Dorf. Und genauso wie damals in den Gärten war auch er an denselben Ort geflüchtet. Die Zeit des Leugnens war vorüber. Hier erinnerte nichts mehr an die Pflichten des Hofes in Lurness, an die leblosen Floskeln, das ewige Geplänkel. Hier könnten sie vergessen, wer sie waren. Sie war keine Prinzessin mehr, keine Nachfahrin einer Königin, der Schlüssel zur Sicherheit eines Volkes. Und er war kein Ritter mehr, keiner von Alkariels Dienern, kein Krieger des Schwertes. Er war lediglich ein Mann. Ein Mann, der dachte wie sie, fühlte wie sie. Und sie war nur eine Frau. Sie hatte seine Seele gesehen. Während der Heilung hatte sie die Dunkelheit in seinem Inneren gesehen, aber auch das ferne Licht. Etwas strahlte in ihm, ein winziger Funke, doch er war da. Und er gehörte ihr.

Die Erkenntnis ließ Tränen in ihren Augen aufsteigen. All die Verzweiflung seiner und ihrer Seele brach sich Bahn, denn nur in seiner Gegenwart konnte sie nach außen dringen. Er war wie sie. Er verstand.

Vanora taumelte auf ihn zu, und auch Nevliin erwachte aus seiner Starre. Mit einem kaum merklichen Kopfschütteln stieß er die Luft zu einem resignierten – oder vielleicht sogar befreienden – Seufzen aus und durchmaß die zwischen ihnen liegende Sandbank mit wenigen schnellen Schritten. Er nahm ihr Gesicht in beide Hände, und dann lagen seine Lippen auf ihren.

❧

Der Morgen begrüßte sie mit grellem Licht, das durch ihre geschlossenen Lider strahlte und sie in eine Welt aus Rottönen eintauchte. Sie wusste sofort, wo sie war, wie sie die Nacht verbracht hatte und wieso sie von klarer, salziger Luft umhüllt wurde. Das beständige Rauschen um sie herum war der Inbegriff von Harmonie, und Vanora konnte sich nicht erinnern, wann sie zum letzten Mal so tief und traumlos geschlafen hatte. Sie fühlte sich anders, leichter, als treibe sie auf dem weiten Ozean dahin, versunken im letzten Nachhall der angenehmen Erschöpfung. Sie hätte ewig so liegen können, wäre da nicht das Wissen um die Präsenz eines anderen auf ihrer kleinen Insel. Aus zusammengekniffenen Augen blinzelte sie in den hellblauen Himmel, der sich über ihr erstreckte und über welchen sich ein dünner, weißer Schleier spannte. So lange hatte sie sich im Schattenreich solch einen Anblick herbeigesehnt, und jetzt war sie endlich ins Licht zurückgekehrt. Ihre Hände strichen über den weichen Stoff des Umhangs, der sie bedeckte und bereits jetzt von der Morgensonne gewärmt wurde. Langsam drehte sie ihren Kopf zur Seite und blickte in die schwarzen Augen. Ihr Herz flatterte auf wie ein Vogel, dem der Käfig geöffnet worden war. Nevliin saß neben ihr im Sand und blickte forschend auf sie hinab. Es war ihr, als lese er in ihrem Gesicht wie in einem offenen Buch, und mit einem Mal ergriff sie Verlegenheit. Wie lange sah er sie schon an? Wie viel des Zaubers der letzten Nacht war jetzt noch hier? So wunderschön der Sonnenschein auch war, im grellen Licht des Tages fürchtete sie sich plötzlich, fühlte sich nackt und unbeholfen.

Mit vor Hitze brennenden Wangen sah sie ihn an. Die weiße Haut seines sehnigen Oberkörpers unterschied sich kaum vom Weiß der Hose, die er nun wieder trug. Seine hellen Haare hatte er wieder im Nacken zusammengebunden, was seine spitzen Ohren besonders betonte. Der Inbegriff eines Elfen, dachte Vanora. Und wunderschön. Sie erinnerte sich noch daran, wie sie ihn in den Gärten beim Schwertkampf beobachtet hatte, an die Leidenschaft, die sie in seinem stets so kalten Ausdruck zu sehen gemeint hatte. Eine Leidenschaft, die sie nun am eigenen Leib erfahren hatte. Magie in ihrer reinsten, unverfälschten Form.

Nevliin streckte seine Hand nach ihr aus, lange, gerade Finger, die sich rau auf ihrer Haut anfühlten, wie sie wusste. Mit einem angedeuteten Lächeln wischte er Sand von ihrer nackten Schulter, verharrte einen Moment lang mit seinem Blick und sah ihr schließlich wieder in die Augen. Eine Frage stand darin.

Vanora lächelte. Ob er im unbarmherzigen Tageslicht ebenso unsicher war wie sie? Ob er sich fragte, was aus ihnen werden würde?

»Ich will nicht wieder zurück«, krächzte sie aus ihrer trockenen Kehle und wusste gleichzeitig, dass sie keine andere Wahl hatte. Diese gestohlenen Stunden waren alles gewesen, was ihr das Schicksal gewährte, denn ihre Bestimmung wartete bereits auf sie. Sie musste wieder in den Palast zurückkehren. Einen Krieg führen. Die Rolle einer auserwählten Prinzessin spielen, die sie niemals erwählt noch gewollt hatte.

»Ich auch nicht.« Nevliin hob seine Hand an ihre Wange, doch dann ruckte sein Kopf plötzlich zur Seite. Seine Augen verengten sich, und als er wieder zu ihr hinabsah, war all die ungewohnte Zärtlichkeit darin wie ausgelöscht. »Du musst dich anziehen«, sagte er, erhob sich in einer fließenden Bewegung und zog sich selbst das Hemd über den Kopf.

Vanora blickte zum Palast und erkannte in der Ferne einen schwarzen Schemen im weißen Sand. Eine Unterbrechung der Perfektion, die sich näherte. Ihre Kehle zog sich zusammen, als hätte sie jemand daran gepackt. Die Freiheit war dahin.

So schnell es ihre müden Glieder erlaubten, sammelte sie die verstreute Kleidung auf, schüttelte den Sand ab und zog sich an. Mit den Fingern fuhr sie durch ihr zerzaustes Haar, doch im Moment konnte sie den Schaden nur verringern, statt ihn vollständig zu beheben. Ihr Herz schlug immer schneller, je deutlicher die schwarze Gestalt im seichten Wasser des Watts zu erkennen war. Sie wusste, ein Blinder konnte die Situation hier auf der Sandbank deuten, und ihr graute davor, sich der Realität stellen zu müssen.

»Eamon sucht dich.« Glendorfil trat auf *ihren* Sandhügel und schien den Ort damit zu entweihen. Er warf Nevliin einen kurzen Blick zu, der sich gerade das Schwertgehänge umschnallte, und wandte sich wieder an Vanora: »Wir verabschieden uns noch von unseren Gastgebern, dann brechen wir auf. Du solltest jetzt mitkommen.«

Vanora nickte langsam. Niemals zuvor hatte sie das Gesicht ihres Lehrmeisters so düster gesehen, die goldenen Augen wirkten kalt wie das Metall, von Frost überzogen. Sie wollte etwas sagen, ihm alles erklären, wenn sie nur die Enttäuschung aus seinem Blick bannen könnte. Es war unerträglich, ihn so zu sehen. Er war ihr stets wie ein Vater gewesen, und jetzt, da Briac tot war, zählte seine Meinung, seine ... Zustimmung umso mehr für sie. »Glendorfil ...?«, begann sie und wollte ihn zu irgendeiner Äußerung bringen, irgendetwas – alles wäre besser als dieser schweigende Vorwurf. Doch ihr Lehrmeister wandte sich abrupt ab, weder Nevliin noch Vanora sah er noch einmal an, ehe er zurück ins seichte Wasser ging.

Vanora machte einen Schritt auf ihn zu, sie wollte ihn aufhalten. »Bitte!«, sagte sie mit zitternder Stimme. Ihr Blick wanderte an Glendorfil vorbei zum fernen Schloss. »Bitte, sag Eamon nichts davon.«

»Vanora.« Nevliin trat an ihre Seite, er schien noch etwas sagen zu wollen, doch da drehte sich Glendorfil plötzlich noch einmal zu ihnen um. War es Zorn, der jetzt in seinen Augen glomm?

»Ihr habt gewonnen«, sagte er, an Nevliin gewandt. Seine Mundwinkel zuckten vor unterdrückter Wut. »Edler Weißer Ritter. Dieser letzte Streich wird ihm den Todesstoß versetzen.« Er sah zu Vanora. Ein leichtes Kopfschütteln stand für all die Enttäuschung in seinem Herzen. »Ich werde nichts sagen«, versprach er ihr rau. »Das wirst du selbst tun.«

Wie ein Dieb schlich sie durch die Gänge in das Zimmer, das ihr am letzten Abend zugewiesen worden war. Die Korridore waren wie ausgestorben, kaum jemand kreuzte ihren Weg, und diejenigen, die ihr begegneten, interessierten sich nicht für sie. Auch Eamon begegnete sie nicht, und sie war dankbar dafür.

Im Zimmer angekommen, beseitigte sie gründlich die Spuren der letzten Nacht. Immer wieder strich sie mit der Hand über ihren Körper. Es fühlte sich seltsam an. Zu wissen, dass noch vor kurzem die Hände eines Mannes darübergeglitten waren. Seine Hände.

Vanora lächelte, sah ihn direkt vor sich, seine wundervollen schwarzen Augen, die in der Dunkelheit glitzerten, während sie immer wieder ihren Blick suchten. Sie konnte ihn beinahe noch spüren, jede Berührung, seine Lippen, seinen Geruch. Sie waren von Magie umgeben, von Magie durchdrungen gewesen. Ihre Kraft hatte sich verselbstständigt, nach Nevliins Macht gegriffen, als sehnte sie sich danach, die gewaltige Kraft in ihm zu berühren. Und es war ihr gelungen. Sie musste nur seinen Namen hören, ihn nur denken, und sofort wich die Kälte aus ihrem Herzen, als hätte sie sich niemals dort eingeschlichen.

Ein leises Klopfen an der Tür riss sie zurück in die Wirklichkeit, sie schlüpfte zurück in ihre Kleider, und als der fremde Drachenelf sie bat, ihn zu begleiten, nickte sie nur. Als sie kurz darauf den Thronsaal betrat, die Gespräche verstummten und unzählige Augen sich auf sie richteten, wusste sie: Es gab kein Entkommen. Mit bleiernen Beinen, ging sie auf die Elfen zu, die sich an einem runden Holztisch versammelt hatten, wich den Blicken Nevliins, Eamons und Glendorfils aus und nahm schließlich auf dem einzigen freien Stuhl neben Prinz Dregor Platz.

Vanora versuchte angestrengt, dem Gespräch zu folgen,

konnte sich jedoch nicht konzentrieren. Immer wieder ertappte sie sich dabei, wie sie Nevliin aus den Augenwinkeln beobachtete, ihm verstohlene Blicke zuwarf, obwohl dieser sie kein einziges Mal ansah. Stattdessen beteiligte er sich ungewöhnlich aktiv an den Diskussionen über Alkariels zu erwartenden Angriff, ignorierte so manche bissige Bemerkung des Prinzen Dregor und pflichtete Eamon einige Male bei. Irgendetwas lief hier sehr falsch. Selbst Glendorfil benahm sich merkwürdig. Er war, anders als Nevliin, außergewöhnlich wortkarg und in Gedanken versunken. Ob es wohl Zufall war, dass er so weit von Nevliin weg saß, wie es an diesem Tisch nur möglich war? Bestimmt nicht, obwohl die kleine Auseinandersetzung von vorhin keinem der beiden anzumerken war.

Vanora beschloss, es ihnen gleichzutun und sich gleichfalls stärker zu konzentrieren. Dabei fiel ihr auf, dass Prinz Dregor seine Meinung mit der Zeit zu ändern schien. Je länger sie über Alkariel und ihre niederträchtigen Taten und Absichten sprachen, desto öfter sprach er sich für eine Beteiligung der Drachenelfen am Krieg aus. Auch Prinzessin Aurün hielt eine Vereinigung für die beste Lösung, um Alkariel nicht die Möglichkeit zu geben, erst das eine und danach das andere Volk zu vernichten. Zusammen könnten sie bestehen. Nur König Hafnir war noch immer anderer Meinung, obwohl auch in seinen Augen Bedauern lag. Ihm war deutlich anzusehen, dass er sich um seine Leute sorgte – mehr noch, dass er wahnsinnige Angst um sie hatte.

Vanora konnte ihn verstehen. Welcher König würde seine Kämpfer in einen Krieg senden, solange er noch Hoffnung hatte, diesem entgehen zu können? Die Hoffnung auf Frieden. Eine Illusion, an die Vanora schon lange nicht mehr glaubte.

»Ich sterbe«, krächzte plötzlich eine hohe Stimme von unterhalb des Tisches. Vanora sah hinab und erblickte Bienli, der tatsächlich bleich und elend aussah. »Verdammtes Drachengebräu«, brummte er.

»Wir haben Euch gewarnt, guter Herr Bienli«, bemerkte Dregor, der sich über den Tisch beugte, um zu ihm hinabzusehen. »Ihr wolltet nicht hören. Der Wein der Drachenelfen ist nichts für so kleine Männer.«

»Ich hab schon Wein getrunken, da seid Ihr noch nicht aus Eurem Ei geschlüpft, guter Herr Drachenelf. Irgendwas war mit dem Gesöff nicht in Ordnung. Daran liegt's.«

Dregor grinste breit und zwinkerte Vanora zu. Auch die anderen Gespräche am Tisch waren mittlerweile verstummt. »Vielleicht ist es das Drachenblut, das Euch nicht bekommt.«

»Drachenblut?!« Mit einem Ruck saß Bienli aufrecht, röchelte unverständliche Verwünschungen und kreischte an Nevliin gewandt: »Hört Ihr das? Die haben mich vergiftet!«

Vanora seufzte. Der kleine Quälgeist war ihr ans Herz gewachsen, und ein klein wenig beneidete sie ihn auch. Er konnte tun, was er wollte – es reichte den anderen, dass er das Herz auf dem rechten Fleck trug. Und tat sie selbst das denn nicht auch? Hatte sie je in ihrem Leben jemandem etwas Schlechtes gewollt? Und doch machte sie jeden unglücklich, der sie liebte: Briac, Graem, Eamon. Und Glendorfil? Am Ende, da war sie sich plötzlich sicher, würde sie auch Nevliin unglücklich machen.

Während der weiteren Verhandlungen war Vanora ganz bei der Sache, wich den Blicken Eamons, Glendorfils und Nevliins aus und veränderte doch nichts an dem Ergebnis: Die Drachenelfen würden ihnen nicht helfen. Und so trafen sich alle zu einem letzten gemeinsamen Mahl, ehe die Gesandten des Schattenreichs über die Strickleiter zurück in die Finsternis kletterten.

Die Rückreise war beschwerlich und verlief größtenteils schweigend. Größtenteils, weil Bienli natürlich nicht still war. Er war niemals still, aber in diesen Stunden war sie ihm fast dankbar für sein nimmer endendes Jammern, das mit der Zeit in ein nicht minder jammernd klingendes Singen überging. Es enthob sie selbst der Verantwortung, das Wort zu ergreifen. Es an Glendorfil zu richten, an Eamon oder gar an Nevliin, der sich eng an Eamons Seite hielt und sie seit Stunden keines Blickes gewürdigt hatte. Erst als sie rasteten und gemeinsam aßen, sprachen sie wieder miteinander. Es ging um die Zukunft, um Krieg und Alkariel – und erfreulicherweise mit keinem Wort um die Ereignisse der letzten Nacht.

»Ein magischer Schutzwall um Lurness«, überlegte Eamon gerade. »Glaubst du, dass du das schaffen könntest, Vanora?«

»Ich weiß nicht. Ich bin allein und die Magie der Lichtelfen ist stark.«

»Nevliin könnte dir dabei helfen. Du verfügst doch ebenfalls über Magie, nicht wahr?«, wandte er sich an den Fürsten.

»Aber ich benutze sie nicht im Kampf«, erwiderte Nevliin und sah Vanora einen kurzen Moment von der Seite an, ehe er den Blick schnell wieder abwandte. Vanora wusste genau, was er dachte, denn sie dachte dasselbe, aber auch sie schob den Gedanken weit von sich. Jetzt war nicht der richtige Zeitpunkt. Später vielleicht. Später.

»Der Schutzwall dient zur Verteidigung und nicht zum Kampf«, warf Eamon ein.

»Das ist unnötig«, erwiderte Nevliin gereizt. »Die Lichtritter werden nicht mit Magie angreifen.«

»Das kannst du nicht wissen.«

»Eamon hat recht«, mischte sich da Vanora ein. »Alkariel ist alles zuzutrauen.«

Doch Nevliin schüttelte entschieden den Kopf: »Ich kenne Alkariel, Prinzessin. Sie vertraut auf ihre Übermacht.«

Vanora schluckte. Mit jeder dieser förmlichen Anreden fiel es ihr schwerer, die Fassung zu bewahren. Was dachte er sich bloß dabei? »Hat sie nicht längst bewiesen, dass Ihr sie keinesfalls kennt, Fürst Nevliin?«, schoss sie daher zurück.

»Vielleicht«, murmelte er. »Vielleicht ist es mein Fluch, mich stets in anderen zu täuschen.«

Sie musterte ihn aufmerksam: »Sprechen wir noch von Alkariel?«

Er sah sie flüchtig an, zornig. »Wir sprechen vom Krieg, Prinzessin.« Dann seufzte er und wandte seinen Blick schließlich Eamon zu: »Alkariel wird angreifen«, sagte er. »Aber ohne Magie.« Dann drehte er sich noch einmal ihr zu: »Ich kenne meine Lichtritter, Prinzessin. Das ist eine Frage der Ehre.«

Auch Vanora entging nicht, dass Eamon zuerst sie und dann Nevliin forschend und irritiert musterte, doch es war ihr egal: »Als verstündet Ihr etwas von Ehre«, entgegnete sie, bereute die Worte jedoch schon, bevor sie diese richtig ausgesprochen hatte. Nevliins Mienenspiel wechselte von zutiefst erstaunt zu bis ins Mark verletzt und wurde schließlich wieder zu jener steinernen Maske, die so oft sein Innerstes verschleierte. Dass sie zu weit gegangen war, wusste sie, doch hier und jetzt war nicht der rechte Augenblick, über die Dinge zu reden, die ihr eigentlich am Herzen lagen. Und so wartete sie das Ende der Besprechung und der Rast ab und ließ sich nach dem Aufbruch etwas weiter hinter Glendorfil und Eamon zurückfallen, die – den Kobold im Schlepptau – noch immer das Für und Wider eines bestimmten Angriffsmanövers diskutierten, von dem sie noch nie gehört hatte. Fast hatte Vanora den Eindruck, dass Glendorfil wusste, dass sie mit Nevliin allein sprechen musste, denn als er sah, dass sie sich zurückfallen ließ, legte er Eamon den Arm auf die Schulter und beschleunigte seine Schritte, während er weiterhin die Vorzüge der ihr unbekannten Schlachtenformation ausführte. Vanora wusste nicht, warum er ihr diesen Gefallen tat, aber sie war ihm dankbar dafür.

Auch Nevliin schien ihren Wink zu verstehen, oder vielleicht war es auch nur Zufall, dass auch er sich zurückfallen ließ, denn er würdigte sie keines Blickes und sprach nicht zu ihr. So gingen sie schweigend nebeneinander, bis die anderen ganz aus ihrem Blickfeld verschwanden.

Erst da brach Nevliin das Schweigen: »Ich muss Euch eine Frage stellen, Prinzessin«, sagte er so unvermittelt in die Stille, dass Vanora zusammenzuckte.

»Ich dachte, über solche Förmlichkeiten wären wir hinweg«, antwortete sie leise.

»Also gut.« Nevliin blieb stehen. »Vanora.«

Sie drehte sich zu ihm um und sah neben all der Dunkelheit auch eine Müdigkeit in seinen Augen, die sie zuvor nicht bemerkt hatte.

»Vanora, ich muss dir eine Frage stellen, und …« Er seufzte schwer, »allein die Notwendigkeit, diese Frage stellen zu müssen, ist …« Mit einem Kopfschütteln wandte er sich ab.

Vanora seufzte. »Du weißt genau, dass ich das mit der Ehre nicht so gemeint habe. Es … es tut mir leid.«

Kurz war da ein Aufleuchten in seinem Blick, doch dann presste er die Lippen aneinander und schüttelte den Kopf. »Aber es ist wahr, Vanora. Ich bin nicht so ehrenhaft, wie ich zu sein vorgebe. Mir war bewusst, was es bedeutet. Die Konsequenzen, ich kannte sie ... aber ... es war mir egal. Verstehst du? Es war mir einfach egal.«

»Genauso wie mir.«

»Das ist nicht wahr. Ich trug die Verantwortung.« Er kam auf sie zu und legte die Hand an ihre Wange. »Ich war für dich verantwortlich, Vanora, und ich habe einfach nicht nachgedacht. Das war dumm von mir, und es macht mich zornig, dass –«

»Ich bin selbst für mich verantwortlich.« Sie trat einen Schritt zurück, sodass seine Hand hinabsank. »Und ich verstehe nichts mehr«, sagte sie schließlich resignierend. »Du bist also auf dich selbst wütend. Ich kann nur nicht verstehen, wieso.«

»Ich bin auf alle wütend!« Er drehte sich um und lief unruhig vor ihr auf und ab. Von dem eiskalten Ritter, den er sonst so gerne mimte, war nichts mehr zu sehen. »Ja, Vanora«, fuhr er schließlich schnell und aufgeregt fort, »ich bin zornig auf mich selbst. Weil ich zugelassen habe, dass etwas so ... Wertvolles, etwas, wonach ich mich sehne, seit ich dich das erste Mal gesehen habe, auf diese ... Weise geschieht.«

»Auf welche Weise?«

»Ich bin noch nicht fertig.« Er hielt sich mit einer Hand am Knauf des Schwertes fest, und die andere war zur Faust geballt. »Ich bin auf Glendorfil wütend«, fuhr er fort, »weil er mir aufgezeigt hat, dass dieser vollkommene Moment nichts als ein Trugbild gewesen ist.«

»Ein Trugbild?« Wie konnte er nur so etwas glauben? Es war eine vollkommene Nacht gewesen. Hart schluckte sie die Tränen hinunter, doch Nevliin bemerkte es nicht und sprach, fast wie zu sich selbst, einfach weiter: »Und ich bin auf Eamon wütend.«

»Auf Eamon? Was hat …«

»Du wirst immer auch ihm gehören.« Er sah sie nicht an. »Eamon ist immer da, und wenn er nicht da ist, schwebt er über dir. Er besitzt einen Teil deines Herzens, den ich nie bekommen kann.«

»Das ist Unsinn«, sagte sie, aber er war noch immer nicht fertig: »Und ich bin auf dich wütend.« Diesmal blieb er stehen, atmete tief durch und kam schließlich langsam auf sie zu. »Du hast ja keine Vorstellung davon, wie wütend ich auf dich bin, Vanora.«

Oh doch, das hatte sie. Sie musste ihm nur in die Augen sehen, und dieser Anblick löste kein sehr wohliges Gefühl in ihr aus. »Auf mich? Aber was habe ich dir denn getan?«

»Was du mir …« Er lachte gequält und blieb dicht vor ihr stehen, legte seine Hände auf ihre Schultern und beugte sich über sie: »Weil du mich zerstörst, Vanora«, wisperte er so herzzerreißend und verzweifelt, dass ihr der Atem stockte. »Weil du dafür sorgst, dass ich mich jede Sekunde nach dir verzehre. Dass ich meine Kontrolle verliere. Etwas, das nie … niemals geschehen darf. Und doch fällt es dir so leicht. Weil du mir die Fähigkeit, zu denken, nimmst. Weil du …« Er schloss die Augen und atmete tief durch. »Weil du so grausam bist, mir etwas zu geben, nur um es mir sofort wieder zu entreißen.«

Vanora verstand gar nichts mehr. »Was? Was habe ich dir entrissen?«

Nevliin verstärkte seinen Griff und beugte sich noch etwas weiter vor. »Ich mag keine Spielchen, Vanora«, sagte er ruhig. »Ich … ich bin nicht Eamon.«

»Was?«

»Du hast mich schon verstanden.« Er ließ sie los und richtete sich auf. »Ich kann das nicht, Vanora. So wie er neben dir stehen und so tun, als wäre nichts, als würde ich nicht ... fühlen, wie ich fühle. Nicht mehr. Es war schon zuvor schwer genug, aber jetzt ist es unmöglich. Seit ich dich kenne, ist etwas mit mir passiert, und mir war nie bewusst, dass ich – dass ein Elf generell – die Welt mit diesen Augen sehen kann. Durch dich leuchtet jede Farbe heller, jedes Gefühl von den glücklichen bis zu den schmerzenden ist kaum zu ertragen. Ich habe dich für mein Leid verantwortlich gemacht, und das bist du auch. Ich lebe, Vanora. Du hast mich zum Leben erweckt ... und jetzt verlangst du, dass ich zurückkehre in mein trostloses Dasein, in diese trübe Welt, in der ich von einem Tag zum anderen, von einem Jahrhundert zum anderen existiere – aber in der ich nicht lebe. In der ich ohne dich nie wieder leben werde. Verstehst du jetzt, Vanora? Verstehst du jetzt, warum ich zornig auf dich bin?«

Sein Blick zerriss ihr das Herz, während ihr die Tränen ohne Unterlass die Wangen hinabströmten. Nie zuvor hatte sie etwas so Wundervolles und gleichzeitig auch so Trauriges gehört. Sie konnte nicht glauben, dass er tatsächlich so empfand – für sie.

»Wünschst du dir nicht, du hättest gestern Nacht Vernunft bewiesen?«, fragte er leise.

»Nein.« Sie ging auf ihn zu, hob ihre Hand und legte sie sanft an seine Wange. »Ich habe mir gewünscht, dass du Vernunft beweist – und genau das hast du auch getan, Nevliin. Ich brauche dich, und mir ist egal, was Glendorfil dazu meint. Wir brauchen einander. Und was ist falsch daran, dass wir einander geben, wonach wir uns sehnen?«

Nevliin nahm ihre Hand von seiner Wange und verschränkte seine Finger mit den ihrigen. »Ja. Dir ist egal, was

Glendorfil dazu meint«, antwortete er ernst. »Aber was Eamon meint, ist dir nicht egal.«

Und jetzt wurde ihr plötzlich alles klar. Darum ging es, es war immer nur darum gegangen. Um Eamon. Sie hätte es wissen müssen. Sein Ausdruck, als sie Glendorfil gebeten hatte, Eamon nichts zu erzählen, war Beweis genug gewesen – und sie war zu blind gewesen, es zu sehen.

»Wir haben beide gewusst, dass es richtig war, und all das stellst du jetzt in Frage, weil ich Eamon davor bewahren will?«, fragte sie.

Nevliin nickte. »Ich gebe dir die Möglichkeit, die letzte Nacht ungeschehen zu machen. Eine geheime Affäre mache ich nicht mit. Und es ist Eamon gegenüber auch nicht gerecht.«

Er hatte recht. Natürlich hatte er recht. Eamon musste davon erfahren, alles andere war undenkbar, unlebbar. Und doch konnte sie Eamon unmöglich derart verletzen. Musste denn immer irgendjemand verletzt werden? Nicht genug, dass sie das gesamte Land ins Unglück stürzte. Sie hatte Nevliin aufs Tiefste verletzt, und Eamon würde folgen. Sie war keinesfalls das unschuldige Opfer. Die anderen waren zu bedauern, die töricht genug waren, sich auf sie einzulassen.

»Eamon wird uns beide hassen«, flüsterte sie.

»Dich würde er niemals hassen, Vanora.« Klang da wirklich etwas wie Bitterkeit aus seiner Stimme? »Natürlich wird es ihn treffen, aber was denkst du, wie er sich fühlt, wenn du ihn ständig belügst?«

»Ich werde es ihm ja sagen.« Sie strich sich die Tränen von der Wange und hob ihre Hand, um Nevliins Worte zu ersticken. »Ich sage es ihm – bald.«

Jetzt lächelte er, und kaum einen Wimpernschlag später lagen seine Lippen sanft auf den ihrigen, und er küsste sie so vorsichtig, zärtlich und bedacht, als wäre es ihr allererster Kuss.

Eamon

»Lasst uns warten. Sie sind schon lange nicht mehr zu sehen.«

Glendorfil legte eine Hand auf Eamons Rücken und schob ihn kaum merklich weiter. »Es gibt nur einen Weg durch den Tunnel. Sie holen uns bestimmt bald ein.«

Eamon fluchte stumm. Es hatte keinen Zweck. Welche Gründe, zu warten, hätte er dem Schattenritter und dem Kobold nennen können? Vanora war bei Nevliin nicht in Gefahr, diese Ausrede würde ihm keiner der beiden glauben, und er konnte wohl kaum zugeben, dass er als König eifersüchtig war. Dass ihn die Tatsache, die beiden dort hinter unzähligen Biegungen alleine zu wissen, beinahe um den Verstand brachte. So weit reichte sein Stolz noch, auch wenn er für gewöhnlich nichts von falscher Zurückhaltung der Gefühle hielt.

Doch da war etwas. Er spürte es ganz deutlich. Zwischen Vanora und Nevliin ging etwas vor sich. Nicht ein einziges Mal hatten sie einander während der Gespräche mit den Drachenelfen angesehen. Und auch Glendorfil verhielt sich seltsam, war ungewöhnlich reserviert und hatte ungewöhnlich viel Distanz zu den beiden gehalten. Und dann noch der seltsame Unterton bei der Rast. Sprechen wir noch über Alkariell, hatte Vanora gefragt. Was war denn das für eine Frage? Und was trieb die beiden dazu, sich so weit zurückfallen zu lassen, statt sich an ihren Plänen zu Alkariel und der Verteidigung von Lurness und Vanoras Leben zu beteiligen? Es war nicht das erste Mal, dass Glendorfil ihn davon abhielt, zu warten oder zurückzugehen – mit der lächerlichen Begründung, dass Vanora und Nevliin sich noch nie verstanden hätten und es Zeit für eine Aussprache wäre. Mit wachsendem Entsetzen stellte Eamon fest, dass er Glendorfil nicht glaubte. Kein einziges Wort glaubte er ihm.

»Ihr Elfen solltet öfter in die Welt der Menschen gehen«, hörte er plötzlich Bienli keckern und stellte wieder einmal fest, dass der Kobold nicht nur der Held der Gedankensprünge war, sondern auch ein erstaunliches Gespür dafür hatte, seine kleinen Finger genau in die Wunde zulegen. »Euch steifen Elfen fehlt das nötige menschliche Feuer«, fuhr Bienli unerbittlich fort. »Eine Mischung mit Koboldblut wäre vermutlich noch interessanter, aber da habe ich zu großes Mitleid mit den Kobolden.«

»Wovon sprecht Ihr, Bienli?«, fragte Eamon, obwohl er es bereits ahnte.

»Na, von der Prinzessin. Die lässt sich nichts sagen. Gut so.«

»Vanora hat Euch wohl beeindruckt?«, fragte Glendorfil lächelnd, während er den kleinen Mann immer wieder sanft weiterzog, damit er nicht endgültig stehenblieb.

»Nicht nur das.« Bienli streckte seinen Zeigefinger in die Luft. »Ich bin ja ein treuer Anhänger des Ritters von Valdoreen, aber wenn es ernst wird, sind mir Menschen immer noch lieber als Elfen.« Nach einem beklommenen Blick auf seine beiden Begleiter fügte er noch halblaut hinzu: »Nichts für ungut.«

Eamon winkte ab. »Ihr habt ja recht, Bienli. Vanora ist einzigartig. Aber was Nevliin und sie so Geheimes zu besprechen haben, würde mich dennoch brennend interessieren. Sollten wir nicht gemeinsam die nächsten Schritte gegen unsere Gegner planen, statt uns voneinander zu separieren?« Mit einem Seitenblick auf Glendorfil wartete Eamon auf eine Antwort, die nicht kam. Weil er seinen König nicht belügen konnte? Weil er etwas wusste und jeder Kommentar ein Verrat an ihm oder an Vanora war?

Eamon blieb so abrupt stehen, dass Bienli ins Stolpern kam. Er wusste nicht, was schlimmer war. Nevliins und Vanoras Verhalten oder das von Glendorfil. Nichtsdestotrotz musste er jetzt wissen, was hier vor sich ging, auch wenn eine leise Stimme ihn davor warnte, denn in Wirklichkeit wollte er es gar nicht wissen.

»Und Ihr habt mir wirklich nichts zu sagen?«, wandte er sich an Glendorfil.

»Mein König«, begann dieser, und allein die förmliche Anrede war schon alarmierend. »Ich bin zum Schweigen verpflichtet.«

»Verpflichtet?!«

»Der Prinzessin gegenüber.«

»Der Prinzessin …« Eamon presste seine Faust gegen die Stirn und atmete tief durch. Vanora. Natürlich. Es war offensichtlich, und doch konnte, wollte er es nicht glauben. Sie war sein, das war sie immer schon gewesen. Und Nevliin –

»Mein König, es wäre wirklich …«

Ohne darüber nachzudenken, packte Eamon den Kopf des Schattenritters. Seine Daumen drückten gegen dessen Schläfen und hielten ihn in eisernem Griff. Glendorfil stöhnte vor Schmerz, als der König versuchte, in sein Gedächtnis einzubrechen, und gegen die Mauer seines Willens kämpfte.

»Du musst dein Schweigen nicht brechen«, knurrte Eamon.

»Kein Wort muss deine Lippen verlassen.« Er verstärkte seinen Griff, und langsam fiel die Barriere zu den Gedanken des Schattenritters. Eamon spürte, dass Glendorfil sie freiwillig löste, und er spürte auch den Schmerz und das Bedauern, mit dem er es tat – und die unbedingte Loyalität seines Heerführers.

Vorsichtig und voller Angst tastete Eamon sich durch Glendorfils Gedanken. Das Bild des Strandes der Dracheninsel erschien, führte ihn weiter über weiße Sandbänke, zwischen Klippen hindurch. Er sah durch Glendorfils Augen und entdeckte in der Ferne Nevliins blondes Haar, halb verborgen hinter einem Felsen. Mit wild klopfendem Herzen näherte er sich und fand seine schlimmsten Befürchtungen bestätigt. Es bedurfte nur eines Blicks, um alles zu wissen. Es bedurfte nur eines Blicks, um sein Herz zu brechen.

Sein Griff lockerte sich, und seine Hände sanken hinab. Am Rande nahm er wahr, dass Glendorfil vor seinen Füßen in die Knie brach, doch Eamon konnte sich nicht bewegen, starrte einfach nur geradeaus und sah nur ein Bild vor sich: Vanora und Nevliin. Nevliin und Vanora. Und glutroten Zorn.

»Verflucht, was war das denn?«, zeterte Bienli und versuchte, dem Schattenritter wieder auf die Beine zu helfen, aber Eamon beachtete ihn nicht. Ausdruckslos starrte er zu seinem Freund hinab, dem er solche Qualen zugefügt hatte. Er wusste, wie schmerzhaft das Eindringen in den Geist für Elfen war, doch auch das war ihm egal. Vanora war fort, war bei Nevliin, und Glendorfil hatte es gewusst. Wie war das möglich? Hatte er ihr nicht alles zu Füßen gelegt, sein Selbst, sein Reich, seine Liebe? Weshalb verriet sie ihn und flüchtete an die Seite eines Elfen, dessen Herz so kalt war wie der

Frost? Eines Mannes, der ihre Mutter getötet, sie selbst ein Leben lang verfolgt hatte und ihren Vater nicht hatte retten können; der einer herzlosen Königin gedient hatte und darüber selbst grausam geworden war? War es der Tod ihres Vaters, der sie so sehr verletzt hatte, dass sie ihm ähnlich geworden war? Zog Nevliins Düsternis sie an, weil sie selbst so viel Dunkelheit in sich spürte? Und hätte er, Eamon, sie nicht retten, sie nicht halten müssen? Oder hatte es für ihn eine solche Möglichkeit gegeben?

Eamon keuchte. Es dürfte ihn nicht so schmerzen. Sie war ihm schon lange zuvor entglitten. Wieso fühlte es sich dann so an, als würde er auseinanderbrechen? Noch dazu, weil Nevliin gewusst haben musste, wie sehr er Vanora liebte. Niemals hätte Eamon ihm solch einen Verrat zugetraut.

Wann würde er endlich anfangen, Nevliin mit der nötigen Distanz zu betrachten? Wann würde die gemeinsame Zeit in Lurness in Vergessenheit geraten? Nevliin gab schon lange nichts mehr auf ihre Freundschaft, wieso konnte er selbst nicht das Band kappen, das ihn mit dem Elfen verband? Sie waren Feinde gewesen, und obwohl Nevliin sich den Dunkelelfen angeschlossen hatte, würden sie niemals wieder Freunde werden. Und so verlor Eamon in diesem Augenblick nicht nur Vanora, er verlor auch Nevliin.

»Du meine Güte, Glendorfil!«

Eamon erschrak aus seiner Starre und erkannte Vanora, die auf sie zugelaufen kam … gefolgt von Nevliin. Es kostete ihn all seine Kraft, nicht nach seinen Schwertern zu greifen und Nevliin zum Kampf zu fordern. Stattdessen beobachtete er tatenlos, wie Vanora Glendorfil bei der Schulter packte und ihm aufzustehen half. »Was ist passiert?«, keuchte sie. »Eamon! … Eamon! Du musst helfen, ihn zu stützen.«

»Es ist schon wieder gut«, sagte Glendorfil mit einem Blick auf Bienli, und Eamon sah, wie der Kobold nickte und der Schattenkrieger Vanora sanft über die Wange strich. Eine Geste, die er Glendorfil nicht verübelte, denn er wusste, dass der Heerführer Vanora aus ganzem Herzen zugetan und ihm selbst treu ergeben war. Auch Bienli war er dankbar, denn der Kobold schien tatsächlich zu verstehen, dass jedes weitere Wort ein Pulverfass in Brand stecken könnte, das vielleicht niemand jemals mehr zu löschen vermochte. Nevliin jedoch …

Während Glendorfil leise und beschwichtigend auf Vanora einredete, wandte Eamon sich Nevliin zu. Er spürte den Schmerz und die Enttäuschung, die in diesem Blick lagen, doch er schämte sich dieser Gefühle nicht und hielt nichts zurück. Warum?, fragten seine Augen stumm, doch Nevliin antwortete nicht. Sein Blick war starr, hart und unnachgiebig, und so sehr Eamon auch danach suchte, er konnte keinen Funken des Trostes darin finden.

Langsam senkte er den Blick und wandte sich wortlos ab.

»Gehen wir weiter«, sagte er tonlos.

Es war genug.

Der Rückweg von den Drachenelfen zog sich in die Länge. Gezwungen zu sein, die beiden ständig vor sich zu haben, war kaum auszuhalten. Wieso hatte er sich in sie verliebt? Er wollte nicht so fühlen. Er war ein Elf, wieso musste er lieben? Wer dachte sich solch ein grausames Spiel aus, das ihn zur Liebe zwang? Nichts hatte mehr einen Sinn.

Nach einer Ewigkeit im Abgrund der Drachenschlucht, den Bienli und Vanora erneut an einem Seil bewältigten, erreichten sie am frühen Vormittag Lurness. Trotz der Erleichterung, die er beim Anblick der Festung empfand, breitete sich beim Anblick des verlassenen äußeren Mauerrings tiefes Unbehagen in ihm aus.

Die Stille an jener Wehrmauer, an der sie dem dunklen Schlund entstiegen, und auch am Hof war nicht ungewöhnlich. Das Leben von Lurness begann in der Regel ab der zweiten Ebene, vor den Toren der Burg, von wo jetzt ungewohnter Lärm zu ihnen drang. Dort oben war es niemals still, doch jetzt schien es so, als hätte sich ein ganzes Heer dort versammelt. Wieso war dann niemand hier unten? Die Luft war von Unheil erfüllt. Ein Blick in Glendorfils Gesicht verriet, dass es ihm nicht allein so ging.

Der Schattenritter, der in der schwarzen Rüstung den Wehrgang entlanglief, verstärkte seine Befürchtungen. Er wirkte nicht wie ein Ein-Mann-Empfangskomitee sondern wie ein Überbringer eiliger Nachrichten. Schlechter Nachrichten, wie Eamon vermutete.

»Mein König!« Der Schattenritter verbeugte sich und sprach sofort, ohne eine Aufforderung abzuwarten. »Welch Glück, dass Ihr so schnell zurückgekehrt seid. Ein Reiter aus Tantollon ist soeben eingetroffen.«

Eamon atmete tief ein. Er musste handeln wie ein König, nicht wie ein liebeskranker Elf. Für sein Herz war keine Zeit. »Ein Reiter?«, fragte er. »Was ist mit den Kriegern, die Feanor mir zugesichert hat?«

»Sie kamen bereits gestern an. Beinahe eineinhalbtausend Kämpfer, Herr.«

Deshalb also der Lärm auf der zweiten Ebene. »Und was hat es dann mit diesem Reiter auf sich?«

»Fünfzig blieben in Tantollon zur Verteidigung zurück, aber sie wurden angegriffen.«

»Ein Angriff? Von Alkariel?« Eamon traute seinen Ohren nicht. Niemals hätte er so früh mit einem Angriff gerechnet und noch weniger in Tantollon.

»Ja, Herr. Der Reiter befindet sich in der Burg. Ganz Lurness ist dort und wartet auf einen Bericht. Bisher hat er noch nicht gesprochen, und als Ihr gesichtet wurdet, bin ich sofort losgelaufen, um Euch davon zu berichten.«

Der Schattenritter behielt recht. Als sie durch das zweite Tor den inneren Hof betraten, war kaum ein Durchkommen zwischen all den Kriegern, die sich vor der Burg sammelten, um Informationen zu erhaschen. Eamon erkannte, dass nicht nur die Elfen aus Tantollon, sondern auch jene aus dem Irrwischmoor bereits eingetroffen waren.

Seine Rückkehr breitete sich wie ein Lauffeuer aus, und sofort bildete sich eine enge Gasse zwischen den besorgten Gesichtern. Die meisten verbeugten sich, und Eamon schnappte einige Worte aus dem allgegenwärtigen Raunen auf. Die Krieger waren zwar besorgt, doch erfüllte sie die Rückkehr des Königs mit Hoffnung. Der Hoffnung auf die Unterstützung der Drachenelfen. Eamon seufzte.

Das schwere Tor wurde geöffnet, und die entsetzlichen Schreie, die ihm aus der Eingangshalle entgegenschlugen, ließen ihn beinahe wieder zurücktaumeln. Automatisch griff er nach Vanoras Hand. Auch ihr gingen die verzweifelten Schreie durch Mark und Bein, denn sie zitterte.

Mit raschen Schritten näherte er sich Liadan, Ardemir, Tante Lessien, mehreren Schattenrittern und Tantollon-Kämpfern sowie deren Heerführer Fürst Feanor, die einen Ring um den schreienden Boten gebildet hatten. Liadan und Lessien knieten neben dem Krieger, von dem nur die olivgrünen, von Blut und Schlamm überzogenen Stiefel zu sehen waren. Der Schreck war seiner Schwester ins Gesicht geschrieben, als sie zu ihm aufsah.

»Gut, dass du hier bist«, seufzte sie und wandte sich sofort wieder dem Elfen am Boden zu, der sich noch immer die Seele aus dem Leib schrie. Ein Kobold kam herbeigelaufen und brachte Wasser. Lessien hob vorsichtig den Kopf, um dem Verletzten beim Trinken zu helfen, und da sah Eamon das entstellte Antlitz des Kriegers.

Die Haut war völlig verbrannt und hing in schwarzen Fetzen von Wange und Stirn. An der Nase blitzte weiß das Nasenbein hervor, und an anderen Stellen glühte hellrot das freigelegte Fleisch, dort, wo sich die verkohlte Haut bereits abgelöst und sich die Flammen nicht so weit hineingefressen hatten, um das Gesicht bis zum Knochen zu zerstören. Das dunkle Haar, war bis auf wenige krause Büschel verbrannt und die Kopfhaut von Brandblasen übersät. Die ehemals olivgrüne Rüstung hatte sich in die Haut gebrannt, und es war nicht mehr zu erkennen, wo das Leder aufhörte und die Haut begann.

Lessien redete unablässig mit ruhiger Stimme auf den Boten ein, und Liadan versuchte weiterhin, ihm Wasser einzuflößen, was dem Mann offenbar große Schmerzen bereitete. Andere Elfen versuchten, die Prinzessin und die Tante des Königs davon zu überzeugen, die Aufgabe der Versorgung anderen zu übertragen, doch Eamon wusste, dass Liadan sich nicht wegschicken lassen würde. Ihr war keine Tat zu schmutzig oder fürchterlich. Sie musste helfen, so war sie schon immer gewesen.

»Verfluchte Lichtelfen. So eine Sauerei.« Bienli traf es wie immer auf den Punkt.

Aus den Augenwinkeln bemerkte Eamon, wie der sichtlich angeschlagene Feanor auf ihn zukam.

»Was ist mit ihm passiert?«, rief Eamon über die Schreie hinweg.

»Ich weiß es nicht, mein König. Wir verließen Tantollon nach Sonnenaufgang. Einige erfahrene Kämpfer und auch ein paar Jünglinge blieben zurück, um den Turm zu sichern. Die Hexe muss auf unseren Abzug gewartet haben.« Feanor deutete mit dem Kopf zu dem Elfen am Boden. »Herr, er war noch ein Junge, kein Krieger. Sein Bruder Sildaron hatte das Kommando über die zurückgebliebenen Krieger, und der Junge da, Sildir, war dort, um ihn zu besuchen. Was haben sie ihm bloß angetan!«

Eine der Seitentüren flog auf, und eine Truppe Kobolde stürmte herein, allen voran Finola. Eamon hörte Bienli hinter sich fluchen, doch die Koboldfrau würdigte ihn keines Blickes. Wild gestikulierend verscheuchte sie die umstehenden Elfen und herrschte die hinterherlaufenden Kobolde mit unflätigsten Flüchen an, sich zu beeilen und keines der bunten Fläschchen fallenzulassen, die sie bei sich trugen. Bei dem verletzten Elfen angekommen, hatte sie für die versammelten Elfen auch keine freundlicheren Worte übrig, schob alles und jeden beiseite und schob schließlich die berüschten Ärmel ihres Kleides bis hinter die Ellbogen zurück. Dann ließ sie sich von einem Kobold ein rubinrotes, bauchiges Fläschchen geben. Liadan und Lessien rückten ein Stück zurück und ließen sie gewähren.

Finola packte den verwundeten Elfen im Nacken, stemmte mit ihren kleinen Armen den Kopf hoch und goss ihm, ohne auf sein Schreien und Stöhnen zu achten, den gesamten Inhalt jenes geheimnisvollen Gefäßes in den Rachen. Ein großer Teil floss aus den Mundwinkeln, und der Elf spuckte und hustete, doch nach nur wenigen Sekunden war Sildir plötzlich still –

so still und reglos, dass Eamon einen Moment lang befürchtete, der Junge wäre tot. Die Stille war noch beunruhigender als die Schreie. Auch die anderen Elfen beobachteten mit bangen Gesichtern die kleine Koboldfrau, die, ohne irgendjemanden zu beachten, an dem jungen Elfen hantierte.

Wieder öffnete sich die gleiche Seitentür, und weitere Kobolde liefen in die Halle. Diese waren mit feuchten Tüchern bepackt, die einen Hauch von Alkohol und undefinierbaren Kräutern verströmten. Obwohl auch dieser Geruch alles andere als angenehm war, überlagerte er zumindest den des verbrannten Elfen.

»Ich könnte ihn heilen.«

Eamon drehte sich zu Vanora, die immer noch seine Hand umklammerte. Sie war leichenblass.

»Nein. Finola kümmert sich darum.«

Vanora protestierte nicht, und Eamon war es zufrieden. Für solche Verletzungen war sie zu schwach, und die Gefahr, selbst dadurch zu Schaden zu kommen, war zu groß.

Derweil rieb Finola das Gesicht des Boten mit schwarzer Salbe ein, streute irgendein glitzerndes Pulver über seinen Kopf und löste mit einem winzigen Messer Schicht für Schicht die Rüstung von der Haut. Fasziniert beobachtete Eamon jeden ihrer Handgriffe. Sie agierte sicher, war hochkonzentriert und zeigte auch nach einer gefühlten Stunde nicht das geringste Anzeichen von Ermüdung. Stattdessen summte sie unentwegt ein fröhlich klingendes Lied und sang von Zeit zu Zeit in der Sprache der Kobolde dazu.

Nicht ein Elf wagte es, sie anzusprechen oder zu stören. Finola wickelte Sildir in die schwarzen Tücher ein und legte kleinere Stücke davon sorgfältig auf das Gesicht und den

Kopf, dann begann sie wieder zu singen. Ihre Worte – kaum mehr als ein Flüstern – drangen in jeden Winkel der Halle und leuchteten vor Magie. Sildir rührte sich während der gesamten Prozedur nicht ein einziges Mal, und als Eamon sich schon sicher war, dass er nicht mehr leben konnte, schnappte der Elf plötzlich nach Luft und fuhr hoch.

Vanora erschrak so sehr, dass sie kurz aufschrie, doch die anderen Elfen starrten nur auf den schwarz verhüllten Boten, in dessen weit aufgerissenen Augen die Panik lag. Doch als Sildir den Mund öffnete, um zu sprechen, packte Finola ihn erneut und kippte eine zähe Flüssigkeit hinein, was seine Worte erstickte. Dann wischte sie sich die Hände am Kittel ab und sah zu Eamon auf. »Jetzt seid Ihr dran«, sagte sie und stand auf.

Eamon nickte, ging vor Sildir in die Knie und überlegte kurz, ob er dessen Hand in die seine nehmen sollte, doch dann entschied er sich dagegen. Auch die Hand war verbrannt, und vermutlich würde die Berührung dem Jungen nur weitere Schmerzen verursachen.

»Sildir?«

Der Kopf des Elfen fuhr zu ihm herum. Er atmete ungewöhnlich schnell.

»Sildir, habt Ihr Schmerzen?«

»Nein.« Es klang, als wäre er selbst überrascht darüber.

Eamon warf Finola, die ihre Utensilien zusammenpackte, einen dankbaren Blick zu. Sie hatte wirklich ein Wunder vollbracht. Als hätte Sildirs Antwort den Bann gebrochen, rückten nun auch die anderen Elfen wieder näher heran.

»Was ist passiert?«, fragte Eamon.

Sildirs grüne Augen weiteten sich und verschleierten sich dann wieder, als treibe er in den Wahnsinn davon. »Nein …

ich kann nicht … Nein!« Er warf sich zurück und rollte sich auf dem Boden zusammen.

»Was ist mit den anderen, Sildir? Leben sie noch?«

»Nein«, nuschelte er in die vor das Gesicht geschlagenen Hände. »Ich bin der Einzige.«

»Was ist passiert, Sildir?«

»Würfel.«

»Würfel? Was meint Ihr damit? Sildir, solltet Ihr mir eine Botschaft überbringen?«

Mit einem Ruck, der keinen Hinweis auf die Verletzungen gab, setzte sich der Elf wieder auf und starrte ihn aus leeren Augen an. »Ja.«

»Wie lautet die Botschaft?«

»Alkariel verlangt die Auslieferung des Fürsten Nevliin von Valdoreen.«

Eamon ignorierte das Gemurmel hinter sich. »Was noch, Sildir? Verlangt sie nach der Prinzessin?«

»Sie hat die Prinzessin nicht erwähnt. Sie will nur den Fürsten.«

Das Raunen wurde lauter. Wenn er sich jetzt umdrehte, würde er Dutzende Augenpaare sehen, die sich hasserfüllt auf den Weißen Ritter legten. Ein intelligenter Schachzug von Alkariel, dachte Eamon. So konnte sie seine Leute in zwei Lager teilen. Nevliin wurde von jedem einzelnen Dunkelelfen für sein Kampfgeschick bewundert, mehr aber auch nicht. Er war hier alles andere als gern gesehen. Und Alkariel verlor bewusst kein Wort über Vanora, um weiterhin edle Absichten vorzutäuschen. Elende Intrigantin.

»Was, wenn wir ihr nicht geben, wonach sie verlangt?«

Entsetzen und panische Angst überschatteten Sildirs Augen. »Ihr sollt Euch die Folgen ansehen«, flüsterte er.

»Ansehen?«

»Das, was sie mit den Wachen aus Tantollon gemacht hat, steht dem gesamten Volk bevor. Ihr sollt es sehen.«

Eamon verstand und wusste, dass er zum zweiten Mal in nur wenigen Tagen eine Reise in das Gedächtnis eines anderen Elfen antreten musste.

Sildir beugte sich vor und senkte den Kopf, sodass Eamon seine Finger an seine Schläfen drücken konnte. Im Geist dieses Elfen existierte keine Mauer, und Sildir nahm ihn mit in die Vergangenheit, nach Tantollon.

Die Landschaft der rauen Klippen und der tosenden Brandung war ihm aus unzähligen Reisen bekannt. Auch der Turm, welcher als einsamer Wächter das Meer überblickte, rief Erinnerungen an seine eigene Zeit als Krieger in Tantollon hervor. Doch das friedliche Bild verschwamm schnell, und Eamon sah die Elfen in der olivgrünen Panzerung, aufgereiht am Rande der Klippen. Die Angst stand ihnen allen ins Gesicht geschrieben. Nein, verbesserte Eamon sich, nicht die Angst. Die Panik. Das nackte Entsetzen.

Eamon bemerkte auch die Bogenschützen, die ihre Pfeile auf die unbewaffneten Wächter richteten. Insgesamt rund einhundert Lichtelfen, schätzte er. Dann verdeckte plötzlich das Gesicht einer Frau das Bild. Das dunkelblonde Haar wehte im Wind, einzelne Strähnen hatte sie mit goldenen Perlen zusammengehalten. Über die Stirn verlief eine goldene Kette mit einem blutroten Rubin in der Mitte, und die Augen – dunkelgrün wie das eiskalte Wasser der Versenkungsbucht – starrten ihn durchdringend an. Alkariel!

»Sildir heißt du, nicht wahr?«, fragte sie mit sanfter Stimme, und der junge Elf nickte.

»Pass gut auf, Sildir, was jetzt geschieht. Du darfst nichts versäumen. Dein König soll die Botschaft doch vollständig bekommen, oder nicht?« Ein fürchterliches Lächeln lag in dem Gesicht dieser Eiskönigin. Sie ging auf den ersten der Wachen in der Reihe zu und winkte mit der Hand in Richtung einer Schar Lichtritter, aus dessen Mitte Meara in einem schimmernden weißen Kleid hervortrat. Auf den vorgestreckten Händen hielt sie eine flache Schachtel in der Größe eines Buches. Die beiden Elfen sprachen leise miteinander, ehe sich Alkariel wieder dem jungen Elfen zuwandte. »Komm näher, Sildir. Komm, trau dich!«

Eamon – also Sildir – folgte der Aufforderung, wodurch das Bild immer deutlicher wurde. So sah er, wie Alkariel vorsichtig einen winzigen viereckigen Gegenstand aus dem Behältnis nahm, der in einem glühenden Rot pulsierte. Es war ein Würfel, dessen Leuchten ähnlich wie ein Herzschlag stärker und schwächer wurde. Alkariel forderte den Tantolloner Wächter auf, den Mund zu öffnen. Zunächst weigerte der Krieger sich, doch das Geräusch der sich spannenden Bögen ließ ihm keine andere Wahl. Alkariel lächelte. Dann legte sie den Würfel mit spitzen Fingern in den Mund des Elfen und winkte einen der Lichtritter herbei, der den Mann knebelte. Dasselbe geschah mit den anderen Wächtern, einem nach dem anderen, entlang der Reihe, nur dass Alkariel das Verteilen der Würfel nun anderen überließ und an Sildirs Seite zurückkehrte.

»Sieh gut hin, Junge«, sagte sie mit einen Lächeln. »Dein König darf nichts verpassen.«

Auch Meara entfernte sich nun von den Kämpfern aus Tantollon, postierte sich in einiger Entfernung zu ihren Bogenschützen, hob ihre Hände und legte den Kopf in den Nacken. Ein leises Sirren lag in der Luft, vermischt mit dem

Klang ihrer Stimme, die in tiefen Tönen eine unheimliche Melodie summte.

Eamon spürte, wie das Geräusch an seiner Haut riss und in seinen Kopf einstach, immer schlimmer, bis es kaum noch zu ertragen war. In einer anderen Zeit und an einem anderen Ort presste auch Sildir die Hände an die Ohren, was ihm keine Linderung verschaffte.

Dann war es plötzlich still. Nicht ein Vogel sang, und selbst das Donnern der Brandung war verstummt. Die Zeit schien stillzustehen. Einen Augenblick nur – dann gingen die Reihen der Elfen alle gleichzeitig mit lautem Fauchen in Flammen auf. Im ersten Moment sah Eamon nur rot glühendes Fleisch und schwarz verkohlte Knochen, doch schon im nächsten rieselte nur noch Asche zu Boden.

Eamon hörte Sildir schreien und wusste nicht, ob er selbst ebenfalls schrie. Dort, wo eben noch die Wächter der Elfen gestanden hatten, schwebten nur noch winzige, weiße Lichter, die sich langsam in Rauch auflösten.

Das war nicht möglich! So etwas brachte nur ein Grogon zustande. Nicht nur die Körper waren verbrannt, sondern mit ihnen auch die Seelen!

Das Bild der umstehenden Lichtelfen verengte sich zwischen kleinen Schlitzen, bis es schließlich vollständig dunkel wurde. Eamon dachte zuerst, es wäre vorbei, und wollte schon die Hände von Sildirs Kopf lösen, als Alkariels sanfte Stimme erklang:

»Aber Sildir, wie willst du deinem König eine lückenlose Nachricht überbringen, wenn du deine Augen schließt?«

Das Bild kehrte zurück und zeigte erneut die grünen Augen der Königin. Langsam näherten sich auch die gepanzerten Lichtritter und die Magierin mit der Schatulle. Sildir versuchte wegzulaufen, doch die Lichtritter hielten ihn mit eisernem Griff. Das Bild verwackelte, Sildirs Schreie gellten durch die Luft, und dann erkannte Eamon den Würfel in Alkariels Hand. Er war kleiner, kaum mehr als ein Sandkorn. Die Lichtritter rissen dem jungen Elfen mit Gewalt den Mund auf, Alkariel legte das leuchtende Korn hinein und knebelte ihn ebenfalls. Eamon spürte die Panik, als das leise Sirren erneut die Luft zum Vibrieren brachte – und dann fühlte er Hitze in sich aufsteigen, fühlte das, was Sildir durchlitten hatte. Zunächst war es lediglich ein langsames Wärmerwerden des Blutes. Doch dann stieg die Temperatur immer schneller an, bis er das Gefühl hatte, siedendes Öl durch seine Adern strömen zu spüren. Mit ungeheurer Kraft zerrte etwas an seiner Brust und versuchte, sein Innersten nach außen zu reißen. Sildirs Schreie drangen nur dumpf zu ihm durch, als wäre er unter Wasser. Und nun schrie auch Eamon.

Und dann war alles vorbei. Er konnte wieder durch seine eigenen Augen sehen und blickte auf das mit schwarzem Tuch verhüllte Gesicht des Elfen. Um ihn herum war es bis auf das leise Keuchen Sildirs völlig still. Eamon schluckte trocken, dann versuchte er, den anderen das Gesehene zu beschreiben. Es gelang ihm nicht, aber es reichte aus, um den Ernst der Lage zu verdeutlichen.

»Gebt ihr, was sie will.«

Die Worte hallten unwirklich laut durch die totenstille Halle und verloren sich irgendwo in den Höhen des Drachenfelsens. Eamon blickte auf und sah in das zornverzerrte Gesicht einer Elfe, die er als eine von Liadans Hofdamen wiedererkannte. Er erhob sich und stellte sich demonstrativ vor Nevliin, doch die Elfe ließ sich nicht beirren: »Er bringt uns dieses Unheil!« Sie ging direkt auf Eamon zu. »Gebt ihr, was sie will. Meine Tochter war dort, und jetzt existiert sie nicht mehr. Sie ist nicht nur tot – sie *existiert* nicht mehr!«

»Ich verstehe Euren Schmerz, Brivienne. Zuallererst müssen wir …«

Noch ehe er sich versah, flog die Elfe an ihm vorbei, stürzte sich mit einem schmerzerfüllten Schrei auf Nevliin und schlug mit all ihrer Kraft auf ihn ein, wieder und wieder. »Verschwindet von hier!«, kreischte sie. »Ihr bringt uns den Untergang! Verschwindet von hier!«

Nevliin ließ sie gewähren. Wie ein Fels stand er da, und nichts in seiner Miene ließ erkennen, was er dachte oder fühlte. Brivienne war keine Kriegerin, und das Boxen auf seine Brust konnte ihm kaum Schmerzen zufügen, zumindest nicht annähernd so große wie ihre Worte.

Schließlich packte Eamon die Frau an den Schultern und schob sie von Nevliin fort: »Beruhigt Euch«, sagte er eindringlich, doch sie versuchte, sich aus seinem Griff zu befreien und erwählte nun ihn zum Ziel ihrer Schläge. Diesmal schritten die Schattenritter ein und zogen sie fort.

Eamon blickte ihr hinterher und versuchte, sich nicht anmerken zu lassen, wie sehr ihn das Geschehen traf. »Der Fürst wird nicht ausgeliefert«, sagte er schließlich mit fester Stimme. »Ihr habt gehört und gesehen, zu welchen Grausamkeiten Alkariel fähig ist, und wir alle wissen, dass Nevliin nur ein Vorwand ist. Sie hat ein ganzes Dorf unschuldiger Menschen getötet, und das hatte rein gar nichts mit dem Fürsten zu tun. Glaubt hier irgendjemand, dass eine Auslieferung das Schattenreich vor einem Angriff bewahren könnte?«

Schweigen und beklommene Mienen waren seine Antwort, was Eamon mit einem Nicken zur Kenntnis nahm. »Dann haben wir diesen Punkt ja geklärt.«

»Herr.« Feanor, der Fürst von Tantollon, trat zögernd einen Schritt vor. »Diese Waffe … Vielleicht würde Alkariel durch … eine Auslieferung besänftigt.«

»Ich lege keinen Wert auf den Sanftmut dieser Hexe!« Eamon zeigte in einer weit ausholenden Geste durch die Runde. »Ich lege keinen Wert auf eure Meinung über den Fürsten. Jeden der Alkariel den Rücken kehrt, ist hier willkommen, und solange mir hier niemand einen Grund für das Gegenteil nennen kann, wird sich daran nichts ändern.«

Nevliin stand neben ihm und sah sichtlich überrascht aus, während Vanora bewundernd zu Eamon aufblickte. Welche Falschheit doch hinter ihren Gesichtern lag, dachte er, und eine gifttriefende Stimme in ihm raunte, er möge sie beide umgehend zu Alkariel schicken. Eamon straffte die Schultern und scheuchte die Stimme fort.

»Wollt ihr Tantollon aufgeben?«, fragte nun Feanor sichtlich gereizt. Eamon schlug die Augen nieder und schwieg. Es gab kein Licht am Ende dieses stockfinsteren Tunnels.

»Diese … magischen Würfel«, überlegte er laut, »dagegen kommen wir nicht an, egal, wie groß unsere Armee ist.«

»Herr.« Die dünne Stimme Sildirs war kaum zu verstehen, und doch brachte sie ihm sofort die volle Aufmerksamkeit aller Anwesenden ein. »Mein Herr, ich habe gehört, dass diese Magierin die Würfel mit einem Zauber herstellt. Sie bedient sich dabei der schwarzen Energie eines Grogons.«

Ein Raunen lief durch die Halle. »So etwas habe ich mir bereits gedacht«, antwortete Eamon bitter. »Nur ein Grogon ist zu solch einer Zerstörung fähig.«

»Das ist nicht möglich«, warf Fürst Feanor ein, doch noch ehe er weitersprechen konnte, meldete sich Nevliin zum ersten Mal zu Wort: »Mearas Macht ist beinahe grenzenlos. Es ist offensichtlich, dass sie einen Weg gefunden hat.«

Eamon schluckte die Bitterkeit, die beim Klang von Nevliins Stimme in ihm aufstieg, hinunter und nickte. »Unser Problem ist nicht, wie sie es geschafft hat, sondern dass sie es geschafft hat. Wenn wir Tantollon angreifen, ergeht es uns nicht anders als den Wächtern.«

»Nein, mein Herr.« Es war Sildir, der sich mit Hilfe von Tante Lessiens in einer halbwegs sitzenden Position hielt. »Der Magierin stand nur eine begrenzte Anzahl dieser Würfel zur Verfügung. Die Lichtelfen sprachen von einem Test. Vier Wächter wurden von den Klippen gestoßen, bevor sie … Sie hatten nicht genug, um alle damit zu vernichten.«

Endlich eine gute Nachricht – wenn man in diesen Zeiten überhaupt noch etwas als gut bezeichnen konnte. »Das heißt, von den Würfeln droht uns keine Gefahr mehr.« Eamon ging in der Halle auf und ab. »Tantollon ist zu wichtig für das Schattenreich. Es liegt zu nahe an Lurness und darf den Lichtelfen nicht als Sammelpunkt ihres Heeres dienen.«

Liadan nickte. »Jetzt wäre der beste Zeitpunkt, um Tantollon zurückzuerobern. Du sagtest, dort seien lediglich hundert Krieger. Es wäre ein Leichtes für uns, sie zu vernichten.«

Eamon presste seine Faust gegen die Stirn. Nun war er als König gefragt, denn von dieser Entscheidung hingen Leben ab. Sein Blick blieb an Vanora hängen, die nur Augen für Nevliin zu haben und von allem anderen kaum etwas mitzubekommen schien. Wo war sie nur geblieben, seine kleine Kriegerin mit den funkelnden Augen?

»Wir werden angreifen«, sagte er schließlich.

»Womöglich ist es eine Falle«, gab Glendorfil zu bedenken.

»Vielleicht. Aber wir werden diesen Angriff nicht tatenlos hinnehmen.«

Glendorfil blickte flüchtig zu Nevliin und sah dann zurück zu Eamon. »Alkariel erwartet einen Angriff. Wieso hat sie nur hundert Krieger dort? Sie will uns aus Lurness herauslocken. Während wir von hier abziehen, um Tantollon zu rächen, greift sie mit ihrem gesamten Heer Lurness an.«

Eamon überlegte. Glendorfil könnte recht haben. Ein naheliegender Gedanke.

»Aber wir können Tantollon nicht in ihren Fängen lassen!« Fürst Feanor zeigte auf Sildir. »Sollen wir warten, bis sie neue von diesen Würfeln geschaffen haben? Sie will nicht nur die Leben der Dunkelelfen! Sie will unsere Seelen!«

Eamon nickte. »Ich stimme Euch zu, Fürst Feanor, und auch Glendorfils Einwand ist nicht von der Hand zu weisen. Wir müssen sofort angreifen. Aber wir senden nur einen kleinen Trupp nach Tantollon und lassen das Hauptheer zur Verteidigung in Lurness. Lasst uns im Sternensaal die Einzelheiten klären.«

Sildir wurde von Schattenrittern weggetragen, und die anderen begaben sich in jene Halle, in der die Sterne und womöglich sogar die Seelen von geliebten Elfen auf sie hinabblickten. »Wir senden zweihundert Krieger«, erklärte Eamon.

Glendorfil schüttelte den Kopf und kam über die im Boden liegende magische Karte auf ihn zu: »Es ist gut möglich, dass die Lichtelfen Verstärkung erhalten haben«, sagte er. »Alkariel könnte bereits das gesamte Heer dort in Stellung gebracht haben.«

»Die Ritter werden euch bereits erwarten«, bestätigte Nevliin, während er auf das Weltentor direkt am Turm von Tantollon zuging und mit dem Fuß darauf tippte. »Wenn sich dort wirklich ein größeres Heer befindet, werden deine zweihundert Kämpfer ausgelöscht. Das Tor wird mit Sicherheit gut bewacht.«

»Nevliin hat recht.« Glendorfil rieb sich mit der Hand über das Kinn. »Der Trupp müsste durch das Tor östlich des Silbergebirges und danach über den Pass von Farlúr. So würden sie sich von Norden nähern, während sich das Hauptaugenmerk der Feinde auf das Tor im Süden richtet.«

Nevliin schüttelte leicht den Kopf und studierte konzentriert die Karte zu seinen Füßen. »Sie werden damit rechnen«, murmelte er. »Die Lichtritter kennen das Tor im Osten und werden den Trupp womöglich in den Ausläufern des Gebirges im Norden erwarten.«

Eamon seufzte. »Und auch auf diesem Weg könnten sie von einer Übermacht überrascht werden.« Es war zum Verzweifeln. »Wenn wir nur sicher wüssten, dass sie keine Verstärkung erhalten haben.«

»Fliegen müsste man können«, sagte Ardemir, der mit ausgestreckten Beinen auf den untersten Stufen der steinernen Treppe saß, und plötzlich hellte sich sein Gesicht auf. »Drachen!«

Alle Augen ruhten plötzlich auf Eamon, doch dieser schüttelte nur den Kopf. »Mit Drachen können wir nicht rechnen.«

Stille legte sich über den Saal, und die hoffnungsvollen Augen der Anwesenden verfinsterten sich.

»Aber es gibt noch einen anderen Weg«, klang es da zu ihnen herauf. Wie ein Mann blickten alle zu dem Kobold, der sich zwischen ihnen hindurchschob und über die Ebene von Edora wandelte. »Hier im Herzen des Gebirges.« Bienli kniete sich auf den wabernden Boden und zeigte auf die Karte.

»Nutzt, so wie der Herr Glendorfil gesagt hat, das Tor östlich des Gebirges – aber passiert es nicht. Geht nicht über den Pass, sondern nach Süden. Dort, beim höchsten Berg der drei Eiszacken, gibt es einen Weg. Unterirdisch.«

»Einen Weg?« Eamon hatte noch nie zuvor von einer anderen Möglichkeit gehört, das Gebirge zu überqueren, als über den Pass von Farlúr. Die Hänge waren steil, und sie hätten klettern müssen. Für einzelne Elfen kein Problem, doch um ein Heer nach Tantollon zu bringen, blieb nur der Pass oder ein Weltentor.

Bienli richtete sich wieder auf. »Ein Tunnel, den die Kobolde angelegt haben«, erklärte er, »direkt durch den Berg. Er ist gerade mal hoch genug, damit ein Kobold aufrecht stehen kann. Ihr müsstet kriechen, aber ihr kämt auf die andere Seite.«

»Wo genau?«

Bienli tappte mit dem Fuß auf einen Fleck im Südwesten, und Eamon nickte zufrieden.

»Weit genug entfernt vom Weltentor.«

»Und sie könnten aus sicherer Entfernung die Anzahl der Feinde abschätzen«, fügte Feanor hinzu.

Nur Glendorfil war noch nicht überzeugt. »Aber es bleibt riskant. Und wenn wir Alkariel Tantollon vorerst überlassen und uns auf Lurness konzentrieren?«

Feanor bedachte den Befehlshaber der Schattenritter mit wütendem Blick. »Ihr wollt Tantollon dem Feind überlassen?«

»Ja, denn ich habe kein gutes Gefühl dabei. Eamon, ich wittere eine Falle, und unser Heer ist schwach. Wir können uns den Verlust von zweihundert Kämpfern nicht leisten. Was, wenn Alkariel genau damit rechnet? Sie provoziert uns und dünnt das Heer noch weiter aus.«

Es war gefährlich, damit hatte Glendorfil recht. Sie könnten sich in Lurness verschanzen und auf einen Angriff warten. Aber wie lange? Sollten sie von nun an Gefangene in ihrem eigenen Land sein? Warten, bis Alkariel weitere solcher Schreckenswürfel hergestellt hatte? Wer wusste schon, was sie noch zu tun imstande war? Nein, es blieb nur eine Möglichkeit: »Wir werden uns Tantollon zurückholen.«

In den Gesichtern der Elfen stand Zustimmung. Jeder hier kannte das Risiko, aber die Gräuel, die Alkariel heraufbeschworen hatte, übertrafen alles je Dagewesene. Sie mussten kämpfen.

»Ich kann die Kämpfer begleiten und ihnen den Weg zum Tunnel zeigen.«

»Ich danke Euch, Bienli.«

Der Kobold sah stolz aus, und das nicht grundlos. Ohne ihn wäre Vanora womöglich bereits tot und die Dunkelelfen vernichtet, und selbst jetzt, wo die Elfen vor einer ausweglosen Situation standen, brachte er die Lösung. Das Schattenreich konnte stolz auf die Kobolde sein. Kaum vorstellbar, dass dieses Volk im Lichtreich nicht willkommen war.

»Tantollon wird nicht leicht zurückzuerlangen sein«, meinte nun Nevliin. »Du solltest erfahrene Kämpfer senden, Eamon.«

Jetzt, da die äußere Anspannung sich etwas gelegt hatte, traf ihn Nevliins Stimme umso härter, und die Eifersucht breitete sich wie Gift in seinem Körper aus. Noch ehe er darüber nachdenken konnte, richtete Eamon sich auf und sah dem Lichtelfen in die Augen. »Ich bin ganz deiner Meinung, Nevliin. Deswegen wirst du die Truppe anführen.«

Nevliins Blick war kalt, die Lippen verzogen zu einem schmalen Lächeln. »Wie du wünschst, Eamon.« Sein Ausdruck zeigte deutlich, dass er ihn durchschaut hatte. Dass Eamon ihn nicht allein seines Kampfgeschicks wegen so weit fortsandte.

Eamon hatte erwartet, dass der Fürst von Tantollon protestieren und den Feldzug selbst würde anführen wollen, doch er hatte sich getäuscht, denn Feanor nickte: »Fürst Nevliin zu senden«, meinte er, »ist eine vernünftige Entscheidung. Er ist unser stärkster Kämpfer, und noch dazu kennt er die Lichtelfen. Er wird uns Tantollon zurückbringen.«

Eamon war sicher, dass Feanor im Stillen hinzufügte: »Und wenn nicht, ist es um ihn auch nicht schade.« Für den Bruchteil eines Augenblicks hatte Eamon denselben Gedanken.

»Und wenn es eine Falle ist?« Vanoras Stimme klang dünn, und sie stellte sich etwas dichter neben Glendorfil, vielleicht, weil auch dieser gegen einen Angriff war.

»Dann kehren sie wieder zurück«, sagte Eamon. »Dank Bienli werden sie unentdeckt die Lage einschätzen können, und wenn die Lichtelfen wirklich Verstärkung erhalten haben, dann kommen sie zurück, und wir konzentrieren uns auf Lurness.«

Vanora schüttelte den Kopf. »Es ist zu gefährlich«, protestierte sie.

Eamon knurrte leise, ein Laut, der ihn selbst überraschte. Zu lange schon staute sich die Wut bereits in ihm. Tagelang hatte er Vanora und Nevliin in die Augen gesehen, ohne ihr Geheimnis aufzudecken. Jeder ihrer verstohlenen Blicke war weiterer Zunder in den Flammen der Wut gewesen. Nun stand er kurz davor, zu explodieren. »Es ist die beste Lösung.«

»Eamon hat recht.« Nevliin legte die Hand auf Vanoras Schulter, und sie zuckte zusammen. Nevliins Lächeln erstarb.

»Ich mache mich zur Abreise bereit«, sagte er, verbeugte sich kurz vor Eamon und verließ die Versammlung. Glendorfil und Feanor folgten ihm, um die zweihundert Krieger auszuwählen. Jetzt, wo sich der Raum leerte, kam Liadan auf ihren Bruder zu: »Du hattest keinen Erfolg?«, fragte sie.

»Nein.«

Sie zuckte mit den Schultern. »Das war absehbar.«

»Ja.«

Und so gingen auch die letzten Elfen, und er war allein. Allein mit Vanora. Die Tür schloss sich. Eamon ging auf den Seelenbaum zu und starrte auf die raue, zerfurchte Rinde.

»Ruf sie zurück«, sagte sie.

»Was kümmert es dich?«

»Eamon, du schickst zweihundert Elfen in den Tod. Du weißt, dass es eine Falle ist.«

Zweihundert Elfen, darunter jener, der schon vor langer Zeit hätte gehen müssen. Es war nicht so gefährlich, schließlich könnten sie einfach umkehren, wenn das Risiko zu groß war, und doch … Langsam drehte er sich zu Vanora um und sah in ihr ausdrucksloses Gesicht. War sie überhaupt zornig? Ihre Augen waren kalt, und Eamon fragte sich, wie er sie jemals mit dem Funkeln von Saphiren hatte vergleichen können. Tief im Inneren wusste er, wie dieses Gespräch verlaufen würde. Er wusste, dass unverzeihliche Dinge gesagt werden würden, und es war nicht mehr aufzuhalten.

»Du hast gesehen, was Alkariel verbrochen hat«, sagte er.

»Geht es dir wirklich nur um Rache?«

»Geht es dir wirklich nur um die Leben zweihundert fremder Elfen?«

Und der Stein begann zu rollen.

Vanora sah ihn durchdringend an, ehe sie plötzlich kreidebleich wurde. »Du weißt es«, hauchte sie mit vor Schreck geweiteten Augen.

Eamon wandte sich wieder dem Baum zu. Er wollte dieses Gespräch nicht führen, und andererseits musste er.

»Woher weißt du es?«

»Das tut nichts zur Sache.«

»Du schickst unschuldige Elfen in den Tod!«

»Spar dir dein falsches Mitgefühl, und sprich aus, was du in Wahrheit fürchtest. Nevliin allein ist es, um den du dich sorgst.«

»Und das passt dir nicht.«

Eamon atmete tief durch. Die Hitze des Zorns schien sein Innerstes zu verbrennen. »Nein.«

»Zweihundert Kämpfer sollen deiner Eifersucht geopfert werden?«

»Ich habe getan, was für das Volk das Beste ist.«

»Ruf sie zurück. Noch ist es nicht zu spät. Bitte.«

Ihr Anblick festigte seinen Entschluss nur noch mehr. »Nein!«

»Du liebst ihn!«

Ein Hieb mit dem Schwert hätte nicht schlimmer sein können. Konnte er Nevliin wirklich in den Tod schicken? Ja. Denn jenen Nevliin von früher gab es nicht mehr. Er war vor langer Zeit gestorben. »Nein, das tue ich nicht. Ich bin ein Elf. Ich kann nicht lieben.«

Und der Stein rollte weiter, wurde immer schneller.

»Eamon, bitte. Ruf sie zurück.«

»Damit er dich auch noch vernichtet?«

Sie war verwirrt. Sie konnte sich selbst nicht sehen und das, was aus ihr geworden war.

»Sieh dich doch einmal an, Vanora. Du siehst schon aus

wie er, du sprichst wie er. Wo ist das Mädchen, das ich einst kannte? Strahlender als die Sonne selbst. Siehst du denn nicht, wie er dich immer weiter mit sich in den Abgrund zieht? Du hasst mich dafür, dass ich dich in dieses Land der Düsternis gebracht habe. Aber nicht ich bin es, der dich in die Dunkelheit verbannt. Nevliin ist schon lange verloren, tot und leer, und jetzt macht er dasselbe aus dir.«

»Sei still!«

»Nein! Denn du weißt, dass ich recht habe! Wie kannst du von mir verlangen, dass ich zusehe, wie er dich zugrunde richtet! Ich kannte dich lange vor Nevliin. Ich weiß, wie du sein kannst. Ich habe die Sonne schon gesehen.«

Vanora warf die Hände in die Luft. »Wie könnte ich strahlen, wenn ich nur noch von Tod umgeben bin?«, schrie sie. »Mein Vater, das Dorf, diese Elfen – und Hunderte werden folgen. Nein, ich strahle nicht, Eamon, denn ich bin schon lange in die Dunkelheit geflohen. Vielleicht habe ich dort Nevliin gefunden, aber er hat mich nicht dorthin verbannt.«

»Dann komm zurück, Vanora.« Er ging auf sie zu und legte seine Hände auf ihre Schultern. Das Licht der Sterne über ihnen und das helle Tageslicht von der Karte zu ihren Füßen hüllte sie in einen fahlen Schein. »Ich bitte dich, lass die Trauer hinter dir, und komm zurück ans Licht. Es gibt immer noch Hoffnung.«

»Nicht für mich.«

Er richtete sich abrupt auf. »Es gibt immer Hoffnung! Und auch du hast daran geglaubt!«

»Dann ruf sie zurück!«

»Nein!«

Sie sah ihn mit unverhohlener Verachtung an und ihre

Augen waren wie Eis. »Wer bist du?«, fragte sie leise und doch voller Hass.

»Ich bin der König, verflucht! Und es wird Zeit, dass ich mich auch so verhalte.«

Und der Stein krachte gegen eine Mauer und zersplitterte in tausend kleine, scharfkantige Brocken.

Nevliin

Mit einem vertrauten Klicken schlossen sich Nevliins Beinschienen, und er nahm den weißen Brustharnisch mit dem goldenen Pferd der Lichtelfen von der Halterung. Lange Zeit hielt er ihn in Händen und betrachtete das Wappen. Ehrfürchtig strich er mit dem Zeigefinger die Linien nach. Dies war alles gewesen, wonach er sein Leben lang gestrebt hatte: ein Lichtritter zu sein – mehr noch, sie anzuführen und Heldentaten zu vollbringen. Ehrenhaft und ruhmreich. Dafür stand dieses goldene Pferd auf weißem Elfenmetall. Welch dummer Illusion war er da nur anheimgefallen?

Entschlossen griff er nach dem Wetzstein, mit dem er sonst sein Schwert schliff, und kratzte damit über das Metall. Er zerstörte das Pferd und alles, was damit in Verbindung stand. Genauso hielt er es mit dem weißen Umhang und riss das aufgenähte Wappen aus der unteren Ecke. Erst nachdem alle Spuren seiner Vergangenheit beseitigt waren, legte er den Harnisch an, befestigte den Umhang mit zwei goldenen Broschen auf Höhe des Schlüsselbeins und warf den Stoff über die linke Schulter zurück.

Wie oft im Leben hatte er diese Handgriffe bereits ausgeführt? Sie waren längst in ihn übergegangen und gaben ihm ein trügerisches Gefühl von Sicherheit und Normalität. Doch dieses Mal zog er nicht für die Lichtelfen in die Schlacht. Sie waren sein Ziel, seine Beute. Ja, dachte er, Alkariel war zu weit gegangen. Es war nicht schwer, gegen sie zu marschieren. Dort an den Klippen von Tantollon würde sich also sein Schicksal entscheiden.

Nevliin nahm den Schwertgurt und schnallte ihn sich um die Hüften. Er musste zugeben, dass Eamon gerissener war, als er ihm zugetraut hatte. Die ergreifende Rede, das beharrliche Weigern einer Auslieferung, nur um ihn danach mit zweihundert Mann in den Tod zu schicken. Eamon war wirklich ein besserer König, als er jemals gedacht hatte. Genau so führte man ein Volk, und genau so entledigte man sich seiner Feinde, seiner Rivalen. Nevliin hatte die offene Konfrontation gesucht, ihm das Schwert an die Brust gehalten, auch wenn er es nicht vollendet hatte. Eamon aber führte seine Züge aus dem Hintergrund, was vermutlich effektiver sein würde.

Nevliin nahm die Armschienen von der Halterung, als plötzlich die Tür aufflog. Kurz schloss er die Augen und atmete tief durch, ehe er sich langsam umdrehte. Dies war der Augenblick, welchen er seit Eamons Befehl fürchtete. Nicht ohne Grund, wie das Bild der atemlosen Vanora bewies, die so verzweifelt aussah, dass ihm das Herz zu brechen drohte. Reglos stand sie in der Türöffnung und sah ihn aus glänzenden Augen an. Natürlich hatte sie versucht, Eamon von seinem Entschluss abzubringen, und ihr Gesicht verriet die Entscheidung des Königs. Ihre Lippen zitterten leicht, als sie den Mund öffnete und keine Worte fand.

Nevliin ertrug es nicht, sie so zu sehen. Er ertrug den Gedanken nicht, sie vielleicht überhaupt nicht mehr zu sehen. Nie wieder.

Rasch wandte er den Blick ab und legte übertrieben konzentriert die Armschiene an. Eine Tätigkeit, die er im Schlaf hätte erledigen können, und doch war es seine einzige Ausrede, um sich dem Unvermeidlichen nicht stellen zu müssen. Er wollte gerade die erste Schnalle zuziehen, da schob sich plötzlich Vanoras kleine Hand darauf. Sein Herz machte einen schmerzenden Satz, während seine Kehle gleichzeitig immer enger wurde.

Ohne ein Wort zu sagen, fädelte sie den Ledergurt durch die Schnalle und zog ihn fest, dann nahm sie die andere Armschiene und legte ihm auch diese an. Ihre Finger waren steif und ungeschickt, sie verbarg ihr Zittern mehr schlecht als recht und brauchte einige Anläufe, um die Gurte durch die Halterungen zu ziehen. Doch jedes Mal, wenn sie dabei seine Haut berührte, führte sie ihm auf grausame Weise vor Augen, was er verlor. Ihre gemeinsame Zeit war zu kurz gewesen.

»Du musst nicht gehen«, sagte sie plötzlich mit viel zu hoher Stimme.

»Du weißt, dass ich gehen muss.« Auch seine Stimme klang fremd – viel zu rau und ohne jede Kraft.

»Ich werde ihm niemals verzeihen.« Sie sah zu ihm auf, und obwohl ihre Augen immer noch glänzten, gelang es nicht einer Träne, sich zu befreien.

»Seine Entscheidung war richtig.« Nevliin hob die Hand und streichelte über ihre Wangen. Diese wunderbar zarten Wangen, in denen sich kleine Grübchen versteckten. Auch wenn Eamons Motive, ihn loszuwerden, nicht besonders ehrenhaft waren, musste er doch zugeben, dass es die vernünftigste Lösung für das Volk war. Vanora würde es auch irgendwann einsehen. Doch noch nicht jetzt.

»Dann komme ich mit dir«, sagte sie. »Ich bin stärker geworden, und ich …«

Nevliin zog sie an sich und drückte ihren Kopf gegen

die gepanzerte Brust. Er konnte kaum noch atmen, so sehr schmerzte ihm das Herz. »Du bleibst«, sagte er mit aller Entschiedenheit, die er aufbringen konnte.

»Aber du kannst doch nicht …«

»Ich kann nicht kämpfen, wenn ich dich beschützen muss.« Er verstärkte seinen Griff und vergrub sein Gesicht in ihrem Haar. »Du bleibst.«

Ihr leises Wimmern durchbrach die Stille, doch sie sagte nichts mehr. Auch Nevliin schwieg. Es gab keine Worte des Trosts. Nichts, das es irgendwie leichter machen würde, sich von ihr zu trennen. Sie wussten beide, dass sie Tantollon nicht aufgeben durften, um Alkariel den Posten nicht als Sammelpunkt für ihr Heer zu überlassen. Solange die Möglichkeit bestand, dort nur die erwähnten Angreifer von geringer Zahl anzutreffen, mussten sie versuchen Tantollon zurückzuerobern. Mit Bienlis Hilfe würden sie profitieren. Es klang völlig logisch – wenn da nur nicht dieses drückende Gefühl wäre, für das er keine Erklärung hatte. Diese drängende Stimme, die ihn davor warnte, Alkariel und Meara – noch dazu als vereinte Kraft – zu unterschätzen.

Vanora schmiegte sich an ihn, als würde ihr Kopf nicht gegen Metall gedrückt, und Nevliin hielt sie mit all seiner Kraft. Seine Arme schlangen sich um ihren Körper, und sein Gesicht drückte sich immer noch in das blonde Haar. Er musste gehen, und doch konnte er nicht. Wie bei dem Sprung von einer Klippe, wo sich der Körper gegen die Zerstörung wehrt und automatisch zurückweicht – bis der Wille gewinnt und man springt.

Nevliin ließ los. Er sah sie nicht mehr an, denn er wusste, dass ein einziger Blick genügen würde, um ihn von seinem Auftrag abzuhalten. Im Hinauslaufen griff er nach seinem

Helm, dann flüchtete er, so schnell er konnte, durch das Labyrinth der Festung. Seine Kehle war so eng, so eng.

Immer zwei Stufen auf einmal nehmend, flog er die Treppen der Galerie nach unten und drängte sich zwischen den Kriegern hindurch. Erst als das Tor hinter ihm zuschlug und er die kühle Luft im Hof spürte, hielt er inne, doch das Gefühl, zu ersticken, ließ einfach nicht nach.

Trotz des Lärms und der aufgeregt durcheinanderlaufenden Meute war die Stimmung im Hof bedrückend. Unruhige Pferde tänzelten vor den Stallungen, Ritter verabschiedeten sich von Familie und Freunden. Der Beginn des Krieges. Wer würde zurückkommen?

»Mein Herr Nevliin!« Eine Elfe mit langem, goldenem Haar lief auf ihn zu, und einen bangen Herzschlag lang hielt er sie für Vanora, doch dann erkannte er die weiße Mähne des Hengstes, den sie hinter sich herzog, und ging ihr eilig entgegen. Die Elfe war sichtlich erleichtert, als er sie erreichte und ihr die Zügel aus der Hand nahm.

»Ich danke dir«, sagte er und streichelte die Stirn des Pferdes, während sich die Elfe verneigte.

»Mein Herr.« Mit großen, grünen Augen sah sie zu ihm auf. »Ist es wahr, dass Ihr gegen einen Grogon zieht?«

»Nein.« Er reichte ihr seinen Helm und prüfte den Sattelgurt und den Sitz des Schildes, der an der Flanke des Pferdes angebracht war.

»Aber Ihr werdet Tantollon befreien.«

Jetzt drehte er sich zu ihr herum und erkannte, dass sie tatsächlich noch außergewöhnlich jung war. »Ja«, antwortete er, bemüht, zuversichtlich zu klingen. »Ja, das werden wir.«

Die Elfe lächelte. »Eines Tages werde ich auch ein Ritter«, verkündete sie freudestrahlend. »Ich will so sein wie Ihr.« Ihr

Ausdruck hatte diese unverkennbare Unschuld, welche nur ein Kind haben konnte, für das die Welt noch ein Ort war, an dem es sich zu leben lohnte. Wünsch dir das nicht, hätte er beinahe gesagt und ihr damit einen Vorgeschmack auf die tiefen Verletzungen gegeben, die das Leben mit sich brachte, und das Funkeln schwächer werden lassen. Stattdessen versuchte er sich an einem Lächeln. »Wieso willst du denn ein Ritter werden?«, fragte er, während er die Gurte festzog.

»Ich will die Schwachen beschützen, Herr«, antwortete sie aufgeregt. »Alle, die nicht selbst auf sich aufpassen können. Und ich will für ein Land kämpfen, in dem Ritter nicht mehr nötig sind.«

Nevliin hielt inne und wandte sich ihr wieder zu. Genau das war auch sein Ziel gewesen, vor langer Zeit. Wohin sie ihr Weg wohl führen mochte?

Ohne nachzudenken, riss er seinen Talisman vom Hals. Es war ein einfaches, flaches Silberstück, frei von jedweder Zierde, und doch hing sein Herz daran. Bisher hatte er stets daran geglaubt, dass es ihm Glück brachte. Er hatte es hier in Lurness gefunden, bald nach seiner Ankunft, als er noch ein Kind gewesen war. Vermutlich war es lediglich Abfall aus einer der Schmieden gewesen, und doch war es für den kleinen Jungen von damals ein Schatz gewesen, den er gehütet hatte wie sein Schwert.

»Hier«, sagte er und hielt ihr den Talisman an der abgewetzten Schnur entgegen. »Ich habe mein Glück bereits gefunden.«

Die junge Elfe riss die Augen auf und holte hörbar Atem. »Das kann ich nicht …«

»Noch ist deine Zeit nicht gekommen. Jetzt ist es an mir, für eine Welt zu kämpfen, in der du niemals Ritter werden musst.«

Er drückte ihr den Talisman in die Hand und schloss ihre Finger darum. »Behalte dir deine Worte stets in Erinnerung.«

»Wir alle glauben an Euch, Herr. Ihr seid ein Held.«

Nevliin nickte. Ein Held. So lange hatte er danach gestrebt, und erst jetzt sah er, wie bedauernswert eine Existenz als solcher doch war.

Der durchdringende Blick der Elfe holte ihn aus seinen düsteren Gedanken, und kurz dachte er an Glendorfil. Auch er verstand es, seinem Gegenüber das unangenehme Gefühl zu vermitteln, er könne nichts vor ihm verbergen.

»Krieger sterben«, sagte sie und klang dabei tatsächlich wie der alte Ritter, »aber Helden leben ewig. Euer Name wird niemals in Vergessenheit geraten, und jeder der ihn ausspricht, wird von Ehrfurcht erfüllt sein.«

Nevliin atmete tief durch. »So jung und schon so weise?«, fragte er, doch es musste die falsche Antwort gewesen sein, denn das Mädchen wirkte mit einem Mal sonderbar bedrückt. »Nein, Herr, das bin ich nicht. Nächsten Frühling begehe ich meinen achtundfünfzigsten Geburtstag, und meine Ausbildung zum Ritter hat noch nicht einmal begonnen. Stattdessen diene ich Meister Melovin im Stall.«

»Es ist noch genügend Zeit, um dich von Glendorfil verprügeln zu lassen.«

»Die Ausbildung ist langwierig.«

Nevliin musste unwillkürlich schmunzeln. Er sah sich selbst, voller Ungeduld und Tatendrang, bereit, jedes Opfer für diesen Traum zu geben. »Du musst dir keine Gedanken über Zeit machen«, sagte er tröstend. »Davon besitzen wir Elfen wahrlich genug.«

»Mir bleiben aber nur noch fünfundsechzig Jahre, um Ritter zu werden.«

»Fünfundsechzig Jahre?«

»Ja, Herr. In Eurem einhundertdreiundzwanzigsten Sommer wurdet Ihr zum Lichtritter ernannt und mit zweihundertachtzehn Jahren zu deren Befehlshaber.«

Nevliin hob seine Augenbrauen. Er selbst konnte sich nicht an das Alter erinnern, in welchem er seinen Traum erfüllt hatte. Zeit spielte für ihn schon lange keine Rolle mehr. Noch mehr erstaunte ihn jedoch, dass ihm jemand nacheifern wollte.

Diese Elfe ähnelte seinem Wesen, während ihn ihr Aussehen an Vanora erinnerte. Einen flüchtigen Moment lang kam ihm der Gedanke, wie es wohl wäre, Vater zu sein. Sich selbst in einem Kind weiterleben zu sehen. Ein Kind mit Vanoras blauen Augen, welchem er ein Schwert fertigen und zeigen würde, wie man damit umgeht.

»Eure Majestät.« Die Elfe sah an ihm vorbei, ihr Ausdruck veränderte sich zu einem höflichen Lächeln, als sie sich verbeugte.

Nevliin presste automatisch die Lippen aneinander. Er hätte schneller sein und davonreiten sollen, als er noch die Möglichkeit dazu gehabt hatte. Jetzt war es zu spät.

»Marinel, ich glaube, Melovin braucht noch deine Hilfe.« Eamon trat neben ihn und legte die Hand auf seine Schulter, während sich die Elfe schnell noch einmal verbeugte und Nevliin den Helm reichte. Sie sah etwas traurig aus, ängstlich.

»Ein liebes Mädchen«, meinte Eamon, nachdem das Mädchen fortgegangen war.

»Sie will Ritter werden.«

»Nun ja, ich vermute, jetzt wo sie mit dir gesprochen hat, nicht mehr.«

Ein Blick genügte, und das falsche Grinsen wich aus Eamons Gesicht. Besser für ihn.

Nevliin rückte den Sattel zurecht und befestigte seinen Helm daran. Der Hof leerte sich. Die Krieger machten sich bereits auf den Weg zum Haupttor, und auch diejenigen, die zurückblieben, drängten sich nun an den Zinnen, um den Abzug besser sehen zu können. Was erwartete sie dort an den rauen Klippen? Der Tod? Wahrscheinlich.

Ohne Eamon weiter zu beachten, schwang sich Nevliin in den Sattel, doch der König hinderte ihn am Fortreiten, indem er in die Zügel griff.

»Es wird gefährlich, Nevliin«, sagte er und blickte völlig ausdruckslos zu ihm auf. Die Miene eines Königs. »Ich hoffe, du kommst unversehrt zurück.«

Nevliin hätte beinahe laut losgelacht oder seine Faust nach vorn schnellen lassen. Die Entscheidung fiel ihm schwer, und so beugte er sich lediglich vor, sah dem König tief in die eisblauen Augen und sprach betont langsam, um sicherzugehen, dass dieser auch jedes Wort verstand: »Ich komme zurück«, sagte er. »Verlass dich drauf.« Mit diesen Worten riss er Eamon die Zügel aus der Hand und drückte die Schenkel in den Bauch des Pferdes. Erschrocken über die ungewohnte Grobheit seines Reiters bäumte der Hengst sich auf und preschte dann schnaubend davon.

»Und?«, krähte da eine Stimme unter ihm, »bereit, den Lichtelfen ins Hinterteil zu treten, Fürst Nevliin?«

Nevliin wandte den Kopf und entdeckte Bienli, der auf Arelies Rücken neben ihm herholperte und den umstehenden Elfen munter zuwinkte. Manche von ihnen jubelten den Kriegern zu, während andere ihnen mit bedrückten Gesichtern hinterherstarrten.

»Seid Ihr es denn?«, fragte Nevliin zurück.

Der Kobold deutete über seine Schulter zurück auf die Armbrust, die an seinem Rücken angebracht war. Sie wirkte eher wie ein Kinderspielzeug als wie eine Waffe. »Solange ich dem Weib entkomme«, meinte er schulterzuckend, »ist mir alles recht.«

Nevliin lächelte. »Ich werde Euch niemals verstehen.«

»Ich würde mir Sorgen machen, wenn Ihr es könntet.«

Die beiden erreichten den äußeren Hof. Für gewöhnlich hielt sich hier niemand außer ein paar Wachen auf, aber jetzt barst er vor Leben. Zweihundert Reiter drängten sich hier und übertrugen ihre Unruhe auf die Pferde, die wild schnaubend auf der Stelle trabten oder sich im Kreis drehten. Die meisten der auserwählten Krieger trugen olivgrüne Schuppenpanzer, genauso wie der Wächter aus Tantollon. Nevliin konnte keinen einzigen Schattenritter unter ihnen ausmachen. Diese waren wohl zu wertvoll, um sie der Beseitigung eines einzigen ungeliebten Lichtelfen zu opfern. So viel zum Thema der Notwendigkeit, erfahrene Krieger nach Tantollon zu senden. Von den Anwesenden hatte seiner Einschätzung nach kaum jemand schon einmal in einer Schlacht gekämpft.

»Fürst Nevliin.« Fürst Feanor trat zwischen den Pferden hindurch. Das lange, schwarze Haar und der braune Umhang wehten im Wind. »Die Krieger sind jetzt vollzählig.« Er machte eine weit ausholende Geste, die den gesamten Hof umfassen sollte.

»Gut.«

Feanor streckte ihm die Hand entgegen, woraufhin Nevliin den Unterarm ergriff und kurz zudrückte.

»Holt Tantollon zurück«, sagte Feanor mit grimmigem Gesicht.

»Wir reißen sie in Stücke«, bemerkte Bienli feierlich.

Der Elf wirkte mit dieser Antwort zufrieden und deutete zum Tor, das noch geschlossen war. »Gebt auf Euch acht.« Er trat zur Seite und wurde sofort von der Menge verschluckt.

Nevliin richtete sich auf. Ein letztes Mal sah er sich um und entdeckte Eamon und Glendorfil am Tor. Sie waren bereit, das Heer zu verabschieden. Der weiße Hengst begann unruhig zu werden, scharrte mit einem Vorderbein über den Boden und schnaubte.

Nevliin drehte sich noch einmal zur Seite. Hinter sich hörte er das Ächzen der schweren Torflügel, die sich mühevoll öffneten. Sein Herz machte einen Satz. Dort in der Gasse zum inneren Hof zwischen all den Elfen hatte er das goldene Haar aufblitzen sehen. Oder war es nur Wunschdenken? Eine Verwechslung? Und: Wäre es nicht ohnedies besser, sie nicht noch einmal zu sehen?

Er wollte sich gerade abwenden, da tauchte sie tatsächlich aus der Menge auf wie die Sonne aus einem Meer von Wolken. Atemlos stand sie unter dem Rundbogen am Rande des Hofes und sah ihn an. Der reißende Wind blies ihr das Haar ins Gesicht und zerrte am Stoff der Kleidung. Ihre Augen wirkten verschwommen, flüssig und erinnerten umso mehr an ein Gewässer, einen unendlichen Ozean, der ihn qualvoll ertränkte. Der Lärm um ihn herum verschwand, und auch sein Blick vermochte nur noch sie zu sehen. Ihre Lippen formten sich zu einem zaghaften Lächeln und standen im Widerspruch zu den verzweifelten Augen. Sie wollte tapfer sein, ihm Mut geben und Kraft schenken. Doch stattdessen machte sie ihm nur umso deutlicher klar, dass er nicht mehr der furchtlose Kämpfer war, der nichts zu verlieren hatte.

Er sah sie an, genauso, wie er es schon so oft getan hatte,

seit sie ihm das erste Mal begegnet war. Jedes Detail ihrer Erscheinung wollte er in Erinnerung behalten. Dann riss er das Pferd herum und preschte an Eamon vorbei durch das Tor und auf die Brücke hinaus. Hinter sich hörte er das Donnern Hunderter Hufe und den Schlachtruf der zurückbleibenden Elfen, der zu Tausenden von den Mauern widerhallte.

❧

Vor ihnen erstreckte sich das silbergraue Gebirge, dessen Berge nicht besonders hoch, dessen Hänge dafür äußerst steil und glatt waren. Nur wenige Pfade ermöglichten den Weg hinüber. Es war der verfluchte Wind, der hier stärker wehte als irgendwo sonst und den Stein über Tausende von Jahren abgeschliffen hatte. Die Berge, so fand Nevliin, wirkten in ihrem silbernen Glanz weniger wie eine Laune der Natur als vielmehr wie das Werk eines Riesen, der sich als Schmied versucht hatte. Der Nebel, der beinahe bis zu den schneebedeckten Gipfeln reichte, wurde vom immer stärker werdenden Wind zum Leben erweckt und wand sich unheimlich über die Bergflanken. Es würde nicht mehr lange dauern, bis sich auch das karge Land aus grauem Stein und Sand in ihrem Rücken weiß färbte.

Schon jetzt lag der Geruch von Schnee in der Luft. Der Atem stand ihnen als weiße Wolken vor den Gesichtern, und Nevliin sah nicht zum ersten Mal, dass die Kälte Bienli schlimmer zusetzte, als dieser zugeben wollte. Trotz des Fells, in das sich der Kobold gewickelt hatte, war dessen Nase bereits rot und die Lippen blau. Für Nevliin hingegen war der Winter die einzige Jahreszeit, in der das Schattenreich halbwegs bewohnbar war.

Nachdem sie das Weltentor im Norden des Gebirges passiert hatten, führte Bienli sie immer weiter nach Süden. Bereits die Ausläufer des Gebirges waren von scharfkantigen, zerklüfteten Felsen durchzogen, sodass sie den Großteil des Weges zu Fuß hinter sich bringen mussten. Sicheren Halt zu finden war schwer, denn das Geröll unter ihnen bewegte sich bereits bei den kleinsten Berührungen. Nevliin zog die Kapuze seines flatternden Umhangs noch etwas tiefer ins Gesicht. Der eisige Wind schnitt wie Hunderte Nadeln in die Haut. Immer wieder sah er gen Osten.

Der Drachenfelsen war viel zu weit entfernt, um ihn noch erkennen zu können, und mit Erstaunen stellte Nevliin fest, dass er sich seit seiner Jugend und seiner Rückkehr ins Lichtreich zum ersten Mal nach einem Ort im Schattenreich sehnte. Na ja, dachte er, um genau zu sein, war es ja auch nicht Lurness selbst, wonach er sich sehnte, sondern eine Elfe, die in diesen Mauern lebte. Was sie jetzt wohl gerade tat?

Nevliin drehte sich seufzend um und ließ seinen Blick über den dunklen Strom von Kriegern wandern, die in lockeren Zweierreihen hinter ihm marschierten. Die Dunkelelfen waren zwar robuster als der kleine Kobold, aber auch an ihnen begann die Kälte zu zehren. Kaum jemand sprach. Mit gesenkten Köpfen und tief in die Stirn gezogenen Kapuzen stemmten sie sich gegen den Wind. Doch es war nicht nur die Kälte, die ihnen die Sprache nahm. Sie alle wussten, was jenseits des Gebirges auf sie wartete. Die Angst war ihnen ins Gesicht geschrieben. Nicht, dass ihn das an ihrer Erfahrung und Tapferkeit zweifeln ließ. Sie waren Elfenkrieger, und auch wenn viele von ihnen noch niemals in einer Schlacht gekämpft hatten, waren sie durch eine lange und harte Ausbildung gegangen. Selbst der beste Kämpfer würde es in Anbetracht dieser Bedrohung mit der Angst zu tun bekommen. Ein winziger, magischer Gegenstand, der Seelen fraß.

Auch Nevliin hatte Angst. Ein seltsames Gefühl und völlig unbekannt. Der Tod hatte ihn ständig begleitet, und er war sich immer bewusst gewesen, dass er eines Tages auf dem Schlachtfeld bleiben würde. Um ehrlich zu sein, war es ihm egal gewesen. Er hatte sich nicht darum gekümmert und sich kaum Gedanken darüber gemacht.

Bis jetzt.

Er wollte nicht sterben.

Bienli führte die Truppe Richtung Westen, einen leicht ansteigenden Hang hinauf. Die Sonne war schon hinter den Bergen verschwunden, und im Schatten des Gebirges legte sich die Dunkelheit schon jetzt als eisige Decke über sie. Es gab keine Sterne, die ihnen Licht spenden konnten, der Himmel des Schattenreiches war wie immer von Wolken verdeckt.

Nevliins Pupillen und die der anderen Elfen gewöhnten sich schnell an die Dunkelheit, um Bienli machte er sich jedoch Sorgen. Der Kobold konnte zwar hervorragend im Dunkeln sehen, war aber keineswegs so leichtfüßig wie ein Elf. Der Lärm, den er beim Gehen durch herabrutschendes Geröll verursachte, war nicht außer Acht zu lassen, auch wenn sie noch das Gebirge von den Feinden trennte.

»Bienli, geht es dir gut?«

Ein Knurren war die Antwort, gefolgt vom Geräusch aufeinanderklappernder Zähne. Die Kälte würde den Kobold noch umbringen.

Ohne zu überlegen, öffnete Nevliin die Broschen am Brustharnisch und nahm seinen Umhang ab. Erschrocken schnappte er nach Luft, als ihn eine Böe wie ein Schwall eisigen Wassers traf. Schnell wirkte er einen Schutzzauber.

»Warte.«

Der Kobold blieb stehen, und Nevliin legte ihm seinen Umhang über die Schultern.

»B-b-bist du irrrre?« Bienli zitterte am ganzen Leib, und Nevliin ärgerte sich, dass es ihm erst jetzt aufgefallen war. Er zog dem Kobold die Kapuze über den Kopf und wickelte den weißen Stoff so um ihn, dass er nicht mehr darauf treten konnte und warm eingehüllt war. Bienli zeigte bibbernd auf den Kopf des Eichhörnchens, der auf seiner Schulter ruhte und dessen Fell um seinen Hals geschlungen war.

»Der Umhang wird dich besser schützen. Glaub mir.«

Bienli knurrte etwas, das wie ›Elfenmist‹ klang, und tippte sich mit dem Zeigefinger auf die Stirn. »U-u-und d-d-d-du?«

»Mir kann die Kälte nichts anhaben.« Was nicht ganz der Wahrheit entsprach, da der Zauber seine Körpertemperatur lediglich so weit erhielt, um nicht zu erfrieren. Der stechende Schmerz war trotzdem da.

Bienli knurrte, machte einen Schritt nach vorn und fiel der Länge nach hin. Ein weiterer obszöner Ausdruck folgte, in dem er seine Frau Finola erwähnte.

Nevliin packte den Kobold im Nacken und richtete ihn auf »Du solltest besser reiten.«

»Ist sowieso egal.« Der Umhang schien schnell geholfen zu haben, zumindest hatte er seine Sprache wiedergefunden.

»Arelie kennt doch den Weg. Sie wird uns führen. Ruh dich aus.« Er wartete auf keine Antwort, ergriff den kleinen Mann unter den Achseln und setzte ihn unter dessen lautstarkem Protest auf den Rücken der Einhornstute.

»Ist ja klar, dass du zu dem Elf hältst.«

Nevliin hob eine Augenbraue und sah zwischen der Stute und dem Kobold hin und her. War womöglich doch etwas

Wahres an den Geschichten von Pferden, die in die Gedanken anderer eindringen konnten?

Der Trupp setzte sich wieder in Bewegung, an der Spitze Arelie und Bienli und an deren Seite Nevliin, der den weißen Hengst am Zügel führte. Die Stille war erdrückend. Jetzt, wo Bienli nicht mehr den halben Berg ins Rollen brachte oder dagegen anrannte, war nur noch das Heulen des Windes zu hören; der Weg zog sich in die Länge, und sie kamen nur langsam voran. Die Schmerzen durch Wind und Kälte waren Nevliin zum ständigen Begleiter geworden und mittlerweile leichter zu ertragen. Langsam verlor er das Gefühl für seinen Körper und auch für die gesamte Umgebung. Gleich einem Geist setzte er einfach nur einen Fuß vor den anderen, und das Land um ihn her verschwand – bis Arelie plötzlich anhielt.

Nevliin sah blinzelnd auf und erkannte ein ungefähr einen Schritt hohes, schwarzes Loch im Felsen. Bienli hatte sie auf einem halbwegs flachen Weg weit ins Gebirge gebracht, und jetzt ragten um sie herum beinahe senkrechte Steilwände gen Himmel. Es war nicht mehr weit bis zur anderen Seite.

»Wir sind da«, sagte der Kobold und sprang von Arelie. Nevliin drehte sich um. Im Osten erglühten die Wolken bereits in den verschiedensten Rot- und Goldtönen und brachten den Schnee zum Funkeln. Welche Ironie, dachte Nevliin. Jetzt, wo sich das Schattenreich dem kargen Licht öffnete, mussten sie wieder hinab in die Dunkelheit.

Nevliin begutachtete den Tunnel. Wie Bienli angekündigt hatte, würden sie auf allen vieren kriechen müssen, doch der Tunnel war breit genug, um drei Elfen nebeneinander Platz zu bieten – oder wohl eher zwei, wenn man die Rüstungen und Waffen bedachte.

»Ihr da.« Nevliin zeigte auf ein halbes Dutzend Krieger, die beieinanderstanden. »Ihr bleibt bei den Pferden. Wenn wir bis morgen bei Sonnenaufgang nicht wieder hier sind, reitet ihr zurück.«

Die Krieger sahen einander an. Einerseits schienen sie erleichtert, andererseits verärgert.

»Habt ihr verstanden?«

»Ja, Herr«, antworteten sie im Chor.

»Und du bleibst auch hier.«

»Was?!« Bienli starrte Nevliin mit offenem Mund an und blies dabei eine weiße Atemwolke in die Luft.

»Du hast mich verstanden, Bienli.«

»Aber du brauchst mich als Führer!«

»Du sagtest, es gibt nur einen Weg. Wir Elfen können durchaus geradeaus gehen.«

Der Kobold stampfte wie ein kleines Kind mit dem Fuß auf. »Ich hab mir nicht den Hintern abgefroren, damit ich hier jetzt zurückbleibe!«

»Bienli, das ist kein Spaziergang. Wir sind nicht hier, um zu beobachten, sondern um zu … kämpfen.« Nevliin räusperte sich. Beinahe hätte er *sterben* gesagt.

Bienli sah ihm kerzengerade in die Augen. »Ltianar aufcalutnamar Édrkjtikj«, knurrte er und versuchte sich etwas größer zu machen, indem er die Schultern zurückschob und sich auf die Zehenspitzen stellte.

Nevliin legte ihm die Hand auf die Schulter. »Bienli, ich bin in Lurness aufgewachsen«, sagte er ruhig. »Was glaubst du, was ein Elfenjunge, umgeben von Kobolden, dort als Erstes lernt?«

»Vukg nukj!« Damit drehte sich der kleine Mann um und stapfte auf das Loch zu. Nevliin hatte ihn mit zwei Schritten eingeholt. Er hielt ihn an der Schulter fest und kniete sich vor ihn auf den eisigen Boden.

»Deine Meinung ist mir gleich«, sagte er. »Ich habe entschieden, dass du hierbleibst, und du wirst es akzeptieren. Und jetzt sagst du mir alles über den Tunnel, was ich wissen muss, und wo wir genau herauskommen werden.«

Ein weiterer Schwall Flüche folgte, und einige der Krieger begannen zu lachen. Doch schließlich gab Bienli nach – oder gab es zumindest vor. »Also gut, ich bleibe hier und passe auf, dass die keinen Mist mit den Pferden anstellen.«

Nevliin hob eine Augenbraue. So leicht war er nicht zu täuschen.

»Du brauchst gar nicht so arrogant zu tun. Wenn ich sage, ich bleibe hier, dann meine ich das auch so.«

»Schon gut.«

»Aber sag nicht, ich hätte dich nicht gewarnt, wenn du plötzlich aufwachst und feststellst, dass du tot bist.«

»Wenn ich tot bin, werde ich wohl kaum …«

»Willst du den Weg jetzt wissen?«

»Ja.«

Bienli ging auf das schwarze Loch zu. »Dann erspar mir deine Elfenweisheiten, und streng dein hübsches Köpfchen an. Der Tunnel führt euch ziemlich gerade durch den Berg. Kurz bevor er endet, kommt ihr in eine größere Höhle. Dort haben wir früher unsere Versammlungen abgehalten. Ich sag dir, das waren Zeiten. Zuerst haben wir uns alle bis auf die …«

»Bienli.«

Der Kobold rümpfte die Nase. »Verflucht, mach dir nicht gleich in die Hosen. Hast du's so eilig, dir den Schädel einschlagen zu lassen?«

Nevliin seufzte. »Wie geht es nach der Höhle weiter?«

»Ihr müsst noch ein Stück weiter durch einen Tunnel, der genauso hoch ist wie der erste, und dann seid ihr schon da. Der Ausgang ist ziemlich gut zwischen den Felsen versteckt, aber ihr solltet trotzdem aufpassen. Von da aus ist der Turm von Tantollon nicht mehr weit.«

»Könnten die Lichtritter den Ausgang gefunden haben?«

Jetzt wirkte der Kobold empört: »Was?! Zwischen all den Felsbrocken und Klippen? Das wäre, als würdest du einen ganz bestimmten Floh im Fell eines Hundes suchen.«

»Also lautet die Antwort: nein.« Nevliin drehte sich zu den Kriegern um. »Macht euch fertig. Lasst uns keine Zeit mehr verschwenden«, sagte er. »Und bringen wir es hinter uns.« Er setzte den Helm auf, verabschiedete sich von seinem Hengst und war sich mit einem Mal sicher, dass selbst das Pferd ihn anblickte, als würde es seinen Reiter nie mehr wiedersehen.

»Dein Umhang.« Bienli begann, sich aus dem weißen Stoff zu wickeln.

»Lass nur. Er würde mich nur behindern. Du kannst ihn mir geben, wenn ich zurück bin.«

Der Kobold nickte und machte ein grimmiges Gesicht. Wieso zogen alle hier eine Miene, als wäre es ein Abschied für immer? Oder bildete er sich das nur ein?

Die sechs Elfen, die zurückblieben, banden die Pferde aneinander, und die anderen Krieger sammelten sich um ihren Anführer.

Bienli streckte ihm die Hand entgegen. »Schau, dass du wieder in einem Stück zurückkommst, sonst krieg ich nicht nur von Finola den Hintern versohlt.« Der Kobold zwinkerte ihm zu.

Bienli war nicht dumm. Natürlich hatte er mitbekommen, wie es um seine Gefühle für die Prinzessin stand.

Nevliin ergriff den Unterarm des Kobolds. Er wusste nicht, was er sagen sollte. So seltsam es auch war, der kleine Mann war ihm ans Herz gewachsen. Es war ungewohnt, dass plötzlich jemand da war, der sich darum kümmerte, ob er wieder zurückkam oder nicht. So oft hatte er seine Ritter gesehen, die sich von ihren Lieben verabschiedet hatten, und die Angst in deren Gesichtern. Ihm selbst war es immer leichtgefallen, davonzureiten, ohne zurückzublicken. Wie schnell sich das Leben von Grund auf ändern konnte.

Nevliin richtete sich auf, prüfte noch einmal den Sitz der Rüstung und ging auf den Eingang zu. Das Klirren der Rüstungen der zweihundert Krieger, die sich in seinem Rücken in Bewegung setzten, hallte von den gigantischen Steilwänden durch die Schlucht, die nur zu der einen Seite, von der sie gekommen waren, durch einen schmalen Pfad offen war. Selbst wenn sie in keine Falle liefen, wenn dort an den Klippen von Tantollon wirklich nur einhundert Krieger auf sie warteten, würden nicht alle zurückkehren. Für viele war dies der letzte Weg, auf allen vieren durch Kälte und Feuchtigkeit.

Nevliins kleiner Glasbehälter mit dem Nektar der Miranblumen, den er um den Hals trug, spendete nur wenig Licht, aber der Elf an seiner Seite zeigte keine Spur von Angst. Es war ein Bogenschütze, und zusätzlich war er noch mit Kampfmessern bewaffnet. Nevliin hatte großen Respekt vor solchen Kämpfern. Aus gutem Grund gab es bei weitem nicht so viele Bogenschützen wie Schwertkämpfer. Der Umgang mit Pfeil und Bogen erforderte enorme Kraft, Geschicklichkeit, Schnelligkeit und Konzentration. Eigenschaften, die angesichts einer Schlacht schnell verlorengehen konnten. Nur wenige besaßen die innere Ruhe, um auch zwischen allgegenwärtigem Leid und Tod die Nerven zu behalten und nicht in Hektik – oder schlimmer noch – Panik zu verfallen. Nevliin wusste, wo seine Grenzen lagen, und hatte sich bewusst für das Schwert entschieden.

»Wie ist Euer Name?«

Der Elf drehte den Kopf. »Ich heiße Meridlin, Herr.«

»Ihr habt Euch freiwillig gemeldet.« Es war keine Frage. Nevliin konnte es in den Augen und dem entschlossenen Ausdruck sehen. Dieser Krieger würde einige Lichtelfen in den Tod schicken.

»Wir alle haben uns freiwillig gemeldet, Herr. Und noch viele mehr.«

Jetzt war Nevliin überrascht. Hier zeigte sich der Unterschied zwischen den Dunkel- und den Lichtelfen. Während Alkariels Krieger fern ihrer Heimat um Macht und Land kämpften, kämpften die Dunkelelfen um die Freiheit. Sie mussten ihre Familien verteidigen. Der Krieg wurde in ihre Heimat gebracht. Sie hatten keine andere Wahl. Zum ersten Mal glaubte Nevliin an einen Sieg der Dunkelelfen.

Immer wieder mussten sie durch Pfützen kriechen, und auch wenn sie hier vom eisigen Wind geschützt waren, zehrte die Kälte an ihren Kräften. Sie würden in der Höhle, von der Bienli gesprochen hatte, etwas ausruhen, bevor sie sich ihren Feinden stellten. Nevliin wusste nicht, wie lange sie schon in den Tunneln unterwegs waren, als er in der Ferne ein schwaches, goldenes Licht entdeckte. Es war lediglich ein winziger Punkt, der sich kaum von der Dunkelheit abhob, aber es versprach ein Ende der Tortur. Der Befehl, sich jetzt völlig leise zu verhalten, wurde flüsternd nach hinten weitergegeben, und Nevliin ließ auch den leuchtenden Glasbehälter verschwinden. Der Lichtpunkt wurde immer größer, und nach einer weiteren gefühlten Ewigkeit trat er endlich in die Höhle. Es tat gut, sich wieder aufzurichten und die Glieder zu strecken, auch wenn es mit unsagbaren Schmerzen verbunden war.

Auf der anderen Seite der Höhle, die so groß war, dass alle zweihundert Krieger Platz finden würden, führte der Tunnel weiter. Es konnte nur noch ein kleines Stück Weg sein, denn es fiel bereits fahles Tageslicht herein. Nevliin ging in die Mitte ihres Rastplatzes und nutzte die Zeit, um sich genauer umzusehen. Die Wände der Höhle lagen im Schatten, ihre Höhe war nicht bestimmbar, und er fühlte sich nervös. War es die Nähe des Feindes, die ihn das Schwert ein kleines Stück aus der Scheide ziehen ließ?

Immer mehr Krieger strömten aus dem winzigen Tunnel, und auch sie waren unruhig. Nevliin dachte an die Zeit der Drachenjagd im Gebirge bei Valdoreen. Die Spannung kurz vor einem Angriff. Jeder wusste, dass in nur einem Moment der Tod über einen herfallen konnte, aber nicht, von wo und auf welche Weise.

Niemand sprach. Alle sahen gebannt nach oben. Nevliin bemerkte, dass manche Schützen ihre Bögen in den Händen hielten. War es wirklich nur die Dunkelheit, die sie so unruhig sein ließ? Die Ungewissheit?

Mittlerweile waren alle Krieger eingetroffen. Das Unheil, das über ihnen schwebte, konnte keine Einbildung sein. War da nicht eben ein Geräusch gewesen? Natürlich waren da Geräusche. Wie sollten zweihundert gepanzerte Krieger völlig lautlos sein? Dieser Durchgang war geheim und konnte nicht entdeckt werden. Bienli hatte es ihnen versichert, und die Lichtelfen kannten sich im Schattenreich nicht aus. Sie waren hier fremd.

Nevliin kämpfte gegen den Drang, sein Schwert zu ziehen. Es würde die anderen nur noch nervöser machen. Und doch war er sich sicher: Sie wurden beobachtet. Er spürte die Blicke auf sich, als würden sie seine Haut berühren.

»Wir gehen weiter.« Seine Stimme hallte schrecklich laut durch die Höhle.

Ein einzelnes leises Zischen erklang, gefolgt von Hunderten Echos. Zur gleichen Zeit entzündeten sich um sie herum unzählige orangefarbene Lichter – Fackeln!

Nevliin starrte fassungslos auf die hell erleuchteten Felswände, auf deren Vorsprüngen in sicherer Höhe Hunderte Lichtelfen standen und ihre Bögen und Armbrüste auf sie richteten. Die Dunkelelfen drängten sich mit schreckensgeweiteten Augen an die Wand. Die wenigen Bogenschützen, die sie begleiteten, zogen Pfeile aus den Köchern. Das Klirren der gezogenen Schwerter war ohrenbetäubend.

Nevliin sah sich hektisch um. Es musste eine Möglichkeit zur Flucht geben. Innerhalb weniger Sekunden würden sie alle tot sein und könnten sich nicht einmal dagegen wehren. Sie alle hatten die Schilde zurückgelassen, da sie auf ihrem Weg durch den Tunnel nur hinderlich gewesen wären. Doch sie hätten ohnehin das Ende nicht verhindern können. Der Tod wäre für manche nur langsamer gekommen. Sie saßen in der Falle. In die Enge getrieben wie von einem Rudel Wölfe. Nur dass die Wölfe nicht angriffen. Worauf warteten sie?

Als hätte sie seine Gedanken gelesen, trat plötzlich Alkariel in den Lichtschein eines breiten, balkonartigen Felsvorsprungs. An ihrer Seite hatten sich ein halbes Dutzend Lichtritter postiert, und ihr prachtvolles weißes Kleid glitzerte eindrucksvoll im Schein der Fackeln.

Nevliin kannte jeden einzelnen der Ritter, die dort über

ihnen standen. Er kannte jeden einzelnen der Wölfe, denn er war einst ihr Anführer gewesen.

Mit gleichgültigem Lächeln sah Alkariel zu ihrer Beute hinab. »Wie schön, dass ihr uns besuchen kommt.« Ihr Blick glitt über die gefangenen Dunkelelfen und blieb an Nevliin hängen. »Ach nein, wie rührend. Der Weiße Ritter kehrt zurück. Ich hätte nicht gedacht, dass Eamon so vernünftig ist.«

Nevliin schwieg. Manche der Krieger der Dunkelelfen zischten leise Beschimpfungen, die Bienli nicht besser hätte formulieren können, aber Alkariel wusste sie zu ignorieren.

»Ich bin wirklich enttäuscht von Euch, Nevliin. Ihr hättet es besser wissen müssen. Wie könnt Ihr es verantworten, so viele Elfen in den Tod zu führen? Ihr wusstet, dass es keinen Weg zurück gibt.«

»Mein Weg führt immer zu Euch zurück, Alkariel – bis ich Euch vernichtet habe. Wenn nicht in diesem, dann im nächsten Leben.«

»Oh, wie romantisch. An Euch ist wahrlich ein Poet verlorengegangen. Eure Ritter werden Euch nicht wiedererkennen. Oder ist es die Hexe, die Eure Zunge führt?«

»Ihr werdet Vanora niemals bekommen.« Nevliin deutete auf die Lichtelfen, zeigte auf alle, die sie hier umzingelten und dachten, für eine gerechte Sache zu kämpfen. »Einer nach dem anderen wird Eure Machtgier durchschauen«, prophezeite er, wobei seine Worte immer wieder durch die Höhle hallten. »Sie werden sich von Euch abwenden. Ihr seid allein. Selbst Eure eigene Schwester konnte Euer kaltblütiges Herz nicht ertragen, und auch Eliria flüchtete vor Euch zu den Dunkelelfen. Was werdet Ihr tun, nachdem Ihr das letzte Blut Eurer Schwester vergossen habt? Was wird sich ändern, wenn

Ihr allein über Elvion herrscht? Ihr werdet immer allein sein. Selbst wenn Ihr den Krieg gewinnt, werdet Ihr immer die Verliererin sein. Einsam in den Hallen von Ueden.«

Alkariel verstand es, ihre Gefühle zu verbergen, doch Nevliin wusste, dass sie unter dem gleichgültigen Ausdruck und dem nichtssagenden Lächeln vor Wut kochte. Es waren ihre Augen, die kurz davor waren, Funken zu sprühen, die sie verrieten. Auch die Gesichter der Lichtelfen veränderten sich. Nevliins Worte waren nicht wirkungslos gewesen. Er hatte immer noch Einfluss. Es war etwas anderes, wenn Nevliin von Valdoreen die Wahrheit aussprach, als wenn ein Dunkelelf es tat.

In Alkariels Blick loderte der Hass, und Nevliin wusste, dass seine verbleibenden Herzschläge gezählt waren. Doch noch hatte die Königin Gefallen an ihrer Beute. Ihre Stimme veränderte sich, war nun leise und voller Bedauern. Wieso hatte er nie erkannt, wie durchtrieben sie war, wo er es jetzt in jeder Sekunde sah?

»Ich habe schon davon gehört, dass Ihr einem Zauber der Hexe zum Opfer gefallen seid«, sagte sie. »Ich wollte es zuerst nicht wahrhaben, aber jetzt, wo ich Euch sprechen höre … Glaubt mir, Nevliin, wenn ich Euch sage, dass wir alle um Euch trauern. Ich weiß, das Mädchen ist nicht böse. Sie ist doch auch mit mir verwandt. Es sind die Dunkelelfen, die sie dazu bringen.«

»Werdet Ihr dieses Spiels denn niemals überdrüssig?«

»Hört auf, ich bitte Euch. Ihr macht Euch keine Vorstellung, wie sehr mich jedes Eurer Worte schmerzt. Es zerreißt mir das Herz, Euch so zu sehen. Aber ich verspreche Euch, ich werde Euch rächen. Die Dunkelelfen werden dafür bezahlen.« Sie hob ihre Hand und sah in die Gesichter der Lichtelfen. »Wir werden nicht ruhen, bis all die Gräuel der Dunkelelfen gerächt sind – und diese Rache wird schrecklich sein.«

»Bitte durchbohrt mich mit einem Pfeil, damit ich das Geschwätz nicht mehr hören muss.«

Nevliin drehte sich um und erkannte in dem Sprecher Meridlin, den Bogenschützen, der an seiner Seite durch den Tunnel gekrochen war. Die anderen Krieger nickten und stimmten ihm zu – und mit einem Mal herrschte eine Stimmung wie auf einem Koboldfest. Einer der Krieger der Dunkelelfen winkte einer Gruppe Bogenschützen über ihm. »Wofür steht ihr da herum?«, rief er zu ihnen hinauf. »Seid ihr bei dem Geschwafel auch schon eingeschlafen? Was ist jetzt mit der schrecklichen Rache?«

Die Lichtelfen tauschten verwunderte Blicke. Nevliin konnte nicht fassen, was da vor sich ging, und auch Alkariel starrte verstört zu ihnen hinab. So etwas konnte wirklich nur Dunkelelfen einfallen. Jetzt fehlten nur noch Glendorfil, Ardemir und Bienli. Nie zuvor hatte er etwas ähnlich Dummes erlebt, und gleichzeitig war er voller Bewunderung. Sie alle wussten, dass sie sterben würden. Niemand war so naiv, zu denken, dass es einen Weg aus diesem Kessel gab oder dass Alkariel irgendjemanden verschonen würde. Alles, was ihnen blieb, war, zu entscheiden, wie sie gingen. Sollten sie vor Angst zittern und um Gnade betteln, die niemals gewährt wurde? Darauf warten, gefangen genommen zu werden, um die Seele an diesen Würfel zu verlieren?

Wieder dachte er bei sich, wie schnell sich sein Leben doch verändert hatte. Er sah die Dunkelelfen mit völlig anderen Augen.

»Keine Sorge.« Alkariel hob ihre Hand und flüsterte der

Elfe neben sich etwas ins Ohr, was sofort die Runde um die Höhle machte. »Ich werde Euer Leid gerne beenden.«

Und dann geschah alles gleichzeitig. Alkariels Hand fuhr hinab. Ein Sirren erfüllte die Luft. Das Klacken der Armbrüste folgte. Die Krieger der Dunkelelfen warfen den Lichtelfen ihre Schwerter wie Speere entgegen, die wenigen Bogenschützen schossen die Pfeile, die bereits auf den Sehnen gelegen hatten, ab. Manche Geschosse fanden ihren Weg, und Lichtelfen stürzten von den Vorsprüngen.

Die Dunkelelfen jedoch fielen beinahe alle gleichzeitig. Wie von einem Orkan getroffen, riss sie der Pfeilhagel nieder. Etwas zwickte Nevliin in den Arm, dann in den Oberschenkel. Immer wieder traf ihn dieser schlangenbissgleiche Schmerz. Benommen sah er sich auf dem Schlachtfeld um. Niemand stand mehr. Es war so schnell vorbeigegangen. Wie viele würden umsonst an den Mauern von Lurness auf die Rückkehr ihrer Liebsten warten? Auch Vanora würde unter ihnen sein. Er sah sie deutlich vor sich. Das letzte Bild seiner Erinnerung. Die blauen Augen hinter dem Schleier der Tränen, das blonde Haar, das der Wind um ihr Gesicht tanzen ließ, das traurige Lächeln ihrer himbeerfarbenen Lippen.

Wieder dieser Schmerz. Ein Ruck durchlief seinen Körper, während er halb herumgerissen wurde. Die Luft entwich seinen Lungen. Es strömte keine mehr nach. Seine Beine fühlten sich taub an. Der Boden näherte sich rasend schnell – doch den Aufschlag spürte er nicht mehr.

Vanora

»Herrin?«

Vanora drehte sich langsam um und blickte zu dem Kobold hinab, der sie eben angesprochen hatte. Er hielt eine Schale mit Obst und Früchten in der Hand und streckte sie ihr entgegen. Schon wieder.

»Herrin, Frau Finola schickt mich.«

»Ich danke Euch.« Wie so oft in den letzten Tagen nahm sie die Schale entgegen und stellte sie zwischen den Zinnen auf die brusthohe Mauer, doch anstatt wie immer fortzugehen, schwankte der Kobold von einem Bein auf das andere und sah sie mit großen, grünen Augen an.

»Kann ich noch etwas für Euch tun?«, fragte sie, um ein Lächeln bemüht.

Der Kobold räusperte sich. »Ich … also … meine Herrin … also die andere Herrin. Finola … ich kann erst gehen, wenn ich gesehen habe, dass Ihr auch wirklich esst.«

Vanora verkniff sich ein Seufzen. Das sah Finola wieder ähnlich. Ihr war bewusst gewesen, dass sie nicht ewig damit durchkommen würde, doch hatte sie auf noch etwas mehr Zeit gehofft. So musste es sich wohl anfühlen, eine Mutter zu haben. Es war nervtötend und doch herzergreifend.

»Sagt ihr einfach, dass Ihr mich essen gesehen habt.«

»Meine Herrin, das kann ich nicht. Sie … sie *weiß*, wenn

ich lüge.« Die Angst vor der kleinen Frau stand dem armen Mann ins Gesicht geschrieben. »Ich soll Euch auch etwas ausrichten«, fügte er leise hinzu.

»Ach ja? Bitte.«

Der Kobold holte tief Luft, verzog das Gesicht zu einer grimmigen Grimasse und zeigte mit dem Zeigefinger auf sie. Er machte seine Sache wirklich gut und verfiel mit einem Mal in ein resolutes Keifen, das sie dem kleinen Kerl niemals zugetraut hätte: »Und wag ja nicht, dein Essen wieder unter den Wachen zu verteilen!«, brüllte er. »Diese Nichtsnutze müssen nicht den ganzen Tag an den Mauern herumlungern und können selbst in die Küche kommen!« Er räusperte sich und fand zu seiner normalen Tonlage zurück. »Das … nun ja … das waren ihre Worte, Herrin.«

Vanora nickte. »Kommt, setzt Euch zu mir«, sagte sie und gab ihm einen Apfel. Einen Augenblick lang zögerte der Kobold, sprang dann jedoch auf den Stuhl und ließ sich stöhnend nach hinten sinken. Er hatte sich eine kurze Auszeit von Finola verdient.

Vanora nahm ebenfalls artig einen der Äpfel, biss hinein und verzog das Gesicht. Essen war im Moment das Letzte, das sie wollte. Die Müdigkeit verursachte ihr Übelkeit, und sie hatte noch nicht einmal mehr genug Kraft, um richtig zu kauen.

»Gibt es schon Nachricht aus Tantollon, Herrin?«, fragte der Kobold schmatzend, während der Saft des Apfels über das Kinn in den rötlich blonden Bart floss und einzelne Stücke der Schale es sich zwischen seinen Zähnen gemütlich machten.

»Nein.« Schlimm genug, dass sie unter dem prüfenden Blick eines von Finolas Spitzeln essen musste – jetzt begann der auch noch, an dem sorgsam begrabenen Schrecken ihrer Gedanken zu kratzen. Sie hatte keine Zeit, sich ihrer Angst und Verzweiflung hinzugeben. Sie musste stark bleiben. Ein einziger Riss in ihrer mühsam errichteten Mauer genügte, und sie würde zusammenbrechen. Das konnte sie sich nicht erlauben. Nicht, solange er da draußen war. Erst wenn sie den Weißen Ritter über diese Brücke reiten sah, würde sie ihre Stellung an der Mauer verlassen. Wenn ...

»Sie sind schon eine Woche fort, Herrin«, schmatzte der Kobold. »Hätten sie da nicht längst zurück sein müssen?«

Vanora atmete ruhig. Die Krieger würden zurückkommen. Sie waren doppelt so viele wie die Lichtelfen. Es gab keine Falle.

Erst als sie sich halbwegs unter Kontrolle glaubte, presste sie ein »Ja« zwischen den Lippen hervor, doch der Kobold hatte noch nicht genug.

»Durch das Weltentor wären sie ja in Null Komma nix wieder da«, meinte er schmatzend. »Da ist sicher was passiert. Aber eigentlich ... wenn Alkariel sie alle niedergemacht hätte, würde sie ja wieder irgendeinen armen, verstümmelten Elfen schicken oder nicht?« Er hielt inne und fuhr schließlich, da er keine Antwort bekam, fort: »Ich sag Euch, Herrin, die sind alle hin. Verfluchte Ratten. Wahrscheinlich haben die vor lauter Abschlachten vergessen, einen am Leben zu lassen. Und jetzt überlegen sie, wie sie dem König sagen können, dass sie sich immer noch in Tantollon breitmachen. Ich sag Euch, Herrin, wenn ich einen von den Lichtelfen in die Finger kriege – ich stech denen allen die Augen aus. Herrin? Verzeiht, aber Ihr seht nicht gut aus. Ihr habt so eine komische Farbe, wie die verfluchten Wassernymphen aus den Sternengrotten. Ganz grün seid Ihr im Gesicht. Habt Ihr Angst, dass die nach Lurness kommen? Die sollen sich nur trauen! Ich hetze denen Finola auf den Hals, und wenn das nichts ...«

»Mir geht es gut.« Mit aller Mühe zog sie ihre Mundwinkel ein kleines Stück nach oben. »Ihr seht, ich habe gegessen. Nun könnt Ihr ruhigen Gewissens Finola gegenübertreten.«

Der Kobold kniff die Augen zusammen, sprang dann aber zu ihrer Erleichterung vom Stuhl.

Ihre Hand begann zu zittern. Es wurde immer schwieriger, sich noch zu beherrschen. Oh bitte, geh doch endlich!, flehte sie stumm.

»Ja, ich glaube Finola kann sich jetzt nicht mehr beschweren. Obwohl, die findet ja immer etwas, das ihr nicht passt. Ständig scheucht sie einen herum, und wenn man den Mund aufmacht, droht sie einem gleich mit dem Kochlöffel. Wenn der gute Bienli weg ist, ist es noch schlimmer mit ihr. Der arme Kerl, der weiß schon, warum er ...«

»Ihr solltet Finola wirklich nicht länger warten lassen«, presste Vanora hervor, und der Kobold hatte endlich ein Einsehen: »Ja, Ihr habt recht. Besser ich sag ihr, dass Ihr noch lebt, sonst kommt sie noch selber herauf und stopft Euch all das hier in den Mund und die Schüssel gleich mit.« Er verbeugte sich und lief eilig den Wehrgang entlang und die Treppe hinab, die in das Innere des Felsens führte.

Vanora wartete, bis er nicht mehr zu sehen war, und atmete dann so tief aus, als hätte sie eine Ewigkeit die Luft angehalten. Langsam drehte sie sich wieder zur Mauer um und legte die Hände auf den kalten Stein. Sie musste sich festhalten. Das würde noch fehlen, dass ihr jetzt die Beine den Dienst versagten. Sie war schließlich zur Hälfte eine Elfe. Was war da schon eine Woche, die sie hier am höchsten Mauerring des Drachenfelsens stand und über den Dunkelwald hinaus auf die weite

Ebene blickte? Nur selten war sie, zusammengekauert an der Mauer, für kurze Zeit eingenickt. Vanora spürte, dass es bald wieder so weit sein würde. Ihre Lider wurden immer schwerer. War sie wirklich schon eine Woche hier? Tantollon konnte nicht einfach so zurückerobert werden. Natürlich brauchte es seine Zeit. Beide Seiten würden sich erbitterte Kämpfe liefern. Zum ungezählten Mal ging sie in ihrem Kopf die Zeiten und Wegstrecken durch, die sie anhand der Karte im Sternensaal errechnet hatte. Die Zeit, die Nevliin und die Krieger benötigten, um vom Weltentor im Dunkelwald zu jenem östlich des Gebirges zu gelangen, war kaum von Belang. Für den Weg zum Tunnel hatten sie bestimmt mehr als die ganze Nacht benötigt – und dann noch einige wenige Stunden, um durch das Gebirge auf die andere Seite zu kommen. Insgesamt konnte man wohl zwei Tage für den Hin- und Rückweg berechnen. Blieben immer noch fünf Tage. Fünf Tage, in denen sie kämpften?

Vanora beugte sich vor und legte die Stirn auf die kalte Mauer. Wie oft hatte sie diese Rechnung schon aufgestellt und Hunderte von Möglichkeiten miteinander verglichen und abgewogen. Nichts änderte die Tatsache, dass er noch nicht zurück war und dass die verstrichene Zeit kein gutes Zeichen war. Vanora erkannte es an der zunehmenden Nervosität der Wachen hier oben, und auch Eamon, der oft an den Zinnen stand und in die Ferne starrte, wurde immer unruhiger.

Jedes Mal, wenn der langgezogene Ton des Horns am anderen Ende des Waldes erklang, überfiel sie alle eine Mischung aus Freude und Angst. Schließlich könnte es auch Alkariel mit ihren Heerscharen sein. Bis jetzt hatte sie sich nicht blicken lassen. Doch die Ankömmlinge waren stets Krieger aus dem Grenzland und manchmal auch welche aus dem Irrwischmoor, und so fanden die angespannten Nerven der Wartenden keine Ruhe.

Vanora sah noch einmal auf das weite Nebelfeld, das in weißen Schlieren über die Ebene tanzte. Die Bäume bewegten sich sanft im Wind, ansonsten war keine Regung im Dunkelwald zu erkennen. Kaum zu glauben, dass dort Dutzende Baumjäger wie unsichtbar in den Ästen saßen oder von Baum zu Baum liefen. Diese dunklen Gestalten mit den bemalten Gesichtern waren ihr stets unheimlich gewesen, obwohl der Gedanke daran, unsichtbar zu werden, durchaus verlockend war.

Vanora drehte sich um. Langsam ließ sie sich entlang der Mauer zu Boden sinken. Den Kopf auf die angezogenen Knie gelegt, sah sie den Wehrgang entlang. Alle paar Schritte stand ein Krieger, und an den unteren Mauerringen sah es bestimmt nicht anders aus. Sie seufzte. Mittlerweile kam niemand mehr angelaufen, um zu sehen, ob alles in Ordnung war, wenn sie sich auf dem eisigen Boden zusammenrollte. Die Wachen hatten es aufgegeben, sie zu überreden, in die Burg zu gehen und im Warmen zu warten oder zumindest wenige Stunden in ihrem Bett zu schlafen. Sie waren beharrlich gewesen, doch Vanoras Sturheit war nur schwer zu übertreffen.

In einiger Entfernung ging Eamon unruhig auf und ab. Nur selten blieb er stehen, um zwischen den Zinnen hinaus in den eisigen Morgen zu blicken. Ab und zu sprach er mit den Wachen oder mit Liadan, wenn sie hier heraufkam. Einmal war auch Glendorfil da gewesen und hatte lange mit Eamon gesprochen, doch die meiste Zeit streifte er gedankenverloren umher. Vanora sah ihm die Anspannung deutlich an. Besonders die Schwerter, die er nicht mehr aus der Hand legte, zeigten, dass er jeden Moment mit einem Angriff rechnete und vermutlich sogar darauf brannte, sich endlich in den Kampf zu stürzen, um dieses elende Warten endlich zu beenden.

Dieser Eamon war ihr so vertraut. Ungeduldig und zerstreut. Mit den über die Schultern gelegten Klingen, die sich im Nacken überkreuzten, wirkte er beinahe gelassen, aber Vanora kannte ihn besser. Sie kannte diese Haltung aus unzähligen Momenten ihres alten Lebens, ihrer alten Heimat. Und auch die Seitenblicke, die er ihr immer wieder vorbei an den Schwertgriffen zuwarf, versetzten sie in eine Zeit, in der ihre Welt noch in Ordnung gewesen war. Dass Eamon seine Entscheidung bereute, wusste sie. Er war schon immer impulsiv gewesen und ließ sich stets von seinem Herzen und nicht von seinem Verstand leiten. Glendorfil hingegen war davon überzeugt, dass die Entsendung Nevliins eine Entscheidung der Vernunft gewesen war. Eamon habe als König gehandelt und sein Herz zurückgestellt, indem er Nevliin in solche Gefahr gebracht hatte – denn die Leben Tausender wogen nun einmal mehr als ein einzelnes, auch wenn man diesen Einzelnen liebte.

Doch Vanora wusste, dass es anders war. Es war allein sein Herz gewesen, das ihm wieder einmal die Zügel aus der Hand gerissen hatte. Der Zorn und vor allem der verletzte Stolz. Da konnte Glendorfil noch so sehr über den vermeintlich sachlichen Entschluss predigen – es änderte nichts an der Tatsache, dass Nevliin und mit ihm zweihundert unschuldige Krieger in diesem Moment um ihr Leben kämpften. Wäre es wirklich eine Entscheidung unabhängig von Gefühlen gewesen, würde Eamon jetzt nicht die Reue im Gesicht stehen. Er wäre immer noch von seiner Handlung überzeugt – und in einem dummen Teil ihres Herzens tat er ihr leid. Auf den ersten Blick wirkte er so groß und unbezwingbar, aber bei genauerer Beobachtung konnte sie sehen, dass er nicht der starke Krieger war, der kampfbereit seine Schwerter in der Hand hielt, sondern dass er sich an den beiden Waffen festhielt. Der Atem stand ihm in weißen Wolken vor dem Gesicht. Die Kälte und auch das schwarze Haar, das durch den Wind zerzaust in seine Stirn fiel, ließen ihn noch blasser aussehen.

Die Zeit, in der sie jede Nacht an seiner Seite geschlafen hatte, schien eine Ewigkeit her. Damals war sie sicher gewesen, dass ihr an seiner Seite niemals etwas Schlimmes widerfahren würde, und trotzdem war sie in Lurness kein einziges Mal zu ihm geschlichen, um die Einsamkeit der dunklen Nächte zu vertreiben. Jetzt war alles anders. Bis auf eins: die Liebe. Trotz allem, was zwischen ihnen vorgefallen war, hatte sich daran nicht das Geringste geändert. Stattdessen war ein neues Gefühl in ihrem Herzen geboren: unversöhnlicher Hass. Ein Gefühl, das wohl nur aus solch tiefer Liebe entstehen konnte, denn jede schwächere Form hätte die Liebe wohl einfach nur sterben lassen. Doch in Vanora brannten Liebe und Hass in derselben Intensität und machten es ihr unmöglich, Eamon mit Gleichgültigkeit zu betrachten, sosehr sie sich das auch wünschte. Auch in diesem Moment, in dem er wieder mit seinen neblig blauen Augen zu ihr hinabschielte, wusste sie nicht, welches ihrer Gefühle überwog.

Vanora schloss die Augen. Mit Nevliin war es so anders, so leicht. Da gab es keinen Zwiespalt. Er war ihr Retter in der Dunkelheit, eine Flamme, die ihr Licht spendete und heißer brannte, als sie es je für möglich gehalten hätte. Sie durfte ihn nicht verlieren. Er war ein Teil von ihr. Ihre Seele sehnte sich nach ihm, verzehrte sich nach ihm.

Auch wenn es schwer war, musste sie sich eingestehen, dass Eamon in gewisser Weise recht gehabt hatte. Nach dem Tod ihres Vaters war sie in eine undurchdringbare Dunkelheit gestürzt. Doch anstatt sich darin zu verlieren, hatte sie Nevliin gefunden. Sie waren eins geworden. Mit ihm an ihrer Seite war die Dunkelheit nicht mehr angsteinflößend, sondern befreiend geworden. Nur sie beide, abseits aller Sorgen um Krieg und Schicksal. Wie könnte sie sich da zurück ans Licht sehnen? Nein, sie durfte ihn nicht verlieren. Wie sollte sie ohne diese Flamme in der kalten Dunkelheit überleben?

Vanora spürte eine leichte Berührung an der Stirn. Nein, es war dahinter, in ihr drin. Ein leichtes Stechen, das sich schleichend weiter in ihren Kopf tastete. Es war unangenehm, wenn auch nicht schmerzhaft. Sie riss die Augen auf. Eamons Blick durchbohrte sie und ließ das Gefühl der leichten Berührung nur langsam abklingen.

Das konnte nicht sein Ernst sein!

Mit einem Satz war sie auf den Beinen. All die Müdigkeit war vergessen.

Eamon drehte sich zur Mauer um und sah unschuldig in die Ferne, während er so tat, als würde er sich auf den Dunkelwald konzentrieren. Er hatte doch tatsächlich versucht, in ihre Gedanken zu sehen! Dachte er, es könne ihm gelingen, da sie zur Hälfte ein Mensch war?

Wutentbrannt stapfte Vanora an einigen Wächtern vorbei und blieb vor ihm stehen. Langsam drehte Eamon den Kopf zu ihr: »Kann ich etwas für dich tun?«

Beinahe wäre sie ihm an die Gurgel gesprungen. »Versuch das noch *einmal*«, sagte sie gedehnt, »und von dir bleibt nichts weiter übrig als ein Häufchen A…«

Der Klang des Horns hallte von der äußersten Grenze des Dunkelwaldes her, und Vanora zuckte zusammen und verstummte. Einen Augenblick lang noch ruhten ihre Blicke auf Eamon, doch dann beugten sie sich beide über die Mauer und spähten hinab in das allumfassende Grau. Auch die anderen Wächter stürmten zur Steinwand und drängten sich an den Luken zwischen den Zinnen. Aus dem Dunkelwald war kein Licht erglommen, also war mit keinen Besuchern aus dem Weltentor zu rechnen. Angestrengt starrte sie auf die unendliche Ebene von Edora. Das Herz schlug ihr bis zum Hals. Es lag kaum Nebel in der Luft, einzig am Boden zogen weiße Schlieren über das weite Land, welche durch das sich schnell nähernde schwarze Feld am Horizont aufgewirbelt wurden.

»Sie sind es, nicht wahr?«

Eamon sah zu ihr hinab. »Ja.«

Vanoras Herz vollführte Freudensprünge, und ihr Magen zog sich gleichzeitig vor Angst zusammen.

»Sie kamen nicht durch das Weltentor. Deswegen waren sie so lange weg.«

»Vermutlich.«

Angestrengt suchte sie nach einem weißen Fleck zwischen der dunklen Masse, doch sie waren immer noch zu weit entfernt, um einzelne Reiter zu erkennen. Zwischenzeitlich wurde die Zugbrücke hinuntergelassen, und der Lärm drang bis zu ihnen herauf.

»Mein Herr.«

Eamon und Vanora fuhren herum. Der Elf, der ihnen gegenüberstand – ein Schattenritter –, sah fürchterlich ernst aus.

»Herr, ich habe Reiter ausgesandt. Finola und ihre Helfer wurden bereits informiert.«

»Gut.«

Vanora sah hinab zur Brücke, auf der in diesem Moment bestimmt zwanzig Schattenritter auf ihren Pferden in den Dunkelwald preschten. Sie wusste nicht, wieso sie den Kriegern entgegenritten, vermutlich um sie willkommen zu heißen und zurück nach Lurness zu geleiten.

»Kannst du jemanden erkennen?«

Eamon antwortete nicht, aber das war auch nicht mehr nötig. An der Spitze des Feldes hoben sich nun deutlich ein weißes Pferd und ein Reiter mit weißem Umhang ab. Auf diese Entfernung war es kaum mehr als ein weißer Fleck, aber für Vanora ging die Sonne auf.

»Es ist Nevliin.«

»Nein, das ist nicht …«

Aber sie hörte die Stimme des Schattenritters kaum noch, so schnell lief sie den Wehrgang hinab. Ihre Füße flogen über die vielen Stufen, die kalte Luft strömte in ihre Lungen und ließ sie beinahe zerspringen, als sie eine Ebene nach der anderen hinter sich ließ. Der Weg wollte einfach nicht enden. Als wollte eine bösartige Kraft sie daran hindern, endlich zu ihm zu gelangen. Die Tore, die jeden Mauerring sicherten, waren im Zickzack angelegt, und so musste sie immer die ganze Länge einer Ebene ablaufen, um zu einem Tor zu gelangen, und dann wieder die ganze Länge zurück, um zum nächsten zu gelangen. Dies würde es noch schwerer machen, die Burg einzunehmen, trieb Vanora im Moment aber beinahe in den Wahnsinn.

Immer mehr Elfen kreuzten ihren Weg und liefen wie sie abwärts, den Ankömmlingen entgegen. Vanoras Hals schmerzte, und das Blut rauschte durch ihre Ohren, als hätte sie einen Berg erklommen, anstatt einen hinabgelaufen zu sein. Ihr Herz drohte ihr aus der Brust zu springen, als sie endlich die letzte Gasse hinablief und durch den Rundbogen trat.

Der äußere Hof war nahezu verlassen. Vanora drehte sich um und bemerkte, dass sich all die Elfen an der Mauer des inneren Hofs drängten, vermutlich um den ankommenden Kriegern genug Platz zu lassen.

»Komm.« Eamon war plötzlich neben ihr, nahm ihre Hand und zog sie über den Platz auf die Brücke zu. Er lief so schnell, dass sich ihre Beine beinahe überschlugen und er sie mehr hinter sich herschleifte, als neben ihr zu laufen. Am Turm neben der Brücke wartete schon Liadan, und auf den Wehrgängen tummelten sich Schattenritter. Auch Finola mit einer Schar Kobolde und ein paar ihr unbekannten Elfen kamen durch die Gasse. Sie würden sich wohl um die Verletzten kümmern. Ja, es würde bestimmt Verletzte geben. Ob Nevliin verletzt war?

Der ferne Donner wurde immer lauter, und dann erschienen endlich die Reiter aus der Dunkelheit des Waldes. In vollem Galopp preschten die Schattenritter, die dem Heer vorhin entgegengeritten waren, zurück über die Brücke. Vanora stellte sich auf die Zehenspitzen und hielt sich an Eamons Arm fest. Etwas Weißes blitzte in der Menge der nachfolgenden Reihen auf.

Vanoras Finger krallten sich in Eamons Arm, als sie versuchte, noch etwas weiter über die voranreitenden Schattenritter zu blicken. Die ersten Reiter stürmten an ihr vorbei, und da erkannte sie das Horn an der Stirn des weißen Pferdes und die winzige Gestalt, die den viel zu großen weißen Umhang trug, der sich auf der Kruppe der Einhornstute ausbreitete.

Vanora hatte das Gefühl, zu ersticken. Die weiße Gestalt an der Spitze des Feldes war Bienli gewesen!

Ihre Beine zitterten und wurden taub, sodass sie von den Zehenspitzen zurück auf die Füße fiel. Und dann eröffnete sich ihr das gesamte Ausmaß der Zerstörung. Nur eine Handvoll Reiter zog an ihr vorbei, gefolgt von vielleicht einem Dutzend Pferden, auf die Verletzte gebunden waren. Die Körper vornübergekippt, hingen sie über den Hälsen der Tiere. Einer von ihnen, in dessen dunklen Brauen der Frost hing, war längst tot. Doch selbst dieser Anblick war nicht so schlimm wie das nicht enden wollende Feld reiterloser Pferde, die, an ihren Zügeln aneinandergebunden, über die Brücke galoppierten.

Alle Geräusche verschwanden und drangen nur dumpf und von weit her zu ihr durch, doch das Bild, das sich ihr bot, brannte sich ihr umso deutlicher ein. Die Zeit verhöhnte sie und verlangsamte sich, so dass sie jede Schrecksekunde hundertfach erleben musste. Die Bewegungen der Pferde waren kaum noch wahrzunehmen. Für jeden Schritt, den sie auf sie zu machten, verging eine Ewigkeit. Es war alles so langsam, so deutlich: Die panisch aufgerissenen Augen der Pferde. Die wehenden Mähnen. Die angelegten Ohren. So viele. Eine Herde aus Rappen und Braunen. Und ein einziger Schimmel.

Bienli

»Zum Henker noch mal. Da vorne ist Lurness, und du wirst gefälligst durchhalten.« Bienli sah zurück in das bleiche Gesicht des Elfen, der am Hals eines Rappen hing und dessen Augen immer wieder zufielen. Die Lippen waren bereits dunkelblau verfärbt, das geronnene Blut am Hals gefroren. Es war eindeutig, dass der Elf sich nicht mehr mit einem Zauber gegen die Kälte schützte.

In der Ferne war bereits der Drachenfelsen zu sehen. Noch nie zuvor hatte sich Bienli so sehr auf diese monströse Festung gefreut. Jetzt würde er sogar Finola mit offenen Armen begrüßen.

Bis auf jene Elfen, welche die Pferde bewacht hatten, hielt sich kaum noch einer aufrecht im Sattel. Einer war bereits gestorben, und der neben ihm würde es auch nicht mehr lange machen. Elfen waren einfach zu schwach. Keinen Überlebenswillen hatten sie.

»Mach sofort deine Augen auf!«, herrschte er den Reiter neben sich an. Der Elf blinzelte, während Bienli Arelie noch etwas näher herantrieb. »Trau dich ja nicht, jetzt zu krepieren. Ich schwör dir, ich hol dich zurück und bring dich dann selbst um«, fluchte der Kobold.

Die violetten Lider des Elfen fielen wieder zu.

»Verflucht … He, Durnon! Der packt's nicht!«

Einer der glücklichen Elfen, die nicht in die Löwengrube hatten gehen müssen, lenkte sein Pferd an Bienlis Seite. Er warf einen Blick auf den reglosen Elfen und schüttelte den Kopf. »Er ist gegangen.«

Bienli fluchte und spuckte aus.

»Es war ein Wunder, dass er überhaupt so lange überlebt hat, Bienli. Die anderen werden es schaffen.«

Bienli blickte über die Schulter zurück und fand Durnons Worte mehr als optimistisch. In seinen Augen zumindest sah keiner der Elfen noch besonders lebendig aus. Wenn nur diese graue Wüste endlich zu Ende wäre! Beinahe vier Tage lang ritten sie jetzt schon durch dieses karge Land, und als endlich der Drachenfelsen am Horizont erschienen war, hatte er geglaubt, bald am Ziel zu sein. Aber sie waren einfach nicht näher gekommen. Immerhin war jetzt der Dunkelwald schon deutlich zu sehen, was bewies, dass sie doch nicht auf der Stelle liefen. Auch das Horn, das vor kurzem in der Ferne erklungen war, erfüllte ihn mit Hoffnung. Bald, sagte er sich immer wieder, bald hat all der Schrecken ein Ende.

»Seht nur, Bienli!«

Der Kobold kniff die Augen zusammen. Verfluchter Nebel. Verfluchte Elfenaugen. Da war nur eine dunkle Wand aus Bäumen! Doch der Elf deutete wieder nach vorn, und als Bienli noch einmal in Richtung Heimat sah, erkannte er sie plötzlich: Reiter! In wildem Galopp stürmten sie auf Bienli und die Elfen zu. Es waren Schattenritter. Sie preschten zu beiden Seiten an ihnen vorbei, ritten einen Bogen und reihten sich schließlich vor ihnen ein. Sie würden die Heimkehrer auf sicherem Weg durch die dicht stehenden Bäume geleiten und über die Brücke führen.

Bienlis kleiner Koboldmagen zog sich zusammen, als sie in

den finsteren Wald ritten. Die aneinandergebundenen Pferde drängten sich zusammen. Noch wenige Augenblicke, und sie würden Lurness erreichen. Er müsste in all die Gesichter sehen, die vergebens auf die Heimkehr der Krieger warteten. Er musste ihnen alles erzählen.

Der Wald endete abrupt am Abgrund, doch die Schattenritter führten die Gruppe sicher über die Brücke.

Sie alle waren da, warteten. Der König, die Prinzessinnen, Hunderte Krieger und einfache Elfen drängten sich an den Mauern. Bienli sah zurück auf die endlose Reihe reiterloser Pferde. Was ging jetzt in den Köpfen der Wartenden vor?

Arelies Hufe traten von der Brücke auf den steinernen Boden. Sie lief weit in den Hof hinein, um den nachfolgenden genügend Platz zu lassen. Bienlis Augen flitzten durch das Wirrwarr aus Pferden, und er reckte sich in die Höhe, um den Platz besser überblicken zu können. Wieso war Arelie nicht größer?

Dann endlich entdeckte er sie. Als hätte sie Hunderte Wespen in der Hose, flitzte sie auf die Pferde mit den verletzten Elfen zu, die gerade von ein paar Rittern losgeschnitten und auf Decken gelegt wurden. Seine Finola! Und als hätte sie seinen Blick gespürt, wandte sie ihm plötzlich ihr Gesicht zu. Die grünen Augen wurden riesig, das feuerrote Haar wehte im Wind um ihr spitznasiges Gesicht, und ihr Mund öffnete sich, als wollte sie ihm etwas sagen. Doch die aufgeregten Elfen führten sie sofort weiter, um bei der Versorgung der Verletzten zu helfen – nicht jedoch, bevor sie ihm ein erleichtertes Lächeln geschenkt hatte. Später würde sie es sicherlich leugnen, aber er hatte es gesehen, und es wurde ihm etwas leichter ums Herz.

Finola verschwand zwischen den Pferden und Elfen, doch

ihr wildes Fluchen war deutlich zu hören. Die Schattenritter standen unbeholfen um sie herum, bis sie ihnen auf nicht besonders höfliche Weise Befehle entgegendonnerte. Die Elfen begannen sofort damit, den Verletzten Rüstungen und Helme abzunehmen, und befolgten all ihre Anweisungen, ohne zu murren. Auch der König und die Prinzessinnen waren dort, direkt neben dem Turm an der Brücke. Eamon sprach mit einer Elfe, welche die Pferde bewacht hatte, und plötzlich zeigte die dumme Gans auf ihn. Jetzt gab es kein Zurück mehr.

Langsam rutschte Bienli von Arelies Rücken und bahnte sich einen Weg zwischen all den langen Körpern durch. Während er angestrengt versuchte, nicht niedergetrampelt zu werden, überlegte er sich die passenden Worte. Es gab keine.

Mit gesenktem Kopf trat er vor den König und verbeugte sich. »König Eamon.« Er drehte sich etwas zur Seite. »Prinzessin Liadan, Prinzessin Vanora.«

Bienli warf einen kurzen Blick auf die am Boden liegenden Elfen. Jetzt, wo die Rüstungen abgenommen waren, wurde der Schlamassel erst richtig deutlich. Es war ein Wunder, dass sie überlebt hatten. Die Krieger wurden auf Tragen gehoben und verschwanden schon bald in Richtung Burg. Finola lief Anweisungen brüllend hinterher. Sie war wirklich ein Prachtweib.

»Meister Bienli?«

»Hm?« Bienli räusperte sich. »Ich meine: Ja, mein Herr.«

Die Mienen der umstehenden Elfen sahen alle gleich aus. Es war kein schöner Anblick, und Bienli wusste, dass es bald noch schlimmer werden würde.

Eamon kniete sich mit einem Bein vor ihn. Welcher König tat so etwas?

»Bienli, die Elfe Verelind meinte, Ihr könntet mir sagen, was genau in Tantollon vorgefallen ist.«

»Ähm, ja, … also.« Er räusperte sich. »Ich habe alles gesehen, Herr.«

Eamon nickte nur und bedeutete ihm durch eine Handbewegung, ihm zu folgen. Sie gingen den Gang hinauf in den inneren Hof, vorbei an gaffenden Elfen, und schließlich in die Burg – genauer gesagt, in den Sternensaal. Den ganzen Weg über war es totenstill. Selbst Bienli sagte nichts und war sich in dieser Schweigsamkeit selbst ganz unheimlich. Auf Eamons Aufforderung hin nahm Bienli Platz, und auch die anderen Befehlshaber und Fürsten versammelten sich auf den dunklen Polstern um ihn herum. Bis auf einen.

Tränen stiegen in Bienlis Augen, als er auf den leeren Platz neben sich sah, und verärgert wischte er sie weg. So weit kam es noch, dass er wegen eines Elfen zu heulen anfing!

In diesem Moment traf Vanoras Blick den seinigen, und ihm wurde kalt. Unter den Augen der Prinzessin lagen purpurne Ringe, und ihre Züge waren wie in Stein gemeißelt. Sie sah ihn an, als könne er mit nur einem Wort all ihr Leid ungeschehen machen. Aber das konnte er nicht – und Vanora wusste es. Sie wusste es bereits jetzt. Leider machte das die Sache auch nicht besser. Er würde es immer noch aussprechen müssen.

Als hätte er seine Gedanken gelesen, forderte Eamon ihn nun auf, zu erzählen, was passiert war, und sofort richteten sich alle Augen auf ihn. Der Befehlshaber der Schattenritter klopfte ihm auf die Schulter und nickte ihm zu. Als würde das etwas helfen, außer dass ihm jetzt die Schulter weh tat. Bienli seufzte. Also gut: »Wir gingen die ganze Nacht lang Richtung Südwesten ins Gebirge«, begann er. »Es war wirklich saukalt. Wir kamen nur langsam voran.« Mit einem Mal fiel ihm wieder ein, dass er noch immer Nevliins Umhang trug. Unwillkürlich dachte er daran, wie sehr der Elf gefroren hatte und wie sehr dieser sich bemüht hatte, ihn in dem Glauben zu lassen, dass ihm die Kälte nichts ausmache. Ein verrückter Elf. Bienli räusperte sich. »Bei Tagesanbruch erreichten wir den Eingang zum Tunnel. Fürst Nevliin ließ sechs Krieger bei den Pferden zurück, und ich … ich sollte ebenfalls warten.«

»Was Ihr nicht getan habt«, schlussfolgerte Eamon.

»Nein, ich bin ihnen gefolgt. Es war dreckig, nass und kalt, aber die Elfen kamen schnell voran. Dafür, dass sie auf allen vieren gekrochen sind, meine ich. Ich konnte aufrecht gehen.«

»Und dann?«

»Sie erreichten die Höhle kurz vor dem Ausgang. Es war zappenduster, und man konnte kaum die eigene Hand vor der Nase sehen, aber dann wurden auf einmal rundherum Fackeln entzündet.«

»Also eine Falle.«

»Die Schweine haben nur auf uns gewartet. Ich kann mir nicht erklären, wie sie diesen Zugang gefunden haben. Nur Kobolde wissen davon. Vermutlich mit verfluchter Magie. Hoch oben, rund um die Höhle, haben sie sich aufgestellt mit ihren Bögen, und es waren auch Armbrustschützen dabei. Die Krieger saßen in der Falle. Dort oben an den Wänden konnten unsere Leute sie nicht erreichen. Es waren Hunderte, Herr. Die Königin war auch da.«

»Alkariel war dort? Du hast sie gesehen?«

»In ihrer ganzen Abscheulichkeit, Herr. Und viel schlimmer noch: Ich musste mir all den Müll, den sie von sich gegeben hat, anhören.«

»Was hat sie gesagt?«

»Nichts als Dummfug, Herr. Sie hat sich mit Nevliin gestritten und sich darüber aufgeregt, dass die Prinzessin« – er deutete mit dem Kopf zu Vanora – »ihn verzaubert habe. Dann hielt sie den armen Todgeweihten einen ewig langen Vortrag über ihre ach so schreckliche Rache.« Bienli wurde jetzt noch schläfrig, wenn er nur daran dachte. »Ich hab ja immer schon gewusst, dass dieses Weibsbild eiskalt ist, aber sie hat die armen Krieger so lange mit ihrem Geschwafel gefoltert, bis die darum gebettelt haben, erschossen zu werden. Die sind alle völlig ausgeflippt, Herr, und dann ist das totale Chaos ausgebrochen. Unsere Krieger haben angefangen, ihre Schwerter nach den Lichtelfen zu schmeißen. Ein paar haben sogar getroffen, und die elenden Lichtelfen sind wie Fliegen von den Mauern gefallen. Aber dann sind auch schon die Pfeile und Bolzen geflogen. Da ist keiner mehr stehengeblieben, Herr.« Bienli holte tief Luft. Er hatte es hinter sich. Zumindest beinahe. Die Elfen schauten ihn an, als wäre er ein Geist. Der König ballte die Hände an seinen Seiten zu Fäusten. Kein gutes Zeichen.

»Und … Herr Bienli«, erklang plötzlich eine dünne, weibliche Stimme neben ihm. »Was ist mit Nevliin?«

Alle drehten sich gleichzeitig zu Vanora um, auf deren leichenblasser Haut hektische rote Flecken leuchteten.

Bienli konnte ihrem Blick nicht standhalten und sah auf den weißen Umhang hinab. Was sollte er ihr sagen? Die Wahrheit? Er musste sich zwingen, den Kopf zu heben und ihr in die Augen zu sehen. War sie überhaupt noch am Leben?

»Wurde Nevliin getroffen, Herr Bienli?«

Beinahe wäre ihm ein verzweifeltes Lachen entwischt. Getroffen! »Prinzessin«, antwortete er schließlich ruhig, »die Pfeile haben ihn durchlöchert wie ein Sieb.«

Sie starrte ihn an, und ihr Ausdruck bewies, dass es wohl die falsche Antwort gewesen war. Doch was wollte sie hören?

Wie sollte er solch ein Massaker in blumige Worte kleiden? Er war verflucht noch mal kein Elf!

Zu seinem Glück stand die Prinzessin sogleich auf, und auch alle anderen erhoben sich von ihren Plätzen auf der Treppe.

»Ich …« Vanoras Blick geisterte durch die Runde und blieb schließlich neben Bienli hängen, an dem Platz, wo Nevliin in den letzten Besprechungen gesessen hatte.

Bienli wurde der Hals eng. Der verfluchte Elf hätte ihn damals in Pitlory töten sollen. Das alles machte überhaupt keinen Spaß mehr.

»Vanora?« Der König streckte die Hand nach ihr aus, aber die Prinzessin drehte sich abrupt um und stürmte aus dem Saal.

Der König ging ihr einen Schritt nach, besann sich dann jedoch, ließ sich schwer seufzend gegen den Stamm des Seelenbaums sinken und presste beide Fäuste gegen die Stirn. Auch die anderen Elfen nahmen erneut Platz und musterten den König über den leuchtenden Boden hinweg ausdruckslos.

Genau darauf hatte Bienli gewartet. Die Prinzessin war endlich fort. »Herr?«, fragte er vorsichtig, doch Eamon bewegte sich nicht.

»Herr?«

Diesmal sah er auf.

»Mein Herr, verzeiht, aber … das war noch nicht alles.«

Einer der Elfen stöhnte, doch der König ignorierte es, richtete sich auf und wirkte, als könne ihn jetzt wirklich nichts mehr erschüttern. Gute Voraussetzungen.

»Was gibt es noch, Bienli?«, fragte er und wappnete sich offensichtlich innerlich.

Bienli musste ebenfalls all seinen Mut aufbringen, um weiterzusprechen. »Die Lichtelfen haben mich nicht bemerkt, Herr«, begann er. »Ich war nicht richtig unsichtbar, weil ich nicht all mein Gold beisammenhabe, aber ich habe mich im Tunnel versteckt. Das war nicht besonders tapfer, aber …«

»Ihr hättet nichts tun können, Bienli«, antwortete der König müde. »Nur sterben.«

Einen Moment lang bezweifelte Bienli, ob der König noch in der Lage war, dem Rest der Geschichte zu folgen, doch er musste sie erzählen. »Mein Herr«, fuhr er fort, »die Krieger sind da alle in der Höhle gelegen. Die Lichtelfen haben sich nicht um die gekümmert, und da bin ich zurückgelaufen. Ich habe alle, die bei den Pferden geblieben sind, geholt, damit wir – nun ja, damit wir überprüfen können, ob noch jemand lebt. Wir haben sechzehn Krieger gefunden, die noch atmeten, Herr. Zwei sind auf dem Weg hierher gestorben.«

»Ihr habt ihnen das Leben gerettet, Bienli.«

Die Worte sollten ihn vielleicht mit Stolz erfüllen, aber Bienli fühlte sich so furchtbar, schlimmer noch, als hätte er sich einen Tag lang von Finola verprügeln lassen, sein ganzes Gold verloren und schlechten Wein getrunken.

Zum ersten Mal meldete sich Glendorfil: »Und Nevliin?«, fragte er. »Sein … Körper?«

»Ich hätte ihn mitgenommen, aber …«

Eamon hob die Hand. »Ihr wart in Gefahr, entdeckt zu werden. Ihr musstet ihn zurücklassen.«

»Nein, Herr. Ich hätte ihn mitgenommen. Aber als ich mit den anderen zurückkam, war er weg.«

»Weg? Was soll das heißen?«

Bienli war automatisch etwas zurückgewichen und richtete sich jetzt wieder auf. Das würde schlimm werden.

»Ich weiß, ich hätte es gleich sagen sollen, aber ich befürchtete die Reaktion der Prinzessin.« Er holte tief Luft. »Während die anderen die Verletzten hinausbrachten, habe ich mich etwas unsichtbarer gemacht und bin bis zum Turm von Tantollon geschlichen. Die Lichtelfen sammeln dort das ganze verfluchte Heer. Immer wieder kamen Truppen aus dem Weltentor. Dort wimmelt es nur so von den Bastarden. Jedenfalls …« Bienli sah durch die Runde. »Ich habe gesehen, was sie mit Nevliin angestellt haben … Sie haben die Pfeile herausgezogen, und erst da habe ich bemerkt, dass sie ihn nur an Armen und Beinen getroffen hatten. Ich glaube, ein Pfeil traf auch seine Brust, aber der Schuss war nicht tödlich. Der Kerl ist zäher, als man glaubt.«

»Nevliin hat noch gelebt?« Alle sahen ihn fassungslos an.

»Ja, er lebt. Noch zumindest. Ich habe mich näher herangeschlichen und habe gesehen, wie dieses eine Miststück, die mit den silbernen Haaren, seine Wunden versorgt hat.«

»Sie haben ihn geheilt?«, fragte der König.

»Nein, Herr. Keine der Wunden war lebensgefährlich, aber sie sind bestimmt schmerzhaft. Die haben absichtlich danebengeschossen. Sie wollten ihn am Leben lassen. Ich habe auch gehört, was Alkariel und diese verrückte Zauberin besprochen haben. Die Königin will den Grogon auf ihn loslassen. Sie sagte, es reiche nicht, den Körper zu zerstören. Die Zauberin soll noch einen dieser Würfel machen, und damit wollen sie ihn töten.«

Endlich war es raus. Besser, die Prinzessin glaubte, der Elf sei erschossen worden, als dass es bald auch keine Seele mehr von ihm gab.

Glendorfil stand auf und ging langsam auf den Seelenbaum zu. Dort blieb er kurze Zeit stehen und kam dann wieder zurück zur Treppe. »Haben sie gesagt, wie lange sie dafür brauchen?«, fragte er.

Bienli schüttelte den Kopf.

»Und wo ist Nevliin jetzt? Hast du gesehen, wohin sie ihn gebracht haben?«

Bienli ahnte, worauf Glendorfil hinauswollte, und war versucht, erneut den Kopf zu schütteln, aber er war nun einmal ein ehrlicher Kobold. »Ich habe gesehen, was sie getan haben«, sagte er. »Sie ... sie haben ihn in den Turm gebracht und ... ich wollte ihnen gerade nachgehen, da habe ich es gesehen.«

»Was, Bienli? Was hast du gesehen?« Der König kam auf ihn zu.

»Sie haben ihm das Hemd ausgezogen – bei dieser Kälte! Nur die Hose haben sie ihm gelassen – und, fragt mich nicht, wieso, auch das Schwert. Ist wohl irgendein interner Lichtritter-Scherz, den ich nicht verstehe. Jedenfalls habe ich zum Turm hinaufgesehen, und da hing er. Ganz oben haben sie ihn vom letzten Fenster hinausgehängt, nur an den Händen angebunden. Und da lassen sie ihn in der Kälte baumeln. Wenigstens hat er von da oben eine gute Aussicht. Sie haben ihn am Fenster, das dem Meer zugewendet ist, aufgehängt, direkt über den Klippen.«

Prinzessin Liadan ging auf den König zu. »Er ist verloren, Eamon«, sagte sie, doch Eamon beachtete sie nicht. Stattdessen fixierte er Glendorfil. Es wirkte, als redeten sie miteinander, ohne die Worte laut auszusprechen. Verfluchte Elfentricks.

»Ich werde ihn befreien«, sagte Eamon schlicht.

»Bist du wahnsinnig?«, keuchte Liadan und sagte damit genau das, was auch Bienli dachte. »Du hast gehört, was der

Kobold gesagt hat. Alkariel sammelt dort ihr ganzes Heer! Glaubst du, da einfach hineinspazieren zu können und Nevliin von diesem Turm zu holen?«

»Liadan hat recht«, sagte Glendorfil. »Du bist der König, Eamon, und dir darf nichts geschehen.« Der Elf rieb sich mit der Hand über das glatte Kinn, dann sah er wieder zu Eamon auf. »Ich werde gehen.«

Liadan breitete die Arme aus. »Nicht auch noch Ihr! Bin ich denn die Einzige, die hier noch klar denken kann?«

Die anderen Befehlshaber und Fürsten starrten schweigend auf die Karte am Fuß der Treppe. Offenbar trauten sie sich nicht, der Prinzessin zuzustimmen, denn dass Liadan die Wahrheit sagte, lag für Bienli auf der Hand. Eamon und Glendorfil waren wahnsinnig geworden. Alle beide.

»Nevliin kann nicht mehr geholfen werden«, fuhr Liadan fort. »Vermutlich hat ihn die Kälte schon umgebracht, bevor ihr überhaupt dort seid.«

Eamon schüttelte den Kopf. »Das werden sie nicht zulassen.«

»Da du ja alles weißt, werter Bruder, sage mir: Wie willst du dorthin kommen? Etwa durch den Tunnel? Um dich genauso abschlachten zu lassen wie die anderen?«

»Ich werde Tantollon an einem Ort betreten, an dem sie es nicht erwarten, Schwesterchen. Durch die Bucht.«

»Ich fasse es nicht! Kein Boot kann durch die Bucht fahren. Du weißt, wie gefährlich dieses Gewässer ist. Die Meerjungfrauen lassen niemanden am Leben, und ertrunken hilfst du weder Nevliin noch dem Schattenreich.«

Eamon blieb gefährlich ruhig: »Dann mach einen besseren Vorschlag.«

Bienli staunte. Die beiden schienen ihr Umfeld völlig vergessen zu haben und gifteten einander an wie zwei kleine Kinder. Bienli war froh, keine Geschwister zu haben. Und er war froh, ein Kobold zu sein. Da hatte er mit dieser Nevliin-Nachricht extra gewartet, bis Vanora verschwunden war, damit sie keine Dummheiten beging, und dann führten sich der König und sein Heerführer schlimmer auf, als er es von dem Weibsbild je erwartet hätte. Diese Elfen waren wirklich nicht ganz richtig im Kopf.

»Ich mache dir den Vorschlag, überhaupt nicht zu gehen!«, rief Liadan unterdessen, doch dann hob Glendorfil die Hand und brachte die beiden zum Schweigen.

»Wir werden Nevliin nicht dem Seelenfresser überlassen«, sagte er, als wäre es an ihm, diese Entscheidung zu fällen. »Denn ich werde ihn retten. Ich habe auch schon einen Plan.«

Und mit diesen Worten umfasste er sein Schwert und nickte kurz in die Runde, als wäre alles gesagt.

Vanora

Vanora hastete durch die Burg in den Hof hinaus, beachtete das dichte Gedränge nicht, hielt sich eng an den Wänden und erreichte nach einer gefühlten Ewigkeit den Stall. Die Pferde schienen sie deutlicher wahrzunehmen als all die Elfen, an denen sie zuvor vorbeigestürmt war. Aufmerksam verfolgten sie jede ihrer Bewegungen und sahen auch, wie sie ihre Schritte verlangsamte und sich schwankend gegen eine der Boxen lehnte.

»Die Pfeile haben ihn durchlöchert wie ein Sieb«, wisperte sie.

Wie eine Schlafwandlerin ging sie durch die Stallgasse hinaus in den Garten. Sie war so müde, so entsetzlich müde. Wann hatte sie das letzte Mal geschlafen?

Das sonst so beeindruckende silberne Licht erschien ihr heute dumpf und grau. Ihr Blick schweifte über Springbrunnen, Blumenwiesen und blühende Bäume. Wo war all die Farbe hin? Seit wann war es hier drin so kalt?

Die Pfeile haben ihn durchlöchert wie ein Sieb.

Vanora schwankte, hielt sich an einem klobigen Felsvorsprung fest und sank dann doch in die Knie. So müde. Woher nahm ihr Herz nur die Kraft, noch weiter zu schlagen? Es war so kalt.

Sie rollte sich an dem Felsen zusammen und zog die Beine

an die Brust. Die Energie strömte aus ihrem Körper und schwebte davon wie der Nebel über der Ebene von Edora. Als könnte sie die Kraft in sich einsperren, schlang sie ihre Arme um die Beine und hielt sich selbst fest umklammert. Es nützte nichts. Ihre Lider wurden immer schwerer, der Blick immer trüber.

»Vanora?« Die schwarzen Augen glänzten, seine Stimme klang heiser.

Vanora streckte die Hand nach ihm aus, konnte ihn jedoch nicht erreichen. Er schien bloß einen Schritt entfernt, und doch verringerte sich der Abstand nicht, egal, wie oft sie auf ihn zuging.

»Wo bist du?«

Er lächelte. Sein Gesicht wurde immer blasser und verlor langsam seine Konturen.

»Nein! Geh nicht weg!«

»Vanora.«

»Bitte geh nicht!«

Seine Erscheinung löste sich in Rauch auf, der vom Wind davongetragen wurde.

»Vanora.«

Reglos stand sie da und starrte in die immer dunkler werdende Leere. Ein undurchdringbarer Schatten, der sich immer weiter ausbreitete und sie beinahe schon erreicht hatte. Die dunklen Klauen griffen nach ihr, wollten sie verschlingen und mit Kälte und Finsternis bedecken. Wo war das Licht?

»Vanora!«

Nach Luft keuchend, riss sie die Augen auf und war zurück im blassen Licht des Gartens.

»Du bist eingeschlafen.« Glendorfil nahm ihre Schultern und richtete sie vorsichtig auf.

Mit geschwollenen Augen blinzelte sie zu ihrem Lehrmeister auf, der so prachtvoll in seiner schwarzen Rüstung vor ihr stand. »Wie geht es den Verwundeten?«, fragte sie, wobei die Worte unangenehm durch ihren Hals kratzten.

»Sie werden es schaffen.«

»Das ist gut.« Die Schläfrigkeit hielt sie noch immer fest umfangen, und sie ließ es zu, dass ihr Kopf ihr auf die Brust sackte und sie nunmehr nur noch das mattgrüne Gras vor sich sah.

»Wir alle haben noch lange über den Angriff gesprochen. Bienli war uns eine große Hilfe.«

Sie hörte ihn kaum. Ein Mirin flatterte vor ihrem Gesicht vorbei und ließ sich auf einer großen orangefarbenen Blüte nieder.

»Vanora, was passiert ist, ist schrecklich, und deine Gefühle …«

»Meine Gefühle?« Die Worte dehnten sich, spiegelten die unbezwingbare Müdigkeit in ihr wider. Langsam hob sie den Kopf und sah ihm tief in die goldenen Augen. »Ich fühle gar nichts.«

Glendorfil zuckte zusammen. Er sah sie an und schien nach etwas zu suchen, das ihre Worte Lügen strafte. Er würde nichts finden.

Sie sah wieder auf die Wiese hinab. Der Mirin war mittlerweile weitergeflogen. Ob sie den nahenden Krieg spüren konnten? All den Kummer und Schmerz?

Glendorfil kniete sich vor sie hin und schob seine Hand sanft unter ihr Kinn. Er ignorierte ihren Widerstand, hob ihren Kopf und zwang sie, ihn anzusehen. »Du wirst mir jetzt zuhören, hast du verstanden?«

Vanora versuchte ihren Kopf wegzudrehen. Sie wollte sich

jetzt keinen Vortrag darüber anhören, dass es sich lohnte, weiterzuleben, dass alles wieder gut werden würde und sie stark sein musste. Was war schlimm daran, schwach zu sein? Sie war keine Elfe. Sie war kein Mensch. Sie war gar nichts.

Glendorfil verstärkte seinen Griff und drohte ihr den Kiefer zu zerquetschen. Der Schmerz war ihr überraschend willkommen. Er war real. Widerwillig sah sie ihm in die Augen. »Nichts, was du sagst, wird etwas ändern.«

»Nevliin ist noch am Leben«, flüsterte er, »und wir beide werden ihn zurückholen.«

Vanora starrte ihn an. Sie fühlte sich, als hätte er ihr eiskaltes Wasser über den Kopf gegossen und all die Müdigkeit von ihr abgewaschen. Das Leben war mit solch einer Heftigkeit in sie zurückgefahren, dass ihr der Kopf dröhnte.

»Hör mir genau zu.« Glendorfil ließ sie los und setzte sich neben sie. Er erzählte ihr von Bienlis Beobachtungen, und obwohl Nevliins fürchterliche Lage sie hätte erschüttern müssen, war sie voller Hoffnung. Er lebte! Ihre Gedanken rasten, suchten nach einer Möglichkeit, ihn zu befreien, und Glendorfil bestätigte den Entschluss, zu dem auch sie selbst kam: Es war so gut wie aussichtslos. Die Lichtelfen waren zu viele und rechneten mit einem Befreiungsversuch.

»Wir beide«, sagte Glendorfil schließlich und grinste wie ein kleiner Junge, »wir werden es den verdammten Lichtelfen zeigen. Wir werden sie hinters Licht führen und ihnen einen Streich spielen, den sie nie vergessen werden.«

»Wie meinst du das? Was sollen wir tun?« Sein zuversichtliches Gesicht brachte sie unwillkürlich zum Lächeln.

»Drüben in Tantollon sind vermutlich schon mehrere Tausend Krieger. Unser Heer würde an dieser Übermacht zerbrechen wie die Brandung an den Klippen. Die Lichtelfen bewachen das südliche Weltentor, den Tunnel durch das Gebirge, und auch im Norden hat Bienli Wachen entdeckt. Der Weg durch die Bucht ist nicht passierbar – die Meerjungfrauen hätten uns ertränkt, noch ehe wir in ein Boot gestiegen wären. Aber wir werden es trotz alledem nach Tantollon schaffen.« Er machte eine Pause und rieb seine Handflächen aneinander. Niemand, der ihn jetzt so sah, würde glauben, dass er bereits zu Daralees Zeiten gelebt hatte. Vielmehr erinnerte er an die halbwüchsigen Jungen aus ihrem Dorf, die etwas ausgeheckt hatten.

»Wir werden Lichtelfen«, verkündete er schließlich.

Vanora klappte der Mund auf. »Wir werden was?«

»Die Kobolde sind gerade dabei, uns die passenden Gewänder zu nähen und die Rüstungen und Helme zu schmieden. Morgen früh machen wir uns auf den Weg über den Pass von Farlúr. Das Tal ist vermutlich bewacht, aber wir werden uns im Schutze der Nacht an ihnen vorbeischleichen. Und wenn wir erst einmal im Heerlager sind, werden wir nicht mehr auffallen.«

»Du meinst also, dass wir einfach so zwischen Hunderten Lichtelfen hindurchmarschieren?«

»Nein. Es sind Tausende. Was uns nur von Vorteil sein kann. Dort sind Krieger aus allen Winkeln des Lichtreichs. Die kennen einander alle nicht, und zwei Fremde mehr werden nicht auffallen.«

»Das mag ja sein. Vielleicht schaffen wir es sogar bis in den Turm und können Nevliin holen. Aber wie kommen wir da wieder raus? Mit Nevliin können wir uns schlecht tarnen, Glendorfil.«

Er verdrehte die Augen. »Glaubst du etwa, daran hätte ich nicht gedacht? Wir werden ihn natürlich auch als Lichtelfen verkleiden, und dann sehen wir zu, dass wir schnell verschwinden.«

»Nach allem, was du gesagt hast, wird er kaum in der Lage sein aufrecht zu gehen.«

»Du wirst ihn natürlich vorher heilen. Und wenn wir weit genug entfernt sind, wirst du ein schönes Feuer inmitten des Lagers legen.«

Fassungslos sah Vanora ihren Lehrmeister an. Konnten Elfen wirklich, ohne jeglichen Schaden zu nehmen, endlos alt werden, oder litt ihr Verstand letztlich doch darunter? Es klang zu einfach, um gelingen zu können. Noch dazu würde Eamon sie niemals gehen lassen. Sie konnte sich auch nicht vorstellen, wieso Glendorfil sein Leben für Nevliin riskieren wollte.

»Er wollte selbst gehen«, sagte Glendorfil plötzlich, und Vanora fuhr zu ihm herum. Er konnte in ihren Gedanken lesen, ohne dass sie etwas davon merkte, auch wenn er es noch so oft bestritt. Es konnte nicht anders sein. »Es waren Eamons erste Worte, nachdem er gehört hatte, dass Nevliin noch lebt: dass er ihn befreien wird.«

»Eamon?«

Glendorfil nickte.

»Aber Eamon ist doch schuld an dem Ganzen«, platzte Vanora heraus.

»Was hätte er tun sollen? Seine Entscheidung schien zu diesem Zeitpunkt das einzig Richtige zu sein. Hättest du auch dagegen protestiert, wenn er nur Elfen geschickt hätte, die dir fremd sind?«

Vanora schwieg. Sie wollte die Wut auf Eamon nicht begraben. Selbst wenn sie wusste, dass Glendorfil im Grunde recht hatte. Stattdessen dachte sie über den verrückten Plan nach. Könnte es gelingen? Was würde ihnen blühen, wenn sie entdeckt wurden? Nicht nur Nevliin, sondern auch Glendorfil würde einen grausamen Tod sterben. Und wozu das Ganze? Alkariel war zu mächtig. Sie lebte schon länger, als es Vanoras Verstand begreifen konnte. Auch wenn ihr immer wieder gesagt wurde, dass sie selbst eine mächtige Magierin war, könnte sie niemals gegen Alkariel bestehen. Wäre es nicht viel einfacher, sich ihr zu stellen? Ihr Leben gegen das aller Dunkelelfen? Gegen das Leben all jener, die sie liebte? Würde sie sich jetzt nicht stellen, zögerte sie doch das Unvermeidliche nur weiter hinaus. Weitere Unschuldige würden ihretwegen sterben. Worauf also warten? Ihre Magie würde nicht stärker werden. Niemals würde es genug sein, um Alkariel zu besiegen.

»In dir steckt größere Kraft, als du denkst.«

Vanora sah ihn an. »Du bist mir unheimlich, Glendorfil.«

Er zuckte mit den Schultern. »Ich kenne dich dein ganzes Leben lang. Es ist nicht schwer, zu erraten, was in deinem Kopf vorgeht.«

»Das ist nicht raten«, beschwerte sie sich, »das ist Zauberei!«

»Nein, Vanora. Ich sehe einfach nur genau hin. Und deswegen weiß ich auch, dass du Alkariels Macht überschätzt. Selbst Daralee war stärker als sie, und ihr Blut fließt in dir.«

Vanora lehnte den Kopf an den Felsen und versuchte, sich die Frau, die ihr Leben für einen Traum von Liebe geopfert hatte, vorzustellen. »Du kanntest sie, nicht wahr?«

Glendorfil nickte und sah gedankenverloren in den Garten. »Ich kannte sie … sehr gut. Ich war … einer ihrer Leibwächter. Ich kannte auch Andron.«

»Wie konnte sie nicht erkennen, dass er nur ein Spiel mit ihr spielte? Dass er lediglich Macht suchte?«

»Jede Geschichte hat zwei Seiten.«

»Wie meinst du das?«

»Ach, Vanora. Manche Taten verschließen sich dem Verständnis der Unwissenden. Besonders, wenn es dabei um Liebe geht.«

Jetzt war sie vollends verwirrt. »Ich verstehe kein Wort.«

Glendorfil winkte mit einer flüchtigen Handbewegung ab und sah sie jetzt direkt an. »Vanora, ich will, dass du verstehst, dass du leben musst. Es ist schwer, und mit ziemlicher Sicherheit wird es noch schwerer werden – aber du musst leben. Dein Tod würde Alkariel nicht aufhalten. Sie würde uns dennoch alle vernichten. Wir Dunkelelfen sind für sie keine richtigen Elfen mehr, und sie strebt nach einem Elvion, das rein ist. Rein von allen Missgestalten, wie wir es in ihren Augen sind.«

»Sie ist zu stark.«

»Du bist stärker. Genauso, wie Daralee es war.«

»Aber wieso war Daralee stärker?«

Glendorfil lächelte. »Wegen ihrer Fähigkeit, zu lieben, natürlich.«

»Wie bitte?«

»Die Liebe, Vanora. Alkariel wäre niemals fähig, solch eine Leidenschaft oder Träume in einen Zauber zu legen, wie Daralee es tat. Die Liebe ist eine Macht und kann alle Grenzen brechen.« Er nahm ihre Hand und lächelte. »Und deswegen, Vanora, deswegen wirst du am Ende triumphieren. Du wirst Alkariel besiegen.«

Vanora zog sich das silbern glänzende Hemd über den Kopf. Die Ärmel waren etwas weit, und der Stoff reichte bis an ihre

Oberschenkel hinab, was laut Glendorfil auch so beabsichtigt war. Die enge Hose legte sich wie eine zweite Haut an ihre Beine und war ebenfalls aus diesem wunderbar funkelnden Stoff, und die kniehohen Stiefel hoben sich durch die silberne Farbe gleichfalls kaum vom Rest ihrer Kleidung ab.

»Ich dachte immer, Lichtelfen tragen weiße Rüstungen, so wie Nevliin.« Vanora hob den Arm, so dass Glendorfil ihr das weiche Leder um den Unterarm schnallen konnte. Noch nie hatte sie eine richtige Rüstung getragen. Zu ihrem Glück hatten die Elfenrüstungen nichts mit den grobschlächtigen Metallanzügen der Menschen gemein, die sich in ihrer Welt nur Könige und manche Angehörige des Adels leisten konnten.

Glendorfil zog den Gurt fest und drehte sie herum. »Nevliin ist ein Lichtritter«, erklärte er, als er ihr den zweiten Armschutz anlegte. »Wir beide werden einfache Krieger sein. So fallen wir noch weniger auf.«

Vanora zuckte nur mit den Schultern. Der Gedanke daran, zwischen Hunderten von Lichtelfen hindurchzuspazieren, machte sie immer noch nervös. Aber sie mussten es versuchen. Nevliin war dort, und um ihn zu retten, wäre sie auch durch die Bucht bis zu ihm geschwommen. Immer wieder sah sie ihn vor sich, hilflos an die Mauer des Turms gefesselt. Er würde nicht daran sterben, trotz der Kälte. Dafür würden sie sorgen. Doch welche Qualen musste er aushalten, während sie hier im Warmen stand und sich die Rüstung anlegen ließ?

Glendorfil, der bereits vollständig verwandelt und in der silbernen Rüstung kaum zu erkennen war, nahm den Brustharnisch aus poliertem Elfenmetall von der Halterung und stülpte ihn Vanora über den Kopf. Er war nicht so schwer, wie er aussah, und doch war es beengend, in Metall gekleidet zu sein. Zumindest ihre Arme waren frei. Einzig über die

Schultern waren die Platten etwas verlängert. Glendorfil schloss die Schnallen, und Vanora hob versuchsweise den Arm, um zu sehen, ob sie im Ernstfall die Pfeile auf ihrem Rücken erreichen konnte. Es war kein Problem.

»Glendorfil?«

Der Schattenritter drehte sich mit dem Umhang in der Hand zu ihr um und hob fragend die Augenbrauen. Vanora zögerte einen Moment und suchte nach den richtigen Worten. Sie wollte ihn nicht beleidigen und wusste nicht, wie sie ihre Frage formulieren sollte. Der direkte Weg schien ihr der beste zu sein. »Glendorfil … Wieso machst du das?« Sie sah verlegen zu Boden, als sie fortfuhr. »Wieso willst du Nevliin retten? Du kannst ihn nicht leiden.«

Ohne etwas zu sagen, trat er hinter sie, hob ihren Zopf und legte ihr den Umhang um. Als Vanora schon dachte, er würde ihr nicht mehr antworten, räusperte er sich. »Du hast recht«, sagte er und verharrte mit der Hand an ihrer Schulter. »Ich würde ihn nicht retten.«

Entsetzt fuhr sie zu ihm herum und konnte den Zorn in ihrem Blick kaum unterdrücken. Vermutlich waren es dieses schreckliche Bild von Nevliin in ihren Gedanken und die Vorstellung, dass ihr Lehrmeister einfach wegsehen würde. Vielleicht hatte sie auch gehofft, dass Glendorfil ihre Behauptung widerlegen und ihr versichern würde, dass er Nevliin sehr wohl mochte und – noch viel wichtiger – dass er sie nicht für ihre Gefühle verurteilte. Wollte sie wirklich seine Zustimmung? Seine Reaktion bei den Drachenelfen hatte sie zutiefst verunsichert, und unerklärlicherweise war ihr seine Meinung wichtig.

Glendorfil hatte keine Schwierigkeiten, ihren zornigen Blick zu erwidern. Seine Miene veränderte sich zu jenem typischen Lehrerlächeln, das sie schon seit ihrer Kindheit nicht leiden konnte. »Er bedeutet dir sehr viel«, sagte er und hob die Hand, um Vanoras Antwort abzuschneiden. »Aber du musst einsehen, dass Krieg herrscht. Nevliin ist nur ein Mann, und für ihn sein Leben zu riskieren ist dumm.«

»Wie kannst du …«

Wieder schnitt er ihr das Wort ab. »Beinahe zweihundert Krieger sind gestorben, Vanora. Ist deren Leben weniger wert? Glaubst du, sie hatten niemanden, der hier auf sie gewartet hat? Für mich ist Nevliin ein Opfer mehr, den dieser Krieg fordert, und er ist es bestimmt nicht wert, weitere Leben für seine Rettung zu riskieren.«

Vanoras Mund klappte auf. Ein paar Augenblicke lang starrte sie ihn an. Sie musste sich verhört haben. Kaltherzige Elfen, wisperte es in ihrem Kopf. Herzen so kalt wie Eis. »Er ist es nicht wert?«, japste sie. Zorn und Fassungslosigkeit raubten ihr fast die Luft zum Atmen. »Glendorfil, sie wollen ihn nicht einfach nur töten, sie wollen …«

»Andere erlitten dasselbe Schicksal.«

»Und doch riskiert du dein Leben für jemanden, der es … nicht wert ist?«

Glendorfil sah sie einen Moment lang schweigend an. Für Vanora war es beinahe eine Ewigkeit. Genügend Zeit, um in seinen Augen den wahren Grund zu erkennen. »Eamon«, stellte sie schließlich fest, und plötzlich ergab alles einen Sinn. »Du gehst nur seinetwegen.«

»Eamon ist leidenschaftlich und unbedacht. Das wird ihm irgendwann noch sehr gefährlich werden. Er wäre, ohne zu zögern, nach Tantollon gelaufen und hätte sich für Nevliin umbringen lassen.«

»Und er ist es wert, sein Leben zu riskieren«, murmelte sie mehr für sich selbst.

»Er ist der König, Vanora. Er ist für den weiteren Verlauf dieses Krieges zu wichtig. Nicht viele haben solch ein gutes Herz wie er und …«

»Hat Nevliin etwa kein gutes Herz?«, fauchte sie.

Glendorfil ignorierte ihren Einwurf. »Wir brauchen einen gutherzigen König, auch wenn er leider zu oft auf sein Herz als auf seinen Verstand hört. Er würde sich niemals verzeihen, wenn Nevliin aufgrund seines Befehls getötet würde. Deswegen werde ich dafür sorgen, dass der König da bleibt, wo er hingehört, und dass der Mann, den er immer noch wie einen Bruder liebt, unversehrt zurückkommt.«

Vanora holte Luft. Sie wollte ihm entgegenwerfen, dass Eamon doch an Nevliins Lage schuld war, aber sie kannte Glendorfils Antwort bereits. Er würde ihr sagen, dass es die richtige Entscheidung für das Volk gewesen war, dass Eamon zu impulsiv gehandelt habe und noch viel lernen müsse. Sie bemühte sich, ruhig zu bleiben und das Gespräch von Eamon abzulenken: »Und wieso lässt du mich mit dir gehen?«, blaffte sie.

Glendorfil lachte und schüttelte den Kopf, als könne er nicht glauben, dass sie ihm diese Frage wirklich gestellt hatte. »Weil du, verzeih mir, genauso dumm bist, Vanora. Würdest du hierbleiben, wenn ich dir sage, dass ich ihn zurückhole? Du kennst die Antwort genauso gut wie ich. Mir ist lieber, ich habe dich an meiner Seite und kann ein oder vielleicht besser noch alle beide Augen auf dich werfen, als dass du allein hinter mir herschleichst und noch eine Dummheit begehst.«

Vanora öffnete den Mund, brachte jedoch kein Wort heraus. Es war nicht das erste Mal, dass er ihr allen Wind aus den Segeln nahm. Sie kannte niemanden, der dazu in solchem Ausmaß fähig war wie Glendorfil. Lag es daran, dass er sie immer noch auf seltsame Weise einschüchterte? Obwohl sie ihn bereits so lange kannte, sah sie ihn immer noch auf dieselbe Art, wie sie ihn als kleines Mädchen gesehen hatte: allem und jedem gegenüber erhaben.

Glendorfil klopfte ihr auf die Schulter. »Wir holen ihn zurück, Vanora. Das allein zählt.«

Vanora nickte nur. Es war sinnlos, weiter darüber zu diskutieren. Er hatte recht. Das Ergebnis zählte – und das Ergebnis würde sein, dass sie Nevliin wieder zurückbekam. Vanora nahm den Köcher mit den Pfeilen, und Glendorfil half ihr, ihn auf den Rücken zu schnallen. In diesem Moment öffnete sich leise die Tür. Sie musste sich nicht umdrehen, um zu wissen, wer gerade eintrat.

»Die Pferde sind bereit«, erklang Eamons Stimme von der Tür, und ihr Herzschlag setzte einen Moment lang aus. Eine Zeitlang war es seltsam still, und trotzdem – oder gerade deswegen – wagte Vanora nicht sich umzudrehen. In gespielter Konzentration zupfte sie ihren Ärmel unter den Armschienen zurecht. Aus den Augenwinkeln bemerkte sie, dass Glendorfil von ihr wegging, und hörte kurz darauf das Geräusch der sich schließenden Tür. Glendorfil war fort, doch Eamon war noch immer da. Vanora hielt den Atem an und wartete. Mit der beklemmenden Stille kam auch die Müdigkeit zurück. Sie hatte zwar ein paar Stunden geschlafen, aber die meiste Zeit waren ihre Gedanken bei Nevliin und dem Befreiungsversuch gewesen. Wäre ihr Körper nicht dermaßen ausgebrannt gewesen, hätte sie vermutlich überhaupt nicht einschlafen können. Jahrelang war sie auf den Krieg vorbereitet worden, und nun war es so weit. Die Spielchen waren vorbei, und sie würde vermutlich kämpfen müssen. Töten.

»Nun bist du wirklich eine Lichtelfe.«

Vanora zuckte zusammen.

»Hast du alles, was du brauchst?« Er stand jetzt direkt hinter ihr.

Auf die Gefahr hin, lächerlich zu sein, zog Vanora den Stoff unter der Armschiene wieder hervor und versuchte ihn danach wieder darunterzuquetschen. »Ich bin bereit«, antwortete sie. Bereit zu gehen. Aber nicht bereit, mich umzudrehen. Sie hörte ihn seufzen, und dieses winzige Geräusch versetzte ihr einen Stich mitten ins Herz. Wieso mussten sie einander ständig gegenseitig verletzen? Was war es, das es unmöglich machte, normal miteinander zu sprechen? Seit dem Tag, an dem sie erfahren hatte, dass er ein Elf war, war es immer komplizierter zwischen ihnen geworden. Die Sorglosigkeit und das Gefühl, dass ihre Freundschaft nichts erschüttern könnte, waren nie wieder zurückgekehrt. Zu allem Überfluss schnürte sich jetzt auch noch ihr Hals zu, als würde sich eine Drachenklaue darum schließen. Wieso musste er hier sein? Sie wollte einfach wegreiten. Sie wollte keine Aussprache. Sie wollte ihm nicht verzeihen. Sie wollte ihn hassen.

Tränen schossen in ihre Augen. Sie war so müde. Die Anspannung der letzten Tage machte sie überempfindlich. Daran lag es. Nicht an Eamon, der dicht hinter ihr stand und dessen leisen Atem sie hören konnte, während sie zum dritten Mal den Stoff aus der Armschiene zog. Die erste Träne befreite sich trotz ihrer Bemühungen und rollte langsam ihre Wange hinunter.

»Es wird gefährlich werden.«

Vanora presste die Augen zusammen und hielt die Luft an. Die Tränen flossen trotzdem weiter. Was wollte er ihr damit sagen? Dass eine nicht geringe Chance bestand, dass sie nicht mehr zurückkam und sie im Streit auseinandergingen? War dies seine Taktik, eine Versöhnung zu erzwingen?

Bewusst langsam und konzentriert atmete sie durch die Nase ein. Die Tränen kitzelten in ihrem Gesicht, aber sie konnte sie nicht fortwischen, ohne dass Eamon es bemerkte. Genauso wenig konnte sie die Tränen zum Versiegen bringen.

Sie könnte sterben. Vielleicht sah sie ihn nie wieder!

Ohne es zu wollen, dachte sie an ihre gemeinsame Zeit. Als sie jeden Tag neuen Unsinn angestellt hatten und sie in seinen Armen eingeschlafen war. Nein, sie durfte nicht daran denken. Sie sollte einzig daran denken, dass er Nevliin fortgeschickt hatte. Das war unverzeihlich.

»Bitte pass auf dich auf.«

Ein fürchterlich lautes Schluchzen befreite sich aus ihrer Kehle, und sofort presste Vanora die Hand an den Mund, aber es war zu spät. Das Geräusch hallte bereits ungewöhnlich laut durch die leere Rüstungskammer. Mit der einen Hand umklammerte sie die Tischkante vor sich, die andere lag immer noch an ihren Lippen. Wieso hatte Glendorfil sie alleingelassen?

»Es tut mir …«

Vanora riss die Hand nach oben. Sie konnte vieles aushalten, aber diese Worte würde sie nicht ertragen. Eamon verstand ihre abwehrende Geste und schwieg. Irgendwann würde sie sich umdrehen müssen. Sie konnte nicht ewig hier stehenbleiben. Sie konnte nicht ewig so abgehackt atmen, ohne zu ersticken. Die metallenen Platten um ihre Brust halfen auch nicht unbedingt. Was wollte er von ihr hören? Sie wusste doch selbst nicht, was in ihr vorging.

Vanoras Körper erstarrte, als sich seine Hand auf ihre Schulter legte. Sie war so angespannt, dass sie bereits leicht zitterte. Es war so schwer, den Tränen nicht einfach nachzugeben, all den Kummer der letzten Tage hinausfließen zu lassen und sich in seine Arme zu werfen, um endlich getröstet zu werden.

»Weinst du?«

Das verzweifelte Lachen verwandelte sich in ein erneutes Schluchzen. Sie war übermüdet. Hatte Angst. Konnte nicht mehr. Vanora atmete tief durch. Sie musste weg, fort von hier. Das war der einzige Gedanke, als sie sich schließlich umdrehte und an Eamon vorbei in Richtung Tür schoss. Doch sie hatte ihren Plan ohne Eamon gemacht, der ihr Handgelenk so leicht umfasste, als wäre es aus feinstem Glas – und doch genügte es, um sie abrupt innehalten zu lassen. Es war, als hätte ihr irgendetwas in ihrem Inneren befohlen hierzubleiben. Als wäre etwas in sie eingedrungen, um ihren Willen in eine andere Richtung zu lenken. Mehrere Augenblicke standen sie einfach nur da und starrte auf die sichere Tür. Eamon stand seitlich hinter ihr und hielt sie fest. Nicht fordernd, sondern sanft. Geduldig. *Ich bin da, Vanora.*

Langsam, sehr langsam drehte sie sich zu ihm um, und noch viel langsamer blickte sie auf. Wie sehr sie sich in diesem Moment hasste. Ja, sie hasste nicht ihn, sondern einzig sich selbst. Sie hasste es, ihn trotz allem zu lieben, sie hasste, wie sich ihr Leben entwickelt hatte, sie hasste es, ständig verzweifelt zu sein.

Eamon ging einen Schritt auf sie zu, seine Lippen verzogen sich zu einem gequälten Lächeln und ließen jene winzigen Grübchen in seinen Mundwinkeln erblühen, die sie so gut kannte. Seine Finger berührten immer noch leicht wie eine Feder ihr Handgelenk. Wie konnte sie sich nicht hassen? Sie hatte ihm so furchtbar weh getan. Wieso konnte sie ihm nicht geben, wonach er sich sehnte? In keinem der Romane, die sie bei Glendorfil gefunden hatte oder in den Tratschgeschichten der Frauen in ihrem Dorf wurde erwähnt, wie grausam die Liebe doch war. Er hatte ihr sein Herz geschenkt, und sie hatte es gebrochen. Er wollte die Ewigkeit mit ihr verbringen, und sie hatte ihn zurückgewiesen. Und sosehr sie auch versuchte, sich zu belügen, war der wahre Grund beim Anblick seiner blauen Augen, die durch diesen seltsam grauen Schleier bedeckt wurden, so offensichtlich: Er war ihr zu wichtig, als dass sie ihm Hoffnungen auf eine gemeinsame Zukunft geben könnte. Wie könnte er ihr nicht wichtig sein? Sie beide waren stets unzertrennlich gewesen. In einer Zeit, die ihr wie ein vorangegangenes Leben erschien. Ein Leben, in dem sie jeden Tag zu ihrem Vater heimgekehrt war und ihre größte Sorge darin bestanden hatte, die Streiche, die sie mit Eamon begangen hatte, geheim zu halten. In diesem Leben, in dem sie nun gefangen war, herrschte jedoch nur noch Trauer, Angst, Schmerz und ein Schatten, der stets über ihr schwebte. Der Schatten ihres Schicksals. Nein, sie hätte Eamon keine Ewigkeit schenken können. Dies war ein anderes Leben, und sie war nicht mehr dieselbe. Die Vanora von damals gab es nicht mehr. Die Vanora dieses Lebens war Eamon eine Fremde, und diese Vanora wurde durch ein unzerstörbares Band an einen anderen Mann gebunden, der sie verstand wie kein anderer und der dieses neue Leben für sie ausmachte. Wie grausam die Liebe doch war.

Es war kein richtiges Weinen. Lediglich Tränen, die, während sie ihn ansah, unaufhörlich über ihre Wangen flossen. Ihr Blick fiel auf seine Hand, die sie berührte. Sanft, weich. Wie es wohl gewesen wäre? Ein Leben im Licht. Sie konnte es sich nicht vorstellen, nicht mehr. Für sie gab es nur noch Dunkelheit, und dies war ihr eigener Entschluss gewesen. Für sie würde es nie wieder dieses helle Leuchten ihrer unbeschwerten Zeit in der Menschenwelt geben. Selbst wenn sie gegen die Schwärze ankämpfte, wäre alles, was sie erlangen konnte, trübes Zwielicht. Nein, sie brauchte die Dunkelheit. Sie brauchte Nevliin.

Die Tränen versiegten. Vanora hob langsam den Kopf und sah Eamon in die Augen, die sich bei ihrem Anblick sofort verdüsterten. Sein Mund öffnete sich ganz leicht, und doch kam kein Wort über seine Lippen. Fassungslosigkeit stand ihm ins Gesicht geschrieben, und ihr war, als hätte er jeden ihrer Gedanken gesehen. Langsam zog sie ihre Hand zurück, und seine Finger glitten von ihr ab. Er sah sie immer noch direkt an, und der Schmerz in seinen Augen ließ keinen Zweifel daran, dass er sah, dass sie niemals mehr ins Licht zurückkehren würde. Es war ein anderes Leben gewesen. Sie selbst war eine andere gewesen.

Vanora verharrte nur wenige Augenblicke, dann drehte sie sich um und ging mit bleiernen Beinen fort.

Wie grausam die Liebe doch war.

Der Heerführer der Schattenritter erwartete sie im äußeren Hof, Glitnir und Noer am Zügel. Es war ruhig, sofern man dies seit der Ankunft der Krieger aus den verschiedenen Bereichen des Schattenreiches sagen konnte. Kaum jemand wusste, wohin sie und Glendorfil aufbrachen, obwohl es sicherlich etliche ahnten. Außer den Wachen stand niemand an den Wehrgängen, und Vanora war froh darüber. Die Aussicht auf Nevliins Befreiung schenkte ihren müden Beinen Kraft, und so ging sie fest entschlossen auf Glendorfil zu und begegnete seinem durchdringenden Blick, ohne die Augen zu senken. Sie hatte nichts zu verbergen. Sie nahm ihm die Zügel aus der Hand und schwang sich in den Sattel. Es kam ihr absurd vor, dass sie die Elfenpferde früher für riesig und furchtbar schnell gehalten hatte. Um ehrlich zu sein, hatte sie sich sogar ein wenig vor ihnen gefürchtet. Wie schnell etwas Fremdes, Unheimliches zur Normalität werden konnte.

Glendorfil, der ebenfalls aufgestiegen war, musterte sie noch immer mit scheinbar ausdrucksloser Miene. Aber so wie ihr die Elfenpferde mit der Zeit vertraut geworden waren, hatte sie auch gelernt, die auf den ersten Blick ausdruckslosen Gesichter der Elfen besser zu deuten.

Vanora drehte sich im Sattel zu ihm herum. »Du denkst, dass Eamon besser für mich wäre«, stellte sie nüchtern fest.

»Ja.«

Vanora nickte. Einige Augenblicke sahen sie einander einfach nur an, doch dann mussten sie beide lächeln und machten sich ohne weitere Worte auf den Weg. In leichtem Galopp ritten sie über die Brücke, und nachdem Vanora bereits einmal in den Abgrund der Drachenschlucht hinabgestiegen war, machte ihr auch dieser Anblick keine Angst mehr.

Es war früher Morgen, die Dunkelheit im Wald war beinahe vollkommen. Das vertraute Gefühl, beobachtet zu werden, ließ sie immer wieder zu den Baumkronen aufblicken. Es war nichts zu erkennen. Die Lichtung, die ihren Namen kaum verdiente, da es sich einzig um einen Platz handelte, der frei von Bäumen, jedoch keineswegs heller war, erreichten sie schon nach wenigen Minuten.

»Bienli meinte, die Lichtelfen bewachen bereits die Weißen Hallen. Also mach dich bereit.«

Vanora atmete tief durch. Ihr war klar gewesen, dass sie auf Feinde treffen würden, und auch, dass sie nicht drum herumkommen würde, manche zu töten – aber so schnell hatte sie nicht damit gerechnet. Mit steifen Fingern zog sie einen Pfeil aus dem Köcher und legte ihn an. Jede Sekunde, die sie jetzt nutzte, würde ihr später womöglich das Leben retten. Dies war keine Übungsstunde. Dieser Pfeil würde töten.

»Wir müssen schnell sein«, sagte Glendorfil, als er abstieg, um das Tor zu öffnen. »Es darf niemand entkommen, der die anderen warnen könnte.«

Der schwarze Stein verschwamm zu einem goldenen Fluss und verwandelte sich schnell in weißes Licht. Auch Vanora stieg vom Rücken der Fuchsstute, die einst die Gefährtin ihrer Mutter gewesen war, und nebeneinander gingen sie durch den Torbogen. Vanora schloss die Augen, um nicht geblendet zu werden, zählte bis drei und öffnete sie danach wieder.

Es war vermutlich nur ein Wimpernschlag, den es benötigte, um das gesamte Bild zu erfassen und dementsprechend zu handeln. In unbestimmter Entfernung hoben sich drei silberne Gestalten aus dem Weiß hervor. Aus den Augenwinkeln bemerkte Vanora eine Bewegung. Ihr schwebten immer noch die Worte ihres Lehrmeisters durch den Kopf: Wir müssen schnell sein.

Es war noch keine Sekunde vergangen, da zog Vanora den Pfeil mit der Sehne bis zum Ohr zurück und kniff ihre Augen leicht zusammen. Ihr Blickfeld beschränkte sich nur noch auf die mittlere Gestalt, und dafür nahm sie diese mit vielfacher Schärfe war. Sie fixierte den Kehlkopf des Elfen und ließ los. Der Bogen machte mit der vorschnellenden Sehne einen Satz nach vorn, was ihr als Kind beinahe einmal den Arm gebrochen hätte, jetzt nahm sie es kaum noch wahr. Stattdessen fuhr ihre Hand aus dieser Bewegung heraus nach oben, riss einen neuen Pfeil aus dem Köcher und legte ihn sofort wieder an die Sehne. Abläufe, die in all den Jahren in sie übergegangen und ihr mittlerweile genauso selbstverständlich waren wie das Atmen. Sie zog den Pfeil wieder zurück, da bemerkte sie ein kleines orangefarbenes Licht, das sich immer weiter entfernte. Ein Augenzwinkern danach entstand plötzlich ein gewaltiger Feuerball, und ein weiteres Augenzwinkern später waren die drei Gestalten mit einem Knall verschwunden. Es war alles zu schnell gegangen. Die Feinde hatten nicht einmal Zeit gehabt, zu schreien. Noch dazu hatten sie Glendorfil und Vanora vermutlich für Lichtelfen gehalten. Gut. So war niemand gewarnt, falls noch weitere Lichtelfen hier waren.

Vanora sah zu Glendorfil, der mit dem Schwert in der Hand bereits auf halbem Weg zu den Feinden war und zu dem winzigen Glühen in der weißen Ferne starrte. Langsam drehte er den Kopf zu ihr und hob seine Augenbrauen.

Vanora zuckte nur mit den Schultern und konnte sich ein Schmunzeln nicht verkneifen. »Ich hatte einen guten Lehrer«, sagte sie und ging an ihm vorbei. Die drei Elfen waren näher gewesen, als es den Anschein gehabt hatte, zumindest das, was von ihnen übrig war. In der Mitte, dort, wo eigentlich der Körper des Elfen liegen müsste, den sie anvisiert hatte, lagen nur noch ein paar zu seltsamen Figuren zusammengeschmolzene Rüstungsteile. Sie hätte Asche erwartet, aber da war keine. Lediglich Blut, unglaublich viel Blut. Von den beiden anderen Körpern war noch etwas mehr übrig, wenn man auch nichts Genaues mehr erkennen konnte. Fleisch und Rüstung waren ineinander verschmolzen, und die Körper wirkten seltsam klein, fast so wie die von Kindern. Dort wo die Arme gewesen sein mussten, waren nur noch zwei verkohlte Stümpfe, die Ähnlichkeit mit Holz hatten.

Vanora stand einfach nur da und blickte auf dieses unbeschreiblich grausame Bild. Es war nicht der Schreck dieser Gräuel, der es ihr unmöglich machte, sich zu rühren, auch nicht der bestialische Gestank. Vielmehr ängstigte sie, dass dieser Anblick sie nicht berührte. Sie fühlte gar nichts. Vollkommen nüchtern betrachtete sie das, was vor einer Minute noch Lebewesen gewesen waren. Ob es daran lag, dass sie durch die Art des Tötens eine gewisse Distanz wahren konnte? Musste sie mit eigenen Händen spüren, wie der Körper zerstört wurde, um sich darüber klar zu sein, dass sie soeben Leben ausgelöscht hatte? Nein. Vanora wusste, dass dies ihr Werk war, und doch war es ihr egal. Mehr noch – sie verspürte Triumph, ein Hochgefühl der Macht. Elfenblut floss auch durch ihre Adern. Kaltherziges Elfenblut.

Glendorfil legte ihr die Hand auf die Schulter. Es war kaum zu glauben, und doch schien er ihren Ausdruck falsch einzuschätzen. »Du musstest es tun«, sagte er tröstend und doch in seltsam abwesendem Ton. »Es … sie haben bestimmt nichts gespürt.«

Vanora sah mit demselben Lächeln zu ihrem Lehrmeister auf, mit dem sie unbewusst auf die Feinde geblickt hatte, doch als sie ihn ansah, machte ihr Herz einen erschrockenen Satz. Was war nötig, um diesem Elfen solches Entsetzen ins Gesicht zu schreiben? Einem Elfen, der schon gekämpft hatte, als es noch kein Schattenreich gegeben hatte? War er gerade einen Schritt vor ihr zurückgewichen? Glendorfil? Der über alles erhabene Glendorfil?

Vanora sah noch einmal auf die verbrannten Überreste der Lichtelfen und versuchte durch den Mund zu atmen, da der verbrannte Gestank kaum noch zu ertragen war. War es ihre Absicht gewesen, die Elfen zu verbrennen? Sie konnte sich nicht erinnern. Sie wusste nicht, ob die brennenden Pfeile durch die Hektik entstanden waren oder ob sie ihre Kraft bewusst eingesetzt hatte. Ihre Magie.

Es herrschte Krieg. So oft hatte sie sich diesen Satz anhören müssen. Jetzt war sie selbst eine Kämpferin. Dies waren ihre ersten Opfer. Drei Leben. Wie lange würde es dauern, bis sie die Toten nicht mehr zählen konnte? Vanora blickte auf den Pfeil in ihrer Hand, hob ihren Bogen und legte den Pfeil wieder an die Sehne. Ohne Zweifel würden in nur wenigen Minuten weitere Tote folgen.

»Am anderen Ende des Tunnels sind bestimmt noch mehr«, sagte sie.

Glendorfil nickte nur, hob sein Schwert und lief los. Er war ihr unheimlich. Es war ihr unheimlich, dass sie ihm unheimlich war.

Mit leichten Schritten bewegten sie sich vorsichtig und schnell durch den kniehohen Nebel, der in diesem Tunnel herrschte. Wie zu erwarten, erkannte sie bereits aus der Ferne weitere Lichtelfen in der zweiten Weißen Halle, die zu den einzelnen Orten im Schattenreich führte. Vanora und Glendorfil pressten sich im Tunnel an die Wand. Glendorfil beugte sich ein Stück weit vor und spähte um die letzte Kurve.

»Vier Lichtelfen am Ausgang«, flüsterte er. »Drei weitere vor dem Tor nach Tantollon.« Er beugte sich noch etwas weiter vor. »Und noch mal drei auf der linken Seite.« Er lehnte sich wieder zurück. »Ich kümmere mich um die Krieger direkt am Ausgang«, erklärte er. »Du musst als Erstes jene vor dem Tor nach Tantollon ausschalten. Keiner von denen darf es schaffen, hindurchzugehen. Schaffst du das?«

Vanora nickte. Sie brannte darauf, ihre Magie erneut einzusetzen. »Das hast du doch gesehen.«

Glendorfil zog seine Augenbrauen zusammen. »Ja … Ja, richtig. Um die drei anderen, kümmern wir uns als Letztes. Vergiss nicht: Lass niemanden durch das Tor.«

Vanora lächelte noch immer. Sie müsste nervös sein, doch ihr Herzschlag ging ruhig und regelmäßig, und auch ihre Atmung gab keinen Hinweis auf den bevorstehenden Kampf. Sie wusste, dass sie diese Elfen töten musste, um Nevliin zu befreien. Sie wusste, dass sie gut war und niemand entkommen konnte. Jetzt, da sie bereits getötet hatte, machte es ihr keine Angst mehr.

Zur Sicherheit zog sie noch einen weiteren Pfeil aus dem Köcher und legte ihn zwischen ihre Lippen. Sie bereitete den Bogen so weit vor, dass sie nur noch schießen musste und keine wertvolle Zeit vergeudete.

Glendorfil hob die Hand und sah ihr tief in die Augen. Vanora nickte. Dann fuhr seine Hand zur Seite in Richtung Ausgang, und sie stürmten los.

Einer der Lichtelfen vor dem Tor drehte ihr den Rücken zu. Es war offensichtlich, dass dieser den Auftrag hatte, bei der geringsten Gefahr, sofort nach Tantollon zu gehen, um die anderen zu warnen. Er kam nicht mehr dazu. Vanora brauchte keine Sekunde, um ihr Ziel zu erfassen. Der brennende Pfeil zischte von der Sehne, und der Flammenball vernichtete die drei Krieger ebenso wie ihre Gefährten zuvor mit nur einem Schuss. Der zweite Pfeil, den Vanora gleich im Anschluss abgeschossen hatte, traf nur noch ins Leere.

Klingen klirrten aufeinander. Vanora blickte nicht zur Seite, um nach Glendorfil zu sehen. Sie hatte bereits einen weiteren Pfeil eingespannt und riss den Bogen in Richtung der drei Elfen herum, die am weitesten entfernt standen. Einer lief mit gezogenem Schwert zu Glendorfil und seinen kämpfenden Kameraden. Eine Elfe kam direkt auf Vanora zu, und die andere lief auf das Tor nach Tantollon zu. Vanora gönnte sich keine Sekunde des Überlegens. Sie ignorierte die Elfe, die auf sie zustürzte, und zielte stattdessen auf jene am Tor. Der Pfeil traf sie genau dort, wo Vanora es beabsichtigt hatte, und durchbohrte ihren Hals. Die Elfe wurde zur Seite gerissen und fiel. Blitzschnell riss sie den nächsten Pfeil heraus, um sich diesmal selbst zu schützen, doch die Elfe mit dem schmalen Schwert war bereits zu nahe. So blieb ihr nur noch, den Bogen zur Seite zu werfen und der Angreiferin die letzten Schritte entgegenzulaufen. Mit einem Hechtsprung nach vorne tauchte sie unter dem weit ausholenden Hieb hindurch und hörte die Klinge über ihre Panzerung am Rücken kratzen. Sie fing den Sprung mit den Händen auf, presste diese auf den Boden, nutzte den Schwung der Bewegung, um die Beine in die Luft zu werfen, und kam nach einem Überschlag wieder in aufrechte Position.

Die Lichtelfe drehte sich blitzschnell zu ihr herum und holte sofort wieder aus. Dieses Mal versuchte Vanora nicht, der Klinge auszuweichen. Sie selbst hatte kein Schwert und konnte nicht parieren. Doch sie verfügte über andere Waffen: Ihr Arm schoss nach vor, als wollte sie der Kriegerin bedeuten, stehenzubleiben, was diese auch sofort tat. Die Elfe erstarrte mitten in der Bewegung. Mit vor Schreck weit aufgerissenen Augen sah sie Vanora an, die zwei Schritte vor ihr stand und die ausgestreckte Hand in einem halben Kreis nach außen drehte. Flammen züngelten über ihre Haut, ohne sie zu verletzen. Sie liebte dieses Spiel mit dem Feuer, und so ballte sie die brennende Hand zur Faust und streckte blitzschnell die Finger aus.

Die Flammen tanzten durch die Luft und näherten sich der Kriegerin wie über ein unsichtbares Seil. Ein silberner Blitz durchfuhr ihre Augen, was bedeutete, dass nun auch die Fremde Magie anwandte. Vanora spürte Kälte, die gegen das

Feuer aufbegehrte. Ein leichter, kalter Hauch. Sie lächelte. Der Zauber war schwach; sie könnte die Elfe in nur einer Sekunde in Flammen aufgehen lassen. Wie langweilig. Stattdessen ließ sie das Feuer langsam weiterkriechen, bis es die Klinge erreichte und sich darüber schlängelte. Sofort ließ die Elfe das Schwert fallen und wich einen Schritt zurück. Vanora lächelte immer noch. Die Flammen lösten sich vom Schwert und krochen über das weiße Nichts.

»Kämpft gegen mich«, zischte die Elfe, und ihre Stimme zitterte. »Stoppt diesen Zauber und kämpft auf ehrliche Weise.« Die Elfe wich noch einen Schritt zurück.

Einen Moment lang überlegte Vanora tatsächlich, die Flammen zum Erlöschen zu bringen. Sie war sicher, dass sie diese Elfe auch im Zweikampf besiegen würde – sie war nur eine einfache Kriegerin und keine von den Lichtrittern. Doch Vanora war es leid. Einen von Alkariels Kriegern über die ehrliche Weise eines Kampfes sprechen zu hören machte ihr die Entscheidung nicht besonders schwer. Nicht nach dem fürchterlichen Angriff auf Tantollon und ihr Dorf. Und so ballte sie ihre Finger wieder zur Faust. In demselben Moment erlosch die Flamme in ihrer Hand und explodierte zu den Füßen der Elfe, mit einem Geräusch, als würde einer der ledernen Trinkschläuche überfüllt werden und zerplatzen. Nur der Rauch verriet, dass da eben noch etwas anderes als weiße Leere gewesen war. Zufrieden betrachtete Vanora ihr Werk. So lange hatte sie geübt, Bücher studiert und weitergeübt. Dies war ihre Prüfung gewesen – und bei aller Magie, sie hatte bestanden.

Als der Rauch verging, war es seltsam ruhig. Vanora drehte den Kopf zur Seite und sah ein Feld toter Elfen. Mitten zwischen ihnen stand Glendorfil und starrte sie an.

»Was ist?«, fragte sie gereizt. Sie hatte eben einen wunderbaren Sieg errungen – sie hatte den Feind getötet, und Glendorfil sah nicht besonders erfreut darüber aus.

»Nichts«, antwortete er, drehte sich um und ging auf die Überreste der drei Elfen zu, die das Tor bewacht hatten, und jene Elfe, die durch einen einfachen Pfeil niedergestreckt worden war.

Vanora hob den Bogen auf, ließ den Pfeil zurück in den Köcher gleiten und stapfte Glendorfil missmutig hinterher. »Du siehst aber nicht aus, als wenn nichts wäre«, sagte sie und stemmte die Hände in die Hüften.

Glendorfil drehte sich betont langsam zu ihr um, musterte sie von oben bis unten und ließ dann sein Schwert zurück in die Scheide gleiten: »Du hast mich vorhin gefragt, ob ich glaube, dass Eamon besser zu dir passen würde.«

Vanora kniff ihre Augen zusammen. »Ja?«

»Es ist so, Vanora: Eamon ist in seiner Art manchmal sehr dramatisch und neigt zu Übertreibungen, aber dieses Mal hat er recht.«

Vanora seufzte. »Und womit?« Sie wusste bereits, was er sagen wollte. Er war immerhin nicht der Erste und es war ihr selbst auch schon aufgefallen, und trotzdem wollte sie es nicht hören. Nicht schon wieder.

»Du bist nicht mehr dieselbe, Vanora. Irgendetwas an dir ist … anders, dunkel. Du bist nicht mehr das Mädchen, das ich einst kannte, viel mehr bist du …«

»Eine Elfe?«

Glendorfil blieb der Mund offenstehen, und Vanora versuchte sich zu erinnern, ob sie es jemals fertiggebracht hatte, ihn sprachlos werden zu lassen. Mit einer flüchtigen Handbewegung strich er sich das seidig schwarze Haar hinter die spitzen Ohren und rieb danach über sein Kinn. »Es ist nicht nur das«, fuhr er schließlich fort. »Bitte versteh mich nicht falsch. Nevliin ist nicht schlecht. Er ist einfach zu ... zerstört.«

»So wie ich.«

»Das ist nicht wahr. Nevliin lebt schon zu lange, zu selbstzerstörerisch. Ich glaube, er zieht dich mit sich ... in die Finsternis.«

Vanora drehte ihm den Rücken zu und kniff die Augen zusammen. Die Wut drohte sie zu ersticken. Wie oft musste sie sich das noch anhören? Wer war als Nächstes an der Reihe und wollte ihr denselben Vortrag halten? Wieso konnten sie nicht sehen, dass Nevliin der Einzige war, der sie noch am Leben hielt? Ein Freund! Wen wunderte es, dass sie sich immer weiter zurückzog, wenn sie ständig Heiterkeit heucheln musste? Sie war verzweifelt, aber ihr durfte es nicht schlechtgehen. Wofür waren Freunde da, wenn man sich ständig vor ihnen verstellen musste? Bei Nevliin konnte sie so sein, wie sie sich fühlte, ohne dass die wildesten Theorien über ihren Seelenzustand entstanden. Wie sollte sie nach allem, was ihr selbst, ihrem Vater und den Dunkelelfen widerfahren war, Mitleid mit ihren Feinden haben? Wer hatte jemals Mitleid mit ihr gehabt? Worüber machte sich Glendorfil Sorgen? Dass die mühsam geschliffene Waffe letzten Endes doch versagte? Dass sie zerbrach?

»Seit ich zehn Jahre alt bin«, presste sie schließlich zwischen zusammengebissenen Zähnen hervor, »bringst du mir bei, wie ich meine Gegner in Asche verwandle oder mit Pfeilen durchbohre.« Sie atmete ein paarmal tief durch und fuhr wieder etwas ruhiger fort: »Und jetzt, wo ich anwende, was du mir jeden Tag mit Strenge und Härte eingetrichtert hast, machst du dir Sorgen, dass mir etwas Dunkles anhaftet?« Trotz aller Konzentration war ihre Stimme doch wieder in Zorn umgekippt.

»Erschüttert es dich nicht?«, fragte er ruhig. »Zu töten?«

Eine gefährliche Hitze stieg in ihr auf. In was für eine verrückte Welt war sie da nur geraten? Vanora drehte sich um und deutete auf die verbrannten Körper. »Wie lange ist es her, dass du mir erklärt hast, dass in einem Krieg Opfer nötig sind? Sind die Elfen, die du mit deinem Schwert aufgeschlitzt hast, weniger tot? Ich habe ihnen nicht die Seelen geraubt, so wie es die Lichtelfen zu tun pflegen. Die Magie ist meine einzige Waffe. Soll ich mich etwa nicht mehr schützen? Soll ich mich töten lassen? Bitte! Wenn das dein Wunsch ist, dann werde ich das nächste Mal nichts tun, und all eure wunderbare Hoffnung in eure Geheimwaffe ist zunichte.«

»Vanora …« Glendorfil streckte die Hand nach ihr aus, aber sie wich zurück. Ihr ganzer Körper zitterte vor unterdrücktem Zorn: »Ich bin es so leid. Was hat euch Nevliin Schlimmes angetan? Er ist es nicht wert, gerettet zu werden, aber wem werdet ihr die Schuld geben, wenn er nicht mehr da ist? Wer wird dann die Schuld an meinem Elend tragen?«

Glendorfil war getroffen. Sie musste nicht besonders gut hinsehen, um das zu erkennen. Sie selbst war getroffen. Sie konnte kaum fassen, dass sie es gewagt hatte, so mit ihm zu sprechen. Bei Eamon hätte es sie nicht gewundert, aber bei Glendorfil war die Ehrfurcht immer zu groß gewesen, um dermaßen die Kontrolle zu verlieren. Sie war so müde, entsetzlich müde. Wann würde all das hier endlich zu Ende sein?

Glendorfil ging einen Schritt auf sie zu, und Vanora wusste nicht wieso, doch sie ließ sich von ihm in die Arme nehmen. Was hätte ihr Vater jetzt gesagt? Was hätte er über Nevliin gesagt? Sie wollte seine Meinung wissen. Sie wollte seine Zustimmung und hören, dass er es verstand. Ihr Vater hätte ihren Kummer nachvollziehen können, mit Sicherheit. Er selbst hatte den Schmerz zu gut gekannt. Er hatte die Liebe gekannt.

Glendorfil und Vanora gingen nicht direkt durch das Tor nach Tantollon, da sie vermuteten, es gut bewacht vorzufinden. Stattdessen nahmen sie jenes östlich des Gebirges, das auch Nevliin und die Krieger genommen hatten, und wandten sich dann gen Westen, um den Pass von Farlúr zu erreichen. Es war ein ruhiger Ritt über das Gebirge. Sie beide hatten kein Bedürfnis danach, zu sprechen. Die Kälte schnitt wie Messer in jedes Stück Haut, das nicht von Rüstung oder Umhang bedeckt wurde, und gegen Mittag fielen die ersten Schneeflocken. In den höheren Lagen war der graue Stein bereits in ein weißes Kleid gehüllt, und doch hatte die gesamte Umgebung etwas Trostloses. Wie gerne ich wieder einmal die Sonne sehen würde, dachte Vanora. Einen blauen Himmel, grüne Wiesen, keinen alles bedeckenden Nebel. Nie hätte sie gedacht, dass Heimweh in der Lage war, körperliche Schmerzen zuzufügen. Zu Hause. Nevliin. Wie sehr sie sich nach ihm sehnte. Nur weiter, dachte sie. Zurück nach Hause.

Schließlich stiegen sie wieder hinab, folgten dem steilen Pfad und führten die Pferde immer wieder an scharfkantigen Felsen vorbei in die Tiefe. Vanora fühlte sich wie betäubt. Einzig das rote Licht, das mittlerweile durch den Nebel brach, gab ihr einen Hinweis auf die Zeit, die bereits verstrichen war. All ihre Glieder schmerzten von dem langen Ritt, der Anspannung und der Kälte. Ihr Gesicht brannte, als hätte der eisige Wind, der ihr die Schneeflocken in die Augen peitschte, ihre Haut abgeschliffen. Und doch nahm sie all das nur noch am Rande wahr. Zu lange hatten die Schmerzen sie begleitet, und ihr Geist war viel zu müde und geschwächt, um sich um die Beschwerden des Körpers zu kümmern.

»Vanora?«

Alarmiert richtete sie sich auf und sah sich um. Die Tatsache, dass sie eben hochgefahren war, erstaunte sie gleichermaßen wie die Dunkelheit, die sie umgab. Sie war auf Noers Hals eingeschlafen! Es war bereits Nacht.

»Wie lange … Wo sind wir?«

»Siehst du die Lichter dort unten?«

Vanora stellte sich in den Steigbügeln auf und blickte an der Steilwand hinab ins Tal. Dutzende orangerote Lichter flackerten im Nebel – Lagerfeuer! In der Ferne schwebte ein einziges Licht in der Luft. Dies musste aus einem Fenster des Turms stammen. Dort war Nevliin!

Nun hörte sie auch den Lärm der Wellen, die sich an den Klippen brachen. Ein Geräusch, das bedrohlich und stark klang, und doch bedeutete es für Vanora zu Hause.

»Von jetzt an gehen wir zu Fuß«, bestimmte Glendorfil, stieg ab, legte seine Stirn an die Nüstern des Rappen und streichelte diesem gleichzeitig über den Hals. Es war ein unwirkliches Bild, märchenhaft. Vanora beobachtete die beiden einige Augenblicke lang und schwang sich dann selbst aus dem Sattel, nahm den Beutel, in dem die silberne Kleidung für Nevliin versteckt war und legte ihn sich um die Schulter.

»Was ist mit den Pferden?«, fragte sie.

»Die finden selbst den Weg nach Hause. Hier würden sie uns nur behindern. Wenn wir Nevliin erst einmal haben, verschwinden wir sofort durch das Tor im Lager. Wir müssen schnell sein, aber sobald wir in den Weißen Hallen sind, kann uns nichts mehr passieren. Wir müssen direkt das Tor nach Lurness nehmen und sind in Sicherheit.«

Es hatte lange gedauert, doch mittlerweile wurde sie nervös. So vieles könnte schiefgehen. Ein winziger Fehler, und sie alle wären tot. Dort unten wimmelte es nur so von Elfen, die ihren Tod wollten. Auch Alkariel war dort. Vanora horchte in sich hinein und stellte fest, dass sie fürchterliche Angst hatte.

»Los, komm.«

Sie tätschelte Noer noch kurz den Hals, setzte ihren Helm mit dem Nasenschutz und den erweiterten Wangenstücken auf, die unter ihren Augen der Linie ihrer Wangenknochen hinabfolgten und lediglich den Mund freiließen, und schlich schließlich Glendorfil hinterher. Auch er trug jetzt seinen Helm und war mit den zusammengebundenen Haaren, die unter der Kapuze des Umhangs verborgen blieben, beinahe nicht mehr wiederzuerkennen. Es war dunkel, aber ihre Augen hatten sich bereits daran gewöhnt. Das Licht der Feuer wurde beinahe zur Gänze vom Nebel verschluckt und war ihnen weder eine Hilfe noch ein Hindernis, verbarg sie aber immerhin vor den Feinden. Sie gingen einen steilen Berghang hinab, ein Feld aus Geröll und zerklüfteten Felsen. Einzelne Bäume hatten sich gegen den Stein durchsetzen können und hoben sich als unheimliche Gerippe von der Dunkelheit ab. Es hatte aufgehört, zu schneien, dafür war es jetzt noch um einiges kälter. Der Atem stand Vanora als weiße Wolke vor dem Gesicht, und ihre Lunge schmerzte mit jedem Zug. Immerhin wurde das Gelände langsam etwas flacher, die Lichter waren bereits sehr nahe. Das Klirren von Metall und das leise Summen Hunderter Stimmen wurden vom Wind aus dem Tal getragen. Vanora zog ihre Kapuze noch etwas tiefer in die

Stirn und hielt sich stets knapp hinter Glendorfil, der sich wie eine Raubkatze zwischen den Felsen bewegte.

Bisher waren sie noch auf keine Wache gestoßen. Manchmal waren ganz aus der Nähe Stimmen zu ihnen gedrungen, und sie hatten sich hinter einem Felsen versteckt, bis sich die Geräusche wieder entfernt hatten, aber gesehen hatten sie bisher noch nichts. Was in dieser dunklen Nacht bei Nebel auch nicht besonders verwunderlich war. Bis jetzt.

Etwas Weißes bewegte sich in die entgegengesetzte Richtung, in die die weißen Schlieren vom Wind getragen wurden. Vanora hielt den Atem an. Sie wollte Glendorfil darauf aufmerksam machen, da packte er sie bereits und zog sie hinter eine der vielen steinernen Wände. Geröll rutschte unter ihren Stiefeln davon. Das Zischen von Schwertern, die aus der Scheide gezogen wurden, folgte.

Glendorfil fluchte etwas Unverständliches, und Vanora bemerkte, wie er die Hand auf den Knauf seines Schwertes legte. Sie selbst hob ihre Hand, um nach einem Pfeil zu greifen, da hatte es sich Glendorfil wohl plötzlich anders überlegt.

»Entschuldige«, wisperte er, packte sie an den Schultern und riss sie an sich. Ihr Herz wäre vor Schreck beinahe stehengeblieben, als er seine Lippen auf ihre drückte und dort reglos verharrte.

»Was ist hier … Sofort aufstehen!«

Glendorfil war so schnell auf den Beinen, dass Vanora die Bewegung kaum sehen konnte, sie selbst brauchte zwar etwas länger, doch die herrische Stimme hatte auch sie wie eine Kanonenkugel nach oben schießen lassen. Vorsichtig lugte sie unter der Kapuze hervor und blickte auf drei Lichtritter. Ihre weißen Rüstungen schimmerten matt in der Dunkelheit, die Umhänge wehten im Wind.

»Was fällt euch ein?«, donnerte der Elf in der Mitte, offensichtlich derselbe, der vorhin schon gesprochen, nein: geschrien hatte.

Vanora wagte es nicht aufzublicken und hoffte auf die Hilfe des Helms, der Dunkelheit und der Schatten, die die Kapuze auf ihr Gesicht warf. »Ich ...«, begann Glendorfil mit unterwürfiger Stimme, doch der Elf ließ ihn nicht zu Wort kommen.

»Woher seid ihr?« Die Breitseite der Klinge schlug klirrend auf Glendorfils Brustpanzerung, wodurch dieser einen Schritt zurückwankte.

»Riniel«, antwortete er.

»Riniel, was sonst.« Die Stimme des Lichtritters troff vor Verachtung, und etwas Kaltes berührte Vanora unter dem Kinn: die Spitze des Schwertes.

Das Blut pochte in ihrem Hals, als sie dem Druck nach oben nachgab und langsam den Kopf hob. Sie konnte das Gesicht des Elfen nicht erkennen, sehr wohl jedoch seine Blicke spüren. Elfen hatten gute Ohren. Ob er ihren rasenden Herzschlag ebenfalls hören konnte?

»Aus Riniel kommt ihr?«

Vanora lief beim Klang der Frauenstimme ein kalter Schauer über den Rücken und gleichzeitig entflammte eine Hitze in ihrer Brust, die sie zu verbrennen drohte. Langsam wandte sie den Blick etwas zur Seite und wäre beinahe erschrocken zurückgewichen. Silberne Strähnen lugten unter der weißen Kapuze hervor und hingen in das von Schatten verborgene Gesicht. Hinter der rechten Schulter erkannte sie die gefiederten Enden von Pfeilen – vergifteten Pfeilen!

Vanora duckte sich schnell wieder etwas weiter unter den Stoff. Wenn Eirwen sie oder Glendorfil wiedererkannte, wäre alles vorbei. Beim Ball in Lurness war ihr die Lichtelfe als gutmütig und sanft erschienen, doch Nevliin hatte ihr erzählt, wer die Mörderin ihres Vaters war. Sie wusste es!

»Ja, aus Riniel«, antwortete Glendorfil leise, aber bestimmt.

Vanora konzentrierte sich auf ihre Atmung, die viel zu schnell ging. Die Hitze in ihrem Inneren war kaum noch auszuhalten. Diese Elfe hatte ihren Vater ermordet! Es war nicht nur ihr Wunsch, sie in ein Häufchen Asche zu verwandeln, es war regelrecht ein Zwang. Vanora spürte die Blicke dieses Miststücks und wusste nicht, ob sie darauf hoffte, unerkannt zu bleiben, oder darauf, dass Eirwen ihr einen Grund gab, sie zu vernichten. Es waren nur drei Lichtritter. Womöglich hatten sie eine Chance, sie zu besiegen! Doch dann verwarf sie den Gedanken wieder. Sie waren bereits zu nahe am Lager. Ein Kampf würde nicht unbemerkt bleiben. Nevliins Rettung war das Allerwichtigste. Ihre Finger gruben sich schmerzhaft in ihre Handflächen, als sie der Mörderin ihres Vaters ein verschüchtertes Lächeln schenkte.

»Ich sollte Fürst Averon von Eurem Verhalten berichten, damit er dafür sorgt, dass bei seinen Kriegern keine Langeweile mehr aufkommt.« Der Elf deutete in die Richtung, in der das winzige Licht in der Luft flackerte. »Oder wollt Ihr lieber dem Verräter Gesellschaft leisten?«

Vanora folgte mit ihrem Blick automatisch der Hand des Elfen und starrte sehnsüchtig zum Turm, wurde sich jedoch schnell genug ihrer dummen Reaktion bewusst. Sie mussten sich beeilen. Wie lange könnte Nevliin noch durchhalten?

»Mein Herr, bitte, wir …«

»Verschwindet.« Der Elf packte Glendorfil an den Schultern und stieß ihn ein Stück den Hang hinab. »Seht zu, dass ihr verschwindet, und traut euch nicht noch einmal hierherzukommen.«

Irgendetwas hielt Vanora davon ab, sich zu bewegen. Eirwen sah sie immer noch an, und Vanora erwiderte den Blick. Du wirst sterben, dachte sie. Sehr bald.

»Bist du taub?« Diesmal traf Vanora die Breitseite der Klinge, und sie stolperte Glendorfil hinterher. Sehr bald, dachte sie. Sehr, sehr bald.

Glendorfil und Vanora gingen ein Stück lang schweigend und mit schnellen Schritten auf die Lichter zu. Sie sahen nicht zurück. Der Tag würde kommen, dachte Vanora. Der Tag, an dem sie Briac rächen würde. Immer wieder musste sie es sich sagen, um nicht umzudrehen und es hier und jetzt zu beenden.

»Benimm dich ganz unauffällig und lass mich sprechen.«

Erst jetzt bemerkte Vanora, wie nahe sie bereits dem Lager waren. Unzählige bunte Zelte waren aufgeschlagen, die so hoch waren, dass man bequem aufrecht darin stehen konnte. Über manchen Zelten wehten Banner, und von irgendwoher trug der Wind das Spiel einer Flöte zu ihnen. Die Krieger hatten sich um die vielen Feuerstellen gesammelt. Der steinerne Boden des Berghanges war hart gefrorenem Schlamm gewichen, wobei hier bestimmt eine Wiese gewesen war, bevor Hunderte, wenn nicht Tausende Krieger darübermarschiert waren.

Das Lager war wirklich beeindruckend, und doch ging eine bedrückende Stimmung von ihm aus. Vielleicht lag es an der gekrümmten Haltung der Elfen, die sich an den Feuern zusammenkauerten und versuchten, die eisige Kälte des beginnenden Winters zu vertreiben. Auch die ferne Melodie sprach von Melancholie. Die Elfen unterhielten sich in gedämpfter Lautstärke, anders als Vanora es aus der Welt der Menschen gewohnt war. Wenn dort die Dorfbewohner an einem Feuer zusammengesessen hatten, war meistens sehr laut gesprochen und umso lauter gelacht worden. Die Elfen jedoch schienen alle seltsam in sich gekehrt, und es wirkte, als würden sie einfach nur dasitzen und warten, dass die Zeit verging.

Vanoras Angst, entdeckt zu werden, war völlig unbegründet gewesen. Niemand kümmerte sich um die beiden silbern gepanzerten Elfen, die sich einen Weg zwischen den Zelten und Feuerstellen hindurch bahnten. Noch dazu hatte es wieder zu schneien begonnen, stärker diesmal, und keiner der Elfen sah unter dem schützenden Umhang zu ihnen auf. Einzig wenn patrouillierende Lichtritter ihren Weg zu kreuzen drohten, änderten sie unauffällig die Richtung.

Und doch – irgendetwas stimmte nicht. Vanora konnte durch das Schneegestöber nicht sehr weit sehen und hatte das Gefühl, beobachtet, ja verfolgt zu werden. Doch damit nicht genug. Es fühlte sich an, als würde die Luft ganz leicht vibrieren, und dies kam nicht von den Schneeflocken, die der Wind in ihr Gesicht blies. Wie Unheil, das beinahe schon greifbar war, dachte sie.

Es war zu leicht.

Vanora versuchte sich zu beruhigen. Es war völlig normal, dass sich die Elfen hier sicher fühlten. Sie waren Tausende, zwar zusammengequetscht in einem viel zu kleinen Tal, doch sie hatten Wachen und Patrouillen abgestellt. Natürlich rechnete niemand damit, dass zwei unter ihnen nicht zu ihnen gehörten.

Wenn nur nicht dieses seltsame Vibrieren wäre, dass ihr bereits Kopfschmerzen verursachte.

In nicht allzu großer Ferne erkannte sie bereits den Turm als gigantische, schwarze Säule, und der Donner des Meeres übertönte schon bald all die leisen Gespräche.

»Du wirst allein hinaufgehen.« Glendorfil beugte sich noch etwas näher, um nicht gegen den Lärm anschreien zu müssen. »Du musst die Wachen im Turm töten, aber ohne Magie. Ein Feuer – eine Explosion würde zu schnell auffallen. Pass auf, dass niemand Gelegenheit hat, einen Warnruf abzugeben. Hol Nevliin, heile ihn und gib ihm die Kleidung.« Er deutete auf den Beutel, der an Vanoras Seite hing. »Ich werde unten im Turm warten und dafür sorgen, dass ihr keine Gesellschaft bekommt.«

Vanora ging ein paar Schritte weiter und wiederholte in Gedanken seine Worte. War er verrückt geworden?

»Damit«, sie deutete zum Dolch an ihrem Gürtel, »kann ich niemanden töten. Und wie soll ich Nevliin befreien? Er ist viel zu schwer, als dass ich ihn allein durch das Fenster hineinheben könnte.«

»Es kann nur einer von uns beiden gehen. Einer muss Wache halten. Und da ich Nevliin nicht heilen kann …«

»Schon gut«, zischte sie. Jetzt war nicht der richtige Moment für Diskussionen.

Glendorfil richtete sich wieder vollständig auf, und Vanora versuchte sich vorzustellen, was sie erwartete. Es war schwierig, sich vorzubereiten und eine Taktik zu entwickeln, wenn sie sich keine Vorstellung machen konnte, wie viele Feinde in welcher Umgebung auf sie lauerten. Doch sie würde es schaffen. Sie würde Nevliin befreien.

Die Abstände zwischen den Zelten vergrößerten sich, und dann erreichten sie eine freie Fläche, an deren anderem Ende sich der Eingang zum Turm befand. Vanora legte den Kopf in den Nacken und versuchte die Spitze dieses gewaltigen Baus zu erkennen. Es war unmöglich.

Als gäbe es nichts Selbstverständlicheres, spazierten sie weiter auf den Turm zu. Vanora hörte nur noch das wilde Schlagen ihres Herzens und das Rauschen des Blutes in ihren Ohren. Es übertönte selbst den ohrenbetäubenden Lärm der Brandung. Ihr gesamter Körper schmerzte vor Anspannung, und ihre Hand verkrampfte sich in dem Wunsch, bereits jetzt den Dolch zu ziehen.

Glendorfil klopfte leise an die hölzerne Tür. Ein Riegel wurde fortgeschoben, die Tür öffnete sich einen winzigen Spaltbreit, und eine Elfe mit silberner Kapuze lugte durch den Türspalt. Sie sah nach links und rechts und dann direkt in Vanoras Gesicht. »Es schneit ja schon wieder«, sagte sie mit heller Stimme und öffnete die Tür nun ganz. »Hier ist es leider auch nicht unbedingt wärmer. Kommt.«

Das ging ja sehr einfach. Vanora und Glendorfil traten in einen kreisrunden Raum, von dem eine Treppe in der Dunkelheit verschwand. Eine einzige Kerze, die auf einem Fensterbrett stand, spendete dürftig etwas Licht, ließ jedoch genug erkennen, um zu sehen, dass hier kaum mehr als zehn Personen Platz finden würden.

»Was habt ihr angestellt, dass Averon euch hierherschickt?«, fragte die Elfe, als sie die Tür schloss. Glendorfil und Vanora tauschten verwirrte Blicke, doch noch bevor sie antworten konnten, beugte sich die Elfe über die ersten Stufen und schrie nach oben: »Ablösung, Riniel!«

»Ablösung, Riniel!«, wurde ihr Ruf von einer tiefen Männerstimme wiederholt und schlug ihnen nun aus dem Stiegenhaus entgegen.

Die Elfe richtete sich wieder auf und grinste. »Die beiden

anderen ... ich habe ihre Namen vergessen, aber ihr kennt sie bestimmt. Sie brauchen dringend eine Pause. Ich habe nicht so früh mit euch gerechnet, aber solange die Dunkelelfen noch nicht hier sind, um ihn ...«, sie deutete mit dem Kopf nach oben, »zu befreien, ist ja nicht besonders viel zu tun.«

»Richtig. Es ist nicht besonders viel zu tun.«

Das Schwert fuhr so schnell aus der Scheide, dass sogar Vanora erschrocken einen Schritt zurückwich. Ein silberner Bogen blitzte einen winzigen Moment lang auf. Die Elfe hatte keine Zeit, zu begreifen, was vor sich ging. Ihr Kopf flog gegen die Wand, wobei der Körper einen Augenblick lang noch reglos stehenblieb, bevor er fiel. Vanora stand mit weit aufgerissenen Augen da.

»Hättest du mich nicht warnen können?«

Doch Glendorfil zog sie nur stumm am Oberarm zur Wand neben der Treppe und presste sich selbst mit erhobener Klinge dagegen. Kaum, dass sie das schützende Versteck erreicht hatten, betraten die beiden Elfen aus Riniel den Raum. Glendorfil ließ sein Schwert wie eine Schlange vorschnellen. Die Klinge knirschte durch den Brustpanzer.

Der zweite Elf drehte sich blitzschnell zu ihnen um und zog sofort sein Schwert hinter der Schulter hervor. Zu spät, denn Glendorfil hatte das seinige bereits aus dem sterbenden Elfen gezogen, trat diesen zu Boden und flog über den Körper hinweg. Die Klinge schien aus dem Nichts zu kommen, fuhr von oben herab und traf den Elfen im Nacken, noch ehe dieser Gelegenheit hatte, sein Schwert zu heben.

»Jetzt!«

Der zweite Elf war noch nicht zu Fall gekommen, als Vanora bereits losstürmte. Immer zwei Stufen auf einmal nehmend, flog sie die schmale Wendeltreppe des Turms hinauf.

Ihre Hand umklammerte den Dolch, und ihr Herz raste. Es wurde etwas heller, rötliches Licht drang in das Treppenhaus. Vanora verlangsamte ihr Tempo und hielt sich nahe an der inneren Mauer.

Da war ein Geräusch. Ein Poltern.

Vorsichtig schlich sie weiter und erkannte das Ende der Treppe. Sie führte in einen kleinen Raum, von welchem noch weitere Stufen hinaufführten. Ein Elf stand mit dem Rücken zu ihr an einem Tisch.

Vanoras Augen flitzten durch den Raum. Der Mann war alleine. Ihre Beine zitterten, als sie die letzte Stufe betrat. Sie wagte es kaum, zu atmen, während sie näher schlich. Er dürfte keine Gelegenheit zu einer Warnung haben. Sie musste ihm die Kehle durchschneiden. Wenn jetzt nur nicht der Boden knarrte!

Der Elf war in ein Schriftstück vertieft und beugte sich, die Hände auf die Tischplatte gelegt, darüber. Es trennten sie nur noch wenige Schritte. Ihre Finger hatten sich um den Dolch verkrampft. Das Licht der vielen Kerzen flackerte. Jeden Moment könnte er sich umdrehen und sie töten. Er war weiß gekleidet. Ein Lichtritter. Wieder setzte sie einen Fuß nach vorn und hob langsam den Arm. Sie sah die Bewegung in Gedanken immer wieder vor sich. Nur noch ein Schritt. Sie stand jetzt direkt hinter ihm. Ihre Hand fuhr etwas weiter nach vorn und hielt schlagartig inne. Der Elf räusperte sich, blätterte eine Seite um. Vanora hielt den Atem an. Ihre Konzentration galt einzig der Stelle, die sie treffen musste. Wenn sie sie verfehlte, wäre sie tot – und Nevliin mit ihr. Vermutlich auch Glendorfil. Ihr Herz schien einen Moment lang stehenzubleiben, dann schnellte ihre Hand vor, spürte das Ziel und fuhr mit geringem Druck genauso schnell wieder zurück.

Sie spürte, wie die Klinge durch etwas Weiches schnitt. Das warme Blut an ihrer Hand.

Der Elf riss die Hände nach oben und drehte sich blitzschnell um. Vanora wich einen Schritt zurück. Er hielt seine Kehle mit beiden Händen umklammert, und Blut sickerte zwischen seinen Fingern hindurch.

Er war nicht tot!

Der Lichtritter starrte sie an, und Vanora starrte voller Entsetzen zurück.

Ohne seine Augen eine Sekunde von ihr zu nehmen, löste er langsam eine Hand von seinem Hals, was das Blut nur noch heftiger sprudeln ließ, und fuhr nach unten zu seinem Schwert. Das durfte nicht wahr sein!

Vanora wollte noch einen Schritt zurückweichen, stattdessen packte sie der Mut der Verzweiflung. Sie ging einen Schritt nach vorn und stieß mit aller Kraft zu.

Der Dolch schrammte über den Brustpanzer und glitt zur Seite weg. Der Lichtritter taumelte durch die Wucht des Treffers gegen den Tisch. Ein Kratzer durchzog den schimmernd weißen Brustharnisch. Der Elf lächelte jetzt, eine furchteinflößende Grimasse. Das Geräusch des Schwertes, das aus der Scheide fuhr, schnitt ihr direkt in die Haut. Doch dann schwankte der Elf, seine Augen musterten sie noch immer in einer Mischung aus Staunen und Zorn, ehe er endlich in die Knie brach, nach vorn kippte und mit dem Gesicht nach unten zu ihren Füßen liegenblieb.

Vanora zitterte. Um ganz sicher zu sein, dass er wirklich tot war, stieß sie mit dem Fuß gegen den reglosen Körper. Ihn umzudrehen und seinen Puls zu fühlen, wagte sie nicht. Ein paar Augenblicke lang sah sie noch zu dem Elfen hinab, dann steckte sie ihren Dolch zurück, wandte sich ab und flog die

Stufen weiter nach oben, nahm ihren Bogen vom Rücken und zog im Lauf einen Pfeil aus dem Köcher. Sie würde es nicht noch einmal darauf ankommen lassen.

Deutlich schneller als gedacht, erreichte sie einen weiteren, größeren Raum, spähte über die letzte Stufe und sah einen Mann und eine Frau, die sich trotz des eisigen Windes, der den Schnee hereinblies, nahe dem Fenster an der gegenüberliegenden Seite unterhielten. Dieses Hindernis galt es noch zu überbrücken, und sie wäre endlich wieder bei Nevliin.

Ihr Pfeil schoss von der Sehne und durchbohrte den Hals des Lichtelfen, und auch der zweite Pfeil, den Vanora sofort im Anschluss abgeschossen hatte, traf. Die beiden Lichtritter brachen zusammen, noch ehe sie begreifen konnten, was vor sich ging. Wieso hatte sie es nicht gleich so gemacht?

Vanora lauschte. Bis auf das Donnern des Meeres war nichts zu hören. Noch waren sie unentdeckt.

Ohne sich weiter im Raum umzusehen, flog sie zum Fenster, sprang über die beiden Körper und lehnte sich weit in das Schneegestöber hinaus. So oft hatte sie Nevliin in ihren Gedanken gesehen, ihre Phantasie hatte die schlimmsten Bilder entstehen lassen, aber keines war so furchtbar wie die Realität.

»Nevliin!« Sie beugte sich noch etwas weiter vor, um in sein Gesicht zu sehen, doch sein Kopf hing nach unten, und er reagierte auch nicht auf ihre Rufe.

Einzig an den Handgelenken durch zwei schmale Seile gehalten, hing er an der eisigen Mauer des Turms. Sein nackter Oberkörper war bläulich verfärbt und außer an den blutigen Handgelenken bemerkte Vanora an Armen und Brust ebenfalls geronnenes Blut. Sie wusste nicht, ob all die blauen Flecken von Schlägen oder der Kälte verursacht waren. Nichts wies darauf hin, dass er noch lebte. In seinem blonden Haar hing bereits der Frost.

»Nevliin, hörst du mich?«

Keine Antwort. Hektisch sah sie sich um. Der Wind trieb ihr Tränen in die Augen. Sie musste ihn hochziehen!

Vanora stellte sich breitbeinig vor das Fenster, überprüfte die Sicherheit ihres Standes, lehnte sich vor und packte Nevliins Unterarme. Mit all ihrer Kraft zog sie ihn zu sich hinauf, und er bewegte sich auch etwas, aber es war nicht genug. Vanora lehnte sich zurück, nutzte ihr gesamtes, nicht sehr hohes, Körpergewicht und zog und zerrte. Ihr Hals wurde immer enger. Jedes Mal, wenn ihre Kraft versagte und er wieder abrutschte, heulte sie auf – teils aus Zorn, teils aus Verzweiflung. Sie schaffte es nicht! Sie musste ihn zuerst heilen und dann könnte er ihr helfen.

Trotz der Kälte war ihr fürchterlich heiß. Das Adrenalin schoss durch ihre Adern. Sie durfte keine Zeit verlieren. Nicht jetzt, wo sie so nahe am Ziel waren.

Vanora kletterte auf den Fenstersims und blickte in die Tiefe. Das schäumende Meer unter sich konnte sie nur erahnen. Der Turm schien direkt in die Steilwand der Klippen überzugehen, so als wäre er daraus gewachsen. Sie wusste nicht, ob dort unten tödliche Felsen lauerten oder die Klippen lediglich eine senkrechte Wand waren, an welcher die Wellen brachen – und sie war auch nicht besonders neugierig darauf, es herauszufinden. Nur nicht nach unten sehen!, dachte sie, während sie sich langsam neben Nevliin hinabließ. Ihre Finger krallten sich an dem winzigen Mauervorsprung am Fenster fest, und ihre Füße suchten strampelnd nach Halt. Sie fand eine Unebenheit in der Mauer, gerade genug, um ihren Zehenspitzen Platz zu bieten. Mit einer Hand umklammerte sie das dünne Seil, die andere legte sie auf Nevliins Brust.

Seine Lider flatterten.

»Nevliin?« Vanora konnte kaum noch atmen. Sein Anblick erfüllte sie mit derartigem Entsetzen, dass sie kaum noch fähig war, sich zu bewegen, geschweige denn zu denken. Doch gleichzeitig leistete das Adrenalin immer noch ganze Arbeit und erfüllte sie mit rasender Hektik.

Nevliin hob langsam den Kopf, öffnete die Augen und blinzelte. Auch die dunkelblauen Lippen öffneten sich etwas.

»Geh weg«, flüsterte er so leise, dass sie ihn gegen den tosenden Wind und die Brandung beinahe nicht verstanden hätte. »Du bist nicht real.«

Vanora strich ihm vorsichtig über die eiskalte Wange. »Nevliin, ich bin es. Vanora.«

Schleichend breitete sich eine heimtückische Panik in ihr aus. Ihre Hand, die sich um das Seil klammerte, brannte, als hätte man ihr die Haut abgeschabt. Sie wusste nicht, wie lange sie noch auf den Zehen eines Fußes stehen konnte, und schon gar nicht, wie lange es dauerte, bis die Lichtelfen bemerkten, dass im Turm nur ein verkleideter Schattenritter und ein halbes Dutzend Toter warteten.

»Ich werde dich jetzt heilen«, sagte sie und presste ihm wieder die Hand auf die Brust. Es fühlte sich an, als würde sie eisigen Stein berühren.

Nevliin sah sie zwar an, doch er schien durch sie hindurchzusehen. »Verschwinde«, wiederholte er, und Vanora spürte, dass es nicht nur der Wind war, der ihr Tränen in die Augen trieb. Bald, sagte sie sich. Bald ist alles vorbei.

Sie zwang sich zu äußerster Konzentration, hielt Nevliins Blick gefangen und durfte endlich wieder in seinen schwarzen Augen versinken. Einen flüchtigen Moment lang, dann loderten die Flammen in ihrem Inneren auf und färbten ihre Sicht rot.

Die Kälte und der Schmerz, die mit der Heilung einhergingen, trafen sie so unvorbereitet, dass sie beinahe den Halt verloren hätte. Sie spürte einen schwachen Zauber in seinem Inneren, der ihn vor dem Kältetod bewahrte. Daneben waren all die anderen Wunden nebensächlich. Vanora fühlte, wie sich die zerstörten Fasern wieder bildeten und ließ die Wärme ihres Feuers in seinen Körper fließen. Nur langsam bemerkte sie eine Veränderung, eine Besserung. Sie hörte Nevliin stöhnen, doch noch lauter war das Pochen seines Herzens, das endlich wieder stärker schlug. Sie wollte ihre Hand wegnehmen, die Heilung vorerst beenden, um ihre Kräfte zu schonen, da schlug ihr eine kalte Dunkelheit entgegen, welche ihr einen Moment lang den Atem raubte.

Sie war noch zu ungeübt, um sich davor zu verschließen, wie Glendorfil sagte. Und dieses Mal sah alles genauso aus wie bei ihrer letzten Berührung mit Nevliins Seele auf ihrem Weg zu den Drachenelfen. Sie kannte dieses schwarze Loch bereits, und auch die Gestalt, die in der Ferne leuchtete, war wieder da. Es war nur ein winziger Umriss, der von Licht umhüllt war, und beim letzten Mal war es Vanora nicht möglich gewesen, zu erkennen, wer oder was es war. Dieses Mal jedoch kam das Licht immer näher, bis nur noch wenige Schatten von der einstigen Dunkelheit zeugten. Vanora starrte auf die gleißende Gestalt, die alles in seiner einst so schwarzen Seele einzunehmen schien und keinen Platz für etwas anderes ließ. Die Frau, die all die Dunkelheit vertrieb. Sie starrte auf sich selbst.

Im selben Moment, in dem sie sich erkannte, verschwand das Bild seiner Seele, und die Wirklichkeit kehrte zurück. Die

Kälte und der Schnee hatten sie wieder. Vanora schnappte nach Luft, versuchte sich zu orientieren und sah in Nevliins Gesicht. Er sah noch immer fürchterlich aus, das nasse Haar hing ihm in gefrorenen Strähnen ins Gesicht, aber in seine Augen war das Leben zurückgekehrt.

»Vanora?«

Sie lächelte und vergaß einen Moment lang völlig, wieso sie hier draußen an der Wand des Turmes hing. Der Klang seiner Stimme war so tröstend und entschädigte sie für all die Schmerzen.

»Vanora, verflucht, was machst du hier?« Er bäumte sich in seinen Fesseln auf und sah sich hektisch um. Erwartete er auf diese Frage wirklich eine Antwort? »Du musst hier weg. Schnell.« Panik stand in seinen Augen, und immer noch versuchte er, sich an den dünnen Seilen etwas hochzuziehen, was Vanora gefährlich rutschen ließ.

»Wir beide werden von hier weggehen«, sagte sie ruhig und zog sich mühsam ein Stück weiter hinauf, um zurück durch das Fenster zu klettern.

»Vanora, du verstehst nicht. Alkariel … ein Zauber.«

Vanora erstarrte. Das Vibrieren in der Luft!

»Wir werden beide gehen.« Mit letzter Kraft packte sie den Mauervorsprung am Fenster und zog sich in die Höhe, so dass sie in das Innere des Raumes sehen konnte. Er war leer, aber waren da Stimmen zu hören? Das Klirren von Metall?

»Verschwinde von hier, Vanora!«

Sie blickte nach unten. »Ich werde dich hochziehen.« Ihr Fuß hatte längst keinen Halt mehr an der kleinen Unebenheit der Mauer, und so mühte sie sich strampelnd ab, um sich durch das Fenster zu ziehen. Sie hing noch halb draußen, da stürmte eine Handvoll Lichtritter mit gezogenen Schwertern in den Raum. Vanora und auch die Elfen hielten mitten in der Bewegung inne und sahen sich einen Augenblick lang verdattert an, ehe ihr Herz einen etwas verspäteten, aber nicht minder heftigen Satz machte. Sie waren an Glendorfil vorbeigekommen!

»Ergreift sie!«

Die Lichtritter hatten ihre Fassung wiedergefunden und stürmten auf sie zu. Vanora blieb keine Zeit, um zu denken. Sie ließ sich wieder zurückgleiten und hielt sich mit jeder Hand an einem der beiden Seile fest, an denen Nevliin angebunden war.

»Was hast du nur getan.«

Natürlich hatte Nevliin die Lichtritter gehört, und die Wahrscheinlichkeit, dass sie beide sterben würden, war hoch.

Vanora hing jetzt genau vor ihm und spürte nicht die geringste Angst. Sie würden sterben, gemeinsam, und vielleicht würden ihre Seelen miteinander verbunden bleiben. Sie würden sterben, auf ihre Weise. Alkariel würde keine Gelegenheit bekommen, ihnen die Seelen zu rauben.

Sie verstärkte ihren Griff um die Seile, sah Nevliin in die schwarzen Augen, und dann küsste sie ihn. Sie küsste ihn mit all der Verzweiflung, die das Wissen brachte, dass dies ihr letzter Kuss sein würde. Seine Lippen waren eisig, und doch entstand eine wohlige Wärme in ihrem Inneren.

Nevliin verschränkte seine Finger mit den ihrigen, hielt sie fest. Das Feuer in Vanora entflammte. Die Rufe der Lichtritter waren jetzt direkt über ihnen. Nevliins Hand wurde ein Teil von ihr, und sie schützte ihn, als sie die Seile mit einem flüchtigen Gedanken in Rauch aufgehen ließ.

Und dann fielen sie.

Nevliin

Sein Körper schien zu zerbrechen, und die entstehenden Lücken füllten sich mit alles vernichtendem Eis. Das Blut in seinen Adern gefror. Dunkelheit umgab ihn. Sein Brustkorb zog sich zusammen und drohte seine Lungen, sein Herz, alles zu zerquetschen. Waren seine Augen offen oder geschlossen? Alles war schwarz, und doch spürte er, wie er herumgewirbelt wurde, spürte den Widerstand des Wassers. Sein Körper prickelte, fühlte sich zunehmend taub an. Sein Geist schwand langsam in die Bewusstlosigkeit.

Nein! Da war immer noch seine Hand, die einen Rest Wärme behalten hatte. *Ihre* Wärme.

Nevliin riss die Augen auf. Die Dunkelheit war nicht vollkommen. Er sah Vanoras Umrisse in der Trübnis des aufgepeitschten Wassers deutlich vor sich. Noch deutlicher konnte er sie spüren. Sein Griff um das Einzige, das in seinem Leben zählte, wurde stärker. Sie mussten schwimmen. Zurück an die Oberfläche.

Er sah ihre verzweifelten Bewegungen. Sie trug einen Brustpanzer! Der zog sie unbarmherzig in die Tiefe. Er selbst spürte das Gewicht seines Schwertes an der Hüfte. Es war zu viel. Würde er frei sein, könnte er Vanora vielleicht mit nach oben ziehen. Das Schwert musste weg!

Mit vor Kälte starren Fingern öffnete er schließlich den

Gurt. Das Gewicht fiel von ihm ab und versank in der Dunkelheit.

Nevliin strampelte, versuchte mit einem Arm nach oben zu schwimmen – doch sie sanken immer tiefer. Es war kein Wasser, das er zu verdrängen versuchte, eher zäher Schlamm, der ihn festhielt und jede Bewegung zu einem immensen Kraftakt werden ließ. Die Kälte betäubte seine Glieder. Nein, so durfte es nicht enden.

Bitte halte durch, flehte er und wünschte, er könnte ebenso in die Gedanken anderer eindringen wie die Dunkelelfen. Er musste ihr sagen, was er für sie empfand. Das konnte unmöglich das Ende sein. Sie standen doch erst ganz am Anfang!

Die Strömung zerrte sie immer wieder von ihm weg. Es war ein Wunder, dass sie nicht längst an den Felsen zerschellt waren. In all den Stunden, in denen er am Turm auf seinen Tod gewartet hatte, darauf, dass er für immer ausgelöscht wurde, waren seine Gedanken einzig um sie gekreist. Seit ihre Seelen einander berührt hatten, seit jenem magischen Moment, der ihn endgültig aus seinem bisherigen Dasein gerissen hatte, atmete er sie, blutete sie. Ein unsichtbares Band zog ihn immer wieder zu ihr hin, und er wusste, dass er ohne sie leer war. Es würde keinen Unterschied machen, ob ihm ein Grogon die Seele raubte. Ihr Verlust würde seine Seele zerstören, denn sie war längst ein Teil davon.

Das Schicksal konnte nicht dermaßen grausam sein. Es würde ihm Vanora nicht zurückgeben, nur um sie ihm sofort wieder zu entreißen. Sie mussten fort von hier.

Nevliin.

Er zuckte zusammen. Hektisch sah er sich in dem dunklen Wasser um. Schatten bewegten sich auf ihn zu, tanzten um ihn herum.

Nevliin. Es war eine Frauenstimme, schön, lockend, die sich in seinen Kopf schlich.

Du kommst zu uns, Nevliin?

Etwas strich über seinen Rücken, es hätten Algen sein können, aber er wusste, dass es etwas anderes war.

Wieder huschte ein Schatten an ihm vorbei. Aus den Augenwinkeln bemerkte er noch weitere Bewegungen.

Verschwindet!, schrie er in seinen Gedanken.

Es ist Nevliin von Valdoreen, hörte er nun eine andere Frauenstimme. *Der Weiße Ritter. Komm zu uns, Nevliin.*

Mit seiner freien Hand schlug er nach den undeutlichen Gestalten, aber er konnte sich kaum bewegen. Seine Lunge schmerzte, und selbst wenn er nicht unter Wasser gewesen wäre, hätte es ihm die Kälte unmöglich gemacht, zu atmen.

Nevliin drückte Vanoras Hand. Sie sollte wissen, dass er noch da war, auch wenn sie ihn vermutlich nicht sehen konnte. Vanora erwiderte den Druck. Sie war bei ihm. Sie war gekommen, um ihn zu retten. Wie war so etwas möglich?

Es ist zu spät für sie. Lass los. Komm mit uns.

Niemals!

Der Druck in seiner Brust war kaum noch auszuhalten. Jeden Moment würde er dem Drang nachgeben und einatmen. Und dann wäre alles vorbei.

Etwas Weiches, Glitschiges berührte seine Lippen. Die bernsteinfarbenen Augen der Meerjungfrau leuchteten in der Dunkelheit. Sauerstoff strömte in seine Lungen. Nevliin versuchte sich von dem rettenden Kuss zu befreien, doch ihre Lippen blieben an ihm haften. Wieder blies sie wohlige Luft in seinen Mund. Gleichzeitig spürte er, wie der Griff von Vanoras Fingern schwächer wurde.

Helft ihr. Rettet sie.

Was sollen wir mit diesem Ding – halb Mensch, halb Elfe?

Die Meerjungfrau ließ von ihm ab. Eine Flosse peitschte nahe seinem Gesicht das Wasser auf.

Er musste sie dazu bringen, Vanora zu retten. Meerjungfrauen galten als grausam und unbarmherzig, besonders Frauen gegenüber. Doch sie brauchten die Männer. Manchmal kamen sie an Land und lockten sie mit ihrer Schönheit oder ihrem Gesang zu sich. Sie benutzten sie und ließen sie danach elendiglich ertrinken. So durfte es nicht enden. Sie mussten doch sehen, wie wichtig sie war.

Das ist die wahre Königin!, rief er in seinen Gedanken. *Das ist Daralees Nachfahrin. Ihr müsst sie retten!*

Die Könige der Elfen kümmern uns nicht.

Die unheimlichen Augen näherten sich wieder. Nevliin presste seine Lippen aneinander, als die ihrigen sie berührten. Er würde nicht atmen, solange sie nicht atmete.

Rettet sie oder verschwindet und lasst uns sterben.

Die Meerjungfrau wich zurück. *Hört ihr das, Schwestern? Nevliin möchte sterben.*

Er fixierte sie in der Dunkelheit. *Ein Leben ohne sie wäre schlimmer als der Tod.*

Seht nur sein Herz. Wie abscheulich.

Etwas berührte ihn an der Schulter, strich über seine Brust, seinen Rücken. Immer mehr Hände glitten über seinen Körper. Ein Chor aus verführerischen Frauenstimmen sang durch seinen Kopf.

Lass los, Nevliin. Lass sie gehen.

Ich werde nicht loslassen.

Komm zu uns, Nevliin. Wir können dich lehren, in dieser Welt zu leben.

Ich werde nicht loslassen.

Wir können dir alles geben, wonach du dich je gesehnt hast. Lass los.

Ich … werde … nicht … loslassen.

Ein schriller Schrei brach in seinen Kopf und wütete darin. Das Wasser um ihn herum sprudelte. Seine Schultern wurden gepackt, und er spürte, wie Vanora von ihm fortgezogen wurde.

Nein! Nevliin hielt ihre Hand fest umklammert. Weitere Meerjungfrauen versuchten, ihn von ihr wegzureißen, und er erkannte auch die Schatten und die leuchtenden Augen an Vanoras Seite. *Ich werde nicht loslassen!*

Sein Körper war geschwächt, doch er nutzte jeden Funken Kraft, den er noch in sich trug, und drückte damit die kleine zarte Hand, die schon bald völlig in seinem Griff verschwand. *Ich bin ein Magier des Wassers!*, schrie er in seiner Verzweiflung. *Dies ist mein Element, und ich befehle euch, die Prinzessin in Sicherheit zu bringen!*

Du hast uns nichts zu befehlen, Elf.

Ihr seid dem Schicksal genauso unterworfen! Lasst sie sterben, und ihr begeht Verrat an der Vorbestimmung.

Diese würde sie ebenso in den Tod führen.

Wenn es dem Schicksal so gefällt. Doch ich werde nicht loslassen! Niemals. Nevliin bündelte die Magie in seinem Inneren. Das Wasser um ihn herum leuchtete, zeigte die Meerjungfrauen mit deren blassgrüner Haut und den dunklen Haaren in der Farbe von Seetang. Milliarden winziger Bläschen sprudelten um ihn herum. Mit aller Kraft stemmte er sich gegen den Sog der Strömung, drängte das Wasser zur Seite und klammerte sich an Vanora, um sie nicht zu verlieren. Er würde zurück an die Oberfläche kommen, und wenn er die Meerjungfrauen allesamt vernichten musste.

Sturer Narr!

Ein dumpfer Schmerz brach in seinen Kopf. Das Licht flackerte noch einen kurzen Moment – dann gewann die Dunkelheit.

Der gewaltige Druck seiner Lungen, die zu explodieren drohten, riss ihn aus der Bewusstlosigkeit und ließ ihn Wasser husten. Nevliin krümmte sich im Sand, rang verzweifelt nach Luft. Jeder Atemzug schmerzte, als hätte ihm das Salzwasser die Luftröhre verätzt. Es war eine neue, von Schmerz gezeichnete Dunkelheit, die ihn nun umgab. Die Sonne war noch nicht aufgegangen, und die Kälte der Nacht schnitt in seinen ungeschützten Oberkörper und machte ihm auf grausame Weise bewusst, dass er noch am Leben war.

Langsam, mit zitternden Armen, stützte er sich auf die Hände und versuchte sich aufzurichten. Er stützte sich auf beide Hände!

Nevliin fuhr hoch. Seine Beine fühlten sich an, als hätten sie sich dem Meer angepasst und verflüssigt. Die Magie hatte seinem ohnedies schon geschwächten Körper zu viel abverlangt.

Schwankend sah er sich um und konnte doch nur Sand und das Meer erkennen, das sich in sanften Wellen an diesen weitläufigen Strand tastete. Der wolkenverhangene Himmel wurde an einer Stelle durch den dahinterliegenden Mond leicht beleuchtet. Genug, um die Sicht etwas zu verbessern.

Mit zitternden Knien machte er einen Schritt vorwärts und dann noch einen und noch einen. Er musste sie finden. Er hatte sie nicht losgelassen. Er hatte sie nicht verloren. Sie war irgendwo hier. Er musste sie finden.

Hektisch ließ er seinen Blick über den Sand fliegen. Er wusste nicht einmal, in welche Richtung er gehen sollte. Was hatten die Meerjungfrauen mit ihm gemacht? Wieso hatten sie ihn gerettet, ihn hierher gebracht?

Sein Fuß stieß gegen etwas Hartes. Beinahe wäre er darüber gestolpert. Nevliin sah zu Boden und lachte verzweifelt auf. Seine Hände zitterten vor Kälte, als er sich bückte und das Schwert aufhob. Er drehte sich in die Richtung, in welcher das Meer leise rauschte, und hob das Schwert über den Kopf.

»Das lasst ihr mir?!«, schrie er mit vor Kälte bebender Stimme. »Dieses verfluchte Schwert lasst ihr mir?!«

Mit all seiner Kraft schleuderte er es davon. Es flog nicht besonders weit.

Ohne zu wissen, wohin er gehen sollte, taumelte er weiter. Seine Füße schleiften durch den Sand.

»Vanora!« Er schrie aus Leibeskräften. »Vanora!«

Nein, er hatte sie nicht verloren. Unvorstellbar. Ihm war bewusst gewesen, dass der Tod sie eines Tages trennen würde, doch es würde sein Tod sein. Er würde sterben, und Vanora würde leben. Die Möglichkeit, dass sie ihr Leben lassen könnte und er ohne sie weiterleben musste, verschloss sich seinem Verstand. Diese Möglichkeit bestand nicht. Er würde sie nicht sterben sehen. »Vanora!«

Seine Beine knickten ein, und er brach in die Knie. Er hatte das Gefühl, zu ersticken. Es war so kalt. Er hatte kaum noch Kraft für die schützende Magie, und er wusste auch nicht, ob er sie wollte. Konnte es je wieder Wärme geben ohne sie?

Wieso, oh wieso nur war sie nach Tantollon gekommen?

Ein Geräusch ließ ihn aufhorchen. Es war ganz nah. Ein leises Röcheln, das sein Herz schneller schlagen ließ.

Nevliin war sofort wieder auf den Beinen und torkelte, so schnell er nur konnte, auf das Geräusch zu. Mit eisernem Willen zwang er seinen Körper, sich vorwärtszubewegen.

Und dann sah er sie. Zusammengekrümmt lag sie im Sand, hustete und würgte.

»Vanora!«

Er stürzte auf sie zu und fiel neben ihr auf die Knie. Ohne ihr verzweifeltes Ringen um Atem zu beachten, hob er sie hoch, drückte sie an sich und wiegte sie leicht hin und her. Vanora versuchte sich aus seiner Umklammerung zu befreien, doch er konnte sie nicht loslassen, drückte ihren Kopf gegen seine Brust, während sie immer wieder Meerwasser spie.

»Ich habe dich nicht losgelassen«, flüsterte er und grub sein Gesicht in das nasse Haar. »Ich habe nicht losgelassen.«

Niemals war ihm in seinem Leben etwas geschenkt worden, niemals hatte er so etwas wie Glück gefühlt. Er konnte einfach nicht glauben, dass er sie tatsächlich in den Armen hielt.

Die Meerjungfrauen hatten sie gerettet. Sie hatten sein Leben gerettet.

Danke. Immer wieder wiederholte er in Gedanken dieses Wort, auch wenn er wusste, dass sie ihn hier nicht hören konnten. *Danke, danke, danke.*

Vanora wand und drehte sich. »Nevliin, bitte …« Sie schlug gegen seinen Arm. Ein lächerlicher Schlag, der sie mit Sicherheit mehr schmerzte als ihn, aber er zeigte Wirkung. Nevliin ließ sie los.

»Entschuldige.« Er schob sie etwas von sich weg und betrachtete sie von oben bis unten, um sicherzugehen, dass ihr nichts fehlte.

Sie sah fürchterlich aus. Das nasse Haar hing ihr in Strähnen ins Gesicht, ihre Lippen waren dunkel verfärbt. Am Erstaunlichsten jedoch war, dass sie den Brustpanzer nicht mehr trug, sondern lediglich das silbernfarbene Hemd der einfachen Lichtelfenkrieger. War dies das Werk der Meerjungfrauen?

»Es geht mir gut«, brachte sie mühsam und immer noch etwas außer Atem hervor. Er konnte regelrecht zusehen, wie das Leben mit jedem Herzschlag deutlicher in sie zurückkehrte. »Aber was ist mit dir?« Vanora beugte sich vor und berührte sanft seine Wange.

Es war nur eine winzige Bewegung, eine kleine Geste, aber Nevliin blieb beinahe das Herz stehen, als ihre Finger seine Haut berührten. Die Erleichterung, endlich wieder atmen zu können, war nichts im Vergleich dazu.

Er nahm ihre Hand von seiner Wange und führte sie zu seinen Lippen. Mit geschlossenen Augen küsste er ihren Handrücken und verharrte dort. Er musste sie halten, jede Sekunde sichergehen, dass es kein Traum war. Sie hätte sterben können. Einzig, um ihn zu retten. Wie konnte man auf solch eine Idee kommen? Das eigene Leben für jemand anderen zu opfern!

»Was hast du dir nur dabei gedacht?« Er ließ sie los und richtete sich auf. »Verflucht, du hättest sterben können!«

Vanora starrte zu ihm hoch und schüttelte nur ganz leicht ihren Kopf. Dann rappelte sie sich ungelenk auf, sah ihn an und schüttelte noch einmal den Kopf. Ohne ein Wort stapfte sie an ihm vorbei.

Nevliin wollte sich zu ihr umdrehen, da bemerkte er den Beutel im Sand. Das konnte nicht wahr sein. Selbst dieses unnütze Ding hatten sie zurückgegeben.

»Vanora.« Er hob den Beutel auf und drehte ihn hin und her. »Ich glaube, der gehört dir.«

Vanora, die wieder neben ihm stand, nahm den Beutel aus seiner Hand und öffnete ihn. Sie wühlte kurz darin herum und sah dann zu ihm auf. »Es ist alles trocken«, flüsterte sie. »So wie unsere Kleidung. Wie kann das …«

»Mittlerweile müsstest du schon daran gewöhnt sein.«

Vanora nickte, sah aber trotzdem verwirrt aus. Sie zog ein silbernes Hemd heraus und drückte es an seine Brust, dabei blitzten ihre Augen zornig auf. Nahm sie ihm seine Worte tatsächlich übel? Wie sollte er verstehen, was sie zu solch einer Dummheit gebracht hatte? Elfen opferten sich nicht, sie nahmen den Tod hin. Er würde die Eigenheiten der Menschen niemals verstehen.

Wortlos nahm er das Hemd und zog es schnell über. Der dünne Stoff würde einen großen Teil der Kälte abhalten. Ihre Kleidung war zwar trocken, aber die Kälte, die tief in ihren Gliedern saß, konnte sie nicht vertreiben. Sie mussten ein Feuer machen, aber zuerst mussten sie sichergehen, dass keine Feinde in der Nähe waren, und vor allem herausfinden, wo sie waren.

Nevliin ergriff Vanoras Hand und machte sich auf den Weg, auf die Suche nach einem sicheren Unterschlupf, weg vom Strand. Er war nur wenige Schritte gegangen, da traf es ihn wie ein Blitz. Sofort drehte er wieder um und ging mit eiligen Schritten zurück zum Meer.

»Was ist los?« Vanora versuchte stehenzubleiben, aber er zog sie hinter sich her und ignorierte ihren Protest.

»Ich habe dich etwas gefragt!«

Nevliin blieb stehen. Er hob den Gürtel mit der weißen Schwertscheide auf und legte ihn um. Seine Lippen verzogen sich zu einem Grinsen, als Vanora die Augen verdrehte.

Sich so lebendig zu fühlen war ihm immer noch fremd. Er

war stets beherrscht gewesen, was ihm nicht schwergefallen war, da ihm andere gleichgültig waren. Doch in ihrer Gegenwart fühlte er sich ständig provoziert.

»Das hätte ich mir denken können«, krächzte Vanora. »Der Weiße Ritter und sein Schwert.«

Nevliin hob eine Augenbraue und musterte ihren seltsamen Gesichtsausdruck. Ihre Reaktion amüsierte ihn, doch der Spaß hörte auf, als sie sich umdrehte und von ihm wegzugehen versuchte. Etwas, das er nicht zulassen konnte. Jetzt nicht mehr.

Seine Hand schnellte vor und hielt sie am Oberarm fest. Auch das hätte er längst tun sollen. Einzig die Ahnung, dass sie diesen Strand niemals – oder zumindest sehr lange nicht mehr – verlassen würden, hatte ihn davon abgehalten.

In diesem Moment jedoch unterdrückten sein Herz und sein Körper den Verstand. Er zog sie wieder zurück, womöglich etwas zu fest, da sie ihm regelrecht entgegenflog, doch er fing sie auf, mit seinen Lippen, seinen Armen, seinem gesamten Körper.

Vanora schlang ihre Arme um seinen Nacken und stellte sich auf die Zehenspitzen. Sie schien in seinen Armen zu zerfließen, und es machte ihn wahnsinnig. Die Leidenschaft, das Verlangen, das sie in ihm auslöste, brannte in einer Intensität, die ihn nicht zum ersten Mal ahnen ließ, dass die Körper, die Seelen von Elfen nicht für solche Gefühle geschaffen waren. Es war ein süßer Schmerz, der niemals gestillt werden konnte. Er wusste, dass er sich immer nach ihr verzehren würde. Egal, wie viel sie ihm gab, er würde immer mehr wollen.

Er hielt sie fest, hob sie zu sich, um ihr noch näher zu sein. Das Rauschen des Meeres im Hintergrund und sein und ihr leises Stöhnen, während sie versuchten Luft zu holen, ohne eine Sekunde auf die Berührung ihrer Lippen zu verzichten, wurde zu solch betörender Musik, dass es auch den letzten Rest Verstand aus seinem Kopf schmolz. Er konnte sie nicht mehr loslassen. Er hatte gedacht, sie für immer verloren zu haben, und die Erleichterung versetzte ihn in einen schwebenden Zustand, der jeden vernünftigen Gedanken vereitelte. Und alles in ihm protestierte, als sie ihn schließlich sanft, aber deutlich von sich fortschob.

»Nein«, flüsterte sie, und als wäre dieses Wort nicht Qual genug, küsste sie ihn noch einmal sanft und doch so hingebungsvoll, dass er dieses winzige, störende Wort sofort wieder vergaß.

»Nein?«, wiederholte er rau, und die kalte Luft versuchte mit jedem Atemzug seinen Verstand zurückzuholen.

»Wir müssen hier weg«, sagte sie.

Nevliin atmete tief durch. »Ich weiß.«

»Wir müssen herausfinden, wo wir sind, so schnell es geht, zurück nach Lurness.«

»Ich weiß.«

»Wir sollten ein Feuer machen, sonst sind wir noch vor dem Morgengrauen tot.«

Mir ist nicht kalt, dachte er, sagte jedoch wieder: »Ich weiß.«

Als hätte sie seine Gedanken gelesen, wich sie noch weiter vor ihm zurück, obwohl ihre Augen, ihr ganzer Körper ihm mehr als deutlich zeigten, dass sie bleiben, in seinen Armen bleiben wollte.

»Ich meine es ernst, Nevliin.«

»Ich weiß.« Was machst du nur mit mir?

»Nevliin …« Sie sah ihm in die Augen, und was auch immer sie darin sah, brachte sie dazu, noch weiter zurückzuweichen. Eine Reaktion, die bei ihm genau das Gegenteil bewirkte. Als wäre er ein Raubtier, brachte ihn diese Flucht nur noch weiter auf. In zwei großen Sätzen war er bei ihr und zog sie so schnell zu sich, dass sie den Bodenkontakt verlor. Er ignorierte ihren Schlag auf seine Schulter und küsste sie, wie ein Ertrinkender nach Luft schnappte, und Vanora erwiderte seinen Kuss mit einem verzweifelten Seufzen. Irgendwie landeten sie im Sand. Vielleicht hatte er diesmal tatsächlich seine Absichten in die Tat umgesetzt und sie einfach umgeworfen und sich auf sie gestürzt, jedenfalls fand er sich mit ihr am Boden wieder. Doch als seine Lippen zu ihrem Hals hinabglitten, drückte sie ihn von sich weg.

»Warte«, keuchte sie und versuchte sich aufzusetzen.

Nevliin drückte sie nieder. »Ich glaube nicht.«

Sie ließ sich wieder von ihm küssen, flüsterte jedoch ein weiteres »Nein« gegen seine Lippen, wodurch er schließlich widerwillig von ihr abließ.

Er sah ihr in die verschleierten Augen und unterdrückte bei diesem Anblick den erneuten Drang, ihre Worte einfach zu ignorieren.

»Nein«, piepste sie noch einmal, und Nevliin entrang sich ein verzweifeltes Stöhnen.

»Wenn du willst, dass ich aufhöre«, sagte er, »solltest du dieses Wort zumindest so aussprechen, als würdest du es auch so meinen.«

»Das kann ich nicht.« Sie lächelte und quälte ihn damit nur weiter. »Aber du weißt, dass wir so schnell wie möglich zurückmüssen.«

Nevliin ließ den Kopf an ihre Schulter sinken, atmete ein paarmal mit geschlossenen Augen durch und richtete sich schließlich in einer schnellen Bewegung auf, mit der er sie gleichzeitig mit auf die Beine zog. Kaum, dass sie aufrecht stand, wich diesmal er zwei Schritte vor ihr zurück, und als sie auf ihn zugehen wollte, streckte er die Hand aus, um sie daran zu hindern.

»Du bleibst da«, sagte er rau, was ihn von Vanora ein Grinsen und hochgezogene Augenbrauen einbrachte.

»Weißt du, in welche Richtung wir gehen müssen?«

»Nein, verflucht.« Er strich mit der Hand über seine Augen. Es dürfte ihm nicht so schwerfallen, seine Gefühle zu unterdrücken, sie einfach zu ignorieren, oder wie er es für gewöhnlich tat: sie gänzlich abzuschalten. Er hatte eine Ewigkeit lang nichts anderes getan. Wieso konnte er es jetzt nicht? Es lag nicht in der Natur der Elfen, so zu empfinden. Wie viel leichter war ein Leben ohne diese aufzehrenden, alles einnehmenden Emotionen? Leicht, grau und dumpf.

Er hatte es stets für dummes Geschwätz gehalten: die Geschichten von Elfen, die an gebrochenem Herzen gestorben waren. Jetzt nicht mehr. Wo er doch selbst am eigenen Leib erfahren musste, welche Auswirkungen die Verbundenheit zweier Seelen haben konnte. Die Sehnsucht, die ihm schon körperliche Schmerzen bereitete. Ja, er konnte verstehen, dass solch ein Verlust das Herz brechen konnte, und das nicht nur im übertragenen Sinn. War dies eine bessere Möglichkeit, diese Welt zu verlassen, als im Kampf mit dem Schwert in der Hand zu sterben?

»Wir müssen nach Osten«, unterbrach Vanora seine Gedanken und deutete mit dem Kopf in die entgegengesetzte Richtung, in welcher das Meer lag. Dies war der einzige Anhaltspunkt, den sie hatten, denn die Sterne waren hinter Wolken verborgen, und es war finsterste Nacht.

Nevliin nickte, bedeutete ihr mit einer Handbewegung

vorauszugehen, und als sie ein paar Schritte Vorsprung hatte, rückte er seinen Schwertgurt zurecht und folgte ihr.

»Du weißt, dass das lächerlich ist«, sagte sie nach kurzer Zeit und sah über ihre Schulter zurück zu ihm, doch Nevliin winkte sie wortlos weiter, was Vanora mit einem Kopfschütteln quittierte. »Muss ich jetzt bis Lurness allein weitergehen?«

»Wenn du dort ankommen willst.« Nevliin konnte sich ein Grinsen nicht verkneifen und war froh, dass Vanora es nicht sah. Er wusste nicht, wieso er sich so leicht fühlte. Schließlich waren sie nur knapp dem Tod entronnen, und die letzten Tage waren von Schmerz und Folter gezeichnet gewesen. Doch vielleicht lag es auch genau daran. An der Freiheit, dieser Weite, in der sie fern von allem Leid und allen Problemen allein für sich waren.

Natürlich ließ er sie nicht allein weitergehen und schloss schon sehr bald zu ihr auf. Die letzten wenigen Stunden der Nacht bewegten sie sich vom Strand weg und folgten schließlich dem Sonnenaufgang. Die grünen Hügel, die sich bis zum Horizont erstreckten und von weißen Nebelschleiern bedeckt wurden, bewiesen, wie weit sie von Tantollon entfernt waren – was die Frage aufwarf, wie es die Meerjungfrauen in so kurzer Zeit geschafft hatten, solch eine Strecke mit ihnen zurückzulegen. Sie waren dem Grenzland bereits sehr nahe, und über Land hätten sie zu Fuß mit Sicherheit einige Tage für diese Entfernung benötigt.

Der Morgen vermochte die Kälte nicht zu vertreiben. Sie hatten bisher noch immer nicht angehalten, um sich an einem Feuer zu wärmen, auch wenn die Lichtelfen weit weg waren.

Die Zeit lief ihnen davon. Alkariels Heer würde bald vollständig versammelt sein, und sie wagten es beide nicht, innezuhalten, um dieser seltsamen Macht, die sie zueinander zog, erneut eine Gelegenheit zu geben, Besitz von ihnen zu ergreifen. So gingen sie schweigend immer weiter, jeder in seinen eigenen Gedanken versunken, und setzten einen Schritt vor den anderen, um zurück nach Lurness zu gelangen.

Auch wenn der Weg und der Zauber gegen die Kälte an seinen Kräften zehrten, wünschte er sich doch, er würde niemals enden. Er hatte kein Bedürfnis danach, in Eamons Festung zurückzukehren. Hier draußen waren nur sie beide, und er brauchte nichts anderes. Die Versuchung war groß, einfach die Richtung zu ändern und für immer fortzugehen. Er wollte sie nach Valdoreen bringen. In das Land, welches sich unter einem hellblauen Himmel erstreckte und das das ganze Jahr über mit Schnee bedeckt war, der im Schein der Sonne wie Kristalle glitzerte. Er war dieses graue Land so leid. Er war dessen Bewohner leid. Niemand würde seine und ihre Gefühle füreinander verstehen, zumindest kein Elf. Vanora und er mussten nicht sprechen, um sich der Gegenwart des anderen bewusst zu werden. Die Blicke, die sie ihm immer wieder zuwarf, bedeuteten mehr als alle Worte. Ihre Verbindung lag tiefer, als dass sie es nötig hatten, diese friedliche Stille mit belanglosen Gesprächen zu stören. Es gab nicht vieles, was es wert war, ausgesprochen zu werden, und Nevliin wunderte sich umso mehr, als Vanora nach Stunden plötzlich das Schweigen brach.

»Ich glaube, Glendorfil ist tot«, sagte sie so unvermittelt und nüchtern, als stelle sie fest, dass die Hügellandschaft langsam flacher wurde.

Nevliin blieb stehen. Dies wäre sehr wohl wert gewesen,

ausgesprochen zu werden. Es war von äußerster Wichtigkeit! Und sie sagte es nach Stunden!

»Er wollte Wache stehen«, fuhr sie langsam fort. »Unten im Turm. Aber die Lichtritter sind gekommen. Ich glaube, er ist tot.«

»Wovon redest du? Wieso Glendorfil?«

Sie drehte sich zu ihm um und sah ihm in die Augen. »Er hat mich begleitet«, erklärte sie, »um dich zu befreien. Eigentlich habe ich ihn begleitet.«

Nevliin starrte sie an. Wie hatte sie nichts davon erwähnen können? Glendorfil hatte ihn befreien wollen? Das war absurd. Natürlich, sie waren keine Feinde, aber ebenso waren sie von Freundschaft weit entfernt. Bei Vanora konnte er die Dummheit noch einigermaßen nachvollziehen. Es war das menschliche Blut in ihr. Aber Glendorfil war ein Elf. Elfen opferten sich nicht!

»Glendorfil kam, um mich zu befreien?«, fragte er, immer noch fassungslos.

Vanora nickte langsam, und seine Gedanken rasten. Er versuchte sich die Situation vor dem Erscheinen der Lichtritter und ihrem Absturz vorzustellen.

»Er ist nicht tot«, sagte er schließlich. »Er muss bemerkt haben, dass ihr entdeckt wurdet und ist bestimmt durch das Tor zurück nach Lurness geflohen. Glendorfil ist nicht dumm. Er versucht nicht, es mit einem gesamten Heer aufzunehmen.«

»Glaubst du das wirklich?«

Nein. »Wenn er nicht entkam …« Er dachte an das grausame Schicksal, das seiner Seele gedroht hatte. »Sie werden ihn gefangen halten. Er ist zu wichtig, als dass sie ihn töten würden. Er ist Eamon zu wichtig. Vielleicht versuchen sie, Eamon mit ihm unter Druck zu setzen, zu verhandeln.«

Glendorfil war gekommen, um ihn zu befreien. Er konnte es nicht fassen. Zu wissen, dass er diesem besten Ritter von allen nicht egal war, rührte ihn zutiefst. Und jetzt sollte Glendorfil seine Strafe für den Verrat an Alkariel bezahlen. Das durfte er nicht zulassen. Auch wenn sich alles in ihm dagegen sträubte, Vanora erneut zu verlassen, konnte er nicht untätig zusehen, wie jemand seinetwegen zu Tode kam. Nicht jemand wie Glendorfil.

»Du gehst zurück nach Lurness«, beschloss er daher, und Vanoras Augenbrauen flogen sofort nach oben. »Ich werde Glendorfil da herausholen. Er ist nicht tot, ich weiß es.«

»Nein!« Vanora ging auf ihn zu und nahm seine Hand in die ihrige. »Nein«, wiederholte sie noch einmal leise. »Es ist genug. Das muss endlich ein Ende haben. Vielleicht ist er tatsächlich entkommen, und wenn nicht …«, sie atmete deutlich ein, »dann können wir nichts ausrichten. Sie werden sich nicht noch einmal täuschen lassen. Wir müssen zurück nach Lurness. Du hast recht: Sie werden ihn nicht töten. Es besteht noch Hoffnung für ihn.«

Er sollte protestieren, und doch nickte er nur. Es war das magische Band zwischen ihnen, das ihm befahl, nicht zu gehen, und es war auch diese Art der Verbundenheit, die er niemals gänzlich verstehen würde, die ihn alarmierte. Etwas in ihrem Ausdruck machte ihm Angst. Sie schien plötzlich so sicher, dass Glendorfil nicht verloren war, und das konnte unmöglich an seinen wenig tröstenden Worten liegen. Da war etwas in ihren Augen, das er nicht verstand, doch er war sicher: Es bedeutete nichts Gutes. Sie heckte etwas aus.

»Komm«, sagte sie und zog ihn weiter. »Wir müssen zurück.«

Nevliin setzte sich in Bewegung und konnte nicht anders,

als sie immer noch verwirrt von der Seite zu beobachten, als sie ihren Weg durch die frostüberzogenen Wiesen fortsetzten. Sie spürte seine Blicke, ließ sich jedoch nichts anmerken.

Nachmittags kreuzte ein Bach ihren Weg, der sich gluckernd unter einer Schicht Eis den Hang hinabschlängelte, an dessen Fuß sich eine einsame Hütte gegen den Nebel abzeichnete. Die Kälte und der damit verbundene Verlust der Kräfte hatten ihnen beiden schlimmer zugesetzt, als sie sich eingestanden hatten. Sie warfen ihre Vorsicht beiseite, obwohl sie auf ihrem Rückweg Tantollon bereits wieder näher gekommen waren. Die Aussicht auf Wärme und etwas Ruhe ließ sie, ohne lange zu überlegen, den Hang hinablaufen.

Vanora wartete am Brunnen nahe der Hütte, während er sich genauer umsah und schließlich an den Pfosten klopfte. Niemand antwortete, und so öffnete er langsam die knarrende Holztür. Es war nur ein einziger großer Raum, der bis auf einen Tisch, einen Stuhl, eine Truhe und Stroh, das in einer Ecke auf einem Haufen lag, leer war. Doch zu ihrem Glück befand sich in der Mitte des Raumes auch eine steinerne Feuerstelle, und Holz lag unordentlich daneben verstreut. Der Besitzer dürfte schon länger fort sein, und nach der halbgeöffneten Truhe zu urteilen, aus der die Kleidung heraushing, hatte er es auch sehr eilig gehabt.

Nevliin rief nach Vanora, die, kaum dass er ihren Namen ausgesprochen hatte, auch schon eintrat. Sie hatte also nicht wie vereinbart am Brunnen gewartet. Er hätte es sich denken können.

»Es ist weit und breit niemand zu sehen«, sagte sie und sah sich aufmerksam um.

Nevliin ging auf die Truhe zu und entdeckte eine alte

Armschiene, die bereits in ihre Einzelteile zerfiel, und auch einen alten Umhang mit dem Wappen der Dunkelelfen.

»Hier lebte ein Krieger«, stellte er fest. »Bestimmt wurde er nach Lurness gerufen.«

»Nun denn.« Vanora legte etwas Holz in die Feuerstelle. »Er wird bestimmt nichts dagegen haben, wenn wir uns hier etwas ausruhen.«

Und im nächsten Augenblick loderten durch Magie erzeugte Flammen auf und fraßen sich gierig durch das trockene Holz.

Vanora versuchte, ihr Haar aus dem Rest, der von ihrem Zopf geblieben war, zu befreien, und ließ sich schließlich gähnend vor dem Feuer nieder. Nevliin setzte sich neben sie und legte den Arm um ihre Schultern. Nur schleichend bahnte sich die Wärme des Feuers einen Weg in die unterkühlten Knochen, und schon bald war der gesamte Raum mit Rauch vernebelt, der nur spärlich durch die Luke im Dach abziehen konnte. Nevliin wusste nicht, wann ihm das letzte Mal warm gewesen war. Es fühlte sich tatsächlich an, als wäre sein Blut gefroren gewesen und würde nun langsam wieder auftauen und dadurch etwas schmerzhaft durch seine Adern fließen.

Er vermied es, in die Flammen zu sehen, um sich die Nachtsicht nicht zu verderben, und beobachtete stattdessen das orange Lichterspiel auf Vanoras Gesicht. Sie hatte die Augen geschlossen, und vermutlich träumte sie bereits. Das dunkle Blau auf ihren Lippen war der Farbe von roten Beeren gewichen, und auch ihre rosigen Wangen hoben sich von der sonst so blassen Haut ab.

»Ich wünschte, ich wäre bereits vor tausend Jahren geboren«, flüsterte sie.

»Ich dachte, du schläfst.« Nevliin strich mit einem Finger

über ihre Wange, küsste ihre Haare und genoss, wie sie sich an ihn schmiegte. »Wieso wünschst du dir das?«

Vanora öffnete die Augen und blickte in die Flammen. »Dann wäre ich dir schon viel eher begegnet. Wir hätten bereits Jahrhunderte miteinander verbringen können. Die Zeit, die wir hatten, war so kurz.«

Nevliin richtete sich auf und suchte ihren Blick. Sie sah traurig aus. »Das alles liegt noch vor uns«, versicherte er ihr, und als sie nicht antwortete, zog er sie wieder an seine Brust. »Wir haben noch eine Ewigkeit, die wir zusammen verbringen können.«

»Ja.« Vanora sah wieder in die Flammen, und Nevliin spürte Angst. Eine Angst, die ihm die Kehle zuschnürte, genauso wie bei ihrem Gespräch über Glendorfil vorhin.

»Wir werden immer zusammen sein«, sagte er, mehr, um sich selbst zu beruhigen, als Vanora ihre Sorgen zu nehmen.

»Die Menschen sagen, die Herzen der Elfen sind aus Eis.« Sie klang abwesend, als würde sie mit sich selbst sprechen. Etwas quälte sie.

»Damit haben sie wohl recht«, antwortete er ihr.

»Aber nicht alle.«

»Nein, nicht alle.«

»Dein Herz ist nicht aus Eis.« Sie sah mit einem zaghaften Lächeln zu ihm auf.

»Bestimmt nicht.« Dessen war er sicher. Sein Herz brannte, seit er ihr begegnet war, doch das war nicht immer so gewesen.

»Aber wieso ist das so? Was macht die Elfen so kaltherzig?«

Nevliin lächelte. Noch immer sprach sie von den Elfen, als würde sie nicht dazugehören, und sie hatte auch recht damit. Sie unterschied sich nicht nur äußerlich von seinem Volk. »Ich glaube, das liegt an unserer Unsterblichkeit«, erklärte er ihr. »Die Zeit eines Menschen ist begrenzt. Jeder Moment ist etwas Besonderes, und dadurch sind wohl auch die Gefühle um so vieles intensiver. Wir Elfen haben durch unser langes Leben wohl die Leidenschaft verloren. Natürlich empfinden wir Freude, Wut oder auch Trauer. Aber niemals in einem Ausmaß, das unsere Handlungen beeinflussen könnte oder sich über unseren Verstand stellt. Vermutlich ist es auch ein gewisser Schutz. Du weißt, es gibt Ausnahmen: Elfen, die von Gefühlen beherrscht werden und die, wie die Zeit gezeigt hat, für gewöhnlich nicht sehr lange leben. Unsere Welt würde längst nicht mehr existieren, würden wir wie Menschen handeln, wie Menschen fühlen. Dir mögen manche Entscheidungen oder Handlungsweisen der Elfen grausam erscheinen, aber kein Elf ist so gefährlich wie jener, der zu wahren Gefühlen fähig ist.«

»So wie Alkariel? Ist sie deswegen so gefährlich?«

Nevliin lachte auf. Die Vorstellung, dass Alkariel auch nur einen Funken des Feuers in sich hatte, welches in ihm brannte, war zu absurd. »Nein. Alkariel gehört bestimmt nicht zu diesen Ausnahmen. Sie ist ein gutes Beispiel für die Gleichgültigkeit, die uns die Zeit lehrt. Es sind keine Gefühle, die sie leiten. Sie sieht nur ihr Ziel vor Augen und geht ihren Weg, um dieses Ziel zu erreichen. Der Angriff auf Tantollon war keine Rache. Es war einzig ein Mittel zum Zweck. Sie musste auf meinen Verrat reagieren, gleichzeitig sollte es eine Warnung an ihre Feinde sein. Wenn Alkariel irgendetwas fühlt, dann lediglich ihren verletzten Stolz. Wir Elfen können sehr stolz sein, Vanora.«

»Und was macht die Elfen, die fühlen, also richtig fühlen, so gefährlich?«

Diese Frage hatte er sich selbst schon oft gestellt, und in seiner langen Lebenszeit waren ihm Hunderte gleichgültiger Elfen und vielleicht ein Dutzend Ausnahmen begegnet. Seine Erfahrung hatte ihn gelehrt, dass ein Elf, der von Gefühlen geleitet wurde, kaum zu töten war und selbst gegen einen geübten und besseren Kämpfer bestehen konnte. Nevliin richtete Vanora auf und sah sie an. »Ich kenne zwei Brüder«, begann er zu erzählen. »Es sind die Fürsten des Sonnentals. Menavor ist ein typischer Elf. In deinen Augen gewiss kaltherzig und vielleicht auch grausam. Er setzt die strengen Gesetze des Fürstentums um, ohne Gnade zu gewähren. Er ist ein Perfektionist, und seine Handlungen werden von Taktik bestimmt. So wie auch bei Alkariel. Aber sein Bruder Daeron ist einer der wenigen Elfen, die die Zeit nicht ernüchtern konnte. Und das macht ihn so unberechenbar, wie ein wildes Tier. Vor langer Zeit hat eine Gruppe von Elfen versucht, den beiden Brüdern ihre Macht streitig zu machen. Menavor konnte diese Tat nicht besonders aufregen. Er ist es gewohnt, nicht nur Freunde unter seinen Ratsmitgliedern zu haben, und verurteilte die Eidbrüchigen zu der gesetzmäßigen Strafe: Tod durch Enthauptung. Doch Daerons Zorn über diesen Verrat war so schrecklich, dass er den Elfen bei lebendigem Leib die Haut abziehen ließ und sie dann vor den Toren der Burg aufknüpfen ließ, wo die Krähen sich über die blutigen Leiber hermachten, während er seine Widersacher mit einem seiner Gifte am Leben erhielt.«

Vanora sah ihn an, und ihre Wangen hatten die rosige Farbe verloren. »Ich bin froh, den beiden nie begegnet zu sein«, flüsterte sie und zwang sich zu einem Lächeln.

Nevliin zog sie noch etwas näher zu sich. »Der Tag wird kommen«, sagte er müde, »an dem du ihnen nicht mehr ausweichen kannst. Denn auch sie streben nach größerer Macht, und sie sind klug genug, um diesen Krieg abzuwarten und zuzusehen, wie wir uns gegenseitig schwächen. Du wirst sehen: Egal, wie dieser Krieg ausgeht, die Fürsten des Sonnentals werden daraus gestärkt hervorgehen.«

Vanora lehnte sich wieder an seine Brust. »Mein Vater sagte immer: Solange es Menschen gibt, wird es Krieg geben. Das ist bei Elfen wohl nicht anders.«

»Ich würde sagen, dein Vater war ein sehr kluger Mann.«

»Ja … ja, das war er.« Vanoras Augen fielen zu, und schon bald konnte er ihren leisen, regelmäßigen Atem hören. Auch seine eigenen Lider wurden schwer, und er befand sich halb im Schlaf und halb im wachen Zustand, als er ein leises Geräusch von draußen hörte. Sein Körper spannte sich instinktiv an. Irgendetwas hatte den regelmäßigen Rhythmus des rauschenden Grases gestört. Hufe.

Nevliin richtete sich vorsichtig auf und hob Vanora hoch. Sie wurde nicht wach, als er sie behutsam ins Stroh legte und sie mit ihrem Umhang zudeckte. Er zog sein Schwert so aus der Scheide, dass es kein Geräusch verursachte und schlich zur Tür. Er hörte ein Pferd schnauben, und in diesem Moment fiel all seine Anspannung von ihm ab. Leise öffnete er die Tür und schlüpfte hinaus.

»Du hast mich gefunden«, flüsterte er und lief auf den weißen Hengst zu, der neben dem Brunnen stand und ihn aus großen, dunklen Augen ansah. »Wie hast du das nur angestellt, mein Freund?« Nevliin streichelte dem Tier über die Stirn und küsste es an den Nüstern. Der Hengst schnaubte und stieß ihm ungeduldig den Kopf gegen die Brust. »Bald, mein Schöner. Bald brechen wir auf.«

Die Tür knarrte. »Das ist nicht möglich.«

Nevliin drehte sich um und streckte die Hand aus. »Komm her. Begrüße meinen treuen Freund, der gekommen ist, um uns zu holen.«

Vanoras Augen strahlten, als sie dem Hengst durch die weiße Mähne strich. »Er ist so schön«, schwärmte sie. »Du hast mir noch nicht seinen Namen gesagt.«

Nevliin kniff die Augen zusammen. »Seinen Namen?«

»Ja. Wie heißt er?«

»Das ist ein Pferd, Vanora. Der Hengst hat keinen Namen.«

Vanora unterbrach ihre zärtlichen Liebkosungen und drehte sich zu ihm um. »Das ist nicht dein Ernst«, sagte sie und sah ihn ungläubig an.

»Wieso?«

Ihre Augenbrauen flogen nach oben, und er wusste, dass es die falsche Antwort gewesen war. »Du willst tatsächlich behaupten, dass du ihm nie einen Namen gegeben hast? Wie nennst du ihn denn, wenn du mit ihm sprichst, wenn du nach ihm rufst?«

»Pferd natürlich. Oder Weißer Hengst, oder ... wieso regt dich das so auf?«

Mit den Händen in die Hüfte gestemmt, baute sie sich vor ihm auf, obwohl sie dadurch immer noch um mehr als eine Haupteslänge kleiner blieb als er. »So etwas habe ich wirklich noch nie gehört«, sagte sie. Ihr Blick streifte flüchtig das Schwert in seiner Hand, und dann blitzten ihre Augen gefährlich auf. »Das Schwert hat einen Namen, oder?«

Irgendetwas sagte Nevliin, dass es jetzt besser war, zu schweigen. Er zuckte lediglich mit den Schultern, was Vanora offensichtlich nicht gefiel, denn sie boxte ihm mit all ihrer Kraft gegen die Brust: »Das ist ja nicht zu fassen! Du gibst einem Stück Metall einen Namen und dieses wundervolle, schöne, prächtige Tier nennst du Pferd?« Sie riss ihm das Schwert aus der Hand, und er ließ sie gewähren. Ihre Wangen hatten wieder an Farbe gewonnen, was sie in diesem Moment besonders menschlich aussehen ließ. Sie strich mit den Fingern über die Breitseite der Klinge und schien irgendetwas zu suchen. »Aha!«, rief sie schließlich aus. »Diese Zeichen hier. Was bedeuten sie? Ist das der Name?«

Nevliin nahm ihr das Schwert wieder aus der Hand. »Ja, das ist der Name«, bestätigte er und blickte auf die geschwungenen Linien, die sich vom Heft bis zur Spitze durchzogen.

Auch Vanora betrachtete das Schwert nun genauer. »Das sind keine gewöhnlichen Schriftzeichen«, erkannte sie. »Was soll das bedeuten?«

»Eiszauber.«

»Eiszauber?«

Er hielt ihr noch einmal die Klinge entgegen und zeigte auf die Gravierungen. »Es ist nicht nur ein Name«, erklärte er ihr. »Es ist auch ein mächtiger Zauber, der mit diesem Metall verarbeitet wurde.«

»Ein Eiszauber?«

»Ja. In meiner Heimat ist das nichts Ungewöhnliches.«

»Und ich dachte, es wäre dein eigenes Können, das dich einigermaßen mit dem Schwert umgehen lässt.« Sie lächelte herausfordernd und verschränkte die Arme vor der Brust, was Nevliin mit einem flüchtigen Lächeln quittierte. Er durfte sich nicht ständig von ihr provozieren lassen und sollte sich stattdessen darauf konzentrieren, das Feuer, das sie schon wieder in ihm entfachte, auszutreten.

»Das ist es auch«, sagte er schließlich und versuchte sich auf das harmlose Gesprächsthema zu konzentrieren. »Ich benutze diesen Zauber nicht. Ich habe ihn nur einmal … ich benutze ihn nicht.«

»Und wieso nicht?«

»Weil dieser Zauber sehr gefährlich ist. So wie jeder andere Zauber auch. Sobald ich die Worte ausspreche, wird das Schwert von einer Blutgier gepackt, die nicht mehr zu stoppen ist. Es würde mich mitten hinein in die Schar der Feinde ziehen und alle bis zum letzten vernichten. Dabei achtet das Schwert jedoch in keiner Weise auf meinen Schutz. Ich könnte von Dutzenden Hieben getroffen werden und würde trotzdem so lange weiterkämpfen, bis mich das Schwert freigibt, und danach selbst an den Verletzungen sterben. Deswegen kann dieser Zauber nur von sehr erfahrenen Kriegern benutzt werden, die aufmerksam und schnell genug sind, um sich gleichzeitig schützen zu können. Und selbst dann ist das Risiko viel zu groß. Glaub mir, es ist nicht nur einmal vorgekommen, dass sich unerfahrene Kämpfer mit diesem Zauber selbst vernichtet haben.«

Die Streitlust wich aus Vanoras Augen. Sie wirkte nachdenklich. »Ich verstehe«, sagte sie langsam, und es war nur zu offensichtlich, dass sie sich die Auswirkungen dieses Zaubers in ihrem geistigen Auge vorzustellen versuchte. Als ihr Blick wieder auf das Pferd fiel, kehrte jedoch ihr gefährliches Lächeln zurück. »Aber«, sagte sie und hob ihren Kopf etwas an, »das ist keine Entschuldigung dafür, dass du diesem wundervollen Tier keinen Namen gegeben hast. Selbst Glitnir und Antrax haben Namen, wie du weißt. Also … Das kann so nicht bleiben.«

»Ach?« Nevliin ahnte, worauf sie hinauswollte, und ihr empörter Ausdruck in Verbindung mit den roten Wangen ließen ihn die Worte aussprechen, noch ehe er sich der Folgen bewusst werden konnte. »Willst du ihm vielleicht einen Namen geben?«, fragte er, und sofort strahlte Vanora über das ganze Gesicht.

»Bist du sicher?«

Erste Zweifel breiteten sich in ihm aus. »Ja.«

»Ich darf ihm einen Namen geben, egal welchen?«

Die Zweifel wurden immer lauter. »Ja.«

Ihr Grinsen wurde noch breiter. Sie drehte sich zu dem Pferd um und streichelte ihm über den Hals. »Also gut«, murmelte sie. »Wie willst du denn heißen?« Sie schlich um das Tier herum und betrachtete es von allen Seiten. Als sie wieder auf Nevliin zukam, ließ ihr Lächeln sein Herz schneller schlagen. Er spürte die bekannte Macht, die nach ihm griff und die keiner von ihnen steuern konnte.

»Schneeglöckchen.«

Nevliin riss die Augen auf. »Wie bitte?«

»Schnee-Glöckchen.«

Sein Herz setzte mindestens einen Takt lang aus. »Das geht nicht.«

Vanoras Lächeln erstarb. »Du hast gesagt …«

»Ich weiß, was ich gesagt habe, aber er kann unmöglich so heißen.«

»Und wieso nicht?«

Wollte sie ihn zum Narren halten? »Vanora. Dieses Pferd hier ist ein Krieger. Es hat mit mir zusammen gegen Drachen gekämpft und ist so etwas wie der Fürst seiner Rasse. Er kann unmöglich Schneeglöckchen heißen.«

Vanora verschränkte wieder die Arme vor der Brust. »Ich habe noch niemals solch einen Unsinn gehört.«

Und ich auch nicht. Schneeglöckchen! »Kannst du dir keinen anderen Namen ausdenken?«

»Nein.« Sie sah aus wie ein trotziges Kind, und am liebsten

hätte er sie jetzt geküsst. »Dieser Name passt zu ihm, und ich bleibe dabei.«

»Also gut.« Nevliin streichelte dem Pferd über die Stirn. »Nenn ihn, wie du willst. Für mich wird er weiterhin der Weiße Hengst sein.«

Vanora holte Atem, um zu protestieren, doch noch ehe sie ein Wort sagen konnte, hatte er sie schon zu sich gezogen und verschloss ihren Mund mit seinen Lippen. »Schneeglöckchen«, wiederholte er noch einmal lachend gegen ihren Mund, und schließlich lachte sie.

Sein Herz machte einen entsetzten Satz, und er sprang einen Schritt zurück. »Verflucht«, knurrte er, als er die weißen Gestalten im fernen Nebel erblickte. Ohne zu zögern, packte er Vanora am Arm und zerrte sie in Richtung Hütte. »Da hast du es!«, fuhr er sie an. »Dein Schneeglöckchen hat sie direkt hierhergeführt!«

Vanora stemmte sich gegen ihn. »Was tust du da?«

»Du wartest im Haus! Bis ich mich darum gekümmert habe.« Er war auf Protest vorbereitet gewesen und auch darauf, diesen sofort zu ersticken, doch stattdessen verzogen sich ihre Lippen zu einem Lächeln. Zu seiner Überraschung ging sie an ihm vorbei, hob das Schwert auf und drückte es ihm in die Hand. »Ich werde zusehen«, flüsterte sie. »Und ich will nicht zu lange auf dich warten müssen, Nevliin.« Dann lächelte sie erneut und küsste ihn mit einer Leidenschaft, die ihm den Atem nahm. »Geh«, sagte sie schließlich, löste sich von ihm und fuhr ihm noch einmal mit den Händen über den Nacken, die Brust, die Hüften. »Geh, mein Weißer Ritter. Und komm schnell zurück.«

Er lächelte. »Wir sind noch nicht in Lurness«, sagte er, und sie zwinkerte ihm zu: »Das ist mir ganz egal«, sagte sie.

»Ich nehme dich beim Wort, Vanora«, lachte er – und dann schlüpfte er aus der Tür.

❧

Die Lichtritter, es waren zehn an der Zahl, verlangsamten ihr Tempo und blieben wenige Schritte vor ihm stehen. An ihrer Spitze befand sich Eirwen, was ihm eine gewisse Genugtuung verschaffte.

»Dachtest du wirklich, du könntest deinem Schicksal entgehen?«, fragte sie, als sie, gleichzeitig mit den anderen, vom Pferd stieg und sich ihm zuwandte.

Nevliin betrachtete die Ritter, streckte seine Finger und schloss sie danach wieder um das Heft des Schwertes. Er spürte Vanora hinter sich, und ihm war klar, dass diese Elfen hier schnell sterben würden. Es waren Lichtritter, ausgezeichnete Kämpfer, aber es war genau so, wie er es vorhin noch Vanora erklärt hatte: Ein Elf, der von solch gewaltigen Gefühlen wie er getrieben wurde, war gefährlich und unberechenbar. Und Nevliin hatte nicht den geringsten Zweifel an seinem Können.

Ob es ihm seine Gegner wohl ansahen? Die Veränderung in seinem Innersten? Sie alle kannten nur den Ritter, der seine Feinde, ohne mit der Wimper zu zucken, niedergestreckt hatte. Der sein Schwert gelassen und gleichgültig durch die Leiber hatte schneiden lassen. Aber diesen Ritter gab es nicht mehr. Diesmal war es kein Auftrag, der ihn zum Schwert greifen ließ. Es waren Zorn, Hass und die Notwendigkeit, sein eigenes Leben zu retten, indem er das ihrige rettete. Konnten sie es ihm ansehen? Die Vorfreude auf das Töten, als sie zögernd die Schwerter aus den Scheiden gleiten ließen und sich näherten?

Nevliins Herz, das eben noch wie wild geschlagen hatte, verlangsamte seinen Takt, und in seinem Körper breitete sich eine Ruhe aus, die die Gewissheit der Überlegenheit brachte. Niemand konnte ihn besiegen.

Er fragte sich, ob Vanora bewusst war, was sie heraufbeschworen, wen sie ins Leben gerufen und entfesselt hatte. All die Mauern und Schranken, die er sich zum Teil selbst auferlegt hatte, waren durch sie zerstört worden. Und wenn er in ihre blitzenden Augen sah, erkannte er, dass sie sich sehr wohl darüber im Klaren war. Dass sie darüber triumphierte und die Macht, die sie über ihn besaß, bis ins kleinste Detail genoss. So wie er es genauso genoss, Macht über sie zu haben.

Er beobachtete die Ritter, die trotz der Überzahl nur wenig Zuversicht ausstrahlten. »Ich gebe euch die Möglichkeit, abzuziehen«, sagte er ruhig. »Geht, und ihr werdet leben.«

»Ich gebe dir die Möglichkeit, dich freiwillig zu stellen, Nevliin«, erwiderte Eirwen mit deutlicher Missbilligung im Gesicht. »Bevor wir dich wie einen Fisch ausnehmen.«

Nevliin lächelte. Er hielt sein Schwert in der rechten Hand und führte es betont langsam von einer zur anderen Seite, damit die Spitze der Klinge zumindest einmal auf jeden der Gegner gezeigt hatte.

Indessen zog Eirwen zwei Kampfmesser hinter ihrer Schulter hervor und nahm den Helm ab. Das silberfarbene, lange Haar wehte um ihr scharf geschnittenes Gesicht mit dem siegessicheren Lächeln. Ihre Überheblichkeit würde ihren Untergang bedeuten. Hatte sie denn tatsächlich nichts aus dem Angriff auf Vanoras Dorf gelernt? Sie unterschätzte ihren Gegner schon wieder.

Nevliin hob sein Schwert und küsste die Breitseite der Klinge, ohne seinen Blick von Eirwen abzuwenden. Im nächsten Moment erkannte er bereits das erste Aufblitzen eines Schwertes aus den Augenwinkeln und sein Herz jubilierte.

Von allen Seiten stürmten sie auf ihn zu. Sie waren schnell. Nicht schnell genug.

Nevliin ließ sich auf die Knie fallen und lehnte seinen Oberkörper so weit zurück, dass sein Rücken beinahe den Boden berührte. Die feindlichen Klingen fuhren über ihn hinweg, während sein Schwert einen Bogen beschrieb, der leicht durch Muskeln, Sehnen und Knochen glitt und die Unterschenkel zweier Elfen in nur einem Hieb durchtrennte. Noch während diese schreiend zu Boden fielen, stieß er sich ab und kam mit einer Rolle rückwärts wieder auf die Beine. Er tauchte unter einem Hieb hinweg, holte in der Drehung aus und traf den Brustpanzer eines Gegners, von welchem die Klinge, ohne Schaden anzurichten, abglitt.

Es ging alles so schnell, und doch hatte er einen guten Überblick über das Geschehen. Die Bewegungen, die Abläufe waren in all den Jahrhunderten in ihn übergegangen und führten sich von selbst aus. Er war ruhig und tanzte leichten Herzens zwischen den Klingen.

Ein halbes Dutzend Lichtritter versuchten ihn gleichzeitig anzugreifen. Nevliin stürmte vor, stieß die Klinge jenes Ritters, der sich ihm gegenüber befand, mit seinem Schwert zur Seite und trat gleichzeitig auf dessen Oberschenkel. Mit seinem nächsten Schritt lief er weiter auf dessen Brust, stieß sich ab und flog mit einem Überschlag über die Angreifer hinweg, um leicht in die Hocke federnd hinter diesen zu landen. Dort erwarteten ihn bereits zwei weitere Lichtritter, denen er, indem er sich zu Boden fallenließ, auswich. Aus dieser Position gelang es ihm, sein Schwert über die Hüfte in den Bauch einer Elfe zu rammen. Gleichzeitig zog er sich an der festsitzenden Klinge hoch, ehe er diese mit einer Drehung herausriss.

Eine ist erledigt, dachte er und erkannte etwas abseits Eirwen, welche die beiden Verwundeten heilte, die er außer Gefecht gesetzt hatte und die ihm daher keine Gefahr mehr waren. Er stieß seine Klinge mit beiden Händen in die Brust einer Elfe, als er hinter sich einen metallenen Schlag hörte und am Rande erkannte, dass ein Lichtritter geradewegs auf ihn zuflog. Es war keine Zeit mehr, die festsitzende Klinge aus dem Brustpanzer der Elfe zu befreien, und so zog er den Dolch aus deren Gürtel, wirbelte herum und fing den Lichtritter damit auf, indem er die Waffe in dessen Bauch rammte. Als er an dem Sterbenden vorbeisah, erkannte er Vanora mit einem Schwert in der Hand, die knapp hinter diesem stand – und da wusste er, was geschehen war. Sie hatte den Lichtritter gesehen, der ihn von hinten hatte angreifen wollen, während er selbst mit der Elfe beschäftigt gewesen war. Sie hatte sich das Schwert eines Toten genommen und damit einen Hieb gegen den Rücken des Lichtritters geführt. Der Schlag hatte den Panzer nicht durchbrechen können, den Lichtritter jedoch auf Nevliin zu gestoßen. Kurz sah er ihr in die Augen, ehe sie bereits beide weiteren Klingen ausweichen mussten.

Nevliin wollte sie anschreien und sie zurück zur Hütte schicken, doch als er sich wieder zu ihr umwandte, geschah etwas Sonderbares. Es waren nur wenige Sekunden, in denen er erstarrte und das Geschehen beobachtete, doch für ihn verging eine Ewigkeit, in der die Zeit unnatürlich langsam abzulaufen schien: Vanora tauchte unter einem feindlichen Hieb weg, drehte sich in der Hocke herum und bewegte sich so geschmeidig und sicher wie eine erfahrene Kämpferin, was wohl Glendorfils Unterricht zu verdanken war. Sie warf ihr

Schwert fort, richtete sich wieder auf und kam knapp vor einem Lichtritter zu stehen, der sie um ein Vielfaches überragte, den sie jedoch plötzlich im Nacken packte und zu sich zog. In diesem Moment geschah alles gleichzeitig. Die Luft erzitterte, als wäre eine Explosion von ihr ausgegangen. Dem Lichtritter glitt das Schwert aus der Hand. Vanora starrte den Elfen aus schwarzen Augen, die sich in einem Blutrot verloren, an, und auch die Augen des Lichtritters änderten sich zu einem schwachen Silber, was zeigte, dass dieser dem Element des Wassers zugehörig war und sich damit zu verteidigen versuchte. Doch Vanora, deren Gesicht knapp vor dem des Feindes lag, lächelte nur und betrachtete ihn mit leicht schräg gehaltenem Kopf, während der Körper des Lichtritters unter ihrem Griff zuckte.

Niemals zuvor hatte er sie so gesehen, mit diesem unheimlichen Lächeln in Verbindung mit den roten Augen und dem wild umherfliegenden blonden Haar, das im eiskalten Wind des nahenden Winters tanzte. Und es faszinierte ihn. Er konnte nichts anderes tun, als sie bewundernd anzusehen, während der Körper des Lichtritters immer wieder erbebte und Blut aus dessen Mund sprudelte. Rote Tränen flossen ihm aus den in Panik geweiteten Augen die Wangen hinab, ehe Vanora ihn losließ und er tot zu ihren Füßen zusammenbrach.

Das alles war nur binnen weniger Herzschläge geschehen, und Nevliin musste bereits einer weiteren Klinge ausweichen, doch nachdem er sein Schwert durch die Kehle eines Feindes gezogen hatte und sich nach Vanora umsah, hatte sie bereits einen weiteren Lichtelfen durch Magie niedergestreckt. Wäre er nicht schon wieder angegriffen worden, hätte er wohl laut aufgelacht. So jedoch konzentrierte er sich wieder auf den Kampf.

Einer der verbliebenen Lichtritter hatte die Lust daran verloren, sein Leben für eine tyrannische Königin zu riskieren, und ergriff die Flucht.

Nevliin seufzte. Es war zu spät, um wegzulaufen. Der Elf hätte das Angebot annehmen sollen, als er noch die Möglichkeit dazu gehabt hatte. Jetzt setzte Nevliin ihm nach. Seine Füße berührten kaum den Boden, als er über die Wiese flog. Kein Grashalm bewegte sich unter seiner Berührung, bis er sich abstieß und hochschnellte. Er warf sein Schwert von der rechten in die linke Hand und trieb es dem Lichtritter noch im Flug vom Halsansatz in die Brust hinab. Praktischerweise landete er nur knapp neben den beiden verletzten Elfen, die noch am Boden kauerten und schaltete diese bei dieser Gelegenheit sofort aus.

Und dann stand er Eirwen gegenüber.

»Beeindruckend«, schnarrte sie und durchbohrte ihn hasserfüllt, was Nevliin mit einer leichten Verbeugung beantwortete. Die Stille hinter ihm bewies, dass der Kampf vorüber war und er all seine Aufmerksamkeit auf dieses kaltherzige Miststück richten konnte. Da er noch nie ein Mann vieler Worte gewesen war und auch nicht vorhatte, dies zu ändern, ließ er Taten folgen. Mit zwei schnellen Schritten auf sie zu flog er hoch und hob sein Schwert, doch Eirwen sprang ebenfalls in die Luft. Klirrend schlugen ihrer beider Klingen aneinander und Nevliin nutzte den Widerstand, um sich leicht wegzudrehen und so dem zweiten Kampfmesser zu entgehen, das gleichzeitig gegen seine Seite zielte. Dann rollte er sich ab, sprang wieder auf, drehte sich sofort zu ihr herum und machte einen Satz auf sie zu – doch auch diesen Hieb parierte sie, diesmal mit überkreuzten Klingen, die sie nach unten abgleiten ließ, um sofort danach ein Stück zurückzuspringen. Doch

Nevliin ließ ihr keinen Platz. Er griff sein Schwert mit beiden Händen, umtänzelte sie, täuschte einen Hieb gegen ihre rechte Seite an, drehte sich dann jedoch nach links, wirbelte herum und versuchte, sie im ungeschützten Nacken zu treffen.

Der Hieb misslang. Eirwen war seiner Bewegung gefolgt und parierte diesmal mit nur einem Messer, um mit dem anderen gegen seinen Kopf zu zielen. Nevliin ging in die Hocke und tauchte unter dem Hieb hindurch, sprang sofort wieder hoch und führte einen hohen Schlag, in den er all seine Kraft legte.

Wieder parierte sie, doch die Wucht seines Schlags riss ihr eines der Messer aus der Hand. Nevliin nutzte den winzigen Moment der Verwirrung, packte ihr Handgelenk und drehte ihr das zweite Messer aus der Hand. Dann stieß er sie zu Boden.

Sie war schnell. Sofort hatte sie eine ihrer Waffen wieder erreicht, doch Nevliin trat sie ihr aus der Hand, hockte sich neben sie, packte sie am Kragen und zog sie zu sich hoch.

»Sieh dich nur um«, zischte sie. »Du tötest deine eigenen Leute.«

Nevliin setzte ihr die Klinge an den Hals. »Stimmt. Und du bist die Nächste«, entgegnete er ruhig und verstärkte seinen Griff um das Heft.

»Nein!«

Verwundert blickte er auf, und auch Eirwen versuchte, so gut es ihr das Schwert erlaubte, zur Seite zu sehen. Beide erblickten sie Vanora, die quer über das Schlachtfeld auf sie zukam. Sie war so klein und zierlich – fast schon zerbrechlich. Als reichte bereits ein Windstoß, um sie fortzuwehen. Doch Nevliin wusste, dass der Schein trog. In ihren wundervollen blitzblauen Augen – klar wie der Himmel über Valdoreen in den eisigen Morgenstunden – und ihrem nahezu dämonischen Lächeln lag eine andere Wahrheit. Er wollte sie küssen, wollte sie lieben. Wollte, dass Eirwen endlich starb und sie nicht weiter störte.

Doch da er Vanora den Spaß nicht verderben wollte, packte er Eirwen schließlich im Nacken und zog sie auf die Beine. Mit einer Hand hielt er ihre Hände am Rücken verschränkt und streckte Vanora sein Schwert entgegen.

»Ich werde sie für dich halten«, sagte er und drehte Eirwen halb herum, damit Vanora besser zielen konnte. »Ich bin nicht so leicht zu töten wie ein paar Menschenkinder«, flüsterte er Eirwen ins Ohr. Er dachte an den vergifteten Pfeil, an die letzten Tage, in denen er unter Mearas Aufsicht gefoltert worden war. Er wollte Rache. Aber er schluckte die Mordlust hinunter und machte Vanora diesen Augenblick des Triumphs zum Geschenk.

Doch Vanora schüttelte den Kopf: »Lass sie los.« Sie schob seine Klinge beiseite. »Und nimm das Schwert weg. Ich kann diese Dinger nicht leiden.«

Nevliin zögerte, dann tat er, wie ihm geheißen, und wich zwei Schritte zurück. Eirwen würde nicht fliehen und ihre Waffen waren weit genug entfernt. Aufmerksam und neugierig musterte er die beiden Frauen und stellte fest, dass er sich auf das Spektakel freute, das folgen würde. Dass er es … unterhaltsam fand.

Vanora trat dicht vor die Lichtelfe, die ein gutes Stück größer war als sie selbst, und blickte zu ihr auf. »Es ist das erste Mal«, sagte sie mit dem singenden Tonfall einer Elfe, »dass wir einander wirklich von Angesicht zu Angesicht gegenüberstehen. Wir sind uns schon so oft begegnet, aber ich habe Euch noch nie richtig in die Augen gesehen.«

Eirwen verzog die Lippen zu einem spöttischen Lächeln. »Und was seht Ihr … Prinzessin?«

»Nebel.« Vanora beugte sich noch etwas weiter vor. »Da ist nichts als grauer Nebel. Wunderschön, zweifellos, aber ich sehe nichts Lebendiges in Euch. Keine Wärme, kein Mitgefühl. Ein Schleier, der den Blick in die Dunkelheit Eurer Seele verhüllt.«

»Es gibt Schlimmeres.«

»Gewiss.« Vanora trat wieder einen Schritt zurück, und ihr Blick fiel auf die gefiederten Enden der Pfeile, die hinter Eirwens Schulter hervorragten. »Das habe ich gesehen.« Ihr Ausdruck bekam etwas Düsteres, als hielte der Nebel nun auch sie umfangen. »Ich kann die Wirkung Eurer Waffe nicht bestreiten. Gift.« Sie schüttelte den Kopf. »Das Gift hat meinen Vater getötet. Aber Euer Pfeil hat ebenso mich getroffen. Mitten ins Herz, und das Gift ist immer noch in mir. Es breitet sich aus. Erfüllt Euch das mit Genugtuung?«

Eirwen reagierte nicht, ihr Ausdruck war bar jeder Regung.

»Wie hat es sich angefühlt, die Unschuldigen im Dorf zu töten? Welches Gift wütet in Euch, um Euch zu so etwas zu befähigen?«

»Kannst du mich bitte töten?« Eirwen sah zu Nevliin und deutete auf sein Schwert, doch so einfach würde er es ihr nicht machen. Sie hatte es verdient – was auch immer noch kommen mochte.

»Keine Sorge«, meldete sich Vanora wieder zu Wort. »Ich werde Euch diesen Wunsch erfüllen.« Und dann schoss ihre Faust so plötzlich vor, dass es weder Nevliin noch Eirwen erwartet hatten, und traf mit einer Wucht, die die Lichtelfe zu Boden gehen ließ. Die Knöchel an Vanoras Hand waren aufgeplatzt und bluteten, aber sie verzog nicht die geringste Miene. Auch Eirwen blutete. Ihre Nase schien gebrochen zu sein, doch in ihrem Gesicht stand eher Überraschung als Schmerz. Ein Gefühl, das Nevliin nur zu gut nachvollziehen konnte. Er wusste nicht, was seltsamer war: dass Vanora eben zugeschlagen und sie nicht, wie erwartet, mit Magie getötet hatte oder dass es dieser kleinen Gestalt gelungen war, Eirwen wie einen Baum zu fällen. Nur eines wusste er sicher: Er war stolz auf sie.

Eirwen war schnell wieder auf den Beinen. Sie wusste, dass sie sterben würde, und stellte sich tapfer. Jede Gegenwehr war zwecklos. Auch das wusste sie.

»Ich kann leider nicht mit Gift dienen«, sagte Vanora und ging wieder auf die Lichtelfe zu. »Auch nicht mit magischen Würfeln, welche die Seele stehlen. Aber …« Wieder fuhr ihre Hand blitzschnell hoch, sie packte Eirwen am Kinn, drückte ihren Kiefer und zog sie dicht zu sich heran, während sie flüsterte. »Ich werde mein Möglichstes tun, um den Methoden der Elfen gerecht zu werden.«

Dann hob sie die andere Hand und strich der Elfe sanft über die Wange. In diesem Moment bemerkte Nevliin die bekannte Veränderung ihrer Augen. Das Blau ging in Schwärze unter, die sich schnell ausbreitete und bald aussah, als wäre es in Blut getränkt worden.

Es war das erste Mal, dass Eirwen zurückzuckte. Der Tod der anderen Lichtritter war ihr bestimmt nicht entgangen, und was die Veränderung in Vanoras Blick bedeutete, wusste sie. Doch Vanora hielt sie immer noch eisern, mit einer Kraft, die er ihr niemals zugetraut hätte. Erneut glitt ihr Finger die Wangenknochen der Elfe entlang, doch diesmal stieg Rauch von deren Haut auf. Ein fürchterlicher, verbrannter Geruch stieg ihm in die Nase, während er beobachtete, wie sich die winzigen Flammen von Vanoras Finger in das Gesicht der Elfe brannten und das Fleisch wegschmolzen, bis nur noch der blanke Knochen übrigblieb. Eirwen zuckte und wimmerte, doch sie konnte sich nicht befreien.

»So fühlt es sich an«, flüsterte Vanora. »Euer Gift. Es brennt in mir.«

Sie ließ ihre Hand sinken, ohne die andere von Eirwens Kinn zu lösen, und ließ eine grässliche Spur in dem einst hübschen Gesicht zurück.

»Und dahin ist sie. Die berühmte Schönheit der Elfen.«

Eirwens Augen waren weit aufgerissen, sie wimmerte immer noch, doch Vanora war noch nicht fertig mit ihr. Noch lange nicht, hoffte Nevliin, der immer mehr Gefallen an dieser Seite seiner Vanora fand.

»Soll ich Euch ein Geheimnis verraten?« Vanora nahm Eirwens Hand. »Ich habe euch Elfen bewundert. Für eure Schönheit, eure wundervollen Paläste. Alles an euch ist so ... rein und vollkommen. So anders als bei den Menschen. Aber ich habe dazugelernt.« Sie riss Eirwens Kopf herum und zwang die Elfe, sie anzusehen. »Ich habe gelernt, um wie viel schöner die Menschen sind. Habt Ihr in die Augen jener gesehen, die Ihr getötet habt? Habt Ihr gesehen, worin der Unterschied besteht? Ich habe in Eure Augen gesehen. Nichts kann darüber hinwegtäuschen, wie hässlich ihr alle in eurem Inneren seid.« Sie hielt inne, schien nachzudenken. Dann flüsterte sie: »Nur schade, dass Ihr dieses neuerworbene Wissen nicht mehr weitergeben könnt.«

Eirwen schrie. Ihre Knie knickten ein, doch Vanora hielt sie aufrecht, während sie die Hand der Lichtelfe hielt. Erst da bemerkte Nevliin die schwarzen Linien, die von Eirwens

Händen an den Innenseiten der Unterarme immer weiter hinaufführten, sah das kochende Blut in ihren Adern.

Eirwen wand sich, zuckte, spuckte Blut, und in Vanoras Gesicht erschien ein leichtes Lächeln. »Eure Königin macht einen Fehler, mich zu unterschätzen«, sagte sie mit einer Kälte, die selbst Nevliin einen Schauer über den Rücken jagte. Einen angenehmen Schauer.

Als Eirwen mit flehendem Blick zu ihm sah, lachte er laut auf. Ausgerechnet ihm wandte sie sich hilfesuchend zu. Die einzige Gnade, die er ihr hätte erteilen können, wäre, ihr sein Schwert in die Brust zu rammen. Sie hatte diese Gnade nicht verdient.

Eirwens Augen verdrehten sich, genauso wie bei den anderen floss dampfendes Blut daraus hervor, das Zucken wurde bald so schlimm, dass Vanora sichtlich Mühe hatte, sie immer noch festzuhalten. Die aufgeschürften Knöchel an ihrem Handrücken wurden weiß, und die Sehnen ihres Unterarms hoben sich deutlich hervor, und doch ließ sie nicht los. Obwohl ihre Augen unter dem Blutrot verschwunden waren, konnte Nevliin die Entschlossenheit darin leuchten sehen. Sie hätte Eirwen in nur einem Wimpernschlag töten können, und doch ließ sie sich Zeit, sog jeden Schrei, jedes Beben des Körpers auf, und Nevliin konnte seinen Blick nicht von ihr nehmen. Er wollte, dass sie sich rächte. Wollte diese Rache ebenso für sich selbst. Doch noch mehr als alles andere auf der Welt wollte er diese Frau. Seine Vanora. Jetzt noch mehr denn je.

Eirwens Körper erschlaffte, die Zuckungen stoppten, und Vanora ließ sie los. Reglos blickte sie auf die Lichtelfe hinab, die nun tot zu ihren Füßen zusammenbrach.

Nevliin war immer noch in diesem merkwürdigen Hochgefühl gefangen. Der Anblick der toten Eirwen erfüllte ihn mit der süßen Genugtuung der Rache, und als Vanora die Elfe mit einer winzigen drehenden Handbewegung in Flammen aufgehen ließ, konnte er sich kaum noch bremsen. Sie hielt die ausgestreckten Hände neben sich, hob sie etwas an, und im nächsten Moment fauchte auch bei all den anderen Toten um sie herum das Feuer auf.

Langsam ging er auf sie zu und legte die Hand auf ihre Schulter. Doch noch ehe er sich versah, fuhr sie zu ihm herum, packte ihn und sandte einen sengend heißen Blitz durch seinen Körper. Ihre Augen waren immer noch schwarz hinter dem blutroten Schleier und starrten ihn an, doch Nevliin war schnell genug. Kaum hatte sie ihn berührt, schlug ihr seine eigene Magie entgegen. Innerhalb eines Herzschlags breitete sich das Schwarz auch in seinen Augen aus, ehe der silberne Blitz darin aufleuchtete.

Sie starrten einander an, drängten gegen die Magie des anderen. An der dünnen Haut unter ihren Augen hatten sich feine rote Linien gebildet, doch es machte sie nur noch schöner. Immer weiter versuchte sie, ihn zu verbrennen, das Feuer in ihm zu entfachen, und ihre Lippen verzogen sich zu einem dünnen Lächeln, während sie gegeneinander ankämpften.

Nevliin verstärkte seinen ohnehin schon festen Griff an ihrer Schulter und beendete dieses Spiel, indem er sie an sich riss. Ihre Lippen berührten die seinen, und endlich fühlte er sich frei. Diesen trügerischen Moment, der ihnen vorgaukelte, gesiegt zu haben, und dass die Schrecken vorüber waren. Diesen Augenblick, der nur ihnen gehörte und in dem sie sich beide weigerten, in die Zukunft zu sehen. Nur ein einziges Mal in der Gegenwart leben, dachte er und ließ sich fallen in das Knistern der Magie, das sie umgab und mit sich riss.

Alkäriël

»Wo ist er?« Alkariel stürmte aus ihrem Zelt und bahnte sich einen Weg zwischen Feuerstellen und aufgehetzten Elfen, die sich eilig Rüstungen anlegten und Waffen umschnallten.

Meara bemühte sich, nicht zu weit hinter ihre Königin zurückzufallen, als sie über herumliegende Ausrüstungen hinwegsetzte und Zelte umrundete. »Es waren Daerons Schlangenschilde, die ihn gefasst haben«, rief sie über eines der bunten Unterkünfte hinweg, über dem das Banner Riniels, ein schwarzes Schiff mit weißem Segel, im Wind flatterte. »Sie haben ihn in sein Zelt gebracht.«

Die Königin sog scharf die Luft ein und änderte die Richtung. Wozu hatte sie noch ihre Lichtritter, wenn die Krieger der Fürstentümer deren Arbeit erledigten? »Und die beiden anderen?«, fragte sie über den lauten Donner der Brandung und das Heulen des Windes hinweg.

»Ich habe Eirwen ausgesandt.«

Alkariel blieb so abrupt stehen, dass Meara in ihrer Aufregung beinahe in sie hineingelaufen wäre. »Eirwen?«, fragte Alkariel mit gefährlich ruhiger Stimme. »Diese dumme Gans hat die zwei doch erst in das Lager hineingelassen. Hätte ich keinen Zauber gewirkt, wären sie alle drei entkommen.«

»Eure Majestät. Eirwen ist unsere beste Bogenschützin,

und sie ist schnell. Ihr habt gesagt, die Meerjungfrauen hätten die beiden verschont. Es galt, keine Zeit zu verlieren.«

Alkariel drehte sich wortlos um und ging vorbei an Riniels Banner mit den Schiffen und Valdoreens weißen Wölfen. Sie hatte genug Zeit und Kraft damit vergeudet, die Spur der beiden zu verfolgen. Sie waren töricht genug gewesen, in die Tiefe zu springen, aber es gab keinen Zweifel daran, dass sie noch lebten. Ihre Auren waren klar zu spüren gewesen. Und Alkariel glaubte kaum, dass es Eirwen gelingen würde, die Halbelfe und den Verräter wieder einzufangen. Die Elfe hatte ihre Nutzlosigkeit bereits mehrmals bewiesen.

Die Menge wurde immer dichter, je weiter sie sich dem Banner mit der feuerroten Schlange näherte. Immerhin waren die Elfen klug genug, ihr aus dem Weg zu gehen.

Der Ausgang dieses verzweifelten Befreiungsversuches war ihr noch nicht einmal besonders unwillkommen. Nevliin war einzig zu ihrem Vergnügen am Leben geblieben. Er hätte einen langsamen Tod gefunden, doch Glendorfil konnte ihr noch von Nutzen sein. Nevliin bedeutete Eamon nichts – der Schattenritter schon.

Alkariel schob die dicke Wolldecke, die den Eingang des Zeltes verdeckte und das Innere vor dem eisigen Wind schützte, beiseite und trat ein. Vom Feuer in der Mitte des Zeltes quoll dichter Rauch auf und fand kaum einen Weg hinaus. Alkariel blinzelte und sah sich um. Es waren bereits so gut wie alle versammelt. Natürlich. Sie hatten sich nicht mit einem Zauber aufhalten müssen, um herauszufinden, wo sich die Flüchtigen befanden. Sie alle standen um das kleine Feuer, um einen Hauch Wärme zu erhaschen. Wenige Miranlampen unterstützten den schwachen Schein der Flammen, dessen Farbenspiel über den weißen Zeltstoff tanzte. Etwas abseits saß Glendorfil, flankiert von zwei Schlangenschilden. Es war sonderbar, den Befehlshaber der Schattenritter in der silbernen Rüstung eines einfachen Lichtelfenkriegers zu sehen. Der rote Schwertgurt lag vor ihm auf dem Tisch.

Das Zelt war geräumig, um kein bisschen kleiner als ihr eigenes, und bot allen Anwesenden ausreichend Platz. Da waren Averon, der Fürst von Riniel; Menavor, der Fürst aus dem Sonnental – allerdings ohne seinen Bruder Daeron –; Kriemon, der neue Befehlshaber ihrer Lichtritter mit einer Handvoll seiner Krieger; mindestens ein Dutzend Schlangenschilde und Vlidarin, der die Krieger aus Valdoreen an Nevliins Statt befehligte. Die Fürsten hatten ihre jeweiligen Befehlshaber und ein paar wenige Krieger bei sich, die am Rande des Zeltes Spalier standen.

Alle Augen waren auf sie gerichtet. Selbst Glendorfil erhob sich, begann eine Verbeugung, wurde jedoch sofort wieder an den Schultern von den zwei Schlangenschilden niedergedrückt.

»Er hat noch nichts gesagt«, meinte Menavor, einer der Fürsten aus dem Sonnental.

Alkariel ignorierte ihn und ging geradewegs auf Glendorfil zu. »Willkommen in Tantollon«, sagte sie und wies mit der Hand zu den anwesenden Elfen. »Es ist uns allen eine Ehre.«

Der Dunkelelf sah sie mit unergründlichen Augen an, die sein Alter nicht verbergen konnten. Er wirkte weise und strahlte selbst in dieser lächerlichen Aufmachung eine Autorität aus, die nicht vielen Elfen eigen war.

»Als Erstes möchte ich Euch die gute Nachricht überbringen«, begann sie und erwiderte den durchdringenden Blick. »Euer Schützling und der Verräter haben die Begegnung mit den Meerjungfrauen überlebt und sind bereits wieder auf dem Heimweg.«

Ein Raunen kam von jener Seite, an welcher sich die Krieger befanden; die Fürsten jedoch schwiegen. Alkariel musterte den Dunkelelfen, der sich keineswegs unwohl zu fühlen schien. Das lange schwarze Haar hing ihm nass ins Gesicht, und an den Händen klebte Blut. Eine blasse Narbe, ungefähr in der Länge ihres kleinen Finger zeichnete seine linke Wange. Natürlich kannte sie Glendorfil. Es gab wohl keinen Elfen in ganz Elvion, der nicht von ihm gehört hatte. Doch ihre letzte Begegnung lag bereits so weit zurück, dass sie sich nicht einmal mehr daran erinnern konnte. Er war ein überaus schöner Mann, was mit Sicherheit auch daran lag, dass er bereits vor der Teilung Elvions geboren und kein gewöhnlicher Dunkelelf war.

Alkariels Blick schweifte über den Tisch, an dem mehrere Trinkpokale standen. »Habt Ihr bereits etwas getrunken?«, fragte sie und deutete auf den Weinkrug. »Oder gegessen? Ihr müsst doch hungrig sein.«

Glendorfil antwortete nicht, und so klatschte Alkariel in die Hände. Sofort eilte eine junge elfische Magier-Adeptin in grauem Kleid aus dem Schatten herbei und verbeugte sich.

»Los. Geh und hol unserem Gast etwas zu essen.«

»Ja, Herrin.« Die Elfe verbeugte sich und huschte hinaus.

»Und beeil dich!«, rief Alkariel ihr noch hinterher.

Als sie sich wieder dem Dunkelelfen widmete, konnte sie nicht umhin, ihm für seine vollkommene Ruhe Respekt zu zollen. »Ihr lebt bereits sehr lange, Glendorfil«, begann sie schließlich. »Ihr kanntet meine Schwester.«

Nichts rührte sich in seinem Gesicht.

»Ich kenne die Geschichten. Es heißt, Ihr wäret einer von Daralees Leibwächtern gewesen, aber ich erinnere mich an Euch. Ich weiß, dass Ihr nur einer von Androns Schülern gewesen seid. Jung, unerfahren. Ja, ich weiß: Die Leute reden und spinnen ihre Geschichten, wie es ihnen beliebt. Ich bin mir sicher, dass nicht Ihr diese Unwahrheit verbreitet habt.« Alkariel winkte die beiden Schlangenschilde zur Seite, die nur zögerlich einen Schritt zurück machten. »Nun, ich nehme an, Ihr habt Euch im Osten aufgehalten, als Euer Mentor meine Schwester ermordet hat? Natürlich, sonst wäret Ihr wohl kaum ein Dunkelelf geworden.«

Ein ungutes Gefühl breitete sich in ihr aus. Die Erinnerung an ihre Schwester war kaum mehr als ein Schatten, doch jemandem gegenüberzustehen, der sie gekannt hatte, versetzte sie zurück in eine andere Zeit. Die prunkvolle Zeit Elvions und der beiden Schwesternköniginnen.

Die Fürsten standen jetzt im Halbkreis um das Feuer, um ihr Gespräch mit dem Dunkelelf zu beobachten, hielten sich jedoch zurück.

»Meine Schwester war eine liebenswürdige Elfe.« Alkariel meinte, ein geringes Zucken an Glendorfils rechtem Auge wahrzunehmen. Vielleicht war es lediglich ein Funke des Feuers gewesen oder ein Staubkorn. Oder er wurde sich seiner aussichtslosen Lage langsam bewusst. »Ja«, fuhr sie fort, »meine Schwester war liebenswürdig, gutgläubig und dumm. Ich werde wohl niemals verstehen, wie sie auf einen Mann wie Andron hereinfallen konnte.« Sie zuckte mit den Schultern. »Aber was ist jetzt mit Eurem Schützling? Sie beherrscht die Magie des Feuers, wie ich hörte?«

Der Dunkelelf schwieg noch immer.

»Sie soll bereits sehr mächtig sein. Ich frage mich, wie Ihr sie in der Magie unterrichtet habt, wo doch die Dunkelelfen kaum mehr als einen Funken davon besitzen.«

Glendorfil wandte sich gelangweilt ab und sah auf den Tisch neben sich. In seiner natürlichen Erhabenheit wirkte er mehr wie ein König als wie ein Gefangener. Der Tod wartete bereits auf ihn, und doch lag ein triumphierendes Lächeln in seinem Gesicht, und sie musste sich eingestehen, dass er sie nervös machte. Natürlich konnte er ihr nicht gefährlich werden, und Alkariel versuchte sich einzureden, dass der Dunkelelf einfach zu stolz war, um Schwäche zu zeigen. Und doch spürte sie deutlich, dass da noch mehr war. Irgendetwas lag in diesen uralten Augen.

Die junge Adeptin kam zurück und brachte eine Schale dampfender Suppe, doch zu Alkariels Ärger lehnte Glendorfil sich in seinem Stuhl zurück und wandte sich ab.

»Ihr solltet wirklich etwas essen«, sagte sie sanft. »Mir soll schließlich niemand nachsagen, ich würde meine Gefangenen nicht gut behandeln.«

Wieder lächelte er und sah an ihr vorbei. Alkariel folgte seinem Blick. Im Zelteingang stand Daeron, der Fürst des Sonnentals, die Arme vor der Brust verschränkt, und nickte seiner Königin kurz zu. Zwei seiner Schlangenschilde standen an seiner Seite und sahen sich mit grimmiger Miene um. Es ärgerte sie, dass ausgerechnet Daerons Krieger den Dunkelelfen überwältigt hatten. Die Schlangenschilde waren Daerons persönliche Elitetruppe und für ihre vergifteten Klingen bekannt, während die Krieger seines Bruders Menavor das Hauptheer stellten.

Sie wandte sich wieder Glendorfil zu: »Wollten wir Euch töten, hättet Ihr bereits ein Stück Metall in Eurem Herzen. Ihr denkt doch wohl nicht, dass wir Fürst Daerons wertvolles

Gift verschwenden, indem wir es Euch in das Essen mischen?«

Der Dunkelelf warf noch einen kurzen Blick zu dem Fürsten, der sich zu seinem Bruder gesellte, ignorierte die Schale jedoch weiterhin.

»Nun gut, wie Ihr wünscht. Ich werde Euch nicht zwingen.« Aus den Augenwinkeln sah Alkariel, wie die beiden Fürsten des Sonnentals die Köpfe zusammensteckten und sich etwas zuflüsterten. Eine Kleinigkeit, die sie zornig werden ließ. Die beiden Elfen waren gefährlich. Jeder auf seine Art. Menavor zu ehrgeizig, Daeron so berechenbar wie ein hungriger Wolf. Seine Wutausbrüche waren berüchtigt, und er ließ sich, was kaum ein Elf verstand, auf abnorme Art allein von seinen Gefühlen leiten. Selbst sein Äußeres erinnerte sie mehr an ein Raubtier als an einen Elfen. Sein schmales Gesicht wurde durch lange, glatte Haare in der Farbe von dunklem Honig umrahmt, die ihm bis über die Schulter fielen. Seine immerzu lauernden Augen in demselben goldenen Ton vervollständigten das Bild eines Wolfes. Alkariel war stets vor ihm auf der Hut und wusste, dass sie Daeron niemals unterschätzen durfte. Besonders, da er die Kunst der Herstellung der unterschiedlichsten Gifte verstand wie kein anderer. Eine leichte, unauffällige Art des Tötens. Sein Bruder Menavor hingegen wirkte kühl und beherrscht; nur seine Augen hatten etwas Gerissenes und erinnerten sie an ein Wiesel.

Die beiden Brüder bemerkten ihre Blicke und sahen auf. Egal, wie dieser Krieg ausgehen würde – sie würden ihren Nutzen daraus ziehen. Sie allein konnte ihre Fürsten unter Kontrolle halten. Was wollten Eamon und seine Dunkelelfen mit ihrer Gegenwehr bewirken? Selbst wenn es ihnen gelänge, sie zu vernichten – was niemals geschehen konnte –, Elvion würde untergehen. Stellten es sich diese naiven Kinder tatsächlich so leicht vor, über ein derart mächtiges Reich zu regieren? Alkariel lächelte. Vielleicht, so dachte sie, sollte sie sich ergeben und Eamon den Thron überlassen. Dann konnte er sehen, mit welchen Intrigen und Machtkämpfen ein König umgehen musste. Die beiden Fürsten des Sonnentals jedenfalls waren nur eines von vielen Problemen, denen sie sich tagtäglich stellte.

Alkariel wandte sich wieder Glendorfil zu, der immer noch schweigend und scheinbar unbeeindruckt auf seinem Stuhl saß. »Was soll ich nur mit Euch machen?«, fragte sie übertrieben ratlos. »Ihr weigert Euch, mit mir zu sprechen. Das ist ein Problem.«

»Der Grogon«, kam es aus den Reihen der Krieger. »Der Schattenritter soll Nevliins Strafe tragen.«

Alkariel fuhr herum und erkannte in dem Sprecher Kriemon, ihren neuen Befehlshaber der Lichtritter. »Habe ich Euch um Eure Meinung gefragt?«, fuhr sie ihn an. Es war nicht zu fassen, was sich dieser Elf herausnahm. Die Beförderung hatte ihm einiges zu viel an Selbstbewusstsein gegeben. »Dieser Elf hier«, sie deutete auf Glendorfil, »hat schon gekämpft, als Ihr noch nicht geboren wart. Ich sollte ihm Euren Posten anbieten.«

Kriemon starrte sie an, war jedoch klug genug, nichts mehr zu erwidern. Hatte er etwa gedacht, er sei ein neuer Nevliin?

Alkariel atmete tief ein und wieder aus. »Ich werde Euch nicht töten«, sagte sie wieder ruhig zu Glendorfil. »Wir werden sehen, womöglich erweist Ihr Euch noch als nützlich. Und wenn nicht … nun, ich werde Euch einen Ehrenplatz am Schlachtfeld freihalten, damit Ihr zusehen könnt, wie Euer Schattenreich vernichtet wird.«

Ja, das war ein guter Einfall. Dieser Elf gehörte zu den ersten Dunkelelfen, er kannte das Schattenreich vom ersten Tag an, und nun würde er an dessen Vernichtung teilhaben. Ihre gute Laune kehrte zurück.

»Meine Herrin.« Meara spähte zwischen Decke und Zeltwand herein. »Sie werden bald eintreffen«, verkündete sie. »Es ist Zeit.«

Alkariel lächelte und klatschte in die Hände. »Ihr habt es gehört. Lasst uns aufbrechen. Kommt, Glendorfil. Ich möchte Euch eine Überraschung zeigen.« Sie deutete auf einen der Schlangenschilde. »Und, du meine Güte, so gebt ihm doch sein Schwert zurück.«

Manchmal hatte sie das Gefühl, nur noch von Dilettanten umgeben zu sein. Wozu dachten diese Krieger wohl wäre es gut, dem Schattenritter sein Schwert abzunehmen? Als könnte er allein etwas gegen das gesamte Heer ausrichten! Der Mann war alt und weise genug, um zu begreifen, dass allein die unzähligen Bogenschützen seinem Angriff ein jähes Ende bereiten würden.

Voller Vorfreude ging sie hinaus in die Kälte, wo sich das erste Tageslicht seinen Weg durch die Wolken erkämpfte. Was war das Schattenreich nur für ein trostloser Ort. Es war längst überfällig, diesen Zustand zu beenden. Das musste doch selbst Eamon einsehen. Die Zerstörung der Barriere würde das östliche Reich wieder im alten Glanz erstrahlen lassen. Diese graue Düsternis aus Wolken und Nebel war kaum zu ertragen, und ihr einziger Trost war das Wissen, dass sie es auch nicht mehr lang ertragen musste.

Die Fürsten und deren Befehlshaber folgten ihr, und dann kamen auch schon ein paar Krieger mit Pferden an der Hand. Alkariel nahm die Zügel ihrer Schimmelstute entgegen und reichte auch Glendorfil, der sich gerade seinen blutroten Schwertgurt umschnallte, die Zügel einer anderen Stute mit weißer Blesse.

»Folgt mir, Glendorfil«, befahl sie und schwang sich in den Sattel. Auch die Fürsten saßen auf, und so schlugen sie den Weg in Richtung Süden ein, dort, wo sich der Turm von Tantollon als schwarze Säule gegen das wage Licht hervorhob. Glendorfil ritt an ihrer Seite. Die Kapuze des Umhangs hatte er tief ins Gesicht gezogen, den Ausdruck darin erkannte sie nicht. Es war wirklich schade um ihn. Er hätte ein guter Ritter für sie sein können.

Es war ein kurzer Weg, quer durch das Heerlager, vorbei am Turm bis zum Weltentor von Tantollon. Alkariel spürte bereits die Auren all jener, die sich im Moment in den Weißen Hallen befanden, und die Vorfreude ließ sie lächeln. In einigem Abstand vor dem weißen Torbogen blieben sie am Rande der Klippen stehen und spähten angespannt in das reine Licht. Meara reihte sich zu ihrer rechten Seite in den Halbkreis der Wartenden ein. Ein zufriedenes Lächeln lag in ihrem Gesicht. »Ihr werdet sehen, Herrin«, sagte sie und wirkte dabei wie ein ungeduldiges Kind. »Ich habe nicht übertrieben.«

Ein dunkler Schatten hob sich gegen das Weiß ab, dann ein zweiter, hoch wie das Weltentor selbst. Instinktiv lehnte Alkariel sich etwas weiter im Sattel vor und hielt den Atem an, als das Tor Mearas neueste Errungenschaft freigab.

Sie konnte ihren Blick nicht davon abwenden, so wundervoll war es.

Durch die Reihe der Fürsten und Befehlshaber ging ein Raunen, und Alkariel war sicher, dass auch ein wenig Angst darin mitschwang. Ihr Triumph wurde noch verstärkt, als sie zwischen den Schatten in Glendorfils Gesicht blankes Entsetzen entdeckte. Dieser Anblick war all ihren Ärger um sein überhebliches Verhalten wert. Sie lehnte sich etwas zu ihm herüber und deutete in weit ausholender Geste auf Meara und ihr Werk. »Jetzt wünscht Ihr Euch, Euer Schützling wäre beim Sprung vom Turm gestorben, nicht wahr, Glendorfil?«

Eämon

Der König schlug die Augen auf und starrte auf den grauen Stein über sich. Die grob behauene Oberfläche wirkte so nah, als müsse er nur die Hand ausstrecken, um sie zu berühren. Sein Blick war unscharf, und die Umrisse des Bettgestells gingen weich in die der steinernen Decke über. Er blinzelte, um die Schläfrigkeit zu vertreiben, aber danach war seine Umgebung noch immer genauso gespenstisch. Lag der Schleier, der sein Blickfeld trübte, vor seinen Augen oder in der Luft?

»Eamon.«

Mit einem Ruck richtete er sich auf und sah sich um. Das Zwielicht der Kerzen reichte aus, um die weiße Gestalt zu erkennen, die am Ende des Bettes stand, durchscheinend fast, geisterhaft.

»Meara!« Er sprang auf.

Die Lichtelfe lächelte und schwebte auf ihn zu. Der Stoff ihres weißen Kleides war so dünn, dass er beinahe durchsichtig war und bei jeder ihrer Bewegungen weich über ihren schlanken Körper floss – als wäre sie in Mondlicht gekleidet. Auch die weißen Bänder, die sie in ihr dunkles Haar geflochten hatte, schimmerten leicht.

»Verzeiht. Ich wollte Euch nicht erschrecken.« Sie sank in einen tiefen Knicks und sah ihn unter gesenkten Lidern an, was ihn im Moment jedoch kaum rührte.

Stattdessen warf er einen flüchtigen Blick zur verriegelten Tür und sparte sich die Frage danach, wie sie hierhergekommen war. Er verschränkte die Arme vor der nackten Brust und legte all die Verachtung, die im tiefsten Inneren seiner Seele wütete, in seinen Blick. »Was wollt Ihr hier?«

Meara sah ihn mit ihren unschuldigen, rehbraunen Augen an und strich verträumt mit der Hand über einen der hölzernen Bettpfosten, in den Einhörner und Elfen geschnitzt waren.

Es fiel ihm schwer, ruhig zu bleiben, und ihr nicht an die Kehle zu gehen. Er ahnte, aus welchem Grund sie hier war, und fürchtete gleichzeitig die Antwort. »Was ist mit Vanora?«, fragte er schließlich. »Haltet Ihr sie gefangen?«

Das Lächeln wurde zu einem Grinsen. »Sie ist noch nicht zurück?« Meara wirkte belustigt und schüttelte dann den Kopf. »Keine Sorge, König. Sie ist entkommen, gemeinsam mit dem Verräter.«

Eamon atmete aus, doch die Erleichterung währte nur kurz: »Vanora und Nevliin?«

»Richtig. Euer Schattenritter genießt inzwischen die Gastfreundschaft der Königin.«

Ihre Antwort war ein Schlag in den Magen und eröffnete ihm gleichzeitig den Grund für ihr Erscheinen. Anfangs hatte er sie für einen Traum gehalten, doch jetzt war aller Zweifel verflogen. »Wieso kommt ausgerechnet Ihr zu mir?«, fragte er.

Meara zuckte die Schultern: »Die Königin dachte, Ihr würdet bei ihrem Erscheinen nicht so vernünftig reagieren, wie es sich für einen König gehört«, antwortete sie gleichgültig. »Sie meinte, Ihr würdet unserem Vorschlag offener entgegensehen, wenn jemand anderes mit Euch spricht.«

»Jemand, der die Wächter aus Tantollon heimtückisch überfiel? Ich sollte Euch sofort töten.«

Zeitgleich huschten ihrer beider Blicke zu der Kommode neben dem Bett, auf der seine Schwerter lagen. Als sich ihre Blicke wieder trafen, lächelte die Lichtelfe.

»Das könntet Ihr natürlich tun«, sagte sie und ging einen Schritt auf ihn zu. »Aber dann würde Glendorfil sterben. Das wollen wir beide nicht. Also ...«, sie legte ihre Hand auf seinen Unterarm und sah ihm tief in die Augen, »solltet Ihr mich zumindest anhören.«

Eamon rührte sich nicht.

»Ich liege wohl richtig mit der Annahme, dass Ihr Glendorfil zurückhaben möchtet?«, fuhr Meara mit Übelkeit erregender Unschuld fort. »Aber natürlich wisst Ihr, dass dies seinen Preis hat.«

»Natürlich.«

»Und Ihr seid klug. Ihr kennt den Preis.«

»Ihr werdet sie nicht bekommen.«

»So etwas habe ich mir schon gedacht.« Meara drehte sich um und entfernte sich wenige Schritte von ihm. »Doch ich verstehe nicht, wieso«, rief sie schließlich in gespielter Bitterkeit aus und wandte sich ihm wieder zu. »Wieso kümmert Euch ihr Schicksal? Es ist so offensichtlich, dass sie sich nicht um Euch kümmert. Vanora und Nevliin sind einfach fortgelaufen und haben Glendorfil bei uns zurückgelassen. Sie haben nicht einmal versucht, ihn zu befreien. Wozu auch? Sie sind wieder zusammen, und das ist alles, was für sie zählt. Weder Ihr, der König, noch sonst irgendjemand bedeutet ihnen etwas. Also sagt mir, Eamon: Wieso gebt Ihr uns nicht das Mädchen und rettet einem Elfen, der seit Eurer Geburt an Eurer Seite steht, das Leben?«

Eamon brachte kein einziges Wort heraus. Alles klang so logisch und doch so falsch. Er konnte, er wollte nicht glauben, dass Glendorfil nicht zurückkommen würde. Wie sollte er ohne ihn König sein? Er brauchte seinen Rat. Er brauchte seine Freundschaft und Loyalität.

»Wo sind unsere beiden Verliebten denn jetzt?«, fragte Meara und ignorierte seine Verwirrung. »Sie müssten schon lange hier sein. Euer Land steht vor einem Krieg, und die beiden machen sich schöne Tage. Niemanden kümmert, welche Last auf Euren Schultern liegt.« Sie ging wieder auf ihn zu, so nahe, dass er ihren Atem auf seinem Gesicht spüren konnte. »Befreit Euch von ihr«, flüsterte sie. »Befreit Euer Land.«

»Verschwindet.«

»Armer Eamon.« Meara hob ihre Hand und berührte sanft seine Wange. »Sie hat Euch nie geliebt. Jedes Mal, wenn sie Euch angelächelt hat, jedes schöne Wort war eine Lüge. Öffnet Eure Augen.«

Eamons Hand fuhr hoch und packte die Lichtelfe am Kinn, während er sich über sie beugte, über diese kleine, zarte Gestalt. »Meine Augen sind offen«, knurrte er, »und ich sehe eine Bestie.« Mit aller Kraft stieß er sie von sich, und Meara flog quer durch den Raum. Eine der Steinsäulen stoppte unsanft ihren Flug.

Mit einem bedauernden Kopfschütteln richtete sie sich auf, strich ihr Kleid glatt und hob den Kopf. »Es ist nicht gut«, sagte sie leise, »wenn Elfen lieben. Schon gar nicht, wenn ein König liebt. Ihr seht selbst, was sie aus Euch gemacht hat.«

»Ich sagte, Ihr sollt von hier verschwinden. Und richtet Eurer Königin aus, dass wir sie vernichten werden.«

Meara lachte, doch dann streckte sie plötzlich die Hand

aus und zeigte ihm einen Mistelzweig, der darauf lag. »Wenn Ihr nicht auf die Vernunft hören wollt«, sagte sie ernst, »dann hört auf Euer Herz. Nehmt mein Geschenk an.«

Eamon versuchte, sich seine Verwirrung nicht anmerken zu lassen, und sah mit ungerührter Miene in das schöne, durchtriebene Gesicht der Lichtelfe, die sich langsam wieder näherte.

»Vanora und Nevliin«, begann sie in ruhigem Ton. »Die beiden sind miteinander verbunden.« Eamons Miene blieb ausdruckslos, auch wenn ihm ihre Worte einen Hieb versetzten, der schlimmer schmerzte, als er sich eingestehen wollte. Er wollte sich abwenden, doch Meara nahm seine Hand. »Ich mache Euch dies zum Geschenk«, sagte sie und legte ihm den dünnen Zweig in die offene Handfläche. »Auch meine Magie ist stark. Zerbrecht diesen Zweig, und die Verbindung zwischen den beiden wird zerstört sein. Sie wird zu Euch zurückfinden.«

»Was habe ich davon, wenn Ihr unser Land in den Krieg treibt, bis sie tot ist?«

»Vanora soll die Barriere zerstören. Ein schwerer Zauber, aber ich kann sie dabei unterstützen. Ich kann ihr helfen, die Energie zu ertragen.« Sie zuckte mit den Schultern. »Und es ist nicht gesagt, dass sie sterben muss, um den Zauber zu vollenden. Wir brauchen ihr Blut. Vielleicht genügen ein paar Tropfen, vielleicht brauchen wir alles. Es wird sich zeigen.« Die Kerzen flackerten, und der rote Schein spiegelte sich in ihren Augen wider. »Zerbrecht den Zweig«, zischte sie. »Löst sie von ihrem Ritter, und lasst sie die Barriere zerstören. Gebt Alkariel ihr Reich zurück, und schenkt Eurem Land den Frieden. Was wollt Ihr mehr?«

»Wieso zerbrecht Ihr den Zweig nicht selbst?« Eamon war

bemüht, gleichgültig zu klingen, aber Meara fiel es leicht, seine Erregung über dieses winzige Stück trügerischer Hoffnung zu spüren.

»Der Zauber, der Vanora und Nevliin beherrscht, ist mächtig«, erklärte sie. »Er kann nur durch einen Liebenden zerstört werden. Und Ihr liebt die Prinzessin, oder etwa nicht?«

»Wie kommt Ihr darauf, dass ich Euch traue? Ihr werdet sie töten.«

Meara drückte seine Hand. »Ihr denkt schlecht von uns, denn Ihr seid noch so jung. Euer Vorfahr hat Alkariel ihre Schwester und ihr Reich gestohlen. Gebt ihr zumindest das Land zurück, und wir versprechen Euch, alles zu tun, um ihre Nichte am Leben zu erhalten. Sie wird leben.« Sie schloss seine Finger um den Zweig. »Eine Ewigkeit mit Euch«, flüsterte sie so verführerisch, dass er sie nur hilflos anstarren konnte. »Denkt darüber nach, Eamon. Denkt an Glendorfil, an all die Dunkelelfen. Ihr könnt das Unrecht Eures Vorfahren wiedergutmachen oder Euer Volk einem grausamen Schicksal übergeben. Dies ist allein Eure Entscheidung. Und dies war meine Warnung.«

»Eamon?!« Jemand rüttelte an der Tür. Es war Liadans Stimme.

»Denkt darüber nach«, hauchte Meara noch einmal und wich ein Stück zurück. »Alles, was Ihr tun müsst, ist, den Zweig zu brechen – und sie gehört Euch.«

»Niemals.« Er wollte das winzige Stück in seiner Hand von sich schleudern, aber er tat es nicht. Seine Finger schlossen sich immer noch fest darum.

»Zerbrecht ihn. Wir werden wissen, wenn Ihr es getan habt.«

Der König öffnete die Augen und starrte auf die steinerne Decke über sich. Seine Brust hob und senkte sich genauso schnell, wie sein rasendes Herz schlug.

»Eamon!«

Er fuhr hoch und sah sich in der Kammer um. Es sah alles genauso aus wie zuvor. Mit dem einzigen Unterschied, dass seine Sicht jetzt viel klarer war. Langsam ließ er den Blick sinken und sah in seine rechte Hand, in der zu seinem Entsetzen immer noch der Mistelzweig lag. Es war ein Traum gewesen und auch wieder nicht.

»Eamon! Was soll das! Mach endlich auf.«

Seine Schwester rüttelte heftig an der Tür und riss ihn endgültig aus seiner Starre.

»Ich bin gleich da!« Er ließ den Mistelzweig in seiner Hosentasche verschwinden, zog sich ein Hemd über und schob den Riegel von der Tür. Misstrauische graue Augen musterten ihn und spähten danach an ihm vorbei ins Zimmer.

»Sie sind zurück«, sagte sie, wobei ihre Augen noch immer durch den Raum huschten, als spüre sie den Schatten von Mearas Gegenwart.

»Vanora?!« Eamon trat einen Schritt zur Seite und stellte sich nun direkt in ihr Blickfeld. »Vanora ist zurück?«, fragte er noch einmal.

»Ja, natürlich.« Liadan beugte sich etwas weiter nach vorn. »Du hast eben mit jemandem gesprochen.«

»Ich habe geschlafen. Jetzt sag schon. Wo ist sie?«

Liadan richtete sich auf und sah ihm prüfend in die Augen. Er hasste es, wenn sie das tat, und dies war mit Sicherheit der falsche Augenblick, um sich darüber Gedanken zu machen, wen oder was er vor ihr geheim hielt. »Sie sind noch nicht einmal im Wald«, antwortete sie schließlich abwinkend. »Es dauert noch, bis sie hier eintreffen.« Sie senkte kurz ihren Blick, und als sie wieder aufsah, war jedes Misstrauen verschwunden und einer Müdigkeit gewichen, die er nur selten an seiner Schwester gesehen hatte. »Eamon«, begann sie und nahm seine Hand. »Bitte vergiss nicht: Nichts im Leben ist leicht. Es wird immer Steine geben, die sich dir in den Weg stellen werden. Wir müssen mit Rückschlägen genauso gut umgehen wie mit Erfolgen und …«

»Glendorfil kommt nicht zurück.«

Liadan ließ seine Hand los. »Woher weißt du das?«

»Ich habe davon geträumt«, antwortete er schnell.

»Geträumt.« Sie machte sich nicht die Mühe, ihre Skepsis zu verbergen, und Eamon machte sich nicht die Mühe, sich weiterhin mit seiner kleinen Schwester aufzuhalten.

»Ich werde sie an der Brücke erwarten«, erklärte er.

Er hörte sie noch seufzen, bevor sie leise antwortete: »Ich weiß.«

❧

Ein Schattenritter berichtete Eamon auf seinem Weg zum äußeren Tor, dass Nevliin und Vanora nur noch wenige Minuten entfernt waren. Sie wären im wilden Galopp über die schneebedeckte Ebene geflogen und dann im Dunkelwald verschwunden. Die Rückkehr der beiden hatte sich schnell herumgesprochen, und so drängten sich trotz des starken Schneefalls neugierige Krieger an den Mauern, und diejenigen, die dort keinen Platz mehr fanden, verstellten die Gasse, die vom äußeren in den inneren Hof führte, um einen Blick auf die Prinzessin und ihren Weißen Ritter zu werfen.

Auch Liadan hatte sich zu Eamon gesellt und blickte schweigend durch das Schneegestöber über die Brücke zum

Rand des Waldes. Der Wind spielte mit ihrem schwarzen Haar, und die dünnen, silbernen Strähnen darin wirkten in dieser Winterlandschaft wie Eis. Es passte zu ihr, verlieh ihrem Äußeren einen Hauch von Kälte, den er in ihrem Inneren nur zu gut kannte. Sie war nicht fähig, zu lieben. Ihr Herz galt einzig den Verpflichtungen, und in diesem Moment hatte er sogar etwas Mitleid mit ihr. Für seine wunderschöne kleine Schwester, die sich niemals einen Gefährten genommen hatte. Zumindest keinen, von dem er wusste.

Die Betrachtung seiner Schwester in diesem traumhaften Licht zwischen den Schneeflocken hätte ihn beinahe die Ankunft von Nevliin und Vanora versäumen lassen. Es war die plötzliche Stille, die ihn aufmerken ließ. Alle Gespräche verstummten. Es war so still, dass nur noch der Wind zu hören war, der den Schnee von den Nadeln der Kiefern strich.

Eamon drehte sich um und fühlte sich plötzlich wieder, als wäre er zurück in einen Traum gefallen. Er konnte nicht glauben, was er sah, und kniff seine Augen etwas zusammen, um seinen Blick zu schärfen.

Hätte er nicht gewusst, dass es Nevliin und Vanora waren, er hätte sie nicht erkannt. Es war ihm unmöglich, zu sagen, was genau an ihrer Erscheinung ihm und allen Elfen, die sie dort über die Brücke reiten sahen, den Atem nahm, doch da war etwas, das ihm einen eiskalten Schauer den Rücken hinablaufen ließ.

Fassungslos starrte er Vanora an. Seine Vanora. Wer war diese Frau? Diese Elfe, die so majestätisch auf diesem prächtigen Schimmel saß und so langsam, als würde die Zeit sie nicht erreichen, über die Brücke ritt. Auch Nevliin ritt einen Schimmel, und weitere weiße Pferde folgten ihnen. Und auch er strahlte eine Erhabenheit, ja, er musste es sich eingestehen, eine Schönheit aus, die ihm zwar immer schon zu eigen gewesen war, in diesem Moment aber alle Grenzen sprengte. Ihr Bild wurde vom heftigen Schneefall verschleiert, was sie nur noch unheimlicher wirken ließ. Die Elfenprinzessin und ihr Weißer Ritter. So unwirklich schön und furchtbar zugleich.

Wie viel Zeit war bereits vergangen? Eine Sekunde? Eine Stunde? Sie hatten sich kaum genähert.

»Wahnsinn«, flüsterte eine Elfe neben ihm und sprach damit seinen Gedanken aus.

Es war Wahnsinn. Dies waren Fremde. Es waren zwei Lichtelfen, mächtig und überlegen. Elfen, wie sie heute kaum noch existierten. Zumindest nicht im Schattenreich.

Eamon verspürte plötzlich eine Kälte, die nichts mit den eisigen Temperaturen des Winters zu tun hatte. Es war sein Blut, das ihn von innen heraus unterkühlte und ihm das Gefühl gab, in einen Schneesturm geraten zu sein. Er wusste nicht, wie lange er regungslos dastand, an dem Ort, an dem er bereits voller Sorge auf die Rückkehr der beiden gewartet hatte, nachdem Vanoras Dorf zerstört worden war, und auch auf die Rückkehr seiner Krieger aus Tantollon. Die Zeit spielte ihm einen Streich. Er hatte jegliches Gefühl dafür verloren. Es waren vermutlich nur wenige Sekunden, höchstens eine Minute, die sie für die Überquerung der Brücke benötigt hatten, und doch hielt der Zauber immer noch an, als sie ein paar Schritte vor ihm zum Stehen kamen.

Nevliin stieg als Erster ab und hob danach Vanora von ihrem Pferd. Kurz glitt ihm der Gedanke durch den Sinn, dass Vanora sehr gut allein imstande war, von einem Pferd zu steigen, aber dann vergaß er ihn wieder.

»Ich bin so froh, dass ihr wohlauf seid«, sagte Liadan und ging auf die beiden zu.

Schleichend fand Eamon wieder einen Weg zurück in die Realität, auch wenn sich das Bild, das sich ihm bot, dadurch kaum änderte.

»Glendorfil«, begann Vanora, doch Liadan hob ihre Hand.

»Später. Kommt zuerst ins Warme. Ihr habt einen weiten Weg hinter euch und müsst schon halb erfroren sein.«

Zum ersten Mal sah ihn Vanora direkt an. Sie hatte ihn stets an die Sonne erinnert, an Wärme und Licht. Ein Vergleich, der ihm im Moment nicht abwegiger vorkommen konnte. Er sah sie an, und alles, woran er denken konnte, waren Winter, Schnee und Eis. Ihre blauen Augen glichen den Gletschern hoch oben in den Bergen bei Valdoreen, ihre Haut war schneeweiß, ohne die leichte Rötung auf den Wangen, die er so geliebt hatte. Eamon versuchte sich einzureden, dass er kaum anders fühlen konnte, da sie hier inmitten eines Schneegestöbers standen, aber er wusste, dass es einzig ihr Anblick war, der ihn frösteln ließ.

»Eamon«, hauchte sie und ging auf ihn zu. Ihre Lippen, die ihn an in Schnee vergossenes Blut erinnerten, verzogen sich zu einem zaghaften Lächeln. »Glendorfil ist …«

In diesem Moment kam ein silberner Arm aus dem Nichts, der Vanora stoppte und zurückdrängte. Es war erstaunlich, wie schnell sich Eis in Feuer verwandeln konnte. Und Eamon brannte, während Nevliin auf ihn zuging, die schwarzen Augen auf ihn gerichtet, Vanora immer noch mit seinem Arm hinter sich haltend.

Nun war Eamon endgültig aus seiner Starre erwacht und sah fassungslos zuerst zu Vanora und dann wieder zurück zu Nevliin. Er wusste nicht, was ihn mehr aufregte: dass Nevliin es sich erlaubte, Vanora von ihm fernzuhalten, oder dass Vanora es sich tatsächlich gefallen ließ. Sie machte keinen Versuch, Nevliin an dieser Dreistigkeit zu hindern oder an ihm vorbeizukommen. Seit wann ließ sie sich von irgendjemandem Vorschriften machen?

Nevliin stand ihm jetzt gegenüber. Es war unmöglich, auch nur das geringste Gefühl an ihm zu erkennen oder auch nur zu erraten, was er dachte. Eamon erwartete alles, doch nicht, dass sich der Ritter plötzlich mit ausgebreiteten Armen verbeugte.

»Eure Majestät.« Nevliin ließ Vanora einen winzigen Augenblick lang los, nur um sofort wieder ihre Hand zu ergreifen. Er richtete sich auf und kam ihm jetzt ganz nahe. »Mein Freund«, fuhr er leise mit rauer Stimme, direkt an seinem Ohr, fort. »Ich habe dir versprochen, dass ich zurückkehre. Deine Mühen waren vergebens. Sie gehört zu mir. Versuche noch ein Mal, uns voneinander zu trennen ... versuch es noch ein Mal.«

Nevliin durchbohrte Eamon noch einen Moment lang mit seinen schwarzen Augen, dann griff er nach Vanoras Hand und zog sie mit sich fort.

Eamon starrte an die Stelle, an der Nevliin eben noch gestanden hatte, und konnte sich nicht bewegen. Er konnte kaum atmen. Der Zorn, diese unbändige Wut, quetschte seinen Brustkorb und schnürte sich unbarmherzig um seine Kehle. Seine Hände zitterten, und plötzlich spürte er ein Stechen an seinem Oberschenkel. Seine Hand fuhr in die Hosentasche, und er war sicher, dass sein Herz einen Takt lang aussetzte, als er den Mistelzweig ertastete.

»Was hat er gesagt?« Liadan sah den beiden hinterher. Es wunderte Eamon nicht, dass sie nichts gehört hatte. Nevliins Worte waren nur für ihn bestimmt gewesen – und für Vanora.

Vanora, die diesen Worten nichts hinzuzufügen gehabt hatte.

»Nichts. Er hat nichts gesagt.« Eamons Finger schlossen sich um den Zweig. »Nichts von Bedeutung.«

Liadan schüttelte traurig den Kopf, dann wandte sie sich ab und folgte den heimgekehrten Elfen.

Wir versprechen Euch, alles zu tun, um ihre Nichte am Leben zu erhalten. Sie wird leben. Eine Ewigkeit mit Euch.

Mearas Stimme hallte klar durch seinen Kopf. Es klang so vernünftig. Es wäre so leicht. Eine winzige Bewegung, und ... das Schattenreich wäre verloren. Er konnte Meara nicht trauen. Er konnte Alkariel nicht trauen. Die Königin spürte Vanoras zunehmende Macht, und selbst wenn sie siegessicher wäre, musste sie mit zahlreichen Verlusten rechnen.

Eamon löste seine Finger von dem Mistelzweig. Welchen Zauber hatten sie in dieses kleine Ding gewoben? Wie konnten sie nur annehmen, dass er ihnen vertrauen würde? Sie wussten von seiner Liebe, und natürlich versuchten sie, sich diesen Umstand zunutze zu machen. Doch wie konnten sie annehmen, dass er ihnen Vanora gegen solch ein Versprechen auslieferte? Sie würden sie töten. Mit Sicherheit.

Er zog die Hand aus der Hosentasche, doch den Mistelzweig warf er nicht fort.

Der Sternensaal füllte sich, und wie so oft in letzter Zeit sah er in dieselben Gesichter, sah dieselbe Besorgnis und die erwartungsvollen Blicke auf ihren König, der sie aus dieser misslichen Lage befreien sollte. Und der Einzige, der diese schwere Last erträglich gemacht und ihn immer wieder gestützt hatte, egal, wie oft er hinzufallen gedroht hatte, war fort. Eamon blickte zum Seelenbaum, an dessen Stamm Glendorfil für gewöhnlich lehnte, aber er war leer. Jetzt war er auf sich allein gestellt.

Nevliin und Vanora nahmen auf der in den Fels geschlagenen Treppe nahe der Tür Platz. Zum ersten Mal saßen sie nebeneinander, so dicht beieinander. Die verstohlenen Blicke der Fürsten zeigten ihm, dass auch sie die Veränderung an den beiden wahrgenommen hatten. Die Liebe vielleicht, ja, aber auch diese unerträgliche Kälte, die sie auch hier, in der Wärme des Schlosses, umfing. Allein ihre Anwesenheit schien die Temperatur um einige Grad zu senken. Nevliins kalte Augen waren nichts Neues, und den gefühllosen Ausdruck, mit dem er sich umsah, kannte Eamon gut, auch wenn er ihm in diesem Moment noch intensiver erschien. Aber Vanora so zu sehen war schlimmer als jede Eifersucht. Er hatte sie an Nevliin verloren und konnte nichts dagegen tun. Aber was Nevliin aus ihr machte, konnte er kaum ertragen.

Selbst die Art, in der sie von der Befreiung, den Umständen von Glendorfils Gefangennahme und auch über das Heerlager in Tantollon berichtete, war ihm fremd. Sie sprach mit einer Abgeklärtheit über den Feind, als berühre sie der bevorstehende Krieg nicht im Geringsten. Der Blick, den sich Nevliin und Vanora zuwarfen, als sie davon erzählten, dass ihnen eine Gruppe Lichtritter gefolgt war und diese jetzt alle tot waren, ließ ihn beinahe die Beherrschung verlieren. Sie sahen einander an, und auch wenn sich ihre Lippen kaum bewegten, konnte er sie lächeln sehen. Er sah diese stumme Verständigung und das kurze Aufblitzen ihrer Augen. Es war zu viel. Wie konnte Nevliin ihre Veränderung nicht bemerken? Wie konnte es ihn nicht kümmern? Wo war sein gutes Herz, an das Eamon immer noch glauben wollte?

Wie schnell sich seine Welt doch verändert hatte. Er erkannte nichts mehr darin wieder. Seinen Vater, Vanora, das Schattenreich, selbst Nevliin. Er hatte alles verloren. Er war so kurz König, und schon trieb sein Land in eine undurchdringbare Finsternis. Vanora war ihm bereits entglitten. Er durfte nicht zulassen, dass die Dunkelelfen ebenfalls litten. Er musste seinem Volk den Sieg bringen und es von Alkariel befreien. Es gab nichts Wichtigeres. Und so zwang er sich, den Gesprächen endlich wieder seine volle Aufmerksamkeit zu widmen.

Sie diskutierten lange über eine Befreiung Glendorfils, kamen jedoch überein, dass nicht noch weitere Krieger geopfert werden durften. Der Kampf stand unmittelbar bevor. Alkariel würde nicht mehr warten, und jeden Tag könnte ihr Heer am Horizont erscheinen. Eamon wusste, dass sie Glendorfil nichts antun würden, noch nicht. Es war eine geringe Hoffnung, doch womöglich könnte sich Glendorfil im Chaos der Schlacht befreien, oder eine Gruppe von Dunkelelfen könnte sich bis zu ihm durchschlagen. Jeder Elf würde die Gelegenheit nutzen, ihn zu befreien, sofern sich eine solche ergab. Das war alles, was sie für ihn tun konnten. Nach stundenlangen Diskussionen und dem Abwägen aller Möglichkeiten akzeptierte es schließlich auch Eamon. Er verurteilte Glendorfil, seinen Mentor, seinen Freund zum Tode. Denn er war der König.

»Zumindest wissen wir jetzt in etwa, mit welcher Kampfstärke wir rechnen können«, sagte Feanor und riss Eamon aus seinen dunklen Gedanken. »Wie viele Krieger haben wir insgesamt? Neun-, zehntausend? Der Fürst sagt, dass in Tantollon nicht mehr waren als hier.«

»Ihr vergesst, dass mit Sicherheit noch nicht alle eingetroffen sind«, erwiderte Nevliin ruhig. »Ich konnte lediglich Daerons Schlangenbanner ausmachen. Von Menavors Kriegern war nichts zu sehen. Ich bin mir sicher, dass noch mindestens zweitausend aus dem Sonnental nachfolgen werden. Valdoreen war ebenfalls nicht in voller Kampfstärke dort.«

Feanor lehnte sich ein Stück vor, um an Gilroen und Larinel vorbeizuschauen. »Dann nennt uns Eure Einschätzung, Fürst Nevliin«, bat er rau.

»Eine realistische Einschätzung?« Nevliin verzog die Lippen zu einem dünnen Lächeln. »Wir sollten uns auf eine Stärke von fünf- bis sechzehntausend Kriegern einstellen, darunter vermutlich eintausend Lichtritter.«

»Es sieht besser für uns aus, als wir anfangs dachten«, sagte Eamon leise. »Ich nahm an, Alkariel hätte nicht weniger als zwanzigtausend Krieger. Wir sind zahlenmäßig zwar immer noch unterlegen, aber wir haben den Vorteil der Festung. Die Bogenschützen werden die Zahl der Angreifer sehr schnell minimieren.«

Auch Bienli nahm wieder an der Versammlung teil. Er hatte es geschafft, dreihundert Armbrustschützen nach Lurness zu rufen, die an den unteren Mauerringen postiert wurden. Jetzt meldete er sich zum ersten Mal zu Wort: »Wir sollten uns hier einschließen und sie gegen das Tor laufen lassen«, meinte er. »Die Brücke ist schmal, sie können uns über den Abgrund nicht erreichen. Und so können wir sie in aller Ruhe einen nach dem anderen abschießen. Wieso ihnen im offenen Gelände entgegentreten, wo sie ihre Anzahl nutzen können?«

»Wir müssen uns dem Kampf stellen«, erklärte Eamon, »da wir keine Belagerung riskieren können. Wie lange würde es dauern, bis uns die Nahrung ausgeht? Ich lasse mich nicht in ein Gefängnis aus Stein sperren. Noch dazu ist die Gefahr viel zu groß, dass sie sich irgendeinen ihrer heimtückischen Zauber ausdenken, um uns zu vernichten. Wir lassen sie auf die Reichweite unserer Schützen an den oberen Wehrmauern herankommen, weiter nicht. Sie dürfen nicht bis Lurness vordringen.« Er erhob sich und trat vor die versammelten Elfen. »Gilroen, Ihr kennt Eure Aufgabe: Jeder Lichtelf, der den Dunkelwald betritt, muss sterben.«

Der Elf lächelte, und seine weißen Zähne blitzten in dem schwarz bemalten Gesicht. »Jeder Lichtelf?«, fragte er und deutete mit dem Kopf zu Nevliin, mit dem er bereits in der letzten Versammlung nicht besonders gut ausgekommen war.

»Jeder Lichtelf, der für Alkariel kämpft«, erwiderte Eamon knapp. »Da Glendorfil sein Kommando nicht ausführen kann«, fuhr er fort, »werde ich die Schattenritter anführen.« Er atmete einmal tief durch und versuchte, sein Herz, das Brennen in seiner Brust zu ignorieren und allein auf seinen Kopf zu hören. »Nevliin ...« Der Lichtelf sah zu ihm auf. Als ihn die kalten Augen trafen und auch Vanora zu ihm aufsah, bedurfte es einer enormen Kraftanstrengung, weiterzusprechen. »Nevliin ... du wirst dich den Schattenrittern anschließen. Ich will dich an meiner Seite haben.«

Nevliin sah ihn regungslos an und nickte knapp.

Eamon hatte darüber nachgedacht, Nevliin ein eigenes Kommando zu überstellen, aber er konnte keinem seiner Fürsten und Befehlshaber die Krieger rauben. Der wesentliche Grund war jedoch, dass Nevliin einer der besten Kämpfer war und er im Herzen des Heeres kämpfen musste, unter den Besten.

»Wir werden die ersten Reihen bilden«, erklärte er weiter. »Danach folgen uns die Krieger aus dem Grenzland. Fürst Noin, Eure Krieger übernehmen die linke Flanke und Fürst

Feanors Krieger aus Tantollon die rechte.« Eamon zeigte mit dem funkelnden Stab auf die Festung in der lebendig erscheinenden Karte zu seinen Füßen. »Ardemir, ich will dich mit deinen Bogenschützen an der Spitze des Felsens haben. Bereite den Lichtelfen einen ordentlichen Empfang.«

»So wird es geschehen, Vetter.«

»Fürstin Larinel, Ihr teilt Eure Bogenschützen auf die mittleren und unteren Wehrgänge, gemeinsam mit den Jünglingen aus Tantollon. Stellt jedem Jüngling einen erfahrenen Schützen zur Seite, und hofft, dass Ihr nicht zum Einsatz kommt. Ihr werdet die Festung verteidigen, falls es den Lichtelfen tatsächlich gelingen sollte, den Dunkelwald zu durchdringen. Bienlis Armbrustschützen schützen den Äußeren und den Inneren Hof, gemeinsam mit eintausend Schwertkämpfern aus Lurness.«

»Und was ist mit mir?«

Eamon starrte auf die Karte. Er klammerte sich mit beiden Händen an den Stab in seinen Händen und versuchte, ruhig zu atmen. »Du bleibst hier, Vanora«, antwortete er schließlich mit seltsam rauer Stimme.

»Hier?«

Langsam sah er auf. »Das Schlachtfeld ist kein Ort für dich.«

»Ich kann kämpfen, Eamon. Wofür waren all die Stunden, die Jahre der Vorbereitung?«

»Es ist zu früh.«

Nevliin sah ihn jetzt genauso finster an wie Vanora. »Du unterschätzt sie«, sagte er in einem Ton, in dem eindeutig Triumph mitschwang.

Eamons Finger krallten sich in das mit Mirannektar gefüllte Glas des Stabes. Der Mistelzweig in seiner Hosentasche stach plötzlich in seine Haut. Er hatte sich im Griff gehabt. Er hatte sich ganz auf seine Aufgabe konzentriert, aber Nevliin konnte es nicht lassen. Was wusste er schon?

Es war totenstill, niemand schien noch zu atmen. Eamon richtete sich auf und blickte zuerst zu Vanora und dann zu Nevliin hinab.

»Du willst, dass sie kämpft?«, fragte er.

»Sie ist stark.«

»Nicht stark genug.«

Die beiden starrten einander an. Wieder herrschte Schweigen, und als Bienli plötzlich nieste, war sich Eamon sicher, dass der Kobold die Situation mit einer unpassenden Bemerkung zur Eskalation bringen würde, doch der Kobold schwieg. Das sollte Eamon wohl beunruhigen.

»Lasst uns doch auch Magie benutzen«, brach Ardemir plötzlich das Schweigen. »Was die können, kann sie schon lange.« Er zwinkerte Vanora zu, die ihm, froh über die Unterstützung, mit einem Lächeln auf den Lippen zunickte.

Eamon richtete sich auf. »Nein. Du bleibst in der Festung.«

Vanora warf ihm einen wütenden Blick zu, und einen Moment lang erkannte er das alte Funkeln in ihren Augen. Als hätte ein einziger Sonnenstrahl für einen winzigen Augenblick das Eis gebrochen. Und die nächste Überraschung folgte auf dem Fuß: Liadan war auf seiner Seite!

»Vanora ist zu wertvoll«, sagte sie. »Wer soll sie beschützen?« Sie hob die Hand, um Vanoras Protest zu ersticken, und fuhr fort. »Es tut mir leid, Vanora. Ich weiß, wie mächtig du bist, aber du hast keine Vorstellung davon, welches Chaos auf einem Schlachtfeld herrscht. Ein einziger Pfeil, eine winzige Sekunde, in der du nicht aufpasst, ein abgeleiteter

Schwerthieb. Es ist einfach zu riskant. Du bist keine Schwertkämpferin. Du bist Bogenschützin. Niemand wird dich daran hindern, an diesem Kampf teilzunehmen – auch Eamon nicht.« Sie warf ihm einen kurzen, eindringlichen Blick zu, wandte sich jedoch sofort wieder an Vanora. »Nutze deine Stärken, und bleib an Ardemirs Seite«, fuhr sie ruhig und bestimmt zugleich fort. »Von dort aus kannst du uns helfen. Nutze deine Magie aus der Ferne. Schicke dem Feind deine brennenden Pfeile entgegen, und sorge dafür, dass ihre Übermacht zunichtegemacht wird.«

Eamon sah seine Schwester voller Verwunderung an. Er spürte, dass sie kurz davor war, Vanoras Widerstand zu brechen. Aber es wäre nicht Vanora, würde sie sofort aufgeben. Zumindest ihren Trotz hatte sie sich noch bewahrt.

»Von dort oben kann ich meine Magie kaum nutzen. Wenn ich näher wäre, könnte ich sie durch Flammen gehen lassen und …«

»… einige von den Lichtelfen damit töten«, beendete Liadan ihren Satz. »Damit hast du bestimmt recht. Aber wie lange wird es dauern, bis sich Alkariel dagegen wehrt? Was wird geschehen, wenn sie und Meara gegen deine Magie vorgehen? Wir brauchen dich hier in der Festung. Du bist die Einzige, die den Zauber der Heilung beherrscht. Töte mit deinem Bogen so viele Feinde, wie du kannst, aber sobald sich unsere Kämpfer unter die der Lichtelfen mischen und es nicht mehr sicher ist, sie mit Pfeilen anzugreifen, läufst du nach unten und heilst mit Finola die Verwundeten.«

Vanora schwieg und dachte über Liadans Worte nach. Dann sah sie zu Nevliin, der kaum merklich nickte, und plötzlich stimmte sie zu.

Eamon atmete tief durch. Er musste die beiden ignorieren,

wenn er nicht völlig die Kontrolle über sich verlieren wollte. Der Schmerz und der Zorn waren so gewaltig, dass er glaubte, sie würden ihn zerreißen. Nur unter Aufbietung all seiner Kräfte gelang es ihm, diesen inneren Kampf verborgen zu halten. Zumindest hoffte er das.

Nachdem die Schlachtaufstellung geklärt war, besprachen sie noch weitere taktische Details, und so war es bereits später Nachmittag, als Eamon alleine im Sternensaal zurückblieb, auf der untersten Stufe saß und seinen schmerzenden Kopf in die Hände legte.

»Ich habe eben noch mit Vanora gesprochen«, hörte er plötzlich Liadans Stimme von der Tür. »Sie hat Eirwen getötet. Wusstest du das?«

»Eirwen?«, fragte er und verharrte immer noch regungslos mit geschlossenen Augen.

»Das war die Elfe, die ihren Vater getötet hat.«

Eamon konnte das Grinsen in ihrem Gesicht förmlich hören. Widerwillig richtete er sich auf, lehnte sich zurück und sah zu seiner Schwester, die tatsächlich lächelte.

»Deinem Gesichtsausdruck entnehme ich, dass du das gut findest«, sagte er.

»Und deinem Gesichtsausdruck entnehme ich, dass wieder einmal etwas Furchtbares geschehen ist.«

»Ach, lass mich in Ruhe.«

Liadan legte ihm die Hand auf die Schulter. »Was ist es diesmal? Ich dachte, du freust dich, wenn Vanora wiederkommt.«

Ein leises Knurren drang aus seiner Kehle.

»Also freust du dich nicht?«, fragte sie, ohne den genervten Unterton in ihrer Stimme zu unterdrücken.

Eamon sprang so schnell auf, dass Liadan erschrocken zurückwich. All sein unterdrückter Zorn sammelte sich in diesem einen Satz: »Du hast sie doch gesehen!«

Liadan hob ihre Augenbrauen und sah ihn an, als stünde ein Verrückter vor ihr, und vielleicht lag sie damit noch nicht einmal ganz falsch. »Ja«, antwortete sie langgezogen. »Ich habe sie gesehen, und ich bin der Meinung, dass sie von Tag zu Tag hübscher wird.«

Fassungslos starrte er sie an. »Bist du wahnsinnig?«

»Ich glaube eigentlich nicht, dass ich das bin. Aber ich beginne mich um dich zu sorgen.«

»Liadan! Siehst du denn nicht, was er aus ihr gemacht hat? Sie hat jedes Strahlen verloren. Er hat sie zu seinesgleichen gemacht, in einen ewigen Winter verdammt.« Von Unruhe und Schmerz getrieben, begann er, im Saal auf und ab zu wandern.

»Ah, darum geht es. Ich dachte, du bist endlich darüber hinweg. Du solltest dich freuen, dass Vanora und Nevliin zueinandergefunden haben.«

Eamon hielt inne und drehte sich langsam zu seiner Schwester um. »Natürlich«, sagte er, und es fiel ihm schwer, ihr in die Augen zu sehen. »Jetzt wird mir alles klar.«

»Was wird dir klar?«

»Du wolltest von Anfang an, dass die beiden zueinanderfinden. Du hast Nevliin immer verteidigt und … du wolltest sie zusammenbringen! Liadan, wie konntest du nur? Du wusstest, wie ich für sie empfinde. Ich bin dein Bruder!«

Liadan schüttelte leicht den Kopf. »Ach, Eamon. Natürlich wollte ich, dass sie etwas Zeit miteinander verbringen. Und verzeih, dass ich meine Ziele in Größerem sehe, als dir eine Liebhaberin zu verschaffen. Nevliin ist einer der größten Schwertkämpfer in ganz Elvion, der Fürst eines Landes mit der größten Kampfesstärke, und nur durch Vanora konnten wir ihn für uns gewinnen. Du und deine mürrische Art hätten ihn bestimmt nicht hier gehalten.«

Eamon starrte sie fassungslos an. »Was bist du nur …«, stammelte er, aber sie ließ ihn nicht ausreden.

»Ich habe nichts initiiert, was nicht ohnehin geschehen wäre. Die beiden waren füreinander bestimmt, und beide waren sie zu engstirnig, um es sich selbst einzugestehen. Vielleicht habe ich hier und da etwas nachgeholfen, damit sie einander etwas näherkommen, aber das Resultat wäre dasselbe gewesen, vielleicht nur etwas später. Und die Zeit ist – wie du sehr gut weißt – im Moment begrenzt.«

»Sie waren nicht füreinander bestimmt«, entgegnete er langsam. »Ich war …«

»Eamon, ich bitte dich.« Sie lachte auf. »Ein Blinder hätte es gesehen. Schon am ersten Tag, als Vanora in Lurness war, konnte man die Macht, die sie aneinanderband, spüren. Vermutlich geschah es schon früher, als du sie hierhergebracht hast. Du hast gesagt, dass sie Nevliin im Wald gesehen hat, und er hat mit Sicherheit ihre Anwesenheit gespürt, auch wenn der Tarnzauber euch vor ihm verborgen gehalten hatte. Wärest du nicht so blind und taub gewesen, hättest du gesehen, wie sehr sie dagegen angekämpft haben, aber Faelnuìr kann niemand entgehen.«

»Faelnuìr.« Das Wort lag wie Gift in seinem Mund. Auch Meara hatte von einem Zauber gesprochen, der die beiden zusammenhielt. Genau in diesem Moment spürte er wieder den verdammten Mistelzweig in seiner Tasche. Natürlich.

»Du weißt nicht, wovon du sprichst«, entgegnete er leise. »Faelnuìr ist ein Mythos. Die beiden sind nicht füreinander bestimmt.«

In Liadans Gesicht lag Bedauern. »Es tut mir leid, Eamon. Ich weiß, dass es dir weh tut. Ich bin mir sicher, dass du sie ehrlich liebst, aber du kannst nichts gegen solch eine Macht ausrichten. Ich weiß das.«

Seine Hand fuhr automatisch zu dem kleinen Zweig. Doch, das kann ich, dachte er und wusste gleichzeitig, dass er es niemals tun würde.

Eamon lehnte sich gegen den Baumstamm und sah seine Schwester an. Sie hatte es von Anfang an gesehen. Sie hatte Nevliin auf die Seite der Dunkelelfen ziehen wollen, um ihn für diesen Krieg zu benutzen.

»Wieso warst du gegen Nevliins Befreiung?«, fragte er sie schließlich. Es kam ihm unsinnig vor, dass sie zuerst alles dafür tat, um ihn für die Dunkelelfen zu gewinnen, und ihn dann dem Tod überlassen wollte.

»Wie kannst du das nicht wissen?«, fragte sie ungläubig. »Du bist König, Eamon. Du herrschst über dieses Land und kannst meine Beweggründe nicht nachvollziehen?«

»Wieso, Liadan?«

»Weil ich stets an das Land denke, Eamon. Ich wäge Nutzen und Schaden sorgfältig ab, und Nevliin auf unsere Seite zu bringen konnte uns nur von Nutzen sein, ohne Schaden anzurichten. Doch der Schaden, den Vanoras und Glendorfils Verlust verursacht hätte, wäre größer gewesen als jeder Nutzen, den Nevliin uns je hätte bringen können. Glendorfil ist unser bester Krieger, vermutlich besser als Nevliin, und deswegen war sein Leben wichtiger. Ebenso wie Vanoras.«

Eamon sah sie an und hatte mit einem Mal das Gefühl, eine Fremde vor sich zu haben. »Sind sie denn alle nur Spielfiguren für dich? Jede Figur mit einem gewissen Wert, und du tauschst sie aus, wie es dir beliebt? Hast du denn überhaupt kein Herz? Hast du jemals geliebt, Liadan?«

Seine Schwester zog ihre Augenbrauen etwas zusammen. »Ich liebe dieses Land, Eamon. Ich liebe jedes Stückchen Erde, jeden Baum und jeden Stein. Ich liebe alle Dunkelelfen, und mein Herz schmerzt bei dem Gedanken an deren Vernichtung genauso wie deines. Verurteile mich, weil ich nicht mein ganzes Handeln und Denken an einer einzigen Elfe ausrichte. Nevliin hat ihr gutgetan, auch wenn du es nicht akzeptieren willst. Er hat sie zu einer Waffe gemacht, die uns alle retten kann. Und verzeih mir, dass es mich daher nicht interessiert, ob sie strahlt oder dich an den Winter erinnert.«

Mit diesen Worten drehte sie sich um und verließ den Saal. Eamon konnte sich nicht bewegen. Fassungslos starrte er ihr hinterher. Sie war seine Schwester und doch so völlig anders. Sie war seinem Vater sehr ähnlich, wobei er selbst vermutlich eher nach seiner Mutter kam. Sie hätte ihn in dieser Situation verstanden, auch wenn sie ihn immer wieder ermahnt hatte, in erster Linie an das Volk zu denken.

Was war er für ein König? Sollte er alles aufgeben und Liadan die Herrschaft über dieses Land übergeben? Stets hatte er sie für zu jung gehalten, zu unerfahren. Sein Vater hatte ihm und nicht ihr die Verantwortung über dieses Land übertragen, und Eamon hatte diese Entscheidung niemals in Frage gestellt. Doch wenn Liadan nun besser dazu geeignet war? Er hatte niemals solch eine Verantwortung tragen wollen. Langsam nickte er. Sie befanden sich im Krieg, doch sobald alles vorbei war, würde er mit Liadan darüber sprechen.

Vanora

Sie war so müde, dass sie kaum noch aufrecht stehen konnte. Der Heimweg war lang gewesen, auch wenn ihr die ewigen Diskussionen noch länger vorgekommen waren. Ihr Körper war ausgelaugt und brauchte unbedingt Schlaf, obwohl ihr Geist hellwach war und sie sich dem bevorstehenden Kampf entgegensehnte. Sie wollte, dass es endlich vorbei war. So lange wurde von diesem Moment, von der Schlacht gesprochen, und das Warten war kaum noch auszuhalten. Das Wissen, dass jeden Moment das Horn ertönen würde, welches die Feinde ankündigte, erfüllte sicherlich jeden in Lurness mit derselben Unruhe.

Nachdem sie Liadan noch einmal ausführlich von ihrer Flucht erzählt hatte, schleppte sie sich jetzt die Stufen hinauf. Immer weiter im Kreis, um die Eingangshalle herum. Oben angekommen, erwartete sie Finola im Korridor, die Fäuste in die Hüften gestemmt. »Aha«, sagte die Koboldfrau und zeigte mit dem Finger auf sie. »Du und das Schneeflöckchen, was?«

Vanora seufzte. Sie wollte sich nur noch hinlegen, wusste aber, dass sie dieses Vorhaben auf unbestimmte Zeit verschieben musste. Sie wusste, dass es an Finola kein Vorbeikommen gab, wenn diese es nicht gestattete. »Alle haben es gewusst!«, fuhr die Koboldfrau auch schon aufgebracht fort, »und ich bin wieder mal die Letzte, die davon erfährt.«

Vanora ließ sich an der Wand zu Boden sinken. »Ach Finola«, sagte sie mit einem Gähnen. »Da gibt es nicht viel zu wissen.«

»Ja, natürlich. Weißt du, was das Schlimmste ist? Bienli hat es vor mir gewusst. Ich dachte, ich wäre deine Freundin! Und dann muss ich mir von diesem stinkenden, verlausten Taugenichts sagen lassen, dass ich von nichts eine Ahnung habe. Er hat mich ausgelacht, Vanora. Aus-ge-lacht!«

»Es tut mir leid.«

»Pah.« Finola setzte sich neben sie. »Du kannst es nur wiedergutmachen, wenn du mir jetzt alles ganz genau erzählst. Am besten alles, was Bienli nicht weiß.« Die kleine Frau grinste. »Und lass ja keine schmutzigen Details aus. Über den Ritter erzählt man sich ja Dinge …«

»Da gibt es wirklich nicht viel zu sagen.«

»Ach nein? Bienli sagt, dass unser Schneeflöckchen«, sie zeigte den Korridor entlang, an dessen Ende Nevliins Gemächer lagen, »so verliebt ist, dass er schon Herzchen in den Augen hat.« Sie beugte sich vor und sah Vanora durchdringend an. »Und du hast auch Herzchen in den Augen! Wie konnte ich das nur übersehen?«

Vanora spürte, wie ihr das Blut in die Wangen schoss.

»Was ist mit dir und Bienli?«, fragte sie schnell. »Erzähl mir lieber von euch.«

Finola rümpfte die Nase. »Gib bloß Ruhe mit dem«, murrte sie, kehrte jedoch sofort wieder zu ihrem Grinsen zurück. »Also sag schon. Du bist richtig verliebt, was?«

Jetzt musste auch Vanora grinsen. »Ich glaubte immer zu wissen, was Liebe ist«, sagte sie nachdenklich. »Ich kannte dieses warme Gefühl, hier unten in meinem Bauch.« Vanora lachte. »Weißt du, was ich meine?«

»Nein, aber sprich ruhig weiter.«

»Mit Nevliin …« Sie richtete sich auf und lehnte ihren Kopf gegen die Wand. »Mit Nevliin ist es völlig anders. Er ist Feuer und Eis, Gut und Böse. Ich spüre seine Macht, und sie wird gleichzeitig zu der meinigen. Durch ihn fühle ich mich stark, als könnte ich die ganze Welt erobern. Ich hielt Liebe immer für stark und unbesiegbar, aber die Liebe ist so wenig, Finola. Ich kannte die Liebe, aber was ich jetzt fühle, ist so viel mehr. Kennst du das Gefühl, wenn du glaubst, die Zeit bleibt stehen? Ich muss ihn nur ansehen, und alles um mich herum wird unwichtig. Jedes Mal, wenn er von mir fortgeht, habe ich das Gefühl, zu sterben. Nur wenn er bei mir ist, kann ich frei atmen. Jede Faser meines Körpers, mein Geist, meine Seele schreien nach ihm. Er ist einfach … Finola, ich kann es nicht beschreiben.«

Doch ihre Worte waren offensichtlich genug gewesen, denn die Koboldfrau starrte sie mit weit aufgerissenen Augen und offen stehendem Mund an. »Ich …« Sie rappelte sich ungeschickt auf. »Ich muss … jemanden suchen.«

»Jemanden?«

»Ganz recht. Jemanden. Ich …« Ihre Wangen wurden kirschrot. Hektisch zupfte sie ihre Haare zurecht.

Vanora lachte. »Ich glaube, Bienli ist im Garten bei den Pferden.«

»Ja, also, ich muss mich wieder an die Arbeit machen. Da sind ein paar Kräuter, die ich noch nachfüllen muss.«

»Kräuter aus dem Garten?«

Finola raffte ihren Rock bis zu den Knien. »Du brauchst gar nicht so zu grinsen, Frau Schneeflöckchen«, sagte sie. »Schau du nur, dass du zu deinem Elflein kommst.« Und mit diesen Worten stürmte sie davon.

Mit einem Kopfschütteln sah Vanora ihr nach und lächelte. Ständig beschimpften und beleidigten Bienli und Finola einander, aber man musste ihnen nur in die Augen sehen, um darin tiefe, innige Liebe füreinander zu lesen. Es war doch sonderbar: Auch wenn die Liebe sich so unterschiedlich äußerte, sprach sie im Herzen doch die gleiche Sprache.

Einige Minuten lang blieb sie noch am Boden sitzen, dann raffte sie sich mit halbgeöffneten Augen auf. Sie hatte nicht eine Sekunde darüber nachgedacht, in ihre eigenen Gemächer zu gehen. Für sie gab es nur noch einen Ort. Anfangs war es ihr noch leichter gefallen, von ihm getrennt zu sein, doch seit sie ihre übernatürliche Verbundenheit akzeptiert hatte, wurde es immer schlimmer. Nevliin hatte es schon vorher erkannt. Er hatte sie davor gewarnt, die Grenze zu überschreiten, denn er wusste, dass es kein Zurück mehr gab. Aber das war egal, Vanora wollte auch nicht zurück, wollte keine Vergangenheit und auch keine Zukunft. Sie hatte nur die Gegenwart, diese wenigen Momente, die ihr noch blieben. Denn der Schatten ihres Schicksals ließ sich nicht betrügen. Er schwebte immer über ihr und erinnerte sie jede Sekunde daran, dass ihre Zeit begrenzt war.

Vanora beschleunigte ihr Tempo und hielt nach der letzten Biegung des Ganges abrupt inne. Nevliin stand in der offenen Tür zu seinen Gemächern, die rechte Schulter an den hölzernen Türrahmen gelehnt, und sah sie unverwandt an. Er hatte sich umgezogen und trug jetzt wieder ein weites, weißes Hemd. Sie hatte es eben erst Finola erklärt, und doch war sie wieder überrascht. Es war, als würde die Zeit stehenbleiben. Er hielt ihr seine Hand entgegen, und als sie die ihrige hineinlegte, spürte sie wieder dieses leise Prickeln auf der Haut. Es war Magie. Es war Macht. Sie beide verfügten über ein gewaltiges Ausmaß an Magie, auch wenn Nevliin die seinige nicht gern nutzte. Die Magie wohnte in ihm, und Vanora spürte sie in jeder Sekunde, die er bei ihr war.

Sanft zog er sie zu sich, und Vanora lehnte erschöpft ihre Stirn an seine Brust. »Ich bin so müde«, seufzte sie, und jetzt, da sie wieder bei ihm war, fielen ihr beinahe schon die Augen zu. Sie spürte, dass Nevliin sie auf den Kopf küsste und sie umarmte.

»Hast du noch mit Eamon gesprochen?«, fragte er leise und konnte doch einen gewissen giftigen Unterton nicht verbergen.

»Nein. Mit Liadan und dann auch noch mit Finola.« Sie sah auf, direkt in die schwarz glänzenden Augen. »Sie sagt, du hast Herzchen in den Augen.«

Nevliin hob eine Augenbraue. »Herzchen?«

»Und ich ebenso. Meint sie.«

»Nun, wenn es Finola sagt, muss es wohl wahr sein. Ich würde jedenfalls nicht wagen, ihr zu widersprechen.«

»Ich auch nicht.« Vanora schmiegte ihren Kopf wieder an ihn und genoss seine Nähe. Ihr war, als wäre ihr Blut jener sprudelnde Wein, den sie in Lurness zum ersten Mal getrunken hatte. Es war Nevliin, der durch ihre Adern strömte, seine Energie, eiskalt und brennend heiß zugleich. Zeit hatte keine Bedeutung mehr. Nevliin trug sie zu seinem Bett, und kurz darauf lagen sie nackt und warm beieinander. Müde und voller Glück schmiegte sie sich an ihn. Sein Körper war steinhart, aber das war ihr egal. Es zählte nur dieser Moment. Wenn die Zeit doch nur tatsächlich stehenbleiben könnte.

Doch das tat sie natürlich nicht.

Sie träumte von Eirwen, von Meara und auch von Alkariel, obwohl die Königin stets nur ein Schatten war. Sie flüsterten ihr unverständliche Dinge zu. Vanora konnte ihre Wörter nicht verstehen, aber sie klangen zornig, bedrohlich. Dann sah sie Lurness. Sie stand an einer der Wehrmauern und blickte hinab in den Dunkelwald. Im nächsten Moment war der Wald verschwunden und hinterließ ein schwarzes Feld aus Asche und unzähligen leblosen Körpern. Panisch versuchte sie, die Gesichter der Toten zu erkennen, aber ihre Sicht war verschwommen. Erst als sie sich über die Mauer lehnte und angestrengt die Augen zusammenkniff, riss der Schleier und sie sah: Nevliin, Eamon, Glendorfil, Liadan, Ardemir. Alle Elfen und Kobolde, die sie kannte.

Vanora fuhr zurück, sie weinte und schrie, doch zugleich kam kein Laut über ihre Lippen. Da bemerkte sie eine Gestalt in wehendem weißem Kleid, die zwischen dem Feld aus Leichen einherschritt. War es Meara? Doch dann hob die Gestalt den Kopf, starrte sie an, und Vanora sah sich selbst: das weiße Kleid plötzlich blutüberströmt, in der Hand hielt sie einen blutigen Dolch.

Vanora schrie, schrie ihren Schmerz und ihr Entsetzen in den grauen Himmel über dem Schlachtfeld – doch alles blieb still.

Bis aus der Ferne Nevliins Stimme zu ihr durchdrang und mit ihr ein lautes Schreien: ihr eigenes. Es war der Schmerz, der sie geweckt hatte. Der Schmerz von Nevliins starkem Griff, der sie eisern festhielt. Seine Stimme, die immer wieder in ruhigem Ton ihren Namen sagte.

Ihr Atem ging immer noch schnell, ihr Herz raste, und die Bilder aus ihrem Traum waren noch deutlich in ihrem Kopf, aber langsam fand sie wieder zurück in die Welt. Zitternd lag sie in seinen Armen und flüsterte: »Ein Traum. Nur ein Traum …«

»Was für ein Traum?«, fragte Nevliin, und sie erzählte es ihm, stockend, quälend langsam, beschwor die Bilder erneut herauf und weinte leise. Er beruhigte sie, sagte, es sei in Anbetracht des bevorstehenden Kampfes nur natürlich, Alpträume zu haben. Sie glaubte ihm nicht. Da war diese Besorgnis in seiner Stimme, die er nicht vollkommen verbergen konnte. Nicht vor ihr.

Zärtlich strich er ihr mit der Hand durch das Haar. »Schlaf«, flüsterte er sanft, doch sie war zu aufgewühlt. Sie war sicher, dass der Traum eine Botschaft gewesen war. Wenn sie nichts unternahm, würde sie den Untergang des Schattenreiches verschulden. So oft hatte sie schon nach Möglichkeiten gesucht und nicht nur einmal den Entschluss gefasst, sich Alkariel zu stellen. Sie hatte sich eingeredet, dass sie die Dunkelelfen retten könnte, wenn sie für Alkariel die Barriere zerstörte und ihr eigenes Leben dafür gab. Auch nach Glendorfils Gefangennahme war ihr dieser Gedanke gekommen. Doch mittlerweile kannte sie die Königin der Lichtelfen. Elvion war ihr nicht genug. Nicht, solange noch ein einziger Dunkelelf lebte. Sie würde alles tun, um Elvion zu dem Land zu machen, das es vor der Erstellung der Barriere gewesen war. Sie würde alle Dunkelelfen vernichten.

Es gab nur einen Weg zur Rettung: Alkariels Tod. Solange Alkariel lebte, würden die Dunkelelfen in Gefahr sein. Vanora wusste, dass sie noch zu schwach war, um sich ihr zu stellen. Sie hatte nicht die leiseste Ahnung, wie und mit welchem Zauber sie die Königin besiegen könnte, und solange sie das nicht wusste, starben weitere Dunkelelfen. Ihr Traum hatte ihr die Wahrheit gezeigt. Das Blut Unschuldiger klebte an ihren Händen. Aber es gab einen Weg. Noch war er ihr verborgen, doch er existierte. Und sie würde ihn finden.

»Wenn das alles vorbei ist«, sagte Nevliin unvermittelt, »nehme ich dich mit nach Valdoreen.«

»Ja«, wisperte Vanora. »Wenn alles vorbei ist.« Würde es für sie ein Danach geben? Wie hoch war die Wahrscheinlichkeit, dass sie beide diesen Krieg überlebten?

»Erzähl mir von Valdoreen«, bat sie schließlich, drehte sich auf den Bauch und stützte das Kinn in die Hände. »Du beschreibst es stets, als wäre es ein magischer Ort.«

»Das ist es auch … für mich.« Er lächelte. »Eine Welt aus Eiskristallen, glitzernd wie Diamanten. Das Haus, in dem wir wohnen werden, hat bunte Glasfenster, und wenn die Sonne darauf scheint, schimmern die Räume in deren Licht.« Er ließ eine Strähne ihres Haares durch seine Finger gleiten. »Ich kann dich bereits dort sehen«, flüsterte er. »Im Schein der Sonne, dein Haar, leuchtend wie Gold. Wir werden in die Berge reiten, zu den weißen Wölfen. Ich zeige dir, wo einst die Drachen lebten und wo es noch immer Einhörner gibt.« Seine Augen strahlten und nahmen Vanora mit in diese weiße Welt.

»Und du wirst mir zeigen, wo Schneeflöckchens Herde lebt«, sagte sie.

Nevliin lachte. »Ich werde dir zeigen, wo die Herde des weißen Hengstes lebt, ja. Und wir werden jede Nacht unter den Sternen schlafen, die nicht von Wolken und Nebel verdeckt werden. Jeden Tag unter einem blauen Himmel erwachen.«

Die Vorstellung war so wundervoll, dass sie nie wieder über etwas anderes nachdenken wollte. »Über die weißen Hügel galoppieren und davonfliegen.«

»Wir werden am Gipfel des Himmelläufers stehen und über ganz Valdoreen blicken.«

»Ja«, sagte sie, doch ihre Stimme klang matt. Da war er wieder, der Schatten des Schicksals, der sie verhöhnte. Er legte sich über das zauberhafte Bild, das Nevliin in ihrem Kopf hatte entstehen lassen, und lachte über ihre Naivität.

Sie legte ihren Kopf auf seine Brust und atmete tief ein. »Ach, Nevliin. Du wirst dein Schwert niemals fortlegen«, sagte sie leise. »Du wirst immer ein Ritter bleiben.«

»Und du wirst Königin sein.« Sie musste nicht aufsehen, um zu wissen, dass auch in seinem Gesicht jedes Lächeln und die Träume verschwunden waren. »Als Daralees Nachfahrin wirst du in Lurness oder Ueden herrschen.«

Nein, das werde ich nicht. Das Schicksal ist unausweichlich.

»Ja.«

Es war zu schön gewesen. Ein Trugbild. Zu wissen, was sie haben könnte, machte es noch viel schlimmer, in diesen Kampf zu gehen. Denn sie wollte es so sehr. Sie wollte dieses Leben mit Nevliin. Wollte nach Valdoreen gehen und niemals wieder nach Lurness zurückkehren. Wenn sie doch nur fortlaufen könnten! Sanft folgte sie mit den Fingern den Narben auf seinem Körper. »Jeder Kampf hinterlässt seine Spuren«, murmelte sie und dachte daran, wie viele Kämpfe Nevliin bereits ausgefochten hatte. Sie dachte an die Lieder über die Drachenkämpfe und all die anderen, die von Schlachten und Blutvergießen erzählten. »Deine Feinde haben dir ihr Zeichen eingebrannt. Du trägst ihre Andenken an deinem Körper.« Sie folgte mit ihrem Finger einer anderen Narbe, die beinahe waagerecht etwas unter dem Schlüsselbein verlief. »Ist es nicht merkwürdig, dass sich die Erinnerung an Feinde unauslöschlich in den Körper schneidet, die Liebe jedoch keine Spur hinterlässt?«

Er nickte nachdenklich, nahm ihre Hand in die seinige und fuhr erneut mit ihrem Finger über die Narbe am Schlüsselbein: »Diese hier hat mir mein Onkel zugefügt, als ich noch in Lurness gelebt habe«, flüsterte er. Und noch ehe sie fragen konnte, was es damit auf sich hatte, richtete er sich auf und sprang mit einer blitzschnellen, fließenden Bewegung aus dem Bett.

»Was tust du da?« Träge setzte sie sich auf und beobachtete Nevliin, der seinen Schwertgurt in der Hand drehte und dann plötzlich den Dolch zog.

»Ich hinterlasse ein Zeichen«, murmelte er und flog durch den Raum auf den Tisch zu. Dort nahm er ein kleines, schwarzes Gefäß: Tinte. Einen Augenblick später war er wieder bei ihr und setzte sich neben sie aufs Bett, den Dolch in der einen, das Tintenfässchen in der anderen Hand. »Hast du schon die Krieger aus dem Irrwischmoor gesehen?«, fragte er sie, während er den Deckel abschraubte. »Sie tätowieren ihre Gesichter.«

»Bist du wahnsinnig?« Vanora versuchte, ihm den Dolch zu entwinden, doch Nevliin wich ihr geschickt aus. »Hör damit auf, bevor du dich noch verletzt«, tadelte er sie grinsend, wobei ihm der Schalk aus den Augen blitzte. Es war so merkwürdig, ihn so zu sehen. Als sie ihn kennengelernt hatte, wäre ihr nie in den Sinn gekommen, dass dieses Gesicht lächeln könnte. Er war schön mit seiner düsteren Miene, und sie war immer sicher gewesen, dass ein Lächeln in diesem Gesicht wie eine schreckliche Grimasse aussehen müsse. Der finstere Ausdruck passte einfach zu gut zu ihm. Doch dann hatte er gelächelt – nicht nur seine Lippen zu diesem bedrohlichen, dünnen Lächeln verzogen, sondern ein echtes, ehrliches Lächeln der Augen. In dem Gesicht dieses uralten, erfahrenen Elfen blitzte in diesen Augenblicken der Schalk eines kleinen Jungen, der etwas Verbotenes anstellte. Es raubte ihr immer wieder aufs Neue den Atem, ihn so … lebendig zu sehen.

»Das kann nicht dein Ernst sein!«

»Keine Sorge. Ich tätowiere mir nicht das Gesicht.« Er grinste.

»Und auch sonst nichts!«

Nevliin sah sie an und hob eine Augenbraue. In diesem Moment hätte sie ihn am liebsten geschlagen oder geküsst. Sie war sich nicht ganz sicher, also tat sie gar nichts und sah zu, wie er den Dolch in seiner Hand kreisen ließ.

»Es war doch deine Idee«, meinte er schließlich. »Wieso sollen all meine Gegner auf meinem Körper verewigt sein, aber das Einzige, das mir jemals etwas bedeutet hat, nicht?« Er sah ihr tief in die Augen. »Es ist der perfekte Zeitpunkt. Kurz vor einem Kampf. Sollte ich auf dem Schlachtfeld bleiben, wird dieses Zeichen auf meinem Körper bestehen, auch wenn meine Seele fortgeht.«

»Nevliin, bitte rede nicht so.«

Er lächelte. »Lass jetzt deine Hände bei dir. Ich fange an, und dieses Ding hier ist verflucht scharf.«

Vanora schwieg und rührte sich auch nicht mehr. Nevliin hob den Dolch, und dann wurde ihr übel. Sie hatte Elfen getötet, verbrannt, mit Pfeilen durchbohrt, aber als Nevliin sich in die Brust schnitt, drehte sich alles um sie. Er machte es ganz langsam, ohne Spiegel zog er Linie um Linie und wirkte dabei so konzentriert, als würde er den Schmerz des ritzenden Stahls gar nicht spüren. Es dauerte lange, bis er die Tinte nahm und in die Wunde rieb. »Na, was sagst du?«, fragte er schließlich und präsentierte ihr sein Werk.

Vanora starrte auf die gerötete, von Tinte verschmierte Haut. Auf der linken Seite, über seinem Herzen, befand sich jetzt ein faustgroßes, schwarzes Symbol, das sie noch nie zuvor gesehen hatte: zwei Halbkreise, die sich miteinander verbanden und so einen vollkommenen Kreis bildeten, wobei jedoch die Linien auch nach innen ineinander verschlungen immer weiterführten und weder Anfang noch Ende zu erkennen war.

»Was bedeutet das?« Vorsichtig berührte sie seine Brust.

»Faelnuìr.«

Als würde sie vor einer Schlange zurückschrecken, zog sie ihre Hand fort. Warum sie es tat, verstand sie nicht. Es war ein Reflex gewesen, ausgelöst durch dieses Wort.

»Das bedeutet …«

»Ich weiß, was das bedeutet«, hauchte sie und ignorierte Nevliins fragenden Blick. Sie sollte wohl besser nicht erwähnen, dass es Eamon gewesen war, der ihr von diesem Zauber erzählt hatte, und schon gar nicht, dass er der Meinung gewesen war, dass sie auf diese magische Weise an ihn gebunden sei. Sie hatte damals nicht verstanden, wovon er gesprochen hatte. Es war ihr unmöglich gewesen, sich etwas vorzustellen, das, wie er sagte, an wahre Liebe nicht herankam. Jetzt wusste sie, dass er recht gehabt hatte. Doch es war nicht er gewesen, dem sie verbunden war.

»Faelnuìr«, flüsterte sie, und mit einem Mal war ihr alles klar. Das war es, das war es schon immer gewesen. Wie dumm war sie doch gewesen, dieses Wort völlig zu vergessen. Es hatte zu Eamon gehört, und sie hatte es stets für Unsinn gehalten.

»Ja, du weißt, was es bedeutet«, holte Nevliin sie aus ihren Gedanken, und diesmal war seine düstere Miene keine Maske. Die Kälte beherrschte seine schwarzen Augen und machte ihn zu dem Elfen, den sie zu Beginn schon gefürchtet und bewundert hatte. »Es war Eamon«, knurrte er.

»Sei nicht albern.«

Nevliin warf ihr einen vernichtenden Blick zu. »Ich hatte es vergessen. Er hat dir davon erzählt, nachdem er … nachdem er dich geküsst hat.«

»Du vergisst, dass er mich auch gebeten hat, seine Frau zu werden.«

Wieder traf sie einer seiner tödlichen Blicke, doch sie schüttelte den Kopf und legte ihre Hand auf seine Brust, dorthin, wo jetzt das Zeichen Faelnuìr stand. »Welchen Zweifel kannst du an uns haben, Nevliin?«

Ihre Finger wurden wärmer, kribbelten. Sie versuchte erst gar nicht, sich vor ihm zu verschließen, als sie die leichte Wunde heilte. Er kam ihr entgegen, seine Magie strömte durch ihre Finger, und sie wusste nicht mehr, wo sie selbst aufhörte und er begann. Sie waren eins für diesen kurzen Moment der Heilung. Ihre Seelen endlich wieder vereint. »Du musst keine Worte von mir hören, um zu wissen, was ich fühle«, flüsterte sie und löste ihre Hand von seiner Brust. Die Rötung an seiner Haut war verschwunden und das Zeichen nun noch deutlicher zu sehen.

Doch Nevliin war wohl anderer Meinung, denn er stand auf und ging langsam im Raum auf und ab. Seine Sorge um ihre Gefühle schmerzte sie. Er konnte in ihre Seele sehen und mit Sicherheit sah er dort auch Eamon, denn Eamon war ihr wichtig. Genauso wie Glendorfil oder wie es ihr Vater einst gewesen war. Man konnte diese Personen nicht mit Nevliin vergleichen, und das musste er doch sehen. Auch wenn er damals am Tag des Balls irgendwo versteckt gewesen war und den Kuss gesehen hatte …

Vanora sah auf. »Wie kannst du wissen, worüber Eamon und ich gesprochen haben?«

»Ich war da.«

»Ja, Liadan hat dich gesehen. Aber du bist fortgegangen.«

Nevliin drehte sich zu ihr um. »Vanora, verstehst du denn nicht? Ich war immer da. Vom ersten Tag an gab es kaum Momente, in denen ich dich nicht aus der Ferne beobachtet habe. Jede Geste, jedes Lachen. Es war nicht nur meine Aufgabe – ich wollte bei dir sein.« Er strich sich mit den Händen über die Augen und sah sie schließlich wieder an. »In den Nächten war ich da und habe dich weinen gesehen, und jede Nacht wollte ich aus den Schatten hervortreten, um dich zu trösten. Du hast mich so verwirrt, Vanora, und gleichzeitig so tief berührt. Ich konnte deine Tränen nicht verstehen oder deinen Schmerz. In all den Jahren meiner Existenz habe ich nie jemanden wie dich gekannt. Du hast mich gefordert, mir Rätsel gestellt. Und ich konnte nichts anderes tun, als dich einfach nur anzusehen, um irgendwann hinter dein Geheimnis zu kommen. Ich war da, während du allein in der Bibliothek die Bücher über Magie studiert hast und bei deinem Versuch, flammende Kreise zu erstellen, ein mehr als achttausend Jahre altes Buch über die Geschichte der Einhörner zu Asche verwandelt hast.«

Vanora riss die Augen auf und spürte die Hitze auf ihren Wangen. »Ein Unfall«, piepste sie, doch Nevliin schien sie gar nicht zu hören.

»Ich sah dich mit Finola lachen«, fuhr er fort, »oder allein für dich in den Gärten. Selbst als ich in Valdoreen hätte sein sollen, war ich zumeist bei dir.«

»Wie …«

Nevliin winkte ab. »Ich bin in Lurness aufgewachsen, ich

kenne Wege … Vanora, was ich dir sagen will.« Er kniete vor dem Bett nieder und nahm ihre Hände. »Ich habe dich auserwählt. Es war keine Bestimmung oder Magie, nichts Übernatürliches. Einfach nur ich, ein verlorener Ritter, der dir mit jeder Sekunde, jedem Tag mehr verfiel. Meine Gefühle für dich hatten nichts mit Faelnuìr zu tun. Du warst es, die Wärme in mein erkaltetes Herz gebracht hat, und kein Zwang. Aber du …« Nevliin ließ ihre Hände los und erhob sich wieder, wobei er erneut unruhig auf und ab ging. »Du hättest mich nicht gewählt, Vanora«, sagte er schließlich und drehte sich zu ihr um. »Unsere Seelen gehören zusammen, und du wurdest durch Faelnuìr an meine Seite gezwungen. Ohne diesen Zauber …«

»Nein!« Vanora sprang auf, ihr Herz schlug bis zum Hals. Panik breitete sich in ihr aus, und sie fühlte sich, als würde ein mühsam aufgebautes Haus zusammenbrechen und sie unter sich begraben. Mit Tränen in den Augen stellte sie sich ihm in den Weg. »Nein«, sagte sie noch einmal mit gebrochener Stimme. »Das ist nicht wahr.«

Nevliin wandte sich ab, aber Vanora hielt ihn fest, und er sah zu ihr hinab, doch sie fand keine Worte. Nichts, das ihn beruhigen könnte, nichts, das keine Lüge wäre. Verzweifelt suchte sie in der Vergangenheit nach Beispielen, Situationen, die ihm, die ihr, das Gegenteil bewiesen. Sie erinnerte sich an das Kribbeln auf ihrer Haut, wenn er in ihrer Nähe war, dasselbe Kribbeln, das sie noch immer fühlte. Sie erinnerte sich an die Gärten, als sie gemeinsam das Schwert geführt hatten, seine Berührung, die ihr direkt unter die Haut gefahren war. All das spürte sie jetzt genauso – die Magie. Vanora wusste, wie sehr sie ihn verachtet hatte, den Entführer ihrer Mutter, und besonders nach Liadans Erzählungen über seine gebrochene Freundschaft zu Eamon. Sie hatte sich gegen die Verbindung gewehrt. Wann hatte sie aufgegeben? Sich der magischen Anziehung hingegeben?

»Vergiss, was ich gesagt habe.« Nevliin drehte sich um und ging auf den Kamin zu.

Wie hörte es sich an, wenn ein Herz brach? War es seines oder das ihrige? Nein, es war ihr Herz, das brach, und sie spürte den Schmerz. Nein, dachte sie, nein. Das war nicht nur der Zauber! Und plötzlich sah sie alles klar vor sich. Wie hatte sie nur eine Sekunde zweifeln können? Schnell lief sie an seine Seite. »Du irrst dich, Nevliin«, brach es aus ihr heraus. »Du irrst dich so sehr. Ich habe dich gehasst, mich gegen dieses dumme Faelnuìr gewehrt, denn für mich warst du nichts als ein kaltherziger, erbarmungsloser Fremder, der mein Leben bedrohte. Sag nichts, bitte. Ich dachte, du hättest kein Herz, aber ich lag so falsch. Du hast mich nicht zu Alkariel gebracht und so dein eigenes Leben meinetwegen in Gefahr gebracht. Da sah ich, dass du auch eine andere Seite hast. Aber erst nach dem Tod meines Vaters wurde es mir klar. Du hast mich verstanden wie niemand sonst, warst bei mir, hast für mich gekämpft, mich getröstet, auf eine Weise, die niemand sonst verstehen würde. Ein Mann ohne Herz hätte niemals so gehandelt. Vielleicht wurde es mir später klar als dir, aber zu diesem Zeitpunkt habe ich dich erwählt, Nevliin. Keine Magie, kein Zwang. Ich sah den Mann, der du wirklich bist, und … ich verfiel dir.«

Nevliin sah sie an, und Vanora hatte das Gefühl, dass er ebenso stark zitterte wie sie. Ihre Welt hatte am Abgrund gestanden, war langsam immer weiter gerutscht und plötzlich zum Stillstand gekommen.

»Ich weiß, dass du gehört hast, was ich zu Finola gesagt

habe«, fügte sie schließlich hinzu und verstand, dass dies wohl der Grund für seine Zweifel gewesen war. »Du hast mich von der Liebe sprechen hören«, sagte sie, »und ich will ehrlich sein: Eamon und mich verbindet eine Vergangenheit. Ich liebe ihn ... auf eine andere Art. Ich will nicht sagen wie einen Bruder, denn auf diese Weise habe ich ihn nie gesehen, aber mir fällt kein anderer Vergleich ein. Er war seit meiner Kindheit bei mir, ich sah zu ihm auf, wir lachten miteinander. Er ist mein Freund, Nevliin. Eine Liebe, die so anders ist und niemals zwischen uns stehen wird. Ich liebe auch Glendorfil, und auch, wenn es nicht dieselbe Art ist, auf die man einen Vater liebt, kommt es dem wohl trotzdem am nächsten. Du kennst mich doch. Denkst du tatsächlich, ich würde mich von irgendeiner Macht zu etwas zwingen lassen, das ich nicht will? Uns verbindet dieser Zauber – aber auch so viel mehr.«

Nevliin stand einige Lidschläge lang unbewegt da, dann schloss er sie in seine Arme, drückte sie an sich und grub sein Gesicht in ihr Haar. Sie hörte sein schweres Ausatmen, als hätte man ihn von einer gewaltigen Last befreit. Vanora legte ihren Kopf an seine Brust, dorthin, wo ihr Zeichen für die Ewigkeit eingemeißelt war – und wich zurück. Blitzschnell drehte sie sich aus seiner Umarmung und lief auf das Bett zu. Sie hatte den Dolch bereits in der Hand, als Nevliin sie erreichte und sie am Handgelenk festhielt.

»Nein«, sagte er ruhig.

Vanora versuchte sich zu befreien. »Ich will das. Ich gehöre zu dir mit Herz und Seele, und wir sollten beide dieses Zeichen tragen.«

»Du musst mir nichts beweisen.«

»Das tue ich auch nicht.«

Nevliin ließ sie los und Vanora hob ihr Hemd, um den

Dolch an ihre Brust zu führen. Der Stahl berührte noch nicht ihre Haut, da sah sie noch einmal auf: »Kannst du das bitte machen?«

Nevliin lachte, und es erwärmte ihr das Herz. Sie ertrug es nicht, ihn leiden zu sehen. Egal, wie der Kampf enden würde, sie wussten jetzt beide, dass sie keine Sklaven irgendeines Zaubers waren. Sosehr sie seine schweigsame Art liebte, dieses Gespräch hätte schon vor langer Zeit stattfinden müssen.

»Leg deine Hand auf meine Schulter.«

Vanora versuchte, sein Schmunzeln und das Blitzen in seinen Augen zu ignorieren. »Fang an.«

Nevliin lächelte immer noch. Vorsichtig setzte er den Dolch an. Es tat weh, aber sie hatte schon Schlimmeres erlebt. Vanora hielt sich an seiner Schulter fest und beobachtete sein Gesicht. Sein konzentrierter, ernster Ausdruck und das rote Licht des Kaminfeuers, das über seine Haut tanzte. Es war der Tod, der sie eines Tages trennen würde. Eine andere Macht wäre dazu nicht in der Lage. Niemals.

Nevliin rieb die Tinte in ihre Haut, was schlimmer schmerzte als der eigentliche Schnitt, und richtete sich schließlich auf. »Fertig.«

Vanora sah an sich hinab. An ihrer Brust stand nun in der Größe ihres Daumennagels das Zeichen Faelnuìr. Für immer über ihrem Herzen.

Nevliin tupfte vorsichtig die Tinte ab und strich sanft mit einem Finger darüber. Sie spürte Kälte, die ihre Haut beruhigte. Es war ihm nicht möglich, zu heilen, und doch spürte sie seine Magie, und so legte auch Vanora ihre Hand wieder an seine Brust, wirkte den Heilzauber und ließ ihn durch seinen Körper zurück in ihren eigenen fließen. Die Magie strömte durch ihre Adern, brach alle körperlichen Grenzen.

Vanora ließ ihren Kopf nach vorn auf seine Brust sinken, und er hielt sie fest. So verharrten sie, als plötzlich ein lauter Knall aus dem Korridor hallte. Ein Gong, der immer und immer wieder von den steinernen Wänden zurückgeworfen wurde.

Nevliin sprang auf, und auch Vanora war sofort auf den Beinen.

»Sie sind da.«

Sie nickte.

So also beginnt es, dachte sie.

Nevliin

Es gab kaum ein Durchkommen zwischen all den Elfenkriegern, die aus ihren Zimmern hinausströmten und sich auf den Weg in die Rüstungskammer begaben. Sie bogen in einen schmalen Seitengang ab und liefen die wenigen Stufen zum Gipfel des Drachenfelsens hinauf. Eisige Kälte schlug ihnen entgegen. Es schneite immer noch, und die Schneeflocken glühten im Schein der Fackeln. Unter ihnen war die Burg zum Leben erwacht: Fackelschein, laute Befehle, das Wiehern von Pferden, das Klirren der Waffen. Sie hielten einander bei den Händen und blickten hinaus in die Nacht. Ein Wächter, der zwischen den Zinnen hindurchgesehen hatte, drehte sich zu ihnen um und deutete über die Mauer hinweg: »Das sieht man nicht alle Tage, nicht wahr?«, fragte er.

Nevliin ging näher und gemeinsam mit Vanora sah er über die höchsten Bäume des Dunkelwaldes hinweg auf den brennenden Horizont. Dort kamen sie – ein Meer aus Fackeln, das den Schnee und den leichten Nebel in rotorange Licht tauchte. Sie mussten sehr bald nach seiner Flucht aufgebrochen sein und würden vermutlich noch einen halben Tag benötigen, um die Ebene von Edora zu überqueren.

»Wie viele das wohl sind?«, fragte einer der Wächter, doch Nevliin schüttelte nur den Kopf. Der glühende Strom war längst noch nicht zu Ende. Er spürte, dass Vanora in seinem Arm zu zittern begann.

»Komm.« Er führte sie die Stufen hinab, zurück in einen der Gänge, wo es immer noch kalt, aber windstill war.

»Es sind so viele«, murmelte sie.

»Wir sind genauso viele. Und wir haben die Festung. Lurness ist nicht einzunehmen.«

Vanora hielt inne und sah ihn an. »Du wirst nicht in der Festung sein.«

»Ich bin nicht so leicht zu töten.« Er versuchte sich in einem Lächeln, dann zog er sie die Treppen hinab und durch den allgegenwärtigen Tumult zur Rüstungskammer. Die weitläufige Halle quoll über vor Elfen, Kobolden, Rüstungen und Waffen jeder Art. Der Lärm war ohrenbetäubend. Ein aschblonder Elf, der Rüstungsmeister, kam ihnen durch die schmale Gasse in der Mitte des Saals entgegen: »Fürst Nevliin! Prinzessin! Hierher! Fürst Nevliin, ich habe hier Eure Rüstung … Marinel!« Er winkte einer jungen Elfe, und als diese sich umdrehte, erkannte Nevliin in ihr jenes Mädchen wieder, welchem er vor seiner Abreise nach Tantollon sein Amulett geschenkt hatte.

»Marinel, komm hierher! Ihr gehört zu Herrn Ardemirs Schützen?«, fragte er dann, an Vanora gerichtet.

»Richtig.«

»Dann kommt bitte. Hier, geht mit Marinel, sie wird Euch alles zeigen.«

Die junge Elfe schenkte Nevliin ein strahlendes Lächeln, als sie ihn entdeckte, und holte den Anhänger unter ihrem Hemd hervor.

»Ihr seid nun doch eine Kämpferin geworden?«, fragte er sie.

»Nein, Herr. Ich helfe nur, die richtigen Kämpfer vorzubereiten und auch die Pferde. Ich bin überall, wo man mich braucht.«

»Das ist gut.« Und das meinte er tatsächlich so. Es wäre noch zu früh für sie.

»Herrin, bitte.« Der Rüstungsmeister deutete auf Marinel. »Die Feinde sind nah, bitte geht mit Marinel. Fürst Nevliin, ich werde Euch Eure Rüstung bringen lassen.«

Vanora rührte sich nicht von der Stelle und drückte seine Hand noch fester. Er lächelte: »Geh nur, Vanora. Ich werde auf dich warten.«

Es sollte zuversichtlich klingen, aber sie zitterte immer noch. Dann aber lächelte sie: »Wage nicht fortzugehen, ohne dich zu verabschieden«, sagte sie und bohrte ihm einen Finger in die Brust.

»Ich werde warten.«

Sie zögerte noch einen Moment, ließ sich dann aber von Marinel fortführen. Die junge Elfe wandte sich noch einmal zu Nevliin um, griff mit der Hand nach dem Amulett und deutete dann auf Vanora: »Ich werde gut auf sie achtgeben«, sagte sie. Nevliin nickte. Marinel war noch ein Kind, aber sie hatte ein mutiges Herz. »Geh nur«, sagte er, »geh. Wir sehen uns wieder.«

Er sah den beiden lange nach.

Schließlich brachten der Rüstungsmeister und zwei junge Helfer ihm seine Rüstung. Sie war schwarz wie die Nacht. Nevliin verkniff sich ein Seufzen. Natürlich. Seine weiße Rüstung war in Tantollon geblieben. Vermutlich trug sie längst ein anderer Lichtritter. Eine weiße Verräterrüstung, dachte Nevliin und ließ sich beim Anlegen der neuen, schwarzen helfen. Bis auf die Farbe war sie der seinigen sehr ähnlich, auch wenn sie nicht für ihn angefertigt war und nicht so perfekt saß: schwarze Hose, Kettenhemd, schwarzer Waffenrock mit silbernen Verzierungen und darüber schließlich der Brustpanzer mit dem Wappen der Dunkelelfen. Das vertraute Klacken der zuschnappenden Schnallen hallte hundertfach durch den Saal. Kniehohe, schwarze Stiefel mit Stahlplättchen als Beinschutz, Armschienen, schwarze Panzerhandschuhe. Auch der Helm passte, und schließlich legte ihm der junge Elf seinen weißen Schwertgurt um und griff nach dem ovalen Schild, ebenfalls mit dem Wappen der Dunkelelfen. Eine Elfe verteilte noch Lanzen an jene Krieger, die in den ersten Reihen kämpfen würden, und so schritt er vollständig gerüstet in den Korridor und weiter in die überfüllte Eingangshalle. Das Tor zum Hof stand offen, und so wehte der Wind eiskalte, weiße Wolken in die Halle.

Und mit solch einer Wolke kam auch Prinzessin Liadan hereingeschneit. Als sie ihn entdeckte, kam sie freundlich lächelnd auf ihn zu. »Ich suche meinen Bruder«, begrüßte sie ihn. Zu seiner Überraschung trug sie keines ihrer prachtvollen Kleider, sondern auch eine schwarze Rüstung und ein Schwert um die Hüften.

»Ich habe ihn nicht gesehen«, antwortete er und deutete mit dem Kopf auf ihr Schwert. »Ihr werdet kämpfen, Prinzessin?«

Liadans Lächeln verlor etwas an Natürlichkeit. »Wenn es sein muss«, antwortete sie, »doch ich vertraue darauf, dass Ihr und all die anderen tapferen Krieger mich und die Burg beschützen werdet.«

Die Art, mit der sie ihm in die Augen sah, machte ihn unruhig. Sie war ihm schon immer unheimlich gewesen, und ihre grauen Augen, die ihn mit Blicken durchbohrten, gaben ihm das Gefühl, nichts vor ihr verbergen zu können. Sie verstand es, eine Überlegenheit auszustrahlen, als trage sie das gesamte Wissen dieser Welt in sich und als könne nichts und niemand sie aus der Fassung bringen. Nicht zum ersten Mal fragte er sich, ob sie Dinge sehen konnte, die anderen verborgen blieben. Genauso wie Glendorfil. In diesem Punkt waren sich die beiden sehr ähnlich. Nevliin wusste, dass die Dunkelelfen seit der Teilung Elvions über besondere mentale Fähigkeiten verfügten. Womöglich gab es wenige, die über das Gedankenlesen hinausgingen. Liadan gab ihm das Gefühl, als sähe sie die Zukunft bereits vor sich.

Schließlich löste Nevliin seinen Blick von dem ihrigen. »Wir werden Euch beschützen«, sagte er. »Und, Prinzessin Liadan ...«

Liadan sah ihn immer noch durchdringend an, doch ihr Gesicht durchlief eine Veränderung, die ihn so überraschte, dass er seine Worte vergaß. Da lag etwas nahezu Zärtliches in ihrem Blick und eine tiefe Traurigkeit. Und noch ehe er sich versah, machte sie einen Schritt auf ihn zu, zögerte kurz und umarmte ihn. Sie legte ihr Gesicht an seine Schulter und seufzte leise.

Mechanisch hob er seinen Arm und klopfte ihr mit seiner gepanzerten Hand leicht auf den Rücken.

»Danke«, flüsterte sie in sein Ohr. »Danke, dass Ihr für dieses Land kämpft.«

Nevliin wusste nicht, was er sagen sollte, doch dann löste sich Liadan auch schon von ihm. Es dauerte nicht einmal eine Sekunde, bis sie wieder in stolzer Haltung vor ihm stand, doch ihre Stimme klang immer noch etwas brüchig: »Bitte gebt dort draußen auf Euch acht.«

»Das werde ich.«

Sie sah ihm tief in die Augen: »Ihr … Ihr müsst auf Euch achtgeben. Bitte riskiert nichts.«

Er starrte sie an, und das ungute Gefühl kehrte zurück. »Das werde ich«, wiederholte er und forschte in ihrem Gesicht nach einem Hinweis, wie er ihr Verhalten deuten sollte. Oder hatte sie ihm diesen bereits gegeben?

Liadan lächelte zaghaft, nickte ihm zu, und noch ehe er sich verbeugen konnte, drehte sie sich um und ging davon.

Nevliin brauchte einige Augenblicke, um sich wieder zu sammeln. Verwirrt sah er hinaus in die Dämmerung, wo bereits gepanzerte Pferde auf ihre Reiter warteten, Helfer hektisch umherliefen und Krieger die letzten Vorbereitungen trafen. Inmitten dieses Chaos entdeckte er Bienli, der mit einem guten Dutzend Kobolden auf dem Weg zum nächsten Wehrgang war. Der Kobold winkte ihm mit seiner Armbrust zu und machte eine obszöne Geste in Richtung der sich nähernden Feinde.

»Er ist unvergleichlich.«

Nevliin drehte sich um und lächelte. »Da bist du ja.«

»Da bin ich.« Vanora deutete mit dem Kopf zu Bogen und Köcher auf ihrem Rücken. »Bereit, ein Feuerwerk zu entfachen.« Kurz hielt sie inne und musterte ihn von oben bis unten. »Du bist kaum wiederzuerkennen«, stellte sie mit zusammengekniffenen Augen fest.

»Das kann ich zurückgeben.«

»Alles Marinels Werk. Ich bin nur froh, dass ich keine Rüstung tragen muss. Sieht sehr unbequem aus.« Sie klopfte gegen seinen Brustpanzer und schüttelte leicht den Kopf.

»Man gewöhnt sich daran.«

Auch wenn Vanora froh war, keine Rüstung zu tragen, beunruhigte es Nevliin, dass sie so schutzlos war. Weder die olivgrünen, enganliegenden Hosen noch die braunen, kniehohen Stiefel, das olivgrüne Hemd oder der braune Lederharnisch würden im Ernstfall eine Klinge abhalten. Das blonde Haar hatte sie zu einem Zopf geflochten, und die Miranzeichen in ihrem Gesicht, die sich von den Schläfen bis zu den Wangenknochen schlängelten, bildeten das Zeichen für »Kraft«. Die leuchtende Farbe glitzerte silbern auf ihrer Haut und hob das helle Blau ihrer Augen noch mehr hervor. Sie sah aus wie eine echte Kriegerin, und doch würde sie ihm komplett in Metall gekleidet besser gefallen. Es war nicht sicher, dass die Burg nicht angegriffen werden würde, und es war waghalsig, sich nicht auf das Schlimmste vorzubereiten. In ihren Augen las er ähnliche Ängste und dieselbe Sprachlosigkeit angesichts des bevorstehenden Kampfes. Würden sie einander wiedersehen? Welche Worte waren angemessen, welche Gefühle zulässig?

»Ich werde hier auf dich warten«, sagte Vanora schließlich.

»Und ich werde zurückkommen.«

Sie rührten sich beide nicht. Liadans seltsames Verhalten drängte sich in seinen Kopf, aber Nevliin wollte nicht darüber nachdenken. Er musste darauf vertrauen, dass es keine Macht gab, die stark genug war, sie zu trennen.

»Ich müsste bei dir sein«, murmelte Vanora plötzlich und scharrte mit ihrem Fuß durch den Schnee.

»Nein. Hier bist du in Sicherheit.«

Sie sah zu ihm auf und lächelte. »Du hättest mich niemals kämpfen lassen.«

»Nein.«

»Du wolltest einfach nur Eamon ärgern.« Jetzt grinste sie.

»Es hat mir nicht gefallen, wie er über dich bestimmen wollte.«

»Er ist der König.«

»Du hast das wahre königliche Blut in dir.«

»Nun.« Vanora versuchte, sich etwas größer zu machen, und reichte ihm trotzdem nur bis zum Kinn. »Dann seid ihr jetzt wohl beide zufrieden. Von dort oben habe ich die beste Aussicht auf den Tod.« Das gefährliche Funkeln ihrer Augen war Tränen gewichen.

Nevliin zog sie an sich. Einen Moment lang wollte er ihr sagen, dass alles gut werden würde, doch dann entschied er sich für die Wahrheit. »Ich habe auch Angst«, flüsterte er, nahm vorsichtig ihre Hand, die in seinem Panzerhandschuh völlig verschwand, und führte sie zu seinem Herzen. »Aber ich trage dich bei mir.«

Ein leises Räuspern ließ sie beide aufsehen.

»Eamon.« Nevliin versuchte, freundlich zu klingen, was ihm nicht besonders gut gelang, doch der König war besonnen genug, dies zu ignorieren.

»Ich würde gerne einen Moment lang mit Vanora sprechen«, sagte er und sah ihn unverwandt an. »Allein.«

Nevliin atmete tief durch. Eamons Blick ruhte auf ihm, und er spürte, dass auch Vanora ihn ansah. Die Arme vor der Brust verschränkt, trat er schließlich einen Schritt zur Seite. »Ich warte dort drüben«, sagte er zu Vanora und deutete in Richtung Stall, ehe er mit bleiernen Beinen davonging.

Dort angekommen, lehnte er sich gegen die Mauer und beobachtete die beiden. Eamon hielt seine Schwerter in den Händen und hatte die Breitseiten der Klingen auf den Schultern abgelegt, sodass sich die Spitzen im Nacken überkreuzten. Er wirkte angespannt, und auch Vanora hatte eine seltsam steife Haltung angenommen. Sie unterhielten sich, Vanora nickte, sah die meiste Zeit zu Boden und zeichnete mit ihrer Stiefelspitze Linien in den Schnee. Dann lächelten sie beide. Vanora sah zu ihm auf, schüttelte lachend den Kopf und wurde sofort wieder ernst. Eamon sagte etwas, und Vanora nickte langsam. Eamon ließ seine Schwerter zurück in die Scheiden auf seinem Rücken gleiten. Dann ging er zaghaft einen Schritt auf sie zu und umarmte sie. Nevliin sah, wie sich Vanora anspannte, dann jedoch auch ihre Arme um ihn legte. So standen sie da. Eine Ewigkeit.

Sie redeten noch weiter, das sah er an ihren Lippen, und ein merkwürdiges Gefühl breitete sich in ihm aus. Es hätte ihn nicht überrascht, wenn es Eifersucht gewesen wäre, doch in diesem Moment fühlte er Bedauern. Er sah in Eamons Gesicht und dachte daran, wie es sein müsste, von Vanora getrennt zu sein. Ob es daran lag, dass er keine Gefahr mehr in Eamon sah, oder einfach nur an diesen traurigen Augen, wusste er nicht, doch er konnte sich das erste Mal in ihn hineinversetzen. Die Momente vor einer Schlacht, die Aussicht auf den Tod ließen solch kleine Streitereien lächerlich wirken. Und so richtete er sich auf, drehte den beiden den Rücken zu und begutachtete die umstehenden Pferde. Die Tiere waren gepanzert und machten einen guten Eindruck. Es waren viele Rappen unter ihnen und das Rot der Stahlplatten hob sich deutlich von ihrem glänzenden Fell ab. Den weißen Hengst konnte er nicht entdecken. Gemächlich schritt er über den Hof, streichelte einige der Tiere, tauschte ein paar Worte mit den Helfern und legte all seine Aufmerksamkeit auf das hektische Treiben um ihn herum. Es war egal, was hinter seinem Rücken vor sich ging. Es hatte keine Bedeutung.

Überall um ihn herum verabschiedeten sich Krieger, trafen

die letzten Vorbereitungen. Die Stimmung war geladen. Alle waren nervös.

Eine schwere Hand legte sich auf seine Schulter. Nevliin drehte sich um und blickte in Eamons Gesicht. »Sie wartet auf dich«, sagte er.

»Danke.« Nevliin ging ohne ein weiteres Wort an ihm vorbei, und als er Vanora sah, wurde ihm sofort das Herz schwer. Er durfte nicht daran denken, was geschehen könnte. Vanora war hier sicher, und er selbst würde sich nicht töten lassen. Niemals.

»Nun ist es also so weit«, sagte sie, als er sie erreichte.

Er antwortete nicht. Stattdessen legte er seine schwere Hand unter ihr Kinn, hob ihren Kopf und küsste sie. Es tat weh, ein süßer Schmerz, der so grausam war und den er doch niemals wieder missen wollte. Nein, dachte er, das war nicht alles gewesen. Bereits den nächsten Sonnenaufgang würden sie in Frieden erleben. Sie würden wieder zusammen sein, noch ungezählte Male. Nevliin richtete sich auf, atmete tief durch, sah sie noch einmal an und drehte sich um.

Die ersten Schritte waren die schwersten, aber je länger er durch das Gedränge ging, umso leichter wurde es. Der Drang, sich noch einmal umzudrehen, ließ nach. Sie würde nicht mehr dortstehen und bereits auf dem Weg an die Spitze des Drachenfelsens sein. Jetzt konnte, musste er nach vorn sehen und sich auf die Schlacht konzentrieren.

Er erreichte die schmale Gasse, die in den äußeren Hof hinabführte, wo Eamon überraschenderweise an eine der Säulen gelehnt stand. »Komm«, sagte er und deutete zur Brücke hinab. »Die Pferde stehen schon bereit.«

Und so folgten sie nebeneinander dem gepflasterten Weg.

»Die Lichtelfen sind stehengeblieben«, brach Eamon schließlich das Schweigen.

Nevliin zog sein Schwert ein Stück heraus und ließ es danach wieder zurück in die Scheide gleiten. »Wie viele sind es?«

»Du dürftest mit deiner Schätzung nicht weit gefehlt haben. Sechzehntausend vielleicht.«

»Alle Banner?«

»Alle. Ueden, das Sonnental, Riniel, ... und Valdoreen.«

Nevliin schwieg. Sein Herz hing immer noch an seiner Heimat, und es graute ihm davor, gegen die Valdoreener zu kämpfen.

Eamon bemerkte wohl seine Niedergeschlagenheit und deutete sie erstaunlicherweise richtig. »Valdoreen kämpft an der linken Flanke«, sagte er und gab ihm damit zu verstehen, dass die Wahrscheinlichkeit nicht sehr groß war, gegen seine eigenen Leute kämpfen zu müssen, zumindest anfangs nicht. Ein geringer Trost.

»Halte dich nah bei mir«, brach Eamon schließlich erneut das Schweigen, während sie die Gasse zum äußeren Hof hinabgingen. »Damit dir nichts passiert.«

Nevliin drehte den Kopf und blinzelte die Schneeflocken fort. »Sieh du nur zu, dass du meinem Schwert nicht in die Quere kommst.«

»Oho, der Schüler spricht zum Meister.«

»Ich sehe keinen Meister.«

»Du vergisst, wer dir das Kämpfen beigebracht hat, als dein Arm nicht halb so lang war wie dein Schwert.«

»Du vergisst, dass ich dich schon besiegt habe, als mein Arm noch nicht halb so lang war wie mein Schwert.« Nevliin wartete auf eine Antwort, doch die blieb aus. Er blickte wieder nach vorn durch den Schnee, der all die schwarzen Gestalten in schattenhafte Wesen verwandelte, da schlug plötzlich Eamons Schulter mit einem lauten Knall an die seinige, und Nevliin taumelte durch die Wucht des Aufpralls ein paar Schritte zur Seite. Kochend vor Wut, richtete er sich auf, wirbelte zu Eamon herum, um ihm mit seiner gepanzerten Faust die Zähne einzuschlagen, hielt jedoch mitten in der Bewegung inne. Eamon war der König. So leid es ihm tat, er durfte ihn nicht schlagen, zumindest nicht so heftig.

Eamon grinste, zuckte mit den Schultern und ging einfach weiter. Nevliin folgte ihm, doch obwohl er davon abgesehen hatte, den König zu verstümmeln, konnte er nicht umhin, ihm ebenfalls einen Stoß mit der Schulter zu versetzen, wenn auch so leicht, dass Eamon nicht ins Taumeln geriet.

So schwer sein Herz gewesen war, so deutlich erwachte jetzt die Euphorie des bevorstehenden Kampfes in ihm. Er hatte es oft genug an seinen Rittern beobachtet, und ihm selbst ging es jedes Mal genauso. Es war leichter, sich unbeschwert und fröhlich zu geben oder Witze zu machen, denn niemand war wirklich so tapfer, sich in Gedanken den nahenden Schrecken zu stellen. Es gab keinen Krieger, der ohne Angst in die Schlacht ritt, in vollem Tempo gegen die Lanze eines Gegners. Ablenkung war der Schlüssel zum Mut. Die nervenzehrende Zeit vor Beginn der Schlacht versetzte sie alle in einen Zustand, der wohl am ehesten mit Trunkenheit vergleichbar war. Womöglich lag es am Adrenalin, das sich langsam bemerkbar machte und die Furcht betäubte. Es waren die ersten Schritte, die von Angst und Kummer erfüllt waren, doch die Vorfreude auf das Töten ließ niemals lange auf sich warten. Ein Betrug des eigenen Körpers und Geistes, der selbst einstige Feinde für einen Moment lang ihre Fehde vergessen ließ.

Der äußere Hof war bereits voll mit berittenen Kriegern, deren Pferde unruhig tänzelten. Ein Helfer brachte Eamons Rappen und seinen weißen Hengst, ebenfalls in weinroter Panzerung. Die Ankunft des Königs sorgte für eine noch größere Unruhe, und Nevliin war froh, als er endlich auf dem Pferd saß. Er setzte den Helm auf, führte seinen Unterarm durch die Lederschlaufe des Schildes und ließ sich dann die Lanze von einem Knappen überreichen. Die Wehrmauern waren bereits bis obenhin mit Bogenschützen übersät und Nevliin wusste, dass am obersten Ring Vanora stehen würde, um auf die Schlacht hinabzublicken. Fürsten, Befehlshaber und Bannerträger sammelten sich um Eamon, und einer davon blies in ein Horn, dessen Klang unter die Haut schnitt. Es bildete sich eine Gasse bis zur Zugbrücke, und Eamon preschte los. Nevliin ritt direkt an seiner Seite, und auch wenn Elfenpferde besonders leichtfüßig waren, donnerte der Klang Tausender Hufe auf der Holzbrücke durch diesen verschneiten Morgen.

Der Wald war immer noch in vollkommene Dunkelheit gehüllt, und nicht ein einziger Baumjäger zeigte sich. Als sie schließlich die schneebedeckte Ebene von Edora erreichten, beschleunigten sie ihr Tempo, was die Erde zum Beben brachte. Sie ritten weit nach vorn, um den nachkommenden Reitern und Schwertkämpfern genügend Platz zu lassen. In der Ferne war bereits der Feind zu erkennen. Die Anzahl ließ sich nicht einschätzen, da lediglich die im Wind flatternden Banner und die ersten Reihen der Reiter zu sehen waren. Nevliin erkannte sofort sein Banner mit dem weißen Wolf. Er würde sich davon fern halten, so gut es ihm möglich war.

Eamon hob die Hand, und die Reiter hielten an, bildeten unter ohrenbetäubendem Lärm eine Reihe nach der anderen.

»Nervös?«, rief Eamon über den Lärm hinweg.

Nevliin blickte zu den Gegnern, die nun nahe genug waren, um Gesichter zu erkennen. »Noch.«

Dies waren die schlimmsten Momente. Warten. Den Feind beobachten.

Zu seinem Glück ließen die Lichtelfen sich nicht allzu lange Zeit. Die Krieger wichen auseinander, und aus ihrer Mitte erschien Alkariel auf einem prächtigen Schimmel. Neben ihr ritt Meara. Glendorfil war nirgends zu sehen. Auch die Fürsten und Bannerträger lösten sich von den anderen und folgten ihrer Königin, die auf die Dunkelelfen zukam.

»Los!«, rief Eamon und drehte sich zu Nevliin. »Du kommst mit.«

Ebenso wie Alkariels Krieger trugen auch die Dunkelelfen auf dem Weg in die Mitte des freien Feldes zwischen beiden Heeren die Lanzen mit den Spitzen in Richtung Boden, um ihre friedlichen Absichten zu zeigen.

»Welch schöner Morgen für eine Schlacht«, begrüßte Alkariel den König. »Die Wolken und der Nebel verleihen der Situation die passende Düsternis ... und dann der Schnee. Wie lange wird es dauern, bis er rot von Blut sein wird? Das Blut der Dunkelelfen. Fürwahr, im Lichtreich hätte man wohl kaum eine solch passende Atmosphäre für eine Schlacht gefunden.«

»Sagt, was Ihr sagen wollt, und vergeudet nicht meine Zeit«, antwortete Eamon kühl.

Alkariel lachte. »So eilig habt Ihr es, den Tod zu finden?«

Meara sah sich selbstzufrieden um und bedachte Eamon mit einem raubtiergleichen Lächeln, die Fürsten schwiegen grimmig. Sie waren alle da: Averon aus Riniel, Menavor und Daeron aus dem Sonnental, und auch Valdoreen hatte einen Vertreter: seinen Vetter Vlidarin. Das Gespräch zwischen Eamon und Alkariel – wie erwartet, forderte sie Vanora und versprach dafür, alle zu verschonen und Glendorfil unversehrt zurückzugeben – entglitt seiner Aufmerksamkeit. Stattdessen sah er seinem Vetter, dem Befehlshaber seines Heeres, der ihm auch immer ein guter Freund gewesen war, in die Augen, und dieser erwiderte seinen Blick nicht nur als Einziger sondern schenkte ihm auch ein Lächeln.

Nevliin nickte seinem Vetter zu. Er sollte wissen, dass er keinen Groll gegen ihn hegte, denn Vlidarin hatte kaum eine Wahl. Er gehorchte dem Befehl seiner Königin, und welches Recht hatte Nevliin, ihn dafur zu verurteilen, wo er doch selbst jahrhundertelang für diese Frau gemordet hatte?

Vlidarin erwiderte sein Nicken, sah ihm dann jedoch so eindringlich in die Augen, dass es schon unangenehm war. Sein Blick hatte etwas Dringliches, Verzweifeltes, als ob er ihm unbedingt etwas mitteilen wollte. Nevliin zog die Augenbrauen zusammen, schüttelte kaum merklich den Kopf, denn er verstand nicht. Doch dann senkte Vlidarin plötzlich den Blick und deutete auf sein Schild mit dem Wappen der Lichtelfen hinab. Nevliin folgte dem Blick und beobachtete verwirrt, wie Vlidarin ganz langsam mit einem Finger den ledernen Bezug ein Stück vom Holz zurückzog.

Nevliins Herz setzte mindestens einen Schlag lang aus, als er darunter einen der Zacken der goldenen Krone erkannte – das Wappen der Dunkelelfen. Vlidarin nickte und fasste im nächsten Moment an seine Seite. Nevliin dachte, er würde das Heft seines Schwertes berühren, stattdessen strich er mit der Hand langsam über den Schwertgurt. Erst als er seine Hand wieder fortnahm, erkannte Nevliin eine scharfkantige Niete, die dort angebracht war. Vlidarin drehte seine Hand und zeigte ihm die blutige Handfläche. Das Blut seiner Familie.

Nevliin nickte. Jetzt hatte er verstanden, und es fiel ihm schwer, ruhig zu bleiben, um seine Freude nicht zu verraten. Er konnte nicht glauben, dass Valdoreen ihm treu geblieben war. Es waren mit Sicherheit dreitausend Krieger, die Alkariel damit verlor – und Eamon gewann.

Die halbherzigen Versuche einer Verhandlung, die die Schlacht verhindern konnte, waren beendet, und so kehrten sie wieder zurück in ihre Reihen.

»Valdoreen kämpft für uns«, flüsterte Nevliin Eamon zu, als sie zurückritten.

Eamon riss den Kopf zu ihm herum und lenkte sein Pferd etwas näher an ihn heran. »Was sagst du da? Wie …?«

»Vlidarin, mein Vetter. Er trägt verborgen am Schild das Banner der Dunkelelfen.«

Eamon öffnete den Mund, schloss ihn wieder und starrte ihn dann schweigend an.

»Sag deinen Fürsten, dass sie die Valdoreener nicht angreifen dürfen. Sie werden den ersten Angriff mitreiten – zum Schein. Danach werden sie das Banner wechseln. So werden wir wissen, dass sie für uns kämpfen. Du musst dafür sorgen, dass es jeder Krieger weiß.«

»Woher weißt du …«

»Ich weiß es, Eamon.«

Der König nickte, drückte seine Fersen in den Bauch des Pferdes und galoppierte an die Seite der Fürsten.

Es dauerte nicht lange, bis die Neuigkeit die Runde durch die Reihen der Krieger machte. Die Angst vor der Schlacht, vor dem überlegenen Gegner, hatte wie eine schwarze Wolke über ihnen geschwebt und hatte ihnen die Motivation genommen. Doch als die Krieger plötzlich damit begannen, ihre Schwerter rhythmisch gegen die Schilde zu schlagen, wusste Nevliin, dass sie von der unerwarteten Hilfe erfahren hatten. Sie alle waren siegessicher, und zum Schlag der Schwerter ertönte ein Tausende Stimmen starker Chor, der eine Melodie sang, die düster und unheimlich war und Nevliin einen kalten Schauer den Rücken hinabjagte. Sie sangen vom Blutrausch der Schlacht und der Erbarmungslosigkeit ihrer Schwerter. Es war ein ohrenbetäubender Lärm, der über die Ebene dröhnte, und mit Sicherheit verfehlte er seine Wirkung auch nicht bei den Bogenschützen, die am Drachenfelsen warteten.

Eamon hatte einen Boten zurückgesandt, der die Neuigkeit in der Burg verkünden sollte. Vielleicht konnte es Vanora etwas beruhigen und ihr die Angst nehmen, damit sie sich ganz auf ihre Aufgabe konzentrieren konnte.

Die Reihen der Lichtelfen bewegten sich nicht. Alkariel sah es nicht gern, wenn Krieger sich derart unbeherrscht benahmen, wie es die Dunkelelfen in diesem Moment taten. Sie sagte immer, dass nur Menschen derart niveaulos seien, doch Nevliin war sicher, dass dieser Lärm jeden Einzelnen der Lichtelfen im tiefsten Inneren dennoch nervös machte. Er schloss die Wangenstücke seines Helmes, die ihm nur einen schmalen Sehschlitz mit begrenzter Sicht ließen, hob seine Lanze, legte sie am Rüsthaken ein und brachte den Schild in die richtige Position.

»Das wird ein Spaß«, sagte Eamon mit durch den Helm blecherner Stimme.

❧

Ein Horn ertönte von der Seite der Feinde. Eamon gab ein Zeichen. Befehle wurden gerufen und durch die Reihen nach hinten wiederholt. Der Gesang verstummte. Donner hallte durch die Luft. Die Lichtelfen griffen an, und zeitgleich rückten auch die Dunkelelfen vor.

Nevliin kniff die Augen zusammen und wählte sein Ziel. Sein Herz raste, als er auf die blitzende Wand von Lanzenspitzen zustürmte. Die Steigbügel klackerten aneinander, so dicht stand ihre Reihe. Ein schwarzer Schatten flog über ihre Köpfe hinweg und stürzte auf der Seite der Lichtelfen zu Boden. Tausende und Abertausende Pfeile fegten wie ein Hagelsturm in die feindlichen Reihen, schlugen auf dem Metall auf und rissen die Krieger um. Nur einem Bruchteil der Geschosse würde es gelingen, Rüstungen zu durchbrechen, doch allein die Wucht des Aufschlags schoss Reiter von den Pferden und brachte die disziplinierte Aufstellung durcheinander. Die getroffenen Tiere stürzten, die verunglückten Elfen wurden unter dem Ansturm gepanzerter Krieger begraben, während nachfolgende über die plötzlichen Hindernisse hinwegsetzen mussten und damit an Geschwindigkeit und Kraft verloren. Nevliin versuchte während seines Ansturms zu entdecken, welcher Lichtelf ihn als Ziel auserwählt hatte. Er versuchte die Metallspitze zu erkennen, die auf seinen Hals zielte, fand sie, drehte seinen Unterarm, hielt den Schild an seiner Seite und schützte seine linke Seite mit dem Schild. Es war ein Glücksspiel, ob er diesen im letzten Moment nach oben riss, um Kopf und Hals zu schützen, oder nach unten, um Brust und Hüfte vor einem Treffer zu bewahren. Er durfte sich nicht darauf verlassen, dass der Lichtelf, der die Lanze auf seinen Kopf ausgerichtet hatte, nicht im letzten Moment die Richtung änderte.

Nevliin konzentrierte sich auf sein Ziel und wählte die Hüfte seines Gegners. Das Metall war an dieser Stelle nicht so dick, und, von der Seite getroffen, würde der Lichtelf vielleicht vom Pferd fallen. In den Steigbügeln stehend, lehnte er sich vor und drehte den Oberkörper leicht zur Seite, um die Lanze perfekt auszurichten. Der Donner der bebenden Erde verflüchtigte sich, das Klackern des Pfeilhagels auf Metall verstummte, genauso wie die Todesschreie von getroffenen Pferden und Elfen. Nevliin hörte nur noch das Rauschen seines eigenen Blutes. Dies war der schlimmste Teil des Kampfes, denn er hatte keinen Bewegungsfreiraum und musste sich auch auf das Glück verlassen.

Die feindliche Wand raste auf ihn zu – und dann prallten Licht- und Dunkelelfen mit voller Wucht aufeinander. In nur einer Sekunde geschah alles gleichzeitig. Seine Lanze traf auf Widerstand, der seinen Arm bis in die Schulter erschütterte. Nevliin riss den Schild nach unten, um seine Hüfte zu schützen – ein Fehler. Der Lärm des Aufpralls hallte ohrenbetäubend durch seinen Helm, und Nevliin wurde aus seiner stehenden Position in den Sattel zurückgeschleudert. Er schwankte und ließ die Lanze los, die sich sofort aushakte. Kurz verlor er die Orientierung, doch dann kehrten die Geräusche der Schlacht zurück: Pferde wieherten, brachen von Lanzen getroffen zusammen, Krieger starben, wurden niedergetrampelt. Aus der Ferne drangen aufgeregte, panische Schreie.

Nevliin lächelte. Es waren die Valdoreener, die ihre überraschten Verbündeten niedermachten. Er riss sein Schwert aus der Scheide, und eine kalte Ruhe breitete sich in ihm aus. Jetzt begann sein Handwerk, und er beherrschte es besser als alles andere: das Töten.

Eämon

Eamon drehte sein Schwert aus dem Nacken eines Elfen und trat mit dem Fuß einen weiteren beiseite. Jener kurze Augenblick nach dem Zusammenprall der beiden gegnerischen Reihen, in dem die Schlacht zum Stillstand kam und sich die Krieger neu orientierten, war längst vorbei.

Die Valdoreener hatten Chaos in das Heer der Lichtelfen gebracht. Ihr Hauptheer, angeführt von den Lichtrittern, wurde von Eamon und den Schattenrittern von vorne angegriffen und gleichzeitig von den Valdoreenern, die seine Flanke hätten schützen sollen. Die Fürsten des Sonnentals, welche die rechte Flanke gesichert hatten, unterstützten nun das Hauptheer und gaben damit Noin und seinen Kriegern aus dem Irrwischmoor die Möglichkeit, auch diese Seite anzugreifen. Die Lichtelfen mussten sich auf drei Seiten verteidigen, doch ihre Zahl war immer noch gewaltig. Die Verwirrung in ihrem Heer begann sich zu legen, und durch die gebrüllten Befehle entstand auch wieder ein gewisses Maß an Ordnung – sofern man in einer Schlacht von Ordnung sprechen konnte. Der Pfeilhagel hatte aufgehört, doch Eamon waren nicht nur einmal die Schreie der Lichtelfen aufgefallen, welche durch die kleinen Explosionen auf ihrer Seite in Panik geraten waren, Vanoras Willkommensgruß an ihre Feinde. Zumindest um sie musste er sich keine Sorgen machen, noch nicht.

Eamon beugte sich im Sattel vor, holte weit aus und ließ sein Schwert hinab in den Nacken eines Lichtelfen fahren. Gleichzeitig traf ihn selbst ein Schlag so heftig gegen die Brust, dass es ihm einen Moment lang den Atem nahm. Die Elfe, die diesen missglückten Streich geführt hatte, wurde von einem Schattenritter niedergestreckt.

Eamon richtete sich stöhnend im Sattel auf, und sofort sammelte sich eine Gruppe Schattenritter um ihn. Es war sein erster Kampf, den er als König schlug, und er war es nicht gewohnt, in einer Schlacht ständig abgeschottet zu werden. Jetzt übernahmen andere das Kämpfen für ihn, und es gelang ihm kaum mehr, selbst Lichtelfen vom Pferd zu holen. Also nutzte er die kurze Pause und versuchte, das Schlachtfeld zu überblicken. Zu seiner Überraschung mischten sich die Valdoreener nicht unter seine Krieger, sondern versuchten sich nach hinten durchzukämpfen. Ans Ende des Heeres der Lichtelfen, wo auf einem Hügel Alkariel auf ihrem Schimmel saß und das Geschehen beobachtete. Meara und Glendorfil – bewacht durch ein gutes Dutzend Lichtritter – waren an ihrer Seite. Hinter ihnen erkannte Eamon zwei schwarze, von Ketten gehaltene Brecher, jedoch weder Leitern, Türme noch sonst irgendetwas, das diese drei bis vier Schritt großen Ungeheuer transportiert haben könnten. Alkariels Kämpfer versuchten derweil, nicht weiter nach vorn zu drängen, ja überhaupt das geringste bisschen an Boden zu gewinnen, geschweige denn in die Nähe der Burg zu gelangen.

Ein ungutes Gefühl breitete sich in seinem Magen aus. Es war zu einfach. Die Lichtelfen ließen sich kämpfend immer weiter zurückfallen, und Eamons Krieger folgten ihnen, ohne es wirklich zu bemerken. Der Kampf wurde bereits zum Großteil am Boden geschlagen; nur noch wenige Reiter waren in diesem gigantischen Feld aus blitzenden Schwertern und blutenden Körpern.

Irgendetwas stimmte nicht.

Es ist eine Schlacht. Nichts stimmt an einer Schlacht.

Eamon seufzte. *Nicht jetzt. Ich flehe dich an. Erspar mir deine Pferdeweisheiten, und warte damit bis zum Ende.*

Antrax schnaubte und drehte sich im Kreis der Schattenritter. *Lass endlich die anderen für dich kämpfen. Es ist nicht mehr deine Aufgabe. Halt dich zurück, bevor du uns beide ins Verderben führst.*

So ängstlich?

Vernünftig würde ich das nennen.

Eamon schüttelte den Kopf und sah sich nach Nevliin um – zum bestimmt zehnten Mal seit Beginn der Schlacht. Sie hatten noch nie Seite an Seite gekämpft, und Nevliin in diesem Chaos zu wissen machte ihn unruhig. Jedes Mal, wenn er ihm den Rücken zuwandte, hatte er das Gefühl, dass Nevliin in genau diesem Moment fiel. Er sah ihn vor sich: ein Schwert in der Brust, das Leben zu Ende. Niemals zuvor war er in einer Schlacht so nervös gewesen. Wieso wurde er das Gefühl nicht los, dass sie nichts als dumme Lämmer waren, die zur Schlachtbank geführt wurden und auch noch freiwillig die letzten Schritte bis ans Messer gingen?

In den Steigbügeln stehend, versuchte er, Nevliins Schimmel auszumachen, und fluchte, als er ihn inmitten der Feinde entdeckte. Nevliin war von einer Gruppe Lichtelfen umzingelt, die danach gierten, ihren einstigen Anführer zu töten – und nach dem Ruhm strebten, der damit einherging. Wie konnte sich dieser Elf nur ständig in solche Schwierigkeiten bringen?

Und Eamon schalt sich selbst. Wie töricht war er doch gewesen, Nevliin an seiner Seite zu postieren – dort, wo er direkt mit den Lichtrittern konfrontiert wurde. Er hätte ihn irgendwo an die Flanke schicken sollen, wo er sich mit einfachen Kriegern herumschlagen konnte. Doch Eamon hatte ihn in seiner Nähe haben wollen – nicht aus taktischen Gründen, sondern um ein Auge auf ihn zu haben. Was Nevliin wegen seiner Waghalsigkeit auch bitter nötig hatte. Immer öfter schlossen sich Lichtelfen zu Gruppen zusammen, um ihn anzugreifen. Sie waren zu feige, um es allein mit ihm aufzunehmen, und jetzt, nachdem Nevliin ihnen bereits mehrere Lektionen erteilt hatte, wurden die Grüppchen der Angreifer immer größer. Was Alkariel ihren Kriegern wohl für Nevliins Tod versprochen hatte?

Eamon drückte die Fersen in Antraxens Bauch und versuchte, die schier unüberbrückbare Distanz zu Nevliin zu bewältigen, doch es gab kein Durchkommen. Er war zu langsam.

Ich muss zu ihm, Antrax. Schnell. Weiter.

Der Rappe bahnte sich einen Weg zwischen den Kriegern hindurch, doch das genügte nicht. Sie kamen kaum voran. *Lass ihn seine Kämpfe allein schlagen, Eamon. Dort ist es zu gefährlich für dich.*

Nein. Finde einen Weg. Gehorche!

Panik breitete sich in ihm aus. Irgendwann würde Nevliin auf seinen Meister treffen, und wenn es nur daran lag, dass er die Übermacht nicht mehr bewältigen konnte. Die Lichtelfen waren feige, aber was Eamon mindestens genauso aufbrachte, war Nevliins stoische Ruhe. Fast schien es, als lege er es darauf an, wieder eingekreist zu werden. Er riskierte alles und hatte offenbar auch noch Spaß daran, auch wenn er zumindest so viel Verstand besaß, vom Pferd zu steigen, bevor die Ritter ihn noch hinunterzerrten und ihm so alle Kontrolle nahmen.

Mit der Breitseite der Klinge schlug Nevliin dem Schimmel aufs Hinterteil, und dieser stürmte davon. Die Lichtelfen bildeten einen weiten Kreis um ihn, aber Eamon wusste, dass Nevliin unter dem Helm lächelte. Es war verrückt. Nevliin war verrückt. Jetzt hob er sein Schwert, trat mit dem rechten Fuß vor, beugte ganz leicht das Knie und führte die Klinge betont langsam in einer weit ausholenden Bewegung von rechts nach links, um mit der Spitze auf die Elfen vor sich zu zeigen, von denen niemand wagte, als Erster anzugreifen. So verharrte er lauernd, doch seine Angreifer rührten sich nicht.

Eamon schnaubte. Er wusste, dass Nevliin es genoss. All die Aufmerksamkeit, die Spannung seiner Feinde, die ihn im tiefsten Herzen immer noch bewunderten. Wie lange, dachte er, könnte er dem Tod noch ins Gesicht lachen?

Die Lichtelfen stürmten vor, und Eamon, der noch immer nur mühsam näher kam, hielt den Atem an. Er sah Nevliin, der sich leichtfüßig zwischen den zahlreichen Schwertern durchwand, um Haaresbreite an den scharfen Klingen vorbeitanzte, ständig in Bewegung war und die Lichtelfen so vollkommen aus dem Konzept brachte, bis sie einander schließlich selbst behinderten. Die Klingen waren überall, doch er schaffte es immer wieder, sich aus den tödlichen Hieben herauszudrehen, ohne dass auch nur einmal der Klang des Metalls auf seiner Rüstung zu hören war. Seine Ausweichmanöver glichen einem friedlichen Tanz inmitten der Schlacht – bis das Bild plötzlich zerbrach.

Nevliin drehte sich aus der Bahn einer Klinge, flog hoch, warf sein Schwert in die Luft, fasste es wie einen Dolch, und das Massaker begann. Gleich einem silbernen Blitz fuhr sein Schwert hinab, und genauso schnell, wie es sich in den Hals des Lichtritters gebohrt hatte, war es bereits wieder herausgezogen. Nevliin landete nach seinem Sprung weich auf den Füßen, federte in die Hocke, drehte das Schwert in seiner Hand so, dass er es wieder richtig schwingen konnte, und trennte einer Elfe die Schwerthand ab. Mit dem Schwung seines Streiches sprang er sofort wieder auf, parierte einen Hieb und schlug dabei seinen Schild in das Gesicht eines Elfen mit offenem Helm. Die Angreifer packte der Zorn, sie drangen immer unnachgiebiger auf ihn ein, doch Nevliin streckte tanzend weitere Lichtritter nieder – so schnell, dass Eamon kaum mehr seinen Bewegungen folgen konnte.

Bis er die Klinge sah, die auf Nevliins Kopf zuflog, als dieser sich gerade abwandte. Eamon wollte schreien, öffnete den Mund und war doch zu keinem Ton fähig. Mit vor Panik weit aufgerissenen Augen starrte er auf die nahende Katastrophe. Nevliin hob sein Schwert, um den Schlag zu parieren – zu spät, zu langsam. Es waren zu viele, und das schmale Visier nahm ihm die Sicht. Die Klinge schlug auf, und Nevliins Helm flog in hohem Bogen davon.

Nevliin schwankte und taumelte ein paar Schritte zurück. Sein Blick war leer, Blut floss aus einer Wunde an der Stirn, und dann ging er wie ein gefällter Baum zu Boden. Eamon drängte sich unter dem Jubel der Lichtritter noch entschiedener vor und verlor Nevliin kurz aus den Augen, bis er ihn schließlich wieder entdeckte. Reglos lag er im roten Schnee. Die Lichtelfen zogen ihren Kreis enger um ihn. Sie waren sich offenbar nicht einig, wem von ihnen die Ehre des letzten Streiches gebührte.

»Halt!«, schrie Eamon und trieb Antrax vorwärts, doch seine Stimme ging im Schlachtenlärm unter, und dann kamen auch noch seine Schattenritter aus dem Nichts und umkreisten ihn mit ihren Pferden. Natürlich verhinderten sie, dass ihr

König allein in einen wütenden Mob blutrünstiger Lichtelfen ritt.

Und sie haben recht, du hast dort nichts verloren. Es ist sein Kampf. Du darfst dich nicht einmischen.

Er könnte sterben!

Du ebenso.

Eamon fluchte und wandte sich wieder Nevliin zu. Die Lichtelfen wichen plötzlich etwas zurück, einer von ihnen trat in den Kreis und blieb zu Nevliins Füßen stehen. Erleichtert stellte Eamon fest, dass Nevliin sich wieder bewegte und sich schwerfällig in eine aufrechte Position brachte, das Schwert immer noch in der Hand. Langsam hob Nevliin den Kopf, und Eamon sah das dünne, blutige Lächeln in seinem Gesicht.

Der Lichtritter sagte etwas, und Eamon, der mittlerweile bis auf wenige Schritte heran war, sah die Verachtung in Nevliins Blick. Er verstand seine Worte nicht, aber er schien sich über den Lichtritter lustig zu machen. Auf das Schwert gestützt, stand er langsam auf und zeigte schließlich schwankend mit der Spitze des Schwertes auf sein Gegenüber.

»Das ist Kriemon«, rief ihm einer seiner Schattenritter zu, »der neue Anführer der Lichtritter. Scheint, als habe Fürst Nevliin ihn soeben zum Zweikampf gefordert.«

Und Eamon verstand.

Eine unheimliche Stille legte sich über das Schlachtfeld, während die Lichtritter einen Kreis um Kriemon und Nevliin bildeten. Die Kämpfe im näheren Umkreis waren nun allesamt eingestellt worden. Eamon hatte schon in vielen Schlachten gekämpft, und es kam durchaus öfter vor, dass sich zwei Krieger ein privates Duell lieferten. Wenn es noch dazu bekannte Krieger waren, tummelten sich auch immer einige wenige Schaulustige um sie. Dieser Kampf versprach nun ein besonderes Spektakel zu werden, und die anderen Kämpfe schienen ihm durch diese plötzliche Stille und das Innehalten der Lichtritter unendlich weit weg.

Verdammt, fluchte Eamon stumm. Nevliin war verwundet, er wollte ihm helfen und wusste doch, dass er sich nicht einmischen durfte. Sollte er zusehen, wie Nevliin in einem aussichtslosen Kampf starb? Was sollte er Vanora sagen? Dass er einfach danebengestanden hatte?

Nevliins Stolz schien keinen Schaden genommen zu haben, und er strahlte eine beängstigende Ruhe aus. Kriemon musste ein erfahrener Kämpfer sein, sonst wäre er wohl kaum zum Befehlshaber ernannt worden, und auch wenn seine Miene ausdruckslos war, konnte man ihm die Nervosität ansehen – an der Art, wie er ständig seine Finger vom Heft löste und es dann wieder umschloss.

Nevliin vergeudete keine Zeit, um auf einen Angriff zu warten. Mit einem weit ausholenden Hieb schlug er zu. Kriemon parierte, ließ die Klinge abgleiten, sodass die Spitze des Schwertes in den Schnee fuhr und sich beide gebückt gegenüber standen. Nevliin schlug seinen Ellbogen in Kriemons Gesicht und sprang zurück, um sich und sein Schwert zu befreien, wobei er dem Lichtritter keine Zeit ließ, sich das Blut, das aus dessen Nase schoss, abzuwischen. Weitere Schläge, Paraden und Finten folgten. Kriemon kämpfte aggressiv und verbissen, während von Nevliin immer noch eine Leichtigkeit und Ruhe ausgingen, die mit Sicherheit einschüchternder waren als die brutalen Schläge des Lichtritters.

Die Hiebe wurden immer schneller, die Klingen verschwammen zu silbernen Bögen, und das Klirren wurde immer lauter. Kriemons blutverschmiertes Gesicht verzog sich durch die Anstrengung zu einer fürchterlichen Grimasse, während Nevliins Miene völlig ausdruckslos blieb. Er war konzentriert, und in solchen Momenten zeigte er sein wahres Ich. Sosehr er auch anderes behaupten mochte: Nevliin lebte für die Schlacht. Vielleicht hatte er tatsächlich die Liebe gefunden, und es gab auch sicher keinen Zweifel daran, dass er deswegen den Kampf gefürchtet hatte; doch sobald das erste Blut an seinem Schwert klebte, kehrte der alte Nevliin zurück: unbarmherzig, kalt. Das würde sich niemals ändern. Auch durch eine Vanora nicht.

Der Kampf wurde noch schneller, und die Umstehenden beobachteten ebenso atemlos wie er die beiden Krieger, die zu weiß-schwarzen Schemen verschwammen. Mit Sicherheit hatte kaum ein Elf jemals solch einem Kampf beigewohnt. Kriemon war ein überdurchschnittlich guter Kämpfer, kaum ein Elf hätte solch schnelle Hiebe überlebt, und Eamons Angst wuchs. Nicht mehr lange, und Erschöpfung oder ein winziger Konzentrationsfehler würde die Entscheidung bringen.

Eamon drückte das Heft seines Schwertes und starrte auf die rasenden Klingen und Körper. Wenn er doch nur eingreifen, helfen dürfte! Stattdessen stand er hier und wartete tatenlos auf jenen Augenblick, in dem die herumflitzenden Schemen innehielten und einer der beiden starb.

Ein Hieb, ein Stich, ein Angriff – und plötzlich waren die beiden in enger Umarmung erstarrt, und das Klirren ihrer Schwerter verstummte. Nevliin hatte seinen Arm fest um Kriemons Nacken gelegt, keiner der beiden bewegte sich. Eamon hielt den Atem an und suchte in Nevliins Gesicht nach einem Zeichen, dass nicht er es war, dessen Leben nur noch an einem Faden hing. Nevliins Lippen bewegten sich. Er flüsterte

Kriemon etwas ins Ohr. Dann riss er plötzlich den Arm zurück, zog die Klinge drehend aus Kriemons Seite und hielt sein blutrotes Schwert in die Höhe. Kriemon fiel in sich zusammen und rührte sich nicht mehr.

Das weißblonde Haar hing Nevliin in schneenassen, blutigen Strähnen ins Gesicht, er hielt sich den Kopf, schwankte leicht und atmete schwer. Unheimliche Stille legte sich über die Umstehenden, niemand bewegte sich, und alle starrten auf Nevliin und den toten Befehlshaber der Lichtritter. Nicht mehr als ein paar Herzschläge, da brach der Schlachtenlärm von neuem aus, und Eamon und seine Schattenritter kämpften sich zu Nevliin durch. Jetzt, da der Zweikampf geschlagen war, durften und würden sie ihm zur Hilfe eilen.

Sie hatten ihn fast erreicht, als eine donnernde Stimme sich weit über das Klirren von Schwertern und Rüstungen erhob und die Erde zu beben begann.

»Tötet die Brecher! Tötet die Brecher!«

Eamon fuhr im Sattel herum und sah einen Lichtelfen auf sich zugaloppieren. Der Elf trug das Banner der Dunkelelfen auf seinem Schild, und durch den offenen Helm erkannte er auch dessen Gesicht, das Nevliin so ähnlich war, dass er sein Bruder hätte sein können – Vlidarin, Nevliins Vetter. Mit lautem Schrei und über dem Kopf geschwungenem Schwert galoppierte er zwischen den Kämpfenden hindurch: »Tötet die Brecher!«

Eamons Herzschlag beschleunigte sich, als er Vlidarins Schwertzeichen folgte und die Ursache für den Donner in seiner gesamten Zerstörung sah: Die zwei Brecher, die vorhin noch in Ketten gelegen hatten, stürmten nun über das Schlachtfeld, und ihre schweren Hufe trampelten alles und jeden nieder, der ihnen in die Quere kam. Sie hielten ihre massigen Köpfe tief und schleuderten mit den aus den Schläfen wachsenden und nach oben gebogenen Hörnern alle Elfen beiseite, die sich nicht schnell genug in Sicherheit bringen konnten. Ein Dutzend Lichtelfen schossen mit Bögen von einem Wagen, vor den die beiden Bullen gespannt waren. Eamon versuchte zu erkennen, was diese Ungeheuer transportierten und die Lichtelfen so verbissen verteidigten, doch er konnte lediglich die Umrisse eines Quaders sehen, das höher war als die Elfen und von einem schwarzen Tuch bedeckt wurde.

»Tötet die Brecher!«, schrie Vlidarin immer noch panisch, und als Eamon noch einmal zurück zum Wagen sah, erkannte er es. »Nein«, flüsterte er und hieb seine Fersen in Antraxens Leib. *Mach, dass ich mich irre*, schrie er stumm. *Lass es nicht wahr sein, bitte.*

»Eamon!« Es war Nevliin, der nach ihm rief, und Antrax beschleunigte sofort sein Tempo. Doch als Eamon den Fürsten von Valdoreen schließlich entdeckte, traute er seinen Augen kaum: Nevliin, noch immer mit blutverschmiertem Gesicht, lief in halsbrecherischem Tempo auf die Brecher zu.

»Verfluchter Tor!«, schrie Eamon, sprang in vollem Galopp aus dem Sattel, warf sein Schild beiseite und zog das zweite Kurzschwert hinter seiner Schulter hervor. Er flog über die unzähligen Toten hinweg, tauchte unter Klingen hindurch oder drehte sich daran vorbei. Nevliin hatte derweil einen der Brecher fast erreicht und lief noch immer frontal auf ihn zu, sodass die Bogenschützen ihn nicht erreichen konnten. Ein wahnsinniger Versuch, dachte Eamon, aber was hatte er anderes erwartet?

Eamon lief jetzt beinahe auf gleicher Höhe mit ihm und hielt auf den zweiten Brecher zu. Kurz fragte er sich, ob er nun selbst wahnsinnig geworden war, doch dies war nicht die Zeit für Zweifel, und so schob er alle Gedanken fort und konzentrierte sich auf das rasende Tier. Weißer Dampf stob aus dessen Nüstern in die kalte Winterluft, und die dunklen Augen waren in Panik verdreht, sodass kaum noch mehr als das Weiße zu erkennen war. Das schwarze Fell glänzte nass von Schnee und Schweiß, und Eamon war nicht mehr sicher, ob die Lichtelfen ihre Zugtiere immer noch unter Kontrolle hatten.

Mit rasendem Herzschlag sah er zur Seite. Nevliin beschleunigte so schnell, dass er kaum noch den Boden zu berühren schien. Kurz bevor der Brecher ihn auf seine Hörner nehmen konnte, stieß er sich vom Boden ab, durchstieß die Luft mit ein paar weiteren Schritten und verschwand irgendwo hinter dem Brecher, wo Eamon ihn nicht mehr sehen konnte.

Eamon riss seinen Blick los und lief seinerseits von der Seite auf den anderen Brecher zu. Er erwartete Pfeile, doch die Bogenschützen schienen ebenso, wie er es gewesen war, von Nevliins waghalsigem Sprung gefangen zu sein. Gut so.

Eamon lief dicht an das Tier heran, stieß sich ab und flog hoch. Mit all seiner Kraft rammte er das rechte Kurzschwert bis zum Heft in den Oberschenkel des Tieres, verlagerte sein gesamtes Gewicht auf die rechte Hand, warf die Beine in die Luft, nutzte den Schwung des Überschlags, riss das Schwert in der Drehung wieder heraus und landete schließlich auf dem Rücken des Tieres, welches durch die kurze Klinge noch nicht einmal lahmte.

Die Arme von sich gestreckt, kam er auf dem rasenden Tier auf, ging etwas in die Hocke, um das Gleichgewicht zu halten, und blickte sofort zum Wagen, dessen hölzerne Plattform beinahe auf der gleichen Höhe war wie er selbst und in gut vier Schritt Höhe über all die Toten der Schlacht hinwegholperte.

Ein Pfeil prallte von seinem Brustpanzer ab – die Schützen hatten sich offenbar wieder gefangen. Eamon wartete nicht länger, lief am schwankenden Rückgrat des Brechers entlang und sprang auf den Wagen, wo Nevliin bereits die meisten Schützen beseitigt hatte. Das Viereck in der Mitte der Plattform bot genügend Deckung, um es nicht mit allen gleichzeitig aufnehmen zu müssen.

Noch im Sprung hieb Eamon einer Lichtelfe von der Seite eines seiner Schwerter in den Hals, was den Kopf beinahe abtrennte. Er federte nach seiner Landung auf dem Holz sofort in die Hocke, duckte sich unter einem Hieb mit einem Kampfmesser weg und stieß die andere Klinge durch den Panzer in die Brust des zweiten Elfen hinauf. Die beiden Krieger brachen zusammen, und Eamon sprang auf die Beine. Der Wagen holperte nicht mehr ganz so schlimm, was nichts Gutes bedeuten konnte, denn sie mussten das Schlachtfeld bereits hinter sich gelassen haben und nun über die freie Fläche der Ebene auf den Wald zulaufen. Und tatsächlich: Aus dem Mund eines Lichtelfen, der auf ihn zugelaufen war, ragte mit einem Mal das befiederte Ende eines Baumjäger-Pfeils. Er war der Letzte, der zusammenbrach. Die Lichtelfen auf dem Wagen waren tot.

»Tötet die Brecher!«, schrie nun Eamon, als die Dunkelheit des Waldes sie verschluckte.

Die Brecher rasten zwischen den massigen Stämmen der Baumriesen hindurch und verloren dabei immer mehr an Geschwindigkeit. Für diesen Untergrund waren sie jedoch immer noch viel zu schnell. Der Wagen sprang über Wurzeln, schwankte gefährlich von einer Seite zur anderen und fuhr manchmal nur noch auf zwei Rädern. Die Baumjäger verschossen Pfeil um Pfeil, doch die meisten prallten von der dicken Haut der Brecher ab.

Eamon sah den Quader auf dem Wagen und blickte hinauf in die Baumkronen. »Raus aus dem Wald!«, schrie er dann, ließ eines seiner Schwerter zurück in die Scheide am Rücken gleiten, drehte sich zu Nevliin um und deutete auf die Köpfe der Brecher. Dann lief er los, sprang vom Wagen zurück auf den Rücken des Tieres, und Nevliin tat es ihm gleich. Kurz darauf landeten sie beide auf jeweils einem der riesigen Köpfe zwischen den oberschenkeldicken Hörnern.

Eamon fasste sein Schwert mit beiden Händen. Der Brecher schüttelte den Kopf, um ihn abzuschütteln, doch Eamon stieß mit aller Kraft zu und jagte die Klinge in den Kopf des Ungeheuers. Nevliin tötete den zweiten Brecher auf dieselbe Art. Die Köpfe sackten nach unten, Eamon und Nevliin sprangen zurück auf die Rücken der Tiere, als auch schon deren Vorderläufe einknickten. In wahnsinnigem Tempo schlitterten sie über den Boden. Gerade noch rechtzeitig sprangen die Elfen zurück auf die hölzerne Plattform, als der Fall der Brecher durch einen Baum gestoppt wurde und der Wagen krachend zum Stehen kam.

Nevliin vergeudete keine Sekunde. Er riss das schwarze Tuch von der geheimnisvollen Fracht der Lichtelfen und erstarrte. Sein Schwert, das ihm aus der Hand glitt, schlug laut klirrend auf den Boden. Fassungslos starrte nun auch Eamon auf den goldenen Würfel, der höher war als ein Elf und in dem ein rotes Licht einem Herzschlag gleich pulsierte.

»Lauf«, sagte Nevliin leise und so ruhig, wie nur jemand sein konnte, der sich dem Tod bereits ergeben hatte. Es war nur eine Sekunde, in der Hunderte Gedanken und Berechnungen durch Eamons Kopf schossen: Wie lange würde es noch dauern, bis dieser Würfel seine Macht freigab? Wie schnell konnten sie fliehen? Wie weit mussten sie fliehen? Wie viel Zeit hatten sie noch?

Eamon wusste, dass er schneller, als ein Elfenpferd lief, über die Bäume fliegen konnte. In ihm floss noch das Blut von Baumjägern, wenn auch nur schwach. Nevliin aber wäre zu langsam. Hier war weit und breit kein Pferd. Zu Fuß hatte er keine Chance. Er konnte nicht über die dünnen Äste laufen, nicht so wie Eamon. Nevliin würde niemals entkommen. Er selbst vielleicht.

Die Sekunde verstrich. Eamon packte Nevliin am Handgelenk, legte ihm, noch ehe dieser reagieren konnte, seinen Arm um die Schultern und sprang hoch, weit hinauf auf einen der Äste. Nevliin schrie, er solle ihn loslassen und sich selbst retten, doch Eamon beachtete ihn nicht und lief den Stamm weiter hinauf, bis die Äste so dicht waren, dass es kaum noch ein Durchkommen gab. Genau richtig, um leicht auf ihnen laufen zu können.

Keine einzige Nadel löste sich unter seinen Füßen, als er leicht und schnell wie der Wind durch den Wald zischte. Sein Blickfeld beschränkte sich nur noch auf die vor ihm liegenden Äste und Stämme, um ihn herum herrschte Dunkelheit. Nevliins Gewicht machte ihn langsamer, doch er war immer noch schneller, als wenn sie zu Fuß über den Boden gelaufen wären. Die Bäume ließen ihn durch die leichte Federung der Äste mit jedem Schritt weiter fliegen. Neue Hoffnung flammte in ihm auf, als er in der Ferne das Licht erkannte, welches das Ende des Waldes versprach.

Doch dann schien die Luft plötzlich zu vibrieren, zu zittern. Ein dumpfer, anhaltender Ton dröhnte durch den Wald hinaus auf die Ebene, so stechend, dass Eamon nur schwer gegen den Drang ankam, seine Hände auf die Ohren zu pressen. Jeder Schritt wurde zur Qual, er wurde immer langsamer, Nevliin immer schwerer, und die Äste drohten unter seinen Schritten nachzugeben. Das Dröhnen wurde lauter, sein Kopf drohte zu zerspringen. Eamon kämpfte sich weiter vor, Schritt um Schritt. Die Luft war so dick und heiß, dass er kaum noch atmen konnte. Auch Nevliin stöhnte vor Schmerz. Das Licht kam näher.

Nur bis zum Ende des Waldes, befahl Eamon sich, auch wenn er nicht wusste, wie weit die Macht des Würfels reichen würde.

Eine Frauenstimme erklang, vermischte sich mit dem Dröhnen zu einem schrecklichen Lied.

Nur noch ein paar Schritte. Eamons Knie begannen zu zittern. Er spürte etwas Nasses aus seinen Ohren laufen – Blut.

Sie hatten das Ende des Waldes beinahe erreicht, da verstummten unvermittelt der Gesang und das Dröhnen. Ein kurzer Augenblick vollkommener Stille.

Eamon schwankte weiter über die dickeren Äste der Baumriesen, Nevliin wie einen Umhang um seine Schultern gehängt.

Dann: ein lauter Knall. Die Luft explodierte. Sein Blut kochte, floss heiß aus Nase und Mund. Eamon hörte Nevliin schreien, und auch er selbst schrie den Schmerz, der ihm beinahe den Verstand raubte, hinaus in die Nacht. Eine glühende Klaue drang in seine Brust, versuchte ihm das Herz herauszureißen, seine Energie zu trinken, seine Seele.

Eamon versuchte, sich aufrecht zu halten. Sein Körper krümmte sich. Sein Innerstes drohte zu verbrennen. Seine

Beine gaben nach. Äste knackten. Eamon starrte auf das nahe Licht. Sein Körper versagte, doch sein Wille zwang ihn, noch ein letztes Mal all die verbliebene Kraft einzusetzen.

Er stemmte sich hoch, zog schreiend einen Fuß nach vorn und dann den anderen. Das graue Licht erschien. Sie hatten den Rand des Waldes erreicht. Vor ihm erstreckte sich die schneebedeckte Ebene von Edora. Er drückte seine Knie durch und sprang. Seine Hand umklammerte fest die Nevliins, als sie in die Tiefe stürzten.

Sie verbrannten von innen heraus.

So viel Schmerz.

Vanora

Es war still. Dunkel. Ein eisiger Wind strich über ihr heißes Gesicht. Schneeflocken schmolzen auf ihrer Haut. Langsam öffnete Vanora die Augen, blinzelte. Sie konnte nichts erkennen. Hunderte Blitze zuckten durch die Dunkelheit. In ihren Ohren hörte sie immer noch das Dröhnen, auch wenn es längst aufgehört hatte. Das einzige Geräusch in einer vollkommenen Stille. Blut hatte sich in ihrem Mund gesammelt. Sie versuchte sich zu bewegen, rollte sich mühsam auf die Seite, spuckte das warme Blut aus. Jeder Atemzug kostete sie enorme Anstrengung, brannte wie Säure in Hals und Brust. Es tat weh. Nicht nur ihr Körper schmerzte – das Wissen schmerzte mehr.

Langsam klärte sich ihr Blick, das Muster des grauen Steins am Boden nahm wieder Gestalt an, und ein unkontrollierbares Zittern überfiel sie. Die fürchterliche Hitze war einer eisigen Kälte gewichen. Leises Stöhnen durchbrach die Stille.

Vanora legte die zitternden Hände auf den kalten Stein, stützte sich ab, um sich aufzurichten – und brach zusammen. Ihr Gesicht knallte auf den Boden. Sie hatte keine Kraft mehr, den Kopf zu halten. Sie wollte fluchen und fand keine Kraft. Sie wollte weinen und war zu schwach.

»Prinzessin?«

Es war Ardemirs Stimme, leise und krächzend, gefolgt von

einem erbärmlichen Husten. Etwas berührte sie leicht am Arm. Mühsam drehte Vanora den Kopf zur Seite, legte ihre Wange auf den kalten Stein und sah Ardemir, der sich, auf dem Bauch liegend, mühselig näher an sie heranschob.

»Geht es dir gut?«

Vanora schloss kurz die Augen und öffnete sie wieder, was ein Nicken sein sollte. Aus den Augenwinkeln erkannte sie jetzt weitere Bewegungen. Immer mehr Elfen kamen wieder zu sich. Von den unteren Mauerringen hörte sie Schreie voller Leid und Entsetzen. Nie hätte sie gedacht, dass eine Kreatur so schreien könnte.

»Vanora …« Ardemir hatte sie erreicht, sein Gesicht lag nur ein winziges Stück vor dem ihrigen auf dem Stein. In den dunklen, immer fröhlichen Augen stand das blanke Entsetzen. Schließlich gewann Ardemir den Kampf gegen seine Schwäche, schob langsam seine Hand zu ihr und berührte leicht ihre Finger.

»Komm«, sagte er, atmete tief durch, richtete sich langsam auf, und Vanora versuchte, es ihm gleichzutun. Die aufrechte Position verursachte ihr Schwindel, und einen Augenblick lang wurde ihr schwarz vor Augen. Doch mit jedem kalten Atemzug fühlte sie sich kräftiger. Das Leben kehrte langsam in sie zurück. Auch in die Reihen der anderen Bogenschützen am obersten Mauerring kam Bewegung. Ardemir hielt ihr die Hand hin, und Vanora rappelte sich mit seiner Hilfe langsam auf. Mit dem Rücken an die Mauer gelehnt, sah sie an sich hinab. Weder sie noch Ardemir trugen sichtbare Verletzungen. Der Schmerz war von innen gekommen.

Der Schrei einer Elfe ließ sie zusammenfahren, und auch Ardemir erstarrte und sah wie ein Geist an ihr vorbei und hinab auf den Wald und die Ebene. Vanora fühlte sich plötzlich wie gelähmt. Die Mauer in ihrem Rücken hatte ihr Halt gegeben, doch jetzt musste sie über diese Mauer hinwegsehen. Langsam richtete sie sich auf, drehte sich um und erstarrte.

Sie wollte schreien, weinen, verzweifeln. Und doch stand sie einfach nur da und starrte wortlos auf die Überreste dessen, was einst Lurness gewesen war. Es war zu viel. Zu viel Zerstörung, um greifbar zu sein. Dieser Ort hatte nichts mehr mit jenem gemein, den sie noch vor wenigen Minuten gesehen hatte.

Ihre Beine fühlten sich taub an, gaben nach. Jemand packte sie an den Schultern, hielt sie aufrecht, sodass sie weiterhin gezwungen war, auf das weite Feld aus Asche zu blicken. Ihr gesamter Körper zitterte, ihre Lippen bebten.

Welche Macht war zu so etwas fähig? Der Dunkelwald war bis auf ein paar wenige Baumreihen in der Ferne zur Gänze verschwunden. Da war nichts mehr – ein graues, totes Feld. Die Brücke, die über den Abgrund führte, war verschwunden, die Türme, die Wehrmauer … fort. Stein, der weggeschmolzen war. Und nicht nur der dicke Stein. All die Krieger, Schwertkämpfer, Bogenschützen, Kobolde. Es war niemand mehr da. Die zweite Wehrmauer war zum Großteil zerstört. Dort im Inneren Hof gab es noch Hinweise auf die Besatzung. Dutzende schwarze Klumpen. An der dritten Wehrmauer lagen verbrannte Körper. Erst ab der vierten Ebene waren vereinzelt Bewegungen auszumachen. Von dort kamen die fürchterlichen Schreie.

Vanora hielt sich an der Mauer fest. Das Bild hielt sie gefangen, ließ sie nicht los, machte lediglich Platz für ein weiteres furchtbares Bild, das letzte, das sie gesehen hatte, bevor sie von ihrem Platz zurückgeschleudert worden war: Eamon und Nevliin, die auf dem Wagen in den Dunkelwald gerast waren. In den Dunkelwald, der jetzt nicht mehr existierte.

»Ardemir«, flüsterte sie. »Wo sind sie?«

Eamons Vetter drückte ihre Schultern. Sie konnte seinen unregelmäßigen Atem hören, konnte spüren, wie er um innere Ruhe rang.

Vanora zwang sich, ihren Blick abzuwenden, und sah über die wenigen übriggebliebenen Bäume an der Grenze zur Ebene von Edora hinweg. Die Lichtelfen hatten sich in sichere Entfernung zurückgezogen. Das Heer der Dunkelelfen schien keinerlei Schaden genommen zu haben. Sie waren weit genug entfernt gewesen. Der Würfel hatte Lurness zerstören sollen, die uneinnehmbare Festung, nicht das Heer. Mearas Werk.

Alkariels Krieger formierten sich neu, bildeten Reihe um Reihe perfekte Linien, um das in Schrecken erstarrte und aufgelöste Heer zu zerschlagen. Doch Eamons Kämpfer wandten sich ab und liefen durch Schnee und Asche zurück zur Burg, um sich dort neu zu formieren.

Überlebende der oberen Ebenen liefen nach unten, versorgten die Verwundeten oder schleppten lange, breite Holzbretter an den Rand des Abgrunds, um den Verwundeten des Heers den Zugang zu ermöglichen. Doch die Schlucht war zu breit. Die Bretter mussten aneinandergenagelt werden und stabil genug sein, um gepanzerte Krieger und Pferde tragen zu können. Das brauchte Zeit. Und in all dem Chaos bemerkte Vanora Finola und Bienli, der auf einer Mauer zwischen den Zinnen stand, wild gestikulierte und mit seiner Armbrust fuchtelte. Auch Liadan lief in ihrer schwarzen Rüstung das Feld aus Geröll und geschmolzenem Stein hinab zum Abgrund. Die silbernen Strähnen leuchteten hell in ihrem schwarzen Haar. Sie alle lebend zu sehen, gab Vanora ein winziges Gefühl der Erleichterung. Sie hatte befürchtet, Liadan habe sich mit den Schwertkämpfern aus Lurness am äußeren Hof aufgehalten und sei für immer verloren, so wie …

Vanora konzentrierte sich auf die zur Burg strömenden Krieger. Manche hatten Pferde eingefangen und rasten nun in wildem Galopp auf Lurness zu, doch die provisorische Brücke war noch nicht fertig, und immer mehr Krieger drängten sich vor der Drachenschlucht.

Vanora blickte über das Heer der Lichtelfen hinweg, das sich langsam, in eiserner Disziplin vorwärtsbewegte. Und dort standen sie auf einem Hügel. Vanora konnte sie selbst aus dieser Entfernung genau ausmachen. Mearas weißes Kleid, Alkariels weißen Umhang. Glendorfil wurde am Rande des Hügels von Lichtrittern festgehalten. Er lebte noch. Und er würde auch am Leben bleiben. Nicht so diese Bestien, die sich Elfen nannten.

Das Zittern hörte schlagartig auf. Die Schwäche, die weichen Knie wichen dem Zorn, der ihr grenzenlose Kraft verlieh. Ihr Blickfeld verengte sich, wurde schärfer, bis sie Alkariel und Meara so deutlich sah, als würden sie direkt vor ihr stehen. Vanoras Hand hob sich, ihre Augen fixierten das Ziel. Langsam zog sie einen Pfeil hinter ihrer Schulter hervor, trat einen Schritt zurück. Jemand reichte ihr den Bogen. Es musste Ardemir sein, doch Vanora sah nichts anderes mehr als den Feind. Ihren Feind, den Feind des Schattenreiches, den Feind ihrer Eltern, all ihrer Lieben.

Vanoras Finger bewegten sich mechanisch, spannten den Bogen, legten den Pfeil an.

»Brenne«, flüsterte sie und ließ den Pfeil los. Im selben Moment blickte Meara auf. Meara Thesalis, Meara die Mächtige. Ja, sie war wahrlich mächtig in ihrer Zerstörungskraft. Die Magierin sah Vanora trotz der Distanz direkt an und lächelte. Ihre braunen Augen durchbohrten sie mit ihrer Bosheit.

Vanora verfolgte den Flug des Pfeils. Er würde treffen. Weder Wind noch Schnee würden ihm etwas anhaben können. Meara und auch Alkariel bewegten sich nicht, ließen den Pfeil kommen. Er würde treffen.

»Nein«, flüsterte der Wind. »Du wirst brennen.« Weder Mearas noch Alkariels Lippen hatten sich bewegt. Sie blickten einfach nur ausdruckslos von ihrem Hügel auf dem Berg zu ihr. Doch Vanora wusste, dass es Mearas Stimme gewesen war. Dieselbe Stimme, die sich in das fürchterliche Geräusch des Würfels gemischt hatte.

Vanoras Hand schoss vor. »Brenne!«, schrie sie in all ihrer unbändigen Wut. Ihre Augen verschwammen im Blutrot. Der Pfeil änderte seine Richtung, zielte jetzt direkt auf Mearas Herz.

Nur noch drei Schritte, zwei Schritte, ein Schritt. Er würde treffen.

Ein goldener Blitz fuhr durch Mearas plötzlich schwarz gewordene Augen, der Pfeil verwandelte sich einen Fingerbreit vor ihrem Körper in Asche und rieselte zu Boden.

»Nein!« Vanora lief vor, beugte sich über die Mauer. »Nein!«

Ardemir hielt sie fest. »Hör auf«, sagte er ruhig. »Deine Zeit wird kommen.«

»Nein!« Sie hatte das Gefühl, zu ersticken, ihr Herz raste. Sie durften nicht davonkommen. Sie durften nicht gewinnen.

»Vanora, wir brauchen dich. Sieh …«

Vanora hielt in ihrem Kampf gegen Ardemirs Griff inne und blickte hinaus auf die Ebene. Das Heer der Lichtelfen näherte sich langsam, aber stetig und wie ein Mann – geordnet, ruhig, unbarmherzig, tödlich.

»Wir brauchen dich«, sagte Ardemir noch einmal.

Vanora nickte langsam. Sie würden diesen Kampf nicht verlieren. Die Seelen all dieser tapferen Elfen durften nicht vergebens gestorben sein. Sie mussten kämpfen.

»Ja.« Vanora sah zu ihm auf.

Grimmige Entschlossenheit stand in Ardemirs Gesicht. Dass er sein langes, schwarzes Haar, in das dünne Zöpfe geflochten waren, für den Kampf im Nacken zusammengebunden hatte, ließ ihn noch strenger aussehen. Niemals hätte sie gedacht, diesen fröhlichen Mann so zu sehen, so gefährlich und kalt. Wie einen Elfen.

Ardemir hob die Hand. Die Bogenschützen an dieser obersten Mauer stellten sich auf. Vanora blickte hinab auf das Heer der Dunkelelfen, das sich am Rande des Abgrundes formierte, um den Feind zu empfangen, und Tränen stiegen ihr in die Augen. Wütend blinzelte sie diese weg. Sie durfte nicht schwach werden, keine Sekunde nachgeben. Dann wäre alles verloren. Sie würde nicht mehr zurückfinden. Noch gab es Hoffnung, es gab keinen Grund für Tränen. Es gab keinen Grund.

»Der König!«

Vanoras Herz machte einen Satz. Die Bogenschützen stürzten zur Mauer. Der Ruf war von einem der unteren Mauerringe zu ihnen gedrungen. Hektisch flogen ihre Augen durch die Reihen der schwarz gepanzerten Krieger am Abgrund. Angst und Hoffnung hielten sich die Waage, ihr Körper brannte, doch diesmal tat er es vor Hoffnung. »Nevliin«, flüsterte sie, »Eamon. Wo seid ihr?«

Und dann sah sie sie. An der Spitze des Feldes. Nevliin und

Eamon. Sie lebten. Vanora schnappte nach Luft, schluchzte, lachte, schrie. »Sie leben!«, rief sie, »Sie leben!« Am liebsten wäre sie von der Mauer gesprungen und zu ihnen geflogen.

Eamon ritt auf Antrax die erste Reihe des Heeres ab, Nevliin folgte auf Schneeglöckchen. Wie hatte ihr das schneeweiße Pferd inmitten all der Rappen nur entgehen können? Nevliin hatte sein Schwert erhoben und schien den Reitern der rechten Flanke etwas zuzurufen. Vanora lachte hell auf. Jetzt würde alles gut werden. Das Schattenreich würde nicht untergehen. Nicht, solange sie noch atmete.

Die Bogenschützen nahmen wieder ihre Positionen ein. Die Lichtritter befanden sich längst in Reichweite.

Ardemir stand neben ihr. »Pfeile aufnehmen!«, rief er.

Dutzende Pfeile wurden aus ihren Köchern gezogen und an die Sehnen gelegt.

»Spannen!«

Vanora zog den Pfeil zurück und blickte in den Himmel zu all den weißen Schneeflocken, die durch die Luft tanzten. Der Kampf war noch nicht vorüber.

»Pfeile los!«

Eämon

Antrax galoppierte vor der ersten Reihe des Heeres. Er ließ sich kaum bändigen, bäumte sich mit jedem Galoppsprung übertrieben auf, tänzelte im Stand.

Noch haben sie Mut in ihren Herzen, drang er in Eamons Gedanken. *Du musst ihn nur wecken. Sie werden dir folgen.*

»Dies ist keine Niederlage!«, rief Eamon seinem Heer zu. »Wir haben ihren Plan vereitelt! Lurness wurde nicht zerstört! Lurness kann nicht eingenommen werden! Nicht, solange noch ein Dunkelelf in der Lage ist, unsere Heimat zu verteidigen! Lasst uns den Lichtelfen zeigen wozu wir fähig sind! Zeigt ihnen, dass wir keine Magie benötigen, um sie zu schlagen! Zeigt ihnen unseren Zorn!«

Die Dunkelelfen jubelten. Die anfängliche Angst war dem Durst nach Rache gewichen. Noch war die Schlacht nicht verloren, und Eamon würde um Lurness kämpfen.

Die Schwäche, die der magische Angriff verursacht hatte, war gänzlich gewichen. Er und Nevliin waren nur kurz ohne Bewusstsein gewesen, bevor sie von den flüchtenden Kriegern zurück zur Burg geschleift worden waren. Sie waren beide angeschlagen, doch ihr Geist war nur noch stärker geworden. Eamon würde die Lichtelfen dafür bluten lassen bis zum Letzten. Er würde sich durch ihre Reihen kämpfen, er würde Glendorfil befreien und Alkariel töten.

»Nevliin!« Eamon streckte sein Schwert in die Luft. »Zu mir!«

Nevliin wendete den Schimmel und galoppierte auf ihn zu. Die Valdoreener hatten sich in das Heer der Dunkelelfen eingereiht und die rechte Flanke übernommen – und nicht nur sie. Hunderte Krieger aus den anderen Fürstentürmern hatten sich unauffällig unter Eamons Heer gemischt, hauptsächlich einfache Krieger, die nach dem magischen Angriff nicht mehr an Alkariels Herrschaft glaubten. Die Gegner zu töten war eine Sache, aber ihre Seelen auszulöschen war abscheulicher als alles je Dagewesene. Eamon war sicher, dass es während der Schlacht noch mehr Überläufer geben würde. Alkariels Niederlage stand kurz bevor, und die Dunkelelfen fanden ihren Mut wieder. Sie wussten, wofür sie kämpften, anders als die Lichtelfen.

Eamon lenkte Antrax an Nevliins Seite und legte ihm seine Hand auf die Schulter. »Pass auf dich auf«, sagte er. »Ich will dich nicht schon wieder retten müssen.«

Nevliin zuckte mit den Schultern und lächelte auf eine Art, die ihm Sorgen bereitete. Ein Lächeln, das zeigte, dass er genau das tun würde – sich in Schwierigkeiten bringen. Er wäre nicht Nevliin, wenn er nicht die Gefahr suchte. Allein in dieser Schlacht war er dem Tod nicht nur einmal knapp entkommen, und doch forderte er ihn immer wieder heraus. So war er schon als Kind gewesen, und so würde er auch sterben. Aber noch nicht heute, dachte Eamon. Noch nicht heute.

Alkariels Heer kam immer näher. Die ersten Pfeile flogen über ihre Köpfe hinweg. Ardemir und auch Vanora zeigten erneut, was sie und all die anderen Bogenschützen vermochten. Eamon konnte nicht daran denken, was gewesen wäre, hätte sich Vanora nicht am obersten Mauerring bei Ardemir aufgehalten, sondern unten am Äußersten Hof. Seine Angst hatte Liadan gegolten, doch sie war wohlauf, er hatte sie an der anderen Seite der Schlucht gesehen. Jetzt galt es, dafür zu sorgen, dass der Verlust all der Kämpfer, die dem Würfel zu nahe gewesen waren, nicht vergebens war.

»Die Zeit für Ritterlichkeit ist vorbei«, sagte Nevliin neben ihm mit einem verfluchten vorfreudigen Grinsen, als wäre er wieder ein kleiner Junge. »Sie wollen Magie, dann sollen sie Magie bekommen.«

»Was hast du vor?«

Nevliin riss sich Handschuhe und Armschienen herunter und zog die Ärmel des schwarzen Hemdes bis zu den Ellbogen hoch.

Eamon erstarrte, als er die Narben sah, die an den Innenseiten der Unterarme in einer schnurgeraden Linie von den Ellbogenbeugen bis zu den Handgelenken führten. Er wusste, wann und wie diese Narben entstanden waren, und schauderte bei dieser fürchterlichen Erinnerung. Der Spaß war vorbei. Jetzt wurde es ernst, todernst. »Das kannst du nicht machen«, sagte er und packte ihn an der Schulter, doch Nevliin drehte sich weg, nahm sein Schwert, setzte die Klinge an und schnitt sich den gesamten Unterarm entlang der verblassten Linie auf, ohne eine Miene zu verziehen. Dasselbe machte er mit seinem anderen Arm.

Eamon starrte ihn vollkommen fassungslos an: »Tu das nicht. Nevliin …«

Das Blut tropfte zu Boden, und Nevliin strich mit der Breitseite der Klinge über die Wunden, tränkte das Schwert mit seinem Blut. Eamon streckte die Hand nach ihm aus, um ihn zu stoppen, doch das weiße Pferd wich durch einen Schenkeldruck gehorsam zur Seite.

Die Bilder all der toten Wachen aus Lurness erschienen in Eamons Kopf. Nevliin war allein in die Burg geschlichen und hatte ein Feld aus Leichen hinterlassen, als er Eliria mit sich genommen hatte. Ein einziger Mann, Dutzende Tote. Niemand hatte ihn stoppen können, und so schnell, wie er eingedrungen war, war er auch wieder verschwunden gewesen. Eamon wusste, welchen Zauber Nevliin in diesem Moment im Begriff war zu wirken. Er kannte die Gefahr, der unzählige junge Krieger zum Opfer gefallen waren. »Nevliin, ich bitte dich. Hör damit auf. Es sind zu viele.«

Nevliin wandte den Blick von seinem blutigen Werk ab, drehte sich langsam zu Eamon um und sah auf.

Eamon wich unwillkürlich zurück. »Nevliin ...« Eisige Kälte erfasste seinen Körper, machte ihn unfähig, sich zu bewegen. »Hör auf. Nevliin! Komm sofort zurück!«

Nevliin lächelte, ein dämonisches, schauriges Lächeln seiner schmalen, blutroten Lippen. Das Weiß seiner Augen war gänzlich verschwunden. Pechschwarze Höhlen starrten ihn an. Eamons Nackenhaare stellten sich auf. Dieser Zauber konnte nichts Gutes bewirken. Dies war die alte Magie der Elfen aus dem eisigen Gebirge bei Valdoreen. Diese Art von Magie zerstörte jene, die sie anwendeten. Nur die Stärksten überlebten den Eiszauber. Nevliin war es einmal gelungen, doch jetzt hatte er es nicht mit ein paar Wachen in den verwinkelten Gängen einer Burg zu tun, sondern mit einem ganzen Heer auf freiem Feld. Er war angeschlagen. Wie sollte er die Kraft aufbringen, sich zu verteidigen und nicht nur dem Willen des Schwertes zu gehorchen, dessen Blutdurst Nevliin in diesem Moment wecken wollte?

»Sie werden bezahlen«, sagte Nevliin plötzlich mit rauer Stimme.

Eamon versuchte, in den schwarzen Augen Nevliins Seele zu erkennen, doch der uralte Zauber hatte auch den letzten Funken getilgt. Nevliin starrte ihn an, während sich ein silberner Schein der Magie über die Schwärze der Augen legte.

»Nein!« Eamon streckte die Hand nach ihm aus, doch Antrax wich zur Seite.

Fass ihn nicht an. Es ist zu spät.

Nevliin hob das Schwert und legte seine Stirn an die blutige Klinge. Mit geschlossenen Augen flüsterte er Worte, die Eamon noch nie zuvor gehört hatte. Der Wind trug das Flüstern über die Ebene, ließ die unheimlichen Worte unter die Haut kriechen und das Blut gefrieren. Diese Stimme hatte nichts mehr mit Nevliin gemein, eine fremde Kraft hatte von ihm Besitz ergriffen. Die Klinge begann in blausilbernem Licht zu leuchten. Er sprach immer schneller, drängender. Seine Hände umklammerten das Heft des Schwertes, sodass sich seine Muskeln und Sehnen deutlich von den Armen abhoben. Das Blut floss aus den beiden Schnitten, die er sich selbst zugefügt hatte. Sein Tribut an das Schwert.

Ein beunruhigtes und zugleich beeindrucktes Raunen ging durch die Reihen der Krieger. Und dann war plötzlich alles vorbei. Eamon beobachtete fassungslos, wie sich die Wunden an Nevliins Unterarmen schlossen und nichts als eine hellrote Linie zurückblieb. Das Leuchten der Klinge war verschwunden.

Nevliin hob den Kopf, bewegte sich nicht, starrte einfach nur geradeaus mit immer noch silbernen Augen. Eamon wollte ihn gerade ansprechen, da streckte Nevliin plötzlich das Schwert in die Luft und stürmte vor.

»Los!« Eamon zog sein Schwert hinter der Schulter hervor und gab Antrax die Zügel frei, der sofort vorwärtsstürmte, gefolgt von einem Heer von Tausenden Dunkelelfen, um Alkariel endgültig zu schlagen. Er war siegessicher, spürte die Freude auf die Schlacht, als hinter ihm vom Abgrund her plötzlich ein ohrenbetäubendes Brüllen erklang. Die Erde erzitterte. Eamon drehte sich im Sattel um und traute seinen Augen nicht.

Vanora

Vanora presste die Hände an die Ohren und taumelte ein paar Schritte zurück. Sie hatte sich auf den Weg zu den unteren Ebenen machen wollen, um dort bei der Versorgung der Verwundeten zu helfen, als der Abgrund zum Leben erwachte. Der furchtbare Laut drang aus der Tiefe und hallte Dutzende Male wider. Sie hatte solch ein Brüllen bereits einmal gehört, doch nicht das Wesen gesehen, welches dazu fähig war. Jetzt starrte sie über die Mauer hinweg und wagte nicht, näher heranzugehen. Ihr Bedarf an Schrecken war mehr als gedeckt.

»Drachen!« Ein Bogenschütze, der mutiger als sie gewesen war und sich weit über die Mauer lehnte, schrie aus Leibeskräften.

Jetzt vergaß auch Vanora ihre Angst und stürzte vor, um das Unmögliche selbst zu sehen, als plötzlich ein gewaltiger Schatten vor ihr in die Höhe schoss. Mit einem leisen Aufschrei wich sie zurück, stolperte und fiel zu Boden. Sie konnte es nicht glauben. Es gab nichts, das so groß sein konnte. Sie hörte das Schlagen riesiger Schwingen und ein Schnauben blies ihr heiße Luft ins Gesicht. Langsam hob sie den Blick. Es war, als würde sich jede Sekunde ins Unendliche ausdehnen. Die Kreatur, deren gekrümmte Klauen sich nun an der Wehrmauer festkrallten, ließ Alkariels Brecher wie kleine Kälber aussehen: stammdicke Beine und ein grün geschuppter

Körper, von welchem ein mit Zacken besetzter Hals zu einem vergleichsweise kleinen Kopf führte. Zwei nach hinten gebogene Hörner und messerscharfe Zähne wie Schwerter. Weißer Dampf stob aus den Nüstern in die Winterkälte, und die gewaltigen Schwingen schlugen gemächlich auf und ab. Vanoras Blick folgte den dunklen Lederriemen, die sich um den Bauch des Drachen wanden, hinauf auf dessen Rücken.

Der Drachenelf im smaragdgrün glänzenden Schuppenpanzer nickte ihr zu. Sein dichtes, schwarzes Haar, welches durch einen merkwürdigen roten Schimmer zu glühen schien, stand ihm nach allen Seiten vom Kopf ab. Die weiße Haut wirkte transparent, und Vanora lief bei seinem Anblick ein eiskalter Schauer den Rücken hinab: »Prinz Dregor«, hauchte sie mit versagender Stimme.

Der Drachenelf sah sie mit seinen leuchtend grünen Augen unverwandt an. Sein Anblick hatte etwas Unwirkliches, Mysteriöses. Er zog sie völlig in seinen Bann, und so wich sie nicht zurück, als er näher kam.

»Prinzessin Vanora. Schon einmal mit einem Drachen geflogen?« Dregors Lippen verzogen sich zu einem unheimlichen Lächeln, die grellen Augen blitzten auf, sahen sie mit solch einer Intensität an, dass sie selbst das Atmen zu vergessen drohte.

Langsam beugte er seinen Oberkörper etwas vor und streckte ihr seine Hand entgegen, an der ein langes Seil hing. Sein Blick drang regelrecht in sie ein, brachte sie dazu, einen Schritt vor zu gehen.

»Vanora, nicht! Eamon hat gesagt …«

Vanora drehte sich zu Ardemir um. Sie wusste, dass ihm auch ihr eigenes Lächeln in diesem Moment unheimlich erscheinen mochte, doch sie musste es tun. Jetzt hatte sie die

Möglichkeit, auf die sie so lange gewartet hatte. Sie musste in dieser Schlacht kämpfen und nicht hier oben. Nicht an den Zinnen stehen wie eine hilflose Menschenfrau. Jetzt war kein Eamon oder Nevliin hier, der sie daran hindert könnte. Endlich konnte sie das tun, was sie wollte, ohne einen Mann um Erlaubnis zu fragen.

»Ich muss gehen«, sagte sie.

»Und das soll ich Eamon oder dem Fürsten als Erklärung geben, wenn du tot bist?«

»Ja.«

Ohne den Protest abzuwarten, drehte sie sich um und schwebte auf den Drachen zu, der sie mit denselben giftig grünen Augen wie Dregor ansah. Den Bogen in der Hand, nahm sie das Seil, das vom Rücken des Tieres herabhing, schlang es um ihr Handgelenk und ließ sich von Dregor nach oben ziehen. Die Haut des Drachen war hart wie Metall, schimmerte, als wäre sie aus Edelsteinen. Welche Klinge könnte solch einen Panzer durchbrechen? Mit Sicherheit keine Menschenwaffen.

Sie kletterte das Seil hinauf, und unvermittelt packte eine Hand sie am Unterarm. Vanora blickte auf in das unergründliche und auf eine seltsame Art schöne Gesicht des Drachenelfen.

»Ihr werdet es nicht bereuen«, sagte er, zog sie mit einem Ruck das letzte Stück zu sich herauf, und Vanora setzte sich rittlings hinter ihm auf den breiten Rücken des Drachen. Ihr ganzer Körper kribbelte vor freudiger Erwartung und Aufregung. Sie konnte nicht glauben, dass sie tatsächlich auf einem Drachen saß, einem echten und lebendigen Drachen. So viele Bücher hatte sie über diese Geschöpfe gelesen, und jetzt waren sie Wirklichkeit.

Von hier oben konnte sie mehr als ein Dutzend dieser fliegenden, smaragdgrün schimmernden Giganten ausmachen, die über Lurness kreisten, ein atemberaubender Anblick.

Dregor drehte sich zu ihr um. »Ich muss Euch festschnallen«, sagte er und deutete auf die fingerbreiten Gurte, die an dem Lederband angebracht waren. »Ihr könnt Euch nicht mit den Händen festhalten.«

Vanora nickte langsam. Sie brauchte ihre Hände, um Pfeile zu verschießen, und so hob sie leicht ihr Bein, damit Dregor den Gurt unter ihrem Oberschenkel durchführen konnte.

»Verzeihung«, sagte er. »Die Gurte müssen so hoch wie möglich sitzen, damit Ihr besseren Halt habt.« Er zog die Riemen fest und schloss die Schnallen. Jetzt war sie mit den Oberschenkeln an den Drachen gefesselt, konnte sich nicht das kleinste Stück rühren und umklammerte den Bogen mit beiden Händen.

»Verschwendet keine Pfeile, indem Ihr in die Menge schießt«, erklärte der Prinz. »Dafür haben wir die Drachen. Unsere Pfeile sind dazu da, um unseren Verbündeten zu helfen, wenn sie in Bedrängnis geraten. Wählt Eure Ziele mit Bedacht, zielt genau und schießt auf einzelne Krieger.«

Vanora hob eine Augenbraue, nahm jedoch sofort wieder einen normalen Ausdruck an, als ihr klar wurde, dass sie diese Geste von Nevliin übernommen hatte. Nichtsdestotrotz würde sie dem Prinzen noch zeigen, was ihre Pfeile vermochten, dem Prinzen, der es ihr ermöglichte, sich richtig an der Schlacht zu beteiligen.

»Danke«, sagte sie und wusste, dass dieses Wort zu schwach war, um ihre Dankbarkeit für dieses Geschenk auszudrücken.

Dregor nickte. »Ihr habt genauso viel Grund, zu kämpfen, wie wir alle. Niemand sollte daran gehindert werden, sein Land zu verteidigen.«

Vanora war erstaunt. Woher wusste er, dass sie kämpfen wollte, sie jedoch alle davon abzuhalten versuchten? Konnte er ahnen, dass sie durch ihre Bedeutung für Alkariel für die Dunkelelfen zu wichtig war, als dass sie die Gefahren einer Schlacht riskierten?

»Mein Vater sagt, er wird mich töten, wenn Euch etwas zustößt.«

»Euer Vater sagt …?«

Dregor tippte sich mit dem Finger an die Stirn. »Ich kann seine Gedanken hören, genauso wie die all der anderen Drachen und Drachenelfen. Das kann in der Schlacht äußerst praktisch sein.« Er richtete sich auf, nahm seinen Bogen in die Hand. »Genug geredet. Wir sollten uns beeilen, ehe Eurem Weißen Ritter dort unten noch etwas zustößt. Solche Zauber sollen gewisse Nebenwirkungen haben. Die Macht dieser Magie war bis zum Grund der Schlucht zu spüren.«

»Nevliin kann auf sich aufpassen«, entgegnete sie knapp. Die Feindseligkeit zwischen den beiden Männern war ihr schon bei ihrem letzten Treffen aufgefallen.

Dregor zwinkerte ihr zu und lächelte. »Ich bin sicher, dass er das kann.«

Vanora wünschte sich, sie wäre sich da ebenso sicher. In Wahrheit wäre sie vor Schreck beinahe gestorben, als sie beobachtet hatte, wie Nevliin jenen Zauber gewirkt hatte, von dem er ihr nach ihrer Flucht aus Tantollon erzählt hatte. Ardemir hatte all seine Kraft aufwenden müssen, um sie zu beruhigen, und sie schließlich dazu überredet, den anderen bei den Heilungen zu helfen, um sie von den Wehrmauern wegzuschicken, da sie von dort alles genau sehen konnte. Doch dann waren die Drachen aufgetaucht.

»Seid Ihr bereit?«, fragte Dregor.

Vanora nickte. Der Drachenelf hatte keine Minute gebraucht, um sie erneut für sich zu gewinnen. Schon bei ihrem Besuch auf der Dracheninsel hatte sie ihre Zeit gern mit ihm verbracht. Sie mochte seine spitzbübische und tollkühne Art. Sie kannte ihn nicht besonders gut, und doch war er ihr schon immer merkwürdig vertraut. Vielleicht lag es daran, dass er ihr so ähnlich war oder so, wie sie selbst einmal gewesen war, bevor … bevor alles anders geworden war. Er nahm sich selbst nicht besonders ernst, liebte das Risiko und würde jede Möglichkeit, etwas Waghalsiges zu tun, nutzen. Er hatte sich, so dumm es auch klang, etwas Kindliches bewahrt. Vielleicht war auch dies der Grund, wieso er sie zu sich geholt hatte, um zu kämpfen. Womöglich spürte auch er die Ähnlichkeit.

»Dann los.« Dregor zwinkerte ihr zu und wandte sich von ihr ab. Der Drache bewegte sich, drehte sich langsam auf der Mauer herum, und Vanora starrte in die Tiefe zu den schier endlosen Mauerringen, die den Berg umwanden. Sie sah all die anderen Drachen und ihre Reiter, sah die Kämpfenden dort, wo einst der Dunkelwald gewesen war, und auf der Ebene von Edora. Dies würde ihr Moment sein. Eirwen war die Erste gewesen, und nun würden Alkariel und Meara folgen. Mit Dregors Hilfe könnte sie auch Glendorfil befreien.

Der Drache hob seine Schwingen, und dann stieß er sich ab. Die Flügel eng an den Körper gelegt, schoss er schneller als ein Pfeil von der Spitze des Berges in die Tiefe. Vanora stieß einen halb Jubel-, halb Schreckensschrei aus. Die Gurte um ihre Beine schnürten sich in das Fleisch, der eisige Wind schnitt ihr in die Haut, trieb ihr Tränen in die Augen. Das weiß-schwarze Feld aus Kriegern näherte sich schneller, als es ihr Verstand begreifen konnte, und doch war es das Beste, was sie jemals erlebt hatte. Das Adrenalin schoss durch ihre Adern, sie breitete die Arme aus und gab sich vollkommen dem Rausch der Geschwindigkeit hin. Sie hörte Dregor lachen, sah verschwommen, dass er einen Pfeil aus dem Köcher von seinem Rücken zog, und spürte ihren Bogen und einen Pfeil in den Händen, an die sie sich klammerte.

Der Boden kam erschreckend schnell näher.

»Dregor …!« Jeden Moment würden die Klauen die Kämpfer berühren. »Dregor!«

Der Drache breitete seine Schwingen aus. Vanoras Oberkörper fiel nach vorn, und so schlug sie mit Pfeil und Bogen auf Dregors gepanzerten Rücken auf. Ein paar Flügelschläge lang schwebten sie über dem Schlachtfeld. Dregor hatte bereits ein halbes Dutzend Pfeile verschossen. »Habt Ihr plötzlich Sympathie für den Feind entwickelt«, fragte er über die Schulter, »oder warum schießt Ihr nicht?«

Vanora rappelte sich aus ihrer Ergriffenheit. »Ich wollte Euch die Möglichkeit geben, Euch zu beweisen«, rief sie über das Rauschen der Flügel hinweg.

»Dann zeigt jetzt, was Ihr könnt.«

Der Drache gewann schnell wieder an Höhe. Die Kämpfer wurden immer kleiner und kleiner, bis nur noch schwarze und weiße Punkte von ihnen zu sehen waren. Vanora legte den Pfeil an. Sie musste sich eine Sammlung von Lichtelfen suchen, doch sie war viel zu weit entfernt, bereits höher als die Spitze des Drachenfelsens. Grauer Nebel und Wolken schlossen sie ein, ließen das Schlachtfeld verschwinden. Sie hatte das Gefühl, zu schweben und Teil dieser grauen Ewigkeit zu sein. Einen Moment lang beneidete sie die Drachenelfen, die jederzeit in diese Höhen fliehen und sich diesem Rausch hingeben konnten. Doch das befreiende Gefühl verschwand schlagartig, als der Drache seine Flügel anlegte und sich, sich immer wieder um die eigene Achse drehend, in die Tiefe schraubte.

Graue Wolken, der Drachenfels und das Schlachtfeld zischten blitzschnell an ihr vorbei. Vanora versuchte sich zu konzentrieren, doch jedes Mal, wenn sie eine Sekunde lang das Schlachtfeld im Blick hatte, verschwand es wieder, und graue Schleier tanzten um sie herum. Ihr Atem wurde immer schneller, ihr Magen drehte sich genauso schnell wie der Drache. Sie würde keinen Pfeil abschießen können. Die Gefahr, ihre eigenen Leute zu treffen, war viel zu groß, doch ihr Stolz war größer. Dregor feuerte trotz der Drehung, trotz der Höhe und Geschwindigkeit einen Pfeil nach dem anderen ab. Und das entfachte in Vanora eine trotzige Entschlossenheit.

Sie spürte die Magie, verlangsamte bewusst ihre Atmung, ihren Herzschlag, konzentrierte sich auf die herumwirbelnden Bilder, fixierte sie, bis diese immer langsamer und langsamer vorbeizogen. Eine kalte Ruhe breitete sich in ihr aus. Pfeil und Bogen in ihren Händen fühlten sich gut an. Vanora sah eine Gruppe von Lichtelfen etwas abseits des dichtesten Schlachtgetümmels. Das Bild zog vorbei, Wolken schoben sich gemächlich davor. Vanora zog den Pfeil zurück, atmete ruhig. Die Schlacht schob sich wieder in ihr Blickfeld, sie hatte das Gefühl, unendlich viel Zeit zu haben, alles um sie herum war stehengeblieben. Sie fixierte ihr Ziel und ließ mit der Gewissheit, dass der Pfeil treffen würde, los.

»Nein, nicht in die Menge!«, rief Dregor.

Die Realität kehrte zurück, und erneut wirbelte Vanoras Umgebung in Übelkeit erregendem Tempo um sie herum.

Doch eines sah sie deutlich: Die hell lodernde Flamme, die inmitten der verschwommenen Bilder explodierte.

Vanora jubelte und versuchte sich dann erneut auf ihre Umgebung zu konzentrieren. Der Flug wurde ruhiger. Der Drache flog über das Schlachtfeld hinweg.

»Ich nehme alles zurück!«, rief Dregor lachend gegen den Wind, und Vanora zog erneut einen Pfeil heraus, suchte sich ein neues Ziel. Kurz darauf gab es eine weitere kleine Explosion in den Reihen der Lichtelfen. Es wurde immer leichter, sich der Geschwindigkeit und den Bewegungen des Drachen anzupassen und sich ganz auf das Töten der Lichtelfen zu konzentrieren. Jetzt, da sich ihr Körper langsam beruhigte, suchte sie das Schlachtfeld nach Nevliin ab. Hätte er seinen Helm getragen, wäre er wohl in der Menge verschwunden, doch so konnte sie ihn deutlich sehen. Er hatte sich weit in die rechte Flanke der Lichtelfen durchgekämpft und pflügte sich, gefolgt von seinen Leuten aus Valdoreen, durch die feindlichen Reihen. Sie war zu weit entfernt, um zu erkennen, ob er verletzt war. Die Schnelligkeit und Kraft, mit der er den Tod verbreitete, bewiesen nicht, dass er nicht selbst lebensgefährlich verletzt sein könnte. Vanora wusste, wie dieser Zauber wirkte. Das Schwert würde so lange weiterkämpfen, bis es keine Feinde mehr gab, und da war es egal, ob der Körper, der es führte, dem Tod näher als dem Leben war. Ein Gedanke, der kaum fürchterlicher sein konnte.

Doch Vanora wusste, dass sie jetzt nichts für ihn tun konnte, und sah sich weiter nach Eamon um. Sie fand ihn in der Mitte des Feldes. Es waren genügend Schattenritter an seiner Seite, und so sorgte sie sich weniger um ihn als vielmehr darum, dass er sie auf dem Drachen entdeckte. Er hätte wohl selbst das Fliegen erlernt, nur um sie herunterzuzerren.

Die Lichtelfen reagierten schnell auf den Angriff der Drachen. Sie brachten sich unter Schildreihen in Sicherheit, doch die Flammen bahnten sich dennoch ihren Weg zu ihren Opfern. Vanora verschoss einen Pfeil nach dem anderen, und ihr Herz jubelte. Die Lichtelfen wurden zusehends schwächer; Eamons Heer triumphierte. Sie würden gewinnen. Das Ende der Schrecken schien zum Greifen nah. Allerdings flogen jetzt auch immer mehr Pfeile und Bolzen hoch in die Luft, und ein erschütterndes Brüllen zeigte, dass einer der Drachen tödlich getroffen und die Schlacht noch nicht gewonnen war. Vanoras Blick glitt zu dem Hügel, auf dem Glendorfil noch immer neben Alkariel stand. Er hatte jetzt Priorität. Sie musste ihn befreien.

Vanora beugte sich vor und berührte Dregors Arm. »Wir müssen …« Ihre Finger ertasteten etwas Nasses, erschrocken zog sie ihre Hand zurück und starrte auf das Blut. »Dregor!«, schrie sie. »Seid Ihr verletzt?«

»Nur ein Kratzer! Was müssen wir?«

Vanora zögerte. Sie hatte nicht bemerkt, dass er getroffen worden war. Oder war es der Drache, der eine Verletzung davongetragen hatte, die sich jetzt auf ihn übertrug? Die Lichtelfen waren immer noch viel zu gefährlich.

»Dort vorne!«, rief sie schließlich. »Alkariel!«

»Nein, es sind zu viele!«

Vanora sah an ihm vorbei und erkannte ein eigenes kleines Heer, welches Alkariel mit Armbrüsten vor einem Angriff aus der Luft schützte. Hunderte Bolzen würden jeden Drachen empfangen, der der Königin zu nahe kam.

Vanora konzentrierte sich und betrachtete Glendorfil genauer. Seine silberne Kleidung eines einfachen Lichtelfenkriegers war frei von Blut, und die rund ein Dutzend Lichtritter umkreisten ihn zwar, rührten ihn aber nicht an. Er sah nicht verletzt aus, zumindest nicht äußerlich. Dennoch: Die Angst um ihren einstigen Lehrer, Mentor und Freund und der Zorn auf Alkariel und Meara waren stärker als ihr Verstand. Der Krieg konnte nicht gewonnen werden, solange sie noch lebten. Nichts konnte jemals gut werden, solange sie neue Pläne schmieden konnten.

»Dregor!«, rief sie, »Wir müssen Alkariel töten!«

Sie wusste, dass der Prinz nicht zögern und den Rausch der Gefahr und des Risikos wählen würde, und sie behielt recht: Dregor lächelte. Er sah den Ruhm, den er erlangen konnte, und nicht den möglichen Tod. Der Drache flog eine Schleife, gewann immer mehr an Höhe und flog in Richtung Westen, direkt auf das Heer der Armbrustschützen zu.

Die Lichtelfen sahen sie kommen, hoben ihre Schilde und verschanzten sich darunter. Vanora vermutete, dass sie den Flammenangriff des Drachen abwarten und ihn dann, wenn er vorübergeflogen war, von hinten beschießen würden. Eine grauenhafte Nervosität befiel Vanora, als sie auf das metallene Feld zuflogen. Mit einem Mal hielt sie ihre Idee überhaupt nicht mehr für so gut. Die meisten Lichtritter wussten, wie sie gegen Drachen kämpfen mussten. »Das Feuer kommt nicht gegen die Schilde an!«, rief sie Dregor zu, doch der drehte sich nur zu ihr um und lächelte.

»Was zum …« Vanora riss die Augen auf. Scheinbar aus dem Nichts tauchte plötzlich ein zweiter Drache vor ihnen auf und flog in wahnsinniger Geschwindigkeit direkt auf die Schildmauer zu. Dregor folgte ihm dichtauf. Die geistige Verständigung der Drachenelfen – natürlich.

Der fremde Drache schoss vor, gewann einen kleinen Vorsprung, und dann geschah alles gleichzeitig. Ein lauter, metallener Krach erklang. Lichtelfen flogen wie Puppen durch die Luft. Der fremde Drache war mit seinen riesigen Klauen direkt durch die Schildreihen gepflügt. Eine gewaltige, alles versengende Hitze folgte. Dregors Drache, der dicht gefolgt war, spie seine Flammen in die entstandene Bresche und verwandelte die ungeschützten Lichtelfen in Asche. Vanora duckte sich hinter Dregor, um der Hitze zu entgehen, doch da waren sie bereits wieder vorbei und gewannen an Höhe. Dregor jubelte, doch Vanora spürte ihren Herzschlag in den Ohren pochen. Der verkohlte Gestank brannte ihr immer noch in der Nase. Mit rasendem Herzen blickte sie hinab in den Rauch, wo sich die Krieger bereits zu einem neuen Schildwall formierten.

»War das nicht ein Spaß?«, rief Dregor. »Das machen wir gleich noch einmal!«

Vanora wurde durch die plötzliche Geschwindigkeit zurückgeworfen, stützte sich mit einer Hand hinter sich ab. Eine fürchterliche Vorahnung sandte ihr schreckliche Bilder in ihren Kopf. Es gab einen Unterschied zwischen Tollkühnheit und Wahnsinn. Die Feinde am Boden näherten sich immer schneller, duckten sich erneut hinter die Sicherheit der Schilde. Die Lichtelfen konnten es nicht riskieren noch einmal abzuwarten, um den Flammen zu entgehen. Sie waren vorbereitet. Sie brauchten Hilfe. »Dregor, sie werden nicht ein zweites Mal …«

Einen winzigen Moment lang blitzten die metallenen Bolzen auf. Der Drache vor ihnen brüllte so laut und fürchterlich, dass selbst ihr Blut in den Adern erzitterte. Dann stürzte er knapp hinter dem Heer ab und regte sich nicht mehr.

»Weg!«, schrie Vanora, doch es war zu spät. Ein Teil des Heeres hatte den ersten Drachen empfangen, und der Rest schoss seine Ladung jetzt auf sie ab.

»Weg hier!«

Die plötzliche Wendung warf sie zur Seite, und ein weiteres Mal dankte sie Dregor im Stillen dafür, dass er sie dermaßen fest angebunden hatte. Der Drache flog mit einigen kräftigen Flügelschlägen weit hinauf bis in die Wolken.

Vanoras Erleichterung hielt nicht lange vor. Der Drache unter ihr zitterte, seine Flügelschläge wurden schwächer, und sie verloren an Höhe.

»Dregor?«

Die Schwingen klappten nach unten. Einen Wimpernschlag lang verharrten sie reglos in der Luft, dann begann sich erneut die Welt um sie herum zu drehen. Wie ein Stein stürzten sie zu Boden, jede Windböe schien den Drachen herumzureißen, warf Vanora immer wieder schmerzhaft von einer zur anderen Seite.

»Dregor!« Sie packte den Drachenelfen an den Schultern. Sein Kopf war nach vorn gefallen, sein Körper hing hilflos festgebunden an dem Drachen. »Dregor! Wach auf! Dregor!« Panisch schüttelte sie ihn. Woher kam all das Blut? Wieso war da überall Blut? »Dregor!« Blankes Entsetzen befiel sie. Mit zitternden Händen tastete sie über den Brustpanzer, konnte jedoch nichts finden, also packte sie seinen Arm, versuchte sich verzweifelt zu konzentrieren, suchte nach seinem Herzschlag. Sie musste ihn heilen. Doch da war nichts. Stille.

Vanora ließ los.

Tränen stiegen in ihre Augen. Ihre Gedanken rasten. Es war ihre Schuld. Dregor und sein Drache waren tot. Die Tollkühnheit, die Vanora und den Drachenprinzen verbunden hatte, war ihnen nun zum Verderben geworden. Sie waren sich ähnlich, ja, und so würden sie nun beide wegen ihres kopflosen Mutes sterben. Nein, sie wollte nicht sterben!

Ihre Brust schmerzte durch die wilden Schläge ihres Herzens. Mit weit aufgerissenen Augen versuchte sie, in der verschwimmenden Welt etwas zu erkennen, und sah doch nur den Boden, der sich so wahnsinnig schnell näherte.

Der Drache schlingerte durch die Luft. Sie musste hier weg! Verzweifelt riss sie an den Riemen, die sie an den Tod fesselten. Sie waren zu fest gezogen. Sie konnte die Schnallen nicht lockern. Ihre Hände flogen über das Leder, ihre Fingernägel gruben sich unter das Metall. Sie konnte kaum noch atmen. Alles, was sie sah, war der schneeweiße Boden abseits der Schlacht, auf den sie jeden Moment aufprallen würden. Mit letzter Verzweiflung riss sie an den Riemen, doch nichts bewegte sich.

Nur noch ein paar Sekunden, und die Panik gewann die Oberhand. Flammen!, dachte sie – und der erste Riemen und ihre Haut brannten. Vanora wurde fortgeschleudert und prallte mit einem schmerzhaften Ruck zurück auf den Drachen. Sie hing noch mit einem Bein fest. Mit letzter Kraft bäumte sie sich auf, versuchte den zweiten Riemen zu berühren. Der Schnee raste auf sie zu. Dann: Dunkelheit.

Eamon

Eamon, schnell! Vanora!

Antraxens Schrei in seinem Kopf ließ Eamon herumfahren, doch er konnte das Pferd in der Menge nicht finden. Überall blitzten Klingen, kämpften Krieger verzweifelt um das Überleben. Noch während er das Schlachtfeld nach dem Hengst absuchte, wurde er wieder angegriffen. Wütend stieß er seine beiden Schwerter in die Kehle eines Lichtelfen und zog sie mit einer schnellen Drehung der Handgelenke wieder heraus. Warmes Blut spritzte ihm ins Gesicht, benetzte seine Lippen und floss ihm in die Augen – wertvolle Sekunden, die der Feind nutzen konnte. Schnell strich er sich die blutverklebten Haare aus dem Gesicht und blinzelte den roten Schleier fort. Was hatte Antrax gesagt? Vanora?

Eamon riss die Hand hoch, bedeutete den Schattenrittern, sich um ihn zu sammeln, blickte mit rasendem Herzen hinauf in den Himmel. Sein Blick flog über Drachen, die Tod und Schrecken unter Alkariels Kriegern verbreiteten. Er betrachtete jeden Einzelnen genau, um die Reiter zu erkennen. Es waren bereits weniger als zu Beginn des Angriffs, und auch Dregor war nirgends mehr zu sehen.

Eine unsichtbare Klaue schnürte ihm die Kehle zu. Wenn ihr irgendetwas zugestoßen war, würde Dregor dafür bluten. Und Vanora würde er eigenhändig einsperren und sie so lange nicht mehr hinauslassen, bis Alkariel vernichtet war und sie keine Dummheiten mehr begehen konnte. Schon als er die beiden vorhin zusammen gesehen hatte, hatte der Zorn die Angst überwogen. Mit aller Kraft hatte er über den Schlachtenlärm gerufen, hatte Dregor befohlen, umzukehren, hatte Vanora verflucht – doch natürlich waren sie zu weit weg gewesen, um ihn zu hören. Wieso musste sie sich immerzu gegen klare Anweisungen stellen und sich in Gefahr bringen? Wieso musste sie so töricht sein? Wenn es eine Dummheit gab, musste Vanora sie begehen. Sie würde alles tun …

Es war nur ein vages Gefühl, eine leise Ahnung, die ihn dazu brachte, sich umzudrehen und durch den Schnee in die Wolken weit gen Westen zu sehen – dorthin, wo sich Alkariel und Glendorfil befanden.

Mit zusammengekniffenen Augen blickte er durch die vereinzelten Schneeflocken. Im ersten Moment war er nicht sicher, doch als die winzige, dunkle Gestalt die graue Wolkenbank hinter sich ließ, gab es keinen Zweifel mehr. Es war ein Drache, der in unkontrollierten Drehungen um die eigene Achse dem Boden entgegenraste.

Er hätte es wissen müssen!

Eamon überlegte nicht lange und stürmte los. Seine Gedanken rasten, noch schlimmer als sein Herz. Verzweifelt versuchte er sich zu konzentrieren.

Antrax!

In Gedanken suchte er nach seinem vierbeinigen Freund, öffnete seinen Geist und versuchte eine mentale Verbindung zu ihm aufzubauen. Ohne auf seinen eigenen Schutz zu achten, lief er zwischen den Kämpfenden hindurch. Seine Schattenritter würden ihm folgen und ihm den Rücken freihalten, und genau darauf musste er sich in diesem Augenblick auch verlassen. Er war nicht fähig, an etwas anderes als an Vanora zu denken.

Noch einmal sah er in den Himmel. Der Drache war kaum noch zu sehen und verschwand in der Ferne hinter einem Feld aus Kämpfenden. Doch da verschwand das Bild, und ein anderes erschien. Antrax hatte seinen Ruf gehört und ließ ihn nun durch seine Augen sehen. Ein Vertrauensbeweis, zu welchem kaum ein Elfenpferd bereit war. Ihre Gedanken wurden für wenige Augenblicke eins, und so erkannte Eamon, dass Antrax sich immer schneller näherte und dicht hinter ihm herlief. Es war ihm ein Leichtes, den richtigen Zeitpunkt zu ergreifen. So oft, in so vielen Schlachten war er auf dieses Pferd angewiesen gewesen, und sie wussten beide, welchen Schritt der andere als Nächstes tun würde. Eamon sprang hoch, vollführte einen Überschlag nach hinten und landete auf Antraxens Rücken im Sattel.

»Los!« Er drückte seine Fersen in Antraxens Bauch, versuchte auszumachen, wo der Drache aufkommen würde, und fluchte, als er erkannte, dass es wohl kaum einen schlechteren Ort für eine Bruchlandung geben konnte.

Dregor und Vanora mussten außerhalb der Schlacht auf freiem Feld abgestürzt sein – nahe dem Feldherrenhügel der Lichtelfen, an dem Alkariel und Hunderte Krieger warteten.

Schneller Antrax!

Der Hengst bahnte sich seinen Weg über das Schlachtfeld, und Eamon suchte die Menge nach Nevliin ab. Er war schon lange in den Reihen der Feinde verschwunden, weit an der rechten Flanke. Dadurch war er der Absturzstelle um vieles näher, wenn auch kaum nahe genug, denn die Lichtelfen müssten nur über freies Feld laufen.

Eamon wusste, dass er zu spät kommen würde. Seine einzige Hoffnung war, dass Nevliin womöglich den Zauber überwunden, Vanora bemerkt und sich sofort zu ihr durchgekämpft hatte. Wäre so etwas möglich? War das Band zwischen Nevliin und Vanora so stark, dass es die Macht des Eiszaubers womöglich brechen konnte? Hätte Nevliin spüren können, dass Vanora in Gefahr war? Liadan meinte, es wäre Faelnuìr, das die beiden verband. Wäre diese Macht größer als der Zauber des Schwertes? Die Macht der Liebe? Stets hatte Eamon sich gegen diesen Gedanken gesträubt, doch jetzt war er sein einziger Lichtpunkt: Nevliins Liebe für Vanora. Die Reihen der Kämpfenden lichteten sich, und neben Eamon erschienen die ersten seiner Schattenritter. Sie kamen immer schneller voran, und Eamon gewann einen Funken Hoffnung, der jäh zerschlagen wurde, als sie freies Feld erreichten und er vor sich ein kleines Heer von Lichtelfen entdeckte, das sich zwischen ihm und der Absturzstelle befand. Jenseits der feindlichen Krieger meinte er Drachen auszumachen, doch die Gefahr des Heeres vor ihm raste zu schnell auf ihn zu, um sich genauer damit zu befassen. Einen Augenblick lang drohte die Verzweiflung ihn zu überrollen, da zischte plötzlich ein gewaltiger Schatten über ihn hinweg. Eamon blickte auf und duckte sich instinktiv unter dem stachelbesetzten Schwanz hinweg, der durch die Luft peitschte. Einen Moment später flog der Drache vor ihm, krachte mit der Kraft eines Orkans in die Reihen der Lichtelfen und schlug mit den messerscharfen Klauen eine breite Bresche in die Mitte des Heeres. Eamon und die Schattenritter stürmten hindurch, ehe sich die Reihen neu bilden konnten. Es war ein gefährliches Spiel mit der Zeit. Jede Sekunde zählte und entschied über Leben und Tod.

Eamon konzentrierte sich auf den sicheren Durchgang, der immer schmaler wurde, und auf das Licht an dessen Ende.

Die Lichtelfen an den Seiten interessierten ihn nicht. Er kannte nur noch das Ziel, auch wenn der Weg kein Ende zu nehmen schien.

Noch wenige Schritt trennten ihn von der Sicherheit, da bemerkte er den Grund für die langsame Reaktion der Lichtelfen. Alkariels Krieger konnten dem kleinen Trupp von Dunkelelfen keine Aufmerksamkeit schenken, denn sie mussten sich verteidigen. Zwischen dem Heer und Vanora befanden sich tatsächlich drei Drachen, die den Lichtelfen immer wieder tödliches Feuer entgegenspien. Eamons Augen weiteten sich vor Entsetzen. Die Lichtelfen vor ihm, hinter ihm und an den Seiten schlossen den Schildwall und duckten sich unter einer erneuten Flammenwelle. Der immer schmaler werdende Tunnel, den der Drache geschlagen hatte, verschwand. Bald schon würden sie festsitzen. Es war zu spät, um zu stoppen, es gab kein Zurück. Noch eine oder zwei Sekunden trennten sie vor der Katastrophe.

Eamon hielt den Atem an und starrte auf die grünglänzenden Leiber der Drachen. Weißer Qualm stob aus den Nüstern der Tiere, und jeden Moment würden erneut Flammen folgen – ohne zu wissen, wen sie damit töteten.

Es schien, als würde Antrax noch schneller werden, die letzte Kraft aus sich herausholen, als er auch schon mit seinem gesamten Gewicht gegen die Lichtelfen prallte, die gegen das gepanzerte Tier keine Chance hatten. Manche von ihnen gerieten unter die gewaltigen Hufe.

Die erste Hürde war überwunden, das feindliche Heer lag nun hinter ihnen, und sie befanden sich jetzt direkt vor den Drachen. Eamon konnte das Feuer beinahe schon auf seiner Haut spüren und starrte wie paralysiert auf den weißen Dampf, der immer näher kam – und an ihm vorbeizog! Eamon konnte es kaum glauben. Jener Drache, der ihm und den Schattenrittern den Weg durch das Heer bereitet hatte, musste die anderen mittels Gedanken gewarnt haben. Die Drachen waren in diesem Kampf zweifelsohne Helden – sterbliche Helden.

Eamons Augen weiteten sich vor Schrecken und Erleichterung gleichermaßen. Vor ihm lag der tote Drache in einer roten Lache aus Blut und geschmolzenem Schnee. Gut zwanzig Valdoreener und Nevliin versuchten, die Schwingen zu heben, um an Dregor und Vanora heranzukommen, die darunter begraben waren. Eamon riss erstaunt die Augen auf. Von dem Eiszauber, der Nevliin noch vor kurzem völlig eingenommen hatte, war nichts mehr zu bemerken. Das Schwert ruhte ruhig in der Scheide. Er hatte den Zauber gebrochen!

Nevliin drehte sich zu ihm um. Sein Anblick war erschreckend: Das Gesicht und die blonden Haare waren rot vom Blut seiner Feinde, und in seinem Ausdruck lag eine Mischung aus Erschöpfung und panischer Angst.

Eamon und die Schattenritter sprangen von ihren Pferden und liefen auf den leblosen Drachen zu. »Lebt sie noch?«, stieß Eamon hervor, als sie die Valdoreener erreichten.

Nevliin sah zu ihm auf, und es schien, als würde er durch ihn hindurchsehen: »Wir wissen es nicht.«

Einen Moment lang starrten sie einander an und verstanden sich ohne Worte: Die Ereignisse des Tages waren mehr gewesen, als sie ertragen konnten. Vanora zu verlieren wäre für sie beide das Ende. Sie würden daran zerbrechen.

Eamon war der Erste, der seine Fassung wieder fand und die Schwinge des Drachen ergriff. »Zugleich!«, rief er und stemmte sich hoch.

Durch die Unterstützung der Schattenritter gelang es ihnen, das blutige Stück Haut so weit anzuheben, dass Nevliin gebückt darunter gehen konnte. Es dauerte einige Augenblicke, bis Eamon etwas erkennen konnte. Zuallererst sah er Dregor, der in grotesker Haltung in der Luft hing. Er war an den Oberschenkeln an den Rücken des Drachen gebunden und saß dadurch immer noch auf dem seitlich liegenden Tier. Dass er tot war, war nicht zu übersehen. Eamon spürte seine Kehle enger werden. Der Prinz der Drachenelfen war tot, und damit war dieses einst so mächtige Volk eines weiteren starken Kämpfers beraubt. Einst hatte Eamons Familie geschworen, die Drachenelfen zu schützen, sie vor Alkariel versteckt zu halten und das Geheimnis ihrer Existenz zu bewahren. Doch Eamon hatte sie in den Kampf gerufen. Dregor hatte seinen Ruf gehört, und jetzt war er tot. Und womöglich nicht nur er. Nevliins Körper verdeckte die Sicht auf Vanora, doch als Nevliin nun einen Dolch zog, vermutete Eamon, dass sie ebenfalls festgebunden war. Entsetzen erfüllte ihn. Sie war völlig hilflos gewesen, hatte zusehen müssen, wie der Boden sich immer schneller näherte, und sich nicht befreien können. Welche Angst hatte sie gehabt?

Eine Bewegung in der Dunkelheit ließ ihn aufmerken. Nevliin drehte sich langsam um. Er hatte Vanora auf den Armen. Ihr Kopf, ihre Arme hingen leblos herab. Eine schmale, rote Spur war aus ihrem Mundwinkel über ihre Wange geflossen. Andere Verletzungen sah er nicht, zumindest keine äußerlichen.

Nevliin trat unter dem Flügel hervor und sank sofort in die Knie. »Vanora?« Immer wieder flüsterte er leise ihren Namen.

»Sie lebt«, hörte Eamon Nevliin geistesabwesend sagen, ehe dieser weiter fortfuhr, ihren Namen zu sagen, um sie aus ihrer Bewusstlosigkeit zu holen.

Eamon wollte sich soeben neben ihm niederlassen, da ertönte ein Schrei, der ihm das Blut gefrieren ließ, und er fuhr herum. Einer der Drachen, der sie vor den Lichtelfen schützte, brach zusammen. Die beiden anderen hüllten die Feinde weiterhin in flammende Wolken, doch immer wieder flogen Speere und Bolzen aus den hinteren Reihen der Lichtelfen. Auch wenn die verbliebenen Drachen trotz zahlreicher Wunden verbissen weiterkämpften – lange würden sie die Feinde nicht mehr aufhalten können. Aber es kam noch schlimmer: Vom Hauptheer lösten sich bereits einige Lichtelfen und versuchten, Eamon und seiner kleinen Gruppe den Rückweg abzuschneiden. Die freie Fläche abseits des Schlachtfeldes war ihre einzige Möglichkeit, Vanora zur Burg zu bringen, ohne mitten durch den Kampf zu laufen – und diese Möglichkeit schwand mit jeder Sekunde.

Eamon überlegte nicht lange, warf sich auf die Knie und nahm Nevliin Vanora aus den Armen. »Ihr müsst verschwinden«, sagte er schnell und erhob sich. »Antrax!«

Jetzt sah sich auch Nevliin um und erkannte mit einem Blick die drohende Gefahr.

Mit schnellen Schritten näherte sich Eamon dem schwarzen Hengst, und Nevliin folgte ihm. Kurz flammte Schmerz in seinem Blick auf, doch dann nickte er. »Gib sie mir«, sagte er. »Ich reiche sie dir hinauf.«

Aber Eamon schüttelte den Kopf: »Steig auf. Du musst sie wegbringen.«

Nevliin riss die Augen auf und deutete zu den Drachen. »Bist du wahnsinnig? Hierzubleiben bedeutet den sicheren Tod!«

Eamon lächelte. Er wusste, dass sie nicht alle entkommen würden. Sie hatten zu wenige Pferde, und die Reiter der Lichtelfen würden sie auf freiem Feld leicht einholen. In Vanoras

Zustand konnten sie keinen Kampf riskieren, und doch musste Vanora von hier weg, ehe der Rückweg versperrt war. Alle anderen mussten das Heer und die Reiter aufhalten – eine Aufgabe, die in Anbetracht ihrer geringen Zahl den Tod bedeutete. Die Schattenritter und Valdoreener wussten, was zu tun war – und ihnen war bewusst, dass sie sterben würden. Sie trugen dieses Wissen tapfer, genauso heldenhaft, wie sich die Drachen für Vanoras Leben opferten. Und er, Eamon selbst, würde dieses Wissen ebenso tapfer tragen.

Ein lautes Keuchen drang von der Seite der Drachen zu ihm. Nicht mehr lange, und der zweite Drache, der bereits verwundet war, würde fallen.

»Verschwinde!«, rief er deshalb Nevliin zu, doch dieser schien nicht daran zu denken, dem Befehl Folge zu leisten: »Eamon, du bist der König. Du musst dich sofort in Sicherheit bringen!«

Eamon lachte und schüttelte den Kopf. Dieses Königreich brauchte ihn nicht. Nach seinem Tod würde Liadan seine Aufgabe übernehmen und diese mit Sicherheit weit besser tragen. Er sah an Nevliin vorbei zu den Lichtelfen, die immer näher kamen, und packte ihn dann grob am Oberarm. »Steig jetzt auf!«

»Ich werde dich hier nicht zurücklassen.«

Allmählich mischte sich Zorn in Eamons Verzweiflung: »Du steigst jetzt sofort auf dieses Pferd und bringst Vanora hier weg.«

»Ich bin nur ein Krieger, du kannst nicht …«

»Ich habe noch etwas gutzumachen.« Eamon versuchte zu lächeln, doch es gelang ihm nicht richtig, und Nevliins Ausdruck entnahm er, dass dieser alles andere als begeistert von seiner Logik war.

»Wir haben keine Zeit für deine Witze«, knurrte Nevliin. »Nimm dein Pferd und sieh zu, dass du von hier wegkommst.«

Er hat recht, Eamon. Flieh, solange es noch geht.

Eamon musste sich beherrschen, um nicht laut zu schreien. *Halt dich da raus, Pferd.*

Nevliin wird für dich kämpfen. Es ist seine Aufgabe. Du musst Vanora in Sicherheit bringen, so, wie du es schon einmal getan hast. Das ist deine Aufgabe.

Ich sagte: Sei still!

Er wandte sich wieder an Nevliin: »Wenn du jetzt nicht gehst, werden wir alle drei sterben. Vanora hat genug gelitten. Ich werde nicht zulassen, dass sie dich auch noch verliert.«

»Aber dich soll sie verlieren?!«

»Verflucht, Nevliin, ich werde dich nicht sterben lassen!«

Nevliin starrte ihn mit offenstehendem Mund an. Selbst Eamon war von seinen eigenen Worten überrascht, auch wenn er tief im Inneren immer gewusst hatte, dass dies der einzige Grund war, wieso er Nevliin mit Vanora fortschickte. Er könnte es nicht ertragen, ihn zu verlieren, genauso wenig wie Vanora. Die Vergangenheit konnte nicht ausgelöscht werden, und egal, was Nevliin tat, Eamon würde ihn immer wie einen Bruder lieben. Zu wissen, dass die beiden weiterleben würden, machte es leichter. In einem kläglichen Versuch, sich zu beruhigen, atmete er tief durch und sah Nevliin in die schwarzen Augen: »Bitte, Nevliin. Bring Vanora von hier weg. Du musst sie in Sicherheit bringen.«

Nevliin rührte sich noch immer nicht.

»Bitte«, wiederholte Eamon.

Einen Moment lang starrte Nevliin ihn noch fassungslos an, doch dann drehte er sich um und stieg auf.

Ich soll dich hier allein zurücklassen?

Eamon biss die Zähne zusammen. *Tu, was ich dir sage. Rette Vanora und Nevliin.*

Aus den Augenwinkeln bemerkte er, dass der zweite Drache zusammenbrach. Schnell hob er Vanora hoch, setzte sie vor Nevliin, der sie fest an sich gedrückt hielt, und streckte ihm die Hand entgegen.

Nevliin beugte sich etwas zu ihm hinab und umfasste sein Handgelenk. »Ich werde zurückkommen«, sagte er.

Eamon lächelte. »Ich weiß.« Doch es würde zu spät sein.

Nevliin sah ihn an, und zum ersten Mal seit langem sah er etwas wie Schmerz in dessen Augen. Nein, Nevliin war nicht so gefühllos, wie er immer vorzugeben versuchte.

Eamon nickte ihm zu, und Antrax stürmte los.

Auch ich werde zurückkommen.

Eamon sah ihnen hinterher. *Auch du wirst zu spät sein. Lauf, Antrax, und bringe sie in Sicherheit.*

»Bereit?« Eine Drachenelfe – die letzte, die noch zwischen ihnen und den Lichtrittern übrig war – hatte sich zu ihm umgedreht und wartete angespannt. Ihr Köcher war leer, ihr Gesicht zerschrammt und blutend, der Drache spie immer noch unermüdlich Feuer, war jedoch bereits stark angeschlagen. Dennoch: Wenn sie siegreich bleiben würden, waren es am Ende des Tages die Drachen, die diese Schlacht für sie gewonnen hatten, das stand fest.

Eamon hob die Arme, zog beide Kurzschwerter hinter den Schultern hervor und nahm seinen Platz in der Mitte der Schildreihe ein. Er war ruhig, das erste Mal seit Beginn der Schlacht. Er konnte zufrieden sein. Die Schlacht war so gut wie gewonnen, Vanora und Nevliin in Sicherheit, und er vertraute darauf, dass es seinen Kriegern auch gelingen würde,

Glendorfil zu befreien. Die düsteren Zeiten sollten also endlich ein Ende finden. So blieb ihm nur noch eines zu tun.

Eamon nickte der Drachenelfe zu, die ehrfürchtig ihren Kopf senkte und ihre Hand an die Brust legte. Der Drache hob seine riesigen Schwingen. Es dauerte ein paar kräftige Flügelschläge, bis er sich in die Luft erhob und an Höhe gewann.

»Dieses Land, jeder einzelne Elf steht in eurer Schuld«, sagte Eamon, an die zurückgebliebenen Krieger gewandt, als er auf die Feinde blickte, die durch den grauen Rauch auf sie zuliefen.

Der Valdoreener neben ihm wandte sich ihm zu. »Für die wahre Königin.«

Einer der Schattenritter wiederholte die Worte, und alle anderen fielen in den Schlachtruf ein: »Für die wahre Königin!«

Ihr Schildwall löste sich auf, und dann stürmten sie zur Überraschung der Lichtelfen auf die Reiter zu, die sich bereits in Richtung Lurness gewandt hatten, um Vanora und Nevliin nachzusetzen. Lichtritter um Lichtritter fiel unter ihren Hieben, doch auch die Reihen der Dunkelelfen und Valdoreener lichteten sich bedenklich. Eamon wirbelte herum. Mittlerweile waren auch die anderen Lichtelfen angekommen und kreisten sie ein. Zwei oder drei Reiter waren entkommen, doch ein Blick reichte, um zu erkennen, dass sie Vanora nicht mehr erreichen würden. Eamon lächelte. So würde alles gut ausgehen.

Von überall drangen die Feinde jetzt auf sie ein. Eamon ließ seine Schwerter blitzschnell herumwirbeln, drehte sie aus den Handgelenken um sich selbst und mähte sich durch die Lichtelfen. Die Zahl seiner Verbündeten war nur noch erschreckend gering, und besonders hart traf es die Valdoreener. Wo immer es den Lichtrittern möglich war, töteten diese die Überläufer nicht einfach nur, sondern quälten sie, ehe sie ihnen den tödlichen Hieb versetzten. Die Schreie von Nevliins Landsleuten waren unerträglich, entfachten in Eamon jedoch nur noch größere Wut. Er würde noch weitere unzählige Lichtelfen mit sich in den Tod nehmen, auch wenn er sich eingestehen musste, dass der Tod nicht mehr lange auf sich warten lassen würde. Es waren noch höchstens eine Handvoll Schattenritter am Leben, und die Schreie der letzten Valdoreener verstummten.

Eamon drehte sich immer wieder um die eigene Achse, ließ seine Schwerter zu einem undurchdringbaren Hindernis werden, nur um sofort die kleinste Lücke zu nutzen und mit einer Klinge wie eine Schlange vorzustoßen. Etwas Nasses floss über seinen Arm, er konnte sich jedoch nicht erinnern, getroffen worden zu sein. Dies zeigte wohl das nahende Ende. Eamon stellte sich darauf ein, dass er nur noch eine begrenzte Anzahl an Atemzügen zur Verfügung hatte und hieß den Tod willkommen, doch ein gewaltiger Schmerz an seinen Rippen zwang ihn aus seinen düsteren Gedanken. Irgendetwas stieß mit der Gewalt eines Rammbocks gegen seine Brust und gleichzeitig gegen den Rücken, was ihm die Luft aus den Lungen presste.

Im nächsten Augenblick sah er nur noch ein Feld aus Lichtelfen, das unter ihm verschwamm, während er selbst immer höher in die Luft aufstieg. Dunkelgrün schimmernde Klauen hielten ihn fest umklammert und drohten ihn zu erdrücken. Eamon rang nach Atem und beobachtete mit weit aufgerissenen Augen, wie die letzten Schattenritter in der silbernen Flut verschwanden. Kurz darauf ergriff er das Seil, das der unbekannte Drachenreiter ihm zuwarf, und zog sich daran in die Höhe. Zerschlagen und durch den grausamen Verlust seiner Krieger immer noch tief erschüttert, ließ er sich hinter dem Reiter auf den Rücken des Drachen fallen, hielt das Seil jedoch weiterhin umklammert, als biete es ihm hier oben den nötigen Halt.

Erst als es ihm gelungen war, sich wieder zu sammeln, erkannte er das glänzende schwarz-rote Haar und dessen Trägerin mit den außergewöhnlichen leuchtend grünen Augen, die sich in diesem Moment zu ihm umdrehte.

»Aurün«, stöhnte er. »Du hast mich gerettet.«

Die Prinzessin verdrehte leicht ihre Augen. »Ja, es sah tatsächlich so aus, als wärst du in Schwierigkeiten … und jetzt halt dich fest.«

Sie hatte ihre Worte kaum ausgesprochen, da schoss der Drache senkrecht in die Höhe, ließ sich dann nach unten fallen, wendete und flog zurück. Eamon löste seine eine Hand von dem Seil, schlang instinktiv den anderen Arm um Aurün und sah nach unten. Was er sah, wagte er zuallererst nicht zu glauben: Die Lichtelfen zogen sich zurück. Die Drachen und die Valdoreener hatten die entscheidende Wende gebracht.

Jetzt gab es nur noch eines zu tun. Das Wichtigste.

»Lass mich runter.«

Aurün drehte sich zu ihm um. »Wo?«

Eamons Blick flog über das Schlachtfeld und die freie Fläche, die sich zwischen den Kämpfenden und Lurness befand. Jenem Ort, an dem einst der Dunkelwald die Burg von der Ebene von Edora getrennt hatte. Dort entdeckte er ein weißes Pferd mit einem schwarz gepanzerten Reiter, daneben lief Antrax.

»Dort.« Eamon deutete auf Nevliin.

»Wie du wünschst.« Der Drache legte seine Flügel an. Eamon hörte Aurüns Lachen durch das Rauschen des Windes, als er wie ein Pfeil auf den Boden zuschoss.

Jetzt würde er es zu Ende bringen.

Älkäriël

»Eure Majestät, bitte. Wir müssen gehen.«

Alkariel hörte den Lichtritter kaum. Da war nur noch ein entsetzliches Rauschen in ihren Ohren, als sie zu ihrem fliehenden Heer blickte. Und zu den Drachen.

Das konnte nicht sein. Diese Möglichkeit hatte niemals bestanden. Sie waren unbesiegbar. Es war alles bis ins kleinste Detail durchdacht gewesen.

»Herrin?«

Diesmal war es Mearas Stimme. Meara Thesalis, welche die wundervollste Waffe in der Geschichte der Elfen erschaffen hatte, die am Ende doch zu nichts nütze gewesen war. Wozu hatte sie ihre Lichtritter? Die besten Krieger von ganz Elvion? Selbst dieses kleine Biest hatten sie entkommen lassen. Wie hatte das alles nur geschehen können? Die Valdoreener! Ja, Valdoreen würde für diesen Verrat büßen. Nevliins geliebter Schneepalast würde brennen und jeder einzelne Valdoreener dafür bluten.

»Herrin, es ist Zeit. Die Dunkelelfen kommen.«

Langsam drehte sich Alkariel zu Meara um. Die Magierin hielt zwei Pferde am Zügel. Als wäre nichts geschehen, sah sie ihre Königin mit diesen ewig lächelnden Augen an. Wie ein kleines Kind! Es machte sie wahnsinnig. War hier denn niemand mehr bei sich? Es war alles verloren! Die herbeigesehnte Rache für den Diebstahl ihres Reiches, für den Tod ihrer Schwester – dahin, einfach so. Verfluchte Drachen, verfluchtes Valdoreen, verfluchter Eamon und vor allem verfluchte kleine Hexe.

»Eure Majestät?«

Alkariel fuhr herum. »Was ist?«

»Herrin, was machen wir mit ihm?« Der Lichtritter deutete auf Glendorfil, den zwei Lichtritter ein kleines Stück abseits an den Armen festhielten. Zusätzlich wurde er noch von Mearas Magie an Ort und Stelle gefesselt. Knorrige Pflanzen waren aus dem kargen Gestein unter der Schneedecke zu ihren Füßen gewachsen und schlangen sich um Glendorfils Beine. Jetzt, wo alles verloren war, sollte er nicht auf dumme Gedanken kommen und den Märtyrer spielen.

»Wir lassen ihn hier, damit er wieder zu seinen Freunden kann.«

Der Lichtritter starrte sie aus weit aufgerissenen Augen an, und Alkariel hätte ihm am liebsten mit dem Schwert über den Kopf geschlagen, begnügte sich jedoch mit einem tiefen Seufzen. »Ihr tötet ihn natürlich.«

Der Lichtritter nickte eifrig und ging auf Glendorfil zu.

Ein kleines Lächeln stahl sich zurück in Alkariels Gesicht. Sie sah an dem Dunkelelfen vorbei, zu dem sich schnell nähernden schwarzen Feld aus Schattenrittern, an deren Spitze Eamon ritt. Welch eine Schande für ihn.

Gemächlich ging sie auf Glendorfil zu, der sie immer noch mit einem dünnen Lächeln ansah. Was war es nur, dass er sich immer noch für überlegen hielt? Es war keine Maske, er schien tatsächlich zu meinen, ihr gegenüber erhaben zu sein. Je früher er starb, desto besser.

»Irgendwelche letzten Worte?«, fragte sie ihn, auch wenn

sie nicht damit rechnete, denn er hatte seit seiner Gefangennahme kein einziges Wort gesprochen. Als spare er sich diese für den letzten Moment, und tatsächlich nickte der Elf, wenn auch sehr langsam und so gering, dass es kaum zu bemerken war.

»Also gut, nur zu.«

Glendorfil sah ihr tief in die Augen, stechend und eindringlich, so dass es schon mehr als unangenehm war.

Alkariel spannte sich. Dieser Elf hatte ihre Geduld bereits mehr als strapaziert. Dies würde jetzt ein Ende haben. »Doch nicht?« Sie deutete wahllos auf einen der Lichtritter, der sofort das Schwert zog und sich hinter den Dunkelelfen stellte. Es war ihr gleich, wer von ihnen die Aufgabe übernahm. Ihr neuer Befehlshaber hatte es ja vorgezogen, sich töten zu lassen.

Glendorfil sah sie immer noch lächelnd an.

Nicht mehr lange, dachte sie, und dein Lächeln wird dir vergehen. Sie wusste, er würde zum Schwert greifen, er würde versuchen, sie anzugreifen. Sie war darauf vorbereitet, ebenso Meara. Er konnte ihr nichts anhaben. Er war machtlos.

Der Lichtritter holte aus. Alkariel erwiderte den Blick des Dunkelelfen. Sollte er ihr nur in die Augen sehen. So war sie das Letzte, was er sah, und sie würde sich an dem Anblick weiden, wenn das Leben endlich aus seinen Augen wich.

Die Klinge fuhr nach vorn und in diesem Moment durchfuhr ein unbeschreiblich qualvoller Schmerz ihren Kopf. Es fühlte sich an, als wäre die Klinge in ihre Stirn gefahren und hätte sich darin gedreht. Doch es war kein Schwert, das sie traf. Es war ein Gedanke. Nur ein einziger Gedanke, der in ihren Kopf eindrang, jede Mauer sprengte und sie Entsetzen lehrte.

»Nein!« Alkariel streckte ihre Hand aus, versuchte den Lichtritter zu stoppen, doch es war zu spät. Ein Ruck fuhr durch Glendorfils Körper. Aus seiner Brust ragte die blutige Spitze der Klinge. Der Lichtritter, welcher das Schwert geführt hatte, sah erschrocken zu Alkariel auf, die ihrerseits fassungslos in das immer noch lächelnde Gesicht des Dunkelelfen starrte, der langsam nickte. Der Lichtritter hatte durch ihren Schrei das Herz verfehlt, und so war Glendorfils Blick noch nicht gebrochen. Er starrte sie immer noch an.

Mit seiner unnatürlichen Gabe hatte er es geschafft, in ihren Kopf einzudringen. In den Kopf einer Elfe, noch dazu in den einer Königin, einer der mächtigsten Elfen aller Zeiten, und das Bild, das er ihr gezeigt hatte, machte jeden klaren Gedanken zunichte. Das Bild ihrer Schwester. Daralees Bild mit einem Baby im Arm. Und der Mann mit den vor Freude strahlenden Augen an ihrer Seite …

Die Klinge wurde zurückgezogen. Glendorfil fiel auf die Knie und stützte sich mit den Händen am Boden ab, seine Fußgelenke waren immer noch gefesselt.

»Herrin, schnell. Sie sind gleich hier.« Meara versuchte, sie sanft etwas fortzuschieben, doch Alkariel konnte sich nicht bewegen.

»Nein«, sagte sie mit erstickter Stimme. »Nehmt ihn mit, schnell! Heilt ihn!«

Jemand packte sie am Arm. »Herrin, wir müssen weg. Schnell!«

Irgendein Lichtritter schleifte sie fort, hob sie auf ein Pferd, wo sie bereits durch einen anderen Lichtritter festgehalten wurde, der sofort mit ihr losstürmte.

»Nein!« Alkariel starrte auf den Dunkelelfen, der im Schnee kniete und sich immer weiter entfernte. Nein!

Eämon

Was zunächst nach einem geordneten Rückzug von Alkariels Streitern ausgesehen hatte, war seit Eamons Eingreifen zur panischen Flucht geworden. Die Drachen jagten die geschlagenen Lichtelfen über die Ebene von Edora davon, auch wenn sie darauf verzichteten, die Fliehenden durch Flammen zu verletzen. König Hafnir hatte streng verboten, jetzt noch irgendjemanden zu töten. Zumindest die Drachen besaßen noch etwas wie Ehre, was man von den Lichtelfen nicht behaupten konnte.

Das gesamte Ausmaß des niederträchtigen Angriffs durch den Würfel würde wohl erst in ein paar Stunden deutlich werden.

Doch noch war der Kampf nicht vorüber.

Eamon, Nevliin und alle verbliebenen Schattenritter preschten über das verlassene Schlachtfeld zu dem kleinen Hügel, auf dem sich immer noch Alkariel, Meara, ein paar Lichtritter und vor allem Glendorfil befanden. Es war nicht schwer zu übersehen, dass auch sie es eilig hatten, von hier fortzukommen, doch irgendetwas hielt sie immer noch dort.

Eamon wusste, welche Gefahr sein Ansturm für Glendorfil bedeutete. Es war naheliegend, dass Alkariel ihn jetzt, da sie ihn nicht mehr brauchte, einfach töten ließ, doch was hätte er tun können? In die Burg zurückkehren und darauf warten was geschah? Glendórfil gehörte zu den Dunkelelfen, und jede noch so kleine Möglichkeit, ihn aus dieser ausweglosen Situation zu befreien, musste genutzt werden.

Unentwegt trieb er Antrax zu noch mehr Eile an und klammerte sich verzweifelt an diesen winzigen Funken Hoffnung: seinen Freund und Mentor doch noch rechtzeitig zu erreichen. Er war es dem Schattenreich schuldig, er war es Vanora schuldig und auch sich selbst. Was wäre das Schattenreich, was wären die Dunkelelfen ohne Glendorfil?

Eamon verscheuchte seine düsteren Gedanken und konzentrierte sich wieder auf das Geschehen vor sich. Er war bereits so nahe, dass er Alkariel genau sah. Nahe genug, um zu sehen, wie ein Lichtritter sein Schwert zog und hinter Glendorfil trat.

»Schneller!«

Es war, wie in einem Alptraum gefangen zu sein. Die Zeit verschwor sich gegen ihn und hielt ihn an Ort und Stelle gefangen. Der Hügel wollte sich einfach nicht nähern. Alles um ihn herum blieb stehen. Er spürte nicht einmal mehr die Bewegung des schnellen Ritts, den Wind im Gesicht. Da war nichts mehr – bis auf den Lichtritter, Glendorfil und das blitzende Schwert. Mit starrem Blick beobachtete er, wie es sich gemächlich Glendorfils Rücken näherte und sich langsam in dessen Körper bohrte.

»Nein!«

Eamon hörte seinen eigenen Schrei, wie aus weiter Ferne, und im nächsten Moment brach die Realität über ihn herein. Der eisige Wind, das Donnern der Hufe, die flüchtenden Lichtritter nur noch wenige Schritt entfernt. Und dann erreichten Eamon und die Schattenritter den Hügel. Noch im Galopp sprang Eamon aus dem Sattel, lief durch den Schnee und ließ sich ungebremst vor Glendorfil auf die Knie fallen, während die meisten Schattenritter den fliehenden Lichtelfen nachjagten.

»Glendorfil!«, schrie er, obwohl der Heerführer der Dunkelelfen ihn auch flüsternd verstanden hätte. Kniend auf die Hände gestützt, hob Glendorfil leicht den Kopf, und als er ihm in die Augen blickte, lächelte er. Seine Lippen waren blutverschmiert. Niemals hätte Eamon damit gerechnet, dass dieser Anblick ihn so schmerzen könnte. Für ihn war Glendorfil stets unbesiegbar gewesen, ein gewaltiger Fels, der sich der Brandung widersetzte und gleichzeitig Schutz und Halt bot. Jetzt aber sah er, wie das Leben mit jedem Atemzug aus diesem uralten Elfen wich. Voller Zorn und Angst zerschlug er die widernatürlichen Schlingpflanzen um Glendorfils Beine, packte ihn vorsichtig an den Schultern, ließ ihn zurück auf den Rücken sinken und deckte ihn mit seinem Umhang zu.

Glendorfil stöhnte, sein Gesicht verzog sich zu einer schmerzverzerrten Grimasse, und ein kleines Rinnsal Blut floss ihm aus dem Mundwinkel die Wange hinab. »Es geht zu Ende«, flüsterte er.

»Nein.« Eamons Herz raste vor Schmerz.

Glendorfil suchte nach seiner Hand, und als Eamon sie schließlich ergriff, drückte der Schattenritter mit einer Kraft zu, die nicht den geringsten Hinweis auf die tödliche Verletzung gab: »Du bist ein guter König.«

»Du wirst jetzt keine Abschiedsworte von dir geben. Du kannst durchhalten …«

Glendorfil schüttelte leicht den Kopf, und Eamon wusste, dass er recht hatte. Er wusste, dass es für seinen Heerführer keine Rettung gab. Kein Dunkelelf war in der Lage, zu heilen, und gegen diese Verletzung konnte nur Magie etwas ausrichten. Womöglich hätte Finola noch helfen können, doch allein der Weg nach Lurness hätte Glendorfil getötet. Nevliin war zwar ein Lichtelf, doch auch er vermochte nicht zu heilen und starrte genauso entsetzt auf seinen einstigen Lehrer wie Eamon. Ihm blieb nichts anderes übrig, als Glendorfils Hand zu halten und zu warten, bis er ging. Mit Sicherheit würde Glendorfils Seele nicht wiedergeboren werden. Er hatte sich seinen Platz bei den Sternen verdient, und Eamon würde jedes Mal, wenn er in den Himmel blickte, an ihn denken.

Der Druck in seiner Hand wurde etwas schwächer, doch noch war Glendorfil nicht bereit, zu gehen.

»Vanora«, stöhnte er. »Du musst ... du musst sie ... beschützen.«

»Das werde ich. Du weißt, das werde ich.« Eamon konnte kaum noch sprechen. Er spürte, wie sich Glendorfils Finger lösten, und er fürchtete, dass sein Herz in demselben Augenblick stehenbleiben würde, in dem das Herz seines Freundes diesem den Dienst versagte.

Glendorfils Lider flatterten, doch dann drückte der Ritter plötzlich so fest seine Hand, dass er erschrocken zusammenfuhr.

»Liadan.«

Eamon musste sich verhört haben. »Liadan?«

Mit verzweifeltem Blick sah ihm Glendorfil in die Augen, so, als müsste er ihm unbedingt noch etwas sagen.

»Liadan«, keuchte er noch einmal. »Sie ...« Er hustete und würgte. Ein Schwall Blut schoss aus seinem Mund, und ein Zucken lief durch seinen Körper. »Sie wird ...«

Die Trauer und Angst wichen zu großem Teil der Verwirrung. Eamon verstand nicht, was er sagen wollte, spürte jedoch, dass es dringend war. So dringend, dass Glendorfil um jedes Wort kämpfte.

»Was wird sie?« Er beugte sich weit über ihn. Glendorfils Atem war kaum noch zu hören, sein Blick wurde zunehmend trüber. »Was ist mit Liadan?«

»Verraten.«

Eamon starrte ihn an. »Verraten? Liadan ...« Der Sinn der Worte traf ihn wie ein Faustschlag in den Magen. »Liadan wird mich verraten?«

Glendorfil nickte kaum merklich, starrte ihn mit diesem eindringlichen Blick an und atmete schließlich hörbar aus.

Mit diesem letzten Ausatmen wich das Leben aus ihm. Sein Gesicht erstarrte, trug immer noch den panischen Ausdruck, und alles, woran Eamon denken konnte, waren die letzten Worte seines Freundes.

Liadan würde ihn verraten.

Vanora

Da war dieser ekelerregende Geschmack in ihrem Mund. Außergewöhnlich süß mit einer penetranten Note von Fäulnis und Moder. Vanora wollte gar nicht wissen, was es genau war. Es würde die ohnehin schwer zu ertragende Übelkeit nur noch verschlimmern. Auch ihr Gehör funktionierte noch einwandfrei. Ein leises, schnelles Trippeln durchbrach die Stille, gefolgt von einem Knarren, als die Tür geöffnet wurde.

»Was, schon fertig?«

»Die Medizin wurde verteilt.«

»Das könnt ihr einem anderen erzählen. Husch, geht zurück und seht zu, dass ihr euch nützlich macht. Ich kann hier nicht weg, bis die Prinzessin aufwacht.«

»Aber wir …«

»Was habe ich gesagt? Ich muss der Prinzessin das hier geben, wenn sie aufwacht. Also seht zu, dass ihr verschwindet, sonst mach ich euch Beine.«

Die Tür fiel mit einem Knall ins Schloss, der so unerwartet kam, dass Vanora unwillkürlich zusammenzuckte. In der Hoffnung, dass Finola ihre Regung entgangen war, versuchte sie, ganz ruhig zu liegen und regelmäßig zu atmen. Sie wusste nicht, wo sie war, und im Moment hatte sie auch keine besonders große Lust, die Augen zu öffnen, um es herauszufinden. Der Gedanke, dass Finola ihr noch irgendetwas verabreichen wollte, das bestimmt nicht minder ekelhaft war als das, was sie bereits bekommen hatte, konnte sie auch nicht unbedingt motivieren. Alles, was sie wollte, war, zurück in die Bewusstlosigkeit zu sinken und der Realität für ein paar weitere friedliche Augenblicke zu entfliehen.

Sie wusste, dass Dregor tot war. Sie konnte sich genau an den Absturz erinnern und an alles, was davor geschehen war. Sie konnte sich an den Würfel erinnern und wünschte, es wäre nur ein Alptraum gewesen. Doch sosehr ein Teil in ihr bedauerte, überhaupt wieder aufgewacht zu sein, so sehr schrie der andere danach, ins Leben zurückzukehren. Sie musste wissen, was nach ihrem Absturz geschehen war. Ob die Schlacht noch immer andauerte und ob es Nevliin, Eamon und Glendorfil gutging. Sie musste wissen, ob Alkariel und Meara noch lebten. So viele Fragen hämmerten ihr durch den Kopf, dass es ihr plötzlich schwerfiel, ruhig liegenzubleiben.

»Wie lange willst du dieses Spiel noch spielen?«

Vanora erstarrte und hielt automatisch den Atem an. Es war töricht gewesen, anzunehmen, dass sie Finola täuschen könnte. Jeden anderen, doch nicht Finola.

Gezwungenermaßen öffnete sie die Augen und blinzelte in das milde Miranlicht, welches im Moment greller als die Sonne ihrer Heimat blendete. Sie konnte Finola nur als schwarzen Umriss erkennen, der sich gegen das Licht abzeichnete. Die Koboldfrau stand neben ihr auf einem Stuhl und hielt ein schlankes Gefäß in der Hand. Vanora begriff sofort, um was es sich handelte, und versuchte sich aufzusetzen, doch Finola packte sie mit der Kraft eines Riesen im Nacken, setzte ihr das Fläschchen an die Lippen und kippte unbarmherzig eine zähflüssige, nach Seife schmeckende Tinktur in ihren Mund. Vanora hatte größte Mühe, das Gebräu zu schlucken, und nachdem es ihr endlich gelungen war, musste sie all ihre Konzentration aufbringen, um sich dessen nicht sofort wieder zu entledigen. Immerhin war sie den fürchterlichen ersten Geschmack los, auch wenn der neue nicht unbedingt besser war.

»Du hättest es mir auch einfach selbst zu trinken geben können«, krächzte sie, während sie von einem eisigen Schauer des Ekels geschüttelt wurde.

»Ja, natürlich.« Finola hopste vom Stuhl und lief quer durch den Raum, der außer dem Bett, auf dem sie lag, nur einen uralten Holztisch mit einigen Fläschchen und den Stuhl beherbergte, auf dem Finola eben noch gestanden hatte.

»Wie fühlst du dich?«, fragte die Koboldin über die Schulter hinweg, während sie irgendwelche stark riechenden Kräuter in einer Schale zerdrückte.

Vanora sah an sich hinab. Ihre Kleidung war schmutzig und an manchen Stellen zerrissen, aber sie spürte keinen Schmerz. Eigentlich hätte sie tot sein müssen, doch sie fühlte sich so lebendig, als hätte sie einfach nur ein längeres Schläfchen gehalten. »Ich weiß nicht.« Vanora tastete über ihr Gesicht, begutachtete ihre Hände und konnte doch nichts Ungewöhnliches feststellen. »Geht es mir denn gut?«

»Ja, jetzt.« Finola kam wieder auf sie zu und hielt zu Vanoras Erleichterung keine weitere Medizin in den Händen, sondern lediglich ein nasses Tuch. »Als dein Schneeflöckchen dich gebracht hat, sah das allerdings anders aus.«

Vanora wurde sofort hellhörig. Das Letzte, was sie von Nevliin wusste, war, dass er diesen fürchterlichen Zauber gewirkt hatte, und die Risiken waren ihr sehr gut bekannt. Spätestens jetzt kehrte sie vollständig ins Leben zurück und ließ ihre Erschöpfung hinter sich. »Nevliin war hier?«, fragte sie und konnte sich kaum noch beherrschen, um nicht sofort loszustürmen. »Geht es ihm gut?«

Finola verdrehte die Augen und presste ihr das nasse Tuch auf die Stirn. »Abgesehen von seiner mangelnden Höflichkeit, seiner Angewohnheit, ständig im Befehlston zu reden, seinem immerzu …«

»Finola!«

»Ja, du meine Güte. Er ist nicht mehr verletzt, wenn du das meinst.«

Vanora atmete aus und ließ sich zurückfallen. Sie wusste nicht, was sie getan hätte, wenn ihm etwas zugestoßen wäre. Doch Nevliin war nicht der Einzige, um den sie sich sorgte. Es gab so vieles, das sie noch in Erfahrung bringen musste. Eine kribbelnde Unruhe machte sich plötzlich in ihr breit, die sie so schnell aufspringen ließ, dass Finola beinahe den Mörser fallengelassen hätte. Im letzten Moment fing Vanora ihn auf, was Finola ihr aber lediglich mit Flüchen dankte, die Vanora ohnedies kaum verstand.

Vanora zuckte die Schultern und schwankte zur Tür. »Der Kampf … die anderen.« Ihr Kopf schwirrte. Wie hatte sie nur so viel Zeit verschwenden können?

»Der Kampf ist vorbei.«

Mit dem Türknauf in der Hand hielt sie inne und drehte sich um. »Vorbei?«

»Ja, zum Donnerwetter. Die Lichtelfen hatten keine Lust mehr, sich weiter rösten zu lassen.«

»Und …«

Finola seufzte schwer und warf die Arme in die Luft. »Deinen Männern geht es gut. Hör auf, dir Sorgen zu machen.«

»Allen dreien?«

»Drei?« Von einer Sekunde zur anderen wurde Finolas Hautfarbe kirschrot. »Wieso drei? Wieso um alles in der Welt plötzlich drei? Was ist nur mit euch Elfen los? Was brauchst du drei Männer? Seit wann sind es drei? Ich kann kaum den einen aushalten, den ich habe, und du kommst mir mit …«

»Finola!« Vanora ging zurück in den Raum, kniete vor ihr nieder und packte die schwer atmende Frau vermutlich etwas zu grob an den Schultern: »Was ist mit Glendorfil?«, fragte sie in gezwungen ruhigem Ton.

»Hä? Glendorfil? Ah. Er ist die Nummer drei!«

»Wurde er befreit?«

Finola zuckte mit den Schultern. »Das weiß ich nicht.«

»Was? Ich dachte, der Kampf ist vorbei!«

»Das ist er auch. Die Lichtelfen sind gerannt. Schade, dass ich es nicht sehen konnte. Zu viele verbrannte Körperteile, Schnitte, Stichwunden …«

»Finola!« Vanora sprang auf. Sie konnte die Koboldfrau nicht länger festhalten, ohne Gefahr zu laufen, ihr etwas anzutun.

»Schon gut, schon gut, jetzt krieg dich wieder ein. Deine Nummer eins und zwei und ein ganzer Haufen Schattenritter sind noch einmal losgezogen, um ihn zu befreien. Die Königin hatte es mit dem Davonlaufen nicht so eilig.«

Vanora starrte zu ihr hinab, öffnete den Mund, brachte jedoch kein Wort heraus. Nevliin und Eamon waren keineswegs in Sicherheit, und Glendorfils Schicksal war ebenfalls noch ungewiss. Sie durfte keine Zeit mehr verschwenden. Alkariel und Meara lebten immer noch, und egal, was Finola sagte – der Kampf war noch lange nicht vorbei.

Ohne ein weiteres Wort drehte sie sich um und stürmte aus dem Raum. Sie sah schon auf den ersten Blick, dass sie sich in irgendeinem weiter unten liegenden Geschoss der Burg befand, denn es war kaum mehr als eine Ruine. Der Fels hatte sich verformt, und an manchen Stellen sah es aus, als wäre er hinabgetropft und hätte sich dann wieder gefestigt. So schnell es ihre starren Glieder erlaubten, lief sie durch das, was vom zwielichtigen Gang in Richtung Eingangshalle übrig war. Sie musste nur dem Lärm von klirrenden Schwertern und Rüstungen folgen und jenen der schreienden Verwundeten hinter sich lassen, die sich hinter den vielen verschlossenen Türen befanden, zwischen denen einige Kobolde und Elfen hin und her liefen. Auch die zunehmende Zerstörung war ein verlässlicher Führer. Je weiter sie sich aus den Tiefen des Felsens in Richtung Ausgang bewegte, desto deutlicher war der Schaden.

Vanora stürmte wie von Sinnen voran, ließ das matte Zwielicht hinter sich und blieb schließlich in den Resten der Eingangshalle abrupt stehen. Sie befand sich auf einem Geröllfeld, die Treppen an den Seiten waren verschwunden, erst weiter oben führten sie wie abgeschnitten weiter. Über ihr schien alles unverändert, die Galerien umkreisten die Halle bis zur Spitze des Berges, doch hier unten war nichts mehr von der einstigen Pracht geblieben. Bis auf das metallische Klingen der Rüstungen war es still, totenstill. Ein paar Verwundete, die jedoch keinen Laut von sich gaben, wurden an ihr vorbeigetragen, Krieger verschwanden mit gesenktem Kopf in jenem Gang, der zur Rüstungskammer führte, andere ließen sich einfach an Ort und Stelle zu Boden sinken und starrten ins Leere. In der Halle herrschte eine Kälte, als würde der Tod selbst unter ihnen wandeln. Natürlich war das Unsinn, denn schließlich waren das Tor und die Frontmauer auf Höhe von drei Geschossen verschwunden, wodurch der Schnee ungehindert hereingeweht wurde, und doch saß die Kälte tiefer. Sie hatte sich in die Herzen der Krieger geschlichen, und der Anblick dieser leeren Gesichter war schlimmer als die blutenden Wunden. So sah kein Heer aus, das einen Sieg gegen eine Übermacht davongetragen hatte. Diese Krieger hatten verloren, denn Vanora wusste, dass der Preis für ihren Triumph zu groß gewesen war. Der magische Angriff hatte all ihre schlimmsten Vorstellungen übertroffen.

Mit wild schlagendem Herzen sah sie sich in der Halle um, und mit jedem seelenlosen Gesicht, in das sie blickte, wurde dieses erdrückende Gefühl schlimmer.

Bis plötzlich Regung in die zusammengekauerten Krieger kam. Alle, denen es möglich war, richteten sich auf und nahmen eine kerzengerade Haltung ein.

Vanora blickte über das leicht abfallende Feld der Zerstörung, um den Grund für das Verhalten der erschöpften Krieger herauszufinden, und ihr Herz machte einen Freudensprung, als sie Nevliin und Eamon inmitten einer Gruppe Schattenritter auf sie zukommen sah. Sie wollte sofort zu ihnen laufen, doch als ihr Blick auf ihre ausgelaugten, leeren Gesichter fiel, erstarrte sie. Beide waren blutüberströmt, und in ihren nassen, blutverschmierten Haaren hingen Schneekristalle. An Nevliins Stirn prangte eine Schnittwunde, halb verdeckt durch all das andere Blut auf seiner Haut.

Es war auch Nevliin, der sie als Erster bemerkte. Ein Hauch von Erleichterung huschte über sein Gesicht, als er ihr in die Augen sah, doch die Müdigkeit wurde dadurch nicht vertrieben. Ohne seinen Blick von ihr abzuwenden, ging er einen Schritt zur Seite und gab damit die Sicht auf die hinter ihm gehenden Schattenritter frei, die eine Bahre trugen, auf der ein Mann mit schwarzem Haar und silberner Kleidung lag.

Wie oft konnte ein Herz brechen? Wie viel Leid konnte es ertragen, ehe es einfach zu schlagen aufhörte?

Es war deutlich zu hören, entsetzlich laut. Der Schrei ihrer Seele, der Lärm einer einstürzenden Welt, das Wüten eines alles zerstörenden Schmerzes.

Sie hatte genau dasselbe schon einmal erlebt, schon einmal gefühlt. Ihre Ängste, die sich in ihr Unterbewusstsein geschlichen hatten, stahlen sich jetzt in ihre Träume. Bestimmt war sie immer noch bewusstlos. Das war die einzige Erklärung. Sie konnte nicht zweimal dasselbe erleben, dasselbe ertragen. Das war nicht Glendorfil! Das durfte er nicht sein!

Reglos sah sie zu, wie sich ihr die kleine Prozession näherte, ohne dass sich Finola oder andere Helfer um ihn scharten. Es gab nichts mehr zu helfen. Sie wusste es. Glendorfil war tot. Und doch verschloss sich ihr Verstand vor dieser Wahrheit. Sie konnte nichts tun, sich nicht bewegen, noch nicht einmal weinen. Sie stand einfach nur da und starrte den Elfen an, der nicht aufwachen wollte.

Am Rande bemerkte sie, dass Eamon sich von den anderen löste und auf sie zukam. Nevliin hingegen blieb etwas abseits stehen, doch selbst durch die Entfernung spürte sie seine Blicke. Das Einzige, das irgendwie einen Weg zu ihr fand, das real war.

»Ich kam zu spät.« Eamons Stimme hallte wie aus weiter Ferne zu ihr. »Wir konnten ihm nicht mehr helfen.« Er legte den Arm um ihre Schultern, doch sie nahm es kaum wahr. Da war nur noch Glendorfil, der jetzt direkt vor ihr auf der Totenbahre lag.

Vanora legte ihren Kopf etwas schief und betrachtete sein Gesicht. Sie konnte ihren Blick nicht abwenden, konnte einfach nicht begreifen, was geschehen war. Er war doch eben noch Bestandteil ihres Lebens gewesen. Und jetzt lag er da, und das eingetrocknete Blut an den Lippen ließ ihn noch blasser aussehen, kälter, als wäre er zu einer Eisstatue gefroren.

Kälte, Dunkelheit, Tod. Immer wieder.

Der schönste Mann der Welt, das war ihr Gedanke gewesen, als sie ihn zum ersten Mal richtig gesehen hatte, in seiner kleinen Hütte mit dem übergroßen Hut. Er war immer noch schön.

Kälte, Dunkelheit, Tod. Immer wieder.

Die weisen braunen Augen, die sie so sehr eingeschüchtert hatten, die stundenlangen Belehrungen, die strengen Blicke und das herzliche Lachen, das jeden Tadel wiedergutgemacht hatte.

Fort. Alles fort. Für immer.

Eamons Stimme rauschte in ihrem Kopf, redete immerzu auf sie ein, doch sie war zu unklar, um die Worte zu verstehen. Wann würde das alles aufhören? Zu welchem Zweck geschah all das Leid? Wer profitierte davon? Was würde Glendorfil jetzt sagen? Wie würde er sie trösten? Er würde sie an ihr Schicksal erinnern, an ihre Macht. Doch welche Macht? Wozu war sie schon fähig? Die Schrecken breiteten sich aus.

Kälte, Dunkelheit, Tod. Immer wieder.

Ein dumpfer Schmerz in ihrem Arm. Apathisch hob sie ihren Kopf. Da war Eamon. Er sagte etwas. Sie nickte wohl. Sie wusste es nicht. Die Bahre entfernte sich. Glendorfil verschwand. Die Schattenritter trugen ihn fort. Die Krieger gingen weg. Die zerstörte Halle blieb leer zurück. Sie war allein, starrte an die Stelle, an der Glendorfil eben noch gewesen war. Da war nur noch …

Vanora blickte auf. Da war nur noch Nevliin. Er stand in einiger Entfernung und sah sie an. Nevliin.

Er streckte die Hand nach ihr aus, und Vanora taumelte ein paar Schritte über den unregelmäßigen Boden vor. Starke Arme legten sich um sie. Ihr Gesicht an kaltem Metall, dem der Gestank von Blut und Tod anhaftete. Es war still. Da war nur leiser Atem, beruhigend.

Vanora starrte ins Leere.

Glendorfil war tot.

❧

Die Nacht hatte sich als schwarzes Leichentuch über Lurness gelegt, und nur langsam nahmen die Konturen der Krieger, welche die Halle passierten, wieder Gestalt an. Bisher waren es lediglich unförmige Schatten gewesen, die unaufhörlich an ihr vorbeigezogen waren, während sie in einer undurchdringlichen Dunkelheit gafangen war. Betäubt, unfähig, zu denken oder auch nur zu fühlen. Da war nichts gewesen, als sie in Nevliins Armen die zerflossene Wand angestarrt hatte.

Doch mit der Klarheit ihres Blickes kam auch der Schmerz – so gewaltig, dass er sie zu ersticken drohte. Ihr war nur allzu bewusst gewesen, dass sie sich nicht ewig verstecken konnte. Die alte Wunde ihres Herzen war von neuem aufgerissen und blutete, doch eigentlich war sie immer da gewesen. Es war ein vertrauter Schmerz, der jetzt an Intensität zugenommen hatte, sich jedoch genauso wie nach dem Tod ihres Vaters in die Tiefen ihrer Seele zurückziehen würde. Ein schwacher Trost.

Eigentlich machte er ihr nur umso klarer, dass es endlich aufhören musste. Dieser Krieg musste aufhören. Sie musste endlich einen Weg finden. Wie viele mussten noch sterben? Wer würde der Nächste sein? Nevliin? Eamon? Welche Waffe würde Alkariel als Nächstes ersinnen?

Die Trauer schlug in Zorn um, als Nevliin sie schweigend

durch schwachbeleuchtete Gänge führte, die so schmal waren, dass sie hintereinandergehen mussten, und die sie noch nie betreten hatte. Sie war gefangen in ihren Gedanken, und ein ganz spezieller Gedanke ließ sie nicht mehr los: Es hätte sie selbst sein müssen, nicht Glendorfil. Nicht all die Krieger, die an diesem Tag, in dieser Schlacht den Tod gefunden hatten. Würde sie die Macht dazu haben, deren Leben mit ihrem zu tauschen, sie würde nicht zögern. Ein einziges Leben gegen das von so vielen? Es war ihr Schicksal, für diese Elfen zu sterben. Das wusste sie, seit ihr Glendorfil zum ersten Mal begegnet war. Doch wieso war sie noch am Leben? Wieso hatte sie den Absturz mit dem Drachen überlebt? Was hatte das Schicksal noch mit ihr vor? Vanora konnte einfach keinen Sinn in den Geschehnissen erkennen. Sie wusste nur, dass ihr die Zeit davonlief. Sie hatte ihre Bestimmung zu erfüllen und nicht die leiseste Ahnung, wie diese aussah oder wie sie das Erfüllen anstellen könnte. Sicher war nur, dass sie Alkariel töten musste. Solange diese Hexe am Leben war, würde das Schattenreich, würde ganz Elvion keinen Frieden finden. War Alkariels Tod ihr Schicksal? Doch wie könnte sie eine jahrtausendealte Elfe töten? Wie sollte sie an sie herankommen? Sie brauchte eine List. Den Vorteil der Überraschung auf ihrer Seite.

Das Licht am Ende des Ganges und die aus der Winternacht hereinströmende Kälte holten sie aus ihren Gedanken.

»Wir sind da.« Nevliin führte sie auf das Licht zu. Bis jetzt hatte er noch kein Wort gesprochen und sie ganz sich selbst überlassen. Mit Sicherheit war ihm ebenso wenig nach Reden zumute wie ihr, doch jetzt traten sie gemeinsam aus dem Durchgang in die Nacht hinaus.

Vanora wusste nicht, wo sie waren, geschweige denn, wie

sie hierhergelangt waren, doch plötzlich befand sie sich an einem Strand, der durch die steilen Wände des Drachenfelsens in einem Halbkreis umschlossen wurde. Hunderte Fackeln tanzten im Wind und ließen die wenigen Schneeflocken glühen. Bis auf das Rauschen des Meeres, das sich glitzernd an den weißen Strand tastete, war es vollkommen still, obwohl sich unzählige Krieger hier versammelt hatten. Dies war die Rückseite des Drachenfelsens, und unsichtbar in der Ferne befand sich die Dracheninsel, auf welcher sie vor so unendlich langer Zeit Frieden gefunden hatte. Frieden. Heute erschien es ihr wie ein fremdes, fernes Wort. Ein Ufer, das sie niemals wieder würde erreichen können.

Nevliin führte sie weiter, und beim Näherkommen erkannte Vanora schmale Flöße am Ufer liegen, auf denen die Toten lagen. Es waren so wenige. Und so viele. Nicht genug für eine Schlacht von Tausenden. Sie wusste, dass einige mehr gefallen waren, als hier aufgebahrt lagen. All die Schwertkämpfer aus Lurness, die Kobolde, die die beiden unteren Mauerringe besetzt hatten, so viele Baumjäger. Für sie gab es kein Floß, das sie zu den Sternen bringen würde. Ihre Körper waren verloren. Und ihre Seelen.

Ein Blick in die Gesichter der Krieger, die hier Abschied nahmen, bewies, dass diese beim Anblick der wenigen Flöße genau dasselbe dachten. Auf Hunderte von Toten zu blicken wäre in diesem Moment leichter gewesen, als das Wissen um all jene, die mehr waren als tot. Deren Seelen verloren waren.

Mit schweren Schritten gingen sie auf Eamon und Liadan zu, die gemeinsam mit anderen Elfen neben einem der Flöße warteten. Der Griff von Nevliins Hand wurde stärker, und Vanora klammerte sich mit all ihrer Kraft daran, um sich vorwärtszuzwingen und nicht auf der Stelle zusammenzubrechen.

Sie musste sich darauf konzentrieren, ruhig zu atmen, um die Kontrolle über sich zu behalten, als sie Eamon gegenüber trat.

»Wie geht es dir?«

Vanora sah ihn an, fand jedoch keine Antwort. Stattdessen senkte sie den Blick und sah hinab in das Gesicht ihres Mentors. Das Blut war abgewaschen worden. Er schlief doch nur.

Ihre Beine wurden taub, ihre Knie zitterten, und dann ließ Vanora sich neben Glendorfil zu Boden sinken. Sie legte ihre zitternden Hände auf die seinigen, die über seiner Brust übereinanderlagen und sein Schwert hielten. Und in diesem Moment der Berührung fuhr plötzlich eine Welle der Erinnerungen über sie hinweg. Von dem Zeitpunkt, als sie noch ein kleines Kind gewesen war, bis zu jenem Moment, in dem sie in den Turm von Tantollon hinaufgelaufen war. Sie sah Glendorfil vor sich, der sie tröstete, sie in den Arm nahm oder ihr Unterricht erteilte, und sie wusste, dass sie eine bessere Schülerin hätte sein müssen. Sie war zu langsam gewesen. Sie hätte es verhindern müssen. Stattdessen hatte sie ihn in Alkariels Fängen gelassen. Er hatte ihr immer beigestanden, so oft ihr Leben gerettet, und sie hatte es ihm gedankt, indem sie ihn kritisiert oder ihm Vorwürfe gemacht hatte. Genau wie bei ihrem Vater.

Wenn sie ihr Leben nur gegen seines tauschen könnte.

Vanora beugte sich vor und küsste ihn auf die kalte Wange. »Es tut mir leid«, flüsterte sie, genau so, wie sie es schon einmal getan hatte. »Es tut mir so leid.«

Eine Hand legte sich auf ihre Schulter. Es war Eamon.

Im nächsten Moment verschwand die Hand wieder. Das war Nevliin.

Und sie war dankbar dafür. Sie brauchte keinen Trost, noch nicht. Jetzt wollte sie sich verabschieden, wobei sie sich noch einige Augenblicke lang Zeit ließ, indem sie Glendorfil einfach nur ansah. Sie stellte sich noch einmal die weisen Lehreraugen vor, ehe sie sich erhob und Nevliins Hand ergriff. Sie musste sich an ihm festhalten. Sie wusste, dass jetzt der schmerzhafteste Teil kommen würde.

Und sie hatte recht. Auf Eamons Zeichen hin schoben Krieger die Flöße ins Wasser, die sanft schaukelnd von den Wellen davongetragen wurden.

Die schwarzen Schemen verschwanden beinahe gänzlich in der Dunkelheit, als bereits Pfeile entzündet wurden. Unter Ardemirs Befehlen sirrten Hunderte goldene Lichtblitze durch die Luft und fielen als brennender Regen aufs Meer hinab. Das Stroh auf den Flößen loderte sofort auf, erhellte die Nacht und ließ das Meer in Flammen stehen. Es war ein Moment des Schweigens, der Trauer. Niemand dachte an die gewonnene Schlacht, an die geflohenen Lichtelfen. Der magische Angriff war schlimm genug gewesen, doch Glendorfils Tod war ein Schlag, der jedem einzelnen Dunkelelfen die Hoffnung nahm. Er war so etwas wie der Vater des Schattenreichs gewesen. Die Elfen hatten zu ihm aufgesehen, ihn bewundert und geliebt. Sein Tod hatte dem Schattenreich das Herz herausgerissen, und so fühlten sie alle dasselbe, als sie die vielen flackernden Lichter, die immer kleiner wurden, betrachteten. Sie fühlten sich leer, als würde ein Teil ihrer selbst dort davontreiben.

Es war schon weit nach Mitternacht, und sie saßen im Sternensaal beieinander: Eamon, Liadan, die Befehlshaber und Fürsten, auch Nevliins Vetter aus Valdoreen und ein paar seiner Krieger und König Hafnir mit seiner Tochter Aurün. Nein, der Krieg war nicht vorbei, und sosehr sie sich alle nach etwas Ruhe sehnten, so dringend mussten sie die weiteren Maßnahmen besprechen.

Eamon hatte sofort nach der Schlacht einen Boten nach Ueden geschickt, um Alkariel zu versichern, dass sie ihre Toten holen könne, ohne dass sie behelligt werden würden, doch der Bote war nicht zurückgekehrt. Ebenso wenig wie die Lichtelfen. Und so übernahmen die Valdoreener die Bestattung ihrer toten Gegner. Es war offensichtlich, dass Alkariel sich noch nicht geschlagen gab und keine Zeit damit verschwenden würde, ihre Wunden zu lecken.

Vanora fiel es schwer, den Worten der Versammlung zu folgen. Sie fühlte sich immer noch von ihrem Körper getrennt, verloren in ihren düsteren Gedanken. Nur eines hatte sie verstanden: dass sich alle Anwesenden über einen sofortigen Rückschlag einig waren. Sie konnten es sich nicht leisten, auf eine weitere von Alkariels Schreckenserfindungen zu warten, und würden mit vereinten Kräften Ueden angreifen. Durch die Hilfe der Valdoreener und Drachen waren alle zuversichtlich, den Krieg endgültig zu beenden, und an den Stimmen konnte Vanora erkennen, dass der Gedanke an Rache und Alkariels Zerstörung selbst in die zerschlagenen Herzen wieder etwas Mut und Zuversicht säte. Das Heer sollte bereits am nächsten Tag aufbrechen, zu weiteren Einzelheiten fehlte Vanora die Konzentration.

Ihre Gedanken kreisten ebenfalls um Rache. Es musste einen Weg geben, eine weitere Schlacht zu verhindern. Wie könnte sie Alkariel stoppen? Immer wieder hatte sie sich von Glendorfil anhören müssen, dass es ihre Bestimmung sei, doch über das »wie« hatte er niemals ein Wort verloren. Es musste doch Hinweise geben, ein Zeichen. Was war zu tun? Welchen

Plan hatte Glendorfil mit ihr gehabt? Er hatte stets auf die Zeit vertraut, darauf, dass sie mächtiger werden würde. Doch mächtig genug wofür? Für welchen Zauber? Was war es, das Alkariel vernichten könnte? Womit könnte sie siegen, ohne weitere Leben zu riskieren?

Vanora versuchte sich an die vielen Gespräche mit Glendorfil zu erinnern. Sie dachte auch an Daralee und an ihre Mutter. Sie waren beide mächtige Magierinnen gewesen.

Eine spezielle Unterhaltung kam ihr in den Sinn – jene, die sie vor ihrer Abreise nach Tantollon mit Glendorfil geführt hatte. Sie hörte seine Stimme so deutlich, als würde er in diesem Moment zu ihr sprechen: »Du überschätzt Alkariels Macht. Selbst Daralee war stärker als sie, und ihr Blut fließt in dir.«

Daralee. Sie könnte der Schlüssel sein. Ihr Blut. Glendorfil hatte sie doch gekannt. Er musste mehr über sie gewusst haben als alle anderen. Zumindest im Schattenreich.

»Vanora, ich will, dass du verstehst, dass du leben musst. Es ist schwer, und mit ziemlicher Sicherheit wird es noch schwerer werden, aber du musst leben.«

Vanora schüttelte den Kopf und spürte sofort Nevliins Blick, doch darauf konnte sie sich nicht konzentrieren. Irgendetwas sagte ihr, dass sie dem Ziel bereits sehr nahe war, auch wenn sie immer noch keinen Sinn hinter den Worten fand.

Daralee. Glendorfil hatte gesagt, dass sie ihre Macht durch ihre Fähigkeit, zu lieben, erlangt hatte. Die Liebe. Doch Daralee war wegen ihrer Liebe gestorben. Andron hatte sie getötet.

»Jede Geschichte hat zwei Seiten. Manche Taten verschließen sich dem Verständnis der Unwissenden, besonders wenn es dabei um die Liebe geht.«

Vanora erstarrte. Zwei Seiten.

»Du kanntest Daralee, nicht wahr?«

»Ich kannte sie sehr gut.«

Mit einem Satz sprang sie auf und sofort richteten sich alle Blicke auf sie.

»Vanora, was ist …?«, Eamon kam auf sie zu.

»Ich …« Vanora sah durch die Runde. Sie konnte kaum noch atmen. »Ich muss fort.«

»Fort? Wohin?«

Aus den Augenwinkeln bemerkte sie, dass Nevliin kaum merklich den Kopf schüttelte und die Hand hob, woraufhin Eamon ihm einen wütenden Blick zuwarf.

»Ich erkläre es später. Verzeihung.« Und mit diesen Worten stürmte sie aus dem Saal.

Ihre Beine trugen sie von selbst die vielen Stufen hinauf, durch die Korridore, bis zu dem Raum, der so weit von allen anderen entfernt lag, wie es in diesem Felsen nur möglich war. Mit rasendem Herzen öffnete sie die Tür, die zu ihrer Erleichterung nicht verschlossen war, und befand sich in Glendorfils Gemach. Niemals zuvor war sie hier gewesen, doch sie verschwendete auch keine Zeit damit, sich genauer umzusehen. Ohne zu überlegen, stürzte sie sich auf die erste Kommode, die ihren Weg kreuzte, und durchwühlte deren Inhalt. Ihr Verstand schien sie verlassen zu haben, als sie den gesamten Raum auf den Kopf stellte und wie von Sinnen Schränke aufriss und alles herauszerrte, was sie in die Finger bekam. Sie wusste noch nicht einmal, wonach sie suchte. Es war einfach nur ein Gefühl, dass die Antwort auf all ihre Fragen hier sein musste.

Vanora suchte unter dem Bett, in den Schränken, hinter den Schränken, doch sie fand nichts Ungewöhnliches. Vielleicht durfte sie auch nicht nach etwas Ungewöhnlichem Ausschau halten. Vielleicht lag die Antwort direkt vor ihren Augen.

Schwer atmend hielt sie inne und sah sich zum ersten Mal in dem Raum um, der dank ihrer Arbeit ziemlich schlimm verwüstet war. Ihr Blick blieb an einem Bild an der Wand hängen. Es zeigte nichts Ungewöhnliches. Es war Lurness, besser gesagt der Drachenfelsen, der nur durch eine einzige Wehrmauer am Abgrund befestigt war und sich ansonsten völlig nackt in die Höhe streckte. Der blaue Himmel hingegen war durchaus ungewöhnlich. Keine einzige Wolke trübte das Bild, und auch vom Nebel war nichts zu sehen.

Als hätte etwas von ihr Besitz ergriffen, ging sie auf das Bild zu, nahm es von der Wand – und hielt enttäuscht inne. Insgeheim hatte sie erwartet, gehofft, dahinter ein Geheimfach oder irgendetwas anderes zu finden, das sie ihrem Ziel näher bringen würde. Doch da war nichts als der graue Stein. Natürlich konnte sie nicht aufgeben, und so klopfte sie vorsichtig die Wand ab, um zu hören, ob sie irgendwo hohl war, aber auch das war nicht der Fall. In ihrer Verzweiflung drehte sie das Bild in der Hand und öffnete schließlich aus einem Gefühl heraus den Rahmen.

Ihr Herz machte einen Sprung. Beinahe wäre ihr das Bild aus den Händen gefallen. Mit klammen Fingern nahm sie das kleine schwarze Buch heraus, das nicht größer als ihre Handfläche war und auch nicht um vieles dicker.

Was war so wichtig, um es in einem Bilderrahmen versteckt zu halten?

Mit klammen Fingern drehte sie das Buch herum und las die mit goldenen Lettern aufgetragene Inschrift:

Tagebuch von Andron, Befehlshaber der Silberritter.

Andron! Wie kam Glendorfil ausgerechnet zum Tagebuch desjenigen Elfen, der vor so langer Zeit die Krone des Schattenreiches an sich gerissen und Daralee getötet hatte? Ohne den Blick abzuwenden, ließ Vanora sich zu Boden sinken. Sie konnte den Puls in ihrem Hals spüren, als sie das Buch öffnete und es durchblätterte. Die Schrift war schwer zu lesen, doch Vanora konnte einiges davon entziffern. Als hätte sie einen Schatz in Händen, blätterte sie weiter und mit jeder Seite wuchs ihr Entsetzen:

... Letzte Nacht kam die Königin wieder in mein Haus. Die Wachen reden schon, sagen, sie sei meine Geliebte. Das ist gut. Sollen sie das nur denken, denn die Liebe war letzte Nacht tatsächlich in meinem Haus, und ich ging spazieren, wie so oft in den letzten Monaten. Ich habe die beiden davon überzeugt, ihre Liebe nicht offen zu zeigen. Sollen sie sich in meinem Haus sehen. Die Gerüchte sind mir gleich. Daralee kennt ihre Schwester, und sie hört auf mich ...

... Es ist heiß. Die Elfen am Hof tummeln sich am Strand. Sie haben nichts zu tun. Es wundert mich nicht, dass die Gerüchte bereits bis zu Alkariel gelangt sind. Sie schweigt, aber die Art, in der sie mich ansieht, lässt keinen Zweifel an ihrem Unmut. Sie redet auf Daralee ein. Sie sagt ihr, für eine Königin dürfe es keine Liebe geben. Ist sie eifersüchtig? ...

... Er will zu Alkariel gehen und ihr die Wahrheit sagen. Was für ein törichter Junge. Dieses Mal habe ich ihn noch zur Vernunft gebracht. Daralee ist auf meiner Seite. Sie kennt ihre Schwester. Ich traue Alkariel nicht, und wenn diese Zeilen in die falschen Hände geraten, werde ich für diese Worte mit

Sicherheit hingerichtet. Aber es ist dieser Ausdruck in ihren Augen, der das Grauen in mir weckt …

… Es wird gefährlich. Daralee ist schwanger. Wie konnten die beiden nur so dumm sein? Wie lange wird es dauern, bis man es ihr ansieht? Sie werden glauben, ich bekäme ein Kind mit der Königin. Die beiden sind verzweifelt. Sie sprechen davon, wegzulaufen, doch Alkariel wird sie zurückholen. Sie will ihre Schwester nicht teilen. Sie sieht eine Gefahr in mir. Schon von jeher hat sie Daralee an sich gefesselt. Sie fürchtet ihre Macht, doch noch mehr fürchtet sie, dass Daralee sie eines Tages verlassen könnte. Sie fürchtet die Einsamkeit …

… Daralee wird mir helfen. Sie sagt Alkariel, ich sei der Vater des Kindes, der Befehlshaber der Silberritter. Sie kann nichts gegen mich unternehmen, und Daralee will ihn ebenso schützen wie ich. Es war schwer, ihn davon zu überzeugen. Er ist so tollkühn und leichtsinnig. Anstatt sich um sich selbst zu sorgen, befürchtet er, Alkariel könnte mir etwas antun. Ich bin nicht leicht zu töten …

… Seit ihr die Schwangerschaft anzusehen ist, wird Daralee in einen goldenen Käfig gesperrt. Sie verlässt den Palast kaum noch. Die Elfen bei Hofe werfen mir seltsame Blicke zu. Das Volk respektiert die beiden Schwesternköniginnen, aber es liebt Daralee und fürchtet Alkariel. Mein Tod würde niemanden überraschen …

… Ich wurde von Alkariel in den Osten geschickt, was natürlich kein Zufall ist. Ich habe ihn mitgenommen. Es ist unauffällig, denn ich habe viele meiner Schüler mitgenommen und

auch viele treue Silberritter. Ich konnte ihn nicht allein in Ueden lassen. Er wäre für sie eine allzu leichte Beute …

… Letzte Nacht kam Daralee zu uns. Sie war völlig aufgelöst. Sie befürchtet, Alkariel würde dem Kind etwas antun oder es ihr wegnehmen. Sie will Daralees Liebe nicht teilen. Welches Recht hat Alkariel, sich ihre Schwester zum Eigentum zu machen und ihr jedes Glück zu verwehren? Die Verzweiflung und Hoffnungslosigkeit in ihren Augen brechen mir das Herz. Aber auch das Glück fand zu uns. Mit dem ersten Licht des Morgens wurde ihre Tochter geboren. Sie nannten sie Eliria …

… Ich rechne jeden Moment mit Alkariels Erscheinen. Daralee ist noch schwach, und sie hat Angst. Ich weiß nicht, ob ich ihre Worte ernst nehmen kann. Sie spricht davon, Elvion zu spalten. Nie wieder will sie zurück zu Alkariel, und darin sieht sie ihre einzige Möglichkeit. Sie will Königin des Ostens werden, und Alkariel soll über den Westen regieren. Nur durch Weltentore sollen die beiden Reiche zugänglich sein. Daralee ist eine mächtige Magierin, aber so etwas ist nicht möglich. Sie träumt von einer friedlichen Zukunft mit dem Mann, den sie liebt, und ihrer gemeinsamen Tochter. Diesen Frieden wird es nicht geben …

… Meine Hände zittern immer noch. Die Königin ist tot. Ich war für sie verantwortlich, jetzt ist sie tot. Es ist meine Schuld. Donner und das Beben der Erde haben mich aus dem Schlaf gerissen. Ich kann mich nur noch an den Schmerz erinnern, als würde mir mit Gewalt etwas entrissen werden – meine Kraft, meine Magie. Ich kann mich auch noch an den grellen Blitz

erinnern, der das gesamte Reich für einen Moment erhellte, und an die entsetzliche Stille danach.

Wir fanden Daralee in einer Höhle nahe dem Palast von Ueden, direkt an den Klippen der Bucht. Dort hatten sich die beiden oft vor Alkariel versteckt, und nun war Daralee dorthingegangen, um ihren Zauber zu wirken, den ich für unmöglich gehalten hatte. Sie sind alle tot. Daralee und die Silberritter, die sie begleitet haben. Niemand hat diese gewaltige Energie überlebt. Was hat sie nur getan?

… Alkariel war schnell. Sie hat ein Weltentor in das abgetrennte Reich gefunden, in das die Sonne noch immer nicht zurückgekehrt ist. Ist es die Trauer um die Königin, die das Land in grauen Nebel hüllt? …

… Alkariels Zorn ist schrecklich. Ihr Heer zieht durch das verwunschene Land und verbrennt Dörfer und Städte. Sie beschuldigt die Elfen, am Tod ihrer Schwester beteiligt gewesen zu sein. Schmerz und Zorn machen sie blind. Die Flüchtlinge kommen in Scharen an den Stützpunkt beim Drachenfelsen. Es wird nicht lange dauern, bis uns auch Alkariel erreicht.

Ich wollte ihn mit seiner Tochter fortschicken, aber seine Torheit überrascht mich nicht. Er wollte sich Alkariel stellen! Er fürchtet, sie würde mich töten …

… Ich habe das Kind fortgebracht. Einer meiner Silberritter hat sie heimlich durch ein Weltentor in den Westen gebracht. Er wird mich dafür hassen, aber es ist die einzige Möglichkeit. Falls wir hier unseren Tod finden, ist zumindest das Kind in Sicherheit. Es trägt Daralees Blut in sich. Vielleicht gelingt es dem Kind eines Tages, diesen Wahnsinn zu beenden.

… Der Junge ist in größter Gefahr und auch das Baby, das er mit Daralee bekommen hat. Wenn Alkariel erfährt, dass er und nicht ich der Geliebte Daralees war, wird er sterben. Und wenn sie glaubt, wir hätten das Baby fortgebracht, werden weitere unschuldige Elfen sterben, bis wir ihr verraten, wo es ist. Und damit wäre das Schicksal des Kindes besiegelt. Wir müssen uns etwas einfallen lassen. Ich höre bereits die Trommeln, die über die Ebene hallen …

… Die Silberritter sind mir immer noch treu ergeben, und die anderen Elfen fürchten sich vor Alkariel. Sie wollen, dass ich sie verteidige, wollten mich sogar zu ihrem König ernennen, obwohl sie denken, ich sei Daralees Geliebter, aber auch ihr Mörder gewesen. Sie sehen in mir nur den Befehlshaber, der sie vielleicht noch vor einer willkürlich mordenden Königin retten kann …

… Wir saßen bis tief in die Nacht zusammen. Glendorfil und ich. Nur wir beide, und auch wenn es dem Jungen nicht gefällt, habe ich eine Entscheidung getroffen. Niemand darf jemals erfahren, dass Daralee durch den Zauber ums Leben gekommen ist. Niemand darf jemals erfahren, dass ich das Baby fortgebracht habe.

Alkariel wird alles tun, um sich das verlorene Land zurückzuholen, denn ihre Liebe zur Macht übertrifft die Liebe zu ihrer Schwester bei weitem. Ich hege die Hoffnung, dass sie selbst versucht, die magische Barriere zu zerstören und dabei auf dieselbe Weise ums Leben kommt wie Daralee. So sind wir frei, und Daralees Tochter kann ihr Erbe antreten. Glendorfil glaubt, er könne das sinnlose Morden und den Krieg verhindern, indem er sich stellt, wenn er Alkariel sagt, dass Daralee nicht ermordet wurde, sondern durch die Magie des Zaubers starb. Doch ich habe ihm klargemacht, dass es Alkariel nicht daran hindern würde, uns anzugreifen. Sie will das Land zurück, einzig das Land. Und wenn sie glaubt, dass wir das Baby haben, wird sie nicht ruhen, bis sie es in ihre Fänge bekommt. Sie muss denken, dass ich Daralee hintergangen habe, dass Daralee das Baby ohne mein Wissen fortgebracht hat. So kann sie mich nicht dazu zwingen, seinen Aufenthaltsort zu verraten. Das Kind ist jetzt das Einzige, was noch zählt, und Glendorfil wird es auch irgendwann einsehen. Soll Alkariel denken, ich hätte ihre Schwester ermordet. Es glauben immerhin bereits alle, und womöglich werde ich diesen Tag ohnehin nicht überleben. Die Wahrheit würde diesen Kampf nicht verhindern.

Es war die falsche Königin, die uns verlassen hat. Eine dunkle Zeit steht uns bevor …

Das Buch wurde immer schwerer, und Vanora hatte das Gefühl, es nicht mehr halten zu können.

Und jetzt, während sie die Seiten las, kamen die Tränen, die sich seit Glendorfils Tod nicht hatten befreien wollen.

Vanora klappte das Buch zu und strich sich mit dem Handrücken die Tränen von den Wangen. Ihre Hände zitterten, und einige Augenblicke lang war sie zu nichts fähig, als auf den Einband des wohl wertvollsten Schatzes der Dunkelelfen zu starren. Ihr Kopf versuchte mit aller Mühe, das Gelesene einzuordnen, zu verstehen, was diese Worte für sie bedeuteten. Die gesamte Geschichte der Dunkelelfen, eine Lüge!

Es dauerte, bis sie nach und nach etwas Ordnung in ihren wirren Gedanken schaffen konnte.

Glendorfil war ihr Großvater gewesen. Dies war das Erste, was ihr klar wurde, und jetzt, wo sie um seine tragische Geschichte wusste, schmerzte sein Tod umso mehr. Alle Welt dachte, Andron sei Daralees Geliebter gewesen und habe ein Kind mit ihr gehabt, aber das stimmte nicht. Es war Glendorfil gewesen, und Andron hatte ihn nur schützen wollen. Glendorfil war nur ein Schüler gewesen, und doch hatte er das Herz einer Königin gewinnen können. Ob Vanoras Mutter Eliria damals, als sie nach Lurness gekommen war, gewusst hatte, dass Glendorfil ihr Vater war? Oder hatte er dieses Geheimnis auch vor ihr verborgen? Wie hatte er das nur so lange geheim halten können?

Doch da war etwas, das dies und alles andere unwichtig erscheinen ließ.

Ein Satz, der Vanoras Herz beim Lesen hatte schneller schlagen lassen:

»Niemand hat diese gewaltige Energie überlebt.«

Die Antwort auf all ihre Fragen. Glendorfil hatte sie immer gewusst und dennoch vor ihr verborgen. Daralee war nicht ermordet worden. Der Zauber zur Trennung Elvions hatte sie getötet. Und alle in ihrer Nähe.

So, und nur so, könnte Alkariel getötet werden und Vanora ihr Schicksal erfüllen. Sie musste die Barriere zerstören, so wie Daralee sie damals errichtet hatte. Sie selbst würde dabei sterben, ja, aber Alkariel würde mit ihr sterben. Denn niemand in unmittelbarer Nähe überlebte diese Energie.

Vanora hatte Glendorfil unrecht getan. Er war nicht der kaltherzige Elf gewesen, der nüchtern über den Wert eines Lebens gesprochen und nur das Ziel, die Dunkelelfen zu befreien, vor Augen gehabt hatte. Nein, er hatte sie von Kind an beschützt, mehr, als Vanora jemals geahnt hatte. Er hatte dieses Buch, die Wahrheit, vor ihr verborgen gehalten, um sie zu schützen. Es wäre ein Leichtes gewesen, sie dem Frieden, den Leben zahlreicher Krieger zu opfern. Er hätte ihr nur sagen müssen, dass die Zerstörung der Barriere Alkariel mit in den Tod reißen würde, und Vanora hätte sich geopfert. Denn Alkariel wusste dank Androns Lüge nichts von der Macht dieser Energie. Alkariel dachte wie alle anderen, Daralee sei ermordet worden, und so würde sie an der Zerstörung der Barriere teilhaben – und dabei sterben. Es wäre so einfach gewesen. Wieso hatte er es nicht getan? Wieso hatte er ihr Leben nicht gegen das von so vielen Unschuldigen getauscht? War sie ihm tatsächlich so wichtig gewesen, seine eigenen Worte und Lehren zu vergessen?

Immer wieder hatte er ihr gepredigt, dass ein Krieg Opfer erfordere, dass man das Leben eines Einzelnen nicht über das Wohl eines gesamten Volkes stellen dürfe. Er hatte seine eigenen Worte missachtet und sie aus einem Vanora nicht zu begreifenden Grund davon ausgenommen. Ob es daran lag, dass sie mit ihm verwandt war und er sie deswegen nicht für das Reich hatte opfern können?

Vanora starrte weiterhin auf das Buch. Das alles war jetzt nicht mehr wichtig. Sie hatte die Wahrheit gefunden, und der Schatten ihres Schicksals senkte sich über sie herab. Glendorfil hatte versucht, das Schicksal zu betrügen, es in eine andere Richtung zu lenken, um ihr Leben zu retten, doch jetzt war er nicht mehr da, um sie an ihrer Bestimmung zu hindern, sie vor ihr zu verbergen. Er konnte sie nicht mehr aufhalten, und Vanora fragte sich unwillkürlich, ob es Zufall war, dass Glendorfil an diesem Tag gestorben war. Was konnte noch dem Zufall zugeschrieben werden, und wie weit reichte die Hand des Schicksals? Hatte Glendorfil erst gehen müssen, ehe sie ihre Bestimmung erfüllen konnte? Ardemir hatte gesagt, Elfen, die den Pfad zu den Sternen eingeschlagen hatten, hörten den Ruf des Schicksals. War es das, was Vanora jetzt in Händen hielt? Den Ruf des Schicksals?

Glendorfil hatte stets darauf gehofft, dass sie stärker und mächtiger werden und so eines Tages die Kraft erlangen würde, Alkariel auf andere Weise zu besiegen. Nicht während der Zerstörung der Barriere, bei der sie ihr eigenes Leben geben müsste. Doch es gab keinen anderen Weg.

Er musste sie tatsächlich sehr geliebt haben.

Erneut flossen Tränen über Vanoras Wangen. Tränen, die Glendorfil und seiner stets so gut verborgenen Liebe galten – und Tränen, die das Wissen mit sich brachte, dass ihre Tage gezählt waren. Sie wusste, dass sie dem Schicksal nicht entkommen konnte. Nicht einmal Glendorfil war es gelungen, und so konnte sie nichts anderes tun, als sich zu stellen.

Und es gab nur eine Person, die ihr dabei helfen konnte.

Das schmale Buch in der Hand, klopfte Vanora leise an die Tür und hoffte, dass die Versammlung bereits zu Ende war und sie nicht umsonst gekommen war.

»Ja, bitte«, kam es dumpf durch die geschlossene Tür.

Vanora atmete tief durch und drückte dann die Klinke nach unten. Sie wusste nicht, wann sie das letzte Mal hier gewesen war, doch in dem Raum, der einem kleinen Palast ähnelte, hatte sich nichts verändert.

»Vanora! Dich hätte ich hier nicht erwartet.« Nur in ein seidenes Tuch gehüllt kam Liadan aus dem Baderaum. Die schwarzen Haare hingen ihr in nassen Strähnen auf dem

Rücken, und ihre nackten Füße hinterließen Spuren auf dem Boden.

»Es tut mir leid. Ich wollte dich nicht stören.«

Liadan winkte ab. »Ich bitte dich. Ich freue mich, dich zu sehen.« Sie deutete zu dem kleinen, runden Tischchen, an dem zwei mit rotem Samt gepolsterte Stühle standen. »Komm, setz dich. Geht es dir wieder besser? Du warst schwer verletzt.«

Vanora antwortete nicht, ließ sich auf einem der Stühle nieder und strich immer wieder mit den Fingern über das Buch. Liadan musterte sie schweigend, bis Vanora schließlich das Wort ergriff: »Liadan … ich brauche deine Hilfe.«

Die Prinzessin nickte abwartend, doch statt einer Erklärung schob Vanora ihr das Buch über den Tisch entgegen.

Liadan sah auf den Einband und holte mit ersticktem Aufschrei Atem. »Das ist …« Sie schlug es auf und überflog die Seiten, während Vanora schweigend wartete. Die Stille ließ ihren Herzschlag unnatürlich laut wirken, und sie musste sich ein lautes Seufzen verkneifen, als Liadan das Buch endlich schloss.

»Wieso zeigst du mir das?«

Vanora legte alle Entschlossenheit in ihren Blick. »Weil ich deine Hilfe brauche«, antwortete sie mit fester Stimme.

»Du solltest damit zu Eamon gehen. Er ist der …«

»Eamon kann mir nicht helfen.«

Liadan nickte. Nachdenklich strich sie mit dem Finger über den Einband des Tagebuchs, so, wie Vanora es kurz zuvor auch getan hatte, wieder und wieder. Dann sah sie wieder auf. »Er hat es so lange für sich behalten«, brach sie das Schweigen.

»Er wollte mich beschützen.«

»Wie konnte er dich damit beschützen?«

»Er wusste, was ich tun würde, wenn ich die Wahrheit über Daralees Tod erfahre.«

Wieder nickte Liadan, schob dann jedoch das Buch von sich. »Du solltest trotzdem zu Eamon gehen«, sagte sie. »Ich kann dir nicht helfen.«

Vanora hatte damit gerechnet, war jedoch nicht bereit, so schnell aufzugeben. »Du hast ein gutes Herz, Liadan. Ich weiß das. Ich weiß, wie wichtig dir dieses Land ist. Willst du tatsächlich zusehen, wie morgen weitere deiner Leute sterben? Ich kann es verhindern.«

»Du bist Daralees Nachfahrin. Du bist die wahre Königin.«

Ihr Widerspruch kam von Herzen. Vanora konnte es in Liadans Augen sehen. Es war nicht leicht für sie. Aber letzten Endes, da war Vanora sich sicher, würde Liadan sich für das Wohl des Reiches entscheiden. Deshalb war sie hier bei ihr und nicht bei Eamon. »Meine Entscheidung steht fest«, sagte Vanora. »Die Frage ist nur, ob du mir dabei hilfst oder mich alleinlässt und es damit unnötig schwerer machst.«

Liadan starrte schweigend auf das Buch vor sich. Nach einer Weile sah sie auf und wirkte tatsächlich traurig. Ein Ausdruck, der nicht zu diesem schönen Gesicht passte. »Sie werden es mir niemals verzeihen«, flüsterte sie. »Eamon und … Nevliin.«

Vanoras Herz machte einen Satz. Die Art, wie sie Nevliins Namen aussprach, so voller Schmerz und … Sehnsucht, ließ in ihr eine Unruhe entstehen, die sie nicht verstand. Liadan sprach weiter, ohne auf Vanoras flackernden Blick einzugehen.

»Andron war ein Held«, sagte sie, auch wenn Vanora nicht wusste, wieso sie jetzt plötzlich über ihn sprach. »Er hat wohl immer gewusst, dass Alkariel gefährlich ist, genauso wie Daralee es immer gewusst hat. Hätte Andron die beiden nicht dazu gebracht, ihre Liebe geheim zu halten, wäre Glendorfil wohl schon damals gestorben. Doch damit nicht genug. Andron hat eine furchtbare Schuld auf sich genommen, obwohl dies Krieg bedeutet hat. Er blickte weiter voraus. Er sah, dass Alkariels Zorn mit dem Ergreifen von Daralees Mörder nicht zu Ende sein würde. Er hat gewusst, dass sie das Kind würde haben wollen. Er hat alles auf sich genommen – nicht um einen einzelnen Kampf zu verhindern, sondern um die ferne Zukunft zu verbessern. Er hat gehofft, das Kind würde Daralees Platz einnehmen und das Schattenreich, nein, ganz Elvion von Alkariel befreien. Alle hielten ihn für einen Verräter. Niemand wusste, dass er ein Held war.«

Jetzt verstand Vanora. »Er nahm es auf sich, Verräter genannt zu werden«, antwortete sie daher ernst, »denn damit sicherte er dem Schattenreich die einzige Möglichkeit, sich von Alkariel zu befreien. Er war ein Held, auch wenn es niemand wusste.« Sie hielt einen Moment lang inne und nahm Liadans Hand. »Eamon und auch … Nevliin werden dich für eine Verräterin halten. In Wahrheit wird das Schattenreich dir die Freiheit verdanken … wenn du mir hilfst.«

»Es sind bereits so viele gestorben.«

»Es werden noch mehr werden. Du musst mir helfen, Liadan. Glendorfils Schweigen war nicht umsonst. Er hat uns dadurch die einzige Waffe gegen Alkariel erhalten. Wir müssen sie nutzen.«

Liadan musterte sie lange, dann schluckte sie und nickte langsam: »Wie kann ich dir helfen?«

Vanora blickte auf das Buch, die wahre Geschichte der Elfen. Wäre die Wahrheit schon damals bekannt geworden, hätte sie jetzt keine Möglichkeit Alkariel zu vernichten. Egal, was sie versuchte, Alkariels Magie wäre immer stärker. Genauso wie Mearas. Sie hatte es gesehen. Der Pfeil hätte die beiden vernichten müssen, doch Meara hatte ihn einfach so in Asche verwandelt. Vanora hatte versucht, mit einem Drachen an die beiden heranzukommen, und nun war Dregor tot. Ihre eigene Magie war noch zu schwach, doch die Dunkelelfen hatten keine Zeit mehr. Sosehr Glendorfil auch darauf gehofft hatte – Vanora konnte die beiden Elfen nicht mit ihrer Magie vernichten, noch lange nicht. Sie war eine Magierin des Feuers und noch nicht einmal imstande, dieses Element richtig zu kontrollieren. Meara war eine Magierin der vier Elemente. Es würde Jahrhunderte, ja Jahrtausende dauern, sie zu erreichen. Nein, dachte sie, an Alkariel gab es kein Herankommen. Nicht in einem Kampf. Die Königin würde bei der Erfüllung ihrer Träume sterben. Bei der Wiedervereinigung Elvions. Es fiel ihr schwer, weiterzusprechen, jetzt da das Ende so nah war, doch andererseits gewann sie dadurch eine Kraft, die tief in ihr verborgen auf diesen Moment gewartet hatte. Endlich konnte sie etwas tun.

»Zuerst brauche ich einen Schlüssel für das Weltentor.« Vanora sah alles bereits vor sich. »Ich gehe noch heute Nacht nach Ueden. Ich werde Alkariel sagen, dass ich die Barriere für sie zerstöre, um weitere Opfer zu verhindern.«

»Ja, sie wird dir glauben. Vermutlich rechnet sie bereits damit.«

Vanora nickte. »Sie wird mich in die Höhle bringen, in der einst Daralee ihren Zauber gewirkt hat – direkt zu der Barriere. Ich werde sie zerstören und damit alle, die sich in meiner Nähe aufhalten, töten – so, wie einst Daralee es tat. Ich werde damit Alkariel zerstören. Sie wird nicht einmal bemerken, dass der Zauber – ihr sehnlichster Wunsch – sie selbst vernichtet. Die Energie wird sie genauso töten wie …«

»Dich.« Liadan senkte den Blick.

Vanora drückte ihre Hand noch etwas fester und beugte sich zu ihr vor. Jedes Wort schmerzte ihr in der Seele, und ihr war bewusst, dass sie nicht nur Liadan zu überzeugen versuchte, sondern vor allem sich selbst. »Ein Leben für das von vielen. Nur noch ein einziges Leben, und alles ist vorbei.«

Liadan atmete tief durch und sah sie an. »Du brauchst also einen Schlüssel«, sagte sie in resignierendem Ton.

»Das ist die kleinste Schwierigkeit. Aber du musst auch Eamon und Nevliin aufhalten. Wenn sie bemerken, dass ich fort bin, werden sie nach mir suchen.«

Liadan schüttelte den Kopf. »Sie werden wissen, wo du bist.«

»Und du wirst sie aufhalten.« Vanora drückte ihre Hand so fest, dass es sie bereits selbst schmerzte. »Sie dürfen nicht in meiner Nähe sein, wenn ich den Zauber wirke. Liadan, versprich mir, dass du sie mit allen Mitteln aufhalten wirst. Ich muss die Barriere zerstören. Ich kann sie nicht beschützen. Du musst sie von mir fernhalten. Versprich es. Bitte.«

Liadan sah ihr fest in die Augen, dann nickte sie: »Ich verspreche es dir.«

Das Gespräch mit Liadan war genau so verlaufen, wie Vanora es sich vorgestellt hatte, und doch brach sie in Tränen aus, kaum dass sich die Tür von Liadans Gemächern geschlossen hatte. Jegliche Kraft war aus ihr gewichen. Da war nur noch Schmerz.

Die Hand auf den Mund gepresst, kauerte sie sich auf dem Steinboden und schluchzte. War es egoistisch von ihr, nicht sterben zu wollen? War es egoistisch, diejenigen, die sie liebte, nicht für immer verlassen zu wollen? Wie sollte sie es nur anstellen, fortzugehen?

Natürlich gab es keinen anderen Weg. Diese Bürde hatte sie von Kindestagen an getragen. Der einzige Unterschied war, dass sie jetzt wusste, was dieser dunkle Schatten, der sie stets begleitet hatte, bedeutete. Sie wusste, was zu tun war, und es machte ihr so wahnsinnige Angst, dass sie fürchtete, nie wieder aufstehen zu können. Doch es nutzte alles nichts: Sie konnte nicht fliehen. Weder vor dem Schmerz noch vor ihrer Bestimmung, die ihr ganzes Leben lang Hand in Hand gegangen waren. So viele hatten bereits sterben müssen. Menschen und Elfen, von denen sie sich hatte verabschieden müssen. Es würden noch mehr werden. So viele mehr.

Nein, es gab keinen anderen Weg. Das Schattenreich würde sicher sein, Elvion erneut vereint. Wie konnte sie da mit ihrem Schicksal hadern? Was war ihr Leben im Vergleich dazu wert? Wen kümmerte es, dass der Gedanke, Nevliin oder auch Eamon nie mehr wiederzusehen, ihr das Herz brach? Sie durfte nicht so schwach sein. Schließlich war sie ihr Leben lang darauf vorbereitet worden.

Vanora lachte schluchzend auf. Sie würde eine Heldin werden. Einer jener richtigen Helden, von denen sie gelesen hatte. Ob die Figuren in den alten Schriften ebenfalls solche Angst gehabt hatten? Nein, bestimmt nicht. Helden lachten dem Tod ins Angesicht, stellten sich ohne Furcht. Sie weinten nicht wie kleine Kinder in den verlassenen Gängen einer Burg und wünschten sich, dem Tod zu entrinnen. Was war sie nur für ein verdammter Jammerlappen.

Es war Nevliin, der sie nicht losließ, der sie an das Leben band. Sie wollte in diesem Moment in seinen Armen liegen und nie mehr fortgehen. Der Krieg war ihr gleichgültig, sie wollte einfach nur seine Liebe. Ein ganz und gar egoistischer Gedanke. Nein, so dachte kein Held, doch sie konnte nicht anders. Ihre Zeit war einfach zu kurz gewesen. Sie hatte es immer gewusst.

»Vanora?«

Ein Blitz fuhr durch ihren Körper und ließ sie aufspringen. Schnell strich sie die Tränen aus ihrem Gesicht, doch es war zu spät. Eamon und Ardemir, deren Räume sich ebenfalls in diesem Teil der Burg befanden, waren bereits zu nah, und sie war sich sicher, dass ihr Äußeres ihre Tränen ohnedies verraten würde.

Mit müden Augen und hängenden Köpfen traten die beiden näher, und als sie Vanora schließlich erreichten, hob Eamon die Hand und strich ihr sanft eine Träne von der Wange: »Glendorfil hat dich sehr geliebt. Das weißt du doch, oder?«

Vanora nickte. Er hatte sie mehr geliebt, als sie sich jemals hatte vorstellen können.

»Warst du bei Liadan?« Eamons Gesichtsausdruck verfinsterte sich schlagartig, als er an ihr vorbei zur geschlossenen Tür blickte.

»Ich ... ja ... ich wollte mit ihr sprechen.«

Wieso hatte Eamon genau in diesem Moment vorbeikommen müssen? Nicht nur, dass Eamon ihren Plan gefährdete, er machte es nun noch schwerer, ihn auch tatsächlich umzusetzen. Vanora hatte einfach gehen wollen, ohne sich von irgendjemandem zu verabschieden. Sie besaß jetzt den Schlüssel zum Weltentor, und Liadan hatte ihr genauestens erklärt, was sie tun musste. Doch Eamon sah ihr so misstrauisch in die

Augen, dass sie das Gefühl hatte, er würde sie mit nur einem Blick durchschauen.

Daher wandte sie sich jetzt auch Ardemir zu, der die ganze Zeit über zu Boden gestarrt hatte. Von jenem Mann, der sie an ihren ersten Tagen in Lurness mit seinem Frohsinn verzaubert hatte, war nichts mehr übrig. Vanora wusste, dass er und Glendorfil sehr gute Freunde gewesen waren, und so traf ihn der Verlust umso schlimmer.

»Verzeiht«, sagte er, als er ihren Blick bemerkte und kurz zwischen Eamon und ihr hin und her sah. »Ich ziehe mich zurück.«

»Aber …« Vanora verlor den Boden unter den Füßen. Das war das genaue Gegenteil von dem, was sie wollte, doch sie konnte ihn nicht aufhalten, trat gegen jede Vernunft einen Schritt zur Seite, und Ardemir nickte ihr noch einmal traurig zu, ehe er den Gang entlang fortging. Bald schon verhallten seine Schritte und verstummten dann.

Es war Eamon, der schließlich das Schweigen brach: »Du hast mir heute einen Wahnsinnsschrecken eingejagt, das weißt du doch, oder?«

Vanora sah zu ihm auf und konnte kaum noch atmen, als sie ihm in die vertrauten blaugrauen Augen sah. Nur mit Mühe gelang es ihr, weitere Tränen zurückzuhalten.

»Das wollte ich nicht«, brachte sie stockend hervor.

Eamon betrachtete sie nachdenklich, und Vanora versuchte, dem Blick auszuweichen. Die Zeit verstrich. Sie musste sich eine Ausrede einfallen lassen, weshalb sie sofort verschwinden musste – doch Eamon kam ihr zuvor: »Wir brechen morgen auf«, sagte er, »sobald die Krieger und Pferde fertig sind.«

»Das ist gut.«

Eamon lehnte sich gegen die Wand und lächelte, wobei er sie weiterhin musterte. »Du fragst gar nicht, ob du mitkommen kannst.«

»Es ist doch selbstverständlich, dass ich mitkomme.« Ihre Stimme klang ungewöhnlich hoch, doch sie hoffte, dass Eamon es ihrer Trauer um Glendorfil zuschreiben würde und nicht der Lüge.

»Ich habe befürchtet, dass du das sagst«, antwortete er. »Du wirst wieder bei Ardemir bleiben, am Ende des Zuges und … sieh mich nicht so an. Du bleibst bei Ardemir. Es ist schon genug geschehen.« Das leichte Lächeln, das die kleinen Grübchen an seiner Wange zum Vorschein gebracht hatte, erstarb, und Eamons Ausdruck wurde sofort wieder ernst. »Das war ein schlimmer Tag heute«, sagte er mehr zu sich selbst, ehe er sie ansah und mit dem Kopf in den Gang deutete. »Du solltest noch etwas schlafen.«

Vanora erstarrte. Seit seinem Erscheinen hatte sie sich gewünscht, schnell fortzukommen, und jetzt, wo sich eine Möglichkeit bot, konnte sie nicht gehen. Ihr einziger Gedanke war, dass dies das letzte Mal war, dass sie Eamon sah. Der Gedanke war so qualvoll. Als sie das laute Schluchzen, das durch ihre Kehle drang, bemerkte, war es schon zu spät. Jetzt weinte sie doch, und ihr Schluchzen hallte weit und klang so verzweifelt, dass sie es unmöglich würde mit einer Ausrede erklären können. Es klang, wie sie sich fühlte: leer. Zu Tode verängstigt. Am Ende aller Dinge.

»Vanora.« Eamon streckte die Hand nach ihr aus, und Vanora konnte nicht anders, als sie zu ergreifen. Mit sanfter Kraft zog er sie zu sich und drückte sie an seine Brust.

Das war zu viel. Eine Flut aus Schmerz, Tränen und Verzweiflung brach über ihr zusammen, und Vanora verfluchte sich dafür. Sie durfte nicht nachgeben. Sie durfte nicht so schwach sein. Doch sosehr sie sich immer wieder ermahnte, die Tränen wollten einfach nicht versiegen. Sie vergrub ihr Gesicht in Eamons Hemd, und mit einem Mal sehnte sie sich nach dem Tod. Sie konnte das alles nicht mehr ertragen. Wieso musste ausgerechnet sie auserwählt sein, ein Reich, eine ganze Welt zu retten? Wieso gab es keinen Ritter, der sie wie in einem Märchen vor allem Übel bewahrte? Aber nein – ausgerechnet ihr war die Heldenrolle zugeschrieben. Es war ihre Aufgabe, die Ritter zu beschützen, anstatt sich von ihnen retten zu lassen. Denn selbst wenn ihre beiden Ritter sie von hier fortbringen würden, wohin könnten sie fliehen? Der Krieg würde weiterhin toben, weitere Unschuldige würden sterben. Da zählte ihr Herz einfach nicht. Es zählte nicht.

Eine Ewigkeit schien zu vergehen, und aus dem verzweifelten Weinen wurde ein nicht weniger verzweifeltes Luftholen, als sie sich langsam wieder in den Griff bekam. Doch es kam noch schlimmer, viel, viel schlimmer.

Das regelmäßige Streicheln durch ihr Haar hörte plötzlich auf, und noch bevor Vanora es richtig begriff, schob sich Eamons Hand unter ihr Kinn und hob sacht ihren Kopf an. Vanora hatte keine Kraft, sich dagegen zu wehren, auch wenn sie wusste, dass sein Anblick alles nur noch schwerer machen würde. Alles in ihr schrie danach, fortzulaufen und diesen Wahnsinn endlich zu beenden, und gleichzeitig schrie es genauso laut, hierzubleiben und jede Sekunde, die ihr noch blieb, zu nutzen.

Eamon umfasste ihr Gesicht mit beiden Händen und strich ihr die Tränen mit den Daumen fort. Er sah ihr mit solch zärtlichem Blick in die Augen, dass es Vanora schier das Herz zu brechen drohte. Sie hatte das Gefühl, zu ersticken, die Luft fand keinen Weg mehr durch ihre enge Kehle. Verzweifelt suchte sie nach Worten. Sie hatte das Gefühl, etwas sagen zu müssen, irgendetwas, das ihm danach über den Schmerz hinweghelfen würde, doch ihr Kopf war leer. Kein Wort brachte sie über die Lippen, als sie ihn durch einen Schleier von Tränen ansah. Wie konnte das Schicksal nur so grausam sein?

»Bald«, flüsterte Eamon und streichelte mit einem Finger über ihr Gesicht. »Wir müssen nur noch morgen durchhalten. Dann ist alles vorbei.«

»Ja, dann ist es vorbei.« Vanora atmete tief durch. Sie musste jetzt gehen, einfach einen Schritt zurückmachen, sich umdrehen und gehen, ihrer Bestimmung entgegen. Doch Eamon hielt ihr Gesicht immer noch in seinen Händen, und in seinen Augen lag, verschmolzen mit der Zärtlichkeit, ein tiefer Schmerz. Zum ersten Mal war Vanora froh, dass sie ihm niemals Hoffnungen auf eine gemeinsame Zukunft gegeben hatte. Er verlor sie – doch nicht auf dieselbe Weise, als wenn sie seiner Liebe weitere Nahrung gegeben hätte. Er würde darüber hinwegkommen.

Wenn nur sie selbst darüber hinwegkommen könnte. Wenn sie nur etwas tapferer sein könnte.

Ihr angespannter Körper wurde immer schwächer. Die Anstrengung, sich im Griff zu behalten und nicht erneut in Tränen auszubrechen, ließ sie bereits zittern.

»Weine nicht mehr.« Eamon beugte sich zu ihr hinab, so unnatürlich langsam. Sein Atem strich über ihr nasses Gesicht, und seine Lippen berührten die Haut ihrer Wange.

Das Zittern in Vanoras Körper wurde schlimmer. Sie war nicht fähig, sich zu bewegen, geschweige denn einen klaren Gedanken zu fassen. Der sanfte Hauch strich über ihre Wange, näherte sich ihren Mundwinkeln. Vanora drehte den Kopf leicht zur Seite, der Herzschlag pochte in ihrer Kehle, und dann berührten ihre Lippen die seinen. Die Hände zu Fäusten geballt und die Augen fest zusammengepresst, verharrte sie reglos, während die Tränen erneut zu fließen begannen.

»Vanora«, flüsterte er an ihrem Mund, und er löste sich ein Stück, um sie anzusehen. »Es wird alles wieder gut.« Mit geschlossenen Augen küsste er ihre Stirn und richtete sich schließlich vollständig auf.

Vanora starrte zu ihm hoch. Wie es wohl war? Tot zu sein? War da nichts? Schwärze? Leere? Würde ihre Seele sich an die Liebe erinnern?

Sie musste diese düsteren Gedanken verscheuchen. Die Wahrheit würde sie ohnehin bald genug erfahren. »Ich muss jetzt gehen«, brachte sie mit gebrochener Stimme hervor.

Eamon nickte langsam. »Soll ich dich in deine Gemächer bringen?«

»Nein … ich …«

»Du gehst nicht in deine Gemächer.«

Vanora blickte auf. Wie recht er doch damit hatte und auch wieder nicht. Ohne sich ihres Handelns richtig bewusst zu sein, legte sie ihre Hand an seine Brust, dorthin, wo sein Herz schlug, und verharrte einen Moment lang. Sie wollte etwas sagen. Vielleicht, dass er ein gutes Herz hatte? Dass er bestimmt eines Tages glücklich werden würde? Dass er sie niemals vergessen sollte? Sie seufzte und ließ die Hand wieder sinken. Es war sinnlos. Dann sah sie ihm noch einmal in die Augen, um diesen Anblick mit sich zu nehmen, und ging schließlich fort.

Um sie herum war nur noch Dunkelheit. Das fahle Miranlicht war lediglich ein silberner Schatten an den Rändern. Sie sah kaum, was sich unmittelbar vor ihren Augen befand.

Ihre Füße setzten zwar einen Schritt vor den anderen, doch in ihrem Inneren trieb sie verloren in einer Leere, die den Geschmack des Todes trug – bis sie plötzlich vor einer Tür stand. Vanora sah auf ihre Hand hinab, die den Knauf fest umschlossen hielt, und kehrte mit solch einer Wucht ins Bewusstsein zurück, dass ihr Herz einen erschrockenen Satz machte.

Sie befand sich direkt vor Nevliins Gemächern, konnte sich jedoch nicht erinnern, wie sie hierhergekommen war.

Immer noch starrte sie den Türknauf an, als könne er ihr die Entscheidung abnehmen. Eamon zu begegnen war gefährlich gewesen, von ihm wegzugehen, kaum zu ertragen. Was würde mit ihr geschehen, wenn sie jetzt die Tür öffnete und Nevliin gegenübertrat? Seine ruhige Stimme hörte und in diese unvergleichlich schwarzen Augen sah?

Vanora kannte die Antwort. Sie würde ihn nicht verlassen. Im Moment war er eine Erinnerung. Eine wundervolle, von süßem Schmerz geprägte Erinnerung. Doch wenn er wahrhaftig vor ihr stand, würde sie nicht mehr fortgehen können. Er müsste sie nicht einmal aktiv daran hindern, sich ihrem Schicksal zu stellen – sie würde es einfach vergessen. In seinen Armen gab es für sie keine andere Bestimmung mehr ... so lange, bis der Kampf von neuem begann und die nächsten Elfen starben.

Vanora starrte auf ihre Hand. Ihre Finger waren wie eine Kralle um das Kupfer geschlossen. Was könnte es schon schaden, sich zu verabschieden? Sollte es wirklich so mit ihnen zu Ende gehen? Sie hatte ihn zuletzt bei der Versammlung gesehen. Das sollte tatsächlich ihre letzte Begegnung gewesen sein? Sie hatte ihm doch noch so viel zu sagen, so viel zu zeigen und zu geben. Sie hatten zu wenig Zeit gehabt. Ständig waren sie von Kämpfen, Tod und Verzweiflung umgeben gewesen. Anders als bei Eamon, mit dem sie friedliche Erinnerungen teilte. Nein, dachte sie, es durfte nicht einfach so vorbei sein. Die Schlacht war überstanden. Jetzt hatte sie es verdient, mit Nevliin glücklich zu sein! Mit ihm eine unbeschwerte Zeit in Frieden zu leben. So, wie sie es sich erträumt hatten: gemeinsam nach Valdoreen zu gehen, ohne Sorgen und Pflichten. Sie musste bei ihm bleiben. Sie brauchte ihn. Sie liebte ihn.

Vanora starrte auf ihre Hand. Ihre Zeit lief ab. Sie hatte keine Wahl.

Unter Aufbringung all ihrer Willenskraft löste sie die Finger vom Türknauf und blinzelte die Tränen fort. »Es tut mir so leid«, flüsterte sie, ehe sie die Hand vollständig wegnahm und sich auf den Weg zu ihrer Bestimmung machte.

❧

Dem Schicksal konnte niemand entkommen. Ihr Vater hatte sterben müssen, denn wäre er am Leben geblieben, hätte sie immer wieder versucht, zurück in die Welt der Menschen zu gelangen. Sie hätte sich niemals mit dieser neuen Welt abgefunden. Glendorfil hatte sterben müssen, denn er hätte versucht, ihr Leben zu retten und zu verhindern, dass sie genau das tat, was sie in diesem Moment tun musste. So viele unschuldige Elfen hatten sterben müssen, um Vanora vor Augen zu führen, dass es keinen anderen Weg gab. Sie hatten sterben müssen, um sie genau an diesen Ort zu führen.

Vanora schwang sich auf den Sattel des Pferdes, das sie einfach genommen hatte, ohne zu wissen, wem es gehörte, und sah sich auf dem Feld aus zu Schlamm gewordener Asche und Blut um. Hier, wo einst der Dunkelwald die Festung von der

Ebene von Edora getrennt hatte, war jetzt nichts mehr als der weiße Nebel, der träge über den verbrannten Boden kroch und sich in der Ferne den Drachenfelsen hinaufschlang. Noch nicht einmal Stümpfe der Baumriesen waren geblieben, nichts, das an die alte Pracht des Waldes erinnerte. So nahe an der Macht des Würfels war alles zerstört worden. Viele der Baumjäger hatten sich durch Eamons Warnruf noch in Sicherheit bringen können, doch genauso viele waren für immer verloren. Es war schwer zu glauben, dass genau hier vor kurzem noch ein unerbittlicher Kampf getobt hatte. Die Nacht war so still und dunkel, als würde die Welt selbst um die Opfer dieses Tages trauern. Mit müden Augen blickte sie über das leere, trostlose Bild; ein grenzenloses Feld aus Tod, Kälte und Dunkelheit, das lediglich durch einige wenige silbern leuchtende Wolken, hinter denen sich der Mond versteckte, erhellt wurde. Eine schwarze Unendlichkeit, in deren Herzen Vanora stand und mit vor Kälte starren Fingern die goldene Kette mit dem Medaillon aus der Tasche zog.

Es dauerte nur wenige Augenblicke, bis sie die kleine Einkerbung in dem als Felsen getarnten Weltentor fand und den Schlüssel hineinlegte. Das Tor war das Einzige, das den magischen Angriff, ohne Schaden zu nehmen, überstanden hatte und schraubte sich als tiefschwarzer Schemen aus dem Nebel, um irgendwo in der Höhe mit der Nacht zu verschmelzen. Vanora legte ihre Hand auf den frostigen Stein und sprach jene magischen Worte, die Liadan sie gelehrt hatte. Sie wusste, dass es ein Fehler war, und sah doch noch einmal über die Schulter zurück, ehe sie in das gleißende Licht trat.

Sie ließ die schlafende Festung zurück, welche eher wie ein einsamer Berg wirkte, der auf eine kahle Welt hinabblickte, und lächelte. Schon bald würde sich Lurness einem blauen

Himmel entgegenstrecken, und die Elfen auf den Mauerringen würden auf eine grüne Wiese mit bunten Blumen hinabblicken. Die Schrecken dieses Tages würden in Vergessenheit geraten.

Natürlich wurde sie in den Weißen Hallen des Lichtreichs bereits erwartet. Ein halbes Dutzend weiß gepanzerter Lichtritter kam auf sie zu, was Vanora in ihrer Apathie nicht daran hinderte, sich weiter umzusehen. Ein spezielles Bild hielt ihre Aufmerksamkeit gefangen. Es musste der Blick von einem Hügel sein, der ein weitläufiges, über und über mit Schnee bedecktes Tal zeigte, in dessen Mitte sich ein glitzernder Palast von einem tiefblauen Himmel abzeichnete. Valdoreen.

Vanora lächelte. Ja, so hatte sie es sich vorgestellt. Es passte zu Nevliin.

»Prinzessin Vanora?«

»Ihr wisst, wer ich bin?« Sie wandte den Blick ab und sah in die Gesichter der Ritter, welche sicherlich erst vor kurzem ihre Freunde und Vertrauten getötet hatten und nun wenige Schritte vor ihr stehengeblieben waren. Einer von ihnen streckte ihr seine Hand entgegen, und Vanora ging auf ihn zu. »Dann wisst ihr ja, was ihr zu tun habt.«

Eämon

Mit dem Rücken an die Tür gelehnt, saß Eamon in seinem Gemach am Boden und presste die Faust gegen die Stirn. Er fror, was für einen Elfen äußerst ungewöhnlich war – noch dazu, da im Kamin ein Feuer brannte, das den gesamten Raum in wohlige Wärme hüllte.

Die Kälte kam aus seinem Inneren. Die Kraft des Grogons hatte an diesem Tag nach seiner Seele gegriffen, und in Eamon brannte die Gewissheit, dass es ihm tatsächlich gelungen war, ihm ein Stück davon zu entreißen. Er seufzte tief. Ja, er war der König. Sein Volk wäre durch Alkariels Angriff beinahe ausgelöscht worden. Der älteste Dunkelelf, das Herz des Schattenreichs, hatte sein Leben gelassen. Und Vanora … Vanora war erneut durch diesen grausamen Schlag des Schicksals zu Boden gerissen worden. Was fehlte noch, um sie endgültig zu zerbrechen? Die Dunkelheit hielt sie bereits so eng umschlungen, dass jedes Licht in den einst so strahlenden Augen erloschen war. Von jenem Mädchen, das keinen Grund benötigt hatte, um fröhlich durch das Gras zu hüpfen oder ausgelassen zu lachen, war nichts mehr geblieben.

Was war er nur für ein König? Was war er für ein Freund? Hatte er sich nicht geschworen, ihr zu helfen, die schwere Last, die ihr Daralees Erbe aufgebürdet hatte, zu tragen? Hatte er nicht jedes Leid von ihr fernhalten wollen? Wie hatte er nur tatenlos zusehen können, dass sie sich immer weiter verlor?

Es war leicht gewesen, Nevliin die Schuld zuzuschieben, doch in Wahrheit war er es selbst, der versagt hatte. Er war ihr Freund, und er hatte seinen Schwur gebrochen. Er hatte sie alleingelassen und nichts unternommen, obwohl es so offensichtlich gewesen war, dass sie aus der Dunkelheit nicht allein hinausfand. Sie war ihm schon vor so langer Zeit entglitten, und er hatte es einfach hingenommen, anstatt darum zu kämpfen, sie zurück ins Licht zu führen. Sein verletzter Stolz, die Eifersucht waren seine bequemen Ausreden gewesen. Und jetzt war es zu spät. Es war nichts mehr nötig, um sie vollkommen zu zerstören. Sie war bereits gebrochen. Um das zu sehen, war lediglich ein flüchtiger Blick in ihre Augen notwendig gewesen. Es waren nicht die Tränen oder dieses bitterliche Weinen gewesen, das in Anbetracht von Glendorfils Tod normal war. Da war noch etwas anderes – ein Schmerz, der tiefer saß als alles, was sie jemals erlebt hatte, und jeden Funken Leben in ihr zerstört hatte. Etwas, was ihre Seele nach all den Schrecken nicht mehr verkraften konnte.

Sie war zu jung, dachte er, sie hatte zu viel gesehen, und nichts könnte das ungeschehen machen. Doch vielleicht würde sie eines Tages, wenn dieser elende Krieg endlich vorüber war, wieder zurückfinden. Vielleicht würde sie ihr Glück mit Nevliin finden. Es war ihm gleich. Hauptsache, er könnte ihr wieder in die Augen sehen und darin einen winzigen Funken erkennen. Das war alles, was er wollte. Die Unbeschwertheit würde sie nie wieder zurückerlangen, doch für einen Funken Leben, der in ihren Augen blitzte, gab es noch Hoffnung. Und dafür würde er nach Sonnenaufgang kämpfen – und wenn es sein musste, würde er auch dafür sterben.

Ein leises Klopfen unterbrach seine dunklen Gedanken.

»Eamon?«, kam es flüsternd von der anderen Seite der Tür. »Bist du da?«

Eamon hob den Arm, fasste den Türknauf und zog sich daran hoch. Er wusste, wer dort auf der anderen Seite stand, und beinahe hätte er nicht aufgemacht. Ihm war nicht nach Gesellschaft zumute. Er wollte einfach nur die letzten Stunden, die ihm bis zum Aufbruch nach Ueden blieben, allein mit sich und seinem Selbstmitleid verbringen. Doch sie musste ihn bereits gehört haben, und es wäre mehr als unhöflich, sich jetzt schlafend zu stellen. Also setzte er ein nicht besonders gelungenes Lächeln auf und öffnete. »Aurün«, begrüßte er sie und musste jetzt doch ein Gähnen unterdrücken.

Die Drachenelfe legte den Kopf leicht schief und musterte ihn von oben bis unten. »Hast du schon geschlafen?«, fragte sie belustigt.

»Nein, ich …« Eamon fuhr sich durch das kurze Haar, das ihm zu allen Seiten vom Kopf abstand. »Ich habe noch nicht geschlafen.«

»Gut.« Aurün schürzte die Lippen und sah ihn mit ihren grellen Augen an. Es vergingen einige Momente des Schweigens, und Eamon wünschte, er hätte sich doch schlafend gestellt. Er wusste, wieso sie hier war, und das behagte ihm ganz und gar nicht. Und doch durfte er nicht unhöflich sein.

»Willst du vielleicht herein …«

»Danke.« Aurün schob sich an ihm vorbei und trat in sein Gemach, als wäre sie jeden Tag hier. Sie warf einen flüchtigen Blick durch den Raum, drehte sich dann jedoch sofort wieder zu ihm um, wobei sie etwas nervös wirkte. »Schön hast du es hier.«

»Aurün, kann ich irgendetwas für dich tun?«

Kaum hatte er die Worte ausgesprochen, wurde ihm klar, wie dumm sie sich anhörten, doch Aurün schenkte ihm trotzdem ein strahlendes Lächeln: »Du könntest dich bei mir bedanken, dass ich dein Leben gerettet habe.«

Ihre Worte, so fröhlich und ohne jeglichen giftigen Unterton, waren ein Schlag ins Gesicht. Wie hatte er das nur vergessen können?

»Bitte, verzeih mir.« Er strich sich mit der Hand über die Augen und versuchte, gegen die aufkommende Müdigkeit anzukämpfen. »Ich bin dir sehr dankbar. Dieser Tag … es war alles …«

»Ich weiß.« Aurün ging auf ihn zu und nahm seine Hand. Ihre Haut war weich und warm, und ihre Berührung ließ auch in seinem Inneren die Kälte weichen. Ein ungewohntes Gefühl und zugleich seltsam vertraut. »Ich weiß«, wiederholte sie noch einmal und mehr zu sich selbst, ehe sie ihm wieder in die Augen sah. »Aber weißt du was?« Sie seufzte. »Ich bin es leid. Mein Bruder ist heute gestorben und so viele mit ihm, aber ich will … ich kann mich nicht damit beschäftigen. Nicht, solange es noch nicht endgültig vorbei ist.« Ihre Finger streichelten über seinen Handrücken. »Ich kann jetzt nicht allein sein. Ich würde keinen Frieden finden … Kannst du das verstehen?«

Eamon schloss einen Moment lang die Augen. Er konnte sie verstehen, doch er musste alleine sein. Er brauchte die Stille, um sich auf den Kampf vorzubereiten, und er brauchte einen klaren Kopf, um das Geschehene zu verarbeiten. Er fürchtete das Alleinsein nicht, und daher entzog er ihr auch langsam seine Hand.

Beim Anblick ihres überraschten Ausdrucks bereute er seine Worte, noch bevor er sie ausgesprochen hatte, doch es ging nicht anders. Sie war solch eine liebenswürdige Frau, auf verworrene Weise schön und bestimmt auch sehr anziehend, aber seine Gedanken würden nicht ihr gelten, und das hatte sie nicht verdient.

»Du solltest gehen.«

Jetzt erstarb auch ihr Lächeln, und Aurün wich einen Schritt zurück. Der Schein der Flammen des Kamins brachte ihr schwarz-rotes Haar zum Glühen und führte ihm erneut vor Augen, weshalb er ihr vor vielen Jahren bereits einmal verfallen war. Doch er suchte in diesem Moment nicht nach Schönheit, und Aurün schien das zu wissen.

»Sie ist es, nicht wahr?«, fragte sie stattdessen ohne jede Bitterkeit. »Immer noch.«

Er hasste sich für seine Worte, aber er würde sich noch weit mehr hassen, wenn er sein Herz betrügen würde. »Die Sonne wird bald aufgehen, und wir sollten zuvor beide noch etwas schlafen.«

Aurün nickte, bewegte sich jedoch immer noch nicht von der Stelle. »Ich will … ich will einfach nicht daran denken. Ich könnte es nicht …« Sie sah ihm in die Augen. »Vergiss sie, Eamon. Nur für diesen Augenblick. Ich weiß, dass dein Herz verschenkt ist. Du musst dir keine Gedanken machen. Lass einfach …«

»Aurün.« Eamon ging auf sie zu, doch Aurün hob ihre Hand und bedeutete ihm stehenzubleiben.

»Es tut mir leid. Vergiss …« Sie schüttelte leicht den Kopf und stürmte schließlich, wie von Dämonen gehetzt, an ihm vorbei aus dem Gemach.

Eamon schloss die Augen und verharrte einen Moment lang reglos. Natürlich war da eine Stimme in ihm, die sich fragte, ob er mittlerweile völlig verrückt geworden war. Sich der Antwort sehr wohl bewusst, schloss er schließlich die Tür, lehnte sich mit dem Rücken dagegen und rutschte langsam zu Boden. Er legte den Kopf auf die Knie und schloss die Augen, um endlich etwas zur Ruhe zu kommen.

Doch es waren bestimmt nur wenige Augenblicke vergangen, ehe ihm das kribbelnde Gefühl, beobachtet zu werden, die feinen Härchen im Nacken aufstellte. Einen Moment lang überlegte er, ob er es einfach ignorieren sollte, doch die fremde Präsenz war so deutlich zu spüren, als würde sie ihn berühren. Mittlerweile konnte ihn nichts mehr schrecken, und so hob er den Kopf und sprang dann doch wie aus der Kanone geschossen auf, als er die Gestalt im weißen Kleid neben dem Kamin stehen sah.

»Ich habe Euch doch nicht erschreckt?« Meara drehte sich in der nur ihr eigenen Eleganz um. Die weißen Bänder, welche sie in das dunkle Haar geflochten hatte, leuchteten im rötlichen Schein der Flammen ebenso hell wie ihr Kleid, doch ihr Gesicht war in den tanzenden Schatten verborgen.

»Das ist ein Traum«, stellte Eamon fest. Es musste so sein. Er war vermutlich derart müde gewesen, dass er sofort eingeschlafen war. Doch dann erinnerte er sich daran, wie es das letzte Mal bei ihrem Besuch gewesen war: kein Traum. Sie war real.

Eamon sparte sich die Frage, wie sie hierhergekommen war. Die Hände zu Fäusten geballt, starrte er sie an und spürte nur noch sein heiß vor Zorn rasendes Herz. »Geht«, knurrte er schließlich.

Meara lachte glockenhell auf: »Aber, aber Eamon. Ich bin nicht als Feind hier. Wo sind nur Eure Manieren geblieben? Ihr scheint es Euch zur Gewohnheit zu machen, Frauen aus Eurem Gemach zu verbannen.« Den Versuch, auf ihn zuzugehen, verwarf sie sofort wieder, als er sich noch weiter anspannte. »Ihr freut Euch wohl nicht über meinen Besuch. Ich finde das, um ehrlich zu sein, sehr bedauerlich.«

»Geht, solange Ihr es noch könnt«, zischte er.

Meara entging die schmerzhafte Selbstbeherrschung nicht, die es ihn kostete, sich nicht sofort auf sie zu stürzen. »Ihr seid mir böse«, sagte sie sanft, schwebte an seinem Bett vorbei und strich dabei mit der Hand über die Schwerter, die darauf lagen. »Ich kann es Euch nicht übelnehmen, obwohl Ihr selbst schuld seid. Ich habe Euch gewarnt.«

»Ihr habt ...« Eamon konnte kaum noch sprechen, geschweige denn sich beherrschen. »Ihre Seelen, Meara Thesalis! Das war kein Kampf, das war ...«

»Alkariels Werk. Ich habe es mir nicht ausgedacht. Ich führe lediglich Befehle aus.«

»Natürlich.«

»Was wollt Ihr? Ihr habt doch gewonnen. Die Drachen haben unsere Krieger in Asche verwandelt. Ihr solltet Euch freuen.«

Ohne ihren Blick von ihm zu nehmen, näherte sie sich, doch Eamon wich ihr in einem Bogen aus, um das Bett zu erreichen – auch wenn er seine Schwerter wohl kaum dazu brauchen konnte, um sie zu töten.

»Geht«, wiederholte er noch einmal rau und erkannte dabei seine eigene Stimme nicht wieder.

»Nicht so schnell. Dies ist kein Freundschaftsbesuch, Eamon. Wir haben etwas zu besprechen. Ihr wisst schon, Staatsangelegenheiten.«

Das Feuer im Kamin brannte in seinem Rücken, war jedoch nichts im Vergleich zu dem Vulkan, der in seinem Inneren brodelte und kurz davor war, auszubrechen. »Wir werden

Euch vernichten«, knurrte er. »Geht zurück zu Eurer Königin und genießt Eure letzten Stunden auf dieser Welt.«

»Das glaubt Ihr doch nicht wirklich, oder? Glaubt Ihr tatsächlich, wir würden Euch nicht erwarten? Wir würden Euch nicht gebührend empfangen?«

»Ihr werdet untergehen.« Seine Worte klangen bei weitem nicht so überzeugt, wie sie sollten. Meara hatte es doch tatsächlich geschafft, Zweifel in ihm zu säen. Was, wenn sie noch weitere dieser Würfel besaß? Was, wenn sie in eine Falle liefen? Nein, sie hätten sofort damit angegriffen. Alkariel würde vernichtet werden – oder?

»Wo bewahrt Ihr mein Geschenk auf, Eamon?« Ihr Lächeln ließ darauf schließen, dass sie ihm seine Gedanken ansah. Sie hatte ihn beinahe erreicht, doch Eamon wich vor ihr zurück, als könne er sich an ihr vergiften. Seine Beine stießen ans Bett, und einen Moment lang zuckten seine Finger in dem Verlangen, das Schwert zu ergreifen und dem hier endlich ein Ende zu bereiten.

»Ich bin doch nur ein Traum.« Sie deutete zu den Schwertern. »Glaubt Ihr tatsächlich, dass Ihr mich töten könnt?«

»Lasst es uns ausprobieren.« Er rührte sich nicht. Konnte nicht, auch wenn Meara immer weiter auf ihn zuging. Ihre rehbraunen Augen glitzerten golden, und das Licht des Feuers schimmerte auf ihrer Elfenbeinhaut. Sie strahlte solch eine Unschuld und Reinheit aus, dass er sich jede Sekunde an die dämonische Seele erinnern musste, die unter all dieser Zartheit wohnte.

»Ihr habt meine Frage noch nicht beantwortet.« Ihre singende Stimme vervollständigte die Täuschung und verlieh ihr etwas Argloses, als wäre sie zu keiner Intrige fähig.

Es machte ihn verrückt.

»Welche Frage?« Er musste einen klaren Kopf behalten.

»Wo ist der Mistelzweig?«

»In Sicherheit.«

Meara seufzte und blieb einen Schritt vor ihm stehen. »Kommt doch zur Vernunft. Ich bin dieses Spielchen leid. Gebt uns das Mädchen, und der Krieg wird ein Ende haben.«

»Der Krieg wird ein Ende haben. Ueden wird brennen.«

»Löst Euch von ihr. Befreit Euch. Befreit Euer Land.«

»Ich befreie es – von Euch.«

Meara hob den Kopf und ging den letzten Schritt auf ihn zu. Er könnte sie töten. Diese kleine Gestalt mit bloßen Händen erwürgen. Die Herausforderung in ihren Augen, während sie zu ihm emporblickte, fuhr direkt in seine Glieder, und doch bewegte er sich nicht.

»Wo ist Vanora jetzt?«, flüsterte sie und legte ihre Hände an seine Brust, was ihn beinahe die Beherrschung verlieren ließ. Dann beantwortete sie ihre Frage selbst: »Sie ist bei ihm. Sie kümmert sich nicht um Euch, den König.«

Ihre Worte sollten an ihm abprallen, doch sie versetzten ihm noch immer einen Stich ins Herz, der ihn einen Augenblick lang die Mordlust vergessen ließ und ihn mit einem nur allzu vertrauten Schmerz erfüllte. »Ihr verschwendet Euren Atem, Ihr werdet sie niemals bekommen.«

»Ist sie es tatsächlich wert? All Eure Landsleute?« Ihre Fingerspitzen strichen seine Brust hinauf zum Hals, und Eamon stellte entsetzt fest, dass da noch etwas anderes war als das Verlangen, sie zu töten.

»Geht.« Er konnte kaum noch atmen. Seine Finger ballten sich ununterbrochen zur Faust und streckten sich wieder. Das Metall des Schwertes rief nach ihm, genauso wie die Hände auf seinem Körper. War es ihr trügerischer Anblick, der ihn fesselte? Oder ihre Worte, die seine dunkelsten Gedanken ansprachen?

»Ihr seid der König.« Sie sah unter den dichten Wimpern hervor zu ihm auf, und einen Moment lang dachte er, die Flammen des Kamins in ihren Augen tanzen zu sehen. »Sie ist bei ihm. Bei Nevliin.« Auf den Zehenspitzen stehend, ließ sie ihre Hände zurück in seinen Nacken gleiten. »Was er jetzt wohl mit ihr anstellt?«

Eamon keuchte auf, als ihm die unbewusst angehaltene Luft entwich, was Meara nur noch weiter anstachelte. »Der eiskalte, selbstbeherrschte Nevliin«, flüsterte sie, und ihr warmer Atem strich über seine Lippen. »Ihr wisst doch, was man sagt? Über jene Momente, in denen die Maske der Zivilisation fällt und sich unser Innerstes zeigt? In Momenten des Kampfes.« Ihre Finger glitten unter sein Hemd. »Aber auch in Momenten wie …« Ihre Lippen streiften seine Haut knapp unter dem Ohr und sandten ein Feuer durch seinen Körper, das er nicht mehr zu löschen vermochte. Einen Moment lang war es, als sähe er das Böse in ihren Augen aufblitzen, und ein eiskalter Schauer schüttelte ihn, der gleichzeitig die Hitze vorantrieb. Der Gedanke, sie zu töten, war plötzlich sehr weit entfernt.

»Sagt, Eamon.« Ihre Fingerknöchel strichen seine Brust hinab. »Habt Ihr Nevliin schon einmal kämpfen gesehen?«

»Hört auf damit.« Jetzt sofort. Doch statt sie von sich zu stoßen, war es ihm, als blicke er wie aus weiter Ferne auf sich herab. Dort stand er, ihr immer weiter ergeben, eine Beute im Spinnennetz und unfähig zu jeder Regung.

»Ihr wisst es. Ihr habt ihn in der Schlacht gesehen. Oft genug mit dem Schwert in der Hand. Nevliin ist nicht so selbstbeherrscht, wie er sich gibt.« Ihre Lippen streiften erneut seinen Hals. »Er ist wild … er ist böse.«

»Ich warne Euch.« Worte, dachte er. Nichts als Worte. Tu etwas, du Narr!

»Vielleicht ist es das, was sie so anziehend an ihm findet?«, gurrte Meara. »Das Böse.«

Eamon schloss die Augen. Jeden Moment würde er es beenden, doch auf welche Weise?

»Verurteilt sie nicht, mein König. Das Böse kann manchmal durchaus verführerisch sein, oder etwa nicht?« Ihre Lippen kitzelten an seiner Haut, bahnten sich ihren Weg den Hals hinab, während auch ihre Hand immer tiefer glitt.

»Es reicht.« Eamon packte ihr Handgelenk und riss ihren Arm von sich fort. Doch er ließ sie nicht los, starrte noch immer in dieses zarte Gesicht mit dem triumphierenden Lächeln und konnte das Brechen des Widerstands beinahe hören.

Einen Moment lang war es totenstill, doch die Explosion folgte sofort. Sein Blick verschleierte sich, als er sie an sich zog und auf das Bett warf. Meara zog ihn mit sich, stieß den Schwertgürtel zu Boden und endlich fanden sich ihre Lippen zu einem Kuss, der jedes Denken verbot und den Verstand auslöschte. Das Flüstern, dass er einen Fehler beging, verstummte. Er konnte nur noch fühlen und reagieren auf diese unerwartete Hingabe, die ihn nach all den Zurückweisungen bis ins Mark erschütterte. Da blieb nichts als dieser überwältigende Rausch, während sich ihr Körper ihm entgegenbog, und er begriff, was es hieß, zu vergessen.

Wie von einer fremden Macht besessen, liebte er die Frau, die er hasste, und als er sich endgültig in ihr verlor, stahl sich das Wissen in seinen Kopf, dass er nie wieder etwas anderes wollen würde. Dass er dieser Frau verfiel und sie eine Sucht in ihm weckte, der er nicht mehr entkommen konnte –

und dann erwachte er.

Voller Entsetzen riss Eamon den Kopf von den Knien und starrte in den verlassenen Raum. Seine Brust hob und senkte sich rasend schnell, auch wenn dies sein wild pochendes Herz nicht beruhigen konnte. Das war nicht möglich. Das war kein Traum gewesen.

Sein Blick flog zum Bett, auf dem die Schwertscheiden genau so lagen, wie er sie vorhin abgelegt hatte. Er selbst war vollständig angezogen. Was hatte er da nur geträumt? Meara war sein Todfeind. Er hasste sie. Er würde sie töten, sobald sie ihm begegnete.

Immer noch starrte er zu dem Bett, wütend und sehnsüchtig zugleich.

Nevliin

Mit einem Satz fuhr Nevliin hoch und starrte in die Dunkelheit. Der letzte Rest der Kerzen war längst heruntergebrannt, und das schwache Miranlicht der wenigen Leuchten in diesem Raum genügte im ersten Moment nicht, um seine schläfrigen Augen Genaueres als verschwommene Schemen erkennen zu lassen. Es dauerte einige Herzschläge lang, bis er sich an das schummrige Licht gewöhnt hatte und allmählich begriff, wo er war, und vor allem, dass er allein war.

Wie hatte er nur einschlafen können, wo er doch nicht einmal richtig müde gewesen war? Natürlich, der Kampf, der Zauber hatten Kraft gekostet. Doch hätte er der Erschöpfung niemals nachgeben dürfen, nicht, solange Vanora noch nicht zurückgekommen war.

Ein flüchtiger Blick durch den Raum bestätigte seine Befürchtung, dass sie weder jetzt noch früher hier gewesen war.

Es war weniger das, was er sah, als vielmehr ein Gefühl. Und dieses Gefühl sagte ihm, dass etwas nicht in Ordnung war. Schlimmer noch: Das drohende Unheil war beinahe schon greifbar und lähmte ihn. Nicht nur, dass er auf sonderbare Weise spürte, dass Vanora nicht hier war und auch nicht hier gewesen war – er spürte, dass sie überhaupt nicht mehr da war. Als würde sie nicht mehr existieren, als wäre sie … tot.

Diese Erkenntnis riss ihn ebenso unbarmherzig aus seiner Starre, wie das Wissen um ihre Abwesenheit ihn kurz zuvor aus dem Schlaf gerissen hatte, und ließ ihn so schnell aufstehen, dass ihm einen Augenblick lang schwarz vor Augen wurde. Vermutlich hatte der Eiszauber ihn mehr geschwächt, als er wahrhaben wollte, doch er schob den Gedanken beiseite. Vanoras Abwesenheit, das Fehlen ihrer Nähe, welches nichts damit zu tun hatte, dass sie sich im Moment vielleicht in einem anderen Raum in der Burg aufhielt, überschattete jedes andere Gefühl und Denken. Er musste etwas unternehmen, auch wenn die aufkeimende Panik in ihm es beinahe unmöglich machte, einen klaren Gedanken zu fassen.

Im Hinauslaufen griff er nach dem Schwertgurt auf dem Tisch und legte ihn sich um. Von einer fürchterlichen Ahnung getrieben, lief er durch die verwinkelten Gänge der Burg. Doch auch in ihren Gemächern fand er sie nicht, und so gab es außer den Gärten nur noch einen Ort, wo sie sein könnte. Mit aller Kraft hämmerte er gegen die Tür, welche beinahe sofort aufflog.

Eamon starrte ihn an und wirkte für die Dauer eines Lidschlages ertappt, ja, wenn nicht sogar schuldig. Eine Reaktion, die in Nevliin sogleich Hoffnung wie auch rasende Wut zum Vorschein brachte. »Ist sie hier?«, keuchte er, drängte sich dann aber ohne weitere Worte an ihm vorbei in das vom Kaminfeuer erhellte Zimmer und sah sich aufmerksam um.

Es war niemand hier.

»Du suchst Vanora?«

Nevliin ließ seinen Blick noch einmal durch den Raum schweifen und drehte sich schließlich zu Eamon um. »Hast du sie gesehen?«, fragte er verzweifelt.

»Sie war hier. Es ging ihr nicht sehr gut.«

»Sie war hier? Wann?«

Eamon sah ihn an, als hätte er ihn gefragt, wie weit die Entfernung zu den Sternen war, ging dann jedoch an ihm vorbei und nahm ebenfalls seine Schwerter. »Um ehrlich zu sein, weiß ich es nicht. Ich … habe geschlafen.«

Nevliin wusste nicht, was er sagen sollte. Einerseits brannte in ihm das Bedürfnis, laut zu schreien und seinem Zorn auf Vanora ein Ventil zu verschaffen, doch auch wenn Eamon ein verlockendes Ziel war, konnte er es sich im Moment nicht leisten, die Kontrolle zu verlieren, und musste versuchen vernünftig zu bleiben.

Er wusste selbst nicht, wie viel Zeit seit der Versammlung vergangen war, doch eines war sicher: Es war zu viel. Und mindestens genauso sicher war er, dass Vanora eine Dummheit begehen würde oder sie bereits begangen hatte.

»Sie war also hier«, überlegte Nevliin laut. »Wieso?«

Eamon drehte sich zu ihm um. »Ardemir und ich haben sie da draußen gefunden.« Er zeigte in Richtung Tür. »Sie war völlig aufgelöst.«

»Glendorfil.«

Eamon, der gerade den letzten Riemen seines Schwertgurtes an der Schulter geschlossen hatte, hielt mitten in der Bewegung inne und sah zu ihm auf. »Nein.« Mit einem Mal verdüsterte sich sein Gesicht, und er starrte ihn mit leerem Blick an. »Da war etwas anderes. Sie war … irgendetwas war mit ihr nicht in Ordnung. Nevliin, du glaubst doch nicht etwa, dass sie etwas Dummes tun würde?«

Einen Moment lang sahen sie einander schweigend an, und die Versuche, sich selbst vom Gegenteil zu überzeugen, scheiterten schon allein beim Anblick ihrer entsetzten Gesichter.

Sie kannten Vanora beide gut genug. Wie auf ein unsichtbares Kommando drehten sie sich um und stürmten aus dem Zimmer.

»Du fragst bei Melovin, ob sie ein Pferd genommen hat. Ich frage die Schattenritter, ob ihnen etwas aufgefallen ist.«

Nevliin sah in beide Richtungen den Gang entlang. »Was hat sie hier gewollt? Hat sie auf dich gewartet?«

»Nein. Sie war bei …« Eamon hielt inne und fuhr herum.

Nevliin folgte seinem Blick und erkannte Liadan, die scheinbar aus dem Nichts aufgetaucht war und auf sie zukam. An ihrem Erscheinen war wohl kaum etwas Ungewöhnliches, da ihr Gemach in der Nähe lag. Sie hatte ihn und Eamon vermutlich gehört. Und doch spannte sich Nevliin bei ihrem Anblick sofort unwillkürlich an. Die plötzliche Wut war nur schwer unter Kontrolle zu halten, denn er hatte Glendorfils Worte nicht vergessen, und Eamon schien es nicht anders zu gehen. Auch sein Ausdruck wurde plötzlich eisig – ein ungewohntes Bild.

»Was ist los?«, fragte Liadan, als sie die beiden erreichte.

»Wir suchen Vanora.« Nichts an Eamons Stimme erinnerte noch an den auf Frieden und Harmonie bedachten König, und spätestens dieser Umstand bewies, wie ernst die Situation war, und ließ eine neue Welle von Angst und Zorn in Nevliin aufwallen.

Als hätte es Liadan gespürt, wandte sie sich ihm zu und sah ihm direkt in die Augen: »Sie war hier«, sagte sie, ohne ihrem bohrenden Blick etwas an Schärfe zu nehmen. »Sie wollte eigentlich sofort zu Euch gehen.«

»Das hat sie aber nicht getan.« Nevliin hatte keine Schwierigkeiten, ihren Blick zu erwidern, und ließ sie sein Misstrauen deutlich spüren. Wenn sie Vanora irgendwie in Schwierigkeiten gebracht hatte, würde er Liadan töten, und er gab sich auch keine Mühe, dies vor ihr zu verbergen.

»Vielleicht ist sie in den Gärten«, sagte sie, nun an Eamon gewandt.

»Nein.« Es war Nevliin, der antwortete. Er wusste, er spürte, dass sie nicht hier war. Sie war nicht mehr da, nicht mehr in dieser Welt.

»Was wollte sie bei dir?«, fragte jetzt Eamon, jedoch um kein bisschen sanfter.

»Sie wollte mit mir reden. Glendorfils wegen. Es ging ihr nicht gut.«

»Wieso sollte sie zu dir gehen?«

Liadan hob den Kopf und starrte sie an: »Stehe ich etwa vor Gericht? Vielleicht ist sie euer beider Gezanke leid und wollte sich mit einer vernünftigen Person unterhalten?«

Nevliins Hand zuckte. Sie spielte ihre Rolle gut, und würde er Glendorfils Worte nicht kennen, auf die er mehr zählte als auf die irgendeines anderen, und würde es hier nicht um Vanora gehen, hätte er ihr vielleicht sogar geglaubt. Doch er wusste, dass Liadan log. Er musste sie nur ansehen mit ihrem aufgesetzt verwirrten Gesicht. Wäre sie tatsächlich verwirrt gewesen, hätte man es ihr eben nicht angesehen. Nicht Liadan.

»Wie lange ist es her, dass sie bei dir war?«, fragte Eamon, und das baldige Ende seiner Geduld war deutlich zu hören.

Liadan kniff die Augen zusammen. »Du weißt …«

»Wie lange, Liadan?!«

Mit leichtem Kopfschütteln sah sie Eamon an, als wäre er verrückt geworden. Ja, sie spielte ihre Rolle gut. Zu gut. »Vielleicht zwei Stunden«, sagte sie.

»Und wohin ist sie gegangen?«

»Ich sagte doch schon, sie wollte zu …«

»Wohin?!« Eamons Stimme hallte durch den verlassenen Korridor, und selbst Nevliin war kaum merklich zusammengezuckt.

»Eamon, bist du völlig …«

Eamons Hand fuhr so schnell und unerwartet vor, dass nicht einmal Nevliin sofort begriff, was er da tat. Selbst als Liadan an die Wand gepresst und von Eamons Griff beinahe erwürgt wurde, konnte er nicht glauben, was er da sah.

»Was hast du getan?«, fuhr Eamon seine Schwester immer wieder an, und einen Moment lang wusste Nevliin nicht, wieso er ihn von ihr fortzerren wollte: um Liadan zu helfen oder um ihr selbst etwas anzutun. Und so blieb er regungslos stehen und starrte in Liadans Gesicht, die, statt sich auf Eamon zu konzentrieren, tatsächlich Nevliin ansah, als würde sie hoffen, dass er sie rettete. Wenn sie nur wüsste, dass nicht mehr viel dazu fehlte, damit sie vor ihm gerettet werden musste.

»Was hast du getan?« Eamon verstärkte seinen Griff. »Ich frage dich nicht noch einmal, Liadan. Antworte! Oder ich schwöre dir, bei unserer Mutter, bei unserem Vater: Ich werde dich töten!«

Diese Worte weckten Liadan auf und ließen sie ihren Blick von Nevliin abwenden. »Lass mich los«, keuchte sie, doch in ihren Augen funkelte nicht die Angst, sondern der Zorn.

»Wo ist sie?« Eamon lockerte seinen Griff nur so weit, dass sie sprechen konnte, doch Liadan schwieg und starrte ihren Bruder an, während Nevliins Hand sich unwillkürlich immer weiter in Richtung Schwert bewegte. Sie vergeudeten Zeit. Jede Sekunde, die sie sich hier aufhalten ließen, könnte Vanoras Tod bedeuten. Seine Finger umschlossen den Dolch.

Er könnte sie zum Reden bringen. Mit der Zeit redeten sie alle. Leider war Zeit das Letzte, was sie hatten.

Scheinbar aus den Augenwinkeln hatte Liadan seine Bewegung erkannt, denn sie blickte hinab auf seine Hand und dann in seine Augen. »Das Heer macht sich bereit«, sagte sie. »Die Sonne geht bald auf. Wir sollten aufbrechen.«

Diese Worte hätten ihn beinahe die Beherrschung verlieren lassen. Es ging hier um Vanora! Wenn er sie verlor … Er konnte nicht daran denken, er konnte es sich nicht einmal vorstellen. Er war nichts ohne sie.

Zu seinem Erstaunen reagierte auch Eamon auf ihre Worte, doch er tat es gänzlich anders, als Nevliin erwartet hatte: Er ließ seine Schwester tatsächlich los.

»Geh mit deinem Heer«, sagte er eisig. »Ich … Wir werden Vanora zurückholen.«

Liadan richtete sich auf und strich sich über den Hals. »Du Narr«, zischte sie. »Du lässt das Volk für dein Herz bluten, doch gegen das Schicksal kannst nicht einmal du etwas ausrichten. Das müsstest du doch mittlerweile verstanden haben.«

Eamon, der sich bereits zum Gehen umgewandt hatte, fuhr zu ihr herum. »Sprich du nicht vom Schicksal! Vorherbestimmung … so etwas gibt es nicht. Wir wählen unseren Weg selbst. Wir entscheiden selbst!«

»Kannst oder willst du es nicht sehen? Es gibt Größeres als deinen Willen. Wie kannst du nur ständig die Augen vor dem Offensichtlichen verschließen?«, zischte Liadan.

»Das ist etwas anderes.«

»Es ist genau dasselbe.« Sie warf Nevliin einen flüchtigen Blick zu, Eamon folgte ihr, und mit einem Mal begriff Nevliin, dass es nicht nur um den Krieg ging, nicht mehr. Die beiden Geschwister hatten dieses Gespräch bereits einmal geführt, und Nevliin wusste nicht, ob er dessen Zeuge sein sollte. Vorherbestimmung, das Offensichtliche. Die beiden sprachen über ihn und Vanora. Anders war Eamons Blick nicht zu verstehen.

»Das Schicksal zeigt uns unseren Weg, und manchmal … muss man seine eigenen Gefühle hinter etwas Größerem zurückstellen.« Wieder sah sie ihn an, und Nevliin fühlte sich so unbehaglich, als hätte sie ihn persönlich angegriffen.

Eamon ging so ungestüm auf sie zu, als wollte er sie erneut angreifen, doch dann stellte er sich lediglich dicht vor sie. »Was weißt du schon von Gefühlen?«, knurrte er. »Du glaubst, alles zu sehen und zu wissen, was der Wille des Schicksals ist? Das ist nur eine Ausrede für dein kaltes Herz.«

Liadans Mund öffnete sich. Sie starrte ihn an, doch Eamon drehte sich bereits um und ging, ohne zurückzublicken, fort.

Nevliin verharrte noch einen Augenblick reglos und erwog, die Wahrheit mit Gewalt aus Liadan herauszubekommen, entschied sich dann jedoch dagegen. Sie hatten genug Zeit verschwendet.

Er war erst wenige Schritte weit gekommen, da rief Liadan seinen Namen. Nevliin blieb stehen, drehte sich jedoch nicht zu ihr um. Er fürchtete, jetzt, da Eamon nicht mehr da war, könnte er vergessen, dass er einst ein Ritter gewesen war.

»Eamon ist der König«, sagte sie hinter ihm. »Er muss sein Heer anführen.«

Jetzt drehte er sich doch zu ihr um und konnte kaum glauben, was er sah. Die anmutige, stets so überlegen wirkende Liadan stand da mit hängenden Schultern, flehendem Blick und einem Gesicht voller Verzweiflung. Niemals hätte er gedacht, sie jemals so zerstört zu sehen. Der Drang, sie in den

Arm zu nehmen, stand im Widerspruch zu der Genugtuung, mit der ihn dieser Anblick erfüllte.

»Verzeiht mir«, flüsterte sie.

Verzeihen? Er verstand sie nicht. Wie schön du doch bist, dachte er wehmütig, während er Liadan betrachtete. Eine wahre Elfe – so wie er selbst es einst gewesen war. Doch dann schüttelte er den Gedanken ab, wandte sich wortlos um und ging mit eiligen Schritten fort. Er drehte sich nicht mehr um. Er hasste sie nicht.

Noch nicht.

Er fand Eamon in den Ruinen der Eingangshalle, besser gesagt, hörte er ihn schon von den oberen Galerien, denn er schrie einen Schattenritter an, der kleinlaut auf seine gebrüllten Fragen antwortete. Den gesprochenen und vor allem geschrienen Worten entnahm Nevliin bereits auf seinem Weg nach unten, dass der Schattenritter gesehen hatte, wie Vanora das Weltentor benutzt hatte, sie jedoch nicht hatte aufhalten wollen, da er der Prinzessin schließlich nicht befehlen konnte.

Er hatte sich nichts dabei gedacht, dass sie das Tor benutzte.

Er hatte sich nichts dabei gedacht!

»Sie ist zu Alkariel«, sagte Nevliin, als er die letzten Stufen nahm, und Eamon fuhr zu ihm herum. In seinen Augen las Nevliin, dass Eamon bereits selbst zu dieser Erkenntnis gekommen war.

»Wo werden sie sie hinbringen?«

Nevliin musste nicht lange überlegen. Es gab nur einen möglichen Ort, an dem Vanora die Barriere zerstören könnte. Und genau das hatte sie zweifelsohne vor.

»Sie bringen sie zu Daralees Höhle.«

Eamon nickte, als hätte er nichts anderes erwartet. »Weißt du, wo diese Höhle ist?«

»Natürlich.«

»Gut, dann lass uns aufbrechen.« Eamon ging an ihm vorbei, doch Nevliin packte ihn am Oberarm. Eamons Augen blitzten wütend auf, und Nevliin ließ ihn los, sagte aber dennoch mit ruhiger Stimme: »Nein, Eamon. Du bleibst. Ich gehe allein.«

»Wie bitte?«

»Ich weiß, wo die Höhle ist, ich weiß, wie ich hineinkomme, und ich werde sie unversehrt herausholen.«

»Nein. Ich werde mit dir gehen.«

Nevliin schüttelte den Kopf: »Liadan hat recht.«

Eamon riss die Augen auf, doch Nevliin schüttelte den Kopf: »Du bist der König, Eamon. Dein Platz ist bei den Dunkelelfen. Du kannst sie nicht im Stich lassen.«

»Ich kann Vanora nicht im Stich lassen.«

»Das tust du nicht. Du schickst mich, um sie zu retten.«

»Nein, ich …«

»Eamon.« Nevliin legte die Hand auf die Schulter des Königs. »Du musst Ueden angreifen, wie du es geplant hast. Lenk die Lichtelfen von der Höhle ab. Ich werde sie da herausholen.«

»Du kannst nicht …«

»Doch«, sagte Nevliin, »ich kann.«

Nur in Gedanken fügte ein Wort sich leise hinzu: hoffentlich.

Bienli

»Er wird mich töten. Ich bin so gut wie tot. Du kannst schon einmal Feuer machen, Arelie. Oh, du wundervoller Drachenwein, wieso hast du mich so dumm werden lassen?«

Das Einhorn drehte den Kopf und sah ihn mit ihren großen, blauen Augen an.

»Was hast du gesagt?«, brummte Bienli missmutig, doch Arelie antwortete nicht. Mit einem Kopfschütteln ließ sie ihre weiße Mähne fliegen und beobachtete dann weiterhin, wie er unruhig vor der provisorischen Brücke aus Holzbrettern auf und ab ging. Der Abgrund war tief, sehr tief.

»Ich bin tot. Ich bin so was von tot«, knurrte Bienli, doch diese Erkenntnis hatte schon vor zehn Minuten nichts an seiner Lage verändert. Wie hatte er sich nur darauf einlassen können? Nevliin hatte ihn einmal verschont, ja. Doch einen weiteren Betrug würde der Elf nicht so einfach hinnehmen – schon gar nicht, wenn es um seine Prinzessin ging. »Er wird mir den Kopf von den Schultern schlagen. Er wird mich den Drachen zum Fraß vorwerfen. Nein! Er wird Finola auf mich loslassen. Oh, du grausames Schicksal«, jaulte er. Worauf hatte er sich da nur eingelassen? Er würde am Tod der Prinzessin schuld sein. Er, Bienli, Sohn von Ner und Falla, würde den Tod von Daralees Nachfahrin verschulden. Er wollte gar nicht daran denken, was Finola mit ihm anstellen würde.

Du hast Prinzessin Liadan gehört.

Bienli fuhr zu der Einhornstute herum, das Blut schoss ihm ins Gesicht, und er konnte kaum noch ruhig stehen. »Ja, habe ich. Leider habe ich Ohren im Kopf, und ich habe sie sehr genau gehört. Aber weißt du was? Ich wünschte, ich hätte gar keine Ohren. Ohren sind unnütz, weißt du das? Denn was ich mit diesen verfluchten Ohren gehört habe, das macht mich zu einem toten Mann. Zu einem toten, jämmerlichen Kobold!« Mit aller Kraft trat er gegen einen geschmolzenen Klumpen Metall, der über den Rand des Abgrunds polterte, und fluchte dann unvermindert weiter: »Diese Elfen. Diese verfluchten Elfen! Zuerst hetzen sie mir den Weißen Ritter auf den Hals, damit ich Vanora beschütze, und jetzt soll ich ihn betrügen, damit ich sie in den Tod laufen lasse! Was läuft bei denen falsch?!«

Du solltest dich beruhigen. Der Fürst wird jeden Moment hier sein.

»Soll er mich doch hören. Er wird mich sowieso umbringen. Wenn nicht er, dann Finola oder der König.« Bienli ließ sich auf die Knie fallen und schlug mit der flachen Hand auf den Schnee. Er hätte es wissen müssen. Schon als dieser blöde Elf bei ihm aufgetaucht war, um ihn zur Prinzessin Liadan zu bringen. Er hätte es verflucht noch mal wissen müssen. Aber was hätte er schon machen sollen? Er war doch nur ein einfacher Kobold. Was hätte die Prinzessin mit ihm angestellt, hätte er sich geweigert, ihren Wunsch, ihren Befehl auszuführen? Nun ja, bestimmt nichts Schlimmeres als das, was die anderen ihm antun würden.

Bienli blickte auf. Auf der anderen Seite dieses Geröllfelds aus geschmolzenem Stein und geschmolzenen … Bienli schüttelte den Kopf und sah zu Melovin, der das weiße Pferd des Fürsten am Zügel führte. Beinahe gleichzeitig mit dem Stallmeister erschien auch schon der berühmte Weiße Ritter aus dem Innern des Felsens. Jetzt verdiente er den Namen wieder – in der schwarzen Rüstung der Schattenritter hatte er einfach zu lächerlich ausgesehen.

Mit eiligen Schritten lief der Elf über das Trümmerfeld, nahm Melovin ohne ein Wort die Zügel aus der Hand und schwang sich auf das riesige Tier. Er saß noch nicht einmal richtig im Sattel, da riss er das arme Pferd bereits herum und galoppierte direkt auf ihn zu.

Bienli richtete sich auf, versuchte, sich etwas größer zu machen, und stellte sich direkt vor den einzigen Übergang über den Abgrund.

Einen Moment lang dachte er, der Elf würde ihn übersehen und einfach niederreiten, doch dann stoppte das Pferd plötzlich aus vollem Tempo, eine Haaresbreite vor ihm.

Bienli, der vor Schreck seine Augen geschlossen hatte, blickte langsam hoch, direkt in die grauen Nüstern des Pferdes, das ihm warmen Atem ins Gesicht blies. »Ähm ... Schön, dass du mich bemerkt hast«, stammelte er.

Nevliin lehnte sich etwas im Sattel vor und sah an dem Pferdekopf vorbei. Es war nicht so, dass sie Freunde geworden waren, aber eigentlich hatte Bienli gedacht, dass ihre gegenseitige Abneigung nicht mehr ganz so stark war wie zu Beginn. Immerhin hatte er bereits einige weltbekannte Verse auf den Ritter gedichtet. Doch jetzt, da ihn die schwarzen Augen durchbohrten, wäre er am liebsten zu Prinzessin Liadan gelaufen, um ihr zu sagen, dass sie gefälligst selbst ihren Hals riskieren solle. Mit diesem Elfen hier war nicht zu spaßen – jetzt noch weniger als sonst. Ob es an der Schlacht und diesem seltsamen Eiszauber lag, wusste Bienli nicht, doch der Fürst wirkte noch viel bedrohlicher auf ihn als je zuvor.

»Tritt beiseite, Bienli. Ich habe es eilig.«

Bienli schluckte. Es war schwer, sich nichts anmerken zu lassen. Würde Nevliin sein Unbehagen bemerken, würde er sofort wissen, dass er vorhatte, ihn zu hintergehen. Mit einem vielleicht etwas zu breiten Lächeln sah Bienli zu ihm hoch und versuchte, so unschuldig wie nur möglich auszusehen. »Das ist mir wohl bekannt«, sagte er. »Wieso stehe ich hier sonst fix und fertig und warte? Also los, wir haben es eilig.«

Nevliin hob eine Augenbraue und musterte ihn einen Moment lang schweigend. »Was führst du im Schilde, Kobold?«

»Ich?« Bienli riss die Augen auf und schüttelte den Kopf. »Ich hab gehört, du läufst der Prinzessin hinterher, und da …«

»Woher weißt du das?«

»Was für eine Frage. Jeder redet davon. Die Prinzessin ist zu den Lichtelfen, um uns alle zu retten … oder zu vernichten. Die Meinungen gehen da ziemlich weit auseinander. Ist doch klar, dass du sie wieder einfangen willst.«

Nevliin richtete sich auf und rückte den Schwertgurt zurecht. »Das hat dich nicht zu kümmern.«

»Nein, sicher nicht. Tut es auch nicht. Aber wie soll ich sonst diesem wahnsinnigen Weib entkommen? Sie zwingt mich, ihr zu helfen, aber ich kann einfach kein Blut sehen, du verstehst?« Der kühle Blick, der ihn völlig emotionslos durchbohrte, machte Bienli immer nervöser. »Finola lässt mich nicht einfach so verschwinden. Aber wenn ich mit dir reite, kann sie nichts tun, und wenn ich die Prinzessin ganz alleine rette und als Held zurückkomme, wird sie am Ende schon sehen …«

»Du bleibst hier.«

Nevliin trieb sein Pferd an, und Bienli sprang rasch zur

Seite, um nicht unter die gewaltigen Hufe zu geraten. So schnell er konnte, kletterte er auf Arelies Rücken und folgte dem Elfen langsam über die wackeligen Bretter.

Das ist nicht so gut gelaufen, bemerkte Arelie lakonisch.

»Du wirst schon sehen«, brummte Bienli in ihr Ohr und beugte sich dann weit vor, damit Nevliin ihn durch das Schneegestöber besser hören konnte: »Ich weiß, du bist der große Schwertschwinger und so. Kannst es allein mit einem ganzen Heer aufnehmen.« Der Elf reagierte nicht, also rief Bienli noch etwas lauter: »Aber es kann nicht schaden, wenn dir jemand den Rücken freihält. Ein bisschen auf dich achtgibt, dass dir keiner blöd kommt.«

Nevliin drehte sich zu ihm um. »Dann solltest du jetzt umkehren.«

Die beiden ließen die selbstmörderische Brücke hinter sich, und Bienli lenkte Arelie neben das große Elfenpferd. »Aha! Du glaubst also, du hättest da ganz allein die ganzen Lichtritter besiegt, mit deinem ganzen Zauberkram mit Blut und Pirouetten und so was? Soll ich dir mal was sagen, Herr Nevliin? Das habe ich auch!« Er deutete über seine Schulter auf die Armbrust, die er am Rücken trug. »Und weißt du noch was? Es war verdammt schlimm, als ich von den oberen Ebenen runterkam, und all meine Kameraden, die *ich* hierhergeführt habe, waren hin! Nicht einfach tot, sie sind jetzt weg! Du hast mein vollstes Mitgefühl, ja sicher, Schlachten sind eine fürchterliche Sache. Aber: Du schlägst sie manchmal – so alle paar Jahrhunderte mal zwei oder drei. Aber ich schlage sie jeden Tag. Ich habe nicht nur irgendeine Frau, ich habe die beste Frau der Kobolde. Und warum habe ich sie? Weil ich einstecken kann. Weil ich meinen Mann stehe. Und zwar nicht nur alle paar Hundert Jahre sondern jeden verfluchten

Tag! Du großer Feldherr, der du bist: Denk mal darüber nach.« Keuchend richtete er sich auf und wartete auf eine Reaktion.

Und der Elf hielt tatsächlich das Pferd an und drehte sich zu ihm um. »Es wird gefährlich werden«, sagte er schließlich. »Vielleicht stirbst du.«

Bienli zuckte die Schultern. Sterben würde er ohnehin. Es stand nur noch nicht fest, durch wessen Hand. »Es kann nicht schlimmer sein, als Finola dabei zuzusehen, wie sie die Haut von verbrannten Elfen abschabt«, brummte er, und das war noch nicht einmal gelogen. Er hatte in den letzten Stunden genug Horror für drei Leben erlebt. Ein bisschen Abwechslung würde ihm bestimmt guttun. Was machte es da schon, dass er dabei vielleicht draufging?

Nevliin sah ihn an, und es war nicht zu erkennen, ob er ihm glaubte oder nicht. Schließlich wandte er sich jedoch ab und galoppierte ohne ein Wort los. Bienli verstand dies als Zustimmung, und so stürmte Arelie hinterher.

»Du redest nicht. Du machst nur, was ich dir sage, und du hältst dich im Hintergrund«, erklärte Nevliin, als sie das Weltentor inmitten der Einöde erreichten.

Bienli nickte heftig, doch der Elf sah ihn weiterhin durchdringend, ja, fast schon bösartig an.

»Verflucht noch mal«, knurrte Bienli, »ich habe verstanden. Du hast das Sagen.«

Nevliin sah zwar immer noch nicht besonders glücklich aus – was bei Licht betrachtet nicht ungewöhnlich war –, doch die Antwort schien ihm zumindest zu genügen.

Die beiden passierten das Tor und machten sich auf den Weg ins Lichtreich. Nevliin schien genau zu wissen, wohin er wollte, denn er steuerte zielsicher auf eines der Bilder zu, das den Silberpalast von Ueden inmitten grüner Unendlichkeit zeigte.

Zum Glück waren die Weißen Hallen verlassen. Jetzt wo die Lichtelfen besiegt waren, wagten sie es wohl nicht mehr, die Zugänge zu besetzen, und so musste Bienli seinem Begleiter und sich selbst wenigstens nicht den Hals retten.

Das Lichtreich war immer wieder ein ungewohnter Anblick. Der Horizont hinter den vielen weißen Türmchen des Palastes glomm rötlich in der Morgendämmerung, und die silbernen Dächer blitzten unter den ersten Sonnenstrahlen. Doch Nevliin verschwendete keine Zeit an den wunderbaren Sonnenaufgang, sondern steuerte zu Bienlis Verdruss geradewegs auf den Sitz der Königin zu.

Kurz darauf verließen die beiden den Schatten des Waldes, an dessen Rand sich das Weltentor befand, und näherten sich dem Palast, der nicht einmal über eine einfache Wehrmauer verfügte. Das mehrere Schritt hohe Tor hielt Feinde eher anstandshalber auf Abstand, als dass es einer ernsthaften Belagerung gewachsen gewesen wäre. Im Ernstfall, das erkannte auch Bienli, könnte Ueden nicht gehalten werden. Er grinste. Egal, wie seine Mission auch ausgehen mochte: Die Lichtelfen würden ordentlich was hinter die Löffel bekommen. Eamon machte sich in diesem Moment bestimmt schon auf den Weg, um sein gewaltiges Heer und die Drachen durch das Tor zu führen. Es würde wohl noch eine Weile dauern, aber die Dunkelelfen ließen bestimmt nicht lange auf sich warten. Immerhin, dachte Bienli, das wird ein Spaß.

Unterdessen führte Nevliin sie zwischen vereinzelten Bäumen hindurch, deren Äste beinahe bis zum Boden hingen und aus knorrigen Stämmen wuchsen. Sie hielten sich knapp an dem Geröllfeld, das zu ihrer Rechten in das trügerisch ruhige

Gewässer der Versenkungsbucht hinabfiel. Zu ihrer Linken drängte eine immer steiler und höher werdende Böschung aus Stauden und Sträuchern bis zur Bucht und ließ den beiden Reitern nur noch einen schmalen Pfad. Eingesperrt zwischen dem Hang, welcher die Sicht zum Palast versperrte, und dem leise plätschernden Meer, fühlte sich Bienli immer unwohler. Kurz erwog er, Prinzessin und Nevliin Prinzessin und Nevliin sein zu lassen und auf der Stelle umzukehren, aber das ging natürlich nicht. Er war nun einmal ein ehrbarer Kobold. Auch wenn es ihm missfiel, sich einzugestehen, dass es nicht nur Liadans Befehl gewesen war, der ihn dazu gebracht hatte, sich diesem Wahnsinn hier auszusetzen. Nein, ihm selbst gefiel der Gedanke, dass dieser arrogante Valdoreener Elf sein Leben verspielte, ebenso wenig. Also hatte er keine andere Wahl, als diesem liebesblinden Elfen ins Verderben zu folgen.

»Ist es noch weit?« Bienli rutschte unruhig auf Arelies Rücken hin und her. Ihre Hufe platschten immer öfter durch Pfützen, und bald würde der Pfad gänzlich verschwunden sein.

Doch statt zu antworten, hob Nevliin nur die Hand. Bienli holte tief Luft, um lautstark zu protestieren, da sah er in nicht allzu weiter Entfernung, dass der Pfad tatsächlich endete. Die felsige Wand, an der sich nur noch vereinzelte Pflanzen hinaufschlängelten, wurde von sanften Wellen umspielt und bestätigte Bienlis Befürchtungen, dass er bald nass werden würde.

Nevliin drehte sich zu ihm um, legte einen Finger an die Lippen und stieg dann langsam vom Pferd, ohne auch nur das kleinste Geräusch zu verursachen.

Bienli hielt sich an Arelies Mähne fest, schwang vorsichtig ein Bein auf die andere Seite und rutschte von ihrem Rücken. Dummerweise war die Entfernung zum Boden größer, als er angenommen hatte, und so ließ er zu früh los, landete laut platschend auf den Füßen, ruderte mit den Armen, verlor das Gleichgewicht und setzte sich, noch lauter platschend und noch viel schlimmer fluchend, auf sein Hinterteil. Er war nun mal kein Elf!

Nevliin starrte ihn an, packte ihn dann einfach am fellbesetzten Kragen und hob ihn auf die Beine. Er ließ seinen Nacken nicht los, als er sich vor ihn kniete: »Dahinter liegt der Eingang der Höhle«, flüsterte er und deutete mit dem Kopf zur Steilwand. »Ich werde jetzt nachsehen, wie viele Lichtritter ihn bewachen. Du bewegst dich nicht und sagst kein Wort. Hast du mich verstanden?«

Bienli nickte eifrig. Nevliin drehte sich um und lief, die Hand ans Schwert gelegt, im Laufschritt durch – oder besser gesagt über – das Wasser. Bienli wartete, bis sich der Elf an die Wand gepresst hatte und vorsichtig um die Spitze des Felsen spähte, ehe er sich selbst in Bewegung setzte.

Hochkonzentriert suchte er sich einen Weg über die wenigen trockenen Fleckchen, und als diese schließlich wichen, schlich er so leise, wie es nur irgendwie ging, näher heran. Nevliin rührte sich noch immer nicht. Entweder hatte er ihn nicht bemerkt, oder es war ihm egal. Bienli entschloss sich für die zweite Möglichkeit und ging weiter. Der Elf musste etwas sehr Interessantes gesehen haben, denn er war so vertieft in seine Beobachtungen, dass er nicht einmal reagierte, als Bienli – natürlich mäuschenstill – neben ihm ankam und selbst einen Blick wagte. Was er sah, beeindruckte ihn zunächst einmal nicht sonderlich: Ein weitläufiger Kiesstrand in einem Halbkreis aus steilen, schwindelerregend hohen Klippen und in der Mitte der Steilwand auf Bodenhöhe ein Höhleneingang – ein schwarzes Loch im weißen Gestein. Und vor genau diesem Loch standen zwei weiße Elfen, die aussahen wie Nevliin. Sie blickten in die entgegengesetzte Richtung, zu dem schmalen Pfad, der sich an der steilen Böschung hinabwand, und bemerkten sie nicht.

»Mit den beiden Häschen werden wir doch leicht fertig«, freute sich Bienli – und schnappte nach Luft. Eine Hand packte ihn am Mantel, riss ihn in die Höhe, so dass seine Füße durch die Luft baumelten, und setzte ihn unsanft auf einen flachen, glitschigen Stein. Nevliin kniete jetzt mit einem Bein im Wasser, hielt ihn immer noch im Nacken fest und sah ihm fest in die Augen: »Du hörst mir jetzt genau zu, Kobold«, knurrte er. »Ich werde die beiden Wächter dort töten, in die Höhle gehen und Vanora herausholen – und ich werde jeden, jeden töten, der versucht, mich daran zu hindern. Hast du mich verstanden?«

Bienli schluckte und nickte so heftig, dass seine Zähne aneinanderschlugen. Keinen Wimpernschlag später zog Nevliin bereits sein Schwert aus der Scheide und huschte weiter an die Lichtelfenwächter heran.

Bienli folgte ihm und spähte vorsichtig um jede Ecke. Die feindlichen Elfen waren nicht allzu weit entfernt, hatten jedoch offensichtlich noch immer nichts bemerkt. Nevliin lief zum nächsten Felsen. Wieso machte er sich diese Mühe? Wollte er beide gleichzeitig töten? Das war nicht möglich. Einer würde einen Warnruf abgeben.

Bienli seufzte. Es war wieder einmal an ihm, die Situation zu retten.

Genervt von so viel Dummheit nahm er die Armbrust Marke Eigenkreation vom Rücken, legte den Bolzen ein, hielt einen zweiten bereit, lehnte sich etwas vor, um am Felsen vorbeizusehen, zielte und schoss. Er verfolgte den Flug des Geschosses nicht, es würde treffen. Gemächlich legte er den zweiten Bolzen in die Führungsrinne, zielte erneut, und mit einem Klacken flog der nächste Bolzen davon.

Nevliin, der hinter seinem Versteck hervorgelaufen war und sich auf halbem Weg zum Feind befand, hielt inne und starrte auf die Elfen, die lautlos zusammenbrachen – auf das kleine dunkle Loch in ihrer Stirn und dann auf das Blut, das über ihre Gesichter floss. Sie waren tot, ehe sie am Boden aufkamen.

Bienli trat aus seiner Deckung, stapfte die wenigen Schritte durch das seichte Wasser und erreichte den Kiesstrand. Er brauchte nicht lange, um Nevliin einzuholen, da dieser sich noch immer nicht bewegt hatte. »Weniger Sauerei als mit dem Schwert ist es allemal«, grinste Bienli, hakte die Armbrust wieder auf seinem Rücken ein und begutachtete die Toten aus der Nähe. Die Wunden hatten bereits zu bluten aufgehört. »Dann lass uns mal die Prinzessin holen.«

Nevliin löste seinen Blick von den beiden Elfen und sah zu ihm hinab. In Erwartung eines Wutausbruchs kniff Bienli die Augen zusammen, doch der Elf schwieg, und fast meinte Bienli, so etwas wie Erstaunen in seinen Augen zu sehen. Eine halbe Ewigkeit verging, bis Nevliin sich wieder fing, sich schließlich ohne ein Wort abwandte und im Höhleneingang verschwand. Bienli beeilte sich, ihm zu folgen, kletterte über die toten Elfen und versuchte, den weißen Umhang in der Dunkelheit auszumachen. Eine leise Stimme in seinem Inneren meldete sich: Vielleicht war die Prinzessin ja bereits tot, und er müsste Nevliin nicht verraten. Na ja, bei genauerer Betrachtung war das eine dämliche Hoffnung. Wollte er etwa, dass Vanora starb? Nein, das wollte er nicht. Doch dann drangen wieder Liadans Worte in seinen Kopf: dass es nicht anders ging. Dass Vanora sterben musste. Verdammte Elfenbrut, elendige, knurrte er stumm und blickte ein letztes Mal über die Schulter zurück ins Licht. Bald schon würde Prinzessin Liadan dort erscheinen. Sehr, sehr bald.

Vänorä

Der Lichtritter packte sie fest am Oberarm und bewahrte sie so erneut vor einem Sturz, doch Vanora riss sich los. »Ich kann allein gehen!«, fauchte sie, raffte das viel zu lange Kleid und folgte der engen Wendeltreppe weiter in die Tiefe. Die prunkvollen, mit goldenen Figuren verzierten Wände waren längst nacktem Stein gewichen und das Licht der Fackeln, die alle paar Schritte in Halterungen an den Wänden angebracht waren, ließ ihre verzerrten Schatten durch das roterleuchtete Gewölbe huschen.

Eilig nahm sie die schier unendlichen Stufen, um endlich die Höhle zu erreichen und Alkariel gegenüberzutreten. Sie hatte mehr als genug Zeit mit den dummen Spielchen der Lichtelfen vergeudet. Wäre es nach ihr gegangen, wäre sie sofort in die Höhle marschiert, hätte Alkariel verflucht und die Barriere zerstört. Schnell, ohne lange nachzudenken, ohne Zeit, Angst zu bekommen. Doch Alkariel hatte sich bisher noch nicht sehen lassen. Die Lichtritter vom Weltentor hatten sie in ein Zimmer in das Schloss gebracht, in dem bereits ein paar Elfen auf sie gewartet hatten, um ihr ebendieses Kleid anzulegen, ihr die Haare zu kämmen und eine Prinzessin aus ihr zu machen. Ihr Protest war ignoriert worden, und so war ihr nichts anderes übriggeblieben, als die Elfen zur Eile anzutreiben und jetzt so schnell wie möglich die Treppe hinabzustürmen.

Ihr sorgfältig durchdachter Plan jedenfalls war jetzt schon zunichte. Es war viel zu viel Zeit vergangen, seit sie das Schattenreich hinter sich gelassen hatte. Womöglich befanden sich Eamon und das Heer der Dunkelelfen bereits vor den Mauern des Palastes. Ohne Zweifel hatten sie ihre Abwesenheit bereits bemerkt – und selbst wenn Liadan Wort gehalten hatte, würden sie wissen, wo sie war. Und dann würden sie kommen und versuchen, sie davon abzuhalten, und damit eine Katastrophe heraufbeschwören. Und alles nur, weil Alkariel sie wie eine Prinzessin hatte herausputzen müssen – mit dem weißen Kleid einer hohen Magierin. Wozu musste sie hübsch aussehen? In wenigen Augenblicken würde sie tot sein. Wen kümmerte da das Kleid oder ihre Frisur?

Die Treppe endete in einem Tunnel. Das Tropfen von Wasser mischte sich in das nachhallende Geräusch ihrer Schritte. Die Lichtritter führten sie schweigend auf das helle Licht am Ende des Durchgangs zu. Zwei Elfen in langen, grünen Gewändern, die sich um ihre Füße wie ein kleiner See ausbreiteten, kreuzten ihren Weg, doch Vanora schenkte ihnen keine weitere Aufmerksamkeit.

Sie versuchte, ruhig zu atmen, ihren wilden Herzschlag zu besänftigen. Wo sie eben noch nicht schnell genug hatte vorwärtskommen können, fühlte sie sich jetzt wie gelähmt. Ihre Schritte waren schwer, und der Lichtritter, der sie wieder am Oberarm festhielt, musste sie weiterziehen.

Dies waren also ihre letzten Stunden und Minuten auf dieser Welt, und Vanora wollte nichts anderes als fortlaufen. Als sie noch ein kleines Kind gewesen war, hatte ihr Großvater sie einmal nach Vinelba zur Burg des Grafen mitgenommen. Dort hatte eine Hinrichtung stattgefunden, und auch wenn sie diese nicht gesehen hatte, waren ihr die zum Tode Verurteilten, die durch die Menge getrieben worden waren, nicht entgangen. Sie hatte die Angst und den Hass in ihren Augen gesehen, aber auch die Fassungslosigkeit. Das Sichweigern, zu begreifen, dass sie tatsächlich bald sterben mussten. Genauso ging es jetzt auch ihr. Sie wurde zu ihrer Hinrichtung geführt, und auch wenn sie wusste, dass ihr Leben bald vorbei sein würde, konnte sie doch nicht begreifen, was dies bedeutete. Wie war es, zu sterben? Was kam danach? Würde ihre Seele wiedergeboren werden? Oder zu den Sternen gehen, um mit denen, die sie liebte, zusammen zu sein und auf die Welt hinabzublicken? Vanora versuchte, nicht mehr daran zu denken. Es war ohnehin keine Zeit mehr, sich diesen auffressenden Gedanken hinzugeben, denn sie erreichten bereits die Höhle. Daralees berühmte Höhle, in der alles seinen Anfang genommen hatte.

Vanora wusste nicht,, was sie erwartet hatte, doch dieser Anblick nahm ihr den Atem. Die Höhle war riesig, geradezu gigantisch. Zur Rechten begrenzte sie glitzernd ein tiefblauer See, und an der gegenüberliegenden Seite leuchtete statt einer Wand ein weißschimmerndes Licht – die Barriere, die Grenze zwischen den beiden Welten. Gläserne Skulpturen von Elfen, Meerjungfrauen und Einhörnern bildeten einen Kreis um den See. Alle Gesichter der Statuen blickten zum klaren Wasser, als würde dort jeden Moment irgendetwas Besonderes geschehen.

Aus den Augenwinkeln bemerkte Vanora eine Bewegung an der linken Seite, dort, wo keine Fackeln brannten und Schatten herrschten. Hocherhobenen Hauptes wandte sie sich um und erblickte eine Elfe in Begleitung mehrerer Lichtritter, die sich anmutigen Schrittes näherte. Auch sie trug ein weißes Kleid, ähnlich dem ihrigen, und das brünette Haar wurde durch ein Diadem zurückgehalten. Das Gesicht war ausdruckslos, wunderschön und doch ohne jedes Gefühl.

Vanora war dieser Frau niemals zuvor begegnet. Einzig aus der Ferne hatte sie sie einmal gesehen, und doch bestand nicht der geringste Zweifel. Es war Alkariel, die Königin der Lichtelfen.

Die Lichtritter, die Vanora begleitet hatten, ließen sie allein und gesellten sich zu jenen, die mit Alkariel eingetroffen waren. Die Königin jedoch blieb an einer der gläsernen Figuren am Rande des Sees stehen und musterte sie.

»Eine Prinzessin, fürwahr.« Ihre Stimme hallte von den schwindelerregend hohen Wänden wider. »Auch wenn du meiner Schwester nicht im Geringsten ähnlich siehst. Nein, noch nicht einmal mit deiner Mutter hast du große Ähnlichkeiten.«

»Ich sehe meinem Vater ähnlich«, erwiderte Vanora kühl.

Die Königin lächelte kalt. »Ja, der Mensch in dir ist nicht zu übersehen – oder zu überhören. Komm, komm näher.«

Alkariel streckte ihre Hand aus, doch Vanora bewegte sich nicht: »Lasst uns keine weitere Zeit verschwenden. Ich trage dieses dumme Kleid, so, wie Ihr es gewollt habt, aber jetzt ist es genug. Ich nehme an, das ist die Barriere?«

»Hört euch dieses Mädchen an. So eilig hat sie es, zu sterben. Wenn du so sehr darauf brennst, dein Leben hinzugeben, wieso kommst du dann so spät zu mir? So viel unnötiges Leid. Du hättest es verhindern können.«

Vanora schwieg. Was hätte sie auch sagen sollen? Dass Alkariel im Grunde recht hatte? Dass sie nicht früher gekommen war, weil sie nicht hatte sterben wollen? Dass sie, um ihr eigenes Leben zu schützen, lieber das von Fremden geopfert hatte? Es war nicht mehr wichtig. Für die Barriere allein hätte Vanora ihr Leben nicht gegeben, denn Alkariel hätte die Dunkelelfen auch dann angegriffen, aber an diesem Tag würde auch Alkariel sterben. Das war das Einzige, das zählte.

»Ja, ich sehe schon, du bist ganz meiner Meinung. Doch du musst dich in Geduld üben. Du bist immerhin eine Prinzessin, und dies ist ein historisches Ereignis. Dies ist der Tag, an dem ich wieder Elvions Königin werde. Da ist ein hübsches Kleid wohl angemessen.«

»Es ist mir gleich, in welchem Gewand ich sterbe.«

Alkariel lachte. »Natürlich – und ich werde dich auch nicht weiter aufhalten ... Ah, Meara, komm schnell. Sieh nur, wer uns hier besucht.«

Vanora drehte sich um und sah direkt in die Augen der Magierin, die kurz überrascht wirkte, dann jedoch lächelnd an ihr vorbei und zu Alkariel ging: »Eure Majestät. Man hat mir gesagt, dass ich Euch hier finde.«

»Ja, du kommst genau richtig. Die kleine Halbelfe hat sich dazu entschlossen, uns entgegenzukommen.«

Meara sah zwischen Vanora und Alkariel hin und her. »Hat Eamon sie ...«

»Ah, wo denkst du hin. Ich bin mir sicher, dass deine Argumente sehr überzeugend waren, aber du kennst doch den lieben Eamon. Nein, Vanora ist ganz von selbst zu uns gekommen.«

»Nun.« Meara warf ihre Zöpfe zurück und sah Vanora direkt an. »Immerhin hatte er letzte Nacht noch etwas Spaß«, sagte sie voller Hohn und zwinkerte ihr zu. »Ein wirklich ausgezeichneter Liebhaber. Ihr habt Euch viel entgehen lassen, Prinzessin. Doch ich nehme an, der Fürst steht dem König in nichts nach, habe ich recht?«

Vanora keuchte, als die Worte ihr, einem glühenden Brenneisen gleich, ins Herz fuhren.

»Oh sieh nur, was du angerichtete hast«, tadelte Alkariel ihre Vertraute lachend. »Sie ist so blass, dass sie doch tatsächlich wie eine Elfe aussieht. Ich bitte dich, Vanora. Dachtest du wirklich, er würde dir ewig hinterherlaufen? Er ist auch nur ein Mann, und Meara ist eine begehrenswerte Frau. Nimm es ihm nicht übel.«

Das war eine Lüge. Es konnte nicht anders sein. Niemals würde er mit dieser seelenlosen … Das durfte er nicht!

»Was ist mit Euch?« Meara strich in einer gespielt gedankenversunkenen Geste über ihren Hals. »Ihr habt doch noch Euren Ritter. Oder fürchtet Ihr seinen Zorn, jetzt, wo Ihr Euch mit uns verbündet habt?«

Vanora hob ihren Kopf. »Ich fürchte niemanden. Weder Euch noch den Tod.«

»Seht sie euch an.« Alkariel betrachtete sie in einer Intensität, die direkt in ihr Innerstes fuhr. »Ganz der Großvater. Glendorfil war ebenso hochmütig.«

Ihr Herz setzte einen Takt lang aus. Wie konnte Alkariel davon wissen? Was wusste sie noch? Wusste sie am Ende von dem Tagebuch? Dann wäre ihr Plan zunichte!

»Wieso denn so entsetzt?«, fragte Alkariel. »Trifft es dich, zu hören, dass der Mann, den du für deinen Lehrer gehalten hast, in Wirklichkeit Daralees Geliebter gewesen ist? Ein Feigling, der sich hinter Andron versteckt hat?«

»Nein.« Ihre Hände begannen zu zittern.

»So lange hat er sich verborgen gehalten. Ich habe es noch nicht einmal geahnt. Doch sein letzter Gedanke – der galt meiner Schwester. Er hat mir offenbart, dass er es die ganze Zeit über gewesen ist. Daralees Geliebter, Elirias Vater.« Sie lachte auf. »Dein Großvater. Ein Jammer, dass er jetzt tot ist. Ich hätte gern mehr über seine Intrigen gewusst. Sei's drum: Er ist tot, und du wirst ihm folgen.«

Vanora hielt den Atem an, um nicht erleichtert aufzuatmen. Ihre Befürchtung, Alkariel wüsste von den wahren Umständen von Daralees Tod, löste sich auf. Die Königin ahnte nicht, dass sie während der Wiedervereinigung genauso sterben würde. Es konnte doch noch alles gutgehen. Glendorfil hatte ihr lediglich offenbart, dass *er* einst Daralee geliebt hatte, nicht Andron.

»Nun, da du die Wahrheit kennst, lasst uns anfangen.« Alkariel winkte einem Lichtritter, der seinen Dolch zog und sich ihr damit näherte. Der Stahl blitzte im Schein der Fackeln, und Vanora stolperte automatisch zurück.

»Das ist nicht nötig!«, hallte plötzlich eine Frauenstimme durch die Höhle.

Alle Anwesenden wirbelten herum und starrten zum See, von wo aus die Stimme gekommen war. Eine nackte Elfe tauchte dort bis zur Hüfte aus dem sprudelnden Wasser, und ihr weißes Haar bedeckte nur wenig ihrer Brüste. Ihre blauen Augen funkelten wie Edelsteine und sahen sich aufmerksam in der Höhle um.

»Was wollt Ihr hier?«, fauchte Alkariel, die offenbar wusste, um wen es sich bei dieser fremdartigen Gestalt handelte.

»Du hättest beinahe einen Fehler begangen, Alkariel«, antwortete die Fremde. »Das Mädchen weiß, was sie zu tun hat. Ihre Bestimmung wird sich heute erfüllen.«

»Meine Bestimmung.« Vanora hasste dieses Wort wie kein anderes. »Wer seid Ihr, dass Ihr denkt, über mich bestimmen zu können?«

»Ich bin das Orakel, Vanora, und ich weiß, dass du verwirrt bist. Du fragst dich, wieso ausgerechnet du zur Einigung Elvions auserwählt wurdest. Ich kann dir diese Frage beantworten. Es liegt an dir, ob du die Wahrheit wissen willst.«

»Wir kennen die Wahrheit«, fuhr Alkariel dazwischen. »Sie ist die letzte Nachfahrin meiner Schwester. Ihr Blut …«

»Ihr Blut ist nicht genug!« Die Frau im See deutete mit einer weit ausholenden Geste zur Barriere. »Vanora weiß das. Sie weiß, wovon ich spreche, und du, Alkariel, solltest besser gut zuhören, denn auch du bist an das Schicksal gebunden.« Sie wandte sich wieder an Vanora, und ihr Blick wurde sanfter. »Möchtest du wissen, wieso du auserwählt wurdest?«

Vanora nickte. So lange hatte sie nach Antworten gesucht, sich immer wieder gefragt, wieso ausgerechnet sie diesen Weg beschreiten musste und nicht ihre Mutter oder nachfolgende, die doch ebenso Daralees Blut in sich haben würden. Was hatte das Schicksal dazu bewogen?

»Es ist deine Seele«, antwortete das Orakel zu ihrer Verblüffung. »Eine jede Seele hat eine Aufgabe, um sich einen Platz bei den Sternen zu verdienen. Sie wird so lange wiedergeboren, bis diese Aufgabe erfüllt ist. Dir war es bestimmt, über Elvion zu herrschen, doch du hast dich widersetzt. Du hast das Schicksal aus eigennützigen Gründen betrogen – für die Liebe. Jetzt musst du deinen Fehler wiedergutmachen. Dies ist nun deine Aufgabe.«

»Ich verstehe nicht. Wie habe ich mich widersetzt?«

»Du hast Elvion zerrissen, die Ordnung dieser Welt zerstört. Und nun ist es an dir, diese Ordnung wiederherzustellen.«

Vanora musste sich an der Felswand hinter sich festhalten. Selbst Alkariel und Meara wirkten verwundert.

»Ich … ich bin Daralee?«, flüsterte sie, während ihr gesamter Körper zitterte.

»Dieselbe Seele.« Das Orakel nickte, breitete die Arme vor sich aus und legte die Handflächen auf das Wasser, welches unter der Berührung golden leuchtete. »Eine wiedergeborene Seele, da Daralee in ihrer Aufgabe versagt hat. Du bist Vanora, Daralee war Daralee, doch ihren Fehler wirst du wiedergutmachen. Dies ist deine Bestimmung.«

Mit einem Mal wurde es vollkommen still. Selbst das stete Tropfen des Wassers schien verstummt zu sein. Umso lauter rasten nun die Gedanken in ihrem Kopf. Jetzt ergab alles einen Sinn. Jede Tat, jeder Verlust waren vorherbestimmt gewesen, um sie an ihr Ende zu geleiten – und sie würde sich fügen. Immer noch zitternd nahm sie die Hand vom Felsen und blickte sich um. Alkariel sah sie an, als wäre sie eine göttliche Erscheinung, und auch Meara stand die Fassungslosigkeit ins Gesicht geschrieben.

»Sind wir denn nichts als willenlose Wesen, die von einer höheren Macht gelenkt werden?«, fragte Vanora abwesend.

»Aber nein.« Das Orakel hob die Hand, um Alkariels Worte zu ersticken. »Daralee hat bewiesen, dass ihr sehr wohl euren eigenen Willen habt. Das Schicksal leitet euch, weist euch den Weg, doch welchen ihr letztendlich geht, ist eure Entscheidung. Die Frage ist nur, wohin euch dieser Weg führt. Irgendwann müsst ihr euer Schicksal erfüllen, um den Kreislauf der Wiedergeburt zu unterbrechen und zu den Sternen zu gelangen. Auch dir steht es frei, Vanora. Du kannst dich jetzt umdrehen und gehen. Lebe dein Leben, stirb, aber du wirst wiedergeboren werden, und alles wird von vorn beginnen. Es ist deine freie Entscheidung.«

»Tja«, sagte Alkariel und lächelte. »Die Sache ist außerdem

die, dass du nirgendwohin gehen wirst, kleine Prinzessin. Und jetzt: Erfülle deine Bestimmung.« Sie deutete zur weißleuchtenden Barriere und zurück zu den bewaffneten Lichtrittern, doch Vanora hörte ihre Worte kaum. All die Toten, der Krieg, waren ihre Schuld. Die Schuld dieser Seele. Die Opfer des Seelenfressers …

»Nein.«

Vanora blickte auf, und die Augen des Orakels schienen ihr nunmehr direkt in die Seele zu blicken.

»Die Opfer eines Grogons«, fuhr die Frau nun sanft fort, »sind niemals vorherbestimmt. Ein Grogon ist ein Dämon. Er stiehlt dem Schicksal die Seelen, macht es ihnen unmöglich, ihre Bestimmung zu erfüllen. Aber manchmal …« Das Orakel hielt einen Moment lang inne und wies schließlich mit der Hand auf Meara und Alkariel: »Manchmal sind selbst Elfen grausamer, als es ein Dämon je sein könnte.«

»Unsinn«, zischte Alkariel. »Sie haben es verdient. Es stand ihr frei, ihre Bestimmung schon früher zu erfüllen.«

»Auch du hast deine Bestimmung, Alkariel«, sagte das Orakel sanft.

»Meine Bestimmung ist es, über Elvion zu herrschen! Und da meine Schwester sich dagegen entschieden hat, werde ich es allein tun.«

Das Orakel wandte sich ohne eine Antwort wieder Vanora zu. »Jetzt kennst du die Wahrheit. Welchen Weg wählst du? Wirst du Daralees Fehler beheben?«

»Ja.« Vanora schluckte gegen die Enge ihrer Kehle. Die Zeit lief ihr davon. »Ich werde dem Schicksal aus demselben Grund gehorchen, aus dem Daralee sich ihm widersetzte.«

Die Frau hob neugierig die Augenbrauen. »Und was für

ein Grund ist das?«, fragte sie, erkannte die Antwort jedoch in ihren Augen. »Ah – die Liebe.«

»Mein Opfer wird sie alle retten. Aber sagt mir noch eines, bevor ich diesen meinen letzten Weg gehe. Wusste Glendorfil davon? Wusste er, wer ich bin?«

Das Orakel schüttelte den Kopf. »Du bist seine Enkeltochter, Vanora, und das wusste er. Mit Sicherheit hat er etwas geahnt. Elfen, die ihre Bestimmung nicht erfüllen, werden in derselben Familie wiedergeboren. Glendorfil war nicht Daralees Bestimmung, dieser Tod war Daralee nicht bestimmt. Deine Aufgabe ist eine andere, als es die ihrige war.«

»Und ich werde sie erfüllen.« Sie sah zu Alkariel, und das Orakel folgte ihrem Blick.

»Du weißt, was du zu tun hast«, sagte die Frau, als sie sich ihr wieder zuwandte. »Die Zeit geht zurück zum Anfang. Elvion wird neu geboren.«

Vanora nickte und verstand. Die Zeit der Schwesternköniginnen war lange vorbei und damit auch Alkariels Zeit. Es war Daralees und Alkariels Bestimmung gewesen, gemeinsam über Elvion zu herrschen. Da Daralee aber gestorben war, hatte auch Alkariel ihre Bestimmung verloren. Das Orakel hatte die Königin von Anfang an zu ihrer eigenen Vernichtung geführt. Die Zeit geht zum Anfang zurück, hatte die Frau gesagt, und so war es auch: Elvion würde neu geboren werden. Mit einem anderen Herrscher. Vanora seufzte. Nichts würde sie je über ihren Verlust hinwegtrösten, doch zu wissen, dass sie die Leben ihrer Lieben rettete, ließ sie standhalten: »Ich bin bereit.«

»Schluss damit!«

Das Klirren Dutzender Schwerter, die aus ihren Scheiden gezogen wurden, hallte durch das Gewölbe. Vanora fuhr herum und schrie. Niemals hätte sie geahnt, dass sie sein Anblick wie die Macht eines Seelenfressers zerreißen könnte: Nevliin.

»Na, wunderbar.« Alkariel warf die Hände in die Luft. »Das kann nicht Euer Ernst sein.«

Auch das Orakel schien überrascht. »Was willst du hier, Ritter?«, zischte sie. »Du hast hier nichts verloren.«

Aber Nevliin ließ sich nicht beirren: »Es ist vorbei«, sagte er und trat aus dem Zwielicht des Tunnels. Jeder Schritt war wohlüberlegt, lauernd, während die Spitze des Schwertes auf Alkariel zeigte. An seiner Seite hielt sich der Kobold Bienli mit gespannter Armbrust und grimmiger Miene.

Vanora versuchte, sich gegen Nevliins groben Griff zu wehren, als er sie ohne Rücksicht hinter sich schob, doch ein Blick seiner Augen genügte, und sie ließ ihre Hände sinken. Es war tatsächlich vorbei, und diese Erkenntnis raubte ihr den Atem. War der Fehler, den ihre Seele begangen hatte, tatsächlich so schwer gewesen, dass sie derart bestraft wurde? In seiner Gegenwart konnte sie die Barriere nicht zerstören. Er würde ebenso getötet werden, und als wäre dies nicht genug, kehrte die Angst vor ihrem eigenen Tod mit einer Heftigkeit zurück, die ihr Tränen in die Augen trieb. Wie sollte sie tapfer ihrem Ende entgegengehen, während sie ständig vor Augen hatte, was sie verlor?

»Was soll das werden?« Alkariel ließ ihren höhnischen Blick über Nevliin gleiten. »Der Weiße Ritter und ein Gnom stürmen zur Rettung der Prinzessin herbei?«

»Wen nennst du hier Gnom?«

»Ich muss Euch enttäuschen, Fürst.« Die Königin bedeutete den Lichtrittern, die Waffen zu senken. »Seht Euch Eure Liebste an. Euer Befreiungsversuch ist unerwünscht.«

»Ich habe nicht vor, sie nach ihrer Meinung zu fragen …

Eure Majestät.« Er verbeugte sich mit unterwürfig ausgestreckten Armen, fuhr herum, packte Vanora am Arm und stürmte so schnell auf den Ausgang zu, dass sie nur hilflos in dem langen Kleid hinterherstolpern konnte.

Bienli raste neben ihr her und stieß eine ganze Ladung wilder Flüche aus, als sich plötzlich eine Handvoll Lichtritter vor ihnen aufbaute und den Weg versperrte.

Nevliin schlug sofort mit dem Schwert zu, ließ Vanora jedoch nicht los, und so wurde er gleichzeitig mit der Parade seines Hiebs zurückgestoßen.

»Nicht so schnell«, übertönte Alkariels Stimme das Zischen der abgeleiteten Klingen. »Wie sollte ich mir solch eine Gelegenheit entgehen lassen?«

Die Lichtritter drängten sie mit den Breitseiten der Schwerter zurück in die Höhle, wo sie sich wieder Alkariel zuwandten.

»Nevliin, Ihr habt noch eine Rechnung zu begleichen«, sagte diese. »Vergesst das nicht.«

»Spart Euch Euren Atem«, knurrte Nevliin und hielt Vanoras Arm noch immer in schmerzhafter Umklammerung, während er erneut sein Schwert auf die Königin richtete. »Ihr werdet untergehen. So oder so. Eamons Heer wird Euch vernichten, und Ihr könnt Euer vereintes Elvion von den Sternen aus betrachten.«

»Eamon wird damit beschäftigt sein, eure beiden Körper den Flammen zu übergeben. Ist das nicht romantisch?« Alkariel wandte sich an Meara, die etwas abseits im Schatten stand und das Geschehen schweigend beobachtete. »Welch grandioses Ende einer Geschichte. Die beiden Liebenden – im Tode vereint.«

»Nein.« Vanora packte Nevliins Schwertarm und drehte

ihn zu sich herum. »Bitte«, flehte sie ihn an. »Du musst fort von hier. Vertrau mir. Ich weiß, was ich tue. Aber bitte …« Sie konnte die Tränen nicht mehr zurückhalten, zog und zerrte an ihm, um ihn irgendwie in Bewegung zu setzen, doch Nevliin sah sie an, als hätte er eine Fremde vor sich.

»Ich lasse dich nicht zurück«, sagte er ruhig.

»Du musst!« Wie sollte sie ihm nur begreiflich machen, dass sie den Zauber in seiner Gegenwart nicht ausführen konnte? »Bitte Nevliin. Vertrau mir …«

»Nein.« Er umschloss mit der freien Hand ihre Wange und beugte sich dicht über sie. Sein Ausdruck war jetzt ebenso verzweifelt, wie sie sich fühlte. »Ich werde nicht von deiner Seite weichen«, sagte er, wobei seine Stimme plötzlich brach. »Wir werden beide leben. Ich lasse nicht zu …«

»Du musst von hier fort, bitte. Ich ertrage es nicht, wenn du auch …«

»Wir werden nicht sterben. Ich verspreche es dir. Ich bringe uns hier heraus. Du gehörst zu mir.« Die Angst in seinen Augen brach ihr das Herz. »Du wirst mich nicht alleinlassen, Vanora. Hast du mich verstanden? Du wirst nicht …«

»Wie rührend.« Alkariels Lachen wurde von den Wänden zurückgeschleudert. »Wer hätte das gedacht? Der kaltherzige Nevliin hat die Liebe gefunden. Wie tragisch, dass du sie jetzt verlierst. Was meinst du, Meara. Wer soll zuerst sterben? Wem soll die Ehre gebühren, den Geliebten sterben zu sehen?«

»Nevliin, bitte.« Vanora versuchte ihn fortzustoßen, doch er rührte sich nicht. Er stand da, wie ein Fels in der Brandung – wie ihr Schild in der Schlacht.

»Hör auf deine Vanora«, ertönte plötzlich die Stimme des Orakels, worauf sich alle erstaunt der Frau im See zuwandten.

»Es ist nicht dein Schicksal, heute zu sterben, Nevliin. Opfere dein Leben nicht leichtfertig.«

»Was wisst Ihr schon?«

»Ich weiß, dass dir ein anderer Tod bestimmt ist. Die Zeit verläuft in die verkehrte Richtung. Die Welt wandelt sich. Alles geht zurück. Keine Sorge, Nevliin. Du wirst ihr noch früh genug folgen. Doch nicht heute. Geh.«

»Er wird heute sterben!« Alkariel deutete zu den Lichtrittern, die immer noch hinter ihnen standen und den Ausgang versperrten. »Bestimmung oder nicht. Er wird für seinen Verrat bezahlen.«

»Es ist eure Wahl, Elfen. Geht eurer Wege. Ich kann euch dabei nicht helfen.« Der See leuchtete, als züngelten Flammen unter der Oberfläche, ehe die weißhaarige Frau langsam in die Tiefe sank und sie ihren Entscheidungen überließ.

»Glaubt Ihr wirklich, ein Dutzend Ritter könnte mich aufhalten?«, fragte Nevliin in die Stille und ließ Vanora nun zum ersten Mal los. »Glaubt Ihr, eine Klinge wäre dazu in der Lage?«

»Oh, das glaube ich durchaus.« Alkariel lachte und deutete einem Lichtritter, der ihr sofort sein Schwert aushändigte. »So sollt Ihr nun als Erster gehen, auch wenn ich eine andere Reihenfolge gewählt hätte.«

Die Worte waren kaum ausgesprochen, da schoss das Schwert plötzlich als silberner Blitz auf Nevliin zu. Der riss sein eigenes hoch, parierte den Hieb, so dass die führerlose Klinge daran abglitt, und sprang zurück. Doch das durch Zauberkraft geführte Schwert wirbelte blitzschnell durch die Luft, während Alkariel das Geschehen durch schwarze Augen beobachtete. Ein grauer Schleier darin wies auf ihre Magie der Luft hin, die so mächtig war, dass sie das Schwert ohne Zuhilfenahme der Hände führte und lediglich mittels Gedanken angriff.

Nevliin verteidigte sich, parierte die Hiebe oder wich ihnen aus, doch das Schwert verfolgte ihn durch die gesamte Höhle. Wie sollte er einen Gegner besiegen, der nicht existierte?

»Hört auf!«, rief Vanora unter Tränen, doch Alkariel lachte nur noch lauter. Die Hiebe des Schwertes schienen noch schneller zu werden. Nevliin hatte zusehends Mühe, diese zu parieren. Auch die anderen Lichtritter versuchten, der magisch geleiteten Klinge auszuweichen, hielten sich in Alkariels Nähe und beobachteten den ungleichen Kampf.

»Wagst du es nicht, ohne Magie gegen mich zu kämpfen?«, rief Nevliin, der sich gerade wieder unter einem Hieb, der gegen seinen Kopf gezielt hatte, duckte, sich abrollte und blitzschnell wieder auf die Beine sprang.

»Wo wäre dabei der Spaß?« Alkariel hob die Hand, das Schwert verschwand, und es war nur noch das Zischen der durchschnittenen Luft zu hören.

Vanora schrie, streckte automatisch die Hand nach Nevliin aus und stürmte vor. Nein, nein, nein!

Einen Augenblick war es totenstill. Die Klinge hielt inne, Vanora erstarrte. Nevliins Stöhnen hallte unnatürlich laut durch das turmähnliche Gewölbe. Er taumelte zurück, stützte sich gerade noch auf das Schwert, um nicht zu fallen. Das Blut sprudelte aus dem tiefen Schnitt, der seine rechte Gesichtshälfte durchzog und nur knapp das Auge verfehlt hatte. Schwankend richtete er sich auf, berührte seine Augenbraue und betrachtete anschließend die blutigen Finger. »Du enttäuschst mich«, keuchte er und rieb sich das Blut aus dem Auge. »Ein Kratzer. Zu mehr bist du nicht fähig?«

»Du willst mehr?«

Sofort schoss das unsichtbare Schwert erneut nach vorn. Nevliin orientierte sich rein an dem Geräusch der Waffe, sprang zurück, parierte einige Hiebe, wich aus, drehte sich weg. Das Blut floss unaufhörlich weiter über sein Gesicht, spritzte in den schnellen Bewegungen als roter Regen durch die Luft, doch die Klinge hieb unbarmherzig auf ihn ein, was am Klirren der Waffen zu hören war.

Diesmal, so dachte Vanora, würde Alkariel besser zielen, das stand fest. Und kaum hatte sie dieser Gedanke befallen, schoss ihm die Klinge erneut wie ein Pfeil entgegen und wurde im Flug wieder sichtbar. Alkariel lachte.

Vanora riss ihre Hand hoch. Sie wusste nur noch, dass sie etwas unternehmen musste, da leuchteten Nevliins Augen plötzlich silbern auf. Seine linke Hand schoss vor und schleuderte mit einer blauen Flamme das Schwert fort.

Selbst Alkariel, Meara und die Lichtritter taumelten durch die Wucht des magischen Angriffs zurück.

Das Schwarz seiner Augen zog sich sofort wieder zurück, und Nevliin hob in Erwartung eines erneuten Angriffs das Schwert.

»Ich bin beeindruckt.« Alkariel richtete sich auf und strich ihr Kleid glatt. »Seit wann benutzt der edle Ritter Magie zum Kampf?«

»Ich lasse mich nicht töten«, antwortete Nevliin in kalter Ruhe. Sein Anblick war furchteinflößend, der Hass in seinen Augen, das viele Blut in seinem Gesicht, welches selbst Strähnen des hellen Haares rot gefärbt hatte. Und doch wollte Vanora in diesem Moment nichts anderes, als zu ihm zu laufen und ihn festzuhalten. Die Angst trieb sie beinahe in den Wahnsinn. Es musste aufhören. Alkariel musste sterben, oder es würde niemals Frieden geben. Und mit Alkariel sie selbst, um Nevliin zu retten. Doch er musste fort. Auch wenn ihr der Gedanke an einen Abschied von ihm das Herz zerriss: Er musste weiterleben.

»Ihr lasst Euch nicht töten?« Alkariels Stimme riss sie aus ihren Gedanken. »Das werden wir ja sehen.«

Die Luft vibrierte, dröhnte. Alkariel ballte ihre Finger zur Faust und streckte sie blitzschnell wieder aus.

Weißes Licht schoss auf Nevliin zu, dessen Augen sich sofort wieder veränderten. Er hob sein Schwert mit beiden Händen, die Lichtwelle prallte gegen die bläulich glühende Klinge. Sein Gesicht war von Zorn und Schmerz verzerrt, Muskeln und Sehnen hoben sich an seinem blutüberströmten Hals deutlich ab. Mit aller Kraft stemmte er sich gegen die Magie der Königin, die ihn niederzudrücken versuchte.

Doch Alkariel kam nicht gleich gegen ihn an. Sie hob ihre andere Hand, kämpfte mit einem zweiten Lichtstrahl gegen ihn und durchbrach schließlich seinen Widerstand.

Ein weißer Blitz fuhr von der Klinge direkt durch seinen Arm, das Schwert fiel klirrend zu Boden. Nevliin wurde zurückgeschleudert. Stöhnend presste er sich die Hand an die Wunde, wand sich vor Schmerz, doch es war noch nicht vorbei. Am Boden liegend streckte er die Hand nach Alkariel aus, schleuderte ihr erneut eine hellblaue Flamme entgegen.

Alkariel stieß ihre Hände nach vorn, die Flammen lösten sich in Rauch auf. Kurz darauf erfasste Nevliin eine unsichtbare Kraft, warf ihn mit der Stärke eines Orkans gegen die raue Felswand, presste ihn dagegen.

»Nein!« Vanora stürmte auf Nevliin zu, doch ein Lichtritter stellte sich ihr in den Weg, versuchte sie aufzuhalten. Ein Fehler. Blitzschnell drehte sie sich aus dessen Griff, packte ihn am Hals, drückte zu. Das Gesicht des Elfen verschwamm unter einem blutroten Schleier. Ein magischer Blitz fuhr durch ihren Körper, entlud sich in der Hand. Der Lichtelf riss die Augen auf, Tränen kochend heißen Blutes flossen daraus hervor. Sie ließ ihn achtlos zu Boden fallen, stürmte weiter – und sah vor sich Meara, die aus den Schatten trat. Lächelnd bewegte sich die Magierin auf Vanora zu.

Vanoras Herz raste, versuchte mit der Energie und der Hitze fertig zu werden. Sie sah nur noch die Frau, die all das Leid unter den Dunkelelfen verursacht hatte, hinter dem blutroten Schleier, doch die Magierin bewegte sich nicht, deutete lediglich mit dem Kopf etwas zur Seite, während sich die Augen gleichzeitig in magischer Schwärze verloren. Die Magie der Erde, die einen goldenen Blitz aufleuchten ließ.

Ein Schlag wie ein Keulenhieb traf Vanoras Brust, presste ihr die Luft aus den Lungen. Sie flog durch die Luft und krachte mit Wucht gegen die Felswand.

Nevliin schrie, versuchte aufzustehen. Er war nur ein weiterer roter Schemen, der sich in diesem Chaos bewegte.

Vanora spürte das Brennen der aufgeschürften Haut, den betäubenden Schmerz der malträtierten Knochen. All dies schürte das entfesselte Feuer in ihr nur noch mehr. Die Magie floss sengend heiß durch ihren Körper, versorgte sie mit einer unerschöpflichen Energie. Dunkle Adern zeichneten sich überall auf ihrer Haut ab, als wäre diese transparent. Durch den roten Schleier ihrer magisch veränderten Augen starrte sie Meara an. Das Haar hing ihr wirr ins Gesicht, jeder Herzschlag erhöhte die Temperatur ihres Blutes und damit den Schmerz, der sie zugleich mit nur noch größerer Macht versorgte. Ohne die Magierin aus den Augen zu lassen, richtete Vanora sich auf. Sie würde es zu Ende bringen. Und Meara wäre der Anfang.

»Gedulde dich, Vanora. Du bist als Nächste dran.« Ein weißer Blitz an der anderen Seite der Höhle ließ sie herumfahren. Nevliin wurde erneut der Boden unter den Füßen weggerissen. Er wirbelte durch die Luft, flog mit einem ohrenbetäubenden Klirren durch eine gläserne Skulptur und schlitterte durch die Scherben über den Boden.

Vanora stürzte auf ihn zu.

Der gewaltige Schlag traf sie genauso unvorbereitet wie vorhin. Mit der Kraft eines Riesen wurde sie gegen die Felswand gedrückt. Der Stein in ihrem Rücken zitterte, stöhnte unter Mearas Magie, die ihre Hand drehte und mit einem Finger winzige Kreise beschrieb.

Der Fels begann sich zu verformen, zu wachsen. Fassungslos starrte Vanora hinab zu ihren Handgelenken, um die sich plötzlich steinerne Fesseln schlangen.

»Nein!« Sie versuchte sich zu befreien, stemmte sich gegen den Stein. Ihr Blick flog zurück zu Nevliin, der sich vor Schmerz krümmte. Er versuchte aufzustehen, stützte sich auf die Hände, kam nicht hoch, sackte in den Glassplittern zusammen.

Es war zu viel. Sie musste zu ihm. Meara konnte sie nicht von ihm fernhalten. Niemals.

Die magische Energie durchflutete sie mit Hitze. Ihr Körper zitterte, ein metallischer Geschmack breitete sich in ihrem Mund aus. Sie spürte den kalten Schweiß auf ihrer brennenden Stirn, die wilden Zuckungen ihres Körpers wurden immer heftiger. Dutzende sengend heißer Blitze fuhren durch ihre Adern. Ihre schwarzen Augen waren weit aufgerissen, darunter breiteten sich die verzweigten Linien bis zu den Schläfen hin aus, und sie spürte, wie ihre Lippen sich mit Blut benetzten, das ihr als dünnes Rinnsal aus dem Mundwinkel floss.

Mearas Lächeln gefror, während sich Vanora schreiend hin und her warf. Sie entfesselte all ihre Kraft, versuchte die Klauen zu zerstören, die sie festhielten, doch dann erhob Alkariel plötzlich erneut ihre Hand.

Nevliin flog hoch, wirbelte wie ein Kreisel in die Höhe. Sein Umhang flatterte durch die Luft, wickelte ihn ein und war in der Dunkelheit beinahe nicht mehr zu sehen. Immer weiter, immer höher und dann – ein dumpfer Knall.

»Nein!« Tränen strömten über ihr Gesicht, der Fels hielt sie fest umklammert, und Blut floss von ihren Handgelenken, die beinahe schon bis zum Knochen durchgeschürft waren. Doch sie riss immer noch an dem Stein. Spürte den Schmerz nicht. Sie konnte nicht mehr atmen, kam nicht gegen Meara an, die ebenso zitternd an der gegenüberliegenden Höhlenseite stand und immer noch triumphierte.

Verzweiflung überschwemmte sie wie eine Meereswelle im Winter. Das Feuer in ihr erlosch. Der rote Schleier lichtete sich. Ihr Körper erschlaffte. »Bitte!«, flehte sie schluchzend. »Lasst ihn los! Bitte!«

Doch Alkariel lächelte nur, ließ ihre Hand ein Stück sinken und hob sie sofort wieder.

Ein erneuter dumpfer Knall ertönte. Nevliin gab keinen Laut von sich.

Vanora brach in die Knie. »Hört auf. Bitte. Hört auf.«

Alkariel lachte. »Du hast schon genug? Nun, wie du willst.« Sie ließ ihre Hand sinken.

»Nein!« Vanora schrie so schrill, dass die gläsernen Skulpturen hätten zerspringen müssen.

Der flatternde Umhang schoss aus der Dunkelheit, wirbelte durch die Luft, fiel immer weiter hinab, drehte sich um sich selbst.

»Nein! Hört auf! Ich werde es tun! Ich zerstöre die Barriere! Hört auf!«

Das weiße Bündel raste auf den Boden zu. Alkariel vollführte eine flüchtige Handbewegung. Nevliin stoppte, hing eine Handbreit über dem Boden in der Luft, fluchte.

»Bitte.« Alkariel deutete zur Barriere. »Lass dich nicht aufhalten.«

»Lasst Nevliin gehen«, schluchzte Vanora. »Ich werde die Barriere zerstören, wenn ihr Nevliin freilasst.«

»Anderer Vorschlag.« Alkariel deutete mit dem Kopf zur Seite. Nevliin wurde herumgerissen, flog auf sie zu, krachte durch eine weitere gläserne Skulptur, die in Tausende funkelnde Teile zersprang.

Vanora schrie, als hätten die Scherben in ihre eigene Haut geschnitten, sah mit schreckensgeweiteten Augen auf all das Blut.

»Zerstör die Barriere, und ich lasse ihn vielleicht am Leben.«

Sie wandte ihren Blick zu Alkariel, rang hilflos um Atem, zitterte am ganzen Leib: »Nein. Lasst ihn gehen.«

Nevliin bewegte sich, stöhnte und versuchte sich aufzurichten. Vanora wollte zu ihm laufen, doch Mearas Zauber hielt sie immer noch fest.

Eine Bewegung aus den Augenwinkeln ließ sie zur Seite sehen. Bienli huschte auf den Höhlenausgang zu. Sie hatte ihn vollkommen vergessen. Niemand hier hatte sich um ihn gekümmert, und jetzt schlich er sich lautlos davon. Doch ehe er in der Dunkelheit des Tunnels verschwand, blieb er noch einmal stehen, sah sie an und nickte.

Vanora versuchte die Tränen fortzublinzeln, während ihr Bienli tief in die Augen sah. Seine Lippen formten ein Wort:

»Liadan«. Er nickte erneut und deutete mit dem Kopf in den Tunnel.

Vanora starrte den kleinen Mann an. Nevliin folgte ihrem Blick, drehte sich fluchend zur Seite, erkannte Bienli, versuchte sich aufzurichten.

»Nein«, stöhnte er. »Tu das nicht. Ich werde dich töten. Ich werde dich töten.«

Ein Lichtritter lief auf Bienli zu, und der Kobold verschwand im Tunnel.

»Lasst ihn laufen«, befahl Alkariel fröhlich. »Lasst den Kobold fliehen. Er interessiert mich nicht.«

Nevliin sah zu Vanora. Er wusste es. Er wusste, dass Bienli es beenden würde, dass Liadan ihr Versprechen halten würde. Seine schwarzen Augen glänzten aus dem von den zahlreichen Schnitten blutigen Gesicht. Fassungslos sah er sie an.

Vanora wandte ihren Blick ab.

»Hört auf«, sagte sie zu Alkariel und versuchte dabei, Nevliin zu ignorieren.

Alkariel ging auf Meara zu und lachte. »Verabschiede dich«, sagte sie. »Sieh zu, wie er stirbt.«

»Nein! Ich werde es tun! Jetzt! Ich zerstöre die Barriere. Lasst ihn in Ruhe.«

Alkariel hob ihre Augenbrauen, sah zwischen Vanora und Nevliin hin und her. Auch Meara wirkte einen Moment lang überrascht.

»Nun gut. Wenn dies dein Wunsch ist. Bitte: Zeig uns, wozu deine Macht fähig ist, kleine Vanora.«

Vanora wand sich unter den steinernen Fesseln. »Lasst mich los«, fuhr sie Meara an und versuchte ihr klägliches Schluchzen zu kontrollieren.

Der steinerne Griff verschwand. Vanora richtete sich auf.

Es musste sein. Alkariel würde Nevliin töten, wenn sie es jetzt nicht tat. Sie konnte ihn retten. Bienli war bereits fort. Jeden Moment würden Liadans Verbündete hier erscheinen. Sie würden Nevliin mit sich nehmen und von hier fortbringen. In Sicherheit. Liadan hatte es versprochen. Sie musste es jetzt tun. Jetzt. Die Barriere zerstören, Alkariel vernichten. Die Dunkelelfen befreien. Jetzt. Sie musste Nevliin retten. Er musste leben, für sie beide.

Vanora atmete tief durch. Sie spürte die Tränen, die über ihre Wangen flossen, schon gar nicht mehr. Wieso war es so schwer? Zu gehen, ihn zu verlassen? Der Gedanke, ihn zu verlieren, brach ihr das Herz, quälte ihre Seele. Sie hatte Angst vor dem Tod. Sie hatte Angst vor der Leere. Er würde nicht mehr da sein. Sie brauchte ihn. Sie wollte nicht sterben.

Eamon

Das Bronzetor zwischen den silberweißen Türmen öffnete sich und sandte das ächzende Knarren mit dem eisigen Wind über die Wiese. Selbst das beständige Rauschen des Meeres wurde durch das Donnern der Schritte Tausender gepanzerter Krieger übertönt. Es war die letzte Schlacht. Das letzte Mal dem sich nähernden Feind entgegenblicken.

Müde und zerschlagen sahen sie zu dem nicht enden wollenden Strom aus weiß und silbern gepanzerten Elfen, die aus dem immer größer werdenden Spalt des offenen Tores zogen und Reihe um Reihe das feindliche Heer bildeten. Der Palast erstrahlte durch die aufgehende Sonne in rötlichem Licht, die Speerspitzen und Helme blitzten. Wie viele Elfen würden heute den Tod finden? Die Lichtelfen würden unterliegen, doch zu welchem Preis?

Hafnir legte die Hand auf Eamons Schulter. »Ein letztes Mal noch«, sagte der König der Drachenelfen mit müder Stimme und blickte gedankenverloren auf das immer größer werdende Feld aus Lichtelfen. Die Schlacht hatte ihn besonders stark getroffen. Der Verlust seines Sohnes musste ihm unvorstellbare Qualen bereiten, und doch hatte er keine Zeit zum Trauern. Die wenigen Drachen, die ihm noch geblieben waren, stellten sich dem Kampf, und niemand konnte wissen, wer diesen überleben würde.

Eamon antwortete nicht, blickte weiter zu den goldenen Strahlen der Sonne, welche die Kälte nicht zu vertreiben vermochten. Seine Gedanken waren nicht bei dieser Schlacht. Er hatte das Heer nach Ueden geführt, wo es jetzt jenseits des Waldes Aufstellung genommen hatte. Er erfüllte seine Aufgabe als König, und doch war er weit weg, bei Vanora und Nevliin, die ihren eigenen Kampf zu schlagen hatten. Einen Kampf, der diese Schlacht womöglich hinfällig machte und der noch tausendmal schwieriger zu bestehen war.

»Ich hätte nicht gedacht, dass sie sich stellen werden«, sagte Aurün.

Eamon nickte, wich ihrem Blick jedoch aus. Er war ihr, so weit es ihm möglich gewesen war, aus dem Weg gegangen, und doch war sie jetzt hier bei ihm. Hatte sich bewusst an seine Seite begeben, um gemeinsam mit ihm auf die Schlacht zu warten, bevor sie sich mit ihrem Drachen in die Lüfte erheben würde.

Eamon wusste nicht, wieso sie bei ihm war. Er hatte sie beleidigt und verletzt, und auch wenn er versuchte es sich auszureden, hatte er sie auf eine merkwürdige, abartige Weise hintergangen. Sie war immer freundlich zu ihm gewesen, sie hatte sein Leben gerettet, und doch konnte er sie nicht ansehen. Denn wenn er sie ansah, dachte er an die Frau, die nach ihrem Besuch erschienen war, an das, was sie getan hatten, ob es nun ein Traum gewesen war oder nicht. Er dachte an Meara, an ihr triumphierendes Lächeln und das bösartige Flackern in ihren Augen, und sofort kehrte das quälende Verlangen zurück, das in diesen unwirklichen Momenten mit dieser Frau von ihm Besitz ergriffen hatte, als hätte sie ihn mit etwas Bösem, Unnatürlichem infiziert.

Ein weiterer Grund, sie zu töten. Er musste sich von ihr, ihrem Gift, befreien.

Aurüns Blicke hafteten auf ihm. Er spürte es deutlich, und das schlechte Gewissen wurde immer schlimmer, genauso wie die Angst um Vanora und Nevliin. Es sollte endlich zu Ende sein. Dieser Zustand der Ungewissheit war nicht länger zu ertragen.

»Der Palast kann sie nicht schützen«, antwortete er Aurün schließlich. »Es ist besser für sie, wenn sie sich uns hier stellen.«

»Ja, wir können sie besiegen. Welch Glück, dass die Valdoreener dem Fürsten treu ergeben sind. Ich wusste gar nicht, dass Liadan so gut mit ihnen steht.«

»Liadan?« Eamon fuhr zu ihr herum.

»Ja. Sie ist schon die ganze Zeit über bei deren Anführer. Sieh nur.«

Eamon ging ein paar Schritte vor und blickte zur rechten Flanke, wo die Valdoreener positioniert waren. Dort stand tatsächlich seine Schwester bei Nevliins Vetter Vlidarin und schien mit ihm in ein Gespräch vertieft. Was machte sie hier? Sie sollte nicht hier vorn sein. Es war zu gefährlich. Sie war keine besonders gute Kämpferin. Was wollte sie von Vlidarin?

Eamon hob die Hand, und einer der Schattenritter reichte ihm Antraxens Zügel.

»Was hast du vor?«, fragte Aurün und sah zu Liadan. »Ist etwas nicht in Ordnung?«

»Das will ich herausfinden.« Eamon schwang sich in den Sattel, drehte sich herum und sah wieder an den Rand des Feldes. In diesem Augenblick lösten sich Liadan, Vlidarin und eine Gruppe aus mindestens hundert Valdoreenern aus dem Heer, galoppierten in Richtung Meer und verschwanden schließlich hinter einem Hügel.

Ein ungutes Gefühl befiel Eamon. Eine Ahnung, die er nicht einmal zu denken wagte.

»König Hafnir!« Eamon versuchte, den wild tänzelnden Antrax unter Kontrolle zu halten. »Ich übergebe Euch die Befehlsgewalt über mein Heer. Greift nicht an. Wartet ab. Lasst sie kommen. Ich bin so schnell wie möglich zurück.«

Der Drachenelf starrte ihn aus grünleuchtenden Augen an: »Was ist los, König Eamon?«

»Ich weiß es nicht. Noch nicht.« In diesem Moment ließ sich Antrax nicht mehr bremsen, stellte sich auf die Hinterbeine, drehte sich um und folgte in halsbrecherischem Tempo den Spuren der Valdoreener Reiter.

Liadan wird mich verraten. Immer wieder rauschten diese Worte durch seinen Kopf. Was hatte sie getan? Was würde sie noch tun? Wie hatte er ihr nur vertrauen können?

Antrax folgte einem schmalen Pfad entlang der Bucht, flog wie der Wind über den steinigen Weg und lief schließlich in das von sanften Wellen geschaukelte Meer, ehe er an einem spitz zulaufenden Felsen vorbei auf einen Kiesstrand trat.

Eamon traute seinen Augen nicht. Die Valdoreener versammelten sich vor einer Höhle in der Klippe, auf welcher der Palast von Ueden thronte. Eilig drängten sie auseinander, als er rücksichtslos durch ihre Reihen brach.

»Liadan!«, rief er und sprang noch im Galopp aus dem Sattel. Seine Schwester, die so wie die meisten anderen bereits auf dem Weg zur Höhle war, drehte sich zu ihm herum. Der Schreck stand ihr ins Gesicht geschrieben, als sie ihn wutschnaubend auf sich zukommen sah. Vlidarin hob beschwichtigend die Hand, wodurch die Krieger zögernd etwas zur Seite traten und Eamon Platz machten.

»Du solltest nicht hier sein.« Liadan warf einen hektischen

Blick zur Höhle. »Ich werde dir alles erklären, später. Es ist keine Zeit.«

Eamon hatte größte Mühe, sie nicht zu packen und gegen die Felswand zu schleudern. »Keine Zeit?«, knurrte er. »Ist das Daralees Höhle? Ist sie da drin?«

»König Eamon, Ihr solltet Euch beruhigen.«

Eamon fuhr zu dem Lichtelfen herum. »Sagt Ihr mir nicht, was ich tun soll. Was soll das alles hier? Wieso steht ihr hier herum? Wenn Vanora da drin ist, müssen wir sie befreien.«

»Nein.« Liadan ging langsam ein paar Schritte zurück. »Wir sind nicht hier, um Vanora zu befreien.«

Eamon starrte seine Schwester an. »Wie kannst du …«

»Sie wird diesen Krieg beenden. Sie tut es für uns, auch für dich. Wir können ihr dabei nicht helfen.«

Fassungslos sah er sich in der Runde von Kriegern um. Er konnte nicht glauben, dass so viele kampferfahrene, gerüstete Kämpfer einfach nur dastanden und nichts gegen den nahenden Tod ihrer Prinzessin unternahmen. Sie hatten die Höhle gefunden. Sie würden mit Sicherheit in der Überzahl sein. Sie könnten Vanora befreien.

»Mit vereinter Kraft können wir Alkariel besiegen«, beschwor er Liadan, doch diese schüttelte den Kopf: »Wir haben ihrer und Mearas Magie nichts entgegenzusetzen. Vanora wird es beenden. Und wir werden ihr die Möglichkeit dazu verschaffen.«

Eamon musterte sie kalt, dann knurrte er zwischen zusammengebissenen Zähnen: »Elende Verräterin« und stürmte selbst auf die Höhle zu, aus der in diesem Augenblick ein lauter Schrei ertönte, gefolgt von einem Kobold mit wild fuchtelnden Händen, weit aufgerissenen Augen und schweißnasser Stirn: »Schnell! Es ist so weit! Schnell!«

Eamon sah zu seiner Schwester, die Vlidarin und den Kriegern ein Zeichen gab. »Liadan!«, schrie er, »was bedeutet das? Was ist so weit?«

»Sie wird sterben, Eamon. Jetzt.«

»Was? Nein!« Eamon blickte zu Bienli, der beinahe von den in die Höhle laufenden Kriegern umgerannt wurde. Ja, waren denn alle, die er kannte, wahnsinnig geworden?

»Haltet ihn fest!«, schnarrte Liadan, und noch ehe Eamon es sich versah, wurde er von den zurückgebliebenen Kriegern gepackt und an den Armen festgehalten.

»Liadan! Was tust du?«, kreischte er, außer sich vor Entsetzen und Fassungslosigkeit. »Du kannst nicht …!«

Doch Liadan schüttelte nur sanft den Kopf, als wollte sie ihm ein Schlaflied singen: »Es tut mir leid, Eamon.« Langsam schritt sie auf ihn zu. »Es gibt keine Hoffnung für Vanora. Wir müssen Nevliin retten. Ich habe es ihr versprochen. Du und Nevliin, ihr beide müsst leben. Ich habe es ihr versprochen.«

»Nein!« Eamon bäumte sich auf, warf all seine Kraft in die Waagschale, doch die Krieger ließen nicht locker. Deswegen also hatte sich Liadan an die Valdoreener gewandt. Die Schattenritter hätten sich niemals gegen ihn gestellt. Er war der König. Doch er war nicht der König der Valdoreener. Liadan hatte alles geplant, Vanora in den Untergang geführt und dafür gesorgt, dass sie niemand davon abhalten konnte.

»Verräterin!«, schrie er ihr seinen Hass entgegen. »Wenn du das zulässt, Liadan, töte ich dich!«

Nevliin

Langsam, die stechenden Nadeln in Stirn und Schläfen ignorierend, hob er den Kopf und sah zu Vanora auf, die nur wenige Schritte von ihm entfernt stand. Alkariels Zetern hörte er längst nicht mehr. Da war nur noch sie, die Frau seines Lebens, seine Liebe, sein Glück. Es dauerte einige Augenblicke, bis sich seine Sicht klärte, bis er mehr als nur ihre verschwommenen Umrisse erkennen konnte. Unter entsetzlichen Schmerzen streckte er die Hand nach ihr aus, krachte jedoch sofort wieder zu Boden. Unter Aufbietung all seiner Kraft gelang es ihm, den Kopf zu wenden und sie anzusehen. »Nein«, keuchte er, und das Blut quoll noch immer aus seinem Mund. »Bitte.«

Vanora starrte stur zu der Barriere, ihr Körper zitterte unter haltlosem Schluchzen.

Nevliin versuchte, zu ihr zu kriechen, aber es gelang ihm nicht. Verzweifelt rang er nach Atem, während sich die gläsernen Splitter tief in sein Herz bohrten. »Vanora, sieh mich an, Vanora, bitte.« Nevliin konnte kaum noch sprechen. »Vanora, sieh mich an.«

Vanora drehte den Kopf zur Seite, sah zu Nevliin hinab, ihre Lippen zitterten, der orangefarbene Schein der Fackeln tanzte über ihr von Tränen nasses Gesicht und ihre glänzenden blauen Augen. Ihr Blick war eine Klinge, die durch sein

Herz fuhr. Ihre Augen, so voller Schmerz und Verzweiflung, lähmten ihn. Er kannte diesen Blick. Wäre es nur der Schmerz darin gewesen, es hätte ihm nicht solch eine Angst gemacht. Doch es war mehr. Es war der Spiegel einer gebrochenen Seele, das Bild der Resignation und zugleich diese winzige Flamme der wilden Entschlossenheit. Ja, er hatte diesen Blick bereits einmal gesehen und ihn seither gefürchtet.

Sie verabschiedete sich. Genauso wie damals, nach dem Tod ihres Vater, als er sie vom Pferd gehoben hatte. Sie hatte ihn nur einen winzigen Moment lang ansehen müssen, damit er es erkannte. Sie war losgelaufen, um sich von den Klippen zu stürzen, und hätte ihn damit beinahe selbst getötet, ihn zerstört, ihm alles genommen, was ihm wichtig war. Genau wie jetzt.

Die Zeit existierte nicht mehr. Vanora blickte zu ihm hinab, und Nevliin sah seine Welt zusammenbrechen. »Nein«, flüsterte er. »Tu das nicht.«

Vanora schloss die Augen, atmete tief, und als sie sie wieder öffnete, verschwand das leuchtende Blau in einem tiefen rotglühenden Schwarz.

»Nein!« Nevliin sprang hoch. Ein stechender Schmerz fuhr durch sein Knie, welches sofort einknickte und ihn zu Boden stürzen ließ.

Vanora stieß ihre Hand nach vorn. Eine sengend heiße Flamme schoss daraus auf das weiße Licht der Barriere zu, brachte sie zum Glühen.

»Vanora! Nein! Das darfst du nicht!« Nevliin zog sein Schwert zu sich, stützte sich darauf. Jede kleinste Bewegung sandte Wellen der Pein durch seinen Körper, doch nichts schmerzte so wie seine brennende Seele, die unter Vanoras Flammen verging. Vor Schmerz schreiend, richtete er sich auf und taumelte auf Vanora zu. Die Lichtritter wichen zur Seite. Niemand wagte es, sich ihr zu nähern.

»Hör auf!« Mit zusammengebissenen Zähnen zog er sein Bein über den Boden, lehnte sein gesamtes Gewicht auf das Schwert, doch Vanora reagierte nicht, hielt die Hände vor sich gestreckt, sandte unaufhörlich grelle Feuerstrahlen an die ihr gegenüberliegende Felswand, die unter ihrer Magie erzitterte. Flammen leckten über den steinernen Boden, zischten durch die Luft.

Nur noch ein winziges Stück. Er musste sie erreichen.

Nevliin taumelte weiter, fiel nach vorn, streckte die Arme aus, um Vanora mit sich zu Boden zu reißen, und prallte wie durch eine unsichtbare Mauer von ihr ab. Glühend heiße Blitze schossen durch seine Adern. Er krachte auf den Boden.

»Nein!«

Nevliin versuchte, sich erneut aufzurichten, streckte die Hand nach Vanora aus. Wieder fuhr die Hitze durch seinen Körper. Er konnte sie nicht erreichen. Er konnte sie nicht abhalten. Vanora bemerkte ihn nicht, sah durch schwarze Augen zur Barriere, gefangen in ihrem eigenen Zauber. Die blutroten Äderchen unter ihren Augen breiteten sich immer weiter aus, verzweigten sich unaufhörlich.

Die magische Wand, die Vanora unantastbar werden ließ, schien auch Alkariel zu beunruhigen.

»Haltet sie auf!«, schrie sie plötzlich und wich einige Schritte zurück. Die Lichtritter bewegten sich nicht, starrten auf die immer heller strahlende Prinzessin. Aus den Augenwinkeln sah Nevliin Meara, die unauffällig davonhuschte und in einem Felsspalt verschwand. Es war ihm egal. Nevliin versuchte, all seine verbliebene Kraft zu mobilisieren, und rammte mit der Schulter die unsichtbare Wand, die Vanora vor seinem

Eingreifen schützte. Der sengende Schmerz ließ ihn schreien, die Verzweiflung trieb ihn immer weiter. Er hob sein Schwert, sandte all seine Magie in die nun blau glühende Klinge. Sie war gerade einmal eine Handbreit von ihm entfernt, und doch trennte sie eine Unendlichkeit. Immer wieder schlug er mit dem Schwert zu, ignorierte die fürchterlichen Blitze, die durch das Metall in seine Hände schossen: »Das darfst du nicht tun! Vanora! Hörst du! Das darfst du nicht!«

Das Licht der Barriere wurde schwächer. Der Boden erzitterte.

»Nein! Vanora!«

Das Klirren von Schwertern ertönte. Die Lichtritter liefen in Richtung Höhlenausgang. Die Schreie von Sterbenden. Jemand packte ihn am Handgelenk. Nevliin fuhr herum. Es war Vlidarin. Überall waren plötzlich Valdoreener Krieger, machten die Lichtritter nieder, liefen auf ihn zu.

»Schnell, Nevliin. Ehe es zu spät ist. Schnell.«

Nevliin schüttelte die Hand seines Vetters ab, warf sich gegen die magische Mauer, die Vanora schützte, wurde erneut davon zurückgeschleudert. Weitere Hände packten ihn, zogen ihn fort.

»Lasst mich los!«, kreischte er, doch Vlidarin schüttelte den Kopf: »Es tut mir leid.«

Er wurde in die Luft gehoben, an Händen und Füßen festgehalten.

»Ich werde euch alle töten!«, schrie er, und seine Stimme klang ihm selbst fremd, entleibt, eine reine Kakophonie des Grauens. »Lasst mich los! Vanora! Lasst mich zu ihr!«

Vanoras Kopf fuhr herum, ihre Augen fixierten Alkariel, die allein zurückgeblieben war und ohne ihre Ritter vor der Grenze der beiden Welten stand und weiße Blitze auf sie schleuderte, die sie nicht erreichten. Da änderten Vanoras zerstörerische Flammen ihre Richtung, ließen von der Barriere ab und trafen die Königin. Langsam ging Vanora auf Alkariel zu, schwebte über Flammen, die über ihr weißes Kleid leckten, packte sie am Hals, trieb sie immer weiter zurück auf die Barriere zu.

Ein Luftzug strömte durch die Höhle, wurde immer stärker, wirbelte die vielen Glassplitter auf. Es war Alkariels Werk, Alkariels Magie der Luft, die sich nicht aus Vanoras Griff befreien konnte.

Die glitzernden Glassplitter umkreisten die beiden Frauen im Herzen des Orkans.

Nevliin bäumte sich auf, doch die Valdoreener hielten ihn fest und stemmten sich gegen den Wind, der bereits so stark war, dass sich die Skulpturen in die Luft erhoben.

Flammen krochen über Vanoras Körper, schlossen sie in sich ein. Ein schriller Schrei erklang. Vanoras Schrei. Ihr gesamter Körper stand in Flammen. Der um sie kreisende Sturm wurde schwächer.

»Vanora!«

Die Valdoreener zerrten Nevliin weiter fort. Das Letzte, was er sah, war die lichterloh brennende Gestalt, die Alkariel in das weiße Licht der Barriere stieß. Ein helles Leuchten blendete ihn, dann schob sich die dunkle Felswand vor ihn, und die Krieger zerrten ihn fort. Übelkeit überkam ihn, gelbe Lichtblitze tanzten vor seinen Augen. Die Verzweiflung ließ ihn weiterkämpfen, unterdrückte die Schmerzen, ließ sie nicht bis zu seinem Verstand dringen.

»Ich werde euch alle töten!«

Die Wände zitterten, kleine Steinchen rieselten von der Decke herab. Die Valdoreener wurden schneller. Dann: ein ohrenbetäubender Knall. Heiße Luft schlug ihm entgegen. Dutzende Schläge gegen seinen Körper.

Dunkelheit.

Die Fackeln waren erloschen. Es war still. Nevliin hustete und würgte, versuchte den Staub aus den Augen zu blinzeln, sah sich um, konnte nichts erkennen. Der Staub kratzte durch seinen Hals, klebte in der Nase und brannte in den Wunden. Vorsichtig befreite er seine zerschnittenen Hände. Er musste zu ihr. Da war kein anderer Gedanke. Er musste zu ihr.

Ohne auf seine Verletzungen zu achten, setzte er sich auf. Steine polterten von ihm herab, sein gesamter Körper schmerzte. Er wusste nicht, wo oder wie er verletzt war, schien nur noch aus einer einzigen Wunde zu bestehen, und doch gelang es ihm, sich zuerst auf alle viere und schließlich komplett aufzurichten. Wankend und halbblind machte er einen Schritt, bahnte sich seinen Weg durch das Geröll, hörte das Stöhnen und Keuchen der Krieger, die wieder zu sich kamen, ließ es hinter sich. Tief in ihm gab es immer noch Kraft, eine magische Kraft, die ihn immer weiter zog.

Der Tunnel endete. Einzelne von leuchtenden Staubwirbeln durchzogene Sonnenstrahlen brachen durch Risse in der Decke in die Höhle, beleuchteten schwach den Boden. Felsen waren herabgestürzt, die Glasskulpturen zerstört, das weiße Licht der Barriere verschwunden. Dort, wo einst die hell leuchtende Wand emporgeragt war, führte die Höhle jetzt weiter.

Nevliin versuchte etwas zu erkennen, sah ein weißes Kleid, braunes Haar. Alkariel lag reglos neben einer zerbrochenen Skulptur. Es war ihm egal. Er taumelte weiter, auf einen Felsbrocken zu. Sein Körper zitterte, seine Beine wurden immer schwächer. Ein weißer Stofffetzen blitzte hinter dem Felsen hervor. Nevliin zog sich weiter, konzentrierte sich, schwankte an dem Felsen vorbei, erstarrte.

Er wollte schreien, die Qual seiner Seele hinausschreien, den Schmerz, der ihn zerbrach – doch kein Laut verließ seine Kehle. Reglos starrte er in Vanoras Gesicht.

Sie lag am Boden neben dem Felsen und sah ihn an. Ihre blauen Augen, von einem trüben Schleier verdeckt, ohne Glitzern, ohne Leben. Eine dünne rote Blutspur zog sich aus ihrem Mundwinkel die weiße Wange hinab.

Sie sah ihn an.

Sie war fort.

Sie sah ihn an.

Ein unkontrollierbares Zittern befiel seinen Körper, seine Beine konnten ihn nicht mehr tragen. Er brach in die Knie, streckte die Hände nach ihr aus, zog ihren reglosen Körper an sich. Ihre Arme hingen schlaff hinab. Sie war so leicht und zart.

Er drückte den Kopf gegen seine Brust, wiegte sie, versuchte zu atmen, es gelang ihm nicht. Der Druck in seiner Kehle wurde immer schlimmer. Er holte tief Luft. Ein lautes Schluchzen hallte durch die tote Höhle. Seine Augen brannten. Etwas Nasses floss seine Wangen hinab. Er konnte nicht atmen. Er zitterte, schaukelte immer wieder vor und zurück, hielt sie fest, hielt sie mit aller Kraft fest, grub sein Gesicht in ihr Haar und weinte.

Eamon

Eamon wehrte sich nicht mehr gegen die Krieger, sie hatten längst losgelassen. Niemand bewegte sich. Der Knall des explodierenden Felsens dröhnte immer noch durch die Luft, der Höhleneingang war zum Teil eingestürzt, und einzelne Bruchstücke der Klippen und selbst des Palastes waren bis ins Meer hinausgeschleudert worden.

Jetzt war es still. Der Wind blies den Rauch fort, der aus dem schwarzen Loch gebrochen war, und die Krieger, die nahe dem Eingang zu Boden gerissen worden waren, richteten sich verwirrt auf.

Niemand von denen, die die Höhle betreten hatten, war wieder herausgekommen. Er hatte sie nicht retten können. Selbst die Hilfe für Nevliin war zu spät gekommen. Niemand war herausgekommen.

Eamon sah zu Liadan, die ebenso wie alle anderen fassungslos ins Leere starrte. Bienli war an ihrer Seite, schluchzte, rieb sich Tränen aus den Augen. Das alles war nicht möglich. Es war ein böser Traum.

Vanora! Nevliin! Sie waren alle noch da drin!

Eamon lief los. Er wusste nicht wieso, sein Körper handelte von selbst. Die verwunderten Blicke der Krieger interessierten ihn nicht. Er lief an ihnen vorbei, kletterte über die größeren Felsen am Eingang, tauchte ein in die Dunkelheit.

Es war schwer, zu atmen. Die Luft war dick und stickig. Er konnte kaum etwas erkennen, torkelte über Geröll, hörte Stimmen in der Ferne, wurde noch schneller.

Weiße Schemen hoben sich gegen die Dunkelheit ab – die Krieger aus Valdoreen.

»Was ist passiert?« Er packte den ersten Elfen, den er erreichte, am Oberarm.

Ein ausdrucksloser Blick. Sonst nichts.

Eamon ließ den Krieger los, lief zum nächsten, suchte nach Nevliin. Die Valdoreener waren verletzt, hockten auf Felsen, untersuchten ihre Wunden oder halfen, Verschüttete zu bergen. Er versuchte ihre Gesichter zu erkennen, lief zwischen ihnen hindurch, sah jeden Einzelnen von ihnen an, doch er konnte Nevliin nirgends finden.

Seine Angst trieb ihn weiter. Er wusste nicht, wie lang dieser Tunnel war. Er wusste gar nichts. Wusste nicht, was er denken oder fühlen sollte, was ihn in der Höhle erwarten würde. Er wusste nur, dass er weitermusste. Solange es weiterging, war es noch nicht zu Ende. Solange es noch nicht zu Ende war, gab es noch Hoffnung.

Eamon sprang über einen niedrigen Felsen, lief auf das schwache Licht zu und hielt abrupt inne. Sein Blick schweifte flüchtig und gleichgültig über die toten Lichtritter und Alkariel – und blieb dann an Nevliin hängen.

Es war ein Bild der vollkommenen Zerstörung. Der reglos herabhängende Körper in Nevliins Armen, das blonde Haar. Er wusste, was es bedeutete, konnte es begreifen und fühlte den tiefen Schmerz des Verlustes. Sie war tot. Tief in seinem Inneren hatte er gewusst, dass er sie in dieser Höhle nicht lebendig finden würde. Er hatte es geahnt, befürchtet. Es schmerzte ihn, die Endgültigkeit, es selbst zu sehen, doch dieser Schmerz wurde beiseitegewischt, unterdrückt und von tiefem Entsetzen ersetzt. Es war nicht Vanoras lebloser Körper, der ihm sein Herz zerriss und es ihm unmöglich machte, sich zu bewegen oder auch nur seinen Blick abzuwenden.

Es war Nevliin. Nie zuvor hatte er einen Elfen so gesehen. Niemals zuvor hatte er einen Elfen weinen gesehen. Elfen konnten nicht weinen.

Sein Anblick war schlimmer als alles Vorstellbare. Er kniete auf dem Boden, war blutüberströmt, die Kleidung in Fetzen, und doch wiegte er Vanoras Körper immer wieder vor und zurück, presste sie an sich, schluchzte – weinte. Die Tränen flossen über sein blutiges Gesicht, hinterließen helle Spuren und tropften rot zu Boden. Seine Augen waren geschlossen, seine Wange an Vanoras Kopf gedrückt. Er hielt ihren Körper an seine Brust und weinte so bitterlich, wie er es bei noch keinem Menschen gesehen hatte.

Dieser Zustand war schlimmer als der Tod.

Am Rande nahm Eamon wahr, dass immer mehr Elfen die Höhle erreichten, Valdoreener Krieger und bald darauf einige von Alkariels Lichtelfen. Alle strömten sie herbei und erstarrten. Niemand kümmerte sich um die tote Königin. Alle starrten auf den weinenden Elfen.

»Das ist nicht möglich.«

Eamon wandte apathisch den Kopf zur Seite, erkannte unter der grauen Schmutzschicht Vlidarin. Er wusste nicht, ob es der Anblick des Elfen war oder die starren Gesichter der vielen Krieger, die er plötzlich viel deutlicher wahrnahm, doch Eamon kehrte mit schmerzhafter Wucht aus seiner betäubenden Erschütterung zurück. Er sah alles klar vor sich, konnte wieder denken, blickte zurück zu Nevliin, spürte plötzlich eine panische Angst. Eine unerklärliche Angst, ihn zu verlieren. Nicht auch noch ihn. So oft hatte er von Elfen gehört, die an gebrochenem Herzen gestorben waren. Jetzt verstand er, dass das, was er stets für ein Märchen gehalten hatte, Wirklichkeit werden konnte.

»Holt ihn da weg«, herrschte er die nächststehenden Valdoreener an. Sie zuckten zusammen, erwachten ebenso aus ihrer Starre wie er kurz zuvor, sahen ihn verwirrt an.

»Ich sagte, holt ihn da weg. Sofort!«

Vlidarin und zwei von Alkariels Lichtelfen liefen auf Nevliin zu, versuchten ihn anzusprechen. Er reagierte nicht. Einer von ihnen versuchte, ihm Vanora aus den Armen zu nehmen, doch er hielt sie weiterhin fest. Andere Lichtelfen näherten sich. Nevliin schrie auf. Ein paar Krieger hielten ihn fest, andere legten Vanoras Körper sanft zu Boden. Sie hatten sichtlich Mühe, Nevliin unter Kontrolle zu halten, der wie wild um sich schlug und sich aus den Griffen zu befreien suchte. Vlidarin redete auf ihn ein, versuchte ihn zu beruhigen. Es nützte nichts. Mit vereinten Kräften zerrten sie ihn weg.

Erst jetzt, wo auch sein Gesicht deutlich zu sehen war, wurde das gesamte Ausmaß von Nevliins Zerstörung sichtbar. Nicht nur seine zahlreichen Wunden, es waren seine Augen. Dieser Schmerz.

Eamon wandte den Blick ab.

»Los! Bringt ihn weg. Er muss geheilt werden.«

Die Lichtelfen hoben ihn auf, trugen ihn fort, an Eamon vorbei und hinein in den Tunnel zum Licht. Seine Schreie verhallten in der Finsternis.

Was hielt Nevliin noch am Leben? Andere wären diesen Verletzungen längst erlegen. Welche Grausamkeit zwang ihn in diesen zerschlagenen Körper mit der gebrochenen Seele? Wieso durfte er nicht gehen?

Der Tod wäre das Einzige, das Nevliin befreien könnte. Eamon ahnte es, wusste es. Und doch fürchtete er diese Gnade, die seinem Freund zuteilwerden konnte. Ihn auch noch zu verlieren wäre mehr, als er ertragen könnte.

Langsam lösten die Krieger sich aus ihrer Starre, und die meisten machten sich ebenfalls auf den Weg hinaus. Eamon aber blieb zurück, ging langsam auf Vanoras Körper zu und kniete vor ihr nieder. Lange betrachtete er ihr Gesicht, schloss ihre Lider. Sie sah friedlich aus, als würde sie schlafen. Einzig die verblassten roten Linien unter ihren Augen zeugten von der Energie, die ihr das Leben genommen hatte.

Mit zitternden Händen berührte er ihre Wange. Sie war fort, weit weg, und sie würde nicht zurückkommen.

Er hatte sein Versprechen gebrochen.

Das kleine Mädchen mit den Saphiraugen war tot.

Er hatte es nicht beschützen können.

Der Wind peitschte über das Meer und schleuderte mehrere Schritte hohe Wellen gegen die nebelverhangenen Klippen. Alles war grau, selbst der Schnee glitzerte nicht. Eamon stand am Rande des Abgrunds und blickte hinaus auf das schäumende Meer. Auch in der Menschenwelt herrschte Düsternis, als würde ihre Welt um sie trauern. Nicht einmal jetzt ließ die Dunkelheit sie los. Und doch: Die Welt der Menschen war ihr Zuhause gewesen. Hierher sollte ihr Körper auch zurückkehren.

Wie viele wundervolle Stunden hatten sie hier an den Steilklippen verbracht? Im wärmenden Sonnenlicht. Eine ferne Erinnerung. Jetzt war es kalt, grau und trostlos; die Gezeiten ein Abbild seiner selbst. Zu wissen, dass er jeden Tag ohne sie leben musste, nahm ihm jede Hoffnung, jemals wieder Freude zu empfinden.

Er dachte zurück an die letzten Tage, zurück an Lurness und ihre Rückkehr. Er war der König gewesen. Hatte sich ein letztes Mal um alles kümmern müssen. Die Verwundeten hatten versorgt werden müssen, die Toten verbrannt. Es hatte keine Schlacht gegeben. Es waren nicht viele Tote gewesen. Er hatte dafür sorgen müssen, dass Alkariels Körper ehrenvoll von dieser Welt genommen wurde. Er hatte mit den Lichtelfen sprechen müssen, mit ihren Fürsten. Der Krieg war vorüber. Elvion vereint. Überall war nach ihm verlangt worden, waren Entscheidungen zu fällen gewesen. Lange hatte er an den obersten Mauerringen von Lurness gestanden und auf die verbrannten Überreste des Dunkelwaldes geblickt, wo auch Reste von Metall in der Sonne geglitzert hatten.

In der Sonne.

Der Himmel über Lurness war blau gewesen, doch der Blick vom Drachenfelsen hätte nicht düsterer sein können. Es war nicht mehr sein Zuhause. Und so war er fortgegangen, zurück in die Menschenwelt. Hier an Vanoras Steilklippen war der einzige Ort, dem er sich noch zugehörig fühlte. Dies war ihre Welt. Die Welt, in der sie glücklich gewesen war, die ihn Tag für Tag mit ihrem hellen Strahlen erfüllt hatte. Sie war achtzehn Jahre alt gewesen, so jung, doch sie hatte es immer gewusst. Von jeher hatte sie etwas Dunkles begleitet. Das Wissen, dass es so enden würde. Sie hatte es immer schon gewusst. Er vermisste sie. Wie sollte er ohne sie weiterleben? Sie hatte ihn alleingelassen.

Eamon drehte sich um, blickte durch den Nebel in die Richtung, in der ihr Dorf gelegen hatte. Von dort war sie zu ihm gelaufen. Wie aus dem Nichts aus dem Frühnebel erschienen. Das kleine, blonde Mädchen, das sich nicht vor dem fremden Elfen gefürchtet hatte. Sie hatte ihn verzaubert. So lange war es her, so wenige Jahre, und doch schienen seither mehrere Leben vergangen zu sein.

Jetzt war da nichts als der weiße, dichte Nebel. Ach, könnte sie doch daraus hervorkommen und zu ihm laufen, wie sie es so oft getan hatte.

Eamon erstarrte, kniff die Augen zusammen. War da nicht eine Bewegung im Nebel gewesen? Aber nein. Sein Schmerz täuschte ihm vor, was er sehen wollte. Er wusste es, und doch schlug sein Herz schneller. Es war eine dumme, verzweifelte Hoffnung. Dieses ziehende Gefühl, jeden Moment das kleine Mädchen zu erblicken, so wie bei ihrer ersten Begegnung. Wunschdenken. Der Nebel würde sich nicht teilen, würde nicht die Sicht auf seine Vanora freigeben, die das Weltentor gespürt hatte und zu ihm gelaufen kam. Er durfte nicht hoffen. Es würde ihn nur viel schlimmer quälen. Sie war tot. Sie kam nicht zurück.

Eamon versuchte, ruhig zu atmen, lauschte. Er spürte eine Anwesenheit, das leise Geräusch von Hufen im Schnee. Da war jemand, kam näher. Das war nicht möglich. Das Dorf war verlassen. Wer sollte von dort zu den Klippen kommen?

Eamon hob die Hand, griff über die Schulter, hielt den Knauf seines Schwertes fest, bereit, es bei der geringsten Gefahr zu ziehen. Das Blut rauschte durch seine Ohren, pochte in seinem Hals. Sie war es nicht. Sie konnte es nicht sein.

Da war ein Umriss zu erkennen, wurde immer deutlicher. Ein weißes Pferd, ein weißgekleideter Reiter, sie traten aus dem Nebel.

Eamon ließ die Hand sinken; das Pferd blieb stehen.

Nevliin stieg langsam und schwermütig ab, hielt sich kurz

an dem Pferd fest und drehte sich schließlich zu ihm um. All die fürchterlichen Bilder der letzten Stunden kehrten zurück, als Nevliin sich ihm nun humpelnd näherte. Das Blut war abgewaschen, die Kleidung neu, doch Nevliin war zerschlagen. Durch die linke Seite seines Gesichtes verlief eine lange rote Spur von der Stirn bis unter sein Ohr. Der Schnitt hatte seine Augenbraue geteilt und nur knapp das Auge verfehlt. Es würde eine fürchterliche Narbe zurückbleiben. Es hätte nicht so sein müssen, doch Nevliin hatte sich geweigert, sich heilen zu lassen.

Die Erinnerung an die Schreie und Raserei ließ Eamon schaudern. Der Lichtelf, der Nevliin hätte heilen sollen, war nicht an ihn herangekommen. Er war kaum zu bändigen gewesen. »Sie ist in mir!«, hatte er immer wieder geschrien. »Nehmt sie mir nicht weg.« Und erst nach einer Weile war Eamon klargeworden, was Nevliin damit gemeint hatte. Er hatte sich an Glendorfils Worte über die Heilung erinnert und daran, dass Vanora Nevliin nach seinem Absturz in der Drachenschlucht geheilt hatte. Ihre Seelen hatten einander berührt, das waren Glendorfils Worte gewesen. Und deswegen wollte sich Nevliin von niemandem mehr heilen lassen, ob es nun dumm war oder nicht.

Eamon hatte den Lichtelfen schließlich fortgeschickt, hatte beruhigend auf Nevliin eingeredet, und dann war Nevliin in eine tiefe Bewusstlosigkeit gesunken. Sie hatten die schlimmsten Wunden versorgt und Brüche gerichtet. Als sie ihn ausgezogen hatten, war Eamon eine Tätowierung an Nevliins Brust aufgefallen. Das Zeichen für Faelnuìr. Ein Glassplitter hatte darin gesteckt und den Kreis geteilt. Eine Wunde, die alle anderen an Schmerz übertraf.

Nevliin war schließlich nach Lurness gebracht worden, wo

Finola ihn behandelt hatte, und als Eamon vorhin nach ihm hatte sehen wollen, war er verschwunden gewesen. Hierher also war er gegangen. Eamon hätte es sich denken können.

Nevliin blieb vor ihm stehen. Seine schwarzen Augen waren leer – tiefe, seelenlose Abgründe. Nevliins Verlust schmerzte Eamon beinahe schlimmer als sein eigener. Er selbst hatte Vanora geliebt, aber Nevliin hatte zu ihr gehört, war ein Teil von ihr gewesen. Würde diese Wunde, die ihm zugefügt worden war, jemals heilen?

Und so standen sie einander schweigend gegenüber, teilten ihre Trauer und waren doch allein.

Nevliin hielt ihm die Hand entgegen. Eine kleine Geste, die Eamon ins Herz schnitt. Er ergriff Nevliins Handgelenk und drückte es sanft. Er hatte auch ihn nicht beschützen können, seinen besten Freund, seinen kleinen Bruder, der nun mehr tot als lebendig vor ihm stand. Er hatte dessen Leid nur verschlimmert, gegen ihn gekämpft. Es schien plötzlich alles so lächerlich und unwichtig. Nichts war mehr von Bedeutung.

Eamon ließ Nevliins Hand los, und dieser nickte, als wollte er sagen, dass tatsächlich nichts mehr eine Bedeutung hatte – nichts, das war, und nichts, das sein würde. Gemeinsam gingen sie über das Geröllfeld die Klippen hinab. Eamon stützte Nevliin, der bei jedem Schritt unerträgliche Schmerzen erleiden musste. Es war ein Pfad der Qualen, den sie gemeinsam beschritten, als Freunde, als Brüder, als jene, die zurückgeblieben waren, als jene, die die Liebe verloren hatten.

Schon auf ihrem Weg zu der Bucht vor dem Weltentor verschwamm die graue Wand zu gleißendem Licht. Doch der schmerzende Pfad endete nicht mit dem Erreichen der Bucht, er würde niemals enden. Er würde steinig sein, mit Hindernissen und Schrecken, aber es würden auch Abschnitte folgen, die leicht zu beschreiten waren, von Leben und Freude erfüllt.

Die ersten Elfen traten aus dem weißen Licht des Tores – es begann.

Liadan, Ardemir, alle Befehlshaber und Fürsten sowohl der Licht- als auch der Dunkelelfen traten heraus, Bogenschützen, die mit Pech gefüllte Schalen trugen, aber auch König Hafnir und Prinzessin Aurün.

Eamon und Nevliin blieben am Fuße des Pfades stehen, und die Wellen, die an den umliegenden Klippen brachen, benetzten sie mit ihren Tränen.

Liadan kam auf ihn zu, sah ihm direkt in die Augen. Ihr Blick war ausdruckslos, weder Trauer noch Mitleid standen darin. Kein Gefühl, nur Kälte, so, wie es bei einer Königin sein musste.

Aus den Augenwinkeln sah er Nevliin, der sie anstarrte, und erkannte, dass der Zorn des Freundes dessen Trauer nicht überwinden würde. Auch Eamon wandte seinen Blick ab. Er konnte ihr nicht verzeihen. Sie war nicht mehr seine Schwester.

Liadan ging wortlos an ihnen vorbei und nahm ihren Platz an der Spitze der beiden Reihen ein. In dem Gang, der sich dazwischen gebildet hatte, schritt nun eine Prozession aus Licht- und Schattenrittern aus dem Tor in die Menschenwelt. Die Ritter trugen eine Bahre, auf der Vanora, bedeckt von durchsichtigem Stoff, lag. Ein paar weiße Lilien schmückten das dunkle Holz.

Eamon atmete schwer aus, spürte, wie sich Nevliin neben ihm anspannte, und legte ihm die Hand auf die Schulter. Er wagte es nicht, ihn jetzt anzusehen, wagte es nicht, sich vorzustellen, was jetzt in ihm vorging.

Eine Elfe sang ein Klagelied. Jeder Ton dieser düsteren Melodie berührte Eamons Herz, betäubte seine Sinne, machte ihn schwach.

Die Ritter kamen immer näher, trugen die Bahre an ihnen vorbei.

Eamon sah in Vanoras weißes Gesicht. Seine Beine zitterten, und er verstärkte seinen Griff an Nevliins Schulter, um sich festzuhalten. Er hatte längst verstanden, dass Vanora tot war, doch sie jetzt zu sehen, Abschied zu nehmen war zu viel.

Ein bitterliches Weinen begleitete das traurige Lied. Eamon sah sich um, erkannte Finola, die einmütig mit Bienli an der Bahre stand, sich sogar von ihm in die Arme nehmen ließ. Kurz huschte ein kleines Lächeln über Eamons Gesicht, als er beobachtete, wie Bienli Finola zärtlich durchs Haar strich, ihre Wange küsste und ihre Tränen fortwischte.

Und dann verstand er.

Für sie war Vanora gestorben. Für all jene, die jetzt hier waren, die ihre Liebe weiter leben durften, in Frieden. Sie hatte ihr Leben gegeben und dadurch so vielen ein Leben in Glück geschenkt. Dieses Bild der beiden Kobolde zeigte ihm den Sinn, ließ ihn verstehen. Auch wenn es ihm den Schmerz nicht nehmen konnte, so war es doch ein Schmerz, den er zu tragen bereit war – für das Land, für das Volk.

Festlich gekleidete Lichtritter stellten sich entlang der Wasserlinie auf und hoben ihre Hände. Sie waren Magier des Wassers und der Luft, und so beruhigten sie das stürmische Meer, so dass Vanora den Elementen übergeben werden konnte. Die Ritter ließen die Bahre langsam zu Wasser, und die Wellen trugen sie davon. Die Reihen der Elfen lösten sich auf, alle blickten hinaus aufs Meer, wo die Prinzessin Elvions ihre letzte Reise antrat.

Die Wolken im Westen färbten sich rot, die Sonne würde bald untergehen, und Eamon hörte Ardemir, der Befehle an seine Bogenschützen erteilte. Pfeile wurden entzündet, und im nächsten Moment zischten Dutzende Lichtpunkte durch die Luft und erhellten das Zwielicht der letzten Tagesstunde. Ein Feuerregen für die Prinzessin des Feuers.

Die Bahre, welche in der Ferne kaum noch zu sehen war, loderte auf, verwandelte sich in tosende Flammen, die über das Meer tanzten – und ein einzelner goldener Strahl fiel vom Himmel herab.

Eamon blickte erstaunt auf.

Die Wolken teilten sich. Immer mehr Sonnenstrahlen glitzerten golden auf dem dunklen Wasser, ein blauer Himmel kam zum Vorschein.

Eamon lächelte.

Und so setzte sich doch noch das Licht gegen das Dunkel durch.

❧

Und du willst wirklich nicht, dass ich mitkomme?

Schwermütig strich Eamon dem schwarzen Hengst über die Stirn und küsste dessen Nüstern. »Die Welt der Menschen ist kein Ort für ein Elfenpferd.«

»Sie ist auch kein Ort für einen Elfen.«

Eamon drehte sich zu der vertrauten Stimme um und sah Nevliin, der, immer noch stark hinkend, durch den Schnee auf ihn zukam. Drei Tage waren vergangen und viele Blessuren verblasst – zumindest die äußerlichen.

»Für mich gibt es keinen Ort mehr, an den ich gehöre«, sagte Eamon.

Nevliin nickte langsam. »Und wohin willst du gehen?«

»Ich weiß es noch nicht. Wohin mein Herz mich führt.«

»Wohin dein Herz dich führt.« Nevliin schüttelte den Kopf und blickte hoch in den blauen Himmel. Die Luft war so kalt, klar und ungetrübt, dass Eamon in der Ferne selbst das Silbergebirge von Tantollon als vagen Schatten erkennen konnte. Der Nebel hatte sich verzogen, als hätte er niemals im Schattenreich geherrscht, und die Wolken waren mit ihm verschwunden.

»Ist es nicht das, wonach wir strebten?«, brach Nevliin schließlich das Schweigen und führte die Hand in einer weit ausschweifenden Geste über die blendend weiße Ebene. »Das neuerstrahlte Elvion. Selbst die Asche wurde bedeckt.«

Eamon sah zurück zum Drachenfelsen, der sich ohne die vertrauten Nebelschleier dem Himmel entgegenstreckte, und schüttelte den Kopf: »Dieser Ort ist mir fremd. Dies ist nicht mehr mein Land.«

»Ich habe von deiner Entscheidung gehört. Liadans Krönung findet am nächsten Vollmond statt. Die Fürsten des Licht… die westlichen Fürsten fügen sich.«

Eamon schnaubte verächtlich. »Was bleibt ihnen anderes übrig? Sie wurden besiegt, und somit steht meiner Familie der Thron zu. Meine Fürsten – die des einstigen Schattenreiches – werden sich nicht gegen Liadan stellen. Riniel und das Sonnental stünden allein da, denn Valdoreen …« Er sah Nevliin in die leeren Augen. »Valdoreen wird ebenso zu Liadan stehen, nicht wahr?«

»Was erhoffst du dir von einem Leben in der Menschenwelt?« Nevliin lehnte sich an den Felsen des Weltentores. »Einsamkeit?«

»Frieden.«

»Frieden.« Nevliin lächelte freudlos. »Den wirst du nicht

finden. Solange es jemanden gibt, der ein Schwert führen kann, wird es auch Kriege geben.«

Eamon schüttelte den Kopf. »Für mich nicht mehr. Meine Zeit des Kampfes ist vorüber.«

»Ich wünsche mir, dass du recht behältst – für dich.« Nevliins Blick flackerte, wurde für einen kurzen Augenblick weich.

»Bevor ich gehe …« Eamon nahm eine Silberkette aus der Tasche seines Umhangs und betrachtete einen Augenblick lang das Medaillon. Es wurde Zeit, dass es in die rechtmäßigen Hände überging. Er wollte die Vergangenheit hinter sich lassen, und auch wenn ihn der Abschied von Nevliin schlimmer schmerzte als der von allen anderen Elfen, musste er fort von hier. Er könnte Nevliin nicht um sich haben, ohne ständig erinnert zu werden – an all die Schrecken der letzten Tage und an den Verlust. In seiner Gegenwart würde er niemals Frieden finden.

»Dies hier gehört dir«, sagte er schließlich, als er Nevliin die Kette reichte, der misstrauisch das schmale Medaillon betrachtete und mit einem Finger über die eingesetzten Saphire strich. Seine Hände begannen zu zittern. Auch Nevliin würde wohl niemals wieder einen dieser blauleuchtenden Edelsteine ansehen können, ohne dabei an Vanoras Augen zu denken.

»Ein Mistelzweig?«, fragte Nevliin, als er das Medaillon öffnete.

Eamon atmete einen Moment lang gegen den Schmerz. »Ja«, antwortete er schließlich. »Ich habe ihn von Meara.«

Nevliins Gesicht blieb ausdruckslos. Es war wohl nicht möglich, ihn noch finsterer aussehen zu lassen, und so fuhr Eamon fort: »Sie sagte, dass dieser Zweig für die Verbindung zwischen dir und Vanora steht, für Faelnuìr. Sie wollte, dass ich ihn zerbreche und damit das magische Band zwischen euch zerstöre.«

»Du hast es nicht getan.«

»Ich weiß nicht, wie viel ich auf Mearas Worte geben kann. Ich weiß nur, dass sie große Macht hat, und vielleicht … mir gefällt der Gedanke, dass, solange dieser Mistelzweig besteht, ihr beide nicht getrennt seid – egal, wo sie ist.«

Nevliin sah auf den Zweig hinab, lange und ohne sich seine Gedanken ansehen zu lassen. Dann schloss er schließlich die silberne Klappe mit den Saphiren und legte sich die Kette um den Hals. Mit geschlossenen Augen küsste er das Medaillon und hielt es in seiner Faust umschlossen, ehe er wieder zu Eamon aufsah.

»Danke«, sagte er.

Eamon hielt ihm die Hand entgegen und Nevliin umfasste sein Handgelenk.

Einen Moment lang sahen sie einander an, ehe Eamon Nevliins Hand losließ und ihn an sich drückte. Vielleicht würden sie sich eines Tages wiedersehen.

»Mach keine Dummheiten«, flüsterte er noch einmal, klopfte ihm auf die Schultern – und ließ los.

In der Welt der Menschen entfernte er sich bewusst von der aufgehenden Sonne, hielt sich immer Richtung Westen, in die entgegengesetzte Richtung, in der einst Vanoras Dorf gelegen hatte. Es waren gemischte Gefühle, die ihn auf seinem Weg begleiteten. Die Trauer um Vanora war immer noch allgegenwärtig, doch gleichzeitig verspürte er eine Wehmut, die der Abschied von Nevliin und seiner Welt in ihm ausgelöst hatte, und andererseits fühlte er sich so frei, wie schon lange nicht mehr. Die Last eines Königreichs war von ihm genommen.

Natürlich konnten andere sagen, dass er davonlief, und es stimmte auch: Er war auf der Flucht. Doch das interessierte ihn im Moment nicht. Es war nichts wichtig, nur der Weg vor ihm, die aufgehende Sonne, die den Schnee in blitzende Kristalle verwandelte, und der kalte Wind, der ihm entgegenschlug.

Er war noch nicht lange unterwegs, da unterbrachen Stimmen seine Gedanken. Er hörte Hufe und Füße, die durch den Schnee stapften, so laut, dass es nur Menschen sein konnten.

Kurz überlegte Eamon, ob er ihnen ausweichen sollte, kam dann jedoch zu dem Schluss, dass er sich nicht ewig verstecken konnte. Er war bewusst in die Welt der Menschen gegangen, und natürlich würde er hier auch auf Menschen treffen. Und so zog er die Kapuze seines Umhangs tiefer ins Gesicht und bewegte sich auf den Lärm zu.

Er musste nicht lange suchen, um von einem Hügel aus einen Zug aus mehr als hundert Menschen zu sehen, die sich mit Packpferden, Eseln und ein paar wenigen Wagen über eine unwegsame Straße vorwärtskämpften. Langsam, um nicht bedrohlich zu wirken, ging er ihnen entgegen, doch seine Versuche waren vergebens. Kaum hatten die Menschen die schwarze Gestalt im Schnee entdeckt, brach wilder Trubel aus. Frauen scheuchten ihre Kinder zurück, ein paar Männer mit lächerlichen Schwertern, die für einen Elfen wohl nur noch als Kinderspielzeug gelten würden, drängten nach vorn und stellten sich schützend vor die Kolonne.

»Wer da?!«, rief einer der Männer schon von weitem in derselben Sprache, die auch in Vanoras Dorf gesprochen worden war.

Eamon hielt es für überflüssig, zu antworten, und bemühte sich, nicht allzu leicht und schnell durch den Schnee vorwärtszustapfen. Er ließ sich absichtlich immer wieder einbrechen und gab den Menschen so die Möglichkeit, ihn währenddessen zu mustern und sich etwas zu beruhigen. Was hatten sie nur erlebt, dass selbst ein einzelner Reisender sie so verängstigte?

»Ich bin ein Freund«, antwortete er schließlich und blieb in geringem Abstand vor ihnen stehen.

Einer der Männer trat einen Schritt vor, sah ihm lange ins Gesicht und riss schließlich die Augen auf. »Eamon?«, fragte der Mann. »Bist du es wirklich?«

Eamon sah den Fremden verständnislos an und versuchte, unter dem blonden Bart und dem langen, zerzausten Haar ein Gesicht zu erkennen.

Die Erkenntnis traf ihn wie ein Schlag eisigen Wassers. »Graem?«

Der Mann lachte laut auf. »Nehmt eure Waffen weg, Jungs. Er ist wahrlich ein Freund.«

Zögernd ließen die Männer ihre Schwerter sinken. Sie waren skeptisch, was angesichts seiner Erscheinung wohl nur natürlich war. Allein seine beiden Schwerter am Rücken dürften ordentlich Eindruck hinterlassen haben, doch Eamon und Graem strahlten vor Freude. Sie hatten einander niemals ausstehen können, doch jetzt – beide vom Krieg erschüttert und inmitten der trostlosen Kälte des Winters – freuten sie sich, einander zu sehen.

Eamon erwiderte Graems Umarmung und musterte dann die bangen Gesichter der anderen Menschen. Erst jetzt fielen ihm die zerschlissenen Uniformen unter den Mänteln der Männer auf.

»Woher kommt ihr?«, fragte er mit einem Blick auf die vielen Frauen und Kinder unter ihnen.

Graem deutete hinter sich. »Der Krieg ist vorbei. Gallagher hat kapituliert, und Marluke ist an den Feind gefallen. In Pitlory ist auch nicht mehr viel übrig. Es sind trostlose Zeiten. Miadora! Komm her, ich will dir jemanden vorstellen.«

Es kam Bewegung in die Menschengruppe, und eine kleine, rothaarige Frau trat heraus. Soweit es Eamon unter ihrem dicken Mantel erkennen konnte, war sie schwanger.

»Eamon, das ist meine Frau Miadora. Ich bringe sie nach Hause. Vater wird sich freuen, er wird jetzt Großvater. Miadora, das ist Eamon, er ist ein ... Freund von zu Hause.«

Die Frau hielt ihren Blick gesenkt und zitterte am ganzen Leib.

Eamons Freude, jemanden zu treffen, den er kannte, schwand. Graem wusste nicht, was geschehen war, und Eamon musste ihm die Wahrheit sagen. Die Gruppe hätte es ohnehin bald selbst herausgefunden.

»Das Dorf gibt es nicht mehr«, sagte er daher geradeheraus. »Schon eine Weile.«

Graems Lächeln erstarb. »Was meinst du damit? Wo sind sie hingegangen?«

Eamon sah in die Gesichter der übermüdeten und abgemagerten Kinder, die sich halberfroren an ihre Mütter pressten.

»Sie sind tot, Graem. Das Dorf wurde niedergebrannt.«

Jetzt sah auch die Frau zu ihm auf. Ihr Gesicht war eingefallen, und dunkle Ringe zeichneten sich unter ihren Augen ab.

»Was sagst du da?« Graem wurde so weiß wie der Schnee, und auch alle anderen starrten ihn an. »Wie ist das möglich? Der Krieg war weit weg. Wer ...«

»Es waren Elfen.«

»Elfen?« Die Leute begannen wild durcheinanderzureden. Graem wurde sogar noch bleicher. »Wie ist das …« Er starrte ihn an und sah doch nur durch ihn hindurch. »Es ist meine Schuld.«

Eamon musterte ihn erstaunt. »Wie meinst du das?«

Graem strich sich mit der Hand das nasse, zerzauste Haar aus dem Gesicht. »Ich war noch nicht lange in Pitlory, und es war im Frühsommer, da kamen ein paar Elfen und haben nach einem Mädchen gesucht.«

»Du warst es?« Eamon konnte nicht fassen, was er da hörte. »Du hast Vanora verraten?«

»Ich habe sie damit direkt ins Dorf geführt. Es waren doch diese Elfen, oder nicht? Weiße Ritter. Ihr Anführer …« Graem schauderte. »Eamon, in diesem Mann war nichts Gutes, keine Menschlichkeit. Ich habe in seine Augen gesehen. Es war zu spät, als ich begriff, was ich damit getan habe.«

Miadora, seine Frau starrte zu ihm hoch. »Wovon sprichst du?«

Graem ließ die Schultern sinken. »Davon, dass ich schuld an der Zerstörung meiner Heimat habe.«

»Nein.« Eamon ging einen Schritt auf ihn zu und legte ihm die Hand auf die Schulter. »Es waren die Elfen, aber der Mann, von dem du sprichst, hatte damit nichts zu tun … und du trägst bestimmt keine Schuld. Früher oder später wäre es dazu gekommen, auch ohne dich.«

Graem sah ihn stirnrunzelnd an. »Ich hatte doch recht, oder? Vanora hat etwas mit den Elfen zu tun? Ihre Mutter … Ich wusste es immer.«

»Ja, du hattest recht. Sie war eine Halbelfe.«

»War?«

»Sie ist tot.«

Es war nicht zu übersehen, dass Graem diese Worte mindestens genauso schlimm trafen wie die Nachricht vom Tod seiner Familie.

»Und woher wisst Ihr so viel darüber, Fremder? Wer sagt uns, dass Ihr nicht lügt?«

Graem drehte sich zu dem bulligen Mann um. »Das ist kein Fremder, Irvine. Hast du gehört?« Er hielt inne, wandte sich langsam wieder Eamon zu: »Das bist du doch nicht, oder?«

Eamons Herz wurde schwer. Es gab so vieles, das er Graem erklären musste, doch im Moment gab es nichts zu sagen. Zumindest nichts, was sich mit Worten ausdrücken ließ.

Langsam zog er seine Kapuze zurück.

Graem riss die Augen auf, Miadora schlug ein Zeichen gegen das Böse, und die Männer hoben sofort wieder ihre Schwerter.

»Du?«, keuchte Graem. »Du bist auch ein Elf? Ich wusste es! Ich wusste, dass mit dir etwas nicht stimmt!«

Eamon nickte. »Ja, ich bin ein Elf. Aber ich habe dir oder den anderen in deinem Dorf niemals etwas Böses gewollt, Graem. Ebenso wenig wie Vanora.«

Graem sah ihn ausdruckslos an. »Und doch sind jetzt alle tot«, flüsterte er.

Panik brach unter den Frauen aus, die Kinder weinten, und noch mehr Männer lösten sich aus der Gruppe. Sie hatten keine Schwerter und bewaffneten sich mit Knüppeln oder rostigen Messern.

»Hast du etwas damit zu tun?«, setzte Graem nach. »Mit dem Dorf?«

Eamon schüttelte den Kopf. »Nicht so, wie du denkst. Ich wollte sie beschützen.«

Graem hob die Hand, bedeutete den anderen, ihre Schwerter sinken zu lassen. »Ich glaube dir. Ich weiß, wie du sie angesehen hast. Du hättest ihr kein Leid zugefügt.«

»Aber wohin sollen wir jetzt?«, fragte einer der Männer. »Die nächste Stadt ist mehr als eine Woche entfernt. Wir haben schon zwei Kinder verloren.«

Graem nahm seine Frau in den Arm. »Ich weiß es nicht. Eamon, das Dorf war unsere letzte Hoffnung. Wir sind schon zu lange unterwegs.«

»Ich weiß.« Eamon sah noch einmal in die Gesichter der durchgefrorenen, verzweifelten Menschen, die keine Hoffnung mehr hatten. Sie hatten ihre Heimat verloren, sie besaßen nichts, doch das würde sich ändern.

»Das Dorf ist zerstört«, sagte er, als er plötzlich begriff, was er tun musste. »Aber wir werden es wieder aufbauen.«

Epilog

Es gibt immer eine Wahl, zwei Wege, die sich offenbaren.

Wer trifft die Entscheidung? Der Verstand? Das Herz? Oder eine Macht, größer als das Vorstellbare? Eine Macht, die ihren Schatten über jedes Gefühl legt.

Der Ruf des Schicksals als führendes Licht beleuchtet den dunklen Pfad der Vorbestimmung, lockt mit Wärme und Sicherheit.

Doch es ist kalt, es ist einsam.

Immer weiter, immer schneller, alleine auf dem Weg, den kein anderer beschreiten darf. Das Streben nach Licht.

Es ist leicht. Die Kälte wird vorübergehen, die Einsamkeit schwinden.

Dem Ruf des Schicksals folgen.

Es gibt immer eine Wahl, zwei Wege, die sich offenbaren.

Doch was, wenn sich am Ende herausstellt, dass der Pfad des Schicksals um vieles dunkler und kälter ist? Das Licht trügerisch?

Es ist zu spät. Die Schatten lassen niemanden entkommen.

Das Schicksal kennt keine Liebe, kennt nicht diesen Blick, der das Herz schneller schlagen lässt.

Es hat seine Fänge ausgestreckt, wird niemals loslassen.

Es warten keine Wärme und Sicherheit, nur der Tod.

Das Schicksal kennt keine Liebe.

Danksagung

Mein Dank gilt zunächst einmal meiner Tochter Marissa, die ein so unglaublich ruhiges Baby war, dass ich durch den Überfluss an Zeit meine Ideen aufzuschreiben begann. Ohne sie und unsere langen Spaziergänge hätte ich wohl nie die Inspiration zum Schreiben gefunden.

Meinem Mann Binak möchte ich vor allem für die moralische Unterstützung danken, genauso wie meiner Mama und dem Rest meiner großartigen Familie. Meiner Schwester Pamela danke ich insbesondere für ihre Zeit und die ehrliche Meinung als Testleserin. Meinem Schwager Tom, dem Computergenie, verdanke ich wohl die Fertigstellung dieses Werks, denn hätte er das beschädigte und noch dazu ungesicherte Dokument nicht gerettet, hätte ich vermutlich das Handtuch geworfen, anstatt noch einmal von vorn zu beginnen. Bei meiner Freundin Anna bedanke ich mich vor allem für diese nur ihr eigene Begeisterungsfähigkeit und die vielen langen Gespräche.

Besonderer Dank gilt natürlich meinem Agenten Peter Molden und seiner Gattin Regina Molden für ihren Glauben an mich und die unermüdliche Unterstützung. Danke meiner Lektorin Momo Evers für das Schleifen des Diamanten, so dass er heller strahlt, als ich es je für möglich gehalten hätte.

Danke auch all meinen anderen Testlesern, die mich mit ihrer Freude an meiner Geschichte motivierten und mich mit ihrer Kritik dazu antrieben, noch besser zu werden.